Fantasy

Herausgegeben von Friedel Wahren

Von **Katherine Kurtz** erschienen in der Reihe
HEYNE SCIENCE FICTION & FANTASY:

Lehrs Vermächtnis · 06/4851

FRÜHER DERYNI-ZYKLUS:

Band 1: *Camber von Culdi* · 06/3666
Band 2: *Sankt Camber* · 06/3720
Band 3: *Camber der Ketzer* · 06/4018

SPÄTER DERYNI-ZYKLUS:

Band 1: *Das Geschlecht der Magier* · 06/3576
Band 2: *Die Zauberfürsten* · 06/3598
Band 3: *Ein Deryni-König* · 06/3620

DIE GESCHICHTE VON KÖNIG KELSON:

Band 1: *Das Erbe des Bischofs* · 06/4561
Band 2: *Die Gerechtigkeit des Königs* · 06/4562
Band 3: *Die Suche nach Sankt Camber* · 06/4563
Band 4: *Die Deryni-Archive* · 06/4564

DIE ERBEN VON SANKT CAMBER:

Band 1: *Das Martyrium von Gwynedd* · 06/9076
Band 2: *König Javans Jahr* · 06/9077
Band 3: *Der falsche Prinz* (in Vorb.)

DER ADEPT-ZYKLUS:
(zusammen mit Deborah Turner Harris)

Band 1: *Der Adept* · 06/9022
Band 2: *Die Loge der Luchse* · 06/9023
Band 3: *Der Schatz der Templer* · 06/9024

Weitere Bände in Vorbereitung

Katherine Kurtz

# *König Javans Jahr*

*Ein Roman des Deryni-Zyklus*

Zweiter Band der Trilogie

**DIE ERBEN VON SANKT CAMBER**

Deutsche Erstausgabe

WILHELM HEYNE VERLAG
MÜNCHEN

HEYNE SCIENCE FICTION & FANTASY
Band 06/9077

Titel der Originalausgabe
KING JAVAN'S YEAR
Volume II of
THE HEIRS OF SAINT CAMBER

Übersetzung aus dem amerikanischen Englisch
von Horst Pukallus
Das Umschlagbild malte Michael Herring
Die Karten auf Seite 11/12 zeichnete Erhard Ringer

*Umwelthinweis:*
Dieses Buch wurde auf chlor- und
säurefreiem Papier gedruckt.

Deutsche Erstausgabe 7/2000
Redaktion: Werner Bauer

http://www.heyne.de
Printed in Germany 2000
Umschlaggestaltung: Nele Schütz Design, München
Technische Betreuung: M. Spinola
Satz: Schaber Satz- und Datentechnik, Wels
Druck und Bindung: Ebner Ulm

ISBN 3-453-16241-2

*Voller Zuneigung und Dankbarkeit*
*Lester del Rey gewidmet*

# Inhalt

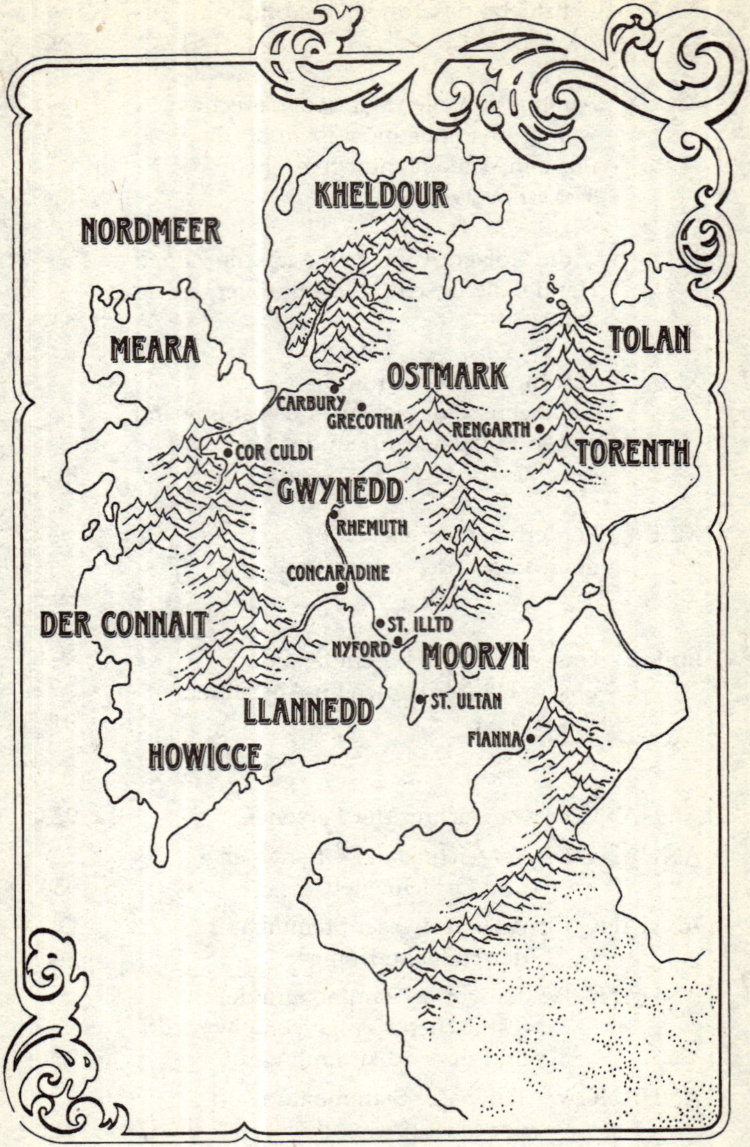
KHELDOUR
NORDMEER
MEARA
TOLAN
OSTMARK
CARBURY
GRECOTHA
RENGARTH
COR CULDI
TORENTH
GWYNEDD
RHEMUTH
CONCARADINE
DER CONNAIT
ST. ILLTD
NYFORD
MOORYN
ST. ULTAN
LLANNEDD
FIANNA
HOWICCE

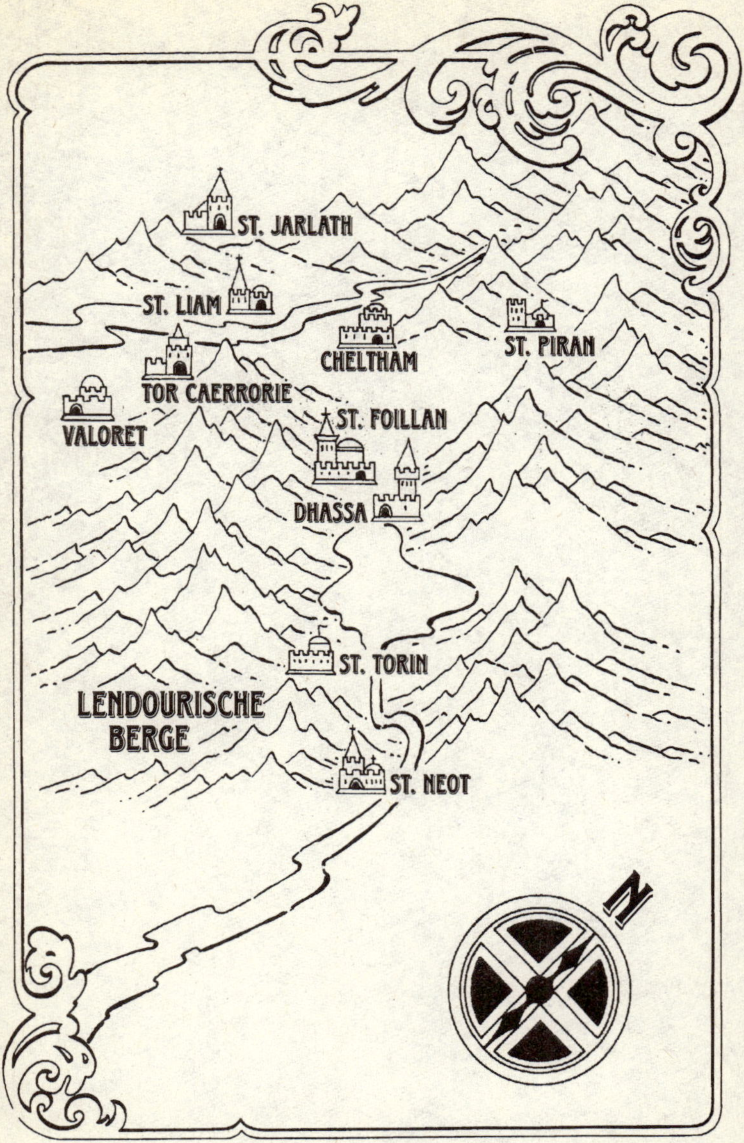
ST. JARLATH
ST. LIAM
CHELTHAM
ST. PIRAN
TOR CAERRORIE
VALORET
ST. FOILLAN
DHASSA
ST. TORIN
LENDOURISCHE
BERGE
ST. NEOT
N

# Prolog

*Er muß ja herrschen, »bis er alle Feinde unter seine Füße gelegt hat.« (Psalm 110,1)*

1. Korinther 15,25

Kurz nach Sonnenaufgang, als der frühe Junimorgen bereits erbarmungslose Hitze verhieß, erklomm das schwarzhaarige Kind, dessen Aufgabe es war, regelmäßig droben den Taubenschlag zu überprüfen, die letzten Sprossen der Leiter, welche aus der darunter befindlichen Räumlichkeit hinauf in die Höhe führte, und betrat in geduckter Haltung das flache Dach des Turms.

Der alte viereckige Steinturm, der von dem kahlen Hügel aufragte, galt bei den Bewohnern des Umlands als baufällige Ruine. An einer Seite wucherten aus einer Bresche, die weit ins Gemäuer hinaufreichte, knorrige Sträucher von der Größe kleiner Bäume, und was von den zackigen Zinnen noch vorhanden war, erweckte von unten den Eindruck, als müßte der nächste Sturmwind es herabwehen. In Wirklichkeit allerdings verkörperte selbiger Turm eine Tarnung für eine Vielfalt geheimer Umtriebe, deren Ausmaß die Menschen, welche diese abgelegene Gegend Gwynedds bewohnten, überrascht und erschreckt hätte, wäre ihnen auch nur das geringste davon zu Ohren gekommen.

Die junge Seanna MacGregor und die Tauben hatten nur einen winzig kleinen Anteil an besagten Umtrieben. Mehrere Dutzend der grauen, dunkel gestreiften Vögel gurrten unter dem Netz, das sie im Turm zurückhielt, vor sich hin, putzten emsig ihr Gefieder, als die weißliche Sonnenscheibe sich im Osten vom Himmelskreis löste. Seanna blinzelte ins Morgenlicht und strich sich schweißige, aus ihrem rabenschwarzen Zopf gelöste Strähnen aus der Stirn. Es regte sich kein Lüftchen. Gewöhnlich trafen des Nachts keine Brieftauben ein, heute früh jedoch tappten zwei dieser nützlichen Vögel längs der Turmbrüstung auf und ab, ihr gestreifter Hals ruckte auf und nieder, derweil sie Körner aufpickten und dabei den anderen, eingesperrten Vögeln unablässig Laute zugurrten.

Indem sie hastige Bewegungen vermied, welche die angekommenen Tiere hätten verscheuchen können, schlich die Zehnjährige still auf die erste der beiden Tauben zu. Bald hatten ihre geübten kleinen Hände den Vogel erhascht und an die Brust gehoben, so daß Seanna den Streifen Pergament aus dem Holzröhrchen ziehen konnte, welchen man dem Tier ans Bein gebunden hatte. Das Mädchen sperrte die dunklen Augen auf, während es die knappe Botschaft las, und nachdem es sie in die Tasche gesteckt hatte, setzte es die Taube in den Schlag und richtete sodann seine Aufmerksamkeit auf das zweite Tier.

Die zweite Botschaft hatte, wie sich zeigte, den gleichen Wortlaut – ohne Zweifel eine Sicherheitsmaßnahme, um zu gewährleisten, daß wenigstens eine der Mitteilungen den Bestimmungsort erreichte. Seanna lugte über die Brüstung in den Innenhof und erspähte bei den verfallenen Ställen ihren Lieblingsbruder, welcher einem Stallknecht entgegenblickte, der soeben eine große, geschmeidige Stute ins Freie brachte, ein schönes Pferd, das in dieser heruntergekommenen Umgebung fehl am Platz wirkte. Das Mädchen verzichtete darauf, auch die zweite eingetroffene Brieftaube in den Schlag zu sperren, ließ sie statt dessen auf die Brüstung hüpfen und machte sich daran, die Leiter hinunterzusteigen, schniefte dabei und rang mit den Tränen.

Drunten im Hof heftete der geächtete Sohn des ebenso geächteten Grafen von Ebor, welcher jetzt neben einem Bärtigen stand, der den Lederkittel eines Hufschmieds trug, den Blick wachsam auf die Stute, die der Stallknecht vor ihm hin- und herlaufen ließ. Jesse MacGregor war kein Hüne, aber seine gedrungene Gestalt strotzte von harten, kraftvollen Muskeln. Im jetzigen Alter von zwanzig Lenzen blickte er bereits auf ein halbes Leben als Krieger zurück. Goldene Lichter tanzten in den Tiefen seiner braunen Augen, die so gut wie niemals irgend etwas übersahen. Die Sonne hatte seiner Haut dunklen Glanz verliehen und der Sonnenschein des heutigen Morgens erzeugte messinghelles Glänzen im braunen, zu einem dünnen Zopf geflochtenen Haupthaar. Über eine langärmelige Hemdbluse aus ungemein feinem Leinen, deren Kragen er weit geöffnet trug, hatte er lederne Reitkleidung gezogen, die von mattem Zimtbraun war, fast vom gleichen Farbton wie die schwielige Hand, welchselbige er nun hob, um auf die Vorderläufe der Stute zu deuten.

»Schau da. Erkennst du's? Unvermindert benutzt sie den diesseitigen Vorderlauf stärker.«

»Ja wahrhaftig, Ihr habt recht, so ist's«, stimmte der Hufschmied zu. »Ich nagele ihr einen noch schwereren Eisenhuf auf, aber kriegen wir's dieses Mal nicht recht bewältigt, ist wohl kein Huf mehr übrig, dem wir etwas aufnageln könnten.«

»Sei's drum, tu getrost, was dir möglich ist«, antwortete Jesse. »Meinen Dank, Ned.«

Während der Hufschmied die Stute aus der Obhut des Stallknechts übernahm, wandte Jesse sich um und spreizte die Arme, um die leichte Gestalt, welche erregt, indem der schwarze Zopf flog, durch den Innenhof zu ihm gerannt kam und sich um seine Leibesmitte klammerte, zu umfangen.

»Holla, Seanna, meine Madonna, Licht meines Lebens, was ist dir?« fragte er das Kind, sobald er sah, daß es geweint hatte.

»Zwei Tauben sind gekommen«, antwortete sie und wischte sich dabei mit einem etwas schmuddeligen Ärmel über die Augen. »Beide mit der gleichen Nachricht. Er liegt im Sterben, Jesse.«

Unmerklich erstarrte Jesse in seiner Haltung, dann drückte er das Mädchen für einen Augenblick fester an sich, strich ihm zum Trost über das nachtschwarze Haar; anschließend nahm er die beiden Streifen Pergament und strebte durch den Hof zum Turm, unter dem eine Reihe geheimer Gänge angelegt waren.

Der Turm bildete gewissermaßen das Tor zum letzten Zufluchtsort des verbotenen Ordens vom Heiligen Michael, wiewohl derselbe eigentlich als Orden längst keinen ordnungsgemäßen Status mehr hatte. Vor fast zwei Jahrzehnten hatte die unterirdische Feste dem Deryni Camber MacRorie und seinen Anhängern, darunter zahlreiche Menschen, als Hauptstützpunkt gedient, während sie den Deryni-König Imre von Festil stürzten und mit Prinz Cinhil Haldane wieder einen Nachfahren des ursprünglichen, rechtmäßigen Herrschergeschlechts auf Gwynedds Thron hoben. Seit König Cinhils Ableben vor vier Jahren war die Fluchtburg erneut zum Dreh- und Angelpunkt eines von Deryni und Menschen gleichermaßen betriebenen Widerstands geworden, an dessen Spitze heute Cambers Sohn Joram stand.

Denn König Cinhils Ältestem und Erben, der noch keine zwölf Lenze zählte, als er damals den Thron bestieg, war es nie gelungen, den verhängnisvollen Einfluß der mächtigen menschlichen Adeligen und Kirchenfürsten abzuschütteln, welche während seiner Unmündigkeit das Amt der Regenten wahrgenommen hatten. Die im ersten Jahr der Herrschaft Jung Alroys erlassenen Gesetze mußten als Spiegelbild eines Wiederentstehens des alten Grolls wider angebliche derynische Vorrechte gesehen werden, welcher sich – weil man den Deryni-Volksstamm zudem unter dem Blickwinkel der kirchlichen Überzeugung betrachtete, die Deryni und ihre magischen Kräfte seien des Teufels – mit Leichtigkeit zu blindwütigem Haß steigerte. Dieses unselige Vermächtnis war es, das Joram, Jesse und ihre Gefährten dazu nötigte, sich in einer Fluchtburg unter der Erde zu verbergen, sie zu unablässigen Bemühungen mit dem Ziel bewog, im Reich Gerechtigkeit und Gleichheit wiederherzustellen.

»Heute morgen sind zwei Brieftauben eingetroffen«, vermeldete Jesse ohne jegliche Vorbemerkung, als er die unterirdische Bücherei betrat, wo Joram sich seinem Wirken widmete. »Sie brachten ein und dieselbe Botschaft... und zwar keine, die wir gerne hören.«

Jorams Blick war bereits auf die Pergament-Streifen gesenkt, die Jesse ihm ausgehändigt hatte; nun stieß er einen schwermütigen Seufzer aus, lehnte sich zurück und schaute dem Jüngeren erwartungsvoll ins Gesicht.

»Ich müßte lügen, wollte ich vorgeben, ich hätte dergleichen nicht befürchtet«, sprach Joram. »Nimm Platz, nimm Platz... Ich hatte gehofft, es träte erst nach Ablauf des Sommers ein, aber...« Er zuckte mit den Achseln. »Wohlan, wir müssen eben die Verwirklichung unserer Pläne beschleunigt vorantreiben. Wirst du so hilfreich sein und eine dieser Nachrichten Ansel zustellen?«

Jesse nickte, zupfte sich mit einem von der Sonne gebräunten Handrücken Schweiß von der Stirn; selbst in der vergleichsweisen Kühle der Michaeliten-Fluchtburg empfand er trotz seiner leichten Sommergewandung die Luft als schwül und stickig. Ein wenig tröstete es ihn, daß sogar der sonst so überaus ordentliche Joram den Kragen seines schwarzen Priesterrocks gelockert hatte.

Noch immer grämte es Jesse, nicht mehr das Blau der Michaeliten zu sehen, sobald er Joram anblickte. Nach Verbot und Unterdrückung des Ordens hatte Joram es sich angewöhnt, stets häufiger den schlichten, schwarzen Rock eines einfachen Priesters zu tragen. Dennoch hinterließ Joram MacRorie in keiner Beziehung den Eindruck einer Allerweltserscheinung. Zwar hatte er unterdessen das vierzigste Lebensjahr überschritten und mühte sich, wenn er nicht schlief, in den meisten Stunden seines Daseins mit der zusammengefaßten Leitung all der gemeinsamen Anstrengungen ab; unverändert jedoch vermittelte er das Empfinden, vor dem allzeit wachsamen, kampfbereiten Michaeliten-Ritter, welcher er einst gewesen war, noch heute zu stehen.

Wie einst das Blau der Michaeliten betonte auch das klerikale Schwarz seine sehnige Gestalt überaus vorteilhaft und bildete einen augenfälligen Gegensatz zu seinem silbersträhnigen Blondhaar; genau wie einst beließ er es – die alte Gewohnheit eines Kriegers war es wohl – sehr kurzgeschoren und behielt auch in der Mitte die kleine, nur etwa münzgroße Michaeliten-Tonsur bei, welche daran erinnerte – wiewohl möglicherweise nur ihn selbst –, daß er zumindest seiner Gesinnung nach Michaelit bleiben mußte. Noch heute sahen seine blauen Augen alles, allerdings bezeugten in ihrem Umkreis die Einkerbungen feiner Falten, welche er in früherer Zeit, während er seinem berühmten Vater als Schreiber und Adlatus zu Diensten gewesen war, nicht gehabt hatte, die Auswirkungen seither durchlittener Härten.

Joram gab einen zweiten schweren Seufzer von sich und fuhr sich mit der Hand über das silbrig-blonde Haar, rückte sich müde im Lehnstuhl zurecht.

»Die Zeit ist ungelegen«, äußerte er. »Indessen gilt diese Feststellung, will ich wohl meinen, für den Tod ja stets.«

»Glaubt Ihr, 's ist erforderlich, die Herren Queron und Tavis herbeizurufen?« erkundigte sich Jesse.

»Leider will's mich so dünken. Ich hatte im Sinn, sie möglichst wenig durch die Lande zu schicken, um ihre Tarnung nicht zu gefährden, doch wir wußten ja, es war nur eine Frage der Zeit, was nun bevorsteht. Also setze dich mit Queron in Verbindung und gib ihm vom unabwendbar Dräuenden Kenntnis. Ersuche ihn und Tavis darum, sich so rasch einzufinden, wie's durchführbar ist, ohne Argwohn zu erwecken. Sollte ihre Ankunft dringlicher nötig werden, lassen wir's sie wissen. Zumindest haben wir das Unsere getan.«

Jesse nickte. »Ich werde versuchen, sie zur Mittagsstunde zu erreichen, doch könnte es sich ergeben, daß ich sie erst am Abend verständigen kann.«

»Sei's drum, es ist nicht zu ändern.« Joram knüllte einen Pergament-Streifen zu einem festen Kügelchen zusammen, dann streckte er die Handfläche, heftete den Blick auf den winzigen Ballen; derselbe fing mit einer grellen Stichflamme und einem lauten Knacken, das Jesse zusammenzucken ließ, sogleich Feuer.

»So geht's denn nun zu Ende mit dem armen Alroy«, sprach Joram leise, indem er das entflammte Pergament vom Handteller fegte. »Der König liegt im Sterben, lang lebe der König. Wir wollen nur hoffen, es ist der *rechte* König.«

# I. Kapitel

*Knaben will ich ihnen geben als Fürsten,*
*Buben sollen über sie herrschen.*

Jesaja 3,4

König Alroy lag also im Sterben. Seit Tagen versuchte der Heiler-Magister Oriel sich das Gegenteil einzureden, aber der in Schweiß gebadete Sechzehnjährige, welcher sich unter einer einzelnen, dünnen Bettdecke im Fieber wand, befand sich, wiewohl gelegentlich Zustände geistiger Klarheit auftraten, nur noch selten im Wachzustand.

Während einer der kurzen Zeitspannen voller Bewußtheit – am Vormittag – hatte Alroy genügend Hartnäckigkeit aufgebracht, um darauf zu beharren, sein Krankenbett in eine der Räumlichkeiten im Erdgeschoß zu schaffen, die an den Garten grenzten, so daß ihm durch die Fenster ein wenig Frischluft zuströmen könnte. Und gegen Abend, derweil schon die Sonne sank, war schwacher Wind aufgekommen, der schwere Duft nach Rosen wehte herein; doch selbst zu späterer Stunde ward dadurch die Hitze nur geringfügig gelindert. In diesem Jahr hatte sich der Sommer frühzeitig und mit ungewöhnlicher Glut eingestellt. Die ersten Juniwochen hatten bereits der schlimmsten Hitze geglichen, wie man sie sonst nur vom August kannte. Kaum ein Lüftchen regte sich in der drükkend-dampfigen Luft. Selbst der im allgemeinen auf untadeliges Äußeres bedachte Oriel trug unter diesen Umständen lediglich Beinkleider und ein leichtes, an der Brust offenes Hemd aus Linnen, dessen lange

Ärmel er bis weit über die Ellbogen hochgekrempelt hatte.

Ein junger Knappe hielt eine Schale voll kühlen Wassers, und Oriel wrang abermals darin ein Tuch aus, befühlte mit dem Handrücken des siechen Jungkönigs Wange, bevor er ihm das Tuch auf die Stirn breitete. Von Kraft gestrotzt hatte Alroy Haldane niemals, und durch das Fieber war inzwischen das Fleisch seiner ohnedies eher zarten Gestalt dermaßen dahingeschmolzen, daß dieselbe mittlerweile den rohen Umrissen seines für die Königsgruft des Rhemuther Doms bestimmten Steinbildes ähnelte, an welchem drunten die Steinmetze der Rhemuther Königsburg bereits werkten. Das schwarze, deutlich gestutzte Haupthaar klebte ihm am Schädel wie eine enge, glänzende Kappe.

Der König stöhnte und bewegte sich schwächlich, biß die Zähne zusammen, als hätte er wider Eiseskälte zu bestehen, obwohl das Fieber noch in seinem Körper brannte und die abendliche Sommerhitze schwerlich Anlaß zum Zähneklappern gab. Am frühen Abend, als nicht einmal mehr Oriels gefürchtete Deryni-Kräfte einen überaus wüsten Hustenanfall zu mäßigen vermochten, es vielmehr schien, als müßte der König sich nach und nach die Lungen aushusten, hatten die Leibärzte bei Hof Alroy Mohnblumensaft eingeflößt; daher schlief er jetzt, doch glichen seine mühevollen Atemzüge eher einem Röcheln. Geradeso wie des jungen Königs menschliche Ärzte wußte auch der Deryni Oriel, daß Alroys Siechtum und ebenso sein Leben sich unaufhaltsam dem Ende zuneigten.

»Es... es wird ihm nicht wohler, richtig, Herr?« fragte der Edelknappe, heftete den Blick sorgenvoll auf das Gesicht des Heilers, während Oriel erneut ein Tuch auswrang. Des Jünglings Name lautete Fulk Fitz-Arthur; er war zwei Jahre jünger als der König und Sohn eines der Kronräte, die vor der Tür des Krankenzimmers harrten, namentlich des Reichskanzlers Graf Tammaron.

Oriel seufzte und schüttelte das Haupt, wechselte ein weiteres Mal das feuchte Tuch auf Alroys Stirn, verhielt dabei kurz, um die Fingerkuppen an des Königs schweißige Schläfen zu setzen. Wiewohl er hinsichtlich dessen, was er ersehen konnte, ohnehin keine Ungewißheit mehr kannte, tastete er mit seinen Deryni-Sinnen tief in Alroys zerrütteten Leib, ersah in der Tat von neuem, was er zu seiner schrecklichsten Verzweiflung längst wußte – die Krankheit hatte die Lungen des Jünglings fast zur Gänze zerfressen, so daß sie sich mit Wasser füllten. Bei Hofe munkelte man, daß der Vater des Königs von einem ganz ähnlichen Leiden dahingerafft worden sei und selbst weitaus tüchtigere Heiler als Oriel ihn nicht zu retten vermocht hatten.

Allerdings minderte diese Kenntnis so gut wie gar nicht Oriels Gefühl der Hilflosigkeit, des Versagens, den Eindruck der höheren Ungerechtigkeit, welchletztere darin erblickt werden mußte, daß er, obzwar er über nachgerade göttergleiche Magie-Kräfte verfügte – bei deren Anwendung er gegenwärtig jedoch von der Gnade der Kronräte abhing –, dennoch dazu unfähig blieb, dem jungen Herrscher, der da unter seinen Händen dahinsiechte, das Leben zu bewahren.

Als Oriel aus des Königs Geist zurückwich, regte sich Alroy und stöhnte, seine Lider flatterten, dann schlug er die grauen Augen auf, befand sich offenbar wieder in einer Verfassung bewußtseinsmäßiger Klarheit. Infolge der ihm verabreichten Medikamente waren seine Augäpfel merklich geweitet, doch unternahm er eine tapfere Anstrengung, um den Blick auf Oriel zu richten, derweil er eine abgemagerte Hand unter der Bettdecke hervorschob und des Heilers Handgelenk suchte.

»Oriel«, flüsterte er, »welche Stunde ist's?«

»Knapp vor der Mitternacht, Sire«, erteilte der Heiler Auskunft, ergriff des Königs Hand und beugte sich vor, um ihn besser hören zu können. »Ihr solltet weiterschlafen. Redet Ihr zuviel, erleidet Ihr womöglich einen neuen argen Hustenanfall.«

»Ich wünsche meinen Bruder zu sprechen«, murmelte Alroy. »Hat man ihn gerufen?«

Oriel preßte die Lippen zusammen, streichelte sachte des Königs Hand; ihm war vollauf klar, daß der Bruder, nach welchselbigem es Alroy verlangte, nicht jener war, den der Kronrat hergeholt hatte. Unter den Fingern spürte Oriel den Haldane-Ring – den Ring aus Feuer –, welchen abzulegen Alroy sich trotz seines schweren Siechtums beharrlich weigerte, obwohl der Verlust an körperlichem Gewicht die Folge zeitigte, daß der Reif allzu lose saß und ihm möglicherweise von der Hand rutschte; seltsamerweise war bisher jedoch nichts dergleichen geschehen.

»Prinz Rhys Michael weilt nahebei, Sire«, antwortete Oriel mit leiser Stimme, wählte seine Worte mit sorgsamer Überlegung, damit sie, wenn Jung Fulk sie vor seinem Vater wiederholte, nicht als Mißbilligung der Art und Weise aufgefaßt werden konnte, wie der Kronrat sich in der jetzigen Lage verhielt. »Soll ich ihn zu Euch bitten?«

Gleichzeitig flüsterte er ihm auf geistiger Ebene die Absicht ein, mit seinem Wunsch Rhys Michael anzugehen, denn Oriel wagte es nicht; und allein Rhys Michael war derjenige, der vielleicht durchzusetzen vermochte, daß man den Willen des Königs befolgte.

Äußerlich war Alroy nicht anzusehen, daß die Einflüsterung wirkte, doch er nickte schwächlich. »Ja, ich bitte Euch darum… Ich möcht's mit Rhys Michael bereden.«

Oriel neigte sich über des Königs Hand, küßte sie und legte sie behutsam an Alroys Seite.

»Bleibe du bei Seiner Majestät, Fulk«, wandte sich der Heiler an den Edelknappen, »und wechsle ihm das feuchte Tuch. Unterdessen ersuche ich die Königliche Hoheit ums Kommen.«

Auf dem Weg zur Tür machte er sich auf beinahe unvermeidliche Unannehmlichkeiten gefaßt, rollte der Förmlichkeit halber wenigstens die Ärmel herunter und verknotete die Verschlußbänder, bevor er die Tür öffnete und das Krankenzimmer des Königs verließ.

Draußen standen Graf Tammaron, des jungen Fulks Vater, Erzbischof Hubertus und einer seiner Neffen, Graf Iver MacInnis. Rhys Michael, der jüngere Bruder des Königs, wartete vor dem finsteren Schlund des kalten Kamins; er stützte einen Arm auf steinerne Ummantelung und Rauchabzug der Feuerstelle und hob besorgt das Haupt, als Oriel eintrat.

»Wie steht's um den König?« erkundigte sich Graf Tammaron, bevor der Prinz ein Wort äußern konnte.

»Er vergönnt sich so ergiebig Ruhe, wie's in Anbetracht der Umstände möglich ist, Herr Graf«, lautete Oriels Antwort. »Es ist sein Wunsch, eine Unterredung mit seinem Bruder zu führen.« Mit unmißverständlicher Deutlichkeit heftete er den Blick auf Rhys Michael, den nur noch drei Monde von seinem fünfzehnten Geburtstag trennten, der aber dennoch schon fast den Wuchs eines ausgewachsenen Mannen hatte – ein Ergebnis, das sein älterer Bruder nun wohl nicht mehr erreichen sollte. »Wolltet Ihr wohl die Güte haben und mich zu ihm begleiten, Königliche Hoheit?«

Ehe einer der Umstehenden dagegen Einwände erheben konnte, eilte Rhys Michael auf Oriel und auf das Krankenzimmer zu, strich sich unterwegs das verschwitzte Haupthaar nach hinten und zog sich die Falten des langen, durch einen Leibgurt gehaltenen, königsblauen Kittelrocks zurecht. Der Schwüle wegen hatte er die weiten Ärmel bis zu den Ellbogen aufgerollt, und durch die hohen Seitenschlitze des Gewands sah Oriel, daß die langen, gesunden Beine nackt waren und er an den Füßen lediglich Sandalen trug – angesichts der Sommerwärme auch für einen Prinzen eine vernünftige Art der Bekleidung. Dagegen wirkte der beleibte Erzbischof Hubertus in seinem purpurnen, bis an die mehrfach wulstige Wamme zugeknöpften Priesterrock, als wäre er kurz vor dem Ersticken; Schweiß bildete auf seiner Brust einen dunklen Streifen Nässe, von welchselbigem in augenfälliger Kreuzform feuchte Seitenstränge bis an die Achseln der fleischigen Arme abzweigten.

»Mein Prinz, gestattet mir, Euch zu begleiten«, rief Erzbischof Hubertus; seines Tonfalls unüberhörbare Schärfe stand in schroffem Gegensatz zu der höflichen Ausdrucksweise. Aber es gelang ihm nicht, seinen feisten Wanst in Bewegung zu setzen, bevor Rhys Michael bereits den Raum zur Hälfte durchmessen hatte.

Ein Ausdruck des Mißmuts und der Verunsicherung verzerrte des Prinzen Antlitz, als er den Zuruf vernahm, aber ausschließlich Oriel vermochte seine Miene zu sehen, denn Rhys Michael drehte sich erst um, sobald er an des Heilers Seite stand.

»Wenn's beliebt, ziehe ich's vor, lieber allein mit meinem Bruder zu sprechen«, entgegnete der Prinz, hob zum Zeichen regelrecht ungewohnten Eigensinns trotzig das Kinn. »Vielleicht erhalte ich dazu... nur noch selten die Gelegenheit.«

Damit wandte er sich ab und senkte den Blick. Sein mannhaft schönes Haldane-Antlitz widerspiegelte düstere Sorge um den Bruder. Betont mied Oriel die Blicke der übrigen Anwesenden, derweil er zur Seite trat und dem Prinzen den Zugang freigab – wenngleich er vermutete, daß sein barsches Verhalten Folgen haben sollte –, ihm nacheilte und die Tür des Krankenzimmers von innen schloß.

Als Oriel sich vom Eingang abkehrte, kauerte der Prinz bereits an des Königs Bettkante, packte Alroys matte Linke und küßte sie. Bei der Berührung schlug der König erneut die Augen auf, schaute dem Bruder in die Augen. Unterdessen strebte Oriel an die andere Seite der Bettstatt; er benahm sich so unaufdringlich wie möglich, wußte aber, daß er nicht vom Lager des Todkranken weichen durfte, denn wenn Alroy zuviel sprach, erlitt er fast unweigerlich einen Hustenanfall. Der Deryni brauchte sich nicht seiner Deryni-Sinne zu bedienen, um zu erkennen, daß die beiden Brüder füreinander aufrichtige Liebe empfanden. Der Edelknappe Fulk hatte sich an den kleinen Tisch zurückgezogen, auf welchem die Wasserschüssel stand und die zum Wechseln bestimmten Tücher lagen, und tat so, als ob er weder beobachtete noch lauschte.

»Alroy?« nannte Rhys Michael im Flüsterton seines königlichen Bruders Namen.

Nur andeutungsweise brachte der König ein verkrampftes Lächeln zustande.

»Da bist du ja«, raunte er mit schwacher Stimme. »Darüber bin ich froh... Aber wo ist Javan? Ich muß mich mit ihm besprechen.«

So schwer schluckte Rhys Michael, daß man es in der Stille der abendlichen Schwüle nahezu erschrekkend laut hörte, neigte bekümmert das Gesicht über des Königs an die Brust gedrückte Hand.

»Er besucht, wie Ihr wißt, mein König, in der Abtei *Arx Fidei* das Priesterseminar«, erwiderte er mit kaum vernehmlicher Stimme.

»Aber er ist mein *Thronerbe*«, stellte Alroy halsstarrig klar, erforschte mit den infolge der Medikamente geweiteten Augen des Bruders Miene. »Ich bin ja dem Tode geweiht...«

»Nein, das ist nicht wahr...!«

»Doch, Rhysem, so ist's«, widersprach Alroy, redete

dabei den Bruder mit dem während der letzten Jahre zur Gewohnheit gewordenen Kosenamen an. »Längst liege ich aufs Letzte, diese törichten Leibärzte können mir nicht helfen, und auch unser teurer Meister Oriel vermag's nicht mehr abzuwenden.« Flüchtig streifte sein Blick Oriel, der ratlos das Haupt senkte. »Weißt du denn nicht mehr, wie einst unser Vater dahingegangen ist?«

Während der König schwieg und mit der freien Hand ein Hüsteln unterdrückte – eine Gebärde, die allein schon ums Haar ein weiteres Gehuste verursachte –, schob Oriel unauffällig eine Hand unter Alroys Schulter, wo sie höchstwahrscheinlich von Jung Fulk unbemerkt blieb, wagte seine Deryni-Kräfte in just solchem Umfang aufzubieten, daß er dem Kranken ein wenig Erleichterung verschaffen konnte. Gleichzeitig faßte Rhys Michael des Königs Hand fester, als gedächte er ihm durch die Macht der brüderlichen Liebe frische Kräfte einzuverleiben. Ob dank dessen oder durch Oriels Einwirken, auf alle Fälle gelang es Alroy, den drohenden Husten niederzuringen.

»Ich muß mit unserem Bruder sprechen, bevor ich sterbe, Rhysem«, erklärte der König, sobald er wieder ungehindert Atem fand. »Du mußt dafür sorgen, daß der Kronrat nach ihm schickt.«

»Aber das kann ich nicht. Die Mitglieder des Kronrats hören nicht auf mich…«

»Sie werden tunlichst auf dich hören, wenn du aufs unnachgiebigste darauf beharrst«, widersprach Alroy. »Du bist kein Kind mehr, Rhysem. Seit fast einem Jahr bist du jetzt mündig. Und *sollte* es ihnen gelingen, Javan zu übergehen und dich zum König zu machen – welche Absicht sie, so du's duldest, zweifelsfrei verwirklichen dürften –, so hätten sie dir als ihrem Herrscher voll und ganz Rede und Antwort zu stehen, ohne daß sie sich hinter Rang und Amt einer Regentschaft verstecken könnten. Daran erinnere sie... und weise sie darauf hin, daß ein Haldane ein langes Gedächtnis hat.«

Derweil Alroy sprach – die Worte rangen ihm zusehends größere Anstrengungen ab –, war in Rhys Michaels Augen ein Funke der Hoffnung erglommen; er nämlich wünschte sich aufrichtigen Herzens keine Krone, sondern begehrte, daß die Krone von Gwynedd, wie es rechtmäßig sein mußte, des Königs Zwillingsbruder zufiel.

»Ihr habt recht, mein König«, bekannte er halblaut. »Ich *bin* mündig. Diese Männer sind *nicht mehr* unsere Regenten. Und müßte ich König werden, stünd's in meiner Macht, ihnen für ihren Ungehorsam bitterliche Buße aufzuerlegen.«

»Wogegen wohl, schicken sie um Javan, *wie's auf dem Totenbett mein letzter Wille ist*«, krächzte Alroy, »der künftige König, gleich wie er heißt, geneigt sein mag, sich ihnen wohlgesonnen zu zeigen...« Von neuem mußte Alroy husten, und Oriel erkannte, daß ein neuer Hustenanfall schwerlich lange auf sich warten lassen konnte.

»Nun spute dich«, keuchte Alroy. »Reitet ein Bote unverzüglich des Wegs, kann er bereits morgen früh zurück sein. Ich weiß wahrlich nicht, ob ich die Morgenstunde lange überdauere.«

Während abermals ein Husten ihn überwältigte, so daß Oriel ihn auf die Seite wälzen und ihm dann beim Hinsetzen beistehen mußte – zwischendurch wies der Heiler Fulk mit einem Wink an, neuen Mohnsaft zu bringen –, drückte Rhys Michael mit tränenfeuchten Augen dem Bruder nochmals die Hand; abrupt wandte er sich ab und strebte zur Tür. Unmittelbar vor Erreichen derselben straffte er sich zu voller Größe, neigte für einen Augenblick – beide Hände schon auf dem Türknauf – das Haupt, schöpfte tief Atem und stellte sich innerlich auf die drohende Auseinandersetzung ein. Als er zu guter Letzt das Haupt reckte, nahm er die stolze Haltung ein, die einem Haldane-Prinzen geziemte; danach verließ er das Krankenzimmer und schloß hinter sich die Tür, noch ehe die drei Wartenden sich von den Sitzgelegenheiten zu erheben vermochten.

»Der König befiehlt, daß man um unseren Bruder Javan sendet«, sprach er und bewahrte dabei, obschon mit einiger Anstrengung, eine gefaßte Miene. »Daher lautet so auch mein Befehl. Und ehe Ihr daran denkt, dem Willen eines sterbenden Königs zu trotzen« – er hob die Hand, um Einwänden zuvorzukommen, welche augenblicklich über des jungen Iver MacInnis' Lippen sprudeln wollten – »erwägt wohl, ob Ihr gleichfalls dem Manne zu trotzen wagt, den *Ihr* Euch zum König wünscht. Denn *sollte* ich jemals König werden, Ihr Herren – obschon's keineswegs *mein* Wunsch ist –, will ich Euch, dessen seid versichert, Eure Widersetzlichkeit nicht vergessen.«

Während er vorsätzlich an Iver vorbeiblickte und statt dessen Graf Tammaron und Ivers Onkel musterte, den Erzbischof, biß der feiste Hubertus sich auf die Lippen seines rosigen Schmollmündchens und deutete eine reichlich knappe Verneigung an.

»Freilich ist uns des Königs Begehren, wie sich's ja von selbst versteht, durchaus Befehl, Eure Hoheit, aber kann's denn wirklich klug sein, Euren Bruder von seinen Studien fortzureißen? Noch schwebt der König nicht in Lebensgefahr, er hat nicht nach der Letzten Ölung verlangt. Bei aller gebührlichen Hochachtung, er mag noch für die Dauer von Wochen oder gar Monden im jetzigen Zustand verbleiben, wie's der Fall war bei Eurer Hoheit verewigtem Vater. Es bleibt also eine hinlängliche Frist, um Prinz Javan herbeizuholen, sollte es dann unvermindert des Königs Wunsch sein.«

»Es ist des Königs *Befehl*«, erklärte Rhys Michael ein zweites Mal mit fester Stimme, rang verzweifelt die Furcht nieder, welche er auf gar keinen Fall zeigen durfte; daß Alroy selbst darauf hingewiesen hatte, er könnte die kommende Morgenstunde nicht lange überleben, erschreckte den Prinzen zutiefst. »Zudem ist's des Königs Wille, daß unser Bruder *ohne Verzug* herbeigerufen wird. Sträubt Ihr Euch, gehorsam unseres Königs Geboten nachzukommen, muß ich mich eben selbst der Sache annehmen. Wache!«

Schon strebte er zur Tür, welche an die Gänge der Burg grenzte, bevor auch nur einer des Dreigespanns glaubte, er könnte seinem Wort wahrlich die Tat folgen lassen. Im letzten Augenblick ergriff Graf Tammaron Jung Ivers Arm und verhinderte, daß er zupackte, um den Prinzen mit handgreiflicher Gewalt aufzuhalten. Rhys Michael nickte dem Grafen zu und strafte Iver mit einem herben Blick der Verachtung.

»Ich rate Euch wohl, Iver MacInnis, seid nimmer auf dreiste Weise vorwitzig«, ermahnte der Prinz ihn mit leiser Stimme, derweil ein Wächter im karmesinroten Wappenrock des Hauses Haldane die Tür öffnete und eintrat. »Solltet Ihr Euch *jemals* erkecken, Eure Hand an meine königliche Person zu legen, werdet Ihr's, darauf mein Wort, nicht lange genug überleben, um's zu bereuen.«

In den Augen einen Ausdruck derartiger Kälte, wie nur Haldane-Zorn ihn hervorzurufen vermochte, kehrte er sich, ehe Iver eine etwaige Widerrede äußern konnte, dem Wächter zu, beeilte sich jedoch, sobald er ihn erkannte, an ihm vorbei und hinaus, denn er bezweifelte, daß die gemeinen Angehörigen der Königlichen Leibwache seine Weisungen ausführten, ohne zuvor die Zustimmung eines Mitglieds des Kronrats einzuholen; also, mußte er sich an einen der jungen Ritter im Kreis der Königssippe wenden.

Geschwind erkundete des Prinzen Blick den Flur. In dem offenen Säulengang, welcher diesen Gebäudeteil der Burg mit dem Nachbarflügel verband, standen oder saßen müßig vielleicht ein Dutzend geringere Höflinge zwischen den Pfeilern beisammen und genossen die Aussicht auf den Garten; manche harrten auf Neuigkeiten über des Herrschers Verfassung, andere waren schlichtweg auf die kühle Luft aus, die aus dem Garten hereinwehte. Unter ihnen befand sich ein Mann, von dem Rhys Michael die Überzeugung hegte, ihm vertrauen zu dürfen.

»Herr Charlan«, rief er, hob die Hand in die Höhe, als der Jüngling beim Klang seines Namens aufsprang.

Vor fast drei Jahren, als Javan Haldane sich aus dem öffentlichen Leben zurückzog, um zu erproben und zu prüfen, ob er fürwahr eine Berufung zum Klosterdasein hatte – so hatte man es wenigstens der Allgemeinheit dargestellt –, war Charlan Kai Morgan des Prinzen letzter Edelknappe gewesen. Ungeachtet des schäbigen Ausschnüffelns, das die damaligen Regenten allen Königlichen Knappen zugemutet hatten – über welches selbige Knappen ihre königlichen Herren allerdings gar nicht im unklaren ließen –, hatten zwischen Prinz und Knappe wechselseitige Achtung und ehrliche Zuneigung bestanden. Die Versetzung ins königliche Gefolge für die zwei verbleibenden Jahre bis zu seinem Ritterschlag war seitens Charlans bereitwillig hingenommen worden, doch wußte Rhys Michael aus Unterhaltungen mit seinem früheren Knappen, Herrn Tomais, daß Charlan noch heute ausschließlich das Vorteilhafteste über seinen ehemaligen Herrn sprach. Während des vorjährigen Weihnachtsfestes hatte Alroy beide Jungmannen zu Rittern geschlagen.

Derweil der junge Ritter, den blonden Schopf achtungsvoll gesenkt, sich nahte, beschäftigte Rhys Michael die Frage, ob Charlan nun als Mann gleichfalls die alte Treue zu wahren wagte, welche er Javan als Edelknappe erwiesen hatte. Schließlich gab es keine Regenten mehr, und alle Untertanen mußten sich vor einem seit zwei Jahren mündigen König verantworten – selbst wenn selbiger König im Sterben lag.

»Ihr habt einen Wunsch, Eure Hoheit?« fragte Charlan.

»So ist es.« Rhys Michael erhob seine Stimme, damit auch die Umstehenden, die jetzt neugierig näherkamen, ihn vernahmen und es somit Zeugen der Befehlserteilung gab. »Noch bedeutsamer aber ist's, daß von Eurem König im Namen des künftigen Königs an Euch eine Weisung ergeht.« Mochten die Zuhörer diese Äußerung getrost auffassen, wie sie's denn wollten.

»Der König befiehlt, daß Prinz Javan ohne Aufschub an den Hof zu holen ist.« Rhys Michael sah, daß sich Charlans Miene erhellte, schlußfolgerte daher, daß er den richtigen Mann ausgewählt hatte. »Darum nehmt Euch ein Dutzend Mannen als Geleit, besteigt die schnellsten Rösser des königlichen Stalls und reitet aufs hurtigste zur Klosterschule *Arx Fidei,* von wo aus Ihr Seine Königliche Hoheit so geschwind wie überhaupt nur möglich nach Rhemuth zu bringen habt.«

Er zog den silbernen Siegelring vom kleinen Finger der Linken, auf welchem man das Haldane-Wappen um das Kennzeichen des Drittgeborenen ergänzt sah, und legte ihn in die Hand, die Charlan ihm entgegenstreckte.

»Dieser Ring verleiht Euch die Vollmacht, um während Eures Ritts unterwegs zu erwirken, was Ihr als erforderlich erachtet«, fügte der Prinz hinzu. »Seid dessen gewiß, daß Ihr sowohl mit dem Segen des Königs wie auch meinem Segen reitet. Und falls mein Bruder anzweifelt, daß sein Kommen wirklich und wahrhaftig mein Begehr ist…« Kurz verstummte er und dachte nach, dann langte er ans rechte Ohrläppchen. »…so übergebt ihm, ich bitte Euch, dies zum Zeichen meiner vollständigen Ernsthaftigkeit.«

Geschickt entfernte er den Ohrring aus Golddraht, welcher jenem Ohrring glich, den auch Javan einmal getragen, allerdings zusammen mit seinem Siegelring hatte ablegen müssen, ehe er ins Kloster ging. Mit Gewißheit erkannte Javan den Ohrring und war sich augenblicklich darüber ihm klaren, daß sein Bruder sich ohne schwerwiegende Veranlassung – denn ihr Vater hatte ihnen selbige Ohrringe erst ganz kurze Frist vor seinem Tod übergeben – davon keinesfalls trennte.

Charlan betrachtete beide Gegenstände – Siegelring und Ohrring –, schob sodann zur sicheren Aufbewahrung den Siegelring auf den Mittelfinger und wickelte den Ohrring in das Schweißtuch, welches er in der Gürteltasche am weißen Leibgurt seiner Ritterschaft mitführte. Das ärmellose Wams, welches er über dem langärmeligen leinenen Kittelrock trug, hätte im Grunde genommen, um die Abtei *Arx Fidei* aufzusuchen, als Reisekleidung hingereicht, doch waren seine Beine unbedeckt, genau wie bei vielen der Höflinge, welche sich in dem offenen Säulengang aufhielten, um die Frischluft zu genießen, und an den Füßen trug er lediglich Sandalen.

»Ich werde mich derart geschwind sputen, wie's sich nur einrichten läßt, Eure Hoheit«, beteuerte Charlan, legte die Handflächen aneinander, hielt sie dem Prinzen entgegen und sank aufs Knie. »Gewährt mir, meinen Vasalleneid, welchen ich anläßlich meines Ritterschlags geleistet habe, zu erneuern, Euch zu bekräftigen, daß ich allzeit des Königs Mann bin.«

Er beugte das Haupt, als Rhys Michael seine Hände zu der altehrwürdigen Geste, mit welcher seit eh und je Herrscher ihrer Untertanen Treueschwur huldvoll bestätigten, in die eigenen Hände nahm.

»Nicht in meinem Namen, sondern im Namen des

Königs, der herrscht, sowie jenes Königs, der zukünftig herrschen wird, ersuche ich Euch um diesen äußerst wichtigen Ritt, Herr Charlan«, raunte der Prinz gedämpft. »Nicht ich bin der nächste König, vielmehr wird's Javan sein. Deshalb eilt nun zu ihm… Und seid schnell, das bitte ich Euch aufs inständigste.«

Rhys Michael schaute Charlan nach, während der junge Ritter, sobald er sich aufgerichtet und abgewandt hatte, ohne Säumen davoneilte, um als erstes tüchtige Ritter auszuwählen, welche ihn zur Abtei *Arx Fidei* begleiten sollten. Er hatte sich als Prinz und Mann bewährt, wie es seine Pflicht ebenso war wie sein Recht, nichtsdestoweniger fühlte Rhys Michael sich wie ein ungezogener Schulbub. Er fragte sich, ob Erzbischof Hubertus ihn wohl geißeln ließ – und was *er* tun wollte, falls Hubertus sich dazu verstieg. Der Erzbischof hatte einst Javan wegen Unfolgsamkeit geißeln lassen; aber Rhys Michael stand nicht in dem Maß unter Hubertus' Fuchtel, wie es sich mit Javan verhalten hatte, und es würde dazu auch niemals kommen! Darum ging Rhys Michael davon aus, daß Hubertus heute nichts Vergleichbares wagte.

Dennoch blickte er den nächsten Stunden mit merklicher Beklommenheit entgegen; ihnen und den Männern, welche nahebei zwischen ihm und seinem todgeweihten Bruder lauerten.

# II. Kapitel

*Ich komme bald. Halte fest, was du hast,*
*daß niemand deinen Kranz dir nehme!*

Offenbarung 3,11

Einen Dreistundenritt von Rhemuth entfernt lag der zur Priesterschule *Arx Fidei* gehörige Klostergarten in Stille und Frieden da; zwar nicht unter weniger drükkender Schwüle, als man sie in der Hauptstadt litt, doch hatte der Haldane-Prinz, welcher in dieser Sommernacht an dieser ruhigen Stätte Erquickung suchte, zumindest weniger drängende Sorgen als seine beiden Brüder. Im Anschluß an die Frühmette, das nächtliche Hochamt, nach dem sich jegliche in der Abtei wohnhafte Seele gemäß den Klosterregeln ans Schweigegebot halten mußte, war Javan stumm zur Prozessionspforte hinausgeschlüpft, um sich, anstatt sich für die Nacht über die Treppe in seine Mönchszelle zurückzuziehen, in den Klostergarten zu begeben.

Nun nahm er flink auf der Graniteinfassung rings um den Karpfenteich Platz – um dort, sollte irgendwer nach seinen Absichten fragen, innere Einkehr zu halten. Daraus bestand eines der wenigen Vorrechte, welche er sich im Verlauf seines nahezu zweijährigen Weilens an der Priesterschule errungen hatte: der Erlaubnis, allein im Garten zu sitzen, derweil die übrigen Bewohner der Abtei schliefen. Schon damit hatte er bei den Oberen der Abtei Mißmut hervorgerufen, denn der Abt, ein engstirniger *Custodes-Fidei*-Geistlicher mit Namen Pater Halex, mißbilligte jedwede, auch nur geringste Abweichung von den gestrengen Ordensregeln und Vorschriften, welche seine Priesterschüler zu beachten hatten.

Indessen war Javan zu seinem Glück kein gewöhnlicher Seminarist. Zwar war er Laienbruder mit zeitweiligem Gelübde, aber gleichzeitig ein Prinz. Königliches Blut konnte auch unter solchen Umständen Vergünstigungen erwarten. Dennoch hatte das Zugeständnis des Erzbischofs Eingreifen bedurft, und es war ihm erst nach mehreren Monden vorbildlichen Betragens an der *Arx Fidei* und als widerwillige Anerkennung der Tatsache, daß Javan mündig ward und es ihm daher freistand, das Mönchsleben gänzlich aufzugeben, falls er darauf beharrte, eingeräumt worden.

Doch was ein vierzehn Lenze alter Thronerbe im Laufe der nächsten Jahre anderes hätte anstellen können, diese Frage drehte sich, so sah auch Javan ein, um eine sinnlose Überlegung. Es mußte als vollauf zweckmäßiges und kluges Vorgehen gelten, die Frist zwischen dem Mündigwerden und der eigentlichen Mannwerdung auf selbige Weise hinter sich zu bringen, wie er es tat, nämlich mit dem Erwerb einer förmlichen Bildung, welche ihm zum Ruhme gereichen konnte, sollte man ihn einstmals zum König krönen – und dafür wuchs immer mehr die Wahrscheinlichkeit, es sei denn, der Kronrat bediente sich irgendwelcher Kunstgriffe und Arglistigkeiten, um ihn zu übergehen und seinen jüngeren Bruder zum Herrscher zu erheben, welcher zwar mittlerweile auch mündig geworden war, jedoch als ein wenig einfältig galt und erheblich leichter beeinflußbar zu sein schien.

Mit einem schweren Seufzer streifte Javan die steife Gugel ab, welche zur Ordenstracht der von ihm verabscheuten *Custodes Fidei* gehörte; als Ergebnis langer Unterweisung faltete er sie nichtsdestoweniger ordentlich zusammen, bevor er sie neben dem Karpfenteich ins von der Sonne versengte Gras warf. Die schwarze

Soutane, welche er als Seminarist trug, hatte an der rechten Seite bis hinauf zur Schulter eine Knopfleiste. Javan knöpfte sie so weit auf, daß er den Stehkragen lockern konnte, dehnte die geschaffene Kluft und pustete sich ein paarmal Luft unter das Obergewand. Dann raffte er dessen Saum bis über die Knie hoch, rückte sich ein wenig herum, setzte den lediglich mit einer Sandale bekleideten linken Fuß auf den Granit und schlang den Arm ums Knie, lenkte den Blick über die Schulter und ließ ihn geruhsam übers Gewässer schweifen.

Auf der Wasserfläche spiegelte sich der Mondschein, warf gleichzeitig das Abbild eines blassen, ernsten Angesichts zurück, umrahmt von kurzgeschnittenem, glänzend-schwarzem, durchs Ablegen der Gugel leicht zerzaustem Haar. Von dieser Warte aus vermochte er die klerikale Tonsur, welche ihm den Scheitel entblößte und die zu haben die Umstände ihn nötigten, nicht zu sehen, und es stand ihm frei, sich auszumalen, er sei der Laie und Prinz, den wieder sein zu dürfen es ihn von ganzem Herzen verlangte.

Als seltene Bekundung selbigen Wunschbilds – schwerlich allzu kühn allerdings, da wohl kaum jemand sie zu Gesicht bekam – schüttelte er vom gesunden linken Fuß die Sandale und schob das lästige Ding auf der granitenen Einfassung zur Seite; dann senkte er den Fuß ins Wasser und beugte sich vor, um den eigens für seinen Klumpfuß angefertigten Stiefel aufzuschnüren und von dem mißratenen Körperteil zu ziehen. Er schmunzelte, derweil er die vom Druck befreiten Zehen bewegte, rieb sich kurz den geschwollenen Fußknöchel, ehe er sich herumdrehte und neben dem anderen auch diesen Fuß ins Naß tauchte.

Der Schlick auf dem Grund des Teiches war kühl und schlickig, und Javans Schmunzeln verbreiterte sich zu einem Lächeln. Selbst im Alter von sechzehn Lenzen übten die schlichten Freuden einer allzu kurzen Kindheit auf ihn noch ihren Reiz aus, und er genoß sie zwischen den durchaus ernsten Herausforderungen, welche es an ihn stellte, den überflüssigen Prinzen zu mimen und dennoch am Leben zu bleiben.

Denn hier ging es um nichts anderes als sein Überleben. Während der beinahe drei Jahre, seit er sich unter die Knute der *Custodes* begeben hatte, war Prinz Javan Haldane allerlei Gelegenheit geboten worden, sich die Fähigkeit zum Überdauern in einem Umfang anzueignen, der weit über die Bildung und die Gelehrtheit hinausreichten, wie man sie erwartet von dem künftigen Priester und Kleriker, zu dem man ihn zu machen sich bemühte. Gemeinsam mit der pflichtgemäßen Anpassung ans Klosterdasein und der unumgänglichen Unterwerfung unter die frommen Übungen, welche in der Abtei buchstäblich jede Stunde des Tagesablaufs prägten, hatte er auch die hintersinnigeren Künste des Heuchelns und der Irreführung erlernt.

Er hatte gelernt, seine Meinung für sich zu behalten, entschieden mehr zu beobachten und zu lauschen statt selbst das Wort zu ergreifen. Indem er sich zum Schein den Maßnahmen geistlicher Unterweisung und des philosophischen Unterrichts fügte, welche Erzbischof Hubertus sowie die anderen Edlen, die früher die Regenten des Königshauses gewesen waren und sich heute als Mitglieder des Kronrates betätigten, hatte Javan denselben die zurückhaltende Billigung seiner anscheinmäßigen Frömmigkeit, widerwillige Achtung vor seinen Lernerfolgen sowie sogar eine gewisse Freizügigkeit abgerungen, wobei letztere aus der Erlaubnis bestand, gelegentlich den Königshof zu besuchen; indessen hütete er sich sehr, das wahre Ausmaß seiner Errungenschaften erkennen zu lassen, insbesondere aber vermied er es aufs allerpeinlichste, sich auch nur im geringsten irgend etwas von seinen der Deryni-

Magie ähnlichen, eigentümlichen Kräften anmerken zu lassen, die sich stets spürbarer in seinem Innern regten. Dann und wann hatte Hubertus, wiewohl er davon nichts ahnte, seitens Javans aufs feinste vorgenommene Beeinflussungen erfahren; auch in dieser Hinsicht jedoch mußte der Prinz jedwede Übertreibung vermeiden, denn sollte Hubertus sich so verhalten, wie es seinem Wesen überhaupt nicht entsprach, wäre eine Entdeckung des Umstands, daß Javan dabei seine Finger im Spiel hatte, wohl schwerlich abzuwenden und müßte ihn nahezu mit Gewißheit das Leben kosten.

Und falls man Javan nicht auf die Schliche kam, mäße man die Schuld gewißlich einem oder mehreren jener Deryni zu, die sich noch bei Hofe aufhalten durften – den ›Deryni-Spürhunden‹, wie man sie bisweilen nannte, den unfreiwilligen Handlangern der hohen Herren. Gemäß der Erlasse, welche kurz nach dem Ableben von Javans Vater aufgrund der Beschlüsse des Konzils von Ramos ergangen waren, blieb es Deryni verboten, öffentliche Ämter zu bekleiden, Lehrtätigkeit auszuüben oder sich eine fromme Berufung anzumaßen, am wenigsten zur Priesterschaft; ihr Recht auf Eigentum ward ihnen immer ärger beschnitten. Darüber hinaus war es Deryni bei Androhung der Todesstrafe allerstrengstens untersagt, ihre magischen Befähigungen auf irgendeine Weise zu nutzen.

Die einzige Ausnahme bildeten jene Deryni, die man mit erpresserischen Mitteln in die Dienste des Königshofes genötigt hatte und dazu zwang, indem man ihre Anverwandten als Geiseln festhielt, ihre Gaben zum Vorteil der ehemaligen Regenten und heutigen Kronräte anzuwenden. Nicht selten verlangte die Pflichterfüllung es ihnen ab, an anderen Deryni Verrat zu begehen oder zumindest ihre Deryni-Kräfte zum Zwecke der Einschüchterung zu mißbrauchen. Anfangs hatten allein die damaligen Regenten vier, fünf solcher

Deryni-Gehilfen zu Diensten gehabt, und mehrere Dutzend weitere derynische Helfershelfer waren verschiedenen Teilen des Heers zugeteilt gewesen.

Heute war ihre Anzahl geringer, denn uneingeschränkte Unterwürfigkeit gehörte nicht zu den Eigenschaften der meisten Deryni, und die Regenten hatten auf jeden Widerstand mit der sofortigen Hinrichtung der Familie des Aufsässigen geantwortet – ob Weiber oder Kinder, ja Kleinkinder, darauf hatte man nicht geachtet –, und derjenige selbst war danach lngsam zu Tode gemartert worden. Mehr als einmal hatte Javan solche Greuel mitanschauen müssen, und noch noch immer befiel ihn Ekel, sobald er sich daran erinnerte.

Der Heiler Oriel gab die herausragendste Erscheinung unter den Deryni ab, welche ein so gefahrvolles Dasein fristeten. Derweil Javan eine Hand ins Wasser senkte, die Wellen beobachtete, welche den Wasserspiegel kräuselten, stellte er sich die Frage, wie Oriel es wohl eigentlich schaffte, derartige Verhältnisse zu ertragen. Freilich bedeutete es ihm eine gewisse Hilfe, daß der junge König Alroy seinem derynischen Heiler mehr als den menschlichen Leibärzten vertraute, die er als unfähige Pfuscher abtat. Lange Zeit hindurch hatten die einstigen Regenten sich darum bemüht, sein Oriel geschenktes Vertrauen zu untergraben, jedoch ohne Erfolg. Zwar blieb es den Kronräten nach wie vor unbenommen, des Heiler-Magisters Fähigkeiten zwangsweise zum Schaden anderer Deryni auszunutzen, doch wenigstens gewährte des Königs höchstpersönliche Gunst Oriel ein bestimmtes Maß an Schutz.

Für Javan war es ein Glück, daß am gesamten Rhemuther Königshof außer Oriel allein niemand, ob Mensch oder Deryni, auch nur die mindeste Ahnung von alldem hatte, und auch der Heiler wußte es nicht in vollem Umfang – was Javan ganz auf sich gestellt betrieb, während er die Zeit damit herumbrachte, auf den Tag zu warten und sich auf ihn vorzubereiten, an dem er es wagen konnte, den früheren Regenten zu trotzen. Oriel war es gelungen, Javan ab und zu ein Sendschreiben in die Abtei zu schmuggeln, den allmählichen gesundheitlichen Verfall seines Bruders zu schildern und auf das Erfordernis hinzuweisen, sich für den Griff nach der Krone in Bereitschaft zu halten. Zum letztenmal hatte Javan seinen Zwillingsbruder im vergangenen Mond gesehen, als es ihm gestattet worden war, für die gemeinsame Geburtstagsfeier die Hauptstadt aufzusuchen. Bei selbigem Anlaß hatte sich Javan anhand eigener Eindrücke davon überzeugen können – obzwar die Kronräte keine Mühe scheuten, um ihm nach Möglichkeit das Gegenteil einzureden –, daß Alroy, geschah kein Wunder, den Sommer nicht zu überleben vermochte.

Javan hatte keine Gelegenheit gefunden, sich mit seinem Bruder unter vier Augen zu besprechen, weil die Kronräte jede Stunde aufs engste mit Veranstaltungen gefüllt und alle drei Prinzen mit einem Eifer unter Obacht gehalten hatten, den jeder Zeitgenosse, welcher sich nicht besser auskannte, mit unbedingtem Gehorsam verwechseln mußte. Allerdings hatte der Prinz für einen Moment mit Oriel allein sein können, der ihm dabei umfangreicheres, genaueres Wissen auf jene Weise übermittelte, welche ausschließlich Deryni und die wenigen Menschen beherrschten, die über deren Magie-Kräften vergleichbare Fähigkeiten verfügten.

Noch war Javan darin nicht so bewandert, wie er es gerne mittlerweile gewesen wäre, denn der Umgang mit seinen vormaligen derynischen Förderern und der Unterricht, welchen er einst bei ihnen genossen hatte, war mit der Leistung des vorläufigen frommen Gelübdes im Orden *Custodes Fidei* sowie dem Eintritt in die Priesterschule zwangsläufig zum Erliegen gekommen;

dennoch durfte er sich mit wohl größerem Recht denn jeder andere Mensch – auch als Haldane mit der Deryni-Magie ähnlichen Gaben, die allein Javan hatte, Alroy hingegen nicht, doch nur dem König sollte dies vorbehalten sein – als Eingeweihter bezeichnen. Javan wußte, daß dieses Ausgeprägtsein seiner Befähigung mit dem im Zusammenhang stand, was sein Vater – noch in der Nacht seines Todes – an ihm und seinen beiden Brüdern vorgenommen hatte; doch nicht einmal Joram MacRorie, der Sohn Sankt Cambers und von allen übrigen beteiligten Deryni der einzige, der nach wie vor unter den Lebenden weilte, verstand dafür eine einleuchtende Erklärung abzugeben.

Ungeachtet dessen, *was* damals geschehen war, konnte Javan das Ergebnis nur willkommen heißen, denn es mochte der eine Rückhalt sein, der es ihm ermöglichte, am Leben zu bleiben, bis er über seine Zukunft eine endgültige Entscheidung treffen mußte. Er bedauerte, daß es allem Anschein zufolge keine Hilfe für Alroy ergab, dessen zusehends schwindende Gesundheit Anlaß zu ernster Sorge gab. Nach Mitternacht – während der Frühmette – hatte er ein besonderes Gebet um Genesung für seinen Bruder gen Himmel gesandt, denn im Laufe des vorangegangenen Tages war er in bezug auf den König in zunehmendem Maße von unklarem Unbehagen beschlichen worden. Auch das seelische Band, dessen Bestehen man Zwillingen so häufig nachsagte, ließ sich durch Javan deutlicher spüren, seit seine unvermuteten Geisteskräfte sich entfalteten und ausreiften. Und heute nacht, derweil ringsum die meisten Insassen der Abtei im Schlummer ruhten und keine seelischen Ausstrahlungen störten, gewann Javan den Eindruck, die düstere Vorahnung hinsichtlich seines Zwillingsbruders noch stärker zu haben.

Indem er die Lider schloß, versuchte Javan sich

gründlicher in selbige Wahrnehmung einzufühlen, mißachtete unterdessen das schwache Kitzeln, welches ihm mehrere Karpfen verursachten, die neugierig herangeschwommen waren und nun mit den weichen Mäulern nach seinen Zehen schnappten. Zwar erlangte er dadurch tieferen inneren Frieden, jedoch keine Erkenntnis der eigentlichen Hintergründe seiner Ahnungen.

Nach einer Weile hob er verblüfft das Haupt, dieweil die Geräusche von Rössern seine Aufmerksamkeit ins Jetzt zurücklenkten; entlang der Klostermauer näherten sich die Reiter dem Tor der Abtei. »Bruder Pförtner!« erklang eine Javan vage vertraute Stimme.

*Charlan?* war Javans erster Gedanke, als er das Haupt wandte, um aufmerksamer zu lauschen.

»Pförtner?« rief die Stimme ein zweites Mal. »Höre mein Wort, öffne das Tor! Öffne im Namen des Königs. Ich bringe eine Nachricht für Prinz Javan.«

Der Rufer war *tatsächlich* Charlan.

Während Javan flugs die Füße aus dem Wasser schwenkte und sie hastig am Saum der Soutane abtrocknete, ertönten nun auch weitere Stimmen, knirschten eiserne Riegel, klapperte Hufschlag, sobald etliche Rösser über das Kopfsteinpflaster in den Klosterhof trabten. Jenseits der Klostermauer erhellte plötzlich Fackelschein das Nachtdunkel. Javan schätzte, daß möglicherweise ein Dutzend Berittene seinen ehemaligen Knappen begleiteten. Danach verklangen die Stimmen, und Javan zog die Schlußfolgerung, daß man jemand Verantwortlichen gerufen hatte, der sich mit Charlan über den Zweck seiner Ankunft besprechen sollte.

Doch was wollte Charlan hier um diese nächtliche Stunde? Es konnte nicht sein, daß er die Kunde von Alroys Tod brachte, denn er hatte im Namen des Königs Einlaß gefordert und eine Nachricht für *Prinz* Javan erwähnt.

Allerdings ließ sich *nicht ausschließen,* daß Alroy tot war und man Rhys Michael zum König ausgerufen hatte; doch nicht einmal Rhun oder Murdoch konnten so dumm sein, daß sie Charlan zu seinem früheren Herrn schickten, um ihm ausrichten zu lassen, sie hätten ihm die Krone entwunden.

All das verwies darauf, daß Alroy lebte, aber wohl nur noch wenig ihn vom nahen Tod trennte. Derweil Javan den heilen Fuß in die Sandale schob und danach die zeitlich etwas aufwendigere Aufgabe anging, den Stiefel an seinen Klumpfuß zu ziehen, gelangte er zu der Einsicht, daß derlei Umstände in der Tat die bösen Vorahnungen, die er gegenwärtig hatte, erklären könnten. Und wenn Alroy starb…

*Rede nicht um den heißen Brei herum, Javan,* ermahnte er sich selbst. *Sobald Alroy tot ist, mußt du um deine Krone kämpfen. Du kannst nur hoffen, daß du dieser Herausforderung gewachsen bist…*

Soeben schloß er die letzte Schnalle des Stiefels, da nahten sich Fackeln von der Prozessionspforte, welche aus der Abteikirche in den Klostergarten führte. Das Herz wummerte Javan im Busen, während er sich aufrichtete und die Gugel zur Hand nahm, unwillkürlich Anstalten machte, um sie sich überzustreifen, ehe der Abt ihn in vorschriftswidrigem Äußeren erblickte – denn wahrscheinlich war es Pater Halex, der Charlan zu ihm brachte, weil einzig der Abt für dergleichen die Vollmachten hatte.

Dann jedoch beschloß er kühn darauf zu setzen, daß jetzt die Stunde da war, derer er seit langem harrte, und er das verhaßte Kleidungsstück der *Custodes Fidei,* welches er seit ehedem als Wahrzeichen der Kriecherei empfand, heute zum letztenmal abgelegt hatte. Während die Fackeln sich näherten, er zuletzt wirklich Pater Halex an der Spitze der kleinen Schar und gleich neben ihm Charlans Schopf erkannte, ließ Javan die

Gugel zurück ins Gras fallen und beschränkte sich aufs Zuknöpfen der Soutane.

Charlan eilte am Abt vorüber, sobald er seinen einstigen Herrn sah, und Javan nahm eine Haltung höchster Achtsamkeit ein, als der junge Ritter vor ihm verharrte, die Linke locker auf dem Schwertknauf, und eine ehrerbietige Verbeugung entbot. Über der ledernen Reitkleidung trug Charlan ein gestepptes Wams, ein Zeichen dafür, daß er zu keinem Höflichkeitsbesuch kam; weitere Leibeswehr hatte er jedoch nicht angelegt. Nichtsdestoweniger mußte es als unübersehbarer Beweis der überaus hohen Bedeutung gelten, die er dem Besuch der Abtei beimaß, daß er innerhalb der Klostermauern gar Schwert und Dolch umgegürtet behielt. Sich von seinen Begleitern auch in den Klostergarten geleiten zu lassen, war ihm indessen nicht gestattet worden.

»Eure Hoheit, ich bringe Euch wichtige Kunde aus Rhemuth«, wandte Charlan sich an den Prinzen, äußerte sich zunächst voller Zurückhaltung, dieweil er wußte, daß der Abt und die zwei Mönche, welche mit ihm gekommen waren, jedes Wort vernahmen.

»Betrifft's den König?« fragte Javan mit gedämpfter Stimme und voll des Bangens vor der Antwort.

»Der König lebt«, erteilte Charlan leise Auskunft. »Er befiehlt Euch zu sich. Prinz Rhys Michael hat mich zu Euch gesandt und mir zum Zeichen meiner Bevollmächtigung diesen Ring übergeben.«

Ohne den Blick von Charlans dunklen Augen zu wenden, hielt Javan den Handteller unter die geschlossene Faust, die ihm der Ritter entgegenstreckte, und betrachtete anschließend, was in seiner Hand im Fackelschein glänzte. Rhys Michaels Siegelring war es, fast gleich beschaffen wie Javans Siegelring, welchen er heimlich in seiner Mönchszelle unter der Strohmatte seiner Schlafstatt in einem Lederbeutelchen aufbewahrte.

*»Bruder* Javan«, sprach nun der Abt ihn an und betonte die Anrede auffällig stark, »dies Treiben verstößt wider unsere Regeln. Du schuldest dem Orden Folgsamkeit. Und wo ist der Rest deiner Tracht?«

»Jegliche Unehrerbietigkeit liegt mir fern, Pater Abt, doch schulde ich dem König, meinem Bruder, höheren Gehorsam«, versetzte Javan zur Antwort und ging auf die Frage nach der Bekleidung gar nicht ein. Er heftete den Blick wieder auf Charlan. *»Rhys Michael* schickt Euch, Herr Charlan?«

»Ja, Herr, denn der König war zu schwach, um seinem Begehren außerhalb des Krankenzimmers Gehör zu verschaffen.« Charlan griff in seine Gürteltasche und holte ein zusammengefaltetes Schweißtuch heraus, welchselbiges er Javan reichte. »Zudem bat mich der Prinz, Euch zum weiteren Beweis, daß des Königs Wille auch sein Wunsch ist, dies auszuhändigen...«

Vorsichtig entfaltete Javan das weiche Linnen, hielt die Hand vorsätzlich so, daß Pater Halex nicht sehen konnte, was sich darin verbarg. Der Ohrring aus verschlungenem Golddraht ähnelte jenem Ohrring, den Javan vorm Eintritt ins Kloster hatte ablegen müssen, und bewies tatsächlich die Dringlichkeit der Botschaft Rhys Michaels – zeigte ganz unmißverständlich an, daß sie wirklich Belange des gwyneddischen Königtums betraf. Javan bewahrte, indem er das Tuch wieder um den Ohrring schlug, eine ausdruckslose Miene, würdigte den Abt mit voller Absicht keines Blicks, als er Rhys Michaels Ring an einen Finger der Rechten steckte und erneut Charlan anschaute.

»Ich muß mich umkleiden und Reitstiefel anlegen«, äußerte der Prinz, reichte Tuch und Ohrring dem jungen Ritter zur Aufbewahrung zurück. »Gebt mir darauf acht, ja? Bringt Ihr mir ein Roß, oder soll ich mir ein Reittier aus den Stallungen der Abtei borgen?«

»Oho, Bruder Javan, was soll denn das werden?« mischte sich der Abt ein.

»Von nun an habt Ihr mich wieder mit *Prinz* Javan anzureden, Herr Abt«, entgegnete Javan, musterte den älteren Kleriker mit einem Blick äußerster Entschlossenheit. »Ich reite auf Geheiß meines Königs, welchselbiger auch Euer König ist, nach Rhemuth.«

Dem Abt fiel die Kinnlade herab, entrüstet sah er sich nach den beiden Mönchen um, die hinter ihm standen, als erwartete er von ihnen Unterstützung. »Aber du hast ein Gelübde geleistet. Du schuldest mir Gehorsam.«

»Mein Gelöbnis ist vorläufiger Art und stets, von Anfang an, zeitweiliger Natur gewesen, Herr Abt«, widersprach Javan in ruhigem Ton, aber mit allem Nachdruck. »Am heutigen Tag endet mein Klosterleben. Ich kehre zurück an den Königshof. Also empfehle ich Euch, tretet beiseite und laßt mich in Frieden ziehen. Herr Charlan, wollt Ihr mich wohl begleiten?«

Sprachlos wich der Abt zur Seite, als Javan vortrat und Charlan sich ihm anschloß, und auch die zwei Mönche gaben den Weg frei, so daß Prinz und Ritter sich durch den Klostergarten entfernen konnten.

»Ich führe für Euch ein Roß mit, Eure Hoheit«, flüsterte Charlan in atemloser Erregung, während sie zur Prozessionspforte strebten. »Und solltet Ihr geeignete Reitkleidung brauchen, so habe ich auch Beinkleider und ein kurzes Gewand in der Satteltasche. Mit nackten Beinen dürfte der Ritt Euch übel bekommen.«

»Ich habe von meinem letzten Ritt nach Rhemuth noch alles, dessen ich bedarf, in meiner Klause«, antwortete Javan. »Bescheidenes Zeug zwar, doch reicht's hin.« Er öffnete die Prozessionspforte und durchquerte mit Charlan das südliche Querschiff in Richtung der Treppe. Während sie die Stufen erklommen – um sein Hinken auszugleichen, zog der Prinz sich mit der

Hand an dem dicken Seil hoch, das an der Mauer entlang verlief –, schaute Javan sich über die Schulter nach Charlan um.

»Wie *steht* es um meinen Bruder Alroy, Charlan? Habt Ihr ihn gesehen?«

»Nein, Herr. Prinz Rhys Michael war bei ihm, unmittelbar bevor er mich zu Euch gesandt hat. Der Prinz wirkte tief besorgt. Ich hege die leidlich feste Überzeugung, daß wir rechtzeitig in Rhemuth eintreffen, aber ich glaube, ich wäre nicht mitten in der Nacht auf den Weg geschickt worden, bestünde nicht äußerste Dringlichkeit. Indem er mich mit dieser Aufgabe betraute, hat der Prinz, wähne ich, manches gewagt, denn es geschah – war mein Eindruck – gegen den Willen von Erzbischof Hubertus und den anderen Kronräten, welche vor dem Krankenzimmer des Königs warteten.«

Inzwischen hatten die beiden Jungmannen den oberen Treppenabsatz erreicht, und Javan führte im Dachgeschoß den Ritter hurtig durch den Flur; auf ebenem Fußboden humpelte er weniger schlimm. Die schläfrigen Mienen, welche da und dort aus einem Türspalt lugten, mißachtete er völlig.

»Hier hinein«, sagte Javan leise, nahm aus einer Mauernische neben der Tür ein Binsenlicht, ehe er Charlan in die winzige Klosterzelle führte.

Drinnen entzündete er ein Licht in einer anderen Wandnische, dann übergab er das Binsenlicht Charlan, damit der Ritter es in den Korridor zurückbrachte, während er seine Soutane aufknöpfte und Überlegungen bezüglich des weiteren Vorgehens anstellte.

»Ich hoffe, es stört Euch nicht, mir ein wenig zur Hand zu gehen, geradeso als wärt Ihr noch, wie einst, mein Knappe«, meinte Javan, während der junge Ritter – aus Vorsicht in geduckter Haltung – die Klause betrat. »Ihr findet den anderen Stiefel und meine Reitkleidung in der Truhe am Fußende der Bettstatt. Mir liegt daran, von hier zu verschwinden, bevor der Abt etwa auf den Gedanken verfällt, seine *Custodes* könnten's womöglich mit Euren Mannen aufnehmen.«

Indem er schmunzelte, bückte Charlan sich über die Truhe und widmete sich seinen Aufgaben.

»Auch *ich* habe schon an selbige Möglichkeit gedacht, Eure Hoheit«, antwortete er im Ton der Unbekümmertheit, brachte sogleich den gesuchten Stiefel zum Vorschein, kramte danach in den Stapeln einheitlich schwarzer Kleidungsstücke. »Allerdings bilde ich mir ein, die Anwesenheit eines Dutzends bewaffneter Ritter im Klosterhof dürfte des teuren Abtes Hang zu voreiligen Handlungen durchaus dämpfen.« Er hielt etwas Schwarzes in die Höhe. »Ist das Euer gewünschtes Beinkleid?«

Javan hob den Blick und nickte.

»Und was die Betätigung anbelangt, Euch als Knappe zu dienen«, fügte Charlan hinzu, indem er das Beinkleid aufs Bett warf, »werde ich die Monde, welche ich vor Jahren in Euren Diensten verbracht habe, stets als Ehre und Auszeichnung in meiner Erinnerung bewahren. Ich... ich wage zu hoffen, Ihr schlagt mir die Gunst, Euch auch in Zukunft dienlich sein zu dürfen, nicht ab, wenn Ihr König seid.«

»Wenn ich König...«

Javan war dabei gewesen, die verhaßte Kordel der *Custodes* von der Leibesmitte zu lösen, als er stutzte und erstarrte; schwer schluckte er, bevor er die zweifache, verschlungene Kordel – ein Geflecht in den Farben Karmesinrot und Goldgelb, welche sich die *Custodes Fidei* dreist vom Haldane-Königshaus ausgeborgt hatten, um ihren Deryni-Verfolgungen Glaubwürdigkeit zu verleihen – voll deutlichen Widerwillens auf die Bettstatt schleuderte.

»Ich meinerseits gebe mich der Hoffnung hin, nicht erst durch Erklärungen beteuern zu müssen, daß es mein allerletzter Wunsch gewesen wäre, zum König gekrönt zu werden, solang's bedeutet, daß meinem Bruder Harm widerfährt«, äußerte Javan mit fester Stimme. Er streifte die schwere Soutane ab und ließ sie auf seine Füße hinabrutschen, setzte sich unbeholfen, nur noch die weite, lockere Unterkleidung am Leibe, die man Mönchen zugestand, auf die Kante des Bettgestells.

»Doch ich muß mich dem Sachverhalt stellen, wie er nun einmal ist«, ergänzte er seine zuvorigen Worte, während Charlan zu seinen Füßen niederkniete und die Schnallen des für den Klumpfuß gefertigten Stiefels löste. »Es wäre mir unlieb, klängen meine Äußerungen etwa nach Untreue gegenüber meinem Bruder. Aber falls er stirbt, ohne einen Erben gezeugt zu haben…«

Charlan schenkte ihm einen Blick der Zustimmung, ehe er seine Aufmerksamkeit wieder auf die Schnallen verlegte.

»Es ist besser, man krönt Euch zum König, als daß Prinz Rhys Michael es wird«, sprach er unumwunden, ohne Javan anzuschauen. »Glaubt mir, Herr, ich stehe in keinem mißlichen Verhältnis zu Eurem Bruder, aber der Thronerbe seid *Ihr.* Und *Ihr* habt das Rückgrat, um Euch gegen den Kronrat zu behaupten… was man Eurem Bruder, so wage ich zu behaupten, nicht nachsagen kann. Dem König jedenfalls ermangelt's daran.«

In Javans grauen Haldane-Augen glomm Ärger; mißmutig schleuderte er von seinem gesunden Fuß die Sandale in einen Winkel der Klosterzelle.

»Nicht Alroys Schuld ist's, daß er unter ihrer Knute lebt«, erwiderte er in scharfem Tonfall. »Von Kindesbeinen an ist er gebrechlich, und nachdem die damaligen Regenten Herrn Rhys und Bischof Alister vom Königshofe vertrieben hatten, bekamen die Leibärzte Befehl, ihm fortwährend, auch wenn ihm an seiner Gesundheit nichts fehlte, leichte Beruhigungsmittel zu verabreichen. Zuerst mochte ich's ja gar nicht glauben, aber bei den letzten Malen, als ich Gelegenheit zum Beisammensein mit ihm hatte, vermochte ich mich selbst davon zu überzeugen.«

Charlan öffnete die letzte Schnalle, schaute dann Javan an, derweil er in die Hocke ging und den Stiefel von des Prinzen Klumpfuß zog. »Habt Ihr darüber Kenntnis durch Meister Oriel erhalten, Herr?«

Diese Frage konnte auf mannigfaltige Weise aufgefaßt werden. Charlans Gegenwart bewies eine Treue zu allen drei Haldane-Brüdern, welche wohl die Verpflichtung, die er hinsichtlich des Kronrats empfinden mochte, weit übertraf; indessen blieb Javan sich in der Frage, ob er Charlan und den Deryni Oriel in irgendeine Verbindung bringen sollte, im unklaren. Derlei rührte zu eng an die Wahrheit über Javans eigene, in stetem Zuwachs begriffene Magie-Begabung.

Freilich stand dem Prinzen die Möglichkeit offen, sich jetzt, in diesem Augenblick, auf immerdar Charlans unerschütterlicher Untergebenheit zu vergewissern. Da er zu Javans Füßen kniete, befand sich der junge Ritter in günstiger Reichweite, könnte nimmer verhindern, daß der Prinz Hand an ihn legte und ihn vermittelst noch von früher vorhandener, innergeistiger Ansätze einer vollkommenen Beeinflussung unterwarf. Aber wenn Javan König werden und seine besonderen Fähigkeiten nutzen mußte, um seinen Thron zu verteidigen, wollte er lieber darauf verzichten, Treue zu erzwingen, welche jemand ihm freimütig anbot.

Sorgsam darauf bedacht, keine Beunruhigung zu zeigen, nahm der Prinz das Beinkleid, stieg hinein und erhob sich lange genug, um es an den Beinen hochzuziehen und den Verschluß zuzunesteln. Er schob den Klumpfuß zurück in den Stützstiefel, ehe er sich wieder setzte, so daß Charlan, während er den den heilen Fuß eigenhändig mit dem zweiten Stiefel bekleidete, unterdessen die Schnallen zu schließen vermochte.

»Es ist wahr, daß ich zunächst durch Meister Oriel davon erfahren habe«, bekannte Javan, entschied sich für nicht allzu waghalsige Offenheit; falls sich zeigte, daß Charlan eine verräterische Gesinnung hegte, konnte er ihn auch nachträglich noch seinem Willen unterordnen. »Er mißbilligte selbiges Vorgehen und vertrat die Ansicht, sowohl als Alroys Bruder wie auch sein Thronerbe sollte ich darüber Bescheid wissen. Wie Euch gewißlich bekannt ist, verbieten die Bedingungen seines Wirkens ihm ungeachtet seiner Meinungen und vielleicht klügeren Erkenntnisse jede unverhohlene Ablehnung des Tuns und Wollens seiner Dienstherren.« Er hob den Blick und schaute Javan an, welcher soeben den letzten Riemen zuschnallte.

»Und wie steht's mit Euch, Charlan? Solange Ihr mir als Knappe dientet, seid Ihr immerhin ehrlich zu mir gewesen und habt nicht verschwiegen, daß Euch die Pflicht auferlegt ward, den damaligen Regenten über mich fortlaufend Bericht zu erstatten. Ich habe stets geglaubt, Euer aufrichtiges Verhalten sei nicht allein durch Untertanenpflicht, sondern vor allem dank Eurer persönlichen Anhänglichkeit zu erklären. Aber als ich den Königshof verließ, haben sich ja die Umstände geändert. Inzwischen seid Ihr zum Ritter geschlagen worden, und das heißt, alle Treueschwüre, welche Ihr dem König gelobt habt, gelten ebenso den einstigen Regenten und heutigen Kronräten.« Er schöpfte tief Atem.

»So lautet denn nun, wähne ich, meine Frage an Euch: Wem gehört jetzt Eures Herzens Treue? Selbiges nämlich muß ich unbedingt zweifelsfrei wissen, bevor ich mit Euch von dieser Abtei wegreite.«

Derweil er die so höchlichst bedeutsame Frage an

Charlan richtete, prüfte er mittels seiner Fähigkeit zur geistigen Wahrheitsfindung des Ritters Gemüt, und zu seiner Erleichterung erteilte Charlan ihm mit uneingeschränkter Ehrlichkeit und voller Offenherzigkeit Antwort.

»Herr, ich bin *Euer* Mann«, versicherte Charlan mit gänzlicher Glaubhaftigkeit, heftete furchtlos den Blick seiner dunklen Augen in Javans graue Augen. »Es ist, glaube ich, schon immer so gewesen. Zu jener Zeit, als Ihr vom Königshofe Abschied genommen habt, ward mir allmählich bewußt, daß Schwüre mehr sind als Worte, und nach meinem Ritterschlag habe ich über diese Einsicht wohl vollends Klarheit gewonnen. Zudem habt Ihr weitere Getreue, von denen Ihr noch gar nichts ahnt, mehrheitlich gleichfalls jüngere Ritter, welche Euch und Euren Brüdern zuvor als Edelknappen dienten, doch gibt's bei Hofe durchaus auch mehrere ältere Höflinge, denen Ihr Vertrauen entgegenbringen könnt. Und die Mannen, welche drunten im Klosterhof Eurer harren, sind allesamt, so es denn sein muß, für Euch zu sterben bereit.«

»Wahrhaftig...?« murmelte Javan, indem er die Augen aufsperrte; denn er war sich zwar darin einigermaßen sicher gewesen, daß Charlans Treue fortwährte, des jungen Ritters übrige Enthüllungen jedoch hatte er keineswegs erwartet. »Aber werden sie auch für mich *leben* und *handeln*, Charlan? Selbiges mag nämlich im Verlauf der kommenden Wochen und Monde sehr wohl um einiges schwieriger als ein Heldentod werden. Die Kronräte schwelgen schon so lang in ihrer Macht und ihrem Mutwillen, daß sie das nächste Geschlecht daran beteiligen, denn wahrlich, manche ihrer *Söhne* nehmen hohe Reichsämter ein. Gehe ich dabei, sie allesamt aufs nachhaltigste zu entmachten, nicht mit außerordentlicher Umsicht vor, möchte gar das Reich innerlich zerrissen und in Krieg gestürzt werden… falls man mich nicht ohnedies zuvor ins Jenseits befördert.«

Charlan rückte an Prinz Javans Stiefel den letzten Gurt zurecht und gab zum Zeichen, daß er damit fertig war, dem linken Fuß einen leichten Klaps; aber noch erhob er sich nicht von den Knien.

»Euch stehen Getreue zu Gebote, die zu verrichten bereit sind, wessen es bedarf, um beide Gefahren abzuwenden, mein Prinz«, beteuerte der Ritter, indem er nun Javan ins Angesicht blickte. »Wir haben… uns die Freiheit herausgenommen, in der vergangenen Wochen Verlauf etliche Ritter bezüglich Ihrer Auffassungen in so manchen hochwichtigen Angelegenheiten auszuhorchen, welche binnen kurzem, sobald Ihr auf dem Thron sitzt, Eure Aufmerksamkeit erheischen dürften. Zu Rhemuth erwarten Euch Denkschriften sowie Männer, welche sie Euch zu erläutern vermögen. Niemand von uns wäre so vermessen, Euch mit irgendwelchem Drängen zu behelligen, was Ihr beginnen solltet, jedoch enthalten diese Aufzeichnungen Wissen, an welchselbiges Ihr auf anderen Wegen niemals gelangen könntet.« In plötzlicher Beklommenheit schluckte Charlan. »Ihr… Ihr zürnt uns deswegen doch nicht, mein Prinz? Ganz ausschließlich haben wir uns dieser Mühewaltung zu dem Zweck unterfangen, um Euch unseren Rückhalt und unsere Hilfe zu erweisen.«

Zunächst vermochte Javan den Ritter nur ungläubig für die Dauer mehrerer Herzschläge anzustarren, obschon er genau wußte – dieweil er es ersah –, daß jedes Wort, das Charlan sprach, die reine Wahrheit enthielt. Aber sobald er die volle Tragweite des Mitgeteilten erfaßte, klopfte er Charlan auf die Schulter, stand auf und schüttelte, indem ein leises Lächeln seine Lippen umspielte, das Haupt.

»Wie könnte ich Euch zürnen, Charlan?« fragte er mit ruhiger Stimme. »Wo ich mich bislang aufs Grübeln und auf Wunschdenken beschränken mußte, da habt Ihr mir wahre Hoffnung gespendet.«

Indem er sich dazu zwang, sich mit den Erfordernissen der gegenwärtigen Lage abzugeben – denn sputeten sie sich nicht, alsbald fortzukommen, mochten Javans bisherige entbehrungsreiche Bestrebungen sowie des jungen Ritters Bemühungen vergeblich gewesen sein –, trat der Prinz zu der Truhe am unterem Ende der Bettstatt und entnahm ihr das Obergewand, welches er während seines letzten Ritts nach Rhemuth getragen hatte. Wie sämtliche anderen Kleidungsstücke, die er in der Abtei anlegen durfte, war es schwarz, hatte auch, ähnlich wie ein Priesterrock, einen hohen Kragen, aber der Saum fiel nur bis aufs Knie, und zum Reiten hatte es an Vorder- und Rückseite einen Schlitz. In der sommerlichen Schwüle würde er sich darin voraussichtlich beengt fühlen, dieweil es aus dickerer Wolle gesponnen war als die Soutane, doch daran ließ sich zur Stunde nichts ändern. Nun mußte er wie ein Prinz aussehen; und ihm bot sich keine andere Lösung an.

Er sprach kein Wort mehr, derweil er sich vollends ankleidete, und Charlan achtete sein Schweigen. Nachdem Javan die Knöpfe des Obergewands geschlossen hatte – ausgenommen die drei obersten –, holte er einen schlichten schwarzen Ledergürtel aus der Truhe und schlang ihn sich um die Leibesmitte, suchte anschließend den unter der Strohmatte verborgenen Lederbeutel hervor.

In diesem kleinen Beutel befanden sich sein Siegelring, welcher das um die Kennzeichnung des zweiten Sohnes ergänzte Haldane-Wappen aufwies, sowie das Gegenstück zu Rhys Michaels Ohrring. Nachdem er den Siegelring an den kleinen Finger seiner linken Hand gesteckt hatte, fuhr er sich ein paarmal mit einem aus Horn geschnitzten Kamm durchs Haar, dann ließ er sich von Charlan dabei behilflich sein, den Ohrring aus umeinandergedrehtem Golddraht im Loch des rechten Ohrläppchens zu befestigen. Einen Spiegel, um sein Äußeres zu begutachten, hatte er nicht, doch anhand der Miene, die Charlan zog, schlußfolgerte er, daß er einen durchaus vorteilhaften Eindruck erweckte.

»Es dürfte ratsam sein, nunmehr aufzusitzen und fortzureiten«, bemerkte er halblaut, ließ den Blick ein letztes Mal durch die Klause schweifen. »Ihr könnt mir Weiteres während des Ritts erzählen. Hoffen wir, daß sich drunten die Lage, derweil wir hier säumten, nicht bis zum äußersten zugespitzt hat.«

Als Charlan die Tür aufstieß, beugte Javan sich vor und pustete das Binsenlicht aus. Ernsten Mutes, jedoch voller Eifer und Tatendrang folgte er dem jungen Ritter durch den nur trübe beleuchteten Flur zur Stiege. An dieser Stätte hatte der Prinz erlangt, ja errungen, wessen er für die Zukunft bedurfte; nun blickte er sich kein einziges Mal mehr um.

# III. Kapitel

*Solches tust du. Würde ich schweigen,*
*könntest du glauben, ich sei gleich wie du.*

Psalm 50,21

Im Klosterhof erwies sich die Lage als zur Genüge bedrohlich; denn dem halben Dutzend *Custodes*-Mönche und -Priester, welche durch die Ankunft Charlans und seiner Mannen ins Freie gelockt worden waren, hatte sich mittlerweile fast ein Dutzend *Custodes*-Ordensritter hinzugesellt. Des Königs Ritter saßen am Tor auf ihren Rössern, bildeten dort ein ruhiges, aber sichtlich wachsames Häuflein; die Mehrheit hatte eine Fackel in der Hand, zwei jedoch hielten jeder ein freies Reittier. Die Ordensritter hatten sich auf der Freitreppe der Abtei in zwei ordentlichen Reihen aufgestellt; auch von ihnen hatten etliche eine Fackel in der Faust.

Javan überblickte die Verhältnisse, als er, Charlan an seiner Elle, den Abt und zwei Mönche im Gefolge, die Pforte verließ, auf den ersten Blick. Für den Fall, daß es zu einem bewaffneten Zusammenprall kam, schätzte er die Aussichten für seine Seite als schlecht ein. Die *Custodes*-Angehörigen befanden sich gegenüber Charlans Begleitung in beinahe zweifacher Übermacht, zudem waren sie vorteilhafter gewappnet, trugen eherne Arm- und Beinschienen, und auch unter den Kragen ihrer schwarzen Waffenröcke sah man eiserne Brünnen glänzen. Dagegen saßen die Rhemuther Mannen zwar im Sattel, entbehrten jedoch aller schwereren Leibeswehr; wegen der Sommerhitze hatten sie lediglich Lederkoller und leichte Helme angelegt. Und auf der Klostermauer lauerte mindestens ein halbes Dutzend *Custodes*-Bogenschützen – das war Javan vollauf klar, wiewohl er sie infolge des Fackelscheins nicht zu sehen vermochte – und harrte nur eines Zurufs, um die Pfeile zu verschießen.

»Herr Joshua«, rief er und strebte, um das weitere Geschehen in seinem Sinne maßgeblich zu beeinflussen, schnurstracks auf den Befehlshaber der *Custodes*-Ordensritter zu, »habt meinen Dank für die Ehrung, welche Ihr mir bekundet, indem Ihr mir ein zusätzliches Geleit zur Verfügung stellt. Indessen bin ich jedoch der festen Überzeugung, daß diese tüchtigen Ritter, welche Herrn Charlan auf seinem vom König befohlenen Botenritt begleiten, zur Gänze imstande sind, mich wohlbehalten nach Rhemuth zu bringen.«

Verunsichert sah der Oberste der *Custodes*-Ordenritter den Abt an, immerhin aber blieb seine Faust dem Schwertgriff fern.

»Der Pater Abt hat Sorge, Bruder Javan, diese Männer könnten danach trachten, dich wider deinen Willen aus der Abtei zu verschleppen«, lautete seine Antwort.

Javan gewährte ihm den Anflug eines langmütigen Lächelns. »Mein Wille ist bei den gegenwärtigen Vorgängen keine Sache von irgendeiner ausschlaggebenden Bedeutung, Herr Joshua«, entgegnete er im Tonfall völliger Ungezwungenheit. »Des *Königs* Wille ist es, daß ich mit Herrn Charlan nach Rhemuth reite. Gedenkt Ihr etwa, Eures *Herrschers* Wunsch in seiner Gerechtfertigtheit in Zweifel zu ziehen?«

Trotzig schob der Ordensritter-Oberste das Kinn nach vorn, doch ehe er eine Gegenrede äußern konnte, senkte der Abt ihm eine Hand auf den gepanzerten Arm. »Meines Wissens ist der König zu krank, um Befehle zu erteilen, Bruder Javan. Darum fordere ich dich auf, nun in deine Zelle zurückzukehren und weitere Aufklärung sowie endgültigen Bescheid aus Rhemuth abzuwarten.«

»Wie klar und endgültig muß in diesem Reich denn eigentlich des Königs Begehr wohl übermittelt werden?« erwiderte Javan, hielt dem Abt Rhys Michaels Siegelring unter die Nase. »Im Namen meines Bruders, des Königs, welcher im Sterben liegt, gebietet mir mein Bruder, Prinz Rhys Michael, mich in Rhemuth einzufinden. Geht's nach dem Bestreben gewisser Herren, wird Prinz Rhys Michael der nächste König sein, und gewißlich gilt seine Huld nicht jenen, die sich erfrechen, seine Befehle zu mißachten. Und wird die geregelte Thronfolge eingehalten, Herr Abt, bin *ich* der künftige König – und ich, dessen seid getrost aufs unzweifelhafteste versichert, gedenke die dreisten Verfehlungen all derjenigen, die sich mir vermessen in den Weg stellen, auf gar keinen Fall der Vergessenheit anheimfallen zu lassen. Wollt Ihr mich also nun in Frieden ziehen lassen, oder muß Blut diese geweihte Erde tränken?«

»Du wirst es nimmer wagen, Bruder Javan, an dieser Stätte das Schwert zu erheben«, maulte der Abt.

»Nein, Herr Abt, gewiß nicht, denn ich bin ja, wie Ihr mit eigenen Augen seht, bar jeglicher Bewaffnung«, versetzte Javan zur Antwort, hob die Hände von dem um seine Leibesmitte geschlungenen leeren Gürtel. »Aber des Königs Mannen haben, so wie ich durch Herrn Charlan des Königs Willen kenne, ihre Weisungen empfangen, und so Ihr sie, damit sie ihnen nachzukommen vermögen, zum Blankziehen nötigt, weil Ihr den Wünschen des Königs widerstrebt, dann kommt das vorerwähnte Blut nicht über mein, sondern Euer Haupt.« Er holte tief Atem und hoffte, damit alles geäußert zu haben, was den Abt vor leichtsinnigem Handeln abschrecken konnte. »Darum wünsche ich Euch nun zum Schluß einen recht schönen Morgen, Herr Abt, und nehme von Euch meinen Abschied.«

Kaum hatte er diese Worte gesprochen, befahl er mit einem stummen Blick Charlan an seine Seite, stieg am Ordensritter-Obersten vorüber die Freitreppe der Abtei hinab; gemeinsam mit Charlan näherte er sich dem vom König gesandten Geleit. Die beiden Mannen mit den freien Rössern kamen ihnen bis in die Mitte des Klosterhofs entgegen, und mehrere andere trieben ihre Reittiere heran, gaben so dem Prinzen wie auch Charlan Rückendeckung und wandten den *Custodes*-Ordensrittern in völliger Geringschätzung und Todesverachtung selbst den Rücken zu – denn in diesen Augenblicken mochte sich jedwedes Anzeichen der Schwäche als verhängnisvoll erweisen.

Nur das hohle Klappern des Hufschlags auf dem Kopfsteinpflaster sowie das Knarren und Klirren des von den Rössern getragenen Zaumzeugs durchdrangen noch die angespannte, düstere Stille. Prinz Javan spürte, daß er zitterte, derweil Charlan ihm den Steigbügel hielt, damit er sich auf einen kräftigen, prächtig gewachsenen Nußbraunen schwingen konnte; dennoch ließ er sich kein noch so geringfügiges Zeichen der Furcht oder Unruhe anmerken, während er die Zügel ergriff, das Tier wendete und zum Tor der Abtei lenkte. Auch Herr Charlan und die beiden abgesessenen Ritter stiegen wieder in den Sattel.

Fortwährend bebten Javan die Knie, derweil er das Roß vorwärtstrieb, Charlan und ein anderer Ritter – Bertrand, welcher vor Charlan als des Prinzen Edelknappe gedient hatte – ihn zu seinem Schutz in die Mitte nahmen. Zu Javans unendlicher Erleichterung wagte niemand den Versuch, sie aufzuhalten. Doch erst als das Tor hinter ihnen lag, sie den Abhang des Hügels in Richtung zur Landstraße hinabritten, unterwegs in Trab verfielen, traute er sich zumindest ein wenig aufzuatmen.

Nach drei Stunden Ritt und einmaligem Wechseln der Rösser sah man die Reiter, während die ersten Strahlen der frühmorgendlichen Dämmerung im Osten die Grenze des Erdkreises erhellten, die Steigung der Zufahrtsstraße zum Rhemuther Stadttor hinaufziehen. Inzwischen waren auch die neuen Reittiere erschöpft, denn man hatte während des überwiegenden Teils des Weges einen strammen Galopp beibehalten. Ein Ritter sprengte voraus, derweil man sich der im Erwachen befindlichen Stadt nahte; kurz bevor die Reiter die Stadtmauer erreichten, wurden daher die Fallgitter in die Höhe gewunden, schwang man die Torflügel weit auf, und die Torwächter entboten Javan, wie es einem Prinzen des Königshauses gebührte, bei der Durchquerung des Tores markig ihren Gruß; Javan rückte seine Schultern gerade und versuchte zuversichtlich zu wirken. Auf dem Weg zur höhergelegenen Königsburg ritt Herr Charlan an der Spitze der Reiter.

Im Zwinger der Burg herrschte, als sie einritten, bereits rege Betriebsamkeit, es wimmelte geradezu von Pferden, Bediensteten in der Haldane-Tracht, Waffenknechten und sichtlich aufgeregten Höflingen. Schon spürte man drückende Hitze. Just als Javan in den Burghof ritt, kamen in düsterer Gewandung etliche Herren unterschiedlichen Rangs heraus auf die Freitreppe des Rittersaals. Gleich darauf schob sich mit sorgenvoller Miene Rhys Michael, begleitet von Herrn Tomais, welcher ihm einst als Edelknappe gedient hatte, durch ihre Mitte. Das Leuchten eines kurzen, karmesinroten Umhangs, den er sich über die Schulter geworfen hatte, hob den jüngsten Prinzen deutlich erkennbar von den düster gewandeten Höflingen ab.

Der Brüder Blicke begegneten sich, während Javan

sein Roß zügelte, das rechte Bein über den Sattelknauf schwang und behend absaß. Unverzüglich eilte Charlan zu ihm, bahnte ihm beim Ersteigen der Freitreppe eine Gasse. Ritter Bertrand und drei Ritter folgten dichtauf, die behandschuhten Fäuste locker am Schwertgriff; ihre Mienen jedoch bezeugten, daß der Schutz, welchen sie dem Prinzen gewährten, keinerlei Laschheit kannte.

Prinz Rhys Michael kam Javan auf der Freitreppe abwärts entgegen, hatte dabei einen Ausdruck verhaltenen Aufatmens auf dem mannhaft schönen Angesicht. Als er die Arme hob, um seinen Bruder an sich zu drücken, rutschte ihm der über die Schulter geworfene, karmesinrote Umhang hinab bis auf den Ellbogen.

»Gott sei gedankt für deine Ankunft«, raunte Rhys Michael voller Inbrunst, lehnte für einen flüchtigen Augenblick die Stirn an des Bruders Schulter. »Bevor wir irgend etwas anderes angehen, laß mich dir diesen Umhang umlegen«, fügte er hinzu, ehe sie ihre Umarmung lösten. »Es ist der unmißverständlichste Hinweis auf deinen zukünftigen Rang, welcher *mir* gegenwärtig einfällt.«

Insgeheim von gründlicherer Erleichterung erfüllt, als er in Worte zu fassen vermocht hätte, nickte Javan kaum merklich, ließ sich von seinem Bruder den Umhang um die Schultern schlingen, gewahrte das Gemurmel, welches unterdessen ringsherum entstand. Überdies ergriff Rhys Michael die Hand Javans und küßte sie. Also hätte er, was Rhys Michael anbetraf, unbesorgt bleiben können. Derweil sie sich Arm in Arm umwandten, um das Gebäude zu betreten, Herr Charlan ihnen zügig vorausstrebte, Herr Bertrand und die drei Ritter sich hinter ihnen anschlossen, zog Javan seines Bruders Siegelring vom Finger und gab ihn Rhys Michael zurück.

»Wie steht's um ihn?« fragte Javan im Flüsterton,

nickte mehreren geringeren Höflingen zu, während sie den Burgsaal durchmaßen und eine kurze Stiege hinabeilten.

»Bedenklich. Nachdem er veranlaßt hatte, daß ich nach dir sende, war ihm ein leidlich guter Nachtschlaf vergönnt, aber nur dank der Medizin.«

»Was wird ihm verabreicht?«

»Mohnsaft.« Rhys Michael verzog das Antlitz. »Ja, er stillt den Husten und vertreibt die ärgsten Beschwerden, doch gleichzeitig versenkt er ihn in dermaßen tiefen Schlummer, daß man ihn kaum noch aufzuwecken vermag. Das Fieber hingegen konnte nicht verscheucht werden. Ich glaube, die meiste Zeit hindurch ist ihm nicht so recht klar, was eigentlich rings um ihn her geschieht.«

»Ach, wie kommt's bloß, daß ich den Verdacht hege«, meinte Javan halblaut, »unseren teuren Kronräten möchte dergleichen gar nicht so unrecht sein?«

Indem er freudlos auflachte, führte Rhys Michael seinen Bruder durch einen kurzen Säulengang, welcher in einen dem Garten der Königsburg zugewandten Teil des Hauptgebäudes mündete.

»Geradeso habe auch ich gedacht, als ich ich mich daran machte, nach dir zu schicken. Ich hoffe, du nimmst keinen Anstoß daran, daß ich ihnen mit der Möglichkeit gedroht habe, *ich* könnte der nächste König sein.«

»Keineswegs.« Javans Lächeln bezeugte die gleiche grimmige Entschlossenheit wie seines Bruders Schmunzeln. »Als ich den Abt davon überzeugen mußte, daß es ratsam ist, mich ziehen zu lassen, habe ich ihn ebenfalls auf diese Aussicht hingewiesen. Aber sprechen wir weiter über Alroy… Verschafft die Medizin ihm tatsächlich Linderung?«

»Das hängt davon ab, was man unter ›Linderung‹ versteht«, lautete des jüngeren Prinzen Antwort. »Wasser füllt seine Lungen. Er hustet's nicht aus, begreift wohl auch gar nicht, daß er's tun müßte.«

»Und Meister Oriel ist mit der Behandlung einverstanden?«

»Ja. Wahrscheinlich ist's die einzige Übereinstimmung zwischen ihm und den Leibärzten. Sie…« Er stockte und verharrte, rang plötzlich mit Tränen, schluckte mühsam und schüttelte das Haupt.

»Javan, seine Lungen, so sagen sie, sind fast zur Gänze zerfressen. Ob Oriel oder sonstwer, niemand vermag noch mehr für ihn zu leisten, als ihm das Hinscheiden zu erleichtern. Es dreht sich darum, ob er sich im wahrsten Sinne des Wortes die Lungen heraushustet, oder ob er die kurze Frist friedlich verträumt, welche ihm noch verbleibt.«

Während Rhys Michael die Faust an die gesenkte Stirn preßte, voller Verzweiflung den Schopf schüttelte, mußte nun auch Javan mit den Tränen kämpfen. Groß war der Kummer um den älteren Zwillingsbruder, der infolge allzu ungünstiger Umstände niemals eine echte Gelegenheit dazu erhalten hatte, ein wahrer Herrscher zu werden. Javan hatte versucht, sich innerlich auf so schlechte Kunde einzustellen, doch sie wirklich zu vernehmen bereitete ihm mehr Gram, als er befürchtet hatte.

»Barmherziger *Himmel,* so hatten's wir einst nicht vorausgesehen«, murmelte er, bemühte sich um Gefaßtheit. »Um Gottes willen, er zählt gerade einmal sechzehn Lenze… Eigentlich steht er erst an des Lebens Anbeginn.«

»Königliche Hoheiten, schnellen Schritts nähert sich Herr Manfred«, flüsterte Charlan, der neben Javan stand und nun eilig Bertrand und die anderen Ritter heranwinkte. »Ich hatte gehofft, er fände sich weniger flugs ein.«

Javan richtete sich zu voller Körpergröße auf, verscheuchte die Nässe aus den Augen, hob den Blick und trotzig das Kinn, schaute dem ersten Mitglied des Kronrats entgegen, das er entweder für sich gewinnen oder bändigen mußte. Er sah Manfred in die Augen, derweil sich der Ältere näherte, und beschloß auf der Stelle, daß nicht *er* es sein sollte, der als erster den Blick abwandte.

»Gott zum Gruß, Herr Manfred«, begrüßte er den Adeligen in ausdruckslosem Tonfall, sobald der Graf in Hörweite gelangte.

»Willkommen, Königliche Hoheit«, lautete Manfreds kühle, knappe, merklich von Mißbilligung geprägte Antwort.

Seit Javans letzter Begegnung mit ihm schien der Graf von Culdi sich kaum verändert zu haben. Zwar hatte er leicht fahleres Blondhaar als sein Bruder Hubertus, auch war er ein wenig größer an Gestalt als der Erzbischof und zeichnete sich lediglich – wogegen Hubertus unzweifelhaft als Fettwanst gelten mußte – durch Fleischigkeit aus, doch er bewahrte die Haltung eines Kriegsmanns, die blauen Augen über dem aufwärtsgeschwungenen, blonden Schnauzbart blickten scharf wie die eines Adlers.

Erst musterte er Javan, danach Rhys Michael mit einer Miene, deren Ausdruck stark an Widerwillen grenzte, nahm auf Anhieb den karmesinroten Umhang, den Ring an Javans Hand sowie seinen Ohrring aus Golddraht zur Kenntnis – und die sechs Bewaffneten, welche die beiden Prinzen umgaben. Wie jedoch seine wahren Empfindungen auch beschaffen sein mochten, seine Worte klangen nach bedächtiger Umgänglichkeit, vermieden es sorgsam, irgendeinen Eindruck offenen Anstoßes an Javans unerwarteter, unerwünschter Gegenwart zu vermitteln.

»Ihr kommt zur rechten Stunde, Eure Königlichen Hoheiten«, behauptete er. »Der König ist wach und hat nach Euch beiden gefragt. Mein Bruder hat den Ärzten die weitere Verabreichung der Medizin untersagt, bis ich Euch ausfindig gemacht und zum Herrscher gebracht habe. Ich bitte Euch, begleitet mich zu Seiner Majestät.«

Sowohl vor Javan wie auch vor Rhys Michael vollführte er eine äußerst knappe, fürwahr nur schwach angedeutete Verneigung, für welche ein Übelwollender ihn des Hochmuts hätte zeihen können, dann wandte er sich auf dem Absatz um und strebte in die Richtung, aus der er gekommen war, ohne sich umzuschauen und davon zu überzeugen, daß die Prinzen ihm folgten.

Aber selbstverständlich folgten sie dem Grafen. Unterwegs streifte Prinz Javan wegen der auch innerhalb der dicken Steinwälle der Königsburg spürbaren Hitze den karmesinroten Umhang ab und reichte ihn Herrn Charlan. Nachdem sie um eine Ecke gebogen waren und einen Flur durchmaßen, hörten sie von dessen anderem Ende immer lauter werdendes Stimmengemurmel; über drei Stufen hinab gelangten sie in einen offenen Säulengang, in welchselbigem sich fünfzehn bis zwanzig Männer aufhielten. Alle Sitzenden erhoben sich von den Plätzen, als das königliche Brüderpaar erschien, und mehrere verbeugten sich artig, doch blieb unklar, ob sie das Haupt vor Herrn Manfred oder den beiden Prinzen neigten.

Von der Treppe strebte Manfred zur letzten Tür auf der rechten Seite. Seine Hand packte den Türgriff, sodann trat er beiseite, indem die Tür aufschwang. Das Lächeln in seiner Miene, welches Javan gerade noch bemerkte, ehe sich der Graf verbeugte, um es zu verhehlen, mißfiel dem Prinzen außerordentlich. Wie Javan befürchtet hatte, befanden sich im Vorraum zu des Königs Krankenzimmer weitere Kronräte, vor allem auch Manfreds Bruder Hubertus MacInnis, der jetzige Erzbischof von Valoret und Primas von Groß-Gwynedd.

Der Erzbischof ließ sich zum Aufstehen herbei, als Javan, Rhys Michael und Charlan an den Fersen, die Räumlichkeit betrat. Auf Hubertus' Wink verblieben die Ritter Tomais und Bertrand sowie die anderen ritterlichen Begleiter im Säulengang; doch Prinz Rhys Michael wechselte verstohlen einen Blick mit Herrn Charlan, welcher sich daraufhin mit dem Rücken an die Tür stellte, so daß es Manfred verwehrt ward, sie zu schließen. Wenn die zwei Prinzen riefen, fanden sie daher mit Gewißheit – unabhängig davon, was des Erzbischofs Wille letztlich auch sein mochte – bei ihren Getreuen Gehör.

Während des einen Mondes, für dessen Dauer Javan ihn nicht gesehen hatte, war Hubertus, wie es den Anschein haben wollte, vollends zu einem wahren Speckberg ausgewachsen; oder vielleicht gründete sich dieser Eindruck lediglich auf die beträchtliche Größe seines purpurnen Priesterrocks, dessen ausgedehnten Umfang heute keine der übrigen bischöflichen Bekleidungsteile verhüllten, mit welchen der Erzbischof ansonsten gerne seine ungemein füllige Erscheinung zu schmücken pflegte. Seine schwammige Linke betastete das mit Amethysten verzierte Brustkreuz, das ihm um die schwabbelige Wamme hing. Das rosige Schmollmündchen war dieses Mal zu einer besonders drolligen Bekundung des Mißfallens gespitzt. Sobald sein Blick und Javans Blick sich kreuzten, machte der Erzbischof Anstalten, um dem Prinzen den Bischofsring zum Küssen entgegenzustrecken, überlegte es sich jedoch unvermittelt anders und faltete statt dessen die Hände, nahm eine eingefleischte, frömmlerische Gebärde selbstgerechter Herablassung ein.

»Wahrlich, Bruder Javan, wir hatten nicht vermutet, dich hier zu erblicken. Obliegen dir keine Pflichten, welche deine Anwesenheit an der Priesterschule erfordern? Die Abtei ohne Urlaub zu verlassen, das ist wohl eine beklagenswerte Verfehlung, welche dir nach deiner Rückkehr, da bin ich mir gänzlich sicher, eine gestrenge Bestrafung eintragen wird.«

Hinter Hubertus' Rücken traten zwei *Custodes*-Geistliche ein wenig näher, so daß Javan zum erstenmal die Kerzen sah, die in einer hinteren Ecke des Vorraums brannten; dazwischen erkannte er ein mit Edelsteinen besetztes Altarkreuz sowie die mit Tuch verhangenen Umrisse eines Ziboriums. Das Vorhandensein des Altarsakraments vor des Königs Krankenzimmer bestätigte aufs anschaulichste, daß Alroy sich in der Tat in sehr ernster, überaus schlechter Verfassung befinden mußte.

Indem Javan Umschau hielt, wählte er seine Worte mit äußerster Sorgfalt. Zwar hegte er die Überzeugung, Hubertus seiner geistigen Gewalt unterwerfen zu können, wenn es denn sein mußte, aber vor so vielen Augenzeugen blieb ihm selbiges Vorgehen freilich unmöglich; folglich empfahl es sich als am klügsten, die Ungunst der Umstände allein durch Schläue zu seinem Vorteil zu wenden. Außer Graf Tammaron, welchen der Prinz bisweilen als nahezu freundlichen Mann empfand, und Manfreds mit scheußlicher, von Zehrwürmern entstellter Fratze geschlagenem Sohn Iver, den beinahe überhaupt niemand leiden mochte, waren auch die zwei Söhne Graf Murdochs zugegen, der ebenso ungehobelte wie arglistige, obendrein stets der Wollust zugetane Herr Richard, Gemahl der Tochter des Konnetabels von Gwynedd, sowie der stämmige Rüpel Cashel, welcher kaum ein Jahr älter war als Javan und der König, es ständig auf Hader anlegte und zudem im Raufen über genügend Erfahrung verfügte, um in fast jeder Prügelei zu obsiegen. Diese schnöden Kerle verkörperten ein paar abstoßende Beispiele für das frische Blut, welches die ehemaligen Regenten und jetzigen Kronräte dem Kronrat zuzuführen gedachten; und sie würden sich beileibe nicht scheuen, begriff Prinz Javan in just diesem Augenblick, es auch – das verstand er in durchaus buchstäblichem Sinn – über seine Leiche zu tun.

»Ich bin nicht gekommen, um Klosterregeln mit Euch zu erörtern, Erzbischof«, erwiderte Javan in ruhigem Ton, aber mit Nachdruck. »Vielmehr bin ich auf Geheiß des Königs hier. Solange er noch lebt, ist es meine Pflicht, an seiner Seite zu weilen. Und wenn er verschieden ist, habe ich mir, wie's mein Geburtsrecht geradeso ist wie meine Verpflichtung, seine Krone aufs Haupt zu setzen.«

Während die jungen Edlen untereinander Blicke des Mißmuts wechselten und Tammaron unzweideutig eine Miene groben Unbehagens schnitt, blähte Erzbischof Hubertus sich auf zu voller erzbischöflicher Würde.

»So leicht verwirfst du also dein Gelübde, Bruder Javan?« rief er salbungsvoll. »Du hast Gott und mir dein Wort gegeben. Du darfst dein Gelöbnis nicht einfach nach Lust und Laune für ungültig erklären.«

Javan stemmte die Fäuste in die Hüfte und musterte den Erzbischof von den Zehen bis zum Scheitel.

»Ich lasse mich von Euch nicht in derlei Streitgespräche verwickeln, Eure Exzellenz«, entgegnete er, »schon gar nicht über, wie Ihr sehr wohl wißt, bloß vorläufige Klostergelübde, zu welchen man mich, derweil ich noch unmündig war, nachgerade genötigt hat. Mein Bruder, der bekanntlich im Sterben liegt, hat mir zu kommen befohlen, also habe ich gehorcht. Solltet Ihr nur ein Tröpflein christlicher Nächstenliebe in Euren Adern haben, werdet Ihr's tunlichst vermeiden, mir beim Erfüllen seiner letzten Wünsche im Weg zu stehen.«

Derweil Javan an Hubertus vorüberstrebte, blieb Rhys Michael an des Bruders anderer Seite, dem Erzbischof aus den Augen. Der fürs erste sprachlose Hubertus schaute seine Spießgesellen um Unterstützung an, aber wiewohl sie böse Blicke umherwarfen, bewahrten sie Schweigen. Als Hubertus sich besann und wieder umwandte, verschwanden die zwei Prinzen bereits in des Königs Krankenzimmer, und sogleich schloß Rhys Michael von innen die Tür.

Drinnen erhob sich der Heiler Oriel von einem Stuhl am Oberende des königlichen Krankenlagers. Soeben hatte er ein feuchtes Tuch ausgewrungen, um damit des Siechen Stirn zu kühlen, nun jedoch legte er es zurück in die Schüssel, welche ihm ein Knappe hielt, und schickte mit einem Wink den Jüngling fort.

»Warte draußen, Quiric«, wies er ihn mit halblauter Stimme an. »Ich rufe dich, sobald ich deiner bedarf.«

Beklommen verbeugte der Bursche sich vor Javan und Rhys Michael, welchletzterer die Tür just weit genug öffnete, um ihn hinauszulassen. »Meinen Dank für Euer Kommen, Königliche Hoheiten«, begrüßte Oriel die Prinzen, nachdem der Jungmanne sich ins Vorzimmer entfernt hatte.

Mit einem Aufseufzen begab sich Javan an der Bettstatt andere Seite, heftete den Blick – mußte sich dazu zwingen – auf die stille, beinahe reglose Gestalt seines königlichen Bruders, dessen Antlitz fast so weiß war wie das Linnen, welches ihn bis knapp über die Hüfte zudeckte. Noch sah man Alroys schmale Brust mühevoll atmen, doch hatte er dunkle Ringe unter den geschlossenen Augen. Schweiß hatte das rabenschwarze Haupthaar getränkt, welches er nur geringfügig länger trug als Javan seinen nach Klosterart gestutzten Schopf.

Erst wollte Javan nach des Königs linker Hand greifen, die schlaff neben Alroy auf der Decke lag – trotz des unheilbaren Gebrechens trug er den Haldane-Ring, den sogenannten Ring aus Feuer –, aber er verharrte und lenkte statt dessen den Blick hinüber zu Oriel.

»Wie lange noch?« fragte Javan im Flüsterton und forschte dabei in des Heilers Augen.

»Wie lang's auch sein mag, sein Leiden zu verlängern wäre auf gar keinen Fall zu rechtfertigen«, erteilte Oriel leise Auskunft, »denn er kann nimmer genesen. Bis auf weiteres habe ich ihn der Beschwerden entledigt, und den wohltuenden Schlummer verdankt er nicht den bislang erhaltenen Medikamenten, sondern meiner heilerischen Einwirkung. Allerdings vermag ich diesen Zustand nicht allzu lange auszudehnen.«

»Und wenn Ihr nichts mehr unternehmt?« erkundigte sich Javan.

Oriel senkte das Haupt. »Er hat den allerdringlichsten Wunsch, mit Euch zu sprechen, mein Prinz… Ein letztes Mal mit Euch zu reden, ohne daß all die Mittelchen, welche ihm Linderung verschaffen, seinen Geist trüben. Ihm dies zu ermöglichen, habe ich ihm mein Wort gegeben. Indessen bedeutet es, muß ich bekennen, daß Euer Gespräch mit ihm nicht unter vier Augen geschehen kann, denn um seine jetzige, ruhige Verfassung aufs sorgsamste zu überwachen, ist es meinerseits vonnöten, in seiner unmittelbaren Nähe zu verweilen. Aber ich will mich… dergestalt verhalten, daß es möglichst wenig stört.«

Mühevoll schluckte Prinz Javan. »Ich… verstehe und billige Eure Maßnahmen. Und nachdem wir uns ausgesprochen haben? Wenn er mir anvertraut hat, was er mich wissen zu lassen begehrt?«

»Ich habe dem König versprochen, ihm anschließend gründlichere Abhilfe zu verschaffen«, antwortete der Heiler, ohne Javan anzuschauen. »Ich darf ihm nichts eingeben, was sein Verscheiden zur Folge hat, da mein Heiler-Eid mir derlei verbietet. Aber er wird friedvoll schlafen, bis… bis das Wasser in seinen Lungen ihn erstickt.« Auch er schluckte schwer, als fühlte er Beklemmung im eigenen Busen. »Doch er braucht nicht mehr zu leiden. Selbiges ist, nachdem er Euch seine Seele ausgeschüttet hat, das vorteilhafteste Vorgehen, welches ich anzubieten vermag.«

Tränen trübten Javans Blick; er zwinkerte und blinzelte, bis er wieder klar sehen konnte.

»Hat er seine Seele denn schon einem Priester offenbart?« wünschte er mit beherrschter Stimme zu erfahren. »Wie ich gesehen habe, ist das Altarsakrament herbeigebracht worden. Hat er die Letzte Ölung bereits erhalten?«

Oriel preßte, indem er das Haupt schüttelte, unter dem hellen Schnurrbart die Lippen zusammen. »Sein Wort lautete, es gäbe in Rhemuth keinen Priester, von dem er sie empfangen wollte. Vor ein paar Stunden kamen, während er schlief, beide Erzbischöfe, spendeten ihm dessen ungeachtet die Letzte Ölung und gewährten ihm eine behelfsmäßige Absolution, aber er hat sich unerschütterlich geweigert, von ihnen oder irgendeinem der ihnen unterstellten Geistlichen die Heilige Kommunion entgegenzunehmen. Vielleicht gelingt's ja Euch, ihn umzustimmen.«

Prinz Javan senkte den Blick, als er sich daran erinnerte, wie oft er dazu gezwungen gewesen war, von Hubertus, wiewohl er den Mann verabscheute, die Kommunion zu empfangen, sich dabei zu verdeutlichen, daß der Mensch das Sakrament, welches er spendete, nicht besudeln konnte. Es sprach sehr für Alroys Beherztheit, daß er letzten Endes, wie verspätet es auch geschah, soviel Entschiedenheit bewies. Zumindest in dieser Hinsicht, so glaubte Javan, konnte er für Alroy Entgegenkommendes leisten.

Zuvor jedoch mußte er über die Gedanken seines Bruders Aufschluß erhalten, denn gewißlich bewegten den Todgeweihten weitaus dringlichere Angelegenheiten als das rein äußere Zeichen des Friedens mit seinem Schöpfer, vor den er in aller Bälde treten sollte. Indem er tief durchatmete, faßte Javan nun Mut, ergriff Alroys matte Hand und hob dieselbe sachte an die Lippen, ehe sein Blick erneut auf Oriel fiel.

»Weckt ihn, ich bitte Euch darum«, wandte er sich mit verhaltener Stimme an den Deryni-Magister. »Ich baue voll und ganz darauf, daß Euer Heiler-Eid es Euch verwehrt, irgend etwas von dem, was der König und ich in dieser Räumlichkeit besprechen, außerhalb derselben zu wiederholen.«

Oriel nickte; sodann strich er mit der Hand über des Königs geschlossene Lider und legte danach beider Hände Fingerkuppen auf Alroys entblößte rechte Schulter. Bei dieser Berührung regte Alroy sich; doch als er die grauen, von jeglichem Leid freien Haldane-Augen aufschlug, suchte sein Blick ausschließlich Javan. Die vom Fieber geschwollenen Lippen teilten sich zu einem Lächeln der Erleichterung, und er drückte, zwar schwächlich, aber mit spürbarer Freude und Dankbarkeit, Javans Hand.

»Du bist da«, raunte Alroy. »Rhysem hat mir verheißen, dich herzubringen, und er hat's getan...«

»Freilich, mein König«, bestätigte Javan. »Eigentlich war's Charlan, der mich gebracht hat, doch es war Rhysem, welcher den Mut hatte, ihn zu mir zu senden. Soll ich ihn zu Euch rufen?«

Kaum merklich schüttelte Alroy auf dem Kissen das Haupt, ohne den Blick von Javans Augen zu wenden.

»Nein, denn ich werde später noch ein wenig Zeit für ihn finden«, flüsterte Alroy. »Oriel hat's mir versprochen. Als erstes aber will ich dir Vaters Ring und das Auge Roms übergeben. Sie gehören dem König von Gwynedd... und ich bin nicht mehr König.«

»Doch!« widersprach Javan mit leidenschaftlichem

Nachdruck. »Solange Ihr lebt, *seid* Ihr König. Ich beabsichtige sie zu Euren Lebzeiten *nicht* anzunehmen, Sire.«

Flüchtig schloß Alroy die Augen und lächelte. »Sire… Ach, bedenke doch, damit ist's nur allzubald vorüber. *Du* wirst König sein. Gib mir dein Wort darauf, daß du der König sein wirst, der ich hätte sein sollen, und nicht alles vergebens war, was ich erdulden mußte.«

»Ihr habt mein Ehrenwort, Sire«, flüsterte Javan, beugte das Haupt über des Bruders Hand.

»Wenn du den Ring nicht haben magst – und ich, ich seh's ein, habe ihn auch erst nach unseres Vaters Ableben erhalten –, so nimm wenigstens das Auge Roms. Für mich wär's eine große Genugtuung, ihn dich tragen zu sehen, wie ihn einst Vater trug.«

Dieser Zwischenlösung konnte Javan schwerlich Einwände entgegensetzen, denn auch Cinhil hatte das Auge Roms noch zu Lebzeiten an seinen Erben weitergereicht, und Alroy wünschte nun lediglich desgleichen zu tun. Dennoch zitterten Javans Hände, während er das Schmuckstück behutsam von seines Bruders Ohr löste; und als er sich das goldene Geschmeide durchs Ohrläppchen geführt und den Verschluß geschlossen hatte, rannen ihm Tränen über die Wangen. Den eigenen Ohrreif hatte er zuvor Oriel ausgehändigt und ihm zu verstehen gegeben, daß er ihn Alroy anlegen sollte; selbiges war inzwischen geschehen, und der König schmunzelte schwach, während er mit kraftloser Hand den kleinen Reif verschlungenen Golddrahts umstrich.

»Nun bin ich wieder Prinz«, raunte er. »So ist mir wohler zumute…« Er hob den Blick und betrachtete den dunklen Rubin, welcher jetzt Javans rechtes Ohr zierte.

»Eines noch«, sprach Alroy nach kurzem Schweigen,

für dessen Dauer er den ungewohnten Anblick ausgekostet hatte. »In jener Zeit, als unser Vater verstarb, hat sich mit uns irgend etwas ereignet. Hast du jemals herausgefunden, was sich damals zugetragen hat?«

Ein hastiger Blick Javans streifte Oriel, doch der junge Heiler hielt wie zum Gebet das Haupt gesenkt, erregte zumindest den Anschein, als hörte er nichts von allem, was man in dem Krankenzimmer sprach. Aber falls er Oriel nicht trauen konnte, war seine Sache so oder so verloren. Und er mochte seinem todgeweihten Bruder das Wenige, was er wußte, nicht vorenthalten.

»In der besagten Nacht ward in Vaters Kapelle ein Ritus vollzogen«, gab er leise zur Antwort. Er hatte selbst von den damaligen Vorgängen nur verschwommene Erinnerungsbilder im Gedächtnis. »Auf Vaters Geheiß flößte Tavis O'Neill uns eine Droge ein, aber die Hintermänner waren Deryni. Ihr wißt, Sire, daß Deryni Vater mit gleichsam magischen Kräften versehen haben, oder?«

Alroys Augen lasen in des Bruders Miene; er war ihm zu glauben geneigt, empfand allerdings noch Zweifel. »Im Laufe der Jahre sind mir dementsprechende Gerüchte zu Ohren gekommen. Ich besinne mich darauf, daß er's, wie's den Anschein hatte, stets wußte, ob wir die Wahrheit oder Unwahrheit redeten. War er wirklich und wahrhaftig mit Magie-Fähigkeiten ausgestattet?«

Javan nickte. »Dahingehend bin ich von Bischof Alister unterrichtet worden. Er war gleichfalls an dem beteiligt, was sich in der vorerwähnten Nacht abspielte. Gleiches gilt für Rhys Thuryn, Pater Joram und Lady Evaine.« Er sah hinab auf den Fußboden, vermochte noch immer – wiewohl Evaine ihm bei ihrer letzten Zusammenkunft versichert hatte, er könnte sich beizeiten an alles entsinnen –, keine genaue Erinnerung zustande zu bringen. Unwillkürlich stellte er sich die Frage, ob es, falls Alroy heute dahinschied, alsbald dazu kommen sollte.

»Wie dem auch sei, es ist nicht ihr Ritual, sondern Vaters Ritus gewesen«, erläuterte Javan. »Es hatte den Zweck, uns… auf den Empfang seiner besonderen Geisteskräfte vorzubereiten… oder zumindest dafür die Voraussetzungen zu schaffen. Ich bin der Meinung… seine Magie-Kräfte sollten sich nach seinem Tod bei Euch entfalten, Sire, seinem Erben.« Er forschte in des Bruders Augen. »Doch dies erwünschte Ergebnis ist niemals eingetreten, nicht wahr?«

»Alroy schluckte und schüttelte matt das Haupt. »Wär's geschehen, mein Leben hätte erheblich leichter sein können«, flüsterte er. »Hätte ich die Gabe der Wahrheitsfindung gehabt…«

»Meine Ansicht lautet, der Befähigung Ausbleiben ist durch die Mittelchen erklärlich, welche Euch die damaligen Regenten verabreicht haben, mein König«, sprach Javan, legte darauf Wert, Alroy sämtliche Selbstvorwürfe zu ersparen und die Schuld den einstigen Regenten beizumessen; und wirklich erachtete er es als vollauf möglich, daß deren Handlungen Gwynedds Herrscher um das väterliche Magie-Erbe betrogen hatten. »Hätte man Euch nicht immerzu unter deren Wirkung gehalten…«

Kurz schloß Alroy die Augen, schüttelte nochmals das Haupt. »Inzwischen ist's ohne Belang«, meinte er halblaut und bändigte ein leichtes Aufhusten. »Sie taten, was sie für richtig hielten, und ich hab's nicht getan. Erwartest du, daß… selbige Magie-Kräfte, wenn ich nicht mehr unter den Lebenden weile, auf dich übergehen?«

Stumm nickte Javan, drückte des sterbenden Bruders Hand. »In gewissem Umfang sind sie in mir schon zur Geltung gelangt«, gestand er im Flüsterton.

»Vorgesehen war's nicht, glaube ich, aber es hat sich so ergeben. Den Anfang nahm's schon kurze Frist nach Vaters Tod. Herr Tavis hegte die Vermutung, der Auslöser möchte mein langes Zusammenwirken mit ihm gewesen sein, denn ich war's gewöhnt, von ihm in Trance vertieft zu werden, wenn er in meinem Fuß die Beschwerden milderte. Zuerst entdeckten wir Geisteswehr, und zwar in der Nacht, nachdem ihm die Hand abgehauen ward. Ich wußte nicht, was ich tat, aber ich wollte helfen... Darum ordnete ich mich in jener Nacht vollständig seiner Macht unter, damit er zu verfahren vermochte, wie er's als angebracht erachtete... Und es gelang ihm, aus mir zu seinem Nutzen Kräfte zu erlangen, und bei selbiger Gelegenheit stießen wir in meinem Innern auf geistige Schilde, deren Vorhandensein keiner von uns auch nur im geringsten vermutet hätte.«

*»Geistige Schilde...«* Alroy wagte die zwei Wörter kaum zu hauchen; vor Staunen und gelinder Furcht weiteten sich seine grauen Augen.

»Ich weiß, es könnte einem davor grausen«, äußerte Javan. »Doch seither bin ich wesentlich stärker geworden. Alroy, mir stehen beinahe die magischen Kräfte eines Deryni zu Gebote. Wenn ich Vorsicht walten lasse, vermag ich Menschen unbemerkt zu beeinflussen.« Die Andeutung eines Lächelns zeigte sich auf seinem Gesicht. »Nachdem ich's gemerkt hatte, habe ich des öfteren Charlan nach meinem Willen gelenkt. Aber sollte irgendwer auf diese meine Fähigkeit aufmerksam werden, möchte mir daraus gar wohl ernste Gefahr erwachsen.«

Angestrengt schluckte Alroy, bezähmte ein weiteres Husten und streifte Oriel, der nach wie vor gesenkten Haupts,in tiefer Trance, neben dem Bett kauerte.

»Er weiß in begrenztem Umfang darüber Bescheid«, flüsterte Javan zur Beantwortung der unausgesprochenen Frage. »Sonst niemand, außer natürlich jene Deryni im Umkreis Pater Jorams.«

»Und Rhysem?« wisperte Alroy, schaute hinüber zu Rhys Michael, welcher noch die Tür bewachte.

Javan schüttelte den Kopf. »Es mangelte an der Möglichkeit zu seiner Einweihung. Und es hätte ihm nach meinem Abgang vom Hofe nur das Leben erschwert.«

»Aber jetzt bist du zurück«, stellte Alroy fest. »Du *hast* doch die Absicht«, fragte er in plötzlicher Besorgnis, »als König in Rhemuth zu bleiben, oder nicht?«

Javan rang sich ein schwaches Lächeln ab. »Ich bin nicht zum Priester berufen, Sire«, gab er zur Antwort, »obschon ich inzwischen zu wissen vermeine, wessen Vater entsagte, als er davon Abstand nahm und sich für die Krone entschied. Allerdings bot mir die Priesterschule während der vergangenen Jahre eine großartige Zuflucht, und ich konnte, derweil ich zum Manne reifte, nutzreiche Bildung erwerben. Meine Hoffnung war's, ich könnte mich dazu befähigen, Euch einmal als Euer Kronrat zur Seite zu stehen, doch tief im Innersten ahnte ich wohl, daß es so nicht kommen sollte. Murdoch und seine Speichellecker hatten niemals vor, Euch wahres Herrschen zu erlauben.«

»Darum haben sie mich stets mit Betäubungsmitteln im Delirium gehalten«, flüsterte Alroy. »Just so weit, daß ich ihnen nicht widerstrebte, keinen selbständigen Gedanken zu Ende dachte… Nach einiger Zeit habe ich sie durchschaut. Aber da war's längst zu spät, um sich noch dagegen zu wehren… Dennoch habe ich ihre Pläne durchkreuzt, nicht wahr? Wenigstens ist dadurch für *dich* Zeit gewonnen worden. Du bist vier Jahre älter, als ich's bei meiner Krönung gewesen bin. Du brauchst keine Regenten. Und du bist ihnen überlegen. Anders als es mir widerfahren ist, können sie dich nicht nach Belieben drangsalieren.«

Javan neigte das Haupt, rang von neuem mit den

Tränen. Es hatte ganz und gar keinen Sinn, sich vorzumachen, Alroy läge nicht im Sterben.

»Ich… ich hoffe, daß mir größeres Glück vergönnt ist, Sire«, murmelte er. »O Gott, wie inständig ich mir wünsche, ich vermöchte etwas für Euch zu tun…!«

Vernehmlich schluckte Alroy; auch er hatte Tränen in den verschleierten Augen. »Durch dein Kommen hast du getan, was mich am bedeutsamsten und hochwichtigsten deuchte«, versicherte er im Flüsterton. »Ich bin darüber froh, daß es rechtzeitig geschah. Oriel hat mir versprochen… daß ich nicht mehr leiden muß. Aber ich bitte dich… bleibe auf meinem Weg ins Jenseits bei mir, denn wiewohl dich's am Ende dünken mag, ich sei weit, weit fort, werde ich doch deine Gegenwart spüren… Es verhält sich nicht so, daß ich mich fürchtete, aber ich wünsche mir…«

Seine Stimme verklang; Javan beugte sich tiefer über ihn, blickte in die getrübten grauen Augen.

»Was ist Euer Wunsch?« flüsterte der Prinz.

»Mir wär's ein großer Trost, dürfte ich noch einmal das Sakrament empfangen«, hauchte Alroy, ohne Javan anzuschauen. »Aber ich nehm's *nicht* von Hubertus entgegen. Das wäre Gotteslästerung.«

Der Hustenanfall, welcher ihn nun packte, konnte nicht einmal mehr durch Oriel gemeistert werden; der Deryni beendete die Heiler-Trance, wälzte gemeinsam mit Javan den König auf die Seite, jedoch vermochten sie Alroys schrecklichem Gehuste und Geröchel dadurch nicht abzuhelfen, und auch dem König gelang es nicht mehr, es zu bezähmen, so daß Oriel schließlich keine andere Wahl blieb, als ihn in Bewußtlosigkeit zu versetzen.

»Wir müssen in Bälde auf die Medizin zurückgreifen«, sprach Oriel mit gedämpfter Stimme, als das Husten verstummt war und er dem Patienten wenigstens soviel Aufmerksamkeit entziehen konnte, um den aufs schwerste beunruhigten Javan anzublicken. »Ich kann ihn noch einmal für ein Weilchen zur Besinnung bringen, aber alles andere müßte nur seine Leiden zwecklos verlängern. Falls Seine Majestät und Ihr miteinander noch ein letztes Mal etwas abzusprechen habt, solltet Ihr wahrlich rasch darüber Klarheit gewinnen und es bereden.«

Derweil Javans Gedanken durcheinanderwirbelten, nickte er Oriel zu. Aus irgendeiner Quelle – er konnte sich nicht des Gefühls erwehren, als stünde dahinter das Andenken Lady Evaines – keimte in seinem Geist ein Bild von verlockender Überzeugungskraft auf. Mit einem Mal erachtete er es als höchlichst bedeutungsträchtig, den Vorgang, an welchen selbiges Bildnis gemahnte, auf ähnliche Weise in der Gegenwart zu wiederholen.

»Meister Oriel«, wandte er sich an den Heiler, »ist's Euch möglich, dieses letzte Mal für einen guten Zweck noch ein wenig aufzuschieben?«

»Nur wenn besagter Aufschub nicht zu lange währt, mein Prinz«, antwortete der Heiler. »Was ist Eure Absicht?«

Javans knappes Lächeln bezeugte freudlosen Grimm. »Ein Vorhaben, welches den Erzbischof gewiß nicht froh stimmt«, sprach er und winkte Rhys Michael herbei. »Rhysem, verweile du bei unserem Bruder, ja? Und schere dich nicht darum, solltest du aus dem Vorzimmer Geschimpfe und Gezeter vernehmen.«

# IV. Kapitel

*Siehe, ich gab dir eine Türe,*
*die offen steht…*

Offenbarung 3,8

Während Rhys Michael, der ein wenig ratlos dreinschaute, ans königliche Krankenbett trat, knöpfte Javan das Brustteil seines Gewandes auf, versetzte seinem jüngeren Bruder zur Aufmunterung einen Klaps auf die Schulter und strebte zum Ausgang. Indem er die Hand an den Türgriff hob, holte er tief Atem und straffte die Schultern; danach erst öffnete er die Tür und trat ins Vorzimmer, zog zwar die Tür hinter sich zu, aber nicht ins Schloß.

Seit seiner Ankunft hatten sich im Vorzimmer weitere Mitglieder von Alroys Kronrat eingefunden. Zwei der Ritter, welche Javan und Charlan aus dem Burghof hinaufbegleitet hatten, standen beiderseits der Tür zum Korridor, zeigten zwar die gebotene höfliche Zurückhaltung, blieben aber auf der Hut. Herr Charlan selbst lehnte in lässiger Wachsamkeit am Türpfosten, die Arme vor der Brust verschränkt, versperrte halb jedem den Zugang, welcher vielleicht hätte eintreten oder hinausgehen mögen. Hinter ihm konnte Javan die Herren Tomais und Bertrand sowie mehrere andere Ritter, die ihn des Nachts von der Abtei *Arx Fidei* nach Rhemuth geleitet hatten, auf dem Gang ruhig beisammenstehen sehen.

Das Vorzimmer war recht klein, so daß es lediglich wenige Sitzgelegenheiten gab; alle Sitzenden jedoch erhoben sich augenblicklich, als sie Prinz Javans ansichtig wurden, und in jedem Augenpaar ließ sich die gleiche wortlose Frage erkennen.

»Noch lebt der König, meine Herren«, verkündete der Prinz mit fester Stimme, »doch leider ist sein Ende nah. Erzbischof, würdet Ihr wohl bitte auf ein Wort zu mir kommen?«

Auf diese Weise unmittelbar angesprochen, richtete sich Hubertus, Röte und Argwohn im speckigen Antlitz, zu voller Körpergröße auf und nahte sich Javan mit wichtigtuerischem Gehabe, neigte das Haupt, als der Prinz mit einer angedeuteten Verbeugung ins königliche Krankenzimmer umkehrte und dem Erzbischof durch eine Geste zu verstehen gab, daß er ihm folgen solle.

»Ich wage zu hoffen, daß bei dir, Bruder Javan, ein Sinneswandel erfolgt ist«, grummelte Hubertus in halblautem Ton, als der Prinz die Tür schloß. »Ist's dem König gelungen, dich daran zu erinnern, wem deine wahren Verpflichtungen gelten?«

Javan unterdrückte seinen wachsenden Ekel vor des Kirchenfürsten Heuchelei, hielt aber die eigene Stimme gedämpft und antwortete in ausdruckslosem Tonfall: »In der Tat fühle ich mich an eine Christenpflicht erinnert, Eure Exzellenz, welche gegenüber allen sonstigen Erwägungen Vorrang hat«, erklärte er gelassen. »Dieweil mein Bruder ein gläubiger Sohn der Mutter Kirche ist, war es allzeit sein Wunsch, vor seinem Dahinscheiden des Sterbesakraments volle Tröstung zu erlangen. Mir ist bekannt geworden, daß Ihr ihm im Laufe der Nacht die Letzte Ölung gespendet habt, er sich jedoch geweigert hat, die Heilige Kommunion zu empfangen. Vermöchtet Ihr mir wohl zu erläutern, aus welchem Grund er diese sonderbare Haltung eingenommen hat?«

Erzbischof Hubertus hob beide Hände zu einer Gebärde der Begriffsstutzigkeit. »Infolge des langen

Siechtums und der vielen Medizin ist Seine Majestät zweifelsfrei nicht mehr so ganz bei rechtem Verstand. Ich habe ihm die Heilige Kommunion angeboten, bin jedoch von ihm abgewiesen worden.«

»Jetzt ist er zu ihrem Empfang bereit«, erklärte Prinz Javan, fügte nur in Gedanken hinzu: *Aber nicht aus deiner Hand.*

Ein verhaltenes Schmunzeln der Genugtuung kräuselte des Erzbischofs Schmollmund. »Es versteht sich von selbst, daß es mir eine große Ehre sein wird, sie ihm zu reichen. Für keinen Priester gibt es eine erhabenere Verrichtung, als einem Sterbenden auf solche Weise Beistand zu gewähren.«

»Dann verfahrt danach, ich bitte Euch.«

»Es soll unverzüglich geschehen«, versprach der Primas von Groß-Gwynedd.

Indem Javan das Haupt neigte und hoffte, der Erzbischof möge darin ein Zeichen der Versöhnlichkeit sehen, öffnete er Hubertus zum Gehen die Tür und schloß sie hinter ihm; anschließend lehnte er die Stirn an den Türpfosten, sammelte sich innerlich und rang um Ruhe des Gemüts, ehe er sich umdrehte und an Rhys Michael wandte.

»Halte dich dazu bereit, meinem Beispiel zu folgen, sobald er wiederkehrt«, forderte er seinen Bruder leise auf. »Und Ihr, Oriel, versucht bitte so auszusehen, als ob Euch nichts von allem überrascht, was Ihr gleich sehen oder vernehmen mögt.«

Während Rhys Michael nähertrat – sowohl er wie auch Oriel maßen ihn voll sichtlicher Verwunderung –, pochte jemand gedämpft an die Tür, öffnete sie. Indem Javan, um zum Schweigen zu mahnen, einen Finger an die Lippen hob, zog er seinen Bruder mit sich zur Seite, sobald die Tür aufschwang. Diese gab die Sicht auf zwei *Custodes*-Geistliche frei, die weiße Chorröcke, welche reichlich warm aussahen, über die Kutten geworfen hatten und beide einen prunkvollen Kerzenleuchter hielten. Ihnen folgte, das verdeckte Ziborium ehrfürchtig an den Busen gedrückt, gerötet-schweißigen Angesichts Hubertus, dessen ohnehin von Schweiß getränkten Priesterrock jetzt ein prächtig mit Spitze verzierter Chorrock verhüllte. Im Vorzimmer waren sämtliche Anwesenden vor dem Altarsakrament, welches man durch ihre Mitte trug, aufs Knie gesunken.

Javan bekreuzigte sich andächtig und fiel zum Zeichen der Hochachtung ebenso aufs Knie; gleich darauf tat Rhys Michael es ihm nach. Ohne Säumen jedoch erhob sich Javan, trat mit herrischer Entschiedenheit vor und legte Hand an die Kerzenleuchter der beiden merklich verblüfften *Custodes*-Kleriker.

»In Anbetracht dessen, um welchen Anlaß es sich heute handelt, gedenken mein Bruder und ich Seiner Exzellenz selbst als Mesner behilflich zu sein«, sprach Javan zu den zwei Geistlichen, schaute Rhys Michael an, um sein Herzukommen zu erheischen; als eines der Ordensmitglieder den Kerzenleuchter nicht sogleich hergeben mochte, heftete Javan den Blick auf Hubertus. »In aller Bescheidenheit bitte ich Euch, Eure Exzellenz, uns diese Gunst zuzugestehen. Wir haben uns ja früher bereits bei Euch als Meßdiener betätigt. Es hätte für uns beide allerhöchste, bedeutsamste Sinnhaftigkeit – und ich glaube, genauso für den König.«

Obzwar das Ansinnen zunächst auch Hubertus verdutzte, zauderte er nur kurz, bevor er den zwei Geistlichen zunickte und sie zurück ins Vorzimmer entließ. Der Kerzenleuchter wog schwer in Javans Faust, als er ihn an sich nahm und sogleich nach Art eines Mesners das Haupt neigte.

Sobald die Tür hinter den beiden Ordensmitgliedern zugefallen war, vollführten Javan und sein Bruder, indem sie die Kerzenleuchter sorgsam emporhielten, ebenso vor Hubertus eine achtungsvolle Verbeugung; dann wandten sie sich um und gingen ihm voran zu des Königs Krankenlager, neben dem Oriel sich bei des Erzbischofs Erscheinen pflichtgemäß niedergekniet hatte, mit einer Hand aber unverändert an des bewußtlosen Herrschers Gestalt rührte. Rhys Michael begab sich an die Seite der Bettstatt, wo sich bereits Oriel befand. Nachdem Javan den Kirchenfürsten auf die andere Seite geführt hatte, faßte er mit der freien Hand Hubertus' Handgelenk – nahe des Ziboriums – und bediente sich dieser körperlichen Verbindung, um die bereits vor langem in des Erzbischofs Seele geschaffenen Ansatzpunkte zur geistigen Beeinflussung, welche er bisher nur selten auszunutzen gewagt hatte, nun ein weiteres Mal zweckdienlich zu machen.

»Schließ die Augen, Erzbischof«, befahl der Prinz in leisem Ton, reichte gleichzeitig den Kerzenleuchter zum Halten Rhys Michael. »Schließ die Lider und vernimm meine Worte. Du kannst meinem Willen nicht widerstehen.«

Derweil Hubertus ohne zu zögern gehorchte, übergab Rhys Michael den zweiten Kerzenleuchter Oriel – sowohl der Prinz wie auch der Heiler machten zu Javans Vorgehen große Augen –, der ihn auf den kleinen Tisch neben dem Bett stellte. Javans Herz hämmerte, während er die Hand unter des Ziboriums Abdeckung schob und den Kelch ergriff, denn plötzlich spürte er die unvorstellbare Macht, welche sich in dem barg, was Hubertus in Händen hielt – und wurde sich darüber klar, daß dem, was nunmehr zu tun er beabsichtigte, die Aufmerksamkeit jener göttlichen Gegenwart gehörte, die das Sakrament der Heiligen Kommunion auszeichnete.

Bei dieser Erkenntnis befiel Javan ein Schaudern. Es lag ihm völlig fern, ein Sakrileg begehen zu wollen,

Gott die Ehrfurcht zu verweigern. Doch er mußte gewährleisten, daß sein königlicher Bruder das Sakrament so empfing, wie er es sich wünschte, nämlich aus den Händen jemandes, den er achtete; und Hubertus war kein solcher Mensch. Im Vertrauen darauf, daß Gott unter diesen Umständen dafür Verständnis hatte, nahm Javan das Ziborium aus Hubertus' Händen und setzte es neben dem Bett auf dem Tischchen ab. Anschließend führte er den Erzbischof beiseite und hieß ihn sich auf einen Stuhl niederzulassen, der unter Hubertus' Körpergewicht vernehmlich knarrte.

»Mein Bruder, der König, wird nun die Heilige Kommunion empfangen, Erzbischof«, sprach Prinz Javan in ruhigem Ton, legte die Hand fest auf Hubertus' verschwitzte Stirn. »Aber nicht von deiner Hand. Mein zeitweiliges Ordensgelübde ist noch gültig, deshalb werde ich ihm diese heilige Gabe schenken. Du wirst hier mit geschlossenen Augen sitzen, nichts hören, nichts tun und dich anschließend an nichts entsinnen. Nun schlummere tief und vernimm keinen Ton und keinen Laut, bis ich dich beim Namen rufe. Höre nichts, erinnere dich an nichts...«

Wahrhaftig sank der Erzbischof in so tiefen Schlaf, daß er schnarchte. Als Javan an das Krankenbett seines Bruders zurückkehrte, betrachtete Oriel ihn voller Staunen, und Rhys Michael war regelrechte Bangigkeit anzumerken.

»Ich bitte Euch, Oriel, seid ihm beim Aufsetzen behilflich«, sagte Javan zu dem Heiler, indem er wieder das Ziborium zur Hand nahm.

Bereits während der Heiler Alroy sehr behutsam von der Seiten- in die Rückenlage wälzte, wurde an der Atmung des Königs eine Veränderung bemerkbar; nun hörte man außer den leisen, geröchelten Atemzügen noch ein scheußliches, feuchtes Gurgeln.

»Erwacht, Eure Majestät«, raunte der Heiler-Magister dem Todgeweihten ins Ohr, bewirkte zur gleichen Zeit vermittelst geistiger Anwendungen des Königs Rückkehr zur Besinnung und unterdrückte dabei noch stärker und nachhaltiger als zuvor die Beschwerden und den Hustenreiz.

Sofort flatterten Alroys schwarze Wimpern; in den grauen Augen, deren Blick gleichsam verträumt ziellos umherirrten, zeigte sich keinerlei Schmerz. Endlich gewahrte der König den verdeckten Meßkelch in Javans Händen. Alroy blinzelte, hob die Augen ins Antlitz seines Bruders, welcher das Gefäß bereithielt.

»Das allerheiligste Sakrament«, murmelte er erstaunt. »Aber was wird Hubertus...?«

»An Hubertus braucht Ihr keinen Gedanken zu vergeuden, Sire«, beruhigte Javan ihn im Flüsterton. »Wollt Ihr das Sakrament von jemand anderem als ihm empfangen, so muß es von mir sein, und es muß nun ohne Verzug geschehen.«

Mühevoll schluckte Alroy und nickte, Tränen traten ihm in die grauen Augen. Javan neigte das Haupt über den Kelch in seinen Händen, versuchte sich auf die Worte zu besinnen, welche er in der Abtei *Arx Fidei* oft bei der Betreuung von Sterbenden vernommen hatte.

»O Herr der Heerscharen, du barmherziger, gütiger Gott«, sprach er, übertrug das Gebet, indem er es vortrug, für Alroy aus dem Lateinischen, »nach der Fülle deiner Erbarmungen tilgst du die Sünden derer, die Buße tun, und löschest ihre Schuld in Gnaden aus. Schaue herab auf die Seele deines Dieners Alroy, erhöre ihr Flehen und gewähre ihr Nachlaß all ihrer Sünden. Der Genuß deines Leibes, Herr Jesus Christus, gereiche deinem Diener Alroy nicht zum Gericht und zur Verdammnis, sondern durch deine Güte zum Schutz für Leib und Seele und zu seinem Heile, der du lebst und herrschest mit Gott dem Vater in der

Einheit des Heiligen Geistes, Gott von Ewigkeit zu Ewigkeit. Amen.«

»Amen«, wiederholten halblaut Rhys Michael, Oriel und – leise wie ein Hauch – auch Alroy.

Mit zittrigen Händen entfernte Prinz Javan den verhangenen Deckel vom Ziborium und legte ihn auf dem Tisch neben der Bettstatt ab. Noch nie hatte er selbst jemandem die Kommunion gespendet, allerdings schon häufig anderen dabei zugeschaut; nach ihrem Vorbild hob er nun ehrfürchtig eine einzelne Hostie aus dem goldenen Kelch und hielt sie so in die Höhe, daß Alroy sie ungehindert zu sehen vermochte.

*»Ecce agnus dei, qui tollis peccata mundi«*, sprach Javan leise weiter und verlegte sich dabei auf das bei solchen Gelegenheiten üblichere Kirchenlatein. Seht das Lamm Gottes, das hinwegnimmt die Sünden der Welt.

*»Domine, non sum dignus,«* flüsterte Alroy, *»ut intres sub tectum meum.«* Die anderen Anwesenden stimmten in die Worte ein. *»Sed tantum dic verbo, et sanabitur anima mea.«* Herr, ich bin nicht würdig, daß du eingehst unter mein Dach. Aber sprich nur ein Wort, so wird meine Seele gesund.

Sogleich schlug Prinz Javan über seinem königlichen Bruder mit der Hostie das Kreuzzeichen, besann sich, als er sie ehrerbietig auf Alroys Zunge legte, auf ein weiteres Gebet.

»Christus, der Sohn des lebendigen Gottes, trage dich in die lieblichen Gefilde deines Paradieses, und er, der wahre Hirt, möge dich aufnehmen in seine Herde. Er spreche dich los von allen deinen Sünden und stelle dich zu seiner Rechten unter die Schar der Auserwählten. Du mögest deinen Erlöser schauen von Angesicht zu Angesicht, aus nächster Nähe glückseligen Auges die unverhüllte Wahrheit erkennen. Eingereiht in die Schar der Seligen, mögest du der Anschauung Gottes dich erfreuen in Glück und Wonne für alle Ewigkeit. Amen.«

»Amen«, wisperte Alroy, schloß die Lider; und nach ein paar mühsamen Atemzügen schluckte der König.

»Javan?« flüsterte er schwächlich, ehe der Prinz das Gefäß schließen und zudecken konnte. »Noch etwas erbitte ich...«

»Was ist's?«

»Würdet ihr... du und Rhysem... und Herr Oriel wohl auch die Heilige Kommunion entgegennehmen?« Er bezwang ein leichtes Gehuste. »Ich weiß, daß niemand mich auf meinem... letzten Weg begleiten kann, aber... wollt ihr mir vielleicht zumindest so weit das Geleit geben?«

Zutiefst gerührt, dieweil er derlei nicht erwartet hatte, neigte Javan noch einmal das Haupt über den Goldkelch, ließ zuvor den beiden anderen Beteiligten und sich selbst eine kurze Frist zum inneren Sammeln; dann spendete er ihnen und sich gleichfalls die Kommunion. Als er das Ziborium sorgfältig wieder mit dem Deckel verschloß und mit dem Tuch verhängte, vermochte er vor lauter Tränen die Umgebung kaum noch zu unterscheiden; und in ebendem Augenblick, als er das Gefäß auf den Tisch zurückstellte, erlitt Alroy einen seit geraumer Zeit unterdrückten Hustenanfall.

Er warf sich zurück und keuchte vor sich hin, derweil Oriel sich darum bemühte, ihm zumindest die ärgste Drangsal zu ersparen. Das Tuch, welches er sich beim Ausbruch des Hustens an die Lippen gepreßt hatte, war rot verfärbt, als er es senkte. Des jungen Königs Angesicht war totenblaß, aber beherrscht, als er sich in des Heilers Armen straffte, den Blick erst auf Rhys Michael, danach auf Javan heftete, schließlich die Hand auf Oriels Hand legte, welche auf seinem Herzen ruhte.

»Ich… ich glaube… es ist nun an der Zeit für den Becher… Meister Oriel«, vermochte er hervorzuächzen. Feucht rasselte ihm der Atem in der Brust. »Leider… war ich nie… sonderlich tapfer.«

»Ich habe Euch… stets als *außerordentlich* tapfer erlebt, Eure Majestät«, widersprach Oriel mit leiser Stimme, indem er blindlings nach dem Becher tastete; Rhys Michael, der gleichfalls Tränen in den Augen hatte, gab ihm das Trinkgefäß in die Hand. »Doch Ihr braucht Euch mit keinen Gedanken über Tapferkeit mehr zu plagen. Ihr habt den guten Kampf gekämpft. Ohne den geringsten Anschein eines Zweifels harren Gottes Engel Eurer, um Euch in sein himmlisches Reich zu führen.«

Er setzte dem König, indem sein Arm kräftig Alroys Schultern stützte, den Becher an die Lippen, ohne daß seine Hand bebte, linderte von neuem den Hustenreiz des Todgeweihten, so daß er den Becher mit zwar mühsamen, aber nur wenigen Schlucken leeren konnte. Und Javan, der zuschaute, stutzte bei Oriels Erwähnung der Engel, entsann sich an einen früheren Umgang mit Engeln, einen anderen Becher…

Unversehens drangen weitere, bislang unbewußte Erinnerungen aus seinem Gedächtnis empor, welche ihm infolge einstigen Mangels eigener Voraussetzungen und aufgrund des Willens der damals Verantwortlichen unzugänglich geblieben waren; Erinnerungen an eine Nacht vor etlichen Jahren, die Nacht, in der ihr Vater starb, die Augenblicke unmittelbar davor, während welchselbiger man – in der Gegenwart eines Wesens von so unermeßlicher Macht, daß Javan davon, als er jetzt nur daran dachte, ums Haar die Knie eingeknickt wären – gleichfalls einen Becher vorbereitet hatte. Dem Prinzen entfuhr ein Keuchen, als ihm die Erinnerung wiederkehrte, ihn beinahe überwältigte, und er mußte sich, derweil Oriel den

König wieder in die Kissen lehnte, an der Bettkante abstützen.

Aus den Erinnerungsbildern, welche in seiner geistigen Sicht mit der Schnelligkeit eines Wetterleuchtens vorüberflackerten, ersah Javan, was nun *er* beginnen mußte, bevor Alroy ins Jenseits hinüberglitt und in ihm, seinem Nachfolger, die bis jetzt niemals zur Gänze entwickelten Magie-Kräfte sich zu voller Stärke entfalteten. Er faßte des königlichen Bruders Linke mit beiden Händen, hob sie, indem er das Haupt über sie neigte, an die Lippen und schloß die Lider.

*Sie haben Erzengel beschworen und herbeigerufen, auf daß sie Zeugen von unseres Vaters Tun seien und ihn durch das Tor zum Jenseits geleiteten,* dachte Javan, betastete den Ring aus Feuer, der locker des Sterbenden Finger umgab, gewahrte dabei, daß Alroy nun zügig das Empfindungsvermögen schwand. *Sie haben sie für ihn gerufen, und ich muß sie heute für dich rufen, lieber Bruder.*

Er verwandelte seine Gedanken in ein Gebet, flehte zu jenen überirdischen Mächten, welche aufs Ersuchen jener Deryni, welche sich als Freunde des Haldane-Geschlechts betätigten, vor vielen Jahren dem geheimnisvollen Ritus als Zeugen beigewohnt hatten.

*Hört mich an, Ihr Großmächtigen,* sandte er sein Bittgesuch gen Himmel. *Mir ist unbekannt, auf welcherlei Art und Weise, in welcher Form ich Euch um Euer Kommen ersuchen muß, doch im Namen desjenigen, der alsbald in Euer Reich überwechseln wird, erbitte ich nun Euer Erscheinen. Ich rufe dich an, Erzengel Raphael, Meister der Lüfte, Erzengel Michael, Herr des Feuers, Erzengel Gabriel, Hüter der Gewässer, und dich, Erzengel Uriel, Machtwalter der Erde. Ich erflehe Eure Anwesenheit, auf daß ihr jenen willkommen heißt, der in Bälde des Todes Schwelle überschreiten soll, und befördert ihn geschwind in die unendlich liebevolle Gegenwart des Allerhöchsten.*

Zu seinem äußersten Erstaunen fand die Bittstellung unverzügliches Gehör. Er wagte nicht die Augen zu öffnen, ja nicht einmal das Haupt zu heben, doch sein geistiges Auge nahm auf einmal rings um des Königs Sterbebett undeutlich die Gestalten anderer, mit breiten Schwingen ausgestatteter, überaus machtvoller Wesenheiten wahr, deren wahre Natur mit Gewißheit des Krankenzimmers Größe weit übertraf. Hauchzarte Gewänder in Nebelgrau, Feuerrot, fahlstem Wäßrigblau sowie im kühlen Grünschwarz winterlichen Immergrüns schienen durch die Räumlichkeit zu rascheln.

Betroffen öffnete er die Lider um einen schmalen Spalt. Alroy war ausgelaugt in die Kissen gesunken; sein Atem pfiff, während er in die Umnachtung hinüberglitt, in welche er dank Oriels Trank entschwebte, dem Wasser, das seine Lungen füllte und ihn ertränkte. Oriel kniete an des Königs Seite, eine Hand ruhte nach wie vor auf Alroys Arm, um den Zustand des Sterbenden zu überwachen; sein Blick huschte unentwegt über der Bettstatt durch die Luft, also mochte es sein, daß er zumindest ein wenig von dem spürte, was Javan gewahrte. Rhys Michael hatte sich über Alroys Rechte gebeugt, hielt sie mit beiden Händen, zitterte vor sich hin, doch Javan bezweifelte, daß er von jenen Überirdischen irgend etwas bemerkte.

»Die Engel des Herrn werden Euch leiten, mein König«, sprach Javan leise, indem er die Aufmerksamkeit zurück auf Alroy richtete, die Lider wieder fest schloß und mit seinen Magie-Sinnen nach des Todgeweihten Seele tastete. »O Herr und Gott, dein Wille geschehe. In deine Hände empfehlen wir seinen Geist.«

Durch die körperliche Verbindung ihrer Hände fühlte Javan, daß des Königs Atmung allmählich versagte, immer schwächer und mühsamer ward; vor seinem geistigen Auge jedoch, so hatte es den Anschein, löste sich seines Bruders Seele schließlich aus der zermarterten Leibeshülle, sein astrales Wesen nahm eine Sitzhaltung ein und lenkte den Blick dicht an Javans rechter Schulter vorbei. Im Geiste schaute auch Javan hinter sich und sah jemanden, dem er seit Jahren nicht begegnet war – und schon gar nicht in dieser ungewöhnlichen Erscheinungsweise.

Fast zum Anfassen nah erblickte Javan – oder glaubte es jedenfalls – die lebensechte Gestalt ihres Vaters Cinhil, von den Schultern bis zu den Waden gehüllt in einen karmesinroten, wie einen Chorrock geschnittenen Umhang. Auf dem Haupt, dessen Behaarung nur an den Schläfen eine silbergraue Färbung aufwies, trug er die an den ineinander verflochtenen Eichenblättern und Kreuzen erkennbare Krone Gwynedds. Ernsten Mutes nickte er, als sich sein und Javans Blick flüchtig kreuzten; in der Hauptsache galt seine Beachtung allerdings Alroy, Freude und Trauer mischten sich in seiner Miene, als er seinem Ältesten die Arme entgegenstreckte.

Zu gerne hätte Javan ein Wort mit ihm gewechselt, doch brachte er dazu keine ausreichende Willenskraft auf; vielmehr blieben Leib und Verstand erstarrt, er beobachtete lediglich, wie Alroys Seele vollends den dahingesiechten irdischen Körper verließ, sich neben dem Totenbett aufrichtete, ihm eine Geisterhand auf den Arm legte und mit der anderen Hand auf die eigene körperliche Hand deutete, welche Javan noch umfaßt hielt – auf den Ring am jetzt erschlafften Finger.

Dann begab sich die astrale Gestalt in die Umarmung des Vaters, beide Verstorbene schienen miteinander zu verschmelzen. Zur gleichen Zeit meinte Javan das Schlagen gewaltiger Schwingen zu gewahren, das ihn bis ins tiefste Innere des Gemüts aufzuwühlen schien, mit solcher Macht erhoben sich selbige Schwingen und rauschten hinweg, daß Javan wahrhaftig auf den Knien ins Schwanken geriet, nur sein Griff um Alroys für immer erlahmte Hand ihm noch in der irdischen Welt einen Anker bot. Ganz zum Schluß war ihm, als vernähme er silberhelles Glockenläuten, welches nach und nach verklang und völliger Stille wich; und als er zuletzt die Augen öffnete, bestand für ihn daran, daß Alroy dahingeschieden war, kein Zweifel.

Verstört blickte der Prinz sich um. Oriel hatte offenbar etwas gespürt, denn er hatte die Stirn auf die Bettkante gestützt und beide Unterarme übers Haupt gebreitet, schaukelte leicht auf den Knien von einer zur anderen Seite. Rhys Michael schluchzte ungehemmt auf die Hand, welche er unvermindert umklammert hielt.

Aber noch wagte Javan für sie keine Beachtung zu erübrigen. Zuvor mußte er eine Pflicht erledigen, welche ihm Alroy aufgetragen hatte. Unter Vermeidung jeglichen Aufhebens zog er den Ring aus Feuer von des toten Königs lebloser Hand, hob den Reif an die Lippen und erwies ihm die Ehre mit einem andächtigen Kuß. Dann steckte er sich den Ring, indem er stumm die Zeugenschaft jener erflehte, die er herbeibeschworen hatte – und von denen er hoffte, daß sie noch zugegen weilten –, an den Finger.

Trotz der Hitze rieselte ihm ein Schauer über den Rücken, ansonsten jedoch empfand er kaum etwas. Er fragte sich, ob es mit allem nicht mehr auf sich haben mochte – doch konnte *alles* in diesem Fall gar überaus viel bedeuten, dieweil er der Auffassung war, daß außer einem Deryni oder einem Heiligen niemand das gleiche wie just er erleben könnte. In Anbetracht der unerwarteten Erscheinung seines Vaters wunderte es ihn, daß bei ihm keine weiteren Erinnerungen an die einstigen Ereignisse geweckt worden waren; um *dar-*

*über* tiefschürfendere Gedanken anzustellen, blieb ihm gegenwärtig allerdings keine Zeit.

Nein, als erstes kam es nun darauf an, sich bei Hofe unanfechtbar zum König zu erklären; und das erforderte, mit Erzbischof Hubertus reinen Tisch zu machen – oder wenigstens einen derartigen Eindruck zu erzeugen. Vielleicht fand er später dazu Gelegenheit, wieder eine Verbindung zu seinen Deryni-Lehrmeistern zu knüpfen und zu schauen, ob er die ihm eingepflanzten Anlagen zu vollständigem Leistungsvermögen zu entfalten vermochte.

Er schob den Ring dem toten Alroy zurück an den Finger und raffte sich hoch, hatte die Absicht, sich nun dem noch in festem Schlaf befindlichen Erzbischof zu widmen; aber solche Mattigkeit hatte ihn gepackt, daß ihm fast die Sinne schwanden. Indem er ums Gleichgewicht rang, stieß er gegen die Bettstatt, erregte dadurch Oriels Aufmerksamkeit.

»Herr?« fragte der Heiler mit halblauter Stimme und hob das Haupt. »Seid Ihr wohlauf?«

Javan schluckte, wandte sich um und blickte den Heiler an. Der Schwindelanfall war ausgestanden, hatte ihn allerdings unfehlbar an seine Übermüdung gemahnt, die er schon bei der Ankunft in Rhemuth gespürt hatte und die gewißlich verschlimmert worden war durch die zermürbenden Erlebnisse der letzten Stunde.

»Mit Sicherheit«, behauptete der Prinz gedämpft. »Es liegt lediglich zuviel Anstrengung hinter mir, und ich habe zu wenig Schlaf gehabt…«

»Dagegen kann ich Euch behilflich sein, mein Prinz«, äußerte Oriel.

Javan schüttelte das Haupt. »Dafür ermangelt uns im Augenblick die Gelegenheit. Nehme ich mir nun die Zeit zum Schlummern, mag's sehr wohl dahin kommen, daß ich in alle Ewigkeit schlafe.«

»Dann gestattet mir, Euch auf rasche und vorläufige Weise abzuhelfen«, antwortete Oriel. »Ich kann Euch am späteren Morgen aufsuchen und Euch eine Stunde Heiler-Schlaf bescheren.« Übers Bett hinweg umfaßte seine Faust Javans Handgelenk und verschaffte sich eilends einen Eindruck vom Zustand des Prinzen. »Ihr bedürft dringlich des Verschnaufens, Königliche Hoheit. Ich kann mir schwerlich vorstellen, daß Ihr in völliger Erschöpfung einem Krönungsrat gegenüberzutreten gedenkt.«

Betroffenheit drohte Javan den Mut zu rauben. Oriel hatte recht. Es mußte so bald wie überhaupt nur möglich ein Krönungsrat zusammentreten. Für ein paar Stunden konnte Aufschub durchsetzbar sein, aber keinesfalls länger als bis zum Spätnachmittag. Zudem galt es Vorbereitungen zu Alroys Aufbahrung zu veranlassen.

»Ihr vermögt etwas zu tun«, vergewisserte sich Javan, »das wahrlich flugs verrichtet werden kann?«

Indem er nickte, umrundete Oriel die Bettstatt und streckte die Hände nach des künftigen Königs Haupt aus, legte ihm die Daumen sachte auf die Lider und rührte mit den Fingern an die Schläfen.

»Seid ganz entspannt und erblickt darin nichts als eine herkömmliche heilerische Einwirkung, mein Prinz, ähnlich wie Herr Tavis des öfteren welche bei Euch vorgenommen hat«, riet der Heiler mit ruhiger Stimme, derweil Rhys Michael benommen den von Tränen verschleierten Blick hob. »Ihr werdet nur ein Gefühl der Wärme schwellen fühlen. Für ganz kurze Frist mag Euch ein wenig schwindeln.«

Javan atmete gründlich ein und anschließend aus, senkte die Geistesschilde und fügte sich den Maßnahmen des Heilers. Er empfand die Stärkung nicht wie eine Woge, sondern wie eine Flut, so daß ihm die Knie weich wurden und Oriel ihn am Arm stützen mußte.

Aber sobald er wieder fest auf den Beinen stand, merkte der Prinz, daß er, befreit von aller Ermattung, wieder klar zu denken vermochte.

»Diese Anwendung ist nur eine bescheidene Magie zum Vertreiben von Müdigkeit, Königliche Hoheit«, erläuterte Oriel leise, wich um einen Schritt zurück und musterte den Prinzen. »Ihrer Wirksamkeit Dauer ist abhängig vom Maß der zu bannenden Ermüdung, auch kann man sie nicht in endloser Reihenfolge wiederholen. Wenn die Wirkung abklingt, geschieht es recht plötzlich, und Ihr werdet Euch noch viel müder als zuvor fühlen. Dann jedoch stehe ich Euch erneut zur Verfügung. Im Verlauf der nächsten Stunden zumindest dürftet Ihr keinerlei Schwierigkeiten haben.«

Javan nickte; indem der Zauber sein Werk tat, fühlte er sich zusehends gekräftigt. »Meinen Dank, Oriel. Euer Beistand soll nicht vergessen sein.«

Ohne zu lächeln, heftete der Heiler den Blick vielsagend auf Erzbischof Hubertus, welcher noch immer auf dem Stuhl vor sich hinschnarchte. »Sorgt dafür, daß *er* sich *nicht* erinnert, mein Prinz, oder unser Schicksal ist besiegelt.«

Indem er nickte, schaute Javan den Erzbischof an, danach von neuem Oriel.

»Hubertus' nehme ich mich an«, versicherte Javan mit unterdrückter Stimme. »Wolltet Ihr wohl bei Prinz Rhys Michael die gleiche Verrichtung vollführen?«

»Sehr wohl, mein Prinz.«

Javan rückte die Schultern gerade und näherte sich dem Erzbischof; sowohl bei Hubertus wie auch Rhys Michael war lediglich eine geringfügige Abwandlung der Erinnerung vonnöten.

»Erzbischof, vernimm meine Worte«, wandte sich Javan mit fester Stimme erneut an Hubertus, senkte eine Hand auf des Klerikers schwammiges Patschhändchen. »Komme nun mit mir. Es vollzieht sich des

Königs Ende. Du hast ihm das Heiligste Sakrament gespendet, und er hat es willig angenommen. Nun bedarf er für den Weg ins Himmelreich allein noch deines Gebets, deiner Fürbitte.«

Hubertus' Lider flatterten, er schlug – indem er sich erhob und infolge dieser Mühsal ein dumpfes Ächzen ausstieß – die blauen Augen auf, ließ sich von Javan zum Totenbett des Königs führen. Der Prinz behielt den Erzbischof unter seiner Gewalt, gab allerdings des Kirchenfürsten Hand frei und kniete nieder. Mit fromm gefalteten Händen verharrte der Erzbischof dicht hinter Javans Rücken. Javan ergriff des toten Bruders Hand und küßte sie.

»Ich beginne das Gebet, Erzbischof, und Ihr werdet mit mir beten sowie das Schlußwort sprechen«, raunte er Hubertus zu. »Anschließend werdet Ihr Euch an nichts anderes erinnern, als daß der König in Frieden und im Stande der Gnade entschlafen ist.« Er schöpfte tief Atem und machte, wie angekündigt, mit dem Beten den Anfang.

»Nun kommt zu Hilfe, ihr Heiligen Gottes, geht ihm entgegen, ihr Engel des Herrn! Nehmt seine Seele auf, bringt sie vor das Angesicht des Allerhöchsten…«

Hubertus blinzelte und ergänzte das Gebet in ehrfürchtigerem Ton, als Javan es von ihm – auch unter Beeinflussung – jemals erwartet hätte. »Christus, der dich berufen hat, nehme dich auf, und die heiligen Engel mögen dich geleiten in den Schoß Abrahams.«

»Nehmet auf seine Seele«, fügte Javan in gedämpftem Ton hinzu, »bringt sie vor das Angesicht des Allerhöchsten.«

»Herr, gib ihr die ewige Ruhe…«

»Und das ewige Licht leuchte ihr«, sprach Javan, und nun fielen auch Rhys Michael und Herr Oriel ins Gebet ein.

»Von den Pforten der Hölle…«

»Errette, o Herr, seine Seele«, flehte Javan inständig.

»Laß sie ruhen in Frieden.«

»Amen.«

»Lasset uns beten«, rief Hubertus, neigte das Haupt über die gefalteten Hände. »Dir, o Herr, empfehlen wir die Seele deines Dieners Alroy. Sie ist aus dieser Welt geschieden. Laß sie in dir leben und verzeihe in deiner Güte und Barmherzigkeit, was sie aus menschlicher Schwäche gesündigt hat, durch Christus unseren Herrn.«

»Amen«, beschlossen die übrigen Anwesenden das Gebet.

Langsam richtete Javan, welcher darauf vertraute, daß Alroy jetzt tatsächlich in Gottes Obhut weilte, sich auf, zog ein zweites Mal, derweil Hubertus ihn scharfen Blicks maß, den Ring von des verstorbenen Bruders Finger und steckte ihn sich neben dem Siegelring an die eigene Hand. Ehe er irgend etwas anderes tun oder sonst etwas geschehen konnte, packte Rhys Michael selbige Hand, fiel pflichtgemäß ehrerbietig aufs Knie. »Mein Lehnsherr«, äußerte er leise, aber deutlich. Indem er das Haupt duckte und aller Vorsicht entsagte, tat Meister Oriel desgleichen.

Einige Augenblicke lang schaute Hubertus nur erstaunt zu – Javan hatte keinerlei Ahnung, was nun, da der Kirchenfürst nicht seiner Lenkung unterlag, geschehen mochte –, dann neigte er das Haupt auf eine Weise, welche man bei hinlänglichem Großmut als Verneigung auffassen konnte, in Javans Richtung.

»Ihr habt also Eure Entscheidung gefällt«, stellte der Erzbischof fest; seine Augen blickten hart und kalt. »Anstatt einer himmlischen möchtet Ihr lieber eine weltliche Krone haben.«

»Ich erhoffe mir, zu guter Letzt beide zu tragen«, lautete Prinz Javans in aller Ruhe erteilte Antwort. »Mein

Gewissen hat es mir verboten, mich meiner Pflicht gegenüber dem Hause Haldane zu verweigern.«

Derweil Oriel lautlos die Bettdecke über Alroys Antlitz breitete, dabei versuchte, gleichsam unsichtbar zu sein, gab Erzbischof Hubertus ein schweres Aufseufzen von sich und wies auf die Tür.

»Nun wohl, seid's drum«, sprach er im Tonfall der Schicksalsergebenheit. »Kommt mit mir, und ich werde den draußen versammelten Herren… Eure Thronfolge verkünden… Sire. Und möge der Herrgott uns allen gnädig sein.«

# V. Kapitel

*Du hast ja mein Recht und meine Sache geführet…*

Psalm 9,5

Die drückende Stickigkeit des Hochsommermorgens lastete auf Javans Leib und Gemüt, während er und Rhys Michael Erzbischof Hubertus zum Ausgang folgten. Jenseits der Tür harrten einige jener hohen Herren des Reiches, welche voraussichtlich in Zukunft Javans ganze Aufmerksamkeit erforderten. Der Prinz hatte schweißige Handteller, der Pulsschlag wummerte ihm in den Ohren. Er zwang sich, während Hubertus die Tür weit öffnete, zu gründlichem Durchatmen.

Im Vorzimmer verstummte jedwede Unterhaltung. Über zwanzig in Schwarz gekleidete Herren hatten sich unterdessen versammelt, eineinhalbmal so viele wie zuvor. Zu den weltlichen Edlen hatte sich Robert Oriss gesellt, der Erzbischof von Rhemuth, ebenso Konnetabel Udaut sowie mehrere hohe Würdenträger des königlichen Hofstaats. Alle wichen beiseite, als Hubertus eintraf, doch galten die Blicke aller Versammelten ausschließlich den beiden Prinzen, von denen einer nun ihr neuer König werden mußte.

Prinz Javan hatte die Hände auf dem Rücken gefaltet, derweil er und sein Bruder Rhys Michael, der tief erschüttert wirkte, Hubertus ins Vorzimmer folgten, deshalb konnte niemand den Ring aus Feuer an seiner Hand sehen – und genausowenig, daß es ihn alle Mühe kostete, seiner Hände Beben zu unterbinden. Charlan allerdings bemerkte umgehend das Auge Roms und wäre deshalb ums Haar aufs Knie gefallen, hätte Javan es ihm nicht mit einem kaum merklichen Schütteln des Hauptes verboten; es dünkte den Prinzen vorteilhafter, Hubertus die Thronfolge verkünden zu lassen.

»Ihr Herren«, ergriff Hubertus mit gefaßter Stimme das Wort, wobei er die Hände auf dem gewaltigen Wanst faltete, »ich bitte Euch, betet aus christlicher Nächstenliebe für die Seele unseres verewigten Herrschers König Alroy.« Schwerfällig schlug er das Kreuzzeichen. *»Requiem aeternam dona ei, Domine«*, fügte er hinzu.

*»Et lux perpetua luceat ei«*, murmelten die Anwesenden durcheinander und sanken, indem sie das Beispiel der Prinzen Javan und Rhys Michael nachahmten, zu zweien und dreien aufs Knie.

*»Offerentes eam in conspectu altissimi. Kyrie eleison.«*

*»Christe eleison. Kyrie eleison.«*

Danach betete Erzbischof Hubertus im Verein mit allen anderen das Paternoster. Zuletzt schloß man ein weiteres Wechselgebet an, mit welchselbigem man vom Himmel für des toten Königs Seele die ewige Ruhe und des Ewigen Lichtes Glanz erflehte.

*»Requiescat in pace«*, beendete er das Gebet. Ruhe er in Frieden.

»Amen«, sprachen zum Abschluß sämtliche Herren im Chor.

Anschließend standen alle auf und lenkten zunächst die gemeinsame Beachtung erneut auf die beiden Prinzen – sodann jedoch auf einen schwarzhaarigen, hakennasigen Mann in weinroter Gewandung, welcher die Adelskrone eines Barons sowie die Amtskette eines geringeren Höflings trug und plötzlich um einige Schritte vortrat, die Daumen in einer Haltung, die unmißverständlich Herausforderung bekundete, in den Schwertgurt gehakt.

»Hat der Herr Erzbischof hinsichtlich der Thronfolge eine Verlautbarung abzugeben?« wünschte der Edle unumwunden zu erfahren.

Hubertus schnitt eine Miene der Griesgrämigkeit, stieß mehrmals ein Räuspern aus und verriet dadurch seine innere Unruhe. »Im Hinblick auf die Thronfolge unseres seligen Lehnsherrn, des großmächtigen Oberherrschers Alroy Bearand Brion Haldane, unseres verewigten Königs, ist zu sagen… es war sein und davor seines Vaters Wille, daß ihm, sollte er ohne selbstgezeugten Erben versterben, sein Bruder auf dem Thron nachfolgen soll.«

»Daß sein Bruder *Javan* ihm auf dem Thron folgen soll«, berichtigte ihn der Baron und wandte sich an Graf Tammaron. »Ist's nicht fürwahr so, Herr Reichskanzler? Oder hat das Erstgeburtsrecht in unserem Reich etwa keine Gültigkeit mehr?«

»Was denn, nun hört aber mal her!« polterte Iver MacInnis. »Als nächster König ist Prinz Rhys Michael vorgesehen.«

»Ich habe nicht Euch nach Eurer Meinung gefragt, Herr Iver«, entgegnete der Baron, indem er sich kurz, die Hand nah am Schwertgriff, Iver zukehrte. »Meine Frage richtet sich an den Herrn Reichskanzler, dessen Aufgabe es ist, des Reiches Gesetze zu kennen. Ich ersuche Euch um Auskunft, Herr Tammaron. Ist das Erstgeburtsrecht in Gwynedd noch gültig, oder ist selbiges nicht der Fall?«

Graf Tammaron, dem man ansehen konnte, er wünschte sich, jemand anderes müßte sich mit der Frage befassen, trat vor und stieß ein Räuspern aus. »Es stimmt, daß… nach dem Erstgeburtsrecht unzweifelhaft Prinz Javan der rechtmäßige Thronerbe ist. Allerdings bin ich… in dem Glauben gelassen worden, in Anbetracht einer frommen Berufung würde… ein Thronverzicht in Erwägung gezogen…?«

Hoffnungsvoll, ja beinahe flehentlich schaute er Prinz Javan an, doch der künftige König verschränkte nun die Arme vor der Brust, so daß man neben seinem

Siegelring den Ring aus Feuer sehen konnte, und setzte so ein unmißverständliches Zeichen.

»Derlei Hirngespinste wollen wir unverzüglich verwerfen, Herr Reichskanzler«, antwortete Javan. »Wie Seine Exzellenz, Herr Erzbischof Hubertus, gewißlich bestätigen wird, habe ich vor Jahren nur ein vorläufiges geistliches Gelübde abgelegt. Doch selbst wenn sie endgültiger Natur wären, könnte ich ihrer entbunden werden, wie's ja einst mit dem Priestergelöbnis meines Vaters, des seligen Königs Cinhil, getan ward. Ich hege die volle Bereitschaft, mir Gwynedds Krone aufzusetzen.«

»Und ich unterstütze seinen Willen«, rief Rhys Michael, ergriff Javans Hand und fiel aufs Knie, um sie zu küssen. »Der König ist tot. Lang lebe König Javan!«

»Lang lebe König Javan!« erscholl sofort Charlans Stimme, und auch die anderen jungen Ritter wiederholten den Zuruf, zogen die Schwerter und streckten sie zur Ehrenbekundung in die Höhe; ihr Jubel steigerte sich zu einer Art von Singsang und trotzte so jedem etwaigen Herausforderer. Der Baron, welcher sich als erster für Javans Thronfolge eingesetzt hatte, zählte zu den ersten Höflingen, die gemeinsam mit den Rittern niederknieten, und seine Miene zeigte dabei einen Ausdruck grimmiger Genugtuung; danach schlossen sich die übrigen Mitglieder des Hofstaats, die Kronräte sowie alle übrigen im Vorzimmer Anwesenden dem Kniefall an, ausgenommen Erzbischof Hubertus, welcher sich verbeugte, derweil die Rufe abebbten, und des Prinzen Hand küßte.

In dem Schweigen, das der Huldigung nachfolgte, neigte Javan vor dem Erzbischof stumm das Haupt, richtete seinen Bruder auf, gab dann leicht verlegen der restlichen Versammlung durch eine knappe Geste zu verstehen, daß man aufstehen durfte. An seiner Linken glitzerte der Ring aus Feuer, das Funkeln gemahnte Javan daran, was er sich, obwohl sich bei Hofe längst nicht alle auf seiner Seite befanden, an Großem vorgenommen hatte. Während sich die Höflinge, Räte und Mannen erhoben, manche von ihnen verstohlen Blicke des Zweifels und der Bedenken wechselten, hakte er vorn die Daumen in den Leibgurt, um den besagten Ring im allgemeinen Blickfeld zu halten – und um zu verhindern, daß ihm die Hände bebten.

»Habt Dank, Ihr Herren«, sprach er. »Aus Rücksicht auf die Hitze sowie die Tatsache, daß die Mehrzahl von uns auf eine überlange Nacht zurückblickt, will ich mich fürs erste kurzfassen.« Er schöpfte tief Atem und faßte, da es anscheinend niemanden dahin drängte, Widerworte zu äußern, frischen Mut; indessen bewahrte er darüber gänzliche Klarheit, daß er beileibe noch keinen vollständigen Sieg errungen hatte.

»An vorrangiger Stelle meiner Überlegungen steht das letztendliche Geschick des verstorbenen Königs, meines Bruders.« Auf dem Ritt von der Abtei *Arx Fidei* nach Rhemuth hatte er sich zu der traurigen Pflicht genötigt, vorsorglich über derlei Angelegenheiten nachzudenken, während des Pferdewechselns auch Rat von Charlan und den anderen jungen Rittern eingeholt.

»Ich habe beschlossen, daß mein Bruder bis zu seiner Bestattung in der Sankt-Hilary-Basilika aufgebahrt liegen soll.« Er sah auf mehreren Mienen Einwände sich abzeichnen. »Die Königliche Kapelle ist zu klein«, fügte er daher unverzüglich hinzu. »Dagegen gewährleistet die vorerwähnte Basilika für eines toten Königs Aufbahrung die gebührende Größe und Würdigkeit. Zudem hat mein Bruder dort stets gerne gebetet. Überdies gehört die Basilika zu jenen Bauten der Königsburg, die sowohl dem Hofstaat wie auch jenen unter den gemeinen Bewohnern Rhemuths, welche den Wunsch verspüren mögen, sich von ihrem verewigten Herrscher zu verabschieden, zugänglich ist. Ich gedenke Herrn Gavin, welcher vor Jahren des Königs Edelknappe war, damit zu betrauen, ein Ehrengeleit zusammenzustellen, welches um die Mittagsstunde den Verstorbenen in die Basilika zu überführen hat, und es ist mein Begehr, daß dort um selbige Stunde für ihn ein feierliches Requiem gesungen werden soll.«

Als Javans Blick – damit er sich davon überzeugen konnte, von Hubertus verstanden worden zu sein – den Erzbischof streifte, nickte der Kirchenfürst ihm zum Zeichen der Bestätigung zu; dennoch vermochte sich Javan nicht des Eindrucks zu erwehren, seitens Hubertus MacInnis' noch lange nicht die letzten Schwierigkeiten durchgestanden zu haben.

»Im Anschluß an die Messe wird für den Rest des Tages, während der Nacht sowie am morgigen Tag Totenwacht gehalten. Ich halte es für angebracht, daß die Beisetzung am darauffolgenden Tag um die Mittagszeit stattfindet.«

»So bald?« murmelte irgendwer im Hintergrund.

»Eine Schande«, zischelte jemand anderes.

»Sein *Vater* lag eine volle *Woche* lang aufgebahrt«, bemerkte eine mürrische Stimme.

Javan verkniff sich die scharfe Zurechtweisung, welche ihm fast über die Lippen gekommen wäre; stattdessen atmete er tief durch und bewahrte Ruhe.

»Sein *Vater* verstarb im *Februar*, als Hitze niemanden drängte«, stellte der Prinz mit Nachdruck fest. »Oder ist hier einer der Herren der Hitze nicht mehr gegenwärtig? Von mir kann ich's jedenfalls nicht behaupten.«

»Aber anscheinend *vergeßt* Ihr, Königliche Hoheit, daß am Tag nach übermorgen ein Sonntag ist«, sprach unverblümt Erzbischof Oriss. »Doch falls Ihr's tatsächlich wünscht, daß wider jeden Brauch die Beisetzung an einem Sonntag erfolgt, nun ja, dann …«

Ein kolossaler Schreck fuhr Javan in die Magengrube. Er hatte seinen ersten Fehler begangen, keinen ernsten Fehler, doch ihm war vollauf klar, daß er seinen Gegnern künftig durchaus als Mittel zur Demütigung oder Einschüchterung dienen mochte, nahm er ihnen nicht sofort den Wind aus den Segeln.

»Ich bedanke mich bei Eurer Exzellenz für die Berichtigung«, gab er mit ruhiger Stimme zur Antwort, neigte zum Beweis der Einsichtigkeit ein wenig das Haupt. »dieweil ich in der vergangenen Nacht nicht geschlafen habe, ist mir der Woche Überblick abhanden gekommen. Also soll die Bestattung am Montag sein. Die besonderen Einzelheiten für selbigen Anlaß können im Laufe der nächsten ein, zwei Tage festgelegt werden. In dieser Sache wüßte ich Eure Ratschläge aufs höchste zu schätzen, Herr Erzbischof.«

Oriss war bei weitem zu wohlerzogen, um offene Häme zu zeigen; andere Anwesende kannten diese Tugend nicht. Javan mißachtete ihre Unverfrorenheit, derweil er sich der zweiten Sache widmete, welche er in diesem Kreis ohne Verzug ansprechen mußte.

»Meine fernere Weisung betrifft das Sicherstellen der fortgesetzten Reichsbeherrschung und -verwaltung«, fügte Javan seinen vorherigen Darlegungen hinzu. »Zu diesem Zweck bestimme ich, daß nach der Messe sogleich ein Krönungsrat zusammentritt. Graf Tammaron, als Reichskanzler von Gwynedd werdet Ihr's ohne jeglichen Zweifel als Eure Obliegenheit betrachten, zu dem vorbeschriebenen Anlaß des verstorbenen Königs Kronräte einzubestellen. Ich werde Euch rechtzeitig mitteilen, welche weiteren Teilnehmer ich dort zu sehen wünsche.«

Tammarons Miene widerspiegelte Sorge; dennoch neigte er zum Zeichen der Einwilligung das Haupt.

»Meinen Dank.« Bedächtig schöpfte er nochmals Atem, musterte die Anwesenden und gelangte zu dem

Entschluß, daß es wohl am klügsten war, sich nun erst einmal zurückzuziehen. »Nach Klärung dieser Fragen wäre ich Euch dankbar, Ihr Herren, wolltet Ihr mich vorerst entschuldigen. Ich bedarf eines Bades und ein wenig der Erholung, dieweil ich des Nachts einen anstrengenden Ritt bewältigt und des Schlummers entsagt habe, um an meines Bruders Krankenbett zu gelangen. Indessen will ich mich noch vor der Mittagsstunde Anbruch wieder einfinden, um meines Bruders Leichnam zur Basilika zu begleiten. Im Falle, daß schon zuvor daran Bedarf oder das Erfordernis besteht, von mir Entscheidungen zu erfragen, bin ich in den Gemächern meines Bruders Prinz Rhys Michael anzutreffen.«

Ohne weitere Umstände strebte er, Rhys Michael an seiner Seite, derweil Charlan ihnen voranschritt, zum Ausgang. Vor ihnen teilte sich die Versammlung, und ihre Mehrheit rang sich zumindest zu äußeren Bekundungen der Ehrerbietigkeit durch; manche Anwesende allerdings verfolgten sie mit Blicken eisiger Ablehnung.

Jener Baron, welcher zu Javans Gunsten das Wort ergriffen hatte, neigte das Haupt, als ihre Blicke sich begegneten, und wich um ein paar Schritte zurück. Der Prinz entsann sich nicht daran, ihn schon früher bei Hofe erblickt zu haben. Er sah aus, als zählte er gegen fünfzig Jahre, hatte ein fein säuberlich barbiertes Kinn und graue Strähnen im pechschwarzen Haar; offenkundig war er ein kraftvoller Mann und stand noch immer in seines Lebens Blüte.

Hinter dem Rücken des Barons eilte Herr Udaut, Gwynedds Konnetabel, dem frischgebackenen König und seinen Begleitern voraus in den benachbarten Korridor, überraschte Javan damit, daß er, sobald sie die Tür durchquert hatten, eine hastige Verbeugung vollführte.

»Königliche Hoheit, ich vermesse mich nicht, Eure Zeit über Gebühr zu beanspruchen«, sprach er Javan, der ihn unterdessen der Länge nach musterte, mit verhaltener Stimme an. Udaut war als kaltblütiger Kriegsmann und Überlebenskünstler bekannt. Während zahlreiche Würdenträger bei Hofe gekommen und gegangen waren, übte er das Amt des Konnetabels bereits seit den Lebzeiten von Javans Vater aus. Als Konnetabel oblag es ihm auch, für Schutz und Sicherheit der Königssippe zu sorgen, unabhängig davon, wo dieselbe gerade Wohnstatt hatte; und das bedeutete, seine Treue oder Untreue konnte darin den Ausschlag geben – ungeachtet der kleinen Schar junger Ritter, welche sich anscheinend dem neuen Herrscher verschworen hatten, sich soeben hinter Udaut aufreihten, um sich für ihren zukünftigen König erstmals zur Ehrenwache aufzustellen –, ob Javan am Leben blieb oder womöglich Meuchlern zum Opfer fiel.

»Was möchtet Ihr mir kundtun, Herr Udaut?« fragte Javan mit achtsamer Zurückhaltung.

»Nur, daß ich keine Gemeinschaft mit jenen Mißgünstigen habe, welche Euch, Königliche Hoheit, dort drinnen zweifellos aufgefallen sind«, antwortete Udaut, wies mit dem Kinn an Javan vorbei auf die eben durchschrittene Tür. »Ihr seid nun mein rechtmäßiger Ober- und Lehnsherr. In meiner Eigenschaft als Euer Kronfeldherr hege ich die unverbrüchliche Absicht, allzeit Euch, diese Burg und das Reich gegen alle Widersacher zu verteidigen, welche womöglich Euch anzufeinden sich erdreisten.«

Javan erlaubte sich einen gedämpften Seufzer der Erleichterung und streckte Udaut die Hand entgegen. »Habt meinen Dank, Herr Udaut. Eure Treue ist mir willkommener, als Ihr's zu ahnen vermögt.«

»Mein Lehnsherr…« Udaut verneigte sich und küßte des neuen Königs Hand. Anschließend stützte er, indem er nickte, die Faust auf den Schwertknauf und entfernte sich durch die Reihen der Höflinge und Ritter, welche ringsum warteten, in des Burgsaals Richtung.

Während Javans Wortwechsel mit seinem Konnetabel war Charlan mit Herrn Gavin beiseite getreten und übermittelte ihm des neuen Herrschers Wünsche bezüglich des Ehrengeleits für den verstorbenen König. Derweil Javan, Prinz Rhys Michael dicht an seiner Elle, sich anschickte, den Flur zu durchmessen, nickte er den Rittern zu, welche vor ihm Haltung annahmen, beorderte mit einem Blick zusätzlich Bertrand de Ville herbei, der daraufhin auch unverzüglich hinter ihm und dem Prinzen Aufstellung nahm, um ihnen gegen die im Vorzimmer Versammelten den Rücken zu decken.

»Nun wohl, Udaut steht zu uns«, meinte Javan leise zu Bertrand und widerstand dabei der Versuchung, sich über die Schulter umzuschauen. »Doch sagt mir, wer war jener Baron, welcher das Wort zu meinem Vorteil geführt hat?«

»Etienne de Courcy, Königliche Hoheit«, erteilte Bertrand unverzüglich Auskunft. »Seine Ländereien liegen im Süden, in der Nähe Mooryns.«

»De Courcy«, wiederholte Javan. Der Name rührte in seinem Gedächtnis an irgendeine Erinnerung, doch vorerst vermochte er ihn nicht recht einzuordnen. »Welches Amt versieht er bei Hofe?«

»Meines Wissens zählt er zu des Reichskanzlers Vertrauten, Herr. Er befaßt sich mit den Gesetzen. Besser kenne ich nur seinen Sohn.« Kurz schwieg Bertrand. »Soll ich ihn zu Euch bitten, Königliche Hoheit?«

»Nein, jetzt nicht. Ich bedarf wirklich der Erholung.« Charlan hatte das Gespräch mit Gavin beendet, und seine Miene legte die Schlußfolgerung nahe, daß er bereit war zum Gehen. Rhys Michael hatte sich im Korridor schon ein Stück weit entfernt. »*Etwas* allerdings könnt Ihr für mich tun«, äußerte Javan, bereitete sich darauf vor, des jungen Ritters Antwort einer geistigen Wahrheitsfindung zu unterziehen. »Am liebsten hätte ich's, daß Ihr's so unauffällig wie möglich verrichtet.«

Eifrig nickte Bertrand. »Ihr wißt, Königliche Hoheit, Ihr könnt auf mich bauen.«

»In der Tat, ich weiß es. Ich habe Meister Oriel gebeten, mich aufzusuchen, sobald er der Fuchtel seiner Herren entfliehen kann, was voraussichtlich in ungefähr einer Stunde Frist der Fall sein könnte. Ich brauche seinen Beistand, nur wär's mir angenehmer, Erzbischof Hubertus und die anderen Herren erführen es nicht.« Zur Begründung bediente er sich einer Lüge. »Mein Fuß muß behandelt werden. Der lange Ritt in solcher Eile hat ihn über Gebühr beansprucht.«

Ritter Bertrand widmete Javans mit dem eigens für ihn angefertigten Stiefel bekleideten Klumpfuß einen bloß flüchtigen Blick. »Ich bedaure, daß Ihr Beschwerden leidet, Herr. Ich bringe Meister Oriel zu Euch, sobald's sich einrichten läßt.«

Indem Javan nickte, schenkte er seine Beachtung von neuem Herrn Charlan; sogleich winkte nun der junge Edle die anwesenden Ritter und zudem einige Königliche Leibwächter herbei, um gemeinsam mit ihnen und mehreren anderen Rittern den künftigen König und den Prinzen in den Säulengang und zu den Königlichen Gemächern zu geleiten.

Die Unterhaltung zwischen Javan und Bertrand war nicht unbeobachtet geblieben. Während Javan und seine Begleitung aus dem Flur in den Säulengang entschwanden und Herr Bertrand ins Vorzimmer zurückkehrte, näherte sich ein Mann, welcher sich zuvor schon dort eingefunden hatte, dem jungen Ritter. Die Tür zum Sterbezimmer des verschiedenen Königs stand weit offen.

Etienne de Courcy, welcher vorhin in der Frage der Thronfolge zu Javans Gunsten das Wort geführt hatte, konnte sehen, daß sich drinnen die Königlichen Leibärzte und Magister Oriel mit Graf Manfred und den beiden Erzbischöfen in Erörterungen befanden. Anscheinend interessierte es Herrn Bertrand sehr, was dort drinnen vor sich ging, und er hob in argwöhnischer Neugierde den Blick, als Etienne ihn am Arm berührte, vermochte jedoch in des älteren Adeligen hakennasiger Miene nichts Bedrohliches zu gewahren.

»Dräut Verdruß?« erkundigte Herr Etienne sich so leise, daß ausschließlich Bertrand es hören konnte.

Derweil der junge Ritter fortgesetzte Anteilnahme am Geschehen zeigte, gab er durchaus bereitwillig Antwort. »Zur Stunde nicht. Seine Königliche Hoheit hat mich darum gebeten – *vertraulich* gebeten –, etwas zu erledigen.«

»Ach so«, meinte Etienne, der verschwieg, daß er weit mehr ersah, als Bertrand ahnte. »Nun, dann werde ich wohl als nächstes einmal ermitteln, ob Guiscard schon eingetroffen ist. Ich bin mir gänzlich sicher, daß er bei der beabsichtigten Totenwache auch eine Schicht zu übernehmen wünscht. Ich jedenfalls werd's mit Gewißheit tun.«

»Es wird sich wohl, so glaube ich, nach solch ehrenvoller Pflicht so mancher Edle drängen«, antwortete Bertrand. »Darum möcht's ratsam sein, daß Ihr Euch, ehe Ihr Euch fortbegebt, mit Herrn Gavin absprecht.«

»Dann will ich Euren klugen Rat beherzigen«, sagte Etienne.

Nachdem er sich aber mit Ritter Gavin geeinigt hatte, schritt Etienne de Courcy durch die Reihen jener Höflinge, welche noch vor des toten Herrschers Sterbezimmer verharrten, und begab sich in den Rittersaal der Königsburg hinab; dort waren unterdessen sowohl die

Kunde von des Königs Ableben sowie auch Guiscard angelangt. Just in dem Augenblick, als Etienne ihn erspähte, vernahm man gedämpft das Glockengeläut der Sankt-Hilary-Basilika; für jedes Lebensjahr des verstorbenen Königs erklang ein Glockenschlag und bedrückte des Barons Gemüt, während er zwischen Häuflein ernster Männer und trauriger Damen durch den Saal strebte. Und kaum war das Läuten verhallt, dröhnte die laute Stimme des Dicken Georgs, der Riesenglocke des Rhemuther Doms.

Herr Guiscard de Courcy wartete am offenen Fenster eines breiten Erkers, versuchte dort eine Brise kühlerer Luft zu genießen. Beider Männer schwarzes Haar und die Hakennasen stellten augenfällig klar, daß sie Blutsverwandte waren, so daß es ihnen auch anzusehen gewesen wäre, selbst wenn sie nicht ein und denselben Familiennamen getragen hätten.

Der jüngere de Courcy steckte noch in staubbedeckter, lederner Reitkleidung, welche sich durch ein Schwarzrot auszeichnete, das an Stierblut erinnerte; den ehedem schneeweißen Kittelrock hatte er auf der Brust weit geöffnet. Schwert und Dolch an seiner Hüfte, welche der Schwertfeger in der Machart aufeinander abgestimmt hatte, waren nicht die Zierwaffen eines geckenhaften Hofschranzen, sondern gediegene Kriegswaffen; Tintenflecken an Zeige- und Mittelfinger der Rechten verwiesen jedoch darauf, daß er gleichfalls über eine gewisse Bildung verfügte. Wiederholte Male schaute er im Burgsaal umher, als sein Vater den Erker betrat. Beide lehnten sich ans Fenstersims und täuschten vor, Interesse am draußen gelegenen Garten zu hegen.

»Dann ist's also vorbei«, sprach Guiscard.

Müde nickte der ältere de Courcy. »Der Glocken Klang läßt schwerlich Raum für Unklarheit. Vor einer halben Stunde ist der König verschieden.«

Guiscard seufzte und betrachtete eine Verkrustung aus Roßschweiß und Staub an der Innenseite seines Stiefels. »So sind uns denn die Gerüchte noch früh genug ans Ohr gedrungen. Gab's um die Thronfolge irgendwelche Scherereien?«

Beinahe hätte Etienne gelächelt. »Nichts jener Art, welche ich ursprünglich befürchtet hatte. Javans Ankunft gab den Ausschlag und hat die Lage vollständig verändert, denn am gestrigen Abend hat Prinz Rhys Michael unvermutet nach ihm geschickt. Ob Javan sich durchzusetzen vermag, bleibt abzuwarten. Der ersten ernsthaften Prüfung blickt er am heutigen Nachmittag entgegen. Er hat für die Mittagsstunde um ein in der Sankt-Hilary-Basilika zu singendes Requiem ersucht, woselbst Alroy an den drei kommenden Tagen aufgebahrt liegen soll, aber im Anschluß an das Requiem wird ohne weiteren Aufschub der Krönungsrat sich versammeln. Das bedeutet, es dürfte dir, wie ich's sehe, so gut wie unmöglich sein, die neue Kunde zu vermelden und zur rechten Zeit zurück zu sein.«

»Es *ist* unmöglich«, bekräftigte Guiscard und schüttelte den Schopf. »Ich muß die Nachricht am späteren Abend überbringen. Weshalb soll die Aufbahrung in der Sankt-Hilary-Basilika erfolgen?«

»Es geschieht auf Javans Wunsch, und es gab dagegen keine überzeugungskräftigen Einwände. Auch ist eine Totenwache angesagt worden, und ich habe uns Schichten zuteilen lassen, so daß wir immerhin einen Vorwand für unsere Anwesenheit vorweisen können. Am Nachmittag aber wird er die Beratungssitzung des Krönungsrats im wesentlichen auf sich allein gestellt durchstehen müssen.«

»Ist er dazu fähig?« fragte Guiscard, indem er seinem Vater einen Seitenblick zuwarf.

»Eine berechtigte Frage«, lautete Etiennes Antwort.

»Falls ja, ist er's wert, daß man für ihn streitet. Im gegenteiligen Falle brauchen wir vom heutigen Abend an kein Wort mehr über ihn zu verlieren.«

Unterdessen hatten sich die Erzbischöfe Hubertus und Oriss aus dem Sterbezimmer des toten Monarchen in den anliegenden Garten hinausbegeben und den Leichnam der Fürsorge jenen überlassen, die zuständig waren für die Vorbereitungen zu seiner Aufbahrung.

»Was mag denn bloß geschehen sein?« äußerte Oriss, während die beiden Kirchenfürsten den Schatten eines Laubbaums aufsuchten. »Wieso hat sich sein Sinn gewandelt?«

Hubertus schüttelte das Haupt. »Ich weiß nur soviel zu sagen, daß Javans geistliche Schulung ihm immerhin hinlängliche Beredtsamkeit verlieh, um seinen königlichen Bruder mit Erfolg dahingehend zu ermahnen, auf keinen Fall die letzte Heilige Kommunion zu versäumen.«

»Also hat er noch einmal Beichte abgelegt?«

Andeutungsweise zuckte Hubertus mit den Schultern. »Die Letzte Ölung hat er bereits im Verlauf der vergangenen Nacht erhalten. Er bedurfte nur noch des Viaticums.«

»Des Viaticums. Der letzten Wegzehrung…« Trübselig lächelte Oriss und schüttelte gleichfalls das Haupt. »Armer Bursche… Sein Vater, ward mir erzählt, starb auf gleiche Weise. Aber er war noch so jung… War es, was glaubt Ihr, ein friedvoller Tod?«

Hubertus versuchte sich auf den Augenblick des eigentlichen Verscheidens Alroys zu besinnen, vermochte sich jedoch nicht genau festzulegen. Der König war gestorben, während sie für ihn die üblichen Gebete für die Sterbenden gesprochen hatten. Ja, so war es gewesen. Folglich war er in der Tat wohl einigermaßen friedlich hingeschieden. Außerdem hatte sich der Heiler Oriel bei ihm befunden und ihm gewißlich jeglichen Schmerz erspart.

»Ich glaube… er ist einfach entschlafen«, sprach Hubertus bedächtig. »Er hatte starke Medizin erhalten. Als es soweit war, hat er bestimmt nichts bemerkt. Gestern abend habe ich von einem der Leibärzte erfahren, daß ihn das Wasser in den Lungen langsam erstickt…« Erneut schüttelte er das Haupt. »Aber ich bin der Ansicht, daß er am Ende nicht mehr gelitten hat.«

Oriss warf ihm einen Blick stummer Verwunderung zu, enthielt sich jedoch jedweder Anmerkung.

»Dagegen hat Javan mich ungemein überrascht«, fügte Hubertus seinen zuvorigen Worten hinzu. »Ich war zu der festen Überzeugung gelangt, er sei der Auffassung, eine echte Berufung zur Priesterwürde zu haben… oder hätte sich zumindest dieser Aussicht ergeben.«

Erzbischof Oriss stieß ein Schnauben aus. »Offenkundig verhält es sich gegenteilig. Und was um alles auf der Welt hat denn bloß Baron de Courcy dazu bewogen, sich offen dergestalt auf seine Seite zu stellen? Ich dachte, er sei Tammarons Mann.«

»Wie's den Anschein haben will, ist er *des Königs* Mann«, lautete Erzbischof Hubertus' Entgegnung. »Es sollte mich fürwahr reichlich verwundern, erschiene er nicht zu des Krönungsrats heutiger Versammlung. Wenn er kommt und es finden sich etwaig mehr seinesgleichen ein, dürfte es schlecht darum stehen, im Hinblick auf die Thronfolge noch das Blatt zu wenden.«

»Dann besteigt Javan den Thron«, verhieß Oriss, »und wir sind dagegen machtlos.«

»Selbiges bedeutete einen lediglich zeitweiligen Rückschlag«, beteuerte ihm Hubertus MacInnis. »Mag sein, wir müssen's ihm zugestehen, dieweil uns gar keine andere Wahl bleibt, doch falls er uns unentwegt Schwierigkeiten bereitet, geben wir ihm beizeiten dazu Gelegenheit, sich selbst die Grube zu graben.«

Ruckartig hob Oriss den Blick. »Ihr dächtet doch nicht daran, sein Leben vorzeitig zu beenden? Er wird, wenn's dahin kommt, ein gekrönter König sein.«

»Mein lieber Robert«, erwiderte Hubertus mit einer Miene der Befremdung und Entrüstung, »ich bin doch kein Königsmörder. Davon abgesehen ist dieser Jüngling für mich stets wie ein Sohn gewesen.«

»Und was wollen wir beginnen, falls er sich gegen uns als widerspenstig erweist?«

»Warten wir ab, ob's so geschieht«, antwortete Hubertus. »Sollte denn alles Einvernehmliche scheitern, gibt's andere Mittel und Wege, um einen störrischen König fügsam zu machen.«

# VI. Kapitel

*Von deinen Feinden sondere dich ab,*
*vor deinen Freunden nimm dich wohl in acht!*

Jesus Sirach 6,13

Inzwischen hatte sich in Prinz Rhys Michaels Schlafgemach der neue König entkleidet und war in einen großen, eilends von ebenso ernsten wie neugierigen Bediensteten gefüllten Holzzuber voll lauwarmen Wassers gestiegen. Das Bad kühlte und erfrischte, und nachdem Javan das Gesinde hinausgescheucht hatte, verlockte die zeitweilige Ruhe verführerisch zur Verlängerung; aber er war sich völlig darüber im klaren, daß er keinen zu ausgedehnten Müßiggang pflegen durfte. Nicht nur gab es Angelegenheiten, welchen er sich widmen, und Leute, mit denen er sprechen mußte, zudem befürchtete er auch, er könnte in dem Bottich einnicken und ertrinken.

Charlans allzu baldige Rückkehr bewahrte ihn vor dieser Gefährdung. Lebhaftes Einseifen sowie mehrmaliges Eintauchen des Schopfs, um denselben von Schweiß und Schmutz zu reinigen, belebten Javan außerordentlich. Sein ehemaliger Edelknappe lenkte ihn zusätzlich ab, indem er, derweil er ihm das Haupt abtrocknete, seinen Haarschnitt beklagte.

»Ihr könnt von Glück reden, Herr, daß die *Custodes* im Gegensatz zu anderen Ordensgemeinschaften keine große Tonsur schneiden«, äußerte Charlan, befühlte kurz die Stoppeln der faustgroßen Lücke in Javans Hauptbehaarung. »Diese Bresche wird wahrhaftig übel genug aussehen, bis sie sich ausgewachsen hat. Wann ist zuletzt nachgeschoren worden? Vor einer Woche?«

»Ungefähr eine Woche ist's her, ja«, bestätigte Javan. »Glaubt mir, diese Kahlheit ist auch mir zuwider.« Er stand auf und stieg mit zittrigen Gliedmaßen aus dem Zuber, wankend auf dem unverläßlichen Klumpfuß; dann wickelte er sich in das große Leinentuch, welches Charlan für ihn ausgebreitet hielt. Für ein Weilchen fühlte er sich, während der Ritter eine frische Gewandung für ihn auswählte, beinahe erquickt; bald jedoch verflog infolge der Körperwärme des Bades Kühlwirkung, und er warf das Tuch beiseite.

Am liebsten hätte er sich nackt auf dem Himmelbett ausgestreckt und eine ganze Woche lang einfach nur geschlafen. Statt dessen besann er sich jedoch auf seine Pflicht, kleidete sich in das saubere Beinkleid, das Charlan ihm reichte, und humpelte ins Nebengemach, setzte sich dort in die Kühle eines überschatteten Fensters, wo ihm leichter Wind über die Haut strich, und lauschte den Äußerungen Rhys Michaels, welcher sich dort weniger aufwendigen Waschungen hingab.

Kurze Zeit später brachte Herr Tomais ihm einige der versprochenen Denkschriften zum Lesen, und danach entfernten sich Tomais und Charlan für ein Weilchen. Sie kehrten mit einem anderen jener jungen Ritter wieder, welche sich daran beteiligt hatten, Javan von der Abtei *Arx Fidei* zur Reichshauptstadt zu geleiten – Herrn Sorle Dalriada, welcher als letzter von König Cinhils einstigen Edelknappen noch durch Cinhil selbst zum Ritter geschlagen worden war und daher Charlan und Tomais mehrere Lebensjahre voraus hatte.

»Herr Sorle«, begrüßte Javan ihn und lächelte, als der dunkelhaarige junge Rittersmann vor ihm eine schwungvolle Verbeugung vollführte, »gehe ich recht, wenn ich hierin Euer Wirken zu erkennen wähne?« Er hob die Schriftstücke an, welche er in den Händen hielt. »Mir ist, mein Teurer, als könnte ich mich daran erinnern, daß Ihr schon eine Schwäche fürs Gesetzliche hattet, derweil Ihr noch als unser Lehrer tätig gewesen seid.«

Sorle schmunzelte, dann rückte er sich, während auch die beiden anderen Ritter sich setzten, einen Stuhl heran und nahm Platz. Rhys Michael streifte sich ein weites Obergewand aus hauchdünnem schwarzen Leinen über und gesellte sich gleichfalls dazu.

»Ich wünschte, ich könnte das gesamte Verdienst für mich beanspruchen, Königliche Hoheit«, antwortete Ritter Sorle, »doch sind mehrere sonstige Herren, darunter solche, die in der vergangenen Nacht Eurem Geleitschutz angehörten, daran beteiligt gewesen, einige, an die Ihr Euch, mag sein, nicht erinnert, die aber allzeit Eurer eingedenk geblieben sind, zum Beispiel Herr Jerowen Reynolds und die de Courcys, Vater und Sohn. Baron de Courcy ist jener Mann, welcher in Eurem Namen mit Worten einschritt, als der alte Erzbischof Hubertus sich hinsichtlich der richtigen Thronfolge irrte.«

»Ja, ich weiß, ich habe mich schon bei Herrn Bertrand nach ihm erkundigt«, sprach Javan. »Der Name ist mir geläufig, doch erkannt habe ich den Mann nicht. Bin ich ihm früher einmal begegnet?«

»Ja, doch hat er seitdem Kinn und Oberlippe vom Bartwuchs befreit, Herr«, erklärte Charlan. »Auch geschah die Begegnung leider unter unglückseligen Umständen. Er hat einst Euch und dem seligen König Alroy zu Eurem dreizehnten Geburtstag ein überaus bemerkenswertes Cardounet-Spiel geschenkt, jedoch vermeine ich zu wissen, Ihr habt Euch damit niemals des Spielens erfreut.«

Flüchtig schloß Javan die Lider, verwandte eine bewußte Anstrengung darauf, sich *nicht* an jene erwähnte

Geburtstagsfeier zu erinnern. An das erwähnte Spiel entsann er sich deutlich, ein prächtiges Stück aus Eben- und Olivenholz war es, mit Einlagen aus Perlmutt und Halbedelsteinen an den Kanten. Auch die Spielfiguren waren prächtig, die Kronen der Priesterkönige und Mitren der Erzbischöfe verziert mit echten Edelsteinen.

Aber er wußte auch noch sehr genau – obwohl er sich wünschte, es aus seinem Gedächtnis streichen zu können –, was sich anderes an jenem Nachmittag ereignet hatte. Der Regenten Mehrheit hatte sich gegen einen aus ihrer Mitte gewandt, Herzog Ewan von Claibourne, der Deryni Declan Carmody hatte unter den damaligen Umständen die seelische Marter nicht mehr zu verkraften vermocht – und dafür mit seinem sowie dem Leben seiner Gemahlin und der zwei kleinen Söhne gebüßt.

»Ich entsinne mich«, stellte Javan beherrscht fest. »Ihr habt recht, es liegt am Fehlen des Barts. Er ist einer der südländischen Barone, richtig?«

»In der Tat, Königliche Hoheit, aus der Gegend nahe Mooryns, woher auch meine Sippe stammt«, bestätigte Charlan. »Wie Ihr sicherlich schon selbst gemutmaßt habt, ist er, geradeso wie Herr Jerowen, ein ganz außerordentlicher Kenner der Gesetze. Beide Herren stehen schon seit mehreren Jahren in des Reichskanzlers Diensten. Wahrlich, Ihr wärt aufs vortrefflichste beraten, sie in ihren Ämtern zu belassen... Und desgleichen empfiehlt sich, will ich sehr wohl meinen, für zwei weitere, altbewährte Haudegen. Herr Jason, Herr Robear, kommt herein!«

Kaum hatte Herr Charlan diese Namen gerufen, da kamen zwei stämmige Mannen, einer von hohem Wuchs und hellen Schopfs, der andere kleiner, gedrungener und mit etwas dunklerem Haar, beide jedoch mit angegrauten Bärten, im Wappenrock der Königlichen Leibwache, zu deren Hauptleuten sie zählten, ins Gemach. Breit lächelten sie, indem sie sich voller Hochachtung tief vor Javan verbeugten. Der größere Ritter, Herr Robear, trug irgend etwas aus schwarzem Stoff über den Arm gebreitet.

»Ich bringe Euch zum Anziehen leichtere Bekleidung, Königliche Hoheit«, erläuterte der Recke, sank aufs Knie und legte das Mitbringsel auf Javans Schoß. »Mein Weib hat sie Euch aus einem meiner alten Gewänder zurechtgeschnitten und -genäht, sobald sich absehen ließ, daß daran bald Bedarf bestehen würde. Der Rest des heutigen Tages wird ohne jeglichen Zweifel schwierig und mühselig genug für Euch sein, auch ohne daß Ihr bar aller Not in Eurer vorherigen Gewandung schwitzt, und ich wage zu vermuten, daß Ihr fortan nicht mehr wie ein Priesterschüler auszuschauen begehrt.«

»Nein, wahrhaftig nicht«, stimmte Javan zu, den des Ritters Einfühlsamkeit bezüglich der Umstände rührte und dessen Gegenwart ihn ermutigte; weniger erfreute ihn indessen die Aussicht, sich erneut in Schwarz kleiden zu müssen. »Habt dafür meinen Dank.« Der kurze, mit weiten Ärmeln versehene Kittelrock bestand aus grobem, locker gewobenem Linnen und war beim gegenwärtigen, heißen Wetter wohl so angenehm zu tragen, wie man es sich nur wünschen konnte; dennoch war der Rock nun einmal schwarz.

»Auch ich bringe Euch etwas, Königliche Hoheit«, sprach der andere Ritter, fiel ebenfalls aufs Knie und langte in die an seinem Leibgurt befestigte Gürteltasche, welche in kräftigen Farben aufgestickt das Wappen seiner Sippe zeigte.

Plötzlich bemerkte Javan, daß Robear eine ähnliche Gürteltasche trug, und entsann sich jenes Tages, als er und Rhys Michael diese Taschen für die beiden Ritter erworben und hatten besticken lassen – für sie und zwei weitere, allerdings längst begrabene Ritter: Herrn

Piedur, welcher vor mehreren Jahren in einem Scharmützel an der Reichsgrenze das Leben verlor, und Herrn Corund, der bei dem hinterhältigen Anschlag den Tod fand, bei welchselbigem auch Ansel MacRories Bruder Davin ums Leben kam.

Der Gedanke daran weckte noch mehr unschöne Erinnerungen, denn am selben Tag war Tavis O'Neill die Hand abgehauen worden. Gleichzeitig jedoch war es der Tag gewesen, am welchem Javan erstmals erkannt hatte, daß er nicht so war wie andere Menschen, vielmehr in ihm ungeahnte Geisteskräfte schlummerten.

Er verscheuchte die Erinnerungen, als Herr Jason aus der Gürteltasche einen eingerollten, etwa drei Finger breiten, schneeweißen Ledergurt hervorholte.

»Ich sehe, daß Eure Königliche Hoheit sich an die Tasche erinnert«, sagte Jason in ruhigem Ton, entrollte das weiße Lederband, so daß ersichtlich ward, es handelte sich um eines Ritters Gürtel, an dessen einem Ende ein schlichter Goldring glänzte. »Zu meinem Bedauern muß ich gestehen, es ist nicht dasselbe Stück, welches Ihr vor Jahren, an jenem bewußten Tag, gekauft habt, aber mir ist im Gedächtnis geblieben, welch für eine starke Sehnsucht Euch dabei bewegte, daß Ihr Meister Tavis die Ansicht anvertrautet – wiewohl Ihr mein Urteil nicht kanntet –, ich sei der Meinung, Ihr würdet den weißen Gürtel der Ritterschaft erst als König tragen.«

Des gealterten Rittersmanns schwielige Finger strichen über das weiche Leder, fest erwiderten seine dunklen Augen Javans aufmerksamen Blick. »Ich habe Euch aufgesucht, Eure Hoheit, um Euch mitzuteilen, daß Ihr infolge des Muts und der Ehrenhaftigkeit, der aufrechten Haltung, welche Ihr in all den schwierigen Jahren seit Eures Vaters Ableben beständig bewiesen habt, dieses Gurts vollauf würdig seid. Und dieweil es so und nicht anders ist, wir die Überzeugung vertreten, daß Ihr's unzweifelhaft verdient, obliegt mir die Aufgabe, Euch mitzuteilen, daß wir daselbst anwesenden Ritter – auch im Namen vieler Rittersleute allerdings, die nicht zugegen sein können – dazu die Bereitschaft hegen, an Euch hier und jetzt, an Ort und Stelle den Ritterschlag nachzuholen, welcher als Voraussetzung fürs Tragen dieses hehren Zeichens des ritterlichen Standes erforderlich, ja unentbehrlich ist.«

Für einen scheinbar unendlich ausgedehnten Augenblick vermochte Javan Herrn Jason nur fassungslos anzublinzeln, konnte kaum glauben, was für eine große Ehre ihm dieser höchst bewährte und hochgeachtete Ritter und Recke bezeugte. Längst hatte Javan seinen Kindheitstraum von der Ritterschaft im Interesse des bloßen Überlebens aufgegeben gehabt. Seit etlichen Jahren hatte er, während er tat, was er um des Überdauerns willen tun mußte, nicht mehr an den weißen Gürtel gedacht, sich früh zu der trübsinnigen Einschätzung durchgerungen, die Wahrscheinlichkeit, ihn jemals anlegen zu dürfen, sei so lächerlich gering, daß es sich überhaupt nicht lohnte, daran einen Gedanken zu verschwenden. Ihn nun in Reichweite zu erblicken, durch einen Ritter von Herrn Jasons Ansehen angeboten zu erhalten…

Beinahe schlotterte Javan, während er das Obergewand und den Stoß Denkschriften Herrn Charlan reichte, dessen Miene ein freudiges Lächeln zeigte. Sinnig betrachtete Javan das weiße Lederband, welches Herr Jason ihm darbot, doch zwang er sich dazu, es nicht anzurühren, sondern faltete die Hände im Schoß.

»Herr Jason, mich… überwältigt die Ehre, die Ihr mir zukommen laßt. Aber ich bin nun einmal, wie ich bin.« Er konnte nicht vermeiden, daß sein Blick auf den Klumpfuß fiel – den nackten Fuß, dessen Mißgestaltetheit jeder sehen konnte –, und er focht gegen Tränen an, derweil er anschließend in der Anwesenden Runde schaute.

»Verzeiht mir, Ihr Herren, doch ich… möchte nicht, daß Ihr die Anforderungen an die Ritterschaft unnötig mindert, nur um mir Eure Treue zu bekunden, an welcher ich indessen ohnedies keinen Zweifel hege. Meine Dankbarkeit für Euren Beistand und die Kühnheit, welche Ihr wider alle Fährnis mit dem Rückhalt beweist, den Ihr mir gewährt, ist größer, als ich's in Worte zu kleiden vermag, jedoch bin ich der Meinung… Euer Angebot geht zu weit.«

Zu seinem äußersten Erstaunen schmunzelten sämtliche anwesenden Ritter lediglich und sanken wie ein Mann aufs Knie, sahen ausnahmslos erwartungsvoll Jason an, welcher daraufhin aufseufzte und sich vertraulich, ja geradezu verschwörerisch vorbeugte und den Unterarm aufs Knie stützte. Prinz Rhys Michael war ans Fenster ausgewichen, dieweil er nicht zu der Ritter Schar zählte; aber aufgrund der Genugtuung, Zeuge des Geschehens sein zu dürfen, glitzerten in seinen Augen Freudentränen.

»Königliche Hoheit«, entgegnete Jason ernst, »ich glaube, ich spreche für alle Ritter, die wir uns hier versammelt haben, wenn ich Euch versichere, daß keiner von uns dies Gemach zu verlassen oder in Euren Diensten einen Finger zu rühren beabsichtigt, bevor Ihr nicht darin einwilligt, den Ritterschlag zu empfangen.«

»Ihr Herren, Ihr würdet mir dadurch meines großen Anliegens Durchführung um so mehr erschweren«, wandte Javan halblaut ein. »Erschiene ich damit« – er deutete auf den Gürtel – »vor den Kronräten, reizte ich jene nachgerade bis aufs Blut, die lieber meinen Bruder als mich auf dem Thron sitzen sähen.«

»Es erübrigt sich, Eure Hoheit, den weißen Gürtel außerhalb dieses Gemachs zu tragen«, meinte Herr Robear und beugte sich vor. »Bis auf weiteres wären wir zufrieden, Euch den Ritterschlag im geheimen zu erteilen. Das vollständige Zeremoniell, auf welches Ihr dann als König ein Anrecht habt – und dessen Vollzug Eure Untertanen erwarten –, kann später stattfinden, sobald die Verhältnisse es erlauben, um ein für alle und jeden sichtbares, eindeutiges Zeichen zu setzen. Jedoch ist's *nicht* letzteres, was einen Ritter ausmacht.« Er gab Jason einen Wink; sogleich straffte der Recke den Ledergurt zwischen den Fäusten. »*Wir* wüßten, daß unser König einer von uns ist, anerkannt als jemand, welchselbiger den rechten Mann abgibt, um uns, so's denn sein muß, in den Kampf zu führen.«

Javan zitterte fürwahr, während er die fünf ihm zugekehrten Mienen musterte, die Angesichte drei junger und zwei älterer Ritter; das Ausmaß des Vertrauens und des Glaubens, welches sie ihm entgegenbrachten, verwunderten ihn noch immer; endlich erwiderte er Herrn Jasons Blick.

»Nun wohl, es sei«, sprach Javan im Flüsterton.

Jason lächelte, warf sich den breiten Gürtel über die Schulter und stand auf, derweil sich auch die übrigen Ritter erhoben. »Dann kniet nieder, Eure Hoheit. Mein Eindruck ist's, wir haben schon genügend Zeit vergeudet.«

»Soll ich nicht wenigstens das Gewand überziehen?« fragte Javan, als auch er aufstand, denn er trug nach wie vor nichts anderes als das schwarze Beinkleid.

Jason schüttelte das Haupt und legte beide Hände auf Javans Schultern, stützte ihn, als er nun seinerseits niederkniete. »Die Zeit ist zu knapp, Eure Hoheit. Überdies ist's viel zu heiß. Möge es nun das einzige Mal sein, daß Ihr des blanken Stahls Kuß auf nackter Haut spürt, und merkt Euch selbiges Gefühl gar wohl.«

Derweil er vor Herrn Jason kniete, das Angesicht zu ihm aufwärtsgewandt, hatte Javan in der Tat das Empfinden, daß es sehr unwahrscheinlich war, er könnte diesen Augenblick jemals vergessen. Wie zum Gebet faltete er die Hände, während die anderen Ritter an Herrn Jasons Ellen traten, zwei von ihnen an jede Seite, und hörte das Gleiten, als Jason das Kriegsschwert aus der Scheide zog, um mit beiden Händen die flache Klinge vor seinem künftigen König in der Waagerechten zu halten.

»Diese Klinge soll den Platz des Reichsschwerts vertreten, mit welchselbigem mich Euer Vater vor zwanzig Sommern zum Ritter geschlagen hat«, verkündete Jason mit leiser, aber feierlicher Stimme. »Schwört auf dieses Schwert, daß Ihr ein guter, getreuer Ritter sowie ein wahrer König Eures Volkes sein wollt.«

»All das schwöre ich«, antwortete Javan gedämpft, nachdem er zwischen Jasons Fäusten den Handteller auf die Klinge gelegt hatte, »so wahr mir Gott helfe.« Er neigte das Haupt und küßte den Stahl. Herr Jason drehte das Schwert in die Lotrechte, und Javan küßte den Kreuzgriff, ehe er sich sogleich, indem er wieder die Hände faltete und erneut das Haupt senkte, darauf gefaßt machte, den Ritterschlag zu empfangen.

»Herr Javan Jashan Urien Haldane«, sprach Jason, indem die vier anderen Ritter die Rechte mit seiner Faust vereinten, welche die Waffe hielt, »ich schlage Euch zum Ritter im Namen des Vaters« – der Klinge Spitze berührte Javans rechte Schulter, kalter Stahl streifte warme Haut – »des Sohnes« – das Schwert ward über Javans Haupt hinweggeschwungen und auf die linke Schulter gesenkt – »und des Heiligen Geistes.«

Beim drittenmal rührte der Klinge flache Seite auf Javans unverändert geneigtem Haupt an den Scheitel, so daß er ihre Kälte auf dem geschorenen Rund der Tonsur spürte, welche ihm gar nicht schnell genug zuwachsen konnte; wohl oder übel mußte er sich in dieser Hinsicht in Geduld üben. Dennoch grollte er keineswegs dem Herrn, welchem er im Laufe seiner Jahre an der Priesterschule – als Ritter Gottes – eigentlich gedient hatte, sondern ausschließlich den Menschen, die versucht hatten, ihn zur Fügsamkeit in eine Berufung zu nötigen, die er gar nicht empfand, nur um ihn seines Geburtsrechts zu berauben.

Das Schwert entschwand aus Javans Sicht; er mußte sich, derweil Herr Jason die Waffe zurück in die Scheide schob, mehrmals räuspern, bevor er sein ›Amen‹ zu raunen vermochte.

»Erhebt Euch nun, Herr Javan Haldane«, forderte Jason ihn auf und streckte ihm die rechte Hand entgegen. »Ich bin der Meinung, es soll, dieweil er von uns der jüngste ist, Herr Charlan sein, der ihm den Gurt umschnallt.«

Charlan lächelte, als Jason das weiße Lederband von der Schulter zog und es ihm hinhielt; aber der junge Ritter schüttelte das Haupt.

»Nein, Herr Jason, *Ihr* sollt derjenige sein«, erwiderte er. »Nicht nur, dieweil Ihr unter uns der Älteste seid, sondern überdies aus dem Grund, weil Ihr diesen Gürtel eigenhändig angefertigt habt. Und zudem seid Ihr's gewesen, welcher ihm beim Erwerb des Leders für jenen Gurt behilflich war, den dann niemals jemand hergestellt hat.«

Herr Robear nickte. »Er hat recht, Herr Jason. Ihr solltet's tun.«

Mit einem Aufseufzen, aber offenkundig durch das Anliegen frohgestimmt, hob Jason die Brauen und schaute die anderen drei Ritter um Zustimmung an; sobald er sich derselben vergewissert hatte, zauderte er nicht mehr, sondern schlang den Gurt um Javans schmale Leibesmitte, zog das eine durch das beringte andere Ende, schob den langen Zipfel unter den Gürtel und zuletzt durch die so geschaffene Schlaufe. Nachdem er den Ledergurt zu seiner Zufriedenheit zurechtgerückt hatte, sank er von neuem aufs Knie und ergriff Javans Rechte, drückte sie inbrünstig an die Lippen, ließ davon ab und streckte dem künftigen Monarchen als nächstes die gefalteten Hände zu der Geste entgegen, welche des Lehnseids Ableistung zu begleiten pflegte.

»Mein König und Lehnsherr«, ertönte Jasons Stimme, »ich erkläre mich zu Eurem Lehnsmann mit Leib und Leben und in meinem Herzen weltlicher Verehrung, und mein Vertrauen und meine Treue gelobe ich Euch, und ich schwöre, mit Euch zu leben und zu sterben und an Eurer Seite gegen alle Widersacher zu streiten, so wahr mir Gott helfe.«

Während Herr Jason seinen Eid schwor, knieten auch die anderen vier Ritter hin, streckten gleichfalls die zusammengelegten Hände empor; und Javans Hände bebten, als er sie um Jasons Finger schloß. In der Rührseligkeit des Augenblicks gelang es ihm nicht, sich auf den genauen Wortlaut der vorschriftsmäßigen Antwort zu besinnen, doch dem Inhalt nach war ihm durchaus klar, was diese Mannen nun aus seinem Mund vernehmen mußten.

»Zum Dank für Euer Vertrauen und Eure Treue versichere ich meinerseits Euch meines Vertrauens und meiner Treue«, gab Javan ihnen zur Antwort. »Ich will Euch, so mir diese Gnade gewährt wird, ein wahrer Lehnsherr sein, Euch mit meines ganzen Herzens Bereitschaft, all meiner Kraft und meiner gesamten Macht beschützen und verteidigen, so wahr mir Gott helfe.«

Daraufhin neigte Jason die Stirn auf ihre vereinten Hände. Soeben machte Javan Anstalten, um auch Robears Hände zu drücken, da störte ein lautes Pochen an der Tür den feierlichen Anlaß.

Augenblicklich stand Jason auf den Beinen und eilte zur Tür, gab den anderen Beteiligten durch eine Gebärde zu verstehen, sie sollten das Zeremoniell getrost in aller Ruhe beenden. In rascher Folge, aber ohne würdelose Hast, nahm Javan die Vasallenschwüre Robears sowie der drei jüngeren Ritter entgegen; schließlich hob er, als er aus den vorderen Räumlichkeiten Stimmen hörte, einen Finger an die Lippen und setzte sich auf seinen Stuhl. Hurtig schnallte Charlan ihm den allzu aufschlußreichen weißen Gürtel ab. Der Ritter hatte ihn schon zusammengerollt und verbarg ihn hinter seinem Rücken, als Jason und Bertrand eintraten und in ihrer Mitte den Heiler Oriel hereinführten.

»Wie mir kundgetan ward, habt Ihr Meister Oriel herbestellt«, sprach Jason bedächtig, »dieweil Ihr nach dem nächtlichen Ritt im Fuß Beschwerden hättet. Auf Euer Geheiß bringt Herr Bertrand ihn nun zu Euch.«

Versonnen atmete Javan tief durch. Nach der starken Gefühlswallung, in welche ihn sein unvermuteter Ritterschlag gestürzt hatte, war ihm matt zumute; oder vielleicht schwand nun die Wirkung von Oriels zum Bannen von Müdigkeit bestimmter Magie-Anwendung. Die Ritter hatten ihm, als wäre er einer von ihnen, ihr uneingeschränktes Vertrauen ausgesprochen. Es mochte sein, daß es nun an der Zeit war, seinerseits ihnen ein gewisses Vertrauen zu beweisen.

»Ja, es ist wahr, ich habe Weisung erteilt, Meister Oriel zu mir zu bitten«, bestätigte er und unterdrückte dabei ein Gähnen. »Nach Tavis O'Neills Fortgang vom Hofe ist er mein Heiler gewesen und hat mich während meines Aufenthalts an der Priesterschule bei Gefahr für sein Leben regelmäßig über meines königlichen Bruders Zustand auf dem laufenden gehalten. Ich bezweifle, daß Prinz Michael ohne Meister Oriels beherzten Rückhalt hinlänglichen Mut bewiesen hätte, um mich wider der Kronräte Willen zurück nach Rhemuth zu rufen.«

Derweil Rhys Michael große Augen machte und

nachdrücklich nickte, warfen sich die Ritter untereinander Blicke des Unbehagens zu, und mehrere schielten verstohlen Javans Klumpfuß an.

»Ihr müßt mit uns Nachsicht haben, Königliche Hoheit«, meinte Robear. »Wir finden uns durchaus ab mit den Schranken, welche Euer Fuß Euch zieht, jedoch ist uns unbekannt, welcher Art sie sind. Ich glaube, niemand von uns hat gewußt, daß Ihr eines Heilers Beistand bedürft.«

»Ich muß gestehen, Ihr Herren, daß ich mich der Irreführung befleißigt habe«, gab Javan zu, »und ersuche dafür um Verzeihung. In Wahrheit habe ich ihn nicht meines Fußes halber zu mir bestellt. Gewiß, wenn man lange nicht im Sattel gesessen hat, fordert ein ausgedehnter Ritt seinen Tribut. Was ich allerdings wirklich brauche, ehe ich vor den Krönungsrat trete, ist ein wenig Schlummer. In einem Kloster wird den Insassen kaum Schlaf vergönnt, und wie die letzte Nacht verlief, wißt Ihr selbst. Eine Stunde Schlaf, welche ein Heiler spendet, wirkt erholsamer als eine halbe Nacht herkömmlichen Schlummers. Ich vertraue Herrn Oriel, er wird ausschließlich nach meinen Wünschen verfahren. Wollt auch Ihr ihm Vertrauen schenken?«

Herr Sorle, ein Ritter von vortrefflicher Erscheinung, mit schwarzem Schopf und lebendig im Wesen, maß den Deryni mit einem Blick des Argwohns.

»Ist er denn kein Handlanger des Kronrats, Eure Hoheit?« wollte Sorle wissen. »Ein Gehülfe Graf Tammarons und Erzbischof Hubertus'?«

»Oriel, antwortet Ihr selbst darauf«, ermunterte Javan den Heiler-Magister.

Zwar geriet Oriel gelinde ins Zittern – unvermutet sah er auf sonderbare Weise jung und schutzlos aus –, aber es gelang ihm, Sorles Blick fest zu erwidern.

»Tatsächlich sind die Genannten jene Herren, welchen zu dienen ich gezwungen bin, Herr Ritter«, gestand er mit leiser Stimme, »dieweil man mein Eheweib und meine Tochter als Geiseln in Gewahrsam hält. Ich habe erlebt, wie andere Deryni dafür büßen mußten, waren sie ihnen nicht willfährig. Als die Kronräte noch Regenten waren, erhielt ich Gelegenheit mitanzusehen, wie sie Declan Carmodys Anverwandte vor seinen Augen erdrosseln ließen. Auch andere hier Anwesende sind damals zugegen gewesen und werden sich noch daran erinnern, auf welch abscheuliche Art anschließend Carmody selbst zu Tode gemartert ward. Wende ich mich also offen gegen die Kronräte, wird's mir und den Meinen ohne jedweden Zweifel ebenso ergehen.«

»Und doch hat Meister Oriel mir im geheimen zur Seite gestanden«, sprach Javan. »Ich baue auf seine Verläßlichkeit, mag er Deryni oder sonst irgend etwas sein. Zum Dank will ich es vermeiden, ihn in eine Zwickmühle zu bringen, in welcher er sich in aller Offenheit zwischen mir und den Kronräten, welche ja seine Familie als Geiseln in Verwahrung haben, entscheiden müßte. Bereits mich aufzusuchen könnte für ihn zur Gefährdung werden, denn die Kronräte dürften mit Leichtigkeit zu schlußfolgern fähig sein, daß ich mich vor der Ratssitzung mit Leuten beratschlage, deren Unterstützung ich mir sicher bin. Doch zum Glück beraten sie wahrscheinlich zur Stunde ebenfalls und werden ihn, so hoffe ich, wohl nicht vermissen. Aber ich darf ihn, obzwar ich meinerseits Abhilfe brauche, nicht zu lange von ihnen fernhalten.«

Im nächsten Augenblick mußte er so kräftig gähnen, daß er es nicht verhehlen konnte; er schaute Oriel an und erhob sich vom Stuhl. »Ihr müßt entschuldigen, meine Herren. Robear, ist's möglich, daß ich Euch damit betraue, alles in die Wege zu leiten, was es innerhalb der nächsten Stunde zu veranlassen gilt?«

»Die allerwichtigste Frage lautet, wer außer den Kronräten an des Krönungsrats Zusammenkunft teilnehmen soll«, versetzte Robear zur Antwort. »Des weiteren sind natürlich Vorkehrungen zu Eurem Schutz zu treffen. Es möchte gar wohl so sein, daß die Kronräte an dem, was Ihr heute morgen getan habt, gehörigen Anstoß nehmen, möglicherweise sogar, sobald sie Zeit zum Nachdenken finden, irgend etwas aushecken, um dagegen einzuschreiten.«

Während er Robears Worten lauschte, war Javan gemächlich in Richtung des Schlafgemachs geschlendert, hatte sich dabei so trefflich gehalten, wie es überhaupt ohne den Stützstiefel ging, nur leicht gehinkt; aber beim bloßen Anblick des Himmelbetts spürte er von neuem die ungelinderte Schwere seiner ganzen Erschöpfung. »Ich verlasse mich zur Gänze auf Euer bewährtes, durch Erfahrung geschärftes Urteilsvermögen, Herr Robear. Sendet solche Leute in den Krönungsrat, von welchselbigen Ihr der Auffassung seid, daß sie mir am vorzüglichsten zu Diensten sind, und sorgt mir dafür, daß es hier in der Königsburg sicher ist, feit uns fest gegen alle Arten der Verstöße wider den Burgfrieden, welche den Kronräten in den Sinn kommen könnten.« Ein weiteres Mal befiel ihn ein gewaltiges Gähnen, und er schüttelte matt das Haupt.

»Um Vergebung… Charlan, weckt mich, wenn's an der Zeit zum Ankleiden und für die Versammlung ist. Ich stell's Euch anheim, in diesen Gemächern zu verweilen, denn ich werde Euch, dessen seid gewiß, bestimmt nicht hören.«

Charlan führte die anderen Ritter beiseite zu einem Fenstererker. Javan schwang die Beine aufs Bett und streckte sich mit einem Aufstöhnen rücklings auf dem Rücken aus, rückte ein Stück weit zur Seite, so daß Oriel sich auf die Bettkante zu hocken vermochte.

»Meinen Dank fürs Kommen und für das, was Ihr

zwecks Klarstellung gesprochen habt«, murmelte Javan dem Heiler zu. »Eure Worte enthielten genau das, was diese Herren von Euch hören mußten.«

Leicht verkniffen lächelte Oriel. »Angesichts der Weise, wie mein Tun und Lassen durch Euch geschildert ward, blieb mir wohl schwerlich eine Wahl.«

Indem er die Miene verzog, rieb Javan sich mit Daumen und Zeigefinger den Nasenrücken. »Wir alle müssen uns eines Verwirrspiels befleißigen, Oriel. Wenn diese Ritter wissen, daß Ihr auf meiner Seite steht, werden sie immerhin dazu die Bereitschaft aufbringen, auch Euch Schutz zu bieten. Ich habe die Absicht, für Euch zu tun, was ich nur kann, so wie ich's Euch schon vor Jahren versprochen habe, aber ich vermag unmöglich überall auf einmal zu sein, und erst recht nicht in der nächsten Zeit.«

Schicksalsergeben zuckte Oriel mit den Schultern. »Sei's drum, am bedeutsamsten ist's, daß *Ihr* auf sie zählen könnt.« Sein Blick fiel auf Javans Klumpfuß. »Leidet Ihr fürwahr am Fuß Beschwerden, oder war solcherlei Erwähnung in der Tat lediglich, wie Ihr vorhin behauptet habt, ein Vorwand, um mich zu Euch zu rufen?«

Javan bewegte den mißgestalteten Fuß und schnitt eine Fratze. »Durchaus ist's so, wie ich's beschrieb, ein Ritt wie jener in der vergangenen Nacht mutet einem, hat man lange auf keinem Roß gesessen, eine gehörige Anstrengung zu. Aber damit kann ich zurechtkommen. Ihr habt mir eines Heilers Schlafspendung verheißen. Ich glaube, ich kann mir dafür eine Stunde abzweigen.«

Meister Oriel nickte und hob die Hände an Javans Haupt, rührte mit den Daumen an die Schläfen. »Eine Stunde wird Euch sicherlich Abhilfe verschaffen, Königliche Hoheit, wiewohl's besser wäre, Ihr könntet Euch zwei Stunden oder besser mehr vergönnen. Gestattet Ihr mir, mich mit Euch in eine wirklich tiefe Trance hinabzubegeben?«

Javan schöpfte ergiebig Atem und schloß, derweil er ihn wieder entweichen ließ, die Lider. »Verfahrt so«, antwortete er dem Heiler halblaut, »wie Ihr's als richtig erachtet.«

»Danke, Eure Hoheit.«

Javan spürte, wie des Heilers Geist seine geistigen Schilde streifte, und senkte sie; er war fest davon überzeugt, daß Oriel die Macht, welche er damit über ihn erhielt, keinesfalls zu mißbrauchen beabsichtigte.

»Laßt Euer Gemüt treiben, Königliche Hoheit«, riet der Deryni-Magister in gedämpftem Ton, und sobald er in Javans Seele eindrang, begleitete ihn bereits des Schlafes schattenhafte Umwölkung. Eine dunkle, kühle Woge schien Javan zu überfluten, und er ließ sich sinken, sinken, hineinsinken…

»So ist's recht, Eure Hoheit«, flüsterte Oriel. »Anstatt Euch für eine bestimmte Frist in Schlummer zu vertiefen, lasse ich Euch getrost schlafen, bis Herr Charlan Euch weckt. Es mag ja sein, er schindet, wenn er's gut mit Euch meint, ein Viertelstündchen mehr heraus. Und bevor ich gehe, will ich schauen, wie ich Eurem Fuß Linderung verschaffen kann…«

# VII. KAPITEL

*Mit Worten voll Haß umringten sie mich*
*und bekämpften mich ohne Grund.*

Psalm 109,3

Zur Mittagsstunde begab Javan sich aus den Königlichen Gemächern hinab, um seines Bruders Leichnam in die Sankt-Hilary-Basilika zu überführen. Inzwischen verspürte er wesentlich geringere Müdigkeit, auch seine Gemütsverfassung hatte sich gefestigt; dieselbe litt allerdings erneut, derweil er unter den Augen der Höflinge und sonstiger Untertanen den Burgsaal durchquerte und in Begleitung seiner Ritter zum Portal strebte, durch welches man in den Burghof gelangte. Herr Robear hatte ihm und Rhys Michael empfohlen, Alroys Sterbezimmer nicht mehr aufzusuchen, sondern den Toten und sein Geleit auf der Freitreppe zu erwarten.

Außer Robear begleiteten Jason, Charlan, Sorle, Bertrand und Tomais den neuen Herrscher. Diese sechs Ritter bildeten einen Ring um Javan und Rhys Michael und beschirmten ihn dergestalt wider äußere Gefahr; doch Javan spürte die Blicke der Berechnung und des Abwägens, mit welchen man ihn einzuschätzen trachtete. Er hielt das Haupt hoch erhoben und versuchte wie ein König aufzutreten.

Aufgrund der Hitze fiel es gar nicht leicht, eine würdevolle Haltung zu bewahren, und auf der Freitreppe des Burgsaals ward es noch schwieriger. Die Sonne brannte auf Javans bloßes Haupt herab und blendete ihn, und selbst das dünne Gewand, zu welchem ihm

Herr Jason verholfen hatte, schien heiß wie ein Ofen zu sein, doch immerhin fühlte er sich im Schwarz der Trauer, dieweil es ihn der Trauerkleidung des Hofstaats anglich, nicht mehr so auffällig, auch hatte das Gewand – anders als seine vorherige Kluft – nichts Klerikales an sich, denn zu seiner Freude wies Jasons Gabe keinen Stehkragen auf, durch den es der abgelegten Klostertracht ähnlich gewesen wäre, sondern hatte einen rechteckigen Kragenausschnitt. Als er das Leinengewand überstreifte, hatte die locker gesponnene Wift sich auf seiner Haut noch beinahe kühl angefühlt; leider war es jetzt damit vorüber, während er in der Sonne stand und die Glocken der Sankt-Hilary-Basilika und des Rhemuther Doms dumpf eines Königs Heimgang verkündeten.

Er bemühte sich darum, die Hitze aus seiner Wahrnehmung zu verdrängen, sobald Bewegung im Burgsaal auf den Beginn der Prozession verwies. Einige Höflinge stiegen aus dem Saal die Freitreppe hinab, tuschelten verhalten, drückten sich in den kargen Schatten der Mauer; danach jedoch breitete sich tiefes Schweigen aus, als aus dem düsteren Inneren des Gebäudes das große Prozessionskreuz des Rhemuther Doms zum Vorschein kam.

Vorangetragen ward es von einem Kreuzträger in schwarzer Kutte und Gugel der *Custodes Fidei;* die Kapuze überschattete das Gesicht des Mönchs. An seinen Seiten schritten junge Meßdiener des Doms, welche in Soutanen und Chorröcken schwitzten, mit Prozessionskerzen einher, und dahinter folgte ein Weihrauchschwenker, verbreitete eine Wolke beißend scharfen Rauchs, welcher den Umstehenden zusätzliches Mißbehagen verursachte.

Danach erschienen Manfred MacInnis mit Gwynedds in der Scheide befindlichem Haldane-Schwert sowie Graf Tammaron mit einem karmesinroten Kissen, auf welchem Gwynedds Königskrone ruhte – die echte Reichskrone, nicht die verkleinerte Ausgabe, die man vor Jahren zur Krönung eines zwölfjährigen Thronfolgers angefertigt hatte.

Und hinter ihnen brachte man Alroy heraus, sechs Ritter trugen seine Bahre auf den Schultern; sein bleicher, ausgemergelter Leichnam war in ein schlichtes weißes Totenhemd gehüllt, das einer Albe glich. Vielleicht handelte es sich um dasselbe Gewand, in welchem er zum König gesalbt worden war. Er hatte die Hände auf der Brust gefaltet; bis auf Hüfthöhe hatte man eine Decke im Karmesinrot des Haldane-Geschlechts, verziert mit seidenen Stickereien weltlicher und kirchlicher Wahrzeichen, über ihn gebreitet, welche an den Seitenkanten und am Fußende bis auf die Schultern der Ritter hing. Neben der Totenbahre schritt Herr Gavin einher, das Haupt gesenkt, hielt das Schwert an der Klinge empor, als trüge auch er ein Kreuz.

Seite an Seite folgten die beiden Erzbischöfe mit ihren Bischofsstäben; da sie schwere schwarze Übermäntel trugen und die Mitra aufgesetzt hatten, lief auch ihnen der Schweiß in Strömen übers Gesicht. Sie blieben, derweil die Ritter Alroy die Freitreppe hinabbeförderten, auf dem Treppenabsatz stehen, damit Javan und Rhys Michael als hauptsächliche Trauernde sich der Prozession unmittelbar hinter der Bahre einzureihen vermochten. Sobald der Trauerzug sich über den Burghof in Bewegung setzte, schlossen sich hinter den Erzbischöfen das königliche Gefolge und der Hofstaat an; tiefe Stille ward bewahrt, nur die Glocken läuteten weiterhin.

In der Sankt-Hilary-Basilika herrschte infolge des starken Andrangs, wie Javan es vorausgesehen hatte, arge Beengtheit; zwar bot das Bauwerk Schutz vor der Sonne, aber nicht wider die Hitze. Er hatte geahnt, daß die Messe eine herbe Belastung würde, doch übertrafen die Auswirkungen allzu zahlreicher Kerzen, einer Unmenge verbrannten Weihrauchs, einer zu hohen Anzahl von Leibern auf zu beschränktem Raum seine schlimmsten Befürchtungen, zumal er überdies den Gram zu verwinden hatte und einer voraussichtlich äußerst heiklen, ja bedrohlichen Sitzung des Krönungsrats entgegenblickte. Schweiß klebte ihm die Kleider an den Leib und das Haar an den Schädel, sickerte ihm in die Augen; die Luft war dermaßen stickig, daß er kaum zu atmen vermochte.

Glücklicherweise verstrichen die beiden folgenden Stunden, in denen der jeglichen Wohlklangs unkundige Erzbischof Oriss mit einem hastig aus dem Dom herbeigeholten Chor mühevoll das Requiem sang, Javan mit seinem einzigen verbliebenen Bruder und ihrer kleinen Ritterschar ganz vorn am Querschiff kniete, nachgerade wie im Traum. Unbarmherzig gloste Sonnenschein durch die Buntglasfenster herein, erwärmte in der dichtgedrängt besetzten Kirche die Luft aufs greulichste und warf allerlei vielfarbigen Glanz, gegen den aller Helligkeitsschein der sechs dicken Kerzen zur Schemenhaftigkeit verblaßte, auf den in Schwarz verhangenen Katafalk und den königlichen Toten. Am oberen Ende des Katafalks schimmerte auf ihrem karmesinroten Kissen die Königskrone in einem besonders grellen Sonnenstrahl, Rauchschwaden aus dem Weihrauchgefäß umwallten das Laub der Krone und die Kreuze. Zwar konnte Javan, wo er kniete, es nicht sehen, aber Graf Tammaron hatte das Haldane-Schwert, Gwynedds Reichsschwert, auf den Verstorbenen gelegt – oberhalb des Überwurfs – und ihm den Griff unter die gefalteten Hände geschoben.

Irgendwie stand Javan die Meßfeier durch. Danach suchte er gemeinsam mit seinen sechs Rittern erneut zeitweilige Zuflucht in Rhys Michaels Gemächern, zog das Gewand aus und ließ sich von Charlan mit einem Schwamm und kaltem Wasser kühlen, tauchte auch das Haupt, um sich zu erquicken, in ein Becken voller Wasser. Zur Atzung verschaffte Robear ihm Brot, Käse und die Keule eines gebratenen Kapauns; doch obschon er wußte, daß er der Kräftigung dringlich bedurfte, ehe er sich in den im Krönungsrat zu erwartenden Zwist wagte, fand er kaum Geschmack an der Mahlzeit. So bestand seine Stärkung denn vornehmlich aus einem Humpen Bier, welches er schlürfte, während er die Aufstellung der Edlen durchlas, welche Herr Jason zu der Beratung gebeten hatte, und der Ritter ihn in die wesentlichen Fragen einweihte, welche es in der Sitzung zu erörtern galt. Die fällige Erledigung etlicher sonstiger Angelegenheiten, welche laut einer knappen Zusammenfassung Jasons außerdem einer genaueren Untersuchung oder gesetzgeberischen Behandlung bedurften, konnte er indessen getrost auf einen zukünftigen Zeitpunkt vertagen.

Nachdem er sich wieder angekleidet und Herr Charlan ihm flugs mit einem Kamm das Haar geglättet hatte, ließ sich Javan durch Rhys Michael einen Kronreif aufsetzen, welcher von ihm noch nie getragen worden war; dem goldenen Reif hatte man einen Reigen laufender Löwen mit ineinander verschlungenen Beinen und Schweifen eingehämmert. Zuvor hatte dieser vornehme Kronreif gemeinhin Alroys Haupt geschmückt. Er blickte in den Spiegel aus hochglänzendem Metall, welchen ihm Charlan hielt, betrachtete den königlichen Kronreif auf seinem rabenschwarzen Haar und bemerkte, daß seine Augen nahezu stumpf wirkten; er atmete tief ein und rückte die Schultern gerade.

»Was meinst du«, erkundigte er sich in gedämpftem Ton bei seinem Bruder, »sehe ich wie ein König aus?«

Rhys Michael rang sich zu einem gepreßten Lächeln durch und nickte.

»Versuchen wir's im Krönungsrat, Eure Hoheit, und finden wir heraus, wie man dort darüber denkt.«

Vorm Eingang zur Ratskammer harrten etliche Ritter, aber auch volle zwei Dutzend Angehörige der Königlichen Leibwache in ihren Haldane-Wappenröcken, alle in Wehr und Waffen, bereit zum Kampf, Javans und seiner Begleiter. Javan erkannte einen von Udauts höheren Hauptleuten, unter dessen Befehl die Leibwächter offenbar standen. Von den anwesenden Rittern zählte ein Drittel zu jener Schar, welche Javan aus der Abtei *Arx Fidei* nach Rhemuth geholt hatte. Ein wenig abseits warteten ein silberhäuptiger Fremder sowie jener Baron mit der Hakennase, welcher sich in Alroys Vorzimmer zu Javans Gunsten ins Gespräch gemischt hatte, beide in Schwarz gekleidet, beide mit Schwert und Dolch an der Hüfte. Inmitten der Handvoll übriger Ritter bemerkte Javan einen Mann, welcher aussah wie ein Sohn oder jüngerer Bruder des verwegenen Barons.

»Jener Ältere ist Herr Jerowen Reynolds, Königliche Hoheit«, flüsterte Charlan. »Der Baron heißt, wie Ihr bereits wißt, Etienne de Courcy. Und das dort hinten ist sein Sohn, Herr Guiscard.«

Javan nickte. »Es mag durchaus sein, daß ich de Courcy meine Krone verdanke«, raunte er Charlan zu, derweil er den Baron nochmals musterte. »Er ist der Rechtskundige?«

»Sehr wohl, mein Lehnsherr, doch gilt für Herrn Jerowen desgleichen. Er und die beiden de Courcys sind, derweil Ihr Euer Mahl verzehrt habt, mit der Abfassung gewisser Stellungnahmen beschäftigt gewesen, welche die Berufungen in den Krönungsrat rechtfertigen, deren Auflistung Euch vorhin zur Ansicht vorlag.«

Gemeinsam mit allen anderen verbeugten sich auch

Herr Jerowen und die beiden de Courcys, während Javan vorüberstrebte.

»Seid mir willkommen, Ihr Herren«, sprach Javan mit ruhiger Stimme und dankte für die Höflichkeit mit einem Nicken.

Ehe er ein Wort hinzufügen konnte, berührte Herr Jason ihn an der Elle.

»Es dürfte am klügsten sein, mein Lehnsherr, wir begeben uns hinein«, wandte der ergraute Recke sich leise an Javan. »Ihr habt den Krönungsrat schon für einer halben Stunde Dauer warten lassen.«

Javan brachte ein freudloses Schmunzeln zustande. »Nun, wenn sie dabei nicht nur von der Hitze verschnaufen, sondern auch ihr Mütchen kühlen konnten, habe ich ihnen wohl gar eine Gefälligkeit erwiesen, wie?« meinte er halblaut und empfand es als Ermutigung, daß die meisten Umstehenden lächelten, ein paar von ihnen sogar verhalten auflachten. »Dennoch, Ihr habt völlig recht. Gehen wir hinein.«

Die Ritter und Leibwächter gaben ihm den Weg frei, denn sie hatten im Flur zu verbleiben, solange es ihres Eingreifens nicht bedurfte. Auf einen Wink Charlans hin schwangen die Herren Tomais und Bertrand die Türflügel der Ratskammer auf; und tatsächlich war es dort kühler, im Luftzug, der ihm entgegenwehte, fröstelte Javan regelrecht – oder befiel ihn ein Schaudern stillen Grausens? Bei seinem Eintreten verklang unverzüglich das Stimmengemurmel, statt dessen vernahm man die Mißtöne des Stühlerückens, Holz schabte über Stein, Schuhwerk scharrte, Stiefel stießen an Stuhlbeine, Sporen und einige Schwertscheiden klirrten gegen Holzmöbel, schleiften über den Steinboden.

Javan ließ sich, indem er die Schwelle überquerte, nicht einschüchtern. Die Beratungskammer war ihm von einst vertraut; die Wandvertäfelung bestand aus goldbrauner Eiche, zwischen den Sparren des Deckengewölbes war der Putz mit einem Firmament voller goldener Sterne bemalt. Zur Linken bot eine Reihe hoher Fenster mit breiten Gesimsen Ausblick in den sonnigen Garten der Königsburg. Längs dieser Fenster stand die lange Ratstafel. Um deren oberes Ende zu erreichen, mußte man die gesamte Räumlichkeit abschreiten.

In voller Absicht nahm Javan sich genug Zeit – hinkte dabei kaum merklich –, um zwischen den Fenstern und der Ratstafel zu seinem Lehnstuhl zu streben, so daß seine Widersacher ihn, wenn sie ihn anschauten, wider des Sonnenscheins Gleißen betrachten mußten. Die Mehrheit seiner Begleiter begab sich zu den an der anderen Längsseite der Ratskammer aufgestellten Sitzbänken; Charlan und Jason jedoch blieben, derweil Rhys Michael seinen Platz am Unterende der Ratstafel aufsuchte, unmittelbar hinter Javan. Zu den Seiten der hohen, auf der Lehne sowie der Rückseite mit dem Haldane-Wappen versehenen Sitzgelegenheit hatten sich Graf Tammaron und Erzbischof Hubertus unterdessen erhoben und verbeugten sich nun vor Javan. Auf der Ratstafel lag in seiner Scheide Gwynedds Haldane-Schwert, der Griff wies auf Javans Lehnstuhl; zuvor war das große Kriegsschwert, das als eines der Wahrzeichen der Haldane-Herrschaft galt, von seinem Vater und anschließend seinem Bruder benutzt worden.

Javan hob die Fingerkuppen der Rechten an die Lippen und senkte danach selbige Finger auf des Schwertes Kreuzgriff. Als er sich setzte, erlaubte er den übrigen Anwesenden durch einen knappen Wink, sich gleichfalls auf ihre Plätze niederzulassen, ließ dann den Blick, um sich einen ersten Überblick zu verschaffen, durch die Runde schweifen.

Allem Anschein zufolge war die Lage weniger verhängnisträchtig, als er es befürchtet hatte. Weder weilte

Murdoch von Carthane zugegen, noch war Rhun von Horthness da; somit fehlten jene zwei Männer, mit denen ihm jetzt ein Zusammenprall gar nicht recht gewesen wäre. Neben Graf Tammaron, an der Ratstafel linker Seite, saßen Erzbischof Oriss und Herr Udaut, und gegenüber, neben Rhys Michael, hatte Manfred MacInnis Platz genommen.

Zwischen Manfred MacInnis und Herrn Udaut allerdings saß ein Mann, den Javan das letzte Mal vor über drei Jahren gesehen hatte, nämlich bei der Gründung des Ordens *Custodes Fidei.* Ursprünglich hatte ›Bruder Albertus‹ den weltlichen Namen Peter Sinclair getragen und war Graf von Tarleton gewesen; an jenem Gründungstag des besagten Ordens jedoch hatte er den Grafentitel seinem Ältesten abgetreten und war Großmeister der *Equites Cudstodum Fidei* geworden – der Ritterschaft der Hüter des Glaubens –, ein klläglicher Abklatsch Herrn Jebedias von Alcaras, des einstigen Michaeliten-Großmeisters.

Und genau gegenüber von Albertus erblickte Javan das höchste Oberhaupt der *Custodes Fidei* und der ihnen angeschlossenen Ordensritter, den Verantwortlichen für einen Großteil aller Deryni-Verfolgungen der vergangenen fünf Jahre: Paulin von Ramos – ebenfalls von Geburt ein Sinclair, nämlich Albertus' jüngerer Bruder –, welcher auf eines Bischofs Mitra verzichtet hatte, um Generalvikar des neuen Ordens zu werden. Obwohl sie Graf Tammaron an Lebensalter beinahe gleichkamen, waren sie, dieweil sie seiner Gemahlin erster Ehe entstammten, seine Stiefsöhne. Wie nahe sie ihrem Stiefvater tatsächlich standen, davon hatte Javan keinerlei Ahnung, aber von den beiden Brüdern selbst hieß es, sie seien niederträchtig wie Diebe. Es mißfiel ihm gehörig, sie hier sitzen zu sehen, zumal er nicht gewußt hatte, daß sie zu Alroys Kronrat zählten.

Javan schaute Charlan an, der sich soeben rechterhand auf seinem Stuhl niederließ, hob dann den Blick zu Jason, welcher sich just von links nahte und vor ihm eine schriftliche Tagesordnung auf die Tafel legte.

»Ihr Herren, ich bedanke mich für Euer promptes Erscheinen«, sprach Javan, lenkte den Blick die Länge der Ratstafel hinab. »Ich bitte den Großzeremonienmeister, nunmehr des Krönungsrats Sitzung zu eröffnen.«

Er hatte angenommen, daß nun Manfred MacInnis aufstand, denn des Großzeremonienmeisters aus Elfenbein geschnitztes Amtszepter lag an seinem Platz, gleich neben seiner Rechten. Statt dessen war es zu Javans Bestürzung jedoch Albertus, welcher sich erhob, mit der Linken das Amtszepter ergriff, es in die Rechte überwechselte und es schließlich zur Achtungsbezeugung in Javans Richtung in die Höhe schwang. Da erst erkannte Javan, daß Albertus das Schwert an der rechten Seite trug, also Linkshänder war; im übrigen erinnerte ihn der *Custodes*-Großmeister, als er sich mit rauher Kriegerstimme an die Ratsversammlung wandte, an einen großen, schwarzen Raubvogel.

»Nach unseres geliebten Königs Alroy Bearand Brion Haldane Ableben und Verewigung eröffne ich, Ihr Herren, des ordnungsmäßigen Krönungsrates heutige Verhandlungssitzung. Mögen Gerechtigkeit und Besonnenheit unseren Ratschluß leiten. So sei es.«

»So sei es«, wiederholten alle anderen Anwesenden, während Albertus auf den Lehnstuhl zurücksank.

Er hatte *nicht* die vorgeschriebenen Einleitungsworte gesprochen. Die Tatsache, daß Albertus es auffällig vermieden hatte, Javans Namen zu nennen, bedeutete eine Herausforderung, der sofort – sollte nicht alles verloren sein – entgegengetreten werden mußte.

»Herr Albertus«, ergriff Javan das Wort, ohne seiner Stimme Lautstärke sonderlich zu heben, »ich ging bislang davon aus, nach wie vor sei Herr Manfred MacInnis unseres Königreichs Großzeremonienmeister.

Zudem wähne ich, da dies eines Krönungsrats Zusammenkunft ist, es besteht der Brauch, nicht allein des verstorbenen, sondern ebenso des künftigen Königs Namen zu nennen. Sollte ich mich in ersterer Beziehung täuschen, so bitte ich Euch dennoch, zumindest das zweite Versäumnis nachzuholen.«

Langsam und bedächtig erhob sich nicht Albertus, sondern Paulin, heftete den Blick auf Graf Tammaron, welcher zur Linken Javans saß. »Herr Reichskanzler, wollt Ihr bitte verfügen, daß Herr Albertus die Aufforderung Bruder Javans, da beide mir aufgrund geleisteter Gelöbnisse zum Gehorsam verpflichtet sind, nicht befolgen muß, bevor der Thronfolge Frage zur vollsten Zufriedenheit geklärt ist.«

Javan spürte, daß er unwillkürlich die Zähne zusammenbiß. *So* also gedachten sie seine Absichten zu durchkreuzen; sie hatten vor, der Beratung Vorsitz fürs erste Tammaron zu übertragen und auf die schon wiedergekäute Frage seines Ordensgelübdes zurückzugreifen. Javan lehnte sich, indem er voller Entschiedenheit seinen Zorn bändigte und sich geistig auf das Erfordernis eines der Wahrheitsfindung dienlichen Gedanken-Sehens einstellte, in den Stuhl und schaute Tammaron an.

»Graf Tammaron, Ihr werdet sein Ansinnen verwerfen«, sprach er zum Reichskanzler. »Herr Paulin ist am Vormittag bei jenem Gespräch, in dem die zeitweilige Natur meines Klostergelübdes bereits in gebührlichem Umfang erörtert ward, nicht zugegen gewesen, daher ist sein Anliegen überflüssig. Jenes von mir geleistete Gelöbnis verwehrt mir lediglich die Eheschließung, nicht hingegen die Krone. Überdies kann man von derlei Schwüren, selbst wenn sie auf Dauer abgelegt wurden, losgesprochen werden, so wie's einst mit meines Vaters Gelübden geschah. Was nun mein bei den *Custodes Fidei* eingegangenes Gelöbnis anbelangt, so fragt Erzbischof Hubertus, ob ich jemals, zu irgendeiner Zeit, den Wunsch oder die Absicht zum Ausdruck gebracht habe, ein endgültiges Klostergelübde zu schwören.«

Knapp verneigte Paulin sich im Stehen und lächelte, winkte in die Richtung eines von Schatten dunklen Winkels gleich neben der Tür.

»Mein weiser und großmütiger Förderer und Gönner, der Herr Erzbischof von Valoret und Primas von Groß-Gwynedd, hat zu derlei Fragen Beantwortung keinerlei Verpflichtung«, behauptete er glattzüngig. »Dieweil ich einen solchen Sinneswandel Bruder Javans vorausahnte, habe ich Pater Marcus Concannon, unseren Ordensvorsteher und obersten Aufsichtsführenden der Priesterschulen, darum gebeten, eine Niederschrift der von Bruder Javan seit seinem Eintritt in den *Ordo Custodum Fidei* geleisteten Gelübde mitzubringen. Pater Marcus, frischt uns Bruder Javans Gedächtnis auf, ich bitte Euch darum. Ich versichere Euch dessen, meine Herren, daß seine Gelöbnisse vollauf verbindlicher Art sind, sowohl was den Zölibat wie geradeso den Verzicht aufs sonstige Weltliche betrifft... auch auf irdischer Reiche Kronen.«

Der Geistliche in schwarzer Kutte, welcher daraufhin hinter Paulin aus dem Schatten trat, erregte einen im Grunde genommen gänzlich harmlosen Eindruck; er hielt das Haupt mit der Tonsur und den Blick demütig gesenkt, während er hinter Hubertus' Rücken vorüberschlurfte und Javan einen Stoß Pergamente vorlegte. Doch derweil Javan die Schriftstücke eilends durchlas, voll des Entsetzens Worte las, die er in Wahrheit niemals gesprochen hatte – arglistige Abwandlungen seiner tatsächlichen Gelübde erkannte, welche den meisten Leuten gar nicht ersichtlich geworden wären –, schnippte Herr Jason mit den Fingern in die Richtung der an der Längswand aufgestellten Sitzbänke.

»Herr Jerowen, Herr Etienne…«

Die zwei Genannten waren des Kronrats Rechtskundler. Herr Jerowen, von beiden der ältere Mann, hatte gleichfalls Niederschriften in Bereitschaft, legte sie nun neben die Schriftstücke, welche Javan gerade las.

»Ich glaube, Eure Hoheit, *das* sind Eure wahren Einlassungen«, meinte er leise, deutete auf gewisse Absätze, anhand welchselbiger sich klare Unterschiede ersehen ließen. »Ihr hattet damals Freunde zugegen, die unmittelbar nach Eurem Klostereintritt Aufzeichnungen angefertigt haben. Bei meiner Ehre schwöre ich Euch, *jeder Irrtum war ausgeschlossen.*«

*Jeder Irrtum war…?*

»Was sind denn das für Schriftstücke?« fragte Erzbischof Hubertus, indem er gleichsam die Ohren spitzte. Javans Überlegungen jedoch drehten sich um Jerowens Bemerkung. Denn außer jener Zeuge war ein Deryni gewesen oder anschließend von einem Deryni befragt worden… *Konnte Jerowen ein Deryni sein?*

Javan bewahrte eine ausdruckslose Miene, während er seine Gedanken zu ordnen trachtete, hielt den Blick auf die Niederschriften gerichtet, aber auf geistiger Ebene versuchte er sich Klarheit zu verschaffen. Nein, Jerowen war kein Deryni; oder falls doch, dann verfügte er über sehr, *sehr* wirksame Geistesschilde.

Bei dieser Gelegenheit kam Javan ein Einfall, wie er sich dieser dreisten, lästigen Anfechtung entledigen konnte. Denn vermittelst des Gedanken-Sehens hatte er soeben festgestellt, daß Herr Jerowen sich an die Wahrheit gehalten, Paulin von Ramos dagegen die Unwahrheit behauptet hatte. Es verstand sich von selbst, daß Javan seine besonderen Fähigkeiten in diesem Kreis nicht preisgeben durfte; aber es gab einen Deryni, den er zum Zwecke der Aufklärung heranziehen *konnte* – oder immerhin zu dem Zweck, der Lüge

Entlarvung wenigstens anzudrohen, ein Vorgehen, das sich unter den gegenwärtigen Umständen als geradeso wirksam erweisen mochte.

»Herr Robear«, sprach er halblaut, winkte den Recken heran und flüsterte ihm seinen Befehl ins Ohr.

Der Ritter lauschte auf Javans Geheiß, nickte mit gleichsam steinerner Miene und ging hinaus. Indem er den Anwesenden weit mehr Zuversicht vorspiegelte, als er in Wirklichkeit empfand, widmete Javan sich erneut dem Vergleich der verschiedenen Schriftstücke.

»Das sind ungemein interessante Aufzeichnungen, Pater Paulin«, äußerte er, nachdem er beschlossen hatte, die Auseinandersetzung aufzunehmen, indem er den Generalvikar der *Custodes* unumwunden zur Rede stellte. »Wie Erzbischof Hubertus Euch zweifelsfrei bestätigen wird, habe ich mich ausgiebiger, langwieriger Seelenprüfung und Gewissenserforschung unterzogen, bevor ich mich zu der Aventüre herbeiließ, beizeiten herauszufinden, was mir das Klosterleben taugen könnte. Keineswegs habe ich selbige Unternehmung fahrlässig und leichten Herzens begonnen, und noch weit weniger sind die Gelübde von mir flatterhaften Sinns geleistet worden. Ist es denn überhaupt vorstellbar, daß ich solche Eide geschworen haben soll, ohne *genau* zu wissen, auf was ich mich festlege, zumal mir meines königlichen Bruders hinfällige Gesundheit bekannt war und man befürchten mußte, daß er nicht lange genug lebte, um einen Erben zu zeugen?«

Frech antwortete Paulin ihm mit einem Blick hochmütiger Geringschätzung. »Du bist deines Vaters Sohn, Bruder Javan. Er hatte von Gott eine Berufung der leidenschaftlichsten Inbrunst empfangen.«

»Dennoch hat er entschlossen dem Priestertum entsagt«, erwiderte Javan sofort, »sobald die Pflicht ihn zur Königswürde rief.«

»Weil es niemanden gab, welcher ihn dieser Obliegenheit hätte entheben können«, entgegnete Paulin. »*Ihr* hingegen habt ja noch einen Bruder.«

»So fragt ihn, ob ich seines Wissens jemals die Absicht hatte, ihm den Thron zu überlassen, oder er jemals den Vorsatz verfolgte, mir die Krone vorzuenthalten.«

Bevor Paulin entsprechende Fragen stellen oder Rhys Michael von sich aus eine diesbezügliche Äußerung von sich geben konnte, ward die Tür der Ratskammer geöffnet, und Herr Robear kehrte zurück, brachte mit festem Griff an des Heilers Elle Oriel herein, welcher einen Eindruck der Zögerlichkeit und Furchtsamkeit erregte.

»Potzdonner, nun hört mir aber einmal her, mein Herr«, begehrte Hubertus auf, derweil Robear den Heiler zwischen der Fensterwand und der Ratstafel in des Erzbischofs und Javans Richtung führte. »Meister Oriel steht in Graf Tammarons und meinen Diensten...«

»Des Meisters Wirken ist hier zum höheren Wohle des Reiches erforderlich, Eure Exzellenz«, fiel Javan dem Kirchenfürsten unverzüglich ins Wort, während er im geistigen Bereich in aller Eile Oriel über die gegenwärtige Lage in Kenntnis setzte. »Ich bin sogar, muß ich Euch sagen, dahin geneigt, ihn in meinen Dienst zu stellen, denn er *ist* ja schon etliche Jahre hindurch als des Königs Heiler tätig gewesen, nicht wahr? Oder habt Ihr Einwände, Erzbischof? Ihr, Graf Tammaron?«

Doch er ließ den Gefragten gar keine Gelegenheit zum Antworten. »Wie dem auch sei, Ihr Herren, auf alle Fälle kommt's mir zur Stunde vornehmlich darauf und auf nichts anderes an, die Wahrheit aufzudecken«, ergänzte er ohne jegliches Säumen seine zuvorigen Äußerungen. »Pater Paulin zeiht mich ungenügenden Erinnerungsvermögens an die durch mich selbst geleisteten Gelöbnisse. Freilich kann jemand, welcher sich nicht darauf zu besinnen vermag, was er versprochen und wem er's gelobt hat, unmöglich König werden… Meister Oriel, stellt Euch hier an meine rechte Seite, wo Pater Marcus und ich Euch zu sehen vermögen, und bekundet mir, wenn er bei meiner Fragen Beantwortung von der Wahrheit abweichen sollte.«

Er nahm die Pergamente, welche Pater Marcus mitgebracht hatte, bündelte sie in der Hand und heftete den Blick streng auf den Mönch, der nun eine unverkennbare Miene des Unbehagens zog.

»Sind dies die wahrheitsgetreuen Niederschriften der von mir geleisteten Gelübde, Pater?« fragte Javan. »Ehe du Antwort gibst, bedenke wohl, daß Meister Oriel jede Lüge erkennt und sie entlarven wird, denn dazu verpflichten ihn jene Schwüre, die *er* abgelegt hat.«

Während Javan diese Ermahnung sprach, war Pater Marcus ein wenig bleicher geworden, und er streifte, bevor er antwortete erst Oriel, dann Paulin von Ramos mit einem Blick der Beunruhigung.

»Ich… habe diese Aufzeichnungen nicht selbst verfaßt, Herr«, lautete seine Auskunft.

*Was für ein hintersinniger kleiner Kuttenbrunzer,* dachte Javan, indem er Meister Oriel anschaute und der Heiler zur Bestätigung des Wahrheitsgehalts der erteilten Antwort kaum merklich nickte. *Er kennt die Grenzen der Wahrheitsfindung durchs Gedanken-Sehen und umgeht eine erkennbare Lüge. Aber wir wollen abwarten, ob es nicht doch gelingt, ihn zu überlisten.*

»Und wer hat die Niederschrift vorgenommen?« stellte Javan die nächste Frage.

In des Geistlichen Miene stand tiefes Mißbehagen. »Ich vermute, Herr… es war jemand, der beim Ableisten Eurer Gelübde zugegen weilte.«

Javan kniff die Augen zusammen. Die Antwort enthielt offenkundig die Wahrheit, enthüllte aber gar nichts. »Von wem hast du sie denn erhalten, Pater?«

»Ich glaube… sie wurden mir aus der Schreibstube überstellt, Herr.« Auch dieses Mal vermied der Mönch eine klare Auskunft, welche ihn möglicherweise ans Messer geliefert hätte.

»Deines Ordens Schreibstube?« hakte Javan mit äußerster Geduld nach.

»Ja, Herr.«

»Und weißt du auch, von *wem* in der Schreibstube?« richtete Javan eine weitere Frage an den Pater. »Nenne mir keinen Namen. Ich wünsche nur zu erfahren, ob es dir bekannt ist.«

»Ja, Herr«, nuschelte der Mönch bedrückt, senkte den Blick auf den Fußboden.

Indem er knapp nickte, beschloß Javan, die so geschlagene Bresche zu seinem Vorteil zu nutzen.

»Sieh an, sieh an«, sprach er. »Da du's weißt, verrate mir nun, *wer* der Aufzeichnungen Überstellung an dich veranlaßt hat.« Allerdings glaubte Javan fest, die Antwort längst zu kennen.

»Ich… möchte auf diese Frage lieber nicht antworten müssen, Herr.«

»Ja, das kann ich mir fürwahr sehr wohl denken«, merkte Javan in gedämpftem Ton dazu an. »Soll ich deinen Vorgesetzten darum ersuchen, Pater, dir der Frage Beantwortung zu befehlen?« Nun heftete er den Blick auf Paulin, welcher am unteren Ende der Ratstafel stumm vor sich hinschäumte. »Oder brächte die Antwort nicht allein den wackeren Pater Marcus, sondern auch Euch, Pater Paulin, in arge Verlegenheit?«

Unterdrücktes Aufkeuchen ertönte von verschiedenen Seiten, aber Javan ließ niemanden zu Wort kommen. »Was sagt Ihr, Herr Generalvikar? *Ihr* seid, wenn ich Gelübde schwor, stets zugegen gewesen. Habt Ihr diese Schriftstücke Pater Marcus zugestellt und ihm befohlen, sie fälschlich als wahrheitsgetreue Niederschriften auszugeben?«

»Eine solche Frage darfst du nicht stellen, Bruder Javan«, murrte Paulin halblaut.

»Oh, ganz im Gegenteil, ich darf's *durchaus*, Generalvikar«, widersprach Javan. »Was könnte wohl Euer Beweggrund gewesen sein? Offenbar habt Ihr Euch beträchtlicher Mühe befleißigt, um mich vom Thron fernzuhalten. Erachtet Ihr meinen Bruder als fügsamer denn mich, vermeint Ihr, ihn leichter lenken zu können, zumal wenn er Euch für die Krone dankbar sein müßte?«

»Du darfst auf derlei Fragen keine Antwort von mir verlangen, Bruder Javan«, entgegnete Paulin mit leiser, völlig ausdruckloser Stimme.

»Und *Euch* steht's nicht zu, mir vorzuschreiben, welche Fragen ich an einen Untertanen richten oder nicht richten dürfte!« Javans Zeigefinger zitterte, als er auf die etlichen Bogen Pergament deutete. »Ihr habt falsche Niederschriften meiner Gelübde ausgearbeitet – oder anfertigen lassen –, um Euch zu dem schamlosen Vorhaben zu versteigen, mir Thron und Krone vorzuenthalten. Ich schwöre bei Gott dem Allmächtigen und dem hier versammelten Krönungsrat, daß diese Aufzeichnungen nicht den Inhalt der durch mich abgelegten Gelöbnisse wiedergeben.«

Er stand auf, zückte des Vaters Haldane-Schwert aus der Scheide, reichte selbige Herrn Jason und küßte den Kreuzgriff, welcher eine geweihte Reliquie enthielt; dann faßte er das Schwert an der Klinge und hob es wie ein Kreuz vor sich in die Höhe.

»Bei diesem Schwert, das einst meines Vaters und nach ihm meines Bruders Eigen war, bei sämtlichen Haldane-Königen, welche mir vorangegangen sind, sowie allem, was mir heilig ist, schwöre ich, es ist meine Absicht und stets meine Absicht gewesen, in dem Fall, daß mein Bruder Alroy ohne Erbe stirbt, mein heiliges königliches Geburtsrecht in Anspruch zu nehmen. Mein Aufenthalt im *Ordo Custodum Fidei* und alles, was ich dort getan habe, unterlagen allein dem Zweck, mir Schutz wider jene Mißgünstigen zu gewähren, die mich ach so gerne schon als wehrlosen Knaben auf immerdar von der Herrschaft ausgeschlossen hätten, und mir dazu die Gelegenheit zu verschaffen, die eines Königs würdige Bildung zu erwerben. Auf diese Weise habe ich mich aufs Herrschen vorbereitet, entweder als gekrönter König oder, hätte mein Bruder seiner schlechten Gesundheit zum Trotz weitergelebt, als ein hilfreicher Prinz. Freimütig bekenne ich, daß ich in Ermangelung einer echten frommen Berufung zum Klosterleben unzutreffende Vorwände für meinen Eintritt in den Orden genannt habe – aber das ist keine Angelegenheit des Krönungsrats, sondern eine Sache, welche zwischen mir und meinem Beichtvater geregelt werden muß. Ich habe vollauf die Bereitschaft, mich allen weltlichen und kirchlichen Verfahren zu unterwerfen, die der Herr Erzbischof für meine Entbindung vom geistlichen Stand als erforderlich erachtet, auf daß ich endlich, um die Thronfolge zu sichern, meine ererbten Verpflichtungen auf mich nehmen und ausüben kann, Ihr Herren, aber« – überdeutlich schaute er Hubertus an – »allemal stehe ich hier vor Euch als Euer rechtmäßiger König!«

Um seinen Worten Nachdruck zu verleihen, rammte er die Schwertspitze wuchtig nieder und spürte, wie sie sich ins Holz der Ratstafel bohrte – und ihm in die Finger der Rechten schnitt, die um ein Stückchen an der Schneide abwärtsrutschte. »Wer nicht willens ist, dies als eine Tatsache anzuerkennen, hat meine Erlaubnis zu gehen – zu dieser Ratskammer hinaus und fort aus dem Reich!«

»Wohlgesprochen«, rief augenblicklich Rhys Michael und erhob sich schwungvoll von seinem Platz.

Herr Jason stieß die geballte Faust empor in die Luft. »Gott schütze König Javan!« donnerte seine Stimme.

Ohne Zaudern griffen Charlan, Jerowen und Etienne de Courcy den Jubelruf auf, und nach ihnen taten es auch die Ritter auf den Sitzbänken an der Innenwand – Robear, Bertrand und Tomais –, sprangen auf, um Javan ihres Beistands zu versichern.

Ebenso stand Konnetabel Udaut auf – des Kronrats einziges Mitglied, von welchem Javan klar gewesen war, daß er sich auf ihn verlassen durfte –, hieb zur Beifallsbekundung wiederholte Male mit dem Handteller auf die Beratungstafel. Zögerlich schlossen sich Tammaron, Erzbischof Oriss und sogar Manfred MacInnis an. Selbst Erzbischof Hubertus raffte sich von seinem Sitz hoch, und der bis dahin überwiegend schweigsame Herr Albertus, dem in Anbetracht so vieler bewaffneter, dem neuen Herrscher begeistert zugetaner Ritter hinter seinem Rücken schwerlich allzu wohl zumute sein konnte, folgte seinem Beispiel. Zuletzt bequemte sich auch Paulin zum Aufstehen; jedoch glich sein Angesicht einer Fratze kalter Abweisung.

Javans Herz hämmerte, derweil der Jubel allmählich abebbte. Als er die Finger von des Haldane-Schwerts Klinge löste und es senkte, sah er, wie er es im voraus gewußt hatte, Blut an seiner Rechten. Schmerzhaft brannten die Finger, als er sie behutsam streckte, zum Glück jedoch wirkten die Schnitte nicht übermäßig schlimm. Während ihm noch von den erlebten Gefühlsaufwallungen nachgerade schwindelte, legte er mit erzwungener Ruhe das Schwert zurück auf die Beratungstafel, nahm das Schweißtuch entgegen, welches Herr Robear ihm gleichmütig reichte. Zuerst benutzte er es zum Säubern der Klinge, ehe er es sich gelassen um die verwundete Hand wickelte. Er übersah nicht, daß er Meister Oriel um der Verletzungen Heilung angehen könnte; doch nun, da allem Anschein nach die ärgste Krise ausgestanden war, dünkte es ihn als empfehlenswert, den schon vorhin zu seinem Vorteil bemühten Deryni bis auf weiteres im Hintergrund zu halten.

»Ich bitte Euch, Ihr Herren, nehmt wieder Platz«, sprach Javan und ließ sich erneut auf seinem Lehnstuhl nieder.

# VIII. Kapitel

*Des Königs Wohlgefallen sind gerechte Lippen,*
*wer Rechtes redet, ist bei ihm beliebt.*

Sprüche 16,13

Nach dem stürmischen Anfang verlief die weitere Ratssitzung in eher ruhigen Bahnen. Während Paulin stumm seinen Zorn zur Schau trug, wiederholte Albertus kaltschnäuzig die Sitzungseröffnung mit dem richtigen, gebührlichen Wortlaut, und wie es Brauch war, boten als erstes sämtliche Mitglieder des Kronrats ihren Rücktritt an. Darüber ließ Javan zunächst die Entscheidung offen, obzwar er Paulin und Albertus am liebsten ohne Verzug fortgeschickt hätte, vorzugsweise in den Gewahrsam des Scharfrichters; so weit allerdings mochte er sich gegenwärtig noch nicht vorwagen.

Was die übrigen Ratsmitglieder betraf, so konnte er sich schwerlich, wie er genau wußte, ihrer aller entledigen. Den zwei Erzbischöfen stand der Platz im Rat dank ihrer hohen Kirchenämter zu, sie durfte er nicht verabschieden. Bezüglich Hubertus hegte Javan die Auffassung, ihn auf lange Sicht, wie widerwärtig er auch sein mochte, im Zaum halten zu können. Und Oriss war ein Mensch, welcher sich im großen und ganzen stets nach dem Willen desjenigen richtete, der die Macht ausübte.

Javan hatte vor, auch Tammaron und sogar Manfred im Kronrat zu belassen – jedenfalls bis auf weiteres –, denn beide verfügten, was des Reiches Beherrschen und Verwalten anbelangte, über nützliche Fähigkeiten und Erfahrungen, hatten zudem gezeigt, daß sie sich den Wandlungen, welche mit Javans unvermuteter Anspruchserhebung auf Thron und Krone einhergingen, wenigstens in gewissem Umfang anzupassen verstanden. Außerdem war Tammaron, im Gegensatz zu Murdoch und Rhun, von denen immerzu nur das Übelste zu erwarten gestanden hatte, im allgemeinen recht freundlich zu Javan und seinen Brüdern gewesen; und Manfred hatte sich als Großzeremonienmeister durchaus bewährt. Indessen beabsichtigte Javan noch abzuklären, welche Überlegung sich dahinter verbergen mochte – abgesehen davon, daß der Klerus das Amt in den Händen eines der ihren sehen wollte –, daß man unterdessen Albertus in sein Amt eingesetzt hatte.

Wertvoller für Javans Pläne war Herr Udaut, der seine Treue zum neuen König bereits unter Beweis gestellt hatte, ein tüchtiger, rechtschaffener Mann, welcher nicht nur während Alroys gesamter Herrschaftsdauer Kronfeldherr gewesen war, sondern zuvor schon unter dem Vater der königlichen Brüder, König Cinhil. Und natürlich blieb Rhys Michael im Kronrat; als mündigem nächsten Thronerben stand ihm darin ein Sitz zu.

Fünf weitere Kronräte waren noch nicht in Rhemuth eingetroffen. Seitens Baron Hildreds befürchtete Javan keine Ärgernisse; der Baron war ein säbelbeiniger, kleiner Edler, der weit höheres Interesse an Rössern denn an der Staatskunst hegte und allzeit ein Freund der Haldanes gewesen, so daß Javan hoffnungsvoll allen Anlaß zu der Annahme sah, es sollte sich auch in Zukunft so verhalten.

Von Fane Fitz-Arthurs Seite rechnete Javan ebenfalls mit keinen Schwierigkeiten. Zwar war er Tammarons Sohn und Erbe, hatte aber eine über alle Maßen vorteilhafte Ehe mit der Erbin von Cassan geschlossen und ließ sich am Königshof äußerst selten blicken.

Gemäß der ursprünglich – vor der genannten Hochzeit – durch Fürst Ambert Quinnell getroffenen Regelung hatte Cassan bis zum Tode des letzten dortigen Fürsten ein zu Gwynedd gehöriges Herzogtum bleiben sollen, so daß Fane und Prinzessin Anne die Aussicht gehabt hatten, Herzog und Herzogin von Cassan zu werden. Allerdings war dem Fürstenerlaß vor drei Jahren, nach der Geburt von Annes erstem Sohn, ein Zusatzartikel hinzugefügt worden, der bestimmte, daß die Nachfolge unmittelbar an den nach seinen zwei Großvätern Tambert getauften Knaben fallen sollte. Dem Buchstaben nach blieben Fane und des Buben Mutter bis zu Tamberts Mündigwerden des Fürsten Mitregenten, aber eigentlich gebot Fane während der Unmündigkeit seines Sprößlings durchaus über eines Herzogs Machtfülle. Seinem Einfluß nach hätte er genausogut Regent eines Königs sein können.

Herr Bonner Sinclair war, seit er sich Graf von Tarleton nennen durfte, ähnlich stark, wiewohl in bescheidenerem Maßstab, mit eigenen Angelegenheiten beschäftigt; jedoch mußte der Vorsicht halber sehr wohl davon ausgegangen werden, daß er sich im äußersten Ernstfall an die Seite seines Vater stellte, welchen man als Herrn Albertus kannte.

Ferner fehlten noch Rhun und Murdoch, welche Javan mindestens ebenso unlieb waren wie die beiden *Custodes*-Pfaffen. Lieber hätte er keinen dieses Viergespanns im Kronrat sitzen gehabt, konnte sich jedoch vorstellen, Paulin und Albertus, so es sich nicht anders einrichten ließ, wenigstens für eine gewisse Frist im Rat zu dulden, dieweil er es als günstiger einstufte, konnte er erfahren, was sie trieben, als wenn sie hinter seinem Rücken im geheimen Ränke schmiedeten. Voraussichtlich taten sie letzteres dennoch, sobald sie merkten, er hatte im Sinn, die den Deryni feindlichen Gesetze rückgängig zu machen; nichtsdestoweniger glaubte er, des Paars Umtriebe besser vereiteln zu können, behielt er es im Augenmerk. Vollkommen anders lag der Fall mit Rhun von Horthness und Murdoch von Carthane; diese beiden waren zwei über alle Maßen gefährliche Schurken.

Darüber hinaus verblieb Javan aber noch Freiraum für ein Halbdutzend Ernennungen nach eigenem Gutdünken; zuvor jedoch mußte er mit den möglichen Anwärtern unter vier Augen sprechen und sich Klarheit über ihre Gesinnung verschaffen, bevor er in der vorerwähnten Beziehung endgültige Entscheidungen fällte.

Aufgrund dieser Erwägungen zog er seine erste Ratssitzung, nachdem er den Willen zur Thronbesteigung und zum Herrschen unmißverständlich verdeutlicht hatte – und Oriel fortgeschickt, dieweil er wußte, wie übel die anwesenden Derynihasser an des Heilers Gegenwart Anstoß nahmen, dräute durch ihn doch die jederzeit mögliche Entlarvung der alltäglichen und staatskünstlerischen Halb- und Unwahrheiten, dank welcher derartige Versammlungen sonst so vordergründig reibungslos abliefen – nicht allzusehr in die Länge, sondern beschränkte sich für dieses Mal auf die Behandlung der dringlichsten Sachfragen.

Die einzige wirklich wichtige Angelegenheit, die eine unverzügliche Klärung verlangte, war es, sich über die Einzelheiten der für den kommenden Montag festgesetzten Bestattung Alroys zu einigen. Alroys Tod war weder plötzlich noch unerwartet eingetreten, so daß bestimmte Festlegungen schon getroffen waren, und vor seinem Ende hatte er Rhys Michael einige Wünsche anvertraut; darum verfügte Javan schlicht und einfach, daß man seines verstorbenen Bruders und verewigten Königs bekundeten Willen zu beachten hätte. Es gelang Javan, die sonstigen Erörterungen nicht ausufern zu lassen, noch duldete er es, daß Rhys Michael sich in zu große Erregung hineinsteigerte, darum beanspruchte es keine Stunde, auch die restliche Tagesordnung abzuwickeln. Er lehnte es rundweg ab, schon jetzt den Zeitpunkt seiner Krönung zu bestimmen, und vertagte diesen Entschluß auf die nächste Ratssitzung, welche er für den Dienstag der nachfolgenden Woche anberaumte.

»Erst muß ich, Herr Erzbischof, meinen Bruder bestatten«, antwortete er, als Oriss ihn zu einer Entscheidung drängte. »Könnt Ihr mir nicht zum Verschnaufen und Besinnen wenigstens diese Frist zugestehen?«

Diese Meinungsverschiedenheit bedeutete einen recht heiklen Augenblick und brachte Javan insgeheim an den Rand der Tränen; doch Oriss gab nach, und sonst ergriff dazu niemand mehr das Wort.

»Ihr Herren, ich bedanke mich bei Euch für die lebhafte Teilnahme und Mitwirkung an der heutigen Beratungssitzung«, sprach Javan zum Abschluß in angeregtem Tonfall und hoffte, sich nun zurückziehen zu können. »Ich baue darauf, daß Ihr's mir nachsichtig vergebt, wenn ich an diesem Abend nicht mit dem Hofstaat am Nachtmahl teilnehme, doch ist der Tag allzu lang gewesen. Sollte irgendwer bei mir vorzusprechen den Wunsch haben, so mag er dafür mit Herrn Jason die Stunde vereinbaren.«

Beim Aufstehen schob er das Haldane-Schwert zurück in die Scheide, während die übrigen Anwesenden, teils beträchtlich verunsichert, sich ebenfalls erhoben; er nickte ihnen zu, ehe er, das Schwert lässig an der Seite, mit seinen Anhängern den Ratssaal verließ. Am westlichen Himmel stand die Sonne inzwischen tief, derweil Javan nun die Gemächer aufsuchte, welche vorher sein Bruder Alroy bewohnt und die man unterdessen für den neuen Bewohner vorbereitet hatte; auf Herrn Charlans Veranlassung war mittlerweile in der kleinen Empfangsstube neben dem königlichen Schlafgemach ein leichtes Abendmahl bereitgestellt worden. Binnen kurzem füllte sich die Stube mit Leuten, so daß es darin flugs recht beengt und schwül ward; doch anscheinend fühlte niemand sich dabei in irgendeiner Weise unwohl.

Auch die Speisen verlockten allem Anschein zufolge keinen der Getreuen. Statt dessen sprach man munter dem Wein zu, doch betrank sich niemand. Die versammelten Mannen nutzten die Gelegenheit – offenbar ohne vorheriges Verabreden – zu einer Art von Audienz, jeder nahm sich ein wenig Zeit, sofern Javan ihn noch nicht kannte, und stellte sich dem nunmehrigen König vor, schilderte seine besonderen Befähigungen, seine Verhältnisse und familiären Verbindungen, soweit sie irgendwann einmal für die Krone von Vorteil sein mochten. Javan betraute Charlan mit sorgsamer Niederschrift der Angaben, denn ihm war vollständig klar, daß der letzten vierundzwanzig Stunden Mühen ihn alsbald mit um so tieferer Erschöpfung einholen mußten. Zwischendurch fand sich Meister Oriel ein, um die Handverletzungen zu heilen, sah jedoch davon ab, Javans Müdigkeit ein zweites Mal mit magischen Mitteln zu bannen.

»Ihr solltet nicht darauf bestrebt sein, zu lange wachzubleiben, Königliche Hoheit«, riet der Deryni-Magister, während er das Wasserbecken fortstellte, in dem er die Schnittwunden, ehe er sie heilte, gewaschen hatte. »Eine Nacht bekömmlichen Schlummers ist's, was Ihr nun am vordringlichsten haben müßt. Laßt Eure Getreuen, empfehle ich Euch, am Morgen wiederkehren, wenn Ihr zur Genüge ausgeschlafen seid.«

Die Ermahnung war kaum vonnöten, denn Javan ermattete rasch. Nachdem Oriel gegangen war, verzehrte er ein wenig Obst und Käse, trank auch etwas mit Wasser verdünnten Wein; anschließend fühlte er sich gelinde gestärkt, gähnte aber dennoch, wie entschieden er es auch zu vermeiden trachtete, immer häufiger und lauter. Insgesamt erfuhr er eine Menge Wissenswertes über die Mannen, welche sich mit solcher Hingabe und so hohem Mut seiner Sache anschlossen.

Herrn Jerowen Reynolds und Baron Etienne de Courcy schätzte er, je näher er sie kennenlernte, um so mehr als besonders interessante Zeitgenossen ein, und er traf noch in derselben Stunde den Entschluß, sie in den Kronrat aufzunehmen. Eine Weile später, derweil Herr Robear sich damit befaßte, die Versammlung mit freundlichem Nachdruck aufzulösen, auf daß der neue König endlich hinlänglichen Schlaf fände, nahte sich de Courcy mit der Bitte um ein Wort unter vier Augen.

»Ich erflehe nur einen kurzen Augenblick Eurer kostbaren Zeit, Herr«, betonte Baron de Courcy, während die anderen Getreuen die Königsgemächer verließen, um ihrer Wege zu gehen. »Mir ist gänzlich klar, daß Ihr nach dem Tag, welcher hinter Euch liegt, ungemein erschöpft sein müßt, aber was ich Euch zu sagen habe, ist außerordentlich bedeutsam… Und es muß vollauf vertraulich bleiben.«

Javan ersparte sich die Mühe, ein weiteres Gähnen zu unterdrücken – heute glaubte hier *jedermann,* etwas sonderlich Wichtiges auf dem Herzen zu haben –, nahm einen der Kerzenleuchter zur Hand, welche auf dem Kaminsims standen, und schlurfte dem Baron voller Mattigkeit voraus in des Schlafgemachs vergleichweise Abgeschiedenheit, beließ die Tür aber offen.

»Ihr seht selbst, in welcher Verfassung ich bin, Baron… Darum vertraue ich darauf, daß Euer Anliegen *wirklich* etwas von Wichtigkeit betrifft.«

Der Baron lächelte; über der Hakennase funkelten die dunklen Augen wie die Lichter eines Falken. »Ich erkenne Euch als meinen rechtmäßigen König an, mein Lehnsherr«, beteuerte de Courcy, als ob es dessen noch bedurfte. »Ich und meine Sippe verspüren keinen anderen Wunsch, als Euch aufopferungsvoll so aufrichtig und vorbehaltlos zu dienen, wie's uns überhaupt nur möglich ist.«

Höflich nickte Javan, indem er ein weiteres Mal herzhaft gähnte, stellte den Kerzenleuchter auf einem Tisch ab und wünschte sich, der Baron käme zur Sache. Obschon seine Schläfrigkeit sich im wesentlichen durch eines langen Tages Mühen erklärte, weniger durchs Nachlassen der Magie-Anwendung, mit welcher Oriel ihm zeitweise die Übermüdung vertrieben hatte, blieb das letztendliche Ergebnis doch das gleiche: Er mußte sich unverzüglich zu Bett begeben.

»Deshalb bin ich es, Eure Hoheit, der Euch aufsucht, um Euch die folgende Mitteilung zu machen«, fügte der Baron seiner Zusicherung hinzu, ergriff mit einer Faust Javans Linke und breitete die andere Hand über den Ring aus Feuer. »Irgendwann am morgigen Tag, hoffe ich – obschon ich Euch die genaue Stunde nicht ankünden kann –, wird mein Sohn Guiscard Euch eine Botschaft überbringen, von welchselbiger ich zu wähnen wage, daß Ihr derselben sehnlichst harrt… Wiewohl Ihr vielleicht nicht glauben mochtet, solche Kunde könnte Euch nach Eurer Rückkehr in die Hauptstadt erreichen, und zudem binnen derart kurzer Frist.«

Unversehens spürte Javan ein Andrängen gegen seine Geisteswehr – keinen Angriff, sondern etwas ähnliches wie ein Umfangenwerden – und in geistigen Gefilden einen zarten Hauch, sobald eine andere Seele sein Gemüt streifte. Als ihm ein Aufkeuchen entfuhr und er, mit einem Schlag hellwach, heftig zurückschrak, schmunzelte der Ältere andeutungsweise und packte Javans Hand fester.

»Gemach, Eure Hoheit, gemach, Ihr schwebt in keinerlei Gefahr.«

»Aber… wer hat Euch geschickt?« fragte Javan, tastete vermittelst seiner Magie-Sinne nach des Barons Geist, stieß jedoch augenblicklich gegen unüberwindbare derynische Geistesschilde. »Ist es…?«

»Nennt jetzt keine Namen, Herr«, raunte Etienne und schüttelte das Haupt, »überzeugt Euch lediglich vom Wahrheitsgehalt meiner Worte. *Ich weiß, Ihr seid dazu imstande.* Ich bin Euer Mann und stehe Eurem Willen zu Dienste. Für Euch gebe ich, wenn's das Gebot der Stunde ist, mein Leben hin, und mehr, falls es sein muß. Desgleichen gilt für meinen Sohn, Ihr könnt jeden von uns zweien an jedes Werk und jegliche Aufgabe schicken, welche Ihr verrichtet zu haben wünscht. Ich ersuche Euch nun um nichts anderes, als daß Ihr Anweisung erteilt, Guiscard zu Euch vorzulassen, sobald er darum bittet, gleich wann es auch sein mag, und seine Nachricht anzuhören. Es wird Eure Aufmerksamkeit sehr wohl wert sein.«

Mit jedem Wort sprach er die Wahrheit. Javan ersah es mit ebensolcher Gewißheit, wie er wußte, daß er das Vermögen zur Wahrheitsfindung hatte. Und Etienne de Courcy war ein Deryni; doch wie es einem Baron bei Hofe gelungen sein mochte, diese Tatsache zu verheimlichen, das konnte Javan sich gegenwärtig nicht vorstellen.

»Euer Sohn… wird zu mir kommen?« vergewisserte Javan sich benommen mit halblauter Stimme, indem er in Etiennes Augen forschte.

»Jawohl, mein Lehnsherr. Guiscard.« Baron Etienne beugte das Haupt und küßte die Hand, welche er noch immer hielt. »Möge der Herrgott Euch nunmehr erholsamen Schlummer gewähren, Eure Hoheit. Sollte es sich ergeben, daß Ihr in der Nacht Verlauf meiner Dienstbarkeit bedürft, braucht Ihr nur getrost nach mir zu senden. Herr Charlan weiß, in welchen Gemächern ich Herberge genommen habe.«

Damit wandte er sich zum Gehen, verneigte sich ein letztes Mal und verließ das königliche Schlafgemach. Ein wahrer Schwarm unbeantworteter Fragen schwirrte durch Javans Haupt, derweil er dem Baron entgeistert nachschaute, und er zuckte unwillkürlich zusammen, als Prinz Rhys Michael, der fast gleichzeitig eingetreten war, ihn an der Schulter berührte.

»Ist irgend etwas außer der Regel, Hoheit?« erkundigte sich Rhys Michael, blickte ehrlich besorgt Etienne de Courcy hinterdrein, welcher sich soeben durch die Ausgangstür der Königsgemächer entfernte.

»Nein, es hat alles seine Ordnung«, gab Javan leise zur Antwort. »Ich bin hundemüde, sonst nichts.«

»Was wollte de Courcy?«

»Ach, er hat mich nochmals seiner unverbrüchlichen Treue versichert«, wich Javan der Frage aus, sagte damit aber keine Unwahrheit. Genau da befiel ihn abermals ein dermaßen gewaltiges Gähnen, daß er nachgerade befürchtete, er könnte sich den Kiefer ausrenken. *»Gütiges* Herrgöttchen«, brummelte er, sobald er wieder klar zu sehen vermochte. »Lege ich mich nun nicht in aller Bälde ins Bett, muß wahrhaftig jemand mich hineintragen.«

Indem er sich die Augen rieb und sich nur mit äußerster Mühe noch einmal gegen das schier übermächtige Schlafverlangen behauptete, hinkte und schwankte er zu dem großen Himmelbett, ließ sich auf die Überdecke sacken. Rhys Michael begleitete Javan, ging ihm zur Hand, sobald er Anstalten zum Aufschnallen der Stiefel machte.

»Ist dir bekannt, wer heute nacht bei uns Wache hält?« fragte Javan seinen Bruder, just als einer der Stiefel mit einem dumpfen Wums auf den Fußboden plumpste.

»Auf jeden Fall unsere treuen Ritter Charlan und Bertrand«, lautete Rhys Michaels Auskunft. »Und wahrscheinlich Herr Jason oder Herr Robear. Ist's Euer Begehr, Herr, daß auch ich verweile?«

Javan versuchte den Leibgurt zu öffnen und zur gleichen Zeit nachzudenken, doch schien es ganz so, als ob weder sein Hirn noch seine Finger ihm fernerhin gehorchen mochten.

»Wahrlich, ich vermag im Augenblick gar nicht so recht darüber zu befinden, ob es, bleibst du hier, ein guter oder schlechter Einfall wäre«, sprach Javan und gähnte von neuem, während Rhys Michael ihn vom zweiten Stiefel befreite. »Ich habe heute ein paar sehr mächtige Männer erzürnt. Sollte jemand auf den Gedanken verfallen, sich der Ärgernisse Verursacher vom Halse zu schaffen, mag's einerseits gar sehr wohl dahin kommen, daß der Aufenthalt in diesen Gemächern sich als überaus gefahrvoll für Leib und Leben erweist. Andererseits ist's vorstellbar, daß man, wenn du dich hier aufhältst, von Anschlägen Abstand nimmt. Ist's denn dein Wunsch zu bleiben?«

Rhys Michael nickte, im Kerzenschein schimmerte das Weiße seiner Augen. »Ich gestehe, ich habe Furcht, königlicher Bruder. Es geht so vieles vor... Wahrhaftig, ich vermag nicht zu ahnen, ob uns Erfolg beschieden sein soll oder ob wir scheitern müssen. Aber ich möchte in dieser Nacht *nicht* allein schlafen.«

»Dann komm an meine Seite, kleiner Bruder«, forderte Javan ihn auf, indem er lächelte, patschte mit der Hand aufs Bett. »Ich glaube, auch ich empfinde, was die heutige Nacht anbelangt, wenig Hang zum Alleinsein.«

Als kurz darauf Herr Charlan sich einfand, um die Bettdecke zurückzuschlagen, lagen beide Brüder bereits in festem Schlummer. Javan Haldane ruhte der Länge nach auf dem Rücken, sah nicht wie ein bloß Schlafender aus, sondern viel eher wie ein Besinnungsloser. Dicht neben ihm hatte Prinz Rhys Michael sich eingerollt, das Antlitz halb in der Armbeuge verborgen.

Charlan lächelte und schüttelte das Haupt, winkte Herrn Bertrand herein, welcher einen Strohsack trug, und hängte das Haldane-Schwert an die Pflöcke am Oberende der Bettstatt, wo es, wenn der König schlief, seinen Platz zu haben pflegte. Des Altans Türflügel standen offen, ließen ein leichtes Windchen ein; dort auf der Schwelle entrollte Bertrand sein Strohlager. In der benachbarten Empfangsstube tat Herr Jason in diesen Augenblicken das gleiche, und Herr Robear hatte bereits vorm Eingang zu den Königsgemächern Schildwacht bezogen.

Nachdem Herr Charlan sich davon überzeugt hatte, daß die Königlichen Gemächer sich unter sicherem Schutz befanden, schloß er die Verbindungstür und stellte davor einen Stuhl auf; anschließend schlenderte er zum Altan, wo Herr Bertrand sich just auf der Matte niederkauerte und das blanke Schwert daneben auf den Fußboden legte. »Ihr habt in der Tat nichts dagegen«, erkundigte sich Bertrand, »die erste Wache zu übernehmen?«

Charlan schüttelte das Haupt. »Derweil ich sein Knappe war, mußte ich oftmals mit ihm in der Kapelle Nachtwache halten«, gab er zur Antwort, lenkte den Blick ein zweites Mal hinüber zu dem Himmelbett, wo die beiden Brüder schlummerten. »Manchmal bin ich freilich eingedöst. Bisweilen ist *er* eingenickt. Es kam sogar vor, daß wir beide nicht wach blieben. Aber in dieser Nacht, darauf habt Ihr mein Wort, werde ich nicht einnicken.«

Gedämpft lachte Bertrand. »Während *ich* als sein Knappe diente, war er der Frömmigkeit noch nicht zugetan gewesen. Vermutlich habt auch Ihr damals nicht durchschaut, daß er nur eine Posse spielte, oder wie?«

»Ob's nur Täuschung war, darin bin ich mir unsicher«, entgegnete Charlan versonnen. »Ich glaube, es war gar nicht ausschließlich so. Doch zweifelsfrei gestehe ich Euch zu, daß zumindest der letzte Abschnitt seiner Weltabgewandtheit auf ausgeklügelte Weise den Zweck erfüllte, sein Fortkommen sicherzustellen. Wo sonst hätte er die letzten Jahre vorteilhafter als im Schutz eines Klosters zubringen können? Und außerdem hat er sich beträchtliche Bildung angeeignet, zudem nicht allein solche, wie man sie gemeinhin aus Büchern zu erlernen vermag.«

»Hmmm, so wird's wohl sein«, meinte Bertrand. »Ich muß freimütig bekennen, daß *ich* wohl zu dem, dessen er sich unterfangen hat, nicht den Mumm gehabt hätte, zumal nicht mit erst dreizehn Lenzen... Es könnte sich zeigen, daß er ein höchst bedeutender König wird.«

»Ja, da dürftet Ihr recht haben«, stimmte Charlan halblaut zu. »Aber ich empfehle Euch, Bertrand, Euch nun etwas Schlaf zu gönnen. Ich werde Euch in wenigen Stunden wecken.«

Indem er einen Brummlaut wohlgelaunter Einwilligung ausstieß, streckte Bertrand sich auf dem Strohlager aus und schloß die Lider; er schnarchte schon leise, als Charlan im königlichen Schlafgemach bis auf zwei alle Kerzen gelöscht hatte. Auf Zehenspitzen begab Charlan sich zu dem an der Verbindungstür bereitgestellten Stuhl, um sich dort niederzulassen.

Andernorts in der Rhemuther Königsburg, in jenen Gemächern, welche bei Anwesenheit am Königshofe Graf Manfred MacInnis bewohnte, waren die vielerlei verschiedenartigen, aus zur Gänze unterschiedlichen Gründen auch sorgenvollen Überlegungen, welche des heutigen Tages unerwartete Ereignisse ausgelöst hatten, noch längst nicht der Schwere des Schlummers gewichen.

»Udaut ist immer des Königs Mann gewesen, gleich wie der König hieß«, sprach Graf Tammaron zu den anderen fünf Männern, die sich mit ihm in Manfreds Sonnensaal zusammengesetzt hatten. Der genannte Konnetabel zählte nicht zu ihnen. »Mich hat's keineswegs verdutzt, daß er sich sofort auf Javans Seite schlug. Hingegen hat's mich *sehr wohl* überrascht, wie's Javan so rasch gelang, so viele jüngere Ritter für sich einzunehmen. Hätte es dem Burschen wahrlich durchzugreifen beliebt, wär's leicht möglich gewesen, daß wir jetzt allesamt im Karzer säßen oder eines ärgeren Schicksals harrten.«

»Niemand konnte damit rechnen, daß er so geschwind, gleichsam im Handumdrehen, dergestalt des Handelnden Vorteil an sich reißt«, antwortete Paulin von Ramos. »Ich bekenne, ich habe nicht vorausgesehen, daß er die Frage seiner Klostergelübde dermaßen schnell bereinigt, indem er diesen verwünschten Deryni Meister Oriel bemühte.«

»Fürwahr, es gilt mir als böses Omen, daß er zur Abhilfe der allerersten Herausforderung einen Deryni heranzieht«, ergänzte Erzbischof Hubertus in tiefer Nachdenklichkeit des anderen Klerikers Worte. »Wiederholte Male hat er einen fortgesetzten Verkehr mit jenen Deryni geleugnet, welche früher der Haldane-Sippe nahestanden, doch das mag geradeso gelogen gewesen sein wie seine scheinbare Willigkeit zum Klosterleben. Durch die beiden vergangenen Tage ist ja unverkennbar bewiesen worden, wie gründlich ich mich in *dieser* Hinsicht getäuscht habe.«

»Selbstvorwürfe sind uns schwerlich zweckdienlich, Eure Exzellenz«, bemerkte dazu Paulin.

»Gewiß nicht, aber leider hat mein Fehlurteil in bezug auf die vorbeschriebenen Umstände die Verhältnisse erheblich stärker zu unseren Ungunsten gewandt«, gab Hubertus zur Antwort, »als es manchen der hier anwesenden Herren auf Anhieb ersichtlich sein mag. In den vergangenen drei Jahren haben wir's ihm gestattet und ermöglicht, sich bei strenger Zucht der umfassendsten geistigen und geistlichen Schulung und Bildung zu widmen, dieweil wir hofften, daß die hohen Anforderungen des Lernens und das Gewohnheitwerden der klösterlichen Fügsamkeit ihn auf Dauer von jedwedem Gedanken an weltliche Betätigungen abzulenken vermöchten. Es muß jedoch als ein Unglück betrachtet werden, daß dieselbe Zucht und derselbe Lerneifer, welcher das Gemüt zum Geistlichen hinwendet, auch ebenjene Art von eigenwilligem Denken fördert, durch die er als König zur Gefahr werden könnte. Damals dünkte es uns, daß das Wagnis, uns auf diese zweischneidige Sache einzulassen, sich wohl auszahlen sollte... Und unser Vorgehen hätte sich sicherlich, wähne ich, durchaus bewährt, wäre König Alroy länger am Leben geblieben.«

»Alle Wetter, er ist's aber nicht, Eure Exzellenz«, stellte Paulin fest, der stets in Begriffen der Zweckmäßigkeit dachte. »Und nach des Gesetzes Buchstabe, wie unlieb es uns auch sein mag, *ist* Javan der rechtmäßige Thronerbe. Diese Tatsache müssen wir vorerst anerkennen, derweil wir uns mit der Verwirklichung anderer Pläne befassen. Während der nächsten Tage werden die Feierlichkeiten anläßlich der Beisetzung seines Bruders einen Großteil seiner Aufmerksamkeit beanspruchen. Derweil er dergestalt beschäftigt ist, müssen wir's zu unserem Anliegen machen, möglichst viel über seine Absichten, die ihm verfügbaren Mittel und Wege sowie über seine Stärken und Schwächen in Erfahrung zu bringen.«

»Ach, ich bin der Meinung, daß seine Jugend und der Mangel an Erlebtem ihm zur Zurückhaltung raten werden«, äußerte Oriss. »Was das geistige Leistungsvermögen angeht, so mag er sich als ernstzunehmender Gegenspieler erweisen – der heutige Nachmittag läßt's ja erahnen –, aber will man ihn als handgreiflichen Gegner alles in allem beurteilen, so muß man sagen, er zählt ja erst sechzehn Lenze.«

»Ich habe schon einige recht achtungsgebietende Sechzehnjährige gekannt«, lautete dazu Manfreds Anmerkung. »Der bewaffnete Haufen, welchen er heute vor der Ratskammer versammelt hatte, war für jemanden, der drei Jahre lang fernab des Königshofes weilte, beileibe keine schlechte Errungenschaft.«

»Ja, aber diese Mannen sind überwiegend noch weit unter dreißig Jahre alt und ermangeln im Waffenhandwerk sehr der Erprobung«, wandte Albertus geringschätzig ein. »Zu unserem Glück hat das Königreich in jüngster Zeit keinen Krieg erlebt, welcher die Jugend hätte an der Waffe ertüchtigen können. Nur wenige seiner Anhänger ersehen ihres Treibens volle Tragweite – Udaut und ein, zwei seiner Hauptleute, namentlich die Herren Jason und Robear –, aber ihre Zahl ist klein, ihr Erfahrungsschatz begrenzt.«

»Ein gleiches läßt sich Javan nachsagen«, behauptete Erzbischof Hubertus. »Drei Jahre hinter Klostermauern mögen ihm, wie's wohl kaum zu vermeiden war, die hohe geistige Bildung sowie das umfangreiche Wissen verschafft haben, deren es zum Herrschen bedarf, doch zumindest haben sie ihm die Leibesertüchtigung und die Waffenübungen vorenthalten, welche einen anderen Sechzehnjährigen allemal in einen echten Kriegsmann verwandelt hätten. Mit einem Wort, er ist ein Weichling, und der Klumpfuß bedeutet für ihn ein zusätzliches Hindernis.«

Mehrere Anwesende nickten und murmelten Worte der Zustimmung. »Darauf verlaßt Euch lieber nicht«, mahnte hingegen Tammaron mit verhaltener Stimme.

»Wieso denn nicht?« fragte Erzbischof Oriss.

»Vertraut nicht darauf, daß der Klumpfuß ihn behindert«, erklärte Tammaron, derweil sein Blick durch die

Runde schweifte. »Nicht einmal nach dem anstrengenden Ritt von der Abtei *Arx Fidei* gen Rhemuth hat er auch nur im entferntesten so stark gehinkt, wie ich's erwartet hätte. Vor Jahren wäre er infolge einer derartigen Mühsal, selbst mit eines Heilers Beistand, tagelang bettlägerig gewesen. Es mag sein, daß das Klosterleben ihn keinesfalls verweichlicht hat.«

»Geringeres Hinken verleiht ihm doch nicht die Geübtheit an den Waffen«, erwiderte Albertus, »durch welche er zu einem gefährlichen Krieger würde.«

»Nein, doch war's stets sein Mangel an Beweglichkeit, welcher ihn damals hemmte, derweil er noch Waffenübungen ausführte«, sprach nun Manfred MacInnis. »Herr Murdoch und ich haben früher des öfteren – entsinnt Euch, Ihr Herren – bei der Prinzen Ausbildung an den Waffen mitgeholfen. Im Sattel dagegen – und er ist ein geradezu geborener, verwegener Reiter – verstand er, zumal bei Berücksichtigung seines Alters, überaus gewandt die Klinge zu schwingen, und diese meine Beobachtung liegt jetzt drei Jahre zurück. Und er war schon mit dreizehn Lenzen in des Bogens Handhabung vorzüglicher, als es jeder von uns noch *jemals* zu werden vermöchte, sei's im Sattel oder zu Fuß.«

Albertus stieß ein Schnauben aus. »Ich gestehe ihm die Fähigkeit zu meisterlichem Reiten zu. Und ich will nicht ausschließen, daß er als Mann in der Waffenbeherrschung Kunst noch tüchtiger denn als Knabe sein wird, nachdem er die diesbezüglichen Übungen erst einmal wiederaufgenommen hat. Dennoch sehe ich nicht ab, daß er sich in naher Zukunft dazu vermißt, Bewaffnete zum Handeln wider uns anzuführen. Auch bietet ein Bogen keinen Vorteil gegen einen Feind, welcher ihn ganz aus der Nähe angeht oder gar ihn hinterrücks überfällt.«

»Was denn, was denn!?« empörte sich Graf Tammaron. »Dergleichen wünsche ich fürwahr in unserem Kreis, Ihr Herren, nicht zu hören. Er ist der König.«

»Und er entwickelt sich, wage ich vorherzusagen, zu einem störrischen König«, entgegnete Erzbischof Hubertus gereizt. »Nichtsdestoweniger wollen wir nichts überstürzen, Ihr Herren. Ich wäre Euch dankbar, Herr Albertus, würdet Ihr Euch fortan solcher Bemerkungen enthalten. Javan ist *tatsächlich* der König, und man kann nicht ausschließen, daß er im Sinne der Vernunft dazulernt und sich den Zwängen der Lage unterwirft. Vielleicht stehen die Dinge gar nicht so übel, wie wir's zur Zeit befürchten. Ich schlage vor, wir alle sollten uns nun, um morgen bei Kräften zu sein, ein gerüttelt Maß an Schlaf vergönnen. Diesem Sechzehnjährigen die Stirn zu bieten könnte sich sehr wohl als wesentlich mühsamer herausstellen, als wir's gewohnt waren von seinem seligen Bruder.«

Doch während Oriss und Tammaron sich verabschiedeten, gab Hubertus den beiden *Custodes*-Geistlichen durch ein Zeichen zu verstehen, daß sie noch bleiben sollten. Paulin warf dem Erzbischof einen Blick der Verwunderung und stummen Fragestellung zu, während Manfred die Tür schloß und verriegelte.

»Ich habe Kenntnis von einer weiteren Angelegenheit, über welche ich Euch und Herrn Albertus mein Wissen weiterreichen möchte«, sprach Erzbischof Hubertus leise, indem er die zwei anderen Kleriker zu sich winkte. »Nennen wir's eine Möglichkeit.«

»Was für eine Möglichkeit soll's denn sein?« fragte Paulin von Ramos, wechselte mit seinem Bruder Albertus einen Blick der Ratlosigkeit.

»Ei nun, mir ist in den Sinn gekommen, daß wir uns vielleicht, wenn der neue König sich uns ungnädig zeigt, den *nächsten* König leichter fügsam zu machen vermögen.«

»Nie täte ich mich erdreisten, Euch auch nur die geringste Mißfälligkeit zu bekunden, Erzbischof«, lautete Albertus' unverschämte Antwort, »doch zugelassen zu haben, daß Rhys Michael um Javan schickte, spricht nicht für irgend jemandes ausgeprägtes Vermögen, den genannten Prinzen unseren Wünschen gefügig zu halten.«

»Da mögt Ihr recht haben, ich geb's zu«, räumte Erzbischof Hubertus unbekümmert ein, indem er die schweißigen Hände auf dem stattlichen Wanst faltete. »Darum sollten wir's ja, vermeine ich, mit Prinz Rhys Michaels Sohn versuchen.« Paulins und Albertus' Miene des Staunens und der Ungläubigkeit blieben ihm nicht verborgen. »Natürlich spreche ich«, fügte der Kirchenfürst daher hinzu, »von seinem *künftigen* Sohn... Liebe Brüder, ich breche das Beichtgeheimnis, wenn ich darüber zu Euch rede. Seit kurzem martern unseren ach so ›achtungsgebietenden‹ Prinzen Rhys Michael die ersten qualvollen Regungen jugendlicher Liebesleidenschaft. Das Ziel seiner heftigen Begierde ist keine andere als meines Bruders entzückendes junges Mündel, Lady Michaela Drummond.«

Albertus spitzte die Lippen zu einem fast völlig lautlosen Pfiff; er war sich der etwaigen Folgen einer solchen Paarung offenkundig bewußt und schaute Manfred vielsagend an; Paulin von Ramos jedoch schüttelte bloß das Haupt.

»Javan wird eine solche Verbindung niemals billigen«, gab Paulin rundheraus zu bedenken.

»Mit ein wenig Glück erfährt Javan davon nichts, bevor's zu spät ist«, versetzte Hubertus zur Antwort. »Ich ermuntere seinen Bruder nun seit schon über sechs Monden zu dieser Liebschaft. Die Trauerzeit wird dem Werben für eine Weile im Wege stehen, doch hoffe ich, sie hindert den Prinzen wenigstens noch für eine gewisse Frist daran, sich Javan mit der Frage einer Eheschließung zu nahen. Ich habe nämlich gegenüber

Rhys Michael angedeutet, daß dieser Einfall bei seinem Bruder… ähm… wenig Anklang findet dürfte, dieweil's ihm infolge des Klosterdaseins am Verständnis fürs Fleischliche und der rechten Würdigung von derlei Gelüsten fehle, daß es bei ihm Mißgunst ausgelöst haben mag, hinter Klostermauern zu stecken, derweil es – vermeintlich! – seinem jüngeren Bruder freisteht, ungehemmt in vollen Zügen das Erwachen der Manneskraft auszuleben.«

Paulin schmunzelte und schüttelte das Haupt. »Potzdonner, ja fürwahr, Ihr habt alle Unsicherheit der Halbwüchsigkeit aufs schlaueste mit den alten Vorurteilen gekoppelt, welche Laien oftmals, wenn sie nicht verstehen, was es in Wirklichkeit damit auf sich hat, hinsichtlich des klösterlichen Zölibats hegen.«

»Und Rhys Michael ist Laie«, sagte Hubertus verschmitzt. »So's ihn daran hindert, sich Javan zu offenbaren, bis die Liebschaft nicht mehr verheimlicht werden *kann…*« Er hob die Schultern und lächelte. »Ich vermute, Ihr würdet in diesem Fall – in Anbetracht der Umstände – so wenig wie ich Einwände dagegen haben, im Namen der Ehre des gwyneddischen Königshauses eines königlichen Prinzen Ehebund abzusegnen, auch wenn der ersehnte Nachwuchs schon *unterwegs* ist.«

»Er wird erst im September fünfzehn Lenze«, merkte Albertus an, »und die etwaige Braut ist, wähne ich, sogar jünger. Wir werden uns wohl noch ein wenig in Geduld üben müssen.«

»Gewiß, aber nicht *zu* lange«, meinte Erzbischof Hubertus und lachte vor sich hin. »Beide sind gesunde, junge Menschen, und ich gehe keineswegs davon aus, daß unseres jungen Prinzen Begeisterung für die junge Edle erlahmt, ganz im Gegenteil, in heißer Liebe zu ihr ist er entbrannt, er selbst hat's mir eingestanden. Er vermag kaum noch die Hände von ihr zu lassen – und ich muß bekennen, daß ich in meiner Eigenschaft als Priester nicht sonderlich streng auf der Ermahnung beharrt habe, seines Fleisches Verlocktheit zu zügeln... Darf ich zu erhoffen wagen, Pater Paulin, daß Ihr mir für mein zweifaches Versagen als Beichtvater die Absolution erteilt?«

Sein kauziger Blick in des *Custodes*-Generalvikars Richtung bewog Paulin von Ramos zu einem Lächeln des Einvernehmens.

»*Ego te absolvo*«, sprach Paulin.

Albertus gab ein Prusten von sich und verschränkte die Arme vor der Brust. »*Ich* will hoffen, es gelingt Euch, eine vollendete Tatsache zu schaffen, bevor Javan den Braten riecht. Mag sein, Ihr habt Rhys Michael davon überzeugt, daß es gescheiter ist, sich zu vermählen, anstatt zu verschmachten, aber Javan dürfte sich, sobald einer von ihnen, er oder sein Bruder, einen Erben gezeugt hat, über die Folgen sehr wohl im klaren sein.«

»Deshalb müssen wir Javan mit anderen Angelegenheiten beschäftigen, bis der Fall eindeutig und es zu spät ist«, antwortete Hubertus. »Es steht zu bezweifeln, daß noch irgend etwas geschieht, das seine Krönung abwendet. Ebenso zweifelhaft ist's jedoch, daß er sich zu künftig vom weisen Ratschlag seiner Kronräte leiten läßt. Indes hoffe ich, Ihr Herren, ich irre mich. Einst hegte ich Zuneigung zu dem Burschen, und noch heute, so glaube ich, steht er meinem Herzen nahe. Aber sollten meine Sorgen begründet sein, gilt's darauf hinzuwirken, daß einer der Brüder, vorzugsweise Rhys Michael, in aller Bälde einen Erben zeugt. Und sobald die Thronfolge gesichert ist... Nun je, Ihr wißt, allzu vorwitzige Jungmannen ereilt so manches Mal ein Mißgeschick, und Kronen fallen unvermutet an unmündige Erben, welche dann ihrer Unreife wegen fürs erste durch erfahrene Regenten auf ihrem Lebensweg begleitet werden müssen.«

Der Erzbischof verzog die Miene zu einem gekünstelten Lächeln, seiner rosigen Lippen Mundwinkel zuckten zu einem Schmunzeln der Verschlagenheit aufwärts, und während er den trügerisch sanften Blick seiner blauen Augen über die drei Spießgesellen schweifen ließ, steckte sein Lächeln selbiges Dreigestirn langsam an.

# IX. Kapitel

*Ein kluger Mann verbirgt sein Wissen…*

Sprüche 12,23

Am Samstag weckte die Hitze Javan ungefähr um die Mitte des Vormittags, mehrere Stunden später, als er es am Vortag erwartet hatte. Er war über und über mit Schweiß bedeckt, feucht klebte das Gewand auf seiner Haut, im Beinkleid drückte ihn die übervolle Blase. Rhys Michael lag nicht mehr auf dem Bett. Die Verbindungstür zur Empfangsstube stand um einen Spaltbreit offen, so daß Javan von nebenan die Stimmen mehrerer Personen hören konnte, welche sich leise zu sein bemühten.

Er wälzte sich auf den Rücken und schaute sich im Schlafgemach um; die Unterseite des übers Bett gespannten Baldachins bestand aus hellgelber, mit Gold durchwirkter forcinnischer Seide, die schweren, gegenwärtig an den oberen Pfosten befestigten Seitenvorhänge waren von karmesinrotem, gemustertem Damast, den die gleiche hellgelbe Seide säumte. Aufs Oberende der Bettstatt hatte man als Hochrelief einen nahezu lebengroßen Haldane-Löwen geschnitzt und die Pflöcke, an denen das Haldane-Schwert hing, so angebracht, daß es schien, als hielte selbiger Löwe die Waffe. Javan streckte den Arm empor, faßte das Schwert an der Scheide, senkte es neben sich aufs Bett und lehnte die Wange an den Kreuzgriff. Allerdings fühlte das Metall sich kaum kühler als die Luft an.

*Also bin ich jetzt wirklich und wahrhaftig König,* dachte

er, während sein Daumen über das Mundblech der Scheide strich. *Und was wird nun? Vater, was hast du in der Nacht deines Todes mit deinen Söhnen getan? Was hast du mit mir gemacht? Ich benötige Hilfe. Ich muß wissen, was ich zu beginnen habe. Als einziger ist nur Joram noch übrig, um mir Antwort zu geben. Es ist vonnöten, daß ich alles verstehe…*

Er erstarrte, entsann sich mit einem Schlag des Gesprächs, welches er am Vorabend mit Etienne de Courcy geführt hatte – Etienne de Courcy, einem Deryni.

*Sein Sohn soll mir eine Nachricht überbringen,* erinnerte sich Javan. *Das bedeutet, auch sein Sohn ist ein Deryni. Kann es sein, daß er mir Kunde von Joram vermittelt? Ist das der Weg, auf welchem ich Klarheit erlangen kann?*

Durch diese Überlegungen in Tatendrang versetzt, stemmte Javan sich hoch, drehte sich um und hängte das Schwert wieder an die Pflöcke, dann rutschte er zur Bettkante und schwang sich vom Bett, stellte zwecks Abhärtung als erstes den Klumpfuß auf den Fußboden. Nachdem er das klamme Gewand abgestreift und es auf der Bettstatt Unterende geworfen hatte, suchte er den Abort auf, um sich des angestauten Harns zu entledigen; danach begab er sich hinüber in die Empfangsstube.

Rhys Michael war nirgends zu sehen, aber Bertrand und Charlan hoben sofort den Blick von den Überbleibseln eines herzhaften Morgenmahls, während die Hauptmänner Robear und Jason über mehreren Stößen von Schriftstücken grübelten, ihnen gegenüber die Herren Jerowen Reynolds und Etienne de Courcy saßen, Etienne schrieb auf einem gesonderten Blatt Vermerke nieder. Alle erhoben sich von den Plätzen, als Javan sich an der Tür zeigte.

»Einen recht schönen guten Morgen, Eure Majestät«, grüßte Hauptmann Robear. »Ich hoffe, Ihr habt aufs vortrefflichste geschlafen.«

»Meinen Dank, das kann man sagen«, antwortete Javan, den es plötzlich recht verlegen machte, die Hochachtung so angesehener Recken und tüchtiger junger Ritter zu genießen. »Erst die Hitze hat mich geweckt. Wo ist mein königlicher Bruder, Prinz Rhys Michael?«

»Er weilt in seinen Gemächern, um ein Bad zu nehmen und sich umzukleiden, Eure Hoheit«, erteilte Charlan ihm Auskunft. »Auch für Euch habe ich ein Bad vorbereitet.« Er wies auf einen in die Fensternische gestellten Zuber. »Das Wasser dürfte mittlerweile von angenehmer Lauheit sein. Ich dachte mir, Ihr hättet's ungern allzu heiß.«

»Nein, wahrlich nicht. Habt Dank.« Javans Blick streifte Etienne. »Hat jemand um Vorlaß gebeten?«

Baron Etienne verneinte, indem er kaum merklich das Haupt schüttelte. »Nein, Herr«, gab Jason zur Antwort. »Wir haben unterdessen einige der Euch gestern unsererseits vorgelegten Schriftstücke überarbeitet. Neben anderem steht Euch nun eine sorgfältig aufgestellte Liste möglicher Anwärter für den Kronrat zur Verfügung, welche Ihr prüfen mögt, sobald es Euch beliebt. Zuvor jedoch vergönnt Euch ein Bad, kleidet Euch um und nehmt ein Morgenmahl ein. Nach meiner Auffassung braucht Ihr heute, außer daß Ihr die Denkschriften lest und Eurem seligen Bruder, dem verewigten König, drunten in der Basilika die Ehre erweist, keine Pflichten zu erfüllen. Und mit letzterem rate ich Euch bis heute abend zu warten, wenn's kühler geworden ist.«

»Ja, ich werd's beherzigen«, versicherte Javan halblaut und schnitt sich einen Kanten Käse ab.

Später setzte er sich, nachdem er gebadet, sich angekleidet sowie seines Magens Knurren gestillt hatte, pflichtgetreu an die Aufgabe, die vorerwähnten Denkschriften durchzulesen, stellte Fragen und unterbreitete

Vorschläge, blieb jedoch innerlich, derweil die Stunden mit der Gemächlichkeit einer Schnecke verstrichen, voller Unruhe und Ungeduld. Besucher kamen und gingen, überwiegend Ritter des Geleits, das Javan von der Abtei *Arx Fidei* nach Rhemuth begleitet hatte; der eine Ankömmling allerdings, dessen er am sehnlichsten harrte, fand sich lange Zeit hindurch nicht ein. Erst am Mittnachmittag zeigte sich an der Eingangstür, als Ritter Bertrand sie öffnete, das hakennasige Angesicht Guiscard de Courcys.

Javan tat so, als läse er weiterhin das Schriftstück in seiner Hand, behielt aber Guiscard im Augenmerk, während er hereinkam, zu seinem Vater trat und ihm etwas ins Ohr flüsterte. Gleich darauf schaute Baron Etienne herüber und verließ seinen Platz; erwartungsvoll straffte Guiscard seine Haltung.

»Eure Hoheit, darf ich mit Euch abseits ein Wort wechseln?« fragte Etienne.

»Ja freilich.«

Indem er die Schriftstücke fortlegte, stand Javan auf und strebte ins Schlafgemach voraus; der Baron und sein Sohn folgten ihm. Etienne schloß die Verbindungstür, unterbreitete mittels einer Gebärde den Vorschlag, sie sollten sich der Frischluft halber alle drei zu des Altans Schwelle begeben.

»Königliche Hoheit, das ist Herr Guiscard de Courcy, mein Sohn«, sprach Etienne in gedämpftem Ton. »Ich glaube, er ist Euch bislang nicht förmlich vorgestellt worden.«

»Mein Lehnsherr…«, äußerte Guiscard, indem er eine tiefe Verbeugung vollführte.

Seinem Aussehen nach mochte er knapp über dreißig Jahre zählen, vielleicht etwas weniger; er hatte das gleiche schwarze Haar und die schwarzen Augen seines Vaters, doch wirkte die Hakennase beim Sohn nicht ganz so stark ausgeprägt.

»Ihr bringt mir eine Botschaft?« erkundigte Javan sich mit leiser Stimme.

Knapp neigte Guiscard das Haupt, musterte ihn mit falkenhaft scharfem Blick. »Jawohl, Gebieter. Ich bin damit betraut worden, Euch in der kommenden Nacht, wenn die Königsburg schläft, zur Basilika zu geleiten, ins Stüblein neben der Sakristei, wo Ihr früher durch Pater Bonifatius Unterweisung genossen habt. Leider hat Pater Bonifatius während Eurer mehrjährigen Abwesenheit das Zeitliche gesegnet, aber es ist bereits verläßlich gewährleistet worden, daß der neue Rektor der Basilika kein Hindernis darstellt. Sobald wir wohlbehalten dort angelangt sind, bringe ich Euch zu einem Freund.«

»Zu Pater Joram?«

»Ja, mein Gebieter.«

Javan hatte nicht gemerkt, daß er, derweil Guiscard sprach, den Atem anhielt; nun ließ er ihn mit einem verhaltenen Seufzlaut entweichen, trat hinaus auf den Altan und stützte beide Hände auf die steinerne Brüstung. Unwillkürlich beschäftigte ihn die Frage, wieviel Guiscard und sein Vater wohl über ihn wußten, doch tröstete er sich mit der Einsicht, daß die de Courcys – wenn Pater Joram den Baron damit beauftragt hatte, sich am Königshofe einzuschleichen, und Guiscard damit betraut worden war, den neuen König an des Michaeliten Aufenthaltsort zu bringen – wohl ein dermaßen weitgehendes Vertrauen verdient haben mußten. Auf jeden Fall wußten sie längst darüber Bescheid, daß er zum Gedanken-Sehen und folglich auch zur Wahrheitsfindung imstande war; daß er ferner über geistige Schilde gebot und es wahrnahm, sobald jemand mit Geisteskräften an dieselben rührte.

»Wie gedenkt Ihr heute nacht vorzugehen?« fragte er, schaute über die Reichshauptstadt aus, auf welcher die Hitze gleißte.

Guiscard trat näher, während sein Vater für den Fall, daß irgendwer ins Schlafgemach kommen sollte, des Altans Tür bewachte.

»Es kann nur als angemessen und gebührlich betrachtet werden, wenn Ihr zu später Stunde noch die Basilika aufsucht, um für Euren verstorbenen Bruder zu beten«, sprach Guiscard in ruhigem Tonfall. »Ich werde Euer Begleiter sein. Zur gleichen Zeit wird mein Herr Vater zur Totenwache zählen, so daß er zur Stelle ist, um sogleich, sollte es erforderlich sein, eine Ablenkung zu verursachen. Seid Ihr mit diesem Vorgehen einverstanden?«

Am Spätnachmittag brach ein schweres Gewitter los, verfinsterte den Himmel mehrere Stunden früher als gewöhnlich, Donnerschläge hallten, Blitze zuckten aus dem Gewölk hernieder, starker Regen prasselte herab. Der Wolkenbruch linderte die Hitze und bereitete nach der ausgedehnten Trockenheit eine gewisse Erquikkung, doch infolge des beträchtlichen Regenfalls war die Luft anschließend um so feuchtschwüler. Nach Sonnenuntergang setzte der Regen für ein paar Stunden aus, doch regnete es von neuem, kurz bevor Javan sich anschickte, den Weg zur Basilika anzutreten.

Kein Windchen durchwehte den leisen, warmen Regen, die Luft war stickig-klamm, doch zumindest herrschte keine solche Hitze mehr. Trotzdem war es noch zu warm für die dunklen Umhänge, welche Guiscard für den nächtlichen Ausflug zur Tarnung vorgezogen hätte, doch die Trauerkleidung Schwarz mochte recht trefflich dazu beitragen, daß sie kein Aufsehen erregten.

Javan hatte vorgeschlagen, einen zweiten Begleiter mitzunehmen, und zur Begründung genannt, zu dritt fielen sie weniger auf, als wenn er sich allein mit Guiscard einfände, den er, wie man allgemein wußte, kaum kannte, also war auch Charlan dabei. Sollte es sich als unumgänglich herausstellen, konnte des jungen Ritters Gedächtnis nachträglich von unliebsamen Erinnerungen gereinigt werden. Javan hatte Guiscard ins Vorhandensein der in Charlans Verstand eingerichteten Ansätze zur geistigen Lenkung eingeweiht, nicht hingegen in ihre Herkunft. Mochte der Deryni getrost wähnen, der Ursprung wäre bei Joram oder jemand anderem zu suchen, denn Javan war sich nicht so ganz darüber im klaren, wieviel er selbst einem Deryni, den allem Anschein nach Joram gesandt hatte, preisgeben durfte.

Ein Geheimnis machten sie aus dem Gang zur Basilika allerdings nicht, denn wie Guiscard mit Recht bemerkt hatte, konnte es schwerlich als befremdlich gelten, daß der neue König seinem dahingeschiedenen Vorgänger, zumal wenn derselbe sein Bruder gewesen war, noch zu später Stunde, nachdem die Menge der Trauernden sich zerstreut und es abgekühlt hatte, am Totengerüst einen Besuch abstattete. Das Dreigespann betrat die Basilika durchs Hauptportal, durchmaß leise das Querschiff und kniete vor dem linkerhand des Altars errichteten Katafalk nieder. Im unsteten Lichtschein der großen Trauerkerzen, deren drei auf jeder Seite des Totengerüsts brannten, vermochte Javan mit knapper Not unter den vier Edlen, welche dort stumm, den Rücken dem Aufgebahrten zugekehrt, das bloße Haupt aufs Schwert geneigt, auf dessen Querstangen die Fäuste ruhten, auf Totenwacht standen, Etienne de Courcys Gestalt zu unterscheiden. Über der schwarzen Trauerkleidung trugen die Mannen Wappenröcke der Haldane-Tracht, breite Schärpen in Schwarz verliefen ihnen wie ein Wehrgehenk quer über den Brustkorb.

Was Alroy anbelangte, so versuchte Javan gegenwärtig lieber möglichst wenig an ihn zu denken. Was dort auf der Bahre lag, war ohnehin eigentlich nicht mehr sein Bruder; vielmehr handelte es sich lediglich um dessen sterbliche Überreste. Inzwischen hatte man vom Haupt bis zu den Füßen einen zarten Schleier schwarzen, mit Gold durchwirkten Seidenstoffs über den Leichnam und den karmesinroten Überwurf gebreitet; darunter wirkten die Schatten, welche die Kerzen warfen, um so finsterer. Das Ergebnis war, daß Alroy kleiner aussah. Gleichzeitig verdeckte der Schleier einen Großteil der mittlerweile deutlich sichtbaren Anzeichen des eingesetzten Verfalls; aber nicht einmal der anhaltende, scharfe Geruch des über Tags verbrannten Weihrauchs vermochte zur Gänze den schwachen, süßlichen Duft der Verwesung zu überlagern.

Lange verweilte Javan nicht am Katafalk, doch mutete er es sich zu, an die Bahre zu treten und zum Zeichen der endgültigen Abschiednahme die Hand auf Alroys unter dem Schleier gefaltete Hände zu legen. Ein weiteres Mal sollte er seinen toten Zwillingsbruder nicht sehen, denn morgen wollte man Alroy in den Sarg betten, mußte er die letzte Wallfahrt in den Rhemuther Dom antreten.

Javan befand sich in reichlich trübseliger Stimmung, während er mit seinen zwei Begleitern die Basilika durch die Seitenpforte verließ, zwang sich aber dazu, die Gedanken nicht der Vergangenheit, sondern der Gegenwart zu widmen. Draußen drückten er sowie Guiscard und Charlan sich für ein Weilchen in den Schatten des Gemäuers und warteten ab, um die Gewißheit zu haben, nicht beobachtet worden zu sein. Mittlerweile hatte Javan, während sie nebeneinander in der Basilika knieten, Charlans Beeinflussung wiederaufgenommen, so daß der junge Rittersmann ihr Treiben nicht in Frage stellte.

Als Guiscard schließlich ein Zeichen gab, zog Javan sogleich Charlan mit sich durch die Schatten längs der Nordseite der Basilika, bis sie einen überdachten

Verbindungsgang erreichten, welcher an des Bauwerks Ostseite entlangverlief. Die Pforte, zu dem der Verbindungsgang führte, erwies sich als unverriegelt, und sie traten alle drei lautlos hindurch; Javan und Charlan warteten erneut, derweil der Deryni vorausschlich, an der Sakristei vorbeihuschte und durch eine Javan noch von einst bekannte Tür entschwand. Einige Augenblicke später schob Guiscard sein Haupt aus dem Türspalt und winkte.

In der kleinen Stube sah es im großen und ganzen noch so aus, wie Javan es in Erinnerung hatte, nur fehlte Pater Bonifatius' schräges Schreibpult, und der Mann, welcher auf der Schlafstatt lag, die jetzt dessen Stelle einnahm, war nicht Pater Bonifatius. Er trug die Kutte der *Custodes Fidei.* Nachdem Guiscard die Tür von innen geschlossen und verriegelt hatte, ging er zu dem Mönch, kniete an seinem Lager nieder, breitete dem Mann die Hand über die Augen.

»Sein Name lautet Pater Ascelin«, erklärte Guiscard. »Er gehört zum Umkreis des Großinquisitors, mein Gebieter, und ist einer der widerwärtigsten Lumpen jener ganzen *Custodes*-Rotte. Zu gerne ließe ich ihn für immer entschlafen, jedoch könnte daraus übler Argwohn gedeihen, wo uns bisher kein hinderliches Mißtrauen hemmt.«

Javan schluckte und trat näher. Noch nie hatte er daran gedacht, daß ein Deryni zu so etwas fähig sein könnte. Diese Vorstellung ernüchterte ihn außerordentlich. Zum Glück mißverstand Guiscard sein Stutzen als Memmenhaftigkeit und lächelte Javan zur Beruhigung zu, derweil er sich an der Seite des jetzt in tiefstem Schlummer befindlichen Geistlichen aufrichtete.

»Seid unbesorgt, Gebieter«, meinte Guiscard. »Es bedeutet für mich lediglich eine Versuchung… Denn wißt, gänzlich vorbehaltlos liegt's mir fern, einen wehrlosen Schlafenden zu meucheln.«

Ohne jegliche Vorwarnung packte er zu, umklammerte Charlans Handgelenk und unterwarf den jungen Ritter seiner geistigen Gewalt. Sein Übergriff unterschied sich gehörig von der Weise, wie bisher Javan vorgegangen war: Charlans Knie gaben nach, er verdrehte die Augen, bis man allein das Weiße noch sah, und er sackte – erst bei wachem Bewußtsein, im nächsten Augenblick in tiefer Ohnmacht – ohne jedweden Halt zusammen. Javan und Guiscard fingen ihn zwischen sich auf und setzten ihn in aufrechter Haltung auf einen Schemel, der gleich neben dem kalten Kamin stand. Die reichlich hochmütige Art, wie Charlan, welchem sich wahrlich nichts Nachteiliges nachsagen ließ, von dem Deryni behandelt ward, überraschte Javan nicht bloß, sondern ebenso rief sie bei ihm Verdruß hervor. Dennoch wählte Javan, als er sich straffte, seine Worte mit Bedacht.

»War das wirklich erforderlich?« fragte er mit gedämpfter Stimme, blickte Guiscard in die Augen.

»Wovon führt Ihr Rede, Herr?«

»Er stand bereits unter meinem Einfluß. Es hätte nur einer geringen Nachhilfe bedurft.«

Verblüfft rutschten Guiscards Brauen aufwärts. »Wie oft habt Ihr schon mitangesehen, Gebieter«, erkundigte er sich, »daß man dergleichen verrichtet hat?«

»Häufig genug«, wich Javan der Frage aus. »Nicht, daß es Bedeutung hätte. Mir kommt's drauf an, daß Charlan ein Freund ist. Es erübrigt sich, mit ihm so umzuspringen, wie Ihr mit diesem Geistlichen verfahren seid, Pater… Ach je, leider ist mir der Name entfallen.«

»Pater Ascelin, Herr«, antwortete Guiscard unwillkürlich; dann schüttelte er nachgerade ungläubig das Haupt. »Ich vermag nicht zu fassen, daß ich mir meiner Kräfte Gebrauch von einem Menschen vorschreiben lassen soll… Selbst wenn's ein König ist.«

Javan schaute fort. »Früher habe ich mit einem Heiler zusammengewirkt. Er ist stets überaus feingeistig vorgegangen, und daran habe ich mir ein Beispiel genommen. Es verhält sich nicht so, daß ich vor Euch Furcht hätte, aber ich bin's nicht gewöhnt, geistige Macht… mit solcher Rücksichtslosigkeit angewendet zu sehen.«

»Brächten mehr von uns Deryni Rücksichtlosigkeit zur Genüge auf, Herr, befänden wir uns heute womöglich nicht in dem Jammertal, zu dem man uns das Dasein erniedrigt hat«, entgegnete Guiscard in scharfem Ton. »Vielleicht gäb's dann keine *Custodes Fidei,* welche allerorten nach unseres Volksstamms Mitgliedern fahnden und sie zu vernichten trachten, nur weil sie sind, als was sie nun einmal ohne eigene Schuld geboren wurden.«

»Ich finde daran ebenso großes Mißfallen wie Ihr«, raunte Javan, »wiewohl eine gewisse Mitverantwortung auf mir lastet, denn mein Bruder hat des besagten Ordens Gründung geduldet. Es ist meine Absicht, beizeiten wider die jetzigen Verhältnisse einzuschreiten, doch wird's dahin wohl schwerlich kommen, stehen wir hier in alle Ewigkeit herum und schwatzen. Also, ich bitte Euch, wollt Ihr mich nun, wenn selbiges unserer nächtlichen Umtriebe Zweck ist, zu Pater Joram bringen?«

In plötzlicher, offensichtlicher Betroffenheit nickte Guiscard knapp. »Um Vergebung, mein Gebieter. Aber Herr Charlan ist mir nicht näher bekannt, und allemal wußte ich nicht mit aller Genauigkeit, in welchem Umfang er auf eine Einflußnahme vorbereitet ward. Ich erachtete es als ratsamer, jegliches Wagnis zu vermeiden, auf daß wir später keine Fahrlässigkeit zu bereuen bräuchten.«

Sobald er das letzte Wort gesprochen hatte, durchquerte er die Stube, fingerte unter der Armlehne eines

Betstuhls, welcher in der Ecke stand. Gedämpft ertönte ein dumpfes Knacken, und zur Rechten des Deryni öffnete sich leise ein Abschnitt der Wandvertäfelung. Guiscard betrat das winzige Kämmerchen, dessen man dahinter ansichtig ward, und Javan gesellte sich zu ihm, ohne dazu aufgefordert werden zu müssen, wandte sich um, kehrte dadurch, wiewohl er sich der Mißstimmung unangenehm bewußt war, seinem Begleiter den Rücken zu.

»Mir ist erzählt worden, Gebieter«, äußerte Guiscard halblaut, indem er die Hand auf Javans Schulter legte, das Kämmerlein schloß und sie beide in völlige Finsternis hüllte, »daß Ihr diese Porta Itineris schon in jemandes Begleitung benutzt habt.«

»So ist es«, bestätigte Javan im Flüsterton, machte sich insgeheim auf keine sonderlich schonungsvolle Durchquerung der Porta Intineris gefaßt.

»Auch weiß ich, Herr, daß Ihr aus irgendwelchen Ursachen gleichfalls über Geistesschilde verfügt«, sprach Guiscard dicht neben Javans Ohr; jetzt ruhten seine Hände beide auf des neuen Herrschers Schultern. »Dom Queron hat mich dahingehend beraten, mir ›keinen Unfug‹ zu gestatten, sondern Euch lediglich hindurchzubefördern. Nach unserer Unterhaltung über Herrn Charlan besteht meinerseits allerdings darüber Klarheit, daß Ihr mehr Kenntnisse besitzt, als man mir offenbart hat… Und ich bin einzusehen geneigt… vielleicht bin ich vorhin *fürwahr* zu grob mit ihm umgesprungen. Was schlagt Ihr vor?«

Sein Ton bezeugte Aufrichtigkeit und entbehrte jeglichen Anklangs irgendeines Grolls, bewies unverkennbar die Bereitschaft zur Versöhnlichkeit; sogleich erwärmte sich Javans Herz ein wenig für diesen rauhbeinigen jungen Deryni, der offenbar ein beachtliches Wagnis auf sich nahm, um ihm Hilfe zu leisten. Zwar

war es geraume Zeit her, daß er zum letztenmal dergleichen getan hatte, doch unversehens hegte Javan zuversichtlich die Überzeugung, Guiscard weit genug in seinen Geist eindringen lassen zu können, um ihm für die flüchtige Dauer der Hinüberversetzung die vollkommene Führung zu ermöglichen. Er schöpfte ergiebig Luft und atmete langsam aus, bemühte sich willentlich um inwendige Lockerung, lehnte sich entspannt an Guiscards Brust.

»Ich bin mir dessen sicher, daß wir uns, sobald wir einander näher kennen, besser mit derlei Dingen zurechtfinden«, gab er mit ruhiger, fester Stimme zur Antwort. »Versucht's doch so, wie Ihr's tätet, wäre ich ein geschulter Deryni; mir ist von Deryni so manches beigebracht worden. Sollte es sich auf diese Weise nicht bewähren, stelle ich Euch anheim, zum Zwecke der Beförderung Eure geistige Macht über mich auszuüben, wie Ihr's als richtig und angemessen erachtet.«

»Ein ausgewogener Vorschlag«, murmelte Guiscard de Courcy. »So soll's sein, mein Gebieter, sobald Ihr Euch dazu bereit fühlt.«

Indem er ein zweites Mal tief einatmete, schloß Javan die Lider und ließ das Haupt an des Deryni Schulter sinken. Gleichzeitig nahm er seine Geistesschilde zurück und erlaubte Guiscard Zugang in jene äußeren geistigen Gefilde, deren Beeinflussung es zur erfolgreichen Bewältigung der Durchquerung einer Porta Itineris bedurfte. Was den Bestimmungsort anbetraf, so verzichtete Javan darauf – obwohl er einen gewissen Verdacht hatte –, darüber irgendwelche Vermutungen anzustellen.

Guiscard übte eine herbere geistige Gewalt über ihn aus, als er es gewohnt war, doch schätzte der Deryni sein Entgegenkommen anscheinend als dem Vorhaben zur Genüge förderlich ein, um den vereinbarten

Versuch durchzuführen. Gleichsam im Handumdrehen waren das Schwindelgefühl und die gelinde Benommenheit verflogen, welche bei jeder Benutzung einer Porta Itineris auftraten, und als Javan die Augen aufschlug, erblickte er die von einst vertraute, steinerne Kammer, von welcher er wußte, daß sie im verborgenen Innern der Michaeliten-Fluchtburg lag.

# X. Kapitel

*Ich will Euch belehren über Gottes strafende Hand,*
*nicht verhehlen, was der Allmächtige plant!*

Hiob 27,11

Zwei Bundesgenossen harrten Javans: Pater Joram und Bischof Niallan Trey. Es verursachte Javan ein Aufwallen allertiefster Rührung zu sehen, daß sie beide der Michaeliten Blau trugen, welches er schon so lange bei Hofe nicht mehr erblickt hatte – und auch andernorts nicht. Tränen quollen ihm in die Augen, als er aus der Porta Itineris trat, jedoch ersparte Joram ihm jede Verlegenheit, indem er Javan in die Umarmung schloß, welche dieser sich seit eh und je ersehnt, aber von dem früher alleweil so förmlichen-gestrengen Joram MacRorie nicht zu erhoffen getraut hatte.

»Javan, unser teurer, tapferer Prinz, mein Lehnsherr«, empfing Joram ihn nachgerade überschwenglich, wiewohl in verhaltenem Ton. »Das Ableben Eures Bruders König Alroy hat mich, sobald ich davon vernahm, in die allerschwermütigste Trauer gestürzt.«

Irgendwie bewirkten seine Worte, daß Javans Kummer zerstob, statt sich in Gram und Grausen fügen zu müssen, erleichterte unbefangene Wiedersehensfreude ihm das Gemüt. Als Javan sich aus Jorams Armen löste, fühlte er sich endlich dazu imstande, ihm von Mann zu Mann in die Augen zu blicken, als König dem Getreuen. Er senkte die Arme und ergriff Jorams Hände, schwelgte in dem gewaltigen, herrlichen Glück, einen solchen Freund zu haben, derweil Joram lächelte, das goldblonde Haupt senkte und in wortloser tiefer Ehrerbietung beide königliche Hände küßte.

»Ach, welche Genugtuung, Pater Joram, Euch nach so langer Zeit wiederzusehen«, sprach Javan leise, schaute dem Michaeliten in die grauen Augen. »Seit dem letzten Mal ist allzuviel Zeit verstrichen.«

»Fürwahr, mein Prinz, eine entschieden zu ausgedehnte Frist«, stimmte Joram zu. Er besann sich auf die Umstände, wandte sich um und bat mit einem stummen Blick Niallan heran. »Auch Bischof Niallan möchte Euch begrüßen«, fügte Joram hinzu. »Allerdings waren wir der Ansicht, Hoheit, es sei ratsam, Euch beim erstenmal nur in kleinem Kreis willkommen zu heißen.«

Während auch Niallan sich verbeugte und des neuen Königs Hand küßte, lenkte Joram den Blick an Javan vorbei hinüber zu Guiscard, der nahebei stand und wartete.

»Wie lange kann er bleiben«, fragte Joram, »ohne daß Scherereien dräuen?«

»Für eine Stunde, möchte ich meinen«, lautete Guiscards Antwort. »Ascelin und Herr Charlan schlafen in des Rektors Stube. Es drohen keine Verwicklungen, es sei denn, jemand suchte sie auf, aber das ist um diese Nachtzeit eher unwahrscheinlich. Doch falls Ihr's vorzieht, warte ich dort bei den Erwähnten, um Wache zu halten, und jemand anderes befördert Seine Hoheit zurück durch die Porta.«

»Ich befinde, das möchte wohl ein gar vortrefflicher Einfall sein«, äußerte Joram. »Aber laßt seitens Bischofs Niallan in Euer Gedächtnis Einblick nehmen, auf daß wir möglichst umfangreiche Kenntnis davon erhalten, was sich zu Rhemuth ereignet hat.«

Sobald Guiscard zum Zeichen der Zustimmung genickt hatte, ergriff Joram den Arm Javans und führte ihn vom Standort der Porta Itineris durch den Gang in die Richtung der kleinen, achteckigen Kapelle.

»Wie kommt Ihr mit Guiscard zurecht, Herr?« erkundigte sich Joram, indem er drinnen die Tür schloß und den Blick erneut auf Javan richtete.

Javan hob die Schultern und brachte ein scheues Schmunzeln zustande. »Anfangs weniger gut, aber ich sehe ab, daß sich unser Verhältnis bessert. Er entbehrt der Feingeistigkeit, welche Euch und Tavis auszeichnet... und die ich von Lady Evaine kannte.« Den Namen auszusprechen, lenkte seinen Blick unwiderstehlich in den Hintergrund der Kapelle, wo vor über drei Jahren mehrere jener Verbündeten bestattet worden waren, die stets für des Haldane-Geschlechts gerechte Sache gestritten hatten. »Ist sie...?«

Joram schüttelte den Schopf. »Nein, woanders. Vielleicht bringe ich Euch eines Tages hin. Wir haben auch Rhys verlegt.«

»Ach so...«

In offensichtlicher Verlegenheit betrachtete Joram den Fußboden; gleich darauf aber hob er den Blick wieder und schaute Javan an. »Wir können's in dieser Nacht nicht wagen, mein Lehnsherr, allzuviel Zeit abzuzweigen. Freilich hatte ich gehofft... unser Treffen könnte unter günstigeren Umständen erfolgen. Wir haben uns in der Tat sehr lange nicht gesehen.«

»Wie recht Ihr habt«, erwiderte Javan. »Als Alroy starb, ist nichts geschehen, Joram... Ich war bei ihm, habe den Ring aus Feuer an meinen Finger gesteckt...« Er streckte die Hand aus und zeigte den Ring vor. »Dennoch fühle ich mich nicht im mindesten gewandelt. Lady Evaine hatte mir anvertraut, es müßte sich etwas ereignen.«

In plötzlichem Ernst holte Joram ergiebig Atem. »Es müssen... gewisse Anforderungen erfüllt werden, Hoheit, damit das einst Begründete seine volle Wirkung zu entfalten vermag«, erklärte er. »Zu dieser Einsicht war Evaine gelangt, während sie Forschungen betrieb, um aufzudecken, wieso sich bei Euch Haldane-Kräfte bemerkbar machten, bei Alroy dagegen nicht. Sie hat darüber Aufzeichnungen hinterlassen.«

»Dann wißt Ihr über die Erfordernisse Bescheid?«

»Nicht zur Gänze, mein Prinz. Allerdings habe ich im Verlauf der vergangenen zwei, drei Jahre ihre Nachforschungen weiterbetrieben, mich darum bemüht, für den heutigen Tag Vorbereitungen zu treffen…« Joram stieß einen Seufzer aus. »Und wie Ihr wißt, bin ich von allen, welche dabei waren, als Euer Vater bei Euch und Euren Brüdern der Haldane-Kräfte Grundlagen schuf, der letzte Überlebende. Indessen habe ich seither Tavis eingeweiht – ich hielt's für gerechtfertigt, dieweil er bei all unseren Handlungen stets am Rande beteiligt gewesen ist –, und ebenso Dom Queron. Beide haben darin eingewilligt, uns in jeder erdenklichen Hinsicht Beistand zu erweisen. Es ließ sich nicht einrichten, sie heute nacht beide herzubeordern, aber sie werden morgen abend hier anlangen. Ich sähe Euch gerne morgen nacht das nächste Mal bei uns, denn dann wollen wir… feststellen, ob Evaines und meine Mutmaßungen zutreffen.«

»Was die… volle Entfaltung der von meinem Vater ererbten Geisteskräfte angeht?« vergewisserte sich Javan im Flüsterton.

»Ja, Herr.«

Javan entließ den angestauten Atem aus dem Brustkorb, hauchte dabei einen langgedehnten Seufzlaut; dann schlenderte er zerstreut zur Seite und nahm an der Mauer auf einer der Sitzbänke Platz. »Gestern habe ich mich im Krönungsrat dem wütigen Drachen entgegengeworfen, Joram. Das erste Gefecht vermochte ich zu meinen Gunsten zu entscheiden, doch stehen mir mächtige Widersacher entgegen, und keiner der wirklich erfahrenen Hohen des Reiches hat sich auf meine Seite geschlagen. Wieviel ist den de Courcys über mich bekannt? Und wie haben sie's als Angehörige einer Baronssippe zu verheimlichen geschafft, daß sie Deryni sind?«

Joram lächelte und setzte sich neben den neuen Herrscher. »Etiennes Ländereien liegen im Süden, wo das Volk für derlei Angelegenheiten wenig Beachtung erübrigt, und seine Sippe hat sich seit jeher vorzüglich aufs Überleben verstanden... Aber eigentlich ermangelt's uns an der Muße, um jetzt derlei Fragen in aller Ausführlichkeit zu erörtern – wenigstens wenn's in Worten sein müßte. Deshalb möchte ich Euch um etwas ersuchen, worum ich Euch an einem solchen Zeitpunkt streng genommen nicht bitten sollte... Dennoch muß ich Euch, obzwar ich voraussehe, daß es Euch Furcht einflößen wird, mit meinem Anliegen nähertreten.«

Unwillkürlich verkrampfte sich Javans Haltung ein wenig, denn er ahnte, was Joram im Sinn hatte.

»Entsinnt Ihr Euch noch daran, daß Evaine Euch einmal, nachdem sie Euch hergebracht hatte«, fragte Joram mit leiser Stimme, »einer schnellen Einsichtnahme in Euer Gedächtnis unterzogen hat, eine Maßnahme, bei welcher Queron und ich Hilfe geleistet haben?«

Es schauderte Javan, und er schaute zur Seite, starrte das Ewige Licht überm Altar an. Nur allzu genau erinnerte er sich an den Vorgang selbst sowie an die scheußlichen Schmerzen, an welchen er danach im Haupt gelitten hatte. Allerdings hatte er aus jenem Erlebnis gelernt; und der Austausch an Kenntnissen war das vorübergehende Unwohlsein durchaus wert gewesen.

»Vermögt Ihr... diese Verrichtung auch allein auszuführen?« wünschte er zu erfahren, nachdem er mühsam geschluckt hatte.

»Ja, Königliche Hoheit, und ich hoffe zuversichtlich,

daß wir selbige Anwendung dieses Mal auf angenehmere Weise durchzuführen vermögen«, antwortete Joram. »Ich wäre auf das Ansinnen zu verzichten bereit, erachtete ich's nicht als außergewöhnlich wichtig, vor allem im Hinblick auf die morgige Nacht, aber auch in Anbetracht der Zukunft im allgemeinen. Es gibt aus den vergangenen drei Jahren ohne Zweifel sehr vieles, was wir wissen müssen.«

Javan schluckte ein zweites Mal, nickte aber dann; er wagte den Blick nicht zu Joram zu heben. Vor dem kühl-besonnenen, immerzu so beherrschten Michaeliten-Priester hatte er stets ein bißchen Furcht gehegt; doch immerhin war Joram der *Bruder* Lady Evaines – und Sankt Cambers *Sohn.* »Nun wohl, es sei. Was soll ich tun?«

»Je entspannter Ihr seid, Hoheit, um so leichter wird's uns fallen«, beteuerte Joram, senkte ihm zur Ermutigung eine Hand auf die Schulter. »Legt Eure Beine auf die Bank und lehnt Euch an mich.«

Obwohl er noch gelinde Beunruhigung empfand, nickte Javan und befolgte die Empfehlung, bettete das Haupt in Jorams Schoß und faltete die Hände auf der Brust. Dann schloß er die Lider und bemühte sich ernstlich ums äußere und innerliche Entkrampfen. Sachte breitete der Geistliche ihm die Hände über die Stirn.

*Erinnert Euch an alles, mein Prinz, was Ihr jemals von uns, insbesondere von Evaine, erlernt habt,* erreichte Javan im geistigen Bereich – als sanftes Gedankenflüstern – Jorams Weisung. *Laßt Euch tief, tief hinabsinken, noch tiefer als damals... Ich beabsichtige alles zu umgehen, was Euch Beschwerden hervorrufen könnte, aber Ihr müßt mir die Aufgabe erleichtern. Je tiefer Ihr Euch versenkt, um so schneller kann ich Eurem Gedächtnis Inhalte entnehmen, und um so weniger Mißlichkeiten entstehen Euch. Seid entspannt, seid ganz ruhig, laßt es geschehen...*

Lange Zeit war seit dem letzten Mal verstrichen, doch unversehens war es Javan wieder gegenwärtig, wie er verfahren mußte. Mit einem beinahe körperlich spürbaren Schwindeln fühlte er sich ins eigene Innerste absinken, stets tiefer, tiefer abwärtskreiseln, immer größeren Abstand von der bewußten Wahrnehmung des Stofflichen gewinnen; und Joram begleitete ihn, blieb ständig seelisch in seiner Nähe, gab ihm Halt und Stütze, half ihm dabei, gleichmäßig den Weg zum Mittelpunkt einzuhalten, trieb ihn gleichzeitig an, schwang ihn mit sich weiter, weiter hinunter, hinab zur Stille, zur Mitte…

Javan merkte es kaum, als Joram damit den Anfang machte, seinem Gedächtnis Kenntnisse zu entnehmen, so leicht und stetig verlief die geistige Wissensentnahme. Ihm ging der früher einmal vernommene Vergleich mit einem Gefäß, das man leerte, durchs Haupt. Doch ward ihm nichts durch in die Geisteswehr geschlagene Breschen entrissen; vielmehr hatte es den Anschein, als wären selbige Geistesschilde durchlässig geworden, triebe dahinter Verborgenes langsam auswärts, so daß Joram es dem eigenen Gedächtnis zu verinnerlichen vermochte.

Auch das umgekehrte Vorgehen erwies sich als keine Zumutung für Javan. Es glich dem leisen Anschwellen eines Zustroms in einem wieder dichten, vielleicht sogar fester gewordenen Gefäß. Wachsende Müdigkeit bereitete es ihm, jedoch fehlte jede Ähnlichkeit mit dem Eindruck, geschmolzenes Blei eingetrichtert zu bekommen, welchen er vom vorherigen Mal in Erinnerung behalten hatte. Statt dessen erlebte er ein Gefühl allmählicher Sättigung, wie es beim Essen auftrat – vielleicht sogar der gelinden *Über*sättigung; doch verglichen mit Javans früherer Erfahrung erlebte er diesmal nur gänzlich unbedeutendes Mißbehagen.

Als Joram ihn aus der geistigen Versenkung ins Wachsein zurückholte, schlug Javans Herz gleichmäßig, er atmete mit müheloser Leichtigkeit. Er hatte sich überhaupt nicht gefürchtet und niemals mehr als nur ganz schwaches Unbehagen verspürt. Etwas früher als Joram schlug er die Augen auf und erkannte in des Michaeliten Miene einen Ausdruck unmißverständlicher Zufriedenheit; dann öffnete auch Joram die Augen.

»Wie ist Euch zumute, Herr?« fragte Joram.

Schüchtern lächelte Javan, setzte sich auf und reckte die Glieder, gestattete sich ein gewaltiges Gähnen. Alle Vorbehalte, welche er wider ein Zusammenwirken mit Joram gehabt hatte, waren nach dieser vollauf gelungenen Geistesverschmelzung gänzlich verflogen, und er spürte, daß sein Gedächtnis eine beträchtliche Fülle neuen Wissens aufgenommen hatte, das es nun nur noch zu sichten und einzuordnen galt.

»Ich habe den Eindruck, bei uns sind alle Voraussetzungen zur Vervollkommnung dieser Art des Wissensaustauschs vorhanden«, gab er zur Antwort. »Ich fühle mich… vollgestopft, falls man so etwas von gedanklichen Dingen sagen kann. Aber es hat mir keine Beschwerden verursacht.«

Auch Joram lächelte, zog sodann unter dem Gewand ein kleines Tütchen aus zusammengefaltetem Pergament hervor und händigte es Javan aus. »Dennoch solltet Ihr, um die Folgen vollends zu verwinden, eine Nacht lang fest schlafen, Eure Hoheit«, sprach Joram. »Löst dies in einem Becher Wein auf und trinkt's, ehe Ihr Euch zu Bette legt.«

»Was ist's denn?« erkundigte sich Javan, während er die wahrhaft winzigkleine Aufschrift zu deuten versuchte.

»In der Hauptsache ein leichtes Beruhigungsmittel, Herr«, lautete Jorams Auskunft. »Ich hab's von Niallans Heiler zubereiten lassen. Es wird Euch auch, sollten vielleicht Nachwirkungen auftreten, etwaige Schmerzen des Haupts ersparen. Nach Eurer jetzigen Verfassung beurteilt, erwarte ich nichts Arges, jedoch ist's auf alle Fälle ratsam, es Euch so einzurichten, daß Ihr eine Nacht erholsamen, ungestörten Schlummers vor Euch habt.«

»Wahrlich, an mir soll's nicht scheitern«, versicherte Javan und gähnte noch einmal. »Ich leide noch unter den Mühen der vergangenen beiden Tage.«

»Dann ist's vorteilhafter, Herr, Ihr kehrt nun zurück«, äußerte Joram, erhob sich und war Javan beim Aufstehen behilflich. »Vieles von dem, was wir just getan haben, wird Euch leichter begreiflich sein, wenn Ihr ausgeschlafen seid. Und am morgigen Tag müßt Ihr erquickt und gestärkt sein. Veranlaßt Guiscard, Euch ungefähr zur gleichen Stunde herzubringen, und richtet ihm aus, daß er Euch etwa eine Stunde lang den Rücken decken muß.«

Indem Javan das Haupt zur Seite neigte, musterte er den Geistlichen. »Er soll nicht wissen, daß ich die Porta Itineris selber, also auch aus eigener Kraft, zu benutzen verstehe?«

»Sehr richtig. Ihr verfügt über ein hervorragendes Einfühlungsvermögen, mein Prinz. Es ist klüger, nicht jedermann zu offenbaren, wozu Ihr fähig seid und was Ihr nicht könnt. Er weiß, daß Ihr die Befähigung zum Gedanken-Sehen und zur Wahrheitsfindung habt, es ließ sich ihm unmöglich vorenthalten. Niallan wird inzwischen, derweil er sich Guiscards Kenntnisse aneignete, jedem Hang zu übermäßiger, unangebrachter Neugierde vorgebeugt und ihm alles erforderliche Wissen über Herrn Charlan eingegeben haben. Ich bitte Euch inständig, mißversteht mich nicht, Herr. Guiscard ist Euch in uneingeschränkter Treue untertänig und zur Gänze jeglichen Vertrauens würdig, er und sein Vater sind tatsächlich für Euch zu sterben bereit. Aber vorerst müssen wir die Sache so sehen: Je weniger er weiß, um so weniger kann er verraten, sollte ein Verhängnis hereinbrechen. Erachtet auch Ihr diesen Standpunkt als richtige und gerechte Lösung?«

»Ich nehme an, es ist so«, murmelte Javan. Es fröstelte ihn, während er und Joram zum Ausgang der Kapelle strebten. Er steckte das Tütchen in seine Gürteltasche. Joram schlang ihm einen Arm um die Schultern.

»Es wird alles ins Lot gelangen, mein Prinz«, verhieß der Michaelit mit gedämpfter Stimme. »Aus meiner Sicht bewährt Ihr Euch aufs vortrefflichste. Euer Auftritt im Krönungsrat war nachgerade ein Meisterstreich. Dennoch rate ich Euch, lieber nichts zu überstürzen.«

Sie betraten den Flur, welcher zur Porta Itineris führte; dort erhob sich Niallan aus dem Lehnstuhl, in welchselbigem er Platz genommen hatte. Im Lichtschein der einzelnen Kerze, die neben dem Stuhl glomm, glänzte sein stahlgraues Haar wie Erz.

»Ist alles geregelt, was Herrn Guisgard anbelangt?« fragte Joram den Deryni-Bischof, derweil er Javan zur Kammer der Porta geleitete.

Niallan nickte. »Alles steht bestens. Er ist von unserem jungen König überaus stark beeindruckt. Zwar kann er der Geisteswehr Vorhandensein nicht begreifen, neigte allerdings sehr zu der Überzeugung, daß möglicherweise das Gedanken-Sehen sowie andere, unserer Deryni-Magie vergleichbare Geistesgaben mit eines Königs von Gott verfügtem Recht auf Oberherrschaft einhergehen. Wenigstens bei Haldane-Königen. Wohlweislich habe ich nichts getan, um ihn von dieser Einschätzung abzubringen.«

»Eher habt Ihr sie wohl genährt, will ich meinen«, schlußfolgerte Pater Joram, indem er schmunzelte, aus des Bischofs Schilderung. »Und so ist's bis auf weiteres gewiß auch am besten. Darum denke ich mir, in diesem Sinne ist es nun am…«

»Während Ihr beschäftigt gewesen seid, ist Jesse angekommen«, fiel Bischof Niallan, die Brauen vielsagend emporgewölbt, dem Michaeliten ins Wort. »Er befindet sich nebenan. Es könnte jetzt, will's mich deuchen, der rechte Zeitpunkt sein, um ihn, ehe Seine Hoheit uns verläßt, unserem neuen König vorzustellen.«

Der Blick, welchen der Bischof mit Joram wechselte, besagte eindeutig mehr, als seine Worte zum Ausdruck brachten; doch falls zwischen den beiden Deryni im geistigen Bereich ein Gedankenaustausch stattfand, blieb er für Javan unerkennbar.

»Jesse ist da?« vergewisserte sich Joram. »Wahrhaftig, das *ist* ein Glücksfall. Aber gewiß, bittet ihn doch unverzüglich zu uns.«

Derweil Niallan sich entfernte, schaute Javan den Pater von der Seite an. »Wer ist Jesse?«

Joram lächelte. »Jemand, den Ihr kennenlernen solltet, Königliche Hoheit. Er ist der Sohn und Erbe des Grafen Gregorius von Ebor – nicht, daß der Grafentitel heutzutage, da den meisten Deryni schon alle Titel aberkannt worden sind, noch viel bedeutete... Früher ist er des öfteren mit meinen Neffen Davin und Ansel auf Streifritt unterwegs gewesen. Jetzt betätigt er sich als mein Verbindungsmann zu Ansel, von dem er, mutmaße ich, soeben wiedergekehrt sein dürfte... Ach, da bist du ja, Jesse. Sei willkommen. Wie lange kannst du bleiben?«

Der Jüngling, welcher leuchtenden Auges an Bischof Niallans Elle nähertrat, sah aus, als zählte er um die zwanzig Lenze, hatte eine sehnige, anmutige Gestalt, ein Schwert an der Seite und trug zum lohbraunen Reitbeinkleid einen weißen, am Kragen weit offenen Kittelrock. Das braune, nach hinten gekämmte Haupthaar war zu einem Zöpfchen geflochten, goldene Glanzlichter funkelten in den Tiefen seiner braunen Augen, denen nichts zu entgehen schien. Viel größer als Javan war er zwar nicht, hatte aber deutlich mehr Muskeln. Im von der Sonne gebräunten Angesicht blitzten schneeweiße Zähne, während er Pater Joram zulächelte, um dann als nächstes, sobald er Javan erblickte, vor ihm eine achtungsvolle Verbeugung zu vollführen.

»Solange Ihr mich braucht, davon hängt's ab«, antwortete Jesse gänzlich unbekümmert. »Und das, so vermute ich, ist unser neuer König.«

»In der Tat«, bestätigte ihm Joram. »Javan Haldane, König von Gwynedd, erlaubt mir, daß ich Euch Herrn Jesse MacGregor vorstelle, der Herr auf und zu Ebor sein müßte, wären nicht er und sein Vater, dieweil sie Deryni sind, aller Rechte und Titel enthoben worden.«

Javan streckte dem Jüngling die Hand entgegen, Jesse faßte sie mit leichtem Griff, indem er unverwandt lächelte, und verbeugte sich ein zweites Mal. Pater Joram legte beide Hände um der Jungmannen Fäuste und blickte Javan in die Augen.

»Auch Jesse gehört zu jenen, deren geistiges Wesen Euch vertraut sein sollte, mein Prinz«, sprach er in ruhigem Ton. »Zwar ließe sich ein günstigerer Zeitpunkt denken, aber die kurze Geistesverschmelzung, welche ich dessen ungeachtet vorschlage, dürfte zum beiderseitigen Vorteil sein. Jesse versteht sich vorzüglich auf selbige Verrichtung, und er weiß über Euch Bescheid.«

Indem er einem flüchtigen Aufwallen gehöriger Bestürzung widerstand, ließ Javan den angehaltenen Atem entweichen und erwiderte Jesses Blick. Warum bereitete Pater Joram ihm fortwährend derlei Überraschungen? Javan kannte den Grund genau und fühlte sich dennoch recht verunsichert. Zumindest sah Jesse nicht dermaßen furchterregend eindrucksvoll aus wie die älteren Deryni, von denen Javan im Lauf der Jahre schon so manches gelernt hatte.

Bei Jorams Worten richtete sich der junge Edle zu

voller Körpergröße auf, seine Faust packte Javans Hand kräftiger – beide Hände befanden sich noch im Griff Jorams –, seine braunen Augen hielten dem Blick der grauen Haldane-Augen ohne Befangenheit oder Fordern stand, er wartete schlichtweg auf Javans Entscheidung. Derweil Joram die Hände fortnahm, er und Niallan sich zur Seite begaben, wagte Javan schließlich seinen Entschluß zu fällen, hob bedächtig die andere Hand und legte sie auf Jesses und seine schon vereinten Hände, ohne den Blick aus des Jünglings Augen zu wenden. Irgendwie empfand er die gestellte Aufgabe als weniger beunruhigend, dieweil es sich bei dem Beteiligten – obwohl nach Jorams Erläuterungen außer Zweifel stand, daß Jesse ein sehr fähiger Ausüber der Deryni-Magie war – um jemanden in ungefähr seinem Alter handelte.

»Jesse MacGregor«, sprach er mit fester Stimme und nickte dem Genannten knapp zu, »mir ermangelt's in diesen Tätigkeiten an Erfahrung – was zweifelsohne der Anlaß ist, weshalb Pater Joram mir Gelegenheit zum Einüben gibt –, doch wage ich mir einzubilden, daß sich meine Leistung bessert. Wenn Pater Joram die Ansicht vertritt, wir sollten's ohne Aufschub tun, hier an Ort und Stelle, so hege ich die Bereitschaft, mich zum Zwecke des erfolgreichen Gelingens der größten Mühewaltung zu befleißigen.«

Während Javan sich nun inwendig beruhigte, auf das Bevorstehende gefaßt machte, allerdings selbst kaum zu glauben vermochte, solche Worte zu einem völlig Unbekannten gesprochen zu haben, lächelte Jesse.

»Mit Eurem Vertrauen erweist Ihr mir eine Ehre, mein Prinz«, antwortete er in gleichmäßigem Tonfall. »Indes muß beileibe kein solcher Aufwand betrieben werden, wie Ihr's, habe ich den Eindruck, davon erwartet. Erlaubt Ihr mir, Euch dabei anzuleiten?«

Javan nickte, traute sich nicht, zum Erteilen der Einwilligung noch einmal die Stimme zu erheben. Daraufhin vereinte auch Jesse die Linke mit Javans Händen, legte sie mannhaft obenauf. Sein Griff war kraftvoll und sicher, die Handlung eines erfahrenen Kämpfers; die Geistesschilde jedoch, welche Javan als nächstes an seiner geistigen Wahrnehmung Rand spürte, entbehrten aller Eigenschaften, die ihn hätten einschüchtern können.

»Schließt die Augen und entspannt Euch, mein Prinz«, bat Jesse. »Dieses erste Mal brauchen wir uns in keine tiefe Trance zu versetzen, sollten vielmehr nur eine behutsame, äußerst rücksichtsvolle geistige Vereinigung eingehen. Ich weise Euch den Weg, aber Ihr bestimmt der Versenkung Tiefe. Es besteht überhaupt kein Grund, um uns irgendeiner Art von Drangsal zu unterwerfen. Ich bin Euer Mann und auf der Welt, um Euch zu dienen. Also...«

Javan verfuhr wie geheißen, ließ sich gemäß Jesses Worten ins eigene Innere sinken und fühlte, daß er erneut in die stille Mittigkeit entschwebte, welche er zuvor gemeinsam mit Joram erlebt hatte. Jesses geistige Berührung zeichnete sich durch den Vorzug seidenweicher Geschmeidigkeit aus, sein Verstand umfing Javans Geist, ohne dessen Freizügigkeit zu hemmen, besänftigte nicht nur sein Gemüt, sondern ermutigte ihn ebenso zu weiterem, so daß seine geistigen Schilde sich in völligem Einklang mit Jesses Geisteswehr gleichsam wie von selbst senkten.

Die Geistesverschmelzung entbehrte auf Jesses Seite jeglicher Anspruchshaltung, bot Javan einen leicht durchführbaren Einblick in Jesse MacGregors Wesen und Seele, wofür der junge Edle nicht mehr erwartete, als Javan seinerseits freiwillig zu geben die Bereitschaft hegte. Ohne in allen Einzelheiten zu durchschauen, wie es eigentlich geschah, erhielt Javan einen recht vielfältigen Gesamteindruck eines jungen Deryni, welcher in seinen wenigen Mannesjahren schon einiges erreicht und mancherlei im Dienst an der Haldane-Sippe geleistet hatte. Obwohl Jesse keine Auskünfte forderte, gewährte Javan ihm Einsicht in einige der Höhe-, aber auch der Tiefpunkte, welche er im Verlauf der vergangenen drei Jahre gehabt hatte, dieweil sein Gefühl ihm sagte, daß Jesse davon Kenntnis haben sollte.

Nachdem beide sich aufgrund stummen Einvernehmens von neuem hinter ihre Geistesschilde zurückgezogen hatten, öffnete Javan langsam die Augen und gab ein Aufseufzen der Befriedigung von sich; ein Lächeln in der Miene, musterte Jesse ihn, und es überraschte niemanden, daß er sich nun andächtig verbeugte und in feierlicher Haltung des neuen Königs Hand küßte. Die Vasallentreue allerdings, welche er mit dieser Geste bekundete, hatte er zuvor auf geistiger Ebene bereits auf weit engere und verbindlichere Weise geschworen.

»Ihr unterschätzt Eure Kunstfertigkeit, mein Prinz«, beteuerte Jesse, indem er sich aufrichtete und die Fäuste von Javans Hand löste. »Wie dem auch sei, ich wähne, Ihr müßt Euch nunmehr anderweitigen Pflichten widmen.« An Javan vorbei blickte er Joram und Niallan an. »Soll ich ihn zurückbringen, oder hat einer von Euch, Ihr Herren, den Wunsch, sich selbiger Aufgabe anzunehmen?«

»Ich denke mir, Niallan könnt's erledigen, oder?« meinte Pater Joram, wobei er den Blick auf Javan heftete. »Begleiten muß Euch jemand, damit Guiscard nicht merkt, daß Ihr, Eure Hoheit, die Porta Itineris auch eigenständig zu durchqueren versteht. Und je mehr von uns Eurem Geist vertraut sind, um so vielseitiger können sich Eure Fähigkeiten entwickeln.«

Nach dem Zusammenwirken mit Pater Joram und der überaus erfolgreichen Geistesverbindung mit Jesse empfand Javan den sanftmütigen Bischof Niallan nun als keine Veranlassung zum Bangesein; außerdem mochte Javan den grauhäuptigen Bischof gut leiden.

»Ich habe keine Einwände«, antwortete Javan, »muß jedoch Eure Exzellenz dahingehend vorwarnen, daß meine Erfahrungen auf diesem Gebiet noch gering sind.«

Niallan lachte gedämpft vor sich hin, derweil er Javan, dem künftigen König, hinterrücks die Hände auf die Schultern legte. »Es ist fürwahr überflüssig, daß Ihr mich mit solcher Förmlichkeit anredet, Hoheit«, äußerte der Bischof. »Nach Recht und Gesetz besehen, bin ich eigentlich gar kein Bischof mehr. Warum nennt Ihr mich nicht einfach Niallan? Oder Pater Niallan, wenn Ihr einen Titel zu verwenden wünscht. Und mir wär's eine übergroße Freude, dürfte ich Euch schlicht mit ›Hoheit‹ ansprechen.«

Javan vermochte des Deryni-Bischofs Herzlichkeit unmöglich zu widerstehen. Über die Schulter lächelte Javan ihm freundschaftlich zu. »Niallan… Ich danke Euch, mir gefällt der Name. Doch Ihr müßt mir vergeben, sollte ich mich dann und wann versprechen. Während der vergangenen drei Jahre habe ich beträchtliche Mühe darauf verwandt, mir verläßlich einzuprägen, wem welche kirchlichen Titel gebühren.«

»Und zweifellos für eine gute Sache, Hoheit«, bemerkte Niallan und breitete von hinten die Rechte über Javans Stirn. »Schließt nun Eure Augen und liefert Euch ganz der Entspannung aus, dann bewältigen wir der Porta Durchquerung im Handumdrehen. Ich glaube, Euch dürfte daran gelegen sein, Euch alsbald zu Bette begeben zu können.«

Die Freundlichkeit, welche Javans Geist umfing, flößte ihm ein derartiges Maß an Ermutigung und Beschwichtigung ein, daß er sich unverzüglich in eine ausreichend tiefe Trance versetzen konnte, um sich zur

Gänze des Bischofs Gewalt zu unterstellen. Willig überließ er dem Deryni die Führung, schien eine Augenblick lang zu schweben, spürte sodann das machtvolle Walten der für die Versetzung von einem zum anderen Ort nutzbaren Naturkräfte, zuletzt ein flüchtiges Schwindelgefühl – und schon standen sie beide zu Rhemuth im Geviert der Porta Itineris, die sich in der Basilika neben des Rektors Stube verbarg. Sobald er die Augen aufschlug, befiel ihn eine andere Art von Benommenheit – ein kurzes Dösen am Rande zum Einschlafen, welches er aber sogleich überwand. Er unterdrückte ein Gähnen, entsann sich des in Pergament verpackten Mittelchens, welches ihm Pater Joram überreicht hatte.

»Es ist gelungen, Hoheit«, flüsterte Bischof Niallan ihm ins Ohr, stützte ihn sofort mit der Schulter, langte anschließend nach der in die Wandtäfelung eingebauten, geheimen Schiebetür. Während dieselbe beiseite glitt, fuhr Herr Guiscard herum, welcher an der Stube Eingang auf Wache stand, sprang herbei, sobald er Javan aus der Porta-Kammer taumeln sah.

»Er ist nur müde«, teilte Niallan dem jungen Edelmann flugs mit. »Ein wenig Schlaf wird ihn wieder aufrichten. Schafft ihn zu Bette, so schnell es geht.«

»Sehr wohl, Eure Exzellenz«, antwortete Guiscard und faßte Javan an der Elle.

Javan, Guiscard und Charlan verließen die Basilika, ohne daß sich irgendein Zwischenfall ereignete; zurück blieb Pater Ascelin, der auf seinem Lager schnarchte und von allem nichts ahnte, sich später an keinen Besuch erinnerte. Auch Charlan behielt keine Erinnerung an das Vorgefallene, sondern lediglich im Gedächtnis, daß er und Javan für eine Zeitlang an des verstorbenen Herrschers Totenbahre gebetet hatten. Nun kehrten sie in ihre Gemächer heim; unterwegs stützte Charlan den jungen König am Arm, denn der mit Kopfsteinpflaster befestigte Weg zwischen der Basilika und den Hauptbauten der Königsburg war vom Regen schlüpfrig, und Javan erregte den Eindruck allertiefster Mattigkeit.

Im Zwinger führten Knechte, derweil die drei Jungmannen sich dem Torgebäude näherten, soeben dampfende Rösser zu den Ställen. Im Burghof beobachteten müde Männer Javan mit merklicher Neugierde, während er mit seinen Begleitern die Freitreppe zum Burgsaal erstieg, und auch in der Halle befanden sich Fremde, deren Aufmerksamkeit er augenblicklich auf sich zog. Javan selbst fühlte sich bei weitem zu ausgelaugt, um sie sich genauer anzuschauen, doch Guiscard stutzte, als er die Wappen auf den Waffenröcken erkannte, und Charlan bemühte sich darum, auf dem Weg zur Treppenflucht des künftigen Königs Schritte zu beschleunigen.

»Das sind Murdochs Mannen, Gebieter«, raunte Guiscard. »Es will mir nicht gefallen, daß sie hier lungern. Warum hat er nicht bis morgen gewartet?«

Sie eilten die erste Treppe hinauf und begegneten auf dem ersten Treppenabsatz Herrn Bertrand, der aus den oberen Stockwerken herabkam. Der junge Ritter winkte die drei Ankömmlinge, anstatt sie den Aufwärtsweg fortsetzen zu lassen, in einen seitlichen Flur.

»Herr Murdoch ist eingetroffen und in höchst bösartiger Stimmung, Königliche Hoheit«, vermeldete er, führte das Dreigespann eilends zu einer Hintertreppe. »Er hält sich mit vier seiner Mannen in Euren Gemächern auf und beharrt mit aller Dreistheit darauf, daß er nicht gehen will, bevor er mit Euch ein Wort gewechselt hat. Durch Herrn Robear ist ihm erklärt worden, daß Ihr Euch zum Beten an Eures königlichen Bruders Totenbahre begeben habt, aber Graf Murdoch hat ganz ausdrücklich die unerschütterlichste Absicht bekundet, auf Euch zu warten. Wahrhaftig, ich hatte schon ernstliche Sorge, er könnte sich dahin vermessen, Euch in die Basilika nachzusteigen und beim Gebet zu behelligen.«

»Man verzeihe mir die Aufregung«, murmelte Javan. »Ich hatte es als ausgeschlossen erachtet, daß irgendwer mich noch zu so später Stunde aufsucht. Wer von uns ist außer Robear dort zur Stelle?«

»Die Herren Jerowen und Tomais«, erteilte Bertrand Auskunft. »Zudem habe ich sechs Eurer Leibwächter im Flur auf Wache befohlen. Baron de Courcy weckt soeben Herrn Udaut, damit er für den Fall, daß Murdoch eine Tollheit wagen sollte, auch die Ritter im Burgsaal unter die Aufsicht Bewaffneter stellt. Herr Tammaron hat sich eingefunden und versucht Murdoch zu besänftigen.«

»Soll ich erkunden, ob mein Vater Unterstützung braucht, Gebieter?« erkundigte sich Guiscard. Und in geistigen Gefilden fügte er hinzu: *Wenn Ihr meine Gedanken empfangt, Gebieter, so erwägt, ich bitte Euch, ob es nicht klüger ist, ich bleibe Eurem Gespräch mit Herrn Murdoch fern, bis wir mit Sicherheit wissen, daß er keinen dienstbaren Deryni bei sich hat.*

Javan warf Guiscard einen Blick gespielter Verblüffung zu, um vorzuspiegeln, er erhielte zum erstenmal eine Mitteilung auf geistiger Ebene. Gleichzeitig überlegte er in ärgster Hast, derweil sie gemeinsam die nächste Treppe erklommen, welche Möglichkeiten sich ihm im Umgang mit Murdoch boten. Zum Glück hatte er es nicht mit Rhun von Horthness zu tun. Von Murdoch stand zu erwarten, daß er schalt und tobte, voraussichtlich unerträgliche Ausfälligkeiten von sich gab, jedoch mußte man nicht befürchten, daß er sich zu Taten hinreißen ließ; Rhun hingegen griff leicht zur Waffe – und hatte mit Gewißheit mindestens einen Deryni-Helfer zu Gebote, welcher eine große Gefahr bedeutete, bis man ihn aus des Grafen Klauen befreien und davon zu überzeugen vermochte, daß er sich nicht mehr an seinen Volksgenossen zu vergehen brauchte.

»Ja, richtet Baron de Courcy, darum ersuche ich Euch, mein Wohlwollen aus, er möchte Herrn Udaut dazu veranlassen, ohne Verzug all jene Befehle zu erteilen, welche zu des Burgfriedens Aufrechterhaltung vonnöten sein mögen«, wies Javan den jungen Edlen an. »Aber man soll's vermeiden, sich ohne Not mit ihnen anzulegen. Ich will, daß sie binnen einer Stunde meine treuen Untertanen oder zur Königsburg hinausgeworfen worden sind. Habt Ihr mich vollauf verstanden?«

Guiscard lächelte und vollführte eine knappe, aber schwungvolle Verbeugung. »So soll es geschehen, Gebieter. Gott sei mit Euch, Königliche Hoheit.«

Inzwischen hatten sie den obersten Treppenabsatz erreicht. Während Guiscard nach unten umkehrte, hielt Javan kurz an, um zu verschnaufen, strich sich um die Hüften das Gewand glatt.

»Nun denn, Ihr Herren«, sprach er zu Bertrand und Charlan. »Gehen wir hin und hören uns an, was Herr Murdoch zu sagen hat, wie?«

Tatsächlich standen vorm Zugang der königlichen Gemächer sechs Männer der Leibwache, auf dem Waffenrock das Haldane-Wappen, und gaben in angespannter Aufmerksamkeit auf das Geschehen acht. Die Eingangstür klaffte ein Stück weit, und Javan vernahm aus den Gemächern zornige Töne. Bei seinem Erscheinen nahmen die königlichen Leibwächter markig Haltung an, ihr Befehlshabender nickte ihm zu und lockerte das Schwert in der Scheide, ehe er Javan vorauseilte und, die Faust am Schwertgriff, die Tür aufschwang.

Murdoch von Carthane war ein unzufriedener Mensch. Seine heutige Störrischkeit war daher nichts Außergewöhnliches; vielmehr fand er selbst unter den angenehmsten Umständen stets ein Haar in der Suppe, und nach mehreren Tagen im Sattel, also einem von erheblichem Schlafmangel begleiteten Ritt, mußte man ganz einfach darauf gefaßt sein, daß er sich bei nachgerade mörderischer Laune befand. Schatten der Müdigkeit verdüsterten seine Augenhöhlen, mehr Falten denn je furchten seine Stirn, so daß sein schmales, hageres Angesicht mit dem ganz kurz gestutzten Bart noch knochiger aussah. Er hatte die meistens von Andeutungen der Häme und des Hochmuts umzuckten Lippen zu einem fratzenhaften Ausdruck des Abscheus verzogen. Im allgemeinen trat Murdoch in sauberer, makelloser Gewandung auf, jetzt aber war er in von Schweiß und Dreck besudelter, lederner Reitkleidung in des Königs Gemächer eingedrungen. Als Javan eintrat, redete er gerade laut zeternd auf Tammaron ein, den er um eine volle Haupteslänge überragte, und er fuhr mit wütigem Blick zu dem königlichen Leibwächter herum, der Javan voranstrebte, beherrschte jedoch seine Wut, sobald er Javan selbst gewahrte.

»Herr Murdoch«, sprach Javan – indem er sofort das Wort ergriff und somit Murdoch zuvorkam – diesen in höflichem Tonfall an, »Euer Eifer, welchselbigen Ihr bekundet, dieweil Ihr einen so anstrengenden Gewaltritt auf Euch genommen habt, um unserem seligen Bruder die letzte Ehre zu erweisen, wie auch wir es binnen der vergangenen Stunde getan haben, rührt uns bis tief ins Herz. Indessen hättet Ihr mit dem Wunsch, uns Eurer Untertänigkeit und Treue zu versichern, durchaus bis zum Morgen warten dürfen. Ihr habt allzu offensichtlich einen langen, beschwerlichen Ritt durchstehen müssen.«

»O ja, und ich habe, bevor ich mich zu Euch begab, sogar noch den Herren Erzbischöfen einen Besuch abgestattet«, versetzte Murdoch zur Antwort, ließ unehrerbietig jede Anrede mit einem Titel aus. »Anscheinend habt Ihr Euch Eurer frommen Gelübde Verpflichtung geschickt entwunden, um Eures Bruders Krone zu ergattern.«

»Um meines Bruders Krone zu ergattern?« wiederholte Javan, indem er große Augen der Arglosigkeit machte. »Mein Bruder ist tot. Wem außer seinem Zwillingsbruder sollte Gwynedds Krone denn wohl zufallen?«

»Als Ihr ins Kloster gegangen seid, solltet Ihr jedwedem Anspruch auf die Krone entsagen«, entgegnete Murdoch, senkte den Blick kaltschnäuzig auf Javans von dem Stützstiefel umhüllten Klumpfuß. »Es ziemt sich nicht, daß ein Krüppel die Krone trägt. Ich war zu der Auffassung gelangt, Ihr hättet Euch einsichtig dieser Meinung angeschlossen.«

»Dann habt Ihr etwas *mißverstanden*«, erwiderte Javan mit ruhiger Stimme, hob eine Hand, um seine Anhänger, welche Rufe der Entrüstung ausstießen, zur Zurückhaltung zu mahnen. »So wie die von Euch erwähnte körperliche Schwäche mich nicht daran gehindert hätte, Priester zu werden, so wenig schmälern sie just meine Befähigung zum Herrschen. Da Ihr ja bereits mit Erzbischof Hubertus gesprochen habt, wird Euch jetzt bekannt sein, daß ich niemals die Absicht hegte, mich meiner Sippenpflicht als Thronerbe zu entziehen, folglich habe ich meine Obliegenheiten auf mich genommen und gedenke sie aufs verläßlichste zu erfüllen.«

»Aber Rhys Michael sollte...«

»Prinz Rhys Michael ist der nunmehrige Thronfolger«, fiel Jerowen Reynolds dem Grafen geschwind ins Wort, »und Prinz Javan ist der neue, zukünftige König. Oder wollt Ihr Euch womöglich gar dazu versteigen, mein Herr, selbiges in Abrede zu stellen?«

Der Leibwächter an Javans Seite klammerte die mit

einem Handschuh bekleidete Faust sichtlich fester, mit erhöhter Entschlossenheit, um den Schwertgriff, beobachtete Murdoch verkniffenen Blicks; seine Schwertgenossen standen an der Schwelle in Bereitschaft. Murdoch biß dermaßen gewaltsam die Kiefer zusammen, daß es wahrhaftig so wirkte, als gedächte er seine Zähne zu zermalmen; dennoch rang er sich durch zu einem ruckartigen Schütteln des Hauptes.

»Und ihr da«, sprach Herr Jerowen, heftete den Blick vorwurfsvoll auf Murdochs vier Begleiter, »möchtet ihr eurem König etwa keine Ehre bezeugen?«

Zwar war er, nicht anders als Javan, gänzlich unbewaffnet, aber Robear, Tomais und Bertrand trugen Schwerter an den Seiten, und an Charlans Leibgurt hing ein Dolch. Die Königlichen Leibwächter am Eingang verfügten über Schwert, Dolch und Spieß, hatten als Schutzwehr ähnliche Lederkoller wie Murdochs Mannen am Leib.

Die vier Angesprochenen wogen die Lage und ihre Möglichkeiten ab, gelangten dabei offenkundig zu der Erkenntnis, daß ein Einlenken wohl der vernünftigste Weg war, um sich Schwierigkeiten zu ersparen, auch wenn sie vermutlich anschließend von ihrem Herrn üble Rügen zu erwarten hatten.

Erst fiel einer, dann sanken auch die drei übrigen Männer aufs Knie, beugten zum Zeichen der Ehrerbietung, derweil Murdoch stumm vor sich hinschäumte, das Haupt. Lautlos atmete Javan vor Erleichterung auf, erlaubte den vier Freunden mit einem Wink, sich zu erheben; danach richtete er den Blick wieder auf Murdoch.

»Die Ergebenheit eines getreuen Untertanen ist unermeßlich wertvoll, mein Herr«, meinte Javan, äußerte damit eine zweideutige Bemerkung, welche der Graf verstehen mochte, wie es ihm beliebte. »Doch wird's nun außerordentlich spät, so daß ich Euch bitten muß, zieht Euch in Eure Unterkunft zurück, dieweil ich eines ersehnten Schlummers Schwere mich allmählich übermannen fühle. Ihr habt einen mühsamen Ritt hinter Euch, Graf, und lechzt zweifellos ebenfalls nach behaglicher Bettstatt.«

Zumindest dem vermochte Murdoch schwerlich glaubhaft zu widersprechen; und tatsächlich sah er davon ab. Er gewährte Javan ein sehr knappes Nicken, aus dem geradezu Verachtung sprach, und wandte sich zum Gehen; als unordentliches Häuflein schlossen sich seine vier Begleiter ihm an. In einigem Abstand folgten ihnen die königlichen Leibwächter, um sich davon zu überzeugen, daß er mit seinen Untergebenen wirklich aus diesem Teil der Königsburg verschwand. Kaum war die Tür zugefallen, zuckte Javan zusammen und wankte; hurtig kam Herr Jerowen um den Tisch geeilt, und er sowie Herr Charlan stützten Javan.

»Seid getrost, ich bin wohlauf«, murmelte er, obwohl die Erschöpfung ihn nun, da die Krise vorüber war, mit aller Macht heimsuchte. »Habt meinen aufrichtigsten Dank, Herr Jerowen. Ich hatte nicht damit gerechnet, mich noch in dieser Nacht mit Murdoch streiten zu müssen.«

»Es ist mir eine große Ehre, Euch zu dienen, Eure Hoheit«, beteuerte Jerowen.

»Und mich ehrt's, daß mir so tüchtige, ehrliche Mannen dienen«, antwortete Javan, lenkte den Blick hinüber zum Schlafgemach. »Aber nun, so hoffe ich, entschuldigt Ihr mich... Erst der Besuch an meines Bruders Totenbahre, und dann so etwas.« Er schöpfte ergiebig Atem. »Bertrand, seid so hilfreich, derweil mir Charlan beim Auskleiden beisteht, und besorgt mir einen Trunk, ja?«

Während er auf der Bettkante saß und Charlan ihm die Stiefel auszog, kam Bertrand mit einem Becher und einem Krug Wein.

»Soll ich Euch einschenken, Königliche Hoheit?« fragte Bertrand und stellte beide Gefäße auf das Tischlein an des Himmelsbetts Oberende.

»Nein, ich danke Euch, Charlan kann's tun«, erwiderte Javan, klaubte unauffällig das von Pater Joram erhaltene Tütchen mit dem Schlafmittel aus der Gürteltasche. »Aber holt mir, darum ersuche ich Euch noch, ein wenig Wasser, dieweil's mich dünken will, es ist zu spät, um unverdünnten Wein zu trinken.«

Während Herr Bertrand das Schlafgemach verließ, nahm Charlan Krug und Becher zur Hand, um Wein einzuschenken; indem Javan sein Handgelenk packte, hielt er ihn davon zurück, unterwarf ihn seiner geistigen Gewalt, entfaltete das Tütchen über dem Becher. Feines, kristallisches Pulver ergoß sich aus dem Pergament auf des Trinkgefäßes Boden. Javan drückte das Tütchen dem jungen Ritter in die Hand und ergriff selbst den Becher.

»Fülle mir nur ein wenig ein«, befahl er leise, hielt den Becher unter des Kruges Ausguß. »Wirf später das Tütchen fort... Und entsinne dich an nichts, was damit zusammenhängt.«

Er ließ den Wein auf dem Boden des Bechers herumwirbeln, derweil Charlan den Krug zur Seite stellte, ohne ein Wörtchen zu sprechen; und sobald Bertrand wiedergekehrt war, hieß Javan ihn den Becher mit Wasser aufzufüllen.

»Meinen Dank Euch beiden, Ihr Herren«, sprach er, trank den zwei Rittern zu, ehe er den Becher mit vier raschen Zügen leerte. »Weckt mich, sollte sich etwas wirklich Dringliches ereignen«, fügte er hinzu, als er Charlan das leere Trinkgefäß reichte, »sonst jedoch laßt mich schlummern, solang's mir gewährt ist. Der morgige Tag wird wohl nicht *zu* arg, es sei denn, auch Rhun kreuzt auf.« Er versuchte, nicht an die morgige *Nacht* zu denken. »Der Montag dürfte schwer genug werden. Und der Dienstag wird auf seine Weise noch schlimmer sein.«

Schon fühlte er Pater Jorams Mittelchen wirken – langsam zwar, aber sicher –, während er sich in die Kissen sinken ließ; umgehend linderte es die Schmerzen, welche in Javans Haupt ausgekommen waren, derweil er die Auseinandersetzung mit Murdoch durchzustehen hatte.

»Wir sind für Euch da, gleich wann Ihr unserer bedürft, Königliche Hoheit«, hörte er Charlan noch zusichern, derweil sich Javans Gemüt des Schlafes Umnachtung nahte.

Lange bevor die Ritter für die Nacht ihre Strohsäcke ausgebreitet hatten, lag er in tiefstem Schlummer.

# XI. Kapitel

*Licht hüllst du dir um wie einen Mantel.*

Psalm 104,2

Zum Glück für Javan erwies sich der Sonntag als der Ruhetag, welcher er nach herkömmlicher, allgemeiner Auffassung sein sollte. Zur Mittagsstunde besuchte er mit Rhys Michael und etwa einem Dutzend Anhänger in der königlichen Kapelle die Messe, stattete anschließend mit seinem Bruder dem Sarg des verewigten Königs einen Besuch ab und zog sich danach mit seinen Ratgebern zum fortgesetzten Begutachten der ihm vorgelegten Denkschriften in die königlichen Gemächer zurück. Das Wetter zeigte sich wechselhaft, in regelmäßigen Abständen verdüsterten neue Gewitter den Himmel, und jedesmal, wenn Wolkenbrüche herabrauschten, verflog mit der Nässe ein spürbarer Teil der Hitze. Am Abend nahm er mit Hofstaat und Gefolge das Nachtmahl im Burgsaal ein, verabschiedete sich jedoch früh und führte als Begründung an, im Hinblick auf das am nächsten Tag vorgesehene Begräbnis und die damit verbundenen Belastungen zuvor noch ausreichenden Schlaf zu brauchen.

In der Tat schlief er ein, zwei Stunden lang, aber kurz nach Mitternacht begab er sich unter dem Vorwand, nochmals an des toten Bruders Sarg beten zu wollen, ein zweites Mal mit Charlan und Guiscard in die Basilika. Im Anschluß an die Mittagsmesse war Alroy in den Sarg gebettet worden, und neben denselben kniete sich Javan nun mit Charlan, schob eine

Hand unter den übers Holz gebreiteten Überwurf; Guiscard hielt im Hintergrund Wache.

*Jetzt ist die letzte Gelegenheit für ein Adieu ganz unter uns, Alroy,* sprach Javan in Gedanken zu seinem verstorbenen Bruder, versuchte die Vorstellung zu meiden, daß Alroy tot im Finstern lag. *Ich weiß, in Wahrheit weilst du nicht mehr in dieser Welt, aber ich beklage noch deiner Nähe Verlust, und was mich daran erinnert, ruht hier an dieser Stätte… Ich trachte danach, ein guter König zu werden. Ach, wäre dir nur erlaubt worden, als der König zu herrschen, welcher du hättest sein können!* Javan seufzte. *Aber da es nicht hat sein sollen, bleibt mir, vermeine ich, keine andere Wahl, als meine Herrschaft ruhmvoll genug für zwei Könige zu gestalten. Ich werde dich niemals vergessen.*

Für einen Augenblick lehnte Javan die Stirn an des Sarges Seite. *Nun muß ich scheiden. Ich muß endlich herausfinden, was Vater in der Nacht seines Todes mit uns gemacht hat. Du wirst es inzwischen ja wissen. Ich hoffe, ich gehe daraus gestärkt hervor, es verhält sich nämlich so, daß ich zahlreiche Feinde geerbt habe.* Er seufzte noch einmal auf. *Gott befohlen, Alroy. Bete für mich, so wie ich stets für dich beten werde.*

Nach einem längeren stummen Gebet stieß er erneut einen Seufzer aus, stützte sich auf Charlans Hand und richtete sich auf; derweil er und Charlan, ohne sich umzuschauen, zur Basilika hinausstrebten, schloß Guiscard sich ihnen unauffällig an.

Freilich hatten die drei keineswegs die Absicht, schon in die Königsburg umzukehren. Nachdem sie zwar dorthin die Richtung genommen, sich aber in den Schatten verborgen hatten, durchmaßen sie zum zweitenmal den überdachten Verbindungsgang zur ostwärtigen Seitenpforte.

In der kleinen Stube neben der Sakristei lag ihr Bewohner, geradeso wie in der Nacht zuvor, in festem Schlaf, rührte sich nicht, als das Dreigespann eintrat.

Sobald Guiscard die Tür geschlossen und verriegelt hatte, verließ Etienne de Courcy den Schatten neben des Kamins Ummantelung, ging zum Bett und winkte, indem er der Decke herabhängenden Zipfel hob, den verdutzten Charlan herbei.

»Huscht mir geschwind unters Bett, mein Teurer«, sprach er zu dem jungen Ritter, der keinerlei Abweisung zeigte, half ihm dabei, die Weisung zu befolgen. »Legt Euch dicht an die Wand und schlaft, bis ich Euch wecke.«

Als er die Decke zurück über die Bettkante fallen ließ, gab es von Charlan nichts mehr zu sehen. Inzwischen war Guiscard zu dem Betstuhl getreten und hatte den verborgenen Hebel bedient, welcher den Zugang zur Kammer der Porta Itineris öffnete.

»Wir sollten uns auf den Weg machen, Gebieter«, raunte er, streckte Javan, indem er sich auf der Porta Geviert stellte, einen Arm entgegen. »Herr Vater, wo werdet Ihr sein?«

»Dort drin, falls ich jemanden kommen höre«, antwortete Etienne, wies mit knapper Gebärde in das enge Kämmerchen, derweil Javan es unverdrossen betrat. »Um *mich*, mein Sohn, sorge dich nicht.«

Diesmal zog Guiscard die Geheimtür ohne alle Umschweife zu und legte sogleich die Hände auf Javans Schulter.

»Laßt mir nur einen Augenblick Zeit zur Vorbereitung«, bat Javan leise, atmete tief durch und lehnte das Haupt an Guiscards Schulter.

Bei dieser Porta-Durchquerung fiel es ihm erheblich leichter, seinen Geist Guiscards Einfluß zu überlassen, als beim letztenmal, und er verspürte, derweil der Deryni vermittelst dem Gefüge des Raumes innewohnender Naturgewalten die Versetzung an einen anderen Ort bewerkstelligte, lediglich eine ganz gelinde Flauheit. Als er die Augen aufschlug, sah er vor der dortigen Porta Itineris Tavis O'Neill stehen. Mit einem gedämpften Freudenschrei warf er sich dem Heiler in die Arme, ein Beben inneren Aufgewühltseins packte ihn, während er das Antlitz an Tavis' Busen barg, und so merkte er kaum, daß hinter seinem Rücken des Heilers Rechte, wohl zum Gruß, Guiscard de Courcy berührte.

»Mein Prinz, mein Prinz…«, meinte Tavis O'Neill halblaut; sowohl sein Tonfall wie auch seine Gemütsregung trachteten nach Javans Beruhigung, derweil er ihm mit der Hand übers Haar strich. »Oder sollte ich Euch bereits mit ›Majestät‹ anreden? Meiner Treu, wie Ihr gewachsen seid…!«

Irgend etwas in seiner Stimme bewog Javan dazu, ein wenig von ihm auf Abstand zu gehen und ihm ein zweites Mal ins Gesicht zu schauen. Über drei Jahre waren seit ihrer letzten Begegnung verflogen, und nicht allein Javan hatte sich innerhalb selbiger Frist verändert.

Der früher stets artig barbierte Heiler hatte jetzt einen recht struppigen Vollbart, dessen Rot etliche graue Strähnen durchzogen; das rote, nach hinten gekämmte und im Nacken zu einem buschigen Schweif gebundene Haupthaar war an den Schläfen silbrig geworden. Er trug ein Gewand im Grün der Heiler, welches das Wasserblau seiner lichten Augen vorteilhaft betonte, doch rings um selbige Augen waren neue Falten entstanden, die nicht ausschließlich von den Einflüssen durch Wind und Wetter stammten. Seine Augen und Lippen lächelten, während Tavis langsam aufs Knie sank, Javan in stummer Ehrerbietigkeit Hand und Armstumpf entgegenhob; aber eine unendliche Mattigkeit durchdrang jedwede seiner Bewegungen.

»Tavis, was ist Euch widerfahren?« erkundigte sich Javan, faßte Hand und Handgelenk des Heilers, drängte ihn zum Aufstehen.

Indem er sich unvermindert lächelnd aufrichtete, schüttelte Tavis das Haupt. »Eines Tages, wenn wir beide hinlänglich Zeit und Muße haben, erzähle ich's Euch, mein Prinz«, gab er in ruhigem Ton zur Antwort. »Bis dahin laßt uns schlicht und einfach feststellen, daß ich getan habe, was ich tun mußte, während auch Ihr getan habt, was Ihr zu tun hattet. Beide haben wir, will ich vermeinen, unseren Zoll entrichtet. Aber heute nacht werden wir zumindest einiges von dem erfahren, wonach wir damals forschten... Vor ungefähr vier Jahren war's, nicht wahr?«

»Wir werden in Erfahrung bringen«, sprach Javan, die Augen groß und voller Ehrfurcht, »was in jener Nacht geschah, als mein Vater verstarb...«

Plötzlich ward ihm bewußt, daß er und Tavis O'Neill nicht allein waren, deshalb blickte er sich nach Guiscard de Courcy um, welcher sich zwischenzeitlich überhaupt nicht geregt hatte. Verblüfft sah Javan, daß der junge Edle mit geschlossenen Lidern still auf dem Fleck stand. Als Javan dem Heiler einen Blick stummer Fragestellung zuwarf, schüttelte Tavis nur das Haupt, trat näher, fuhr mit den Fingerkuppen über Guiscards Stirn, zog ihn zu einem Stuhl, der neben der Tür der kleinen Räumlichkeit bereitstand, welche an die Porta Itineris grenzte.

»Es ist nicht so, daß ich unserem Freund nicht traute, mein Prinz«, erklärte er mit leiser Stimme, während er den jungen Adeligen auf den Stuhl setzte. »Doch was er nicht weiß, kann er nicht verraten, nicht einmal unter der Folter.« Kurz bewegte er ein zweites Mal die Hand über Guiscards Stirn und schuf damit die Grundlagen für weitere geistige Einflußnahmen; dann straffte er sich und schaute Javan ins Antlitz.

»Er ist stark an Magie-Begabung, entbehrt indes ein wenig der Feinfühligkeit. Hattet Ihr schon ausgiebig

Gelegenheit, mein Prinz, um in dieser Hinsicht mit ihm zusammenzuwirken?«

Javan schüttelte das Haupt. »Ich kenne ihn erst seit gestern. Habt Ihr ihn seiner Deryni-Kräfte entledigt?«

»Ja, vorübergehend, doch wie sich von selbst versteht, erhält er sie wieder, bevor Ihr mit ihm umkehrt, mein Prinz. Hat Joram Euch vorab darin eingeweiht, was heute nacht geschehen soll?«

»Nur den Hinweis habe ich erhalten, daß unsere Bemühungen dem Versuch gelten, auch die übrigen magischen Fähigkeiten freizusetzen, über welche ich, wie's heißt, noch verfüge. Wieso wird dergestalt vorgegangen? Ist's auch Euch unbekannt?«

In aufrichtiger Belustigung lachte Tavis vor sich hin, nahm Javan am Arm und führte ihn zum Ausgang. »Ich weiß bloß, daß ein förmliches Ritual vorgesehen ist, bei welchselbigem ich an der magischen Schutzwehr Errichtung sowie der vier Himmelsrichtungen Beschwörung behilflich zu sein habe. Alles andere ist Jorams Aufgabe. Er und Queron befinden sich seit Stunden in Klausur und erarbeiten die Einzelheiten. Wir benutzen für den Ritus die Kapelle.«

Just als er den letzten Satz äußerte, erreichten sie die Pforte selbiger Kapelle, und Tavis pochte mit dem Armstumpf rasch hintereinander zweimal dagegen. Gleich darauf öffnete Pater Joram, der eine Soutane im Blau der Michaeliten trug, die Pforte. Hinter ihm rückte Dom Queron gerade die Altarkerzen zurecht. Auch Queron hatte sich der Mühewaltung unterzogen, sich wieder in seine frühere Gewandung zu hüllen; auf der linken Brustseite seines makellos weißen Gewands prunkte stolz der Heiler-Zunft Wappen. Sein Haar war inzwischen schlohweiß und ein wenig länger geworden, der Gabrieliten-Zopf allerdings nur eine Spanne lang, und zum erstenmal sah Javan den Dom mit einem Vollbart.

Beide Männer verbeugten sich, als Tavis den königlichen Ankömmling hineinführte. Leicht süßlicher Weihrauchgeruch durchwehte die Luft, drang aus einem Räuchergefäß, welches auf einem kleinen, mit einer weißen Decke verhüllten Tischchen in der Mitte des im Innern der Kapelle ausgelegten kheldischen Teppichs stand.

»Gott zum Gruß, Pater Joram«, grüßte Javan, insgeheim von gelinder Beunruhigung geplagt, die beiden Geistlichen, »Dom Queron…«

»Kommt herein, Königliche Hoheit, nehmt für eine Weile Platz«, rief Joram, deutete auf eine der zur Linken längs der Mauer befindlichen, aus Stein gemeißelten Sitzbänke, derweil Queron am Altar die Vorbereitungen vollendete. »Tavis, auch Euch dürfte es interessieren, meine Darlegungen zu vernehmen. Ich möchte eine Vorstellung davon vermitteln, was geschehen wird… Soll heißen, wovon wir *hoffen*, daß es sich erfüllt.«

Javan setzte sich; Joram ließ sich linker Hand, Tavis zu seiner Rechten nieder.

»Wohlan, unsere Absicht gilt – dieweil wir nicht wissen, wie Cinhil damals eigentlich das innere Wirken seines Werkes gedacht hatte – dem Versuch«, erläuterte Joram, »so vorbildgetreu wie nur möglich zu wiederholen, was er einst bei Euch, Königliche Hoheit, und Euren Brüdern verrichtet hat, um Euch gleichsam die Keime der Haldane-Kräfte einzupflanzen. Uns ist unbekannt, weshalb das Vorhaben bei Alroy mißlang, und ebenso, warum selbige Kräfte sich bei Euch, Hoheit, *früher* als vorgesehen zu einer gewissen Reife entwickelten. Doch da sich's nun einmal so ergeben hat, seid Ihr dazu imstande, uns eine Hilfe zu sein, wenn wir's nun darauf anlegen, sie zur Gänze und in aller Vollkommenheit zu entfalten.«

»Was meint Ihr damit, ›eine Hilfe zu sein?‹« fragte Javan. »Wie könnte ich dergleichen wohl leisten?«

Joram schüttelte das Haupt. »Das vermag ich Euch vorher nicht zu sagen. Nicht etwa, weil ich's nicht *wollte,* sondern vielmehr, weil ich's nicht *kann.* Seid ganz einfach darum bemüht, alles freien Mutes anzunehmen, was Euch im Verlauf des Rituals widerfahren mag. Des Ritus' Oberaufsicht obliegt Queron, darum werden wir alle uns ihm unterordnen. Wenn's Euch gelingt, Euch in eine einigermaßen tiefe Trance zu versenken, schon bevor er eine entsprechende Einflußnahme auf Euch vornimmt, dürften dadurch um so günstigere Voraussetzungen geschaffen werden. Unsere Hoffnung ist, daß wir ein zweites Mal die damaligen Umstände herstellen können – aber ohne Beachtung der Schranken, welche König Cinhil Euch zog, dieweil Ihr seinerzeit ja lediglich der zweite Thronfolger gewesen seid –, um's Euch zu ermöglichen, ohne Einschränkung auf alle Euch von Eurem Vater weitergereichten Haldane-Kräfte zurückzugreifen. Wenn's vollbracht ist – falls das Ritual erfolgreich abläuft –, müßtet Ihr bewußte Kenntnis und Gewalt über alle inwendigen Anlagen haben, welche mein Vater, Evaine, Rhys und ich einst Cinhil schenkten, die er jedoch nie in vollem Umfang genutzt hat.«

»Werde ich dann… einem Deryni gleichen?« fragte Javan im Flüsterton.

Joram lächelte und tätschelte, ehe er aufstand, Javans Knie. »Ihr seid schon jetzt fast einem Deryni vergleichbar, Königliche Hoheit. Welche Fähigkeiten Euch künftig des weiteren zu Gebote stehen mögen… Ei nun, wir werden wohl, um's zu ersehen, schlichtweg abwarten müssen, wie? Begebt Euch nun an des Kreises Mittelpunkt, auf daß wir beginnen. Tavis, ich bitte Euch, nehmt Euren Platz an der Westseite ein.«

Auf dem üppig-dicken kheldischen Teppich strebten die drei zu der Kapelle Mitte. Joram führte den neuen König an eine Stelle zwischen dem kleinen Tisch und den Altarstufen, auf deren oberster ein durch sonnengelbes Glas abgeschirmter Kerzenleuchter stand. Unterdessen waren die Altarkerzen von Dom Queron entzündet worden; gegenwärtig stopfte er, derweil Herr Tavis zur westwärtigen Seite schritt, frischen Weihrauch ins Räuchergefäß. Joram begab sich zur südlichen Himmelsrichtung und bekreuzigte sich, ehe er das Haupt neigte. Queron ergriff das Räuchergefäß und trug es an Javan vorüber zur ostwärts aufgestellten Kerze. Dort schwenkte er, indem er sich gen Osten verbeugte, dreimal das Räuchergefäß, wandte sich anschließend nach rechts, und hielt, indem er des Zirkels Umkreis folgte, auf die nächste, mit rotem Glas abgeschirmte Kerze zu.

»›Der Herr ist mein Hirt, mir wird nichts mangeln‹«, sang er mit gedämpfter Stimme. »›Auf grünen Auen läßt er mich lagern, an Wasser mit Ruheplätzen führt er mich...‹«

Der Psalmen vertraute Worte spendeten Javan eine gewisse Gemütsermutigung, derweil er mitansah, wie Dom Queron zwischen Joram und der südlichen Kerze dahinschritt, kurz verharrte, um auch dort dreimal das Räuchergefäß zu schwenken, bevor er sich auf den Weg gen Westen und zu Tavis O'Neill begab. Bei Querons Annäherung trat Herr Tavis zum Altartischchen, entnahm einer Lade eine weiße, glasierte Schale voller Weihwasser sowie ein Reisig vom Immergrün. Er warf Javan einen Blick der Aufmunterung zu, während er an ihm vorüberkam, sich anschickte, gleichfalls den Kreis zu umrunden, des Zirkels Umgrenzung mit Weihwasser zu besprengen; dreimal schüttelte er in jeder Himmelsrichtung den schlichten Weihwedel.

»›Entsündige mich mit Ysop, daß ich rein werde‹«, sprach Tavis in leisem Ton, »›wasche mich, daß ich weißer werde als Schnee...‹«

Mittlerweile hatte Queron den Westen hinter sich gelassen und beweihräucherte den Nordwinkel. Auf seinem Pfad schwebte des verbrannten Weihrauchs heller Qualm wie ein zarter Schleier in der Luft. Zur Rechten Javans, wo Tavis seine Runde drehte, wirkte der Rauch nun zusehends dichter; Javan kniff die Lider zusammen, doch der Eindruck, daß sich der Dunstschleier verdickte, blieb bestehen.

Sobald Queron die Umquerung des Zirkels beendet hatte, trat er, offenbar in der Absicht, auch ihn mit Weihrauch zu beräuchern, vor Javan; rein gewohnheitsmäßig, dieweil er im Laufe der Jahre ungezählte Male Altardienst geleistet hatte, faltete Javan die Hände vor der Brust und verneigte sich, als der Gabrieliten-Geistliche sich vor ihm verbeugte, vollführte eine zweite Verneigung, nachdem Queron das Räuchergefäß die erforderlichen drei Male geschwenkt hatte. Nach Javans Empfinden lag es durchaus nahe, daß Queron daraufhin ihm das Räuchergefäß reichte, damit er seinerseits den Dom beweihräuchern konnte.

Anscheinend erfreute es Queron, daß sein Gegenüber das Räuchergefäß so erfahren und geschickt handhabte, denn er nickte Javan wohlwollend zu, derweil sie sich abermals voreinander verbeugten und Queron das Räuchergefäß wieder an sich nahm. Hinter des Gabrieliten Rücken vollendete unterdessen Tavis des Zirkels Umkreisung und kam mit dem Weihwedel zu Javan, um ihn mit Weihwasser einzusprengen, während Queron zu Joram ging, um ihn mit Weihrauch anzuräuchern. Kühl spritzte Weihwasser in Javans Gesicht und auf seine Hände; anschließend ergriff er bereitwillig Schale und Zweig, um Tavis einzusprengen, schaute schließlich zu, derweil der Heiler das gleiche bei Joram vollführte. Javan fiel auf, daß die Bewegungen durch des Zirkels Umkreis, vorgenommen in entgegengesetzten Richtungen – mit und gegen der Sonne Bahn –, beinahe einem Tanz ähnelten, einem Reigen.

Dom Queron hatte das Beweihräuchern beendet und das Räuchergefäß wieder auf dem kleinen Tisch in der Mitte abgestellt, wo ihm unverändert ein dünnes Rauchfähnchen entquoll; und nachdem Herr Tavis zuletzt auch Pater Joram mit Weihwasser besprengt hatte, wandten sich beide rechtsherum zum Mittelpunkt des Zirkels, und während Tavis zu Queron strebte, um auch ihn mit Weihwasser zu bespritzen, schritt der Michaelit zu dem Tisch hin und zog unter demselben ein Schwert hervor.

Der Reigen ward fortgesetzt, sobald Tavis zur Ostseite zurückgekehrt war, zwischen Javan und dem Tischchen stand, Schale und Weihwedel wieder in der Lade untergebracht hatte; Joram näherte sich Queron, kniete nieder, beugte das Haupt über die vor sich auf die Querstangen des Schwertes gelegten Hände. Kurz breitete der Domnus die Hände über Jorams geneigtes Haupt, jedoch vermochte Javan ihr weiteres Tun nicht mitzuverfolgen, dieweil Tavis sich ihm nahte und ihm einen kleinen Silberbecher reichte. Ein sinniges, leicht verkrampftes Schmunzeln stand in des Heilers Miene, als er Javan den Becher aushändigte.

»Sicherlich entsinnt Ihr Euch noch daran, daß wir beide in jener Nacht einen recht bemerkenswerten Wein zu kosten erhielten, mein Prinz«, sprach Tavis, »und später erhebliche Zeit darauf verwandten, nach Möglichkeiten herauszufinden, was sich darin befunden haben mochte.« Er zuckte mit den Schultern und betrachtete den Becher. »Auch heute habe ich eine lediglich ungenaue Vorstellung der Bestandteile, aber es ist kein *Merascha* darin, und kein Beruhigungsmittel, denn diesmal ist's ja erwünscht, daß Ihr bei klarem Verstand seid. Indessen hat mir Joram beteuert, daß der Inhalt annähernd mit jener Zusammensetzung übereinstimmt, welche Herr Rhys damals für uns zurechtgemischt hatte, und Dom Queron hat mir völlig glaubhaft erklärt, daß der Trank Euch auf gar keinen Fall irgendwelchen Harm zufügen kann.«

Javan spürte, daß er ins Zittern verfiel, und für einen flüchtigen Augenblick packte ihn, als Tavis ihm das Trinkgefäß in die Hand drückte, die Furcht, von dem dunklen Wein dräue ihm äußerste Gefahr.

»Tavis, ich bin mir nicht mehr so sicher«, flüsterte er, »ob ich diesen Ritus fürwahr über mich ergehen lassen möchte.«

»Mein Prinz, seit über vier Jahren richtet sich dahin Euer Sehnen. Verliert nun nicht den Mut.«

Javan schloß die Lider, hob den Becher an die Lippen und trank mit größter Scheu ein kleines Schlückchen. So wie damals war ein süßer Wein aus Fianna verwendet worden. Sein Gaumen schmeckte jetzt, was Javan einst, als Elfjährigem, ein Rätsel geblieben war, und indem er gar nicht erst daran zu denken versuchte, was der Becher außer Wein noch enthalten mochte, leerte er ihn bis auf den Grund.

Herr Tavis lächelte nur und nickte, als Javan die Augen aufschlug und ihm den geleerten Becher zurückgab. Inzwischen war Pater Joram aufgestanden und kam mit senkrecht erhobenem Schwert auf Javan zu, stellte sich neben ihn und wandte sich gen Osten, bedeutete ihm durch einen Wink, desgleichen zu tun.

»Die Worte, welche Ihr nun hören werdet, Königliche Hoheit«, erläuterte Joram in gelassenem Tonfall, den Blick in den goldenen Helligkeitsschein der Ostseite gerichtet, »sind genau jene Worte, die Euer Vater sprach, derweil er, bevor er in jener Nacht verstarb, den dritten Kreis zog. Dank Dom Querons Unterstützung war's mir möglich, mich an den genauen Wortlaut zu erinnern. Ihr seid, derweil er selbige Worte sprach, zugegen gewesen. Wenn Ihr Euch in Trance versenkt habt und in Eurer innersten Mitte Stille eingegangen seid, werdet Ihr Euch, davon bin ich überzeugt, ebenfalls an sie entsinnen… Und zudem an anderes, was sich in der vorerwähnten Nacht zugetragen hat.«

Nachdem er diese Erklärung abgegeben hatte, nahm der Pater aufrechte Haltung an, konzentrierte sichtlich seine Aufmerksamkeit und entbot sodann dem Osten – der Quelle des Lichts – mit der Klinge einen Gruß. Beim Ausatmen senkte er danach die Schwertspitze auf den Fußboden, auf eine Stelle gleich rechts neben der Kerze, und hob mit leiser Stimme zu sprechen an.

»Heiliger Raphael, Heiler, Herr über Wind und Wetter« – langsam entfernte er sich nach rechts, machte sich daran, den Kreis ein drittes Mal zu umschreiten – »mögen wir in dieser Nacht in deiner Hut sein und an Geist, Seele und Leib geheilt werden…«

Als seine Stimme verklang, hatte er fast den Südwinkel erreicht, wo die von rotem Glas beschirmte Kerzenflamme gloste, und neigte, derweil das Schwert den Zirkel nachzog, zum Zeichen der Ehrerbietung das Haupt. In den Augenwinkeln gewahrte Javan, daß sich auch Tavis verneigte; darum vollführte er gleichfalls eine Verbeugung.

»Heiliger Michael, Gottesstreiter, Wächter des Paradieses, schütze uns in der Stunde unserer Not.«

Joram setzte seine Umkreisung fort. Wo er die Schwertspitze ununterbrochen über den Untergrund zog, schuf sie ein glänzendes, silbernes Band, vielleicht so breit wie der Unterarm eines kräftigen Mannes, das gleichermaßen nichtstofflicher wie stofflicher Natur zu sein schien. Hinter Joram beobachtete Javan des Silberstreifens Entstehen und gewann dabei den Eindruck, daß des Silberbands Erschaffung den Priester, je weiter er voranschritt, immer größere Anstrengungen kostete. Javan vermochte nicht den Blick von dem Pater zu wenden, derweil Joram auch dem Westen den Schwertgruß entbot, sie alle vier sich erneut verbeugten. Irgendwie ahnte er, welche Worte der Michaelit als nächste sprechen sollte, darum erstaunte es ihn nicht, als Jorams folgende Äußerungen – während blauer Lichtschein sich durch den Windschirm der Kerze auf der Klinge spiegelte – tatsächlich genauso fielen, wie er es erwartete.

»Heiliger Gabriel, himmlischer Herald, verbringe unser Flehen der Mutter Gottes, unserer Jungfrau Maria…«

Nun vermeinte Javan, gleichzeitig mit Pater Jorams Stimme auch seines Vaters Stimme zu hören, und über Jorams Michaeliten-Blau das vertraute, mit Pelz gesäumte Gewand im Karmesinrot des Haldane-Geschlechts zu gewahren. Er widerstand der Versuchung, sich ungläubig die Augen zu reiben, während Jorams Schritte ihn nunmehr gen Norden trugen, wo in grünlichem Helligkeitsschein Dom Queron harrte, doch hatte er das Empfinden, daß der Stimme Klang ihm – schlösse er die Lider – vortäuschen sollte, sein Vater, der selige König Cinhil, sei *wirklich* zugegen.

»Heiliger Uriel, Engel des Todes, komm mit Sanftheit, so du kommen mußt, laß alle Furcht von diesem Orte weichen…«

Javan spürte, daß er erbebte, derweil Pater Joram sein Umschreiten des Zirkels im Ostwinkel beendete, dort den Kreis vollendete und zum Schluß ein weiteres Mal, dicht an Javans Seite, den Schwertgruß entbot. Eigentlich durchschaute er des Michaeliten Beschwörungen nicht – die Beschwörungen, welche sein Vater vor Jahren mit den gleichen Worten vollzogen hatte –, geradesowenig wie er wußte, wer oder was durch ihn selbst an seines Bruders Sterbebett beschworen worden war, doch flößten sie ihm die alleraußerordentlichste Ehrfurcht ein. Naturgemäß kannte er die Erzengel, sowohl aus dem Katechismus-Unterricht der Kindheit wie auch dank jener an der Priesterschule genossenen Ausbildung, jedoch hatte er nie zuvor jemanden sie so anrufen gehört, wie es heute Pater Joram getan hatte.

Joram wandte sich um, hielt dabei das Schwert an den Querstangen und ließ es nach unten hängen, gab Javan mit einem Wink zu verstehen, daß auch er sich der Mitte zukehren sollte. Javan befolgte die Aufforderung, erblickte an der anderen Seite des Magie-Kreises die bleiche Miene Herrn Tavis', welcher dort dem Geschehen seine ungeteilte Aufmerksamkeit schenkte. Sobald Jorams nächste Worte ertönten, wußte Javan, daß einst Lady Evaine sie gesprochen hatte.

»Außerhalb der Zeiten weilen wir, an einem Ort abseits des Erdenkreises. Wie unsere Ahnen vor uns taten, treten wir zusammen und sind eins. Bei deinen Heiligen Aposteln Matthäus, Markus, Lukas und Johannes, bei all deinen Erzengeln, bei allen Mächten von Licht und Schatten, wir rufen dich an, beschirme und bewahre uns vor allem Übel, o Allerhöchster! So ist es und ist es immerzu gewesen, so wird es sein für alle künftigen Zeiten. *Per omnia saecula saeculorum.*«

Das »Amen«, welches danach die übrigen Anwesenden riefen, kam zwar unwillkürlich, doch ganz natürlich und angemessen, als könnte es anders gar nicht sein, über Javans Lippen, und ebenso schlugen seine Hände das Kreuzzeichen, während auch die anderen Beteiligten sich bekreuzigten.

Im Anschluß daran bückte sich Pater Joram, legte das Schwert rechter Hand, im nordöstlichen Winkel, der Länge nach an den Rand des magischen Zirkels; sodann faßte er Javans Arm und geleitete ihn zum Mittelpunkt des Kreises, bis zu dem kleinen Altartisch. Danach kehrte er um Javans Rücken an seinen Platz im

Süden zurück, derweil Dom Queron niederkniete und der Lade weitere Gegenstände entnahm: einen dreibeinigen, teils mit Wasser gefüllten Becher mit weißer Glasur, den er neben das Räuchergefäß stellte, ein kleines Stück beschriebenen Pergaments, dessen Beschriftung Javan von seinem Standort aus nicht lesen konnte, sowie ein silbernes Messer, welches der Dom, indem er sich aufrichtete, Tavis übergab.

»Ich bitte Euch, Königliche Hoheit, um den Ring aus Feuer«, sprach nun Pater Joram und streckte Javan die Hand entgegen.

Javan zog den besagten Ring vom Finger und reichte ihn mit der Rechten dem Michaeliten. Joram nahm den Ring, gab ihn jedoch an Tavis weiter, behielt aber Javans Hand so im Griff, daß der Daumen aus seiner Faust hervorragte, und preßte ihn ab. Von Tavis bekam er das Messer, während Dom Queron anhob, mit verhaltener Stimme das auf dem Pergament Niedergeschriebene abzulesen.

*»So will ich den Beschluß des Herrn verkünden«*, lauteten die vom Dom verlesenen Worte. *»Der Herr sprach zu mir: ›Mein Sohn bist du, ich habe dich heute gezeugt. Erbitte von mir, und ich gebe dir Völker zum Erbe, zu deinem Besitz die Grenzen der Erde.‹«*

»Javan Jashan Urien Haldane, König von Gwynedd», sprach daraufhin Joram, als Queron das Pergament senkte, »sei dem Dienste am Volk geweiht.«

Kaum war diese Äußerung getan worden, stach er mit dem Messer in Javans Daumen. Helles Blut quoll hervor, und Javan erschrak, doch sogar sein Zusammenzucken fiel gemäßigt aus, fast so, als wäre nicht er, sondern jemand anderes geschnitten worden. Seiner Gedankengänge Ablauf schien sich zu verlangsamen, und er schaute nur noch wie ein Gebannter gleichmütig zu, während Tavis die dunklen Edelsteine, welche den Ring aus Feuer zierten, mit des Daumens Blut befeuchtete, und Joram sodann das Glied, aus dem noch immer Blut sickerte, auf das von Queron gehaltene Pergament drückte.

Anschließend ward das Pergament zum Verbrennen ins Räuchergefäß gesteckt, und Dom Queron reinigte mit einem Leintuch den Daumen vom Blut und heilte die Schnittwunde. Sobald sich das Pergament in Asche verwandelt hatte, nahm er ein geringes Quentchen Asche zwischen Daumen und Zeigefinger, streute es ins Wasser und sprach abermals ein Wort aus der Heiligen Schrift.

*»Dem König verleihe Weisheit, o Gott, und deine Gerechtigkeit gib des Königs Sohn …!«*

Tavis beugte sich vor und ließ den blutigen Ring ins Wasser fallen. Nachgerade verträumt sah Javan zu, derweil sich das Blut im Wasser auflöste, fragte sich bei selbigem Anblick, wie diese Mischung aus Wasser, Blut und Asche wohl schmecken mochte. Zur gleichen Zeit war ihm allerdings zumute, als ob er es schon seit langem wüßte. Ihm war, als hätte er einen Schleier vor den Augen. Fast hatte er den Eindruck, als zöge der Becher ihn an, er schwankte leicht auf den Beinen, so daß Joram ihn an der Elle stützte.

»Achtsam, Königliche Hoheit, habt acht«, raunte der Michaelit. »Neben allem anderen, was auf Euch einstürmt, verspürt Ihr des ersten getrunkenen Bechers Folgen. Bleibt gelassen und allem gegenüber offen. Laßt es auf Euch einwirken, aber verzichtet darauf, es durch Grübeln und Klügelei ergründen zu wollen.«

Damit überantwortete er Javan Querons Obhut und ging das Schwert holen, welches noch am nordöstlichem Rand des Magie-Zirkels lag. Dorthin begleitete ihn Tavis.

»Herr Tavis wird nun aus dem Kreis scheiden, Königliche Hoheit«, setzte Dom Queron mit gedämpfter Stimme Javan in Kenntnis, lächelte andeutungsweise, während Javans Blick dem Bogen folgte, welchen die Schwertspitze – auf- und abwärts – durch die Luft beschrieb und auf diese Weise in den Magie-Kreis eine Pforte schnitt. »Wir gehen nun über zum entscheidenden Teil des Rituals. Aber bleibt unbesorgt, Tavis wird nahebei warten.« Tavis strebte ein wenig unwillig, aber allemal folgsam, zum Magie-Zirkel hinaus, kauerte sich gleich hinter Javan auf die Altarstufen. »Er hat sich in jener Nacht nicht im Innern des Kreises aufgehalten, also darf er auch heute nicht darin weilen. *Ich* gehöre streng genommen ebensowenig hinein, indessen ist mein Mitwirken, wie die Dinge stehen, für den Ritus unentbehrlich. Aber der wichtigste Beteiligte ist Joram, denn er ist der einzige Überlebende all derjenigen, welche damals, in jener Nacht, bei vollem Bewußtsein zugegen gewesen sind.«

Pater Joram warf ihm einen ernsten, versonnenen Blick zu, ehe er, indem er die Spitze der Klinge in rascher Folge dreimal über den Fußboden zog, den Ausgang schloß, danach das Schwert wieder ablegte und an seinen Platz im Süden zurückkehrte.

»Und nun«, fügte Queron seinen vorherigen Darlegungen hinzu, während er sich unbefangen zur Linken Javans aufstellte – zwischen ihm und Joram –, »ist's meine Absicht, um die damaligen, ursprünglichen Bedingungen, wie sie in jener einstigen Nacht vorhanden waren, ein zweites Mal zustande zu bringen, ein Verfahren anzuwenden, dessen Nutzung durch mich Joram schon vor etlichen Jahren hat bezeugen können, so daß ich vermute, es wird ihn diesmal nicht so sehr wie zuvor verwirren. Euch hingegen, mein Prinz, dürfte es voraussichtlich ungemein verblüffen.«

Bevor Javan darauf nur ein Wörtchen entgegnen konnte, hob Queron die Hand und berührte Javans Stirn, brachte ihn unter seine geistige Gewalt, versetzte ihn zügig in eine weit, weit tiefere Trance, als eigenes

Bemühen sowie der Inhalt der beiden Becher ihn schon versenkt hatten.

»Verweilt nun ganz in Eures Gemüts Mitte und bewahrt zur Gänze innere Gelassenheit, mein Prinz«, murmelte Dom Queron.

Unendliche Stille umfing Javan, und in vollkommenstem Seelenfrieden, in vollständiger Ruhe, schaute er reglos zu, derweil Queron als nächstes seine Aufmerksamkeit Joram widmete.

# XII. Kapitel

*»...da sah ich in einer Verzückung ein Gesicht...«*

Apostelgeschichte 11,5

Ungeachtet seines vorbehaltlosen Vertrauens zu Queron empfand Joram MacRorie eine flüchtige Regung des Unbehagens, als der Gabrielit sich unmittelbar vor ihn stellte und ihm die Hände auf die Schultern legte. Queron hatte ihm zuvor mit aller Genauigkeit darüber Aufklärung erteilt und beteuert, er könne durchaus bei vollem, wiewohl in den Hintergrund des Geschehens entrücktem Bewußtsein miterleben und beobachten, was sich vollzog, obwohl er, Queron, sein Gedächtnis mit außergewöhnlicher, schonungsloser Gründlichkeit anzapfen mußte; doch die Erinnerung an das erste Mal, als dieser Ritus vollführt worden war, rief bei Joram eine zwar gänzlich ungerechtfertigte, aber durch den Verstand allein schwer unterdrückbare Beklemmung hervor.

»Laßt diese Furcht fahren«, raunte Queron ihm zu, schob die Hände an Jorams Hals empor in den Nacken, so daß die Daumen die Schläfen berührten. Des Heilers dunkle Augen flößten Joram Ruhe ein. »Als ich diese Anwendung zum erstenmal verrichtete, hattet Ihr Grund zur Vorsicht. Heute dagegen verhält es sich vollständig anders.«

*Entkrampft Euch und öffnet mir Euren Geist, Joram,* ergänzte er seine Worte auf geistiger Ebene, derweil Joram die Geistesschilde senkte und ihm freien Zugang in seine Seele gewährte.

*Vortrefflich,* ermunterte ihn Queron. *Und nun versenkt*

*Euch in tiefere Trance, kehrt in der Erinnerung zurück zu jener Nacht... Steht gleichsam in der kleinen Kapelle neben Cinhils Schlafgemach... Ihr weilt dort im Verein mit Cinhil, Evaine und Alister...* Seid *in selbiger Kapelle...*

Und Joram war dort, zumindest schien es ihm so zu sein. Ein Teil seines Gemüts blieb auf Abstand, sich darüber im klaren, daß er lediglich auf eine Erinnerung zurückgriff, nahm von ihr Kenntnis, als lugte er sich selbst über die Schulter. Der Großteil seines Bewußtseins allerdings durchlebte ein zweites Mal die Nacht in Cinhil Haldanes königlicher Kapelle, befand sich in der Gemeinschaft inzwischen Toter, sah sie gewissermaßen wieder: Vater und Schwester, der Schwester Gemahl, den vom Unglück verfolgten König.

Aber als Queron zur Seite und an einen Fleck schräg hinter Joram trat, dabei jedoch eine Hand auf des Michaeliten Schulter beließ, erblickte auch Jorams auf Abstand gebliebener Teil selbige Erscheinungen. Einen Klafter zur Rechten stand leicht benommen Javan, dessen äußere Ähnlichkeit mit seinem Vater sich gar nicht verkennen ließ, und schaute allem zu – und neben ihm ward nun eine weitere, scheinbar feststofflichere Gestalt sichtbar.

Nicht jene Gestalt war es, welche Queron ein früheres Mal – nämlich im Valoreter Domkapitel – heraufbeschworen hatte, als seine magischen Maßnahmen unbeabsichtigt den Schein eines Gesichts erweckte, in dem der kurz zuvor angeblich umgekommene Camber MacRorie auftrat – ein Vorfall, der nachgerade unabwendbar desselben Heiligsprechung nach sich gezogen hatte. Allerdings sollte Camber noch in abgewandelter Gestalt erscheinen, nicht als er selbst, sondern als Alister Cullen, Cambers einstigem *Alter ego.*

Denn sämtliche Beteiligten des damaligen Rituals hatten aus Jorams Gedächtnis gleichsam herauszutreten und heute noch einmal ihre Aufgabe zu erfüllen. Vor Jorams Augen erschien im Osten – derweil der von allem losgelöste Teil seines Verstandes die Vorgänge fast wie unter einem Bann mitverfolgte – langsam Cinhil Haldanes nahezu feste Gestalt neben seinem Sohn, bot eben jenen Anblick wie in jener schicksalhaften Nacht, in welcher er seinen Söhnen Alroy, Rhys Michael und Javan das Siegel des Haldane-Geschlechts einprägte; er hielt ein nichtstoffliches Zweitstück des stofflichen Bechers in Händen, der vor ihm auf dem Altartischchen stand.

Sein Erbe jedoch starrte quer durch den Magie-Kreis eine andere Gestalt an, welchselbige sich soeben zu verfestigen schien, und trotz der nachhaltigen geistigen Unterordnung sowie der verabreichten Mittel merkte man Javan große Überraschung und Freude an. Joram lenkte den Blick zur linken Seite und erkannte Evaines Erscheinung, deren anmutige Gestalt einen dunklen Mantel trug, und unter der Haube schimmerte ihr goldblondes Haar.

Und gegenüber seines Standorts sah Joram nun das äußerliche Abbild desjenigen erscheinen, den er und Queron in zweierlei Gestalt gekannt hatten, doch war er in jener vor Jahren vergangenen Nacht ausschließlich als Alister Cullen zugegen gewesen, und in ebendieser Erscheinung zeigte er sich folglich auch heute, gehüllt in den Purpur seines Bischofsranges. Immer deutlicher erlebte Joram die Erinnerung wieder, während die Cullen-Erscheinung die Arme vor der Brust kreuzte und dann den Blick, just wie damals, auf den Altar heftete; Joram tat desgleichen, bemerkte dabei, daß auch der seltsam greifbar wirkende Cinhil-Geist Cullens Vorbild nachahmte und den Becher mit einer Grußgebärde dem Altar entgegenhob. In diesen Augenblicken war Joram zumute, als weilte er wirklich und wahrhaftig ein zweites Mal zu Valoret in der kleinen königlichen Kapelle neben Cinhils Schlafkammer, hörte er König Cinhil noch einmal seine bedeutungsschweren Worte sprechen.

»O Gott, du bist fürwahr Heiligkeit, der Quell alles Heiligen. Voll Zagen und Demut treten wir vor dich mit unserem Flehen, erbitten wir deinen Segen und deinen Schutz für das Werk, das wir in dieser Nacht vollbringen müssen.«

Die Stimme klang ganz genau wie die des toten Cinhil, wenngleich es Joram in seinem Innern gegenwärtig blieb, daß die Worte in Wahrheit von Dom Querons Lippen an sein Gehör drangen. Doch als Cinhil sich seinem zutiefst ehrfürchtigen Sohn Javan zukehrte, ihm den Becher entgegenstreckte – die Handfläche über das Trinkgefäß gebreitet –, da verschmolzen Wirklichkeit und Trugbild, schien es Cinhil zu *sein*, der nun die Anrufungen fortsetzte, als erstes die Machtfülle der Lüfte auf des Bechers Inhalt herabbeschwor.

»So sende nun deinen heiligen Erzengel Raphael, o Herr, auf daß er diesem Wasser Geist einhauche und es heilige, und wer davon trinkt, der mag rechtmäßig über des Lüfte-Elements Gewalten gebieten. Amen.«

Indem der tote König die obere Hand unter den Becher schob, regte sich von Osten her ein Luftzug, kreiste zunächst ruhig, gewann sodann allerdings an Kraft, zauste Haare und Gewänder, wehte die Haube von Evaines Schopf, so daß ein Hagel goldener Haarnadeln zu ihren Füßen auf den Boden prasselte, erfaßte selbst Javan und Joram – nicht hingegen Dom Queron, an dem im wahrsten Sinne des Wortes kein Härchen gekrümmt ward. Es hatte sogar den Anschein, daß er sich kaum noch dessen bewußt war, welche Art von Beschwörungen er – das Haupt leicht gesenkt, die Lider halb geschlossen, die Linke unverändert reglos auf Jorams Schulter – eigentlich hier vollführte.

Der Wind schwoll zu einem Wirbelsturm an, welcher aus dem Räuchergefäß, obwohl sich darin nur noch ganz wenig Qualm staute, eine bläuliche Rauchsäule aufsteigen ließ; dieselbe strudelte über dem Becher in Cinhils Geisterhänden, sank aufs Wasser abwärts, rührte es flüchtig auf und verwehte im nächsten Augenblick vollkommen spurlos.

Cinhils Erscheinung schloß kurz die Lider und reichte den Becher Joram. Für Jorams Sinneswahrnehmung, in welcher sich Wirklichkeit und Erinnerung vermengten, schien das Gefäß spürbares Gewicht und greifbare Festigkeit zu haben. Er streckte es vor den in abgründiger Trance befindlichen Javan hin, breitete den Handteller der Rechten darüber, geradeso wie er es damals getan hatte, sprach die gleichen Worte wie einst, äußerte sie in der gleichen Absicht.

»O Gott, du bist fürwahr Heiligkeit, der Quell alles Heiligen. Wir flehen dich an, o Herr, sende uns deinen heiligen Erzengel Michael, den Segensreichen und Meister des Feuers, auf daß er diesem Wasser die Glut deiner Liebe einhauche und es heilige, und wer davon trinkt, der mag rechtmäßig über des Feuer-Elements Gewalten gebieten. Amen.«

So wie damals bewegte er die Rechte vom Becher zur Seite, kehrte die Handfläche aufwärts; doch die Flamme, welche daraufhin, groß wie ein Ei, aus seiner Hand aufglomm, erstand nicht aus seiner Willenskraft, ward vielmehr aus seinen durch Queron angezapften, heraufbeschworenen Erinnerungen erschaffen, war jedoch ebenso echtes Feuer, als hätte Joram selbst vermittelst Magie diese Flamme erzeugt.

Er neigte die Handkante und sah die feurige Sphäre langsam hinunterschweben, Dampf emporzischen, sobald die Glut aufs Wasser fiel, sich als kaltes, blaues

Gleißen über das Gefäß ausbreiten und am weiß glasierten Rand kaum sichtbar züngeln. Mit keineswegs geringerer Ehrerbietigkeit als damals, beim erstenmal, drehte Joram sich seitwärts und hielt den Becher dem Geist-Abbild seiner verstorbenen Schwester entgegen, welches zu seiner Linken harrte. Mit anmutiger Gebärde, welcher Joram sich in zärtlicher Zuneigung entsann, warf sie ihr vom Sturmwind zerzaustes Haar aus der Stirn und ergriff den Becher. Bei der Übergabe streiften sich ihrer beider Finger – Evaines Hand schien lebendig-warm zu sein! –, und Joram starrte sie unverwandt an, während sie kurz das Haupt über das Gefäß neigte und anschließend für die Anrufung das Antlitz aufwärtskehrte.

»O Gott, du bist fürwahr Heiligkeit«, schien Joram ihre Stimme zu vernehmen, »der Quell alles Heiligen. Wir bitten dich, o Herr, sende zu uns deinen heiligen Erzengel Gabriel, der den wütenden Wassern befiehlt, auf daß er in diesen Becher das Wasser deiner Weisheit regnen lasse und es heilige, und wer davon trinkt, der mag rechtmäßig über des Wasser-Elements Gewalten gebieten. Amen.«

Joram spürte, daß sich wie in jener damaligen Nacht auch jetzt inmitten der Luft Spannung ballte, fuhr sogar ein wenig zusammen, als über den Häuptern aller Beteiligten ein Blitz zuckte, Donner grollte; über dem Becher zog sich eine kleine, aber überaus finstere Gewitterwolke zusammen. Ungeheure, jedoch gebändigte Macht glühte in Evaines Augen; und als es ein zweites Mal donnerte, diesmal leiser, löste sich die kleine Wolke auf in einen kurzen Regenschauer. Das meiste dieses Regens ergoß sich in den Becher, einiges troff jedoch auf den Rand, und sogar auf die Umstehenden fielen ein paar winzige Tropfen. Beim vorherigen Mal hatte ein echtes Tröpfchen Jorams Oberlippe getroffen; und als er das Tröpfchen dieses Mal kostete, schmeckte es genauso süß, wie er es in Erinnerung behalten hatte.

Evaine senkte den Becher, und Joram sah sie das Gefäß an die Gestalt Alister Cullens weiterreichen, eigentlich also an ihren Vater. Camber-Alister hob den Becher mit beiden Händen bis in Höhe seiner erzgrauen Augen, lenkte dann den Blick an eine darüber gelegene Stelle mitten in der Luft; und Joram wußte ohne den mindesten Anflug eines Zweifels, wem die nächste Anrufung galt.

»O Gott, du bist fürwahr Heiligkeit, der Quell alles Heiligen«, sprach in gedämpftem Ton die vertraute Stimme, zerriß Joram schier das Herz. »Wir erflehen, o Herr, sende uns deinen heiligen Erzengel Uriel, deinen Boten der Dunkelheit und des Todes, auf daß er in dies Wasser alle Geheimnisse und Kräfte der Erde gebe und es heilige, und jeder, der davon trinkt, mag rechtmäßig über des Erd-Elements Gewalten gebieten. Amen.«

Dieses Mal erbebte die Erde keineswegs unter ihren Füßen, ein Teil Jorams jedoch neigte zu der Überzeugung, es geschähe. Wieder schien er, so wie einst vor Jahren, das dumpfe Klirren der Kerzenleuchter auf dem Altar zu hören, das Rattern der dünnen Ketten am Räuchergefäß sowie das leise Schellen des Rings aus Feuer, welcher auf dem Grund des weiß glasierten Bechers zitterte und klang, den Camber-Alister in den Händen hielt.

Derweil Joram jedoch zuschaute und lauschte, verstärkte sich bei ihm der Eindruck, er höre fürwahr den echten Ring auf dem Grund des wirklichen Bechers erklingen, welcher noch auf dem kleinen Altartisch stand. Er warf einen scharfen Blick darauf, doch verflog sein Eindruck, sobald die Erscheinung Camber-Alisters ihren nichtstofflichen Becher senkte.

Von nun an allerdings wichen die ferneren Ereignisse unverkennbar von Jorams Erinnerungen ab. Während damals Camber-Alister den Becher König Cinhil übergeben hatte, auf daß er zu des Ritus' Höhepunkt schreite, richtete er diesmal der grauen Augen Blick auf Dom Queron, welcher in jener Nacht ja kein Mitwirkender gewesen war, hob ihm mit einer Geste, die sowohl Bitte wie auch Forderung zum Ausdruck brachte, den Becher entgegen.

Joram fühlte sein Herz stärker und stärker klopfen, indem das Empfinden einer überirdisch-allmächtigen Wesenheit ihn umwallte wie eine Woge. Offenbar merkte auch Queron, daß nunmehr andere Ereignisse ihren Lauf nahmen. Unvermindert in der ungemein tiefen Trance befindlich, in welche er sich selbst hinabbegeben hatte, ließ der Gabrieliten-Heiler, nun von äußeren Mächten getrieben, die Hand von des Michaeliten Schulter gleiten, trat vor und ergriff den auf dem kleinen Tisch abgestellten, wirklichen Becher. Joram konnte ihn in aller Deutlichkeit sehen, mußte sich jedoch, als wäre er unvermutet mit vollkommener Willenlosigkeit und gänzlichem Handlungsunvermögen geschlagen worden, völlig aufs Zuschauen beschränken.

Dom Queron straffte sich zu ganzer Körpergröße, hielt den Becher mit beiden Händen und wandte seine Aufmerksamkeit ein Stück weit nach rechts, in die Richtung der Cinhil-Erscheinung. Die Gestalt flimmerte, zerfiel sodann in einen aller Form baren Dunstschleier, welcher auf den Dom zuschwebte, ihn wie ein Umhang einhüllte – durchsichtig zwar, aber doch wesenhaft – und Querons Angesicht beträchtliche Ähnlichkeit mit Cinhils Antlitz verlieh. Selbige sonderbare Miene blieb ausdruckslos, derweil der Dom den Magie-Kreis gen Norden durchmaß und den stofflichen Becher dem Hüter dieser Himmelsrichtung darbot. Indem die Camber-Alister-Erscheinung sich knapp verneigte, hob sie ihren nichtstofflichen Becher zu dem wirklichen Becher empor, so daß beide vor aller Anwesenden Augen miteinander verschmolzen.

»Der Becher ist bereit, Sire«, wiederholte die Camber-Alister-Gestalt ihre damaligen Worte. »Alles andere liegt in Eurer Hand.«

Feierlich verbeugte sich Dom Queron, drehte sich um und nahte sich Javan, der noch auf derselben Stelle wie zuvor stand, vor sich hinbebte und ihm nun aus aufgerissenen Augen entgegenblickte. Dem Gesichtsausdruck zufolge mutmaßte Joram, daß der Jüngling jetzt statt Queron seinen Vater vor sich sah, den verewigten König Cinhil. Auf alle Fälle erklang, sobald der Dom den Becher zwischen sich und dem Jungmannen in Bereitschaft hielt und das Wort an ihn richtete, Cinhil Haldanes Stimme.

»Javan, du bist mein Sohn und Erbe«, sprach die Stimme, wandelte den ursprünglichen Wortlaut geringfügig ab, denn der erste Erbe war Alroy gewesen. »Trink! Durch dies Geheimnis wird dir die Macht zu eigen, deren Besitz dein gottgegebenes Recht als künftiger König dieses Reiches ist. Und auf gleiche Weise sollst du deine Söhne einweihen, falls es einstmals dazu kommt.«

Unter dem Bann und Zwang, welcher von seines Vaters Blick ausstrahlte, streckte Javan die Hände nach dem Becher aus, legte sie um Cinhils Fäuste und neigte das Gefäß den Lippen entgegen, um zu trinken. Joram hörte, wie der Ring aus Feuer im Becher nach unten rutschte, derweil Javan ihn leerte, und schritt hinzu, um das Trinkgefäß, als der Thronfolger es sinken ließ, an sich zu nehmen. Er trat, kaum daß er den Becher abgesetzt hatte, hurtig hinter Javan, denn der Prinz schwankte, hatte einen Ausdruck außerordentlichen Befremdens in der Miene, derweil er seinen ›Vater‹ anschaute. Eilends stützte der Michaelit Javan an den Armen.

Joram erkannte unmittelbar die Veranlassung für Javans Fassungslosigkeit. Hinter Queron-Cinhil nämlich, der soeben bedächtig die Hände auf eben jene Weise, wie damals Cinhil es getan hatte, an des Jünglings Haupt legte, hatte die Camber-Alister-Erscheinung sich unterdessen vollends in Camber verwandelt, dessen helle Augen heiter-gelassen und verständnisvoll dreinblickten, und sein silbernes Haar glänzte im Kerzenschein, derweil er neben Queron trat und die eigenen Hände auf des Heilers Hände senkte, just als letztere Javans Schopf berührten.

Die Wirkung auf Javan war ebenso, als wäre er vom Blitzschlag getroffen worden, dann erst versteifte sich sein gesamter Körper wie im Starrkrampf, danach knickten ihm die Knie ein und er verdrehte die Augen. Joram, der ihm hinterrücks Halt gab, mußte ums Gleichgewicht ringen und alle Kraft aufwenden, um sie beide, Javan und sich selbst, auf den Beinen zu halten. Er vermochte den Blick nicht von der vertrauten, scheinbar so nahen und doch unerreichbar fernen Gestalt zu nehmen, schrak aber aus Verzagtheit ein wenig zurück, als nach ein, zwei Herzschlägen atemloser Entgeisterung Cambers Erscheinung eine Hand hob und damit an seine Stirn faßte.

Die Berührung zeichnete sich durch keine Spürbarkeit im eigentlichen Sinne aus, wohingegen die geistige Gegenwart der Erscheinung an Tatsächlichkeit nichts zu wünschen übrigließ.

*Habe keine Furcht,* sprach die altvertraute Stimme in Jorams Geist. *Das Werk dieser Nacht ist wohlgetan.*

Angesichts eines solchen Erlebens geriet nun auch Joram ins Wanken; denn die Stimme, welche er im geistigen Bereich vernahm, gehörte unzweifelhaft seinem Vater.

*Vater, wird er seine Krone wahren?* fragte Joram. *Haben wir mit dem, was bewerkstelligt worden ist, dafür genug vollbracht?*

*Darüber ist mir kein Wissen gegeben,* lautete Cambers Antwort. *Zahlreiche Feinde trachten ihm nach dem Leben. Betet darum, daß dies leibhaftige Spendengefäß der Magie an keinen verborgenen Schwächen krankt, und ratet ihm, dessen eingedenk zu bleiben, daß auch Könige, welche Brüder unseres Deryni-Blutes werden, genauso sterblich sind wie andere Menschen, führt man Schwert oder Pfeil wider sie ins Feld.*

Damit wich die Hand von Jorams Haupt, die geistige Stimme verstummte, und auch die Erscheinung verschwand. Im selben Augenblick erschlaffte Javan vollends, und das gleiche geschah mit Dom Queron, so daß der Michaelit seine liebe Not hatte, um beide rasch, aber mit der gebotenen Vorsicht auf dem Fußboden auszustrecken.

»Joram, was hat sich zugetragen?« vernahm er einen Zuruf Tavis', der an der anderen Seite des Magie-Zirkels aufgesprungen war, mit der Hand die Augen überschattete und in das Innere des Kreises spähte.

»Prinz Javan ist wohlauf«, rief Joram gedämpft zurück, nachdem er eilends mit der Hand über des Genannten Stirn gestrichen und sich von seinem Wohlergehen überzeugt hatte; für ihn war voraussehbar gewesen, daß der Jüngling bei einem so überwältigend eindrucksvollen Erlebnis in Ohnmacht sank, zumal es auch damals so geschehen war, bei des Rituals erstem Vollzug. Von Dom Queron dagegen hatte er beileibe nichts derartiges erwartet.

Als nächstes überprüfte er Querons Zustand, preßte die Finger fest auf die Halsschlagader und erforschte anhand seiner Deryni-Sinne des Gabrieliten Verfassung. Querons Puls schlug regelmäßig; allem Anschein zufolge mußte seine Bewußtlosigkeit als eine jener Art eingestuft werden, die sich bisweilen einer ungewöhnlich starken seelischen Aufwühlung anschloß.

»Beide haben lediglich die Besinnung verloren«, erklärte Joram, raffte sich hoch und strebte auf reichlich unsicheren Füßen zu dem Schwert, schwang es durch die Luft empor und hinab und schuf dadurch in der Schutzwehr des Magie-Zirkels eine Pforte.

Tavis schlüpfte herein, sobald es möglich war, sprang als erstes zu Javan, um dessen Gesundheitszustand zu überprüfen, dann zu Dom Queron, welcher sich schon wieder regte. Joram schloß den magischen Kreis und gesellte sich zu den anderen Beteiligten, kniete besorgt an Querons Seite nieder. Des Heilers Lider flatterten, danach schlug er die Augen auf; offenkundig verdutzte es ihn, feststellen zu müssen, daß er der Länge nach auf dem Rücken lag.

»Was ist vorgefallen?« wünschte er zu erfahren, derweil seine dunklen Augen zunächst Tavis streiften, der die Hand auf seine Stirn gesenkt hatte, und anschließend auf Joram fielen.

»Ihr habt Euch wohl... äh... erheblich weiter als beabsichtigt auf das Ritual eingelassen, glaube ich«, antwortete Joram, wobei er seine Worte, da Tavis zuhörte, mit Achtsamkeit wählte. »Nachdem wir des Bechers einstige Weihe wiederholt hatten, seid Ihr in des Zirkels Mitte getreten und habt den echten Becher zur Hand genommen. Vermögt Ihr euch daran zu erinnern?«

»O ja, gewiß.« Dom Queron machte Anstalten zum Aufstehen, aber Tavis' Hand hielt ihn zurück.

»Und dann seid Ihr... gleichsam mit Cinhils Erscheinung eins geworden«, fügte Joram seinen vorherigen Worten hinzu und übermittelte dem Heiler auf geistigem Weg eine Darstellung des Geschehenen.

Queron nickte. »Ich hatte mich ja darauf vorbereitet«, antwortete er, »Cinhils Rolle zu spielen und Javan den Becher zu überreichen. Das ist mir durchaus erinnerlich.«

»Entsinnt Ihr Euch gleichfalls daran, anschließend den unechten Becher von der Alister-Erscheinung entgegengenommen zu haben?« fragte Tavis, derweil Queron ein zweites Mal aufzustehen sich anschickte und sein jüngerer Kollege es ihm diesmal gestattete, ihm dabei allerdings Hilfe leistete.

»Ich weiß, daß er tatsächliches Gewicht zu haben schien, geradeso wie ein stofflicher Becher«, sprach Queron. Er hob, indem sein Blick sich aus Nachdenklichkeit umwölkte, das Haupt. »Es ist sonderbar, aber irgendwie… hatte ich das Gefühl, als verbärge sich dahinter mehr als nur des Bechers eigenes Gewicht… Ihr wißt, ich wünschte mir's von Anfang an, Cinhils Rolle zu übernehmen… seine Worte zu wiederholen, bevor ich Javan den Becher reiche. Aber als er dann getrunken *hatte*…«

Seine Stimme verklang; anscheinend vermochte er sich auf die nachfolgenden Verkommnisse nicht so recht zu besinnen.

»Noch *jemand anderes* war zur Stelle und hat seine Hände auf Eure Hände gelegt, Dom Queron«, äußerte Joram, um des Heilers Erinnerungsvermögen auf die Sprünge zu helfen, schaute währenddessen den Heiler festen Blicks an und schuf somit zwischen ihnen ein gedankliches Band, von dem Tavis O'Neill ausgeschlossen blieb.

Aber Tavis nickte, hatte offenbar genau das gleiche wie Joram gesehen.

»Mir war klar, daß Ihr derjenige seid, welcher Cinhils Auftritt mimt«, meinte Tavis O'Neill in andächtigem Ton. »Wir waren uns ja im voraus darüber einig, daß es so am klügsten wäre, um eine möglichst große Wirkung auf Javan zu erzeugen. Aber jenes *anderen* Eingreifen ereignete sich danach – *nachdem* Ihr den nichtsstofflichen mit dem wirklichen Becher vereint hattet. Alister Cullens Erscheinung folgte Euch zu Javan, derweil er trank, und dann… vollzog sich an ihr eine Verwandlung… Sie veränderte sich, unmittelbar bevor sie ihn anrührte.«

Fragend sah Tavis den Michaeliten-Geistlichen an, jedoch ward Joram jede Entgegnung erspart, weil ein leises Wimmern und schwaches Zucken Javans die allgemeine Aufmerksamkeit ablenkte. Sofort entsann Joram sich seiner Pflicht, langte hinter sich, klaubte den Ring aus Feuer aus dem in Weiß glasierten Becher und trocknete den Reif hastig am Saum seiner Soutane.

Javan stieß einen gedämpften Seufzer aus und öffnete die Lider.

»Ich habe meinen Vater geschaut«, raunte er, und sein Blick huschte von einem zum anderen, um zu sehen, ob selbiger auch von den übrigen Beteiligten erblickt worden sein mochte. »Es lief alles ganz genauso wie beim erstenmal ab, jetzt erinnere ich mich vollständig. Er hat meinem Haupt irgend etwas eingegeben, aber dieses Mal hat's mir keine Pein verursacht…«

Tavis strich, ja streichelte fast mit der Hand über des neuen Königs Stirn, bebte dabei regelrecht; den Armstumpf lehnte er sacht an Javans Hals.

»Könnt Ihr Euch darauf besinnen, mein Prinz, *was* er Euch ins Haupt gegeben hat?« erkundigte er sich im Flüsterton. *»Denkt nach…!«*

»Ich glaube, dieser Reif dürfte Euch beim Erinnern nützlich sein, Königliche Hoheit«, versicherte Joram, zeigte den Ring vor und ergriff Javans Linke. »Die Weitergabe der ursprünglichen Macht, für welche Cinhil einst in Euch, Alroy sowie Rhys Michael die Grundlagen schuf, sollte nach seinem Tode durchs Anlegen dieses Rings erfolgen. Wahrscheinlich werden wir nimmer aufdecken können, weshalb das erwünschte Ergebnis bei Alroy ausgeblieben ist, aber nach dem, was sich soeben ereignet hat, sollt's mich wahrlich aufs allerhöchste befremden, träte der Erfolg bei Euch nicht ein.« Er hielt den Reif an Javans linken Ringfinger. »Seid Ihr bereit?«

Kaum hatte Javan, die geweiteten Augen voller Vertrauen, ihm zugenickt, steckte Joram den Ring über die Fingerkuppe und schob ihn somit an den ihm gebührenden Platz.

# XIII. Kapitel

*Jedoch du sprachst vor meinen Ohren,*
*und ich vernahm der Worte Klang…*

Hiob 33,8

Es verhielt sich, als erwachte er aus einem erquickenden Schlummer, oder als öffnete er eine Pforte in den Sonnenschein. Im einen Augenblick fühlte Javan sich noch verwirrt, war sich darin unsicher, ob er in der Tat zu guter Letzt seines Vaters magisches Erbteil erworben hatte; im nächsten Augenblick hatte er bereits Gewißheit darüber. Flüchtig verharrte er in Reglosigkeit, als ihm die Erkenntnis kam; sodann lockerte sich seine Haltung, derweil er sich kurz dazu die Zeit nahm, in seinem Geist die ihm zugefallene, wesentlich erhöhte Fülle an Möglichkeiten zu erkunden. Er gewahrte, daß Pater Joram, Dom Queron und Tavis O'Neill ihn beobachteten, abwarteten, und indem er sich aufsetzte und sie anschaute, verzog sich sein Mund zu einem Lächeln der Versonnenheit.

»Sieh an, dergestalt ist also das Erbe, welches Ihr, Evaine, Rhys und Euer Vater *meinem* Vater zugeeignet habt?« meinte er zu Joram, schlug ein unmittelbares geistiges Band zu dem Geistlichen und schmunzelte, als Joram ihm auf diesem Wege den ersten Glückwunsch zukommen ließ. »Es sind wahrlich höchst außergewöhnliche Gaben. Jetzt erkenne ich, daß sie seither stets in mir schlummerten, bloß verstand ich mich nicht auf ihre Nutzung. Oder vielmehr… Ich hatte zu lernen begonnen, aber erst heute sind die Bollwerke beseitigt worden, welche mich hemmten, die Schranken, die errichtet wurden, dieweil ja als erster Alroy in den Genuß dieses Geschenkes gelangen sollte.«

Er lenkte den Blick rundum, sah das Flimmern des Magie-Zirkels, welcher ihn und die anderen Beteiligten nach wie vor umgab, und was er außerhalb desselben zu erkennen vermochte – die verwaschenen Schattengestalten der Hüter, die man beschworen hatte, auf daß sie des Ritus' Wirkungsstätte schützten. Noch verweilten sie in den vier Himmelsrichtungen; er hatte die Empfindung, obschon er keine Augen gewahrte, daß ihre Aufmerksamkeit ausschließlich ihm galt. Javan brachte ihnen Ehrerbietung entgegen, verspürte aber keine Furcht mehr vor ihnen.

»Inzwischen verstehe ich ebenfalls, was sich ereignet hat«, ergänzte er leise seine zuvorigen Äußerungen. »Ich weiß, wen Ihr angerufen habt, und aus welchem Anlaß. Mir ist klar, daß mir auch künftig Grenzen gesetzt sein werden, jedoch steht mir nun das Wissen zu Gebote, dessen es bedarf, um mein Magie-Erbe in vollem Umfang zu nutzen.« Er schüttelte das Haupt und stieß einen Seufzer aus. »Und mir ist einsichtig geworden, weshalb mein Vater so häufig zögerte, seine magischen Fähigkeiten zu gebrauchen. Er verstand nicht, daß sie eine Macht des Lichtes sind. Aber mit Gottes Beistand mag's mir gelingen, sie voller Weisheit anzuwenden. Es könnte sehr wohl so sein, daß sie allein mir zu der Aussicht verhelfen, das liebe Leben zu behalten.«

Um ihm Gelegenheit zum Erproben seiner neuen Befähigung zu geben, überließ Joram es Javan, den Magie-Kreis zu beseitigen. Der künftige Herrscher führte diese Aufgabe gänzlich einwandfrei aus, leitete in aller Gelassenheit sämtliche verbliebenen Überschüsse an Elementarkräften ins Erdreich unter ihren Füßen ab und verabschiedete danach den Hüter des Zirkels mit vollendeter förmlicher Höflichkeit. Schließlich ergriff er das Schwert, um das Ritual ordnungsgemäß zu beenden, und nachdem er zum Schlußzeichen den Magie-Kreis an vier Stellen aufgetrennt und ein letztes Mal dem Osten einen Gruß entboten hatte, wandte er sich um, wollte die Klinge in Jorams Obhut zurückreichen – und schwankte plötzlich, als ihn ein Anfall tiefer Erschöpfung überkam.

»Obacht«, rief Pater Joram, packte Javan, indem das Schwert – Stahl auf Stein – auf den Fußboden klirrte, am Arm. Tavis faßte Javans anderen Arm, und gemeinsam waren die zwei Deryni ihm dabei behilflich, sich auf die unterste Altarstufe niederzusetzen. Dom Queron langte nach Javans Hand, um sich einen Eindruck von seiner gesundheitlichen Verfassung zu verschaffen.

»Er ist wohlauf«, stellte der Heiler leise klar. »Fürwahr, es hätte mich überrascht, wäre im Anschluß an den Ritus *keine* Ermattung aufgetreten.« Er kauerte sich vor Javan hin und blickte ihm in die Augen. »Ihr müßt Euch eine weitere Nacht erholsamen Schlummers vergönnen, mein Prinz«, riet er ihm. »Nun müßtet ihr dazu imstande sein, die zur Vertreibung von Müdigkeit geeignete Magie-Formel anzuwenden. Ist's auch tatsächlich der Fall?«

Javan zwinkerte und nickte, atmete ein wenig mühsam; infolge der unübersehbaren Mitgenommenheit wirkte er erheblich weniger selbstsicher als zuvor.

»Diese Ausgelaugtheit, welche Ihr jetzt empfindet, ist nach dem Vollzug eines dermaßen anspruchsvollen und anstrengenden Magie-Rituals ein völlig vorhersehbares Ergebnis, mein Prinz«, beteuerte Queron. »Ist's Euer Wunsch, beim erstenmal bei der Formel Anwendung von mir angeleitet zu werden, auf daß Ihr das nächste Mal Eurer Sache vollauf sicher sein könnt?«

»Mich will's deuchen«, stimmte Javan zu, »dieser Einfall möchte sich gar wohl auszahlen.«

»Nun denn… So senkt nun als erstes, ich bitte Euch, mein Prinz, das Haupt für eine Weile auf die Knie, um das Schwindelgefühl zu verscheuchen.« Queron legte die Hände an Javans Schläfen und wies ihm den Pfad zur rechten Verwendung der Magie-Formel, anschließend bewog er ihn, sich aufzurichten. »Nun schließt die Lider und breitet die Handflächen darüber, und zwar dergestalt, daß sich die Finger überdecken… Ja, just so… Und nun lenkt all Eure Aufmerksamkeit auf das Bannen des Müdeseins. Da habt Ihr's… Und zum Schluß atmet tief ein, um eurem Leib die Wirkung einzuhauchen…«

Nach wenigen Augenblicken schöpfte Javan ein zweites Mal kräftig Atem und ließ die Hände vom Gesicht sinken, öffnete die Lider; seine Miene widerspiegelte eine gewisse Verdutztheit, und er lächelte leicht verlegen.

»Es ist mir gelungen«, äußerte er leise.

»Und überdies aufs vortrefflichste, mein Prinz«, erklärte Queron und blickte schmunzelnd Tavis O'Neill an. »Doch allmählich ist's wohl für ihn an der Zeit, durch die Porta nach Rhemuth zurückzukehren. Je länger er hier verweilt, um so stärker wächst die Gefahr, daß irgendwer ihn vermißt und gefährliche Fragen aufwirft.«

»Aber… wann sehe ich Euch wieder?« erkundigte sich Javan, indem er und Tavis sich erhoben.

»Darüber wird innerhalb der nächsten Tage und Wochen die Entscheidung fallen, Königliche Hoheit«, antwortete Joram, der ebenfalls aufstand. »Die Deryni vom Königshofe zu vertreiben ist nicht an einem Tag verbrochen worden, und einen gewissen Ausgleich wiederherzustellen wird geradesowenig über Nacht zu erreichen sein, wie gut alle unsere Absichten auch sein mögen. Etienne de Courcy und sein Sohn Guiscard werden sich, was die erforderlichen Gesetzesänderungen anbelangt, als Euer Leitstern betätigen. Indessen ist's unsere Auffassung, daß das Nächstliegende, was wir für Euch zu leisten vermögen, die Einrichtung einer neuen Porta Itineris irgendwo in der Königsburg sein dürfte, um in Zukunft das Aufrechterhalten der Verbindung zu erleichtern. Auf die Dauer wird die Benutzung der Porta in der Basilika, geschieht sie zu häufig, zu gefährlich sein.«

»Eine neue Porta?« vergewisserte Javan sich mit gedämpfter Stimme. »Wo?«

»Ihren Standort zu bestimmen obliegt Euch, Hoheit«, sprach Joram, gab Tavis vermittelst eines Winks zu verstehen, daß er vorangehen sollte. »Erwägt die Sache ein paar Tage lang und beachtet folgendes dabei: Es wird vonnöten sein, daß sich zwecks Erledigung selbiger Aufgabe ein, zwei Deryni in die Königsburg einschleichen.«

»Wie wär's in meinen Gemächern?« schlug Javan vor.

Queron schüttelte das Haupt. »Wollen wir den Standort so sicher haben, wie er unbedingt sein muß, bedarf es etlicher Vorbereitungen von mehreren Tagen Dauer, mein Prinz. Wie könntet Ihr Eure Getreuen sowie die Bediensteten so lange aus den königlichen Gemächern fernhalten? Nein, es empfiehlt sich, andere Räumlichkeiten zu erwägen, und zwar solche, welche Euch ohne Umstände zugänglich sind, aber von niemandem für besondere Zwecke gebraucht werden. Laßt Euch getrost Zeit, um über diese Entscheidung nachzudenken. Ihr dürftet Euch ohnehin während der kommenden Tage mit ernsteren Sorgen befassen müssen. Joram wird Euch in ungefähr einer Woche durch Guiscard eine Nachricht zukommen lassen… Denselben Guiscard, der zur

Stunde schon ungeduldig, wähne ich, Eurer Rückkehr harrt.«

Javan nickte, merkte sich alles genau. »Und wie verhält's sich denn nun mit Herrn Guiscard?« fragte er. »Ich kann mir schwerlich vorstellen, Ihr wünscht, daß er von allem erfährt, was ich heute nacht… äh… an Kenntnissen erworben habe.«

Joram lächelte. »Ihr werdet erkennen, so sehe ich voraus, daß Herr Tavis sich dieser Angelegenheit schon angenommen hat, Eure Hoheit«, lautete des Michaeliten Antwort. »Es wird am klügsten sein, Ihr begebt Euch nun auf den Rückweg.«

»Nicht ohne gebührlichen derynischen Segen«, entgegnete Javan, sank mit leuchtenden Augen vor Joram auf beide Knie und faltete vor dem Geistlichen die Hände. »Danach will ich, darauf mein Wort, füglich Abschied nehmen, Pater«, versprach er mit halblauter Stimme.

Plötzlich glitzerten Tränen in Jorams grauen Augen, derweil er gleichfalls die Hände faltete und sich auf die erbetene Segnung vorbereitete; sodann streckte er beide Hände über des neuen Königs Scheitel aus.

»Der barmherzige Gott behüte Euch und halte seine Hand über Euch, mein Prinz«, sprach er in verhaltenem Ton, berührte mit den Händen sachte Javans Schopf. »Im Namen des Vaters, des Sohnes und des Heiligen Geistes.« Er schlug über Javans Haupt das Kreuzzeichen, faltete die Hände wieder vor der Brust und machte eine Verbeugung. »Amen.«

»Amen«, wiederholte Javan, indem auch er sich bekreuzigte.

Gleich darauf sprang er hurtig auf und eilte geschwind, ohne sich umzuschauen, zur Pforte hinaus, welche Tavis O'Neill für ihn hatte offenstehen lassen.

Als Javan entschwunden war, widmete Dom Queron dem mit ihm zurückgebliebenen Joram einen Blick allertiefster Versonnenheit.

»Es war *wirklich* derjenige, welchen ich während des Ritus' Verlauf zu erblicken vermeint habe, nicht wahr?« äußerte der Dom; durch seinen Tonfall wandelte sich die scheinbare Frage zur Feststellung. »Glaubt Ihr, daß auch Javan ihn geschaut hat?«

»Höchstens ganz flüchtig«, antwortete Joram, »und ich bezweifle, daß er verstand, was er sah. Als mein Vater ›in der Schlacht fiel‹, war Javan ja noch ein Säugling, keinen Mond alt. Er kann sich unmöglich an meines Vaters Äußeres erinnern.«

»Gewißlich hat er mancherlei Bildnisse gesehen«, gab Dom Queron zu bedenken.

»Das ist keineswegs das gleiche. Außerdem hat er gar nicht erwartet, während des Rituals Ablauf einen ›Heiligen‹ schauen zu dürfen.«

»Und wie denkt Ihr in diesem Zusammenhang über die Nacht von König Cinhils Ableben?« wollte Queron erfahren. »Kann er bei der Gelegenheit etwas gesehen haben?«

Joram schüttelte das Haupt. »Nein. Camber hat die Alister-Tarngestalt nicht gewechselt. *Cinhil* dagegen sah die Wahrheit, aber unter gänzlich anderen Umständen, nämlich in jenen Augenblicken, in welchen er fort ins Jenseits wallte. Hätte Camber es uns nicht erzählt, wär's uns unbekannt geblieben. Die Prinzen können auf gar keinen Fall etwas gemerkt haben.«

»Dann brauchen wir uns also nur um Tavis das Haupt zu zermartern«, sprach Queron. »*Er* hat heute nacht Camber geschaut... Und es ist durchaus möglich, daß er weiß, wer uns da erschienen ist.«

»Laßt uns hoffen, daß ihm die volle Tragweite des Miterlebten bis auf weiteres unersichtlich bleibt... Und sobald es wirklich dahin kommt, müssen wir darauf vorbereitet sein, uns mit dieser Anfechtung auseinanderzusetzen.«

Vorerst allerdings mochte Joram MacRorie sich, derweil er sich abwandte, um die Aufgabe anzupacken, die Hilfsmittel des nächtlichen Magie-Werks fortzuräumen, noch nicht einmal mit der Frage beschäftigen, was eigentlich *er selbst* von seines Vaters abermaligem, ebenso unvermuteten wie auch rätselhaften Erscheinen hielt.

Der folgende Tag dämmerte über Rhemuth mit hellem Sonnenschein herauf, doch war es nicht so heiß wie an den vorangegangenen Tagen. Dem Zug in Schwarz gewandeter Trauernder, welcher des verstorbenen Königs Sarg von der Königsburg zum Dom begleitete, ließ sich eine trübsinnigere Stimmung anmerken, als sie vor vier Jahren bei Cinhils Bestattung geherrscht hatte, denn der künftige König war den meisten Untertanen ein Unbekannter, und die Ungewißheit hinsichtlich der kommenden Zeit bedrückte allgemein das Gemüt. Wenngleich er, rein äußerlich betrachtet, einer größeren, kräftigeren Aufgabe seines dahingerafften Zwillingsbruders glich – abgesehen vom Klumpfuß, der ihn zwang, hinter des Bruders Sarg dreinzuhinken –, mußte doch berücksichtigt werden, daß er drei Jahre lang vom Königshof abwesend geblieben war, und dank der sorgsam durch die Regenten ausgestreuten Gerüchte, welche sie schon lange verbreiteten, bevor des verschiedenen Königs Gesundheit vollends verfiel, hatten die meisten Menschen angenommen, Javan hätte eine echte Berufung zum Geistlichen verspürt und empfanden es daher jetzt als unschicklich, daß er heute seines Bruders Sarg als Erbe nachfolgte und zur Trauerkleidung die Wahr- und Würdezeichen des Hauses Haldane trug.

Allerdings ließ sich nicht leugnen, daß er nach Recht

und Gesetz mündig war, Gwynedd dieses Mal also nicht bis zur Mündigwerdung durch Regenten beherrscht werden mußte. *Was* für ein König er werden mochte, diese Frage blieb zunächst offen. Dieweil er in den vergangenen drei Jahren die Priesterschule besucht hatte, mußte er gewißlich außerordentlich gebildet und deshalb zum Herrschen befähigt sein; aber was mochte der Herrgott von einem König halten, welcher seine frommen Gelübde verwarf, um sich eine irdische Krone aufzusetzen? Freilich, sein Vater hatte ein gleiches getan; dem Vater war jedoch unbekannt gewesen, wer er in Wirklichkeit war, bis man ihn aus dem Kloster holte, wogegen Javan es wußte, bevor er sich in die Abtei *Arx Fidei* zurückzog.

Und dennoch hatte Gott den Vater für seine Abwendung vom Priestergelöbnis bestraft. Sein Erstgeborener war bei der Taufe vergiftet, ermordet worden durch einen den Haldanes feindlich gesonnenen Deryni-Geistlichen. Und warum sonst hätte ein Zwilling gesunden Leibes, aber ungemein kränklich, der andere mit einem Klumpfuß, welcher ihn zum Krüppel machte, geboren werden sollen?

Außerdem verhielt es sich keineswegs so, daß kein anderer Haldane-Erbe zur Verfügung gestanden hätte. Prinz Rhys Michael, der jüngste Sohn, fand beim gemeinen Volke großen Anklang, seit seinem ersten Auftritt vor der Öffentlichkeit – anläßlich der Beisetzung seines Vaters – hatten die Untertanen ihn ins Herz geschlossen. Sein angenehmes Wesen sowie sein wachsendes Interesse an den Waffenübungen und seine bemerkenswerte diesbezügliche Ertüchtigung hatten ihn mittlerweile zum beliebtesten Prinzen seit vielen, vielen Jahren werden lassen. Die Mehrheit des Volkes hatte es als längst abgemachte Sache erachtet, daß Rhys Michael, falls Alroy ohne eigenen Erben das Zeitliche segnete, den Thron besteigen sollte. Wie also kam es, daß er in der Öffentlichkeit nicht mit den Wahrzeichen des Thronerben auftrat?

Indessen hegte Rhys Michael allem Anschein nach dagegen keinerlei Mißfallen. Offensichtlich voller Zuneigung und Aufmerksamkeit gegenüber seinem Bruder, schritt er an seiner Seite aus – einen halben Schritt hinter ihm – und erregte voll und ganz den Eindruck, dort zu sein, wo er sich, ließ es sich denn nicht vermeiden, in einem Trauerzug mitzuziehen, am wohlsten fühlte. Und Javan zeigte alle Anzeichen königlicher Hoheit, welche trotz des Hinkens keinesfalls unbemerkt blieben; zudem humpelte er weit weniger stark, als die Mehrzahl der Augenzeugen es in Erinnerung behalten hatte. Naturgemäß ahnten sie nicht, daß Javan der lange Weg zum Dom seinen Tribut abfordern sollte, denn ausgedehnteres Laufen war er nicht mehr in dem Maße gewohnt wie noch vor vier Jahren, als er seines Vaters Sarg hatte nachschreiten müssen. Obzwar seine neuen Fähigkeiten es ihm erlaubten, die Beschwerden ohne fremde Hilfe zu unterdrücken, sah er ab, daß er am Abend Oriels Beistand brauchte, um die Schäden zu beheben, die es seinem Fuß zufügte, vorläufig die Warnung zu mißachten, welche der Schmerz bedeutete.

Mit einem Geistlichen verwechseln konnte man ihn indessen nicht. Dagegen vorzubeugen, darauf hatte er im Rahmen des Geziemlichen höchsten Wert gelegt. Das Haldane-Wappen, welches hell auf Brust- und Rückseite des schwarzen Gewands glänzte, schloß jede Ähnlichkeit mit einem Priesterrock aus; und um die Tonsur, ein sichtbares Zeichen seines Klosteraufenthalts – erst jetzt konnte sie ja allmählich zuwachsen –, zu verhehlen, hatte er unter den Kronreif aus gehämmertem Gold eine Schirmhaube aus schwarzem Samt und Marderpelz gezogen, die in schönstem Einklang mit seinem Haar stand. Unter der silbernen Prinzenkrone hatte Rhys Michael eine gleichartige Haube aufgesetzt, damit sich Javans Beweggründe für das Aufziehen der Stirnhaube weniger leicht erraten ließen.

Eine Reiterschar führte den Trauerzug an, die Berittenen hatten dafür ausschließlich Rappen zusammengesucht; breite, schwarze Wehrgehenke bedeckten zum Teil die Haldane-Wappen ihrer Waffenröcke, und auf dem Zaumzeug der Rösser, ihren Häuptern, wippten schwarze Federbüschel. Dieweil Alroy als jugendlicher König gestorben war, hatten sechs junge Ritter sich den Sarg auf die Schultern geladen. Herr Gavin, sein letzter, inzwischen zum Ritter geschlagener Knappe, hatte als Anführer der Sargträger seinen Platz vorn zur Linken des Sargs und trug zum Zeichen der ehrerbietigen Obacht das blanke Schwert lotrecht vor sich hin; Schweiß oder Tränen rannen ihm übers Angesicht.

Der gestärkte, schwarze, über den Sarg gebreitete Überwurf wies zur Zierde Wappenschilder der Haldane-Wappen auf – drei auf jeder Seite – und fiel an den Seiten bis auf die Schultern der hinteren vier Sargträger hinab, so daß nur die beiden vorderen Mannen Herrn Albertus sehen konnten, welcher ihnen des Toten Schlachtroß voranführte, den großen Albino-Hengst, auf dem Alroy aus Anlaß seiner Krönung geritten war; dem Tier war eine karmesinrote Schabracke umgehangen worden, und des verstorbenen Herrschers Reitstiefel staken umgekehrt in den Steigbügeln. Auf dem Sarg gleißte Gwynedds Königskrone im Sonnenschein, glitzerten goldene und silberne, ineinander verflochtene Kreuze und Laubblätter; prunkvoll ruhte die Krone auf einem karmesinroten Samtkissen. Graf Tammaron mußte daneben einherschreiten und darauf achten, daß die Krone nicht ins Rutschen geriet.

Unmittelbar hinter dem Sarg zogen der designierte König und sein Bruder zum Dom; vor und hinter ihnen gaben jeweils vier junge Ritter ihnen das Geleit, und danach folgte, gleichfalls in Vierergespanne aufgeteilt, der übrige Hofstaat: Höflinge und Würdenträger aller Art. Den Schluß bildete wieder eine Ritterschar. Dumpfer Trommelschlag begleitete den Trauerzug, und noch einmal läutete der Dicke Georg dem verewigten König zum Abschied.

Am Portal des dem Heiligen Georg geweihten Doms empfingen die beiden Erzbischöfe den Trauerzug, und des Doms vollständig angetretener Chor sang Psalmen, derweil nun die kirchliche Prozession zusammengestellt ward und man langsam in die weithin bekannte Großkirche Einzug hielt. Drinnen herrschten stickige Luft und drückende Hitze, doch Joram empfand die Umstände als keineswegs ärger denn bei den vorherigen Malen, die er hatte durchstehen müssen, ja sogar als angenehmer denn während des Requiems, das man an dem Morgen nach Alroys Hinscheiden gesungen hatte.

Javan beschränkte sich darauf, das Geschehen aus einem gewissen inneren Abstand mitzuverfolgen; den Großteil seiner Trauer um Alroy hatte er schon vor Tagen durchlitten. Zur rechten Zeit strebte er nach vorn, um die Kommunion zu empfangen, nötigte sich im geheimen dazu, keinen Anstoß daran zu nehmen, daß er sie aus Hubertus' Hand annehmen mußte. Und nachdem die letzten Gebete für Alroys Seelenheil gesprochen worden waren, man den Sarg in die Gewölbe unterm Dom hinabbefördert hatte, wo sich die Königsgruft befand, schaute er an seines Bruders Seite gleichmütig zu, während man den Sarg mitsamt dem Überwurf in den längst bereitstehenden Sarkophag senkte. Zumindest war es in der Krypta merklich kühler. Javan und Rhys Michael entzündeten jeder eine letzte Kerze für ihren toten Bruder, derweil man den schweren Steindeckel auf den Sarkophag wuchtete und der Dicke Georg erneut läutete – sechzehnmal, einmal für jedes Lebensjahr des jungen seligen Königs.

Als der letzte schwere Glockenschlag verhallt war, verließen die Trauernden die Gruft, strebten zu den Klängen eines *Laudate* in weniger förmlicher Prozession als zuvor zum Ausgang. Im Freien standen inzwischen Rösser für Javan und Prinz Rhys Michael bereit, Alroys weißer Hengst für Javan, für Rhys Michael ein Nußbrauner. Während die beiden Brüder aufsaßen, brachten Knechte weitere Reittiere heran, denn Herr Charlan und drei andere junge Ritter galten jetzt als engste Schutzwacht der zwei Haldanes und durften nicht von ihrer Seite weichen. Derweil sie abritten, hielt Javan das Haupt hocherhoben, denn er wußte, im Sattel hatte er allemal den Vorzug, Zoll für Zoll fürwahr wie ein König auszusehen.

Auf dem gesamten Ritt zur Königsburg behielt er die würdevoll-königliche Haltung bei; und die erholsame Schonung, welche er beim Reiten seinem Klumpfuß gönnen konnte, gestattete es ihm, anschließend den Burgsaal zu betreten, ohne allzu augenfällig zu hinken. Dort vermochten nun selbst jene, die am stärksten dazu neigten, beim künftigen König nach Mängeln zu schielen, an ihm, während er zwangslos mit der Vielzahl von Edlen plauderte, die sich eingefunden hatten, um ihm ihr Beileid auszusprechen, wenig Tadelnswertes zu entdecken.

Unmißverständlich legten die Hofdamen bei des neuen Königs Beurteilung gänzlich andere Maßstäbe als die Männer an. Mädge ausgenommen, waren an den anfänglichen Tagen nach Javans Ankunft in Rhemuth, derweil tiefe Trauer den Königshof überschattete, kaum Frauen in seine Sichtweite geraten; nun jedoch hatte der Umstand, daß erneut ein Unvermählter den Thron besteigen sollte, die edlen Damen in beachtlichen Mengen angelockt. Wie sie da, in schlichte Kleider von Schwarz und Grau gehüllt, untereinander tuschelten und wisperten, gemahnten sie Javan an einen Taubenschwarm; ein paar von ihnen verglich er bei sich allerdings auch mit Raubvögeln.

Zu den auffälligsten dieser letzteren Edeldamen zählte, dieweil Javan sie kannte und genau wußte, wonach sie lechzte, Rhun von Horthness' Tochter aus erster Ehe – Juliana, eine kecke, glutäugige Schönheit, rund ein Jahr älter als Javan, die in den vergangenen drei Jahren mehr als einmal im Gespräch gewesen war als Alroys mögliche Königin. Eine solche Eheschließung wäre wahrlich der allerhöchste Triumph gewesen für Rhun, dessen eigene Vermählung – die zweite Ehe – mit Murdochs einziger Tochter, die ihm auch zu dem Sohn und Erben verholfen hatte, welchen seine erste Gattin ihm nicht hatte schenken können, ihm ohnedies schon seinen früheren Mitregenten als mächtigen Bundesgenossen sicherte.

Zum Pech für Juliana und Rhun war es durch Alroys gesundheitlichen Verfall im Laufe der Jahre immer unwahrscheinlicher geworden, daß jemals ein Weib seine Königin werden sollte. Javan behagte die Vorstellung, daß vielleicht Rhun selbst, indem er der Regenten Betreiben unterstützte, sich Alroy durch die regelmäßige Verabreichung von Beruhigungsmitteln fügsam zu halten, das Zustandekommen einer Ehe verhindert hatte. Ohne jeden Zweifel stand zu erwarten, daß Rhun neuerliche Anstrengungen unternahm, um seiner Tochter zu einer Königinnenkrone zu verhelfen, doch was Javan anbetraf, konnte er sich abplagen, bis er schwarz wurde; von allen ehemaligen Regenten war Javan nämlich Rhun am tiefsten verhaßt, wiewohl Murdoch, was des Thronerben Abneigung anbelangte, dichtauf den zweiten Platz belegte.

Javan schätzte sich besonders glücklich, weil Rhun während der für alles weitere maßgeblichen Sitzung des Krönungsrates dem Königshof ferngeblieben war, doch leider hatte diese glückliche Fügung sich nicht auf Alroys Bestattung erstreckt. Die Fama wollte wissen, daß er Sitric mitgebracht hatte, seinen derynischen Helfer; zu Javans außerordentlicher Erleichterung hatte er diesen Sitric allerdings nicht dabei, als er sich bei Hofe einfand. In der Tat erweckte der Graf sogar, sobald er vorsprach, um sein Beileid zu bekunden, den Eindruck, als zeige er sich wohlweislich von seiner höflichsten Seite; allerdings ließ er es sich nicht nehmen, Javan nicht allein seine Gemahlin, sondern ebenfalls seine Tochter vorzustellen. Auch andere Höflinge nutzten die Gelegenheit, um den zukünftigen König mit ihren heiratsfähigen Töchtern und Schwestern bekanntzumachen. Javan hielt Charlan und Herrn Jason in seiner unmittelbaren Gegenwart und ersehnte die Stunde, da er sich, ohne Mißmut zu erregen, aus dem Kreis des Gefolges verabschieden durfte.

Indessen schien der Nachmittag sich endlos lange hinzudehnen, und daran änderte sich nach Javans Empfinden auch nichts, während das Gesinde ein leichtes Mahl auftrug und allmählich der Wein floß. Nach ungefähr einer Stunde entfernte sich Rhys Michael aus seines Bruders Nähe und suchte die Gesellschaft jüngerer Anwesender: Cathan Drummonds, welcher als sein Zweitknappe Dienst tat, sowie Quiric und Fulk Fitz-Arthur, die Söhne Herrn Tammarons, die alle an Lebensalter ein paar Monde weniger als der Prinz zählten. Wenig später waren die vier Jünglinge Gegenstand des lebhaften Interesses einer ganzen Schar anderen Jungvolks geworden, darunter auch eines Schwarms schwatzhafter junger Edelfräulein. Während er vortäuschte, den langatmigen Beileidsbeteuerungen eines Freiherrn aus Desse Aufmerksamkeit zu schenken, beobachtete Javan sie verstohlen und staunte sehr darüber, wie unverkennbar einige der einstigen Jungfern, welche er von Kindesbeinen an kannte, sich in Frauen verwandelt hatten. Bei manchen war diese Entwicklung allerdings nicht gänzlich zum Vorteil gediehen.

Udauts schöne Tochter Lirin, welche man mit zwölf Lenzen Murdochs Sohn Richard anvermählt hatte, war bereits heute eine zwar muntere, jedoch leicht schlampige Matrone von fünfzehn Jahren und gab den Mittelpunkt des Geschnatters einer Anzahl weiterer junger Damen ab, zu denen auch ein wohlgestaltetes, dunkelhaariges Geschöpf mit leicht vergrämter Miene gehörte – Richeldis MacInnis, geborene MacLean mußte es sein, erkannte Javan plötzlich. Vor drei Jahren, kurz bevor Javan den Königshof verließ, war Richeldis' ältere Schwester unter rätselhaften Umständen im Schlaf verstorben, und des Adels unablässiges Machtstreben hatte die sodann einzige Erbin Cassans alsbald zur widerwilligen Braut von Graf Manfreds Ältestem gemacht. Selbst im Kloster hatte Javan das Gerücht erreicht, dem Paar wäre irgendwann im vergangenen Jahr eine Tochter geboren worden, und dem Aussehen nach ging Richeldis – sie hatte eine Hand auf die leichte Ausbeulung ihres grauen Kleids gebreitet – zum zweitenmal mit einem Kinde schwanger. Javan hoffte, daß Richeldis' Kinder ihr dafür, auf dem Altar staatskluger Erwägungen geopfert worden zu sein, einen gewissen Trost spendeten.

Einem ähnlichen Schicksal blickte wohl auch Cathans Schwester Michaela entgegen. Sie war um mehrere Jahre älter als ihr Bruder und zeichnete sich durch augenfällige Schönheit aus, hatte leuchtendblaue Augen und lohbraunes Haar, das ihr in Locken auf den Rücken fiel. Sie konnte keine nennenswerte Mitgift in eine Ehe mitbringen, denn James Drummond, ihr Vater, war nur ein jüngerer Sohn der Drummond-Sippe gewesen, doch waren die Drummonds von überaus altem Blut. Zudem war sie eine entfernte Verwandte Richeldis', und wie bei Richeldis hatte nachweislich nicht einmal in alten Zeiten irgendwelches Deryni-Blut ihrer Ahnen Geschlecht besudelt. Javan sollte nimmer jenen Tag vergessen, an welchselbigem die Regenten die Kinder der Probe durch *Merascha* unterworfen und man dem unglückselige Declan Carmody erstmals Anzeichen dafür angemerkt hatte, daß er die seelische Belastung, mit welcher der erzwungene Dienst an den Regenten ihn zusehends zermürbte, wohl nicht mehr lange zu verkraften vermochte.

Inzwischen hatte, gewißlich nicht zum Unmut der Regenten, James Drummond, während er sich im Auftrag eines von ihnen unterwegs befand, bei einem Scharmützel mit Straßenräubern der Tod ereilt. Der Kinder Mutter, Witwe von Sankt Cambers gemeucheltem Sohn, dessen Namen heute ihr Sohn trug, hatte sich, wahrscheinlich nicht zur Gänze aus freien Stükken, in einen Konvent nahe Valoret zurückgezogen. Mittlerweile hatten sowohl Michaela wie auch Jung Cathan bei Hofe ihren festen Platz, Michaela im Gefolge von Herrn Manfreds Gräfin, Cathan als Rhys Michaels Knappe. Es freute Javan zu sehen, daß die beiden trotz all der vorstehend beschriebenen, unerquicklichen Vorgänge allem Anschein nach durchaus erblühten. Noch froher jedoch stimmte es ihn, als er sich endlich vom Nachtmahl verabschieden und ohne viel Aufhebens seine Gemächer aufsuchen konnte.

Als Javan und Charlan die königlichen Gemächer betraten, wartete in der Empfangsstube bereits Meister Oriel. Des Heilers Miene widerspiegelte Besorgnis, und derweil Javan sich am Fenstererker müde in einen Lehnstuhl sinken ließ, Charlan niederkniete, um ihn der Stiefel zu entledigen – des rechten Stiefels zuerst –, näherte sich Oriel dem Paar mit einem Binsenlicht.

»Wie steht's um Euren Fuß, Königliche Hoheit?« fragte Oriel.

Javan nahm Kronreif und Schirmhaube vom Haupt, legte beides beiseite, strich sich mit den Fingern durch die verschwitzten Haare und gab ein Aufseufzen der Genugtuung von sich, als Charlan ihm den Stiefel vom Klumpfuß zog.

»Einigermaßen leidlich«, gab Javan zur Antwort. »Allemal besser als befürchtet.« Er senkte eine Hand auf Herrn Charlans Schopf und brachte den jungen Ritter unter seinen geistigen Einfluß. »Bewahrt Ruhe, mein treuer Charlan«, befahl er ihm leise. »Entsinnt Euch an nichts von allem, was Ihr hier vernehmt, es sei denn, ich heiße Euch das Gegenteil.«

Charlan zuckte kaum mit der Wimper, als er seine Beachtung dem anderen Stiefel widmete. »Jetzt ist's das zweite Mal binnen weniger Tage, daß ich Euch so etwas verrichten sehe, Hoheit«, meinte Oriel, nachdem er beide Jungmannen eine ganze Weile beobachtet hatte. »Ich vermesse mich zu hoffen, Ihr wollt daraus keine Gewohnheit machen.«

»Ich tu's nur, wenn Bedarf besteht«, versicherte Javan, während Charlan ihm den zweiten Stiefel auszog. »Charlan, schafft uns, wenn Ihr so hilfreich sein möchtet, eine Schüssel Wasser herbei. Es scheint mir geboten, meine Füße noch flugs zu waschen, ehe Meister Oriel sich mit ihnen befaßt.«

Derweil Charlan fortstrebte, um das erbetene Wasser zu holen, neigte Javan sich näher zu des Heilers Ohr.

»Bevor Ihr mir Belehrungen erteilt«, sprach Javan im Tonfall völliger Gelassenheit, »solltet Ihr beachten, daß ab heute Rhun von Horthness wieder bei Hofe weilt. An erster Stelle ist seine Anwesenheit für mich eine Unerfreulichkeit, jedoch heißt's, er hat Sitric mitgebracht. Allem zufolge, was mir zu Ohren dringt, verübt Meister Sitric seinen Dienst mit mehr Hingabe als die meisten jener Deryni, welche unter dem Joch gewisser Herren schmachten. Daher ist's für uns beide höchst ratsam, will's mich dünken, fortan äußerste Achtsamkeit an den Tag zu legen.«

Unwillkürlich zuckte Meister Oriel ein wenig zusammen, während Herr Charlan, ein Tuch über die Schulter geworfen, in die Empfangsstube zurückkehrte, zu Javans Füßen niederkniete und eine Schüssel sowie eine Kanne auf dem Fußboden abstellte. Nachdem der Ritter aus der Kanne Wasser in die Schüssel gegossen hatte, tauchte Javan die Füße ins kühle Naß, bewegte vergnügt die Zehen, während Charlan ihm Wasser nachschüttete.

»Ein gefährlicher Mann ist er, dieser Sitric«, murmelte Oriel, schaute Charlans Tun zu. »Er ist ehrgeizig... und Herr Rhun versteht's, Königliche Hoheit, anderer Leute Ehrgeiz zu nähren, ohne ihn jemals wirklich zu befriedigen. Zum Glück ist Sitric kein halb so aufrechter Mann, wie's Declan Carmody war – Gott schenke seiner Seele Frieden –, und seine Befähigung reicht nicht im entferntesten so weit.«

»Wozu *ist* er imstande, Oriel?« erkundigte sich Javan. »Offenkundig muß er zur Wahrheitsfindung fähig sein, andernfalls ließe Rhun ihn nicht in seinen Diensten. Beherrscht er das Gedanken-Sehen?«

»Jawohl, Eure Hoheit, und er kann, wenn's sein muß, mit Gewalt in jemandes Geist Einblick nehmen«, erteilte Oriel im Ton der Bitterkeit Auskunft. »Mit Feinheiten hat er's nicht so sehr... Aber dergleichen dürfte Rhun wohl schwerlich von ihm verlangen, oder?«

»Nein, wohl kaum«, stimmte Javan zu. »Aber vielleicht vermögen wir ja ebendiese Eigenschaft zu unserem Vorteil auszunutzen.« Er legte Charlan eine Hand auf die Schulter und gab ihm auf geistiger Ebene einen stummen Befehl, behielt das Tuch bei sich, während der Ritter sich aufrichtete und nahebei auf einem Stuhl

Platz nahm, dort die Lider schloß, das Haupt auf die Brust sinken ließ und in gedämpftes Schnarchen verfiel.

»Setzt mich über Sitrics Grenzen in Kenntnis«, fügte Javan, an den Heiler gewandt, seinen vorherigen Worten hinzu, spiegelte vor, nicht zu gewahren, daß Meister Oriel angesichts dessen, was er soeben vollführt hatte, die Brauen wölbte. »Wie groß ist seine Reichweite? Wie ernst ist für mich die Gefahr, wenn ich mich lediglich mit ihm in ein und derselben Räumlichkeit aufhalte? Wie sehr muß ich vor ihm auf der Hut bleiben?«

Oriel durchdachte die gestellten Fragen, während er aus Javans Hand das Tuch entgegennahm, sich auf einen Schemel hockte, das Linnen über seinen Schoß breitete und Javans triefnassen Klumpfuß aus dem Wasser hob, ihn auf seine Knie legte und sich mit der Untersuchung beschäftigte.

»Befleißigt er sich der Wahrheitsfindung, ist's gescheiter, Ihr besinnt Euch auf alles, Eure Hoheit, was ihr an Kunstgriffen kennt, um unmittelbares Lügen zu vermeiden, denn er wird Euch unzweifelhaft bei jedem Abweichen von der sachbezogenen Wahrheit ertappen«, erläuterte Oriel und erforschte nebenher mit seinen Deryni-Sinnen den mißgestalteten Fußknöchel. »Freilich ist einem König ein gewisses Maß an Unwahrhaftigkeit erlaubt – aus Höflichkeit oder staatskluger Rücksichtnahme geäußerte Halbwahrheiten und ähnliches sind's, wovon ich Rede führe –, aber solltet Ihr hinsichtlich eines bedeutsamen Vorgangs lügen, wird Sitric, dessen dürft Ihr sicher sein, es Rhun enthüllen, falls nicht sofort, dann auf alle Fälle bei nächster Gelegenheit.« Er hielt Javans Klumpfuß zwischen beiden Händen. »Euer Fuß ist, bedenkt man, wie weit Ihr laufen mußtet, in keiner sonderlich schlechten Verfassung«, stellte er als nächstes fest. »Ich werde damit keinen größeren Aufwand haben.«

Schon fühlte Javan von Oriels Händen die Wärme der heilerischen Einwirkung ausgehen. Die Lider geschlossen, kostete er die Wohltat aus, derweil die Versteifung sich löste, überanstrengte Muskeln sich lockerten. Nachdem Oriel die Behandlung vollendet hatte, wusch er den Fuß ein zweites Mal, ehe er ihn abtrocknete; in schwelgerischem Wohlbehagen wackelte Javan mit den Zehen und seufzte vor sich hin, bevor er seine Überlegungen von neuem den vorhin aufgeworfenen Fragen schenkte.

»Also vermag er bei mir die Wahrheitsfindung vorzunehmen«, murmelte er, sammelte seine Gedanken. »Und wahrscheinlich wird er's tun.«

»Ich glaube, solches müssen wir unterstellen, Hoheit«, pflichtete der Heiler ihm bei. »Es kostet ihn wenig Mühe, aber er könnte sich dadurch, falls er Euch in irgendeiner wichtigen Beziehung eine Lüge nachweist, großen Lohn einheimsen. Soviel jedoch ist Euch ohnedies längst bekannt.«

»Gewiß…« Javan hob den gesunden Fuß aus der Schüssel und ließ auch ihn von Oriel abtrocknen. »Was weiter muß ich von seiner Seite fürchten?«

»Die größte Gefahr für Euch geht unzweifelhaft von seiner körperlichen Berührung aus«, lautete Oriels Antwort. »Beachtet man den Stand seiner Kenntnisse und Fähigkeiten, wird er dessen, wähne ich, unbedingt bedürfen, um tatsächlichen Einblick in Euren Geist zu nehmen, und desgleichen, will er Euch die Wahrheit wider Euren Willen entwinden… Allerdings bin ich der Auffassung, er wagt's nicht, Hand an Euch zu legen, Eure Hoheit, außer Rhun erteilt ihm dazu den ausdrücklichen Befehl. Solltet Ihr indessen so achtlos sein und Euch allein in die Fänge Rhuns und seiner Schergen begeben…«

»Es ist meine Absicht, derlei wohlweislich zu vermeiden«, versicherte Javan dem Heiler. »Aber einmal angenommen, es käme dahin – wären meine Geistesschilde mir genügend Schutz?«

»Wahrscheinlich, Eure Hoheit«, sprach Oriel. »Aber nur, bis man Euch zwangsweise *Merascha* verabreicht.« Sein Gesicht verzerrte sich zu einer Fratze. »Indessen gehe ich dabei von der Annahme aus, daß selbige Droge, dieweil Ihr über der Deryni-Magie ähnliche Geisteskräfte verfügt, auch auf Euch eine vergleichbare Wirkung wie auf einen Deryni ausübt. Und *dann* erhöbe sich wirklich und wahrhaftig ein Zeter und Mordio.«

Javan schluckte, fühlte sich mit einem Mal seiner Sache weniger sicher als noch kurz zuvor. Er hatte schon allzu deutlich gesehen, welche Wirkung *Merascha* auf Deryni hatte, und darüber, ob sie bei ihm gleichfalls eintrat oder vielmehr ausblieb, bestand Unklarheit.

»Folglich muß ich gewährleisten«, faßte Javan halblaut zusammen, »daß ich keinen Vorwand biete, um mir derlei zuzumuten... Weder eine Einblicknahme Sitrics in meinen Geist noch *Merascha.* Was kann ich, glaubt Ihr, ungefährdet in Sitrics Gegenwart tun?«

Versonnen wölbte Oriel die Brauen. »Nach meiner Meinung ist es ungefährlich, in seiner Anwesenheit der Wahrheitsfindung zu walten, solange Ihr nicht versucht, Hoheit, heimlich *ihn* selbiger Maßnahme zu unterziehen. Alles andere könnte freilich von ihm entdeckt werden, aber natürlich weiß ich nicht, zu was Ihr überhaupt des weiteren imstande seid.«

»Meiner Treu, glaubt mir, genausowenig weiß ich es«, bekannte Javan mit leichter Verlegenheit. »Und dank Euch habe ich jetzt den Eindruck, ich sollte fürwahr bei meinen Bestrebungen, um's herauszufinden, außerordentliche Obacht walten lassen.«

Oriel nickte. »Wir müssen uns beide äußerst vorsichtig verhalten, Eure Hoheit. Und wie steht's um Herrn

Charlan?« Sein Kinn wies auf den Ritter, welcher nach wie vor neben der Tür auf dem Stuhl schlief. »Wieviel weiß er?«

»Vermöchte er sich zu entsinnen«, äußerte Javan mit bedenkenschwerem Lächeln, »wüßte er wahrlich weitaus zur Genüge, um mich – König oder nicht –, hätten die *Custodes* das letzte Wort, auf den Scheiterhaufen zu bringen. Tatsächlich jedoch vermeint er, es sich vor Jahren bereits angewöhnt zu haben, ein Nickerchen einzuschieben, wann's nur möglich ist, derweil sein etwas kauziger junger Herr nächtelang wachte und betete, auch schrullige alte Gelehrte aufsuchte, um zweifellos langweilige Schriften zu erörtern.«

»Wahrhaftig, Hoheit?«

»Nun, ich nehme an, so wird er's sich, während er mein Knappe war, erklärt haben«, antwortete Javan, indem er hintersinnig schmunzelte. »Aber er hat sich dennoch von Anfang an als treuer, verläßlicher Kerl erwiesen, weit über das Maß hinaus, zu welchem er verpflichtet gewesen ist. Ich glaube... er war mir nach Herrn Tavis' Fortgang fast ein neuer Freund... Zumindest was Zeitgenossen meines Alters betrifft.« Er stieß einen Seufzer aus.

»Schwierig war's, sein Vertrauen nicht über Gebühr auszunutzen, am ärgsten gar, während ich dafür die Voraussetzungen schuf, auf die Priesterschule geschickt zu werden, eine Bestrebung, die zu unser beider Schutz dienen sollte. Auch für ihn kann's nicht leicht gewesen sein, denn er mußte mich ja bespitzeln und den Regenten in eines Deryni Beisein Bericht erstatten. Ich vermute, Ihr seid jener Deryni gewesen... Zumindest ab und zu.«

Widerwillig hob Oriel die Schultern und nickte. »Ich habe niemals etwas Auffälliges bemerkt, Hoheit, nicht einmal Anlaß zu einem Verdacht. Ihr habt Eures Treibens Spuren aufs vorzüglichste verwischt.«

»Geradeso, wie's sein mußte.« Javan betrachtete seine Hände, den Ring aus Feuer. »Nun jedoch, da ich zurück bei Hofe bin, mag ich nicht häufiger Einfluß auf sein Gedächtnis nehmen, als es unabdingbar vonnöten ist. Es deucht mich, gelinde gesprochen, recht undankbar, eine Treue, welche ohnehin freimütig geschenkt wird, zusätzlich zu erzwingen. Ich *habe*... mehrmals in seinen Erinnerungen Abwandlungen vorgenommen, wage mir allerdings zum Trost einzubilden, er hätte, wüßte er darüber Bescheid, dagegen keine Einwände, wären ihm meine Beweggründe bekannt. Er hat sich großer Gefahr ausgesetzt, derweil er die Abtei *Arx Fidei* aufsuchte, um mich fortzuholen. Ich glaube, mein Leben lag öfter in seinen Händen, als mir's bewußt ist... Und voraussichtlich wird's noch etliche Male dazu kommen.«

Oriel schaute hinüber zu dem Schlafenden; sodann sah er wieder Javan an.

»Er hat also, Königliche Hoheit«, schlußfolgerte der Heiler-Magister, »von all den Heimlichkeiten keinerlei Ahnung.«

Javan nickte. »Es ist für uns beide wesentlich sicherer, wenn er nicht Bescheid weiß.«

»Darf ich mich dessen vergewissern, Hoheit?« fragte Oriel, indem er auf den Ritter deutete.

Javan schluckte und senkte den Blick. »Falls Ihr zu entdecken fähig seid, wer im Verlauf der letzten Wochen außer mir Einfluß auf ihn ausgeübt hat, solltet Ihr lieber davon Abstand nehmen«, sprach er. »Seit meiner Rückkehr habe ich... zweimal Pater Joram besucht. Und dabei ist mir Beistand erwiesen worden.«

»Und bleibt mir unenthüllt, Eure Hoheit, durch wen, so kann ich's nicht ausplaudern, nicht einmal, wenn man mich mit Sitrics Hilfe vernimmt«, lautete Oriels nächste Schlußfolgerung, welche der Heiler aussprach, indem er vor sich hinnickte. Flüchtig schloß er die

Lider. »Das bedeutet, es sind andere Deryni nahebei, von denen auch ich nichts weiß.« Als er Javan von neuem anblickte, glomm in seinen Augen ein Hoffnungsfunke. »Heißt es ebenso« – nur zu flüstern wagte er – »daß vielleicht meine lieben Anverwandten bald die Freiheit zurückerlangen könnten?«

Aus Unbehagen rückte Javan im Lehnstuhl hin und her. »Gegenwärtig vermag ich Euch in dieser Hinsicht keine verläßliche Zusage zu machen«, gab er mit gedämpfter Stimme Auskunft. »Zuvor muß über mancherlei, bezüglich vieler Einzelheiten, Klarheit geschaffen werden. Aber ich hoffe, es alsbald zumindest einrichten zu können, daß Ihr sie sehen dürft. Ich kann mir sehr wohl vorstellen, wie grausam die Trennung Euch anmutet.«

»Wüßtet Ihr nur, *wie* furchtbar sie mich martert, mein Prinz«, sprach Oriel leise, indem er das Haupt schüttelte. »Drei Jahre lang mein Eheweib Alana nicht gesehen zu haben, ist wahrlich schlimm genug. Gedenke ich jedoch Karis', meines Töchterchens...« Seine Stimme klang, während er weiterredete, ein wenig erstickt. »Als man sie gemeinsam mit meiner Gemahlin zur Geisel nahm, war sie erst wenige Monde alt, ein Säugling... Ich versuche mir auszumalen, wie sie heranwächst, vielleicht aussieht wie ihre Mutter, oder möglicherweise etwas Ähnlichkeit mit mir hat. Gewißlich kann sie längst laufen, *sprechen*... Und ich habe sie allesamt versäumt, diese zwischenzeitlichen Jahre...«

»Ich habe Euch zugesagt, für Eure Familie zu tun, was in meiner Macht steht«, rief Javan ihm mit halblauter Stimme in Erinnerung, »aber es braucht Zeit... Hält man sie noch am selben Ort fest?«

»Ja, Hoheit, soweit's mir bekannt ist.«

»Und auch die übrigen Geiseln?«

Oriel nickte, rang sichtlich um Selbstbeherrschung. »Sitrics Mutter und Schwester, Ursin O'Carrolls Gemahlin und Sohn… Und Ursin selbst. Wie's heißt, ließe sich behaupten, sie lebten in erträglichen Verhältnissen, wären sie keine Gefangenen. Über Ursin allerdings ist mir erzählt worden, daß man ihn, seit er von den Wiedertäufern zurück ist, in Einzelhaft hält und die *Custodes* ihn regelmäßig mit *Merascha* prüfen, um sicher sein zu dürfen, daß seine Deryni-Kräfte sich nicht wiedereingestellt haben. O Gott, wie sehr müssen sie uns fürchten…!«

Javan, den die *Custodes* drei Jahre hindurch mit ihren Predigten über die Verworfenheit der Deryni und die Notwendigkeit, sie von sämtlichen aufrechten Christenmenschen zu scheiden, aufs abscheulichste gelangweilt und verdrossen hatten, konnte ihm in dieser Beziehung nur recht geben.

# XIV. KAPITEL

*Was setzen auch wir uns*
*Gefahren aus zu jeder Stunde?*

I Korinther 15,30

Javan gelang es an den nachfolgenden Tagen, jede Begegnung mit dem gefährlichen Sitric zu meiden; von des abtrünnigen Deryni Herrn und Meister, Baron Rhun von Horthness, ließ sich dagegen das gleiche nicht behaupten. Möglicherweise auf den Ratschlag Murdochs sowie sonstiger Hochgestellter hin, die an den Vortagen hatten klein beigeben müssen, verzichtete sogar Rhun darauf, dem neuen König offen zu trotzen – wenigstens vorerst –, doch hätten nicht einmal seine ihm wohlgesonnensten Spießgesellen ihm nachzusagen vermocht, er verhalte sich umgänglich. Als am Morgen nach Alroys Beisetzung der Kronrat zusammentrat, bot er pflichtschuldigst seinen Rücktritt aus demselben an – in Kenntnis der Tatsache freilich, daß Javan es sich keinesfalls leisten konnte, den Rücktritt anzunehmen –, doch in aller Bälde gediehen Genörgel und Quertreiberei zu ständigen Erscheinungen seiner Ratstätigkeit. Ihn im Rat behalten zu müssen, wurmte Javan, aber ihm blieb keine andere Wahl.

Wesentlich erfreulich war hingegen die Ankunft Baron Hildreds, Alroys einstigem Oberstallmeister, der sich noch rechtzeitig zur Bestattung eingefunden hatte. Herr Hildred nahm keinerlei Anteil an Angelegenheiten der Machtausübung und Reichsverwaltung und erstrebte auch nichts Derartiges; sein gesamtes Interesse galt Pferden sowie jenen Leuten, welche sie vortrefflich zu reiten verstanden. Alle drei Haldane-Prinzen hatten zum erstenmal unter Hildreds Obhut im Sattel gesessen. Das Aufkreuzen eines weiteren Freundes in der ersten Sitzung des Kronrats nach Alroys Grablegung brachte an diesem an Spannungen reichen Tag ein wenig Licht in des zukünftigen jungen Königs Leben.

Javan war dankbar für die Aufklärung, welche er während der vergangenen Tage in mannigfaltiger Hinsicht seitens der Herren Etienne und Jerowen erhalten hatte; kaum nämlich hatten Hildred und Rhun pflichtgemäß ihren Rückzug aus dem Kronrat angeboten und waren abschlägig beschieden worden – genauso wie Bonner Sinclair, welcher die Bestattung versäumt hatte, aber noch frühzeitig genug zur Ratsversammlung eingetroffen war –, legte Graf Tammaron ein Sendschreiben seines Sohns Fane Fitz-Arthur vor, des einzigen noch fehlenden Ratsmitglieds.

»Mein Sohn erfleht von Euch für sein Fortbleiben Vergebung, Sire«, erklärte Graf Tammaron, indem er das Schreiben entfaltete. »Ein Trauerfall in seines Eheweibes Sippschaft erfordert seine fortgesetzte Anwesenheit in Cassan, jedoch hegte er verläßlich die Absicht, zu Eurer Krönung zur Stelle zu sein und Euch bei selbigem Anlaß die Ehre zu erweisen.«

»Es betrübt mich, von jenem Trauerfall zu vernehmen«, sprach Javan, erriet auf Anhieb, was Tammaron ihm darzulegen gedachte – und es stimmte ihn froh, für die Denkschriften so genaue Beachtung erübrigt zu haben. »Seine Gattin, so glaube ich zu wissen, ist die Tochter des Fürsten von Cassan, habe ich recht?«

Tammaron neigte förmlich das Haupt, als überraschte es ihn, daß Javan darüber Bescheid wußte.

»In der Tat, Sire, so ist es«, bestätigte Tammaron. »Und leider ist's eben ihr Vater, welcher das Zeitliche gesegnet hat, Fürst Ambert Quinnell. Seit geraumer Frist schon lag er siech darnieder. Nach Maßgabe gewisser, unter Eures seligen Vaters Herrschaft abgeschlossener Verträge verhält's sich nun indes so, daß fortan...«

»Warum so bescheiden, Herr Reichskanzler?« unterbrach Javan den Grafen, hierbei die Gelegenheit nutzend, um ein forsches, leicht spöttisches Lächeln einzuüben; trieb er das Spiel nämlich auf gewitzte Weise, mochte Tammarons Eitelkeit darin münden, daß der Graf ihm künftig aus der Hand fraß. »Gemäß des Ehevertrags, welchen damals *Ihr* ausgehandelt habt, fällt nach einer unwiderruflichen Klausel infolge der Vermählung Eures Sohnes mit Prinzessin Anne beim Ableben ihres Vaters, dieweil er keine Söhne hat, Cassan an das Königreich Gwynedd. Daher muß ich mich bei Euch, mein Herr, für Gwynedds neues Herzogtum bedanken.«

»Nun, ich...«

»Ein bewundernswerter, höchst kluger Streich, mein Herr«, fügte Javan hinzu, ohne den Reichskanzler ausreden zu lassen. »Ich möchte hoffen, daß jemand so Gescheites wie Ihr auch in meinem Namen die Verhandlungen führt, wenn ich eines Tages vor der Eheschließung stehe. Ihr habt Gwynedd einen großen Dienst erwiesen, welchselbigen ich Euch, darauf dürft Ihr bauen, nimmer vergessen werde.«

»Euch ist... auch *bekannt,* nehme ich doch an, Sire, daß Fane nicht Cassans erster Herzog sein wird«, äußerte Tammaron mit einer gewissen Zurückhaltung. »Nach ursprünglicher Vorstellung sollte er's sein, doch nach der Geburt von Fanes Sohn, Amberts Enkel, ist der Vertrag in dieser Beziehung abgeändert worden.«

»Ja, zugunsten Jung Tamberts«, sprach Javan gänzlich ungezwungen. »Davon habe ich Kenntnis. So getauft, meine ich mich entsinnen zu können, nach seinen beiden edlen Großvätern.«

Angesichts Graf Tammarons nun unverhohlener

Miene des Erstaunens erlaubte sich Javan ein andeutungsweises Schmunzeln. Die Vorstellung, daß einer seiner Vasallen in Cassan für längere Dauer eine Regentschaft ausüben sollte, befriedigte ihn keineswegs vollends; aber den Reichskanzler jetzt dermaßen verblüfft zu sehen, bereitete ihm ungemein große Genugtuung.

»Habt dafür meinen Dank, daß Ihr mir Eures Sohnes Nachricht übermittelt, mein Herr«, ergänzte Javan seine zuvorigen Worte, langte nach dem Sendschreiben, zu dessen Verlesung vor dem Kronrat Tammaron noch immer keine Gelegenheit gefunden hatte und bemächtigte sich des Schriftstücks. »Baron de Courcy, ich bitte Euch, schickt in meinem Auftrag eine huldvolle Antwort nach Cassan. Teilt mit, daß ich mit Freuden meinen neuen Herzog, sobald er sich zu den Krönungsfeierlichkeiten einfindet, in seinem Titel zu bestätigen und seitens seiner vortrefflichen Regenten in seinem Namen Cassans Ehrerbietung und Vasallenschwur entgegenzunehmen gedenke. Des weiteren schreibt Herrn Fane, daß ich ihn, dieweil er nun ein Herzogtum zu verwalten hat, aller weiteren Pflichten bezüglich Gwynedds Kronrat entbinde und mit seinem Rücktritt aus vorgenanntem Rat, bietet er ihn an, einverstanden bin, denn es ist mein Wunsch, daß seine bisherigen Obliegenheiten ihn in keinen Widerstreit zu seinen neuen Verpflichtungen versetzen, denen er sich als seines Sohnes Regent widmen muß. Bitte versichert ihn dessen, daß sein Platz frei bleibt, bis ein wahrlich geeigneter Nachfolger erkoren werden kann, welcher seine Stelle würdig auszufüllen vermag.«

Nachdem er den Kronrat dergestalt umgarnt hatte, fand niemand einen vernünftigen Grund zu Einwänden; es sei denn, irgendwer hätte um jeden Preis den Eindruck der Aufsässigkeit hinterlassen wollen. Zum Zeichen der Zustimmung nickte Tammaron, denn man konnte sich Javans Ausführungen unmöglich verschließen; der Regent eines so entlegenen Herzogtums wie Cassan vermochte auf keinen Fall zusätzlich sinnvolle Tätigkeit im gwyneddischen Kronrat leisten. Nicht einmal der launische Murdoch äußerte irgendeinen Widerspruch, obschon mehrere der übrigen Regenten sehr wohl untereinander bedeutungsträchtige Blicke wechselten.

Darüber froh, daß er eine neue Meinungsverschiedenheit mit diesem so störrischen Kronrat hatte abwenden können, sah Javan vorsätzlich davon ab, in diesem Kreis auch seinen zweiten Herzog zu erwähnen; Herr Graham, der Herzog von Claibourne, verkörperte für die ehemaligen Regenten, insbesondere Murdoch, eine ständige, unausgesprochene Unannehmlichkeit. Darum lenkte Javan die Erörterungen auf den möglichen Zeitpunkt der Krönung, über den eigentlich schon im Krönungsrat hätte entschieden werden müssen; am Ende einigte man sich auf den letzten Juli-Tag, doch nach Abschluß der Sitzung, als sich soeben alle übrigen Teilnehmer entfernt hatten, hielt Javan die Herren Jason und Robear sowie Charlan in der Ratskammer zurück.

»Ich mochte während der Beratung nicht darauf zu sprechen kommen, doch hat bislang niemand meines *zweiten* Herzogs Erwähnung getan«, stellte Javan fest. »Geradesowenig fällt sein Name in den mir vorgelegten Denkschriften. Ist jemandem bekannt, ob die Herren Kheldours sich zur Krönung herzubegeben beabsichtigen?«

Die drei Ritter tauschten verstohlene Blicke aus; schließlich überließen Robear und Charlan es Herrn Jason, die Frage zu beantworten.

»Leider hat das Verhältnis zu Kheldour sich während Eurer Abwesenheit nicht verbessert, Sire«, lautete Jasons Auskunft. »Eher ist's schlechter geworden. Seit vor Jahren Jung Graham und seine beiden Onkel am

Königshofe weilten, damit er in seinem Titel als Herzog von Claibourne rechtmäßig eingesetzt und die vorerwähnten Onkel zu seinen Regenten ernannt werden konnten, hat man aus Kheldour niemanden mehr bei Hofe gesehen. Ihr seid, als das geschah, glaube ich mich zu erinnern, selbst noch am Hofe gewesen.«

Javan nickte, und Herr Jason führte seine Darlegungen fort.

»Es läßt sich ihnen keineswegs vorwerfen, sie kämen ihren Vasallenpflichten nicht nach, Sire, denn Claibourne sowie die Grafen von Marley und der Ostmark entsenden stets ihre Abgaben sowie die für Dienste an der königlichen Oberherrschaft abzustellenden Fronarbeiter, wiewohl nur in dem Mindestmaß, wie Recht und Gesetz es ihnen vorschreiben. Ansonsten hat man allerdings den Eindruck, daß ihre Verbundenheit zur Krone schwindet.«

»Inwiefern?«

»Nun je, der junge Herr Graham ist im Frühjahr mündig geworden, Sire… Mit der Folge, daß er nach Rhemuth hätte kommen müssen, um sein Mündigwerden und der Regentschaft Beendigung seitens seines Lehnsherrn öffentlich bestätigt zu erhalten. Bedarf es noch der Erwähnung, daß er ferngeblieben ist?«

»Ich kann nicht sagen, daß ich's ihm verübele«, meinte Javan halblaut. »Der Mann, von dem sein Vater erschlagen ward, sitzt noch im Kronrat, ohne jemals zur Rechenschaft gezogen worden zu sein. Ich bezweifle gar, daß ich mich in seiner Lage dahin zu überwinden vermocht hätte, nach Rhemuth zu kommen.«

»Die Frage ist, wird er zu *Euch* kommen, wenn er erfährt, daß Euer Bruder tot ist, Sire?« entgegnete Herr Robear. »Falls nicht – wenn er und seine beiden Onkel nicht zur Krönung erscheinen, es ablehnen, Euch als ihren Oberherrscher und Lehnsherrn ihrer kheldourischen Ländereien anzuerkennen –, könnte daraus sehr wohl auch jemand Besonnenes durchaus zu Recht den Rückschluß ableiten, daß Kheldour stillschweigend das einst mit Gwynedd eingegangene Bündnis aufkündigt. Sollte meine Befürchtung berechtigt sein, blieb's Euch unmöglich, das Herzogtum gewaltsam an Gwynedds Seite zu halten, denn jeglicher Krieg, welcher in den nächsten Jahren dräuen mag, wird nahezu mit Gewißheit wider einen Thronbewerber des Festil-Geschlechts auszufechten sein, der aus Torenth ins Reich einfällt, um zurückzuerringen, was er irrig für das Seine hält.«

»Der Gefahr, welchselbige von den Festils droht, bin ich mir wohlbewußt«, äußerte Javan mit leiser Stimme. »Deshalb kann ich mir mit Kheldour keine Zwietracht erlauben.« Er schwieg einen Augenblick und meinte dann: »Glaubt Ihr im Ernst, sie bleiben fort?« Javan stieß ein Schnauben aus. »Fast noch ärger graust's mir davor, sie *könnten* kommen und ihren alten Zwist mit Murdoch wiederaufnehmen, denn Graf Murdoch trägt die Schuld am Tode von Herrn Grahams Vater. Und was er mit Declan Carmody und dessen Familie getan hat… das werde ich ihm niemals verzeihen…!«

Alle drei Ritter schnitten unverkennbare Mienen des Unbehagens, waren sie doch ausnahmslos gleichfalls Augenzeugen gewesen, derweil man vor drei Jahren – auf der dadurch scheußlich mißratenen Geburtstagsfeier Javans und Alroys – vor Carmodys Augen kaltschnäuzig seine Gemahlin und seine beiden kleinen Söhne erdrosselte und danach auch den widerspenstig gewordenen Deryni-›Spürhund‹ unter gräßlichen Foltern ermordete.

»Ewan hatte Murdoch angegriffen, Sire«, rief Robear dem neuen König trübselig in Erinnerung.

»Gewiß, aber zuvor war Ewan von ihm aufs unerträglichste herausgefordert und gereizt worden.«

»Mag sein, aber so ist der Vorfall damals bei Hofe

nicht gesehen worden, Sire«, wandte Herr Jason ein, »und dieweil Ihr zu jener Zeit noch unmündig gewesen seid, zöge man die Wertigkeit Eurer Aussage in Zweifel. Solltet Ihr's anstreben, die Angelegenheit nach so langer Frist zur Sache einer Verhandlung zu machen, möchte gar wohl der unvorteilhafte Eindruck entstehen, Ihr hättet für Deryni ein weiches Herz oder wolltet aus unersichtlichen, nur Euch bekannten Gründen an Murdoch Vergeltung üben. Meines Erachtens könnt Ihr's Euch nicht gestatten, daß man das eine und ebensowenig das andere von Euch wähnt.«

Beschwerlich seufzte Javan auf; er wußte, Jason hatte recht. Die Last der Krone, um deren Erhalt er das Ringen aufgenommen hatte, ward täglich größer.

»Ich trachte beileibe nicht danach, aus niedrigen Beweggründen an Murdoch Rache zu nehmen«, beteuerte er den drei getreuen Gefolgsmannen. »Was die gerechte Vergeltung anbelangt, so mag sie vorerst auf sich warten lassen… Doch reden wir noch einmal über die Herren Kheldours. Seid Ihr der Ansicht, daß sie kommen?«

»Wenn mein Gedächtnis nicht trügt, hat Herr Etienne eine Benachrichtigung über Eures Bruders Ableben gen Norden geschickt, Sire«, lautete Herrn Robears Antwort. »Desgleichen eine Einladung zur Krönungsfeier. Ob sie sich davon zum Erscheinen bewegen läßt, bleibt abzuwarten… Ebenso wie – je nachdem, was geschieht – die Folgen Ihres Kommens oder Fernbleibens.«

Mehr konnte zur Zeit zu dieser unklaren Angelegenheit nicht besprochen werden. Indem er aus Schicksalsergebenheit das Haupt schüttelte, nahm Javan das Haldane-Schwert zur Hand und erhob sich aus dem Lehnstuhl.

»Meinen Dank, Ihr Herren. Ihr habt mir einen neuen Grund zur Sorge gegeben.« Er schenkte den Rittern ein leicht krampfhaftes Lächeln. »Freilich trifft Euch keinerlei Schuld. Ich ersehe lediglich, der Grat, auf welchselbigem ich wandle, ist so schmal wie eine Schwertschneide. Laßt uns in den Burgsaal hinabgehen und eine kräftigende Mahlzeit verzehren.«

In Gedanken befaßte er sich, während er im Burgsaal mit seinen Rittern ein leichtes Mittagsmahl einnahm, mit der Frage, wie er die Lage, indem er das Verhältnis zu Kheldour verbesserte, wieder günstiger gestalten könnte, schenkte deshalb dem Geplauder und Gelächter seiner Umgebung nur geringe Beachtung. Die Möglichkeit eines Abfalls Kheldours vom Reich – von dem etwaigen Krieg wider einen festilischen Eindringling ganz zu schweigen – hatte ihn mit allem Nachdruck an die kriegerischen Auseinandersetzungen gemahnt, denen er unter Umständen, zusätzlich zu der erwarteten, anhaltenden Gefahr seitens der ehemaligen Regenten, in Zukunft entgegenblicken mochte. Nachdem er am Nachmittag, um sich wieder ans Roß zu gewöhnen, einen nicht ganz so anstrengenden Ausritt unternommen hatte – im Galopp sprengte er am Fluß ausgedehnte, flache Uferstreifen entlang –, gelangte er alsbald zu der Erkenntnis, daß auch er selbst sich gründlicher auf künftige Waffengänge aller Art vorbereiten, sich körperlich für die Erfüllung der ererbten Pflichten ertüchtigen sollte.

»Ich wünsche, daß Ihr mit mir wieder Waffenübungen betreibt«, wandte er sich an die Herren Robear und Jason, derweil sie ihre Rösser im Schatten einer kleinen Steinbrücke, die ein Stück weit flußaufwärts von der Hauptstadt einen Bach überspannte, verschnaufen ließen. »Drei Jahre lang habe ich kein Schwert in der Faust gehabt, außer um mich auf der Sitzung des Krönungsrats damit zu schneiden, und ich bin mir gar nicht so recht dessen sicher, ob ich noch weiß, wie man eigentlich einen Bogen spannt.«

Letzteres entsprach, wie alle Beteiligten des Gesprächs wußten, gewiß nicht den Tatsachen, denn schon mit zwölf Lenzen war Javans Geschick im Bogenschießen größer gewesen, als es selbst die meisten Angehörigen der Haldaneschen Bogenschützen erreichten. Jason hatte ihn zum Üben mit Pfeil und Bogen ermuntert, dieweil es sich beim Bogenschießen um eine Kriegskunst handelte, welche keine sonderliche Flinkheit der Füße erforderte.

Im Schwertkampf verhielt es sich indessen ganz gegenteilig. Und daß drei Jahre überwiegend im Sitzen betriebener Betätigungen an der Priesterschule der Abtei *Arx Fidei* keineswegs Gelegenheit zur stetigen leiblichen Ertüchtigung geboten hatten, welcher ein König dringlichst bedurfte, der vielleicht einstmals Krieger in die Schlacht oder in den Kampf wider aufständische Untertanen führen mußte, ließ sich schwerlich leugnen.

»Laßt Ihr uns dabei freie Hand, Sire?« erkundigte sich Herr Robear und warf Javan einen jener Seitenblicke zu, von denen dem neuen Herrscher bekannt war, sie verhießen so manche bittere Mühe.

»Wär's mir damit nicht ernst, hätte ich Euch nicht gefragt«, antwortete Javan. »Ich erwarte keinesfalls, daß Ihr's mir leicht macht. Es ist vonnöten, daß Ihr mir, wollen wir den vor ein paar Tagen anläßlich meines Ritterschlags geleisteten Schwüren nachleben, sämtliche Fähigkeiten eines wahren Ritters vermittelt.«

»Seid Ihr dazu bereit, Sire, die erforderlichen Übungen regelmäßig zu vollführen?« fragte Jason. »Weder kann Euer Anliegen über Nacht verwirklicht werden, noch ist's möglich, dabei lässig vorzugehen.«

»Dessen bin ich mir sehr wohl bewußt, Ihr Herren«, versetzte Javan daraufhin zur Antwort. »Ich will mich des Morgens den Übungen widmen, wenn's noch etwas kühler ist. Anderweitige Aufgaben verschiebe ich, zumindest bis wir merkliche Fortschritte erzielt haben, auf den Nachmittag. Es ist mein ehrliches Begehren, daß Ihr mich so hart fordert, wie Ihr's in meinem Fall als zumutbar erachtet, und sodann noch ein wenig darüber hinaus. Es verhält sich keineswegs so, daß ich danach lechze, aber es muß sein. Sobald einer der Ratsherren des Kronrats mir das nächste Mal trotzt, mag's sein, daß ich mehr als eine beredte Zunge benötige, um mich der Zwangslage zu entwinden.«

Während der nächsten Wochen zumindest genügte noch der Zunge Schlagfertigkeit, um es Javan zu ermöglichen, sich gegen seine Widersacher zu behaupten, da sich des Kronrats Erörterungen größtenteils um die Krönungsvorbereitungen drehten; danach jedoch nahm er die Leibesertüchtigung und Waffenübungen ernsthaft in Angriff, befleißigte sich im Zwinger der Wiederangewöhnung des Reitens, schwang wacker die Turnierwaffen, faßte dann beides zusammen. So manche Stunde lang hieb er auf Holzklötze ein, um Arme und Schultern zu kräftigen, betrieb er Fechtübungen mit einem der Ritter. Weitere Stunden verbrachte er beim Bogenschießen, erlangte auch rasch seine Zielsicherheit wieder; allerdings erschreckte es ihn, daß er anfangs einen ungemein leichten Bogen benutzen mußte.

Baron Hildred wandte beim Unterricht all sein auf lange Erfahrung gestütztes Können auf, um Javans Reitkünste wieder auf den einstigen Stand zu bringen. Vor seinem Fortgang vom Königshof war Javan ein schneidiger, hervorragender Reiter gewesen, und er erinnerte sich noch an alles, was er damals gelernt hatte; aber daß er erschlaffte Muskeln hatte, welche er erst wieder zum Gehorsam bewegen mußte, empfand er als eine gewisse Demütigung. Im Laufe der ersten Woche beschränkte Hildred die Unterweisung auf die einfachsten Reitübungen, ließ ihn auf einem verläßlichen, ruhigen Zelter, den der Baron an einem langen Seil hielt, im Kreis reiten – stundenlang, wie es schien –, erst im Trab, dann im Handgalopp, später unter gelegentlicher Ausführung kurzer Sprünge, und zudem mußte Javan sich bisweilen mit Absicht herunterfallen lassen; all das fand zunächst ohne die Verwendung von Steigbügeln statt.

Als er zu guter Letzt wieder sicher im Sattel saß, durfte er mit dem Roß in den Gestechhof überwechseln und dort während des Reitens mit Lanze, Spieß und Schwert üben. Sobald die Kraft in seinen Armen erneut ausreichte, um einen der kleinen r'kassischen Krummbogen zu spannen, übte er auch von neuem das Schießen aus dem Sattel. Dergestalt erlegte Javan sich große Anstrengungen auf; aber zu seiner Genugtuung bemerkte er bei all diesen Reit- und Kampfübungen, daß sein Körper sie heute, da er sechzehn Jahre zählte, trefflicher vollführte denn einst, als er sie mit erst dreizehn Lenzen betrieben hatte.

Gewöhnlich endeten die morgendlichen Ertüchtigungen mit einem Galopp am Fluß entlang, bei welcher Gelegenheit er einmal den lieben Gott einen guten Mann sein lassen und überdies sich einreden konnte, er fände am Reiten noch Vergnügen. Wenn er des Vormittags nach einem solchen Abschlußritt absaß, zitterten ihm manches Mal die Beine dermaßen stark – und keineswegs war sein Klumpfuß die Ursache –, daß sie ihn kaum noch trugen. Die Schultern schmerzten ihn fast unablässig, dieweil ein Großteil der Übungen darauf angelegt war, seines Oberkörpers Kräfte zu stärken, um die mangelhafte Beweglichkeit seiner Füße auszugleichen.

Während der ersten Wochen des Übens mußte er sich regelmäßig mittags – nach einem Bad – mit Oriel zusammensetzen und sich dessen heilerischen Anwendungen unterziehen, denn auschließlich dank dieses

Rückhalts fand er sich überhaupt hinlänglich dazu imstande, sich auch noch seinen nachmittäglichen Verpflichtungen zu stellen, zumal mit jeder Woche die Anzahl der Beratungssitzungen wuchs; häufig erforderte der Kronrat seine Aufmerksamkeit, hinzu kamen allerdings verschiedenerlei Ausschüsse und Beiräte, auch Zusammenkünfte mit Untergebenen des Großzeremonienmeisters, um Einzelheiten der Krönung festzulegen, welche nunmehr, so lautete der endgültige Beschluß, am einunddreißigsten Juli-Tag stattfinden sollte.

Eine erquicklichere, wiewohl eher bittersüße Errungenschaft selbiger erster Wochen bedeutete das seit langem von Oriel ersehnte Zustandekommen eines Wiedersehens mit Weib und Tochter. Es währte nicht lang, und Javan mußte seinen Willen mittels der Gegenwart Charlans und Guiscards, welche hinter seinem Rücken die Faust am Schwertgriff hatten, wider die *Custodes*-Wächter durchsetzen; doch wenigstens dauerte es so lange, bis einer der *Custodes* einen Vorgesetzten verständigt hatte, und während dieser kurzen Frist tat Oriel seiner Freude keinen Zwang an. Während Javans Mannen die offene Tür bewachten, schaute er mit feuchten Augen zu, wie der Heiler stumm seine Gemahlin umarmte, sodann niederkniete, um ein kleines Mädchen in die Arme zu schließen, das mit zerzausten Haaren hinter dem Rock der Mutter hervorhuschte, um dem Vater zu begegnen, an welchen es gar keine Erinnerung hatte.

Allzubald indessen stapfte ein schwerbewaffneter *Custodes*-Hauptmann heran, um unter das Wiedertreffen einen Schlußstrich zu ziehen. Ein Halbdutzend weiterer *Custodes*-Ritter begleiteten ihn und erregten noch weniger als er den Eindruck, als könnte ihre Hartherzigkeit durch königliche Launen oder Gefühle gemildert werden.

»Sire, diese Vorstellung muß unverzüglich ein Ende haben«, wandte sich der Hauptmann höflich, aber entschieden an Javan. »Es gilt die unwiderrufliche Anordnung, daß den Deryni-Hilfsmannen kein Zutritt zu ihren Familien gestattet ist. Meine Weisung stammt unmittelbar vom Großinquisitor, Bruder Serafin, und steht im Einklang mit den Beschlüssen des Konzils von Ramos. Meister Oriel muß sich sogleich hinwegbegeben.«

Javan erwog, ob er schlichtweg selbigen Einlassungen widersprechen sollte, denn er hegte daran Zweifel, daß des Hauptmanns Befehle ihn auch dazu berechtigten, die Hand frevlerisch gegen den König zu erheben; aber Charlan und Guiscard wären vor Verfolgung ungeschützt. Zudem verhielt es sich in der Tat so, daß die gegenwärtig gültigen Gesetze Serafin zum Erteilen derartiger Befehle ermächtigten; und zu dritt einer so großen Anzahl von *Custodes*-Wachen ein klein wenig mehr Zeit abzutrotzen, konnte unmöglich den gefahrvollen Aufwand wert sein.

»Ich hatte vergessen, wie Eure Anweisungen lauten«, antwortete Javan in ruhigem Ton, winkte widerwillig Oriel zu sich. »Meister Oriel wirkt seit inzwischen etlichen Jahren als zuverlässiger Diener des Königshofes und hatte seine Tochter seit kurz nach ihrer Geburt nicht mehr gesehen. Es deuchte mich, es sei ein harmloser Lohn, ihm ein Wiedertreffen zuzubilligen.«

»Der Großinquisitor, das versichere ich Euch, Sire, versteht derlei gewißlich nicht als Harmlosigkeit«, entgegnete der *Custodes*-Hauptmann, beließ voll des abartigsten Argwohns den Blick geradeso stier auf Oriel geheftet, wie etwa eine Katze eine Maus anstarren mochte. Unter Tränen löste der Heiler die Arme seines Töchterchens von seinem Hals und gab das Kind in die Obhut der Gemahlin zurück; aus lauter Erschütterung blieb er fürwahr dazu außerstande, sich nach seinen

Lieben ein letztes Mal umzusehen, derweil er sich wieder an des Königs Seite begab.

Javan sprach kein Wort, zuckte nur mit den Schultern und wandte sich zum Gehen; niemals jedoch sollte er den Ausdruck der Verzweiflung in Oriels Miene vergessen, derweil der Heiler mit ausgestreckter Hand der tränenüberströmten Gattin sowie dem rotbackigen Töchterchen, das ihm, die großen Äuglein unter dem Schopf goldroter Locken voll der Unschuld, ahnungslos zuwinkte, den Abschiedsgruß entbot, bis sich die Tür schloß. Dieses Ereignis band Oriel noch fester an Javan und vertiefte des Königs Entschlossenheit, alles zu unternehmen, was nur in seiner Macht stand, um das Königreich von dem Fluch, mit dem die ehemaligen Regenten es belegt hatten, zu erlösen.

Um dieses hochhehre Ziel zu erreichen, mußte er sich behaupten; zum Teil hing sein tägliches Durchkommen davon ab, daß er sich auf eine feste, gesicherte Hausmacht stützen konnte, die seinem Willen den erforderlichen Nachdruck verlieh. Während der ersten Wochen in der Königsburg nahm die Zusammensetzung seines Gefolges, indem auch der Alltag stets an klarerem, geregelterem Ablauf gewann, allmählich deutlichere Gestalt an. Noch wagte er nicht, hohe Amtsinhaber seines Vorgängers zu entlassen, doch nach und nach ergänzte er den Kronrat um Vertraute eigener Wahl. Den durch Fane Fitz-Arthurs Ausscheiden freien Platz belegte er mit Herrn Jerowen Reynolds und erhob ihn zu seinem Hausmeier. Baron Etienne de Courcy ernannte er zum Königlichen Geheimrat und machte Guiscard zu dessen Sekretarius.

Die Berufung jedoch, welche er dem Kronrat um die Juli-Mitte vorschlug, hatte am meisten für ihn selbst Bedeutung, dieweil sie zur Gänze einem inneren Bedürfnis entsprang. Und im Gegensatz zu den sonstigen

Ernennungen war er in diesem Fall auf Zustimmung angewiesen – und zwar seitens der *Custodes Fidei*. Um dafür die Voraussetzung zu schaffen, mußte er seine ablehnende Haltung aufgeben, welche er notgedrungen, um sich den Thron zu sichern, gegen den Orden hatte einnehmen müssen, und diese Anforderung verdroß ihn insgeheim gehörig; aber es erschwerte die Verhältnisse in überflüssigem Maße, fortwährend vor Paulin und Albertus auf der Hut sein zu müssen. Paulin war wegen des Zwischenfalls mit Oriel ohnehin schon voller gesteigerten Grolls.

»Eine letzte Sache noch an diesem Nachmittag, Ihr Herren«, sprach Javan. »Ich habe eine Bitte an Pater Paulin.« Er zwang sich, indem er sich an den Generalvikar des *Custodes* wandte, zu einer bittstellerischen Miene. »Zuvor allerdings muß ich ihn um Vergebung ersuchen.«

»›Um Vergebung‹, Sire?« wiederholte Paulin, dem unmißverständlich Zweifel im Angesicht standen.

»Ja, Pater. Ich habe meinen Entschluß, dem Klosterleben den Rücken zu kehren, nach gründlicher Gewissenserforschung und reiflichem Erwägen gefällt, aber dessen ungeachtet bedauere ich von Herzen, daß die Umstände meines Abgangs einen wohl unvorteilhaften Eindruck hinterlassen mußten – insbesondere bei Euch, Pater Paulin, und bei meinem Abt. Auch erfüllt mich jedweder scheinbare Mangel an Hochachtung, welchen Ihr, Herr Erzbischof« – Javan heftete den Blick auf Erzbischof Hubertus – »bei mir zu beobachten gewähnt haben mögt, mit ebenso tiefem Bedauern. Unter Eurer Anleitung war's mir vergönnt, vielerlei zu erlernen, und dafür ist Euch mein Dank gewiß. Gleichfalls danke ich Euch für die würdige und rücksichtsvolle Verfahrensweise, mit welchselbiger Ihr unterdessen meine Freisprechung von den klösterlichen Gelübden vollzogen habt.«

Hubertus nickte ihm zu; auch Paulin neigte, wiewohl mit merklicher Zurückhaltung, das Haupt.

»Eure Hoheit erwähnten«, meinte Paulin, »eine an mich zu richtende Bitte.«

»In der Tat, Pater.« Javan holte tief Luft. »Es ist mein Wunsch, mir einen Kaplan zur Seite zu geben. Die Beichtväter, an welche ich mich zu wenden pflegte, während ich vormals bei Hofe lebte, stehen nicht mehr zur Verfügung. Pater Bonifatius ist verstorben, und Eure Exzellenz muß sich anderweitigen Pflichten widmen, welche oft Eure Anwesenheit fernab vom Königshof erfordern – eine vollauf gebührliche, gottgefällige Pflichterfüllung, wie sich von selbst versteht, dieweil Ihr Euch ja auch anderer Schafe als lediglich eines verirrten, schwarzen Schafs, wie ich eines bin, annehmen müßt.« Sein Blick streifte Hubertus und sah, daß der Erzbischof mit schwammiger Hand ein leichtes Schmunzeln verhehlte.

»Vielleicht möchten Eure Hoheit die Gnade haben, sich meines Amtes Dienstbarkeit zu vergewissern«, äußerte Erzbischof Oriss, dessen Miene eine gewisse Gekränktheit widerspiegelte. »Ich glaube, der mir nachgeordnete Weihbischof Alfred hat schon früher gelegentlich als Euer Beichtvater ausgeholfen.«

Javan schüttelte, als wäre er zerstreut, das Haupt, richtete seine Aufmerksamkeit von neuem auf Paulin.

»Seid bedankt, Eure Exzellenz, jedoch weiß ich einen weniger beschäftigten Geistlichen, welcher meinen Bedürfnissen eher entspricht«, entgegnete Javan. »Er steht mir hinsichtlich des Lebensalters näher und kennt das Dasein meiner vergangenen Jahre. Ich rede von einem *Custodes*-Priester, Pater Generalvikar, dessen Klugheit und Ratschlag ich während meiner Zeit in der Abtei *Arx Fidei* zu schätzen und zu achten gelernt habe.«

»Einem meiner Priester, Sire?« vergewisserte sich

Paulin, der nicht so recht wußte, ob er sich freuen oder Mißtrauen empfinden sollte.

Javan bewahrte eine wohlwollende, arglose Miene, derweil er Paulins Blick erwiderte. »Sein Name ist Pater Faelan. Wie Euch unzweifelhaft bekannt ist, war er in der Abtei nicht mein Beichtvater, sondern lediglich einer meiner Lehrmeister, doch erachte ich's als offensichtlich, daß seine Oberen ihn als vorbildliches Mitglied des Ordens achten, hätten sie ihn anders doch nicht an der Priesterschule belassen, damit er stets weitere Novizen mit seiner Weisheit beglückt. Mein Anliegen geht dahin, daß er, wenn Ihr keine Einwände hegt, in mein Gefolge versetzt wird, um fortan als Königlicher Kaplan zu dienen.«

»Faelan ist der Name, sagt Ihr, Sire?« meinte Paulin halblaut, schaute Albertus an, der daraufhin knapp das Haupt schüttelte, allerdings nicht zum Zeichen der Mißbilligung, sondern offenbar lediglich, um anzuzeigen, daß er den Genannten nicht kannte.

»Ja, Pater. Seinen Nachnamen habe ich leider nie erfahren. Auf alle Fälle habe ich ihn dank seiner mustergültigen Frömmigkeit, tiefen Einfühlsamkeit sowie christlichen Milde in überaus vorteilhafter Erinnerung behalten. Ich bin des Glaubens, er kann mir eine verantwortungsvolle geistliche Richtschnur weisen, ohne lieblos zu sein... Nicht freilich, daß ich irgendeinem meiner früheren Beichtväter, Ihr Herren, irgend etwas Übles nachreden wollte.«

»Freilich nicht, Sire«, sprach Hubertus, indem sein Schmunzeln verflog; dafür hätte nun wahrhaftig um ein Haar Paulin gelächelt.

»Nun wohl, ich nehme Euer Anliegen zur Kenntnis, Sire«, vertröstete Paulin den König, indem er den Namen auf den Rand eines Schriftstücks kritzelte. »Vorerst vermag ich Euch keine Erfüllung zu versprechen, werde mich aber nach selbigem Pater Faelan erkundigen, und in dem Falle, daß er als geeignet befunden wird, sollt Ihr ihn zum Kaplan haben – als ein Zeichen guten Willens meinerseits sowie zum Heil Eurer unsterblichen Seele.«

Javan neigte das Haupt auf eine Weise, von welcher er hoffte, daß Paulin sie als demütig auslegte. »Meinen Dank, Pater. Ich werde Eures Bescheides harren.«

Des weiteren gab er sich, während die Beratung sich anderen Angelegenheiten widmete, der Hoffnung hin, daß er dem gütigen, jungen Pater Faelan keine Scherereien einbrockte; Faelan stand nämlich in keinerlei Zusammenhang mit den zu Javans Überdauern notwendigen Winkelzügen und Ränken. Der Pater war ihm schlicht und einfach ein Freund gewesen; und Freunde hatte Javan nun bei Hofe aufs ganz allerdringlichste nötig.

# XV. Kapitel

*Ich will euch gegenüber nichts verbergen…*

Tobias 12,11

An den nachfolgenden Tagen zog nicht allein Paulin von Ramos in des Königs Namen Erkundigungen ein, sondern auch andere, ihm wohlgesonnenere Untertanen befaßten sich mit seinen Angelegenheiten. Eines Abends, als es bis zur Krönung nur noch vierzehn Tage waren, säumte im Anschluß an das Nachtmahl, als alle übrigen Getreuen mit Ausnahme Charlans sich schon verabschiedet hatten, in auffälliger Weise noch Herr Guiscard in den königlichen Gemächern.

»Ich habe einen Standort für die neue Porta Itineris gefunden, Sire«, sprach er, sobald Charlan vom König in den Weinkeller entsandt worden war, um eine neue Krugflasche Wein heraufzuholen. »Und zwar im Geschoß unter Euren Gemächern, gleich neben den Räumlichkeiten, wo die künftige Bücherei erstehen soll.«

Javan furchte die Stirn, versuchte sich die unteren Räume bildlich vorzustellen. »Ich dachte, eine Porta müßte ihren Standort unweigerlich ebenerdig haben«, meinte er. »Muß der Untergrund denn nicht aus gewachsenem Stein oder Erde bestehen?«

»Das ist *tatsächlich,* was den Untergrund anbetrifft, die Voraussetzung, Sire«, bestätigte Herr Guiscard, indem er schmunzelte. »Aber Ihr habt doch nicht etwa vor, Euch jedesmal, wenn Ihr sie zu benutzen gedenkt, in die Kellergewölbe hinabzuschleichen, oder? Ein König mit derlei schrulligen Angewohnheiten dürfte alsbald ernstlichen Argwohn erregen.«

Im Gedenken an die als Kleiderschrank getarnt gewesene, mittlerweile unbrauchbar gemachte Porta in den Kellern der Valoreter Burg, deren Benutzung ihm stets solche Schwierigkeiten bereitet hatte, konnte Javan dem jungen Edlen nur zustimmen.

»Gewiß, das mag sein, aber die meisten hiesigen Räumlichkeiten haben einen hölzernen Dielenboden, just so wie hier.« Zweimal pochte er mit der Ferse auf den Fußboden, um seine Feststellung zu verdeutlichen. »Ich glaube, so verhält's sich in diesem gesamten Flügel der Burg.«

Guiscards Lächeln wirkte, als wäre er trotzdem nach wie vor angetan von seinem Einfall.

»Die Kammer, von der ich rede, befindet sich unmittelbar über dem Keller«, antwortete er. »Ist Euch geläufig, Sire, was in der Regel dem Hohlraum zwischen einem steinernen Gewölbe und dem darüber gelegenen Stockwerk ausfüllt?«

»Ich muß bekennen, nein, daran habe ich fürwahr noch keinen Gedanken erübrigt.«

»Man füllt denselben mit Erde, Sire«, erklärte Guiscard. »Echter, festgestampfter Erde, die sich gleich unter den Fliesen der oberen Räumlichkeiten befindet.«

»Aha...!«

»Um zu beliebiger Stunde seine Bücherstube aufzusuchen, Sire, braucht ein König keinen Vorwand... Und wenn er unterdessen in eine benachbarte, leere Kammer schlüpft, wird's schwerlich irgendwem auffallen.«

»Wahrhaftig nicht. Vorsicht wird dennoch geboten sein, aber Euer Vorschlag behagt mir aufs vortrefflichste. Was habt Ihr doch gleich gesagt, wo ist diese Kammer?«

»Es mag sehr wohl der Fall sein, daß Ihr die Bibliothek in ihrem jetzigen Zustand gar nicht kennt, Sire«, gab Guiscard zur Antwort. »Die Umbauten in dem Teil der Burg sind wahrscheinlich erst begonnen worden, nachdem Ihr den Königshof verlassen hattet. Als ich im vergangenen Jahr bei Hofe eintraf, hatte ich den Eindruck, dort wäre alles noch in recht neuer Verfassung.«

Javan nickte. »Mir ist, als könnte ich mich an Gerede über einen Umbau der Bibliothek entsinnen, welches ich während der letzten Jahre vernahm, doch stand ich bei meinen Besuchen in Rhemuth jedesmal unter gestrenger Aufsicht... Und davor, nachdem der Königshof von Valoret nach Rhemuth verlegt ward, waren wir noch gar nicht lange da, als ich schon in die Abtei entschwinden mußte.«

»Sobald Pater Joram seine Zustimmung erteilt hat, zeige ich Euch die Räumlichkeiten, Sire«, sprach Guiscard. »Wir sollten kein großes Aufhebens machen, aber eine Besichtigung der neuen Bibliothek und ihrer Nachbarschaft – eine Begehung gemeinsam mit dem zuständigen Baumeister – kann sicherlich keine Verwunderung erregen. Schließlich ist's ja Eure Burg, Herr.«

»Hmmm, da habt Ihr recht«, äußerte Javan halblaut. »Und was geschieht, wenn Pater Joram sein Einverständnis gegeben hat? Er hat erwähnt, so ich mich richtig erinnere, daß für einer Porta Erstellung gar fünf bis sechs Leute erforderlich sind.«

»Zwei de Courcys stehen zur Verfügung, Sire«, beteuerte Guiscard. »Zwar hat keiner von uns beiden je schon mitangeschaut, wie eine Porta Itineris errichtet wird, geschweige denn, daß wir daran beteiligt gewesen wären, aber nach Pater Jorams Worten ist dazu keinerlei Wissen oder Erfahrung vonnöten. Des Werks Hauptvollbringer kann alle Teilnehmer auf die wirksamste Weise einbeziehen.«

»Soll das heißen, daß nicht Joram derjenige sein wird?« vergewisserte sich Javan.

Herr Guiscard schüttelte das Haupt. »Ihn kann man,

wenn jemand in der Burg ihn sieht, allzu leicht erkennen, Sire. Soviel ich weiß, ist noch gar nicht darüber entschieden, wer's tun wird.«

»Ach...« Javan hob das Haupt und schaute den jungen Adeligen an. »Wer käme außerdem als Mitwirkender in Frage?« fragte er. »Ihr, Euer Herr Vater und ich, wir sind erst drei Beteiligte.«

»Meister Oriel, Sire«, versetzte Guiscard zur Antwort. »Aber Ihr solltet ihn erst kurz zuvor einweihen. Wir wollen das Wagnis nicht ohne Not erhöhen. Es wird sich nicht abwenden lassen, außer Euch einen zweiten Menschen heranzuziehen. Pater Joram denkt, um die Runde zu vervollständigen, an Herrn Charlan.«

In versonnener Betroffenheit spitzte Javan die Lippen. »Ich hatte gehofft, seine Einbeziehung vermeiden zu können. Charlan hat überhaupt keinerlei Kenntnis von unseren geheimen Umtrieben.«

»Ich weiß, Sire. Doch kann man das Erlebnis ja nachträglich aus seinem Gedächtnis streichen.«

»Abermals...« Javan stand auf und trat in den Fenstererker, lenkte den Blick hinaus ins stets düsterere Abenddunkel. »Der fortwährende Mißbrauch seiner Dienstwilligkeit widerstrebt mir *zutiefst*, Guiscard. Und in diesem Fall wär's nichts so Harmloses wie das Auslöschen der Erinnerung an irgendwelche Vorbereitungen zu anschließenden Vorgängen, die er dann gar nicht zu sehen bekommt, so daß er bei Befragen nichts enthüllen kann...«

Guiscard trat zum König in den Fenstererker. »Ihr tut's seit Jahren, Sire. Ein König kann sich den Überschwang solcher Gefühlsduselei nicht leisten.«

»Nein, es ist etwas anderes. Mein Widerwille dagegen wächst, seit ich als König zurückgekehrt bin nach Rhemuth. In früherer Zeit, als er mein Knappe war, hatte ich keine Wahl. Aber jetzt ist er Ritter, *mein* Ritter ist er heute. Es ist meine Pflicht, ihn zu schützen, zu verteidigen und ehrlichen Umgang mit ihm zu pflegen. Schon indem ich ihn zweimal mit uns in die Basilika Sankt Hilary mitnahm, habe ich in gewissem Umfang wider meine zuvor beschriebene Obliegenheit verstoßen. Zwar war's unumgänglich, darüber habe ich volle Klarheit, aber ich... ich hege nun einmal daran meine Zweifel, ob ich's als ebenso unvermeidbar betrachten darf, ziehen wir ihn auch heran zur Errichtung der vorgesehenen Porta Itineris.«

»Wenn Ihr's ablehnt, Euch seines Beistands ohne sein Wissen zu bedienen, möchtet Ihr's dann etwa erwägen, mit ihm reinen Tisch zu machen?« meinte Herr Guiscard. »Er ist ein vorzüglicher Mann, darauf tät ich mein Leben wagen... Indem wir auf seine Verläßlichkeit bauen, setzen ja wir *allesamt* es aufs Spiel. Sodann vermöchtet Ihr ihm den Schutz, dessen er bedarf, mit seiner Einwilligung zu gewähren.«

Javan nickte. »Darüber denke ich schon seit einer Weile nach. Falls ich mich nicht gänzlich in ihm täusche, wird er mir gehorsam helfen und geradeso bereitwillig mit allen Maßnahmen einverstanden sein, welchselbige zu meinem und seinem Schutz nötig sind. Und sollte er doch... irgendwelche Bedenken haben, steht's uns noch immer frei, sein Gedächtnis von allem Unerwünschten zu reinigen und in seinen Erinnerungen den vorherigen Zustand der Ahnungslosigkeit wiederherzustellen.«

Guiscard lächelte und schüttelte das Haupt. »Ihr zermartert Euch das Haupt wegen der Eingriffe in seinen freien Willen, doch sollte sein Wille sich nicht mit eurem Streben decken, wollt Ihr euch nicht scheuen, ihm den freien Willen noch nachhaltiger als zuvor zu beschneiden.» Ruckartig hob Javan den Blick. »Ihr wißt *selbst*, Sire, das ist's, wovon Ihr sprecht.«

Mit einem Aufstöhnen sank Javan auf des Fenstererkers steinerne Sitzbank. »Ich muß am Leben bleiben,

Guiscard«, entgegnete er mit leiser Stimme. »Aber es soll nicht mehr zu anderer Leute Kosten gehen, als es unbedingt sein muß.«

»Ich verstehe Eure Überlegungen sehr wohl, Sire.« Im Abendlicht glitzerten Guiscards Augen, ohne von seinen Gedanken irgend etwas preiszugeben. »Euch dürfte klar sein, will's mich dünken, daß Ihr mir mit Euren Ausführungen weit mehr über Euch offenbart habt, als es vielleicht ursprünglich Eure Absicht gewesen ist. Eure Magie-Fähigkeiten reichen beträchtlich über Wahrheitsfindung und Geisteswehr hinaus, nicht wahr?«

»Ja.«

»Aber Ihr seid kein Deryni, Sire. Wie ist dergleichen erklärlich?«

Erneut blickte Javan zum Fenster hinaus, entschloß sich dazu, Guiscard in bestimmtem Umfang über seine Besonderheiten aufzuklären; jede Erwähnung Cambers und seiner Sippe beabsichtigte er jedoch zu vermeiden.

»Es hängt damit zusammen, denke ich, daß ich ein Haldane bin«, sprach er in gedämpftem Ton. »Die Magie-Macht kam über meinen Vater, nachdem er sich dazu durchgerungen hatte, sich die Krone aufs Haupt zu setzen. Mir ist überliefert worden, daß er die volle Gewalt seiner Kräfte nur dreimal aufgeboten hat. Das erste Mal, um einen Verräter zu richten, welcher seinen Erstgeborenen vergiftet hatte; ein zweites Mal im Kampf wider Imre von Festil; zum drittenmal zwecks einer eigentlich überflüssigen Vergeltung gegen einen bereits wehrlosen Gegner, als er noch kein Jahr lang auf dem Thron saß… Danach hat er seine Befähigung außer zum gelegentlichen Wahrheitsfinden nicht mehr benutzt, bis kurz vor seinem Tode, als er die Haldane-Magie auf seine Erben übertrug. Bei Alroy ist diese Übertragung nahezu ohne Erfolg geblieben, hingegen machte sie sich bei mir verfrüht bemerkbar. Rhys

Michael zeigt bislang keine diesbezüglichen Anzeichen, allerdings soll das Magie-Erbe ja erst wirksam werden, falls ich ohne leiblichen Erben das Zeitliche segne.«

Reglos hatte Herr Guiscard Javans Darlegungen gelauscht; nun nickte er bedächtig vor sich hin. »Was Ihr mir soeben anvertraut habt, ist für mancherlei eine Erklärung, Sire«, antwortete er. »Um ehrlich zu sein, es erfahren zu haben, bereitet mir Unbehagen. Streng genommen könnt Ihr nicht als Deryni gelten, aber sollten Paulin und die *Custodes* davon Wind bekommen…«

»Was denn, habt Ihr vor, es ihnen zu verraten?« fragte Javan, warf dem Deryni-Adeligen einen Blick bitteren Spotts zu.

Guiscard erbleichte, fiel unverzüglich vor Javan auf die Knie, hatte plötzlich einen Dolch auf dem Handteller liegen, dessen Spitze aufs eigene Herz wies.

»Tötet mich auf der Stelle, Sire, wenn Ihr Zweifel an meiner Treue hegt«, raunte er voll leidenschaftlichster Inbrunst, senkte gleichzeitig die Geistesschilde und gewährte Javan uneingeschränkten Einblick in sein Gemüt. »Schaut in meine Seele…!« Mit der freien Faust packte er Javans Hand und breitete sie sich über die Stirn. »Entdeckt Ihr auch nur das winzigste Fünkchen eines verräterischen Gedankens, so zerreißt mir den Verstand zu Fetzen… Ich fürchte nicht meinen König, vielmehr bin ich, wenn's sein muß, mit Freuden für ihn zu sterben bereit, aber ich *fürchte* die Grausamkeit der *Custodes,* sollten sie, was ich in Wahrheit bin, jemals ergründen. Zwar bin ich ein Deryni, Sire, doch betrüge ich mich selbst, was das Ausmaß meiner Fähigkeiten anbelangt, keineswegs mit Hirngespinsten. Verurteilt man mich mittels *Merascha* zur Wehrlosigkeit, kann jemand wie Sitric, das ist mir wohlbekannt, mich ohne weiteres zugrunde richten.«

Indem er aufseufzte, nahm Javan die Hand von des

Edlen Stirn – denn während Herrn Guiscards Gefühlsaufwallung hatte er in der Tat in seinen Geist Einsicht genommen –, faßte den Dolch, drehte ihn um und reichte ihn mit dem Griff voran zurück.

»Ich habe niemals auch nur im geringsten an Eurer Treue gezweifelt, Guiscard«, beteuerte er mit verhaltener Stimme. »Und der Gefährdung, welche von den *Custodes* ausgeht, bin ich mir weiß Gott bewußt, immerhin habe ich drei Lenze lang in ihrer Mitte gehaust. Wie vermag ich Euch die Gewißheit zu vermitteln, daß Eure Sorge unbegründet ist? Sagt's mir, was soll ich tun?«

Guiscard hockte sich auf die Fersen, derweil er den Dolch wegstreckte und schüttelte gesenkten Blicks das Haupt. »Ich weiß nicht, was Ihr tun *könnt*, Sire«, antwortete er im Flüsterton. »Nehmt Ihr mir schlichtweg die Erinnerung an unser Gespräch, wozu Ihr, will ich wähnen, imstande seid, so habe ich keinen Nutzen für Euch. Wahrlich, ich... hatte nicht erwartet, daß unser Zusammenwirken sich so schwierig gestaltet.«

»Ich ebensowenig, glaubt mir«, räumte Javan ein, indem er lächelte. »Doch nun erhebt Euch, ich höre, daß Charlan mit dem Wein wiederkehrt. Laßt mich in aller Ruhe über die Angelegenheit nachdenken und seid mir während der nächsten Tage ganz besonders auf der Hut.«

Als Charlan sich wiedereingefunden und jedem von ihnen einen Becher Wein gereicht hatte, saß Guiscard, die Gefaßtheit wiederhergestellt, dem König gegenüber auf der Steinbank in der Fensternische.

»Danke, Herr Charlan«, sprach Javan, als wäre er gänzlich unbekümmert. »Schenkt nun getrost auch Euch einen Becher ein und setzt Euch zu uns. Eben habe ich vor Herrn Guiscard über die schwere Prunkgewandung geklagt, welche ich bei dieser Hitze anläßlich der Krönung tragen soll, und er regte zu erwägen an, ob es von Nutzen sein möchte, von den Lendourischen Bergen in *sooo* großen Kästen Schnee herabzuschaffen...«

Noch eine Stunde lang saßen die drei freundschaftlich im Fenstererker beisammen und ersannen immerzu tollere Einfälle, auf welche Weise es wohl möglich sein könnte, dem König an dem genannten Tag Kühlung zu spenden, bis Guiscard zu guter Letzt zum Fenster hinauslugte und sich widerwillig verabschiedete. Inzwischen herrschte im Freien völlige Dunkelheit.

»Es dürfte wohl nun am klügsten sein, ich begebe mich in meine Gemächer, Sire«, sprach er, nachdem er seinen Becher geleert hatte. »Mein Vater hat ein paar Schriftstücke bereitliegen, von welchen er wünscht, daß ich sie noch heute durchlese – Ihr bekommt sie in wenigen Tagen zu sehen –, und auch mit dem Abfassen einiger Schreiben muß ich mich noch beschäftigen. Ach ja, soll ich am morgigen Tag eine Zusammenkunft mit dem Burgbaumeister verabreden?«

»Ja, das wäre mir recht«, antwortete Javan eingedenk ihrer vorherigen Unterhaltung. »Habt Dank, Guiscard.«

»Es ist mir ein Vergnügen, Euch zu dienen, Sire«, sprach Guiscard. »Ich wünsche Euch eine gute Nacht.« Nachdem der Deryni-Adelige sich förmlich verbeugt hatte, verließ er die königlichen Gemächer.

Während Charlan die Tür verriegelte, überlegte Javan, ob er noch Wein trinken sollte. Eigentlich stand ihm danach nicht der Sinn; allerdings mochte ein letzter Becher, als Nachttrunk genossen, es erleichtern, das Gespräch auf die Fragen zu lenken, welche er mit Charlan abklären mußte. Der junge Ritter hatte einen Kerzenleuchter vom Kaminsims genommen und entzündete die Kerzen an den Binsenlichtern welche in der Mitte des Gemachs auf dem Tisch standen; offenkundig ging er davon aus, daß der König sich nun ins Bett zu begeben gedachte.

»Wartet noch ein Weilchen, Charlan«, wandte Javan, der nach wie vor im Halbdunkel der Fensternische saß, sich an den Ritter. »Ich wünsche eine weitere Sache mit Euch zu besprechen. Kommt her und trinkt mit mir, so Ihr's mögt, einen letzten Becher Wein.«

Zwar verwundert, aber mit einem Lächeln der Neugierde in der Miene eilte Herr Charlan herbei, stellte den Kerzenleuchter gegenüber von Javan auf die Sitzbank, nahm sodann daneben Platz, wo auf einer Silberplatte der Weinkrug und die leeren Becher standen.

»Seid bedankt, Sire. Vielleicht trinke ich *wirklich* noch ein Schlückchen.« Er ergriff den Weinkrug. »Darf ich auch Euch nochmals einschenken?«

»Ja, aber ich beschränke mich gleichfalls auf einen knappen Schluck«, gab Javan zur Antwort, zeigte mit Daumen und Zeigefinger, welche ungefähre Menge er meinte. Nachdem Charlan dem Wunsch nachgekommen war und ihm den Becher gereicht hatte, lehnte Javan sich mit unverhohlener Befriedigung an die Kissen, streckte das Bein und legte den Klumpfuß, um ihn auszuruhen, aufs andere Ende der Bank – und versperrte Charlan dergestalt für alle Fälle den Ausweg.

»Herr Guiscard ist ein höchst bemerkenswerter Mann«, äußerte Javan, nachdem er Wein geschlürft und den Geschmack gründlich genossen hatte. »Erschreckt's Euch, wenn ich Euch mitteile, daß er ein Deryni ist?«

Charlan, der soeben einen Schluck aus seinem Becher trank, verschluckte sich ums Haar, machte vor Staunen große Augen, derweil er den Becher absetzte und sich mit dem Handrücken den Mund wischte.

»Nun je, allem Anschein nach, so will's mich dünken… erschreckt's *Euch* nicht, Sire«, vermochte er einige Augenblicke später zu murmeln.

Mit launigem Schmunzeln lehnte Javan seinen Kopf

an den Stein der Fensternische und tat so, als betrachtete er seines Bechers Rand.

»Mein Eindruck ist, es schreckt auch Euch *nicht*«, entgegnete er in gänzlich ungezwungener Weise. »Schließlich seid Ihr ja seit Jahren den Umgang mit Meister Oriel gewohnt und habt daher, wie's sein mag, den Rückschluß gezogen, daß die Deryni beileibe nicht die Übeltäter sind, zu denen Paulin und die *Custodes* sie abstempeln.«

Voll des merklichen Mißbehagens schluckte Charlan. »Ich hatt's so verstanden, Herr, daß... auch Ihr derlei Empfindungen hegt. Leider fühle ich mich zu glauben außerstande... daß Meister Oriel, gleich was die Kirche behauptet, ein ausgemachter Schuft ist. Herrn Guiscard kenne ich weniger gut, jedoch hat's mir den Anschein, daß er auf nichts anderes als Euer Wohl und Heil sinnt. Solltet Ihr gegenteiliger Ansicht sein, habe ich mich aufs schwerste getäuscht, und... es dürfte ratsam sein, Ihr liefert mich ohne Aufschub den *Custodes* aus, denn ich habe freimütig mit beiden im Verein gehandelt und hätte fürwahr auch dagegen keine Bedenken, es künftig wieder zu tun. Ich wähnte, es sei in Eurem Interesse, Herr.«

Als Charlan das Haupt senkte, wohl nun an seines vollkommenen Untergangs Bevorstehen glaubte, stellte Javan lautlos den Becher beiseite, rückte dem Ritter näher und legte ihm beide Hände auf die Schultern.

»Charlan, Charlan, verzeiht mir«, bat Javan. »Ich bin nicht zur Gänze ehrlich zu Euch gewesen. Ihr habt Euch nicht getäuscht. Und vom allerersten Tag unserer Begegnung an seid hingegen Ihr aufrichtig zu mir gewesen, habt mir, während Ihr mir als Edelknappe dientet, offen anvertraut, daß es Eure Pflicht war, den Regenten über mein Tun und Lassen Bericht zu erstatten, und wir wußten beide, Euch blieb gar keine andere Wahl.«

Er nahm die Hände von Charlans Schultern, schaute an ihm vorüber zum Fenster hinaus, spürte dabei, daß des Ritters Verzweiflung sogleich tiefem Staunen wich, und dankte dafür, ehe er weitersprach, dem Herrgott.

»Zum Glück gebot ich nach einer gewissen Frist über geeignete Mittel, um die Verhältnisse zu meinen Gunsten zu wenden«, fügte er seinen zuvorigen Worten hinzu. »Ihr wißt, ich bin kein Deryni, Charlan, aber ich bin… dennoch zu manchem von dem fähig, was Deryni können. Es wäre mir lieber, bräuchte ich jetzt nicht zu erklären, wieso's sich so verhält. Aber ich schwöre Euch, daß ich nie und nimmer irgend etwas verrichtet habe, was Euch zum Schaden gereicht hätte, und daß ich dergleichen fürwahr niemals täte.«

Heimlich warf er Charlan einen Blick zu; dessen Miene widerspiegelte nun beträchtliche Bestürzung.

»Euch ist damals nicht allein seitens der Regenten, sondern auch von meiner Seite keinerlei Wahl gelassen worden«, erläuterte Javan in stiller Hoffnung. »Aber als Ihr alles auf eine Karte gesetzt und mich aus den Mauern der Abtei *Arx Fidei* geholt habt, da geschah's aus Eurem *eigenen Entschluß.* Aus freien Stücken habt Ihr mir als wahrhaftiger Königstreuer Euren Beistand gewährt, doch ich habe Euch dafür schäbig belohnt, indem ich seit meiner Rückkehr Eure Hilfe zweimal ohne Euer Wissen erzwang. Ich habe Euch ohne Eure Kenntnis für meine Zwecke eingespannt, Charlan, und wie die Dinge stehen, bedarf ich auch in Zukunft Eurer Unterstützung, zumal in einer bestimmten Sache… Jedoch zög ich's in der Tat vor, genösse ich sie fortan mit Eurem Einverständnis.«

Im Kerzenschein kämpften in Charlans Miene merkliche Betroffenheit und stärkste Verwirrung miteinander.

»Ich… verstehe Eure Andeutungen nicht, Sire«, raunte er voller Ratlosigkeit. »Wie könnt Ihr Euch…

*ohne mein Wissen* meiner bedient haben, und welchen Dienst begehrt Ihr von mir, von welchem Ihr vermeint, ich sei ihn Euch nicht willig zu leisten bereit?«

Javan lehnte sich wieder zurück, wählte seine nächsten Worte mit außerordentlicher Sorgfalt. »Entsinnt Ihr Euch noch daran, daß Ihr stets eingenickt seid, wenn Ihr mich in die Basilika zu ganznächtlichem Wachen und Beten oder zu einem der arg langweiligen Besuche bei Pater Bonifatius zu begleiten hattet?«

»Gewiß, Herr.«

»Ich weiß, Ihr habt's nie als so seltsam empfunden, daß Ihr es den Regenten gegenüber erwähnt hättet, aber ist's Euch nie sonderbar vorgekommen?«

»Ich… dachte mir, ich hole Schlaf nach«, antwortete Charlan mit leiser Stimme. »Oder schlummere schon einmal ein wenig vorweg… Eines Knappen Tag fängt früh an und endet meistens reichlich spät.«

Die schwache Andeutung eines Lächelns verzog Javans Miene, denn es verblüffte und befriedigte ihn im geheimen, wie wirksam schon damals seine unsichere Einflußnahme auf Charlans Geist gewesen war, als er seine unausgereiften Magie-Kräfte noch gar nicht in vollem Umfang anzuwenden sich getraut hatte.

»Ja fürwahr, so ist's«, bestätigte er halblaut. »Versuchen wir's mit einem anderen Ansatz. Ihr habt schon mitangesehen, wie Meister Oriel Kranke in heilsamen Schlummer senkt?«

»Freilich, Herr.«

»Tja, es ist die reine Wahrheit, daß auch ich desgleichen zu verrichten vermag.«

»Wahrhaftig?« Vorübergehend fiel Charlan die Kinnlade herab; dann jedoch stand plötzlich etwas ähnliches wie Herausforderung in seinen dunklen Augen. »Was indes zu beweisen wäre, Sire.«

»Ihr seid sogar weit tapferer, als ich's ohnedies von

Euch wußte«, gab Javan, indem er schmunzelte, zur Antwort. »Charlan, schlaft ein.«

Es bedurfte keiner körperlichen Berührung, damit der Ritter der Weisung behorchte. Ihm schlossen sich, wie schon so viele Male zuvor, die Lider, und er sank, sobald Javan eine Hand auf seine Stirn legte und ihn nach hinten drückte, mit einem Seufzlaut rücklings gegen die Kissen. Für einige Augenblicke drang Javan in des Ritters Geist ein, stattete ihn mit bewußter Erinnerung ans Geschehene aus und verheimlichte auch nicht die Beweggründe; inzwischen hatte er die Gewißheit, daß Charlan ihm nichts nachtrug, und war außerordentlich froh darüber, ihn nicht zu einem Einverständnis *zwingen* zu müssen.

»Wenn daran Bedarf besteht, werdet Ihr Euch, solange Ihr allein seid oder Euch in meiner Gegenwart befindet, an alles erinnern«, befahl Javan im Flüsterton, traf unentbehrliche Sicherheitsvorkehrungen. »Hingegen wird es Euch unmöglich sein, zu irgendwem darüber zu reden oder es jemandem auf sonstigerlei Art und Weise kundzutun, es sei denn, ich bin zugegen und erteile dazu die Erlaubnis. Diese Regelung dient sowohl zu Eurem wie auch zu meinem Schutz. Gebt Ihr dafür Eure Einwilligung?«

»Ja, Sire«, flüsterte Charlan aus der Tiefe seiner Trance.

»Dann erwacht«, sprach Javan, entfernte die Hand von Charlans Stirn. »Auch in Zukunft werde ich sämtliche Maßnahmen ergreifen, die meiner Meinung nach zu unser beider Schutz unbedingt vonnöten sind, doch will ich versuchen, Euch jedesmal eine Wahl zu belassen, selbst wenn sie lediglich darin bestehen mag, Euch willentlich für etwas zu entscheiden, was Ihr zwar lieber meidet, das aber allemal vollbracht werden muß.«

Gleich darauf flatterten Charlans Lider, dann schlug er die Augen auf; erst stierte er verschleierten Blicks vor sich hin, dann schaute er bar aller Furcht in Javans graue Haldane-Augen.

»Aus tiefinnerstem Herzen empfangt dafür meinen Dank, daß Ihr mir hinlängliches Vertrauen bezeugt, um mich in diese Geheimnisse einzuweihen, Sire«, äußerte der junge Ritter in andächtig-verhaltenem Ton. »Es... bedeutet für mich eine unermeßliche Ehre, Beteiligter Eures Wirkens sein zu dürfen, und daß Ihr huldvoll die Auffassung hegt, ich könnte Euch dabei hilfreich von Nutzen sein.« Voller Verlegenheit drang aus seiner vor lauter Rührung beengten Kehle ein heiseres Räuspern.

»Ihr habt... erwähnt, Ihr bräuchtet für etwas Bestimmtes meinen Beistand«, sprach er als nächstes. »Es versteht sich von selbst, will ich meinen, daß Euch ohne Vorbehalt meine Hilfe zufällt – für mich wenigstens steht's vollauf außer Frage –, doch darf ich erfahren, was für eine Angelegenheit es denn betrifft?«

Javan gab einen Seufzer von sich, reichte Charlan den Weinbecher, nahm auch den eigenen Becher wieder zur Hand. »Es hat in engerem Sinne mit den Deryni zu tun«, antwortete er, »und auch *ich* weiß nicht über alles Bescheid, was damit zusammenhängt. Bislang habe ich Euch verschwiegen – dieweil ich dagegen vorbeugen wollte, daß Ihr lügen müßt und man Euch dabei ertappt –, daß mein Umgang mit Deryni, nachdem Tavis O'Neill den Königshof verließ, keineswegs endete. Ihm, Pater Joram und einer Handvoll anderer königstreuer Deryni ist's zumindest zu einem ganz beachtlichen Teil zu verdanken, daß es mir überhaupt vergönnt ist, heute abend hier mit Euch bei einem Becher Wein zu sitzen, und ebenso, daß ich möglicherweise die Krone zu behalten vermag... Vorausgesetzt freilich, ich erlebe noch die Krönung. Ihr kennt ja den Schlag hinterlistiger, machtgieriger Männer, wider welche ich zu bestehen habe.«

Der junge Ritter, der mit den großen Augen achtsam lauschte, bejahte mit einem Nicken.

»Aber damit meine Deryni-Bundesgenossen mir Beistand erweisen können«, ergänzte Javan seine vorherigen Ausführungen, »muß ich mich mit einer gewissen Regelmäßigkeit mit ihnen treffen und beraten können. Bei Hofe Getreue unterzubringen, welche insgeheim Deryni sind – so wie Herr Guiscard und sein Vater –, hat sicherlich einen gewissen Nutzen, aber ihr Handlungsvermögen ist begrenzt, dieweil sie nicht entlarvt werden dürfen, und zudem sind sie keine Großmeister der Deryni-Magie, andernfalls wäre ihr Name ja im gesamten Reich geläufig. Jene Deryni, die man weit und breit kennt, sind nun einmal auch die tüchtigsten Zauberer, und es ist ohne weiteres begreiflich, daß die einstigen Regenten – und noch weniger die *Custodes Fidei* – auf gar keinen Fall irgendeinen von ihnen bei Hofe dulden. Aus alldem folgert also, daß in der Königsburg eine Porta Itineris eingerichtet werden muß. Habt Ihr davon eine Vorstellung, welchen Zweck eine derartige Porta erfüllt?«

»Ja, Sire.«

»Nun, errichtet werden kann sie nur von Deryni, es braucht mehrere, darunter mindestens einen, welcher das Verfahren genau kennt. Die de Courcys haben keine ausreichenden Kenntnisse, sind aber zum Mitwirken bereit. Auch ich beabsichtige, soweit ich's kann, zu helfen, wiewohl ich nachgerade keine Ahnung habe. Darin ist jedoch kein Hemmschuh zu erblicken, dieweil die Mehrheit der Beteiligten lediglich dem Hauptvollbringer als Kraftquell für die Erstellung der Porta herhalten. Als Hauptvollbringer kann – für eine Nacht – ein einschlägig fachkundiger Meister eingeschmuggelt werden und im Anschluß ans vollführte Werk durch die neue Porta sich davonheben – davon ausgegangen, es gelingt alles –, jedoch fehlt uns noch ein Teilnehmer, um die Gewißheit zu haben, daß genügend abrufbare Kräfte zur Verfügung stehen. Ich möcht's vermeiden, daß allzu viele Deryni sich gleichzeitig am selben Ort versammeln und wir sodann wegen unzulänglicher Anzahl scheitern, so daß wir's später ein zweites Mal versuchen müssen... Oder gar, was noch schlimmer wäre, erwischt werden.«

»Kann nicht Meister Oriel einspringen, Sire?« fragte Charlan, der eine Miene zu ziehen versuchte, als ob er nicht längst mutmaßte, auf was Javans Reden hinausliefen.

»Er gehört schon dazu, wenngleich's mein Wunsch ist, ihn erst einzuweihen, kurz bevor wir seiner Mithilfe bedürfen. Wahrscheinlich war's ein Fehler, ihn mit Weib und Tochter zusammenzuführen, ehe die Porta fertig ist, denn es mag sein, daß man ihn nun unter wachsamerer Beobachtung hält, zumal Sitric wieder bei Hofe weilt. Ich bin der Überzeugung, daß Rhun die beiden Deryni-›Spürhunde‹ sich gegenseitig beschnüffeln läßt. Aber der letzte, noch gesuchte Mitwirkende muß kein Deryni sein.«

»Und wie wär's, Sire, mit Eurem Herrn Bruder?« meinte Charlan,

Javan schüttelte das Haupt. »Ihm schwant von all diesen Betreibungen nicht das allermindeste. Außerdem ist zu berücksichtigen, daß das Vorhaben mißlingen könnte... Und ich darf auf keinen Fall meinen Thronfolger einer solchen Gefahr aussetzen.«

Er wagte Charlan nicht anzuschauen; daß Charlan wußte, was er anstrebte, war inzwischen völlig klar.

»Und wenn ich mich erbötig machte, Sire, Euch bei dieser Aufgabe behilflich zu sein?« fragte Charlan zu guter Letzt. Und da erlaubte Javan sich ein kaum merkliches Aufatmen der Erleichterung.

# XVI. Kapitel

*»Mit Übermut und Martern wollen wir ihn prüfen,*
*um seine Sanftmut zu*
*erkennen und seine Langmut zu erproben.«*

Buch der Weisheit 2,19

Noch eine Viertelstunde lang besprachen sich die zwei Jungmannen, in deren Verlauf Javan dem jungen Ritter zumindest in groben Umrissen zu beschreiben versuchte, welcher Art die an ihn gerichteten Anforderungen sein mochten.

»In allen Einzelheiten vermag ich's nicht zu erläutern, weil ich ja selbst keine genaue Kenntnis habe, aber ich kann Euch auf alle Fälle zusichern, Euch wird mit Gewißheit keinerlei Harm widerfahren. Wenn's Euch ein Trost ist, *ich* weiß geradesowenig wie Ihr, was mir da eigentlich bevorsteht.«

»Vor *mir* braucht Ihr Euch nicht zu rechtfertigen, Sire«, antwortete Charlan. »Ebensowenig bedarf's der Erklärungen, zumal Ihr, da Ihr selber nicht Bescheid wißt, nichts Verläßliches darzulegen habt. Es steht gänzlich dahin, wem's von uns zweien in jener Nacht mehr grausen wird, doch sei's drum, ich schräke niemals davor zurück, gegenüber meinem obersten Herrn jedweder Pflicht, wie sehr sie mir auch Angst einjagen mag, vollauf Genüge zu tun. Welcher Ritter wollte allein aus bloßer Zaghaftigkeit dem Oberherrn die Gefolgschaft versagen?«

»Kein Ritter Eures Schlages, soviel ist gewiß«, meinte Javan, indem er lächelte und Charlan auf die Schulter klopfte. »Habt Dank, Charlan.«

»Es ist mir fürwahr eine *Ehre,* Sire«, beteuerte Charlan in gedämpftem Ton, ohne den Blick ein einziges Mal von Javans Augen zu wenden. »Dürfte ich dennoch von Euch… eine Gunst erbitten?«

»Aber gewißlich.«

»Nun, also… Ich dachte mir folgendes, Sire… Mir liegt's, das mögt Ihr mir glauben, wahrhaft fern, etwaig den Eindruck zu erregen, ich hegte irgendwelche Bedenken oder Zweifel, was Euch oder mich anbelangt, aber könntet Ihr wohl… mich alles vergessen machen, was wir am heutigen Abend erörtert haben, bis es soweit ist, daß wir gemeinsam die Verwirklichung anpacken?«

Flüchtig schloß Javan die Augen, lächelte und nickte. »Ohne weiteres. Ich wünschte nur, jemand vermöchte ein gleiches bei mir zu verrichten.«

Ehe einer von ihnen es sich anders überlegen konnte, legte Javan die Hand auf Charlans Faust und drang in seinen Geist vor, nahm in des Ritters Gedächtnis die erstrebten Streichungen vor, ersetzte das Fehlende durch falsche Erinnerungen an eine Unterhaltung, welche er ohnedies mit Javan zu führen beabsichtigt hatte.

»Darum ernenne ich Euch zu meinem Königlichen Adlatus und werde desgleichen mit Herrn Guiscard tun«, sprach er, kaum daß er den jungen Ritter aus der Trance geweckt hatte. »Ihr bewährt Euch ohnehin schon bei dieser Aufgabe, deshalb sollt Ihr auch die gebührliche Anerkennung genießen. Und wie sehr ich's auch zu würdigen weiß, daß Ihr Euch während der vergangenen Wochen erneut als mein Edelknappe betätigt habt, sollten wir nun an die Berufung eines neuen Knappen denken, um Euch des mühsamsten Teils der Obliegenheiten zu entheben. Habt Ihr in dieser Beziehung einen Vorschlag?«

Charlan ergriff, ohne auch nur im mindesten stutzig

zu wirken, seinen Becher, trank daraus nachdenklich einen Schluck Wein.

»Nun, ich wage zu behaupten, Sire, daß Ihr keinen der Söhne jener Edlen heranzuziehen wünscht, welche Euch abträglich gesonnen sind«, äußerte er mit gelinder Spöttelei. »Daher entfallen die Jungmannen, an deren Namen man unwillkürlich als erstes denkt, beispielsweise Cashel Murdoch sowie die Sprößlinge Graf Tammarons. Herr Jerowen hat, glaube ich, einen Enkel im richtigen Alter. Oder was haltet Ihr vom jungen Cathan Drummond?«

»Hmmm, eine Entscheidung, welche schwerlich Anklang finden dürfte…«

»Nur weil er kein Sohn aus den Häusern des allerhöchsten Reichsadels ist, Sire.«

»Mag sein.«

»Immerhin heißt's, er sei ein überaus gescheiter Bursche, Sire«, führte Charlan zur Begründung seines Vorschlags an. »Schon in jungen Jahren hat er den Dienst als untergeordneter Knappe angetreten und versieht ihn seit bereits mehreren Jahren, in der Hauptsache für Prinz Rhys Michael. Wenn ich mich nicht irre, wird er in Kürze zwölf Lenze, drum möcht's gar wohl durchaus an der Zeit für eine regelrechte Ernennung zum Edelknappen sein. Und sein schönes Schwesterlein ist ja Zofe bei Tammarons Gräfin. Wißt Ihr übrigens, Herr, daß Prinz Rhys Michael recht deutlich nach ihr der Sinn steht?«

»Michaela?« entfuhr es Javan verblüfft. »Schön? Rhys Michael?«

Charlan wölbte die Brauen, hob die Schultern und schmunzelte wortlos. »Ihr beliebt nicht zu scherzen, wie?« vergewisserte sich Javan. »Offenkundig nicht. Grundgütiger, ich habe nach meines seligen Bruders Bestattung die zwei Erwähnten zusammen gesehen, aber das ist doch wohl ganz und gar lächerlich… Beide sind ja noch Kinder.«

»Trügt Euch nicht, Sire. Sie zählt dreizehn Lenze. Euer Bruder wird am kommenden Michaelstag fünfzehn Jahre alt. Seit fast einem Jahr ist er mündig. Mir ist völlig klar, Sire, *Ihr* seid Euch der Gefährdung für Eure Herrschaft bewußt, welche sich daraus ergäbe, wenn einer von Euch, Ihr oder Euer Herr Bruder, einen Erben zeugt, bevor Ihr fest auf dem Thron sitzt und des Reiches Zügel sicher in Händen habt, aber es ist nicht auszuschließen, daß Euer Bruder die mögliche Gefahr übersieht... Und mir ist nicht bekannt, daß einer der hohen Herren des Kronrats ihn darauf hingewiesen hat. Was des Herrschens Anforderungen und Schwierigkeiten anbetrifft, vermag ich mich nicht so ganz der Befürchtung zu erwehren, daß der Prinz... ein wenig schlichtmütig sein könnte.«

»Ich kann's nicht fassen...« Kurz schwieg Javan. »Was meint Ihr denn Genaues damit, wenn Ihr sagt, ihm steht ›nach ihr der Sinn‹, Charlan? Er hat doch keine Zuchtlosigkeiten verübt, oder?«

Charlan lächelte und schüttelte das Haupt. »Richtet Eure Frage sich dahin, ob er's verstanden hat, sie in sein Bett zu locken oder sich ins ihrige einzuschleichen, so darf ich sie, glaube ich zu Recht, wohl verneinen. Irgendwer hätt's ohne Zweifel gemerkt, und durch des Gesindes Klatsch wär's alsbald kundig geworden. Aber man darf mit erheblicher Sicherheit unterstellen, daß er im geheimen erwägt, sie zur Gemahlin zu nehmen – ein Brauchtum, welches Euch, derweil Ihr dem Zölibat verschworen gewesen seid, dem Gedächtnis entglitten sein mag.«

Javan spürte, daß er errötete, und lenkte mit einer gewissen Verlegenheit den Blick zur Seite. »Des Ehelichens Sitte ist meiner Erinnerung durchaus nicht fremd geworden«, widersprach er mit halblauter Stimme. »Der Zölibat leugnet keineswegs des Fleisches Leidenschaften, Charlan, er duldet sie nur nicht. Es gibt... ein in vielen Klöstern gängiges Mittel, um derlei Wallungen zu meistern, und man wendet's, soviel ich erfahren habe, häufig an. Man nennt's *minution.* Es bedeutet, daß man zur Ader gelassen wird, und danach darf man zwei, drei Tage lang, der Speise- und Fastenvorschriften enthoben, im Krankensaal liegen. Dadurch bleibt das Blut in mehr als bloß dem wörtlichen Sinne nach in ruhigen Bahnen. Ein Abt, welcher seinen Mönchen dieses Mittels Anwendung vier- bis sechsmal im Jahr gestattet, gilt als großer Wohltäter.«

»Mich will's deuchen, auch das ist freilich ein Weg, um ›des Fleisches Leidenschaften‹ zu widerstehen, Sire«, gestand Charlan zu, indem er ernstmütig nickte. »Und… ähm… wie oft hat der Abt der Abtei *Arx Fidei* ihn zu beschreiten erlaubt?«

Leicht beklommen lachte Javan auf. »Oh, er ist ein *sehr* großer Wohltäter«, gab er zur Antwort. »Bei ihm darf's alle sechs bis acht Wochen sein… Allerdings ist's meine Vermutung, es hat bei ihm nicht allein den Grund, der Fleischeslust entgegenzuwirken, sondern zudem verbirgt sich dahinter, wähne ich, der Vorsatz, ganz allgemein seiner Schäflein Widerstandwillen zu schwächen. Die *Custodes* mißbilligen jegliches eigenständige Denken. Zum Glück ist selbige Übung keine Pflicht… Zwangsweise muß man sie nur einmal über sich ergehen lassen, um ihre ›Vorzüge‹ kennenzulernen.«

»Sogar Ihr mußtet's, Sire?« erkundigte Charlan sich mit merklichem Befremden.

»Nur das eine, vorgeschriebene Mal, welches die Ordensregeln zur unabdingbaren Verpflichtung erheben. Ich vermute, dieser Aderlaß ist gleichzeitig die erste ernstliche Probe, was den Gehorsamseid angeht. Ich war gerade vierzehn geworden.« Javan lehnte das Haupt hinter sich an den Stein, versuchte die greuliche Erinnerung mit einer gewissen Losgelöstheit zu betrachten.

»Man öffnet am Arm eine Ader. Wer Gegenwehr leistet, hat man mir erzählt, wird festgehalten. Das Blut fließt in eine besonders beschaffene Schüssel, welche am Rand für den Arm eine Vertiefung hat. Es wird recht viel Blut abgelassen... Das erste Mal ist's stets am schlimmsten, haben mir einige Priesterschüler erzählt. Ich habe keine Möglichkeit zum Vergleich, aber für mein Empfinden war schon das eine Mal übel genug...«

»Hat man Euch Gewalt angetan, Sire?« fragte Charlan mißtrauisch.

»Nein.« Javan nahm den Weinbecher zur Hand und betrachtete ihn versonnen. »Es hätte ja nichts geholfen. Ich glaube, ich habe meine Prinzenwürde zu hoch geschätzt, um den Mönchen eine solche Genugtuung, mich niederdrücken zu dürfen, zu gewähren. Allerdings schwand mir am Ende fast die Besinnung. Wär's ihre Absicht gewesen, hätten sie sich bei der Gelegenheit an Ort und Stelle eines lästigen Prinzen entledigen können, und es wäre mir unmöglich gewesen, es abzuwenden. Genau das war's sogar, glaube ich, was man mir verdeutlichen wollte. Eine Woche lang lag ich im Krankensaal und mußte mich erholen. Wenigstens gab's dort so manche kräftige Speise.«

Als er das letzte Wort gesprochen hatte, stürzte er den restlichen Wein hinab, tat einen schweren, tiefen Atemzug, setzte den Becher ab und wischte sich mit dem Ärmel den Mund; unvermittelt fühlte er sich nachhaltig ermüdet.

»Sei's drum, zumindest das habe ich überstanden«, sprach er, indem er aufstand. »Ich erblicke darin ein weiteres Beispiel für Wohltaten, welche dem Mißbrauch anheimfallen können. Es dürfte wohl am sinnvollsten sein, wir vergönnen uns nun ein paar Stündlein Schlaf. Seid bedankt für Eure Empfehlungen hinsichtlich der Edelknappen... und der Ermahnung zur

Achtsamkeit bezüglich Rhys Michael und Michaela. Es ist mein fester Vorsatz, mit aller gebührenden Gründlichkeit über beide Angelegenheit nachzudenken.«

Zur eigenen Überraschung schlief Javan trotz der Sorgen und Aufregungen, welche ihm die Aussprachen mit Guiscard und Charlan verursacht hatten, sofort ein, kaum daß sein müdes Haupt in die Kissen gesunken war, und er hatte keinen einzigen Traum. Am nächsten Morgen unterzog er sich im Anschluß an die Frühmette in der königlichen Kapelle bei den Schneidermeistern und Gewandschnittern einer letzten Anprobe der Krönungsgewänder, verschlang dabei im Stehen ein leichtes Morgenmahl; den restlichen Vormittag verbrachte er, indem er mit den Königlichen Lanzenreitern ausritt, welche ihm am Krönungstag das Ehrengeleit geben sollten. Der angenehme Ritt längs des schattenreichen Flußufers bot ihm eine willkommene Abwechslung von der wachsenden Einengung seiner Freiheit, die ihm das Herrschen zumutete, doch fand er keine Gelegenheit, um mit seinem Bruder unter vier Augen zu reden.

Am Nachmittag stand er im Burgsaal gegen Ende der mittäglichen Ruhepause mit den Herren Charlan, Jerowen, Robear und mehreren jüngeren Rittern in einem Fenstererker beisammen. Rhys Michael saß auf der Steinbank und verzehrte einen Apfel; heute trug er einen Kittelrock in Königsblau, denn die Trauerzeit war vorüber, und bis zur Krönung mußte kaum eine Woche noch verstreichen.

Die Ritter sprachen über Heeresgliederungen und Rüstungen, bemängelten auch dies und jenes an den Lanzenreitern; Herr Robear zweifelte am gesundheitlichen Wohlbefinden eines der Reiter, welchen man während des Ausritts auffällig im Sattel hatte zusammensinken sehen. Herr Jerowen stellte am Krönungszug eine eher belanglose Kleinigkeit hinsichtlich ihrer Angebrachtheit in Frage. Javans Blick schweifte, dieweil all das ihn ein wenig langweilte, hinab in den Rosengarten. In einer Hand hielt er einen Deckelkrug mit Bier, in der anderen einen Klumpen Brot nebst einem Brocken Käse. Obwohl er eben erst vom Ritt zurückgekehrt war, fand sein Gemüt keine Ruhe.

Immerhin fühlte er sich heute mehr als bisher wie ein König. Möglicherweise sah er inzwischen, das erachtete er als denkbar, sogar wie ein König aus. Noch trug er nicht die Krone, so daß es ihm vorerst verwehrt blieb, sich ins Karmesinrot des Haldane-Geschlechts zu hüllen, doch zumindest boten der weiße langärmelige Rock und die dunkelgrauen Beinkleider endlich eine Abwechslung vom Schwarz der Trauerkleidung oder Kleriker-Gewandung. Zwar war seine lederne Jagdkappe von schwarzer Farbe, doch wies sie rundherum goldenes Stickwerk auf, welches das Aussehen eines Kronreifs hatte; zudem bedeckte sie seine nach wie vor noch nicht zugewachsene Tonsur. Seine Hüften umschlang der alte, schwarze Gurt, den er aus dem Kloster mitgebracht hatte, doch die vornehme Gürteltasche und das gediegen-edle Jagdmesser, welche daran baumelten, machten Javan sogleich als Jüngling hohen Standes erkennbar. Da er in knapp einer Stunde zum Dom reiten mußte, um noch einige Sachverhalte bezüglich des Krönungszeremoniells abzuklären, waren an seinen Reitstiefeln noch die Sporen befestigt.

Er seufzte kaum hörbar, derweil sich hinter seinem Rücken die Unterhaltung auf Rösser verlagerte, namentlich Bemerkungen des Lobes über einen neuen Hengst fielen, welchselbigen Baron Hildred just aus Forcinn hatte bringen lassen und den er im Krönungszug zu reiten beabsichtigte. Javan bemühte sich darum, Gedanken an den restlichen, noch bevorstehenden Tag zu meiden, vor allem das Erfordernis, Gleichmut zu bewahren, während er sich im Dom mit den Erzbischöfen Hubertus und Oriss – und voraussichtlich auch mit Paulin und Albertus – herumärgern mußte.

Anschließend stand die übliche, unumgängliche Teilnahme am Nachtmahl im Burgsaal an, vor welcher er sich unmöglich drücken konnte. Und fast mit Sicherheit mußte er mit der Anwesenheit Rhuns, Murdochs und ihrer Speichellecker rechnen, denen man noch immer den Mißmut darüber anmerkte, von einem blutjungen Thronerben überrumpelt worden sein, und es sich bieten lassen, von ihnen belauert zu werden, als wären sie hungrige Geier.

Derweil Javan den wohltuenden Anblick des Burggartens genoß, welcher in der Mittagshitze gloste, entsann er sich der köstlichen Stille in der Abgeschiedenheit des Klosters. Denn ungeachtet aller Furcht und Gefahr, welche er während seiner Zeit an der Priesterschule *Arx Fidei* durchzustehen gehabt hatte, war es doch für seine Seele stets eine tiefe Erquickung gewesen, des Nachts unbehelligt im Klostergarten verweilen zu dürfen. Er schob sich in den Mund, was er noch an Brot und Käse in den Fingern hatte, spülte es mit einem Zug Bier hinunter, stellte den Humpen ab, trat zum Fenster, klopfte sich Krumen von der Hand und stieß die Buntverglasung weiter auf; mit einem frischen Lüftchen wehte durch die vergrößerte Fensteröffnung der fruchtig-süße Duft von Rosen und Geißblatt in den Saal, und er atmete den Hauch voller Wohlbehagen ein.

»Seid Ihr nach Eurer Rückkunft eigentlich schon einmal im Burggarten gewesen, Sire?« fragte Robear, dem Javans sehnsüchtiges Gebaren auffiel. »Wenn Ihr's begehrt, Euch zum Lustwandeln hinabzubegeben, so glaube ich, dafür bleibt durchaus noch ein wenig Muße.«

»Wahrlich?« Javan seufzte. »Ach, dann will ich die

Gelegenheit nutzen… Ich hatte gänzlich vergessen, wie schön es da ist.«

»Dann geht in Gottes Namen hinab, Sire. Ich glaube, wir können Euch sehr wohl… sagen wir, eine halbe Stunde erschinden.« Herr Robear schmunzelte wohlwollend und nickte Charlan knapp zu. »Nehmt zur Sicherheit Herrn Charlan mit Euch.«

»Auch ich werde Euch begleiten, Sire«, mischte sich unverzüglich Rhys Michael ins Gespräch, indem er den Apfelbutzen fortlegte.

»Nein, mein Prinz, ich bitte Euch, bleibt und erzählt mir von dem neuen Hengst, den Ihr heute morgen geritten habt«, sprach Robear zu ihm. »Mich deucht, ich kenne das Tier noch nicht. Und ich habe den Eindruck, Euer Herr Bruder lechzt nach ein wenig Stille, bevor er sich erneut ins mühevolle Treiben des heutigen Tages stürzt.«

»Nun gut, Hauptmann, von mir aus, so sei's«, murmelte Rhys Michael.

»Ein anderes Mal, Rhysem«, sagte Javan, schenkte dem Bruder ein Lächeln der Dankbarkeit und klopfte ihm beim Vorbeigehen auf die Schulter. Unverändert verspürte er den Wunsch, mit ihm unter vier Augen ein Wörtchen bezüglich Michaelas zu wechseln, sah jedoch keinen Grund, weshalb er damit nicht noch ein Weilchen lang warten dürfte. »Ich werde sogar Charlan aus meiner Nähe fernhalten, er muß sich damit begnügen, in meinem Umkreis darauf zu achten, daß sich mir niemand mit dem Ansinnen naht, noch weitere Angelegenheiten zu erörtern.«

Dieweil Javan bei diesen Worten lächelte, zeigten auch die Umstehenden Anzeichen der Belustigung. Als er und Charlan zur Treppe am anderen Ende der Halle gelangten, kam ihnen dort, begleitet von einem schmalen, silberhaarigen Mann in grauem Barchent, Herr Guiscard entgegen.

»Sire, das ist Euer Burgbaumeister, William van Desse«, wandte Guiscard sich an Javan, während der kleine Baumeister sich die Affenmütze vom Schopf riß und ängstlich eine tiefe Verbeugung vollführte. »Ihr hattet befohlen, ihn Euch bei nächster Gelegenheit vorzustellen.«

»Euer untertänigster Diener, Majestät«, sprach der Baumeister mit halblauter Stimme.

»Ach ja. Seid bedankt, daß Ihr Euer Wirken für mich unterbrecht, Meister William. Wie ich vernommen habe, bin ich Euch für die in der Burg tüchtig vorangetriebenen Erneuerungsarbeiten zu Dank verpflichtet.«

»Ich kann nur hoffen, daß mein Werk in Euren Augen huldvolle Gnade findet, Sire«, antwortete der Mann und zog zaghaft das Haupt ein.

»Daran zweifle ich keineswegs. Herr Guiscard hat mich dahingehend in Kenntnis versetzt, daß eine der in Gang befindlichen Arbeiten der Einrichtung einer Bibliothek unterhalb der Königlichen Gemächer gilt. Es wäre mir lieb, wolltet Ihr mir wohl die vorgesehenen Räumlichkeiten zeigen. Während meiner Jahre an der Priesterschule habe ich wahrhaftig eine Vorliebe für Bücher entwickelt, fast als wäre ich ein Gelehrter.«

Vor Freude erhellte sich des kleinen Baumeisters Miene. »Mir wär's in der Tat eine große Ehre, Sire. Wünschen Eure Majestät die Besichtigung sofort vorzunehmen?«

Javan blickte Charlan an, der das Haupt schüttelte. »Zu meinem Bedauern ermangelt's mir zur Stunde an der Zeit, um Eure Tätigkeit gerecht würdigen zu können«, beschied Javan daraufhin den Burgbaumeister. »Wäre es am späteren Nachmittag möglich, nach meiner Rückkehr vom Dom?« erkundigte er sich bei dem Ritter. »Bliebe mir danach eine verfügbare Frist, Charlan?«

»Mag sein, ein Stündchen, Sire«, lautete Charlans

Auskunft. »Beim heutigen Nachtmahl wird, wie man's gewohnt ist, Eure Anwesenheit erwartet, und davor braucht Ihr Gelegenheit zum Umkleiden.«

»Ja, freilich... Wie dem auch sei, es ist mein ausdrücklicher Wunsch, die Bibliothek zu besichtigen. Am Spätnachmittag, ungefähr zur Vesper – wär's Euch dann recht, Meister William?«

»Es soll mir eine Ehre sein, Sire«, antwortete der Mann leise, indem er sich, sichtlich inwendig tief aufgewühlt, erneut verbeugte.

Javans Laune hatte sich erheblich gehoben, derweil er und Charlan, in kurzem Abstand gefolgt von Guiscard, die Treppe hinabstiegen. Er nahm an, die so baldige Vorstellung des Burgbaumeisters bedeutete, daß Guiscard in der vergangenen Nacht für den vorgeschlagenen Standort der neuen Porta Itineris die Zustimmung erhalten hatte; und das wiederum hieß...

Allerdings mochte Javan im Augenblick gar nicht darüber nachsinnen, was es heißen mochte, denn schon der bloße Gedanke, an einer Porta Erschaffung mitwirken zu sollen, flößte ihm doch ein gehöriges Maß an Ehrfurcht ein. Am Eingang zum Burggarten säumte er, bis Guiscard ihn einholte, und blickte den Deryni-Adeligen fragend an.

»Ist unser Vorhaben gebilligt worden?« flüsterte Javan ihm zu.

»Ja, Sire. In zwei Nächten soll's vollbracht werden. Und was ist...?«

Mit einer ruckartigen Kopfbewegung wies Guiscard in die Richtung Charlans, der sich ein paar Schritte weit entfernt und soeben über eine besonders wunderschöne Rose gebückt hatte. Kaum merklich nickte Javan. »Er hat darum ersucht«, raunte er, »ihm die Erinnerung daran vorerst zu streichen, aber er hat sein Mitwirken zugesagt.«

Guiscard nickte. »Ein wackerer Bursche.« Sein Blick

schweifte durch die Gartenanlagen. »Störe ich bei irgend etwas, Sire?«

»Eigentlich trachte ich danach, hier im Burggarten ein wenig ohne irgend jemandes Nähe verschnaufen zu können, ehe wir zum Dom reiten und uns wider des Klerus' Drachen behaupten müssen. Würd's Euch kränken, hier gemeinsam mit Charlan meiner zu harren?«

»Durchaus nicht, Sire.«

Herr Guiscard verneigte sich und nahm im Schatten eines Bogens jenes Säulengangs, welcher zum Burggarten Zutritt gewährte, auf einer Steinbank Platz. Unterdessen schlenderte Javan ins Grün hinaus, schnupperte den Rosenduft und verweilte an dem Springbrunnen, welcher an der Kreuzung zweier mit Kies bestreuter Pfade plätscherte. Dieser Brunnen war mit ersichtlich höherer Kunstfertigkeit als der Teich im Klostergarten der Abtei *Arx Fidei* geschaffen worden; das Wasser ergoß sich aus dem Krug, den einer Knienden Standbild – es war ein wenig größer als ein Weib im wirklichen Leben – auf der Schulter trug. Selbige Steingestalt kniete auf einem Sockel in des Brunnens Mitte, ein Schleier überschattete das abgewandte Angesicht. Javan malte sich gerne aus, sie hätte ein herrlich schönes Antlitz, doch fehlte dem Standbild ein solches gänzlich.

Einmal waren Rhys Michael und er – während eines Aufenthalts in Rhemuth, welcher schon ein Lebtag lang zurückzuliegen schien – eines sonnigen Nachmittags in den Brunnen gestiegen und hatten den Sockel erklommen, jedoch ersehen müssen, daß es der Knienden an einem Gesicht mangelte – ob sein Fehlen der Elemente Einwirkung zuzuschreiben war oder auf vorsätzliche, rohe Gewalt zurückging, ließ sich nicht mehr erkennen. Javan hatte sich damals sogar bei den Gärtnern nach dem Standbild erkundigt, aber nur erfahren können, daß es sehr alt sein sollte; wie alt, daran vermochte sich allerdings niemand mehr zu entsinnen.

Von dieser Erinnerung zu einem Lächeln bewogen, tauchte Javan die Finger ins kühle Wasser – Fische gab es darin keine –, setzte sodann die Kappe ab und befeuchtete beide Hände, um sich mit dem Naß Angesicht und Hals zu benetzen. Da knirschten hinter ihm Schritte auf dem Kies, gaben ihm eine Vorwarnung, daß sein kurzes Verschnaufen schon so bald enden sollte; zuvor jedoch spritzte er sich noch kühles Naß aufs Haar und in den Kragen, erst dann drehte er sich um und sah zwei Gestalten im Schwarz der *Custodes* sich nähern.

Voller Verärgerung über diese Zudringlichkeit – zum Donnerwetter, ausgerechnet *Custodes!* – blinzelte Javan in den Sonnenschein, tastete nach der Kappe und setzte sie wieder auf. An der breiten, scharlachroten Schärpe sowie dem in Scharlachrot gesäumten Umhang, welchletzterer den vorderen der beiden Störenfriede umwehte, erkannte er Paulin von Ramos – dessen Aufkreuzen erklärte, weshalb die Herren Charlan und Guiscard diesen *Custodes*-Klerikern lediglich achtungsvoll folgten, anstatt sie aufzuhalten –, wogegen der zweite Geistliche nur die Klosterkutte eines gemeinen *Custodes*-Mönchs trug, die Hände in deren weite, schwarze Ärmel gesteckt. Selbigen Mönchs Miene blieb im Kapuzenschatten der steifen, schwarzen Gugel verborgen, welche jener glich, die Javan am dem Karpfenteich des *Arx Fidei* zurückgelassen hatte. Erst als die beiden *Custodes* Javan erreicht hatten, begriff er, daß der Mönch kein anderer war als Pater Faelan.

»Gemäß Eures Ersuchens bringe ich Euch Euren neuen Beichtvater, Sire«, erklärte Paulin ohne irgendwelche Umschweife, begrüßte Javan lediglich, die Hände auf dem Rücken, mit einer recht knappen Verneigung. »Erweise dem künftigen König die Ehre, Pater Faelan.«

Ohne den Blick zu heben, fiel der Geistliche mit beiden Knien auf den scharfkantigen Kies. Fast zuckte Javan zusammen, als er dem Priester die Hand entgegenstreckte. Was er von Faelans Angesicht schauen konnte, sah bleich und verhärmt aus. »Seid willkommen in meiner Gefolgschaft, Pater.«

»Ich erscheine als Euer unterwürfigster Diener, Eure Majestät«, antwortete Faelan nahezu im Flüsterton.

Seine Hand zitterte, als er flüchtig Javans Hand ergriff und an die trockenen Lippen hob. Während dieser kurzen Berührung gewahrte Javan bei dem Pater regelrechte Furcht sowie eine angestaunte Anspannung, welche nachgerade an Grausen grenzte. Er verhehlte seine Bestürzung und machte Anstalten, um Faelan aufzurichten, doch der Pater schrak zurück, ehe Javan seine Absicht zu verwirklichen vermochte, und raffte sich aus eigener Kraft hoch, beließ den Blick unverändert gesenkt.

»Ich hege die vorbehaltlose Überzeugung, daß Pater Faelan sich als geistlicher Richtungsweiser bewährt, der Eure höchsten Ansprüche und Erwartungen erfüllt, Sire«, äußerte Paulin. »Freilich versteht's sich von selbst, daß er unter der kirchenrechtlichen Zuständigkeit des Herrn Abtes der Priesterschule *Arx Fidei* verbleibt, und er muß sich in jedem Mond für drei Tage zur Besinnung in den Schoß seiner dortigen Gemeinschaft zurückziehen. Indes wage ich zu unterstellen, daß damit für Eure Majestät keine untragbare Unannehmlichkeit einhergeht.«

Faelan hatte die Hände erneut in die Ärmel geschoben; dennoch bemerkte Javan, daß der Pater unvermindert zitterte. Irgend etwas befand sich hier beträchtlich außer der Regel. Javan fragte sich, was geschehen sein mochte, daß den Priester solche Furcht schüttelte. Allerdings erachtete er es als klüger, in Paulins Gegenwart keine diesbezüglichen Fragen an Faelan zu richten, faßte aber sogleich den Vorsatz, diese Sonderbarkeit aufzuklären, noch ehe er den Burggarten verließ.

»Seid meines Danks für meines neuen Kaplans Zuführung gewiß, Herr Generalvikar«, meinte er zu Paulin; er schlug einen gleichmütigen Ton an, welcher jedoch gleichzeitig verdeutlichte, daß er nicht gewillt war, eine Unterbrechung zu dulden. »Es dürfte, so will's mich deuchen, am sinnvollsten sein, wenn Pater Faelan und ich für ein Weilchen gemeinsam durch den Burggarten wandeln und unsere Bekanntschaft auffrischen. Ich muß, wie Ihr wißt, binnen einer Stunde im Dom sein. Herr Charlan wird Euch in den Burgsaal geleiten, wo ich mich innerhalb kurzer Frist zu Euch gesellen werde. Herr Guiscard, ich bitte Euch, verweilt in meinem Umkreis.«

Ohne sich auch nur im geringsten darum zu scheren, ob Paulin an seiner Schroffheit Anstoß nahm, faßte Javan den jungen Geistlichen an der Elle, zog ihn mit sich um den Springbrunnen zum Hauptweg, welcher in des Burggartens Mittelbereich führte. Nur wenige Augenblicke später bezeugten Schritte auf dem Kies, daß Paulin und Charlan sich zum Hauptgebäude der Königsburg entfernten. Javan widmete Pater Faelan einen Seitenblick, doch der Mönch schritt neben ihm mit nach wie vor abwärtsgerichteten Augen dahin, hielt den Blick auf den Kies unter seinen mit Sandalen bekleideten Füßen geheftet.

»Es freut mich ungemein, daß du jetzt da bist«, sprach Javan, nachdem sie einige Schritte mehr zurückgelegt hatten. Noch immer war es ihm ein Rätsel, weshalb der Geistliche solche Furcht empfand. »Eine Wohltat ist's für mich, einen Freund in meiner Nähe zu wissen.«

»Es ist gefährlich, Euch zum Freund zu haben, Sire«,

flüsterte Faelan. Beinahe erstickte seine Antwort in einem Schluchzen.

Betroffen starrte Javan den Mönch an; dann zog er ihn in den Schatten eines Blütenbaums, wo sie Sichtschutz genossen, denn Javan war sich ziemlich sicher, daß Paulin sie von des Burgsaals Fenstern herab beobachtete.

»So, Potzwetter, nun aber heraus mit der Sprache«, forderte Javan und hakte, indem er den Priester zur Rede stellte, die Daumen in den Leibgurt. »Paulin ist fort, und niemand kann uns belauschen. Du gehörst jetzt *meinem* Gefolge an und stehst unter meinem Schutz. Was hat sich denn zugetragen, daß du derartig voll des Bangens bist? Es kann doch unmöglich sein, daß du dich vor *mir* fürchtest? Beachte nun gar nicht weiter, daß ich dein König bin, wir waren ja vor noch gar nicht langer Frist Lehrmeister und Schüler. Wir sind *Brüder* gewesen.«

Die Zähne zusammengebissen, um des Kinns Beben zu unterbinden, hob Faelan endlich die tränenfeuchten Augen, lenkte jedoch den Blick an Javan vorbei, als betrachtete er etwas, das ausschließlich er allein zu sehen vermochte; die Arme hielt er krampfhaft auf der Brust gekreuzt, als verspürte er ein Frösteln. Es erschreckte Javan zu sehen, in welchem Maße sich der Mönch, welchen er als Menschen festen, heiter-gelassenen Gemüts kannte, gewandelt hatte.

»Bei heiligen Reliqien mußte ich schwören«, sprach Faelan, nachdem er entschlossen Atem geholt hatte, »über alles Bericht zu erstatten, was ich bei Euch sehe und höre, Sire. Das ist der Grund, warum ich… in jedem Mond einmal die Abtei aufsuchen muß.«

»Ach so…«, murmelte Javan.

Aber es mußte mit Faelans Zustand mehr auf sich haben. Es war, daß man ihm befohlen hatte, des Königs sämtliche Betätigungen auszukundschaften, nahezu mit aller Selbstverständlichkeit zu erwarten gewesen. Darüber mußte auch der Mönch sich völlig klar gewesen sein. Und daß er sich in dieser Angelegenheit Javan anvertraut hatte, enthob Faelan jeder Verantwortung. Weshalb war er trotzdem derart eingeschüchtert?

»Faelan, die Tatsache, daß man dich dazu verpflichtet hat, meine Umgebung auszuschnüffeln, bedeutet deinerseits keinen Verrat«, versicherte Javan mit gedämpfter Stimme. »Darauf war ich, das glaube mir getrost, von vornherein gefaßt, also trägst du keinerlei Schuld. Indessen habe ich nicht vorausgesehen, daß du vor mir Furcht haben könntest. Hat man etwa Drohungen wider dich ausgestoßen?«

Indem nochmals ein Aufschluchzen in seiner Kehle erstickte, streifte Faelan die Kapuze in den Nacken, strich sich mit zittrigen Händen durchs braune Haar, über die Tonsur; anschließend preßte er die gefalteten Hände an die Lippen und suchte nach Worten.

»Ihr habt… selbst in der Abtei gelebt, Sire«, sprach er in stockender Weise. »Ihr wißt über die weniger… nachsichtigen Maßregelungen Bescheid. Ich glaube, ich… habe sie im Laufe der einen Woche, seit Ihr meine Abstellung begehrt… alle durchstehen müssen.«

»Faelan, das zu vernehmen bekümmert mich aufs ärgste«, gab Javan, indem ihm die Augen groß wurden, halblaut zur Antwort. »Davon habe ich nichts geahnt.«

»Freilich nicht, Sire, wie hättet Ihr's denn ahnen können…? Pater Paulin wünschte zu erfahren, weshalb Ihr *mich* zum Kaplan haben wollt, was unserer Freundschaft Grundlagen gewesen seien, auch verlangte er alles zu hören, über was wir jemals geredet haben. Er schenkte mir keinen Glauben, als ich ihm beteuerte, ohne jegliche Kenntnis von Eurer Absicht gewesen zu sein, nach Eures königlichen Bruders Ableben, Gott hab ihn selig, das Kloster zu verlassen und den Thron zu besteigen, und mochte mir genausowenig glauben, daß Ihr niemals mit mir über Eure Berufung gesprochen habt…« Er heftete den trübsinnigen Blick auf den Stamm des Baumes, in dessen Schatten sie standen.

»Folglich ward ich von Pater Paulin heftig gescholten, der Widerspenstigkeit und des Ungehorsams geziehen. Zu dem Zweck, mich ›umzustimmen‹, verurteilte er mich zum Fasten sowie zu langen Wachen, welche ich bäuchlings ausgestreckt im *disciplinarium*, bei Tag und Nacht ohne Schlaf, zubringen mußte… Ferner bin ich täglich der Kleinen Züchtigung unterworfen worden, zur Genüge, um Schwielen hervorzurufen, aber nicht bis aufs Blut… Selbiges floß erst vor drei Tagen, doch reichlich…«

»Guter Gott, man hat dich doch nicht etwa *zur Ader gelassen?*« raunte Javan voller Entsetzen.

Faelan ließ das Haupt hängen; ihm drohte die Stimme zu versagen. »Ich gab ihnen ja nicht die Antworten, welche sie hören wollten, Sire. Darum verloren sie mit mir die Geduld. Mitten in der Nacht ward ich zum Krankensaal geschleppt… in jene kleine Kammer, die zur *minution* dient.«

»Aber du bist als Novize der *minution* unterzogen worden«, stellte Javan fest. »Ein zweites Mal kann sie von dir nicht gefordert werden. Das verstößt wider die Klosterregeln.«

»Dann hat man, will's mich dünken, die Klosterregeln wohl ein wenig gebeugt, Sire«, meinte Faelan dazu mit einer gewissen Schärfe des Tonfalls. »Vier kräftige Mönche, welche ich niemals zuvor gesehen hatte, standen bereit, um mich, sollte ich Gegenwehr entbieten, gewaltsam niederzudrücken, derweil ein anderer Mönch mir die Ader öffnete. Des Großinquisitors Sekretarius war's, der unterdessen Fragen an mich richtete, Pater Lior… Mit Fragen bedrängte er mich, während mir das Blut vom Arm in die Schüssel rann.«

Erneut krächzte ein halbersticktes Schluchzen aus

Faelans Brust, bevor er die grausige Erzählung fortsetzte. »Ich ward von ihnen gezwungen, meines Bluts Ausfließen mitanzuschauen. Meine feste Überzeugung war's, daß man mich verbluten zu lassen gedachte für *nichts*… Für *etwas*, gleich was auch immer, zu sterben, das mag angehen, aber ich hatte ja weiß Gott nicht einmal die geringste Kleinigkeit zu verheimlichen…« Er verstummte und schluckte, schob eine Hand tiefer in des anderen Arms Ärmel, wohl um vorsichtig mit den Fingern, so vermutete Javan, die körperliche Hinterlassenschaft der zuvor geschilderten Marter zu betasten.

»Indes schwand mir, als sie die erste Schüssel weggeschafft hatten und ich erkannte, daß sie den Aderlaß fortzubetreiben beabsichtigten, die Besinnung. Als ich erwachte, saß Pater Paulin an meinem Lager, und mit ihm des Ordens Großinquisitor, Bruder Serafin. Er hat mir wahrhaftig sogar *Merascha* verabreicht, mir auch zuvor erklärt, was es ist. Mag sein, er wähnte, ich könnte eine neue Art von besonders heimtückischem Deryni sein, dieweil ich der Befragung so lange zu widerstehen vermocht hatte. Danach ist mir zumindest etwas Schlaf vergönnt gewesen.« Mühevoll schluckte der Pater.

»Am Nachmittag des folgendes Tages, sobald die Wirkung der Droge verflogen war, ward ich abermals mit Fragen überschüttet. Und am Morgen danach… Ja, gestern muß es, so glaube ich, gewesen sein, da kam Paulin zu mir und erteilte Weisung, mich zu reinigen, denn ich müßte nach Rhemuth gehen, Sire, und Euer neuer Kaplan werden.«

In äußerstem Abscheu schüttelte Javan angesichts der Kunde, die er von Faelan vernommen hatte – der Leiden, welche der Priester in seinem Namen hatte durchstehen müssen –, das Haupt. Gleichzeitig aber vermeinte Javans wacher Verstand, wiewohl er dank seiner Magie-Sinne in Faelans Worten nichts als pure

Wahrhaftigkeit erkannte, dennoch eine gewisse Auslassung zu bemerken.

Woraus mochte sie bestehen? Was konnte Faelan, entweder aus eigener Zerfahrenheit oder vielleicht gänzlich anderen Gründen, unerwähnt gelassen haben? Mit einem Mal fiel Javan die Ähnlichkeit auf, welche es zwischen den Faelan erteilten Anweisungen und der einstigen Regenten alter Angewohnheit gab, des Königshauses Prinzen durch ihre Edelknappen bespitzeln zu lassen. Wenigstens hatten die Regenten daraus keinen Hehl gemacht.

Gütiger Himmel, konnte es *so* sein? War es vorstellbar, daß inzwischen auch in den Diensten der *Custodes* ein Deryni stand – wie bei den Kronräten –, sie diesen Sachverhalt jedoch geheimhielten? Hatte Faelan diese Einzelheit verschwiegen? Allemal mochte darin der eigentliche Anlaß für den Gebrauch des *Merascha* zu erblicken sein.

»Was du leiden mußtet, flößt mir tiefstes Bedauern ein, Pater«, sprach Javan. »Hätte dich der Tod ereilt, wär's *fürwahr* um nichts gewesen, und ich hätte daran die Schuld gehabt. Mit voller Absicht habe ich's früher vermieden, mit dir über meine tatsächlichen Vorhaben, was meine Zukunft anbelangt, zu reden, denn ich wollt's verhüten, dich in Gefahr zu bringen – aber allem Anschein nach hat diese Vorkehrung ihren Zweck verfehlt. Es erbost mich sehr, daß Paulin wider dich zu derlei Mitteln gegriffen hat, ein Mitglied des eigenen Ordens. Was sagst du, wer hat dich vernommen? Paulin, Pater Lior und…?«

»Bruder Serafin«, rief Faelan ihm in Erinnerung.

»Ach ja«, brummelte Javan, »Bruder Serafin… War außer diesen dreien noch jemand daran beteiligt?«

»Nein, Sire.«

»Also nur jene drei Genannten…«, murmelte Javan, obschon ihm klar ersichtlich war – und zwar mit aller

Eindeutigkeit –, daß diese Auskunft nicht stimmte. Daraus ergab sich folgerichtig die Frage nach dem Grund.

Bis auf weiteres stellte Javan, welcher trotz der Hitze die inwendige Kälte stummen Grauens fühlte, notgedrungen selbiger Frage Lösung zurück; stärker bewegte ihn ohnehin im Augenblick das Mitleid für Pater Faelan, der unversehens in Paulins Ränke verwickelt worden war, mochte es ihm nun behagen oder nicht.

»Ich werd's mir merken«, sprach Javan leise. »Weiß Gott, ich wünschte, ich könnte ungeschehen machen, was dir zugemutet ward, doch ich vermag's nicht, denn so weit reicht wohl keines Königs Macht. Aber du mußt, wenn's dir ein Greuel geworden ist, nicht bleiben. Soll ich dich zurückschicken? Paulin den Bescheid zu geben, du wärst doch nicht der geeignete Mann, steht mir allemal frei.«

Mit einem kaum vernehmlichen, erstickten Schluchzlaut schüttelte Faelan das Haupt. »Tätet Ihr's, Sire, würde ich gar wohl dafür bestraft, Euer Mißfallen erregt zu haben… Und ein anderer Bruder müßte erdulden, was ich zu durchleiden hatte. Indes muß ich bekennen… ich weiß fürwahr nicht, wie ich Euch eigentlich von Nutzen sein soll. Als Priester bei der Meßfeier, ja gewiß, aber als Beichtvater…«

Diesmal verschlug es Javan den Atem wahrlich noch weit schlimmer als zuvor. Ein Schaudern rieselte ihm über den Rücken. Gleichzeitig hörte er aus größerem Abstand, aus des Springbrunnens Richtung, Schritte auf dem Kies knirschen; wahrscheinlich nahte Guiscard.

»Willst du damit andeuten, man könnte sich gar zu der Ungeheuerlichkeit vermessen, von dir des Beichtgeheimnisses Bruch zu verlangen?« fragte Javan. Irrigerweise hatte er sich eingebildet, nun wäre ihm so leicht kein neuer Schrecken mehr einzujagen.

Schamvoll betrachtete Faelan seine gefalteten Hände und wäre wohl errötet, hätte er beim Aderlaß nicht so viel Blut verloren gehabt.

»Es… es ist davon keine ausdrückliche Rede geführt worden, Sire«, lautete seine Antwort. »Aber… eine solche Erwartung… war wohl vorhanden. Ich habe nicht danach zu fragen gewagt. Ich… ich glaube, es hängt davon ab, ob man der Ansicht ist, Ihr könntet mir etwas beichten, was man wider Euch zu verwenden vermöchte.« Er schluckte und senkte den Blick.

»Sire, niemals habe ich das Beichtgeheimnis gebrochen, und niemals – nie, nie, nie! – werde ich es brechen.« Nochmals schluckte Faelan. »Ein wahrer Priester muß eher sterben, als unter des Beichtgeheimnisses Siegel anvertrautes Wissen weiterzugeben. Ist's das… was Ihr von mir erwartet, Sire?«

»Darüber wollen wir uns noch lange nicht das Haupt zermartern«, entgegnete Javan mit Entschiedenheit, legte dem Geistlichen eine Hand auf die Schulter und kehrte mit ihm auf den Gartenpfad zurück; gemeinsam schlenderten sie Guiscard entgegen. »Fürs erste laß uns festhalten, daß du meine Erlaubnis hast zu enthüllen, was ich dir beichte, wenn's in der Tat von dir gefordert wird… Ich muß mich nun in den Dom begeben, um mit den zuständigen Kirchenherren das Krönungszeremoniell zu besprechen, darum beauftrage ich einen meiner Getreuen damit, dir deine Unterkunft zuzuweisen. Ich möchte, daß du dich hinstreckst und dir Ruhe vergönnst, solange ich fort bin. Später werde ich dir meinen Heiler schicken, der nachschauen soll, ob dir eine ernste leibliche Beeinträchtigung zugefügt worden ist.«

»Einen Heiler?« meinte Faelan, indem er erstarrte. »Einen Deryni?«

»Er ist schon seit Jahren gelegentlich als *mein* Heiler tätig«, antwortete Javan, wunderte sich über des Paters

Stutzen. »Aber so's dich beruhigt, er steht eigentlich in Erzbischof Hubertus' Diensten, darum darfst du getrost unterstellen, daß von ihm keine Gefahr droht.«

»Aber ich...«

»Gemach, Pater, sei unbesorgt«, sprach Javan. »Er wird dir gewißlich kein Leid antun. Falls dir's jedoch angenehmer ist, warte ich mit seiner Beauftragung, bis ich dich mit ihm im Verein aufsuchen kann.« Sie näherten sich Guiscard; der Deryni-Adelige vollzog eine Kehrtwendung und schritt ihnen um den Springbrunnen voraus.

»Herr Guiscard, es ist mein Begehr, daß Ihr Pater Faelan unter Eure Fittiche nehmt und ihm seine Unterkunft zeigt. Seht zu, daß er Speisen nach Belieben erhält, und ebenso, wenn's sein Wunsch ist, ein Bad nehmen kann. Für den Nachmittag ist er freigestellt, da er dringlich der Erholung bedarf, und achtet darauf, ich bitte Euch, daß er dazu Gelegenheit findet. Nach meiner Rückkunft vom Dom erwarte ich Euch in meinen Gemächern anzutreffen, damit wir unter des Burgbaumeisters Betreuung die angesagte Besichtigung durchzuführen vermögen.«

»Sehr wohl, Sire.«

Im Schatten des Säulengangs, welcher an des Hauptgebäudes Rückseite entlangverlief, strebten die drei Männer zur Treppe. Doch ehe sie dieselbe betraten, verhielt Javan, bückte sich und zerrte an einer Schnalle seines Stiefels.

»Herr Guiscard«, bat Javan, »seid doch so gut und geht mir zur Hand.«

Sobald Guiscard de Courcy sich niedergekauert hatte, um nachzuschauen, was die Schwierigkeit sein mochte, stützte sich Javan auf des Adeligen Schulter, legte dabei einen Finger an Guiscards bloßen Hals; dieser Berührung bediente sich der König, um ihm flugs auf gedanklicher Ebene eine zwar kurze, aber hinlänglich aufschlußreiche Mitteilung zukommen zu lassen.

*Bewahrt mir diesen Mönch höchst achtsam im Augenmerk, bis wir mehr über ihn wissen,* wies er Guiscard an. *Ich hege den schrecklichen Verdacht, daß Paulin von Ramos einen Deryni zu Gebote hat, von dem niemand etwas ahnt. Aber haltet die Hände von dem Mönch fern, solange ich noch nicht weiß, nicht festgestellt habe, was an ihm verbrochen worden sein mag.*

Indem Guiscard sich aufrichtete und die Hände abklopfte, blickte er über Faelans gebeugtes Haupt hinweg in Javans Augen und nickte. Nun zwar ein wenig beruhigt, erklomm Javan die Treppe, um sich zu Charlan und den übrigen Getreuen zu gesellen; dennoch sah er den nächsten Stunden voll ernster Sorge entgegen.

# XVII. Kapitel

*In weisen Händen*
*wird das Rechte festgehalten…*

Jesus Sirach 9,17

Die Absprachen hinsichtlich des Ablaufs, welchen das Krönungszeremoniell in allen Einzelheiten nehmen sollte, gestalteten sich reibungsloser, als es seitens Javans befürchtet worden war; allerdings wirkte Paulin Ramos unmißverständlich verdrossen, weil der König seinen neuen Kaplan nicht mitgebracht hatte.

»Nun, er war, wollt's mich dünken, überaus erschöpft«, antwortete Javan auf die Frage nach Faelans Verbleib. »Vermutlich lag's an der Hitze. Oder am ungewohnten Reiten. Ich weiß noch, daß *ich* im letzten Mond gehörig ermattet war, nachdem ich den Ritt nach Rhemuth hatte hinter mich bringen müssen. So lautete denn an ihn mein erster Befehl, sich heute nachmittag dem Verschnaufen hinzugeben. Sieht er mir danach nicht wohler aus, werde ich, mag sein, Meister Oriel veranlassen, sich seiner Gesundheit Verfassung anzuschauen.«

Paulin maß ihn mit einem langen, ungemein nachdenklichen Blick; dann neigte er knapp das Haupt. »Mir ward vermeldet, Sire, daß er sich in der letzten Woche unwohl gefühlt hat. Ein Aderlaß ist vorgenommen worden, um ihn der Trübsal zu entheben. Aber ich bezweifle nicht, daß er binnen kurzem wieder wohlauf sein wird.«

»Hmmm, gewißlich, das erwarte ich gleichfalls«, brummte Javan. »Verzeiht mir, Herr Viktor«, fügte er hinzu, dieweil Tammaron ihm just zuwinkte und zu verstehen gab, sich des besseren Überblicks halber an eine weiter vorn befindliche Stelle des Mittelschiffs zu begeben.

Nachdem der Verlauf des Krönungszeremoniells schließlich zur allgemeinen Befriedigung erfolgreich geprobt worden und Javan in die Königsburg umgekehrt war, trafen er und Charlan in den Königlichen Gemächern, wie verabredet, Herrn Guiscard an, welcher sich in Bereitschaft hielt, um mit ihnen gemeinsam den für die neue Porta Itineris vorgesehenen Standort in Augenschein zu nehmen.

»Wie steht's um Pater Faelan?« erkundigte sich Javan, während sie zu dritt über eine Hintertreppe ins nächstuntere Geschoß hinabstiegen.

»Er schläft, Sire«, lautete Guiscards Auskunft. »Nach Verzehr eines leichten Mahls ist er im Badezuber nachgerade eingeschlummert, fand aber noch genügend Kraft, um sich anzukleiden und aufs Bett zu fallen, wo ihm dann die Sinne schwanden. Seither hat er sich nicht geregt, doch habe ich mich davon überzeugt, daß er noch lebt. Zwar habe ich ihn eingedenk Eurer Warnung nicht näher ›untersucht‹, aber es ist mein ganz starker Eindruck, daß er Schweres erlitten hat.«

»Ich werde Euch später erzählen, *wie* schwer es war«, äußerte Javan in leisem Ton. »Habt Ihr eine Wache vor seine Tür gestellt?«

»Selbstverständlich, Sire. Seid Ihr der Meinung, er ist ein Spitzel Paulins?«

»Oh, ihn als solchen zu gebrauchen, ist mit Gewißheit Paulins Absicht. Ob's ihm gelingt, bleibt indessen abzuwarten.«

Das Dreigestirn betrat einen Treppenabsatz und wandte sich auf einen Wink Guiscards hin zur linken Seite. Javan war davon überzeugt, daß Charlan und der Deryni-Edle zu gerne sogleich Näheres erfahren hätten, doch erachtete er den gegenwärtigen Zeitpunkt als ungelegen. Außerdem galt sein Interesse jetzt vorwiegend dem beschlossenen Standort der neuen Porta Itineris. Bisher gefielen ihm Örtlichkeit und Erreichbarkeit.

Die Mauern des Flurs waren frisch verputzt worden. In Wandhaltern erhellten Fackeln, von Kiefern geschnittene Astknorren, den Weg, wo es an natürlichem Licht mangelte. Neu ausgelegte schwarze und weiße Bodenplatten, welche die Seitenlänge eines Unterarms hatten, pflasterten in Gestalt eines Schachbrettmusters den Fußboden.

Vor mehreren offenen Eingängen sah man, teils in beträchtlichen Mengen, Holzbretter, Nägel, allerlei Zimmermannswerkzeug, Kübel und Bürsten angehäuft; auf allem lag feiner, kalkiger Staub. Der unverkennbare Duft nach just gehobeltem Holz vermengte sich mit dem schärferen Kalkgeruch des Gemäuers sowie dem brandigen Gestank von Kiefernharz. Während das Dreigespann den Flur entlangstrebte, ertönten immer vernehmlicher Gehämmer, Gesäge und das gleichmäßige Erklingen von Stahl auf Stein; die Geräusche drangen aus einer linkerhand gelegenen, offenen Tür, aus welcher schräg ein von einem hauchzarten Staubschleier durchwehter Lichtkegel des Nachmittagssonnenscheins fiel.

»Eure zukünftige Bibliothek wird sich hier befinden, Sire«, sprach Guiscard, deutete auf selbige Tür und trat beiseite, als Javan den Zugang erreichte.

Sobald Javan, die Augen wider die Helligkeit mit der Hand überschattet, die Schwelle überquerte, verstummten die mehrerlei Geräusche emsigen Werkens nahezu unverzüglich. Im oberen Teil der Räumlichkeit knarrten in besorgniserregender Weise Gerüste, so daß Javan unwillkürlich, indem er beunruhigt aufwärtsblickte, das Haupt einzog, den Weg eilends fortsetzte, bis er sich außer Gefahr wähnte. Charlan und Guiscard folgten ihm auf den Fersen. Von links kam aus der diesigen Trübnis, ein Bündel Bauzeichnungen in den staubigen Händen, Meister William zum Vorschein.

»Sire, Ihr erweist uns mit Eurem Besuch eine unschätzbare Ehre«, begrüßte Meister William, indem er sich verbeugte, den König. »Ich flehe Euch an, habt mit uns Nachsicht und verzeiht uns die Unordnung.«

»Nein, ich muß Euch um Vergebung angehen, dieweil ich bei Eurem Werk störe«, erwiderte Javan, ließ den Blick beifällig rundumschweifen. »Überdies seid Ihr's, der Ihr durch Eure vortrefflichen Künste mich ehrt. Ich hatte gar keine Ahnung, daß so beachtliche Umbauten stattfinden. Laßt Eure Handwerker, ich bitte Euch, sich getrost weiter dem Schaffen widmen.«

»Wie Ihr's wünscht, Sire.«

Derweil die Handwerker ihre Tätigkeit fortsetzten, Meister William hingegen für den Fall, daß der König eine Frage an ihn richtete, in dessen Nähe blieb, strebte Javan tiefer ins Helle der weißgekälkten Räumlichkeit, besah sich alles, was es da zu sehen gab, mußte auch in dem Maße, wie seine Augen sich an die Lichtverhältnisse gewöhnten, immer weniger die Lider zukneifen. Es handelte sich um einen sehr schönen, ausgedehnten Raum, welcher sich vorzüglich für eine Bibliothek eignete. Dem Zugang gegenüber ragten zwei hohe, breite Fenster empor, durch welche in lichter Fülle des Spätnachmittags Sonnenschein hereinströmte, auf die Bodenfliesen fiel. Ein fleischiger, von der Sonne gebräunter Handwerker stattete soeben ein Fenstersims mit dünnen Platten eines grünlich-grauen Steins aus, nickte Javan, als der König sich vorbeugte, um seine Betätigung zu würdigen, leutselig zu.

»Dieser Stein hat eine ungewöhnliche Färbung«, stellte Javan fest, betrachtete das Fenstersims genauer, rührte mit der Fingerkuppe an eine Kante. »Was ist's für ein Stein? Er will mir wie Schiefer ausschauen, doch hab ich grünen Schiefer noch nie erblickt.«

»Gewiß, Herr, grün sieht man den hier selten, nur in allervornehmsten Häusern«, antwortete der Mann gänzlich unbefangen, lächelte vor sich hin, während er mit vom Mörtel rauher Hand über eine Fuge strich. »Herr Tammaron hat ihn bringen lassen, kommt aus 'nem Steinbruch drunten bei Nyford. Ist nicht so verbreitet wie der blaue und graue Schiefer, wo man allerorts kriegt, aber doch recht hübsch anzuschaun, meint Ihr nicht?«

»Ja, er gefällt mir außerordentlich.«

Indem er zufrieden nickte, verließ Javan die unfertige Fensternische, um den Rest der Örtlichkeit zu besichtigen. An der Wand, welche sich jetzt zu seiner Linken erhob, bauten Zimmerleute Bücherschränke und Lesepulte zusammen, und ein Steinmetz werkte am Seitenmantel eines wuchtigen Kamins, welcher eine beachtliche Breite der gegenüber befindlichen Mauer einnahm. Überm Türrahmen auf ein Gerüst gekauert, pinselte ein Maler Farbe in die Umrisse eines offenbar überwiegend in Grün und Blau gehaltenen, augenfälligen Greiftiermusters, wie man es in vollendeter Fassung schon auf den seitlichen Türpfosten erkennen konnte. Als er die Aufmerksamkeit bemerkte, welche Javan selbiger Verzierung schenkte, trat Meister Williams näher.

»Es ist unser Vorhaben, diesen Schmuck rings um die Fenster zu wiederholen, Sire«, erklärte der Burgbaumeister. »Dieses Grün steht farblich in erlesenem Einklang mit dem grünen Schiefer. Derselbe Schiefer ist auch für den Fußboden vorgesehen, allerdings nur in den Fenstererkern. Er ist nämlich… äh… überaus kostspielig.«

»Ei, so dachte ich's mir«, merkte Javan dazu an. Er schaute hinüber zu Charlan und Guiscard, welche beide geduldig neben dem Malergerüst warteten, und nickte, als der Deryni-Adelige ihm vermittelst eines Zeichens bekundete, daß es Zeit ward zum Gehen.

»Nun habt meinen Dank, Meister William. Ich bin von Eurem Wirken höchst angetan. Alsbald muß ich mich anderen Verpflichtungen widmen, doch will ich zuvor einen Blick in die Nachbarräume werfen. Ich wünsche allen noch einen gesegneten Tag.«

»Euer Diener, Sire«, antwortete der Burgbaumeister, indem er sich erneut ehrerbietig verbeugte; auch die Handwerker unterbrachen kurz ihre Betätigung, um das staubige Haupt zu neigen, derweil Javan mit seinen Begleitern zum Ausgang strebte.

»Die meisten übrigen Kammern in diesem Geschoß werden als Gastgemächer eingerichtet, Sire«, erläuterte Guiscard erheblich lauter als erforderlich, wies im Korridor den Weg nach links. »Wenn Ihr die Güte habt, mir zu folgen, zeige ich Euch einige selbiger Räumlichkeiten.«

Die Tür zum Nebenraum war geschlossen, doch Guiscard öffnete sie und ging voraus. Ähnlich wie in der künftigen Bibliothek waren auch hier die Mauern verputzt und in Weiß gekälkt, doch betrugen die Maße dieses Gemachs im Vergleich nur etwa ein Drittel. Gegenüber vom Eingang befand sich ein einzelnes Fenster, in dessen Erker zwei Leute gut Platz hatten.

Ein Mittelpfosten und Querstreben teilten das Fenster, dessen untere Hälfte eine aus Buntglasscheibchen zusammengefügte Bleiverglasung aufwies, während man die obere Hälfte mit Holzladen verschließen konnte. Rechts vom Fenster, im Winkel, gab es einen kleinen Kamin mit recht schön aus Holz geschnitztem Rauchfang. Glatte, vier- und rechteckige, in willkürlicher Verteilung ausgelegte Fliesen bedeckten den Fußboden.

»Sehr nett«, bemerkte Javan dazu und bot für den

Fall, daß im Flur jemand lauschte, erhöhte Lautstärke auf. »Sind alle diese Zimmer hier so angenehm beschaffen?«

»So ist's, Sire«, bestätigte Guiscard, trat mit auffälliger Gebärde auf eine viereckige Fliese genau in des Gemachs Mitte – die *einzige* viereckige Fliese, welche in der Mitte lag –, drehte sich um und schaute Javan vielsagend ins Angesicht. »Der Abtritt ist außerhalb, aber unweit zu finden, Sire. Man kann durchaus von einer behaglichen Unterbringung sprechen, vor allem an dieser Seite, wo den ganzen Nachmittag lang die liebe Sonne hereinscheint.«

»Ja fürwahr, Ihr habt recht.« Für einen Augenblick betrat Javan den Erker, lugte ins Freie hinaus. Wie aus der Bibliothek, so hatte man auch an diesem Fenster Ausblick auf die Ställe. Er klopfte sich Staub von den Händen, verließ den Erker und betrachtete das Geviert, auf welchem Guiscard noch immer verharrte.

»Nun denn, ich habe genug gesehen«, sprach Javan und strebte zur Tür. »Laßt uns in meine Gemächer umkehren. Ich wünsche noch ein Bad zu genießen, bevor ich mich zum Nachtmahl begebe.«

Guiscard schloß die Tür – sie hatte, fiel Javan auf, an der Innenseite schon einen Riegel angebracht –, und die drei Edlen schritten stumm den Flur entlang; dabei machte sich wohl jeder von ihnen eigene Gedanken darüber, wie es in dem just verlassenen Raum wohl aussehen mochte, sobald sie ihn das nächste Mal betraten.

Erfreulicherweise gestaltete sich das Nachtmahl nicht so widerwärtig, wie Javan es befürchtet hatte. Zwar waren seine Gegner dort vollständig versammelt, doch ebenso seine Freunde; und allem Anschein nach hatte zumindest heute jeder Anwesende den Vorsatz gefaßt, eine freundliche Miene aufzusetzen, da jetzt die Trauer vorüber war und alles sich auf die Krönung vorbereitete, welche in drei Tagen stattfinden sollte.

Anstandshalber vermied Javan es nach wie vor, sich bereits in das Karmesinrot des Haldane-Geschlechts zu hüllen; statt dessen hatte er ein langes, lohfarbenes, mit Stickereien in Grün und Goldgelb verziertes, an der Brust offenes Gewand angelegt, welches sich an den Ärmelaufschlägen sowie am Stehkragen durch schlichten Edelsteinbesatz auszeichnete; um die Leibesmitte hatte er einen Gürtel aus mit Bernstein geschmückten Bronzescheiben geschlungen. Der Dolch, welcher an seiner Hüfte hing, war ein für des Reiches Marken eigentümliches Stück, in dessen Griffknauf man einen wäßrig-hellen, leicht gelblichen Bergkristall eingelassen hatte, der schimmerte wie Sonnenschein auf den Kieseln eines Gebirgsbachs. Dank sorgfältigen Kämmens seines Haars hatte er den Stirnreif aus gehämmertem Gold – jenen mit den laufenden Haldane-Löwen – dieses Mal ohne Kappe aufsetzen können; es lief nicht auf die verfrühte Anmaßung einer Krone hinaus, hatte aber eine höhere sinnhaftige Bedeutung als ein Prinzenkrönchen. An seinem rechten Ohrläppchen glitzerte das Auge Roms, und neben dem Siegelring an der Linken blinkte der Ring aus Feuer.

Dieweil die Trauerzeit inzwischen ihr Ende genommen hatte, zeigten sich heute auch die Damen wieder in der Öffentlichkeit, sowohl die Gemahlinnen und Töchter aller in der Königsburg ansässigen Großherren sowie auch etlicher, schon früh zu der Krönungsfeier eingetroffener Gäste. Die duftig-zarten, gedämpften Farben ihrer Kleider boten eine willkommene Abwechslung vom Schwarz und Grau der streng beachteten Trauer; indessen wurden allzu leuchtende Farben oder augenfällig fröhliche Gewandungen noch allgemein gescheut und wohl aufgespart bis zum Krönungstag. Dennoch verlieh die Anwesenheit so zahlreicher Damen, nachdem es in der Königsburg mehrere Wochen lang nachgerade wie in einer ausschließlich von Mannen bewohnten Ordensburg zugegangen war, dem Nachtmahl eine sanftmütigere Stimmung. Es gab schlichte Speisen, doch in üppigen Mengen, dazu reichlich vortrefflichen Wein; die Musik, welche Musikanten unaufdringlich im Hintergrund spielten, beschwichtigte zusätzlich die Gemüter.

Der Abend lud nahezu unwiderstehlich zum Umherschlendern und Plaudern ein, anstatt an einer Stelle zu hocken; nur Javan fand dazu keine Gelegenheit. Zu seiner gelinden Verwunderung – und völlig im Gegensatz zu sämtlichen Essen, welche er aus eigener Erfahrung kannte – kamen nämlich die Gäste zu ihm. Hinter seinem Rücken standen stets entweder Charlan oder Guiscard, um Fragen zu beantworten, ihm die Namen Anwesender zu nennen oder ihm zu bringen, was er begehrte. Rhys Michael, ins kühle Königsblau des Thronfolgers gekleidet, saß anfangs zu seiner Rechten, doch schon bald nach dem Mahl entfernte er sich von Javans Seite. Später bemerkte Javan ihn rechterhand mit Cathan Drummond und den beiden Fitz-Arthur-Söhnen in einer Fensternische, wo sie angeregt mit mehreren schönen Jungfern schäkerten, darunter auch Michaela Drummond.

»Charlan behauptet, mein teurer Bruder habe sein Herz für Michaela Drummond entdeckt«, meinte Javan, während sich zeitweilig einmal keine Höflinge mit ihren Damen um seinen Platz scharten, zu Guiscard de Courcy. Er schlürfte einen Schluck Bier, derweil er der Jungfer vorteilhafte Seitenansicht sowie den dicken, bronzegoldenen Zopf betrachtete, welcher ihr bis auf die Hüfte baumelte. »Habt Ihr den gleichen Eindruck?«

»Wenn's wahr ist, hat er allemal erlesenen Geschmack, Sire«, lautete Guiscards Antwort. »Allerdings ist mir in dieser Hinsicht, muß ich Euch bekennen, nichts Besonderes aufgefallen. Gewiß ist sie eine Maid von reizvollem Äußeren und tadellosem Ruf. Wahrhaftig dürfte sie, da sehe ich keinen Grund zum Zweifeln, eine tauglichere königliche Braut denn so manche jener Geschöpfe sein, welche sich hier unverhohlen nach solcher Erhöhung drängen.«

»Meine Absicht ist's, so wisset, noch für eine ganze Weile *keine* königliche Braut zu dulden«, entgegnete Javan gelassen, indem er den Deryni-Adeligen aufmerksamen Blicks von der Seite musterte.

Guiscard hob die Schultern und gestattete sich ein knappes Lächeln. »Damit werdet Ihr im Kronrat neuen Unmut auf Euch ziehen, Sire«, gab er zu bedenken. »Im allgemeinen wird an Könige die Erwartung gestellt, daß sie sich bereits in jungen Jahren verehelichen.«

»Allgemein wird ebenso davon ausgegangen, daß ein König nicht auf der Hut vor seinen Kronräten sein muß, dieweil dieselben den besagten König, kaum daß er einen Erben gezeugt hat, vermittelst eines willkommenen Mißgeschicks aus der Welt befördern könnten«, erwiderte Javan. »Zu meinem Pech gibt's da ein Nest untereinander verschworener Männer, welche einer Regentschaft Macht bereits geschmeckt und daher Blut geleckt haben. Die Aussicht einer weiteren, sogar längeren Regentschaft möchte bei weitem zu stark verlocken, als daß sie der Versuchung widerstehen können. Ich zieh's vor, zunächst ein paar Jahre lang meine Herrschaft zu festigen, statt mir deswegen Sorgen machen zu müssen, zu Gunsten meines Sohns vom Thron gestürzt zu werden.«

»Dann gilt freilich die gleiche Überlegung in bezug auf Euren Bruder, Sire«, sprach daraufhin Guiscard. »Bisher hatte ich an diese Eigentümlichkeit der Verhältnisse nicht gedacht, aber sollte er sich denn etwa früher als Ihr vermählen und seinerseits die weitere Thronfolge auf dem jüngeren Sippenstrang sichern, so möchtet Ihr gar wohl *beide* als Opfer … übler Machenschaften enden.«

Javan nickte. »Eben darum erschreckt mich die Vorstellung, zwischen ihm und Michaela könnte eine Liebelei entstanden sein. Ich muß wohl in Bälde ein ernstes Wörtchen mit meinem Bruder reden.« Er seufzte und stellte den Bierkrug beiseite. »Aber nicht heute abend … Ich bin der Meinung, wir haben uns gegenwärtig, sobald's uns möglich wird, diese Tafel zu fliehen, um dringlichere Sachen zu kümmern.«

Bis diese erwünschte Möglichkeit sich ergab, verstrichen jedoch noch mehrere Stunden. Charlan und Guiscard wechselten sich regelmäßig bei der Aufgabe ab, Javan aufzuwarten und für sein Wohlbefinden zu sorgen, Botengänge zu erledigen und ihm die Namen Anwesender zu nennen. Im Laufe des Abends wurden die meisten Mitglieder des Gefolges bei ihm vorstellig – zu zweien und dreien –, um ihn ihrer Hochachtung und Ehrerbietigkeit zu versichern.

Bei den übrigen indessen, die sich durch ihr Fernbleiben verdächtig machten, handelte es sich um genau jene, von denen er nichts anderes erwartet hatte: Murdoch von Carthane, Rhun von Horthness, Manfred MacInnis. Pflichtgemäß buckelten sie während des Nachtmahls vor ihm, gingen aber anschließend, gleich nach Stillen des unmittelbaren Hungers, dreist ihrer eigenen Wege. Dagegen blieben sowohl Paulin und Albertus erheblich länger, ersterer offensichtlich mit dem Vorsatz, neue Kenntnis über Pater Faelans Zustand zu erlangen und bei dieser Gelegenheit vielleicht zu durchschauen, wieviel Javan inzwischen wirklich über die Vorgänge in der Abtei *Arx Fidei* wissen mochte.

»Als ich mich vor dem Mahl anschickte, in den Burgsaal hinabzusteigen, lag er in friedlichem Schlummer«, beschied Javan ihn schlicht und einfach. »Ich bin mir ganz sicher, daß er sich, nachdem er eine Nacht lang bekömmlich geschlafen hat, bestimmt wieder entschieden wohler fühlen dürfte.«

Erst zu späterer Stunde vermochte Javan sich mit einer Handvoll engster Getreuer in die Königlichen Gemächer zurückzuziehen; als schließlich alle anderen sich verabschiedeten, verweilten Guiscard und Charlan. Noch ein Weilchen später ließ er Meister Oriel kommen, um dem Heiler kundzutun, was er am Nachmittag von Pater Faelan erfahren hatte.

»Bislang haben wir uns nicht getraut, ihn uns vorzunehmen – soll heißen, mit magischen Mitteln«, äußerte Javan halblaut zu dem Heiler, nachdem Oriel sich durch geistige Einsichtnahme über alles in Kenntnis gesetzt hatte, was der König und Guiscard über Faelans Zustand wußten. »Es mag allein an meinem Argwohn gegen jedwedes Treiben des Widerlings Paulin liegen, aber ich hege den hartnäckigen Verdacht, daß Faelan keineswegs bloß durch Paulin, Lior und Serafin vernommen worden ist. Sollte ein Deryni daran beteiligt gewesen sein, von welchselbigem wir bisher nicht das geringste ahnen, könnten uns Scherereien dräuen, die uns bekommen möchten wie dem Hund das Gras. Ist Euch irgend etwas über jemanden des Deryni-Volksstamms zu Ohren gedrungen, der in der *Custodes* Dienste stehen soll?«

In tiefer Besorgnis schüttelte Oriel das Haupt. »Kein Wort, Sire. Sitric zumindest hat mir nichts Derartiges erzählt. Doch kann es sein, er weiß davon gar nichts, zumal wenn's ein Neuling ist, welcher sich Paulin aus freiem Willen verdingt hat.«

Charlan machte große Augen. Dieweil er in dieser erlesenen Gesellschaft über das vollständige Gedächtnis verfügte, nahm er die neuen Beobachtungen mit merklichem Entsetzen zur Kenntnis.

»Was für ein Mann, Sire, würde denn seinesgleichen verraten?« murrte er im Flüsterton. »Und einen Priester zu Verwerflichem anzustiften…«

Javan schnaubte. »Es gilt den *Custodes* als Maßstab ihres Eifers – als Beweis der tiefsten Hingabe an den Zweck ihres Daseins –, all jene auszumerzen, welchen sie die Schuld an vor langer Zeit verübten Greueln beimessen. Faelan untersteht ihrer Gewalt, darum erachten sie als gerechtfertigt, alles zu tun, dessen es bedarf, um zu gewährleisten, daß er sich als ihr Werkzeug bewährt. Sollt's dazu erforderlich sein, ihn als Spitzel auf mich anzusetzen und gar einen Deryni zu bemühen, um ihn mit größerer Wirksamkeit auszustatten, schrekken sie gewißlich auch davor keinesfalls zurück.« Er stieß einen Seufzer aus.

»Natürlich wissen wir bisher noch gar nicht, ob's wahrhaftig so gewesen ist. Bislang konnte ja nicht einmal geklärt werden, ob tatsächlich ein unbekannter Deryni beteiligt ist. Wir müssen's jedoch herausfinden, Oriel. Und Ihr seid der einzige Kundige bei Hofe, welcher sich auf einen glaubhaften Vorwand dafür berufen kann, in Faelans Geist Einblick zu nehmen.«

Es schauderte den Deryni-Magister. »Ein gefährlicher Schritt, Sire.«

»Gefährlich für Euch? Nur wenn's *wirklich* einen unbekannten Deryni gibt und er eine Art von Falle gestellt, in Faelins Geist eine Abwehr wider Versuche geschaffen hat, sein Tun aufzudecken. Berichtigt mich, sollte ich mich täuschen, aber dafür bräucht's einen überaus machtvollen Deryni-Magier – wahrscheinlich einen Meister von solchem Schlage, daß die *Custodes* es aus Furcht, er könnte sich unversehens gegen sie wenden, niemals wagten, sich überhaupt mit ihm einzulassen. Was alles übrige anbelangt, so kann Euch niemand etwas anhaben, denn ich habe Euch ja aus Sorge um seine Gesundheit herbeigerufen, damit ihr bei ihm nach dem Rechten schaut. Entdecken wir nichts Bedenkliches, so entsteht keine Schwierigkeit, im Gegenteil, dann können *wir* uns ein paar Vorkehrungen ausdenken, um zu verhüten, daß er uns irgendwann Verdruß bereitet.«

»Und *stoßen* wir auf etwas Verdächtiges, Sire?«

»Dann kommt's darauf an, will's mich deuchen, wie ernst sich die Sache verhält. Finden wir etwas wahrlich Himmelschreiendes, lauft Ihr ohne den mindesten Verzug zu Erzbischof Hubertus und petzt es, vermeldet ihm, Ihr hättet den Eindruck gewonnen, jemand hätte danach getrachtet, meinem Gefolge einen von Deryni entsandten Kundschafter einzuschmuggeln. Wir erzählen ihm schlichtweg alles und sehen zu, wie er sich aus der Klemme windet. Bei weniger eindeutigen Dingen sollten wir, bin ich des Glaubens, die Entscheidung je nach Sachlage fällen.«

Ein leichtes Schmunzeln in der rauhen Miene, nickte Guiscard vor sich hin. »Ihr findet Euch gar stets klüger mit diesen Angelegenheiten zurecht, Sire.«

Javan rang sich ein Lächeln ab. »Ernste Bedrohung verlangt kluges Zurechtkommen oder die Bereitschaft zu sterben. Aber habt meinen Dank für Eure Ermunterung. Ich habe schon im Dom und während des gesamten Nachtmahls über diese Fragen nachgedacht.«

»Und es hat zu vortrefflichen Ergebnissen geführt, Sire.« Guiscard heftete den Blick auf Oriel. »Seid Ihr's zu wagen gewillt?«

Indem er mit den Schultern zuckte, erhob sich Oriel. »Vermutlich ist's nicht ärger als mancherlei jener Verrichtungen, welche ich im Verlauf der letzten Jahre gezwungenermaßen tun mußte, und es mag sein, es ist besser getan als vielerlei sonstiges, was ich zu vollbringen hatte. Und Faelan ist ja *kein* Deryni.« Ruckartig fiel sein Blick auf Javan. »Es steht doch unzweifelhaft fest, Sire, daß er kein Deryni ist, oder?«

»Wenigstens darin bin ich mir vollkommen sicher«, beruhigte Javan den Heiler. »Laßt uns ihn aufsuchen und das Vorhaben durchführen. Charlan, Ihr könnt uns begleiten, niemand wird's als ungewöhnlich erachten, habe ich meinen Adlatus dabei. Ihr hingegen, Herr Guiscard, bleibt wohl lieber fern, es dürfte wohl überflüssig sein, bei diesem Anliegen Eure Tarnung aufs Spiel zu setzen.«

Eine kurze Weile danach nahten sich Javan, Charlan und Oriel der bescheidenen Unterkunft, welche man des Königs künftigem Beichtvater zugewiesen hatte; sie lag am hintersten Ende desselben Gangs, auf dem sich auch die Königlichen Gemächer befanden. Ein Waffenknecht im Haldane-Wappenrock stand davor auf Wacht; sobald sich der König und seine Begleiter näherten, nahm er markig Haltung an.

»Steh getrost locker, getreuer Knecht«, meinte Javan mit gedämpfter Stimme. »Wie geht's Pater Faelan? Hat er sich gerührt?«

»Nein, Sire. Herr Guiscard hat mir befohlen, zu jeder vollen Stunde nach dem Pater zu schauen, und das ist geschehen. Er hat das Bett nicht verlassen.«

»Ich habe Meister Oriel mitgebracht, der sich um sein Wohl kümmern wird«, sprach Javan, erheischte durch eine Geste das Öffnen der Tür. »Achte mir darauf, daß niemand uns stört, ja?«

Indem er folgsam nickte, gehorchte der Wächter. Javan ließ Oriel und Charlan den Vortritt, folgte ihnen in die Unterkunft und schloß von innen die Tür.

Die Kammer hatte Ähnlichkeit mit dem Gastgemach neben der Bibliothek, als Erweiterung jedoch zur Linken – hinter einem gewölbten Durchlaß – ein kleines Oratorium, in dem eine rote Andachtskerze brannte. Gleich rechts vom Eingang flackerte ein zweites Licht in einem Nischenstein über dem Oberteil der Bettstatt, beleuchtete schwach eine mit schwarzer Kutte umhüllte Gestalt, welche auf der Seite schlief, das Angesicht den Ankömmlingen zugekehrt. Am Fußende des Bettes stand eine große Truhe. Ein Schreibpult sowie ein Stuhl beanspruchten nahezu den gesamten restlichen Platz des Gemachs; das Pult stand an der Wand zwischen dem Oratorium und einem kleinen Kamin im hinteren linken Winkel.

Ohne ein Wort zu äußern, eilte Oriel zu dem Schreibpult, nahm einen Kerzenhalter zur Hand, entzündete die Kerze an dem Binsenlicht in der Wandnische und reichte den Kerzenhalter zuletzt Javan. Den Rücken der geschlossenen Tür zugewandt, verharrte Charlan dort und beobachtete die Ereignisse. Der Heiler kauerte sich ans Bett, betrachtete den Schläfer eine ganze Weile, ehe er ihm schließlich sachte die Hand über die Stirn breitete.

Danach herrschte tiefe Stille im Raum, während der man nichts außer den etwas mühsamen Atemzügen des Schlafenden vernahm. Dann gab Oriel einen Schnaufer der Erleichterung von sich, zog die Hand zurück und erhob sich kurz, um sich sodann aufrecht auf die Bettkante zu setzen.

»Immerhin ein Trost«, murmelte er, packte nun des Geistlichen Handgelenk. »Er ist tatsächlich kein Deryni, Sire, wenigstens nicht nach Anwendung aller Mittel zur Nachprüfung, die *ich* kenne, und es sind keine offenkundigen Merkmale einer geistig-magischen Beeinflussung zu ersehen. Auf alle Fälle jedoch ist er aufs stärkste ausgelaugt… Als nächstes will ich versuchen, dafür die Ursache festzustellen.«

Er behielt des Mönchs Handgelenk im Griff, senkte die andere Hand ein zweites Mal auf dessen Stirn und neigte das Haupt. Javan trat näher ans Bett und beugte sich ein wenig vor, um mit der Kerze zu leuchten. Nach einem Weilchen schüttelte Meister Oriel das

Haupt und wälzte Faelan auf den Rücken, schob ihm an dem Arm, dessen Handgelenk er gefaßt hatte, den Ärmel empor, bis seine Finger in des Ellbogens Höhe einen Verband ertasteten. Javan kniete nieder, um besser sehen zu können, und auch Charlan kam herüber; unterdessen wickelte Oriel den Verband ab und entblößte die nach dem Aderlaß zurückgebliebene, schlecht verheilte, leicht entzündete Wunde. Der Heiler preßte, als er den Arm ins Licht hob, die Lippen zusammen.

»Nun je, zumindest das, Sire, läßt sich recht mühelos beheben«, grummelte Oriel. Behutsam befühlte er die Verletzung, befingerte vorsichtig ober- und unterhalb derselben die Ader, preßte dann die Finger auf die Wunde und versenkte sich in Heiler-Trance. Javan merkte, daß er unwillkürlich, während Oriel seine Pflicht erfüllte, den eigenen Arm abtastete, entsann sich an einen anderen Aderlaß, die eigene Wunde, erinnerte sich an die schrankenlose Verzweiflung, welche er empfunden hatte, als er erkannte, daß er sich in der *Custodes*-Mönche unumschränkter Gewalt befand, es nicht verhindern könnte, wenn sie ihm mit dem Blut, falls sie es darauf anlegten, zum Schluß das liebe Leben entweichen ließen…

»Und seinen Rücken, Sire, werde ich mir auch ansehen«, äußerte Oriel und riß mit dieser Ankündigung Javan aus der Versonnenheit. Mittlerweile gab es an Faelans Arm nicht mehr die kleinste Narbe zu erblicken; die Verletzung war so gänzlich verschwunden, als wäre sie niemals vorhanden gewesen. »Herr Charlan, wolltet Ihr mir wohl hilfreich zur Hand gehen…?«

Auch Javan leistete dabei Hilfe, zeigte Charlan und dem Heiler, wie man die ihm verhaßte Gugel auszog, schaute anschließend zu, derweil Oriel dem schlafenden Geistlichen den Leibgurt aufknotete und abstreifte; danach faßte er nochmals zu, stemmte Faelan gemeinsam mit Charlan und Oriel in eine Sitzhaltung hoch, so daß der Deryni hinten unter die Kutte des Mönchs zu langen und den Rücken zu untersuchen vermochte.

»Alle Wetter, diese Schwielen sind noch in argem Zustand… Und da sind einige üble Blutergüsse. Kein Wunder, daß er's vorzieht, auf der Seite zu schlafen.«

»Sollen wir ihn der Kutte entledigen, Meister Oriel?« fragte Javan.

Während er Faelans Rücken einer noch gründlicheren Untersuchung unterzog, schüttelte Oriel das Haupt. »Nein, nicht nötig. Ich glaube, ich bringe auch so zustande, was es zu tun gilt.«

Über des Heilers Augen hatte sich wieder eine Art leichten Schleiers gebreitet, was darauf verwies, daß er sich von neuem in die Heiler-Trance vertieft hatte. Einige Augenblicke später atmete der Deryni hörbar auf, beendete die heilerische Behandlung und ließ sich von Charlan dabei helfen, den Mönch zurück in die Kissen zu betten. Aus geweiteten Augen sah Javan zu, wechselte mit Charlan einen gequälten Blick. Auch sie beide – trotz ihrer edlen Abkunft selbst sie – hatten schon Schwielen auf dem Rücken gehabt.

»In unserem Leben gab's Anlässe, da hätten wir Meister Oriels Dienste wirklich und wahrhaftig aufs schönste gebrauchen können, nicht wahr, Sire?« meinte Charlan im Flüsterton und mit verzerrtem Lächeln.

»Ja, wahrlich.«

Bei Javans leiser Antwort hob Oriel ruckartig den Blick; wider Willen entfuhr ihm ein Aufkeuchen, als Javan ihm blitzschnell eine geistige Darstellung seiner auf Erzbischof Hubertus' Geheiß erfolgten Bekanntschaft mit der sogenannten Kleinen Züchtigung übermittelte.

»Man hat's gewagt, *Euch* so etwas zuzumuten, Sire?« raunte Oriel.

Javan schluckte und verscheuchte die häßliche Erinnerung aus seinen Gedanken. »Dieser Vorfall gehört längst der Vergangenheit an«, sprach er. »Und ich hatte Hubertus *tatsächlich* auf die dreisteste Weise getrotzt. Insofern hatte ich, möchte ich sagen, die Geißelung verdient. Faelan dagegen erhielt sie ja zur Gänze unverdient. Und diese andere Maßnahme, die *minution,* sollte doch niemals zu Zwecken der Marterung oder Einschüchterung mißbraucht werden.« Ein Seufzer kam über seine Lippen. »Auch dafür werden die *Custodes* sich noch zu rechtfertigen haben. Oriel, wie können wir Faelans Beteiligung an all diesem insgeheimen, so gefahrvollen Ränkespiel auf ein so geringes Maß wie überhaupt nur möglich zusammenschrumpfen? Er *möchte* damit *nichts* zu tun haben. Gibt's Mittel und Wege, um ihn zu schützen – und zur gleichen Zeit auch uns?«

»Vielleicht, Sire.« Oriel lehnte sich an, legte die Hände auf die Oberschenkel, betrachtete Faelan erneut; endlich richtete er den Blick von neuem auf Javan. »Naturgemäß wär's am einfachsten, ihm schlichtweg sämtliche Kenntnisse vorzuenthalten, welche für ihn und uns, erführen davon die *Custodes,* zur Gefahr werden könnten.«

»Und jedesmal alles Verfängliche aus seinem Gedächtnis zu streichen«, sprach Javan, »bevor er einmal je Mond zwecks Aushorchung die Abtei *Arx Fidei* aufsucht.«

Oriel nickte. »Selbige Vorkehrung möchte ja durchaus hinreichen, solange wir in jedem Fall im voraus den Tag wissen, wann er sich hinzubegeben hat. Indes bietet's ihm keinen Schutz wider Sitric… und gegen keinen Deryni in Paulins Diensten.«

»Aber *gibt* es denn einen solchen Deryni?« erkundigte sich Javan. »Noch habt Ihr ja meinen Verdacht gar nicht bestätigt.«

»Mit *Gewißheit* kann ich's nicht sagen, Sire«, bekannte Oriel. »Und ehe ich mich an eine etwaige Aufklärung mache, muß ich Euch fragen: Seid Ihr Euch dessen sicher, daß Ihr Euch weitere Wagnisse aufzubürden gedenkt? Bisher habe ich nichts getan, was bei einem Heiler, welcher in meinen Verhältnissen lebt, nicht zur alltäglichen Pflichterfüllung gerechnet werden könnte. Forsche ich allerdings nach und entdecke, was Ihr argwöhnt, haben wir's gleichsam auf dem Kerbholz. Es mag sein, es gelingt mir, meine Spuren zu verwischen, aber sollte selbiges fehlschlagen, bleibt uns wohl in der Tat letzten Endes keine andere Wahl, als uns an Erzbischof Hubertus zu wenden.«

»Ich kann mir sehr wohl vorstellen, daß uns noch weitere Möglichkeiten offenstehen«, lautete Javans Entgegnung. »Wär's denn machbar, Ihr behebt heute allein das Allerauffälligste, so daß wir wenigstens ein paar schnöde Tage herausschinden, bis wir absehen, welche sonstigen Maßnahmen veranlaßt werden müssen?«

»Hmm, nun ja, gewiß, allerdings dürfte wahrlich in der Zwischenzeit niemand anderes ihm unliebsame Beachtung schenken, Sire.«

»Dann weckt ihn, auf daß wir vernehmen, was er selbst uns zu erzählen hat«, befahl Javan, erhob sich von den Knien und tauschte mit dem Heiler den Platz. »Ich stelle die Fragen. Von uns allen bin ich der einzige, den er kennt, und man kann nicht behaupten, daß die Aussicht, von einem Heiler behandelt zu werden, ihn überglücklich machte.«

Javan hielt die Kerze so, daß sie die Unterkunft, sobald Faelan erwachte, traulich erhellte, und wartete, bis Oriel hinter ihm Aufstellung bezogen hatte; danach schaute er den Heiler an und nickte ihm zu. Wortlos beugte Oriel sich vor, packte des Priesters Hand und erteilte auf geistiger Ebene die Weisung zum Aufwachen. Pater Faelans Lider flatterten, derweil sich Oriel straffte, zögerlich schlug er die Augen auf, sah bestürzt zuerst Javan, danach Oriel und Charlan an, welche hinter dem König standen.

»Gemach, Pater, du weilst in vollkommener Sicherheit«, beteuerte Javan dem Mönch. »Das ist Meister Oriel, und da erblickst du Herrn Charlan, meinen Adlatus. Ist dir mittlerweile wohler zumute?«

»Ich…« Plötzlich fuhr Pater Faelans Hand in den Ärmel, suchte nach der inzwischen allerdings verschwundenen Wunde. Gleichzeitig merkte er, daß er auf dem Rücken lag, ohne Beschwerden zu verspüren. Sofort erriet er, was sich ereignet hatte.

»Er… er hat's also schon getan«, raunte der Geistliche, erwiderte furchtsam Javans Blick; seine Miene bezeugte, daß er sich hintergangen fühlte. »Ich dachte nicht, Sire, daß…«

»Du warst in gar keiner Verfassung zum Nachdenken«, erklärte Javan in ruhig-festem Ton. »Gegen den Blutverlust kann nichts anderes unternommen werden, als daß du tüchtig ißt und dir Gelegenheit zur allmählichen Genesung läßt, aber um das übrige zu erdulden, gab's keinen vernünftigen Anlaß. Ich bedaure außerordentlich, daß du meinetwegen solche Leiden zu ertragen hattest. Für deine Heilung zu sorgen war das allermindeste, was ich dir schuldete.«

Indem er laut schluckte, kehrte Faelan das Angesicht zur Wand. »Das… enthebt uns letzten Endes nicht der Hauptsorge, Sire«, wandte er leise ein. »Pater Paulin wird buchstäblich alles zum Vorwand nehmen, wenn's sich zu dem Zweck eignet, Euch Schaden zuzufügen. Ich mußte schwören, ihm alles zu berichten, was ihr tut und sprecht, sobald's ihm eine Hilfe sein könnte. Und bräche ich den Schwur, so… würd er's bemerken.«

»Oh, *er* wohl kaum«, widersprach Javan im Brustton der Überzeugung. »Aber sicherlich sein neuer Deryni… nicht wahr, Pater?«

Faelan erstarrte; Schrecken und Bestürzung verzerrten seine abgehärmten Gesichtszüge.

»Ich habe Euch nichts von ihm erzählt, Sire«, stellte er in kaum vernehmlichem Flüstern fest.

»Gewiß, du hast's nicht. Vielmehr war's eben das, was du *verschwiegen* hast, wodurch mein Verdacht erregt ward.« Faelans Miene widerspiegelte immer stärkere Furcht und Verwirrung. »Ich weiß, daß du an allem ohne Schuld bist«, fügte Javan daher hinzu. »Vorwärts, Oriel, gehen wir der Sache auf den Grund.«

Bevor der Priester auch nur nach Luft schnappen konnte, um einen Schrei auszustoßen, legte Javan ihm eine Hand auf die Stirn und unterwarf ihn seiner geistigen Gewalt, versetzte ihn kurzerhand in Besinnungslosigkeit. Unverzüglich drang Oriel, derweil sich Javan zurückzog, tief in des Paters Geist ein. Charlan war herbeigesprungen, sobald er Javans Absicht durchschaute, befürchtete wohl Widerstand oder Gezeter; nun jedoch wich er, als Javan abwinkte, zurück zur Tür.

Kurz darauf hob Oriel das Haupt; er lächelte, als er die Augen aufschlug.

»Sire, Ihr müßt fürwahr der am stärksten mit Glück gesegnete Mann der Christenheit sein«, meinte er mit verhaltener Stimme. »Über die Begabung, die Paulins Deryni zugeeignet sein mag, kann ich nichts sagen, auf alle Fälle aber hat er bei diesem Mönchlein wenig Aufwand betrieben. Ich ersehe Spuren recht oberflächlicher geistiger Einblicknahmen, welche freilich, dieweil Faelan ja nichts wußte, nichts enthüllten. Ihm ward ein unmißverständliches Verbot eingegeben, über eines vierten Beteiligten Anwesenheit zu reden, die Erinnerung als solche ist jedoch nicht ausgemerzt worden. Jener Deryni muß ein überheblicher Schuft sein. Vermutlich hielt er's für überflüssig – oder er vertrat die Auffassung, durch die scheußliche

Erinnerung des Verbots Wirksamkeit noch um weiteres erhöhen zu können.«

»Vermögt Ihr's zu beseitigen?« wünschte Javan zu erfahren.

Oriel nickte. »O ja, Sire. Indessen deucht's mich als nicht erforderlich. Je weniger wir auf Faelans Inneres Einfluß ausüben, um so vorteilhafter ist's. Es genügt, wenn ich unser heutiges Tun verhehle. Vor unserem Eingreifen gab's nichts Interessantes zu erkennen. Jetzt kann ich das gleiche nicht mehr behaupten.«

»Nun wohl, dann geht so vor«, willigte Javan ein. »Aber fügt ihm kein Leid zu. Ich möchte ihn nicht zum Opfer machen, sondern zum Verbündeten haben.«

»Es wird nicht viel Zeit in Anspruch nehmen, Sire«, sagte der Heiler, kniete sich ans Bett und legte beide Hände auf des Schlafenden Stirn.

Gleich darauf hatte er die Aufgabe vollbracht; leicht umfaßte er mit Daumen und Zeigefinger Faelans Handgelenk.

»Unterzieht ihn zur Prüfung, sobald ich ihn wecke, einer Wahrheitsfindung, Sire«, empfahl Oriel in halblautem Ton. »Allerdings bin ich der Überzeugung, das Nötige bewerkstelligt zu haben.«

Noch eine ganze Weile blieb Faelan reglos und stumm, dann rührte er sich mit einem Mal und öffnete die Augen; er zeigte keine Anzeichen von Furcht, gewahrte anscheinend nicht einmal Oriels Hand.

»Sire...«, nuschelte der Pater, indem er den Blick zu Javan hob. »Ich muß eingeschlummert sein. Ich flehe Euch an, verzeiht mir... Achtsam hätte ich mich für Euch bereithalten sollen.«

Knapp schüttelte Javan das Haupt und lächelte. »Der Ritt hat dich ungemein ermüdet. Mich dünkt's, die Verschnaufpause hat dir gutgetan. Hast du lange geschlafen?«

»Seit dem Mittnachmittag, wähne ich, Sire«, antwortete Faelan und runzelte plötzlich die Stirn. »Es muß schon sehr spät sein. Ich hatte die Absicht, mich beizeiten zu erheben und die Vespermesse zu lesen. Aber jetzt ist's wohl…«

»Es ist lange nach dem Komplet«, teilte Javan dem Priester mit. »Du erinnerst dich an nichts, was vorhin geschehen sein könnte, oder?«

Verdutzt blickte Faelan ihn an. »Müßte ich mich an irgend etwas entsinnen, Sire?«

Anstatt zu antworten, lenkte Javan lediglich den Blick zur Seite und schaute Oriel an. Kurz neigte der Heiler das Haupt über Faelans Hand. Ein Aufkeuchen kam über des Paters Lippen, als ihm die Erinnerung wiederkehrte. Javan sah es den mit Erschrecken und Grausen erfüllten Augen des Priesters an, daß sich schlagartig sein Gedächtnis vervollständigte, er seiner leiblichen Wunden Heilung erkannte, auch die Bedeutung der Hand begriff, die noch sein Handgelenk umfaßt hielt – und beobachtete, wie das anfängliche Grauen langsam zaghafter Hoffnung wich.

»Ich hatte… an all das gar keine Erinnerung, Sire«, flüsterte Faelan.

»Sehr richtig«, bestätigte Javan. »Und in einer Sache, welcher du dich überhaupt nicht entsinnst, kannst du nicht lügen.«

»Aber… wird nicht *er* entdecken, was Ihr getan habt?« raunte Faelan, wandte sich mit der Frage geradewegs an Meister Oriel.

»Nicht durch eine gewöhnliche Wahrheitsprüfung«, lautete Oriels Entgegnung. »Wahrscheinlich ebensowenig durch eine geistige Einsichtnahme, es sei denn, es bestünde der Verdacht einer Beeinflussung, so daß er den Einblick mit besonders hoher Gründlichkeit vollzieht. Freilich hege ich keine Absicht, dir irgendeine Erinnerung an die Vorgänge der heutigen Nacht zu belassen.«

Faelan schluckte. »Man wird sehen, daß Ihr mich geheilt habt.«

»Diese Maßnahme dürfte sich vollauf mit Paulins Erwartungen decken«, sprach Javan. »Er hat mir unumwunden von einem Aderlaß erzählt, allerdings behauptet, er sei geschehen, um dich vom Trübsalblasen zu erlösen, denn es sei dir in jüngster Zeit diesbezüglich gar minder wohl gewesen, und daraufhin habe ich ihm angekündigt, Oriel mit deiner Untersuchung zu betrauen. Aber er darf keineswegs wissen, daß wir die wahren Umstände kennen. Du wirst dich nicht daran erinnern, sie mir erzählt zu haben, und ich gedenke vorzuspiegeln, ich hätte keine Ahnung. Du trittst schlichtweg deinen Dienst als mein Kaplan an, feierst täglich in der Königlichen Kapelle die Messe, hörst die Beichte, begleitest mich, wo's angebracht ist, zu höfischen Veranstaltungen... Kurzum, du verrichtest, was eines Königlichen Kaplans Pflichten sind.«

»Aber...«

»Nichts davon erfordert deinerseits irgendwelche sonderlichen Anstrengungen«, versicherte Oriel dem Pater. »Dir bleibt an dieses Gespräch keinerlei Erinnerung zurück. Deinem Gedächtnis wird sich einprägen, daß du einen gütigen, ehrenwerten Herrn hast, welchen man niemals bei irgend etwas beobachtet hat, an dem Mißgünstige Anstoß nehmen könnten. Wenn du, wie's ja einmal in jedem Mond vorgesehen ist, die Abtei aufsuchst, wird dir nichts erinnerlich sein, was nicht ohne jegliche Bedenken weitererzählt werden dürfte.«

Faelan schluckte; mit einem Mal war ihm wieder seine anfängliche Ängstlichkeit anzumerken. Er drehte das Gesicht ein Stück weit zur Mauer.

»Sire, ich möchte an Euch keinen Verrat verüben«, beteuerte er mit unterdrückter Stimme. »Kann er mich auch... die Furcht vergessen lassen? Denn sie ist am ärgsten… Am schlimmsten ist das Wissen, daß sie mich jederzeit, sobald ihnen danach der Sinn steht, meucheln können. Sollte man mich zu weiteren Aderlässen nötigen…«

»Du weißt selbst, ich kann dir nicht versprechen, daß nichts dergleichen vorfällt«, antwortete er mit leiser Stimme, »und sollten sie's nur tun, um dir zu verdeutlichen, wie unentrinnbar du dich, wenn du in der Abtei weilst, in ihrer Macht befindest.« Während er sprach, legte Javan kurz die Hand – neben der Oriels, die noch Faelans Handgelenk hielt – auf des Paters Arm. »Aber *keinesfalls* wird man dir so viel Blut wie das letzte Mal ablassen, man kann's einfach nicht in *jedem* Mond so halten, ohne die Ergebnisse zu gefährden, welche man ja von dir verlangt. Leider ist's so, daß wir's uns ganz und gar nicht erlauben können, dir diese Erinnerung zu nehmen, darum wirst du wohl oder übel damit leben müssen…«

Flüchtig schloß Faelan die Lider und holte tief Atem, fügte sich, wenn auch widerwillig, Javans unwiderlegbaren Schlußfolgerungen.

»Du mußt dich darauf gefaßt machen«, erläuterte Javan ihm des weiteren, »daß Paulins Deryni voraussichtlich auch bei den künftigen Befragungen zugegen ist, doch dieweil du dich bei deiner Berichterstattung der vollkommensten Offenheit und Ehrlichkeit befleißigst, hast du meines Erachtens schwerlich irgendwelche neuen Zumutungen zu befürchten. Beschränkt er sich darauf, dich der Wahrheitsfindung zu unterziehen, wirst du's ohnehin gar nicht gewahren. Wir könnten, nachdem der Eindruck entstanden ist, daß du dich als ihr fügsamer Spitzel betätigst, sogar versuchen, ihnen gelegentlich über dich den einen oder anderen Köder zuzuschieben, um sie zu der unerschütterlichen Überzeugung zu verleiten, daß du für sie Augen und Ohren aufsperrst. Naturgemäß erwarte ich nicht, daß deine Besuche in der Abtei erquicklich verlaufen – vielmehr dürften sie dir bisweilen sogar Furcht einflößen –, doch hoffe ich, sie treiben nichts Schlimmeres mehr mit dir, als wider dich Drohungen auszustoßen… Wahrlich, ich wünschte, ich vermöchte dir erfreulichere Aussichten zu verheißen, aber ich kann's nicht.«

»Ich eracht's als ratsam, Sire, daß er sich nun weitere Ruhe vergönnt«, äußerte Oriel halblaut, als sich abzeichnete, daß fernere Erörterungen lediglich Faelans Furcht umso stärker nähren mochten. »Selbiges laßt mich hurtig sicherstellen.«

Während er den letzten Satz sprach, hatte er den *Custodes*-Pater schon unter seine geistige Gewalt gebracht, und Faelan blieb nur noch dazu Gelegenheit, dem König in völliger Wehrlosigkeit einen Blick stillschweigenden Vertrauens zuzuwerfen, bevor er im Handumdrehen in Bewußtlosigkeit sank.

»Gebt ihm ein, daß es mein Begehr ist, er soll die tägliche Messe in der Königlichen Kapelle gleich bei Tagesanbruch feiern«, wies Javan den Heiler an, nahm die Hand von Faelans Arm, derweil Oriel sich darauf vorbereitete, auf geistiger Ebene tief in des Paters Gemüt einzudringen. »Was jene Unterhaltung angeht, welche ich am Nachmittag im Burggarten mit ihm hatte, so gestaltet's derart, daß ich mich nach seinem Befinden erkundigt und lediglich erfahren hätte, wie sehr er durch den Ritt von der Abtei gen Rhemuth ermattet worden wäre, ihm danach seine Aufgaben darlegte und zur Erholung in seine Unterkunft schickte. Genauso nämlich habe ich's im großen und ganzen Paulin schon geschildert. Mit allem Restlichen befassen wir uns, sobald es sich als notwendig herausstellt.«

Meister Oriel nickte und schloß die Augen. »Ganz wie Ihr's befehlt, Sire«, antwortete er mit verhaltener Flüsterstimme.

# XVIII. Kapitel

*Vergiß den Kampfgenossen nicht …*

Jesus Sirach 37,6

Tiefe Stille herrschte, während Javan und Charlan jenen Abschnitt des Korridors durchmaßen, der des Geistlichen Kammer von den Königlichen Gemächern trennte. Nach rascher Bewältigung seiner letzten Aufgabe war Oriel in die eigene Unterkunft entlassen worden, damit er nicht durch überlange Abwesenheit auffiel und jemand dies seinen Vorgesetzten meldete. Zwei Waffenknechte der Leibwache nahmen Haltung an, als der König und sein Adlatus sich dem Eingang näherten; einer der Mannen öffnete die Tür und wich beiseite. In einem Lehnstuhl saß an dem Tisch, welcher der Mitte in der Empfangsstube stand, Guiscard de Courcy; neben seiner Elle brannten mehrere Kerzen. Als die beiden Ankömmlinge eintraten, erhob sich der Deryni-Adelige.

»Ist alles geregelt, Sire?« erkundigte er sich in unterdrücktem Tonfall.

»Ja.« Mit einem Aufstöhnen ließ sich Javan in einen zweiten Lehnstuhl fallen. »Anscheinend hält Paulin sich in der Abtei *Arx Fidei* einen ihm botmäßigen Deryni … Oder allemal war's wohl noch vor wenigen Tagen der Fall. Mit Faelan müssen wir höchste Umsicht walten lassen, doch glaube ich, 's kann uns gelingen. Bis wir mehr in Erfahrung gebracht haben, wünsche ich, daß ihn niemand außer Oriel anrührt.«

»Dann dürft's ratsam sein, Eurem Besucher von dem, was Ihr entdecken konntet, Kenntnis zu vermitteln, Sire«, antwortete Guiscard, wobei er den Blick bedeutungsschwer zur Tür des Schlafgemachs lenkte, die, wie Javan erst jetzt bemerkte, geschlossen war. »Ich hatte nicht so zeitig mit ihm gerechnet, daher stockte mir schier das Herz, als ich Eurer Gemächer Eingang öffnete und ihn sah. Er ist als *Custodes*-Mönch verkleidet.«

Langsam erhob Javan sich aus dem Lehnstuhl.

»Er ist schon *da?*« raunte der König.

»Ja, er harrt Eurer, Sire, und Herrn Charlans«, bestätigte Guiscard, strebte zur Tür des Schlafgemachs und winkte den beiden Genannten, daß sie ihm folgen möchten. »Er hat mich bereits hinsichtlich unseres Vorhabens unterwiesen... Gewissermaßen war's eine Probe für unsere morgige, nächtliche Absicht.«

Er schwang die Tür auf, und Javan blickte ins Dunkel; nur ein einzelnes Binsenlicht glomm neben dem großen Himmelbett. Guiscard ging ins Schlafgemach, wartete auf Javan. Achtsam trat der König ein, verharrte jedoch, sobald sich aus der Düsternis nahe des Abtritts eine schattenhafte Gestalt löste. Guiscard schloß die Tür. An Javans Seite hatte Charlan die Faust um den Griff seines Dolches geklammert, doch wäre Stahl wider jeden jener Leute, von denen der König jemanden erwartete, eine allzu schwache Waffe.

»Wer ist da?« flüsterte der König.

»Ich bin's, Sire, Jesse«, antwortete eine Javan in der Tat bekannte Stimme. Vertraute Geistesschilde streiften kurz des Königs geistige Wehr, und rings ums Angesicht der in eine schwarze *Custodes*-Kutte gehüllten Gestalt flimmerte flüchtig eine Deryni-Aura.

Trotz der eindeutigen Merkmale mußte Javan zweimal hinschauen, ehe er sich gänzlich dessen sicher war, vor Jesse zu stehen. Derselbe nämlich hatte nur noch wenig äußerliche Ähnlichkeit mit jenem Jungmannen, den Javan vor geraumer Zeit kennengelernt hatte. Das braune Haar war bis über die Ohren gestutzt, er hatte eine Tonsur, und statt mit eines Kriegers aufrechter Haltung sah man ihn jetzt sich mit leicht gebeugten Schultern zeigen, auf welchen er die steife Gugel eines *Custodes*-Klosterbruders trug.

»Leider habe ich bei meiner Ankunft Herrn Guiscard gehörig erschreckt und ersuche dafür um nachsichtige Vergebung, Sire«, sprach Jesse mit leichtem Schmunzeln. »Er hat mir erzählt, Ihr habt möglicherweise von einem neuen Deryni-Verräter Wind bekommen, welcher für die *Custodes* – wahrlich, ausgerechnet für sie! – tätig sein soll. Ist Euch in dieser Frage Neues bekannt geworden?«

»Mittlerweile steht eindeutig fest, daß die *Custodes* einen Deryni in ihren Diensten haben«, gab Javan zur Antwort. »Über ihn selbst wissen wir noch nichts – ich überlasse es Euch und Pater Joram, diesbezügliche Nachforschungen zu betreiben –, doch hat Oriel Sicherheitsvorkehrungen getroffen, die uns bis auf weiteres durchaus Schutz bieten dürften. Pater Faelan ist...«

»Herr Guiscard hat mich über des Pfäffleins Herkunft aufgeklärt«, äußerte Jesse. »Es wird am günstigsten sein, ich entnehme die Einzelheiten Eurem Gedächtnis, Sire. Es dauert nur einen Augenblick.«

»Ich habe seit seinem Eintreffen kaum mit ihm Umgang gehabt«, erhob Javan zum Einwand. »Oriel hingegen kann Euch...«

»Legt Eure Hand auf meine Hand und schließt die Augen, Sire«, fiel Jesse dem König vorwitzig ein zweites Mal ins Wort, streckte ihm, während er fortgesetzt lächelte, den Handteller entgegen. »Ich weiß, Euch ist bei derlei Handlungen noch ein wenig unwohl zumute, doch durch Übung wird das Mißbehagen schwinden. Senkt freimütig Eure Geistesschilde und denkt an Eure mit Faelan gehabten Begegnungen... Es besteht kein Anlaß zur Beunruhigung. Erlaubt mir,

Euch anzuleiten. Solltet Ihr dabei überhaupt irgendeine körperliche Empfindung erleben, so bleibt sie erfahrungsgemäß auf eine Art von Kribbeln dicht hinter den Augen begrenzt. Mehr kann gar nicht, dessen seid meinerseits versichert, daraus entstehen.«

Launig kam Javan der Aufforderung nach. Die Zeit schien plötzlich stillzustehen, Javan hatte ein Gefühl des Verschwimmens, vergleichbar mit einem gelinden Schwindelanfall, und ihm war, als verschöbe sich in seinem Geist alles weit in den Hintergrund, was in keinem Zusammenhang mit dem unglücklichen Faelan stand. Er verspürte gewissermaßen ein übersinnliches Rauschen, als Jesses Deryni-Sinne seiner Geisteswehr Lücken durchdrangen, nahm es jedoch mit gänzlichem Gleichmut lediglich zur Kenntnis.

Und schon wich Jesse aus Javans Geist, blickte an ihm vorüber kurz Guiscard an, welcher dem Geschehen zuschaute, und Charlan, den Guiscard angesichts der für ihn möglicherweise erschreckenden Vorgänge vorsichtshalber unter seine geistige Gewalt genommen hatte.

»Ihr habt gut daran getan, Sire, Euren Kaplan von niemand anderem als Meister Oriel anrühren zu lassen, bis wir aufgeklärt haben, woran wir eigentlich sind«, sagte Jesse, indem er den Blick wieder auf den König heftete. »Für den Fall, er ist wirklich so harmlos, wie's den Anschein hat, können wir darauf hinwirken, daß es so bleibt. Falls nicht... Nun je, offenbar ist seitens Oriels nichts verrichtet worden, was sich nicht durch herkömmliche heilerische Anwendungen begründen ließe. Und sollte es sich dennoch als nötig erweisen, haben wir alleweil noch die Möglichkeit, Faelan auf andere Weise unschädlich zu machen.«

Es schauderte Javan. »Ihr meint, uns steht es frei, ihn zu töten?«

»Nur wenn dazu die Notwendigkeit entsteht, Sire«, antwortete Jesse. »Aber Ihr wißt, daß wir dergleichen gerne vermeiden. Ich möchte für die morgige Anforderung sowohl ihn wie auch Oriel bemühen. Bei der Gelegenheit kann ich beide einer gründlichen, genauen Einblicknahme unterziehen – und nach Erstellung der Porta Itineris, sollte außerordentliches Vorgehen nötig werden, Verstärkung holen.«

*Um ihn zu töten,* dachte Javan, schloß für einen kurzen Augenblick die Lider. »Erachtet Ihr's als durchführbar«, fragte er, »ihn zu schützen und zu retten?«

»Sire, das ist eine Frage, auf die ich unmöglich schon heute Antwort geben kann«, bekannte Jesse. »Ich will mich, daran zweifelt nicht, dafür ins Zeug legen, so tüchtig ich's vermag. Indes wird's heikel sein, denn jedwede Beeinflussung unsererseits muß ja regelmäßig der Sichtung durch einen Deryni standhalten.« Er hob das Haupt und sah Javan ins Gesicht. »Gibt's keinen anderen Geistlichen, welcher Euch als Kaplan dienen könnte, aber nicht dermaßen unter der *Custodes* Fuchtel steht?«

Javan verzog die Miene. »Joram, Niallan und Queron dürften schwerlich abkömmlich sein, und nach der gegenwärtigen Gesetze Gültigkeit ist's ihnen ohnedies untersagt, im Priesteramt zu wirken. Und jeder sonstige Geistliche, den ich aus den letzten Jahren kenne, käme auch aus den Reihen der *Custodes* und sähe einem ähnlichen Schicksal wie Faelan entgegen. Überhaupt wird meinen Neidern jeder Priester, den ich als geeignet beurteile, zwangsläufig verdächtig sein.«

»Eure Darlegungen leuchten mir ein, Sire«, sprach Jesse und nickte. »Nun wohl, wir wollen sehen, was für Pater Faelan getan werden kann. Bedeutet er keine Gefahr, haben wir uns vergeblich das Haupt zermartert. Mit dem Gegenteil brauchen wir uns vorerst nicht zu befassen. Wir benutzen ihn als zusätzlichen Kraftquell für das Einrichten der Porta, und während er sich bei selbiger Verrichtung ohnehin unter unserer geistigen Gewalt befindet, vollführen wir in seinem Oberstübchen einen allgemeinen Kehraus und geben ihm ein paar zusätzliche Schutzvorkehrungen ein. Davon werden weder er noch jemand wie Paulin jemals erfahren.«

Erstaunt blinzelte Javan den Deryni an. »Das könntet Ihr schaffen? Will sagen, ist's denn wirklich eine so einfache Sache?«

»In die Tat umzusetzen, was ich soeben beschrieben habe, dauert gewiß ein wenig länger, als ich brauchte, um's in Worte zu kleiden, Sire«, entgegnete Jesse, indem er breit lächelte, »aber *schwierig* ist's nicht, solange man's mit Menschen zu tun hat. Da wir gerade davon reden, gestattet mir, mein König, mit Herrn Charlan Bekanntschaft zu schließen.« Er gab Guiscard durch einen Wink zu verstehen, den Ritter näherzubringen. »Dieweil Ihr ja schon des öfteren mit ihm im Verein gehandelt habt, befürchte ich keinerlei Verdruß, jedoch sollten wir uns kennen. Herr Guiscard, seid so gut und übergebt die Verfügungsgewalt an Seine Majestät. Wenn's soweit ist, tu ich Herrn Charlan kund, was er wissen muß.«

Wortlos führte Herr Guiscard den im Trance-Zustand befindlichen Charlan zum König, trat zur Seite, derweil Javan sachte des jungen Rittersmanns Handgelenk faßte, und brachte ihn unter die eigene geistige Gewalt. Auf ein Zeichen Jesses hin holte er Charlan zurück ins volle Bewußtsein.

»Herr Charlan, ich stelle Euch Herrn Jesse vor«, sprach Javan mit ruhiger Stimme. »Er wird in der morgigen Nacht als Hauptvollbringer bei der Porta Errichtung tätig sein.«

»Gott zum Gruß, Herr Charlan«, sagte Jesse.

Charlan zwinkerte, sein Blick streifte Jesses Deryni-

Aura; als nächstes jedoch heftete er, indem ein andeutungsweises Lächeln der Verwunderung ihm die Lippen verzog, den Blick auf den König.

»Sire, das ist fürwahr erstaunlich«, äußerte er. »Ihr enthebt mich der Furcht, nicht wahr?«

»Ja«, bestätigte Javan. »Allerdings gibt's ohnehin gar keinen *Anlaß* zum Fürchten.«

»Darüber bin ich mir im klaren, Sire«, beteuerte Charlan, indem er nickte. »Zumindest fällt's mir ganz leicht, derweil ich hier stehe, so zu reden.«

Ein Lächeln in der Miene, trat Jesse näher, verharrte in einer Armlänge Abstand von dem jungen Ritter. Obwohl der eine schwarzes Haar, der andere dagegen einen hellen Schopf hatte, waren sie doch offenkundig zwei vom gleichen Schlag, hatten beinahe das gleiche Alter, waren beide geübte Kriegsleute. Für ein Weilchen maßen die zwei Jünglinge einander, schätzten sich gegenseitig ein, versuchten einer über den anderen zu einem Urteil zu gelangen; zu guter Letzt nickte Jesse, legte gemächlich die Hände auf den Rücken.

»Ich hege die Hoffnung, solche Worte werden Euch in Zukunft ebenso leichtfallen, ohne daß Ihr unserer geistigen Lenkung untersteht, Herr Charlan«, sprach Jesse. »Es ist mein Wunsch, Euch nunmehr zu zeigen, was in der morgigen Nacht geschehen soll. Seid Ihr damit einverstanden?«

Bedächtig holte Charlan Atem. »Ihr ersucht um meine Erlaubnis?«

»Freilich. Ihr seid ja kein Widersacher, sondern ein Bundesgenosse.«

»Nun wohl, ich willige ein.«

Mit vorsätzlicher Langsamkeit nahm Jesse die Hände vom Rücken, so daß Charlan sie sehen konnte.

»Wir beginnen dergestalt, daß Seine Majestät Euch abermals, wie schon so viele Male, in einen Zustand tiefer Entspanntheit senkt. Dann stelle ich probehalber eine Geistesverbindung zu Euch her.« Behutsam hob er die Hände so an Charlans Haupt, daß die Daumen die Schläfen berührten. »Es mag sein, daß Ihr auf des Scheitels Höhe das Gefühl … einer Art von Klebrigkeit verspürt, doch kennzeichnet dasselbe nichts anderes als das Zustandekommen der Geistesverbindung. Ihr seht selbst, es ist nichts Greuliches … Und bei ihrer Beendigung fühlt Ihr dies …«

Äußerlich ließ sich Charlan nichts anmerken, außer daß sich seine Augen flüchtig weiteten, danach die Lider herabsanken. Gleich darauf schlug er die Augen auf, wirkte leicht belustigt; und Jesse nahm die Hände fort, offensichtlich zufrieden.

»Ihr habt Euch aufs vortrefflichste gehalten«, meinte er zu Charlan. »Es mag sein, daß Ihr, während wir morgen das tatsächliche Werk vollführen, zeitweilig die Besinnung verliert, doch wird sie Euch bloß für ein kurzes Weilchen schwinden. Diese Aussicht, wähne ich, flößt Euch keine Furcht ein, oder?«

Charlan blinzelte und musterte Jesse festen, aufmerksamen Blicks; danach schaute er flüchtig Javan an, ehe er erneut Jesses Blick erwiderte.

»Nein, durchaus nicht«, antwortete er in leicht trotzigem Ton.

»*Ganz* trifft Eure Auskunft nicht zu«, sprach Jesse, schmunzelte verhalten. »Aber Ihr stellt aufs bewundernswerteste unter Beweis, daß Ihr Euch ungeachtet einer gewissen Beklommenheit zu bewähren versteht – eine herausragende Tugend, welche sich selten findet, sei's bei Menschen oder Deryni … Sire, Ihr habt ihn vorzüglich angelernt.«

Javan stieß ein Schnauben aus. »Er *selbst* hat sich so wacker hineingefunden. Bis vor ungefähr einer Woche hatte er noch gar keine Wahl. Dafür jedoch habe ich ihn inzwischen um Entschuldigung ersucht.«

»Obwohl derlei von meiner Warte keineswegs erforderlich gewesen wäre, Sire«, entgegnete Charlan. »Ihr habt getan, was Ihr tun mußtet. Mich stimmt's nur froh, daß ich Euch stets, mag ich's nun gewußt haben oder nicht, eine Hilfe gewesen bin, kein Hemmschuh.«

Er blickte Jesse an. »Haben wir alles erörtert? Wenn's so ist, sollte Seine Majestät sich nämlich nun wahrlich etwas Schlaf gönnen. Wir *alle* können, will ich meinen, Schlummer vertragen. Bei mir hat sich die Erwartung verfestigt, wir werden morgen um etwa diese Zeit wahrhaftig alle Hände voll zu tun haben.«

In Wirklichkeit jedoch wurden sie bereits äußerst früh am nächsten Tag in die außerordentlichste Betriebsamkeit verwickelt, denn es war der vorletzte Tag vor der Krönung. Der Morgen begann in der Königlichen Kapelle mit einer Messe; Pater Faelan feierte sie, erregte dabei im Vergleich zum Vortag den Eindruck, sich inzwischen merklich von den Anstrengungen erholt zu haben. Schon unter rein körperlichen Gesichtspunkten wäre die Besserung bemerkenswert gewesen; darüber hinaus jedoch ließ sich ihm auch nichts mehr von der Zaghaftigkeit und Eingeschüchtertheit ansehen, welche ihn noch gestern in einen so elendigen Gemütszustand versetzt hatten. Seine Predigt war kurz und eines in Bälde zu krönenden Königs Stand gewidmet, dem Gehorsam, welchen er Gott und Kaiser schuldete. Die zwei Meßdiener, welche ihm am Altar zur Hand gingen, stellten sich ein wenig täppisch an, doch kam es jedesmal dazu, sobald ihresgleichen sich auf die Eigenheiten eines neuen Priesters umzustellen hatten; dennoch nahm die Messe, übersah man einmal, daß dem jüngeren Meßdiener ums Haar die große, silberne Waschschüssel entfiel, einen überwiegend würdigen Verlauf. Zum erstenmal seit Wochen durfte Javan die Kommunion aus der Hand eines Geistlichen empfangen, dem er sowohl als Mensch wie auch Priester Achtung entgegenbrachte, und er betete hoffnungsvoll zum Himmel um die Gunst, die Verhältnisse möchten sich derart gestalten, daß Faelan sein Amt auch zukünftig guten Gewissens ausüben konnte. Kurz nach Meßbeginn kam Pater Paulin in die Kapelle geschlüpft, und nach ihrem Ende behelligte er Faelan in der Sakristei mit Fragen; als er und Paulin dieselbe wenig später verließen, war es Javans Empfinden, daß die Unterhaltung durchaus beide Beteiligten zufriedengestellt hatte.

»Gab's Ärger mit Pater Paulin?« fragte Javan den Priester, als Faelan sich zu ihm gesellte, um gemeinsam mit ihm, Guiscard und Charlan in den Burgsaal hinabzugehen, wo ein leichtes Morgenmahl eingenommen werden sollte, ehe Javan sich an seine Leibesertüchtigung machte.

»Keineswegs, Sire«, lautete Faelans Auskunft. »Er hat sich nur nach meiner Gesundheit erkundigt und gefragt, ob ich mich von der Erschöpfung, in die ich durch die Mühen der Reise gestürzt worden war, erholt hätte. Ich habe ihm versichert, daß eine Nacht bekömmlichen Schlafs mich im wesentlichen wieder aufgerichtet hat und ich mit Freuden der Herausforderung entgegenblicke, mich als Angehöriger Eures Gefolges – als Königlicher Kaplan – der vollen Vielfalt meiner Pflichten zu widmen. Daraufhin verabschiedete er sich und erteilte mir seinen Segen.«

Wie Javan und Guiscard festzustellen vermochten, hatte wirklich nur genau das und nichts anderes sich in der Sakristei zugetragen. Und Paulin war unzweifelhaft kein Deryni, also bestand auch keine Möglichkeit, daß sich irgend etwas Hintergründiges ereignet hatte, wovon weder sie beide noch Faelan etwas wissen konnten.

Im weiteren Verlauf des Tages, an dem Javan den morgendlichen Waffenübungen zusätzliche Zeit im Gestechhof anschloß – zur Vorbereitung auf das Turnier, welches am Tag nach der Krönung stattfinden sollte –, gelang es dem König, die Sorgen wenigstens für ein paar Stunden aus seinen Gedanken zu verdrängen.

Nach einem Bad, einem nicht zu üppigen Mittagsmahl sowie einer abschließenden Anprobe der Krönungsgewänder übte Javan sich während des Nachmittags abermals im Bogenschießen; dabei konnte er mittels der Pfeile viel von jenem Groll, den er gegen des Kronrats Großherren hegte, wider die Strohpuppen entladen, welche als Ziel dienten. Als Herr Radan des Königs heute besonders hohe Treffsicherheit lobte, verschwieg ihm Javan die Ursache; dieselbe war nämlich, daß er sich ausmalte, auf die Fratzen Murdochs und Rhuns zu zielen. Am Spätnachmittag trafen die erwarteten Gäste aus Cassan ein – Fane Fitz-Arthur, seine Gemahlin sowie ihr drei Lenze junger Sohn, Cassans jetziger Herzog –, und in Anbetracht ihrer besonderen Wichtigkeit für das Reich ward beschlossen, ihnen am folgenden Tag um die Mittagsstunde eine außerordentliche Audienz zu gewähren.

Das schlichte Abendmahl nahm Javan recht früh in den Königlichen Gemächern mit Rhys Michael, Charlan, den Herren Robear und Jason, Etienne de Courcy sowie einer Handvoll junger Ritter ein, welche gegenwärtig keine Pflichten zu versehen hatten. Die Versammlung befand sich in glänzender Stimmung, doch Javan dehnte es lediglich bis kurz nach Anbruch der Dunkelheit aus, schob Müdigkeit vor und führte an, am Morgen des letzten Tags vor seiner Krönung frisch und bei Kräften sein zu müssen.

Nach und nach verabschiedeten sich die Gäste. Einige Mannen begaben sich an die Erfüllung abendlicher Aufgaben – als Schildwachen oder ähnliches –, andere kehrten zurück in den Schoß ihrer Lieben. Zu den ersten, welche die Königlichen Gemächer verließen, gehörte Etienne de Courcy; ihn sollte Javan später an der vorgesehenen Örtlichkeit der neuen Porta Itineris wiedertreffen. Auch die übrigen Gäste säumten nicht übermäßig lange. Hingegen blieb Rhys Michael, bis beim König nur er sowie Charlan und Guiscard noch zugegen waren, welchletztere veranlaßten, daß Edelknappen die Überreste der Speisen ordentlich abtrugen.

Der Prinz hatte beim Essen kräftig dem Wein zugesprochen, so daß es Javans stille Hoffnung gewesen war, leichte Trunkenheit möchte auch Rhys Michael zu frühem Gehen bewegen. Statt dessen erhob sich der Prinz, nachdem die Knappen entschwunden waren, betrat den Fenstererker und öffnete weit einen Fensterflügel, um Luft einzulassen. Der Abend war ruhig und lau, ein wenig zu schwül vielleicht, so daß beide Brüder die Ärmel aufgekrempelt hatten.

»Verspürt Ihr Sorge hinsichtlich des übermorgigen Tags, Sire?« fragte Rhys Michael, indem er sich umwandte; im Schein der Kerze, welche neben Javan auf dem Tisch stand, ließ sein Gesicht sich nur schwach unterscheiden.

Javan nahm die Kerze zur Hand und stellte sie, indem er geruhsam aufstand und zu seinem Bruder trat, in den Fenstererker.

»Von Sorge zu reden wäre wohl übertrieben«, antwortete Javan. »Ich fühle mich etwas unsicher, möchte ich sagen. Das Krönungszeremoniell nimmt einen reichlich verzwickten Ablauf.«

»Nicht das ist's, auf was ich anspreche, Sire«, entgegnete Rhys Michael. »Ihr dürft dann ein gesalbter und gekrönter König sein. So etwas zu werden, das gleicht nachgerade einem vermittelst Magie vollbrachten Wunder. Von da an steht Ihr über allen im ganzen Reich. Ihr seid nicht mehr der alte.«

Javan setzte sich auf ein Kissen und überlegte. Pater Faelan hatte in seiner Morgenpredigt etwas ähnliches erwähnt. Für Javan lag es durchaus nahe, daß sich *tatsächlich* eine Art von magischer Handlung vollzog, ward ein Mann zum König geweiht, geradeso wie die Priesterweihe jemanden, damit er sein Amt auf gebührliche Weise versehen konnte, in einen besonderen Stand erhob. Es stimmte, gewiß war er danach nicht mehr der alte; indessen war er schon längst nicht mehr derselbe Mensch wie zu jener Zeit, bevor Pater Joram und die anderen Deryni in ihm die Haldane-Kräfte zur Entfaltung gebracht hatten.

»Unverändert werde ich dein Bruder sein«, äußerte Javan, dieweil er mutmaßte, daß Rhys Michaels Beunruhigung eigentlich ihrem zukünftigen wechselseitigen Verhältnis galt. »Daran kann sich niemals etwas wandeln. Befürchtest du das Gegenteil?«

Rhys Michael, der ein wenig schwankte, schaute fort. »Ich weiß es nicht… Als Alroy König ward, Sire, hat's ihn verändert. Ich habe ihn kaum noch zu sehen bekommen. Dauernd mußte er sich mit irgendwelchen Herrscherangelegenheiten abgeben.«

»Nun, er tat's nicht unbedingt aus eigenem Wunsch«, gab Javan zur Antwort. »Und da keiner von uns Brüdern mündig war, als unser Vater verstarb, lassen die damaligen Umstände sich wohl kaum als für uns sonderlich günstig bewerten. Aber in Zukunft soll alles anders werden. Ich hoffe, daß du mir bei möglichst vielen ›Herrscherangelegenheiten‹, wie du's nennst, behilflich bist. Immerhin bist du ja, bis ich mich vermähle und Erben zeuge, der rechtmäßige Thronfolger. Darum mußt du dich für alle Fälle mit dem Herrschen vertraut machen.«

Etwas mühsam setzte Rhys Michael sich gegenüber auf die Sitzbank. »Eben das ist's, worüber ich zu gern einmal mit Euch reden möchte, Sire… Über Vermählung, nicht das Herrschen. Ihr wißt ja, ich habe keinen Hang nach klugen Büchern und aufwendiger Hofhaltung... Aber's mag sein, jetzt ist nicht die rechte Stunde, um derlei mit Euch zu erörtern. Ich glaube, ich habe, wie's sich irgendwie ergeben haben mag, zuviel Wein getrunken...«

Tatsächlich war jetzt für ein solches Gespräch der *schlechteste* Zeitpunkt; daß es geführt werden mußte, und zwar alsbald, stand völlig außer Frage, aber nicht, während sich der Prinz in besäuseltem Zustand befand, zudem wirkte, als wollte er gleich auch noch in rührselig-weinerliche Stimmung verfallen, und am allerwenigsten heute abend. Das für die bevorstehende Nacht ins Auge gefaßte Werk vertrug keine Verschleuderung der Kräfte durch ausgedehnte, langwierige Wortwechsel über eine ungemein verwickelte Sache. Indem er Guiscard schnell wie der Blitz im geistigen Bereich einen Befehl zudachte, lehnte Javan sich zurück und rang sich ein Auflachen ab.

»Ich hoffe, du führst darüber allgemeine Rede und spielst mir auf keinen wirklichen Vorfall an«, meinte Javan, als ob er sich vollauf unbekümmert fühlte, derweil nahebei Flüssigkeit von einem in ein anderes Gefäß gluckerte. »Natürlich erwartet man von Prinzen, daß sie irgendwann ein standesgemäßes Eheweib nehmen, aber du bist ja noch keine fünfzehn Jahre alt.«

»In wenigen Monden *bin* ich's, Sire«, stellte Rhys Michael empört klar.

»Oh, das übersehe ich nicht, und ich bin mir auch dessen bewußt, daß du wahrscheinlich inzwischen jenen nahezu unwiderstehlichen Drang zum anderen Geschlecht verspürst, welcher sich erstmals in früher Jugend bemerkbar macht. Aber vor dir liegt ja noch viel Zeit.« Javan hob das Haupt, während er seine nächsten Worte sorgsam wählte, dieweil sie dem Prinzen eine klare Stellungnahme entlocken sollten. »Oder gibt's irgend etwas Dringliches, wovon ich erfahren müßte? Rhysem, du hast dich doch wohl nicht dazu herbeigelassen, eine der armen Mädge zu schwängern, oder?«

»Ich? Aber nein, Sire. Niemals täte ich… Ich meine, ich…«

Während Rhys Michael stammelte, keine richtige Antwort fand, der Fensternische trübe Beleuchtung es ihm ersparte, daß sein heftiges Erröten sichtbar ward, trat gleichmütig Guiscard mit zwei kleinen Silberbechern zu den beiden Brüdern, verneigte sich mit ausdrucksloser Miene, als Javan ihm zum Dank zunickte und die Becher an sich nahm, und entschwand zurück in den Hintergrund.

»Meiner Seel, es beruhigt mich, das zu hören. Hier, koste mir diesen rhennischen Branntwein und sag mir, wie er dir mundet.«

Als er Rhys Michael einen der kleinen Becher reichte und ihre Hände sich streiften, versuchte Javan, diese flüchtige Berührung auszunutzen, um seinen Bruder durch geistige Beeinflussung in Schlummer zu versetzen – doch Geistesschilde vereitelten seine Absicht!

Das unvermutete Abprallen verursachte Javan keine Beschwerden, dennoch entfuhr ihm unwillkürlich ein erschrecktes Ächzen. Um seine Bestürzung zu verheimlichen, täuschte er vor, der andere Becher entfiele seinen Fingern. Mit silbernem Klingen klirrte das Trinkgefäß auf die Bodenfliesen, Branntwein spritzte auf Javans Stiefel. Der König sprang auf, stieß einen Aufschrei aus.

»Huch, war das ungeschickt von mir… Herr Guiscard, seid so gut und beseitigt dieses Malheur, ja?«

»Sofort, Sire.«

Derweil Javan vorspiegelte, zu seinen Füßen nach dem fortgerollten Trinkbecher zu suchen, überschlugen sich insgeheim seine Gedankengänge. Wie war es möglich, daß Rhys Michael Geistesschilde hatte? Wann konnten sie erstanden sein, und wie? Javans erster Verdacht galt der Erklärung, daß die geistigen Schilde ihren Ursprung in Alroys Todesstunde hatten, in welcher Rhys Michael ja in der Thronfolge nachgerückt war; vielleicht hatten die überirdischen Gewalten, die den Sterbenden umwoben, bei Rhys Michael die Haldane-Kräfte, welche den Brüdern in der Nacht, als ihr Vater aus dem Leben schied, zur Entwicklung angeregt. Nach Javans Auffassung war es ursprünglich nicht so vorgesehen gewesen. Aber wer wußte wirklich Genaues? Schließlich hatte ebensowenig irgendwer erwartet gehabt, daß die Haldane-Anlagen bei *ihm* – gleichsam aus eigenem Antrieb – zur Entfaltung gelangten, während Alroy noch lebte, und doch war es dahin gekommen.

Da er das Ausmaß, welches seines Bruders besondere Geistesfähigkeiten schon angenommen haben mochten, nicht kannte, entschied Javan, es nicht zu wagen, sich auf unmittelbarem geistigen Wege mit Guiscard zu verständigen, um dagegen vorzubeugen, daß Rhys Michael es gewahrte. Dennoch bestand die Notwendigkeit, sah Javan ein, während Guiscard nähertrat, den vom König aufgehobenen Trinkbecher entgegennahm und sich über die Branntweinpfütze bückte, den jungen Deryni-Adeligen ohne den allermindesten Aufschub in die Neuigkeit einzuweihen.

»Putzt als erstes den Stiefel, damit kein Fleck verbleibt«, sprach Javan, ergriff Guiscards Hand, führte sie zum Stiefel und stellte auf diese Weise die erforderliche körperliche Verbindung her.

*Guiscard, mein Bruder hat geistige Schilde. Ich weiß nicht im geringsten, wie oder wann er daran gelangt sein kann. Es war meine Absicht, ihn in Schlaf zu senken, aber es ist mir mißlungen.*

*Hat er den Versuch bemerkt, Sire?*

*Ich bezweifle es. Was soll nun werden? Man wartet auf uns.*

*Überlaßt mir die Angelegenheit, Sire,* dachte Guiscard dem König zu. »So, da haben wir's schon«, äußerte er laut, während er nach dem Stiefel auch den Fußboden säuberte. »Kann ich Euch etwas anderes reichen, Sire? Leider war das der letzte Rest des Branntweins.«

»Was für ein Jammer«, bemerkte Javan halblaut, sah Rhys Michael mit offensichtlichem Behagen aus seinem Becher kosten. »Na, wenigstens hat Rhysem noch einen Schluck abgekriegt.«

»Mmmmm, Javan, er mundet wahrhaft köstlich… Sire«, äußerte sein Bruder mit Nachdruck, trank dem König frohgemut zu. »Potzdonner, es ist 'ne Sünde, ihn zu verschütten. Diese Schandtat müßt Ihr, bezweifelt's nicht, bei Eurer nächsten Beichte erwähnen.«

»Vermutlich bin ich in Anbetracht der nahen Krönung doch unruhiger«, meinte Javan mit scheuem Schmunzeln, »als ich's dachte. Guiscard, wie wär's mit einem der fiannischen Süßweine? Ich kann mir vorstellen, daß Rhysem gerne nochmals vom gleichen Tropfen trinkt, den wir gestern abend genossen haben. Es sei denn, Ihr und Charlan hättet uns nichts gelassen…«

»Ich glaube, es steht noch welcher nebenan, Sire. Ich schaue unverzüglich nach.«

Während der Deryni das Gemach verließ, schenkte Javan seine Aufmerksamkeit wieder Rhys Michael, der sich soeben das letzte Schlückchen Branntwein in den Rachen goß.

»*Ganz* vortrefflich«, lobte der Prinz den Trank ein weiteres Mal, stellte mit einem trunkenen Grienen den silbernen Becher beiseite. »Tut mir leid, daß der Genuß Euch versagt blieb, Sire. Geschieht Euch recht für Eure freche Bemerkung, teurer Bruder. Ich treib's nicht mit Mägden.«

Indem er halbherzig auflachte, lehnte Javan sich wieder zurück, hoffte auf Guiscards alsbaldige Rückkunft.

»Fast wär's mir lieber, um ehrlich zu sein, du tätest's«, sprach Javan, blieb bei der Absicht, seinen Bruder nicht zu Atem kommen zu lassen, bis Guiscard die schwierige Lage bereinigte. »Selbst im ärgsten Fall könnte man dich nicht zwingen, dich mit einer nicht standesgemäßen Dienstmagd zu vermählen. Ein königliche Bankert bedeutet eine Verlegenheit, ist aber keine Gefahr für die Krone... wenigstens nicht bis zu ihrem Mündigwerden.«

»So verhält es sich doch gar nicht, Sire«, beteuerte Rhys Michael.

»Nicht?« vergewisserte sich Javan. »Oho, aber wenn du einer Jungfer standesgemäßer Abkunft schöne Augen machst und *ihr* eine Schwangerschaft einbrockst, öffnest du ihrem Vater – welcher dank der Standesgemäßheit seiner Tochter ja sicherlich entsprechend edlen Geblüts sein dürfte – Tür und Tor, um dich zu einer Vermählung zu zwingen. Geschieht so etwas und sie gebärt dir einen Sohn, könnte er für unsere sämtlichen Gegner einen Vorwand abgeben, um uns beiden den Garaus zu machen und sich auf diese Weise weitere vierzehn Jahre fröhlicher Regentschaft einzuhandeln. Wähnst du, nach einer so langen Zeitspanne unumschränkter Macht würden sie später bereitwillig davon lassen und irgendwann deinem Sohn wirklich und wahrhaftig die Herrschaft abtreten? Er wäre bloß ihr Werkzeug, Rhysem, geradeso, wie's sich mit Alroy verhielt.«

»Alroy war niemandes Werkzeug, und niemand wird etwas Derartiges anstellen«, behauptete Rhys Michael trotzig, während Guiscard mit einem neuen Paar Becher wiederkehrte. »Ihr habt den ehemaligen Regenten das Rückgrat gebrochen, Sire. Innerhalb weniger Wochen sitzen überall Eure Anhänger. Und außerdem...« Des Prinzen Stimme sank herab. »Ihr Vater ist tot.«

»Wessen Vater?« hakte Javan nach, als Guiscard einen der Becher dem Prinzen reichte.

»Es ist unwichtig, Sire«, versuchte Rhys Michael sich herauszureden, trank zur Stärkung einen tüchtigen Schluck Süßwein. »Es wird nichts Peinliches geschehen.«

Javan langte nach seinem Becher. Er wußte genau, von wem sein Bruder sprach.

»Du meinst Michaela Drummond, nicht wahr?« fragte Javan unumwunden.

*Trinkt Ihr davon nicht, Sire,* warnte Herr Guiscard ihn auf geistiger Ebene, indem seine Faust des Königs Hand streifte.

Rhys Michael trank einen weiteren, langen Zug aus seinem Becher und blickte zum Fenster hinaus; daher übersah er völlig, daß Javan den eigenen Becher absetzte, ohne daraus zu trinken.

»Und wenn sie's ist?« entgegnete er in mürrischer Verschlossenheit. »Ich hab sie gern, Sire. Nach Eurem Fortgang vom Königshof blieb sie einer der wenigen Menschen, welche zu meinem Freundeskreis zählten. Und an ihrer Standesgemäßheit kann wohl kein Zweifel aufkommen.«

»Nein, und sie ist das Mündel Manfred MacInnis', Zofe im Gefolge seiner Gemahlin. Ich wollte wetten, Lady Estellan und er haben's Euch beiden außerordentlich leichtgemacht, trautes Beisammensein zu pflegen, oder?«

Inzwischen neigte Rhys Michael sichtlich zum Einnicken, das Haupt sank ihm wiederholte Male auf die Brust; dennoch schlürfte er abermals einen ergiebigen Zug Wein, bevor er antwortete.

»Ihr versteht's eben nicht, Sire«, nuschelte er, mittlerweile hörbar lallend. »So ist's nicht… Außerdem… haben wir uns der Wollust enthalten. Und selbst wenn's Gegenteil zuträfe und sie wär… Meiner Treu, ich kann einfach nicht glauben, unsere Kronräte täten jemals etwas in der Art, wie Ihr es andeutet. So etwas wäre doch… wahrhaft ungeheuerlich.«

»Ja, das ist, glaube auch ich, dafür eine treffliche Bezeichnung«, pflichtete Javan ihm bei. »Und sie haben ja auch noch niemals zuvor irgendeine Ungeheuerlichkeit verbrochen, nicht wahr? Ihr Ruf ist untadelig, ihre Hände sind frei von jeglicher Schuld – es sei denn, man lastet ihrem Gewissen den unrühmlichen Tod des Herzogs von Claibourne an, die abscheuliche Hinrichtung Declan Carmodys nebst seiner Gemahlin und Söhne, und das elende Ende der blutjungen Giesele MacLean, welche jemand feige im Bett erstickt hat.«

Irgendwann während Javans Vorhaltungen war Rhys Michael eingenickt, und Javan langte nach dem Weinbecher, entwand ihn seinen im Erlahmen begriffenen Fingern. Erneut huschte aus den Schatten Guiscard de Courcy herbei, preßte den Finger kräftig auf Rhys Michaels Halsschlagader.

»Ist er wohlauf?« erkundigte sich Javan im Flüsterton.

»Sehr wohl, Sire«, gab Guiscard ihm Auskunft, setzte sich neben den jetzt vollends eingeschlafenen Prinzen, bemächtigte sich Javans unangerührten Weinbechers. »Ich schlage vor, wir flößen ihm nun noch etwas mehr von diesem Trank ein, und danach wollen wir schauen, ob wir tief genug, geradewegs durch seine Geisteswehr, in sein Inneres vordringen können, um sein Gedächtnis der Erinnerung an den heutigen Abend zu entheben.«

Betroffen sah Javan zu, derweil Guiscard des Prinzen Haupt in den Nacken legte, ihm den Becher an die Lippen hob und Wein zwischen die geteilten Lippen rinnen ließ. Zu Javans Verblüffung schluckte sein Bruder; eine Reihe zögerlicher, leicht krampfhafter Schluckbewegungen verursachte in seiner Kehle ein Gluckern, das bisweilen an ein Husten grenzte. Als Guiscard von Rhys Michael abließ, hatte dieser das Trinkgefäß zur Hälfte geleert.

»Das müßte reichen, Sire«, meinte der Deryni-Edle und gab Javan den Becher zurück. »Schlucken ist bei einem Besinnungslosen ein unwillkürlicher Vorgang, zum Glück wird er durch Geistesschilde nicht gehemmt. Davon abgesehen, ist Eures Bruders Geisteswehr recht schwach. Die Schilde sind nicht einmal vollständig. Es ist mir bereits gelungen, aus seinem Gedächtnis alles zu streichen, was zu späterer Zeit unliebsamen Verdacht erregen könnte. Indessen ist's mein Eindruck, Sire, Ihr habt mit einer solchen Wende beileibe nicht gerechnet.«

Javan schüttelte das Haupt. »Potzwetter, derlei Eigentümlichkeiten sind Bestandteil des Haldane-Erbes. Eine andere Erklärung kann's gar nicht geben. Ich kann mir nur vorstellen, daß Alroys Ableben der Auslöser gewesen ist. Wird er die ganze Nacht lang durchschlafen?«

»O ja, Sire, gewiß. Sein Zustand verkörpert keine dringliche Schwierigkeit, will sagen, lassen wir vorerst einmal seine Schwärmerei für das Drummond-Mädel außer acht. Herr Charlan« – geringfügig hob der Deryni seiner Stimme Lautstärke – »kommt und seid uns dabei behilflich, den Prinzen ins Bett zu schaffen. Glücklicherweise steht zu erwarten, daß die Krönungsfeierlichkeiten ihn übers Maß mit höfischen Pflichten beanspruchen und er deshalb keine Zeit und Kraft dafür erübrigen kann, sich tiefer in die Leidenschaft zu seiner Liebsten zu verstricken. Aber sobald Ihr unwiderruflich gekrönt seid, Sire, dürft's in der Tat zu empfehlen sein – zu meinem Bedauern muß ich so deutliche Worte gebrauchen –, einen Vorwand zu finden, um die bewußte Jungfer vom Hofe zu entfernen.«

Während Charlan sich näherte, schlang Guiscard

bereits einen Arm um des Prinzen Leibesmitte und stemmte ihn in die Lotrechte, schob ihm einen Arm unter die Schulter. Charlan stützte den Prinzen auf der anderen Seite.

»Armer Rhysem«, murmelte Javan, derweil die beiden Edlen den Prinzen halb fortführten, halb fortschleiften. »Er wird am Morgen wohl üble Beschwerden in seinem Haupt zu leiden haben.«

»Vielleicht weniger denn Ihr wähnt, Sire«, sprach Charlan, »es wäre denn, Herr Guiscards Trank verschlimmert die Verfassung, in welcher er sich für gewöhnlich nach dem Trunke befindet. Während Eurer Abwesenheit vom Hofe hat er, was das Zechen anbelangt, eine recht beachtliche Verträglichkeit entwickelt.«

Diese völlig unvermutete Offenbarung verstörte Javan regelrecht; entsetzt blickte er Herrn Guiscard an. »Alle Wetter, ist das wahr?«

Guiscard verzog die Miene, indem er den Prinzen auf das große Himmelbett senkte, zu einem undeutbaren Ausdruck. »Herrje, Sire, ich wollte mich beileibe nicht dahin erkühnen, etwa die verwegene Behauptung aufzustellen, Eurer Herr Bruder sei dem Trunke verfallen, aber es ist ja doch schwerlich zu übersehen, daß er sich mühelos ganz entschieden weit mehr an Rauschgetränken schadlos einverleibt, als man's gemeinhin von jemandem seines Alters und seines Körperbaus annimmt. Dieser Sachverhalt erfordert meines Erachtens jedoch keineswegs unsere gegenwärtige, dringliche Aufmerksamkeit. Mit Verlaub, wir sollten ihn entkleiden und zum Schlummer betten. Auf uns warten, wenn Ihr den Hinweis gestattet, Sire, bestimmte Leute.«

»Ja verwünscht, da habt Ihr recht, Herr Guiscard.«

Noch immer leicht bestürzt angesichts Herrn Guiscards Enthüllung, beobachtete Javan, wie man seinen

Bruder der Stiefel sowie der Obergewandung entledigte und ins Königliche Prunkbett legte. Anschließend hatte er seine Beherrschung nahezu wiedergewonnen.

Wenig später war Charlan zu dem Treffpunkt neben der im Ausbau befindlichen Bibliothek unterwegs, während Javan und Guiscard den Umweg zu Pater Faelans Unterkunft nahmen. Nachdem sie an des Priesters Tür gepocht hatten, öffnete Faelan ihnen in leicht unordentlichem Zustand. Aufgrund der Hitze hatte er, zumal er mangels besserer Kenntnis wohl so spät keine Besucher mehr erwartet hatte, die Gugel abgestreift und sich das Brustteil seiner Kutte aufgeknöpft. Sobald er den König erblickte, knotete er das Verschlußband eilends wieder zu. In dem kleinen Oratorium lag auf der Armlehne des Betstuhls ein aufgeschlagenes Brevier, und in einem schwarzen Halter aus Schmiedeeisen spendete eine dicke, gelbe Kerze Helligkeit.

»Vergib mir, Pater, ich habe dich beim Beten gestört«, sprach Javan. Indem er Faelans Handgelenk ergriff, brachte er ihn unter seine geistige Gewalt, zog ihn von der Schwelle mit sich ins Gemach, derweil Guiscard die Tür schloß. »Ich bedarf heute abend noch für ungefähr ein Stündchen deines Dienstes. Bist du dazu bereit und wirst mich begleiten?«

Nachdrücklich dämpfte Javan des Geistlichen Angst und Überraschung. Erst blinzelte Faelan, dann bejahte er mit einem ruckartigen Nicken.

»Freilich, Eure Majestät«, antwortete er mit leiser Stimme.

»Es dürfte sich empfehlen, er kleidet sich wieder vollständig an, Sire«, bemerkte Guiscard halblaut und hob die schwarze Gugel hoch. »Ich weiß, daß auch Ihr diesen Fetzen verabscheut, doch sollte man ihn ohne denselben sehen, wird man unangenehme Fragen stellen.«

Damit hatte der Deryni-Edle unzweifelhaft recht. Knapp nickte Javan, klappte im Oratorium Faelans Brevier zu und löschte dort die Kerze, während der Priester das lästige Kleidungsstück überstreifte und Guiscard sich bereithielt, um die Tür zu öffnen. Faelan nestelte noch an Schnüren, als er, gefolgt von Javan und Guiscard, sein Gemach verließ – und da prallte er ums Haar mit zwei Männern zusammen, welche die gleiche schwarze Kutte wie er trugen.

# XIX. Kapitel

*Drum hüte dich und sieh dich vor,*
*und gehe nicht mit Menschen der Gewalttat!*

Jesus Sirach 13,13

Von sämtlichen Leuten, die Javan gegenwärtig lieber nicht zu sehen bekommen hätten, gehörten Mitglieder des Ordens *Custodes Fidei* wahrhaftig zu den am allerwenigsten herbeigesehnten Zeitgenossen.

»Was denn, was denn, Pater Faelan, möchtest du etwa einen nächtlichen Ausflug unternehmen?« fragte der größere dieser beiden Männer in kaltem Ton. Zwar konnte er nicht übersehen, daß Faelan Begleiter hatte, gewahrte aber wohl nicht, wie viele es waren und um wen es sich handelte; daß Guiscard in den Schatten hinter der Tür zurückwich, bemerkte er offenbar nicht.

»In der Tat verhält's sich so«, sprach Javan, indem er unverzüglich ins Licht trat, »daß des guten Paters ›nächtlicher Ausflug‹, wie du's nennst, dem Zweck gilt, mit mir meine Gemächer aufzusuchen. Ich verspüre so kurz vor meiner Krönung das Bedürfnis nach geistlicher Anleitung – und um genau derlei Nöte zu stillen, habe ich ja einen Königlichen Kaplan.«

»Es ist der König«, murmelte der zweite Mann.

Der Größere trat um einen Schritt zurück, musterte Javan gleichgültigen Blicks; sodann neigte er förmlich, aber fürwahr auf eine Weise, als erwiese er Javan eine Gunst, das Haupt.

»Eure Majestät…«

Als der Mann sich straffte, der König ihn und den anderen *Custodes*-Geistlichen deutlicher als zuvor sehen konnte, schwand ihm der Mut. Diese Begegnung hätte schwerlich zu einem ungünstigeren Zeitpunkt stattfinden können. Das hochgewachsene, hagere Ordensmitglied, dessen Erscheinung Javan des öfteren in Alpträumen heimsuchte – und ein gleiches mußte sicherlich bei Faelan der Fall sein –, war Bruder Serafin, der Großinquisitor der *Custodes Fidei*, der andere Pater Lior, sein Sekretarius, ein ebenso gefährlicher Mann. Während seiner Jahre an der Priesterschule hatte Javan mit beiden Männern am Rande zu tun gehabt; und beide waren ja in jüngster Zeit höchstpersönlich an Faelans Verhör und Marterung beteiligt gewesen.

»Darf ich also fragen, liebe Brüder, was euch zu so später Stunde herführt?« erkundigte Javan sich mit merklicher Betonung, übermittelte gleichzeitig im geistigen Bereich Guiscard den Befehl, sich verborgen, aber auch bereit zum Handeln zu halten – sollte es Javan nämlich mißlingen, die zwei Mönche abzuwimmeln, mußten notgedrungen schleunigst andersartige Maßnahmen ergriffen werden.

Serafin legte die Hände auf den Rücken und erwiderte über seine lange Nase hinweg des Königs Blick. »Pater Faelan mag Euer Kaplan sein, Sire, aber er ist unverändert ein Angehöriger jenes Ordens, welchem den Rücken zu kehren Euch beliebt hat. Infolge der Nachricht, daß er sich bei seinem gestrigen Eintreffen in herabgesetzter gesundheitlicher Verfassung befand, erteilte sein und unser gemeinsamer Vorgesetzter uns die Weisung, sich bezüglich seines Zustands Klarheit zu verschaffen. Wir wähnten, daß ein später Besuch Eurer Majestät die geringsten Unbequemlichkeiten verursacht. Offensichtlich haben wir uns getäuscht.«

»Ja, so ist es.«

Unterdessen hatte Faelan dem Wortwechsel stumm gelauscht; nach wie vor war sein Geist in so hinlänglichem Maß in Javans Gewalt, daß man ihm keine

Ängstlichkeit anmerkte, jedoch mußte ihm klar sein, daß er, falls die beiden *Custodes* ihn mit sich fortführten, um ihn erneut zu befragen, von neuem in ernste Gefahr geriet.

»Sire, gewißlich werdet Ihr wegen dieser kleinen Störung doch nicht gereizt sein«, meinte er zu Javan. »Und euch, Bruder Serafin, Bruder Lior, kann ich versichern, ich habe mich schon aufs prächtigste erholt. Meine Schwäche ging allein auf die Mühen des Ritts zurück, nichts anderes war die Ursache.«

»Hat dich der Heiler Oriel behandelt?« fragte Serafin, seinen stechenden Blick auf den Geistlichen geheftet.

»Er hat mich kurz untersucht, ja«, bestätigte Faelan wahrheitsgemäß. »Es geschah nicht auf meinen Wunsch, aber Seine Majestät erachtete es als angebracht.«

»Vielleicht hat Seine Majestät nichts dagegen, wenn wir mit dir ein paar Worte unter uns Brüdern reden«, antwortete Serafin, packte Faelan dreist am Arm und drängte den Kaplan zu der noch offenstehenden Tür. Gleichzeitig trat Lior zwischen die beiden und den König. »Wir bitten Euch, Sire, entschuldigt uns für kurze Zeit. Wir schicken Bruder Faelan in aller Bälde in Eure Gemächer.«

Aus lauter Sprachlosigkeit sah Javan keine Möglichkeit mehr, um diese Unverfrorenheit zu vereiteln. Trotz allen Widerwillens hatte Faelan bereits – neben sich Serafin, an den Fersen Lior – die Schwelle zu seiner Unterkunft überquert. Und hinter der Tür stand Guiscard!

*Überwältigt Serafin, sobald er im Gemach ist,* dachte Javan durch die geistigen Gefilde dem Deryni-Edlen zu. *Ich nehme mich Liors an.*

Im selben Augenblick, als ein Arm plötzlich den verdutzten Serafin ins Dunkel des Gemachs riß, stürzte sich Javan auf Lior. Hinterrücks preßte er eine Hand fest auf Liors Mund, schlang ihm den anderen Arm zum Würgegriff um den Hals. Als schlanker Jüngling hatte der König ein zu geringes Gewicht, um den Priester vermittelst roher Kraft bezwingen zu können, doch zumindest vermochte er zu verhindern, daß Lior in Geschrei ausbrach, während er nach einer Möglichkeit körperlicher oder geistiger Art suchte, um ihm die Besinnung zu rauben.

Mannhaft setzte Lior sich zur Wehr, hob Javan, indem er sich wand und ruckartig vorbeugte, um den Angreifer abzuschütteln, glattweg von den Füßen, doch gleich darauf erlahmte sein Widerstand. Er und Javan sackten zusammen auf den Fußboden nieder, fielen zum Glück über die Schwelle ins Innere des Gemachs. Hurtig raffte Javan sich empor, rang um Atem ringend. Pater Faelan hatte trotz seines Schreckens die Geistesgegenwart, die Fäuste in Liors Kutte zu krallen und so dem König dabei behilflich zu sein, den Ohnmächtigen vollends in die Unterkunft zu zerren; danach stieß er die Tür zu. Guiscard hatte mittlerweile Bruder Serafin mit weit weniger Mühe überwältigt, stand gebückt neben dem Hingestreckten, eine Faust noch an dessen Kehle.

»Donnerschlag, ist dieser liederliche Schandkerl ein Ärgernis!« fluchte Guiscard. »Nicht, daß ich Euch zu irgend etwas drängen wollte, Sire, aber gestattet mir die Frage: Was gedenkt Ihr, da wir diese zwei Spitzbuben in der Hand haben, nun mit Ihnen anzustellen?«

Er richtete sich auf, wischte sich voller Ekel die Hände an den Schenkeln ab und ging von dem Besinnungslosen auf Abstand.

»Verdammnis, es war weiß Gott nicht im entferntesten mein Wunsch, sie ›in die Hand‹ zu bekommen, das glaubt mir, aber die ganz und gar verfahrene Lage ließ sich, so lautet meine feste Überzeugung, gütlich nicht beilegen«, erwiderte Javan, beobachtete Lior, um sicher sein zu dürfen, daß er sich nicht regte. »Wahrlich, zu all den Unwägbarkeiten, was meinen Bruder anbelangt, hätte ich dieser Schererei nicht auch noch bedurft.« Er gab ein Aufstöhnen von sich. »Ich denke mir, wir müssen ihnen falsche Erinnerungen eingeben und sie ihres Wegs ziehen lassen.«

»Mmmm, es wird in höchstem Grade schwierig sein, beiden zur Gänze übereinstimmende Erinnerungen einzutrichtern, Sire«, gab Guiscard zu bedenken. »Seid *Ihr* dieser Aufgabe gewachsen? Ich bin mir, das gestehe ich, keineswegs sicher, ob ich's bin.«

»Dann müssen wir sie Herrn Jesses Gewahrsam überantworten«, entgegnete Javan, bewahrte ungeachtet seiner Ungeduld und Mißstimmung eine maßvolle Lautstärke. »Fürwahr, was hätte ich denn sonst tun sollen? Pest und Hölle, beachtet doch, Serafin ist der Großinquisitor. Ich wußte nicht, wie ich ihm Eure Anwesenheit erklären sollte, und ich konnte ihn unmöglich weitere Bespitzelei betreiben lassen, ehe wir nicht das neue Schlupfloch haben.«

»Sire«, meldete sich Faelan zu Wort, »er weiß, wer Paulins Deryni ist.«

»Was?«

»Ich habe gesagt, Sire, er weiß, wer Paulins Deryni ist. Ach, beide müssen sie's wissen. Sie waren ja dabei, als ich vernommen worden bin.« Er schaute Javan eindringlich an. »Vermögt Ihr sie zum Reden zu bringen?«

Mißmutig betrachtete Javan die zwei besinnungslosen *Custodes,* überlegte flugs; schließlich nickte er. »Wahrscheinlich ja, aber ich glaube, ich zieh's vor, diese Aufgabe fähigeren Sachkundigen zu überlassen. Die ganze Angelegenheit wird mir nun wirklich ganz entschieden zu verwickelt und unübersichtlich. Herr Guiscard, übernehmt Serafin. Ich widme mich Lior.«

Das abstoßende Pfaffenpaar so weit unter geistiger

Lenkung zu behalten, daß es aus eigenen Kräften die Treppe hinabstieg, bereitete dem König und Guiscard de Courcy keine sonderliche Mühe. Glücklicherweise trieb sich um diese späte Stunde niemand mehr im Flur vor den Königlichen Gemächern herum, und das gleiche galt für das untere Stockwerk. Möglichst leise begaben die einander so ungleichen Beteiligten dieses nächtlichen Zusammenpralls sich in das neben der künftigen Bibliothek gelegene Gemach; nicht wenig erstaunt ließ Etienne de Courcy sie ein. Oriel eilte sofort herbei, um sich des verängstigten Faelan anzunehmen, während Javan und Guiscard ihre zwei unfreiwilligen Begleiter, die nicht die mindeste Gegenwehr entboten, in die Räumlichkeit schoben.

Jesse kauerte in der Mitte der Kammer, beschrieb soeben mit Kreide ein Achteck um die Grundfläche der mittigen Fliese, welche man unterdessen aus dem Fußboden gestemmt und an die Wand gelehnt hatte. Er erhob sich, als der König und seine Begleitung eintraten, klopfte sich den Staub von den Händen; furchtlos strebte Javan ohne Verzug zu ihm, streckte ihm die Hand zu der stillschweigenden Aufforderung entgegen, eine zwischengeistige Verbindung herzustellen und sich einen verläßlicheren Eindruck der vorangegangenen Ereignisse zu verschaffen, als Worte sie schildern konnten.

»Serafin und Lior«, erklärte Javan, indem er mit dem Kinn in der beiden Genannten Richtung wies. »Sie haben sich den allerübelsten Zeitpunkt erkoren, um Pater Faelan ins Verhör zu nehmen. Mir blieb gar keine andere Wahl, als sie mitzubringen. Aber es könnte sich daraus ein Nutzen ergeben. Faelan ist der Meinung, daß sie wissen, welcher Deryni im geheimen Paulin zu Diensten ist.«

Umgehend ersah Jesse zusätzliche Kenntnisse aus Javans Gedächtnis; dann heftete er den grimmigen Blick auf Serafin, der in Trance, unter Guiscards Obacht, vor ihm stand.

»Ich befasse mich mit ihnen, sobald wir die Porta Itineris erstellt haben, Sire«, antwortete Jesse in kaltem Tonfall; seine sonst so gutmütige Miene widerspiegelte Verachtung. »Zwischenzeitlich werden wir sie als Helfer heranziehen. Wäre ich gleichermaßen herzlos wie diese zwei Schufte, sollt's mir tiefe Genugtuung bereiten, ihre Kräfte anzuzapfen, bis sie tot umfallen. Indessen will ich mich, dieweil ich eben anders bin, damit bescheiden, den Witz zu genießen, daß solche, die alleweil wider uns auf Arges sinnen, uns nun, wiewohl wider Willen, einmal Beistand leisten.«

Er schaute sich in der Räumlichkeit um; alle Anwesenden, ausgenommen Serafin und Lior, hatten den Blick erwartungsvoll auf ihn gerichtet.

»Nun denn, ich werde umverteilen, will's mich deuchen, da wir jetzt eine größere Zahl sind«, erläuterte er. »Herr Charlan, Euch bitte ich, haltet mit Herrn Guiscard vor der Tür Wache und Euch dazu bereit, uns einzeln oder beide, falls es erforderlich werden sollte, zur Seite zu stehen. Herr Etienne, Euch weise ich Serafin zu, und Euch, Meister Oriel, überantworte ich Lior. Pater Faelan, dieweil du den König gut kennst, wirst du im Verein mit Seiner Majestät mitwirken. Derweil sich alle um das Zustandebringen des geistigen Bundes bemühen, vollende ich die Vorbereitungen, und danach wollen wir gemeinsam ans Werk gehen.«

Um Faelan weitere Ängste zu ersparen, unterwarf Javan ihn flugs seiner geistigen Gewalt; er zog ihn in den schmalen Fenstererker und versetzte ihn in eine tiefe Trance, die des Paters Gemüt beschwichtigte und ihm innere Ruhe einflößte. Während Javan diese Maßnahme vollzog, entging ihm einiges von dem, was Jesse zur gleichen Zeit in der Mitte des Gemachs betrieb. Als er den Blick erneut zu ihm hinüberlenkte, konnte er jedoch immerhin die sichtbaren Beweise für die getroffenen Vorbereitungen erkennen.

Schon beim Eintreten hatte er das mit Kreide gezogene, unfertige Achteck bemerkt, dessen Durchmesser ungefähr eine Mannslänge betrug; es war nach wie vor, wie er jetzt sah, nicht vollendet, denn Jesse hatte es gen Norden noch nicht geschlossen. Das Stück Kreide lag neben der nordwestlichen Seite. An jeder Ecke des Achtecks stand eine große, faustdicke Kerze; allerdings waren diese Kerzen bislang nicht entzündet worden. Alle Helligkeit in der Kammer stammte von einer anderen Kerze, welche in einem Halter brannte, den man in die kalte Feuerstelle des kleinen Kamins im hinteren Winkel gestellt hatte.

Um zu vermeiden, daß der Lichtschein im Freien sichtbar ward, hatte jemand an die Fensterladen einen Mantel gehängt, welcher die Butzenscheiben verdunkelte; ein zweiter Umhang war zu einer langen, dünnen Rolle zusammengedreht und von innen unter die Tür gestopft worden. Guiscard und Charlan waren inzwischen fort; einer von ihnen hatte wahrscheinlich nebenan in der Bibliothek die Wacht übernommen, derweil der andere im Flur nach weiteren, ähnlich lästigen Störenfrieden vom Schlage Serafins und Liors Ausschau hielt. Letztere saßen, das Kinn auf die Brust gesunken, jeder unter seines Aufsehers Obhut, an den Fensterseiten auf dem Fußboden, bemerkten offenbar von allem, was rings um sie geschah, nicht das geringste.

In der Mitte des Gemachs kauerte Jesse vor einem Häuflein kleiner schwarzer und weißer Würfel; er suchte vier weiße Würfel heraus und schob sie zu einem Viereck zusammen. Die schwarzen Würfel legte er an die Ecken selbigen Vierecks; anschließend hockte er sich auf die Fersen und betrachtete, was er vor Augen hatte.

Langsam erhob sich Javan, denn aus seinem Gedächtnis – herauf aus bislang ungenutzten Tiefen – dämmerte ihm die Erkenntnis, was Jesse da tat; das Haldane-Erbteil machte sich in der nutzreichsten Weise bemerkbar, während Jesse nacheinander mit dem Finger an die weißen Kuben rührte und leise ihre Namen sprach. Javan konnte die Bezeichnungen nicht hören, aber er ersah sie aus seinem Gedächtnis: *Prime, Seconde, Tierce* und *Quarte.*

Sobald Jesse fertig war, leuchteten die vier Kuben von innen her in weichem Glanz, wurden erhellt von milchig-weißem Licht. Voll des höchsten Interesses schaute Javan aufmerksam zu. Jesse atmete gründlich durch und wiederholte den Vorgang mit den vier schwarzen Kuben, flüsterte auch diesmal Benennungen, welche Javan nicht vernahm, zu deren Kenntnis ihm jedoch sein Gedächtnis verhalf: *Quinte, Sixte, Septime* und *Octave.*

Bei jeder Erwähnung erglomm aus dem eigenen Innern heraus einer der schwarzen Kuben, bis alle vier in blauschwarzem Schillern glitzerten, das an die Schwingen einer Elster gemahnte. Unwillkürlich stockte Javan der Atem, als Jesse einen Blick stummer Fragestellung in seine Richtung hob; sodann gab der Deryni ihm durch ein Nicken zu verstehen, daß er sich getrost zu ihm gesellen könne.

»Ihr habt noch nie gesehen, Sire, wie auf diesem Wege ein Banntrutz errichtet wird, oder?« meinte Jesse halblaut, nachdem Javan sich ihm gegenüber hingekniet hatte. »Und doch wißt Ihr, was geschieht…«

»Ich… weiß es und weiß es nicht«, lautete Javans Antwort. »Mir fallen die Bezeichnungen ein, wenn Ihr die Kuben benennt, aber ich habe mir die Namen niemals wissentlich eingeprägt.«

»Ihr braucht mir nichts zu erklären, Sire«, versicherte Jesse, ergriff den oben links befindlichen weißen Kubus und hielt ihn über jenen schwarzen, der schräg davon nahebei lag. »Joram hat mich eingeweiht, was die Haldane-Kräfte anbelangt. Seht Euch die Sache an, derweil ich sie vollende. Sprecht die Worte mit mir gemeinsam, so Ihr's wünscht. Es empfiehlt sich für Euch, dies Wissen stets zur bewußten, willentlichen Verfügung zu haben, nicht nur irgendwo im Gedächtnis verborgen.«

Indem er nochmals tief einatmete, widmete Jesse seine Aufmerksamkeit wieder dem weißen Kubus in seiner Hand sowie dem darunter befindlichen, schwarzen Kubus. Als er den ersteren auf den zweiteren Kubus senkte und die neue Bezeichnung raunte, kam der Name auch über Javans Lippen.

*»Primus.«*

Unmittelbar bevor sich die zwei Kuben berührten, schien es, als wollte der schwarze Kubus in die Höhe rucken, dem weißen Würfel entgegen. Mit einem deutlichen *Klack* vereinten sich die beiden Kuben und verschmolzen zu einem länglichen Block, welcher grauschwarz glimmerte. Jesse lächelte, als er dem König ins Gesicht sah, ehe er das Viereck beiseite schob und den zweiten weißen Kubus zur Hand nahm, um ihn über das schwarze Gegenstück hinzustrecken.

*»Secundus«,* murmelte er in fast vollkommener Gleichzeitigkeit mit Javan; und der zuvor beschriebene Vorgang wiederholte sich mit diesen beiden Kuben.

In rascher Folge schuf Jesse auch *Tertius* und *Quartus,* jede Benennung erzeugte ein weiteres, silbriges Rechteck. Nachdem er dies vollbracht hatte, bat er Javan, die Blöcke an die vier Haupthimmelsrichtungen des Achtecks zu legen, gleich außerhalb des Kreidestrichs. Unterdessen winkte Jesse Meister Oriel und Herrn Etienne herbei.

»Nun denn… Gemeinhin ist's üblich, diese Verrichtung im Stehen zu bewältigen, doch erachte ich's als klüger, dieweil außer mir noch kein Anwesender daran mitgewirkt hat, sie heute im Sitzen durchzuführen. Ich möchte nicht, daß jemand, weil die Belastung zu stark ist, auf die Nase fällt. Nehmt im Schneidersitz hier in der Mitte Platz.« Jesse ließ sich nieder, verteilte die drei anderen Beteiligten so, daß Javan zu seiner Rechten, Oriel an der linken Seite und Etienne gegenüber saß. »Bleibt im Inneren des Achtecks, aber haltet Euch vom Mittelfeld fern. Dort werden wir die Macht ballen, deren es zum Erfolg unseres Vorhabens bedarf. Fürs erste allerdings ersuche ich nun darum, Euch vorzubereiten und eine verläßliche geistige Verbindung zum jeweiligen Helfer herzustellen.«

Jesses Rücken war der noch offenen Seite des Achtecks zugekehrt; nun griff er, derweil die anderen Mitwirkenden sich zurechtsetzten, hinter sich und vervollständigte es mit einem letzten Kreidestrich. Kurz schloß Javan die Lider, verband sich auf geistiger Ebene mit Pater Faelans Gemüt – es glich in des Königs übersinnlicher Wahrnehmung einer stillen, ruhigen, reglosen Kraftquelle –, blickte jedoch auf, als er Bewegung spürte; Jesse hatte die Hand gehoben und deutete nun der Reihe nach auf die vier kleinen Wachtürme, um den Meister-Banntrutz zu errichten.

*»Primus, Secundus, Tertius et Quartus, fiat lux!«*

Und es *ward* Licht. Aus den vier in den Haupthimmelsrichtungen aufgestellten Rechtecken schoß es aufwärts und bildete einen schimmernden Baldachin aus schierer Helligkeit. Oriel und Etienne verzogen keine Miene, sie hatten diese Maßnahme in der Vergangenheit wahrscheinlich schon Dutzende von Malen miterlebt; für Javan hingegen war es, obwohl das seinem Gedächtnis eingegebene Wissen ihm just in diesem Augenblick die ein wenig ärgerliche, weil etwas enttäuschende Überzeugung vermittelte, es sei alles gänzlich alltäglich und gar nicht anders zu erwarten, ein völlig neues Erlebnis. Als ebenso herkömmliche Deryni-Fähigkeit erwies es sich, daß Jesse die Hand über die Kerzen auf seiner Seite hinwegbewegte und sie auf diese Weise entzündete, nur kam dies Vorgehen für Javan unerwartet. Auf eine Geste Jesses hin tat Etienne auf seiner Seite das gleiche mit den übrigen Kerzen.

»Meister Oriel, begebt Euch als erster mit mir in die geistige Vereinigung«, sprach Jesse als nächstes, legte die Linke mit aufwärtsgekehrter Handfläche aufs Knie und bot sie Oriels Hand dar. Seine Stimme, so meinte Javan zu hören, hatte einen bestimmenden Ton angenommen, strotzte von einer Kraft, welche an die unterdrückte Aufwallung des Zorns erinnerte – eines Zorns, der indessen frei gewesen war von Haß –, die man ihm bei der Ankunft der zwei unerwünschten *Custodes*-Ordensleute hatte anmerken können. Jetzt ähnelte er weniger dem eindrucksvollen, aber lässigen jungen Edelmann, als welchen Javan ihn kennengelernt hatte; stattdessen trat er als Meister-Magier auf, der kühlen Kopfs sein Zauberwerk vollzog.

Oriel senkte die Rechte auf Jesses Linke und schloß die Augen, holte tief Luft und atmete leise aus. Wie gebannt durch das bemerkenswerte Geschehen, beobachtete Javan, daß sich des Heilers Miene entspannte, sah ihm gleich darauf alle Anzeichen einer tiefen Trance an. Hinter Oriels Rücken verblieben die zwei *Custodes* in völliger Besinnungslosigkeit, doch wußte Javan, daß inzwischen auch Pater Lior in die geistige Vereinigung einbezogen worden war. Der König vermochte deren Vorhandensein zu erahnen, überirdische Kräfte durchflirrten die Umgebung, ballten sich um Jesse. In höchster Aufmerksamkeit verfolgte Javan mit, daß Jesse nun in aller Ruhe seine Beachtung Etienne schenkte.

»Herr Etienne…«, sprach Jesse den Baron leise an, bot nun ihm die rechte Hand dar.

Indem er ausgiebig Atem holte, streckte Etienne den

Arm aus und reichte die Rechte Jesse, ließ die Lider sinken und den Atem geräuschvoll aus der Brust entweichen. Nun vermochte Javan, da er wußte, worauf es zu achten galt, das Geistesband beinahe mit bloßem Auge zu erkennen, gewahrte die Kraftströme, welche jeden Beteiligten durchflossen, als Stränge blauweißen Lichts, die durch Jesses Hände verliefen. Kurzzeitig neigte Jesse das Haupt, festigte anscheinend seine geistige Führung; anschließend vereinte er Etiennes und Oriels rechte Hand, hielt beide Hände locker mit seiner Linken und drehte das Angesicht Javan zu. Im Kerzenschein und dem Schimmer des Meister-Banntrutzes umflimmerte ein schwacher Strahlenkranz weißen Lichts Jesses Schopf.

»Schenkt Ihr dem Verfahren Eure Beachtung, Sire?« fragte er leise, hielt Javan die rechte Hand entgegen. »Wenn Euer Begehr dahin geht, halte ich Euch so lange bei Bewußtsein, wie es sich einrichten läßt, damit Ihr sehen könnt, wie es vollführt wird.«

Indem Javan gleichfalls gründlich durchatmete, um sich mit dem erforderlichen Maß an inwendiger Ruhe zu erfüllen, reichte er dem Deryni, ohne den Blick aus Jesses Augen zu wenden, die Rechte und nickte.

»Das soll mir sehr recht sein«, lautete des Königs Antwort. »Und glaubt nicht, Ihr müßtet auf mich besondere Rücksicht nehmen. Ich habe keine Furcht.«

»Ich weiß, Sire«, sprach Jesse mit leichtem Schmunzeln. »Und es besteht fürwahr auch keinerlei Veranlassung zur Besorgnis… Im weiteren wollen wir uns ausschließlich im geistigen Bereich verständigen. Und schließt Eure Augen, zu sehen wird's ohnehin nichts geben, zumindest nicht mit den Augen.«

Javan befolgte die Aufforderung und senkte seine Geisteswehr. Er spürte, wie Jesse ihn behutsam unter seinen geistigen Einfluß nahm und in den Bund einbezog, die Geistesverbindung zum schlafenden Faelan prüfte und erprobte, Javans und Faelans zusammengefaßte Kraftquellen zu einem Lichtstrang gestaltete und mit den Lichtsträngen der vierfachen Kraftquelle Meister Oriels und Herrn Etiennes verwob.

Danach machte Jesse sich ans Verflechten der Kraftströme. Allerdings war der König sich darüber bewußt, daß Jesse *in Wirklichkeit* natürlich nichts derartiges tat; indessen blieb es die einzige Art der Wahrnehmung, welche sich Javan von dem eigentlichen Vorgang vermittelte, der sich anfühlte, als saugte Jesse ihm langsam Kräfte durch die Oberseite der Hirnschale ab, um sie mit den von Oriel und Etienne abgezweigten Kräften zu einer machtvollen Gesamtheit zu verschmelzen.

Wenig später hatte Javan, indem der Eindruck des Ausgesaugtwerdens zunahm, dasselbe Gefühl in der ganzen Wirbelsäule, spürte es vom Scheitel bis in die Zehen; fast war ihm zumute, als sollte sein Innerstes nach außen gekehrt werden – gelinde verstörte ihn das Erlebnis durchaus, doch bereitete ihm das Geschehen in keiner Weise irgendwelche Beschwerden. Währenddessen konzentrierte sich seine Aufmerksamkeit, wie er bemerkte, immer stärker auf den Ballungsort, an welchselbigem Jesse aus sämtlichen Kräften, die ihm zuflossen, gleichsam ein straffes Geflecht unirdischer Gewalten schuf.

Bald beschränkte seine Wahrnehmung sich voll und ganz auf den Ballungspunkt der durch Jesse angesammelten Kräfte. Die Stelle befand sich auf dem von den gespreizten Knien der vier Mitwirkenden umgrenzten Viereck festgestampften Erdreichs. Infolge gefühlsmäßiger Voraussicht machte sich Javan auf eine abschließende Beanspruchung gefaßt, derweil Jesse den Stau purer Kraft, welche der Hände geschlossener Kreis in ihre Schranken zwängte, stets noch dichter ballte.

Ein Aufblitzen grellen Lichts begleitete, als es soweit war, die Freisetzung der aufgebotenen Gewalten, ein Gleißen, das Javan sogar unter den gesenkten Lidern blendete. Dieser lautlose Ausbruch ungeheurer Kräfte überlagerte für kurze Zeit jedwede sonstigen Sinneseindrücke. Als Javan seine Umgebung wieder gewahrte, merkte er, daß er seitwärts auf Jesses Knie gesunken war, ohne von des jungen Deryni-Edlen Hand abzulassen. Obschon er noch leicht benommen blieb, während Jesse ihn zur Seite schob, den Meister-Banntrutz zum Erlöschen brachte und Meister Oriel die Kerzen auspusten ließ, hatte Javan doch hinlängliche Geistesgegenwart, um aufzuspringen und zu Pater Faelan zu taumeln, der völlig reglos auf dem Fußboden lag. Nachdem von den neun Kerzen nur noch eine brannte, schien im Gemach zunächst vollkommene Finsternis zu herrschen, doch stellten sich Javans Augen, indem er sich über Faelan beugte, rasch auf die veränderten Lichtverhältnisse um. Auch Oriel und Etienne sahen nach ihren Helfern. Jesse stand gleichfalls auf und betrat, indem er leicht schwankte, den freigelegten Flekken Erde.

»Ist's gelungen?« flüsterte Javan und warf, sobald er sich von Faelans Unversehrtheit überzeugt hatte, einen sorgenvollen Blick in Jesses Richtung.

Aber der König hatte den Satz noch nicht beendet, da verschwand Jesse mitten in der Luft. Oriel stieß ein Aufseufzen aus, in dem sich Staunen und Erleichterung mischten. Etienne strebte zur Tür, um seinen Sohn und Charlan hereinzurufen.

# XX. Kapitel

*Es haben sich gewisse Leute eingeschlichen…*

Der Brief des Judas 1,4

Innerhalb kürzester Zeit konnte Javan beobachten, daß sich in dem kleinen Gemach neben der Bibliothek mindestens fünf verschiedene Geschehnisse abspielten. Durch die just geschaffene Porta Itineris waren Joram und Niallan erschienen und vollzogen an den beiden *Custodes*-Gefangenen eilends Einblicknahmen in ihren Geist. Jesse hatte Meister Oriel zur Seite genommen, um ihn geistig wider zudringliche Untersuchungen durch Paulins Deryni zu feien – und ihm Sperren einzugeben, die verhüteten, daß er die neue Porta ohne ausdrückliche Erlaubnis benutzte. Charlan und Guiscard legten die mittige Bodenfliese zurück an ihren Platz und beseitigten sämtliche sichtbaren Hinweise auf das nächtliche Ereignis. Etienne wachte an der Tür. Javan saß mit dem noch immer halb umnachteten Pater Faelan im Fenstererker und wartete auf das, was seine Bundesgenossen mit *ihm* im Sinn haben mochten.

Alsbald kam Joram herüber, nickte dem verwirrten Faelan freundlich zu, während er anstatt Javans die Gewalt über den Pater übernahm und sich auf die Erkerbank setzte. Zwar stellte er sich nicht namentlich vor, aber er trug, geradeso wie irgendein beliebiger Geistlicher, einen schlichten schwarzen Priesterrock. Sollte Faelan daraus – wiewohl er schwerlich die Einsicht verfehlt haben konnte, daß die Mehrzahl der Anwesenden Deryni sein mußten – seine eigenen Schlußfolgerungen ziehen.

»Du bist ein überaus tapferer Mann, Pater«, sprach Joram den anderen Geistlichen mit ruhiger Stimme an. »Falls es dein Gemüt ein wenig beruhigt, deine *Custodes*-Mitbrüder ahnen nicht im entferntesten, daß du an irgendwelchen Heimlichkeiten beteiligt bist. Doch was sie dir angetan haben, wäre ebenso jedem anderen zugefügt worden – dessen sei gewiß –, den Seine Majestät als zukünftigen Königlichen Kaplan angefordert hätte. Du bist keiner besonderen Verfolgung ausgesetzt, und ich bezweifle, daß es jemals dahin kommt – indessen steht's, das muß ich zu meinem Bedauern einräumen, zu erwarten, daß Paulins Deryni-Gehilfe auch in Zukunft eine Gefahr bleiben wird.«

Pater Faelan zwinkerte nur voll des Erstaunens. »Habt Ihr herausgefunden, wer er ist?« erkundigte sich unterdessen Javan.

Knapp neigte Joram das Haupt. »Inzwischen wissen wir ein wenig über ihn, Sire«, teilte er dem König mit. »Aber es dürfte überflüssig sein, Pater Faelan irgendwelche Tatsachen zu nennen, welche ihn künftig in neue Gefährdungen stürzen könnten.« Er sah Faelan an und bohrte den Blick unwiderstehlich in dessen Augen.

»Verzeih mir, Pater, falls du das Empfinden haben solltest, ich sei hochmütig, doch muß ich dich bitten, dich nunmehr in Herrn Jesses und Meister Oriels Obhut zu begeben. Ich hoffe, wir vermögen dir eines Tages zu erklären, was wir treiben und warum wir's tun, aber vorerst muß ich dich darum ersuchen, darauf zu vertrauen, daß wir zum Schutz und zum Heil des Königs und Gwynedds handeln. Und nun geh.«

Faelan gehorchte ohne Murren, unterwarf sich erst Jesses flugs vorgenommener Beurteilung seines Zustands, sodann Oriels Maßnahmen, die hingegen große Genauigkeit erforderten, denn der Heiler sollte ja auch in Zukunft mit dem Pater Umgang haben. Joram und der König schauten einen Augenblick lang stumm zu, ehe der Michaelit den Blick erneut auf Javan heftete.

»Ihr braucht Euch um Faelan mit keinen übertriebenen Sorgen zu machen, Sire«, meinte Joram mit gedämpfter Stimme. »Es *stimmt,* daß er ein tapferer Mann ist. Ich erwarte, daß er sich wacker hält.«

»Ich weiß, Pater, ich kenne ihn ja«, antwortete Javan. »Doch sagt an, was habt Ihr hinsichtlich des geheimen *Custodes*-Deryni entdeckt?«

»Weniger, als wir erhofften, Sire«, lautete Jorams ehrliche Auskunft. »Allerdings hat Niallan die Nachsuche noch nicht abgeschlossen. Allem Anschein nach erteilt Paulin seinen Untergebenen kaum irgendwelche Aufschlüsse – was freilich meines Erachtens in einem Orden wie dem *Custodes Fidei,* wo man nur Befehle und Fügsamkeit kennt, nicht weiter verwundern kann. Jenen zweien dort ist der Mann bloß als Dimitri beziehungsweise Meister Dimitri bekannt, einen Nachnamen wissen sie nicht. Es mag sein, er heißt wirklich so, aber vielleicht ist's ganz anders.«

In Blitzesschnelle übermittelte Joram dem König durch die geistigen Gefilde ein Abbild des Erwähnten. Der Mann hatte dunkle Augen, einen mausbraunen, stellenweise angegrauten Lippen- und Kinnbart – beides fein säuberlich gestutzt –, graues, knapp über den Ohren geschorenes Haupthaar und trug im rechten Ohrläppchen einen dünnen Goldreif vom Durchmesser einer Daumenlänge. Sein schwarzes, mit hohem Stehkragen versehenes Gewand hatte an der Schulter, so wie eine Soutane, eine Knopfleiste, war aber kein Kleidungsstück eines Klerikers, dagegen sprach der schwere, prunkvolle Seidenbesatz an Kragen, Schultern und Ärmelaufschlägen. Javan verstand der Bekleidung Herkunft nicht recht einzuordnen, jedoch sah sie ihm reichlich fremdländisch aus; möglicherweise stammte sie aus dem Osten. Aus unerfindlichen Gründen fühlte Javan sich dadurch beunruhigt.

»Er wirkt... sehr selbstsicher«, äußerte er zu Joram, prägte sich für die Zukunft des Mannes Aussehen aufs sorgfältigste ein. »Was glaubt Ihr, wie vortrefflich er die Deryni-Magie beherrscht?«

Joram zuckte mit den Achseln. »Darauf ist schwer zu antworten, Sire. Es steht fest, daß er zum Gedankensehen und zur Wahrheitsfindung imstande ist, wir wissen ja, daß er an Faelan eine ziemlich gründliche geistige Einsichtnahme vollzogen hat. Außerdem ist er von Lior mehrmals dazu veranlaßt worden, derlei wider der Betroffenen Willen zu erzwingen, und möglicherweise hat er auf sein Geheiß jemandes Geist zerstört. Nicht, daß Lior wüßte, was dergleichen eigentlich bedeutet, aber aufgrund der Verfassung, in welcher der Unglückselige sich danach befand, mutmaßen Niallan und ich, daß es geschehen ist. Dieser so hilfreiche Dimitri kennt überdies eine beträchtliche Anzahl von Drogen, welche ihm das Wirken, mag's nun Menschen oder Deryni gelten, um einiges erleichtern. Sein Einfall war's nämlich, Faelan *Merascha* zu verabreichen, sowohl um ihn einzuschüchtern wie auch um seine Willenskraft zu schwächen, wiewohl auch die meisten Beruhigungsmittel des Gemüts Widerstandsvermögen mindern. Aber da wir Kenntnisse über Meister Dimitri lediglich aus zweiter Hand erfahren können, nämlich anhand dessen, was Lior und Serafin über ihn wissen, ist's außerordentlich schwierig zu beurteilen, ob er ein hochrangiger Magister oder nur ein geübter Befrager ist. Doch einerlei, wie weit seine Fähigkeiten reichen, er dient gegen Lohn, steht demzufolge unter keinerlei Zwang.«

»Also ein Mietling ist er«, faßte Javan zusammen; sein Tonfall bezeugte Verachtung. »Ein Hundsfott, der seinesgleichen für *Geld* verrät?!«

»Mich beschäftigt mehr die Sorge, Sire«, entgegnete jedoch Joram, »daß genau das vielleicht *nicht* zutreffen könnte.«

»Wie ist dieser Einwand zu verstehen?«

»Folgendermaßen, Sire. Gewißlich habt Ihr bemerkt, daß er welsche Gewänder trägt. Liegt da nicht der Verdacht nahe, daß er außer Paulin noch anderen Herren dient? Solchen im Osten, mag sein, sogar in Torenth. Paulin ist ein Mensch. Ihm derlei Hintergründe zu verhehlen, kann einem Deryni unmöglich sonderlichen Aufwand abfordern.«

In Javans Magengrube entstand ein heftiges Rumoren, als ob sich ihm die Eingeweide umzustülpen drohten.

»Grundgütiger *Herrgott*«, murmelte er. »Ihr wollt sagen, Torenth möchte gar bei den *Custodes Fidei* einen Kundschafter eingeschmuggelt haben?«

»Diese Möglichkeit sollte nicht außer acht gelassen werden, Sire. Und Paulin hat gegenüber Lior und Serafin eindeutig klargestellt, daß Dimitris Wirken geheimzuhalten ist – eine Weisung, die ohne weiteres auf Einflüsterung seitens Dimitris zurückgehen kann. Es mag sein, daß nicht einmal Erzbischof Hubertus über ihn Bescheid weiß. Sollt's Euch unauffällig durchführbar sein, könntet Ihr's herauszufinden versuchen. Ahnt er nichts, dürfte das, so bin ich der Überzeugung, ein deutliches Anzeichen dafür sein, daß da ein doppeltes Spiel getrieben wird, entweder von Paulin, der seine ganz eigenen Ränke schmiedet, oder durch Dimitri, welcher in fremdem Auftrag handelt.«

Beinahe schwindelte es Javan; er kehrte sich halb zur Seite. Abgesehen von der Gefahr für ihn selbst, die ihm dräute, sobald er gekrönter König war, bedeutete eine torenthische Einmischung in die Angelegenheiten Gwynedds die ärgste äußere Bedrohung, welche er sich überhaupt auszumalen vermochte. Nahezu sein

Leben lang war ihm geläufig, daß am torenthischen Königshof ein dem Festil-Geschlecht entsprossener Anwärter auf Gwynedds Krone gedieh, welcher fast genau Javans Alter hatte und auf den Tag harrte, an dem er sich auf hinlängliche Reife und genügend Rückhalt stützen konnte, um auch mit Taten nach dem Thron zu trachten, auf dem einst seine Eltern gesessen hatten.

»Seid Ihr fürwahr der Ansicht, Pater, selbiger Meister Dimitri könnte *tatsächlich* aus Torenth zu uns geschickt worden sein?«

»Ich vertrete die Meinung, wir dürfen diese Möglichkeit nicht mißachten, bis wir Gewißheit haben«, gab Joram zur Antwort. »Wem letzten Endes auch seine Treue gelten mag, er betätigt sich auf gar keinen Fall, um Euren Interessen zu dienen, Sire, wie leicht daraus ersichtlich ist, daß er daran mitgewirkt hat, Euren Beichtvater als Spitzel wider Euch zu mißbrauchen. Sollte er hingegen in *Wirklichkeit* ›nur‹ Paulins derynischer Mietling sein, den man, dieweil sich dadurch der *Custodes* ›Reinheit‹ bewahren läßt, zu dem Zweck benutzt, um zu verhindern, daß *Ihr* uns Deryni wieder zu angesehenen Mitgliedern des Volkes macht, so bleibt er auch dann ein gefährliches Ärgernis, dessen wir uns beizeiten annehmen müssen. Indes wird seine Unschädlichmachung eine heikle Sache sein, denn Ihr dürft keinesfalls durchblicken lassen, wie Ihr auf ihn aufmerksam geworden seid. Wenn ihr ihn nicht geradewegs in seinem Versteck aufstöbern und ergreifen lassen wollt – und es gelingt, ohne daß er jemanden zu warnen vermag –, muß ihm wohl eine Falle gestellt werden, und selbiges ist wiederum nur mit Meister Oriels Beistand möglich – oder Sitrics etwaiger Hilfe, aber ihn in Anspruch zu nehmen, wäre mit zusätzlicher Gefahr verbunden, denn er kennt die Zusammenhänge nicht und mag vielleicht das große Wagnis nicht eingehen, für zwei...«

Joram unterbrach sich mitten im Satz, als rings um die ausgestreckte Gestalt Serafins Bewegung entstand; Bischof Niallan hatte sich plötzlich ruckartig aufgerichtet und kam nun zu Joram und dem König, beließ Jesse und Oriel mit sorgenvollen Mienen über den bewußtlosen Mönch gebeugt. Irgendwann hatte Guiscard sich zu der kleinen Schar gesellt; jetzt kniete er, einen Ausdruck der Verstimmung im Gesicht, zu Serafins Füßen. Pater Lior lehnte noch nahebei im Sitzen rücklings an der Mauer, das Kinn auf die Brust gesunken, ähnlich wie Pater Faelan in festem Schlaf befindlich. Charlan stand an der Tür und hielt Wacht.

»Joram, Ihr solltet einmal Einsicht in Bruder Serafins Geist nehmen«, wandte sich Niallan an den Michaeliten. »Es will, so deucht's mich, den Anschein haben, daß Dimitri weit durchtriebener ist, als wir's ursprünglich glauben mochten. Soeben haben wir eine innergeistige Warnmarke gefunden, welche Herr Guiscard unwissentlich angesprochen haben muß, als er Serafin die Besinnung raubte... Guiscard trifft keine Schuld, aber Dimitri wird unfehlbar erkennen, sobald er das nächste Mal in Serafins Gedanken blickt, daß jemand darin Einfluß ausgeübt hat. Selbige Warnmarke sitzt tief, ums Haar hätten wir sie übersehen.«

Indem er halblaut ganz unpriesterlich fluchte, erhob sich Joram, eilte an Niallan vorüber zu Serafin und ging bei dessen Haupt in die Hocke. Langsameren Schritts – und recht bestürzt, denn es sah ganz so aus, als sollten ihre schlimmsten Befürchtungen sich bestätigen – folgte Javan dem Michaeliten. Guiscard wich jedermanns Blicken aus. Sowohl Jesse wie auch Oriel befaßten sich mit ausgiebigen Einsichtnahmen in Serafins Geist; Joram wartete, bis beide ihre Verrichtung abgeschlossen hatten, bevor er die Hände auf Serafins Stirn legte und selbst nach dem Rechten schaute. Als er aus der Trance wiederkehrte und den Blick durch die

Runde schweifen ließ – dabei vermied er es jedoch in auffälliger Weise, Javan anzusehen –, wirkte er noch besorgter und ernster als zuvor.

»Wohlan denn«, brummte Joram versonnen. »Welche Wege stehen uns offen?«

Gereizt stöhnte Niallan auf und kauerte sich auf die Fersen. »Leider fürchte ich, daß Bruder Serafin dank Dimitri gar keine Wege mehr beschreiten darf. Die Warnmarke ist ein außerordentlich ausgeklügeltes geistiges Werk, eine Tatsache, welche nach meinem Dafürhalten stark dafür spricht, daß Dimitri mehr ist als nur ein geübter Vernehmer. Herr Guiscard macht sich Selbstvorwürfe, aber er konnte ganz unmöglich etwas ahnen. Wahrscheinlich wär's, wage ich zu behaupten, keinem von uns gelungen, die Warnmarke rechtzeitig zur Genüge zu erkennen, um sich zurückziehen zu können, ohne sie unwiderruflich anzusprechen.«

»Und wie steht's um Lior?« erkundigte sich Javan; er war ja derjenige gewesen, der den *Custodes*-Pater außer Gefecht gesetzt hatte.

»Zum Glück sieht's danach aus, als ob in ihm nichts Derartiges lauert, Sire«, sprach Niallan. »Doch da wir jetzt wissen, auf was wir zu achten haben, gedenken wir's der Vorsicht halber mit aller gebotenen Gründlichkeit nachzuprüfen. Aber was Serafin anbelangt... Wir können unsere Spuren immerhin so nachhaltig verwischen, daß es Dimitri zu erkennen verwehrt bleibt, *was* sich ereignet und wer's getan hat, jedoch ist's ausgeschlossen, daß ihm die Anzeichen der Beeinflussung entgehen. Und wenn ich von Beeinflussung rede, meine ich Einflußnahme durch einen Deryni – so daß Meister Oriel, sobald Dimitri sie bemerkt, an der Verdächtigen erster Stelle steht. Und wenn er sich erst einmal Gedanken darüber hingibt, ob nicht womöglich noch mehr Deryni sich in des Königs Umkreis tummeln...«

»Spart Euch weitere Worte«, sprach Joram. »Es liegt auf der Hand, was geschehen muß.« Er richtete den Blick auf den leichenblaß gewordenen Oriel. »Gemach, Meister Oriel, verzagt nicht. Wir werden Euch und Eure Familie auch künftig beschützen, aber Ihr müßt uns helfen. Offenbart uns, wie's im allgemeinen, von eines Heilers Warte, mit Serafins Gesundheit beschaffen ist. Hat er irgendwelche Gebrechen, welche wir aufs ernsthafteste verschlimmern könnten?«

Oriel wirkte, als müßte ihn sogleich Übelkeit befallen. »Es ist Eure Absicht, ihn umzubringen, nicht wahr?« fragte er im Flüsterton. »Ich bitte Euch, fordert nicht von mir, daß ich mich daran beteilige. Ich habe schon für meine Quälgeister töten müssen. Verlangt von mir nicht, daß ich das gleiche für *Euch* tu!«

»Es gilt keinen Mord zu begehen, sondern eine Hinrichtung zu vollziehen«, erwiderte Joram auf durchaus umgängliche Weise. »Aber es darf weder wie das eine noch wie das andere aussehen, was leider verbietet, daß Herr Guiscard, obgleich's demselben so am liebsten wäre, ihm in einer finsteren Gasse ein Stück kalten Stahls zwischen die Rippen rammt.«

Guiscard verzog das Antlitz und schaute fort; obwohl dazu keine Veranlassung bestand, fühlte er sich offenbar noch immer von schuldhafter Verantwortlichkeit belastet.

»Meister Oriel, niemand mutet *Euch* zu, ihn umzubringen«, beteuerte Joram dem Heiler. »Selbst wenn sein allgemeines Versagen – die Torheit, auf Dimitris Machenschaften, gleich, wer dahinter stecken mag, zum Schaden Gwynedds hereinzufallen – noch längst kein Todesurteil rechtfertigen mag, muß doch berücksichtigt werden, daß er über seine Grausamkeit wider Pater Faelan hinaus noch zahlreiche andere Schandtaten begangen hat. Beantwortet mir, darum ersuche ich Euch, nur diese eine Frage: Bliebe ihm im Schlaf das Herz stehen, wollte dieses Vorkommnis bei Euch als einem Heiler Argwohn erregen? Oder würd's aus irgendeinem Grund bei einem menschlichen Arzt Mißtrauen erwecken?«

Während Oriel sich um die Beantwortung dieser Frage bemühte, zwang Javan sich dazu, die eigene Betroffenheit zu bezähmen; obzwar er wußte, daß Pater Joram völlig recht hatte, brachte er Oriel Verständnis entgegen, ja empfand sogar Mitleid für den unglücklichen Bruder Serafin. Dem Heiler bebten die Hände, derweil sie auf des Bewußtlosen Stirn ruhten; schwer schluckte Oriel, bevor er den Mund öffnete, um seine Beurteilung abzugeben.

»Bisweilen erleidet er… wenn er sich über die Maßen erzürnt… Ohnmachtsanfälle«, erklärte er nach flüchtigem Zaudern mit stockender Stimme. »Sein Blut wallt zu heftig, so daß er… sich selbst regelmäßig zur Ader läßt, um… es zu beschwichtigen. Daher kam ihm auch der Gedanke, den Aderlaß… als Druckmittel gegen seine Ordensbrüder zu verwenden, um sich ihre… Unterwürfigkeit zu gewährleisten… oder auch als Mittel der Folter einzusetzen, wie er's… bei Pater Faelan getan hat.«

Mit einem Schaudern entfernte er die Hände von Serafin und schaute – geradeso wie Javan, welcher sich notgedrungen an das eigene Erleiden des Aderlasses erinnerte – Faelan an, welcher noch in festem Schlummer lag. Hier jedoch ging es gar nicht um Rache oder Vergeltung, sondern um sein Überdauern. Und wenn Serafin weiterlebte, Dimitri von ihm alles erfuhr, dann drohte etlichen Anwesenden – daran hatte Javan keinen Zweifel – unabwendbar der Tod.

»Eigentlich bleibt's ohne Belang, Meister Oriel, was er begangen hat oder aus welchen Beweggründen es ihn dazu trieb«, wandte er sich an den Heiler. »Man erschlägt einen tollwütigen Hund nicht, weil er jemanden gebissen hat, sondern um zu verhüten, daß er weitere Male Leute beißt. Es ist unabweisbar, was zu geschehen hat. Und wenn es denn sein muß, so halte ich dafür, daß es so schnell und anständig wie überhaupt nur möglich geschieht – und für uns alle mit möglichst geringer Gefahr. Mir ist dabei ebenso unbehaglich zumute wie allen anderen hier in der Stube, aber ich finde mich mit der Notwendigkeit ab, und genauso bürde ich die letztendliche Verantwortung dafür mir auf, denn dieweil ich der König bin, habe ich keine andere Wahl. Also sei's drum, ich wiederhole Pater Jorams Frage: Fände irgendwer etwas ungewöhnliches daran, sollte Serafins Herz ihm in aller Bälde den Dienst versagen?«

Javan merkte, daß er den Versammelten eine Überraschung bereitete. Zumindest Joram hatte ihn als zu weichherzig betrachtet und ihm die Unerfreulichkeit zu ersparen beabsichtigt, an der Entscheidung über Serafins Tötung teilzuhaben. Während Javan auf Oriels Antwort wartete, spürte er die Blicke der Anwesenden, ihr Urteilen und Einschätzen; er hatte die vollkommenste Gewißheit, daß er aus ehrlichem Herzen meinte, was er gesagt hatte – und zum erstenmal seit der Rückkehr nach Rhemuth, so merkte er, *fühlte* er sich fürwahr als König, hatte er den Eindruck, die Ereignisse wenigstens in gewissem Umfang beeinflussen zu können.

Diese Empfindungen auszukosten, war ihm aber lediglich für kurze Zeit vergönnt. »Nein, Sire«, lautete Oriels Auskunft. »Niemand sähe darin eine Veranlassung zu irgendeinem Verdacht.« Und damit nahm auch schon alles Weitere seinen Lauf.

»Nun denn, dann soll's, schlage ich vor, auf folgende Weise geschehen«, ergriff nun Jesse das Wort, als hätte sich nichts besonderes ereignet. »Er wohnt gemeinsam mit den übrigen *Custodes*-Würdenträgern im Erzbischöflichen Palais. Ich habe ohnehin schon eine

*Custodes*-Tracht am Leib, also folge ich ihm hin und beende sein Leben, wenn er im Schlaf liegt.« Er ballte die Faust und schüttelte sie. »So geht's schnell, ist's anständig, und man kann's nicht beweisen. Er wacht schlichtweg nicht mehr auf. Niemand wird irgendeinen beliebigen *Custodes*-Mönch beachten, welcher dort zwei Tage vor einer Königskrönung kommt und geht.«

»Aber falls doch, und du wirst ergriffen, so ist's dein Tod«, gab Joram ihm zu bedenken. »Nein, eine derartige Gewagtheit wollen wir uns nicht leisten. Das Mittel, um ihn in die Ewigkeit zu befördern, ist durchaus richtig, aber ich bin der Auffassung, es sollte unter anderen Umständen Wirksamkeit erlangen. Ich stelle mir's so vor, daß du die beiden *Custodes*-Brüder, sagen wir, bis zum Torgebäude geleitest – und daß der arme Bruder Serafin dort infolge der Hitze und Überanstrengung zusammenbricht, um sich niemals wieder zu erheben.«

»Nur sollte *ich* es sein, der die Tat vollbringt«, mischte sich Guiscard ein, traute sich endlich wieder ein Wort zu sprechen. »Jesse hat schon die ganze Nacht lang zu tun gehabt. Er kann nicht dessen sicher sein, daß er sich bei vollen Kräften befindet. Es ist meine Aufgabe, Pater Joram. Ich habe uns in diese mißliche Lage gebracht.«

Bischof Niallan legte eine Hand auf des Deryni-Adeligen Faust und schüttelte das Haupt. »Herr Guiscard, Euch trifft keine Schuld, und es bedarf Eurerseits in keiner Weise irgendeiner Wiedergutmachung – aber ich stimme Euch in der Beziehung zu, daß Jesse unterdessen Anstrengungen zur Genüge durchgestanden hat. Überdies stünde Jesse vor der Schwierigkeit, aus einer ihm weitgehend unbekannten Umgebung entkommen zu müssen, wogegen Ihr, Herr Guiscard, Euch im Bereich der Königsburg ja freizügig umherbewegen könnt, wo's Euch beliebt, ohne daß irgendwer dabei argwöhnisch wird. Wie lautet dazu Eure Meinung, Joram?«

Fast bildete Javan sich ein, Joram laut denken hören zu können, derweil der Michaelit nach Mängeln des unterbreiteten Vorschlags forschte. Doch der König wußte – so wie Guiscard und Niallan – daß das Vorhaben, führte man es dergestalt aus, die größten Erfolgsaussichten bot. Er kannte sogar den Zauber, welchen man anzuwenden gedachte, war sich darüber im klaren, daß der Mensch Serafin dagegen wehrlos blieb. Fast bedauerte er den Mönch – bis ihm wieder einfiel, daß Serafin kein einfacher Ordensbruder war, sondern der Großinquisitor der *Custodes Fidei,* dem man längst zahllose Untaten anlasten mußte, von denen das Martyrium, dem er Pater Faelan unterworfen hatte, noch als eines der weniger verwerflichen gelten konnte.

»Nun wohl, diese Begründung leuchtet mir ein«, sprach Joram kurz darauf. »Auch mich will's dünken, daß Herr Guiscard in diesem Fall *tatsächlich* der richtige Mann ist. Jesse, kehre also du in unsere Fluchtburg um. Für eine einzige Nacht hast du wahrlich genügend geleistet. Niallan und ich folgen dir heimwärts, sobald wir hier alles erledigt haben.«

Seine Äußerungen zeitigten keinerlei Widerspruch. Jesse nickte, klopfte Guiscard auf die Schulter, stand auf und strebte zum Geviert der neuen Porta.

»Alsdann...«, äußerte Joram halblaut als nächstes. »Stellen wir ihn auf die Beine.«

Ohne weitere Umschweife sorgten er und Niallan dafür, daß Bruder Serafin sich vom Fußboden erhob, während Javan und der tiefbetrübte Oriel in ernstmütigem Schweigen zuschauten. Danach verfuhr man gleichermaßen mit Lior, so daß anschließend er und Serafin, die Lider geschlossen, friedlich zu Guiscards Seiten standen. Zu guter Letzt holte Joram auch Pater Faelan zurück in die Lotrechte und vertraute ihn Etienne an, bevor man Guiscard und seinen zwei Begleitern zum Gehen die Tür öffnete.

»Mein Vorschlag lautet, Ihr knüpft ans zuvorige Geschehen mit der Vorspiegelung wieder an, daß Serafin und Lior Pater Faelans Unterkunft verlassen, wo sie mit ihm ein kurzes, aber vollauf zufriedenstellendes Gespräch hatten«, meinte Joram zu Guiscard, hielt gleichzeitig Etiennes Handgelenk umfaßt und übermittelte ihm einen gedrängten Überblick des Vorangegangenen und ebenso des Beabsichtigten. »Laßt Vorsicht walten, Ihr Herren… Und möge Gott *seiner* Seele gnädig sein.«

Er schlug über Serafins Scheitel das Kreuzzeichen, bevor Guiscard als erster hinausstrebte; mehr vermochte er letztendlich nicht zu tun für den Mann, den sie, ohne daß er es ahnte, in den Tod schickten. Gleich darauf entfernte Etienne sich mit Faelan. Charlan verblieb im Flur, um auch weiterhin achtzugeben. Nachdem Joram die Tür geschlossen hatte, verharrte er eine Weile auf dem Fleck, die Hände auf dem Türgriff, die Stirn ans Holz gelehnt, ehe er sich umwandte und den Blick müde durch das Gemach schweifen ließ.

Inzwischen war Jesse fort. Niallan hatte mit Oriel im Fenstererker Platz genommen und befand sich mit dem Heiler, die Hände auf seinen Schultern, tief in Aussprache versunken. Javan hatte in der Nähe der neuen Porta Itineris die abschließenden Vorgänge mitangesehen und erwiderte, derweil Joram zu ihm kam, furchtlos des Michaeliten Blick.

»Pater Joram, es ist mein Wille, daß Dimitri unschädlich gemacht wird«, sprach der König mit fester Stimme. »Gegenwärtig ist's mir *einerlei,* ob er ein torenthischer Kundschafter ist oder etwas anderes, ich wünsche, daß er verschwindet, und zwar dergestalt, daß Paulin sich niemals wieder zu derlei Machenschaften erdreistet. Wahrhaftig, es wäre mir sogar am allerliebsten, könnte ich mir auch Paulin vom Hals schaffen. Ich wäre die *Custodes* gerne ganz und gar los, aber für den Übergang wollte ich mich mit einem neuen Generalvikar bescheiden. Ich kann mir nicht vorstellen, daß der Orden, sobald Paulin dahin ist, in der jetzigen Gestalt noch lange Fortbestand behält.«

Voller Nachdenklichkeit spitzte Joram die Lippen. »Euch ist klar, Sire, daß wir über weitere Hinrichtungen Rede führen?«

»Ich sehe es so, als triebe ich Ratten aus, die an meinem Thron nagen«, entgegnete Javan halblaut; insgeheim jedoch verdutzte ihn die eigene Kaltblütigkeit. »Betrachtet *Ihr* die Sache anders?«

»Keineswegs, Sire«, beteuerte Joram. »Allerdings wird's außergewöhnlich sorgsame Vorbereitungen erfordern. Über die Schwierigkeiten, die es verursachen dürfte, uns Dimitri vorzuknöpfen, ohne daß wir den Ursprung seiner Entlarvung enthüllen, haben wir schon gesprochen. Wir müssen mit *unerhörter* Umsichtigkeit vorgehen.«

»Dann machen wir uns am klügsten in aller Bälde ans Aushecken der genauen Festlegungen«, versetzte Javan zur Antwort. »Ich erwarte nicht, daß wir über Nacht Erfolge erringen, und auf keinen Fall möchte ich uns vor der Krönung ohne Not noch zusätzliche Scherereien einhandeln. Aber geradesowenig können wir hinter unserem Rücken derartige Machenschaften dulden. Dimitri ist gefährlich, und Paulin biegt sich jeglichen Sinn des Gottesglaubens für eigene Zwecke zurecht. Da gilt's doch unzweifelhaft, ihnen mit allerstärkster Entschiedenheit in den Arm zu fallen.«

»Laßt mich zunächst einmal schauen, was ich an weiteren Erkenntnissen zu erlangen vermag, Sire«, riet Joram. »Wir sollten abwarten, ob Serafins Ableben sonderliches Aufsehen erregt. Eigentlich steht's nicht zu befürchten, aber der Zeitpunkt ist, dieweil Faelan noch keine Woche lang bei Hofe weilt, ein wenig ungünstig. Indes hoffe ich, daß während all des Aufhebens an den kommenden Tagen niemand einen Zusammenhang erblickt. Es hat allerhöchste Bedeutung, daß Ihr gekrönt werdet, ohne daß sich irgendwelche Zwischenfälle ereignen.«

»Dem kann man schwerlich widersprechen«, räumte Javan ein. »Übrigens, hat Jesse Euch – von der Behelligung durch die zwei *Custodes*-Schufte ganz abgesehen – auch schon den Grund unserer Verspätung vermeldet?«

»Ja, Sire«, bestätigte Joram. »Das Vorhandensein unvermuteter Geistesschilde bei Prinz Rhys Michael sowie desselben Träume von einer Vermählung mit der jungen Lady Michaela. Man möchte gar meinen, er wähnt, Ihr hättet's noch längst nicht schwer genug im Leben.«

Javan vermochte sich eines spöttischen Auflachens nicht zu enthalten. »Schon oft habe ich vernommen, daß Gottes Wege rätselhaft seien. Doch offen gestanden, zöge ich weniger verschlungene Geheimniskrämerei vor. Aber ich bin der Auffassung, das Vorhandensein der Geisteswehr bei meinem Bruder bedeutet keine besondere Überraschung, wiewohl's zur gegenwärtigen Zeit ungelegen kommt. Er hat keinen Herrn Tavis zur Seite, welcher ihm einsichtig macht, was sich vollzieht, und *ich* habe keine Absicht, es ihm zu erläutern. Auch eine Eheschließung ist zur Zeit gänzlich undenkbar – für uns *beide.* Vielleicht muß ich zur Sicherheit eine Hälfte des holden Paars von Hofe fortsenden, bis die Leidenschaft abgekühlt ist.«

»Ich gedenke nachzuprüfen, ob nicht irgendwer wohlüberlegt diese Brunst anheizt, Sire«, sprach Joram. »Mag sein, sie ist aus eigenem Funken aufgelodert, aber ich traue den einstigen Regenten durchaus zu, dabei die Hand mit ihm Spiel zu haben. Doch wir sollten uns der heutigen Nacht hauptsächliches Werk genauer anschauen.« Er zeigte auf das Geviert der neuen Porta. Ich möchte die Gewißheit haben, daß Ihr die Porta zu benutzen imstande seid. Danach müssen Niallan und ich uns sputen.«

Javan nickte und kauerte sich neben das Geviert, versuchte alle sonstigen Sorgen aus seinen Gedanken zu verscheuchen, als er, sich Jorams achtsamer Aufmerksamkeit bewußt, die flachen Hände auf der Porta Standort legte. Mit Ausnahme einer gewissen Feuchtigkeit, welche von dem frischen Mörtel stammte, mit dem man die entfernte Bodenfliese zwischen ihresgleichen wiedereingesetzt hatte, und geringer Nässe, wo die Kreidestriche mit einem Tuch weggewischt worden waren, konnte Javan keine äußeren Anzeichen ihres nächtlichen Tuns mehr feststellen.

Anders verhielt es sich mit dem Ergebnis selbiger Tätigkeit, obwohl es eher unterschwelliger Natur war; die Spürbarkeit beschränkte sich auf die Größe der Fliese, die zudem erst zu diesem Zweck berührt werden mußte, und selbst dann vermochte ausschließlich ein Deryni – oder jemand wie Javan, der über Gaben verfügte, welche der Deryni-Magie stark ähnelten – eine Besonderheit zu bemerken. Javan fühlte das aufschlußreiche Kribbeln in den Händen und schloß die Lider, um es nachhaltiger auf sich einwirken zu lassen; er hatte an der Erschaffung aller Eigentümlichkeiten dieses Orts mitgewirkt und hätte ihn daher nie und nimmer mit irgendeiner anderen Stelle irgendwo auf Erden verwechseln können. Dennoch nahm er sich ein paar Augenblicke lang Muße, um seinem Gedächtnis alle Eigenheiten voll und ganz einzuprägen; dann ließ er den Atem mit einem Seufzlaut der Zufriedenheit entweichen und erhob sich bedächtig in die Senkrechte.

»Es ist so, Pater, ich kann mich dieser Porta bedienen«, sagte er zu Joram.

»Vortrefflich«, antwortete Joram. »So vergewissert Euch denn nun dieser Einschätzung, Sire, indem Ihr mich für einen flüchtigen Augenblick in die Fluchtburg befördert.« Er betrat das Geviert. »Während Eurer kurzen Abwesenheit verbleibt Niallan bei Meister Oriel.«

Nur mit Mühe konnte Javan vermeiden, daß er aus Verwunderung auffuhr, denn noch nie zuvor hatte der Michaeliten-Geistliche ihn zu einer solchen Art der geistigen Vereinigung aufgefordert, wie er sie jetzt vorschlug. Bei all ihrem bisherigen Zusammenwirken hatte sich Pater Joram, geradeso wie bei der vorhin erfolgten Entscheidungsfindung, stets gleichsam als Vorhut betätigt, war alleweil der zur Gänze durch Selbstbeherrschung ausgezeichnete, überaus tüchtige, immer leicht abweisende Ordensritter geblieben. Niemals hatte er es Javan angeboten, die geistige Lenkung zu übernehmen. Der Umstand, daß er es jetzt tat, bezeugte eine gewisse Veränderung in ihrem gegenseitigen Verhältnis, einen Beweis ganz beträchtlichen Vertrauens, und zwar nicht allein in Javans Fähigkeiten, sondern auch in sein Urteilsvermögen und seine Beschränkungsgabe; denn selbst der mächtigste Deryni-Magister war wehrlos, lieferte er seinen Geist jemand anderem aus, um von demselben durch eine Porta Itineris befördert zu werden.

Indessen ließ Javan das Eisen nicht erkalten, sondern trat kühn an Jorams Seite und ergriff dessen Handgelenk. Ihn anzuschauen traute er sich aus Sorge, ihm könnte der Mut schwinden, hingegen nicht, darum schloß er die Augen, schöpfte tief Atem, sammelte sich innerlich und tastete behutsam mit seinen besonderen geistigen Sinnen nach dem Verstand des Michaeliten, fragte sich bei dieser Gelegenheit, ob eine zwischengeistige Verständigung der Art erforderlich sein mochte, wie Joram sie bislang jedesmal mit ihm geführt hatte, um Unklarheiten zu verhüten.

Doch Joram hatte sich bereits in Trance versetzt, und bei Javans geistiger Berührung senkte er ohne jegliches Zaudern die Geistesschilde. Während der König nach den Ansätzen zur geistigen Lenkung forschte, wies der Pater ihn bereits auf dieselben hin, verharrte im übrigen jedoch in tatenloser Empfänglichkeit und vorurteilsfreier Gelassenheit, harrte auf Javans Einflußnahme. Mit einem rauschhaften Aufwallen der Dankbarkeit, des Stolzes, ja vielleicht gar der Liebe – von einer zur anderen Christenseele – umfing Javans Geist das Gemüt des Michaeliten, überzeugte sich von ihrer beider inwendiger Bereitschaft zum Durchqueren der Porta Itineris und beugte die allgegenwärtigen, aber unsichtbaren Naturgewalten, deren Nutzung es für eine solche Verrichtung bedurfte, in der für die Versetzung durch die Porta erforderlichen Weise.

Die Durchquerung verlief reibungslos, erwies sich als eine der gelungensten, welche Javan bislang erlebt hatte. Seine und Jorams Genugtuung umflirrte sie beide wie ein Mantel, als sie auf der anderen Seite eintrafen. Javan sorgte dafür, daß er und der Geistliche das Gleichgewicht bewahrten, bevor er von Joram abließ. Ein kauziges Lächeln der Beifälligkeit stand in Jorams Miene, als er die Augen aufschlug, und er schlang in fast väterlichem Wohlwollen den Arm um Javans Schultern, während sie in der Michaeliten-Fluchtburg zu der Kammer hinaustraten, in der die dortige Porta Itineris ihren Standort hatte. Auf bemerkenswerte Art hatte der Ortswechsel sehr wohl auch einen Wechsel der Stimmung zur Folge.

»Ihr habt die Verrichtung fürwahr aufs hervorragendste ausgeführt, Sire«, versicherte Joram leise. »Ihr habt *alles* Neue ganz außerordentlich gemeistert.«

Javan rang sich die Andeutung eines Lächelns ab

und blickte Joram von der Seite an; ihm war vollständig klar, daß der Pater keineswegs von der just bewältigten Porta-Durchquerung sprach.

»Heute bin ich wohl, möchte ich meinen, wirklich und wahrhaftig zur Mündigkeit und Reife gelangt, wie?« äußerte Javan. »Ich habe meine Unschuld verloren. Eines Mannes Tod habe ich befohlen, den Tod weiterer Männer gefordert. Ich hätte nicht gedacht, daß… es war… wie soll ich's sagen…?«

»Es ist genauso geschehen, wie es getan werden mußte, Sire, und zwar in jedweder Hinsicht«, beteuerte Joram mit ruhiger Stimme. »Ihr seid mein König, Ihr müßt Herr in Eurem Haus und Herrscher Eurer Untertanen sein. Ihr kennt die Bürde, welche jene Krone bedeutet, die Ihr tragen sollt, und wißt Bescheid über das Maß der Macht, das sie verleiht. Wenn man Euch am Montag krönt, werdet Ihr ein König eines Ranges sein, wie man ihn binnen etlicher Geschlechterfolgen in Gwynedd nicht gekannt hat. Ich bete darum, daß Gott, sobald Ihr Euch seinem Altar genaht habt, Euch mit der Weisheit ausstatten mag, deren es bedarf, um Euch der Machtfülle, welche Euch zufällt, mit Klugheit zu bedienen. Ihr nehmt eine in der Tat gewaltige Herausforderung an, aber groß ist auch der Preis – für Euch wie für ganz Gwynedd –, den Ihr erringt, gelingt's Euch zu obsiegen.«

Derweil er diesen Worten lauschte, merkte Javan, daß ihm Tränen in die Augen quollen; dennoch blieb es ihm unmöglich, von Joram den Blick zu wenden.

»Ich wünschte, Ihr könntet zur Stelle sein, um mir die Krone aufs Haupt zu setzen, Pater Joram«, sprach er in verhaltenem Ton. »Euer Vater hat ja einst *meinen* Vater gekrönt – nicht im Dom, gewiß, aber aus einem Anlaß, der weit höher zählte, nämlich nachdem er Imre bezwungen und sich die Krone dank eigener Tapferkeit errungen hatte. Wisset, mich martert die Sorge,

Erzbischof Hubertus' Hände könnten gar wohl das Krönungszeremoniell entweihen…«

Joram wirkte in gewissem Umfang bestürzt; doch seine Antwort fiel ganz so aus, wie Javan sie bei minderem Kleinmut durchaus hätte erwarten können.

»Ihr wißt selbst, Sire, das kann nicht sein. Trotz all seiner menschlichen Schwächen ward Erzbischof Hubertus seinerzeit ordnungsgemäß für die geistlichen Ämter geweiht und ist daher vollauf dazu berechtigt und geeignet, um an Euch den vorerwähnten heiligen Ritus zu vollziehen. Seine Unwürdigkeit vermag nicht die Zeremonie, in deren Verlauf er Euch die Krone aufs Haupt senkt, zu entwerten, und ebensowenig selbige Krone, wenn Ihr sie dann tragt, zu besudeln.«

Verlegen schluckte Javan, ließ ein wenig das Haupt hängen. »Genau das rufe auch ich mir immerzu in Erinnerung«, entgegnete er im Flüsterton. »Ich denke mir, ich werde seine Handlungen geradeso über mich ergehen lassen, wie ich's erduldet habe, aus seiner Hand oder aus den Klauen von *Custodes*-Geistlichen die Kommunion zu empfangen, dieweil ich ja wußte, das Sakrament läutert sein Werkzeug. Dennoch bewegte mich der Wunsch, Ihr könntet das Werk verrichten, oder Ihr dürftet wenigstens dabei *zugegen* sein. Ich habe nach der Krone getrachtet, weil's nun einmal jene Pflicht ist, zu deren Erfüllung ich das Licht der Welt erblickt habe, jedoch ist's, das glaubt mir, keine Bürde, welche ich mir leichtfertigen Herzens auflade.«

Während dieser Worte hatte Joram den König mit wachsender Aufmerksamkeit gemustert, bis sein Blick einen Ausdruck höchst ungewöhnlicher, nachgerade unirdischer Durchdringlichkeit gewann; nun legte er bedächtig die Hände auf Javans Schultern, forschte in seinen Augen, und mit einem Mal haftete ihm eine Ausstrahlung der Erhabenheit an, die von einem Älteren, Machtvolleren auszugehen schien, welcher selbst einen Deryni mit so starken Fähigkeiten wie Joram bei weitem übertraf, und fast war Javan zumute, als stünde vor ihm – allerdings in des Paters Gestalt – ein Wesen, vor dem auf die Knie zu fallen es sich geziemte.

»Sire, ich weilte zugegen, als mein Vater Eurem Vater die Krone aufs Haupt setzte«, sprach Joram mit leiser, jedoch etwas tonloser Stimme, als befände er sich in einer Trance. »Ich spüre seine Gegenwart sowie seine Bereitschaft, Euch von meiner Hand – und damit seiner Hand – eine ähnliche Krönung zuteil werden zu lassen. So sagt nun an, richtet sich dahin auch Euer Begehr?«

Javan vermochte sich nicht im entferntesten auszumalen, wie Joram etwas Derartiges zu bewerkstelligen gedachte, aber er spürte, daß jetzt eine andere, höhere Macht in den Priester gefahren war, ihn erfüllte und durchströmte, so daß Javan sie aus Jorams Händen überfließen und in den Schultern kribbeln fühlen konnte. Fast wider Willen sank Javan unter des Michaeliten Händen auf die Knie, so wie sein Vater damals vor Camber gekniet haben mußte, faltete die Hände andächtig vor der Brust und hob den Blick himmelwärts.

Mittlerweile hatte sich Jorams Angesicht gewandelt – es war sein und gleichzeitig nicht sein Antlitz. Joram nahm die Hände von Javans Schultern, faltete sie vorübergehend und neigte das Haupt zum Gebet, dann streckte er sie über des Königs Schopf aus und breitete sie ihm wie zum Segen über den Scheitel, richtete den Blick auf den Abstand zwischen den beiden Händen. Vor den Augen der zwei Beteiligten, von denen keiner noch zu atmen wagte, gleißte es plötzlich inmitten der Luft, und gleich darauf sahen sie daselbst ein Abbild der gwyneddischen Krone mit ihren ineinander verschlungenen Blättern und Kreuzen schimmern. Ein kaum vernehmlicher Ächzlaut der Ehrfurcht kam über Javans Lippen, derweil Joram die Hände um die nichtstoffliche Krone legte und sie höher, ja hoch über sein und des Königs Haupt emporhob. Die Stimme, welche daraufhin aus Jorams Mund drang, wich nun wirklich und wahrlich um ein weniges von seiner Javan ja seit langem bekannten Stimme ab.

»Javan Jashan Urien Haldane, zur großen Freude deines Volkes bleibt deinem uralten Herrschergeschlecht die Krone von Gwynedd erhalten«, sprach Joram, obwohl keineswegs er allein selbige Worte äußerte, während er besagte Krone auf Javans Haupt senkte. »Sei gekrönt mit Kraft und Weisheit für alle deine Tage. Gott der Allmächtige gewähre dir eine lange und gedeihliche Herrschaftsdauer, deren Vorzüge Gerechtigkeit und Ehrbarkeit zu aller gwyneddischen Volksstämme Gunsten seien…«

Im selben Augenblick berührte indessen keine Krone Javans Scheitel, sondern Jorams Hände berührten sein Haupt, aber das Gewicht, welches er dabei gewahrte, war so lebensecht spürbar, als lastete tatsächlich ein Reif aus Erz und Edelsteinen auf seinem Schopf, und das Geschehen zeichnete sich geradeso durch weihevolle Heiligkeit aus, als ob es im Dom stattfände. Während Joram die Hände sachte um Javans Schläfen legte und flüchtig die Stirn auf des Königs Stirn legte, erahnte Javan die Gegenwart eines Dritten, welcher ihn zum Zeichen der Anerkennung und der nachdrücklichen Schutzgewährung durch just diese Gebärde würdigte, einer Wesenheit von derartiger Machtfülle, daß es ihm schwindelte und er unwillkürlich ins Schwanken geriet.

Unmittelbar danach holte Joram tief und zittrig Atem, straffte sich, faßte Javan an den Schultern, um ihm beim Aufstehen behilflich zu sein, und das höchst wundersame Erlebnis war vorüber. Javan wich, indem er sich unsicher aufrichtete, um einen Schritt zurück, traute sich beinahe nicht, erneut den Blick auf Joram zu heften, doch der Priester wirkte, als wäre er fürwahr geradeso verwirrt, wie Javan sich fühlte.

»Wer…?«

Mit merklichem Mißbehagen schüttelte Joram das Haupt. »Es hat sich angefühlt… als wär's mein Vater gewesen«, murmelte er. »Er ist… auch in jener Nacht erschienen, als wir Euer Haldane-Erbe ins Lot brachten, Sire.«

»Davon habt Ihr mir nichts erzählt«, stellte Javan fest; wiewohl eigentlich gegen seine Absicht, klang in seinem Tonfall ein unausgesprochener Vorwurf an.

»Es… deuchte uns zu dem Zeitpunkt als… unratsam«, gestand Joram ein. »Und später ergab sich dazu keine Gelegenheit mehr. Beunruhigt's Euch, Sire, daß ein Heiliger höchstpersönlich Interesse an Euren Angelegenheiten bekundet? Ich bekenne freimütig, mich erschreckt dergleichen, obschon er mein Vater ist.«

»Ich weiß nicht, was ich davon halten soll«, antwortete Javan voller Zurückhaltung. »Darüber muß ich erst einmal nachsinnen.« Er schwieg. Erst nach geraumer Zeit fragte er: »Joram, war's denn *wirklich* Sankt Camber?«

Der Michaelit zeigte ihm ein durch Unbehagen verzerrtes Schmunzeln. »O ja, Sire. An fürwahr sehr zahlreichen Dingen hege ich mannigfaltige Zweifel, aber daran, so gestehe ich Euch, ganz gewiß nicht… Indes dürft's sich empfehlen, daß Ihr nun umkehrt. Ich rate Euch, sucht's zu vermeiden, auf dem Rückweg zu Euren Gemächern gesehen zu werden, und ebenfalls dazu, nach der Krönung einen Vertrauten in jenem Gemach unterzubringen, woselbst sich die neue Porta Itineris befindet. Mag sein, einer Eurer Ritter kommt dafür in Frage, ein Getreuer, mit dem Euch regelmäßig zu besprechen Ihr glaubhaften Anlaß habt und welcher Euren Geboten aufs allerverläßlichste Folge leistet.«

Javan nickte. »Nun, da weiß ich schon jemanden.«
»Dann möge Gott mit Euch sein, Eure Majestät.«
Was Jorams Auskunft bezüglich Sankt Cambers betraf, so hatte sie Javan nicht zur Gänze zufriedengestellt; aber diese Frage mußte wohl oder übel zu einem späteren Zeitpunkt behandelt werden. Indem er die Schultern straffte, betrat er den Standort der Porta, wandte nicht den Blick aus Jorams Augen, bevor er jene der Porta-Durchquerung dienlichen Naturgewalten seinem Willen unterworfen und seine Rückbeförderung nach Rhemuth eingeleitet hatte.

Als er die Augen aufschlug, sah er Niallan gleich neben der dortigen Porta Geviert warten. Charlan und Meister Oriel – letzterer wirkte ungemein schläfrig – standen an der Tür. Zu gerne hätte Javan nun Niallan erzählt, was sich zuvor ereignet hatte, denn in der Nacht, als Javan in seinem magischen Haldane-Erbe bestätigt worden war und Jorams Aussage zufolge Sankt Camber gleichfalls erschienen sein sollte, war auch der Deryni-Bischof zugegen gewesen, doch dafür blieb jetzt keine Zeit. Niallan mußte wieder in die Fluchtburg, Javan dafür sorgen, daß Oriel sicher in seine Unterkunft zurückkehrte sowie auch sonst jeder Beteiligte dort hingelangte, wohin er eigentlich um diese Stunde gehörte. An Bruder Serafin, welcher dem Verderben verfallen war und vielleicht schon tot in dunkler Nacht lag, mochte er lieber erst gar nicht denken.
»Ich habe die nötigen Vorkehrungen zu ihrem und Eurem Schutz getroffen, Sire«, teilte Niallan dem König leise mit, drückte ihm zur Ermutigung, indem sie auf dem Geviert der Porta Itineris die Plätze tauschten, die Schulter. »Außer wenn Ihr's befehlt, werden sie sich an nichts erinnern. Gott befohlen, Eure Majestät.«
»Habt Dank«, flüsterte Javan.

Lächelnd nickte Niallan ihm zu und entschwand, überließ es somit Javan, Meister Oriel in seine Unterkunft zu geleiten. Es gelang Javan, diese Aufgabe ohne Zwischenfälle zu bewältigen. Nachdem auch er und Charlan sich unbehelligt in die Königlichen Gemächer zurückgezogen hatten, sah der König zuerst nach Rhys Michael – der Prinz lag in allertiefstem Schlaf, schnarchte vor sich hin und roch nach Wein –, dann befahl er Charlan, sich wie gewohnt auf sein Nachtlager am Eingang zur Ruhe zu betten. Javan hatte vor, nach der Krönung seine engsten Vertrauten in Gemächern auf demselben Flur unterzubringen, wo sie sich in Rufweite befanden, sich aber nicht dauernd gegenseitig auf die Füße traten; gegenwärtig jedoch sah er ihre Nähe gerne, wiewohl Charlan, der schon in festen Schlummer gesunken war, keine Kenntnis von Guiscards geheimem Auftrag behalten hatte, welcher so schwer auf Javans Gemüt lastete.

Er ließ sich Zeit mit den Vorbereitungen zur Nachtruhe, doch Guiscard blieb aus, und als alles getan war, hatte der Deryni-Edle sich noch immer nicht wiedereingestellt. Allmählich empfand Javan eine gewisse Besorgnis. Er streifte einen dünnen Umhang übers Nachtgewand und begab sich in die Empfangsstube, um zu warten. Dort löschte er sämtliche Lichter – mit Ausnahme einer Kerze auf dem Tisch – und nahm im finsteren Fenstererker Platz. Eine weitere Viertelstunde verstrich, da endlich fand Guiscard sich ein.

»Guiscard, hier bin ich«, raunte Javan, als der Deryni-Adelige die Tür schloß und verriegelte.

Im ersten Augenblick stutzte Guiscard und verharrte in starrer Haltung; dann durchmaß er langsamen Schritts die Stube, setzte einen Fuß in die Fensternische.

»Ich hatte gehofft, Sire«, gestand Guiscard mit leiser Stimme, »daß Ihr nicht auf mich wartet.«

»Ich muß Bescheid haben«, entgegnete Javan. »Ist das Werk vollbracht?«

Guiscard nickte, hockte sich matt auf die Stufe des Fenstererkers und schlang die Arme um die angezogenen Knie.

»Eigentlich dürfte es nicht sein, daß 's eine so leichte Sache ist, Sire«, murmelte er nach einem ausgedehnten Weilchen des Schweigens, »jemanden zu töten.«

Flüchtig ließ Javan die Lider sinken; sodann zupfte er sich den Umhang enger um die Schultern, stand auf und setzte sich an Guiscards Seite.

»Mir mißfällt's, das glaubt mir«, sprach Javan, »als König zu derlei Maßnahmen gezwungen zu sein.«

»Ebensowenig ist's meinerseits die bevorzugte Weise, um meinem König zu dienen, Sire«, antwortete Guiscard. »Aber bisweilen will's nun einmal getan sein. Wenn's Euch ein Trost ist, nach des Herzens erstem Erbeben hat er nichts mehr gespürt.«

»Nun je, sodann mag selbiger Umstand unser Gewissen ein wenig beschwichtigen«, meinte Javan. Er gab einen beschwerlichen Seufzer von sich und faßte den Vorsatz, nicht mehr an den Vorfall zu denken. »Es entbehrt jeglichen Sinns, ferner darüber nachzugrübeln. Die Tat ist vollendet. Es wird sich wohl empfehlen, deucht's mich, mir nun eine Mütze voll Schlaf zu vergönnen. Euch rate ich zu gleichem. Ich bin der Meinung, wir allesamt brauchen morgen volle Klarheit des Verstands.«

»Jawohl, Sire«, lautete Guiscards Antwort. »Gott behüte Euch, Eure Majestät.«

Derweil Javan ins Bett kroch, dabei sorgsam darauf achtete, den schlafenden Rhys Michael nicht zu stören, befürchtete er noch, womöglich gar keinen Schlummer zu finden, aber die Müdigkeit überwältigte ihn, noch ehe sein Haupt vollends in die Kissen gesunken war; innerhalb der wenigen Augenblicke, für die er noch wach blieb, verscheuchte er jedweden Gedanken an ein Häuflein *Custodes*-Mönche und die wahrscheinlich zutreffende Vorstellung, wie sie just zu dieser Stunde ihren dahingerafften Bruder zur Basilika Sankt Hilary oder zum Erzbischöflichen Palais trugen.

Statt dessen richtete er willentlich sein Denken und Empfinden auf das seinem Gedächtnis unauslöschlich eingeprägte Geschehnis, welches sich zwischen ihm und Joram ereignet hatte; deshalb verwunderte es ihn am nächsten Tag keineswegs, daß er in der Nacht von Sankt Camber geträumt hatte – und von geweihten Händen, welche ihm eine schimmernde Krone übers Haupt hoben.

# XXI. Kapitel

*Verwöhnt man seinen Sklaven von Jugend auf,*
*dann wird zu guter Letzt er widerspenstig.*

Sprüche 29,21

Insgeheim hatte Javan sich erhofft, am folgenden Morgen – am letzten Tag vor seiner Krönung – bis in den späten Vormittag ausschlafen zu können; tatsächlich kam es jedoch so, daß er schon kurze Frist nach Anbruch der Morgendämmerung ganz allmählich erwachte. Wegen des hellstrahlenden Lichts, welches vom Altan hereindrang – die Tür stand offen, um Frischluft hereinwehen zu lassen –, beließ er die Lider geschlossen, versuchte ein gewisses Maß des wonnigen Vergessens beizubehalten, das ihm der Schlaf geschenkt hatte, verscheuchte entschieden sowohl die Befriedigung über das gelungene Errichten der neuen Porta Itineris wie auch sein Bedauern über die Unvermeidlichkeit beiseite, die Verantwortung für eines Menschen Tötung übernommen haben zu müssen. Beides war schlichtweg fürs Überdauern nötig gewesen. Es verbot sich schlichtweg für ihn, sagte er sich, trübsinnig über Angelegenheiten zu grübeln, welche er gar nicht zu ändern vermochte.

Nachdem er sich mit dem dunkelsten Vorgang des heutigen Tages abgefunden hatte, lenkte er seine Überlegungen ganz auf die erfreulicheren Umstände der Lage. Heute durfte er, um nur ein Beispiel zu nennen, aufgrund der am Sonntagmorgen anfallenden Obliegenheiten sowie der für die Abgesandtschaft Cassans vorgesehenen Audienz am Mittag auf die anstrengenden Leibesertüchtigungen und Waffenübungen verzichten, welche mit ihm zu betreiben er die Herren Jason und Robear verpflichtet hatte – die allerdings unterdessen unverkennbar ihre Früchte trugen.

Tatsächlich war er niemals dermaßen kraftvoll und fähig gewesen. Durch einen Mond lang durchgeführte starke Beanspruchung waren seine Schultern und der Brustkasten breiter, seine ohnehin stets schmal gewesene Hüfte merklich gestrafft sowie an den Beinen die Sehnen dergestalt gekräftigt worden, daß sein Klumpfuß ohne sonderliche Mühewaltung erheblich schwächer als früher humpelte. In Anbetracht der Hitze hatte es ihm nachgerade Fürchterliches zugemutet, innerhalb einer so bemerkenswert kurzen Frist ein derartiges, augenfällig vorteilhaftes Ergebnis zu erreichen, doch indem er sich im Bett träge räkelte, hatte er das befriedigende Empfinden, an Körpergröße um ein paar Fingerbreit höher geworden zu sein – wiewohl dieser Eindruck sich vielleicht nicht allein durch einen wirklichen Zuwachs an Höhe erklären ließ, sondern geradeso dank seines erhöhten Selbstvertrauens.

Als er einen Fuß streckte, berührte er einen warmen Leib – die Gestalt Rhys Michaels –, und nun schlug Javan die Augen auf, widmete seinem noch in festem Schlummer liegenden Bruder einen Blick tiefer Versonnenheit. Es wunderte Javan beileibe nicht, daß Gwynedds Thronfolger in der heutigen Frühe, und zwar selbst im Schlaf, deutlich angegriffen aussah. Eine behutsame geistige Einsichtnahme bestätigte des Königs Erwartung, daß seinem Bruder nach dem Aufwachen scheußliche Beschwerden bevorstanden, aber auch das Vorhandensein der bis zum gestrigen Tage unvermuteten Geisteswehr.

Javan fühlte sich an seines Bruders drohendem Elend nur wenig mitschuldig und heftete den Blick gereizt an die Unterseite des Baldachins, welcher sich übers Himmelbett bereitete, dachte über die Frage nach, was er für den Prinzen tun könnte – darüber hinaus, daß er ihm die Gnade gewährte, ihn heute früh gründlich ausschlafen zu lassen. Der gestrige Abend hatte bezüglich Rhys Michael Alister Haldanes mehrerlei Verdrießliches offenbart.

Selbst von der unvermuteten Entdeckung der Geistesschilde einmal abgesehen, hatte Javan gestern keinerlei Absicht gehabt, sich mit Rhys Michael zu befassen, schon gar nicht, die überaus heikle Angelegenheit einer möglichen Vermählung anzusprechen. Geradesowenig war er auf Charlans und Guiscards Enthüllungen hinsichtlich Rhys Michaels Trinkgewohnheiten gefaßt gewesen. Die Aussicht, daß sein Thronfolger unter Umständen der Trunksucht verfiel, behagte Javan überhaupt nicht.

Noch unschöner und bedenklicher bot sich ihm seines Thronfolgers Wunsch nach Vermählung dar, zumindest was die nähere Zukunft anbelangte. Des Prinzen Trinkfreudigkeit gab hinreichend Anlaß zur Besorgnis, um fortan genauere Obacht zu rechtfertigen, wenngleich sie an den nächsten Tagen – während der Krönungsfestlichkeiten – wahrscheinlich nicht verläßlich beurteilt werden konnte; dagegen mochte Rhys Michaels Hinwendung zur lieblichen Lady Michaela sich durchaus als Vorspiel zum Verhängnis erweisen. Javan überlegte, ob sein Bruder tatsächlich nicht begriff, in welchem Maße die Geburt weiterer Thronfolger ihrer beider Leben in Gefahr brächte.

Oder vielleicht wollte der Prinz, welcher in seinen Kinderjahren stets der damaligen Regenten Liebling gewesen war, ganz einfach nicht glauben, daß selbige Männer, nachdem der Regenschaft Beendigung sie ihrer größten Einflußmöglichkeiten beraubt hatte, sogar zu Mitteln wie Meuchelmord fähig waren, um ihre einstige Macht zurückzuerringen. Javan nahm sich vor, seines jüngeren Bruders Aufmerksamkeit im Anschluß an die Krönung auf etliche unleugbare Tatsachen des Lebens zu lenken.

Beim Aufstehen fühlte Javan sich ein wenig wie ein Spielverderber – denn als gemeine Behinderung würde Rhys Michael wohl das Einschreiten gegen seine Liebesbrunst empfinden –, suchte den Abort auf und machte sich danach an seine morgendlichen Waschungen. Derweil er sich wusch, entschloß er sich dazu, einen Ausritt einzuschieben, bevor er sich den Aufgaben der zur Mittagsstunde vorgesehenen Audienz widmete. Während er sich ankleidete, regte sich auf seinem Nachtlager Charlan, reckte verschlafen das Haupt.

»Herrje, es ward erwartet, daß Ihr ausschlaft, Sire«, meinte des Königs Adlatus. »Weshalb erhebt Ihr Euch zu so gottlos früher Stunde?«

»Mir kam der Gedanke, Pater Faelan zeitiger für die Morgenmesse zu wecken und dann ein wenig auszureiten, bevor's zu heiß wird«, antwortete Javan, der sich bereits die Sporen umschnallte. »Ein letztes Stündlein unumschränkter Freiheit möchte ich mir gönnen, ehe ich mich überwiegend, wie's Rhys Michael gestern abend so trefflich ausdrückte, mit ›Herrscherangelegenheiten‹ abplagen muß. Wenn Ihr mit mir reiten wollt, kleidet Euch geschwind an.«

Er überließ es Guiscard, dafür zu sorgen, daß Rhys Michael zur Teilnahme an der Audienz rechtzeitig aus den Federn stieg. Gemeinsam mit Charlan ließ er Faelan in dessen kleinem Oratorium die Messe feiern; anschließend schlichen der König und sein Adlatus wie zwei Lausbuben hinab zu den Königlichen Ställen und sattelten zwei der schnellsten Pferde.

Charlan trug lederne Reitkleidung und ein Schwert an der Seite, eine Ausstattung, in welcher er auch später bei der Audienz auftreten konnte; dagegen ritt

Javan im Hemd, hatte zudem die Ärmel aufgekrempelt und aufs Mitführen einer Waffe verzichtet, denn vielleicht war es das letzte Mal, daß er sich in so zwangloser Kluft zeigen durfte. Zu so früher Morgenstunde und mit Charlan an seiner Seite drohte ihm aber wohl schwerlich irgendeine Gefahr, zumal ihnen in größerem Abstand eine Handvoll bis an die Zähne bewaffneter Königlicher Lanzenreiter folgte. Während Javan auf der nördlichen Landstraße dahinsprengte, die am Fluß entlangverlief – Wind im Angesicht, das gute Gefühl kraftvoll-harten Pferdefleischs zwischen den Schenkeln –, vermochte Javan beinahe alle sorgenvollen Gedanken an die Sachverhalte, mit denen er sich nach der Rückkehr in die Königsburg beschäftigen mußte, zu vertreiben.

Doch spätestens, als er und Charlan ihre Rösser wieder auf die gepflasterte Zufahrt des Torgebäudes lenkten, sie schon von weitem ersahen, daß im Burghof weit mehr Betriebsamkeit herrschte als zur Zeit ihres Fortreitens, ward Javan von neuem mit aller Deutlichkeit bewußt, daß er von nun an wieder voll und ganz König sein mußte. Die wichtigsten Höflinge erwarteten ihn schon auf der Freitreppe des Burgsaals, genossen dort ein leichtes, frisches Morgenlüftchen. Mehrheitlich eilten sie in die Halle voraus, während er und Charlan absaßen und auf den Eingang des Hauptbaus zustrebten, nahmen die Richtung zum Audienzsaal, welcher sich hinter der Empore mit dem Thron befand. Javan hatte des Audienzsaals Benutzung angeordnet, weil er für kleinere Audienzen, wie heute eine stattfinden sollte, die etwas heimeligere Beschaffenheit desselben der Weiträumigkeit des Festsaals vorzog, in dem man sich ohnehin schon mit Vorbereitungen für den morgigen, großen Krönungsfestschmaus befaßte.

Die Herren Jason und Robear sowie weitere seiner Trabanten schlossen sich ihm und Charlan an, derweil sie die Halle durchmaßen. Vor dem Audienzsaal harrten Guiscard und ein Edelknappe des Königs mit jenen Gegenständen, welche den wilden Reiter im Handumdrehen in einen stattlichen Herrscher umwandeln sollten: einen sauberen Kittelrock aus weißem Leinen, zwar schlicht geschnittenen, aber an Kragen, Saum und Ärmeln verziert mit kleinen, karmesinroten Löwen, das Haldane-Schwert, welches er führen, jedoch nicht umgürten durfte, solange er kein Recht zum Tragen der Krone hatte, und vor allem – auf Guiscards Unterarm geschoben – den aus Gold gehämmerten, mit Rubinen geschmückten Kronreif mit den nach Greiftierart dargestellten Löwen.

Javan streifte den Hemdrock ab, der nach Pferd roch, tupfte sich mit einem Tuch den Schweiß ab und hielt den Kronreif, während Guiscard ihm einen Gürtel aus Silberscheiben um die Leibesmitte schnallte und der Edelknappe ihm mit etwas täppischer Hand einen Kamm durchs verschwitzte Haar führte. Herr Jason reichte ihm einen Becher, und Javan schlürfte dankbar dessen Inhalt. Der Wein war stark mit Wasser verdünnt, erquickte ihn aber ungemein; man hatte den Trank gekühlt in aus den Bergen bei Cashien herabgeholtem Eis.

Das Zusammenwirken frischer Bekleidung und kühlen Trunks flößte ihm ein Gefühl der Kräftigung und Ruhe ein, doch war er sich darüber im klaren, daß es schwerlich allzu lang anhalten konnte. Er rückte die Schultern gerade und legte sich das in der Scheide befindliche Haldane-Schwert in die Armbeuge, so daß der Griff wie ein Kreuz über seine linke Schulter aufragte. In dem Augenblick, als Guiscard ihm den Kronreif auf den Schopf senkte, gesellten sich Rhys Michael und Ritter Tomais zu ihnen; der Prinz war würdig in Königsblau gehüllt und trug seinen silbernen Kronreif um die Stirn, im übrigen jedoch erweckte er den Eindruck, er wäre lieber andernorts, und zwar, wie Javan wußte, am liebsten wieder im Bett.

»Rhysem, wirst du diese Veranstaltung denn wirklich durchstehen?« fragte Javan, der wegen seines Bruders Zustand ernstliche Besorgnis verspürte.

Obwohl er bleicher war, als man ihn je zuvor blaß gesehen hatte, nickte Rhys Michael. »Ich gebe Euch mein Wort, Sire, ich halte aus. Nur duldet nicht, daß irgendwer laute Geräusche macht.«

»Da will ich mein Bestes tun.« Javan wandte sich an Tammaron, der just aus dem Audienzsaal zum Vorschein kam. »Sind die Gäste schon drinnen, Reichskanzler, und ist alles in gebührlichem Rahmen vorbereitet?«

»Sehr wohl, Sire, das ist der Fall«, bestätigte Tammaron. Zu einem langen Tappert in Waldgrün hatte er die goldene, aus etlichen H-Buchstaben – H für Haldane – zusammengesetzte Amtskette umgelegt. »Hier entlang, wenn's gestattet ist, Sire.«

Die äußerliche Zwanglosigkeit, welche sich der Versammlung im Audienzsaal anmerken ließ, stand vollauf im Gegensatz zu der allgemein bekannten, hochgradigen Bedeutsamkeit der angesagten Begegnung. Die öffentliche Bekanntgabe der heutigen Übereinkünfte sollte erst morgen erfolgen, anläßlich der Krönung; im wesentlichen ging es jedoch darum, daß Prinzessin Anne, Alleinerbin des uralten Fürstentums Cassan, Javan ihres verewigten Vaters Letzten Willen mitteilen und somit die förmlichen Verfahren einleiten sollte, welche Cassan dem Königreich Gwynedd einverleibten und ihren Sohn zum ersten Herzog Cassans erhoben.

Sobald Javan den Saal betrat, verebbte die Unterhaltung. Derweil er mit betonter Lässigkeit auf den Thronsitz zuhielt, den man für ihn aufgestellt hatte, sich im geheimen darüber freute, daß er nur ganz geringfügig hinkte, gewahrte er, daß die cassanischen Gäste in einer der hinteren Ecken beisammenstanden. Er erkannte Tammarons Sohn Fane, den Gatten der Prinzessin. Zu beiden Seiten Fanes warteten eine verschleierte, mit einem prunkvollen Stirnreif geschmückte Dame in Braunrot und Goldgelb, wohl die Prinzessin höchstpersönlich, und eine ältere Frau in Schwarz, welche gleichfalls einen Stirnreif trug – vermutlich des verstorbenen Fürsten Witwe – und an der Hand einen Knaben mit leuchtenden Augen hielt, dessen Alter drei, vier Lenze zählen mochte.

Ebenso hatten sich außer den wichtigsten Angehörigen von Javans Hofstaat und den Kronräten – die Herren Manfred, Udaut, Rhun, Murdoch sowie Erzbischof Hubertus, welchletzterer als Vertreter der Reichskirche zugegen weilte – mehrere weitere Verwandte Tammarons eingefunden: seine beiden anderen Söhne, namentlich Fulc und Quiric, deren Mutter, die Edle Nieve, ferner ihre Söhne aus erster Ehe, Albertus und Paulin. Letzterer sah ungemein nachdenklich aus, zudem noch grimmiger als gewöhnlich – eine Tatsache, sann Javan, welche in Anbetracht des Umstands, daß ihm in der vergangenen Nacht sein Großinquisitor jäh verstorben war, kaum verwundern konnte.

»Ihr hochedlen Herren und holden Damen«, rief Graf Tammaron, als Javan den Thronsitz erreichte, »Seine Majestät der König…«

Seit Javan das letzte Mal einen Blick in den Saal geworfen hatte, war hinter dem Thronsitz ein großer Wandbehang mit dem Haldane-Wappen aufgehangen und über den Thronsitz ein prunkvoller Baldachin gebreitet worden. Sobald der König sich den versammelten Edlen und Damen zukehrte, fühlte er sich mit allen seinen Haldane-Ahnen eins. Seine Untertanen verneigten sich, als er Platz nahm. Er legte sich das Haldane-Schwert über die Knie, ließ seinen Trabanten genug

Zeit, um sich hinter ihn und zu seinen Seiten zu scharen, und Rhys Michael Gelegenheit, um sich an seine Linke zu setzen; danach erst wandte er sich mit erwartungsvoller Miene an Tammaron.

»Herr Tammaron, sagt an, gehe ich recht in der Annahme, daß Ihr Gäste vor Uns bringt?«

»Jawohl, Sire«, bestätigte Tammaron, indem er eine Verbeugung vollführte. »Mir fällt die große Ehre zu, Euch meine Schwiegertochter vorzustellen, Ihre Durchlauchtigste Hoheit Prinzessin Anne Quinnell von Cassan, Tochter und Alleinerbin Seiner Erlauchtigsten Hoheit Ambert Quinnell, des seligen Fürsten von Cassan. Mein Sohn Fane, so glaube ich, ist Euch bereits bekannt.«

Tammarons Ältester nahte sich dem Thron mit seiner Gemahlin, jener schlanken Gestalt in Braunrot und Goldgelb. Beide knieten vor dem König nieder; die Prinzessin schlug von ihren pechschwarzen Locken den Schleier zurück, ehe sie aus ihres Gatten Hand eine Schriftrolle entgegennahm und sie Javan reichte.

»Mit Eurer gütigsten Erlaubnis, Eure Majestät, überbringe ich Euch aus Cassan unsere untertänigsten Grüße und diese von meines verewigten Vaters Testament angefertigte, beglaubigte Abschrift, woraus die künftige Verfügung seiner Ländereien mit unanfechtbarer Klarheit zu ersehen ist«, sprach die Prinzessin. Sie hatte eine leise, wohlklingende Stimme, und aus der milchweißen Vollkommenheit ihres Angesichts blickten unter dunklen Wimpern Augen von klarem Blaugrau zum König empor; unwillkürlich drängte sich Javan der Gedanke auf, was für ein beglückter Mann Fane Fitz-Arthur sein mußte.

»Wie man Eurer Majestät zweifellos mitgeteilt hat, war's meines verewigten Herrn Vaters Wunsch, dieweil es ihm an Söhnen gebrach, daß Cassan durch mich meinem ältesten Sohn zufallen soll, welcher nun heute, so Ihr's ihm huldvoll gewährt, vor Euch tritt, um Euch als seinem einzigen und wahren weltlichen Oberherrn zu huldigen und von Euch Cassan, das dadurch zu einem Herzogtum Gwynedds wird, für sich und alle seine männlichen Nachfahren als Lehen bis zum Jüngsten Tag zu erbitten. Erlaubt Ihr mir, Eure Majestät, meinen vorerwähnten Sohn vor Euch zu führen?«

»Darum bitten Wir Euch, edle Dame«, antwortete Javan, gab die Schriftrolle an Charlan weiter und bewog das Paar vermittelst eines Winks zum Aufstehen. Nur mit einem gewissen Widerstreben richtete er den Blick auf den Knaben sowie die in Schwarz gehüllte Edle, welche ihn zum Thron brachte – denn Anne von Cassan war eine wahrlich atemberaubende Schönheit.

Auf Veranlassung der Schwarzgewandeten kniete das Knäblein zu Javans Füßen nieder, das Haupt schüchtern über die wie zum Gebet gefalteten Hände geneigt; gleichzeitig jedoch lugten unter einem Schopf schwarzen Haars zwei große, wachsame Äuglein hervor, denen wenig entging. Sein Anblick entlockte Javan die Andeutung eines Schmunzelns. Die Dame in Schwarz blieb stehen.

»Sire«, machte Anne sie mit Javan bekannt, »vor Euch seht Ihr meine Frau Mutter, Lady Duvessa Sinclair, Fürstwitwe von Cassan.«

Während dieser Worte neigte Lady Duvessa das Haupt, und Javan tat das gleiche; währenddessen fragte er sich, ob sie eine Anverwandte Paulins und Albertus' sein mochte, deren Nachname gleichfalls Sinclair lautete.

»Hochedle Dame, Ihr seid Uns von ganzem Herzen willkommen«, äußerte Javan. »Seid Unseres allertiefsten Kummers über den von Euch erlittenen Verlust versichert. Es ist Unser innigst gehegter Wunsch, daß der Länder Vereinigung sich als so vorteilhaft für alle

Untertanen erweisen mag, wie Euer zu Gott heimgegangener Gemahl es erträumt hat. Euren Enkel wollen Wir getreulich schätzen, als wäre er Unser eigener Sohn.«

Ein leichtes Lächeln verzog Lady Duvessas Lippen. »Ihr seid überaus gütig, Sire«, sprach sie in gedämpftem Ton. »Der Knabe ist sehr gescheit. Ich könnte mir keinen feineren Enkel wünschen. Ach, dürfte doch sein Großvater noch miterleben, wie er zum Manne heranwächst...«

»Wir teilen Eure Trauer, hochedle Dame, denn auch Unser Vater ging durch sein Ableben der Gelegenheit verlustig, *Uns* zur Mannheit aufwachsen zu sehen«, versetzte Javan zur Antwort. »Wenn dazu die Zeit reif ist und es Euch sowie seine Eltern recht deucht, soll es Uns ein vorzügliches Vergnügen sein, ihn hier bei Hofe seine Lehrjahre verbringen zu lassen, auf daß er das Herrschen erlernt. Cassan liegt fern, und Wir bedürfen dort eines Herzogs, auf welchselbigen Wir, indes er Unsere Gebote aufrechterhält – wie es, das wissen Wir, für seiner Unmündigkeit Dauer seine Regenten unerschütterlich tun werden –, aufs vollständigste bauen können. Ihr sollt ja, glauben Wir, zu dritt« – sein Blick streifte Anne und Fane, kehrte zurück zu Lady Duvessa – »als seine Statthalter eingesetzt werden...?«

»So lautete meines Vaters Begehr, Sire«, gab Lady Anne ihm zur Antwort, trat näher und senkte die Hand auf des Knaben Schulter. »Auch unser Trachten richtet sich dahin, sollte selbige Bestrebung denn auf Eurer Majestät Wohlwollen und Billigung stoßen.«

»In der Tat findet sie aufs vollkommenste Unseren Beifall«, versicherte Javan, lenkte den Blick hinüber zu den anwesenden Klerikern, insbesondere Erzbischof Hubertus. »Herr Erzbischof, seid Ihr bereit, um einer Eidleistung als Zeuge beizuwohnen?«

»Gewiß, Sire«, sprach Hubertus, nahte sich nun,

gehüllt in den Bischofsmantel, auf dem Haupt die Mitra, dem Thronsitz, gefolgt von einem Diakon, welcher eine mit prächtigem Einband versehene Bibel brachte.

»Nun denn, sodann besteht kein Grund zum Zaudern«, stellte Javan fest. »Wer von Euch will das Wort führen für ihn...? Für Tambert, ja?«

»Ja, Herr, und ich bin diejenige, die für ihn das Wort ergreifen wird«, antwortete Lady Duvessa, bezog hinter ihrem Enkel Aufstellung; die Eltern knieten sich an seine Seiten, legten ihm jeder eine Hand auf die Schulter.

Jung Tambert, welcher alle diese Vorgänge über die gefalteten Hände hinweg aus großen Augen mitangesehen hatte, begegnete dem König mit fröhlichem Lächeln, als Javan sich übers Haldane-Schwert zu ihm hinabbeugte und die kleinen Hände in die seinen nahm.

»Gott zum Gruß, Tambert«, sagte Javan leise, blickte dem Knaben in die Augen und lächelte. »Mein Name ist Javan. Wollen wir Freunde sein?«

Sobald Tambert ernst genickt hatte, hob Javan den Blick zu des Knaben Großmutter, damit sie sah, daß es an der Zeit war, um die übernommene Verpflichtung zu erfüllen.

»Wir, die Regenten Herzogs Tambert Fitz-Arthur-Quinnell, des Erben ganz Cassans, leisten in desselben Namen Euch, König Javan von Gwynedd, den nachfolgenden Eid«, sprach die Lady. »Den vorgenannten Herzog von Cassan erklären wir zu Eurem Lehnsmann mit Leib und Leben und Eurem Untertanen, und alle Ländereien Cassans, vormals Eigentum des letzten, inzwischen verewigten Fürsten von Cassan, seines Großvaters, geben wir Euch zu Eurem Besitz. Vertrauen und Treue sowie seines Herzens weltliche Verehrung wird er Euch erweisen, mit Euch leben und sterben und an

Eurer Seite gegen alle Widersacher stehen. Dies alles schwören und geloben wir, so wahr uns Gott helfe.«

Während sie die schwerwiegenden Worte vortrug, hatte Javan sie einer Wahrheitsfindung unterzogen – in der Tat war es ihr mit allen Beteuerungen vollauf ernst – und richtete nun seiner Magie-Sinne Wahrnehmung, wiewohl nur kurz, auch auf Anne und Fane, derweil sie ihr ›So wahr mir Gott helfe‹ hinzufügten. Dem Paar ließ sich gleichfalls weder Lug noch Trug anmerken. Indem er erleichtert aufatmete, heftete Javan den Blick wieder auf Jung Tambert, welcher mit wahrer Hingerissenheit zu ihm aufschaute.

»Wir haben Euren Lehnseid vernommen, Regenten des Herzogs Tambert von Cassan, in dessen Namen Ihr ihn schwort«, erklärte Javan. »Unsererseits sichern Wir Euch und Eurem Volk den Beistand Gwynedds zu und versprechen Euch hoch und heilig, Euch mit all Unserer Macht gegen Widersacher jedweder Art Schirm und Schutz zu gewähren, auf daß Treue mit Treue belohnt werde, Unsere Gerechtigkeit das Unterpfand Eurer Verehrung sei. So lautet Unser Wort, das Wort Javan Jashan Urien Haldanes, des Königs von Gwynedd, Herrn von Meara und der Finsternmark sowie Oberherrn von Cassan. So wahr Uns Gott helfe.«

Als er zu Ende gesprochen hatte, ließ Javan von des Knaben Händen ab, drehte sich Erzbischof Hubertus zu, legte die Hand auf die Heilige Schrift und küßte den mit Edelsteinen geschmückten Umschlag; anschließend hielt Hubertus die Bibel Duvessa, Anne und Fane hin, die sie desgleichen küßten. Gerade machte der Erzbischof Anstalten, um sich abzuwenden und die Bibel wieder dem Diakon zu überantworten, welcher sie herbeigetragen hatte, da zupfte Tambert eifrig am Saum von Javans Gewand.

»Ich auch«, rief das Knäblein *sotto voce,* doch sein helles Stimmchen drang dennoch bis in des Audienzsaals hintersten Winkel und sorgte bei den Anwesenden für Erheiterung.

»›Du auch?‹« wiederholte Javan, beugte sich würdevoll hinab, bis er Tambert auf gleicher Höhe in die Augen zu schauen vermochte. »Was ist's denn, das du wünschst? Das Buch zu küssen?«

Mit Nachdruck nickte Tambert.

»Aha, so ersehe ich, um was es dir geht«, sprach Javan, hielt Erzbischof Hubertus zurück, just als dieser die Bibel dem Diakon geben wollte.

»Sire, aber…«

»Nein, wartet, Herr Erzbischof, laßt sehen, wieviel er von der Sache versteht«, unterbrach Javan den Kirchenfürsten, neigte sich wieder hinab zu dem Knaben. »Tambert, weißt du, was für ein Buch das ist?«

»Gottes Wort«, antwortete Tambert in altklugem Ton.

»Fürwahr, so verhält's sich«, bestätigte Javan beifällig. »Und weißt du auch, was es bedeutet«, fragte er weiter, »wenn jemand das Buch küßt, darin Gottes Wort aufgeschrieben steht?«

Tamberts Miene widerspiegelte Unsicherheit.

»Es bedeutet«, erläuterte Javan, »daß er vor Gott als Zeugen ein Versprechen abgelegt hat. Hast du mir heute ein Versprechen gegeben, Tambert? Du hast von mir eines erhalten. Ich habe dir geschworen, dein Freund zu sein und dir und allen anderen Leuten bei dir daheim in Cassan immer zur Seite zu stehen. Möchtest du mir vor dem Herrgott versprechen, auch *mein* Freund zu sein?«

Während Javans Erklärungen hatte sich Tamberts Miene erhellt; nun klatschte er begeistert die Hände zusammen und nickte.

»Freunde!« krähte er freudig.

Javan gelang es nur halb, ein launiges Lächeln zu verhehlen, derweil ringsum andere Anwesende ihre Belustigung weniger erfolgreich zu meistern versuchten und er die Hand nach der Bibel ausstreckte, welche Hubertus noch in seinem Gewahrsam hatte. Stumm überließ der Erzbischof sie Javan, schaute voller Staunen und in widerwilliger Hochachtung zu, während der König das große, dicke Buch zwischen beide Hände nahm und es dergestalt zu Jung Tambert hinabhielt, daß er sie gänzlich sehen konnte.

»Da haben wir Gottes Wort, Tambert«, sagte er, derweil er die Bibel dem Knaben zeigte. »Du weißt, so wie ich's weiß, daß Gott alles vernimmt, was wir reden. Wenn ich das Buch küsse, welches Gottes Wort enthält, bedeutet selbige Tat, ich weiß, daß er mein Versprechen gehört hat. So verspreche ich denn nun vor Gott als meinem Zeugen, dein Freund zu sein, Tambert.«

Er spürte Tamberts Blick auf sich ruhen, derweil er feierlich die Stirn neigte und die Bibel ein zweites Mal küßte. Ein Freundschaftsversprechen mußte gewißlich als grobe Vereinfachung der Schwüre gelten, welche er mit Tamberts Regenten ausgetauscht hatte, umfaßte jedoch den Wesenskern der Sache und konnte von dem Knaben durchaus begriffen werden. Letzteres war allem Anschein zufolge tatsächlich der Fall, denn sobald Javan das Haupt hob, legte Tambert langsam seine kleinen Hände auf den von Edelsteinen schweren Einband der Heiligen Schrift, in seinen blauen Augen leuchtete wie Sonnenschein uneingeschränktes kindliches Vertrauen.

»Freunde«, lautete seine schlichte Bekundung. Anschließend beugte er sich weit vornüber und drückte einen lauten Schmatzkuß auf das Buch. Heiteres beiläufiges Gemurmel raunte durch den Saal.

Auch in Javans Augen stand Frohsinn, jedoch bewahrte er eine feierlich-ernste Miene. »Meinen Dank, Tambert«, sprach er, indem er die Bibel zu guter Letzt Erzbischof Hubertus aushändigte. Ursprünglich hatte er, weil Tambert noch dermaßen jung war an Jahren, keine weiteren Zeremonien beabsichtigt; nun aber winkte er des Knaben Mutter zu sich vor den Thron.

»Hochedle Dame, Unseres Erachtens hat Euer Sohn in der allerüberzeugendsten Weise klargestellt, daß er voll und ganz darüber Klarheit hat, mit welchen Angelegenheiten wir uns hier befassen«, wandte er sich, das Schwert noch auf den Knien, mit leiser Stimme, an die Prinzessin. »In Anbetracht selbigen Sachverhalts tät's mich schäbig dünken, ihm das übrige Zeremoniell zu verweigern, welches zu seines Adelstitels Anerkennung dient… Es sei denn, Ihr hegt die Auffassung, eines blanken Schwertes Anblick möchte ihm gar wohl Furcht einjagen.«

Der Prinzessin Miene brachte Überraschung zum Ausdruck, als er das Schwert zwischen ihnen leicht anhob; dann jedoch zeichnete sich auf ihrem Antlitz ein Lächeln ab.

»Ist's Eure Absicht, ihn zum Herzog auszurufen, Sire?« fragte sie atemlos.

»Außer Ihr hättet zu einem so frühen Zeitpunkt dagegen Bedenken, Eure Durchlaucht.«

Unverkennbar voll der Freude neigte sich die Prinzessin zu ihrem Sohn hinab und flüsterte ihm etwas ins Ohr; aufmerksam lauschte der Knabe ihren Worten und nickte zum Schluß. Während Anne sich wieder an seine Seite kniete, durch einen Blick ihrem Gatten sowie der Mutter zu verstehen gab, daß auch sie beide niederknieen sollten, stand Javan bedächtig vom Thronsitz auf, zog behutsam das Haldane-Schwert aus der Scheide und übergab die letztere Guiscard zur Verwahrung. Beide Fäuste am Schwertgriff, hob er die blanke Klinge an die Lippen, blickte danach Tambert an und lächelte ihm zur Ermutigung zu.

»Tambert von Cassan, sei durch Uns in deinem Rang und Titel als Herzog von Cassan anerkannt und bestätigt«, sprach der König, senkte die flache Klinge achtsam erst auf des Knaben rechte, sodann die linke Schulter. »Wir werden diese Maßnahme wiederholen, wenn du mündig bist und selbst um deines Herzogsrangs Anerkennung ersuchst«, ergänzte er die abgegebene Erklärung, indem er mit der Klinge – ebenso rücksichtsvoll wie zuvor – des Knaben Scheitel berührte. »Und Wir hoffen, daß Wir sie in ungefähr fünfzehn Lenzen ein weiteres Mal wiederholen können, wenn's für Euch an der Zeit ist, um den Ritterschlag zu empfangen.«

Des Knaben Blick bezeugte andächtige Ehrfurcht und schiere Heldenverehrung, während Javan das Schwert an Guiscard abtrat, damit er es in die Scheide zurücksteckte, und als Javan sich erneut vorbeugte, um Tamberts Händchen nochmals in die eigenen Hände zu schließen, dankte der frischgebackene Herzog es ihm mit einem Lächeln, das wie lichter Sonnenschein strahlte.

»Erhebt Euch, vortrefflicher Herzog von Cassan.«

Tambert sprang auf und schlang ihm zu Javans Überraschung überschwenglich die kurzen Ärmchen um die Knie, stieß dabei ein fröhliches Lachen aus. Seine Eltern wirkten ungemein bestürzt, wogegen die Großmutter nur mit Mühe ein Schmunzeln verhehlen konnte. Unverzüglich eilte Tamberts Mutter herbei, um Javan vor weiteren Zudringlichkeiten des Knaben zu bewahren.

»Ich erflehe Eure Vergebung, Sire«, bat sie mit leiser Stimme. »Gemeinhin ist er weniger übermütig.«

»Laßt nur, er erfreut ja mein Herz«, entgegnete Javan, lachte nun, indem er sich bückte und Tambert auf den Arm nahm, selbst vor sich hin. »Bedenkt, hochedle Dame, es geschieht selten, daß einem König seitens eines seiner Herzöge eine durch solche Begeisterung geprägte Zuneigungsbekundung widerfährt.« Der Knabe warf die Arme um seinen Hals und versetzte nun auch der königliche Wange einen feuchten Kuß. »Oho, sei bedankt, Tambert«, sprach daraufhin Javan. »Aus uns zweien werden großartige Freunde, was, Tambert? Und du wirst mir, da habe ich nicht den geringsten Zweifel, zu einem ganz herausragenden Herzog herangedeihen.«

Beschwichtigt lächelte des Knaben Mutter. »Mich will's dünken, er wird einem überragenden König dienen dürfen, Sire«, antwortete sie mit halblauter Stimme. »Ich danke Euch für Eure Huld und Güte. Ihr seid anders… als ich mir Euch dachte.«

»Ach, und wie habt Ihr Euch mich gedacht?« fragte Javan in umgänglichem Ton und schaute der Prinzessin geradewegs in ihre blaugrauen Augen.

»Als einen ungeschickten, im Herrschen ungeübten Jüngling, Sire«, antwortete Anne unverblümt. »Jetzt erkenne ich, wie sehr ich mich geirrt habe.«

Zu Javans erneuter Überraschung vollführte sie als nächstes einen tiefen, förmlichen Hofknicks, und zwar weit feierlicher und würdiger, als die Pflicht es ihr abverlangte. Dieweil ihr Anblick ihn erneut in den Bann ihrer Schönheit zog, ließ Javan den Knaben an seiner Hüfte auf den Fußboden hinabrutschen und ergriff der Mutter Hand, um ihr beim Aufrichten behilflich zu sein, behielt ihre Finger ein ganz klein wenig länger als erforderlich in der Hand.

»Habt meinen Dank, Lady Anne«, sprach er leise, hob ihre Hand an die Lippen. »Ich erwarte mit aller Gewißheit, daß Tambert, da er eine dermaßen vornehme Dame zur Mutter hat, zu einem Edlen heranwächst, welcher sich durch die allervorzüglichsten Tugenden auszeichnet.«

Die gedämpfte Unterhaltung zwischen Javan und der Prinzessin hatte nur wenige Augenblicke lang gedauert. Kaum hatte er von ihrer Hand abgelassen, nahm die Audienz ein Ende. Fane trat vor, um seinen

Sohn fortzuführen, Mutter und Tochter verbeugten sich zum Abschied, ehe sie sich entfernten. Graf Tammaron, sichtlich stolz, begleitete sie mit freudenvoller Miene zum Ausgang, eilte danach, während sich der Bereich vor dem Thronsitz klärte, zurück zu Javan.

»Sire, ich danke Euch für die meinem Enkel erwiesene Großmut«, sagte der Reichskanzler. »Darf ich nun, dieweil die Tagesordnung heute mittag keine sonstigen Angelegenheiten vorsieht, die Versammlung auflösen?«

»Freilich, Graf«, beschied Javan ihn, indem er von Herrn Guiscard das Haldane-Schwert entgegennahm.

»Meine edlen Herren und ehrenfesten Damen«, rief Tammaron, indem er neben den Thronsitz trat und sich dem Saal zuwandte. »Die Audienz ist beendet. Seine Majestät entläßt Euch Eurer Wege.«

Die Versammlung löste sich, indem die Anwesenden ihre Ehrenbezeugungen vollführten, langsam auf, die Leute strebten in die benachbarte Räumlichkeit, den merklich größeren, etwas kühleren Rittersaal. Unterdessen nahte sich Erzbischof Hubertus dem König in der offenkundigen Absicht, seinen Abgang zu verzögern. Guiscard und Charlan wichen etwas zurück, blieben allerdings in Bereitschaft, um ihrem königlichen Herrn im Notfall augenblicklich beistehen zu können. Paulin und Albertus harrten des Erzbischofs just jenseits der Schwelle zum Burgsaal, in Hubertus' Sichtweite, tuschelten miteinander, derweil sie auf den Kirchenfürsten warteten.

»Ihr habt den Knaben aufs erlesenste behandelt, Sire«, lobte der Erzbischof nachgerade widerwillig den König, während sich der Audienzsaal allmählich leerte. »Gebe Gott, daß er sich, wenn er mündig und Mann ist, des heutigen Tages und eurer hohen Gunst entsinnt.«

Javan gewährte dem Erzbischof ein Nicken. »Ich hege

die Absicht, sicherzustellen, daß er dessen eingedenk bleibt, Erzbischof«, antwortete Javan. »Ich wünschte, meines zweiten Herzogs Zuneigung wäre nur halb so groß. Gehe ich gar wohl richtig mit der Vermutung, daß noch keine Nachricht eingetroffen ist, ob Graham und die übrigen kheldourschen Edlen sich zur Krönung einstellen?«

Hubertus' Miene verriet unzweideutiges Mißbehagen. »Leider verhält's sich in der Tat so, Sire. Die Mehrzahl der übrigen Vasallen, deren Teilnahme wir gemeinhin als selbstverständlich erachten, hat sich indes schon eingefunden, ferner eine beträchtliche Anzahl von Abordnungen aus benachbarten Königreichen, die Euch morgen, nach der Krönung, ihrer Herrscher Glückwünsche und Geschenke überbringen werden. Da fällt mir ein, Herr Udaut bat mich darum, Euch auszurichten, Sire, daß in des Tages späterem Verlauf eine Gesandtschaft aus Torenth eintreffen soll. Gerüchten zufolge verhält's sich so, daß der König von Torenth wahrhaftig einen seiner Brüder als Abgesandten zu Euch geschickt hat.«

Javan spitzte die Lippen. »Ein torenthischer Prinz in Rhemuth… Wer hat *das* erlaubt?«

Hubertus' schnitt eine Fratze des Mißmuts. »Glaubt mir, Sire, dieser Einfall ist beileibe nicht *meinem* Hirn entsprungen. Vielmehr ist's ein altüberlieferter Brauch, daß bei einer Königskrönung Stellvertreter benachbarter Königreiche zugegen sind, damit sie aller Welt die Rechtmäßigkeit des Herrschaftsantritts zu bezeugen vermögen. Immerhin ist zu beachten, Sire, wir stehen ja mit Torenth nicht im Krieg.«

»Mitnichten, Herr Erzbischof, bloß gewährt man dort einem Möchtegern-Anwärter auf meinen Thron Unterschlupf«, erwiderte Javan.

»Nun, Sire… Fürwahr hat niemand jemals den abwegigen Gedanken gehegt, König Arion könnte sich zu einer solchen Tollkühnheit versteigen, den eigenen Bruder als Abgesandten zu entsenden.«

»So müssen wir denn bei Hofe fremdländische Deryni dulden«, stellte Javan in gleichmütigem Tonfall fest, beobachtete Hubertus' Mienenspiel und dachte dabei an den geheimnisvollen welschen Deryni, welcher gegenwärtig in Paulins Diensten stand. »Diese Aussicht erregt mein Mißfallen. Welche Vorkehrungen werden veranlaßt, um die Gewähr zu haben, daß unsere torenthischen Besucher sich an all jene Regeln halten, deren Beachtung redlichen Gästen geziemt?«

Verdrossen schürzte Hubertus die Lippen. »Im Rahmen der Möglichkeiten, welche sich anbieten, um zu erreichen, daß sie ›all jene Regeln, deren Beachtung redlichen Gästen geziemt‹, in der Tat beachten, wird alles getan, Sire, dessen seid versichert. Der Herr Konnetabel wird eine starke Ehrengarde abstellen.« Ein gekünsteltes Lächeln verzog sein Mondgesicht. »Und Herr Rhun hat Weisung erteilt, daß Meister Sitric in der bewußten Gäste Mitte sitzen soll. Des weiteren habe ich angeordnet, daß stets an den geeigneten Stellen Bogenschützen sich bereithalten, deren Aufgabe es ist, auf alle etwaigen Anzeichen irgendeiner Arglist achtzugeben. Wenn's Euer Wunsch ist, Sire, kann ich veranlassen, daß sie ihre Pfeilspitzen in *Merascha* tauchen.«

Javan warf dem Erzbischof einen ungnädigen Blick zu. »So weit brauchen wir wohl schwerlich zu gehen, Erzbischof...« Er ließ ein Aufseufzen vernehmen. »Nun wohl, gibt's noch weitere Neuigkeiten?«

Ein Schatten verdüsterte Hubertus' für gewöhnlich leutselige Gesichtszüge. »Ich wüßte nichts zu vermelden, was Einfluß auf des morgigen Tages Verlauf hätte, Sire«, antwortete er in verhaltenem Ton. »Indes *ist* etwas geschehen, das Ihr aufgrund Eures frühmorgendlichen Ausritts vielleicht noch nicht erfahren habt... In der vergangenen Nacht erlitt Bruder Serafin einen Zusammenbruch und hauchte seine Seele aus. An seinem Herzen lag's, wähnt man. Pater Lior weilte bei ihm und spendete ihm die Sterbesakramente. Es bedarf wohl keiner besonderen Erwähnung, daß Pater Paulin zutiefst in Gram gestürzt ward. Den *Custodes*-Orden hat ein schwerer Verlust ereilt.«

»Herrje, na so etwas«, murmelte Javan, indem er ein hinlängliches Maß an Befremden vortäuschte. Ein wenig erleichterte es sein Gewissen, daß es Serafin vergönnt gewesen war, entsündigt gen Himmel zu fahren. »Meiner Treu, er war doch noch kein gar so alter Greis. Aber bedenkt man die Hitze und all die Mühen…«

Hubertus nickte. »Er zählte noch keine fünfzig Jahre, glaube ich zu wissen, Sire, aber sein Blut wallte ihm stets allzu stark. Mir ward erzählt, er ließ sich in regelmäßigen Abständen zur Ader, und daß er dadurch eine gewisse Abhilfe erhielt, aber…« Der Erzbischof schüttelte das Haupt. »Da gerät man unwillkürlich ins Grübeln… Er und ich, wir hatten ja fast das gleiche Alter. Möge der Herrgott seiner Seele gnädig sein.«

»Amen«, schloß Javan sich dem frommen Wunsch an und bekreuzigte sich gleichzeitig mit Hubertus. »Ein trauriger Vorfall, welcher mich am Vortag der Krönungsfestlichkeiten daran gemahnen soll, daß ich selbst als König ein Sterblicher bin und darum nie und nimmer dem Übermut frönen darf. Ich bekenne, ich war niemals gut Freund mit dem Mann, aber ich werde Pater Faelan damit betrauen, ihn für eines Mondes Dauer bei der Frühmesse in der Königlichen Kapelle mit ins Gebet einzuschließen.«

Mit jedem Wort hatte der König die Wahrheit gesprochen. Ehrlichen Herzens konnte er um Serafin keine Trauer empfinden, doch zumindest, zumal er sich für seinen Tod die Verantwortung aufgebürdet hatte, für ihn beten. Und zum großen Glück hatte es den Anschein, als ob sein Ableben keinerlei unliebsamen Verdacht erweckte, wenigstens nicht bei Erzbischof Hubertus.

Javan gewahrte, daß Guiscard seine Aufmerksamkeit auf sich zu ziehen versuchte, und deutete vor Hubertus eine Verneigung an. »Ich bitte Euch, entschuldigt mich, Erzbischof, mich will's deuchen, daß man mich wegen irgendwelcher sonstiger Angelegenheiten in Anspruch nehmen möchte, und überdies empfinde ich das Bedürfnis, mich durch eine kräftige Mahlzeit zu stärken, ehe ich mich zur Klärung letzter Fragen in den Dom begebe. Der morgige Tag, so wähne ich, wird allzu geschwind da sein…«

Nachdem der König mitsamt seinen beiden Adlaten den Audienzsaal verlassen und unterwegs Paulin und Albertus, welche unverändert an der Tür warteten, zum Gruß zugenickt hatte, strebte auch Hubertus, allerdings gemächlicher, zum Ausgang. Nahezu alle Teilnehmer der vorhin beendeten Audienz hatten sich mittlerweile im Burgsaal verstreut, in welchen die offenen Fenster ein leichtes, angenehmes Lüftchen einließen. Paulin zog Hubertus zur Seite, in den Zugang einer Stiege, wo sie sich mit Albertus vergleichsweise unbeobachtet zu besprechen vermochten.

»Worüber war er so verstimmt?« wünschte Paulin zu erfahren.

»Die Abordnung aus Torenth war die Ursache«, erteilte Erzbischof Hubertus im Tonfall der Abwiegelung Aufschluß. »Man kann ihm wohl schwerlich zumuten, darüber zu frohlocken, oder?«

Paulin schnaubte und schüttelte das Haupt. »Niemanden erfreut die Ankunft solcher Strolche. Und wie hat er die Nachricht von Serafins Tod aufgenommen?«

Auf nichtssagende Weise zuckte Hubertus mit den Schultern; seiner Miene hingegen war eine gewisse Unzufriedenheit anzusehen.

»Was *glaubt* Ihr denn, wie er sie aufnahm? Tiefen Schmerz hat er nicht vorgetäuscht, was mich indes überhaupt nicht verwundert, berücksichtigt man seine Abneigung wider die *Custodes.* Dennoch wird er, so hat er's angekündigt, Pater Faelan damit betrauen, Serafin einen Mond lang des Morgens ins Gebet einzuschließen, und sich meinem Stoßgebet angeschlossen, daß Gott mit Serafins Seele gnädig sein möge. Insofern kann ich über sein Betragen keinerlei Außergewöhnlichkeiten vermelden.«

»Warum zieht Ihr dann eine Miene, als hätt's Euch die Grütze verhagelt?« fragte Albertus.

Erzbischof Hubertus widmete dem *Custodes*-Großmeister einen scharfen Blick. »Was redet Ihr da? Was soll diese Frage bedeuten?«

»Potzdonner, ich will meinen, wir stehen hier vor einem recht bemerkenswerten Zusammentreffen, falls sich dahinter denn wirklich reiner Zufall verbirgt. Ich dagegen vermeine, 's stinkt zum Himmel... Auf des Königs ausdrücklichen Wunsch wird ein bestimmter Geistlicher an den Königshof geholt, um Königlicher Kaplan zu werden. Selbiger Geistlicher ist seitens seiner Vorgesetzten aufs gründlichste darauf vorbereitet und die diesbezügliche Weisung ihm nachhaltig eingebleut worden, alles zu beobachten, was in des Königs Umkreis geschieht, und es den erwähnten Oberen zu berichten. Doch nur wenige Tage nach desselben Priesters Ankunft ist einer jener Männer, welche seine Vorgesetzten sind, plötzlich mausetot.«

Hubertus verdrehte die Augen himmelwärts und faltete die schwammigen Hände auf dem gewaltigen Wanst. »Ach, die Hölle und der Argwohn werden nimmer satt...! Als nächstes werdet Ihr wohl noch der Einbildung verfallen, Faelan hätte dabei die Hand im Spiel, oder etwa gar der König. Serafin hat ganz einfach das Herz versagt.«

»Das bestreite ich nicht, Eure Exzellenz«, räumte Paulin leise, aber mit Betonung ein. »Aber wenn nun dabei *nachgeholfen* ward?«

»Ah, Ihr beliebt anzudeuten, im geheimen könnte Oriel ihn gemeuchelt haben … Oder vielleicht Sitric. Sie sind die einzigen Deryni, welche noch bei Hofe weilen, und um das zu bewerkstelligen, wovon Ihr da halb verschleierte Rede führt, bedürft's ja eines Deryni.«

»Oder aber, wie's sein mag, eines Haldanes«, äußerte Albertus in unterdrücktem Ton. »Es heißt, des Königs Vater habe einst einen Meuchelmörder erschlagen, ohne Hand an ihn zu legen.«

»Vor Weiberbrunst und Schelmenlist behüte du uns, Jesu Christ«, brummelte Albertus.

»Davon ist mir noch niemals etwas zu Ohren gekommen«, antwortete Hubertus.

»Mir hingegen sehr wohl«, erwiderte Paulin nachdenklich. »Es ist schon früh nach seiner Thronbesteigung geschehen. Auch eine Anzahl von Deryni soll dabei zugegen gewesen sein, überwiegend Angehörige der verworfenen MacRorie-Sippe. Ich glaube, unter ihnen war sogar Camber selbst.«

»Dann waren unzweifelhaft, sollte die geschilderte Begebenheit sich tatsächlich ereignet haben, Deryni für des Meuchlers Beseitigung verantwortlich«, behauptete Hubertus rundheraus. »Aber dieweil ich davon keinerlei, ja nicht einmal die allergeringste Kenntnis habe, betrachte ich selbiges Gerücht als pures Ammenmärchen. Ebensowenig glaube ich, daß an diesem Königshof unser König Javan *oder* irgendein Deryni insgeheim Pater Serafin vermittelst Schwarzer Magie hingemordet haben. Derartige Hirngespinste sind ja wahrhaft vollkommen lächerlich …!«

»Wahrscheinlich habt ihr recht, Exzellenz«, antwortete Paulin, lenkte mürrisch ein. »Ungeachtet dessen habe ich vor, Pater Lior, welcher ja bei Serafins Hinscheiden anwesend war, diesbezüglich ein zweites Mal zu befragen. Und in ein paar Wochen, wenn Pater Faelan zur einmal je Mond angesagten Berichterstattung erscheint, gedenke ich auch ihn in dieser Sache aufs allergründlichste zu vernehmen. Mir läßt's noch immer keine Ruhe, daß der König gerade ihn angefordert hat, um ihn zum Königlichen Kaplan zu machen.«

»Um uns zu nasführen, darum«, sprach Hubertus in merklicher Verstimmung. »Um uns damit einzulullen, daß wir einen *unserer* Mönche als Beichtvater bei ihm im Gefolge haben, uns ein Gefühl trügerischer Sicherheit einzuflößen. Das ist gewißlich alles. Mehr *kann* es damit gar nicht auf sich haben.«

»Ich hoffe, Ihr habt recht, Eure Exzellenz,«, meinte Paulin nach einem Weilchen angespannten Schweigens. »Ich will nur hoffen, Ihr behaltet recht…«

# XXII. Kapitel

*Denn du, o Gott, hörst*
*meine Gelübde, erfüllst das Verlangen aller,*
*die deinen Namen fürchten.*

Psalm 61,6

Keinerlei Zwischenfälle beeinträchtigten die abschließenden Proben für das Krönungszeremoniell. Nach Javans klugem Umgang mit dem jungen Herzog Tambert hatte anscheinend ein Großteil der dabei zugegen gewesenen Adeligen die Bereitschaft dazu gefaßt, dem König höhere Achtung als zuvor entgegenzubringen. Sobald Herrscher und Höflinge sich zu guter Letzt als mit den Vorbereitungen für die bevorstehende Krönung zufrieden erklärt hatten, sprach Javan sämtlichen Beteiligten seinen Dank aus und kehrte in die Königsburg zurück, nahm in den Königlichen Gemächern mit seinen Trabanten in aller Ruhe eine Mahlzeit ein und begab sich früh zu Bett. Fest und tief schlummerte er, und am folgenden Morgen vermochte er sich auf keinerlei etwaig gehabte Träume zu besinnen.

Der Krönungstag dämmerte hell und klar herauf, war zwar in der Morgenfrühe leicht kühler als die vorangegangenen Tage, verhieß aber schon für den Vormittag wieder schwüle Hitze. Erneut erhob sich Javan beim ersten Sonnenstrahl und verbrachte vor dem bescheidenen, behelfsmäßigen Altar, dessen Aufstellung in einem Winkel des Schlafgemachs er veranlaßt hatte, nahezu eine Stunde auf den Knien. Im Laufe der Woche hatte er einer kleinen Kiste mit aus seiner Kindheit stammenden Habseligkeiten, welche er, bevor er sich zur Priesterschule fortbegab, in Rhys Michaels Obhut belassen hatte, die kleine, einst von Lady Evaine erhaltene Sankt-Michael-Medaille entnommen. Dieselbe anläßlich der Krönung umzuhängen wagte er nicht, denn mißgünstige Augen mochten auf das Wappen des verbotenen Michaelitenordens aufmerksam werden; doch umfing seine Hand sie mit Festigkeit, während er um Kraft und Weisheit betete, auf daß er die Krone würdig zu tragen vermöchte, und Gott um Vergebung für die angeordnete Tötung Bruder Serafins anflehte. Kurz nachdem die Glocke der Sankt-Hilary-Basilika zur Prim geläutet hatte, fand sich Charlan ein und teilte Javan mit, nebenan sei für ihn das Bad vorbereitet worden.

Die Getreuesten der Treuen hatten sich versammelt, um ihm behilflich zu sein: Guiscard und sein Vater, Robear und Jason, Bertrand, Gavin und Sorle. Gleichfalls weilte Pater Faelan zugegen und las Javan die Psalmen des heutigen Tages vor, während er sich im Zuber wusch, ein Barbier ihm die Haare stutzte und die alten Recken unter den Rittern die Gewänder bereitlegten, welche ihn aus Anlaß seiner Krönung schmücken sollten. Unmittelbar bevor er dem Wasser entstieg, erschien Oriel, um den Klumpfuß zu untersuchen und dergestalt zu behandeln, daß er des Tages Anstrengungen durchstehen konnte. Javan durfte zur Krönung reiten und danach auch hoch zu Roß in die Königsburg umkehren, den übrigen Tag jedoch mußte er überwiegend auf den eigenen Beinen zubringen.

Schweigsam kleideten die Mannen, nachdem er sich abgetrocknet hatte, ihn an, verrichteten diesen Dienst voller Andacht und Ehrerbietung, unterstrichen auf diese Weise des Tages Hochfeierlichkeit; jedwedes Kleidungsstück ward ihm mit großer Sorgfalt angelegt, jedes Verschlußband und jeglichen Knopf schloß man mit außerordentlicher Achtsamkeit. Über das bei derlei

Anlässen übliche, einer Albe vergleichbare Untergewand aus feinem Linnen streifte man ihm den Rock aus grober weißer Seide, welche an Saum, Ärmelaufschlägen und Vorderseite eine Verzierung aus dicker, goldgelber Kordel aufwies. Dieweil er zum Dom reiten sollte, zog er weiße Beinkleider an. Unter Herrn Jasons Aufsicht waren neue, weiße Stiefel aus weichem Leder angefertigt worden, welche zwar den Belastungen des Alltags wohl nicht standhalten mochten, aber zur Genüge hinreichten für den Zweck der Krönungsprozession. Den rechten Stiefel hatte man kunstvoll so beschaffen, daß er den Klumpfuß vorteilhaft tarnte und ihm gleichzeitig die erforderliche Stützung gewährte. Freudig lächelte Javan, derweil er vor den Augen der Versammelten, um des Stiefelpaars Sitz zu prüfen, auf- und niederschritt und dabei nur kaum merklich hinkte.

»Für alle Tage taugen sie nicht, Sire«, gab Jason zu, »aber Eure altbewährten schwarzen Stiefel hätten sich von all dem Weiß Eurer Prunkgewandung doch allzu augenfällig abgehoben. Außerdem ist dies Schuhzeug kühler. Ihr werdet in all den Gewändern schon genug schmachten müssen, so daß es sich wahrlich erübrigt, auch noch Beschwerden der Füße zu erleiden.«

Fröhlich lachte Javan auf, vollführte eine letzte Drehung und ließ sich anschließend von seinen Mannen den Krönungsmantel um die Schultern legen. »Habt gar acht, mein teurer Herr Jason, daß ich Euch nicht unversehens zum Königlichen Schuhmacher ernenne. Seid meines Danks gewiß.«

»Ich empfand diesen Dienst, so glaubt mir, als wahres Vergnügen, Sire.«

Den überaus weiten Krönungsmantel hätte man ohne Verlegenheit als ein wahrhaftiges Wunderwerk bezeichnen können. Der weiße Seidendamast prunkte mit prächtigen Stickereien – Darstellungen von Kronen und Löwenhäuptern –, hatte auch am Brustteil sowie an den Aufsatzleisten dickes Stickwerk; gesäumt war er allerdings mit golddurchwirktem Seidenstoff, nicht dem schweren Pelz, den man fünf Jahre zuvor im Maienmond an Alroys Krönungsmantel gesehen hatte. Derweil Charlan am steifen Stehkragen die mit Edelsteinen verzierte Spange des Krönungsmantels schloß, Guiscard die Falten ausschüttelte und den herrlichen Mantel hinter des Königs Rücken zu voller Größe ausbreitete, damit die übrigen Anwesenden ihn in gebührlichem Umfang bewundern konnten, spürte Javan wahrlich kaum Gewicht auf den Schultern.

»Welche Pracht…«, murmelte jemand.

»Eines Königs würdig, Sire«, scherzte ein anderer Getreuer.

Javan zupfte sich am Hals den Mantel zurecht, während Guiscard und sein Vater den erheblichsten Teil des Stoffs rafften und sich über die Arme legten, um zu verhindern, daß womöglich Schmutz den Prunkmantel besudelte, sobald sie die Treppe hinabstiegen, um sich dem in Aufstellung begriffenen Krönungszug einzureihen. Unterdessen kämmte Charlan dem König ein letztes Mal das Haar. Der Barbier hatte es ein wenig stärker gekürzt, als es gegenwärtig bevorzugt getragen ward, doch die inzwischen weitgehend zugewachsene Tonsur ließ sich nur noch bei scharfem Hinsehen erkennen. Als Javan in den Spiegel aus poliertem Metall schaute, welchen ihm Robear hielt, erblickte er ein schmales, ernstes Antlitz, welches ihn unwillkürlich an die Büste eines Römers gemahnte, und berücksichtigte man zudem das Auge Roms, das an seinem Ohr glitzerte, den steifen Kragen und des Mantels prachtvolle Spange, so konnte es gar keinen Zweifel daran geben, daß man einen König vor sich hatte. Indem er Atem schöpfte, straffte er sich, rückte die Schultern gerade. Ringsum sanken die Mannen aufs Knie.

»Gott schenke dem König Heil und Segen«, rief Herr

Robear in inbrünstigem Ton und schlug sich die Faust gegen die Brust, eine Ehrenbezeugung, welche die übrigen Kniefälligen unverzüglich nachahmten.

Tränen brannten heiß in Javans Augen, als er ihnen vermittelst eines Winks das Ausstehen erlaubte; aufgrund seiner vor Rührung eingeschnürten Kehle wagte er kein Wörtchen zu sprechen, derweil sie ihn in die Mitte nahmen, um ihn in den Burghof hinabzugeleiten. Unterwegs stießen Rhys Michael und Herr Tomais dazu. Der Kronprinz hatte sich von Haupt bis Fuß in Karmesinrot gekleidet, auf Brust und Rücken – ausgeführt in Aufnähung und Stickerei – das Haldanesche Löwenwappen, zur Unterscheidung ergänzt um den Balken des Drittgeborenen. Auf seinem schwarzen Schopf saß ein silberner Stirnreif. Frohen Mutes lächelte er Javan zu, als sie einander, ehe sie den Weg in den Burghof gemeinsam fortsetzten, kurz in die Arme schlossen.

Mittlerweile standen alle bereit, welche der Krönung beiwohnen sollten, Freund und Feind gleichermaßen, allesamt in die prächtigsten Gewänder gehüllt, die der jeweilige Wohlstand und die Hitze gestatteten. Die Sitzordnung der späteren Krönungsfestlichkeit entsprach nicht zur Gänze Javans Geschmack, doch war es ihm gelungen, seine Getreuen und etliche weitere verläßliche Gefolgsleute in günstiger Verteilung unter jene Gäste zu mischen, die sich allzu gerne in grimmiger Verstocktheit an in der Vergangenheit ausgeübte Ämter geklammert hätten.

Die erste Abteilung des Krönungszugs bildete eine Zwanzigerschaft in Schwarz gehüllter *Custodes*-Ordensritter, welche nur noch des Befehls zum Abritt harrten – Männer mit harten Augen, auf dem Haupt den Eisenhut, die auf pechfinsteren Rappen saßen und trotz ihrer weiten, schwarzen, in Karminrot abgesetzten Mäntel die Hitze nicht zu spüren schienen. Auf zweimal zehn schwarzen Waffenröcken erblickte man des Ordens rotes Ankerkreuz mit dem von einem Heiligenschein umgebenen Löwenhaupt in der Mitte, und an von zwanzig gepanzerten Fäusten gehaltenen Lanzen flatterten Schwalbenschwänzen ähnliche, schwarze, gleichfalls mit dem roten Ankerkreuz versehene Wimpel. Sehr wohl gab die Schar einen bemerkenswerten, stolzen Anblick ab, dennoch würdigte Javan sie keiner längeren Aufmerksamkeit, denn die roten Fransen am weißen Gürtel der Ritterschaft dünkten ihn als eine greuliche Entweihung des ritterlichen Standes, geradeso wie er die geflochtene Kordel in Karmesinrot und Goldgelb an jedes Ordensritters linker Schulter als üblen Mißbrauch der Wappenfarben des Hauses Haldane empfand.

Viel mehr erfreuten die zehn auserlesenen Königlichen Lanzenreiter in Gwynedds karmesinroter Kluft Javans Herz, die hinter den *Custodes*-Ordensrittern zu Roß saßen und der Herren Jason und Robear harrten, welche sich noch zu ihnen gesellen sollten. In genauer Abgestimmtheit senkten sie die Lanzen, sobald Javan sich auf der Freitreppe zeigte. Obwohl sie im Vergleich zu den *Custodes*-Rittern lediglich in halber Stärke teilnahmen, standen sie ihnen an eindrucksvoller Prächtigkeit keineswegs nach. Und unmittelbar dahinter hielten zwei Männer die Rösser, welche Rhys Michael und Herr Tomais zu reiten beabsichtigten…

»Sire, seht doch einmal dort hinüber«, raunte Charlan, faßte Javan am Ellbogen, um seine Beachtung in die entsprechende Richtung zu lenken.

In Javans Gemüt stritten Erleichterung und Beunruhigung miteinander, sobald er sah, auf was Charlan ihn aufmerksam machte, denn die Herren Kheldours – zumindest die Grafen von Marley sowie der Ostmark – hatten sich in der Tat doch noch dazu herabgelassen, die Krönung durch ihre Gegenwart zu beehren, allerdings in einem Aufzug, der hinsichtlich ihrer Gesinnung gewisse Rätsel aufgab. Statt ins Leder und in den groben Wollstoff des fernen Nordens gekleidet zu sein, hatten die beiden Grafen, deren Haar zu dicken märkischen Zöpfen geflochten war, sich in höfische Seide gewandet, saßen aber auf zwei einander zum Verwechseln ähnlichen, gescheckten Kleinpferden jener Art, die man in den Marken benutzte; die Tiere stellten einen auffälligen Gegensatz zu den sehnigen Streitrössern der Königlichen Lanzenreiter und zu Rhys Michaels hochbeinigem Braunen dar. Flugs spähte Javan in die Umgebung, vermochte jedoch Graham, den Neffen selbiger Grafen, nicht unverzüglich zu entdecken; nichtsdestoweniger unterstellte er, daß der junge Herzog sich irgendwo in der Nähe befand.

»Gütiger Himmel«, murmelte Rhys Michael, »schaut nur, Sire, wer da ist...! Ihr verlangt doch nicht im Ernst von mir, daß ich im Verein mit diesen zwei Raufbolden zum Dom reite, oder?«

Javan bewahrte eine ausdruckslose Miene, denn inzwischen hatte er gemerkt, wem nachgerade ununterbrochen der beiden Grafen Beachtung galt – nämlich Murdoch von Carthane, dem Hauptschuldigen an ihres Bruders gewaltsamem Tod; Graf Murdoch stand an anderer Stelle des Krönungszugs mit dem Königlichen Banner bereit, gleich vor dem Roß, welches Javans harrte.

»Ich... ähm... bezweifle, daß sie irgendeinen Hader mit *dir* haben, Rhysem«, versetzte Javan leise zur Antwort. »Nicht hingegen wollte ich jetzt in Murdochs Stiefeln stecken... Am wenigsten hernach, wenn alle schon ein wenig zuviel gezecht haben und niemand mehr sämtliche Regeln der Höflichkeit und der guten Sitten beachtet. Du aber begib dich getrost zu ihnen und begrüße sie in meinem Namen aufs allerfreundlichste.«

Langsam schritt er die Treppe hinab, derweil sich

Rhys Michael und Tomais entfernten, plauderte währenddessen im umgänglichsten Tonfall mit jedermann, Anhängern ebenso wie Widersachern, behielt dabei jedoch Rhys Michael und die zwei kheldischen Grafen im Auge. Dieselben verneigten sich, als Rhys Michael, den wachsamen Herrn Tomais an der Seite, zu ihnen trat, um aufzusitzen; doch geschah ihre Ehrenbekundung widerwillig und blieb auf die nötigste Achtungserweisung beschränkt.

Just da erblickte Javan endlich Herzog Graham, welcher näher bei der Freitreppe des Hauptgebäudes auf einer gedrungenen, mausgrauen Stute saß, welche jedoch stärkere Ähnlichkeit mit herkömmlichen Rössern als die beiden Kleinpferde hatte. Durch das schmucklose, ebenso graue Gewand, welches der Herzog trug, erheischte um so mehr eine seinen blonden Schopf zierende Adelskrone die Aufmerksamkeit sämtlicher Beobachter. Vermutlich war der Jüngling nicht selbst auf den Einfall einer solchen Ausstattung gekommen, sondern seitens seiner Oheime gründlich beraten worden. Aber auch ohne diesen Spott mußte schon seine bloße Gegenwart jedermann eine schroffe Mahnung an den Sachverhalt sein, daß des vorherigen Königs Kronräte, was die Marken anbelangte, wider alle Gerechtigkeit verstoßen hatten. Falls es Graham beliebte, als Gegenleistung für ein fortgesetztes Vasallentum und die Verwesung jener Lehen, welche er für den König im Norden unter seiner Obhut hielt, die ihm und und seiner Sippe bislang verweigerte Genugtuung zu fordern, hatte Javan schwerlich eine andere Wahl, als sie ihm zuzugestehen. Fast hoffte er, daß Graham ebendiese Absicht hegte.

Javan erwiderte den Blick des jungen Herzogs und nickte ihm zur Begrüßung zu, sobald er den Burghof betrat; dann strebte er an ihm vorüber zu seinem Roß, demselben großen Albino-Hengst, welchen er nach seines Bruders Beisetzung geritten und auf dem fünf Jahre zuvor Alroy anläßlich der eigenen Krönung gesessen hatte. Reichskanzler Tammaron und Rhun von Horthness hatten des Reittiers Zügel in den Fäusten, beide Edlen gleißten dank der Edelsteinzier ihrer Seidengewänder und Adelskronen, als wären auch sie Könige. Doch zumindest Tammaron empfing Javan, als er die zwei Adeligen erreichte, mit einer sehr achtungsvollen Verbeugung.

»Einen guten Morgen wünsche ich, Sire«, grüßte Graf Tammaron.

»Gott zum Gruß, Ihr Herren«, antwortete Javan in gleichmütigem Ton.

Indem Charlan ihm den Steigbügel hielt, schwang Javan sich in den gepolsterten roten Sattel, ergriff die Zügel und zog den Saum seines Rockes zurecht, derweil Charlan und Guiscard den weißen, im Sonnenschein leuchtenden Krönungsmantel hinter ihm über des Hengstes Rumpf breiteten, so daß er ringsum bis fast auf den Untergrund hing. Nachdem sie diese Aufgabe zu ihrer Zufriedenheit verrichtet hatten, bestiegen sie zwei von Edelknappen bereitgehaltene Rappen und trieben sie an Javans Seiten. Weitere jener jungen Ritter, welche ihm dabei behilflich gewesen waren, sich den Thron zu sichern, schlossen sich an, während der Zug – zu Fanfarenklängen, die von den Zinnen erklangen – zum Burghof hinausritt und den Weg zum Rhemuther Dom nahm.

Unterwegs ward die Hitze allmählich drückender, zumal nach Verlassen des Burgbergs beim Durchqueren der Stadt. Seit über einem Jahrhundert hatte Rhemuth keine Krönung eines Haldane-Königs mehr gesehen, denn sowohl Cinhil wie auch Alroy waren in Valoret, wo die Festils ihren Herrscherhof gehabt hatten, gekrönt worden. Zahlreiche Einwohner säumten die Straßen, um voller Neugierde einen Blick auf ihren neuen König zu werfen. Im Verlauf der wenigen Monate zwischen der Verlegung des Königshofs nach Rhemuth und Javans Abgang zur Priesterschule hatten sie ihn für nur kurze Frist als Jüngling gekannt und aus Anlaß der Beisetzung seines verewigten Vorgängers und Bruders auf ihn einen lediglich flüchtigen Blick erhascht. Beträchtlich gingen die Meinungen darüber auseinander, ob der Kleriker *in spe* hätte zurückkehren sollen, um nach seines verstorbenen Bruders Krone zu greifen.

Doch als man ihn, prunkvoll in helle Seide gehüllt und glitzernd von Gold, auf dem milchweißen Hengst erblickte, konnte niemand leugnen, daß der hinkende Knabe, welchen die meisten Leute in Erinnerung behalten hatten, jetzt zumindest die äußere Erscheinung eines zum Herrschen fähigen Königs angenommen hatte. Keinesfalls hatte sein toter Zwillingsbruder, der vom Unglück verfolgte König Alroy, jemals im Sattel einen derartigen Eindruck hinterlassen. Ebensowenig war bei Alroy je ein Blick solcher Entschlossenheit beobachtet worden, wie man ihn heute bei Javan bemerkte. Obwohl bislang nichts Genaues bekannt geworden war, wollte die Fama wissen, daß der künftige König möglicherweise über bedeutsame Veränderungen nachsann, deren einige den Zweck verfolgen sollten, den einstigen Regenten, von denen man hinter vorgehaltener Hand erzählte, sie hätten ihre Ämter schamlos ausgenutzt, um die eigenen Truhen zu füllen, die Flügel zu stutzen.

Wenn nach einem untüchtigen Herrscher, welchem zudem eine Regentschaft vorangegangen war, ein neuer König den Thron erstieg, mußte derlei auf Mutmaßungen und Hörensagen angewiesenes Gerede als allzu natürliches Vorkommnis betrachtet werden, um so mehr, als es sich, wie man allgemein glaubte, um einen in bezug auf die wirklichen Verhältnisse des Lebens und der Welt noch ein wenig einfältigen Jüngling handelte. Eine etwas deutlichere Bestürzung löste allerdings Gemunkel des Inhalts aus, daß er nach seines Vaters Ableben für etlicher Monde Dauer Deryni in seinem Umkreis geduldet und eine augenfällige, nachgerade memmenhafte Abneigung gegen jenes Vorgehen gezeigt hätte, welches solche Deryni traf, über die man das volle Strafmaß der damals neu beschlossenen Gesetze verhängte.

Indessen sollte es so gewesen sein, lange bevor er an die Priesterschule der *Custodes Fidei* ging, die im Ruf eines unverbrüchlichen Bekennens zu der Lehre von der Teuflischkeit aller Deryni-Magie standen und deren Generalvikar maßgeblicher Verantwortlicher für die Beschlüsse des Konzils von Ramos war, dank welcher man die Deryni immer mehr in ihre Schranken verwies. Nur äußerst wenige Zeitgenossen hatten genauere Kenntnis über Javans Laufbahn bei den *Custodes,* doch gab man sich im allgemeinen der Einschätzung hin, daß drei Jahre frommer Unterweisung ihm seinen früheren Hang zur Nachsicht mit den satanischen Deryni ausgetrieben haben müßten, so wie es auf lange Sicht die Deryni selbst auszumerzen galt.

So oder ähnlich lauteten die Gedanken, welche durch so manches Haupt jener Zuschauer kreisten, die am letzten Juli-Tag des Jahres 921 Javan zu seiner Krönung reiten sahen. Indem der Krönungszug sich dem Dom näherte, wuchs die Zuschauermenge und schwollen auch die Beifallsbekundungen an, so daß schließlich begeisterter Jubel des seligen König Cinhils zweiten Sohn empfing, sobald er vor der Freitreppe des Doms das Reittier zügelte und absaß.

Dort erwartete ihn eine andere Prozession, die ihn zur geweihten Stätte seiner Krönung geleiten sollte. Anstatt jener Mönche, welche zum Kirchenchor des Domkapitels zählten, hatte sich zwecks Erfüllung der überaus ehrenvollen Pflicht, das hochwürdige Zeremoniell mit Gesang zu begleiten, ein ganz in Schwarz gehüllter Chor des *Ordo Custodum Fidei* eingefunden – denn Javan war nach wie vor einer der ihren, obschon er mittlerweile die Ordensgelübde verworfen hatte, um sich die Krone aufs Haupt zu setzen. Hinter dem Chor hatten sich in weißen Chorröcken paarweise acht jugendliche Meßdiener bereitgestellt, deren jeder in einem silbernen Halter eine Prozessionskerze trug; man sah ihnen an, daß die Hitze ihnen schon gehörig zu schaffen machte.

Danach kamen die Bischöfe, denen ein Geistlicher mit einem Räuchergefäß sowie ein Diakon mit dem großen Rhemuther Prozessionskreuz voranzuschreiten hatten; sämtliche gwyneddischen Bischöfe waren, gleichfalls zu Paaren geordnet, zur Stelle, die Bischöfe von Dhassa und Grecotha, Nyfor und Cashien, Marbury und Stavenham, ferner die sechs Weihbischöfe. Hinter ihnen stand in Begleitung seines Kaplans Rhemuths Erzbischof, gab in dem schweren, goldgelben Bischofsmantel und mit der Mitra auf dem Haupt ein gleichsam majestätisches Bild ab. Dahinter hielt man das Prozessionskreuz des Primas von Groß-Gwynedd empor; demselben folgte, an seinen Seiten einen Kaplan und einen Diakon, der Primas höchstpersönlich – Erzbischof Hubertus MacInnis –, gemahnte in seiner zur Gänze in Weiß und Gold gehaltenen Prunkgewandung an einen wandelnden Berg, von welchem ein nahezu unirdischer Glanz ausstrahlte, wirkte dank der mit Edelsteinen verzierten, kostbaren Mitra auf dem Scheitel sowie dem beileibe nicht minder prachtvollen Bischofsstab in seiner Hand, als wäre er ein leibhaftiger Himmelsbote.

Den Bischöfen Alfred von Woodbourne und Paulin von Ramos fiel die Ehre zu, Javan in den Dom zu führen. Alfred war ganz in Weiß erschienen, wogegen

Paulin die weite, schwarze Kutte des *Custodes-Fidei*-Generalvikars angelegt, aber auch die Mitra aufgesetzt hatte, denn als er des Bischofsstuhls entsagte, um den vorgenannten Orden zu stiften und dessen Abt zu sein, war ihm keineswegs der Bischofsrang genommen worden. Derweil die Spitze des Prozessionszugs bereits in den Dom voranstrebte, traten die zwei Kleriker Javan entgegen – der eine streckte einen weißen, der andere einen schwarzen Arm aus –, um ihn in die Mitte zu nehmen.

Javan verharrte, ließ hinter seinem Rücken Guiscard und Charlan den Krönungsmantel zurechtziehen, während man als Sonnenschutz einen goldhellen Baldachin vor das Domportal brachte; ihn trugen, anders als bei Alroys Krönung, bei welchem Anlaß es vier Grafensöhne gewesen waren, vier junge Ritter, namentlich die Herren Sorle, Gavin, Bertrand und Tomais. Sodann senkte Javan die Hände locker auf der beiden Kleriker Arme und erklomm die Treppe, suchte Zuflucht in des Sonnenschirms willkommenem Schatten. Charlan und Guiscard schlossen sich ihm dichtauf an, bewahrten jedoch an den Seiten Abstand, um nicht auf die Schleppe des Krönungsmantels zu treten. Ihnen folgte in seiner Eigenschaft als des Königs Beichtvater Pater Faelan.

Der Prozession nächste Abteilung bestand aus den Trägern der Königlichen Regalien: Herrn Albertus, dem Großzeremonienmeister, mit dem Haldane-Schwert, welches gleichzeitig als Reichsschwert galt; Graf Murdoch mit dem Haldane-Banner, auf dessen karmesinroter Seide, die im leichten Wind wallte, ein goldener Löwe glänzte; auf einem karmesinroten Kissen trug der junge Herzog Graham das aus Elfenbein und Gold geschaffene Zepter; Herr Rhun verwahrte auf einem Silberteller den Ring aus Feuer; und Reichskanzler Graf Tammaron hatte die mit ineinander verflochtenen Blättern und Kreuzen verzierte gwyneddische Königskrone in Gewahrsam. Die weitere Aufreihung umfaßte Prinz Rhys Michael – noch immer in Begleitung der beiden khelcischen Grafen befindlich – sowie etliche sonstige Hochedle und Adelige des Reiches, die Anspruch auf einen Platz in der Krönungsprozession hatten.

Javan beließ das Haupt hocherhoben, während er zu den Klängen des vom Chor gesungenen Eingangslieds, *Laetatus sum*, durch den Mittelgang schritt. *Frohlocken erfüllte mein Herz, als man zu mir sprach: Laßt uns ins Haus des Herrn gehen.* Auf dem Weg zum Hochaltar spürte er die Blicke der Gemeinde auf sich ruhen, fühlte unmißverständlich, wie die Versammelten ihn zu beurteilen, herauszufinden versuchten, welche Art von König er – dieser kühne Jüngling, welcher gleichsam im Handstreich seine angestammten Rechte wahrgenommen hatte und nun Anstalten machte, sich krönen zu lassen mit ebenjener Krone, die nach überwiegender Erwartung seinem jüngeren Bruder hätte zufallen sollen – wohl werden mochte. Allem Anschein nach hatte Cinhils Zweitgeborener seinen eigenen Willen entwickelt und den Vorsatz gefaßt, denselben durchzusetzen – mit welchen Ergebnissen, das vermochte freilich noch niemand vorauszusagen. Immerhin sah er aus wie ein König. Und infolge der brandneuen weißen Stiefel, welche es außerordentlich erschwerten, seinen Klumpfuß überhaupt zu erkennen, konnte man ihm selbst das Hinken kaum noch anmerken.

Rhemuths zusammengeströmte Gemeinde verbeugte sich ehrfürchtig, während Javan vorüberstrebte, und beobachtete, wie er den Chorraum betrat und an den Stufen des Hochaltars verhielt; dort erwies die in Weiß gekleidete Gestalt dem Altar anmutig die Ehre, begab sich danach zur rechten Seite und kniete sich in einen Betstuhl. Der rabenschwarze Schopf neigte sich zum Gebet, derweil der Chor von neuem fromme Lieder sang und der Prozession Schluß den Einzug in den Dom vollendete und sämtliche Teilnehmer ihren Platz aufsuchten, man die Regalien auf dem Altar ablegte und die Erzbischöfe stumm auf den Altarstufen beteten, bis die Beteiligten am Ende samt und sonders an Ort und Stelle weilten, sich in voller Bereitschaft fürs Kommende befanden.

Die Mehrheit der Anwesenden – zu dem Zweck versammelt, Zeugen des Rituals zu sein, das nun seinen Lauf nahm – verfolgte das Schauspiel mit eher mittelmäßigem Interesse; hingegen schenkten die Abgesandten mehrerer Nachbarländer – aus Howicce und Llannedd im Südwesten, aus Meara, Mooryn und Torenth – dem Geschehen eine Aufmerksamkeit, die stärker unter den Vorzeichen ihrer staatsklugen Denkweise stand.

Als Gesandter König Arions von Torenth hatte kein Geringerer als sein Bruder Miklos, kaum ein Jährchen älter als Javan, sich nach Rhemuth begeben, ein für sein Alter hochaufgeschossener, aber geschmeidiger, in lohbraune, leicht glänzende Seide östlicher Herkunft gewandeter Jungmanne mit hellem Haar und lichten Augen, dessen für Ostländische durchaus eigentümliches, sehr ruhiges Gebaren verhehlte, daß er alles, was sich rings um ihn ereignete, dank eines geschwinden Auffassungsvermögens rasch durchschaute. Von seinem Ehrenplatz aus, den er in der Gesellschaft weiterer fremdländischer Würdenträger seitlich des Chorraums hatte, beobachtete Prinz Miklos – neben sich den offenkundig hochgeborenen, jungen Adlatus, welcher ihn auf dieser Reise begleitete – mit gleichmütiger Neugier, wie die zwei Erzbischöfe dem jugendlichen König Gwynedds beim Aufstehen halfen und ihn in den Mittelbereich des Chors führten, um ihn dem Volke vorzustellen. Bei der Krönung seines Bruders Arion, die vor ungefähr drei Jahren in Beldour stattgefunden hatte, war Miklos längst alt genug gewesen, um die vollständigste Klarheit über das zu haben, was damals geschah, und empfand es jetzt als aufschlußreich, jenen Ritus mit dem Ritual zu vergleichen, welches man nun hier im Rhemuther Dom begann.

»Heil und Segen unserem unangefochtenen König Javan Jashan Urien«, rief Erzbischof Hubertus, der Primas von Groß-Gwynedd, indem er und der zweite Erzbischof die Arme des Monarchen gen Osten erhoben. »Wer ist willens und dazu bereit, ihm alle gebührlichen Ehrungen darzubringen und ihm als gehorsamer Untertan zu dienen?«

»Gott schütze König Javan!« donnerte vieler Stimmen gemeinsame Antwort, von des großen Doms weitgespannter Deckenkuppel widerhallend.

Noch dreimal wiederholte der Erzbischof Zuruf und Frage, und währenddessen ward Javan gen Süden, Westen und Norden gekehrt, eine magische Anrufung der Erzengel-Wesenheiten, wie Miklos wußte, welche sich als jener Himmelrichtungen Hüter betätigten; allerdings hatten Gwynedds Menschen von derlei mystischen Angelegenheiten keine Kenntnis und mochten davon auch gar nichts erfahren, am wenigsten, seit das Haldane-Geschlecht zum Nachteil der derynischen Festils erneut die Macht ergriffen hatte.

Nachdem die Schutzgeister der vier Himmelsrichtungen zu des Rituals Zeugen berufen worden waren – und Miklos zweifelte nicht im geringsten an ihrer Gegenwart –, führte der Erzbischof den jungen König zum Altar, auf welchem aufgeschlagen das dicke Buch der Heiligen Schrift ruhte. Daneben lag ein Bogen Pergament, den der Primas von Gwynedd nun zur Hand nahm.

»Herr Javan, hegt Ihr dazu die Bereitschaft, den Krönungseid zu leisten?« fragte Erzbischof Hubertus,

»welchen in verflossenen Zeiten auch Eure Ahnen und Vorgänger geschworen haben?«

»Selbiges ist mein Wunsch«, antwortete Javan Haldane mit klarer, fester Stimme.

Prinz Miklos, der sich beiläufig darauf vorbereitete, den König während des Schwurs einer Wahrheitsprüfung zu unterziehen, sah Javan mutig die Altarstufen ersteigen und die Rechte auf die aufgeklappte Bibel legen; daraufhin senkte der Erzbischof die Linke auf Javans Hand und las die nächsten Worte von dem Pergament ab.

»Javan Jashan Urien Haldane, der Ihr daselbst vor Gott und dem Volke zum unangefochtenen König und Nachfolger unseres verewigten, geliebten Königs Alroy erklärt worden seid, versprecht und schwört Ihr mit feierlichem Ernst, in Gwynedd den Landfrieden zu bewahren und über Eure Untertanen gemäß unserer heiligen Gesetze und altüberlieferten Bräuche zu herrschen?«

»Mit feierlichstem Ernst verspreche und schwöre ich es«, bestätigte Javan Haldane.

*»Item,* wollt Ihr mit Eurer ganzen Macht Recht und Gesetz aufrechterhalten und all Eure Gerechtigkeit von Milde leiten lassen?«

»So und nicht anders will ich handeln.«

*»Item,* gedenkt Ihr zu gewährleisten, daß Verderbte und Übeltäter vor Gott und der Welt zur Rechenschaft gezogen werden und die Gesetze Gottes auf Erden ihre Gültigkeit behalten?«

»All das schwöre ich«, sprach Gwynedds neuer König.

Sobald der Erzbischof das Schriftstück zurück auf den Altar geschoben hatte, trat Javan näher hinzu und unterzeichnete es, hob es, sobald er seine Unterschrift darauf gesetzt hatte, in die Höhe und legte die Hand, indem er sich den im Kirchenschiff Versammelten zuwandte, ein zweites Mal auf die Bibel.

»Alles, was ich hier versprochen und geschworen habe«, beteuerte er mit lauter Stimme, »will ich halten und tun, so wahr mir Gott helfe.«

Nachdem er diese Zusicherung gegeben hatte, ließ er das Pergament mit dem unterschriebenen Eid auf dem Altar zurück, beugte sich über die Heilige Schrift, um sie zu küssen, stieg sodann die Altarstufen hinab, begab sich wieder in die Mitte des Altarraums und zu Erzbischof Hubertus.

Prinz Miklos, der alles mitansah, nickte unmerklich vor sich hin. Javan Haldane hatte die Wahrheit gesprochen – zumindest im Hinblick auf seine Absichten –, doch blieb abzuwarten, ob es ihm tatsächlich gelang, seine Schwüre einzuhalten. Als König hatte er geschworen, ›Verderbte und Übeltäter‹ zu bestrafen. Nach den Lehren der gwyneddischen Kirche galten allerdings die Deryni als Ausgeburten der Verderbtheit und des Übelwollens, also mußte der König sich entweder fortan von seinen früheren Freunden, die Deryni waren, gänzlich abwenden, oder sich des Meineids zeihen lassen. Jedoch hatten diese Überlegungen für Miklos lediglich schöngeistigen Belang, denn sein Herrscher war Javan ja nicht; indessen hatten derlei Angelegenheiten weitaus erheblichere Bedeutung für den schwarzhaarigen Jüngling, welcher an seiner Seite saß.

»Javan Jashan Urien Haldane«, sprach nun Erzbischof Hubertus, »nachdem Ihr vor Gott und seinem heiligen Volke Euren weihevollen Eid geschworen habt, müßt Ihr zum Zeichen Eures Willens, den Fallstricken des weltlichen Gepränges zu trotzen, Eure Demut beweisen, auf daß Ihr von meiner Hand, durch einen Diener des Allerhöchsten, auf Euer Königtum vorbereitet und gleich einer gesegneten Gabe vor den Herrgott gebracht werdet.«

Als er diese Worte geäußert hatte, nahten sich zwei

*Custodes*-Geistliche, um Javan den weißen Krönungsmantel abzunehmen und des seidenen Rocks zu entledigen; anschließend stand der König in seinem schlichten weißen Untergewand aus feinem Leinen da, welches der Albe eines Geistlichen glich. Voller Anmut sank er auf die Knie und streckte sich zu des Erzbischofs Füßen der Länge nach aus, stützte aber – anders, als Miklos es erwartete – die Stirn auf die Handrücken, statt die Arme nach den Seiten auszubreiten, so daß seine Gestalt eines Kreuzes Umriß angenommen hätte. Möglicherweise mußte darin eine gewisse Bekundung der Eigenständigkeit gesehen werden. Miklos war in den außergewöhnlichen Vorzug höchst geheimer Nachrichten über jene Jahre gelangt, die Javan Haldane als Prinz an der Priesterschule verlebt hatte; er sollte dort, besagten manche Mitteilungen, nachgerade ein Gefangener gewesen sein und seine Berufung zum Geistlichen bloß vorgetäuscht haben. Unter solchen Voraussetzungen konnte es schwerlich verwundern, wenn es ihm beliebte, darauf Wert zu legen, seine Salbung zum König durch eine Kleinigkeit – wiewohl eine unübersehbar deutliche Einzelheit – von einer Priesterweihe zu unterscheiden.

Die Erzbischöfe und weitere am Ritus beteiligte Kleriker knieten, dem Altar zugekehrt, beiderseits Javans nieder, und auf ein Zeichen des Großzeremonienmeisters fiel auch die gesamte versammelte Gemeinde auf die Knie. Nach einem Augenblick völliger Stille stimmte der Chor das *Veni Creator* an, eine Weise – bereits vor Jahrhunderten geschrieben worden von einem bremagnische König –, die selbst für die an östlichere Klänge gewohnten Ohren eines torenthischen Prinzen etwas Anheimelndes hatte.

*»Creator Spiritus, mentes tuorum visita, imple superna gratia, qua tu creasti pectora…«*

Der Chor sang vier volle Strophen; danach beräucherte der andere Erzbischof mit eingefleischter Geübtheit den Altar und das Tabernakel mit Weihrauch, während der fettleibige Erzbischof Hubertus Stoßgebete gen Himmel sandte. Anschließend durfte sich die Gemeinde setzen, und der Chor stimmte ein neues Lied an – unvertraute Umstände, so vermerkte Prinz Miklos bei sich, für ein ansonsten auch in Torenth übliches Krönungsverfahren.

*»Am Gichon salbten ihn der Priester Zadok und der Prophet Nathan zum König. Von dort zogen sie voller Freude herauf…«*

Sobald der Hymnus geendet hatte, traten zwei Geistliche zu einem vor dem unverändert ausgestreckten König aufgestellten Altarstuhl, halfen ihm dabei, sich auf die Knie zu erheben, derweil Erzbischof Hubertus auf dem Stuhl Platz nahm, die vier Ritter mit dem Baldachin herbeieilten und ihn über Javan breiteten. Miklos vermochte des Erzbischofs Worte nicht zu hören, während er Javan, welcher vor ihm kniete, an Haupt, Brust und Händen salbte, auf daß ihm Erkenntnis, Tapferkeit und Ruhm zuteil werde, aber er wußte, daß sich just dabei der allerernsteste und hochfeierlichste Abschnitt der Krönung vollzog, in dessen Ablauf aus dem gesalbten König mehr als ein gewöhnlicher Mann ward – allerdings kein echter Priester –, die Salbung durch das geweihte Öl ihn an sein von Gott verliehenes Amt band. Schon bei seines Bruders Krönung hatte Miklos die untrüglichen Anzeichen überirdischer Magie gespürt, und genauso verspürte er sie jetzt, als sich Gwynedds frischgesalbter Oberherrscher vollends aufrichtete, um sich in die Königsgewänder kleiden zu lassen.

Über das einer Albe ähnliche Untergewand aus weißem Leinen zog man ihm einen neuen, von roten Edelsteinen, Borten und Besätzen schweren, steifen Kittelrock aus goldfarbener Wift, worin der König im Sommersonnenschein, welcher unbarmherzig durch die Buntglasfenster hereinbrannte, regelrecht erstrahlte. Um Javans schmale Leibesmitte schlang der Erzbischof einen weißen, gleichfalls mit Juwelen verzierten Gürtel der Ritterschaft, derweil zwei Ritter goldene Sporen an des Königs Fersen befestigten. Zwar war er eigentlich noch zu jung für die Ritterschaft, aber als König verkörperte er von nun an den Quell aller Ehre im gesamten Königreich und durfte daher der ritterlichen Kennzeichen keinesfalls entbehren.

Nur eine Handvoll der Anwesenden wußte darüber Bescheid, daß es, als man dem König selbige Wahrzeichen anlegte, keine bloße Geste blieb, sondern er dank des freimütigen Beschlusses seiner Ritter bereits das Recht erhalten hatte, Gürtel und Sporen zu tragen.

Zuoberst ward Javan der große, karmesinrote Königsmantel der irdischen Majestät umgelegt; er bestand aus Seidendamast und war mit Haldane-Löwen, die als Augen Edelsteine hatten, in dunklerem Karmesinrot benäht, wegen des Sommers mit goldgelbem Stoffband anstatt mit Pelz gesäumt worden, sah deshalb aber beileibe nicht minder prachtvoll aus, denn der zwei Hände breite Streifen wies nicht nur Besatz aus Goldkordel auf, sondern ebenso aus Edelsteinen.

Nachdem man ihn in diese Prunkgewandung gehüllt hatte, stattete man den König mit den übrigen Regalien aus, zuerst mit dem Haldane-Schwert, welches er kurz in die Hände nahm und küßte, anschließend dem hochgewachsenen, hageren Mann in Schwarz zurückgab, der es ihm gereicht hatte und – so besagten es Meister Dimitris Auskünfte – nicht nur Gwynedds Großzeremonienmeister war, sondern überdies Großmeister des neuen geistlichen Ritterordens, durch den man die Michaeliten ersetzt hatte.

Derweil der Mann das Haldane-Schwert zum Altar brachte, es dort für einen Augenblick in seinen mit schwarzen Stulpenhandschuhen bekleideten Fäusten dem Altarkreuz entgegenhob und sodann, indem er sich verbeugte, auf dem Altar ablegte, nahte sich mit zusammengepreßten Lippen ein Adeliger in smaragdgrüner und himmelblauer Tracht, brachte auf einem Silberteller einen kleinen Gegenstand, welcher in Gold und Rot funkelte – einen Ring, denn Erzbischof Hubertus steckte ihn, derweil er Worte murmelte, die Miklos nicht hören konnte, dem König an den Finger. Anschließend trat ein offenbar vornehmer, blondhaariger Jüngling mit einer Adelskrone auf dem Schopf vor, welcher aber sonderbarerweise gehüllt war in eine Kluft von augenfällig schlichtem Grau, um Javan das Zepter zu übergeben, einen mit Gold beschlagenen Elfenbeinstab, den der vorerwähnte Erzbischof dem König indessen nur für einen flüchtigen Augenblick überließ und umgehend dem Jungmannen zurückreichte.

Denn nun war es an der Zeit für die eigentliche Krönung, die äußere Vollendung und Besiegelung des gesamten Rituals. Erzbischof Hubertus und seine Helfer verneigten sich vor dem König, führten ihn sodann an den Händen durch den Altarraum bis an die Altarstufen, wo man inzwischen ein Bänkchen aufgestellt hatte, auf welches der Herrscher sich nun kniete, dabei die Hände faltete und das Haupt senkte. Mit andächtiger Feierlichkeit trat der zweite Erzbischof zum Hochaltar, ergriff die Krone mit Handschuhen und brachte sie dem Primas. Javan hob den Blick und heftete ihn auf die Krone, als Gwynedds Primas dieselbe über sein Haupt hielt und erneut ein Gebet gen Himmel sandte.

»O Herr, wir flehen dich an, segne diese Krone und würdige auf diese Weise deinen Diener Javan, auf dessen Haupt du sie heute zum Wahrzeichen seiner königlichen Majestät setzt. Durch deine Gnade schenke ihm alle fürstlichen Tugenden. So gewähre es unser allmächtiger Herr und Gott, welcher lebt und herrscht in der Einheit des Vaters, des Sohnes und des Heiligen Geistes von Ewigkeit zu Ewigkeit. Amen.«

Derweil der Gemeinde vielstimmiges ›Amen‹ durch den Dom raunte, senkte er die Krone auf des Königs Haupt, und ein Posaunenstoß verkündete Höhepunkt und Beendigung des Zeremoniells, sowohl den im Dom Anwesenden wie auch allen davor Versammelten.

Dem derynischen Prinzen Miklos von Torenth stockte in ebendiesem Augenblick der Atem, als er unvermutet rund um Javan Haldanes Haupt eines Lichtscheins ansichtig ward, vergleichbar mit einem schwachen Strahlenkranz – den allerdings, wie Miklos schlußfolgerte, während er sich hastig nach allen Seiten umschaute, außer ihm – und möglicherweise seinem jugendlichen Begleiter, welcher des Ritus' abschließenden Vollzug mit verkniffener Aufmerksamkeit verfolgt hatte – wohl niemand gewahrte.

Bereits seit vielen Jahren behaupteten Gerüchte, daß des neuen Königs Vater zu Lebzeiten des Vaters selbigen jungen Begleiters in irgendeiner unerklärlichen Art und Weise der Magie mächtig gewesen sein sollte und letzterer Vater lieber durch eigenen Entschluß in den Tod gegangen war, als durch einen solchen Emporkömmling zu sterben. Mit Gewißheit fest stand lediglich, daß des Jünglings Mutter in der Entscheidungsschlacht gegen des neuen gwyneddischen Herrschers Vater ihr Ende gefunden hatte...

Höchst achtsamen Blicks musterte Prinz Miklos den König, tastete mit seinen Deryni-Sinnen nach dem Jungmannen, um nach Möglichkeit zu überprüfen, was er zuvor wahrgenommen hatte, doch es ließ sich nicht mehr erkennen; an König Javan von Gwynedd war nichts anderes mehr als Menschliches festzustellen.

Während der Ehrung des Königs durch den anwesenden Adel, der Lehnseide Ableistung sowie auch des nachfolgenden Hochamts, dessen Ablauf in geringem Maße von den Meßfeiern abwich, welche Miklos aus Torenth kannte, nutzte der Prinz die günstigen Umstände der allgemeinen Stimmung außergewöhnlichster Feierlichkeit, die in dem großen Dom herrschte, zu dem Zweck aus, um vermittelst seiner Deryni-Sinne zu versuchen, von dem neuen König einen genaueren Eindruck zu gewinnen, aber es hatte den Anschein, als ob ihn Geisteswehr umschirmte – eine Art geistiger Schilde, welche entweder den höheren Wirkungen der Liturgie entsprungen waren, oder vielleicht eine Eigenschaft des Königs selbst sein mochten. Zu ergründen, welchen Ursprung sie wirklich hatten, blieb Miklos jedoch verwehrt.

Er bewahrte, geradeso wie auch sein junger Begleiter in mürrischer Schweigsamkeit verharrte, nachdenkliches Stillschweigen, derweil sie nach dem Hochamt hinauf zur Haldaneschen Königsburg ritten, um bei den angesagten, zwanglosen Audienzen zur Stelle zu sein und als Gäste das Krönungsfest zu besuchen. Ihn beschäftigte die Frage, wie König Javan es wohl aufnehmen mochte, wenn er ihm seines Bruder Arions Grüße ausrichtete und den heute gesalbten Herrscher aus Anlaß seiner Krönung um eine Gunst bat.

# XXIII. Kapitel

*Vor den Bedrängern rette den Bedrängten,*
*und recht zu richten sei dir nicht zuwider!*

Jesus Sirach 4,9

Es war später Nachmittag geworden, als Javans Krönungszug sich durch die Stadt, wo Einwohner massenhaft die Straßen säumten und jubelten, zurückwand zur Rhemuther Königsburg. Als er aus dem mit Gläubigen vollbesetzt gewesenen Dom getreten war, hatte leichter Wind geweht, die Sonne aber glühte auch jetzt noch immer vom Himmel herab. Trotz der dünnen Seide seiner Prunkgewänder war Javan mittlerweile klatschnaß von Schweiß und verkraftete den langsamen Rückritt im wesentlichen dank der Aussicht, in Bälde sämtliche Kleidung abstreifen und sich ein, zwei Stunden lang zwecks Erholung ausstrecken zu können. Dieweil er seit dem Vorabend gefastet hatte, verspürte er überdies gewaltigen Hunger, und er mutmaßte, daß der hartnäckige Schmerz, welcher ihn im Haupt plagte, dicht hinter den Augen, sowohl auf selbigen Hunger zurückzuführen war wie auch auf die Hitze.

Schon während er durchs Torgebäude in den Burghof ritt, löste er die Spange des Königsmantels, ließ den Prunkmantel aus karmesinroter Seide und goldgelbem Tuch von den Schultern gleiten, sobald er an der Freitreppe zum Rittersaal das Roß zügelte. Edelknappen sprangen eilends herbei, um das kostbare Gewand in Gewahrsam zu nehmen und es für die spätere Festlichkeit in die Halle zu schaffen. Mit einem matten Wink sammelte Javan seine Getreuen um sich und begab sich ohne Verzug in die Königlichen Gemächer.

Dort eingetroffen, warf er den mit Edelsteinen besetzten Gürtel, den goldleuchtenden Rock und ebenso das Untergewand aus Leinen von sich und sank nahezu entkräftet in einen Lehnstuhl. Gleich hintereinander trank er zwei Becher kühlen Wassers leer, während Charlan ihn mit einem Schwamm abwusch; danach verschnaufte er, die Lider geschlossen, für ein Weilchen in aller Ruhe im leisen Luftzug, welcher durchs offene Fenster hereindrang, hielt seine Gedanken von allem fern. Unterdessen entledigten ihn die Herren Robear und Jason der weißen Stiefel und goldenen Sporen.

»Ich habe Euch eine leichte Stärkung besorgt, Sire«, wandte Guiscard sich an den König, unterbrach damit dessen Dösen und stellte ein Tablett auf den Tisch. »Ihr habt seit dem gestrigen Abend nichts zu Euch genommen, doch empfiehlt es sich gar sehr, daß Ihr eine Mahlzeit verzehrt, ehe Ihr Euch auf der anstehenden Festlichkeit den Genuß des Weines hingebt.«

Indem er aufstöhnte, nickte Javan und setzte sich an den Tisch. Es blieb, während er aß, hinlänglich Zeit für eine kurze Besprechung. Seine Getreuen tranken wegen der Hitze mit Wasser verdünnten Wein, verzichteten in Anbetracht des bevorstehenden Festmahls jedoch vorerst auf Speisen.

»Nun denn, reden wir über des Tages verblüffendstes Vorkommnis«, begann er das Gespräch und biß in ein kaltes Hühnerbein. »Die Anwesenheit der kheldischen Edlen konnte infolge ihrer Auffälligkeit ja wohl von niemandem übersehen werden. Hat jemand irgendeine Ahnung, wohin sich ihr Trachten richtet? Muß ich heute abend denn etwa häßliche Überraschungen befürchten?«

Etienne de Courcy, ungeachtet der Hitze unbekümmerten, guten Mutes, lehnte sich an seinem Platz zurück. »Die Lage ist, wie Ihr ohne weiteres erseht, Sire, von schwieriger, widersprüchlicher Natur. Einerseits muß man's als günstiges Zeichen bewerten, daß sie nicht erst dazu genötigt werden mußten, Euch den Lehnseid zu leisten, doch ihr Auftreten in märkischer Tracht kann freilich, falls sie's in der Tat darauf anlegen, als offenkundige Herausforderung und deutliches Zeugnis der Absonderung gelten.«

»Und wie ist des jungen Grahams Verhalten zu verstehen?« fragte Javan weiter. »Er hat den Lehnseid selbst abgelegt, woraus ich ableite, er ist inzwischen mündig. Zwar hätte seine Gewandung nicht eben bei jedermann die Annahme begründet, daß er einer Königskrönung beizuwohnen gedenkt, aber zumindest ist er nicht in lederner Reitkleidung und nordländischem Loden erschienen. Erblickt Ihr irgendwelche Hinweise darauf, was für ein Mann wohl noch aus ihm wird?«

Jerowen Reynolds trat näher und stützte sich neben Etienne de Courcy auf den Tisch. »Ein besonnener Mensch, Sire, wage ich zu behaupten – fürwahr eine um so beachtenswertere Entwicklung, will's mich deuchen, als es ja seines Vaters gewaltsamer Tod war, welcher den Zwist auslöste.«

»Er ist, im Gegensatz zu seinen Oheimen, dabei nicht zugegen gewesen«, entgegnete Javan und fuchtelte dabei mit dem Hühnerbein. »*Ich* hab's damals mitansehen müssen, und sogar *mir* fällt's schwer, gegenüber jenen, welche daran die Schuld tragen, eine ruhige Gemütsverfassung zu bewahren. Was wird ihnen, glaubt Ihr, zur Genugtuung hinreichen? Um was werden sie mich angehen?«

»Das kann man leider nicht wissen, Sire«, lautete Etienne de Courcys Antwort. »Wie Ihr Euch gewißlich entsinnt, war's nicht einmal klar, ob sie überhaupt zu Eurer Krönung aufkreuzen. Ich erwarte, daß sie allermindestens um eine *secretum sermonem* ersuchen... Aber Gott allein weiß, was sie fordern werden.«

»*Fordern?*« wiederholte verärgert Herr Robear. »Seit wann dürfen Untertanen von ihrem König etwas *fordern?*«

»Ich zum Beispiel täte, so ich Gerechtigkeit zu verlangen habe, selbige auch von meinem König fordern«, erklärte Javan ohne Umschweife, spülte einen Bissen Hühnerfleisch mit Wein hinab. »Jawohl, *ich* würde eine Forderung erheben. Schon vor drei Jahren – wär's meine Sache gewesen und hätte ich dazu die Möglichkeit gehabt – hätte ich sie gestellt. Ihr seid mehrheitlich nicht anwesend gewesen... Ihr habt nicht gesehen, wie mit Herzog Ewan umgesprungen ward, auf welche durch und durch abscheuliche Weise man danach mit Declan Carmody, seiner Gemahlin und seinen Söhnen verfuhr. Jene Greueltaten habe ich Murdoch niemals vergeben und werde sie ihm nimmer verzeihen. Und da ich jetzt König bin, ist's mein Wille, den Kheldischen, sollten sie Genugtuung verlangen, dahin den Weg zu ebnen.«

»Unterschätzt nur nicht Herrn Murdoch und seine Spießgesellen, Sire«, riet ihm Herr Jason. »Mit aller Gewißheit sitzt Ihr fester auf dem Thron als noch vor ein paar Wochen, aber bis auf weiteres könnt Ihr Euch keinen offenen Streit mit des Kronrats alten Würdenträgern erlauben. Und sie werden, darauf ist wahrlich Verlaß, zusammenhalten wie Pech und Schwefel.«

»Diesen Sachverhalt will ich keineswegs außer acht lassen«, sprach Javan. »Und welche sonstigen, möglicherweise heiklen Verhandlungen stehen mir bevor? Was habt Ihr in dieser Hinsicht zu vermelden, Herr Jerowen?«

Der rechtskundige Edelmann schaute auf eine schriftliche Auflistung. »Hmmm... Euch erwarten die üblichen Abordnungen aus verschiedenerlei Nachbarländern, Sire. Euch *ist* geläufig, nehme ich an, daß auch Torenth einen Abgesandten geschickt hat?«

»Ja, Erzbischof Hubertus hat's mir schon gestern erzählt.« Javan stellte den Becher beiseite. »Einen Bruder des Königs, wie ich vernommen habe.«

Herr Jerowen nickte. »Prinz Miklos in Person. Er ist nur wenig älter als Ihr, Sire. Es heißt von ihm, er sei ein angenehmer Bursche. Er hat bloß einen kleinen Anhang mitgebracht. Und natürlich ist er, wie das ganze Haus Furstan, ein Deryni.«

»Aha. Und?«

Jerowen zuckte mit den Schultern. »Bisher haben er und seine Begleitung sich tadellos aufgeführt, Sire. Der Großzeremonienmeister hatte im Dom Bogenschützen auf dem Balkon stehen, und es werden auch am heutigen Abend welche im Hintergrund zugegen sein. Wünscht Ihr, daß sich darüber hinaus auch Oriel oder Sitric einfindet? Immerhin erhieltet Ihr dann darüber Aufschluß, ob er die Wahrheit spricht, und er wüßte, daß Ihr's erfahrt.«

In plötzlicher Reglosigkeit überlegte Javan; seine Gedanken überschlugen sich geradezu. Dieweil er Kenntnis davon hatte, daß Paulins Deryni unter Umständen geheime Verbindungen nach Torenth unterhielt, kam die Möglichkeit einer etwaigen Erneuerung gütlicher Beziehungen zu jenem Königreich ihm mit einem Mal wie eine höchst verdächtige Verlockung vor. Und eine Audienz mit einem torenthischen Prinzen bedeutete, daß Javan es nicht wagen konnte, Guiscard oder Etienne bei sich zu haben, wenn er den Abgesandten empfing, sollte Miklos nicht einen anderen Deryni entdecken, wo keiner sein durfte.

Aber vielleicht *ließ* es sich einrichten, daß er Meister Oriel zur Teilnahme heranzog. Die Gegenwart eines Heilers an eines Königs Seite rechtfertigte schwerlich irgendeinen Argwohn und konnte gleichzeitig wider irgendwelche verborgenen Schlichen des torenthischen Deryni, welcher zu dem Rückschluß gelangen mußte, daß Javan unter derynischem Schutz stand, genügend vorbeugen.

»Jaaa«, meinte Javan, dehnte das Wörtchen versonnen in die Länge. »Ich glaube, ich werde *tatsächlich* Meister Oriel um seine Anwesenheit ersuchen. Und Herr Rhun hat, soviel mir bekannt ist, schon Sitric unter jene Mannen gemischt, aus welchen sich die Ehren- und Leibwache unserer torenthischen Gäste zusammensetzt. Aber sagt an, duldet man am torenthischen Hof noch immer den festilischen Thronanwärter?«

»Anscheinend zur Zeit nicht, muß man darauf antworten, Sire«, erläuterte Herr Etienne. »Mark von Festil soll sich, so ward berichtet, nach Arjenol begeben haben, um dort seine Bildung zu vervollkommnen. Wieviel Unterstützung Torenth ihm gewährt, wenn es ihm eines zukünftigen Tages gefallen sollte, unverhohlenen Anspruch auf Euren Thron zu erheben, bleibt abzuwarten.«

»Dann müssen wir also wohl oder übel warten und selbigen künftigen Tages harren«, stellte Javan fest. »Und unterdessen empfangen wir großmütig an unserem Hof torenthische Prinzen.«

Herr Robear hob die Schultern. »Beachtet, Sire, wir stehen mit Torenth nicht im Krieg. Seit vielen Jahren nicht mehr. Und's mag ja sein, er hat ein interessantes Geschenk mitgebracht.«

»Interessant, so so… Hm, ach ja, das könnte fürwahr der Fall sein.« Eine ganze Weile trommelten Javans Fingerspitzen auf die Tischplatte, dann schüttelte er das Haupt.

»Tja, Ihr Herren, es will mich dünken, ich erhalte heute dazu Gelegenheit, mich gleich zu Anbeginn auf allerhöchster Ebene in der Verhandlungskunst zu üben. Achtet darauf, Herr Jerowen, darum bitte ich Euch, daß die Bogenschützen wirklich zur Stelle sind, ja? Recht unauffällig, wie's sich von selbst verstehen dürfte, aber für alle Fälle sollen sie da sein… Wie mir einmal erklärt ward, ist ein Pfeil, was die Schnelligkeit anbetrifft, allemal doch geschwinder als der hurtigste Zauberspruch.«

Mit letzterer Bemerkung rief er ein von einer gewissen Verunsicherung getrübtes Gelächter hervor; anschließend setzte Herr Jason den König über noch mancherlei mehr aufschlußreiches Wissenswertes in Kenntnis. Etwas später, kaum daß man die Unterredung beendet hatte, fand sich Meister Oriel ein, um nach Javans Klumpfuß zu sehen, dessen Zustand jedoch durchaus zufriedenstellte, und verhalf dem König für ein Stündchen zu tiefem Erholungsschlaf. Unterdessen kleideten sich Javans Getreue um, wechselten nun die zur Krönung angelegten Prachtgewänder gegen leichtere, kühlere Bekleidung ein.

Nach Ablauf der Stunde erhob sich der heute gekrönte König und fühlte sich zu seiner stillen Freude in merklichem Umfang gekräftigt. Über einen Kittelrock aus hauchfeiner, weißer Baumwolle zog er einen langen, ärmellosen Tappert aus karmesinroter Seide; darin sah er weniger hochherrschaftlich aus denn zuvor in der Prunkgewandung, doch entsprach diese Kleidung weit besser der Hitze, und im übrigen taten der breite, mit Edelsteinen verzierte Gürtel, das Haldane-Schwert, die Krone sowie die goldenen Sporen das ihre, um ihm ein durchaus königliches Äußeres zu verleihen. Er fühlte sich nahezu richtiggehend wohl in seiner Haut, während er sich in den Festsaal hinabbegab, um die öffentlichen Glückwünsche seiner Untertanen und der Gäste entgegenzunehmen.

Der Festlichkeit Stimmung war diesmal gänzlich andersartiger Natur als vor fünf Jahren bei Alroys Krönung. Damals hatte man den Festtag so gestaltet, daß er den Zweck erfüllte, einen unreifen König und seine jüngeren Brüder zu erheitern und ihnen Kurzweil zu bieten – und pomphaft sämtlichen Reichtum sowie alle Macht der Regenten des blutjungen Königs zur Schau zu stellen. König Javan hingegen war schon seit zwei Jahren, wenigstens nach dem Gesetz, ein erwachsener Mann. Infolgedessen war darauf achtgegeben worden, daß die heutige Veranstaltung in weit stärkerem Maße Zerstreuung für Erwachsene bot.

Den ersten Rang nahm dabei, sah man einmal von der Erfordernis ab, daß Javan sich die feierlichen Grüße und Beglückwünschungen der fremdländischen Besucher anhören mußte, die Gegenwart von entschieden mehr Angehörigen des schönen Geschlechts ein, als er es von dem vor fünf Jahren stattgefundenen Fest in Erinnerung hatte; allerdings mußte er einräumen, daß ihnen damals seinerseits, im Alter von elf Lenzen, womöglich erheblich weniger Beachtung geschenkt worden war als heute. Vielleicht rührte seine jetzige Aufmerksamkeit fürs Weibliche ja daher, daß gestern die wunderschöne Anne von Cassan sein Blut in solche Wallung gebracht hatte – deren Anwesenheit, da sie an des Saals anderem Ende mit ihrem Gemahl beisammenstand, ihm auch nun wieder, jedesmal wenn er den Blick zu ihr hinüberlenkte, ein höchst sonderbares, aber wohliges Kribbeln in der Magengrube verursachte.

Zahlreiche weitere holde Lieblichkeiten waren zugegen, von denen manche, etwa Rhuns glutäugige Tochter Juliana, eine beträchtliche Gefahr verkörperten – oder sie, so wie Michaela Drummond für Rhys Michael, bereits ernsthaft bedeuteten. Schon als des Festmahls erster Gang aufgetragen ward, hatte er über all jene jungen Edelfräulein »hochachtbarer Abkunft«, welche ihm und seinem Bruder seit dem Betreten des Burgsaals vorgestellt worden waren, den Überblick verloren. Ob weizenblonden oder rabenschwarzen, feuerroten oder kastanienbraunen Haars, es fehlte unter ihnen kein Alter zwischen hoffnungsvollen Neun- oder Zehnjährigen und reiferen Schönheiten gegen die dreißig Lenze. Sie gingen in einer ungemein bemerkenswerten Vielfalt sommerlicher Kleider um – dem Auge überaus gefällig durch Farben wie Himmelblau, Rosa, Veilchenblau und Butterblumengelb – und verbreiteten um sich eine mannigfaltige Fülle berückender Düfte.

Javan hatte schon von derlei Aufzügen vernommen, welche das Ziel einer alsbaldigen Vermählung verfolgten, sich aber im geheimen an die Hoffnung geklammert, nicht so frühzeitig als begehrter Bräutigam zu gelten. Er würdigte all diese entzückenden Frauengestalten mit widerwilliger Anerkennung, doch sobald eine mit lieblichem Schwung nach hinten geworfene Locke oder ein blitzendes Auge seinen Blick anzog, bewahrte er, indem er sich fortwährend dazu ermahnte, vorsätzlichen Gleichmut. Groß war seine Erleichterung, als er und Rhys Michael sich endlich aus dem Gewimmel auf die mittleren Plätze der Königlichen Tafel zurückziehen konnten, so daß die anwesende Weiblichkeit sich damit begnügen mußte, sie beide aus einigem Abstand zu bewundern.

Rhys Michael zu seiner Rechten, Erzbischof Hubertus zur Linken, widmete er sich flugs, sobald der erste Gang auf der Tafel stand, der leiblichen Stärkung, kostete frischgebackene Wildbret-Pasteten, eine klare Suppe, in der Mehlklößchen schwammen, einen frischen, aus des Burggartens Gemüsen zubereiteten Salat mit Pfefferminzsoße sowie in Mandelsud gebratene Fischstücke am Spieß. Ausnahmslos schmeckten die Gerichte vorzüglich, doch aß Javan von allem nur ein Häppchen, sowohl wegen der anhaltenden Schwüle, der schon vorhin verzehrten, wiewohl bescheidenen Mahlzeit wie auch der Aussicht auf noch fünf oder sechs weitere Gänge.

Zwischen erstem und zweitem Gang empfing er im Audienzsaal hinter der Empore die Abgesandten Llanedds und Mooryns. Dabei weilten Rhys Michael, Herr Guiscard, Erzbischof Hubertus, Reichskanzler Tammaron sowie mehrere andere Kronräte ebenfalls zugegen. Voller Überschwang beglückwünschte man ihn und überreichte ihm Geschenke, eine prall mit Rubinen aus Mooryns Bergen gefüllte Lederbörse und Barren rötlichen Golds aus Llannedd; danach kehrte man gemeinsam zum zweiten Gang zurück in den Burgsaal.

In der Atempause zwischen dem dritten und vierten Gang, als die Sonne schon lange Lichtkegel durch die westwärtigen Fenster der Halle warf, bereitete Javan sich darauf vor, den Abgesandten des Königs von Torenth zu empfangen. Oriel stellte sich bei ihm ein, erschien in einer schlichtgrünen Kluft, deren Farbe den Rang eines Heilers andeutete, ohne aufdringlich zu sein, denn das Tragen des Wappens der Heilerzunft war längst durch ein Gesetz verboten worden. Seine Gegenwart sollte jedwede ungehörige Neugierde seitens des derynischen Besuchers verhüten.

Falls Miklos dennoch mehr gewahrte, als es Javan behagte, blieb zur Erklärung immer noch die Tatsache, daß er ein Haldane war, von dessen Geschlecht man wußte, es hatte irgendwann hinlängliche Macht einer Art erworben, die es gestattet hatte, Imre von Festil zu bezwingen. Aber voraussichtlich untersagte die Höflichkeit es dem torenthischen Prinzen, falls er wirklich etwas bemerkte, das Gespräch auf die damaligen Ereignisse zu lenken.

Nachdem somit sämtliche empfehlenswerten und möglichen Sicherheitsvorkehrungen getroffen worden waren, ließ Javan, sobald sie den Audienzsaal aufsuchten, seinen Bruder zur Linken und Charlan mit dem

Haldane-Schwert zwischen ihnen beiden Platz nehmen, während Jerowen Reynolds an seiner rechten Seite Aufstellung bezog, um ihm jederzeit mit Ratschlägen behilflich sein zu können. Meister Oriel hatte sich verläßlich unmittelbar hinter Javans Thronsitz zu halten. Eine Anzahl jener Ritter, deren Treue außer Frage stand – die Herren Jason und Robear, Bertrand und Tomais – verteilten sich zwanglos am Zugang des Audienzsaals, und ein Halbdutzend Königlicher Leibwächter, die ihre Bogen griffbereit nahebei verborgen hatten, säumte die Mauer hinter Javans Rücken.

Zudem hatte sich, wohl weil man sich an einem dermaßen hochbedeutsamen Tag nichts entgehen lassen wollte, was einer Unterredung mit einem Vertreter des Königreichs Torenth an Wichtigem entspringen mochte, des Kronrats Mehrheit eingefunden: Reichskanzler Tammaron, die Herren Manfred, Rhun und Murdoch, ebenso Erzbischof Hubertus sowie Albertus – nicht dagegen, wie Javan mit Interesse vermerkte, Paulin von Ramos. Javan fragte sich, ob des letzteren Abwesenheit wohl etwas zu bedeuten hatte.

Im Saal kehrte Ruhe ein, derweil Javan sich auf dem Sitz zurechtrückte, über welchen unterdessen der prächtige Königsmantel gebreitet worden war, den er auf dem Ritt vom Dom zur Königsburg getragen hatte. Er prüfte, ob ihm die Krone waagerecht auf dem Haupt saß – schaute seinen Bruder an, um es sich von ihm bestätigen zu lassen –, dann winkte er in Richtung des Eingangs, damit das Weitere seinen Lauf nehmen konnte. Als man die Türflügel weit aufgestoßen hatte, trat ein torenthischer Herold ein und kündete des Abgesandten Ankunft an, nannte desselben Rang und Titel.

»Der Abgesandte Seiner Majestät, des Königs von Torenth – seine Königliche Hoheit, Prinz Miklos von Furstan.«

Den Prinzen begleitete ein Geleit aus sechs verdienten torenthischen Recken nebst einem Hauptmann, gekleidet in Seide vom gleichen orangeroten Farbton wie die Grundfarbe der Fahne, welche selbiger Hauptmann dem Abgesandten unmittelbar hinter seinem Rücken nachtrug. Hell glänzten die offensichtlich sorgsam gepflegten Kegelhelme und Brünnen. In dem weißen Rund, das den Großteil der Fahne ausmachte, sah man das Wappentier des Hauses Furstan, den springenden Hirsch. Von der Fahnenstange Spitze fielen zahlreiche Ehrenbänder und Siegeswimpel, Wahrzeichen und Andenken vergangener Erfolge auf dem Schlachtfeld, bis hinab auf des Bannerträgers weiße Handschuhe.

Paarweise entboten die Krieger einige Schritte vor dem Thronsitz Javan ihren Gruß, indem sie sich die vom weißen Handschuh umhüllte rechte Faust auf die Brust schlugen und das behelmte Haupt auf markige Weise neigten – tief genug, um ihre Hochachtung zum Ausdruck zu bringen, aber nicht so tief, daß man ihnen Kriecherei hätte nachsagen können –, sich danach seitwärts entfernten, so daß der Fahnenträger zuletzt an jeder Seite drei Mannen stehen hatte. Er vollführte eine knappe Verbeugung, senkte aber nicht die torenthische Fahne, trat statt dessen linkerhand beiseite und vollzog eine Drehung, machte Platz für einen jugendlich-schönen, blondhaarigen Jüngling in lohgelber Seide, dessen mit Edelsteinen gespickter Stirnreif seine hochhehre Stellung anzeigte.

An des torenthischen Prinzen Hüfte hing ein Krummschwert, die goldene Prunkscheide und der geradeso herrliche Griff strotzten von Gemmen, Perlen und Edelsteinen. Gemeinsam mit dem Prinzen kam ein Edelknappe oder Adlatus, der wohl noch jünger war denn er selbst, brachte einen in lohbraune Seide gewickelten Gegenstand mit, welcher etwa eines Unterarms Länge hatte.

Javan verspürte ein schwaches Prickeln, welches auf das Vorhandensein geistiger Schilde beim Prinzen und seinem Begleiter hinwies – das der König durchaus erwartet hatte –, doch nichts ließ erkennen, daß vom Inneren selbiger Schirm irgendeine geistige Zudringlichkeit ausging. Die eigene Geisteswehr beließ Javan in weitestgehender Zurückhaltung gesenkt, um nach Möglichkeit zu vermeiden, daß die Gäste sie entdeckten; aber hinter sich spürte er Oriels Geistesschilde, die der Heiler um einiges ausgeweitet hatte, so daß sie auch Javan Schutz boten.

»Herr Javan von Gwynedd«, ergriff der Prinz das Wort, indem er eine artige Verbeugung machte, die man, ähnlich wie die Ehrenbezeugungen seines Geleits, weder als Mißachtung noch Unterwürfigkeit mißdeuten konnte, »an Eurem heutigen Krönungstag überbringe ich Euch die Glückwünsche meines Königs und Bruders Arion von Torenth. Wenngleich in der Vergangenheit unsere Väter und jeweiligen Königreiche tiefe Meinungsverschiedenheiten ausgefochten haben mögen, läßt mein Oberherr Euch durch mich mitteilen, daß er wider Euch, von Mann zu Mann, keinerlei Mißgunst hegt und für Euch eine höchst gedeihliche, friedvolle Herrschaftszeit erhofft. In diesem Sinne hat er mich damit betraut, Eurer Majestät – vom einen zum anderen christlichen Herrscher – dieses bescheidene Zeichen seiner Achtung zu überreichen.«

Flüchtig wandte er sich seinem jungen Begleiter zu, welcher sofort den eingewickelten Gegenstand mit beiden Händen faßte.

»Dieweil die Kunde von Eurer Majestät Vorliebe für die Gelehrsamkeit sogar bis nach Torenth gedrungen ist«, fügte der Prinz seinen vorherigen Worten hinzu, »entstand dort bei Hofe der Eindruck, diese Gabe möchte sehr wohl eine würdige Bereicherung Eurer Bibliothek sein.« Er faltete die Umhüllung auf und entblößte eine ziemlich alt aussehende Rolle Pergament. »Es handelt sich um eine Beschreibung des Lebens eines Eurer Ahnen, des verewigten Königs und Heiligen Bearand Haldane. Mir ward erklärt, daß man selbiges Werk noch zu seinen Lebzeiten begonnen, als man seinen Taten und seinem Wirken noch allgemeine Bekanntheit nachzusagen vermochte, und kurze Frist nach seinem Ableben vollendet hat. Leider deckt die Schriftart sich nicht mit meinem Geschmack, aber ich darf, da's meine feste Überzeugung ist, Euch versichern, daß die Abbildungen in ihrer Güte weit oberhalb des Durchschnitts einzustufen sind... Mag's mir vergönnt sein, Eurer Majestät das Kunstwerk zu zeigen?«

Als Miklos einen Teil des Pergaments entrollte und ein in prächtigen Farben gemaltes Bildnis enthüllte, beugte Javan sich in aufrichtiger Neugier und Angetanheit vor, gab dem Prinzen durch eine Geste zu verstehen, daß er getrost nähertreten sollte. Miklos folgte der Aufforderung, senkte neben Javans Thronsitz das Knie auf ein Kissen, breitete im Knien die Rolle über die Armlehnen sowie des Königs Schoß. »Hier erblickt Ihr, Eure Majestät, als erstes das Schauspiel der Krönung Eures Vorgängers König Bearand, welche sich offenbar im wesentlichen geradeso vollzog, wie wir es auch heute erlebt haben«, führte Miklos dem König aus, deutete auf die Darstellung. »Und da seht Ihr seinen Aufbruch zur großen Fahrt ins Südmeer. Es folgt die Seeschlacht wider die Mohren-Flotte. Beachtet, Eure Majestät, so bitte ich Euch, daß auch der Haldaneschen Seestreitmacht Oberbefehlshaber abgebildet ist, welcher einst den inzwischen ja nicht mehr bestehenden Michaelitenorden gründete. Des weiteren sind mehrere jener Wunder wiedergegeben, die man dem Heiligen Bearand zuschreibt...«

Mit keinem einzigen Wort und keinerlei Handlungen überschritt der Prinz die herkömmlichen Regeln, welche für einen Gast galten; auch vermied er es mit äußerster Achtsamkeit, seinen Gastgeber zu berühren. Während Javan und der Prinz gemeinsam die vergilbte Rolle anschauten, welche das Leben eines seit über hundert Jahren toten Haldane-Königs schilderte, fühlte der König, wie des Torenthers Geistesschilde schwach die eigene Geisteswehr streiften. Nach wie vor hielt er seine geistige Schirm eher in der Hinterhand, stellte lediglich sicher, daß es Miklos versagt blieb, sie zu durchdringen, und erwiderte offen des Prinzen Blick, als Miklos seine Erläuterungen des Pergaments beendete und sich anschickte, während er noch neben dem Kronsitz kniete, es einzurollen.

»Ich wage zu hoffen, daß diese Rolle auf Eurer Majestät huldvolles Wohlgefallen stößt«, sprach der Prinz zum Abschluß. »Das Haldane-Geschlecht rechtfertigt fürwahr die alleraufmerksamste Betrachtung.«

Javan lächelte knapp; er war sich völlig im klaren darüber, daß Miklos mit seiner Äußerung keineswegs auf die Rolle Bezug nahm.

»O ja, es ist eine große Ehre, einem so edlen und bedeutenden Hause zu entstammen«, sprach er, ohne mit der Wimper zu zucken. »Ich stelle an Euch die eindringliche Bitte, Eurem Bruder, König Arion, meinen Dank für sein gar wohlüberlegtes Geschenk auszurichten und ihm mitzuteilen, daß es in der Büchersammlung, welche ich hier in Rhemuth zusammenzutragen beabsichtige, allzeit einen höchst würdigen Platz einnehmen wird. Gleichfalls danke ich Euch, Eure Hoheit, für die Ehrung, welche Ihr mir anläßlich meiner Krönung mit Eurer Anwesenheit erweist. Es erfüllt mich mit großer Freude zu vernehmen, daß zwischen unseren beiden Königreichen Friede herrschen darf. Anders als es von vielen meiner Altvorderen behauptet werden kann, ist's nicht mein Begehr, mein Volk in einen

Krieg zu führen, es sei denn, man ließe mir keine andere Wahl. Ich gebe mich der Hoffnung hin, Seine Majestät, der König von Torenth, teilt mit mir selbiges Streben nach Frieden.«

»In der Tat verhält es sich so, Sire, daß mein Herr dies Trachten mit Euch gemein hat«, beteuerte Miklos, erhob sich in der anmutigsten Art und Weise und wich, indem er sich verbeugte, um ein paar Schritte zurück. »Aus ebendiesem Grunde, Sire, und dieweil unsere Heimatländer in Frieden leben – den Frieden schon seit Jahren hüten –, hegt mein Herr hoffnungsfroh die Auffassung, an Eurem heutigen Krönungstag, von Herrscher zu Herrscher, von Euch eine Gunst erbitten zu dürfen.«

Javan erlaubte sich die Andeutung eines Lächelns, während ein Murmeln des Mißfallens durch die Reihen der anwesenden Gwynedder raunte. Halb hatte der König damit gerechnet, daß es mit der Übergabe des Geschenks noch nicht sein Bewenden haben sollte; doch was danach folgte, blieb freilich abzuwarten.

»Solang es nicht zum Schaden meines Königreiches ist, Prinz Miklos, will ich ihre Gewährung erwägen. Was ist des torenthischen Königs Begehr?«

Mit beiden Händen vollführte Miklos eine Gebärde der Beschwichtigung und lächelte ebenfalls. »Seid dessen versichert, Sire, die Sache betrifft alte Angelegenheiten, welche uns keine unnütze Erregung verursachen müssen, denn als die damit zusammenhängenden Ereignisse sich zutrugen, sind wir, Ihr und ich, ja noch Kinder gewesen. Mein Herr hätte lediglich zu gern Aufschluß über das Schicksal gewisser torenthischer Geiseln, welche sich zur Herrschaftszeit Eures Herrn Vaters, des seligen Königs Cinhil, nach Gwynedd begeben mußten, denn dieselben sind, muß ich erwähnen, entfernte Anverwandte unseres Königshauses.«

»Ach so…?« meinte Javan, hob die Hand, um neues

Getuschel des Mißmuts unter seinen Kronräten zu unterbinden. »Vielleicht möchten Eure Königliche Hoheit so hilfreich sein, die Namen jener Geiseln zu nennen.«

»Lady Sudrey und Herr Kennet, Nichte und Neffe Herrn Termods von Rhorau, Sire«, gab der Prinz ihm mit einer erneuten Verbeugung Auskunft. »Sie sind im Kindesalter in den Gewahrsam von Herzog Sigheres Sohn Ewan überantwortet worden.«

Mochte es Absicht oder unbeabsichtigt sein – Javan neigte allerdings zu dem Verdacht, daß Miklos genau wußte, was er tat –, des Prinzen Antwort rief im Audienzsaal augenblicklich Bestürzung hervor, dieweil sämtliche Anwesenden wußten, in ihrer Mitte befand sich der an Ewans Tod Schuldige, und Murdoch von Carthane mußte zwangsläufig den allergrößten Widerwillen gegen ein Auftreten der Brüder des Toten hegen, welche allein indessen Licht auf den fraglichen Verbleib der genannten Geiseln zu werfen vermochten. Die kheldischen Edlen waren offenkundig mit dem Wunsch nach Rhemuth gekommen, Vergeltung zu üben, und warteten nur auf einen geeigneten Vorwand, um sich mit Murdoch anzulegen. Javan hatte vermeiden zu können gehofft, daß sie jemals ein und dieselbe Räumlichkeit aufsuchten; aber vielleicht war ganz einfach die Zeit reif für den ohnedies unabwendbaren Zusammenstoß.

»Ihr richtet an mich ein recht schwieriges Ansinnen, Prinz Miklos«, antwortete Javan in gleichmütigem Tonfall, behielt unterdessen Murdoch im Augenmerk. »Wie Ihr ganz zutreffend erwähnt, bezieht's sich auf Vorgänge, welche weder in Eures noch in mein Gedächtnis Eingang gefunden haben. Überdies weilen sowohl Herzog Sighere wie auch sein Sohn Ewan nicht mehr unter den Lebenden.«

»Die Kunde ihres Ablebens hat auch uns erreicht, Sire«, sprach Miklos mit gedämpfter Stimme. »Mögen

Ihre Seelen und die Seelen aller Gläubigen in Frieden ruhen.«

Derweil er diese Worte sprach, bekreuzigte er sich fromm auf die in den östlichen Ländern übliche Weise, nämlich von rechts nach links; Javan und die übrigen Gwynedder ahmten sein Beispiel nach, jedoch von der linken zur rechten Seite, also nach heimischem Brauch. Erzbischof Hubertus' Mienenspiel widerspiegelte beträchtliches Mißbehagen.

»Aber zum großen Glück für uns alle, Prinz Miklos«, äußerte Javan als nächstes, »weilen beide Brüder Herzog Ewans heute bei Hofe, wiewohl nicht hier im Saal. Darum hege ich zuversichtlich die Erwartung, daß selbiges Paar uns in bezug auf Eure Nachfrage alleserhellende Aufschlüsse zu erteilen vermag.« Er heftete den Blick auf Graf Tammaron. »Herr Reichskanzler, holt mir die Grafen von Marley und der Ostmark her, ich bitte Euch.«

Während Tammaron sich verbeugte und den Audienzsaal verließ, neigte Prinz Miklos zum Dank das Haupt und befahl seiner Begleitung, zur Seite zu weichen, damit vor dem Thronsitz Platz für die beiden Grafen entstand. Mit ruhiger Hand bemächtigte sich Javan, derweil sich sämtliche Anwesenden ins Warten fügten, von Charlan des in der Scheide befindlichen Haldane-Schwerts, legte es sich über die Knie – denn der Austausch höfisch-höflicher Artigkeiten hatte sich unversehens in einen gänzlich andersartigen Vorgang verwandelt, welcher alle bedrohlichen Vorzeichen eines ernsten Zwischenfalls aufwies.

Kurze Frist später ward die Tür erneut geöffnet, und Tammaron brachte die zwei Grafen sowie ihren Neffen, welcher eine Miene der Ratlosigkeit zog, in den Saal. Jung Graham wirkte ziemlich nüchtern, wogegen sowohl Hrorik wie auch Sighere die geröteten Angesichter und der leicht unsichere Gang anzusehen waren, die von tüchtigem Zechen herrührten. Graham in der Mitte, vollführten alle drei vor Javan eine pflichtgemäße Verbeugung. Hroriks Blick schweifte, als er sich straffte, zur Seite, fiel auf Murdoch, welcher sich unterdessen alle Mühe gab, sich größter Unauffälligkeit zu befleißigen. Aber ehe der nordische Edle irgend etwas Verhängnisvolles unternehmen konnte, stieß Javan ein Räuspern aus, um die allgemeine Aufmerksamkeit auf sich zu lenken.

»Meinen Dank dafür, Ihr guten Herren, daß Ihr Euch ohne Verzug eingestellt habt«, sprach er in einem Ton, als stünde nichts Ungewöhnliches an. »Gestattet mir, Euch bekanntzumachen mit Seiner Königlichen Hoheit, Prinz Miklos von Torenth, dem Bruder König Arions. Seine Hoheit erkundigt sich nach dem Geschick gewisser torenthischer Geiseln, welche man vor ungefähr fünfzehn Lenzen des seligen Herzogs Ewan Obhut anvertraut hatte... Wie lauteten doch gleich wieder ihre Namen, Prinz Miklos?«

»Herr Kennet und Lady Sudrey von Rhorau, Sire.«

Hrorik erbleichte, und Sighere warf seinem älteren Bruder einen Blick der Betroffenheit zu. Graham empfand offenbar nichts als Erstaunen.

»Wie ich ersehe, sind diese Namen Euch ein Begriff, Ihr Herren«, sprach Javan, wunderte sich über die Art und Weise, wie sie selbiger Namen Nennung aufnahmen, und bereitete sich darauf vor, die Grafen vermittels seiner besonderen Magie-Sinne einer Wahrheitsfindung zu unterziehen. »Vielleicht vermögt Ihr Seiner Hoheit über ihr Schicksal Aufklärung zu geben.«

Hrorik schwankte ein wenig, als er den Blick in finsterer Verschlossenheit auf den Fußboden senkte; nachdem er seinen Bruder ein zweites Mal angeschaut hatte, blickte Sighere ganz unverhohlen hinüber zu Murdoch.

»Es dürfte am gescheitesten sein, Sire, den Grafen

von Carthane nach Herrn Kennets Los zu befragen, denn seine Schergen haben ihn *gemeuchelt,* geradeso wie durch ihn unser Bruder Ewan gemordet ward.«

»Das ist eine Lüge«, widersprach Murdoch erzürnt, zückte halb das Schwert, doch fielen die Herren Manfred und Rhun ihm sofort in den Arm. »Ewan von Claibourne war ein schmutziger Verräter, er hat *mich* angegriffen, als ich ihn deswegen zur Rede stellte. Ferner war's ja der Deryni, welcher ihn schließlich getötet hat, dieser aufsässige, arglistige Hund von…«

»Und ich sage, *Ihr* lügt, Murdoch von Carthane!« brüllte Hrorik, riß einen Dolch aus dem Gürtel, ward jedoch augenblicklich von Sighere und dem sichtlich entsetzten Graham von weiteren Taten abgehalten. »Ihr habt Kennet von Rhorau in gleicher Weise ermordet wie unseres Bruders übrige Mannen. Freilich mag Eure Faust nicht die Waffen geschwungen haben, aber es geschah auf Euer Geheiß…«

*»Lügenbold!«*

Graf Hrorik, in dessen blauen Augen Zorn lohte, tobte und suchte sich loszureißen, derweil Murdoch sich aus Manfreds und Rhuns Armen freizerrte, sodann blankzog und Anstalten machte, sich mit einem irren Schrei der Wut auf die ineinander verklammerten kheldischen Edelleute zu stürzen.

»Haltet ein!« schrie Javan.

Als Murdoch vorwärtssprang, schwang sich der König mit solcher Wucht aus dem Thronsitz, daß er denselben umkippte, zückte das Haldane-Schwert mit kraftvoller Gebärde blitzartig aus der Scheide, ließ die Klinge emporsausen und wehrte Murdochs Hieb ab.

»Haltet ein!« wiederholte Javan, als die Klingen zusammenklirrten. »Murdoch, die Waffe nieder!«

Schon warfen Charlan und Udaut sich dazwischen, packten Murdoch, als er zu einem zweiten Schwertstreich ausholte – diesmal wahrhaftig gar wider den

König selbst gerichtet! –, und rangen ihn zu Boden, entwanden seiner Faust die Waffe. Rhys Michael war flugs zur Seite gesprungen und hatte sich so in Sicherheit gebracht.

Mehrere Ritter und Königliche Leibwächter umdrängten Hrorik, Sighere und Graham, sowohl um sie zu schützen wie auch zur Verhinderung weiterer Gewaltanwendung von ihrer Seite; andere hatten Rhun und Manfred umstellt, damit sie sich nicht ins Getümmel mischten.

Murdoch schlug um sich, wand sich in der Mannen Griff, heulte Schreie irrsinniger Wut hervor, trat Javan ans Knie, mäßigte sich erst, als er an der Kehle – Udaut und Charlan wichen vor dem König beiseite, allerdings ohne die Fäuste von Murdoch zu nehmen –, den kalten Stahl des Haldane-Schwerts spürte.

»Haltet Frieden, Murdoch!« befahl Javan. » Wachen, kommt und nehmt Euch dieses Narren an, auf daß es mir erspart bleibt, ihn zu durchbohren! Und *Ihr* da...« Mit der Schwertspitze wies er auf Hrorik, der sich gleichfalls noch widerspenstig benahm. »Überlaßt die Sache mir, oder Ihr seid nicht besser als er.«

Wie er da über dem ausgestreckten Murdoch stand, sein Blick nun mitsamt der Schwertspitze rundum durch den Audienzsaal schweifte, mußte er weit eindrucksvoller ausgesehen haben, als ihm selbst wohl dabei zumute war; offenen Mundes starrten die meisten Anwesenden ihn an, ihren Mienen ließen sich Erschrecken, Überraschung und sogar Bewunderung ablesen. Zwei Höflinge Javans hatten sofort, sobald sich des Zwists Ausbruch abzeichnete, Prinz Miklos und seinen Begleiter eilends in den Hintergrund geleitet, wo sich ihre Recken um sie geschart hatten; auch standen die zwei gwyneddischen Ritter als zusätzlicher Schirm zwischen ihnen und den verfeindeten Grafen.

Javan hob das Schwert zu einer Geste der Beruhigung in Prinz Miklos' Richtung, dann entfernte er sich von Murdoch, welcher sich nun widerstandlos der Aufsicht jener Wachen unterwarf, die ihn aus den Fäusten der Herren Charlan und Udaut in Gewahrsam nahmen. Erzbischof Hubertus trat zögerlich näher und reichte Javan die Scheide, welche er vom Fußboden aufgehoben hatte; aber der König beließ, als er sie wieder in Händen hatte, die Klinge blank.

»Wohlan, nunmehr wünsche ich auf ein paar Fragen Antworten zu erhalten«, sprach Javan, deutete mit dem Schwert auf Murdoch. »Erhebt Euch, Graf. Noch eine solche Frechheit, und Ihr werdet in den Kerker geworfen, bis Euer Mütchen gekühlt ist. Auch Ihr, Hrorik, zügelt Euch!«

Eigenhändig faßte er zu, um den Thronsitz wieder in die Lotrechte zu stellen, nickte Rhys Michael zu, der ihm dabei half, und setzte sich sodann auf seinen Platz.

»Nun denn«, sprach er, legte sich Schwert und Scheide quer über die Knie. »Wir haben über Kennet von Rhorau Rede geführt. Murdoch, Sighere beschuldigt Euch, Herrn Kennet gemeuchelt zu haben… Euch oder Eure Männer. Leugnet Ihr selbige Tat?«

»Natürlich bestreite ich sie, Sire«, entgegnete Murdoch, stierte Sighere wütend an, hielt sich anscheinend nur mit Mühe davon zurück, wider ihn auszuspeien.

»Danke, Graf, das ist eine klare Antwort. Herr Sighere. Graf Murdoch leugnet die Schandtat, deren Ihr ihn zeiht. Seid Ihr vielleicht dazu imstande, uns Einzelheiten zu vermelden, um allgemeinen Aufschluß zu schaffen? Wie kam's denn dahin, daß Herr Kennet damals bei Hofe weilte?«

Graf Sighere heftete einen Blick puren Hasses auf Murdoch und schüttelte dabei die Fäuste ab, die ihn nach wie vor an den Ärmeln hielten.

»Ich werde ihn nicht anrühren«, beteuerte er mit tiefster Verachtung. »Kennet war ein Bursche von vierzehn Lenzen, als er und seine Schwester, die erst dreizehn Jahren zählte, in Ewans Obhut gelangten. Der Geiselhaft Bedingungen geboten uns eine ehrenvolle Behandlung, darum machte Ewan den Jüngling zu seinem Knappen.«

Tief schöpfte er Atem, bevor er weitererzählte, mied fortan jedermanns Blick. »Kennet erwies sich, sobald er sich eingewöhnt hatte, als tüchtiger Knappe, und mit zwanzig Jahren war aus ihm ein gewaltiger Schwertkämpfer geworden. Darum hat Ewan ihn, wiewohl er's hätte unterlassen sollen, da Kennet ja eine Geisel war, ihn zum Ritter geschlagen, doch war's inzwischen einerlei, denn Ewan liebte Kennet längst wie einen eigenen Sohn…«

Während Sighere sprach, war Miklos langsam nähergekommen, nickte nun wortlos vor sich hin, derweil der Graf seine Darlegungen fortsetzte.

»Beizeiten ward Ewan unser Herzog. Unterdessen hatte er Kennet zum Hauptmann erhoben, und daran, daß er einmal als Geisel zu uns gekommen war, entsann sich bei uns fürwahr kaum noch irgendwer. Vor drei Jahren ritt er mit Ewan zum Königshof, zu der Königlichen Hoheiten Geburtstagsfeier. Und da geschah es, daß man Ewan seinen Platz im Kronrat entzog und Bewaffnete auf *dieses* Mannes Geheiß« – Sighere zeigte auf Murdoch – »über unseren Bruder und seine Begleiter herfielen. Da ward Kennet als einer der ersten Claibourneschen erschlagen, bei seines Herrn Verteidigung. Ein redlicher Mann und rechtschaffener Ritter war er, und *dieser Schuft* trägt an seinem Tod die Schuld!«

Graf Murdoch hatte die Arme vor der Brust verschränkt, arge Erbitterung verfinsterte sein Angesicht. »Davon kann doch wohl wahrlich keine Rede sein. Vielmehr ist's vonnöten gewesen, mich wider eines Verräters Gewalttat zu beschirmen. Nun ja, es sind in der Tat dabei einige Claibourner durchs Schwert gefallen. Mehr weiß ich dazu ganz und gar nicht zu sagen.«

»*Ich* dagegen weiß«, sprach Hrorik, richtete nun endlich auch das Wort an Murdoch, »daß die Verantwortung für den Tod unseres Bruders, Kennets und aller anderen Claybourneschen an jenem Tag auf *Euch* lastet. Ich verlange von Euch Genugtuung für Eure Übeltaten, Murdoch! Zum Zweikampf fordere ich Euch, dann vermögt Ihr's ja, so Ihr schuldlos seid, vor Gott und der Welt unter Beweis zu stellen.«

Er trat um einen Schritt vor, riß einen Handschuh aus rauhem märkischen Leder aus dem Leibgurt und schleuderte ihn Murdoch vor die Füße.

»Seid Ihr nicht mit der Genannten Blut befleckt, so soll ich bei Gott ein gleich schreckliches Ende wie mein Bruder nehmen. Doch seid Ihr an seinem Tode schuldig, sollt Ihr gleich ihm Euer Leben verlieren. Javan Haldane, König von Gwynedd, so wahr der Herrgott mein Zeuge ist, ich zeihe diesen Mann, den Grafen Murdoch von Carthane, der Ermordung Herzog Ewans von Claibourne, und fordere ihn zum Zweikampf auf Leben und Tod!«

Im Audienzsaal war es, während Hrorik seine Herausforderung aussprach, still geworden. Anschließend kehrten sich aller Anwesenden Blick von ihm, derweil er die Daumen in den Gürtel hakte und wie zur Besiegelung seiner Worte ein »Hrrrmp!« ausstieß, auf Murdoch

»Sire, das ist eine Ungeheuerlichkeit«, ereiferte sich Murdoch. »Ich brauche mich mit den Zumutungen dieses Wahnsinnigen doch wohl gar nicht erst abzugeben? Ihr seid selbst zugegen gewesen, Eure Majestät. Ich habe niemanden ermordet.«

»Ja, ich *bin* dabei zugegen gewesen, Herr Murdoch«, bestätigte Javan mit fester Stimme, betastete den Griff des Haldane-Schwerts. »Aus eben demselben Grund verzichte ich auch darauf, in diesem Fall selbst Recht zu sprechen. Hrorik hat gegen Euch eine Anschuldigung erhoben und Gott zum Richter berufen. Wenn Ihr Euch weigert, seine Herausforderung anzunehmen, muß ich Euch als verachtungswürdige Memme von Hofe verbannen.«

»Und wenn ich sie annehme und obsiege, werdet Ihr mich dann um *Entschuldigung* bitten, *Sire?*« geiferte Murdoch durch zusammengebissene Zähne. »Ach, Ihr könnt Euch die Antwort sparen. Ich ersehe, Ihr seid dazu entschlossen, diese Verhöhnung jedweder Gerechtigkeit zu dulden.«

»Was denn, Graf, von einer derartigen Verhöhnung kann nicht im mindesten gesprochen werden«, erwiderte Javan, musterte die Versammelten gestrengen Blicks und sah sie fürwahr bis zum letzten Mann unwillkürlich zurückprallen. »Ganz im Gegenteil, ein Gottesurteil steht in vollkommenem Einklang mit des Reiches Recht und Gesetz. Graf Hrorik hat bei Hofe öffentlich gegen Euch Klage geführt. Es ist vollauf sein Recht zu verlangen, daß die Schuldlosigkeit, welchselbige Ihr Euch nachsagt, auf ihre Hieb- und Stichfestigkeit geprüft wird, und dabei das eigene Leben in die Waagschale zu werfen.«

»Schmach und Schande, hier wird das Recht mißbraucht«, murrte halblaut Murdochs Sohn Richard. »Ihr habt Vater stets gehaßt, Sire, und jetzt, da Ihr auf dem Thron sitzt, wähnt Ihr, Ihr könntet an ihm Rache üben.«

Ohne Richard zu beachten, packte Javan des Haldane-Schwerts Scheide und rammte die Klinge hinein.

»Mein Schwert steckt in der Scheide, Ihr Herren«, stellte er fest. »Des Königs Gerechtigkeit bleibt dieser Sache fern, mir obliegt nichts anderes, als dafür zu sorgen, daß die gebührlichen Umstände beachtet werden. Graf Murdoch von Carthane, Graf Hrorik von der

Ostmark hat Euch zum Zweikampf herausgefordert. Nehmt Ihr die Herausforderung zum Gottesurteil an?«

»Jawohl, Sire«, antwortete Murdoch mit von Haß erfüllter Stimme, befreite sich aus der Wachen Griff, bückte sich und hob den Handschuh auf, welchen Hrorik auf den Fußboden geschleudert hatte. »Ich behaupte, daß der Markgraf lügt, und ich werde an einem Zeitpunkt, über welchen Eure Majestät entscheiden mögen, durch ein Gottesurteil im Zweikampf meine Unschuld beweisen.«

Indem er Hrorik anblickte, warf er den Handschuh in des Märkischen Richtung, traf ihn damit auf der Brust. Graf Hrorik fing den Handschuh auf, ehe er hinfallen konnte, und entbot damit, ein böses Lächeln auf den Lippen, Murdoch einen spöttischen Gruß.

»Wohlan denn, endlich Kampf auf Leben und Tod, Murdoch«, murmelte Hrorik voll des Ingrimms. »Drei Jahre lang habe ich auf diesen Tag gewartet.«

Nachdem man beide Edlen aus dem Audienzsaal geleitet hatte, rückte auch Meister Oriel, als Prinz Miklos und sein Begleiter erneut zum Thronsitz herantraten, dem König wieder näher. Aufmerksam musterte des Prinzen Blick Javan und den Deryni-Magister.

»Euer Heiler, mutmaße ich, Sire«, äußerte Miklos leise, faltete die Hände auf dem Rücken und schenkte Oriel durch ein knappes Nicken seine Gunst. »Eine weitsichtige Vorkehrung… Ich erflehe Eurer Majestät Vergebung dafür, diesen unerfreulichen Vorfall ausgelöst zu haben. Zwar hatte ich durchaus die sorgenvolle Befürchtung, meine Anfrage könnte Verlegenheit oder Verstimmung verursachen, jedoch kam mir niemals in den Sinn, ein Handgemenge möchte die Folge sein. Leider hat's sehr den Anschein, daß beide Herren aufrichtig der Überzeugung anhängen, im Recht zu sein, wie Euer Heiler Euch, dessen bin ich sicher, bestätigen wird. Ohne jeglichen Anflug eines Zweifels sind Eure Majestät sich darüber im klaren, daß der Heiler die Wahrheit zu ergründen vermag, ohne daß Ihr das Blutvergießen duldet, welches am morgigen Tag seinen Lauf nehmen soll…«

»Die Mittel und Wege, welche Ihr vorschlagt, werden an meinem Hofe mit Mißfallen betrachtet, Prinz Miklos«, entgegnete Javan in leicht vorwurfsvollem Ton. »Ich wäre Euch ungemein dankbar, wolltet Ihr Euch jeder Einmischung in diese Angelegenheit enthalten.«

Miklos lächelte und neigte das Haupt, fühlte sich anscheinend nicht im geringsten gekränkt. »Dann gestattet mir, Sire, nun von neuem auf die Sache zu sprechen zu kommen, in welcher mein Einwirken als geziemlich gelten muß. Offenbar hat Herr Kennet, als er in Gwynedd starb, zumindest einen durchaus ehrenvollen Tod erlitten. Darf ich's als nächstes wagen, mich des weiteren auch nach dem Schicksal Lady Sudreys zu erkundigen?«

Die Frage machte Javan ratlos, denn im Zuge der Wirrnis war es seinem Gedächtnis gänzlich entfallen, daß es über Lady Sudreys Verbleib noch keine Klarheit gab. Er nickte Miklos zu, hob eine Hand, um Jung Grahams Aufmerksamkeit zu erregen, winkte ihn, sobald es gelungen war, zu sich; dem jungen Herzog folgte sein Onkel Sighere vor den König.

»Prinz Miklos hat mich soeben an eine noch unbeantwortete Fragestellung erinnert, ihr Herren«, sprach Javan. »Sagt an und erteilt Bescheid, was ist aus Lady Sudrey geworden?«

Graham schaute besorgt Sighere an, aber der Graf lächelte nur hart und warf Miklos einen Seitenblick zu, welcher gehörigen Trotz bezeugte.

»Selbige Dame befindet sich wohlauf, Sire«, lautete Sigheres Auskunft. »Indessen glaube ich, sie wird kein Verlangen danach verspüren, in torenthische Gefilde zurückzukehren, denn sie ist die Gemahlin meines Bruders Hrorik. Beide haben eine Tochter mit Namen Stacia, welche Gräfin von der Ostmark wird, sollte ihr Vater morgen im Zweikampf unterliegen. Die Vormundschaft übernähmen ihr Vetter, Herzog Graham, und ich, Sire.«

»Ei sieh an«, murmelte Miklos, während Javan insgeheim eine weitere heikle Verwicklung in den Beziehungen des Königsreiches beklagte, das er geerbt hatte.

»Nun, wenn's so ist, bin ich denn der Ansicht, daß weitere Erörterungen ohne jeglichen Sinn und Zweck bleiben müßten, ehe des morgigen Gottesurteils Ausgang entschieden ist», erklärte Javan, holte vermittelst eines Blicks Charlan an seine Seite. »Graf Sighere, Herzog Graham, wir werden morgen noch ausgiebiger über diese Sache sprechen, bevor Ihr nach Kheldour heimkehrt... Prinz Miklos, ich hoffe, Ihr vergebt mir, wenn ich mich nun wieder im Festsaal den übrigen Gästen zeige.«

»Freilich, Eure Majestät, gewiß doch«, antwortete Miklos artig. »Auch ich blicke dem Ergebnis des morgigen Zweikampfs mit großem Interesse entgegen.«

Er vollführte vor Javan eine höfische Verbeugung und schaute dem König nach, während er mitsamt seinem Gefolge aus dem Audienz- in den Burgsaal zurückkehrte. Sobald die Gwynedder dorthin entschwunden waren, wandte sich Miklos, derweil sein Geleit sich am Ausgang sammelte, an seinen jugendlichen Begleiter, welcher im Laufe der Gespräche, die in der vergangenen Stunde stattfanden, kein Wort von sich gegeben hatte.

»Ja, teurer Vetter, Eure Aufklärung über der weiten Welt Verhältnisse erfährt rasche Fortschritte«, sagte der Prinz mit leiser Stimme. »Jetzt kennt Ihr Euren Gegenspieler und wißt um die Unruhe, welche ihn umwogt. Wisset, meine Vermutung lautet, daß Ihr Euch lediglich in Geduld zu fügen braucht. Groß zu sein tut's nicht allein, sonst holte die Kuh den Hasen ein. Bis Ihr in der Lage und bereit zum Handeln seid, mag's zutreffen, daß nach Javan Haldane längst kein Hahn mehr kräht.«

Indem er nickte, richtete der Jungmanne den Blick auf den riesigen Wandbehang mit dem Haldane-Wappen, der hinter dem unter einem Baldachin aufgestellten Thronsitz hing. Es hatte einmal eine Zeit geherrscht, in welcher in diesem Saal und allen übrigen Hallen Gwynedds seiner Sippe Wappen gehangen hatte. Bei seinen torenthischen Anverwandten galt er als kein geringerer Prinz denn Miklos, und wiewohl er schon vor längerem seines Namens torenthische Abwandlung angenommen hatte und sich Marek rufen ließ, lautete sein Taufname, welchen seine Mutter ihm – als dem wahren Thronerben Gwynedds – gegeben hatte, in Wirklichkeit Mark – denn der Jüngling war kein anderer als Mark von Festil.

# XXIV. Kapitel

*Ein trotzig Herz nimmt einst ein schlimmes Ende, wer aber Gutes liebt, wird dadurch recht geleitet.*

Jesus Sirach 3,26

Keine Posaunenstöße begrüßten am nachfolgenden Morgen König Javan, als er den Gestechhof betrat, wo man mittlerweile die fürs eigentlich vorgesehen gewesene Turnier unentbehrlichen Vorrichtungen abgebaut hatte, um Platz für den statt dessen angesagten Zweikampf auf Leben und Tod zu schaffen. Im Gegensatz zum Vortag entbehrte der Gestechhof jedweder festlichen Ausschmückung und sämtlichen Zierats, es war nur das Wesentliche vorhanden, man hatte auf diese Weise würdig-ernste Voraussetzungen für die zwei Widerstreiter getroffen, welche sich im Schatten der an den beiden Enden des Hofs errichteten Zelte bereits wappneten, denn nur einer von ihnen sollte das Gottesurteil überleben.

Javan sann über des bevorstehenden Zweikampfs Gerechtfertigtheit nach, während er, Rhys Michael, Charlan und Guiscard an der Längsseite der Kampfstätte entlangstrebten, nickte zum Gruß stumm allen zu, welche ihnen unterwegs begegneten. Zuvor hatten sie zu viert in der Königlichen Kapelle eine Morgenmesse gehört, dieweil heute ein Mann sterben mußte. Inständig hoffte Javan, daß dies Los Murdoch von Carthane ereilte.

Fortwährend gemahnte sich der König, daß das Gottesurteil, dessen Zustandekommen am heutigen

Morgen er gefördert hatte, im Falle der einstigen Meuchelung Ewans von Claibourne endlich die lange ausgebliebene Gerechtigkeit nach sich ziehen sollte; gleichzeitig versprach er sich davon auch die im geheimen erwünschte Vergeltung für die abscheuliche Hinrichtung Declan Carmodys und seiner engsten Anverwandten. Daran allerdings, was werden mochte, falls an Murdochs Stelle Graf Hrorik den Tod fand und der Graf von Carthane vor dem gesamten Hofe Genugtuung erhalten mußte, wagte er ganz und gar nicht zu denken.

Derweil Javan den Gestechhof durchquerte, konnte er deutlich erkennen, wie das angekündigte Gottesurteil den Hofstaat in zwei Lager gespalten hatte. Murdochs Anhang hatte sich auf der einen, Hroriks Anhänger hatten sich auf der anderen Seite versammelt. Um Murdochs Zelt scharten sich, wie Javan es übrigens nicht anders erwartet hatte, die verschworenen Ränkeschmiede aus Alroys Herrschaftszeit: Rhun von Horthness, Manfred MacInnis sowie Murdochs Söhne Richard und Cashel. Bei Hroriks Zelt sah man natürlich Sighere und Graham, aber auch etliche jüngere Adelige, welche Javan bisher nicht als seine Befürworter wahrgenommen hatte, ferner Herrn Udaut, Gwynedds Konnetabel, sowie den mit der schönen Prinzessin vermählten Fane Fitz-Arthur.

Beiderseits der überdachten Loge, welche man an der Längsseite des Kampfplatzes für den König bereitgestellt hatte, standen all jene beisammen, die es sich nicht erlauben durften, offen zu bekunden, wessen Seite sie sich verbunden fühlten: Reichskanzler Tammaron, beide gwyneddischen Erzbischöfe, auch Paulin von Ramos, überdies die Herren Jerowen, Etienne, Robear und Jason sowie weitere jener Ritter, die zu Javans Gefolge zählten.

Javan gewahrte die Blicke, mit denen man ihn maß,

während er vorüberschritt, bemerkte hohe Achtung in so manchem Augenpaar, worin zuvor von Wohlwollen weniger zu erkennen gewesen war; es mochte sein, daß er diese günstige Wende der überaus entschlußkräftigen Weise verdankte, wie er die gestrige Krise gemeistert hatte. Heute gab er als König einen ganz andersartigen Anblick ab, hatte um die Mitte eines schlichten, hellgrauen Gewands, dessen Vorderteil das Haldane-Wappen zierte, das Haldane-Schwert gegürtet. Als Krone trug er einen Stirnreif aus gehämmertem Gold, besetzt mit Rubinen von der Größe eines Daumennagels, die im Schein der Morgensonne leuchteten; der beinahe grob zu nennende Reif deuchte ihn fürwahr vorzüglich dazu geeignet, um als Herrscher einem solchen Zweikampf auf Tod oder Leben beizuwohnen.

Kaum daß er und Rhys Michael im Schatten des Sonnenschirms ihre Plätze eingenommen hatten, lenkte Javan den Blick auf die Kampfstätte, wo man gegenwärtig für die Widersacher zwei Streitrösser herbeibrachte.

Mit gebieterisch-unüberhörbarem Hall dröhnte Trommelwirbel durch den Gestechhof, vor den beiden Zelten der Gegner nahmen Waffenknechte der Burgbesatzung, denen die Aufgabe zufiel, die Todfeinde und ihre Bannerträger auf den Kampfplatz zu geleiten, markig Haltung an. Auf Murdochs Fahne erblickte man auf karminrotem Grund den schwarzen Auerochsen der Grafschaft Carthane; Hroriks Banner wies goldene Sonnenscheiben auf, verteilt auf blauem Grund um ein Schrägkreuz. Unter dem mit ihrem jeweiligen Wappen bestickten Waffenrock trug jeder der zwei Widerstreiter ein dick gefüttertes Lederwams, dazu Arm- und Beinschienen aus hartgekochtem Leder, echte, eherne Panzerung aber blieb ihnen verboten. Zwar durften sie Haubert und Eisenhut benutzen, aber keinen Topfhelm. Beide hatten ein Schwert und einen langen Dolch an der Hüfte hängen.

In Begleitung des Großzeremonienmeisters und der Bannerträger nahten sich die verfeindeten Grafen des Königs Loge, warfen sich auf dem Weg dorthin mehrmals Seitenblicke abgrundtiefen Hasses zu. Sobald sie die Absperrung zwischen der Loge und der Kampfstätte erreichten, fiel Hrorik augenblicklich aufs Knie, beugte ehrerbietig das Haupt; hingegen schmähte Murdoch den König mit einem langen, kalten Blick, ehe er – vom Scheitel bis zum Fuß ganz und gar anmaßende Überheblichkeit – mit betonter Langsamkeit niederkniete. Javan hielt Murdochs dreistem Blick stand, ohne mit der Wimper zu zucken, stützte die Linke, als er sich erhob, auf des Haldane-Schwerts Griffknauf.

»Graf Hrorik von der Ostmark und Graf Murdoch von Carthane«, proklamierte er, »beide habt Ihr, Ankläger und Beklagter, darin eingewilligt, diesen Kampfplatz zu betreten und daselbst im Zweikampf durch ein Gottesurteil Eurer Behauptungen Wahrhaftigkeit zu beweisen. Daher fordere ich Euch nun auf, Gott ist mein Zeuge, Euch gemäß den gewohnten Regeln eines solchen Schiedskampfs zu betragen. Ihr werdet den Kampf zu Roß beginnen und nicht eher beenden, als daß einer von Euch eine tödliche Wunde erlitten hat. Alle Waffen sind Euch erlaubt. Es wird keine Gnade gewährt und keine Gnade erbeten. Wünscht Ihr, nachdem Euch diese Bedingungen aus meinem Mund genannt worden sind, Fragen an mich zu richten?«

Die einzige Antwort bestand aus Schweigen. Daraufhin gab Javan Erzbischof Hubertus, welcher sich – angetan mit Bischofsmantel und Mitra – zu dem Zweck bereithielt, die zwei Gegner zu segnen. Dem Kirchenfürsten bebten am Bischofsstab die schwammigen Hände, denn er hatte zwar am Vortag Murdochs über alle Maßen ungebührliches Gewüte nicht gutgeheißen, es aber ebensowenig mißbilligt, geschweige denn, daß er seinen Einfluß als Primas von Gwynedd zur Geltung gebracht hätte, um ihn daran zu hindern. Als Kleriker konnte er deshalb nicht zur Rechenschaft gezogen werden, doch sollte Murdoch fallen, färbte von desselben Grafen dann offenkundiger Schuld unanzweifelbar einiges auf ihn ab und setzte ihn, wiewohl er sein Lebtag lang vor unvorteilhaften Folgen bewahrt bleiben mochte, in reichlich schlechtes Licht. Daher wirkte der Erzbischof regelrecht ruhelos und verstört, als er die Rechte emporstreckte, um den Segen zu spenden.

*»Benedicat vos omnitens Deus, Pater, et Filius et Spiritus Sanctus. Amen.«*

Die zwei Gegner bekreuzigten sich und standen auf; Hrorik verbeugte sich ein zweites Mal vor Javan, wogegen Murdoch nur mit schroffer Knappheit das Haupt neigte. Sodann strebten sie zurück zu den Zelten, wo ihre Streitrösser und Waffen warteten. Der Großzeremonienmeister entfernte sich, schwang sich auf ein Roß und ritt zu der Kampfstätte Mitte. Vor des Königs Loge fanden sich ein Hofarzt, ein Feldscher der *Custodes*-Ordensritter sowie ein Priester zusammen. Inzwischen hatte auch Oriel aufs neue hinter Javans Rücken Aufstellung genommen, denn gleich gegenüber hatten sich unterdessen Prinz Miklos und seine Begleitung in einer ähnlichen Loge niedergelassen.

Fast gänzliche Stille herrschte im Gestechhof, während die mittlerweile ebenfalls aufgesessenen Widersacher, deren Schilde im Sonnenschein glänzten, sich einander zukehrten und die immer unruhigeren Reittiere kaum noch zu bezähmen vermochten. Allein das Knarren des Sattelleders, das leise Klirren des Zaumzeugs und der Rösser Schnauben war noch zu vernehmen. Die Gegner hatten Lanzen gepackt – nicht die mindergewichtigen, leicht zerbrechlichen Turnierlanzen, sondern kürzere, schwere Lanzen, wie Ritter sie gemeinhin mit aufs Schlachtfeld führten.

Albertus wandte sich, nachdem er die zwei Grafen beobachtet und sich von ihrer vollen Kampfbereitschaft überzeugt hatte, dem König zu, verbeugte sich im Sattel tief vor Javan; dann straffte er sich und trieb sein Roß zum gegenüberliegenden Rande der Kampfstätte, hob dort, sobald er das Tier gewendet und zum Stehen gebracht hatte, den Amtsstab empor. Erneut traf sein Blick Javan, und als er den König nicken sah, schwang er mit einem Ruck den Amtsstab geschwind abwärts.

Die Streitrösser, plötzlich der Zügel Hemmung ledig, sprengten aufeinander zu, wieherten in wilder Kampfeslust, ihre Hufe donnerten über den von der Sommerglut ausgedörrten Untergrund des Gestechhofs. Im Sonnenlicht blinkten die Lanzenspitzen, während die zwei Todfeinde einander entgegengaloppierten und schließlich zusammenprallten, doch geschickte Handhabung der Schilde ließ beide Lanzenspitzen an denselben abprallen; Murdoch ward die Lanze aus der Faust gerissen, und Hroriks Lanze zersplitterte auf beinahe ganzer Länge.

Beide Männer wendeten ihre Rösser und begannen unverzüglich einen zweiten Angriff, Murdoch langte nach seinem Schwert, während Hrorik die Überreste seiner zersplitterten Lanze Murdochs Reittier entgegenschwang. Dabei erzielte er genau den richtigen Winkel, um sie dem Grauen zwischen die kraftvollen Vorderbeine zu stoßen. Das Roß schrie, als es – indem es mit sämtlichen Hufen um sich trat – wuchtig niederstürzte, und Murdoch flog in hohem Bogen über die Schulter des Tiers.

Er brachte es fertig, während er sich überschlug die Zügel in der Hand zu behalten – eine wahrhaft unglaubliche Leistung für jemanden, der zudem Schild und Schwert hielt –, und fiel auf beide Hände und ein Knie, hatte das Schwert noch in der Faust, und der Schild war unbeschädigt geblieben. Behäbig stieg er zurück in den Sattel, derweil Hrorik sein Roß wendete, eine Streitaxt vom Sattelknauf nahm und geschwind auf Murdoch zuritt.

Der Graue gab ein wütendes Gewieher von sich, als er sich aufraffte – mit Murdoch auf dem Rücken –, um sogleich, als dessen Gegner sich näherte, Hroriks Rotbraunen anzufallen, entfaltete dabei eine derartige Wildheit, daß Murdoch nur mit knapper Not im Sattel bleiben und das Schwert im Griff bewahren konnte. Als beide Tiere sich aufbäumten, schlug der Graue dem anderen Hengst die langen Zähne in die Gurgel, doch da sauste bereits Hroriks Axt herab, traf ihn zwischen die Ohren und spaltete ihm den Schädel, zertrennte dabei auch den Gurt des Zaumzeugs, so daß plötzlich, als dem Grauen die Stange aus dem von Feim umflockten Maul rutschte, die Zügel in Murdochs Faust keinen Zweck mehr erfüllten.

Allein mit äußerster Mühe vermochte Murdoch den nächsten Hieb Hroriks abzuwehren, konnte den Axtstiel, der mit solcher Gewalt herabfuhr, daß er den Schlag wohl bis in Mark und Bein spüren mußte, erst an des Schwerts Querstange abfangen. Während der Graue todgeweiht zusammensank und Hrorik sein Roß erneut wendete, um zu einem weiteren Angriff überzugehen, sprang Murdoch in verzweifelter Hast ab und beiseite, um nicht unter seinem Tier begraben zu werden.

Aber er hob, noch indem er sich herumwälzte, die Klinge, stemmte den Schwertgriff auf den Untergrund, als Hroriks Rotbrauner sich aufbäumte, mit den eisernen Hufen schlug – und sobald des Tiers Leib sich senkte, bohrte sich Murdochs Schwert in seinen Bauch.

Das Roß schrie vor Schmerz, Hrorik aus Zorn. Murdoch stieß ein freudiges Aufheulen der Häme aus, indem er die Klinge, als er sie herauszog, so drehte, daß er dem Tier den Leib aufschnitt, die Eingeweide hervorquollen und sich um die Hufe verwickelten. Nun mußte Hrorik sich mit äußerster Eile aus dem Sattel schwingen und Abstand gewinnen von dem Roß, das im Sterben mit den Läufen zappelte. Mit dem Schild wehrte er einen Schwertstreich Murdochs ab, während er hurtig seine Sporen aus den Steigbügeln befreite, in denen sie sich verheddert hatten, und sich auf den eigenen Füßen festen Stand verschaffte.

Nun ging der Zweikampf mit noch unerbittlicherem Ernst weiter: Schild und Schwert wider Schild und Axt. Die Mehrzahl der Zuschauer war von den Sitzen aufgesprungen, während der Schlagabtausch bei den ersten Malen keinen Erfolg zeitigte und die Streitrösser unter den Widersachern den Tod fanden. Der König und seine engste Umgebung hingegen verblieben zwar der Würde halber auf den Plätzen, doch umklammerten Javans Fäuste krampfhaft die Armlehnen, und jetzt zuckte er bei jedem Hieb zusammen, fragte sich insgeheim, wie lange der Kampf denn wohl dauern mochte. Der Kronreif an seiner Stirn schien zu glühen und jedes neue Klirren von Stahl auf Stahl ihm bis ins Gehirn zu stechen.

Noch über zwei Dutzend Mal bestritten die beiden Todfeinde ihren Schlagabtausch – Stoß und Gegenschlag, Streich und Abwehr, Hieb und Gegenstoß –, bevor sich allmählich des Ringens wahrscheinlicher Ausgang abzeichnete. Anfangs erweckten die beiden Gegner, nachdem sie der verendeten Rösser ledig waren, den Eindruck, einander vollauf ebenbürtig zu sein, fochten einen beinahe kaltblütigen, von gleichwertiger Entschlossenheit bestimmten Zweikampf aus – boten eine Art von trotz seiner Gräßlichkeit nachgerade herrlich anzuschauendem Totentanz dar. Nach und nach indessen senkte Hroriks größere Erfahrung des Geschehens Waagschale zu seinen Gunsten.

Das Ende des Kampfes rückte näher durch eine Verwundung von Murdochs rechter Schulter, bloß oberflächlich zwar, aber blutig; zum Ausgleich fügte er Hrorik lediglich eine kleine Schramme an der Stirn zu. Diese Schulterverletzung schien Murdoch zum Verhängnis zu werden, denn es währte nicht mehr lange, bis er aus einem Halbdutzend Wunden blutete, welche zwar nicht ernst genug waren, um seinem Gegner zum angestrebten Sieg zu verhelfen, jedoch immerhin so schmerzhaft, daß sie Murdoch beträchtlich verlangsamten. Auch Hrorik war bald blutüberströmt, hatte aber ausschließlich leichte Verwundungen davongetragen.

Als Hroriks Axt endlich zum entscheidenden Schlag aufwärtsschwang und im Sonnenschein blitzte, geschah dies seitens des märkischen Grafen mit nahezu behäbiger Gebärde. Sicherlich mußte der Hieb zu lässig fallen, als daß es Murdoch unmöglich wäre, ihm auszuweichen.

Aber Graf Murdoch wich *nicht* hinlänglich rasch aus, und Hroriks längst von Blut triefende Axt brachte ihm, indem sie mühelos den karminroten Wappenrock und das gefütterte Lederwams durchschlug, am Unterleib eine tiefe, klaffende Wunde bei.

Deren unheilvolle Wirkung ward nicht sofort offen ersichtlich. Zunächst saugte das dicke Wams den Blutschwall auf, und der Schrei, welchen Murdoch ausstieß, indem er die Hand auf seinen Leib preßte und rückwärtstorkelte, klang kaum lauter als sein zuvoriges Geschrei. Nachdem er mit einem wüsten Aufbrüllen der Erbitterung seinen Schild nach Hroriks Haupt geworfen hatte, ging er, die Linke auf den Unterbauch gedrückt, den Märkischen abermals mit dem Schwert an, führte wider ihn eine Reihe gefährlicher Streiche. Dank seiner erneuerten Kampfeswut gelang es ihm, Hrorik für einen Augenblick in Bedrängnis zu bringen und ihm oberhalb des rechten Ellbogens eine Verletzung zuzufügen.

Indem ein Röhren des Ingrimms aus seiner Brust scholl, schleuderte Hrorik den Schild fort, packte die Streitaxt mit der anderen Faust und sprang unverdrossen vor zum Gegenangriff. Dieses Mal traf sein Axthieb Murdoch hinter dem rechten Knie und riß ihn von den Beinen. Als Murdoch mit einem Ächzen zusammenbrach, die neue Wunde betastete – ohne indessen von seinem Schwert abzulassen –, da ward zuletzt der Bauchverletzung ganze Schwere allgemein sichtbar: Die in seinen Leib gehauene Kerbe hatte die Breite einer Männerhand, so daß man seine blutenden Innereien sehen konnte. Augenblicklich zuckte seine freie Hand zurück auf diese Verwundung, versuchte von neuem das von der Axt Zerhackte zusammenzupressen, aber nun sickerte unablässig Blut zwischen seinen Fingern hervor, auf den Handschuh.

Ein Stöhnen ging durch die Reihen der versammelten Augenzeugen, als sie sich über die verhängnisvolle Tragweite selbiger ernsten Wunde klar wurden. Derweil Murdoch sich auf dem Erdboden krümmte, trat Hrorik näher, die Axt erhoben – dann aber richtete er sich zu voller Körpergröße auf und ließ die Waffe, indem ein wölfisches Zähneblecken seine Lippen verzog, an seine Seite sinken.

»Damit fahrt Ihr so oder so zur Hölle, Murdoch«, schnaufte er trotz mühsamer Atmung mit leiser Stimme und deutete mit der Streitaxt auf die Bauchwunde.

Schon eilten der Großzeremonienmeister und Richard auf die Kampfstätte, während Waffenknechte andere Anwesende daran hinderten, sich ihnen anzuschließen.

Schrecken verzerrte Richards Angesicht, derweil er sich in überstürzter Hast neben seinen Vater kniete, vergeblich Anstrengungen unternahm, um die Blutung zu stillen. Bar jeglichen Anzeichens irgendeiner Gemütsregung beugte sich Albertus über den Hingestreckten, gewahrte gleichmütig den Dreck, welcher längst die Wunde verschmutzte, den gräulichen Schimmer der entblößten Eingeweide; dann heftete er den Blick erwartungsvoll auf Hrorik.

»Der Sieg ist Euer, Graf von der Ostmark. Gebt ihm den Gnadenstoß.«

»Den soll ihm ein anderer geben«, antwortete Hrorik, warf die mit Blut beschmierte Axt zu Murdochs Füßen in den Staub.

In äußerster Betroffenheit hob Richard das Haupt, als hätte er, was er vernommen hatte, nicht verstanden. Bei Albertus' Worten war Javan von seinem Platz aufgestanden und sperrte Augen und Ohren auf, damit ihm nichts entging; mittels eines Winks befahl er den Wachen, Graf Sighere zu Hrorik durchzulassen.

»Gemäß der Regeln des Gottesurteils«, erklärte Albertus in strengem Ton, »geht der Zweikampf auf Tod oder Leben, darf keine Gnade gewährt werden. Solange er noch lebt, seid Ihr nicht der Sieger.«

»Ich bin der Sieger«, widersprach Hrorik voller Verachtung, während Sighere einen Arm um seine Schultern schlang und Murdoch schließlich noch einmal genügend Kraft sammelte, um die Augen aufzuschlagen und um sich zu stieren, dabei aus Pein vor sich hinzukeuchen. »Ihn wird das Leben fliehen, just so wie Ewan nach jener Wunde, welche damals *ihm* zugefügt ward, das Leben entweichen mußte. Aber ich will mit Euch barmherziger sein, Murdoch von Carthane, als Ihr's mit meinem Bruder gewesen seid.« Sein blutiger Finger zitterte, als er damit auf seinen überwundenen Gegner wies. »Ich verzichte auf die Forderung, wiewohl sie gerecht wäre, Euch auch den Geist zugrunde zu richten... Und ich verweigere Euch in der Tat keineswegs den Gnadenstoß. Doch von *meiner* Hand, Graf, sollt Ihr ihn nicht empfangen. Bei meiner Seele, nein, von mir *nicht.*«

Derweil er sich abwandte und entfernte – schwer auf seinen Bruder gestützt –, liefen endlich weitere Augenzeugen des Gottesurteils auf den Kampfplatz: die Herren Rhun und Manfred, Erzbischof Hubertus, ein Feldscher, Murdochs Gemahlin und sein zweiter Sohn. Javan folgte gemessenereren Schritts, begleitet von Rhys Michael sowie den Herren Charlan, Guiscard und Jerowen. Hubertus begab sich ohne Verzug an die Seite des Verwundeten, ließ seine aufgedunsene Gestalt auf die Knie sacken; der Feldscher kauerte sich neben ihn, machte sich an die Untersuchung der Bauchwunde. Cashel, Murdochs jüngerer Sohn, hielt des Grafen Gattin Elaine vom Nähertreten zurück, auf daß sie des scheußlichen Anblicks nicht zur Gänze gegenwärtig ward.

»Oriel soll kommen«, hörte Javan, als er die um den Gefällten Gescharten erreichte, Erzbischof Hubertus zu seinem Bruder Manfred sagen.

Manfred war fortgehastet, ehe Javan überhaupt zu widersprechen vermochte, und kehrte beinahe unverzüglich mit dem bleich gewordenen Oriel zurück. Gewaltsam umklammerte Manfreds rohe Faust des Heilers Oberarm. Oriel unterdrückte einen Schluchzlaut, als Manfred ihn neben Hubertus und dem todwunden Murdoch, welcher aus Schmerz fortgesetzt ächzte, auf die Knie niederstieß.

»Heilt ihn!« befahl Erzbischof Hubertus.

»Eure Exzellenz, ich...«

»*Heilt* ihn, ich befehl's Euch!« schnauzte Hubertus und drosch Oriel in bösartiger Weise mit dem Handrücken ins Gesicht, so daß der Bischofsring dem

Deryni die Wange aufschlitzte. »Trotzt mir, und Eure Familie wird's büßen, ich schwör's Euch, Oriel.«

»Genug, Erzbischof!« mengte Javan sich drein, packte Hubertus' Handgelenk, um einem zweiten Hieb vorzubeugen. »Ihr dürfte ihn dazu nicht zwingen.«

Hubertus entriß dem König die Hand und starrte ihn erzürnt an.

»Wie könnt Ihr's wagen?!« fauchte er, allerdings im Flüsterton, so daß nur Javan ihn zu hören vermochte. »Ich kann meinem Knecht Weisungen erteilen, ganz wie's mir beliebt, Sire.«

»Herr Erzbischof, Ihr seid *nicht* dazu befugt, *irgendwem* zu befehlen, daß er einem im zum Gottesurteil erklärten Zweikampf auf den Tod Verwundeten heilerischen Beistand leistet«, stellte Javan mit ruhiger, fester Stimme klar. »Aus freiem Willen gewährte Barmherzigkeit will ich dulden, aber keine Nötigung... Überdies ist Meister Oriel fortan nicht mehr Euer Untergebener. Von Stund an ist er Mitglied meines Gefolges, und ich gestehe ihm das Recht zu, selbst darüber zu entscheiden, ob er jemandem Barmherzigkeit zu erweisen wünscht, der ihm so arges Unrecht angetan hat.«

»Und in welcherlei *Hinsicht,* Sire, soll denn mein Vater *ihm* Unrecht getan haben?« fragte Richard empört. »Er ist ein Deryni. Er hat keine Rechte, wider welche sich verstoßen *ließe.«*

»Ich will gar wohl vermeinen, daß er darüber vollkommen anders denkt«, erwiderte Javan. »Aber wähnt Ihr denn wahrlich, es seien allein Ewans Anverwandte, welche mit ihm in Zwist stehen? Selbst wenn Murdoch den Herzog nicht eigenhändig getötet hätte – jedoch entsinne ich mich deutlich daran, es war *sein* Dolch, welcher bis zum Griff in Ewans Leib stak –, auf sein Geheiß sind am selben Tag mindestens vier weitere Leute umgebracht worden, und zwar unter dermaßen abscheulichen Umständen, daß ich hoffe und Euch wünsche, Ihr vermögt sie Euch nicht einmal in Euren schlimmsten Alpträumen auszumalen.«

»Sire, es waren Deryni«, äußerte Richard voll der Geringschätzung.

»Gewiß, sie waren Deryni, und drei von ihnen ein sanftes Weib und ihre jungen, harmlosen Söhne. An jenem Tag hat Herr Oriel die Qualen Declan Carmodys und seiner Lieben nicht lindern können, und ebensowenig hatte ich dazu die Möglichkeit. Darum beabsichtige ich heute keinen Finger zu rühren, um etwa irgend jemanden dahin zu drängen, Murdochs von Carthane Beschwerden zu mildern. Meister Oriel, es steht Euch frei, ihm Hilfe zu leisten oder es zu unterlassen, doch gleich welchen Entschluß Ihr fällt, Ihr bleibt, darauf gebe ich mein Wort, allemal straffrei.«

Langsam streckte Oriel, ohne jemanden anzublicken, eine zittrige Hand über Murdochs Wunde aus, berührte sie allerdings nicht. Nach einer Weile legte er die Hand in den Schoß, umfing sie mit der anderen Hand und heftete einen ausdruckslosen Blick in Erzbischof Hubertus' Miene.

»Ich bin des Glaubens, Eure Exzellenz, Euch muß vollständig einsichtig sein, daß einer solchermaßen schweren Wunde Heilung selbst mir verwehrt bleibt«, erläuterte der Heiler dem Primas von Gwynedd, »es sei denn, es trüge sich ein Wunder zu. Aber leider wird uns Deryni, wie Ihr wißt, der himmlische Gnadenerweis eines Wunders ja nur höchst selten zuteil.«

»Ihr könnt ihn doch nicht schlichtweg seinen Leiden überlassen…!« schalt Hubertus.

»Ich kann ihn der Pein entheben, Exzellenz, und werd's tun, wenn Herr Murdoch mich darum ersucht«, lautete Oriels Antwort. »Soviel schreibt mein Heiler-Gelübde mir im Namen der Mildtätigkeit vor.«

»Als ob Deryni etwas von… Mildtätigkeit verstünden…!« keuchte der Todwunde trotz seiner Pein voller Verachtung. »Ihr werdet nicht erleben, daß ich… Euresgleichen um Mitleid anflehe. Eher sorge ich dafür, daß Ihr… vor mir zur Hölle fahrt.«

Oriel richtete seine hellen Augen in Murdochs verzerrte Fratze. »Freilich wird's wohl dahin kommen, Graf Murdoch, daß Ihr die Hölle kennenlernt, denn *Euer* letztendlicher Bestimmungsort ist sie mit Gewißheit«, entgegnete er in ruhigem Ton. »Was mich betrifft, so anempfehle ich mich der Barmherzigkeit des Allerhöchsten, dem wir allesamt am Tage des Jüngsten Gerichts Rede und Antwort zu stehen haben.«

»Hütet Eure Zunge, Heiler!« warnte Erzbischof Hubertus den Deryni-Magister. »Euer Geschwafel bringt Euch der Gotteslästerung bedrohlich nahe.«

»Es liegt mir gänzlich fern, mich irgendeiner Ungehörigkeit zu befleißigen, Eure Exzellenz«, beteuerte Oriel leise. »Ich sinne auf nichts anderes, als in Frieden mein Werk verrichten zu können, und wünsche wahrlich niemandem ein Übel.«

»Und was ist mit meinem Vater?« hielt Richard ihm vor. »Ihn zu behandeln *ist* Eure Aufgabe, Heiler.«

Bedächtig schüttelte Oriel das Haupt. »Ich darf Euch keine falschen Hoffnungen einflüstern, Herr. Graf Murdoch muß sich darüber im klaren sein, daß seine Verletzung tödlich ist. Aber ohne Abhilfe wird sein Ende weder schnell kommen, noch wird es leicht sein. Die Bauchhöhlung ist aufgebrochen, es wird Wundbrand auftreten. Den Schmerz kann ich vertreiben, doch wider die Fäule bin ich machtlos, zumal bei dieser Hitze. Bis zu seiner Erlösung kann's noch Tage dauern… oder gar Wochen.«

Murdoch war, derweil Oriel sprach, im Gesicht noch fahler geworden, und nun drehte er das Haupt zur Seite, in seiner Kehle erstickte ein Schluchzen.

»Mag sein, es bedeutet Herrn Murdoch einen Trost«,

fügte Meister Oriel seinen vorherigen Worten in etwas harscherem Tonfall hinzu, »daß er hinlängliche Zeit haben wird, um seine Sünden zu bereuen, eine Gunst, die er weder Herzog Ewan noch seinen übrigen Opfern gewährt hat. Ich wage Euch den Vorschlag zu unterbreiten, Herr Erzbischof, daß Ihr ihm alsbald zu seines Gewissens Läuterung verhelft, denn ich ersehe, von einem *Deryni* will er um nichts in der Welt angerührt werden. Und dann wollen wir hoffen, es findet sich jemand, welcher ihm den Dienst tut, den Declan Carmody vor Jahren Herzog Ewan erwies.«

Flüchtig schloß Hubertus die Lider; zwar billigte die Kirche den *coup de grâce* nicht, doch ließ sich nicht leugnen, daß er als gängiges Mittel galt, um einem auf den Tod Verletzten längeres Leid – wie Murdoch nun solchem entgegenblickte – zu ersparen.

»Dann liegt's an Euch, selbigen Dienst zu vollziehen, Meister Oriel«, behauptete Hubertus unvermittelt. »Im Namen der Barmherzigkeit bitte ich Euch darum. Ihr habt dazu die Macht. Ihr vermögt ihm ein leichtes Dahinscheiden zu bereiten.«

Fest hielt Oriel des Erzbischofs Blick stand. »Ja, ich *kann's,* aber tun, meiner Seel', werd ich's nicht«, entgegnete der Deryni. »Als Heiler ist's meine Pflicht, Leben zu *retten,* nicht hingegen auszulöschen. Jemand anderes muß den verlangten Dienst verrichten.«

»Aber…«

Als Hubertus Anstalten dazu machte, sich mit seinem Ersuchen an Javan zu wenden, schüttelte der König nur das Haupt und wies Meister Oriel mit einem Wink an, sich an seine Seite zu gesellen. »Kommt mit diesem Ansinnen nicht etwa zu *mir,* Erzbischof. Gewiß, zwar ist jener Zwist, welcher heute hier ausgetragen ward, nicht meine Sache gewesen, doch solltet Ihr darauf *beharren,* daß ich mich einmenge, so muß ich Euch kund und zu wissen geben, auch ich erinnere mich an Taten, welche

Murdoch anzulasten sind und die fürwahr nicht einmal nicht zur Genüge gebüßt wären, läge er gar sechs Monde lang im Sterben.«

Sobald er diese Worte gesprochen hatte, scharte er seine Gefolgsleute um sich, wandte sich ab und folgte den Grafen Hrorik und Sighere vom Kampfplatz, ließ Murdoch im Staub liegen, wo er vor sich hinstöhnte, während seine Freunde und Söhne darüber nachsannen, wessen sie sich nun noch unterfangen könnten.

# XXV. Kapitel

*Doch der andere stirbt in bitterem Gram…*

Hiob 21,25

Eine Stunde später lag Murdoch von Carthane zusammengekrampft, von Pein gemartert, auf einem Lager, von dem er wußte, daß es sein Sterbebett werden sollte, verbiß wider den Schmerz in seinem Leib die Zähne, litt mit jedem Atemzug, den er tat, fürchterliches Weh. An seiner Seite saß die Gemahlin, mit welcher ihn eine über zwanzigjährige Ehe verband, und betupfte ihm in regelmäßigen Abständen die Stirn mit in kühles Wasser getauchten Tüchern, aber anstatt durch ihre Linderungsbemühungen erquickt zu werden, empfand er sie in wachsendem Maße als Ärgernis. Sie meinte es wohl gut mit ihm, und für ihre Hingabe bis zu diesem bitteren Ende brachte er ihr liebevolle Zuneigung entgegen, doch bräuchte es etwas Wirksameres als Wasser, um jenen Brand zu ersticken, welcher schon jetzt an seinem Leben fraß.

Und mit jeder weiteren Stunde konnte es nur noch ärger werden. Dabei hatte er bereits unbeschreibliche Beschwerden durchstehen müssen. Bruder Albertus' Feldscher und ein Hofarzt hatten ihm Mohnsaft angeboten, bevor sie sich an ihr widerwärtiges Werk machten – denn schon das Zerschneiden und Entfernen von Wappenrock und Lederwams war Ursache furchtbarer Schmerzen gewesen –, aber Murdoch hatte mannhaft den Trank abgelehnt und statt dessen lieber auf einen Lederstrang gebissen, um sich am Schreien zu hindern, als sie mit der Behandlung seiner Wunden begannen.

Wenngleich sie mit außerordentlichster Behutsamkeit vorgegangen waren, hatte er infolge der Pein die Besinnung verloren, lange bevor sie sich der Bauchwunde annahmen – ein Umstand, über den er wohl, wie er vermutete, nur froh sein konnte, denn sie hatten nichts anderes zu tun vermocht, als ihm die Eingeweide so weit wie möglich mit warmem Wasser zu waschen und in die Leibeshöhle zurückzustopfen, einen Packen sauberen Leinens auf den Wundspalt zu drücken und ihm etliche lange Streifen weißer Leinwand stramm um den Bauch zu wickeln. Irgendeine Heilwirkung ging davon nicht aus, doch zumindest verlieh es Murdochs aufgeschlitztem Leib wieder einen gewissen Zusammenhalt. Wären die Aussichten günstiger gewesen, hätte man auch sein zerhauenes Bein einer gründlicheren Behandlung unterzogen – vielleicht sogar versucht, die zertrennten Muskeln zusammenzunähen –, anstatt es lediglich zu verbinden; aber die Gefahr, fürs Leben zum Krüppel zu werden, zählte indessen, wie ernst sie auch dräuen mochte, fürwahr längst zu Murdochs von Carthane geringsten Sorgen.

Kurze Frist, nachdem sie für ihn das Wenige getan hatten, was sie aufgrund ihrer Möglichkeiten noch für ihn leisten konnten, erlangte er das Bewußtsein wieder, während sie ihm die letzten Reste von Schmutz und Blut vom zerschundenen Körper wuschen und mit äußerster Schonung in ein kühles, weißes Gewand hüllten, das schon in aller Bälde sein Totenhemd abgeben sollte. Sie wußten es so genau, wie er selbst darüber Bescheid wußte, verrichteten aber dennoch diese Handlungen mit einer Gewissenhaftigkeit, als wäre noch irgend etwas anderes denn die bloße Verlängerung seiner Qualen zu erhoffen. Nach wie vor verspürte er im Leib greuliche Pein, ein Glühen, welches niemals abschwoll, sondern nur geringfügig unterschiedliche Stufen der Heftigkeit kannte, aber zumindest trübten ihm keine Medizin den Verstand. Niemals hatte er die Obliegenheiten gescheut, zu welchen er sich gemäß seiner Denkungsart verpflichtet fühlte, und er gedachte an jene, welche sich nun um ihn versammelten, noch so manches Wort zu richten.

Graf Murdoch drückte sich den weniger beeinträchtigten linken Arm kräftig auf den um seinen Leib gewundenen Verband und bat vermittelst eines Blicks Herrn Rhun von Horthness ums Herbeitreten.

»Helft mir, mich hinzusetzen«, raunte er, stieß ein Aufkeuchen aus, als Rhun dem Gesuch nachkam, krallte beim Aufrichten nachgerade gewaltsam die Finger in seines Wohltäters Unterarm.

Richard, Murdochs Sohn und Erbe, türmte mit Hilfe seiner jungen, vor lauter Grausen im Antlitz aschfahlen Gemahlin hinter seines Erzeugers Rücken Kissen zuhauf. Auch Cashel, der jüngere Sohn, trat näher. Erzbischof Hubertus hatte dem Todwunden bereits die Sterbesakramente gespendet, ehe die beiden Heilkundigen sich ans Werk begaben, stand jetzt voller Schicksalsfügsamkeit hinter dem *Custodes*-Feldscher. Der *coup de grâce* blickte auf eine lange Geschichte stillschweigender Duldung seitens der Kirche zurück.

»Ihr alle, leiht mir Euer Ohr«, forderte Murdoch; infolge der Beschwerden gingen seine Atemzüge schnell und mühevoll. »Unser eigensinniger Jungkönig hat die Zügel an sich gerissen… Beizeiten seid Ihr durch mich vor Scherereien gewarnt worden, aber Ihr habt in Eurer Rückgratlosigkeit hingenommen, daß er sich der Krone bemächtigt.«

»Hätte denn Prinz Rhys Michael abzuwenden vermocht, daß der fluchwürdige Hundsfott Hrorik die Herausforderung zum Zweikampf ausspricht?« meinte Richard. »Daran zweifle ich, mit Verlaub, allen Ernstes.«

»Einen anderen König hätte man vielleicht dazu überreden können, das Gottesurteil zu verbieten«, gab Murdoch zu bedenken. »Schon seit Anbeginn der Regentschaft hat Javan mich stets gehaßt. Und nach dem Tode Herzog Ewans und jenes Deryni namens Carmody war ihm anzumerken, daß er für seinen Haß einen Vorwand gefunden hatte.«

»Hätte er so großen Haß doch nur wider die Deryni gerichtet«, grummelte Hubertus. »Und nun hat er gar Oriel in eigenen Dienst genommen…«

»Das kann, sobald die Zeit reif ist, rückgängig gemacht werden«, äußerte Rhun. »Mag sein, wir sollten endgültig überhaupt keine Deryni mehr bei Hofe dulden… Und das rede ich, wiewohl ich selbst einen durchaus recht nützlichen Deryni zum Untergebenen habe. Allerdings würde ich nicht zaudern, ihn mit eigener Hand zu erschlagen, erlangte ich den Eindruck, es wäre zum Wohle des Reiches. Aber Sitric kennt seine Schranken. *Er* hätt's nicht gewagt, den Dienst, so wie's Oriel getan hat, zu verweigern.«

Murdoch prustete, krümmte sich augenblicklich infolge der Pein, welche ihm dadurch verursacht ward. »Wähnt Ihr etwa, ich hätte ihn auch bloß einen Finger an mich legen lassen?« fragte er entrüstet. »Schon die bloße Berührung eines Deryni bedeutet eine Befleckung… Nein, Ihr habt recht. Es wird allerhöchste Zeit, daß wir bei Hofe unter das Derynitum vollends einen Schlußstrich ziehen.«

»Ein derartiges Vorgehen erfordert umfangreiche Gesetzesänderungen«, bemerkte dazu Erzbischof Hubertus. »Es hat uns beachtliche Mühe gekostet, vor der Allgemeinheit wenigstens die Verwendung hilfswilliger Deryni zu rechtfertigen. Gewißlich steht's Euch frei, Herr Rhun, mit Eurem Deryni zu verfahren, wie's Euch beliebt – von mir aus laßt ihn, so's Euch gefällt, im Schlaf erdrosseln –, doch hinsichtlich Oriels sind wir heute der Einflußnahme enthoben worden. Anders verhält's sich freilich mit ihren Angehörigen.«

Erschrocken stutzte Richards junge Gemahlin. »Ihr habt doch wohl nicht im Sinn, ihre Familien umzubringen?« fragte sie halblaut und bewies damit eine in Murdochs Umkreis selten feststellbare Eigenwilligkeit.

»Derlei Angelegenheiten haben dich nicht zu scheren, Lirin«, maulte Richard sie an. »Erzbischof, gehen Eure Überlegungen dahin, daß wir schlicht und einfach sämtliche Deryni-Gehilfen fahren lassen, sogar die Heiler?«

»Es sind ohnedies nur wenige Heiler übrig«, brummelte Hubertus. »Und Oriel war stets am wenigsten umstritten. Wir haben in der Vergangenheit ohne Heiler gelebt und können auch in der Zukunft ohne Heiler zurechtkommen.«

Murdoch verzerrte aufs schaurigste das Antlitz, während er eine bequemere Haltung zu finden versuchte, ächzte und stöhnte vernehmlich aufgrund der Schmerzen, welche jede Bewegung in seinem todwunden Leib hervorrief.

»Ich rate Euch, Eure Absichten samt und sonders mit alleraußerordentlichster Umsicht zu verwirklichen«, empfahl er im Flüsterton, gab seiner Gemahlin durch eine Geste zu verstehen, daß sie eines der Kissen entfernen sollte. »Gedenkt des Vorfalls mit Declan Carmody. Nicht alle Deryni werden sich friedlich in ihr Los fügen.« Er schloß die Lider und schüttelte das Haupt, ein schwerer Seufzer hauchte von seinen Lippen.

»Vergebt mir, ich kann's nicht mehr ertragen... Was aus dem König werden soll, müßt Ihr entscheiden, die Ihr auf Erden verbleibt, denn Euch betreffen danach die Folgen. Ich wünschte, ich könnte Euch auch künftig zur Seite stehen, den Kampf fortsetzen, aber Hrorik hat's anders gewollt...« Abermals entstellte Schmerz seine Miene; danach heftete er den Blick auf den Hofarzt.

»Ich bitte Euch, Meister James, geleitet die Damen hinaus«, sprach er mit gedämpfter, ruhiger Stimme. »Sie müssen's nicht mitansehen.«

»Nein, ich will bleiben, mein Gemahl«, widersprach leise Elaine.

»Nicht doch, mein Herz«, röchelte Murdoch, schüttelte nochmals das Haupt. »Geh und nimm Lirin mit dir. Auch Euch, Herr Erzbischof, ersuche ich nun zu gehen, bitte Euch jedoch um eine letzte Segnung. Nur meine Söhne, mein teurer Freund Rhun und dieser gute Feldscher sind hier noch richtig am Platze. Sorge dich nicht, liebste Gemahlin, es wird nicht lange dauern.«

Indem sie still vor sich hinweinte, schlang Elaine die Arme um die Schultern der fassungslosen Lirin, und der Hofarzt führte die beiden Damen hinaus. Nachdem Hubertus das Haupt zu einem abschließenden Gebet für den Todgeweihten geneigt hatte, schlug er über ihm das Kreuzzeichen; dann verließ auch er die Kammer. Als hinter ihm die Tür zufiel, streckte der Feldscher bereits Murdochs rechten Arm, umwand ihn oberhalb der Elle sehr straff mit einem Lederriemen, senkte sodann den Arm neben dem Grafen auf die Lagerstatt.

»Wartet, einen Augenblick noch«, keuchte Murdoch, legte die freie Hand auf des Feldschers Faust, um ihn von weiteren Maßnahmen zurückzuhalten.

Auch diese Bewegung bereitete ihm grausame Schmerzen, so daß ihm von neuem lautes Stöhnen entfuhr.

»Gemach, Herr«, sprach der Feldscher mit unterdrückter Stimme, ergriff Murdochs Linke und bat durch einen stummen Blick Graf Rhun, sie in die Hand zu nehmen. »Ihr braucht nicht mehr zu leiden. Binnen kurzem seid Ihr, ich versprech's Euch, von allen irdischen Übeln erlöst.«

»Darum geht's mir nicht«, japste Murdoch, indem er ein weiteres Mal das Haupt schüttelte. »Ich fürchte den Tod nicht. Auch zweifle ich keineswegs an Eurer Geschicklichkeit, frommer Bruder, aber ich... Es wäre mir lieber, von Freundeshand erlöst zu werden.«

Rhun von Horthness erstarrte, und Murdochs beide Söhne blickten einander ratlos an.

»Murdoch...«, setzte Rhun zu einer Entgegnung an.

»Nein, hört her«, unterbrach ihn Murdoch mit verpreßter, aus Schmerz heiser-rauher Stimme. »Eines Fremden Hand spendet nur lauen Trost... Seid mir nicht gekränkt, Bruder Feldscher. Meine Söhne kann ich mit dieser Bitte nicht angehen. Doch niemand wird's als fragwürdig erachten, erweist Ihr, Freund Rhun, mir diese Gnade. Wollt Ihr's für mich tun?«

Graf Rhuns hageres Angesicht widerspiegelte eine ausnehmend seltsame, dieweil bei ihm kaum jemals zu beobachtende Rührung.

»Gemeinsam haben wir so manchen Kampf durchgestanden, alter Waffenbruder«, antwortete er in sinnig-leisem Ton. »Es ist eines, selbst unter Freunden, dergleichen in des Gefechts Hitzigkeit zu vollführen – den Stahl in die Kehle zu stoßen, wenn Geschwindheit der Barmherzigkeit Hand leiten muß –, aber...«

»Herr Graf, es gibt einen schonungsvolleren Weg«, erklärte der Feldscher halblaut. »So Herr Murdoch es gestattet, will ich Euch bei der Tat Vollbringung unterweisen.«

Erleichtert schloß Murdoch die Augen. »Ich bin einverstanden, wenn Herr Rhun es ist. Verzeiht mir, Freund Rhun, daß ich Euch diese Bürde zumute.«

»Ich verzeihe Euch, Freund Murdoch«, raunte Rhun.

Nach einem traurig-kummervollen Schweigen wandte

Murdoch den Blick von seines Freundes Antlitz und schaute den Feldscher an, welcher unterdessen den abgebundenen Arm ergriffen hatte und die Adern befühlte, erst unterhalb des Ellbogens, dann an des Handgelenks Innenseite.

»Bleibt gemach, Herr«, murmelte der Feldscher Murdoch zu, betastete fortgesetzt den Arm, während er Rhun – in der Hand verborgen, so daß Murdoch es nicht sah – ein scharfes Schröpfmesser reichte. »Ihr habt bereits eine große Menge Blut verloren. Es wird sehr schnell gehen. Ihr braucht keine Furcht zu haben.«

Nachdem Graf Murdoch von Carthane das Zeitliche gesegnet hatte, verweilte Rhun noch für eine gewisse Frist im Sterbezimmer, um seine innere Gefaßtheit wiederherzustellen, derweil der Feldscher und Murdochs Söhne dem Leichnam – aus Rücksicht auf die Damen, welche vor der Tür warteten – ein würdiges Aussehen verliehen. Er ging hinaus, als man die Frauen einließ, mied dabei ihren Blick, und suchte das Nachbargemach auf, in welches sich bereits Erzbischof Hubertus zurückgezogen hatte. Während Hubertus des Weiteren harrte, hatten sich Paulin und Albertus zum Erzbischof gesellt, und als Rhun eintrat, schlugen die drei Kleriker pflichtgetreu das Kreuzzeichen, erlaubte Rhuns Miene doch keinerlei Zweifel an Murdochs Schicksal.

»Eine scheußliche Sache ist so etwas, Herr Rhun«, meinte Paulin leise, derweil der Graf sich an den Tisch einen Stuhl zog und darauf niedersank, dankbar den Becher Wein entgegennahm, welchen ihm Albertus anbot. »Leider läßt derlei sich manchmal nicht vermeiden.«

Rhun schüttete sich den Wein in den Rachen und streckte Albertus den Becher hin, um ihn nachfüllen zu lassen.

»Anstatt der Erlösung durch den Feldscher erbat er

sie von meiner Hand«, erzählte Rhun mit matter Stimme, rieb sich die Augen. »Ich habe... diesen Dienst oft im Felde erwiesen, aber niemals zuvor... auf diese Weise. Es war... ein friedvoller Abschied, jedoch... allzu wohlerwogen in seiner Art.« Nochmals nahm er einen tüchtigen Schluck aus dem Becher. »Ich möchte nicht mehr darüber sprechen.«

Erzbischof Hubertus wandte sich ab, watschelte schwerfällig zu einem nahen Fenster und blickte hinaus in die Helligkeit der Nachmittagssonne. Paulin nahm gegenüber Rhun Platz.

»Was gedenkt Ihr nun anzufangen?« erkundigte Paulin sich in gedämpftem Tonfall.

Rhun stellte den Becher ab und ließ ein Aufseufzen vernehmen. »Ich begebe mich mit Richard nach Carthane. Wie Ihr Euch sicherlich ohne weiteres auszumalen vermögt, ist er zutiefst bekümmert und aufgebracht. Sich schon in so jungen Jahren seines Vaters gesamte Verantwortung aufladen zu müssen, das ist wahrlich keine leichte Aufgabe. Ich habe mich anerbötig gemacht, mit der übrigen Familie in ihre Heimat zu reiten und bei den Vorbereitungen für die Bestattung behilflich zu sein... Und allem Nachfolgenden.«

»Wann brecht Ihr auf?«

»Irgendwann im Verlauf des morgigen Tages. Anbeträchtlich der Bitternis, welche Richard empfindet, wird er's nicht wagen, noch lange in Rhemuth zu bleiben, sondern sich heimkehren, bis sein Gemüt sich beruhigt hat. Im übrigen drängt uns auch die Sommerhitze zur Eile.« Rhun schloß die Lider und schüttelte knapp das Haupt. »Ich mag gar nicht daran denken... Dennoch habe ich die Absicht, darauf zu beharren, daß Richard die Abreise aufschiebt, bis er dazu Gelegenheit erhalten hat, vom König in seine Rechte und Titel als neuer Graf von Carthane eingesetzt zu werden. Nachdem der König gebilligt hat, was nachgerade als ein öffentlich geduldeter Mord angeprangert werden könnte, dürfte diese Zumutung Jung Richard reichlich schwerfallen, doch ich werde alles dafür tun, daß er nichts redet oder treibt, was seine Erhebung in den Grafenstand gefährden möchte. Später wird er zur Genüge Zeit finden, um über etwaige Rache nachzugrübeln.«

Paulin nickte. Während der Darlegungen Rhuns war Hubertus an den Tisch zurückgekehrt und wechselte nun mit dem *Custodes*-Generalvikar, indem er sich neben ihn setzte, einen verstohlenen Blick.

»Ich werde des neuen Grafen von Carthane möglichen Wunsch nach Vergeltung im Gedächtnis behalten«, merkte Paulin bedächtig an. »Darf ich unterstellen, daß auch Ihr, Graf Rhun, gegen das, was sich heute ereignet hat, einen… gewissen Widerwillen hegt?«

»Darüber werden wir uns ausführlicher verständigen, wenn ich aus Carthane zurück bin«, antwortete Rhun. »Aber ja, mich will's deuchen, sowohl Richard wie auch ich empfinden gegen das, was geschehen ist, sehr wohl ›einen gewissen Widerwillen‹.«

Schweigen herrschte, als Rhun von Horthness aufstand, um sich zu verabschieden; sobald er fort war, warf Paulin den beiden anderen Klerikern einen vielsagenden Blick zu.

»Gott sei Dank«, meinte er, »daß dieser Mann unser Verbündeter ist.«

»Ja wahrhaftig, dafür soll dem Herrgott gedankt sein«, stimmte Hubertus zu. Er betrachtete den Amethyst an seiner Hand; dann richtete er den Blick auf Paulin. »Und Ihr? Werdet Ihr zur Abtei *Arx Fidei* zurückkehren, wie's Eure Absicht war, bevor Murdoch dieses Verhängnis ereilte?«

Paulin von Ramos schnitt eine düstere Miene. »Dadurch hat sich daran, daß mein Großinquisitor tot ist, nichts geändert, Eure Exzellenz. Wir hatten eigentlich schon heute früh aufbrechen wollen, um ihn an die

Stätte seiner Beisetzung zu schaffen.« Er besah sich an seinem langen Daumen einen Niednagel, schaute danach wieder in Hubertus' Mondgesicht. »Habt Ihr Euch noch einmal darüber Gedanken gemacht, was kürzlich von uns erörtert worden ist? In bezug auf Serafins Ableben?«

Hubertus warf ihm einen Blick des Mißmuts zu, über seinen kindlich-blauen Augen furchten Runzeln die Stirn. »Wann hätte ich denn dazu wohl eine Gelegenheit haben sollen?« hielt er Paulin entgegen. »Was vermeldet denn Lior? Ihr habt erwähnt, er sei mit Serafin zusammen gewesen, als denselben der Tod holte.«

»Ja, so war's in der Tat. Und seither ist mir eingefallen, ich hatte davon Kenntnis, daß er und Pater Lior das Vorhaben verfolgten, an jenem Abend Pater Faelan einen Besuch abzustatten. Seither hat Lior aber nicht mehr davon gesprochen.«

»Faelan...«, brummte Erzbischof Hubertus versonnen. »Aber nein, was denn, Ihr werdet mit Gewißheit nie und nimmer herausfinden, daß *er* bei Serafins Tod die Hand im Spiel gehabt hätte. Nichtsdestoweniger begreife ich bis heute nicht, weshalb der König gerade ihn angefordert hat. Habt Ihr inzwischen hinsichtlich dieser Frage irgendeinen Aufschluß gewonnen?«

Paulin schüttelte das Haupt. »Bislang nicht, Exzellenz. Doch die Klärung kann warten. Es sind nur noch wenige Wochen, bis Faelan sich, wie's ja einmal in jedem Mond vorgesehen ist, bei uns einfinden muß. Unterdessen werde ich nochmals Lior befragen. Es mag sein, er erinnert sich doch noch an mehr, als er gegenwärtig zu wissen glaubt.«

Hubertus gab ein schweres Aufseufzen von sich und stemmte sich mühevoll vom Stuhl empor. »Bei Gott, ich wünsche Euch viel Erfolg, obzwar ich unvermindert die Überzeugung vertrete, daß Ihr Eure Zeit mit

Spiegelfechterei vergeudet. Wär's mir noch möglich, stellte ich Euch Oriel zur Verfügung, aber der König hat mir ja über ihn die Gewalt entwunden... Nun jedoch müßt Ihr mich, darum bitte ich Euch, bis auf weiteres entschuldigen. Meine Hirtenpflicht ruft. Die verwaisten Trauernden werden von mir erwarten, daß ich für Murdochs Seelenheil eine Messe lese...«

# XXVI. Kapitel

*Deinen Wünschen geh nicht nach,*
*und halte dich fern von deinen Lüsten!*

Jesus Sirach 18,30

Die Nachricht von Murdochs Verscheiden erreichte Javan noch am selben Abend.

»Es ist aus mit Murdoch, Sire«, vermeldet Guiscard dem König kurze Frist nach Anbruch der Dunkelheit. »Wie gemunkelt wird, soll er Herrn Rhun um die Erlösungstat gebeten haben. Herr Hrorik liegt im Genesungsschlaf. Natürlich war er erschöpft und hat aus den mehrerlei Wunden eine gehörige Menge Blut verloren, aber er wird's überstehen. Meister Oriel hat sich seiner angenommen.«

Bedächtig nickte Javan. Gekleidet in ein dünnes Leinengewand, saß er mit nackten Beinen im Fenstererker der Empfangsstube. Der Abend war drückend schwül, kein schöner Abend zum Sterben; genausowenig jedoch angenehm für jemanden, der sich, selbst wenn es das Ende eines Gegners betraf, als Werkzeug des Todes betrachten mußte.

»Ich wünschte, ich könnte von mir behaupten, daß ich Murdochs Abtreten bedauere«, sprach Javan nach einigen Augenblicken des Nachsinnens. »Doch ich bin aufrichtigen Glaubens, daß Gerechtigkeit geschehen, erwirkt worden ist – nicht meine, sondern eine höhere Gerechtigkeit.« Schwermütig seufzte der König. »Dennoch bereitet es mir große Genugtuung, ihn tot zu wissen.« Er stieß ein zweites Aufseufzen aus. »Habt Ihr vernommen, ob er… einen gnädigen Tod hatte?«

»Dessen habe ich mich nicht kundig gemacht, Sire«, antwortete Guiscard. »Mir ist erzählt worden, daß er von Erzbischof Hubertus die Sterbesakramente erhielt. Ich glaube, seine Söhne waren am Ende bei ihm. Alles in allem besehen, verlief sein Ableben vermutlich viel leichter, als er's verdient hatte.«

Bei Guiscards hartem Tonfall hob Javan ruckartig den Blick. Ein wenig immerhin erleichterte ihn die Feststellung, daß keineswegs er allein Murdochs Tod nicht betrauerte. Während der Deryni sich abwandte und durch die Stube stapfte, beide Fäuste auf den Tisch stützte, stand Javan gemächlich auf und verließ die Fensternische.

»Und welche Folgen haben wir Eures Erachtens nun zu erwarten?« fragte er, schenkte Guiscard Wein ein und schob ihm den Becher über den Tisch zu. »Wie nimmt Richard den Vorfall auf?«

Guiscard trank einen langen Zug aus dem Becher und setzte sich auf einen Stuhl, vergaß wohl ausnahmsweise die Vorschrift, welche ihm eigentlich stehenzubleiben abverlangte, bis der König Platz nahm.

»Richard ersucht Euch darum, Sire, ihn am Morgen zum neuen Grafen von Carthane auszurufen und ihm anschließend Urlaub zur Heimkehr zu gewähren, auf daß er seinen Vater daheim in der Grafschaft bestatten kann«, erklärte er mit müder Stimme, rieb sich unterdessen die Lider. »Soviel ich weiß, hat Herr Rhun die Absicht, ihn zu begleiten, um ihm bei der Beisetzung Vorbereitungen sowie der örtlichen Verwaltung Übernahme Beistand zu erweisen.«

Indem er nickte, kehrte Javan zum kühleren Fenstererker zurück. Charlan hatte sich erhoben, als der König die Nische verließ, lehnte dort, die Arme vor dem Brustkasten verschränkt, am Fensterkreuz, lauschte stumm der Unterhaltung.

»Wie's sich von selbst versteht, kann ich ihn nicht

abschlägig bescheiden«, sprach Javan, hockte sich auf des Erkers Stufe. »Er hat nichts getan, was eine Ablehnung begründen könnte. Den Mann zu hassen, welchen er als verantwortlich für des Vaters Tod ansieht, ist ja kein Verbrechen. Indessen mag auch ich ihn, schon weil er seines Vaters Sohn ist, gar nicht sonderlich leiden. Sollte er seine Abneigung allerdings irgendwann in Verrat ummünzen, stellt die Angelegenheit sich gänzlich andersartig dar, doch solang er keinen nachweislichen Verrat verübt, gibt's fürwahr kein Gesetz, auf welches ich mich, ginge ich auf irgendeine Weise wider ihn vor, berufen dürfte. Darum werden wir wohl, will's mich deuchen, schlichtweg unsere Rollen als König und Lehnsmann mimen. Soll er nach Carthane entschwinden, so werde ich ihn los. Jawohl, bevor er abreist, erkenne ich ihn als neuen Grafen an.«

Knapp nickte Guiscard. »Ist's Euer Begehr, daß ich ihn ohne Verzug davon in Kenntnis setze, Sire?« wollte er vom König erfahren. »Er wird wohl noch nicht zu Bette gegangen sein.«

»Ja, ich bitte Euch darum«, sprach Javan. »Richtet ihm aus, daß ich im Anschluß an die Morgenmesse Hof halte und bei selbiger Gelegenheit sein Ersuchen huldvoll erfülle.« Des Königs Blick ward härter, als er zum Fenster hinaussah und über die Stadt ausschaute; anschließend heftete er den Blick von neuem auf Guiscard.

»Gebt ihm des weiteren Bescheid, daß ich keinerlei Fortsetzung des Zwists, dem sein Vater zum Opfer gefallen ist, zu dulden gedenke. Was mich anbelangt, ist die Sache erledigt. Sollte er aber töricht darauf beharren, in alten Wunden zu wühlen, vermag ich für seine Sicherheit nicht zu bürgen.«

»So starke Worte, Sire?« vergewisserte sich Guiscard; auch Charlan sah den König verdutzt an.

Javan verzog die Miene zu einem wölfisch-grimmigen Lächeln. »Ich wünsche klare Verhältnisse, Ihr Herren. Murdochs Tod wird auf viele meiner Feinde wie ein Ruf zum Sammeln wirken. Daher muß ich hoffen, daß durch Beweise der Stärke und Gerechtigkeit sich alle jene um mich scharen, die meine Freunde sein möchten...«

Aber falls Javan sich schon für den nächsten Tag Anzeichen einer Zunahme seiner Anhängerschaft versprochen hatte, ward er am folgenden Morgen recht arg enttäuscht. Sein Anhang war vollzählig zur Stelle, um der Audienz für den neuen Grafen von Carthane beizuwohnen, jedoch zahlenmäßig kleiner und weniger einflußreich denn jene Kreise, welche verstockt zum toten Murdoch beziehungsweise zu seinen Hinterbliebenen und Spießgesellen hielten.

Und trotz der gleichsam gerade erst stattgehabten Krönung entfalteten der Hofstaat und die noch anwesenden Gäste – mit Ausnahme Prinz Miklos', der in seiner lohgelben ostländischen Seide unaufdringliche Gediegenheit an den Tag legte – lediglich bescheidene Pracht. Zum Teil trug daran die Hitze die Schuld, jedoch neigten allem Anschein nach ebenso die meisten, gleich welcher Seite sie sich verbunden fühlten, bei der Teilnahme an einer Audienz, welche im Zusammenhang mit einer solchen Krisis wie dem gestrigen Gottesurteil gewährt ward, stillschweigend zu einem eher unauffällig-schlichten Äußeren; es wußte ja niemand, wie Richard denn wohl vor der Öffentlichkeit zu seines Vaters Tod Stellung beziehen mochte, und geradesowenig vermochte irgendwer vorauszuahnen, wie sich nun der König zu verhalten beabsichtigte.

Aus Achtung vor den zu Murdochs Sippschaft gehörigen Damen hatte sogar Javan selbst auf die einfache Tracht zurückgegriffen, in welche er sich vor seiner Krönung regelmäßig gekleidet hatte – ein dunkelgraues, am Hals offenes Gewand, nur ergänzt um den Gürtel aus Silberscheiben, an dem er das Haldane-Schwert trug. Doch dieweil er am heutigen Morgen eines Amtes walten mußte, hatte er auch die gwyneddische Königskrone mit den ineinander verflochtenen Kreuzen und Blättern auf dem Haupt sowie an seiner Hand den Ring aus Feuer.

Diesmal fand die Audienz im Burgsaal statt, denn eines Grafen Einsetzung – zumal dieses Grafen – war ein ausreichend bedeutsamer Anlaß, um auch Zuschauer anzulocken, welche sonst wohl ferngeblieben wären. Als Zeuge der Kirche stand Erzbischof Hubertus zur Rechten Javans, und Pater Faelan hielt die Heilige Schrift bereit, auf welche die Schwüre geleistet werden mußten. Rhys Michael saß, gleich hinter sich Charlan, links von Javan. Dieweil auch Prinz Miklos zugegen war, stand Oriel wieder dicht hinter des Königs Rücken, doch erregte der Heiler den Eindruck, sich in Hubertus' Nähe ausgesprochen unwohl zu fühlen, und er sah aus, als hätte er schlecht geschlafen.

Zum Glück – als solches empfand Javan es, obzwar es in Wahrheit ein unheilschwangeres Omen sein mochte – waren die *Custodes Fidei* kaum auf der Audienz vertreten, denn Paulin und sein Gefolge hatten in aller Herrgottsfrühe Rhemuth verlassen, um den Leichnam Bruder Serafins zum Zwecke der Bestattung zur Abtei *Arx Fidei* zu überführen. Albertus war noch da, weil ihm als Großzeremonienmeister die Aufgabe zufiel, gleichfalls bei Richards Eidleistung als Zeuge anwesend zu sein, doch wußte Javan von Guiscard, daß der *Custodes*-Großmeister nach der Audienz ebenfalls unverzüglich aufzubrechen gedachte, um seine *Custodes*-Brüder noch im Verlauf des Tages einholen zu können.

Ein angespanntes Schweigen der Unsicherheit und

des Argwöhnens herrschte im Burgsaal, derweil Richard und seine Gattin, sein jüngerer Bruder sowie seine jetzt verwitwete Mutter, alle gehüllt ins tiefste Schwarz der Trauer, den Saal betraten, begleitet von etlichen Mitgliedern des Hofstaats, die seit eh und je auf Murdochs Seite gestanden hatten. Manche Anhänger Javans befürchteten gar, Richard könnte es ablehnen, dem König die Hände zu reichen und ihm die Lehnstreue zu schwören; für derlei Unbesonnenheiten war Richard indessen zu schlau. Auf was immer er letzten Endes sinnen mochte, um Vergeltung zu erlangen, es ließ sich, wenn er erst einmal rechtmäßig anerkannter Graf von Carthane war, mit Bestimmtheit wesentlich leichter in die Tat umsetzen. Und wie beträchtliche Abneigung er auch wider den gegenwärtigen König von Gwynedd hegte, er hatte Achtung vor der Königswürde und nahm die mannigfaltigen Verantwortlichkeiten ernst, welche er sich mit seines Vaters Grafentitel unweigerlich aufbürden mußte.

»Ich, Richard von Carthane, erkläre mich mit Leib und Leben zu Eurem Lehnsmann«, sprach er mit leiser, aber verständlicher Stimme, die gefalteten Hände zwischen Javans Händen. »Vertrauen und Treue sowie meines Herzens weltliche Verehrung will ich Euch erweisen, mit Euch leben und sterben und an Eurer Seite gegen alle Widersacher stehen. Dies alles schwöre und gelobe ich, so wahr mir Gott helfe.«

Er log nicht – was allerdings lediglich besagte, daß Richard bislang keine vorsätzliche oder bewußte Absicht gefaßt hatte, den Eid zu brechen, welchen er soeben seinem jungen König abgelegt hatte.

Nichtsdestoweniger entdeckte Javan hinter seinen Worten unterschwellige Schwingungen des Unbehagens, welche auch noch feststellbar blieben, während er seinen Teil der Eidesformel vortrug, die er zwei Tage vor der Krönung mit aller Gründlichkeit auswendig gelernt und sich zwecks Einübung immer wieder vorgesagt hatte.

»Wir haben Euren Lehnseid vernommen, Richard von Carthane. Unsererseits sichern wir Euch und Eurem Volke den Beistand Gwynedds zu und versprechen Euch hoch und heilig, Euch mit all Unserer Macht gegen Widersacher jedweder Art Schirm und Schutz zu gewähren, auf daß Treue mit Treue belohnt werde, Unsere Gerechtigkeit das Unterpfand Eurer Verehrung sei. So lautet Unser Wort, das Wort Javan Jashan Urien Haldanes, des Königs von Gwynedd, Herrn von Meara und der Finsternmark sowie Oberherrn von Carthane. So wahr Uns Gott helfe.«

Sobald er Richards Hände freigegeben hatte, beugte er sich über die Bibel und küßte dieselbe; Richard ahmte die Tat nach, wie es sich geziemte, aber derweil man den neuen Grafen mit den Wahrzeichen seines Ranges ausstattete – Adelskrone, goldenem Gürtel, Schwert, Banner und Kessel –, fragte sich Javan, wie lange sie beide wohl dazu imstande sein mochten, die Gelübde zu halten, die sie vorhin geschworen hatten. Die Grafschaft Carthane lag im Süden, in jenem Winkel zwischen dem Fluß Lendour und dem ausgedehnten Krongut, welches sich bis an des Südmeers Küste erstreckte. Nyford, dort die bedeutsamste Stadt, war schon in vergangenen Jahrzehnten der Schauplatz gegen Deryni gerichteter Ausschreitungen und Verfolgungen gewesen. Vermochte Richard derartige Unruhen, falls sie erneut auftraten, zu unterdrücken? Gedachte er es überhaupt zu versuchen?

Das waren keine allzu leicht beantwortbare Fragen, und da Richard sowie seine Begleitung nicht mehr lange genug bei Hofe verweilten, bot sich keine Möglichkeit an, um in Gesprächen darüber genaueren Aufschluß zu gewinnen. Nachdem nur die notwendigsten Artigkeiten ausgetauscht worden waren, verabschiedete sich Richard und strebte, gefolgt von seinem Anhang, zur Halle hinaus. Wenig später, während Javan zwanglos mit diesen und jenen Zurückgebliebenen plauderte, kam Guiscard zu ihm und vermeldete, daß Rhun von Horthness sich Richard und seiner Begleitung angeschlossen hatte. Rhun hatte Sitric mitgenommen, vielleicht aus Sorge, der König könnte den Deryni, so wie er es mit Oriel getan hatte, seiner Verfügungsgewalt entziehen. Javan weinte keinem von ihnen eine Träne nach. Dank Sitrics Abgang war es bei Hofe wieder weniger gefährlich geworden.

Schließlich machte Javan Anstalten zum Verlassen des Saals, hatte vor, sich für die heißeste Zeit des Tages in seine Gemächer zurückzuziehen, ein Stündchen lang Ruhe zu vergönnen, bevor er am Nachmittag an einer weiteren Sitzung des Kronrats teilnahm. Charlan befand sich an seiner Seite, aber Guiscard huschte eilends davon, um nachzuschauen, wo Oriel steckte, denn man sah Prinz Miklos in des Königs Richtung streben. Da Etienne aus Vorsicht Abstand halten mußte, blieb Javan diesmal bei der Begegnung mit dem Deryni-Prinzen zunächst auf sich allein gestellt.

»Gott zum Gruß, Eure Majestät«, sprach Prinz Miklos Javan an, vollführte vor ihm eine anmutig-geschmeidige Verbeugung. Wie stets begleitete ihn der junge, in mit Gold durchwirktes Dunkelbraun gewandete Adlatus, ein stiller, ernstmütiger Jüngling, dessen schwarzen Augen allerdings nichts übersahen.

»In Anbetracht der Geschehnisse, welche sich in den letzten Tagen vollzogen haben, ist es, mag sein, wohl ratsam, auch ich verabschiede mich von Euch, Sire«, fügte Miklos seiner Begrüßung hinzu. »Es flößt mir tiefsten Kummer ein, zum Auslöser so unglücklicher Ereignisse geworden zu sein, wie sie Eure Krönung verdüstert haben, und ich kann nur darauf offen, daß Ihr deswegen meinem Herrscher oder mir keinen Groll entgegenbringt. Mein Bruder, König Arion, ersehnt sich ausschließlich Frieden zwischen unseren Königshäusern.«

»Dahin geht auch mein Wunsch, Prinz Miklos«, gab Javan ihm zur Antwort.

»Niemand guten Willens kann ein gegenteiliges Trachten verfolgen«, äußerte der Prinz. »Darum glaube ich, Eure Majestät werden mir zustimmen, wenn ich die Auffassung ausspreche, daß hinsichtlich des Schicksals Herrn Kennets und Lady Sudreys nähere Nachforschungen erforderlich sind.« Versonnen hob Miklos das Haupt. »Dürfte es mir erlaubt sein, vor meiner Abreise darüber mit Herrn Hrorik zu reden? Ermutigende Auskünfte von der Lady Gemahlin trügen gewißlich ganz erheblich dazu bei, meines Bruders Sorge ums Wohlergehen seiner Anverwandten zu lindern.«

Nachdenklich musterte Javan den torenthischen Prinzen. Miklos' hartnäckiges Interesse an Lady Sudrey und ihrem Leben in Kheldour befremdete den König; er entschied an Ort und Stelle, daß der derynische Prinz Herrn Hrorik nicht mehr zu sehen bekommen sollte. Infolge der am Vortag erlittenen Schwächung wäre der Graf dem Deryni, sollte der Prinz fürwahr irgendeine Arglist ausgeheckt haben, übers gewöhnliche Maß hinaus schutzlos ausgeliefert.

»Meines Wissens haben Graf Hroriks Ärzte ihm für mehrerer Tage Dauer die vollständigste Ruhe verordnet, Prinz Miklos«, sprach Javan, sorgsam darauf achtend, nichts als die buchstäbliche Wahrheit in Worte zu kleiden. »Ich glaube, man rät von Besuchen ab.«

»Ach so«, meinte Miklos. »Bei mir war aufgrund des allgemeinen Geredes der Eindruck entstanden, er hätte nur leichte Verletzungen davongetragen. Sollte Euer Heiler, Sire, der Unterstützung bedürfen...«

»Ich bin glaubwürdig dessen versichert worden, daß

Herr Hrorik sich bei Meister Oriel in vortrefflichen Händen befindet und es keinerlei Veranlassung zu Zweifeln an seiner letztendlichen Genesung gibt, Königliche Hoheit«, entgegnete Javan mit einem Lächeln, vereitelte auch Miklos' zweiten Versuch, zu dem Grafen zu gelangen. »Erschöpfung und ein nicht unbeträchtlicher Blutverlust empfehlen dringlichst, daß Herrn Hrorik einige Tage lang erholsame Ruhe vergönnt bleibt, damit er wieder zu Kräften finden kann, aber seine Wunden sind zu keiner Zeit bedrohlich für sein Leben gewesen. Daher muß Euer so überaus freundlich angebotener Beistand durchaus nicht in Anspruch genommen werden.«

Zur Beschwichtigung winkte Miklos mit beiden Händen ab. »Verzeiht mir, Sire, es lag mir zur Gänze fern, Eures Heilers Fähigkeiten auch nur im allergeringsten herabzusetzen. Meine Hoffnung galt allein der Gelegenheit, mit Eurem Einverständnis Graf Hrorik darum zu ersuchen, doch seiner Gattin meine allerherzlichsten Grüße sowie die Bitte auszurichten, sie möge ihren Verwandten in Torenth zur Beruhigung ein Schreiben senden, auf daß wir die Überzeugung hegen dürfen, es gebricht ihr nicht an Sicherheit, Wohlergehen und Zufriedenheit.«

Unwillkürlich entfloh Javans Lippen ein Seufzer. Er hatte sich im geheimen der Hoffnung hingegeben, daß der durch Hroriks Aneinandergeraten mit Murdoch hervorgerufene Verdruß dank des gestrigen Gottesurteils beseitigt würde – oder zumindest infolge der heutigen, Richard von Carthane gewährten Audienz ein Ende nähme –, hatte sich aber offenbar getäuscht. Nochmals wunderte er sich über das plötzliche Interesse an Lady Sudrey, deren Namen seit fünfzehn Jahren niemand genannt hatte.

»Eure erwähnte Besorgnis ist mir vollauf verständlich, Prinz. Ihr dürft verläßlich darauf bauen, daß ich

Herrn Hrorik Euer Anliegen, daß er seine Gattin von Euch grüßen möge, getreulich übermittle. Über die Frage zu entscheiden, ob es gebührlich ist, darauf zu antworten, obliegt jedoch ihrem Ehegemahl. Indes bin ich mir einigermaßen dessen sicher, daß Hrorik es ihr gestattet, Sendschreiben ihrer Verwandtschaft in Empfang zu nehmen.«

»Die Lage *ist* heikel, nicht wahr, Sire?« murmelte Miklos mit einem Aufseufzen des Mitgefühls.

Verhalten nickte Javan. »Wie Ihr anläßlich unseres ersten Gesprächs selbst festgestellt habt, Hoheit, tragen nicht wir dafür die ursächliche Verantwortung, soll heißen, weder ist König Arion verantwortlich, noch bin ich's. Deshalb sollen, will ich meinen, jene sich um der Verhältnisse Entwirrung kümmern, welche ganz unmittelbar davon betroffen sind. Falls Lady Sudrey den Wunsch verspürt, mit ihren torenthischen Sippenverwandten Sendschreiben auszutauschen, so habe ich dagegen keinerlei Einwände, legt sie hingegen darauf gar keinen Wert, so gedenke ich sie beileibe nicht zum Schreiben zu zwingen. Erachtet Ihr diese Stellungnahme als genügsam, Hoheit?«

Miklos deutete eine Verbeugung an, welche ein beinahe grimmiges Lächeln verhehlen sollte. »Habt meinen Dank, Eure Majestät«, versetzte er halblaut zur Antwort. »Eure Auskünfte gereichen mir zur vollen Befriedigung. Ich werde meinem Bruder davon Kenntnis geben und veranlassen, daß man Sendschreiben verfaßt und auf den Weg bringt. In diesem Sinne – und im Bewußtsein der vielfältigen Aufgaben, welche Eurer, wie ich weiß, nach der Krönung harren – erbitte ich nun voll der allertiefsten Hochachtung Eure gütigste Erlaubnis, mich zu verabschieden und Euren Hofe verlassen zu dürfen. Meine Leute haben sämtliche Vorbereitungen zum Aufbruch beendet, und in Desse erwartet uns ein Schiff.«

»Was, in Desse?« wollte Javan erwidern, konnte sich aber beherrschen und sich die Rückfrage verkneifen.

Miklos schmunzelte und vollführte abermals eine knappe Verbeugung. »Wir sind mit dem Schiff gekommen, Sire«, erläuterte er. »Um diese Jahreszeit bietet ein Schiff die bei weitem behaglichste Art des Reisens. Auf der Heimfahrt wollen wir in Fianna sowie einigen weiteren forcinnschen Landen Halt machen.«

Was er verschwieg und auch Javan nicht aussprach, war die Tatsache, daß die Fahrt von Desse aus ihn an fast den gesamten, langen Küstengefilden der Grafschaft Carthane vorüberbefördern mußte, wohin gegenwärtig ein junger Graf, in dessen Herzen berechtigter Groll wider seinen neuen König schwelte, den toten Vater zum Begräbnis verbrachte. Falls des torenthischen Prinzen Schiff in Nyford einlief, ehe es die langgestreckte Landspitze von Carthmoore umrundete, lag es dann nicht nahe, der örtlichen Herrschaft einen Besuch abzustatten – und nach Möglichkeit die Abneigung auf eine Weise zu schüren, die sich auf lange Sicht als vorteilhaft für die Belange Torenths erweisen mochte?

Aber Javan sah keine Möglichkeit, wie er ein derartiges Verhalten verhindern könnte. Selbst wenn Miklos von Torenth kein Deryni wäre, blieb er doch des torenthischen Königs Bruder, genoß zudem als Vertreter eines fremdländischen Oberherrschers, mit welchselbigem sich Javan in keinem Kriegszustand befand, den Schutz des Gastrechts. Folglich ließ er Miklos mit allem erforderlichen äußerlichen Wohlwollen des Weges ziehen, gab ihm ein Grußschreiben an seinen königlichen Bruder mit auf die Heimfahrt und mußte sich damit bescheiden, darüber nachzugrübeln, während er, nachdem er den Prinzen im Burghof verabschiedet hatte, ins Hauptgebäude zurückkehrte, was sich in Zukunft aus dem heutigen Tag wohl noch ergeben mochte.

Als erste Maßnahme – um sich ein wenig mehr Klarheit zu verschaffen – entsandte er die Herren Robear und Gavin, versehen mit dem schriftlichen Auftrag, sich im dortigen Hafen über der Haldane-Schiffe Seetüchtigkeit zu unterrichten und ihm diesbezüglich Aufschluß zu erstatten, auf Umwegen gen Nyford, damit er es, sollte Prinz Miklos den Hafen anlaufen, wenigstens erfuhr.

Am Ende der Woche vermochte Herr Robear dem König zu vermelden, daß die torenthische Abgesandtschaft allem Anschein zufolge nach dem Auslaufen in Desse die Reise ohne Zwischenhalt in Nyford fortgesetzt hatte. Herr Murdoch von Carthane, so ward überdies in der Hafenstadt erzählt, sollte in der allerordentlichsten Art seinem Grab übergeben worden und die Familie sich zwecks Betrauerung in die Abgeschiedenheit zurückgezogen haben. Rhun von Horthness hielt sich, so wollte die Fama wissen, noch bei den Hinterbliebenen auf, ebenso Sitric.

Unterdessen packten auch Javans übrige Krönungsgäste mehrheitlich ihre Sachen und verließen den Königshof. Am Tag nach Robears Rückkunft hatte Graf Hrorik seine Körperkräfte soweit wiedererlangt, daß er sich gemeinsam mit Graf Sighere und Herzog Graham sowie ihrem gesamten märkischen Gefolge auf den Heimweg machen konnte; der Kheldourschen Abschied entlockte nicht allein Javan ein Aufseufzen der Erleichterung.

Eines erledigte Javan umgehend, nämlich noch am selben Abend, als er die Herren Robear und Gavin nach Nyford sandte: Er traf Vorsorge für Oriels künftige Sicherheit. Dieweil er wußte, wie rücksichtslos Hubertus sein konnte, vertraute er nicht so recht darauf, daß der Erzbischof über den Entzug ›seines‹ Deryni seitens des Königs so ohne weiteres hinwegging.

Um die Versuchung, auf rohe Feindseligkeiten zurückzugreifen, möglichst nachhaltig zu mindern, veranlaßte Javan, daß der Heiler eine Bleibe gleich neben der Unterkunft des getreuen Sorle erhielt und übertrug dem Ritter die volle Verantwortung für Oriels Unversehrtheit an Leib und Leben. Außerdem bat er Oriel, sich aus der Öffentlichkeit fernzuhalten, um zu vermeiden, daß es zu Verwicklungen kam, aufgrund welcher sich des Königs Widersacher aus purer Erbitterung dazu entschließen könnten, dem Ärgernis, daß jetzt Javan allein einen Deryni in seinen Diensten hatte – wenigstens bis zu Rhuns Rückkehr –, kurzerhand ein gewaltsames Ende zu bereiten.

In derselben Woche zog Etienne de Courcy in das inzwischen vollauf neu hergerichtete Gemach neben der Burgbibliothek um, vorgeblich zu dem Zweck, das Anwachsen und Ordnen der Bücher und Schriften, welche man stets eifriger dort zusammentrug, zu beaufsichtigen, im wesentlichen jedoch zu der Aufgabe, der Hüter von Javans neuer Porta Itineris zu sein. Während der ersten Tage nach der Krönung bot sich dem König keine Gelegenheit zur Benutzung selbiger Porta, doch schickte er Herrn Etienne hindurch, ließ ihn Pater Joram und seine anderen Deryni-Bundesgenossen über all das in Kenntnis setzen, was sich anläßlich der Krönung und danach ereignet hatte. Von da an ward Etienne zum regelmäßigen Botengänger zwischen Javan und dessen derynischen Verbündeten, um sie über die Entwicklung der Geschehnisse auf dem laufenden zu halten.

So vieler Edler Abreise von Hofe beließ den König in der Gesellschaft einer Anzahl tätiger Berater, von denen manche entbehrlich waren, andere dagegen nicht, und gewährte ihm in immerhin einigem Umfang die Zeit, deren es bedurfte, um sich mit der Ausarbeitung all jener Gesetzesabänderungen zu befassen, welche er dem Kronrat vor dem nächsten Weihnachtsfest vorzulegen und daselbst beschließen zu lassen beabsichtigte. Wenn auch Herr Manfred gegen des jetzigen Mondes Ausklang zur altgewohnten herbstzeitlichen Besichtigung seiner Ländereien in Culdi aufbrach, verblieben von jenen Leuten, welche sich einst als Regenten aufgeplustert hatten, nur Reichskanzler Tammaron und Erzbischof Hubertus noch bei Hofe – zumindest bis zu Rhuns Rückkunft. Die vorübergehende Ruhe flößte Javan ein immer stärkeres, allerdings grundfalsches Gefühl der Sicherheit ein, so daß es ihn im großen und ganzen unvorbereitet traf, als sich eine schon längst erkannte Gefahr von neuem aufs allerheftigste bemerkbar machte.

Der Tag war lang und heiß gewesen, allmählich jedoch linderte sich die Hitze. Mit der Abenddämmerung war immerhin derart spürbare Abkühlung eingetreten, daß schon so mancher Zeitgenosse, wiewohl es bis zu des nahenden Herbstes Tagundnachtgleiche noch einen vollen Mond lang dauern sollte, zu hoffen wagte, der Sommer könnte sich alsbald seinem Abklingen zuneigen. Als Javan sich zu Bette begab, war es schon ziemlich spät, aber ungeachtet des laueren Abends floh ihn letzten Endes der Schlummer.

Nachdem er eine halbe Stunde hindurch an des Himmelbetts Baldachin emporgestarrt hatte, kam ihm der Einfall, ein Weilchen des Lustwandelns durch den vom Mondschein erleuchteten Schloßgarten möchte just die rechte Art der Zerstreuung sein, um seine allzu geschäftigen Gedanken zu beschwichtigen und das überreizte Gemüt auf den Schlaf einzustimmen. Er streifte ein leichtes Nachthemd über, durchmaß einen Helligkeitskegel aus Mondlicht, derweil er zur Tür schlenderte, um dieselbe zu öffnen, nahm bei seinem Vorhaben von jeglichem Schuhzeug Abstand, dieweil er das Bedürfnis verspürte, die Füße in des Gartens Springbrunnen zu tauchen.

Guiscard hatte sich längst in seine neue Unterkunft begeben – im selben Flur gelegen wie die Königlichen Gemächer –, welche er mit Charlan teilte; letzterer ruhte allerdings auf einem Lager nahe des Eingangs selbiger Gemächer, weil er als einer der beiden Adlaten des Königs die heutige Nachtschicht versah. Es wurmte Javan, ihn wecken zu müssen, obzwar des jungen Ritters Pflichten derlei Nachteile miteinschlossen, aber er war sich vollständig darüber im klaren, daß es höchst unklug wäre, sich allein ins Freie zu wagen, zumal unbewaffnet und ohne den eigens für seinen Klumpfuß angefertigten Stützstiefel. Er räusperte sich, um Charlan eine gewisse Vorwarnung zu gewähren, bevor er sich bückte und ihn an der Schulter berührte, doch Charlan stemmte sich bereits auf der Elle hoch und hob den Blick.

»Was liegt an, Sire?« murmelte Charlan.

»Es ist nichts weiter im Schwange«, beruhigte Javan ihn. »Leider finde ich keinen Schlaf, sonst hat's nichts auf sich mit meinem nächtlichen Umherstreunen. Zwar bedaure ich's ungemein, dich aufwecken zu müssen, dachte mir jedoch, für eine Weile durch den Garten zu wandeln möchte mir gar wohl Abhilfe schaffen und meinen Geist auf den Schlaf vorbereiten. Wie ich allerdings mit aller Genauigkeit weiß, hätte es dich ja weit *stärker* verdrossen, von mir *nicht* geweckt worden zu sein.«

Charlan lächelte, beugte die Beine und erhob sich von dem Strohlager.

»Ihr verursacht mir nicht den geringsten Verdruß, Sire«, beteuerte er in freundschaftlichem Ton. »Für Euch da zu sein, wann immer Ihr an mir Bedarf habt, ist vielmehr meine schönste Ehrenpflicht.« Er hatte in voller Kluft geschlummert, säumte lediglich noch, um das Schwert umzugürten, ehe er Javan zum Ausgang folgte.

Indem sie aus Rücksicht auf Javans mißgestalteten Fuß gemächlich dahinschlenderten, stiegen sie eine Hintertreppe hinab und durchmaßen den Säulengang, durch welchen man zum Burggarten gelangte. Unter den Fußsohlen fühlte Javan kühlen Stein, und sobald er den Torbogen zum Garten durchquert hatte, betrat er – achtete dabei vorsichtig auf etwaige Steine – das weiche Gras, welches an den Rändern der Kiespfade wuchs. Charlan hielt sich ein Stück weit hinter dem König, um ihm die gewünschte Ungestörtheit zuzugestehen, aber nahe genug, um auf einen Zuruf ohne Verzug hilfreich zur Stelle sein zu können.

Beinahe ein Vollmond war es, der am Abendhimmel stand, so daß Javan in seinem Licht ohne irgendwelche Umstände den Weg zu jenem Springbrunnen finden konnte, dessen Mitte das Steinbildnis einer Dame schmückte. Die Luft duftete nach Jasmin und Rosen, erinnerte den König somit an das letzte Mal, als er diese Umgebung aufgesucht hatte. Als er den Springbrunnen erreichte, kauerte er sich auf die breite Einfassung, schwang den rechten Fuß über den Brunnenrand und tauchte ihn ins Wasser, streckte sich sodann rücklings aus und verschränkte die Arme vor der Brust, betrachtete die Vielzahl an Sternen, welche man über der steinernen Dame Schulter am Himmelszelt zu erkennen vermochte, und versuchte sich versonnen des Abbilds fehlendes Antlitz auszumalen.

Allmählich widmeten seine Gedanken sich vergangenen, sorgenfreieren Tagen, in denen er und seine Brüder sich in solchen Gärten mit arglosen Spielen befaßt, sämtliche Bürden des Herrschens auf anderer Leute Schultern gelastet hatten. Auch beim letzten Aufenthalt in diesem Garten hatte er angenehmen Erinnerungen nachgehangen, bevor Paulin von Ramos'

Ankunft ihn aufgeschreckt und seine Überlegungen auf ernstere Angelegenheiten zurückgelenkt hatten. Wenigstens sollte er, wie es den Anschein hatte, den Frieden und die Stille, welche ihm an jenem Tag versagt geblieben waren, am heutigen Abend genießen dürfen.

Er seufzte und senkte die Rechte ins Wasser, ließ all seine Gedanken, ohne dessen zu achten, daß das Naß ihm auch den Ärmel tränkte, kreuz und quer schweifen, ähnlich wie das Wasser ungleichmäßig aus dem Krug des Standbilds hervorrieselte. Nach und nach, so merkte er, besänftigte sich seine aufgewühlte Seele, in seinem Nacken und in den Schultern breitete sich wohltuende Lockerung aus. Es währte nicht lang, und er schloß die Lider, denn des Wassers ruhiges Plätschern machte ihn endlich schläfrig, und auf ebendiese Wirkung hatte er ja gehofft.

Der König gähnte, reckte die Arme weit nach den Seiten, wölbte auf der Einfassung des Springbrunnens den Rücken und erwog ernstlich, nun in seine Gemächer umzukehren. Oder vielleicht wollte er zuvor noch ein wenig, wie er es als Knabe so überaus gerne getan hatte, im Brunnen umherwaten. Doch als er sich auf der Steinumrandung aufsetzte, geruhsam hinter sich schaute, um zu erkunden, wo sich Charlan befand, hörte er plötzlich durchs Geplätscher des Brunnens ganz kurz einer Maid fröhliches Gelächter girren, gefolgt von mehreren leisen Zischlauten, welche wohl der Ermahnung zum Leisesein dienten, sowie anschließend gedämpfterem Lachen.

Als er diese Töne vernommen und das Haupt in die Richtung gedreht hatte, aus der sie erklangen, erstarrte Javan an Ort und Stelle nachgerade zur Salzsäule. Liebesgeflüster war im Burggarten häufig zu hören, erst recht natürlich zur Sommerszeit, wenn liebende Paare im Grün Zuflucht vor der Schwüle suchten; gewisse

Eigenschaften jener Stimmen jedoch, die Javan just gehört hatte, ließ ihm schier das Blut in den Adern stocken. Indem er eilends mit seinen besonderen Sinnen rundumtastete, damit auch des Burggartens entferntere Anlagen erforschte, machte er die Ursprungsstätte seines Erschreckens rasch ausfindig – und sprang von des Brunnens Umrandung auf, sputete sich ungeachtet der ungezählten Kieselsteine unter seinen bloßen Füßen zu selbiger Örtlichkeit. Charlan lief ihm nach und holte zügig auf, hatte schon das Schwert halb aus der Scheide gezückt.

Javan traf noch zur rechten Zeit ein – oder hoffte zumindest, daß er rechtzeitig anlangte. Im hellen Mondschein erhaschte er einen Blick auf elfenbeinweiße Haut und kleine, spitze Brüste, derweil Michaela Drummond sich aufraffte, den rosigen Mund aus Überraschung weit aufgesperrt – das wilde Haupthaar fiel ihr lose auf die Schultern –, sich halb vom bestürzten König abkehrte und mit äußerster Hast ihr Leibchen an seinen Platz zerrte.

Und aus dem Gewirr ihrer Kleider kam, den Kittelrock bis fast zur Leibesmitte von den nackten Beinen hochgeschoben, Prinz Rhys Michael zum Vorschein, wirkte weitaus verstörter und furchtsamer, als Javan es jemals zuvor bei ihm erlebt hatte.

# XXVII. Kapitel

*Ein gekränkter Bruder*
*ist verschlossener als eine Burg…*

Sprüche 18,19

Weder gab Rhys Michael einen Laut von sich, noch Michaela Drummond; aber das unterdrückte Aufkeuchen, welches hinter Javans Rücken von Charlans Lippen floh, sagte nicht allein genug, sondern fürwahr alles.

»Darf ich denn wohl erfahren, mein teurer Bruder, was *das* zu bedeuten haben soll?!« erkundigte sich Javan, indem er die Fäuste in die Hüften stemmte.

Rhys Michael, inzwischen auf den Knien, schöpfte tief Atem, dann zog er sich das Gewand mit einer Gleichgültigkeit zurecht, welche an Überheblichkeit grenzte, schirmte dadurch zur gleichen Zeit Michaela, die hinterm Vorhang ihres langen Haars, an dem Prinzen vorbei, Javan bang anlugte, gegen des Königs und Herrn Charlans Blick. Obwohl seine Beine, als er halb aufstand, noch nackt im Mondschein glänzten, gelang es Rhys Michael, einen einigermaßen überzeugenden Eindruck prinzlicher Würde zu vermitteln.

»Meiner Treu, Sire, ich wollte meinen, es ließe sich auf Anhieb ersehen, welchem Tun ich mich hingab«, war halblaut seine Antwort; Widerborstigkeit verlieh seiner Stimme, derweil er Javan voller Dreistheit geradewegs in die Augen schaute, einen hämisch-seidenweichen Klang. »Aber Mönchen wird dergleichen im Kloster ja nicht gelehrt, oder? Ein rechter Mann…«

Ehe Javan sich zu mäßigen vermochte, war er schon

um einen Schritt vorgetreten und hatte seinen Bruder mit dem Handrücken derartig kraftvoll auf den Mund geschlagen, daß Rhys Michael beinahe seitwärts zur Erde sank. Ein ersticktes Aufkreischen entfuhr Michaela Drummond, sie schrak zurück, als Javan, aus dessen grauen Haldane-Augen der Zorn lohte, sich anschließend ihr zuwandte, aber Charlan sprang beherzt an des Königs Seite, faßte ihn aus ernstlicher Besorgnis am Ärmel.

»Sire, nicht...!«

Indem er sich willentlich zu gründlichem Durchatmen zwang, schüttelte Javan die Hand seines Adlatus ab und richtete sich zu ganzer Körpergröße auf, heftete den Blick, als Prinz Rhys Michael achtsam das Haupt hob, erneut auf seinen Bruder.

»Herr Charlan«, befahl Javan in maßvollem Tonfall, »geleitet mir, ich bitte Euch, Seine Königliche Hoheit in meine Gemächer und harrt dort mit ihm meines Erscheinens. Seid höflich zu ihm, aber gewährleistet, daß er *mit Euch geht.* Habt Ihr meine Worte verstanden?«

»Sehr wohl, mein Gebieter«, bestätigte Charlan, indem er große Augen machte.

»Und du«, äußerte Javan, blickte von neuem seinen Bruder an, welcher sich soeben ein Rinnsal Blut vom Mundwinkel wischte, »hast auch *du* mich verstanden?«

Mit trotziger Miene nickte Rhys Michael, warf der niedergeduckten Michaela Drummond einen sorgenvollen Blick zu. »Fügt ihr kein Leid zu, Sire«, bat er. »Sie trägt keine Schuld.«

Javan schenkte seinem Bruder einen Blick abgrundtiefer Verachtung, während Charlan zu dem Prinzen trat, um ihm, als er sich vollends erhob, behilflich zu sein. »Solltest du denn etwa gar wähnen, ich täte mich zu Gewalttaten wider ein Weib versteigen, wahrlich, dann kennst du mich nicht im geringsten«, versicherte der König kalt. »Nun begib dich fort. Ich werde mich in Bälde in meinen Gemächern einfinden.«

Der König wartete, bis Charlan und Rhys Michael sich außer Sichtweite waren – unterwegs ließ der Prinz den Blick bänglich mehrmals über die Schulter zurückschweifen –, dann trat er auf Michaela Drummond zu. Sie und Rhys Michael hatten auf einem dunklen, ins Gras gebreiteten Schultermantel gelegen, welchen sie nun, sobald Javan nahte, um ihre Gestalt schlang, und sie wich, als er dazu Anstalten machte, ihr beim Aufstehen zu helfen, vor ihm zurück.

»Rührt mich nicht an, Sire«, sprach sie mit leiser Stimme. »Ich möchte nicht, daß Ihr in irgendeiner Art und Weise Hand an mich legt.«

»Es dauert mich fürwahr, daß es so kommen mußte, Michaela«, antwortete Javan, schlug den aus ihrer alten Bekanntschaft gewohnten, vertraulichen Ton an. »Freilich wußte ich, daß er zu dir Zuneigung gefaßt hat, davon jedoch, wie weit euer Geturtel in der Tat schon gediehen ist, hatte ich in keinerlei Ahnung.«

»Offensichtlich nicht, Sire. Ich ersuche Euch darum, mich nicht ›Michaela‹ zu nennen. Rhysem hat recht. Was versteht ein Mönch von der Liebe?«

Flüchtig schloß Javan die Lider und holte nochmals einen tiefen Atemzug, um sich inwendige Ruhe einzuflößen. Seit Wochen war er sich der Möglichkeit bewußt gewesen, sich irgendwann mit dieser unseligen Herzensangelegenheit auseinandersetzen zu müssen, hatte allerdings darauf gehofft, da Manfred MacInnis in Kürze nach Culdi aufbrach, daß die Sache sich bis in den Winter hinauszögerte. Er hatte seinen Bruder, sobald Michaela Drummond in der Nähe weilte, im Augenmerk behalten, aber wenn Rhys Michael im Anschluß an die Krönung seine Werbung mit erhöhtem Eifer vorangetrieben hatte, mußte es mit bemerkenswerter Heimlichtuerei geschehen sein – bis zum heutigen Abend. Bildete der Prinz sich denn *wirklich* ein, daß er, Javan, von derlei Vorgängen ganz und gar nichts verstünde?

»Michaela, ich…« Als er Michaelas Blick der Erbostheit gewahrte, berichtigte sich Javan. »Da habt Ihr wohl recht, Lady Michaela«, sprach er mit ruhiger Stimme. »Ich verstehe davon nichts. Dessen ungeachtet muß ich leider Euch und Rhysem verbieten – wenigstens fürs erste –, in dieser Hinsicht noch mehr dazuzulernen. Er ist noch zu jung für eine Vermählung.«

»Glaubt mir, er ist beileibe nicht zu jung, Sire«, widersprach Michaela leise. »Hättet Ihr Euch nicht eingemischt…«

»Ja, wahrhaftig, ich vermag mir aufs allerlebhafteste vorzustellen, was geschehen wäre, hätte ich nicht eingegriffen«, fiel Javan ihr ins Wort. »Gott sei Dank konnte ich noch im letzten Augenblick dazwischenfahren. Ihr seid ja bar jeglicher Kenntnis, Lady Michaela, was alles auf dem Spiel steht…«

»Ich ersehe, Sire, daß Ihr uns eifersüchtig mißgönnt, wessen Ihr entbehrt«, entgegnete Michaela verbittert. »Nicht einmal diese Nacht inniger Zweisamkeit mochtet Ihr uns vergönnen. In zwei Tagen zieht mein Vormund sich mit allem Gefolge auf seinen Landsitz zurück, und ich bin *für mehrerer Monde Frist fort…!*«

Als sie ein Aufschluchzen unterdrückte, verzog Javan kummervoll die Miene, fühlte sich wie ein Unhold. Von allen Jungfern, welche er für seinen Bruder hätte erküren mögen, auf daß er sie – eines künftigen Tages – liebte und ehelichte, nahm Michaela Drummond insgeheim wohl den allerersten Platz ein. Aber jetzt durfte sich dergleichen nie und nimmer ereignen. Zumindest endete – immerhin zunächst einmal – die Gefahr einer verhängnisvollen Verstrickung, wenn sie in ein paar Tagen den Königshof verließ. Javan mußte lediglich sicherstellen, daß die beiden Liebenden bis dahin getrennt blieben.

»Euer Entschwinden von Hofe ist, wage ich zu behaupten, wahrscheinlich von allem, was mir jemand hätte empfehlen können, am klügsten«, antwortete Javan. »Ich hege weiß Gott keine Bedenken wider Euch selbst, Lady Michaela, aber ich kann und darf es gegenwärtig nicht dulden, daß Rhysem sich an ein Weib bindet. Vielleicht ist's ja in ein, zwei Jahren dergestalt, daß...«

Michaela schnaubte und erhob sich zu voller Körpergröße, warf die braunen Haare in den Nacken, hüllte sich so unnahbar in den Umhang, als wäre er der Mantel einer Königin. »Es mag sein, daß wir in ein, zwei Jahren allesamt mausetot sind, Sire. Aber Ihr seid der König... Es steht in Eurer Macht, unsere Liebe zu verbieten.«

»Ihr sprecht wahr, dazu habe ich die Macht«, bekräftigte Javan in beherrschtem Ton. »Gleichfalls habe ich die Macht über Leben und Tod. Daher wird's am sinnvollsten sein, edles Fräulein, Ihr begebt Euch nun in Eure Gemächer. Vorausgesetzt Ihr versprecht, mir während der letzten Tage Eurer Anwesenheit keine neuen Unliebsamkeiten zu verursachen – will sagen, Euch nicht allein mit Rhysem zu treffen –, werde ich's unterlassen, Herrn Manfred oder Lady Estellan in den Vorfall einzuweihen.«

Zwar schmollte Michaela in ersichtlichem Maß, aber senkte fügsam den Blick. »Ich versprech's, Sire, wie Ihr's wünscht«, willigte sie ein. »Darf ich... von Euch eine Gunst erflehen?«

»Gewißlich. Und wenn sie sich nicht zum Harm des Reiches auswirkt, soll sie Euch gewährt sein.«

Michaela seufzte, traute sich aber nun wieder, den König anzuschauen. »Ihr... Ihr tut ihm doch sicherlich nichts an, Sire, oder?«

Indem er die Augen himmelwärts verdrehte, mußte Javan wider Willen schmunzeln. »Lady Michaela, er ist mein *Bruder.* Es versteht sich, das glaubt mir, ganz von selbst, daß ich ihm kein Leid zufüge.«

Nur wenig später, als Javan in seiner Gemächer Empfangsstube am Tisch dem wutentbrannten Rhys Michael gegenübertrat, bezweifelte er bereits in gelindem Umfang, ob er sich zur Gänze an sein großmütiges Wort zu halten vermochte.

»Euch treibt die Eifersucht an!« schrie Rhys Michael. »Ihr habt doch, was *Ihr* wolltet, Sire, die Krone ist Euer. Könnt Ihr mir denn nicht gelassenen Gemüts zukommen lassen, was *ich* begehre?!«

»Nimm Platz«, befahl Javan, übermittelte Herrn Guiscard auf geistiger Ebene die Weisung, seinem Willen, falls der Prinz nicht gehorchte, Nachdruck zu verschaffen. Der Deryni-Edle, den Charlan herbeigerufen hatte, bevor er mit des Königs Bruder die Königlichen Gemächer betrat, stand gleich hinter Rhys Michaels Lehnstuhl. Charlan lehnte mit dem Rücken an der Eingangstür, lauschte darauf, ob sich irgendwer im Korridor regte. Zwar waren in diesem Teil der Burg – zum Glück – die Mauern außerordentlich dick, aber falls der Prinz weiterhin derartiges Gebrüll ausstieß, mußte notgedrungen irgendwann jemand aufmerksam werden und rief möglicherweise sodann die ganze Burg zusammen.

»*Nimm Platz*«, wiederholte Javan mit erhöhtem Nachdruck. »Wisse, teurer Bruder, daß ich dich gewißlich kein drittes Mal darum bitte.«

Zu seiner unendlichen Erleichterung setzte sich Rhys Michael auf den Stuhl, ohne daß Herr Guiscard handgreiflich nachhelfen mußte. Innerlich schlotterte Javan vor sich hin; äußerlich jedoch legte er die Hände, als erfüllte ihn völlige Unerschütterlichkeit, beiderseits auf die Armlehnen seines Stuhls, ließ sich gegen die Rücklehne sinken.

»Und nun, so lautet mein Vorschlag, erkläre mir das Vorkommnis.«

»Was gäb's da zu erklären?« knurrte Rhys Michael nach einigen Augenblicken mürrischen Schweigens in gedämpftem Tonfall. »Beizeiten werden wir die *Vermählung* eingehen. Ihr vermögt's nicht abzuwenden, Sire. Wir sind beide mündig und überdies miteinander verlobt.«

»Ihr seid *was?*«

»Wir haben uns, sagte ich just zu Euch, miteinander verlobt«, teilte Prinz Rhys Michael dem König ein zweites Mal mit, indem er voller streitbarem Trotz das Kinn hob. »Dagegen könnt Ihr nichts unternehmen, Sire. Ein Verlöbnis bedeutet eine rechtlich verbindliche Festlegung. Kraft Eurer Gewalt vermögt Ihr uns zu trennen, ja gewiß, aber niemals durch irgendwelche Mittel und Wege zu erzwingen, daß einer von uns sich mit jemand anderem vermählt.«

»Potzdonner, es kommt mir wahrlich nicht darauf an, dich zur Vermählung mit *irgendwem* zu *zwingen*«, erwiderte Javan. »Durchblickst du den Sachverhalt denn überhaupt nicht im geringsten? Ich darf's dir *nicht erlauben,* jemanden zu ehelichen, und zwar für längere Dauer noch nicht. Wer war Zeuge der Verlobung?«

»Ich werd's Euch nicht offenbaren, Sire.«

»War's Hubertus?«

»Nein, Sire.«

»Criss?«

»Nein, Sire. Und mehr werdet Ihr aus meinem Munde nicht erfahren.«

»Ei was denn, es bleibt ohnedies ohne jedweden Belang«, stellte Javan klar. »Ich werde, damit du's weißt, das Verlöbnis lösen lassen.«

»So wie Eure Mönchsschwüre, Sire? O nein. Ihr könnt Eure Gelübde, wenn's Euch beliebt, für ungültig erklären lassen, aber nicht meine Gelöbnisse. Michaela und ich haben uns einander vor dem Herrgott versprochen. Ich *werde* mich mit ihr vermählen.«

»Ich verbiete es!«

»Ach so? Und wessen gedenkt Ihr Euch zu unterfangen, wenn ich Euch trotze? Wollt Ihr mich enterben, Sire? Oder mich einkerkern? Bis Ihr Euch selbst zur Vermählung entschließt und Euch ein Erbe geboren wird, bin ich Euer einziger Anverwandter und Thronerbe.«

»Es steht mir frei, *Michaela* einzusperren.«

»Das wagt Ihr nicht. Sie hat nichts verbrochen, Sire. Außerdem würde Herr Manfred es nicht hinnehmen.«

»Aber ich kann sie von Hofe *verbannen*«, hielt Javan seinem Bruder entgegen. »Indessen wird mir, bedenke ich's recht, Herr Manfred diese Peinlichkeit ersparen, dieweil er sie ja schon in wenigen Tagen mit sich aufs Land nimmt. Und *dafür* bin ich dem Allmächtigen wahrlich zu höchstem *Dank* verpflichtet.«

In bitterlicher Enttäuschung betrachtete Rhys Michael seine im Schoß krampfhaft gefalteten Hände. »Man hat mich vorgewarnt, daß Ihr's, wenn Ihr von dem Verlöbnis erfahrt, so aufnehmt, Sire, und wahrhaftig, wie ich jetzt ersehe, aus gänzlich berechtigtem Grund«, murmelte er. »Sie bleibt nur für einiger Monde Dauer fort. Zum Weihnachtsfest wird sie wieder da sein.«

»Dann unterhalten wir uns mit Gewißheit an Weihnachten noch einmal über diese Angelegenheit«, verhieß Javan. »*Wer* war's denn, der dich ›vorgewarnt‹ hat? Erzbischof Hubertus? Oder Graf Manfred?«

Rhys Michael schüttelte das Haupt; aber Javan wußte, daß er log. Seit Anbeginn ihres Gesprächs unterzog er ihn der Wahrheitsprüfung, doch war es wegen Rhys

Michaels Geisteswehr unmöglich, Einzelheiten zu entdecken.

»Ohne jeden Zweifel steckt Hubertus wenigstens zum Teil dahinter«, äußerte Javan. »Nach aller Wahrscheinlichkeit hat er dir diese Flausen eingeblasen. Habe ich recht? Wann ist's gewesen?«

In widerborstigster Verstocktheit starrte Rhys Michael lediglich seine gefalteten Hände an.

»Ach, eigentlich ist's ja einerlei«, meinte Javan. »Du kannst keine Vermählung durchführen, ohne daß die Möglichkeit zum Einspruch besteht, und diese Gelegenheit werde ich nutzen. Vorerst bleibt dir also auf alle Fälle die Hochzeit verwehrt.« Eine ganze Weile lang musterte er seinen Bruder; schließlich gab er einen tiefen Seufzer von sich.

»Nun wohl… Sodann erhebt sich noch die Frage, wie ich mit dir umspringen soll. Gib mir dein Ehrenwort, daß es bis zu Michaelas Abreise zwischen ihr und dir zu keinen weiteren unerwünschten Zusammenkünften kommt – du dich nicht heimlich mit ihr triffst –, und ich will zu vergessen versuchen, daß unser jetziges Streitgespräch stattgefunden hat.«

»Dergleichen möchte Euch gar wohl behagen, was, Sire?« maulte Rhys Michael aufsässig. »Und was wird, wenn ich Euer Ansinnen ablehne?«

»Ich könnte dich für ein paar Tage in den Karzer stecken, bis du dich zu einem umgänglicheren Verhalten durchringst«, versetzte Javan ungestüm zur Antwort. »Dadurch gerieten wir beide in Verlegenheit, aber sähe ich mich zu der Einsicht genötigt, 's wäre zum Wohl des Reiches, schreckte ich davor beileibe nicht zurück.«

»Daraus würde womöglich mehr als eine Verlegenheit, Sire«, schnaubte Rhys Michael. »Seid dessen eingedenk, auch ich habe Freunde.«

»Daran habe ich wahrlich keinerlei Zweifel. Eine andere Möglichkeit wär's, du besäufst dich für ein paar Tage und sinkst in einen solchermaßen dumpfen Zustand, welcher es ausschließt, daß du irgendwelchen Unfug anstellst. Soviel mir inzwischen bekannt geworden ist, neigst du ohnehin längst dem Trunke weit kräftiger denn einst zu, so daß kein sonderliches Aufhebens entstünde, ja ich sogar befürchte, es verlöre darüber niemand ein Sterbenswörtchen. Gerne räume ich dir ein, daß 's dir anbeträchtlich der Lage weniger Vergnügen als ansonsten bereiten mag, dich selber unter den Tisch zu trinken, aber du darfst mir glauben, lieber Bruder, wenn's denn sein muß, kann dein Trinkvermögen vermittelst wirksamer Nachhilfe gesteigert werden.«

»Derart maßlos zeche ich durchaus nicht, Sire«, widersprach Rhys Michael halblaut.

»Dann will ich hoffen, daß mein Eindruck mich getäuscht hat«, lautete Javans Entgegnung. »Eine dritte Lösung wäre, daß du für einiger Tage Verlauf erkrankst. Auch dabei vermag ich dir nachzuhelfen.« Sein Bruder starrte ihn in regelrechter Fassungslosigkeit an. »Es gibt Drogen«, erläuterte der König ihm, »welche eine weitaus feinere Wirkung als jenes üble Zeug zeitigen, mit welchem die Leibärzte Alroy zu seinen Lebzeiten in den Kronräten dienlicher Blödnis gehalten haben. Du könntest von einem dergestalt heftigen Fieber befallen werden, daß du dich anschließend, nach der Genesung, voraussichtlich nicht einmal noch an unsere heutige Aussprache entsinnst. Soll ich Meister Oriel rufen lassen, auf daß er dir Aufschluß über fernere Einzelheiten erteilt?«

»Ihr droht mir, Sire«, stellte Rhys Michael im Flüsterton fest. »Wirklich und wahrhaftig, Ihr sprecht Drohungen wider mich aus – Euren leiblichen Bruder und einzigen Thronerben. Herrje, sagt an, Ihr redet doch nicht tatsächlich im Ernst, oder?«

Auf Javans kaum merklichen Wink hin senkte Herr Guiscard die Hände schwer auf Rhys Michaels Schultern. Erschrocken fuhr der Prinz herum, verrenkte sich schier den Hals, um sich rückwärts umzuschauen, doch Guiscards Miene bezeugte nichts als gleichmütigste Unbeeindrucktheit. Javan wußte, daß der Deryni-Adelige nach einer Bresche in Rhys Michaels Geisteswehr suchte, um in sein Gemüt einzudringen, aber offenbar hielten des Prinzen geistige Schilde stand. Anscheinend bemerkte Rhys Michael den Versuch gar nicht, doch nun widerspiegelte sein Antlitz, als er von neuem Javan anblickte, herbe Trübsinnigkeit.

»Es ist Euch mit alldem fürwahr aufs vollkommenste ernst, Sire?« vergewisserte sich der Prinz mit leiser Stimme – ganz wie ein Knäblein, das unversehens gewahrt, es ist mit keinem Kinderspiel mehr beschäftigt, sondern hat sich mit Erwachsenen angelegt. »Javan, mein König, niemals war's meine Absicht, Euch…«

»Habe ich dein Wort, daß du dich während der letzten Tage bis zu Michaelas Aufbruch nach Culdi nicht mit ihr triffst«, wünschte Javan zu erfahren, »oder nicht?« Langsam erhob er sich von seinem Platz.

Unter Guiscards Händen bebte Rhys Michael; dennoch reckte er nun – zu Javans Überraschung – das Kinn und schüttelte mit betonter Willentlichkeit das Haupt.

»Wahrlich, ich wüßte nicht, Sire, weshalb ich Euch selbiges Versprechen ablegen sollte«, erwiderte er mit zittriger Stimme.

Javan spürte, wie tief in seinem Inneren Magie-Kräfte sich rührten – gemeinsam mit kalter Wut darüber, daß sein Bruder ihm fortgesetzt die Stirn bot –, und mußte bewußt die Fäuste lockern, welche sich nahezu unbemerkt schon darauf eingestellt hatten, magische Gewalt zu verschleudern. Auf einmal verstand er die Beweggründe, welche seinen Vater dazu bewogen hatten, im Laufe seines Lebens die Haldane-Magie nur einige wenige Male einzusetzen und danach ein für allemal darauf zu verzichten.

Diesen Ausweg hatte Cinhil beschreiten können, weil ihn starke Deryni umgaben, deren Schutz und Schirm er genoß, während er es lernte, seine Gegner mit herkömmlicheren Mitteln – der Krone Macht – in ihre Schranken zu verweisen; Javan hingegen vermochte sich auf keinen solchen Vorteil zu stützen. Für ihn war die allerhöchste Vorsicht angebracht, denn mit wenigen Ausnahmen waren die Leute in seinem Umkreis keine Deryni, sondern Menschen, die gewißlich, derweil er sich darum abmühte, sich die gleichen Lehren wie sein Vater anzueignen, auf seinen Untergang hinwirkten, fänden sie heraus, daß er über Kräfte verfügte, welche eine derartige Ähnlichkeit mit der Deryni-Magie hatten. Es mochte an der Zeit sein, überlegte der König, um Rhys Michael mit diesen Gegebenheiten vertraut zu machen. Da er sich durch Geistesschilde auszeichnete, schwebte der Prinz in vollauf vergleichbarer Gefährdung wie Javan, und nicht allein der Gefahr, irgendwann zu Gunsten eines jüngeren Thronerben beseitigt zu werden.

»Angesichts dessen, was ich heute im Burggarten beobachtet habe«, sprach Javan mit verhaltener Stimme, »wäre fast mit Gewißheit, erlaubte ich Euch die Vermählung, davon auszugehen, daß sie dir im Verlauf eines Jahres, längstens zweier Jahre einen Sohn schenkt. Und mehr bräuchten ja unsere Feinde nicht zum Vorwand, um uns den Garaus zu machen und sich eine erneute Regentschaft von vierzehn Jahren Dauer zu gewährleisten. Dieweil ich fürwahr ernstlich anzweifle, daß du dazu die Bereitschaft aufbrächtest, teurer Bruder, dich in einer etwaigen Ehe jener geschlechtlichen Enthaltsamkeit zu unterwerfen, welche du, was mich anbelangt, als solches Ärgernis ansiehst, kann ich's dir ganz unmöglich gestatten, dich mit Michaela Drummond zu vermählen oder sonst irgendeine Jungfer zur Braut zu nehmen, denn ich darf auf gar keinen Fall das Wagnis dulden, daß ein weiterer Haldane-Erbe das Licht der Welt erblickt, bevor ich gänzlich genugsam darauf vorbereitet bin, einer solchen Schwierigkeit mit geeigneten Mitteln begegnen zu können. Weißt du, wir haben diese Fragen schon einmal erörtert, nur erinnerst du dich daran offensichtlich nicht mehr…«

Rhys Michael maß ihn mit einem Blick des Befremdens. Wie Javan es beabsichtigt hatte, war der Prinz durch die unvermittelte Wende, welche sein königlicher Bruder der Unterhaltung gab, ein wenig verunsichert worden. Hinter Rhys Michaels Rücken zeugte auch Herrn Guiscards Miene von Verblüffung; eindeutig wußte der Deryni nicht genau, was Javan nun im Sinn haben mochte.

»Wovon führt Ihr da Rede, Sire?« erkundigte sich Rhys Michael. »Vor dem heutigen Abend ahnte ich nicht einmal, daß Ihr über unsere Liebe Bescheid wißt. Ich hegte schon seit längerem den Vorsatz, mich mit Euch über diesen Sachverhalt auszusprechen, aber ich habe niemals so recht dazu die Gelegenheit gefunden. . .«

»Ach, nichtsdestoweniger ist's doch längst geschehen«, teilte Javan seinem Bruder mit, umquerte den Tisch und lehnte sich seitlich an Rhys Michaels Sitz. »Besinnst du dich nicht darauf, daß du an einem der letzten Abende vor meiner Krönung bei mir gewesen bist? Angefangen haben wir den Umtrunk mit rhennischem Branntwein, und im Anschluß daran kosteten wir einen gar vortrefflichen Tropfen aus Fianna.«

Rhys Michael guckte fort, rang die Hände. »Da habe ich zu munter gezecht, ja, ich geb's zu, Sire. Am nächsten Morgen litt ich unter grauenvollem Schädelbrummen.«

»Wie wahr«, pflichtete Javan ihm bei. »Dennoch, du hast mich in dein Vorhaben eingeweiht, mit Michaela Vermählung zu feiern, zwar nicht mit so deutlichen Worten, wie ich sie just verwende, aber man vermochte deine diesbezügliche Bestrebung zu durchschauen. Allerdings hast du... ähm... nicht das Verlöbnis erwähnt, deshalb hat mich dein Eingeständnis vorhin dermaßen verstimmt.«

»Da hatte sie noch gar nicht stattgefunden«, bekannte Prinz Rhys Michael, ließ das Haupt hängen. »Aber es war mein fest beschlossenes Trachten, Euch davon in Kenntnis zu setzen, glaubt mir, ich flehe Euch an, Sire. Mir war ja von Anfang an völlig klar, daß Ihr's allemal eines Tages auf anderen Wegen erführet.«

»An jenem Tagen bin ich übrigens geradeso auf etwas anderes aufmerksam geworden«, sprach Javan, dachte durch die geistigen Gefilde Guiscard die Weisung zu, sich bereitzuhalten. »Ich habe erkannt, daß wir zwei weniger verschieden sind, als ich's stets dachte.«

»Mir ist unklar, wovon Ihr redet, Sire.«

»Dessen bin ich mir sehr wohl bewußt. Darum will ich dich darüber aufklären... Ich weiß nicht, wieviel von dem, was sich in jener Nacht, als unser Vater verstarb, ereignet hat, im Gedächtnis verblieben ist – aber auf alle Fälle ist damals mit uns Brüdern etwas geschehen. Ein magischer Vorgang war's. Es hing mit Vaters eigentümlicher Macht als König zusammen. Zuerst sollten seine besonderen Kräfte in Alroy erwachen, jedoch trat dies Ergebnis niemals ein, vielleicht aus dem Grund, weil die Regenten ihn fortwährend unterm Einfluß ihrer Medikamente hielten. Bei mir dagegen sind die besagten Kräfte rege geworden. Im Laufe der Jahre sind sie mir nützlich gewesen, und sie werden immerzu noch reicher an Nutzen. Schon seit langem wende ich sie auch bei dir an, um zu prüfen, ob du die Wahrheit sprichst, um dir beim Einschlummern zu helfen, dafür zu sorgen, daß du dies oder jenes vergißt. Ebenso sind sie mir in den ersten Jahren eine beachtliche Hilfe wider die Regenten gewesen.«

Derweil Javan dies Bekenntnis ablegte, hatte Rhys Michael eine außerordentlich verkrampfte, starre Haltung angenommen, und sein Blick streifte mißbehaglich Guiscards Fäuste auf seinen Schultern, welche ihm verdeutlichten, daß man ihm das Fortgehen verwehrte.

»Was wünscht Ihr damit zu sagen, Sire?« flüsterte der Prinz. »Verfügt Ihr denn etwa über irgendeine Art magischer Kräfte, welche den Magie-Fähigkeiten Eurer einstigen Deryni-Freunde ähneln?«

Zur Antwort ließ Javan rings ums Haupt seine Geisteswehr als sichtbare Aura aufleuchten, so daß ein leicht karmesinroter Strahlenkranz seinen Schopf umschimmerte. Bei diesem Anblick prallte Rhys Michael zurück, sein Antlitz ward kalkweiß, und er schien nachgerade unter Guiscards Händen einzuschrumpfen.

»Nein«, schnaufte der Prinz mit Mühe. »Ihr seid kein Deryni, Sire, Ihr *könnt unmöglich* ein Deryni sein. Im gegenteiligen Fall nämlich…«

»Dann wärst auch du ein solcher«, zog Javan an seiner Stelle die Schlußfolgerung. »Aber wir sind keine Deryni.« Mit der Rechten erzeugte er ein Hand-Feuer – eine glimmrige Sphäre karmesinroter Glut – und streckte es Rhys Michael entgegen. »Manche meiner Befähigungen gleichen durchaus den Gaben der Deryni«, gestand Javan zu und löschte das Hand-Feuer mit einem Fingerschnippen. »Einige Möglichkeiten, so zum Beispiel das erwähnte Vermögen, jemandes Wahrhaftigkeit zu erkennen, sind eher feingeistiger Natur. Diese Fähigkeit habe ich mir als eine der ersten selbiger Magie-Anwendungen angeeignet. Eine der vorteilhaftesten Eigenarten unserer Haldane-Magie ist allerdings das Vorhandensein solcher Geistesschilde, wie auch die Deryni sie haben, denn hast du sie, vermag niemand in deinen Geist einzudringen und dich fremder Gewalt zu unterwerfen – kein Deryni und ebensowenig jemand, welchen den derynischen Magie-Kräften vergleichbare Fähigkeiten auszeichnen…«

Ohne jegliche Warnung legte Javan die Rechte auf seines Bruders Stirn und nutzte das so hergestellte körperliche Band aus, um den eigenen Geist gegen jenen übersinnlichen Schirm zu stemmen, von welchselbigem Rhys Michael bislang gar nichts ahnte. Dem Prinzen entfuhr ein Aufkeuchen, er unternahm einen halbherzigen Versuch, um sich Herrn Guiscards Griff zu entwinden, aber der Deryni drückte ihn nieder, derweil Javan immer stärker wider Rhys Michaels Geisteswehr andrängte; zwar behielt Guiscard den Prinzen ausschließlich mittels reiner Körperkraft im Zaum, jedoch war andersartiger Aufwand, während Javan des Bruders Geistesschilde einer recht harten Probe unterzog und damit seine Aufmerksamkeit zur Genüge beanspruchte, keineswegs vonnöten.

Des jungen Prinzen anfänglicher Schrecken wich rasch verstörter Unsicherheit und danach, sobald er den ungewohnten Druck auf seine zuvor ungeahnte Geisteswehr spürte, wachsendem Mißbehagen. Just in dem Augenblick, als er glaubte, aus Schmerz aufschreien zu müssen, endete die Drangsal. Javan entfernte die Hand von Rhys Michaels Stirn, hockte sich auf die Tischkante und stieß einen Seufzlaut der Betretenheit aus.

»So, nun wirst du's künftig *merken,* wenn irgendwer darauf aus ist, deinen geistigen Schirm zu durchdringen«, stellte Javan halblaut fest, schenkte seinem Bruder ein leicht verunglücktes Lächeln. »Die Wahrscheinlichkeit, daß jemand es versucht, ist gering – ich werde jedenfalls, da ich jetzt weiß, wie stark deine Geistesschilde sind, davon absehen –, aber an deiner statt würde ich's vermeiden, die erhöhte Beachtung Sitrics oder eines der anderen Deryni, welche gewissen Herren zu Diensten stehen und sich gelegentlich bei Hofe umhertreiben, auf mich zu ziehen. Von Meister Oriel dräut keine Gefahr, er weiß über mich Bescheid, aber sollte ansonsten irgendwer auch nur auf den Verdacht verfallen, daß du über eine magische Geisteswehr verfügst, magst du getrost dein Testament abfassen.«

»Ich... ich begreife das alles nicht, Sire«, stammelte Rhys Michael, fühlte sich offenkundig noch ein wenig verstört und benommen.

»Ich versteh's ja selbst nicht«, antwortete Javan, eine Aussage, die zum überwiegenden Teil der Wahrheit entsprach; doch wußte er zumindest, was zu guter Letzt in seinem Inneren die Haldane-Magie gefestigt hatte. »Mir ist auch unbekannt, welche weiteren Befähigungen, über die Geisteswehr hinaus, sich zukünftig noch bei dir herausbilden mögen, aber es wird dir alles ohne jeglichen Nutznieß bleiben, sollten unsere Gegner behaupten, du seist von derynischer Teufelei besudelt. Falls es dich einmal juckt, übermütig zu werden, gedenke des Schicksals Declan Carmodys.«

Rhys Michael schauderte zusammen, und plötzlich sah er aus, als müßte ihm unwohl werden; auch Javan kostete es eine gewisse Anstrengung, die scheußlichen Bilder, welche ihn aus den Tiefen der Erinnerung heimsuchten, aus seiner Vorstellung zu verscheuchen.

»Es ist eine wahrlich verzwickte Klemme, darin ich stecke, nicht wahr?« sann der König nach einigen Augenblicken des Schweigens. »Ich gebiete über eine Machtfülle, welche es mir ermöglicht, gewaltigen Einfluß auf des Reiches Geschicke auszuüben, darf mich aber nicht trauen, sie in allzu beträchtlichem Umfang anzuwenden, denn erführe jemand davon, daß ich im Besitz selbiger Macht bin, wollte man gar wohl nach meiner Vernichtung trachten – und tät's göttliche Gerechtigkeit heißen, dieweil's der Kirche gelungen ist, nahezu jedermann weiszumachen, alles Derynische sei von Übel, der Deryni Anlagen stammten vom Gehörnten. Es wäre ohne Belang, daß ich in Wirklichkeit nicht zu den Deryni zähle, und leider vermag ich selbst nicht genau zu erklären, woher meine Kräfte denn rühren, obzwar ich aufs nachdrücklichste der Überzeugung anhänge, sie sind mir beileibe nicht vom Satan eingepflanzt worden. Man würde mich anhand der gleichen Bedingungen verdammen, nach deren Richtschnur man die Deryni verurteilt. Insofern gleichen meine besonderen Gaben fürwahr einem zweischneidigen Schwert…«

»Sprechen wir noch einmal von Carmody, Sire«, meinte Rhys Michael leise, musterte den König zaghaften Blicks. »Man hatte ihm *Merascha* verabreicht, deshalb vermochte er sich nicht zu wehren. Ebenfalls überprüfte man bei Cathan und Michaela mit *Merascha*, ob sie Deryni-Blut hätten. Sire, was würde, sollte man *uns* mit selbiger Droge auf die Probe stellen? Hielte man uns dann etwa für Deryni?«

In Javans Magengrube entstand ein widerwärtiges Gefühl der Mulmigkeit. Mit ebendieser Frage hatte ja auch er sich schon beschäftigt; doch inzwischen erlangte sie eine Bedeutung von immer größerer Tragweite. Er schaute Guiscard an, um vielleicht von ihm einen Rat zu erhalten, aber auch der Deryni wußte keinen Aufschluß zu geben.

»Ehrlich gesprochen, Rhysem, ich weiß es nicht«, gab Javan in gedehntem Tonfall zu. »Es möchte sich sehr empfehlen, darüber Klarheit zu gewinnen, indessen wär's mir lieber, es ohne Beteiligung der *Custodes* oder ähnlicher Eiferer herauszufinden. *Eigentlich* müßte es auf uns geradeso wie auf jeden anderen Menschen wirken, aber… ich weiß es schlicht und einfach nicht.«

Prinz Rhys Michael stöhnte bedrückt auf; dann sah er matten Blicks Herrn Guiscards Fäuste an, welche unverändert auf seinen Schultern lasteten.

»Ich habe nicht vor, irgendwelche Torheiten zu verüben, Sire«, beteuerte der Prinz in gedämpftem Ton. »Muß er andauernd die Fäuste an mir belassen?«

»Herr Guiscard, Ihr könnt getrost im Nebengemach warten«, sprach Javan mit ruhiger Stimme. »Habt Dank für Euren Beistand.«

Während Guiscard zur Stube hinausstrebte, schaute Javan sich über die Schulter nach Charlan um, welcher nach wie vor die Eingangstür hütete, heftete anschließend den Blick wieder auf Rhys Michael. »Ist's dein Begehr, daß auch Herr Charlan sich entfernt?«

Als Rhys Michael nickte, hob Javan das Kinn in Charlans Richtung und gab ihm auf diese Weise zu verstehen, daß er Guiscard folgen sollte. Nachdem sich die Verbindungstür der beiden Gemächer geschlossen hatte, blickte Javan von neuem seinen Bruder an.

»Nun«, äußerte er gefaßt, »der Abend ist, so will's mich dünken, für keinen von uns zweien dergestalt verlaufen, wie er's sich erhofft hat, wie? Doch um auf jenen Gesprächsgegenstand zurückzukommen, welche diese reichlich unerquickliche Aussprache unvermeidlich machte… *Gibst* du mir nun darauf dein Wort, daß du für einige Zeit von deiner Absicht, mit Michaela Hochzeit zu feiern, Abstand nimmst? Ich hoffe, du verstehst mich mittlerweile richtig, daß du weißt, worum es in Wahrheit geht, und nicht weiterhin irrig wähnst, meine Forderung beruhte lediglich auf der kleinlichen, mißgünstigen Eifersucht eines der Enthaltsamkeit verschriebenen, älteren Bruders.«

Rhys Michael senkte den Blick, starrte seine Hände

an, wohl ohne sie wirklich zu gewahren. »Ich liebe sie, Sire.«

»Deiner Zuneigung Aufrichtigkeit ist niemals in Abrede gestellt worden. Es ist offensichtlich, daß ihr deine Liebe gehört und ihrerseits auch sie dir deine Liebe schenkt. Ich wüsche euch beiden Glück – aber bis zu eures Glücks Verwirklichung muß es leider noch warten. Ich ersuche euch darum, euch nur so lange zu gedulden und auszuharren, bis ich der Ansicht bin, daß durch eure Vermählung kein Unheil droht.«

»Darüber könnten Jahre verstreichen, Sire«, sprach Rhys Michael. »Ich bin zur Enthaltsamkeit nicht geboren. Bei Euch mag's so sein, aber bei mir ist's nicht der Fall. Ich *brauche* sie.«

»Vermeinst du denn etwa, andere Leute hätten keine Gelüste?« hielt Javan ihm entgegen, mußte Mühe aufwenden, um in keine erneute Verärgerung zu geraten. »Es mag ja sein, zum Henker, daß du Michaela *brauchst*, aber an erster Stelle *müssen* wir, will sagen, du und ich, *am Leben bleiben*. Wenn du jetzt eine Ehe schließt, teurer Bruder, verringerst du ganz gehörig unsere Aussichten, daß einer von uns zweien ein hinlänglich hohes Alter erreicht, um seiner Söhne Heranwachsen mitzuerleben.«

»Ich vermag einfach nicht zu glauben, daß jene Männer zu dem imstande sein sollen, was Ihr Ihnen nachsagt, Sire«, versetzte Rhys Michael zur Antwort. »Sie können uns beide doch nicht mir nichts, dir nichts hinterrücks meucheln. Das Volk würde etwas argwöhnen.«

»Ha! Tot wären wir dennoch«, erwiderte Javan, »und der rechtmäßige Erbe wäre ein Unmündiger, bis zu dessen Reife ein Regentschaftsrat die Herrschafts übers Königreich ausüben müßte. Die ehemaligen Regenten haben diese Art von Macht schon einmal genossen, Rhysem, und sie lechzen danach, sie zurückzuerringen. Und der einzige Weg, auf welchselbigem sie zu diesem Ziel gelangen können, ist unser Tod.«

Rhys Michael seufzte und schüttelte müde das Haupt, verhehlte hinter der Faust ein Gähnen. »Mag sein, Ihr habt recht, Sire... Offen gestanden, ich bezweifle es, will jedoch die Möglichkeit, daß Ihr die Verhältnisse richtig beurteilt, nicht von der Hand weisen. Gestattet Ihr mir, mich nun zu Bette zu legen? Mit einem Male fühle ich mich ungemein ausgelaugt.«

»Du hast mir hinsichtlich Michaelas noch nicht dein Wort gegeben«, rief Javan ihm in maßvollem Ton in Erinnerung. »Du darfst nicht gehen, ehe ich dein Ehrenwort habe... Es sei denn, du ziehst eine jener sonstigen Lösungen vor, welche ich dir vor einem kurzen Weilchen angeboten habe.«

»Ach, sei's drum«, grummelte Rhys Michael, stieß ein vernehmliches Aufseufzen aus, das von äußerstem Überdruß zeugte. »Ihr faßt diese ganze, leidige Angelegenheit bei weitem zu ernstmütig auf, Sire. Ich verstehe, was Euch in bezug auf Michaela Sorge bereitet, und will meine Wünsche, was sie anbetrifft, vorerst nicht weiter verfolgen. Ist's das, was Ihr zu hören begehrt?«

»Nur wenn's wahrhaftig dein Ernst ist. Verhält es sich denn so?«

Indem er die Augen gen Himmel verdrehte, hob Rhys Michael die Rechte zum Schwur. »Gott sei mein Zeuge, ich gelobe Euch, Sire, Lady Michaela Drummond bis auf weiteres nicht nachzustellen.«

»Du wirst dich nicht im geheimen mir ihr treffen, bevor sie nach Culdi abreist«, hakte Javan nach, »und ihr, nachdem sie fort ist, keine Sendschreiben schicken?«

»Was denn, Sire, ich darf ihr nicht einmal ein Brieflein entsenden?!«

»Tätest du's, würd's euch die Trennung ja bloß erschweren und euch das Leben versauern.«

Von Rhys Michaels Lippen drang ein verbittertes Stöhnen. »Nun wohl, es sei, Sire, ich schwör's. Aber ich werde ihrer auf gar keinen Fall vollends entsagen.«

»Ich verlange nichts dergleichen von dir«, versicherte Javan dem Prinzen; er hatte sich zu seiner Zufriedenheit davon überzeugt, daß sein Bruder, als er seine Schwüre ablegte, die Wahrheit sprach.

Doch nachdem Rhys Michael gegangen war, marterte ernstliche Sorge, verursacht durch die verständliche Verbitterung, welche er hinter des Prinzen ehrlich gemeinten Zusagen bemerkt hatte, und seine Überlegungen richteten sich notgedrungen auf die Frage, welche sonstigen Früchte der heutige Abend wohl noch zeitigen mochte.

# XXVIII. Kapitel

*Die ganze Zeit schmähen mich meine Feinde;*
*die mich verhöhnen,*
*schmähen mich beim Fluchen.*

Psalm 102,8

Es verwunderte Javan kaum, daß Rhys Michael am nächsten Morgen nicht zu Pater Faelans Morgenmesse aufkreuzte – obgleich er sie ohnedies recht häufig versäumte –, sondern dem König, derweil dieser sich für den Morgenritt rüstete, die Mitteilung zutragen ließ, er fühle sich unwohl und müsse wohl den Tag im Bett verbringen. Trotz einer gewissen Mißstimmung – er wußte nämlich, daß sein Bruder nach dem abendlichen Streitgespräch spornstreichs in seinen Gemächern ins Bett gefallen war – beschloß Javan, sich anstatt des Ausritts ins Umland lieber im Gestechhof im Lanzenstechen zu üben und somit für alle Fälle in der Königsburg zu verbleiben; ferner ließ er die Herren Guiscard und Charlan, seine Adlaten, im Verlauf des Tages abwechselnd in Prinz Rhys Michaels Gemächern beiläufig nach dem Rechten sehen. Am Nachmittag erschien Graf Manfred im Kronrat, doch war ihm in keiner Weise anzumerken, daß in seiner Sippschaft sich irgend etwas außer der Regel befände; deshalb unterstellte Javan – und sicherlich vollauf begründet –, daß es Lady Michaela Drummond beliebt hatte, ihrem Vormund von der in der vergangenen Nacht erlebten Peinlichkeit nichts zu erzählen.

Zu Javans Überraschung und Erleichterung fand sein Bruder sich jedoch am Abend pflichtgemäß zum

Nachtmahl im Burgsaal ein, bat für seine Abwesenheit während des Tages um Nachsicht und erklärte, von seiner morgendlichen Unpäßlichkeit genesen zu sein. Immerhin erwies sich anschließend die Wahrheitsgetreuheit seiner Aussage. Während des gesamten Abend betrug sich Rhys Michael überaus liebenswürdig, blieb in Javans Nähe und trat ganz als würdiger Prinz auf, nahte sich weder Manfreds Familie, noch ging er ihr aus dem Weg. Da Michaela dem Abendessen fernblieb, hegte Javan die Auffassung, daß das vorbildliche Benehmen seinem Bruder wahrscheinlich keine Mühsal abforderte; dennoch freute es ihn, daß Rhys Michael zumindest den äußeren Schein wahrte. Nachdem des Nachtmahls Teilnehmer sich zerstreut hatten, betraute der König Herrn Charlan mit der Aufgabe, vor des Prinzen Gemächern Wache zu halten, und gab ihm den Befehl, jedwedes etwaige nächtliche Streunen zu unterbinden. Am folgenden Vormittag ritt Graf Manfred mitsamt seinem Anhang, Michaela Drummond fügsam in desselben Mitte, zu Rhemuth hinaus, ohne daß noch einmal eine Begegnung zwischen Manfreds Mündel und dem Bruder des Königs stattgefunden hatte.

Schon in der nächsten Nacht setzte Javan Pater Joram über den Vorfall mit Rhys Michael und Michaela Drummond in Kenntnis. Unter dem Vorwand, ein paar Flaschen vortrefflichen Fianners leeren zu wollen, besuchte er gemeinsam mit Charlan und Guiscard des letztgenannten Vater in seiner neuen Unterkunft. Vom Wein konnte Javan allerdings nicht kosten, sondern mußte diesen Genuß den anderen überlassen; statt dessen stellte er sich aufs Geviert der Porta Itineris, winkte ihnen zum Abschied fahrig zu und vollzog die Beförderung zur Michaeliten-Fluchtburg.

Eine halbe Stunde später hatte er in einem kleinen Gemach unweit jener Kammer, darin die dortige Porta

Itineris ihren Standort einnahm, das Vorkommnis Joram, Niallan und Jesse auf geistiger Ebene in allen Einzelheiten mitgeteilt. Sie saßen um einen kleinen Tisch, in Wandhaltern erleuchteten Kerzen das Gemach; es war merklich kühler als in Rhemuth.

»Mittlerweile habe ich das Empfinden, mich über Gebühr erregt zu haben«, bekannte Javan, nachdem sie sich auf die mündliche Verständigung zurückverlegt hatten. »Aber wegen seiner Geisteswehr konnte ich keinen Gehorsam erzwingen. Ich dachte mir, sein Erschrecken über das Vorhandensein unserer Haldane-Magie möchte, anders als die doch durchaus ersichtliche Vernünftigkeit meiner Darlegungen, bei ihm einen heilsamen Eindruck hinterlassen. Zudem kann er mich schwerlich aus schierer Gehässigkeit entlarven, ohne die äußerste Gefahr über sich selbst zu bringen... Und wie verhält's sich denn nun eigentlich mit dem *Merascha?* Wirkt es auf uns Haldanes, oder nicht?«

Joram legte die Fingerkuppen zu einem Giebel aneinander und hob sie, die Ellbogen auf des Stuhls Armlehnen gestützt, ans Kinn. Er und Niallan trugen heute die Michaeliten-Tracht; Joram hatte auch die weiße Schärpe seiner michaelitischen Ordensritterschaft um den Oberkörper geschlungen, und das Weiß glänzte hell im Kerzenschein der im übrigen recht düsteren Räumlichkeit.

»Diese Frage aufzuklären, Sire, dazu haben wir bislang keine Gelegenheit gefunden«, gab Joram dem König Auskunft. »Jener Trank, welchen Euch Rhys Thuryn in der Nacht gab, als Euer Vater verstarb, enthielt auch *Merascha,* aber da waren die erwähnten Kräfte Euch noch nicht zugeeignet worden. Gewiß, Eure Sinne waren in jener Nacht getrübt, jedoch umfaßte der Trank noch mehrere andere Bestandteile, welche ebensogut dafür die Ursache gewesen sein können. Anläßlich Eures Rituals haben wir *Merascha* vorsätzlich fortgelassen, gerade dieweil wir nicht wissen, was für eine Wirkung es auf Euch zeitigen mag.«

»Potzwetter, meint Ihr denn nicht, wir sollten, da die *Custodes* es doch überall verwenden, um Deryni aufzustöbern, wohl lieber darüber Bescheid wissen? Sie haben's sogar Pater Faelan als Mittel zu seiner Beruhigung verabreicht, obschon sie ja daran, daß er kein Deryni ist, keineswegs zweifelten.«

Niallan stieß einen Seufzer aus und lehnte sich in seinen Stuhl, strich sich mit der Hand, an welchselbiger sein Bischofsring funkelte, durch den ordentlich gestutzten, grauen Bart.

»Es ist als großes Glück zu betrachten, Sire, daß man es nicht auch bei dem Aderlaß, welchem man Euch in der Abtei *Arx Fidei* unterzogen hat, zu dem gleichen Zweck benutzte«, sprach der Deryni-Bischof. »Andernfalls wär's uns vielleicht unmöglich geworden, diese Unterhaltung zu führen.«

»Dann seid Ihr also der Ansicht«, fragte Javan leise, *»daß* es auf mich wirkt?«

»Es dünkt mich höchst wahrscheinlich, Sire. Aber machen wir an Euch die Probe und es kommt in der Tat so, ergibt sich daraus ein Nachteil, dessen Ihr vermutlich noch nicht gedacht habt.«

»Welcher Art wäre selbiger Nachteil?«

»Beachtet, Sire, es nicht zu wissen, ist eine Sache. Doch wenn das *Merascha* seine Wirkung auf Euch hat und Ihr habt davon untrügliche Kenntnis, vermöchte dadurch gar wohl Euer tagtägliches Verhalten in einer Weise beeinflußt werden, die sodann Argwohn hervorruft, bevor überhaupt irgendwer auf den Gedanken verfällt, sich Euch mit *Merascha* zu nahen, und Euch infolgedessen einer Prüfung um so schneller näherbringen.«

»Diese lästige Möglichkeit leuchtet mir als Folgeerscheinung sehr wohl ein«, stimmte Javan zu. »Dennoch möchte ich, will's mich deuchen, lieber volle Gewißheit erlangen. Gibt es ein sicheres Verfahren, um uns Klarheit zu verschaffen?«

»Sire, in Eurer Lage kann's keine *sicheren* Verfahren geben«, antwortete Joram. »Erhaltet Ihr von uns *Merascha*, und es wirkt auf Euch, werdet Ihr einen halben Tag lang ohne Besinnung sein und für den Großteil des nächsten Tages unter schlechter Verfassung leiden. Ersteres zu verhehlen dürfte keine Schwierigkeiten bereiten, wenn Ihr das Mittel am frühen Abend einnehmt, Ihr könnt in des Tages Verlauf Beschwerden im Haupt vortäuschen und ganz so tun, als tränkt Ihr deshalb eine Medizin. Aber man erwartet von einem König, daß er an jedem Tag seine Obliegenheiten erfüllt. Entsinnt Euch des greulichsten Brummschädels, welchen ihr nach dem Zechen je hattet, und steigert dessen Scheußlichkeit aufs Zehnfache. Diese Vorstellung mag Euch einen ungefähren Begriff davon zu vermitteln, was Eurer harren könnte.«

»Eingedenk dessen, was ich in dieser Hinsicht in der Vergangenheit mitanschauen mußte, wage ich wahrlich nicht zu hoffen, mir könnte ein vergnügliches Erlebnis bevorstehen«, sprach Javan. »Nichtsdestoweniger bleibe ich bei meiner Ansicht, daß ich bezüglich dieser offenen Frage unanfechtbare Gewißheit haben muß.«

»In mancherlei Beziehung *kann* man sich der Wirkung erwehren, Sire«, äußerte Jesse, ergriff zum erstenmal das Wort. Noch immer empfand Javan die *Custodes*-Tonsur, welche sich Jesse für den Besuch in Rhemuth – welcher dem Zweck gedient hatte, neben der Bücherei die neue Porta Itineris einzurichten – hatte schneiden lassen, als recht befremdlich, obschon Jesse heute Laien-Gewandung trug und die kahle Stelle allmählich zuwuchs. »Man muß erlernen, *wie* es möglich ist, und selbiges ist nur durchführbar, indem man Erfahrungen sammelt, aber die Wirkung *läßt* sich abschwächen – zwar lediglich in begrenztem Umfang und für nur kurze Frist, aber erhaltet Ihr eine bloß geringe Dosis, könnte es entscheidend für Eure Errettung sein. Gleichfalls gibt's Medikamente, mit denen man, wie's während des Erfahrungensammelns gehalten wird, die unangenehmen Folgen abzumildern vermag. Kann man das *Merascha* nicht gänzlich meiden, dann ist's die vorteilhafteste Abhilfe, es weilt ein Deryni zugegen, welcher ein starkes Schlafmittel verabreicht, um dem Betroffenen die Widrigkeiten zum überwiegenden Teil zu ersparen.«

»Diesen Dienst könnte mir Herr Guiscard erweisen«, meinte Javan. »Oder Meister Oriel. Wär's nicht ohnehin klüger, damit einen Heiler zu betrauen?«

»Für Oriel wär's zu gefährlich, Sire«, wandte Jesse ein, erhob sich aus dem Lehnstuhl und schritt gemächlich vor dem kalten Kamin auf und ab. »Ihr habt ihn bisher stets im Hintergrund gehalten, und das war zweifelsfrei klug, also solltet Ihr ihn, um erst gar keine unerbetene Aufmerksamkeit auf ihn zu lenken, niemals für längere Dauer in Euren Gemächern dulden, solang Ihr nicht krank seid, doch geltet Ihr als erkrankt, muß gewißlich allemal ein Königlicher Leibarzt hinzugezogen werden, auf daß auch er sein Urteil über euer Befinden abgibt. Daher wäre es, habt Ihr *Merascha* im Blut, viel zu waghalsig, irgendeine Erkrankung vorzuspiegeln.«

Es schauderte Javan ein wenig vor Grausen, und er fragte sich im stillen, wieviel Joram wohl über eine andere, frühere Gelegenheit wissen mochte, als ein Heiler jemandes Erkranken vorgetäuscht hatte und die Folgen in einen Todesfall mündeten, an welchselbigem Javan sich noch heute wenigstens zum Teil mitschuldig fühlte. Der Heiler war damals Tavis gewesen, Javan der ›Kranke‹ – und den Tod hatte der Heiler Rhys Thuryn gefunden.

»Dann sollten wir, deucht's mich, wohl eher Herrn Guiscard bemühen«, schlußfolgerte Javan, »und verzichten zur Gänze aufs Vorspiegeln einer Krankheit. Es geschieht sehr selten, daß ich, habe ich mich zu Bette begeben, mitten in der Nacht gestört werde. Außerdem bin ich der Überzeugung, daß er und Herr Charlan alles Unliebsame, was uns in die Quere kommen könnte, zu meistern verstehen.«

»Laßt uns hoffen, Sire, daß es sich, falls Ihr fürwahr auf Eurer Absicht beharrt, in der Tat so verhält«, versetzte Bischof Niallan zur Antwort. »Wir werden Guiscard zuvor einer gewissen Unterweisung unterziehen, denn im Falle, daß wirklich die befürchtete Wirkung eintritt, ist's von allerhöchster Bedeutsamkeit, Euch dringlichst und geschwind über die Krisis hinwegzuhelfen. Joram und ich erklügeln die Einzelheiten und lassen sie durch Etienne seinem Sohn übermitteln. Dom Rickart fällt die Aufgabe zu, das *Merascha* sowie die erforderlichen Medikamente bereitzustellen. Ich betrachtete es als am empfehlenswertesten, würde *er* den Versuch und die anschließende Behandlung überwachen, aber damit wäre schlichtweg eine zu große Gefahr verbunden. Unterdessen wollen wir Euren Herrn Bruder unter sorgsamer Beobachtung halten. Ein Erbe, welcher Euch den Thron streitig macht, ist gegenwärtig wahrlich das allerletzte, was Ihr gebrauchen könnt, sei's ein von ihm gezeugter Sprößling Lady Michaela Drummonds – oder etwaig gar Prinz Rhys Michael selbst…«

Während der nachfolgenden Tage ließ Javan jedwede nur erdenkliche Umsicht walten, doch allem Anschein nach entbehrte Bischof Niallans Sorge jeder Berechtigung. Rhys Michael vermied völlig bereits jegliche Erwähnung Michaelas und widmete sich mit augenscheinlichem Eifer der Herausforderung, erwachsen zu werden und an Javans Hof seinen Beitrag zur Bewältigung der mannigfaltigen Fülle von Aufgaben zu leisten, welche es bei des Reiches Beherrschung täglich zu verrichten galt. Nach und nach wagte Javan wieder leichter zu atmen, verzichtete allerdings nicht auf die Vorsichtsmaßnahme, nächstens vor seines Bruders Gemächern eine Wache aufzustellen, damit der Prinz nicht etwa versuchte – wider den geschworenen Eid –, Sendschreiben an seine Herzensdame hinausschmuggeln zu lassen.

Aber anscheinend hatte Rhys Michael tatsächlich jedes Sehnen nach seiner Liebsten aus seinem Trachten und Sinnen verscheucht. Um ihn in seinem dergestalt reiferen Betragen zu bestärken, beschloß Javan, ihn mit größerer Verantwortung auszustatten, ihn in die alle Tage anfallenden Geschäfte der Verwaltung einzubeziehen, deren Erledigung das Königreich verlangte, eine Vorkehrung, welche gleichzeitig sicherstellen sollte, daß sich der Prinz für den Fall, es unterliefen Javan schwerwiegende Fehleinschätzungen, die trotz aller Anstrengungen zu seinem vorzeitigen Ableben führten, mit des Herrschens Anforderungen vertraut machte. Schon recht bald, nachdem Manfred und sein Gefolge aus Rhemuth abgereist waren, setzte Javan seinen Bruder zu Herrn Jerowen in die Kanzlei, und von da an suchte er jeden Tag das Scriptorium auf, um sich dessen zu vergewissern, daß man an der Abfassung der Vollmachten für die Kronvögte arbeitete, welche zur Besichtigung etlicher Landgüter in des Königreichs Gefilde auszusenden er sich vorgenommen hatte.

Rhys Michael persönlich brachte die fertiggestellten Vollmachten mit zur Sitzung des Kronrats, in welcher Javan sie zur endgültigen Beschließung vorzulegen gedachte.

»Meine Anforderungen und die Vorgaben, um Klarheit über die Verhältnisse jener Liegenschaften zu erlangen, deuchen mich durchaus begründet und recht wohlersonnen, Ihr Herren«, wandte sich Javan knapp über eine Woche nach Graf Manfreds Abreise an den Kronrat, nachdem er das Siegel des Hauses Haldane unter die Vollmachten gesetzt und sie unterzeichnet hatte. »Herr Udaut, es ist mein Begehren, daß diese Schriftstücke ohne Säumen zugestellt werden. Geht's nach der Voraussetzung, daß meine Kronvögte ihr Werk innerhalb der vorgegebenen Zeitspanne erfüllen, hoffe ich die ersten Berichte vorliegen zu haben, wenn ich anläßlich des kommenden Weihnachtsfestes Hof halte.«

Der Kronrat erklärt sich als zufrieden mit Javans Anliegen; und der König sammelte inwendig alle seine Entschlossenheit für sein nächstes Ansinnen.

»Eine weitere Sache, der mein hohes Interesse gilt, ist die Begutachtung sämtlicher Gesetze, welcher seit der Rückgewinnung des Throns durch meine Sippe verabschiedet worden sind«, kam er – anfänglich voller Vorsicht – auf das heikle Vorhaben zu sprechen. »Herr Jerowen hat mit der Niederschrift einer Aufstellung begonnen, welche die Gesetze aus meines Vaters Herrschaftsdauer umfaßt, bei dieser Gelegenheit jedoch den betrüblichen Eindruck erlangt, daß gleichartige Aufzeichnungen aus meines seligen Bruders Herrschaft, insbesonders aus dem Zeitabschnitt der Regentschaft, recht selten sind.«

Baron Rhun von Horthness nuschelte etwas, das Javan nicht verstand, und warf Graf Tammaron einen Blick des Mißmuts zu; aber der Reichskanzler, welcher gerade vor sich auf der Ratstafel einen Stapel Urkunden ordnete, räusperte sich mit wichtigtuerischem Gehabe

»Sire, ich wage die Gewißheit zu hegen, daß meine Kanzlei Euch in jeglicher Hinsicht sachdienlichen Aufschluß zu vermitteln vermag, welchen Ihr in diesen Fragen zu haben wünscht«, behauptete der Graf leicht verdrossen. »Ich weiß nicht, wer Euch Gegenteiliges einzureden trachtet, aber auch während der Unmündigkeit des verewigten Königs Alroy sind, wie sich ganz von selbst versteht, allzeit sorgfältige Aufzeichnungen angefertigt worden.«

»Dann habe ich zweifelsfrei falsche Auskünfte erhalten«, antwortete Javan. »Es freut mich über die Maßen, daß Ihr den Irrtum richtigzustellen vermögt.«

»Es ist meine uneingeschränkte Überzeugung, daß Ihr ersehen werdet, Sire, es befindet sich alles in schönster Ordnung.«

»Vorzüglich«, bemerkte Javan dazu, schenkte der Runde ein leutseliges Lächeln. »Meines Erachtens ist's von großer Wichtigkeit, daß derlei Aufzeichnungen greifbar sind, oder nicht? Eine zusammengefaßte, allgemeine Übersicht der Gesetze kann eine erhebliche Hilfe sein, um die Gewähr ihr einheitliche Auslegung und Anwendung zu bieten, und dergleichen ist ja, darin werdet Ihr mir sicherlich zustimmen, das Wesen wohlverstandenen Herrschens und Verwaltens. Ich bitte Euch, Reichskanzler, sorgt mir dafür, daß Herr Jerowen Einsicht in selbige Niederschriften erhält.«

Diese Weisung ließ sich schwerlich beanstanden; Javans nächste Nachfrage jedoch rief bei etlichen Kronräten, zumal den Klerikern, deutlich stärkere Unruhe hervor – denn er stellte Fragen nach den die Deryni betreffenden Beschlüssen des Konzils von Ramos.

»Ich bin mir vollständig dessen bewußt, Ihr Herren, daß ich damit einen schwierigen Gegenstand anspreche, doch weiß ich – so genau, wie Ihr's wißt –, ich bin noch recht jung und muß mich daher erst darum bemühen, so manches zu durchschauen, was Euch als selbstverständlich dünkt. Welches sind, Pater Paulins Glaubenseifer einmal ausgenommen, die genauen Beweggründe für diese außerordentliche Synode gewesen? Vermag mir jemand darüber Erläuterungen zu geben? Und auf welcher theologischen Grundlage ward das Derynitum als solches zur Satanei an und für sich erklärt? Es mag sein, Ihr setzt in mich die Erwartung, in derlei bedeutsamen Angelegenheiten Bescheid zu wissen, dieweil ich meine Erziehung ja größtenteils im Kloster genossen habe, doch muß ich bekennen, daß meine Kenntnisse in dieser Beziehung beklagenswert lückenhaft sind.«

»Sire«, entgegnete Erzbischof Hubertus in kaltem Tonfall, »diese Fragestellungen erachte ich als zum gänzlich falschen Zeitpunkt aufgeworfen, dieweil Pater Paulin, wie Ihr selbst erseht, noch nicht zurückgekehrt ist und Euch daher keine Antworten erteilen kann.«

»Ei wahrhaftig, ich will wohl meinen, Herr Erzbischof, ihm stand unterdessen eine fürwahr reichliche Frist zur Verfügung, um den Toten zu bestatten und sich am Königshof wiedereinzufinden«, erwiderte Javan, verschwieg dabei indessen den eigentlichen, insgeheimen Grund, weshalb ihm Paulins Ausbleiben Sorge bereitete. In der vergangenen Woche hatte nämlich Pater Faelan sich zum erstenmal in der Abtei *Arx Fidei* zurückmelden müssen – diese Besuche waren ja einmal je Mond angesagt –, und obzwar es seitens Javans um mehrere Tage hinausgezögert ward, seinen Beichtvater gehen zu lassen, ließ es sich schlechterdings letztlich doch nicht vermeiden, und der König mußte sich darauf verlassen, daß er und seine Getreuen zu Faelans Schutz alles nur Erdenkliche getan hatten. Doch auch bei Berücksichtigung des verspäteten Aufbruchs hätte der Geistliche schon vor zwei Tagen, spätestens jedoch am gestrigen Tag, wieder in Rhemuth anlangen müssen.

»Denn bedenkt«, fügte Javan seinen zuvorigen Ausführungen leicht gereizt hinzu, »durch die Abwesenheit jener, welche auf Fragen verläßlichen Ratschluß zu geben vermögen, wird dieses Kronrats Wirken ja ohne Not erschwert. Wenn ich über meines Königsreichs Zustände keinen hinlänglichen Aufschluß habe, muß ich mich zwangsläufig mit derlei Fragen an solche Leute wenden, die mir einsichtig zu machen imstande sind, was sich zu Lebzeiten meiner Vorgänger zugetragen hat und weshalb es so und nicht anders kommen mußte, zumal wenn davon beträchtlicher Einfluß auf meine eigenen Überlegungen und Bestrebungen ausgehen dürfte. Warum also ist Pater Paulin noch nicht zurückgekehrt? Ist's Euch bekannt, Eure Exzellenz? Weiß irgendwer unter den Anwesenden darüber Bescheid?«

Erzbischof Hubertus' Miene widerspiegelte unverkennbar Unbehagen. »Sire, ich vermöchte mir sehr wohl ernstlich vorzustellen, daß er durchs verfrühte Hinscheiden Bruder Serafins zur Erledigung angefallene, etwelche Angelegenheiten seines Ordens zu regeln hat.«

Damit hielt der Erzbischof sich gewißlich zumindest zum Teil an die Tatsachen; dergleichen hatte Javan sich allerdings längst ohne irgend jemandes Hinweise selbst denken können. Unklar hingegen blieb ihm, weshalb die Fragen Hubertus solches Mißbehagen einflößten, wiewohl er sich im Hinblick auf die Ursache durchaus mancherlei auszumalen wußte.

»Ach, seht an«, äußerte Javan. »So muß ich wohl annehmen, daß auch Bruder Albertus' Fortbleiben durch ›etwelche Angelegenheiten seines Ordens‹ entschuldigt werden soll? Eure Exzellenz, niemand kann zwei Herren dienen. Es mißfällt mir ganz und gar und wird von mir in aller Schärfe mißbilligt, daß mein Großzeremonienmeister nicht mit vollauf zuverlässiger Regelmäßigkeit bei den Zusammenkünften des Kronrats anwesend ist.«

In Wahrheit war ihm Albertus' Fortsein zur Gänze angenehm, denn er hätte viel lieber einen anderen Mann zum Großzeremonienmeister gehabt. Aber durchs Fortsetzen des Wortwechsel hoffte Javan, daß Hubertus im Gespräch irgend etwas preisgab, wovon er noch keine Kenntnis hatte.

Doch der Erzbischof bewahrte dazu Schweigen. »Eure Majestät sollten beachten«, meinte statt dessen Rhun von Horthness, »daß durch Bruder Serafins' Ableben besondere Umstände eingetreten sind. Ich bin der festen Überzeugung, daß beide, Bruder Albertus wie auch Pater Paulin, beizeiten wiederkehren werden.«

Soviel war aus jedermanns Warte vollkommen offensichtlich, verriet aber Javan nach wie vor nichts, was er nicht schon gewußt hätte. Daher beschloß er, das Streitgespräch bis auf weiteres zu beenden, weil er absah, daß es Paulin gehörig ärgern mochte, wenn er zurückgekehrt war – letzteres zusammen, wie Javan sich erhoffte, mit Pater Faelan. Bis dahin mußte der König wohl oder übel darauf bauen, daß die Verzögerung auf keine verhängnisvollen Begebenheiten beruhte, sondern lediglich auf Zweckmäßigkeitserwägungen, sein Beichtvater wartete – man ihn zum Warten anhielt –, bis Paulin und Albertus sich zur Rückkehr an den Königshof entschlossen und die *Custodes*-Mitglieder gemeinsam dorthin aufbrechen konnten. Um den Kronrat mit anderem Gesprächsstoff abzulenken, veranlaßte Javan Herrn Jerowen, während des restlichen Nachmittags einen Überblick der bereits von ihm verfaßten Beschreibungen zur bisherigen Gesetzgebung vorzutragen.

Am Abend lud Javan seinen Bruder Rhys Michael zum Speisen in die Königlichen Gemächer ein, dieweil der Prinz sich verwundert über den in des Kronrats Sitzung erfolgten Wortwechsel hinsichtlich der angeblichen Mängel in den Aufzeichnungen der Gesetzgeber sowie der Ursprünge des Konzils von Ramos geäußert hatte. Zudem versprach sich Javan von dem Beisammensein, sich nun, nachdem Michaela Drummond seit über einer Woche von Hofe fort war, einen Eindruck von des Bruders Empfindungen verschaffen zu können. Ferner hatte der König sich dafür entschieden, den Prinzen über die eigentlichen Hintergründe des Gerangels um Faelan aufzuklären, damit Rhys Michael die Ursache der Feindseligkeit, welche Javan immer offenkundiger wider Paulin an den Tag legte, zu begreifen vermochte.

Während sie zum Nachtmahl gebratenes Geflügel, Fleischküchlein sowie anschließend Käse und Obst verzehrten, erzählte der König seinem Bruder, wie man den unschuldigen Pater Faelan in der Abtei *Arx Fidei* aus keinem anderen als dem Grund, ihm nach Möglichkeit Aufschlüsse über seine Freundschaft mit dem Herrscher und desselben Beweggründe, aus denen er gerade ihn zum Beichtvater wünschte, entlocken zu können, noch ehe er sich an den Hof begab, fühllos verhört und gar herzlos gemartert hatte. Rhys Michael betrachtete es als schier unvorstellbar, daß Klosterregeln zu dem Trachten mißbraucht worden sein sollten, um jemanden einzuschüchtern und ihm Wissen zu entpressen, Faelan nicht allein zum Verrat an Freund und König anzustiften, sondern sogar zum Bruch des Beichtgeheimnisses.

»Diese frommen Schlingel hatten's wirklich und wahrhaftig im Sinn, Sire, ihn verbluten zu lassen?« fragte Prinz Rhys Michael, konnte lange überhaupt nicht fassen, was er da vernommen hatte.

»Allemal haben sie's ihm angedroht.« Javan trank einen Schluck Wein. »Glaube mir, kaum jemals ist dir hilfloser zumute, als wenn du mitanschauen mußt, wie das Lebensblut aus deiner Ader rinnt und du weißt, daß es im Belieben derjenigen steht, welche in dieser Stunde über dich die Macht ausüben, ob sie den Blutfluß rechtzeitig unterbinden oder dich zu Tode verbluten lassen.«

»Aber so etwas täten sie doch wohl nicht in Wirklichkeit, Sire«, meinte Rhys Michael halblaut.

»Hängt das nicht davon ab, was sie zu gewinnen erhoffen? In Pater Faelans Fall verhielt es sich ja so, daß er das liebe Leben behalten durfte, weil sie ihn als Kundschafter wider mich einzusetzen wünschten. Indessen gaben sie sich aber keineswegs mit dem Aderlaß zufrieden. Nachdem sie seine Widerstandskraft durch Fasten, Geißelung und Aderlaß maßgeblich geschwächt hatten, verabreichten sie ihm Betäubungsmittel und ließen ihn der Ausforschung durch einen Deryni unterziehen.«

Rhys Michael riß die Augen auf. »Ihnen steht ein Deryni zu Gebote, Sire?«

»Ja, Paulin von Ramos hat einen in seinen Diensten«, bestätigte Javan ergrimmt. »Ich weiß es erst seit kurzem. Abgesehen davon, daß er Dimitri heißt, ist mir wenig über ihn bekannt. Zum Glück hat er allem Anschein nach an Faelan nichts verbrochen, außer bei ihm eine Wahrheitsprüfung vorzunehmen, derweil Lior und Serafin ihn befragten. Doch selbst wenn es diesen Dimitri nicht gäbe, sie könnten ihm ja jederzeit sonstige Scheußlichkeiten zufügen. Wie du dir mit Leichtigkeit denken kannst, hat Faelan freilich nicht unbedingt danach gelechzt, in die Abtei zurückzukehren. Dennoch hat er sich aus Treue zu mir hinbegeben. Und nun bleibt er aus…«

Schwer schluckte Rhys Michael und lehnte sich in seinen Sitz, dachte offenbar angestrengt nach über die vom König erhaltenen Angaben. Anscheinend nahm er Javans kürzliche Vorhaltungen in bezug auf seine Zecherei ernst, denn er trank heute abend nur in maßvoller Menge Wein. Nach kurzem Schweigen streckte er den Arm nach einer Zinnschale aus, pflückte von den Reben, welche darauf lagen, eine Weintraube und schob sie sich zerstreut in den Mund.

»Allmählich verfestigt sich bei mir der Eindruck, Sire«, sprach der Prinz in tiefer Versonnenheit, »daß Eure wahren Feinde weniger die einstigen Regenten denn vielmehr die *Custodes* sind.«

Javan wölbte die Brauen und lehnte sich gleichfalls zurück, drehte seines Weinkelchs Stiel zwischen den Fingern. Auch er achtete heute darauf, wieviel er trank, um dagegen vorzubeugen, daß ihm das Gespräch entglitt. Zur Mahlzeit hatte er einen Becher reinen Weins getrunken; seither allerdings verdünnte er – ebenso wie Rhys Michael – den Wein stark mit Wasser.

»Da wäre ich mir nicht so sicher«, gab Javan zur Antwort. »Bedenklicherweise sind indes mancherlei Überschneidungen vorhanden. Hubertus sitzt im Kronrat und wird in allem, was die *Custodes* treiben, ihre Sache vertreten. Ich muß es mit ihm aushalten, bis er das Zeitliche segnet, dieweil der Primas von Gwynedd dem Kronrat angehören *muß.* Mit Albertus als Großzeremonienmeister haben die *Custodes* einen weiteren mächtigen Befürworter im Kronrat. Freilich könnte ich mich seiner entledigen, habe jedoch die leidige Tatsache zu berücksichtigen, daß ich kaum einen zweiten dermaßen fähigen Heerführer kenne. Wahrscheinlich käme Rhun in Frage, aber eher als ihn wollte ich wahrlich einen Hofnarren an Albertus' Stelle sehen. Ich werde ihm nicht vergessen, wie er vor vier Jahren mit den Gabrieliten umgesprungen ist… Außerdem war auch er einer der Regenten. Oriss zählte schon zum vorherigen Kronrat, obschon er niemals zu den Regenten gehörte, und ist Hubertus' Untergebener, folglich steht er den *Custodes* nahe. Gott sei Dank kommt uns wenigstens Murdoch nicht mehr in die Quere. Tammaron ist im Grunde genommen ein redlicher, rechtschaffener Mann, aber nur ein Einzelner. Unter meinen Anhängern, welche ich dem Kronrat eingegliedert habe, befindet sich niemand, der auch bloß im entferntesten einen so hohen Rang wie jemand von den Vorerwähnten hätte.«

Mit vollem Vorsatz war es geschehen, daß er Manfred MacInnis ungenannt gelassen hatte; darum verstimmte es ihn in gelindem Maß, als Rhys Michael, der es offenbar bemerkte, ihn auf den Grafen ansprach.

»Und Graf Manfred traut Ihr auch nicht über den weg, Sire?« erkundigte sich der Prinz.

Javan hob die Schultern. »Er ist Hubertus' Bruder. Stünde er vor der Wahl, wem gälte wohl seine Treue? Mir nicht, dessen darfst du getrost gewiß sein.«

Von einer Rebe brach Rhys Michael nun einen ganzen Stengel mit einer Handvoll Weintrauben und rupfte gelegentlich mit den Lippen eine einzelne Traube ab.

»Auch aus diesem Grund habt Ihr frohlockt, als er Rhemuth verließ, nicht wahr, Sire?« fragte er. »Ihr habt zwei Fliegen mit einer Patsche schlagen können.«

»Sinnst du etwa darauf, mich hinsichtlich Michaela Drummonds umzustimmen?« stellte Javan eine Gegenfrage; in der Tat war er davon überzeugt, daß sein Bruder auf genau das und nichts anderes abzielte.

Rhys Michael zupfte abermals eine Weintraube vom Stengel und zerbiß sie zwischen den Zähnen.

»Ich bin unvermindert der Ansicht, Sire, daß Eure Befürchtungen im Zusammenhang mit ihr ganz und gar unbegründet sind«, sprach der Prinz. »Bei den *Custodes*, ich geb's freimütig zu, zeigt sich, sie sind weitaus gefährlicher, als irgendwer es sich jemals hätte träumen lassen...«

»Wahrhaftig nicht gefährlicher, als allerdings *ich* es von ihnen erwartet habe«, fiel Javan seinem Bruder ins

Wort. »Schon am Tag ihrer Ordensgründung war mir unzweifelhaft und vollauf zur Gänze klar, daß uns von ihnen ernste Scherereien dräuen.«

»Nun ja, so erhaben-edlen Mutes wie einst die Michaeliten sind sie freilich nicht, Sire«, gestand Rhys Michael dem König zu. »Aber auch die Michaeliten haben ja dann und wann Mißhelligkeiten verursacht.«

»Niemals auf solche Art und Weise«, antwortete Javan mit Nachdruck. »Mag ihnen Übles nachsagen, wer will, sie haben allzeit treu zur Krone gestanden.«

»Aber etliche von ihnen«, wandte Rhys Michael voller Unbehagen ein, »waren Deryni, Sire.«

»Gewiß, aber ich weiß nur von einem einzigen derynischen Michaeliten, welcher einen Haldane hintergangen hat, und er befand sich dabei unter dem Joch eines magisch-geistigen Zwangs.«

Wißbegierig reckte Rhys Michael das Haupt. »Wer ist das gewesen, Sire?«

»Ein Ordensgeistlicher mit dem Namen Humphrey von Gallareaux. Tavis hat mir einmal davon erzählt. Jene Verräterei ereignete sich, bevor unser Vater den Thron zurückerrang. Der Deryni-König Imre hatte Humphreys Geist vollständig unter seine Knute gebracht. Nach unseres eigentlichen ältesten Bruders Geburt – ich rede von jenem Sohn, welcher unserem Vater schon vor Alroy geboren ward – gelang es selbigem Humphrey, bei der Taufe zugegen zu sein und sich als Helfer des Priesters, welcher die Taufe vollziehen sollte, zu betätigen. Des Knaben Name sollte Aidan Alroy Camber lauten.«

»Bislang vermeinte ich, Sire«, merkte Rhys Michael an, »er sei schon bei der Geburt verstorben.«

»Nein, er ist fast drei Wochen alt geworden. Humphrey vergiftete das Taufsalz. Das Entsetzen über seines Erstgeborenen Meuchelung rief irgendwie bei Vater die Haldane-Magie wach, so daß er geistig *erkannte,* wer der

Täter war, und bei jener Gelegenheit benutzte er zum erstenmal seine besonderen Kräfte, nämlich um seines Söhnleins Mörder zu zermalmen…« Javan atmete tief durch. »Naturgemäß trug Humphrey keine wahre Schuld, so wenig wie Faelan dafür Schuld zugemessen werden kann, daß die *Custodes* darauf sinnen, ihn für ihre Zwecke einzuspannen.«

Rhys Michael schüttelte den Kopf.

»Unsere Feinde bedienen sich allzu gerne mißbräuchlich der Unschuldigen, Rhysem«, ergänzte Javan seine zuvorigen Darlegungen. »Daran darfst du nie und nimmer auch nur den leisesten Zweifel hegen. Ob unsere Gegner Menschen oder Deryni sind, bleibt einerlei, keine Art von Halunken hat irgendwelche Bedenken dagegen, alles und jeden für ihre schurkischen Zwecke hinzuopfern, seien's nun ehrbare Geistliche wie Humphrey oder Faelan, seien's gar noch Wehrlosere… Weiber, Kinder, ja selbst Säuglinge. Gedenke der Gemahlin Declan Carmodys und seiner kleinen Söhne, deren Leben man mit der gleichen Achtlosigkeit ausgelöscht hat, wie wir, du und ich, einer Kerze Flämmchen ausblasen. Und denke an Giesele MacLean, von welcher ich – vernimm meine Worte! – mit vollkommenster Unerschütterlichkeit die Überzeugung hege, daß sie auf Geheiß der Kronräte dem Tode überantwortet ward, damit einer ihrer ruchlosen Sprößlinge Gieseles Schwester zu ehelichen vermochte. Geradeso trachtet man heute danach, Michaela Drummond zu mißbrauchen, um durch sie und dich an einen neuen Thronerben zu gelangen, und anschließend drohte uns nach allerhöchster Wahrscheinlichkeit ein ähnliches Los wie Giesele MacLean, Carmodys Anverwandten oder unserem einstigen Brüderlein Aidan.«

Stumm starrte Rhys Michael in offensichtlicher Entgeisterung den König an; dann stieß er ein unsicheres Auflachen aus.

»Sire, Euer Einbildungsvermögen schlägt ja wahre Purzelbäume«, behauptete er mit gepreßter Stimme. »Ihr verfolgt die Absicht, mir Bangen und Verzagtheit einzujagen, damit ich Michaelas entsage.«

»Wahrlich, läge mir an nichts anderem, als dir Grausen einzuflößen«, antwortete Javan mit betont ruhiger Stimme, »ich wüßte dir mancherlei Dinge zu zeigen, angesichts welcher dir das Haar weiß würde und du dir das Beinkleid benäßt.« Er streckte die Hand aus, und zwischen seinen Fingern knisterte ein Funke. »Möchtest du ein Beispiel sehen?«

Vernehmlich schluckte Rhys Michael; als Javan die Hand in die Höhe hob und auf seinem Handteller die noch verschwommenen Umrisse irgendeines *Etwas* entstanden, schüttelte der Prinz das Haupt.

»Schon gut, ich glaube Euch, Sire«, beteuerte er in gedämpftem Ton, atmete verhalten auf, als Javan die Hand senkte und das Glosen verflimmerte. »Aber sagt an, sorgt Ihr Euch denn tatsächlich, Paulin könnte Pater Faelan etwas angetan und sich deshalb beide noch nicht bei Hofe wiedereingefunden haben...?«

»Nun, ich denke mir, es bleibt uns eigentlich nichts anderes übrig als abzuwarten und des Kommenden zu harren«, sprach Javan. »Aus naheliegenden Gründen kann ich keine genaueren Erkundigungen einholen. Schließlich will ich nicht einmal, daß meine Widersacher wissen, wieviel ich darüber, was Pater Faelan bisher schon ihrerseits zugefügt worden ist, erfahren habe. Sollte er jedoch von ihnen ermordet worden sein...«

# XXIX. Kapitel

*Sie fließen über von frechen Reden;*
*es prahlen alle Übeltäter.*

Psalm 94,4

Glücklicherweise brauchte Javan über die Frage, was er tun sollte, falls Pater Faelan tot war, nicht zu entscheiden, denn schon am darauffolgenden Tag kehrte Paulin mit einer Anzahl von Begleitern, unter ihnen – in stiller, verschüchterter Verfassung – auch des Königs Beichtvater, nach Rhemuth zurück. *Ich habe es dir doch gesagt*, stand in dem Blick zu lesen, welchen Rhys Michael seinem Bruder zuwarf, als man ihnen die Nachricht von der *Custodes*-Geistlichen Ankunft überbrachte.

Erst am Abend, im Anschluß an die Abendandacht in der Königlichen Kapelle, vermochte Javan einen Vorwand zu erfinden, um unter vier Augen mit Faelan ins Gespräch zu kommen. Unmittelbar nach Beendigung der nachmittäglichen Sitzung des Kronrats entschwand Paulin mit Erzbischof Hubertus, doch Pater Lior hatte es sich nicht nehmen lassen, Faelans Andachtsfeier beizuwohnen.

»Pater, ich verspüre den Wunsch zu beichten«, wandte sich Javan mit ein wenig lauterer Stimme als erforderlich an Faelan, denn von dem Platz hinten in der Kapelle, wo er gekniet hatte, nahte bereits Pater Lior.

Unverzüglich entfernte sich Lior, und Pater Faelan wich untertänig beiseite, um den König zur Sakristei vorausstreben zu lassen. Markig stellte sich der getreue

Charlan vor der Sakristeitür als Wache auf; auch Guiscard verblieb in der Kapelle, kniete in demütiger Haltung, die Arme vor der Brust verschränkt, das dunkle Haupt in die Hand gestützt, im seitlichen Gestühl, als wäre er zutiefst ins Gebet versunken, derweil er in der Tat Lior im Augenmerk behielt.

Wie sie es sich im Verlauf der vergangenen Monde angewöhnt hatten, begab sich Faelan ohne Säumen zu dem niedrigen Sitz neben dem Betstuhl, den er regelmäßig benutzte, um vor und nach der Messe seine Gebete gen Himmel zu senden, und wo er überdies häufig die Beichte abnahm, und Javan kniete sich in den Betstuhl, um für den Fall, daß sie wider Erwarten – trotz Charlans wachsamer Hut und Schirm – jemand stören sollte, den äußeren Schein zu wahren. Bevor der König Pater Faelans Darstellung der zwischenzeitlichen Ereignisse vernommen hatte, so wie die *Custodes* sie an ihn übermittelt zu haben wünschten, beabsichtigte er nicht auf jene arkanen Mittel zurückzugreifen, welche ihm zu weitergehenden Aufschlüssen verhelfen konnten.

»Segne mich, Pater, denn ich habe gesündigt«, raunte Javan. »Bist du wohlauf?«

Faelan hatte die Fäuste im Schoß gefaltet und das Haupt geneigt, als sollte er tatsächlich Javans Beichte vernehmen; er hob nicht den Blick, als er des Königs Frage vernahm, rang nur krampfhaft ein wenig die Hände.

»Dieses Mal hat man mir… keine leiblichen Zumutungen auferlegt, Sire«, lautete seine Antwort.

Ohne ein Wort zu äußern, packte Javan mit einer Faust Faelans gefaltete Hände, um zu verhüten, daß der Geistliche sie ihm entzog, sodann schob er mit der freien Hand zuerst den einen, danach den anderen Ärmel des Paters aufwärts, suchte nach Anzeichen für einen etwaigen Aderlaß. Faelan erstarrte, duldete aber des Königs Maßnahme ohne Aufbegehren; die Anspannung wich erst aus des Geistlichen Gliedmaßen, als Javans Hände wieder auf dem Betstuhl ruhten. In des Priesters Miene ließen sich, sobald er das Angesicht zu guter Letzt seines Herrschers Antlitz entgegenhob, Trostlosigkeit und Zerrüttung erkennen.

»Ich weiß nicht, ob es mir möglich ist, Euch fortgesetzt in dieser Art und Weise zu dienen, Sire«, flüsterte Pater Faelan mit brüchiger Stimme.

»Wie ist man denn diesmal mit dir verfahren?«

Faelan senkte den Blick zurück auf seine ineinander verschlungenen Hände, schöpfte langsam und gründlich Atem, um Mut zu sammeln.

»Mir… ward weniger strenge leibliche Kasteiung auferlegt«, erklärte er. »Dennoch grauste es mich fast so sehr, Sire, als wären sie hart zu mir gewesen. Ich mußte mich ja stets an das letzte Mal erinnern… und der Gefahr einer Wiederholung gegenwärtig sein.«

»Was ist tatsächlich geschehen?« beharrte Javan auf einer klaren Auskunft.

»Die ersten beiden Tage, Sire, mußte ich wach im *disciplinarium* zubringen«, erzählte Faelan mit nun festerer Stimme, »bei Wasser fasten und mich mit gewissen Gebeten der inneren Einkehr widmen. Zum Schlafen gewährte man mir kaum Gelegenheit. Die Messe durfte ich erst am dritten Tag besuchen, und zwar kurz bevor der Abt mich in den Sonnensaal bestellte. Außer ihm waren Pater Paulin und Bruder Albertus anwesend, außerdem Pater Lior und ein Laienbruder, welcher als Schreiber meine Antworten auf die Fragen schriftlich festzuhalten hatte…«

»Berichte mir weiter.«

»Man hat sich… ausschließlich nach Euch erkundigt, Sire. Man wünschte zu erfahren, was ich beobachtet hätte, worüber unter uns Rede geführt worden wäre, was ich von anderen Leuten aus Eurer engsten Umgebung gesehen und vernommen hätte. Und es ward nach Euren Beichtbekenntnissen gefragt. So galt's mir denn als ein großes Glück, daß Ihr mir gestattet habt, darüber zu sprechen. Freilich gab's in dieser Hinsicht ja nichts Bemerkenswertes zu vermelden. Und dieweil ich allemal in Eurem Umkreis niemals irgend etwas Auffälliges miterlebt habe, das außer der Regel gewesen wäre, vermochte ich auch sonst nichts Ungewöhnliches zu sagen.«

Diese Aussage enthielt ohne allen Zweifel die buchstäbliche Wahrheit, so wie Faelan sie im Gedächtnis hatte, aber Javan war vollkommen klar, daß die Vernehmung seitens der *Custudos* weit über das, was Faelan erzählt hatte, hinausgegangen sein mußte; der König hatte nicht vergessen, daß er selbst bestimmte Ereignisse, welche sich vor der Krönung zutrugen, aus des Geistlichen Erinnerung ausgemerzt hatte, insbesondere die Vorkommnisse der Nacht, in welcher Bruder Serafin der Tod ereilte.

»Neige dich näher zu mir, Pater«, flüsterte Javan, legte die Hand, sobald der Priester gehorchte, auf dessen Stirn. »Nun schildere mir *alles,* was sich an den vergangenen Tagen in der Abtei begeben hat.«

Bei der Berührung krampfte sich Faelan unwillkürlich zusammen, wollte das Angesicht halb abwenden, doch Javan packte, um es zu verhindern, mit der anderen Faust den Geistlichen im Nacken; sobald er in Faelans Geist Einblick nahm, entdeckte er ein recht nachlässig verordnetes Gebot, aus eigenem Antrieb nichts von dem auszuplaudern, was sich beim Abt ereignet hatte. Selbiges Verbot aufzuheben stellte Javan vor gar keine Schwierigkeiten; und was Faelan daraufhin, der Hemmung ledig, zu enthüllen wußte, erschreckte den König – obwohl es ihm beileibe keine Überraschung bereitete.

»Nun unterrichte mich mit deinen eigenen Worten

über deine sämtlichen Erlebnisse, Pater«, befahl Javan im Flüsterton, ließ die Hände auf des Mönchs Schultern hinabrutschen. »Du vermagst dich jetzt, du wirst's ersehen, auf alles zu besinnen.«

Faelan sprach langsam, als befände er sich in einem Zustand irgendwie gearteter Umnachtung, seine dunklen Augen schienen durch Javan, der höchst aufmerksam seinen Worten lauschte, stracks hindurchzustarren.

»Der Laienbruder... ist einmal beim Namen genannt worden«, murmelte Faelan. »›Meister Dimitri‹ ward er gerufen... Man befragte mich bezüglich jener Nacht, in welcher Bruder Serafin verstarb... und anstatt daß Dimitri meine Antworten niederschrieb, ruhte unentwegt auf mir sein Blick...«

In jenen Gemächern des Domkapitels, welche Erzbischof Hubertus bewohnte, wenn er sich in Rhemuth aufhielt, berichtete währenddessen Paulin von Ramos seinem Vorgesetzten über andere Seiten der gleichen Geschichte.

»Infolgedessen hat sich der Eindruck verstärkt, daß bei Bruder Serafins verfrühtem Tod keine anderen Umstände mitwirkten, als sie sich uns unmittelbar nach seinem Ableben aufdrängten«, stellte Paulin fest. »Ich wüßte keinen Anlaß, Eure Exzellenz, um anzuzweifeln, daß ihn das Herz im Stich gelassen hat. Allein Pater Lior befand sich, als es geschah, in seiner Nähe, und an jenem Tag war es unerhört heiß gewesen.«

Hubertus hatte seines Untergebenen Ausführungen beinahe ungeduldig gelauscht, dieweil er von Anfang an die Überzeugung vertrat, daß Paulin vergebliche Mühe betrieb – denn nach des Erzbischofs Auffassung war Serafin eines natürlichen Todes gestorben –, ließ es sich aber aus Pflichtbewußtsein dennoch nicht nehmen, eine mehr als naheliegende Frage zu äußern.

»So, allein Pater Lior war in seiner Nähe«, wiederholte Hubertus. »Und es liegt wohl keinerlei Berechtigung zu dem Verdacht vor, Lior könnte dabei die Hand mit im Spiel gehabt haben?«

»Nicht im allerentferntesten, Exzellenz.«

»Nun wohl... Wär's denn denkbar, irgendwer hat Serafin auf irgendeine Weise Gift oder vergleichbare Mittel so untergeschoben, daß es anschließend den *Schein* erregte, er sei an Herzversagen gestorben?«

Paulin schüttelte das Haupt. »Mehrere Stunden lang hatte er nichts gegessen und getrunken, Exzellenz, und das Nachtmahl im Verein mit anderen Brüdern eingenommen, darunter auch Lior. Dabei wurden gemeinsame Gefäße benutzt. Es gibt nichts, was es uns erlaubte, eine solche Einwirkung zu vermuten.«

Bedächtig schöpfte er Atem, als erwöge er Weiteres hinzuzufügen; achtsam hob Hubertus das Haupt.

»Verweist etwa irgend etwas auf eine andere Art des Einwirkens?« wünschte der Erzbischof zu erfahren.

Paulin hatte an einem der befransten Zipfel seiner karmesinroten Schärpe genestelt; nun glättete er versonnen selbigen Schärpenzipfel, derweil er über Hubertus' Frage nachdachte. »Um diese Möglichkeit drehen meine Überlegungen sich in der Tat immerzu, Exzellenz. Wie Euch gewißlich völlig klar ist, haben wir Pater Lior sowohl am Tag nach Serafins Tod wie auch nach der Rückkehr in die Abtei mit alleräußerster Gründlichkeit befragt. Bei ersterer Befragung hat er davon nichts erwähnt, das zweite Mal dagegen, bei genauerer Nachforschung, wollte es... den Anschein haben, daß er sich an einen vor Serafins Verscheiden stattgefundenen Besuch bei Pater Faelan entsann. Ich hatte Euch bereits anläßlich einer früheren Erörterung mitgeteilt, Exzellenz, daß es Pater Liors und Pater Serafins Vorsatz gewesen war, ihn im Laufe der nächsten Tage ins Verhör zu nehmen, doch Lior in seiner erstmaligen Beschreibung der Vorgänge jener selben Nacht dessen überhaupt keinerlei Erwähnung mehr tat…«

»Gedenkt Ihr damit anzudeuten, er hätte absichtlich etwas verschwiegen?«

Ein zweites Mal schüttelte Paulin von Ramos das Haupt. »Nein, ich glaube, Eure Exzellenz, wir haben's lediglich mit einer Auslassung zu tun, welche in Anbetracht des schwerwiegenden Vorfalls jener Nacht als durchaus verständlich erachtet werden mag. Nichtsdestoweniger hat noch etwas anderes unsere Aufmerksamkeit geweckt. Ein…« Er schaute Hubertus an und stieß einen Seufzlaut aus. »Wohlan, sei's drum, Exzellenz, um Euch davon in Kenntnis zu setzen, muß ich Euch zuvor einen weiteren Sachverhalt offenbaren. Als ich vorhin von ›genauerer Nachforschung‹ sprach, war's so zu verstehen, daß… Wisset, es verhält sich nämlich dergestalt, Exzellenz, daß ich vor einiger Monde Frist einen Deryni in meine Dienste genommen habe.«

»Ihr habt *was?*«

»Seid unbesorgt, Exzellenz. Ich habe alle zur Sicherheit notwendigen Vorkehrungen in die Wege geleitet. Dieser Deryni trägt den Namen Dimitri. Eine Schar meiner Ordensritter begegnete ihm und seinem Bruder auf der Rückkehr aus Forcinn an Bord eines in Fianna ausgelaufenen Schiffs. Selbiger Bruder, seines Namens Collos, war mit einem heftigen Fieber geschlagen, so daß einer unserer Feldschere sich dessen unterfing, ihn hilfreich einer genesungsträchtigen Behandlung zu unterziehen.«

»Gottsakrament, ich traue ja wahrlich meinen Ohren nicht«, knirschte Erzbischof Hubertus durch die zusammengebissenen Zähne.

»Ich bitte Euch gar inständig, Exzellenz, lauscht meiner Erklärung, ehe Ihr Euch ansteht, voreilig über mein Verhalten ein Urteil zu fällen. Sobald der Krankheit

Krisis vorüber war und zweifelsfrei feststand, daß nämlicher Collos am Leben bleiben sollte, ward ersichtlich, beide sind Deryni, und meine Ordensritter erfuhren, der andere Bruder, besagter Dimitri, war in Vezaire Landvogt gewesen und dort, dieweil man ihm übelsten Amtsmißbrauch sowie etwelcher Kassengelder Unterschlagung vorwarf, seines Amtes enthoben worden. Er selbst behauptet freilich, man hätte ihn übertölpelt, was womöglich wahr sein mag, ebensogut aber auch erstunken und erlogen sein kann. Die Mannschaft des Schiffes hing wohl eher der Ansicht an, daß in der Tat mißgünstige Neider Dimitri vermittelst tückischer Fallstricke ins Unglück gestürzt hätten...«

Hubertus verdrehte, derweil Paulin das Geständnis fortsetzte, die Augen himmelwärts.

»Mag dem gewesen sein, Exzellenz, wie's will, selbiges Brüderpaar schwebte also in elender Lage. Collos wäre nahezu mit Gewißheit verreckt, hätte mein Feldscher nicht eingegriffen – von welcher Hilfeleistung er wahrscheinlich, wäre ihm bewußt gewesen, daß der Sieche und sein Bruder Deryni sind, auch wirklich abgesehen hätte. Sei's jedoch drum, Dimitri jedenfalls tat meinen Mannen kund, seine Dankbarkeit gegenüber jenen, welche seines Bruders Leben retteten, sei so groß, daß er sich dazu gehalten sähe, ihnen seine Dienste anzutragen – gegen Entgelt, versteht sich, denn er hofft darauf, wie er als nächstes erläuterte, eines Tages heimkehren und an den verruchten Missetätern, welche ihn arglistig verleumdet und Unheil über ihn gebracht haben sollen, Rache üben zu können, eine Bestrebung, für deren Erreichen er naturgemäß eines gewissen, nicht unbeträchtlichen Mammons bedarf. Er gab an, in Vezaire bestimmte, ihm überaus nützlich gewesene Fähigkeiten des Verhörens erworben, auch vernommen zu haben, daß derlei Fertigkeiten in Gwynedd bei Gelegenheit, im gestrengen Rahmen verschiedener, der Sicherheit zuträglicher Festlegungen, durchaus geschätzt würden. Fürwahr hat er bereitwillig an mehreren Seeleuten – bei manchen mit ihrem Einverständnis, bei anderen ohne ihre Zustimmung – seine Begabung mit glaubwürdigem Erfolg unter Beweis gestellt.«

»Wahrlich, da bin ich mir gänzlich sicher«, grummelte Hubertus. Paulin mißachtete die Bemerkung und ergänzte seine genauen Ausführungen noch um weitere Darlegungen.

»Wie Euch mit aller Gewißheit klar sein dürfte, Exzellenz, erkannten meine Ordenritter in selbigem Anerbieten eines Deryni, fügsam in unsere Dienste zu treten, eine verlockende Versuchung, ließen aber, wie's sich ja von selber versteht, die angebrachte Vorsicht walten. Doch als sie Dimitri aufforderten, für seine Treue zum etwaigen künftigen Dienstherrn ein Unterpfand zu hinterlegen, unterbreiteten er und sein Bruder beflissentlich den Vorschlag, daß Collos eine Geisel werden könnte. Festen Herzens hege ich die Auffassung, daß wir vollauf hinlängliche Vorkehrungen zu unserem Schutz getroffen haben.«

Als Paulin von Ramos seine Erzählung beendete, war Erzbischof Hubertus nachgerade außer sich vor Fassungslosigkeit und Bestürzung.

»Potzsakrament, ich vermag schier nicht zu glauben«, kollerte er, »daß Ihr euch vermessen habt, gänzlich eigenmächtig, ohne zuvorige Beratschlagung mit mir, Eurem Oberen, einen Deryni Eurem Dienst unterzuordnen…!«

Verunsichert, aber trotzig rümpfte Paulin die Nase. »*Ihr* habt selbst bis vor kurzem den Vorteil genossen, Eure Exzellenz, auf eines dienstbaren Deryni Hilfe zurückgreifen zu können.«

»Ja freilich, aber…« Hubertus rang die Hände. »Gewiß, dieser Dimitri könnte *wahrhaftig* ebenjene Beweggründe haben, die er genannt hat. Besteht Eures Erachtens kein Zweifel daran, daß sein vorgeblicher Bruder tatsächlich sein leiblicher Bruder ist?«

»Außerhalb jedweden Zweifels steht allemal, daß sie beide Deryni sind, Exzellenz«, antwortete Paulin. »Wir haben ihn der Probe mit *Merascha* unterzogen, und desgleichen Dimitri. Beide verfielen in reichlich garstig anzuschauende Zuckungen.«

Hubertus nickte. »Dann droht wenigstens einem seinesgleichen, sollte Dimitri ein falsches Spiel betreiben und wir's entdecken, ernstliche Gefahr. In welchem Umfang habt Ihr Euch bisher Dimitris bedient?«

»Ihr braucht keine Sorge zu haben, Exzellenz, wir sind wirklich und wahrhaftig mit der allergrößten Umsicht vorgegangen. Während der anfänglichen Monde habe ich beide in Carthmoor belassen und sie wiederholte Male unauffällig auf ihre Verläßlichkeit geprüft. Collos weilt noch dort und vollendet seine Genesung. Hingegen habe ich Dimitri zur Abtei *Arx Fidei* mitgenommen, als an Pater Faelan die Berufung erging, des Königs Beichtvater zu werden.«

»Hat er in Faelans Geist Einblick getan?«

»Nein, Exzellenz, so weit, um ihn eine solche Verrichtung vollführen zu lassen, reichte mein Vertrauen noch nicht. Er hat ihn lediglich einer Wahrheitsprüfung unterzogen. Allerdings war Faelans Widerstandsvermögen zuvor... durch andere Mittel verringert worden.«

»Aufgrund des Zustands, in welchem er bei Hofe anlangte, hatte ich mir schon etwas ähnliches gedacht... Hat König Javan davon erfahren?«

»Er weiß, daß Faelan dem Aderlaß unterzogen ward, Exzellenz, ist aber meinerseits dahingehend aufgeklärt worden, es wäre zur Förderung von Gesundheit und Wohlbefinden geschehen.«

»Und wenn Faelan ihm Gegenteiliges erzählt hat?«

»Sollte er's gewagt haben, wird König Javan anhand der Aussage sicherlich zu der Einsicht gelangt sein, daß er Faelan, versucht er ihn zur Untreue an seinem Orden zu verführen, dadurch nur weiteren Fährnissen ausliefert, Eure Exzellenz«, gab Paulin zur Antwort. »Auch diese Drohung dürfte wohl dazu beitragen, den König zu maßvoller Zurückhaltung zu bewegen.«

Noch einmal nickte Hubertus, umstrich mit den Fingern seinen Bischofsring. »Erörtern wir abermals Serafins Tod. Habt Ihr Faelan auch in dieser Sache durch Euren Dimitri ausforschen lassen?«

»Gestattet mir, Eure Exzellenz, Euch meine Vorgehensweise und deren zugrundliegende Überlegungen mit einer gewissen Gründlichkeit und Umfänglichkeit zu schildern«, sprach Paulin. »Nach Serafins Beisetzung galt mein dringlichstes Interesse dem Anliegen, Pater Lior ein zweites Mal, diesmal in Dimitris Gegenwart, zu befragen. Faelan hatte sich ja noch nicht in der Abtei zurückgemeldet. Aus der bewußten Erinnerung an jene Nacht, in welchselbiger der Sensenmann Serafin fällte, vermochte Lior uns keinerlei neue Aufschlüsse geben, darum fragte ich ihn zuletzt, ob er dazu bereit sei, Dimitri im Hinblick auf jene fragliche Nacht die Einsichtnahme in seinen Geist zu erlauben. Selbstverständlich hätte ich ihm diesbezüglich einen Befehl erteilen können, jedoch beteuerte mir Dimitri, daß bei einem willigen Gemüt im allgemeinen deutlich günstigere Ergebnisse erbracht werden.«

»Und Lior war damit einverstanden?«

»Sehr wohl, Exzellenz. Sowohl er wie auch Serafin hatten sich in Carthmoor ans einvernehmliche Zusammenwirken mit Dimitri zu gewöhnen vermocht. Und tatsächlich entsann sich Lior während der Ausforschung durch Dimitri an Einzelheiten eines in jener bewußten Nacht in Pater Faelans Unterkunft geführten Gesprächs, jedoch erwies es sich als just so unerheblich, wie man's infolge Liors zuvorigem Unvermögen, sich daran zu erinnern, hatte erwarten müssen. Er und Serafin verabschiedeten sich nach schon einem kurzen Weilchen von Faelan. Der übrige Verlauf der damaligen Nacht ist Euch bekannt. Einzig interessant an Dimitris Feststellungen ist der Umstand, daß er unter der Oberfläche von Faelans Erinnerungen noch etwas anderes zu gewahren vermeinte, das verschwommene Empfinden nämlich, irgendwann sei bei der Unterhaltung auch der König zugegen gewesen, jedoch kann selbiges Gefühl auch entstanden sein, wenn die drei über den König geredet hatten. Dimitri vermochte dieser Eindrücke Ursprung nicht mit Gewißheit zu unterscheiden.«

»Wie sonderbar«, brummelte Hubertus.

»Kurze Zeit später traf Pater Faelan ein, Eure Exzellenz«, sprach Paulin. »Nach der zuvorigen, höchst gestrengen Befragung strebte ich an, mich ihm wohlwollend zu zeigen, mußte aber gleichzeitig danach trachten zu ergründen, was er über Serafins Tod wissen mochte. An den ersten zwei Tagen seines Aufenthalts überließ ich's daher seiner durch Fasten und Schlafmangel zusätzlich entfesselten Vorstellungskraft, seine Gemütsfestigkeit zu zermürben. Am dritten Morgen war er, als er nach der Messe zur Vernehmung beim Abt erscheinen mußte, infolge des Fastens sowie des mit leerem Bauch empfangenen Kommunionsweins schon ein wenig taumelig…«

»Eine wirksame Vorbereitung«, lobte Hubertus seinen Klerikerkollegen. »Doch erzählt weiter.«

»Und anscheinend trat auch wirklich die gewünschte Wirkung ein. Dieselbe erhöhte ich, indem ich Faelan darauf verwies, es könnten, wenn er auf Liors Fragen keine befriedigenden Auskünfte gäbe, geeignete Mittel zur Anwendung gelangen, um ihm die Zunge zu lokkern. Dieweil Albertus unterdessen einen stark blutgetränkten Lederriemen in Bereitschaft hielt, verstand Faelan meine Andeutung vollkommen recht… Allerdings verdarb uns der Abt die Sache ein wenig, indem er anmerkte, eigentlich sei's nach einem Mond zwischenzeitlicher Frist noch zu früh, um einen erneuten Aderlaß vorzunehmen.«

Hubertus prustete. »Abt Halex hat hinsichtlich unserer Kunstgriffe noch vieles zu lernen.«

»Wie wahr Ihr sprecht, Exzellenz. Von Dimitri dagegen kann beileibe nicht das gleiche behauptet werden. Wäre er kein Deryni und überdies ein Anhänger der östlichen Abart unseres Glaubens, ich erwöge ernstlich, ihm die Aufnahme in unseren Orden anzutragen… Indessen dient er unseren Zwecken auch so wie er ist aufs vortrefflichste.«

»Was ergab sich sodann bei Pater Faelans Ausforschung?« fragte Erzbischof Hubertus mit gelinder Ungnädigkeit.

Leicht verlegen senkte Paulin den Blick. »Wenn Ihr's gestattet, überspringe ich die unerheblichen Einzelheiten, Exzellenz. Verdrießlich an der ganzen Angelegenheit ist, kurzum, das Ergebnis, nämlich daß Pater Faelan uns zu Liors Darstellung des mit ihm in Serafins Beisein geführten Gesprächs keine neuen Aufschlüsse erteilen konnte und nichts über eine mögliche Teilnahme des Königs wußte. Um unanfechtbare Gewißheit zu haben, ließ ich Dimitri in Faelans Geist Einblick nehmen. Aber Faelans Erinnerungen zufolge weist an des Königs und seiner engsten Vertrauten Verhalten während des vergangenen Mondes Dauer ganz und gar nichts Verdächtiges darauf hin, sie könnten auf diese oder jene Weise in Serafins Ableben verwickelt sein.«

»Fürwahr, das klingt, als hättet Ihr eine Sackgasse beschritten«, meinte Hubertus nach etlichen Augenblicken des Nachsinnens. »Ich hab's, wie Ihr wißt, stets als abwegig erachtet, daß an Serafins Tod irgendeine Mitschuld auf Faelan lasten könnte. Als Serafin aus dem Leben verschied, war Faelan erst seit zwei Tagen bei Hofe und eine Woche zuvor einer Wahrheitsfindung unterworfen worden. Und dieser Wahn, König Javan selbst möchte gar auf Serafins hingewirkt haben…« Er schüttelte das Haupt. »Ich vermag mir sehr wohl auszumalen, wie all diese Umstände Eure Gedanken beanspruchen, Paulin, dieweil's ja leicht ist, sich Zusammenhänge einzubilden, aber ich ersehe keine Rechtfertigung für die Unterstellung, es seien wirklich welche vorhanden.«

»Nun denn, ich will die Angelegenheit bis auf weiteres auf sich beruhen lassen«, lenkte Paulin ein. »Da Ihr jetzt über Dimitri Bescheid wißt, ist's Euer Wunsch, daß ich ihn an den Königshof hole? Natürlich unter Geheimhaltung seines wahren Wesens.«

Hubertus musterte ihn von der Seite. »Wir hatten inzwischen erwogen, auf sämtlicher Deryni Dienste zu verzichten. Wollt Ihr uns nun noch einen Mann dieses Schlages aufhalsen?«

»Er ist ein williger Untergebener und kann Euch nützlich sein, Exzellenz.«

»Mag sein«, murmelte Hubertus. »Ihr mögt ja recht haben…« Er befummelte sein Brustkreuz, schob es an der Kette hin und her.

»Laßt mich ein paar Tage lang über Euer Anerbieten nachdenken«, beschied er Paulin nach einem Weilchen des Überlegens. »Sollte sich für uns bei Hofe wahrlich unentbehrlicher Bedarf an noch einem Deryni ergeben, steht uns jemand zu Gebote. Ich rede nicht, beachtet mein Wort, von Oriel, vielmehr bin ich davon überzeugt, daß Herr Rhun uns notfalls Sitric verfügbar machen wird. Ihm mangelt's an Feinheit, das sei unbestritten, doch vielleicht verhält's sich ja so, daß die Zeit der Rücksichtnahme vorüber ist. Wir werden sehen, was die nähere Zukunft bringt.. und was uns im kommenden Mond dieses lästigen Pater Faelans *nächste* Befragung enthüllt.«

»Dann reichte jener Mann namens Dimitri mir einen Becher Wein«, erzählte derselbe Faelan unterdessen Javan. »Ich sei vom Fasten geschwächt, meinte er zu mir, und nicht klar zu denken imstande. Wahrscheinlich hätte ich ohne ein vorheriges Morgenmahl keinen Wein trinken sollen, denn er stieg mir sofort ins Haupt, mich befiel, so entsinne ich mich, heftiger Schwindel, und... Dimitri hob, glaube ich, die Hand an meine Stirn. Schließlich erwachte ich im Krankensaal, und ein Bruder flößte mir heiße Brühe ein.« Faelan zwinkerte und richtete den Blick auf den König.

»Ich... ich bezweifle, Sire, daß ich irgend etwas offenbart habe«, flüsterte der Pater, »aber... er ist ein Deryni, richtig, Sire? Er muß mir, derweil ich ohne Besinnung blieb, in die Seele geschaut haben. Ich... weiß nicht, ob ich derlei noch einmal zu ertragen vermag. Alles übrige war arg genug, aber das...«

Der Geistliche geriet in regelrechtes Schlottern, so daß Javan ihn unter seinen geistigen Einfluß bringen, die gefürchteten Erinnerungen trüben und ihm innere Ruhe eingeben mußte. Faelans Furcht war verständlich, doch hatte Javan noch eines Mondes Dauer lang dazu Gelegenheit, ihn davon zu überzeugen, daß er das Doppelspiel durchaus durchzustehen vermochte. Bei der vor wenigen Tagen stattgefundenen Befragung war ihm – abgesehen von dem Umstand, daß es ihm erneut nachhaltig davor gegraust hatte, was man mit ihm, wenn man es wollte, anstellen konnte – offensichtlich kein ernstlicher Harm zugefügt worden.

Nun jedoch war es nicht die rechte Stunde, um sich mit des Paters Ermutigung zu befassen. Dieweil in der Kapelle Lior lauerte, durfte keinesfalls der Eindruck aufkommen, in der Sakristei sei etwas anderes geschehen, als daß Faelan pflichtgemäß das Sakrament der Beichte spendete, und es galt die Sakristei alsbald zu verlassen, damit es nicht etwa, wenn des Königs Beichte womöglich eine zu ausgedehnte Weile in Anspruch nahm, unliebsamer Zeitgenossen Verwunderung und Argwohn erregte.

Rasch erledigte Javan, was getan werden mußte. Wenig später wechselten sie aus der Sakristei in die benachbarte Kapelle, der Geistliche mit ausdruckslos-gleichmütigem Gesichtsausdruck, der König, wie es angebracht sein mochte, versonnenen und leicht zerknirschten Angesichts. Um dem Schein, mit welchem das eigentliche Geschehen des vergangenen Viertels einer Stunde verhehlt werden sollte, um so höhere Glaubhaftigkeit zu verleihen, übermittelte er Herrn Guiscard auf geistiger Ebene die Weisung, gleichfalls bei Faelan zu beichten; danach kniete Javan am Altar nieder, sprach dort bei sich zur freiwilligen Buße für die notwendige Irreführung ein *Pater Noster* und drei *Ave Maria,* erhob sich sodann und verließ zu guter Letzt in Charlans Begleitung die Kapelle. Ein Weilchen verstrich, dann fand sich Guiscard in den Königlichen Gemächern ein.

»Es ist alles aufs vorzüglichste geregelt, Sire«, vermeldete der Deryni-Edle mit gedämpfter Stimme, sobald er die Eingangstür hinter sich geschlossen hatte. »Mich kostete es ein wenig Mühe, mir so flugs behufs der Beichte ein paar läßliche Sünden auszudenken, doch als Pater Faelan und ich anschließend in die Kapelle zurückkehrten, machte Lior mir ganz den Eindruck, als ob er sich inzwischen langweilte. Ich habe die Ohren gespitzt, derweil ich meine Bußgebete sprach, aber Lior redete nur wenige Worte mit Faelan, bevor er entschwand. Mittlerweile hat Faelan seine Unterkunft aufgesucht.«

»Also steht vorerst keine fernere Unrast zu befürchten«, schlußfolgerte Javan halblaut. »Aber wie sich alles in Zukunft gestaltet, das fragt mich lieber erst nach eines weiteren Mondes Ablauf. Faelan wird die Rückkehr zur Abtei jedesmal stärker scheuen. Diesmal hat man ihm keinem Aderlaß zugemutet, aber das nächste Mal wird der letzte Aderlaß um zwei Monde in der Vergangenheit liegen. In Anbetracht der schrecklichen Tatsache, nicht zu wissen, ob man ihm ein weiteres Mal Blut abzapfen wird, und der scheußlichen Aussicht, daß es vielleicht wirklich dahin kommt, kann ich's ihm keineswegs verübeln, wenn es ihm davor graut, sich abermals in die Abtei zurückzubegeben, doch sollte er sich weigern, müssen daraus wiederum gänzlich neue Schwierigkeiten sich ergeben. Zudem ist nun ohne die geringste Spur eines Zweifels endgültig klar, daß Paulin tatsächlich, wie wir's schon vermuteten, einen Deryni in seinen Diensten hat...«

Während der nachfolgenden Tage verursachte Paulin von Ramos dem König allerdings erst einmal in ganz anderer Beziehung Verdruß.

»Wie ich kund und zu wissen erhalten habe, sind Eurerseits, Eure Majestät, Fragen zu den Beschlüssen des Konzils von Ramos aufgeworden worden», sprach Paulin am nächsten Nachmittag, kaum daß man die Beratungssitzung des Kronrats eröffnet hatte. »Es mag, wenn die Bemerkung statthaft ist, Sire, zu empfehlen sein, derartige Fragen an jemanden zu richten, der mit den Besonderheiten der Sache bestens vertraut ist. Ich glaube, Ihr habt das Begehren geäußert, über gewisse Glaubenswahrheiten hinsichtlich der Deryni unterrichtet zu werden...?«

Damit nahm sogleich eine Schmäh- und Hetzrede – denn als bloße ›Unterrichtung‹ ließen sich Paulins Einlassungen keinesfalls bezeichnen – ihren Anfang, welche sich über zwei Stunden erstreckte und in deren Verlauf Paulin allerlei vorgebliche Beweise für die teuflische Schlechtigkeit der Deryni und den höllischen Ursprung der Deryni-Magie aneinanderreihte, und selbigen, langatmigen Schwafeleien schloß er eine fast ebenso ausgedehnte Begründung und Rechtfertigung der Festlegungen des Konzils von Ramos an. Anschließend war es Zeit zur Beendigung der Zusammenkunft; Javan schwirrte das Haupt.

Indessen gab Paulin sich mit seinem ausführlichen Vortrag beileibe noch nicht zufrieden, sondern griff den Gesprächsstoff am folgenden Nachmittag nochmals auf, vergeudete der Sitzung erste Stunde mit einer gedrängteren Wiederholung seines Gefasels vom Vortag, ließ sich – selbst als Javan ausdrücklich davon absah, theologische Meinungen zu erörtern, und behauptete, lediglich an Verfahrensfragen Interesse zu haben – nur mit Mühe mäßigen und zum Verzicht auf zusätzliche Belehrungen bewegen.

Doch sogar schon damit, so hatte es den Anschein, zog sich der König die Abneigung etlicher Kronräte zu, vor allem jener, die Teilnehmer und Beschlußfassende des Konzils gewesen waren, welchselbiges vor Jahren in Ramos stattgefunden hatte. Alsbald mußte Javan einsehen, daß jegliche Milderung der wider die Deryni gerichteten, überaus harten Gesetze ausschließlich über Paulins Leiche erfolgen konnte – bevor es dahin kam, mochte indessen Javan selbst, wenn er auf seinen mißliebigen Fragen beharrte, das Leben lassen müssen. Paulin erklärte mit aller Unmißverständlichkeit, daß er den Rückhalt des Primas von Gwynedd, sämtlicher übrigen Bischofe sowie seines Ordens genoß, eine Feststellung, die die Erzbischöfe Hubertus und Oriss ihm ohne jegliches Zaudern bestätigten. Nach einer zähen Aussprache, welche die Mißstimmung eher auf die Spitze trieb, als daß sie eine Schlichtung erwirkte, und die Javan insgeheim in wachsendem Maß erbitterte, beendete er, als auch keine seiner Versuche etwas fruchteten, das Gespräch auf anderweitige Angelegenheiten zu lenken, die Sitzung am späten Nachmittag, ritt danach mit Rhys Michael, seinen zwei Adlaten sowie mehreren jüngeren Rittern aus, kehrte nach wildem Galopp – wie gewohnt am Fluß entlang – erst gegen Anbruch des Abenddunkels in die Königsburg zurück.

Tags darauf bat Javan seinen Bruder darum, die Sitzung zu eröffnen und dem Kronrat einen knappen Überblick der Auflistung der gwyneddischen Gesetzessammlung zu geben, deren Zusammenstellung er und Herr Jerowen sich seit neuerem widmeten. Der Prinz bewies glänzende Sachkenntnis und Redegewandtheit, so daß es ihm wahrhaftig gelang, im Kronrat für das begonnene Vorhaben und die dafür unverzichtbaren Nachforschungen recht beträchtliches Wohlwollen hervorzurufen. Insgesamt hinterließ er einen dermaßen vorteilhaften Eindruck, daß es Javan überhaupt nicht verdutzte, als am darauffolgenden Tag Herr Udaut die Anregung vortrug, des Königs gegenwärtiger Thronerbe möchte gar wohl großen Nutzen aus der Übernahme zusätzlicher Verantwortlichkeiten ziehen.

»Da wir, Gott sei's gedankt, in Friedenszeiten leben, dürften Übungen im Felde schwerlich zu Seiner königlichen Hoheit weiterer Gelehrtheit und Bildung beitragen«, äußerte Udaut. »Aber dieweil Euer Herr Bruder eine unverkennbare Begabung zum verwalterischen Wirken gezeigt hat, könnte es sich für ihn als ungemein nützlich erweisen, einen der Kronvögte zu begleiten, welche Ihr, Sire, zu Erhebungszwecken ins Land schickt. Auf diese Weise vermöchte Seine Hoheit eine Lehrzeit zu durchlaufen und in mancherlei Fähigkeiten und Kenntnissen eine gedeihliche Förderung zu erfahren.«

Dem Überzeugungskräftigen dieses Ratschlags ließ sich schwerlich etwas entgegenhalten, und in diesen Tagen brachen in der Tat bereits die ersten Kronvögte von Rhemuth aus auf, um sich an ihr Werk, nämlich die Besichtigung entlegener Güter, zu begeben. Unter anderen sollte ein als besonnenes Gemüt bekannter, westlicher Adeliger namens Ainslie binnen der Woche nach Grecotha abreisen, Herr Jason ihm bis dorthin das Geleit stellen. Grecotha lag in einem friedlichen Landstrich nahe der Grenze zu Rhendall, weit fort von Culdi und Michaela Drummond; außerdem wußte Javan, es war darauf Verlaß, daß sowohl Jason wie auch Ainslie es verstanden, selbst einen eigenwilligen Prinzen fortgesetzt bei der Sache zu halten.

Überdies verringerte eine Abwesenheit Rhys Michaels vom Königshof in ganz wesentlichem Umfang die bedrohliche Wahrscheinlichkeit, daß er irgendwann Sitric oder etwa gar dem geheimnisvollen Dimitri in die Arme lief. Falls einer der beiden genannten Deryni entdeckte, daß Rhys Michael beschirmt war durch eine Geisteswehr jener Art, die ausschließlich Deryni haben sollten, mußten weitergehende Untersuchungen nachgerade notgedrungen in die Entdeckung münden, daß Javan sogar über Fähigkeiten verfügte, welche als noch weitaus verdammenswerter galten. Javan hegte bei sich den reichlich unerfreulichen Verdacht, daß die *Custodes* vermutlich keine Neigung kannten, feine Unterscheidungen zwischen Deryni-Magie einer- und den besonderen Gaben eines Haldane-Königs andererseits zu treffen.

»Wie lautet Eure Ansicht, Herr Jason?« wandte sich Javan, indem er die Brauen wölbte, an den altbewährten Recken. »Glaubt Ihr, Herr Ainslie kann an seiner Seite einen solchen Schlaumeier gebrauchen?«

Jason erhob sich an seinem Platz und deutete in des Königs Richtung eine Verbeugung an. »Seine Hoheit hat sich unfehlbar durch rasche Auffassungsgabe hervorgetan, Sire«, antwortete er, »und über seine Anlage zu beharrlichem Lernen sowie sein Verständnis für das Gesetz habe ich von Herrn Jerowen nichts als Worte glühendsten Lobes vernommen. Wenn es Seiner Hoheit beliebt, sich Herrn Ainslie anzuschließen, bin ich mir völlig sicher, daß seine Mitwirkung höchst willkommen sein dürfte.«

»Und du, Bruder?« fragte Javan, heftete mit kauzigem Schmunzeln den Blick auf Rhys Michael. »Was sagst nun du dazu?«

Am anderen Ende der Ratstafel glich Rhys Michaels Lächeln der Begeisterung einem plötzlichen Sonnenstrahl. »Ist das Euer Ernst, Sire? Ihr würdet mich nach Grecotha entsenden?«

»Freilich, allerdings nur unter bestimmten Bedingungen«, gab Javan zur Antwort, bemühte sich um eine einigermaßen ernste Miene. »Du magst Prinz sein, doch Herr Ainslie ist zu meinem bevollmächtigten Kronvogt ernannt worden und muß daher das letzte Wort haben. Angesichts der Umstände würde ich ihm zudem Herrn Jason als Stellvertreter zuteilen. Wenn du willens und bereit bist, dich ohne Aus- oder Widerreden seinen Weisungen zu fügen, mache ich auch *dich* zum Stellvertreter.«

»Dennoch, es wäre ja mein erster Auftrag im Namen der Krone…!« Kaum vermochte Rhys Michael seine Aufregung zu verhehlen. »Ich kann's kaum glauben.«

Sein Entzücken handelte ihm mißfällige Blicks seitens Rhuns, Hubertus' sowie mehrere weiterer Kronräte ein, und nach der Beratung zog Tammaron den König beiseite, um ihm unter vier Augen dahingehende Zweifel anzuvertrauen, ob man dem Prinzen für die Erfüllung eines so anspruchsvollen Auftrags eine hinlängliche Reife nachsagen könne. Auch Albertus' Miene widerspiegelte ernste Bedenken, jedoch steckte

Rhys Michaels Frohlocken Javan in solchem Maß an, daß er beschloß, dennoch so zu verfahren, wie er es sich vorgenommen hatte. Immerhin sollten nur noch zwei Wochen verstreichen, bis sein Bruder fünfzehn Lenze zählte; nach dem Gesetz war er also schon mündiger Erwachsener. Infolgedessen erachtete Javan es als angebracht, ihm auch eines Erwachsenen Verantwortung aufzubürden.

Noch am Abend ließ Javan, nachdem Herr Ainslie wider die Begleitung zweier so edler Helfer keine Einwände erhoben hatte, Herrn Jerowen die erforderlichen Vollmachten ausfertigen; vornehmlich natürlich, wie die Sache es verlangte, die Ernennungen Herrn Jasons sowie des Prinzen Rhys Michael Alister Haldane zu des nach Grecotha entsandten Kronvogts Stellvertretern; zusätzlich jedoch veranlaßte er die Ausstellung einer dritten, für Herrn Jason bestimmten Vollmacht – von welchselbiger er hoffte, daß der Recke sich niemals auf sie berufen mußte –, die ihn mit der Gewährleistung der Sicherheit des Prinzen betraute und ihm nahezu völlig, rohe Gewalt freilich ausgenommen, freie Hand zugestand, sobald es galt, dafür zu sorgen, daß Rhys Michael sich nicht zu Torheiten verstieg. In der Tat hätte Javan es am liebsten gesehen, Jason könnte allzeit darauf verzichten, sich selbiger, ungewöhnlicher Ermächtigung zu bedienen; indessen war dem König vollkommen klar, daß er keinerlei Vorkehrungen außer acht lassen durfte, um seinem einzigen Thronerben Schutz und Hut zu gewähren. Zwar sah er voraus, daß er Jasons Gesellschaft und seinen klugen Rat während der nächsten Monde Lauf vermissen würde, jedoch hatte er zumindest daran keinerlei Zweifel, daß er seinen Bruder keiner verläßlicheren und tüchtigeren Obhut anzuvertrauen vermocht hätte.

Fast ehe Javan es merkte, war die Woche verstrichen, Rhys Michael vom Königshof abgereist. Um dagegen vorzubeugen, daß der Prinz seine größere Freiheit nicht etwa dazu ausnutzte, Sendschreiben nach Culdi und an Michaela Drummond zu schicken oder von dort zu empfangen, beschloß Javan beinahe im letzten Augenblick, seinem Bruder Herrn Tomais als Famulus mitzugeben, dieweil der junge Ritter früher als des Prinzen Edelknappe gedient hatte und sämtliche Schalkheiten, deren Rhys Michael bisweilen fähig war, aus eigener Erfahrung bestens kannte.

»Ich werde ein Auge auf ihn haben, Sire«, beteuerte Tomais dem König. »Euch braucht keinerlei Besorgnis das Gemüt zu trüben.«

Tatsächlich allerdings plagte Javan just da die allergrößte Sorge, als er den Kronvogt und seine Begleiter zur Festung hinausreiten sah; indessen beunruhigte ihn an dieser Beobachtung keineswegs Rhys Michaels Eigenwilligkeit. Derweil die kleine Schar an einem freundlich-hellen Septembermorgen fortritt, allen voran Herr Tomais, welcher des Prinzen Banner führte, bot Rhys Michael, gehüllt ins Königsblau des Thronerben, sichtlich einen glanzvollen Anblick herrlichsten Haldane-Stolzes, saß aufrecht und kühn, an einer Seite Herrn Jason, an der anderen Seite Herrn Ainslie, im Sattel. Es folgten fast ein Dutzend Schreiber und Sekretarii sowie als Geleit zwanzig Mannen der Königlichen Leibwache.

Gleich nach ihnen jedoch ritt Paulin von Ramos mit einem Halbdutzend seiner *Custodes*-Ordensritter fort – wie er als Grund genannt hatte, um in der Abtei *Arx Fidei* einen Mönch aufzusuchen, welcher im Sterben lag. Wegen der größeren Sicherheit, welche eine höhere Anzahl Reisender genoß, wollten die beiden Häuflein bis zur Abtei gemeinsam durchs Land reiten und sollte Herrn Ainslie mit seinen Begleitern von dort aus den Weg nordwärts nach Grecotha fortsetzen. Es stimmte Javan froh, Paulin abreisen zu sehen; noch unbefangenere Freude empfand er allerdings, als er von der

Landstraße jenseits der Priesterschule *Arx Fidei* erstmals von Herrn Jason Bescheid erhielt und die Mitteilung empfing, daß Paulin und seine Leute wirklich, ohne daß sich Zwischenfälle ereignet hatten, in die Richtung der Abtei abgebogen waren und des Königs Herrn Ainslie unterstellte Abordnung in aller Ruhe weiter gen Grecotha strebte.

# XXX. Kapitel

*Über die Starken aber*
*kommt ein gar strenges Gericht.*

Buch der Weisheit 6,9

Noch innerhalb derselben Woche erreichte Javan aus Grecotha die Nachricht, daß Herrn Ainslies Schar wohlbehalten eingetroffen war, sowie von Herrn Jason die Beteuerung, Rhys Michaels Verhalten mache dem Hause Haldane wahrlich alle Ehre. Am Königshof wagte Javan ein gewisses Aufatmen, zumal die Fülle und Vielfalt der Aufgaben, welchen sich der Kronrat zu widmen hatte, sich allmählich verringerte, wie stets um diese Jahreszeit, und des Sommers Hundstage zu nachmittäglichem Faulenzen verlockte.

Nachdem er dank selbiger Mitteilungen zu dem Urteil hatte gelangen können, daß Rhys Michael sich in Sicherheit und verläßlicher Obhut befand, erachtete Javan nunmehr die Zeit als reif, um die Frage zu klären, welche Wirkung das *Merascha* auf ihn ausübte. Guiscard hielt sich schon seit einer Weile für die Durchführung des Versuchs bereit und harrte lediglich noch der Weisung des Königs.

Am alsbald festgelegten Abend täuschte Javan, wie Joram es empfohlen hatte, beim Nachtmahl Beschwerden des Hauptes vor und zog sich früh in seine Gemächer zurück, beauftragte einen der Hofärzte mit der Beibringung eines starken Schlafmittels.

Nach kurzer Frist verließ der Hofarzt die Königlichen Gemächer in der Überzeugung, der König hätte sich den Trank einverleibt und wäre in friedlichen

Schlummer gesunken. In Wahrheit jedoch stand der Becher mit dem Gemisch noch neben des Herrschers Bett auf einem kleinen Tisch. Javan hockte, der Stiefel und des Leibgurts ledig, im Schneidersitz auf der Bettstatt, sah Guiscard zu, welcher den Inhalt eines aus Pergament gefalteten Tütchens in einen zweiten, aus einem Krug gefüllten Becher schüttete.

Während Guiscard mit dem Finger umrührte, kam aus dem Nachbargemach Charlan mit einem Silberbecher herein und füllte auch dieses Gefäß. Guiscards Vater blieb in der Empfangsstube, angeblich um dem König für den morgigen Tag Schriftstücke vorzubereiten, eigentlich jedoch, um mit Hilfe seiner Deryni-Sinne darauf zu achten, daß niemand des Königs Ruhe störte.

»Darin wird wohl, will's mich deuchen, *nicht* das *Merascha* sein«, mutmaßte Javan, rutschte zur Bettkante, als Guiscard auch im zweiten Becher gerührt und sich, indem er eine Fratze des Widerwillens zog, den Finger abgeschleckt hatte.

»Nein, es ist das Beruhigungsmittel, Sire, aber es schmeckt unerhört bitter. Es ist, wie Ihr wißt, von einem echten Heiler zubereitet worden, denn wir wissen nicht genau, was alles Eures Hofes Apothecarius in dem anderen Trank zusammengemischt hat.« Guiscard deutete auf den zur Seite geschobenen Becher. »Und davon abgesehen, daß *Merascha* eine Flüssigkeit ist, hingegen kein Pulver, wollte ich nie und nimmer mit dem Finger darin rühren. Am schnellsten wirkt's, gelangt's geradewegs ins Blut – von einem ›Deryni-Zähmer‹, einer Schwertklinge oder einer Pfeilspitze –, doch kann's schon gefährlich sein, man kriegt's auf die Haut.« Er griff in seine Gürteltasche und holte ein kleines, mit einem Korken verschlossenes Fläschchen aus braunem Glas heraus. »Hier ist das *Merascha*.«

Javan betrachtete das Fläschlein in Guiscards Hand, wunderte sich darüber, daß ein so bescheidenes Schlückchen sämtliche, ach so sehr gefürchteten Deryni-Kräfte zunichte machen konnte.

»Muß ich... das Fläschchen austrinken?« erkundigte er sich mit leiser Stimme.

»Wir füllen's Euch in Wein, Sire«, antwortete Guiscard und reichte das Behältnis Charlan. »Zuvor allerdings sollt Ihr's auf jene Weise erhalten, wie die *Custodes* es gemeinhin verabreichen.«

Er nickte Charlan zu, und als Javans anderer Adlatus behutsam den Korken entfernte, erkannte der König, daß aus dessen Unterseite, dicht nebeneinander, zwei Dorne aus silbernem Metall ragten. Zwischen den Spitzen glitzerte, wo sie sich beinahe berührten, ein helles Tröpfchen.

»Ist das einer jener sogenannten Deryni-Zähmer?« fragte Javan angewidert.

»Dom Rickart hat uns versichert, daß diese Vorrichtung allemal den gleichen Zweck versieht, Sire«, lautete Guiscards Auskunft.

Mit ernstem Gesichts nahm er zur Rechten des Königs auf der Bettkante Platz, ergriff Javans Linke und kehrte die Handfläche aufwärts, derweil Charlan den Korken mit den Fingern fester faßte.

»Ihr habt ja schon selber mitanschauen können, wie die Verabreichung erfolgt, Sire«, bemerkte Guiscard halblaut, während Charlan die Dorne noch einmal ins Fläschchen tauchte. »Der Stich dürfte Euch, so will ich wähnen, das geringste Mißbehagen verursachen. Um jedwede Gefahr auszuschließen, daß auch ich von dem *Merascha* etwas abbekomme, habe ich Herrn Charlan gebeten, ihn auszuführen.«

»Ist das Zeug stark?« fragte Javan in gedämpftem Ton.

»Was uns Deryni anbetrifft, Sire, so ist die Wirksamkeit unbestreitbar … Und es mag sein, es wirkt auch auf Haldanes wie Euch.«

Kaum hatte Guiscard den letzten Satz zu Ende gesprochen, da packte, ehe sich der König versah, auch Charlan seine Hand und stach ihm die Dorne kraftvoll in den Handteller. Bei dem schmerzhaften, scharfen Einstich entfuhr Javan ein Aufkeuchen, und er entsann sich einer anderen Gelegenheit, als sich, während bei einem Ufertümpel ein Prediger Läuterung vom Deryni-Unrat verhieß, ähnliche Nadeln in sein Fleisch gebohrt hatten.

Javan bemühte sich um gleichmäßiges Atmen, während Charlan die Dorne herauszog und Guiscard die verletzte Hand zur Faust schloß, darin das Blut, die Droge und den Schmerz gleichsam ballte; und schon nach wenigen Atemzügen spürte der König, wie ihm Kälte den Arm emporkroch.

»Herr Guiscard, wie wird mir …?« raunte er, sobald ihn ein Schwindelgefühl befiel, ihm plötzlich alles vor Augen verschwamm. Zur gleichen Zeit breitete sich die Eisigkeit aus dem Arm zügig in den übrigen Leib aus und trübte ihm sämtliche Sinne.

*»Verfluchtes Ungemach«*, knirschte Guiscard unterdrückt, schlang einen Arm um des Königs Schultern, legte eine Hand auf Javans Stirn. »Wahrlich, Sire, ich habe gehofft, die Wirkung bliebe aus. Nun überlaßt mir, soweit Ihr von Euch aus noch dazu imstande seid, die Gewalt über Euren Geist, dann weise ich Euch den Weg, wie ihr den Mißlichkeiten wenigstens in gewissem Umfang entgegenzutreten vermögt.«

Noch während er sprach, drang durch das fleischliche Band sein Geist bereits in Javans Gemüt ein, und Javan hätte es, auch wenn es seine Absicht gewesen wäre, nicht verhindern können. Er bemerkte, wie seine Geisteswehr wankte und zerstob, in Schüben durchwallten ihn neue Wogen des Schwindels und auch der

Übelkeit, so daß er selbst Guiscards Berührung kaum zu ertragen vermochte. Als er auf seine Haldane-Kräfte zurückzugreifen versuchte, umschwirrte ihn nichts als Wirrnis.

Ein Rauschen dröhnte in seinem Gehör, das Gemach schien rings um ihn zu zerfließen. Er schloß die Lider, um sich diesen greulichen Eindruck zu ersparen. Dabei blieb es ihm fürwahr vollkommen schleierhaft, wie überhaupt irgendwer in einer dermaßen argen Verfassung noch irgend etwas verrichten können sollte.

*Ihr habt die Möglichkeit, Sire, die Folgen in bestimmtem Maß zu mildern,* flirrte Guiscards unerbetener Gedanke durch des Königs Geist. *Lenkt die wirkenden Kräfte in diese Richtung. Ihr könnt die Unbill durchstehen.*

Auf ihm selbst nicht so recht nachvollziehbare Weise verstand Javan trotz allem, was der Deryni ihm auf geistiger Ebene übermittelte, und glaubte richtig danach zu verfahren. Gleichzeitig jedoch schlotterte er inwendig vor Grauen und Entsetzen – denn jetzt stand es gänzlich außer Zweifel, daß er, falls seine Gegner ihm jemals *Merascha* verabreichten, unabwendbar verurteilt war zum Untergang.

»Nun wohl, mich dünkt's, mehr läßt sich im Augenblick nicht tun«, hörte er eine Stimme sprechen, wiewohl es ihm allergrößte Aufmerksamkeit abforderte, die Worte zu verstehen und zu begreifen. »Bringen wir nun also getrost auch das Ärgste hinter uns. Charlan…!«

Durch das Brausen in seinen Ohren vernahm Javan das Klirren von Glas an Erz. Anschließend bog ihm jemand achtsam das Haupt in den Nacken, und kühl berührte Metall seine Lippen.

»Trinkt, Sire, trinkt aus«, hörte er wie von fern Guiscards Stimme. »Jawohl, so ist's vortrefflich… Noch einen Schluck. Versucht Euch den Geschmack auf

Eurer Zunge zu merken, er ist ganz eigentümlich fürs *Merascha,* wenn man's durch den Mund einnimmt.«

Hatte Javan bereits die erste Dosis in ihren Auswirkungen als sehr übel empfunden, so belehrte ihn die zweite Dosis durch die nachgerade unbeschreibliche Gräßlichkeit ihres Einwirkens eines besseren. Obzwar er nur drei Schlucke getrunken hatte, glühte der mit der Droge vermischte Wein in seinem Magen wie geschmolzenes Blei.

Gerne hätte Javan sich erbrochen, doch selbst diese Art der Abhilfe mutete ihn als viel zu mühsam an. Hinter seinen geschlossenen Lidern staute sich immer stärker spürbarer Druck, pochte und gloste, steigerte sich rasch von bloßen Beschwerden zu regelrechten Schmerzen, welche ihm bis unters Schädeldach tosten und wummerten.

Bei so viel Pein hätte er am liebsten geschrien, doch eine auf seinen Mund gepreßte Hand verhinderte es. Sein Körper bäumte sich wider die Fäuste auf, die ihn hielten, seine Gliedmaßen verfielen in Zuckungen. Er tröstete sich mit der Hoffnung, schlimmer könnte es nicht mehr kommen – dennoch geschah das Gegenteil, und sogar danach erfolgte noch eine weitere Steigerung der grausamen Folter.

Ein Bestandteil seines Leibes, von dem er das Gefühl hatte, daß gar nicht dem eigenen Körper zugehörig war, nahm ein zweites Mal einen Trank ein, schluckte in langen Zügen eine Flüssigkeit, die ihm wohltuend wie zerschmelzender Schnee die gemarterte Gurgel hinabrann. Er röchelte und hustete, doch gebot ihm irgendwer fortgesetztes Schlucken, und er vermochte dem Befehl nicht zu widerstreben.

Zu guter Letzt, indessen viel zu langsam, verebbte die Qual. Zum Schluß entschwebte er barmherzigerweise in völlige Finsternis und gänzliches Nichts.

Als er zu späterer Stunde das Bewußtsein wiedererlangte, spürte er als erstes ein fürchterliches Gepoche im Schädel sowie eine widerwärtige Mulmigkeit in der Magengrube. Heller Kerzenschein, welcher ihm zudringlich durch die geschlossenen Lider ins Hirn drang, erhöhte sein Mißbehagen, und ihm entfloh ein Stöhnen, als er einen Arm hob und sich über die Augen legte.

Der ausgestoßene Laut lockte irgendwen herbei, der sich an seine rechte Seite setzte, dadurch eindrückte, worauf er lag, so daß er ein wenig abwärtsrutschte. Schon diese geringfügige Bewegung rief Javan hinter den Augen verstärkte Pein hervor und verursachte ihm im Bauch gar heftige Übelkeit. Als er sich auf der Seite zusammenkrümmte, den anderen Arm auf den Leib preßte, schob jemand einen kraftvollen Arm unter sein Haupt, hob dasselbe leicht an. Weiteres brauchte es nicht, um seinen Brechreiz unwiderstehlich zu machen, und er übergab sich in eine Schüssel, welche sich nachgerade wunderbarerweise genau dort befand, wo er ihrer bedurfte.

Mit einem weichen Tuch ward ihm, als er sich des Mageninhalts entledigt hatte, der Mund abgewischt, die Schüssel schaffte man fort. Indem er ermattet wieder auf den Rücken sank, schlug er mühevoll die Augen auf – und erschrak aufs allerfurchtbarste, als er zu seinem äußersten Entsetzen die schwarze Kutte und das Löwenhaupt-Ordenswappen eines *Custodes*-Mönchs erblickte.

»Faßt Euch, Sire, gemach, gemach«, sprach eine vertraute Stimme, obwohl Javan das von der Sonne gebräunte Antlitz mit der *Custodes*-Tonsur nicht auf Anhieb erkannte. »Ich bin's, Jesse. Ihr werdet alsbald von neuem wohlauf sein. Es ist beklagenswert, aber offenkundig verfügt Ihr nicht allein über die Begabung zum Anwenden magischer Kräfte, sondern habt auch eine sonst nur für Deryni eigentümliche Anfälligkeit gegenüber dem *Merascha* entwickelt.«

Die tröstliche Erkenntnis, daß es Jesse war, der sich über ihn beugte, flößte Javan unverzüglich unendliche Beruhigung ein, und er erschlaffte aus Schwäche zu gänzlicher Hilflosigkeit. Er konnte sich nicht daran erinnern, sich jemals schon derartig jämmerlich gefühlt zu haben, nicht einmal zu jenem Zeitpunkt, als Tavis ihn in einen Zustand des Krankseins versetzt hatte, um Rhys Thuryn herbeizulocken. Ihm ging der Gedanke durch den Kopf, daß er es verdiente, so zu leiden, er jetzt die Strafe für seine Mitschuld an Rhys' Tod ertragen mußte.

»Aber nein, nicht doch, Gebieter«, raunte Jesses Stimme, indem der Deryni-Jüngling mit sonnengebräunter Hand über Javans heiße Stirn strich, offenbar genau ersah, welche Schuldgefühle den König plagten. »Quält Euch nicht mit derlei irrigen Ansichten. Ihr habt an dem Vorfall kein Verschulden. Ihr habt getan, was Ihr für angebracht hieltet. Rhys Thuryns Tod war ein bedauerlicher Unfall.«

Obschon er sich nahezu vier Jahre lang das Gegenteil eingeredet hatte, neigte Javan nun allmählich dazu, dem selbstsicheren jungen Deryni, welcher ihm Schwingungen der Beschwichtigung und Ermutigung einfließen ließ, Glauben zu schenken. Jesse stützte ihm lange genug den Rücken, um ihm ein zweites Mal einen kühlen Trank einzuflößen, und Javan schluckte fügsam, derweil des blonden Deryni-Jungmannen Geist auf besänftigende Weise sein Gemüt umfing und die Beschwerden linderte. Schließlich sank er in gnädigen, seligen Schlaf.

Javan erwachte erst am Vormittag; goldener Sonnenschein flutete durch die offene Tür des Altans ins Schlafgemach. Noch fühlte der König sich matt, wiewohl sich zumindest der Schmerz in seinem Haupt auf ein dumpfes Ziehen hinter den Augäpfeln verringert hatte.

Herr Jesse war fort, Charlan legte soeben für Javan frische Kleider bereit. Der junge Ritter lächelte, sobald er seinen Herrscher wach sah; gar nichts in seinem Mienenspiel verwies darauf, daß er sich irgendwelche ungewöhnlichen nächtlichen Vorgänge entsann. Daraus zog Javan die Schlußfolgerung, daß Guiscard inzwischen, nachdem die Krisis vorüber war, im Gedächtnis ihres menschlichen Bundesgenossen schon die zur Vorsicht erforderlichen Abänderungen vorgenommen hatte.

Und allem Anschein nach hatte Javan die abscheulichen Folgen des Versuchs tatsächlich überstanden. Kurz schloß er die Augen, überprüfte die Tauglichkeit seiner Geisteswehr, dann die Fähigkeit, mit den Magie-Sinnen die Umgebung zu erkunden, stellte beider Unversehrtheit fest, wenngleich sie sich ein wenig ungefüge anfühlten, ähnlich wie – falls man geistige mit leiblichen Mühen gleichsetzen konnte – nach anstrengender Körperertüchtigung versteifte Sehnen.

Er schlug die Augen auf, just als Herr Guiscard das Schlafgemach betrat, setzte sich, reckte vorsichtig die Glieder und schaute zum Fenster hinaus.

»Welche Stunde ist's?« erkundigte sich Javan.

»Bald schläg's Mittag, Sire. Leider verlief Euer Nachtschlaf unruhig.«

Javan schnaubte. »So wie mir zumute ist, glaube ich Euch aufs Wort.« Er blinzelte, sammelte seine Kräfte und schwang die Beine über die Bettkante, kühlte die Fußsohlen auf den steinernen Bodenfliesen.

»Wißt Ihr, es wäre vielleicht klüger gewesen, mit dem Versuch bis zum Winter zu warten«, meinte er zu Guiscard. »Wahrlich, ich fürchtete ernstlich, ich müßte innerlich verbrennen.«

»Ihr hättet ihn im Schnee durchführen können, Sire, und's wäre Euch zu keinem Vorteil gediehen«, antwortete Guiscard und reichte ihm einen Becher.

»Was gebt Ihr mir da?«

»Pures Wasser, Sire. Ich empfehle Euch, während der nächsten ein, zwei Tage recht viel davon zu trinken, damit auch die allerwinzigsten Überbleibsel der Droge aus Eurem Leibe geschwemmt werden. Im benachbarten Gemach habe ich Euch ein laues Bad einfüllen lassen. Falls Ihr Euch dazu in der Lage fühlt, wär's sicherlich angebracht, Euch drunten zu zeigen. Mein Vater, Herr Etienne, hat im Zusammenhang mit den Schriftstücken, über denen er am gestrigen Abend brütete, an die Reichskanzlei eine Anfrage gerichtet, infolge welcher am heutigen Nachmittag eine Sitzung des Kronrats sinnlos wird, daher bleibt Euch die Aussicht neuen Ärgers heute erspart. Statt dessen könntet Ihr Euch, sollte das Auftreffen der Pfeile mit seinem dumpfen Geräusch die Beschwerden in Eurem Haupt nicht verschlimmern, beim Bogenschießen betätigen.«

Javan verzog das Gesicht. »Jedenfalls bezweifle ich, Sire«, fügte Guiscard seinen vorherigen Worten hinzu, »daß Euch in Eurer gegenwärtigen Verfassung ein Ausritt anders als dem Hund das Gras bekommen wird. Und schon gar nicht dürfte Euch daran gelegen sein, vermeine ich, daß jemand munter auf Euren Helm eindrischt oder in Eurer Nähe Übungsschwerter klirren.«

»Nun denn, also sei's das Bogenschießen«, stimmte Javan zu und begab sich auf den Weg zum Aborterker. »Guiscard«, rief er, bevor er den Abort betrat, »hab ich's etwa nur geträumt, oder hat mich in der Nacht fürwahr ein *Custodes*-Mönch aufgesucht?«

»Ach je, Sire, Ihr littet in der vergangenen Nacht wohl ein volles Schock Alpträume, doch ein *Custodes*-Mönch trat darin nicht auf«, erteilte Guiscard unbekümmert-heiter Auskunft. »Hingegen hat der Besucher mir versichert, Ihr hättet Euch aufs wackerste gehalten.«

Als Javan sich wieder zu Guiscard gesellte, schüttelte er den Kopf. »Wenn das wirklich die Wahrheit sein soll, so wollte ich jenem Zeug lieber nicht gänzlich wehrlos ausgeliefert sein.« Er stieß ein Stöhnen aus. »Nun habe ich wohl eine Sorge mehr… Wo steht, sagtet Ihr, das vorbereitete Bad?«

Zwar trafen Javans Pfeile das Ziel merklich schlechter als in den vorangegangenen Monden, aber er überstand das Bogenschießen. Ein paar jüngere Ritter erkundigten sich nach seiner Unpäßlichkeit vom Vorabend, und er räumte ein, trotz des von einem Hofarzt gereichten Beruhigungstranks schlecht geschlafen zu haben, beteuerte jedoch, sich mittlerweile wieder erheblich wohler zu fühlen.

Am Abend zog er sich zeitig vor allen möglichen Anfechtungen in seine Gemächer zurück und gestattete es Herrn Guiscard, ihn vermittelst seiner Deryni-Fähigkeiten in tiefen, erholsamen Schlummer zu senken, und am darauffolgenden Morgen erwachte er im Zustand weitgehenden Genesenseins. Ein munterer Ritt am Fluß entlang tat ein übriges, um den König im großen und ganzen wiederaufzurichten, und im Laufe der nachmittäglichen Zusammenkunft des Kronrats verspürte er nur noch sehr schwache Anwandlungen der Schwächeanfälle.

Nach einer weiteren Nacht bekömmlichen Schlafs, welchen er dieses Mal ohne Guiscards Hilfe fand, erachtete er die scheußlichen Nebenerscheinungen des Versuchs als überwunden. Allerdings stellte er sich nun stets häufiger die Frage, ob es ratsam sein könnte, seinem Bruder die gemachte Entdeckung mitzuteilen und ihn zu warnen.

Im Verlauf der folgenden Wochen vermittelten regelmäßig eintreffende Sendschreiben Herrn Jasons dem König den tröstlichen Eindruck, daß er, als er seinen Bruder in die Welt hinausschickte, das Richtige getan hatte. Ein zusätzliches Schreiben des sonst eher sachlich-nüchternen Herrn Ainslie, das Javan über Rhys Michaels Beteiligung an einer örtlichen Gerichtsverhandlung unterrichtete, enthielt sogar nachgerade überschwengliches Lob.

*S. Kgl. Hoheit erwisz sich bey aller Geneigetheit zur Milte,* schrieb Ainslie, *in eynem jeglichten* casus *als unerpittlich entschloszen zum Auffklaeren und schenckte allen Aussagen, ob der Zeuge hohen oder gemeynen Standes, weidlich Auffmercksamkeit, und hat eyn gar vortrefflichtes Gehoer fuer solcherlei Zeugnüsse Feinheiten. Gantz zuversichtlichstens wage ich Eurer Allerhuldtvollsten Majestät meinen Befundt zu vermeldten, dasz Ihr fuerwahr getroszt stoltz auf Euren Kgl. Hrn. Bruder seyn duerft etc. etc.*

Daheim hingegen beobachtete Javan weniger günstige Omen. Nach Rhys Michaels Abreise hatte er einen vergleichsweise friedlichen Herbst erwartet, und eigentlich – von dem widrigen Zwischenspiel mit dem *Merascha* abgesehen – war dem zunächst auch so; doch indem Tage zu Wochen wurden, ohne daß Paulin von Ramos an den Königshof zurückkehrte, sorgte sich der König allmählich, es könnte lediglich Ruhe vor dem Sturm herrschen.

Obzwar er Paulins Gegenwart in Rhemuth beileibe nicht herbeischmachtete, nagte unwillkürlich die Frage an Javans Seelenfrieden, welche Ränke der *Custodes*-Generalvikar wohl im Verein mit seinem Deryni-Handlanger in der Abtei *Arx Fidei* schmieden mochte, zumal erneut der Zeitpunkt näherrückte, an dem Pater Faelan bei seinen Oberen vorstellig werden sollte. Als er sich bei Herrn Albertus nach den Gründen für Paulins Ausbleiben erkundigte, deutete ihm der Großzeremonienmeister mit verschwommenen Reden die Auffassung an, die Ursache möchte im langwierigen Siechtum eines gewissen Bruder Gregorius zu sehen sein, eines alten Jugendfreunds Paulins, mit dessen alsbaldigem Ableben man rechnete.

Anhand von Albertus' ungemein schwafeliger Ausdrucksweise gewann Javan nicht einmal darüber Aufschluß, ob es selbigen Bruder Gregorius überhaupt gab, jedoch durfte er es, wollte er keinen unerwünschten Argwohn erregen, nicht wagen, nach dem Wahrheitsgehalt dieser fragwürdigen Auskünfte zu forschen.

Gleich was die eigentliche Veranlassung für Paulins hartnäckiges Fortbleiben bildete, Pater Faelan blickte des Mondes Ausklang mit wachsendem Grausen entgegen. Im Laufe der Wochen machte er Javan stets deutlicher klar, daß er die Abtei *Arx Fidei* wahrhaftig kein weiteres Mal aufsuchen mochte.

Gewißlich war des Geistlichen Widerwille nur zu verständlich, aber seine Weigerung warf Javan auf recht ernstliche Weise Knüppel zwischen die Füße. Dieweil der Pater den zuvorigen Aufenthalt in der Abtei überlebt hatte, hegte Javan die ehrliche Ansicht, es drohte wahrscheinlich keine Gefahr, daß Faelan jemals, selbst bei neuer, gründlicher Ausforschung durch Paulins derynischen Gehilfen, irgend etwas preisgab, was für den König oder ihn harmvolle Folgen zeitigen könnte.

Überdies hatte Javan während des gegenwärtigen Mondes sorgsam darauf geachtet, daß dem Priester keinerlei Sachverhalte zur Kenntnis gelangten, von denen Paulin nichts erfahren sollte. Javan beabsichtigte, Pater Faelan in Zukunft, wenn es sich irgendwie einrichten ließ, voll und ganz auf sein Amt als des Königs Beichtvater zu beschränken, ihn also gänzlich von heimlichen Umtrieben jener Art auszuschließen, wie sie sich kurz nach seiner Ankunft in Rhemuth als notwendig erwiesen hatten. Der König hoffte, daß die *Custodes* nach mehreren Monden völlig unwichtiger, belangloser Berichterstattungen das Interesse an Faelan verloren und ihn als den schlichten Priester wirken ließen, welcher er zu sein begehrte.

Derlei Überlegungen zählten indessen nicht im mindesten für Faelan, der ja davon, wie Javan ihn zu beschützen trachtete, keine Ahnung hatte. Indem der vorgesehene Tag seines erneuten Erscheinens in der Abtei heranrückte, steigerte sich des Geistlichen Furcht vor einer etwaigen Wiederholung der herzlosen Behandlung, welcher er beim ersten Verhör unterworfen worden war, und angesichts der nach seines Beichtvaters Empfinden durchaus gerechtfertigten Sorge, bei jedem beliebigen seiner Aufenthalte in der Priesterschule könnte der *Custodes* grausamer Mutwille ihn das liebe Leben kosten, erachtete auch Javan selbst es als unzumutbar, ihn zum Aufsuchen selbigen Ordenshauses zu zwingen, obschon er die Nötigung hätte bewerkstelligen können, ohne daß der Betroffene es merkte. Es verhielt sich wahrlich so, wie Faelan sich am Tage seines Anlangens bei Hofe gegenüber Javan ausgedrückt hatte: Für *etwas*, was auch immer, zu sterben, mochte angehen – aber unter diesen Umständen…

Allerdings beharrte Javan darauf, daß Faelan die Auswirkungen erwog, welche möglicherweise nachfolgten, falls er der Abtei fern blieb. Der König konnte dem Pater Schutz für Leib und Leben gewähren, vielleicht sogar Paulin davon überzeugen, daß Faelans Ausbleiben auf seine, nämlich Javans Ablehnung zurückging, ihn ziehen zu lassen; aber selbst dann entstünde ein Anlaß zu neuen Fragen der Art, was er oder der König wohl zu verbergen haben mochten. Und sollte man Faelan vorsätzlichen Ungehorsam unterstellen, konnte ein *suspensus* seines Priesteramts, der Ausschluß aus dem Orden oder gar die Exkommunikation das traurige Ergebnis sein.

Michaeli kam und ging – am Königshof feierte man Rhys Michaels Geburtstag mit einer bescheidenen Festlichkeit, auf welcher der König und sein Hofstaat in Abwesenheit des Prinzen auf dessen Wohlergehen tranken –, und zuletzt auch der folgende Montag, der Tag, an dem Faelan sich zur Abtei hätte begeben müssen. Am Nachmittag erschien von der Basilika Sankt Hilary Pater Ascelin, um Faelan, wie es für desselben Fortsein festgelegt worden war, als Beichtvater zu vertreten; doch Faelan blieb in der Königsburg.

Zwei Tage später, kurz nach der Mittagsstunde, fand sich Paulin von Ramos, begleitet durch lediglich zwei *Custodes*-Ordensritter, alle drei auf sichtlich schweißigen Rössern, in der Hauptstadt ein. Alsbald rief man Javan zu einer vom Generalvikar der *Custodes* aufs allerdringlichste und hochnötigste erbetenen Audienz.

# XXXI. Kapitel

*Denn Gewalttat plant ihr Herz,*
*und ihre Lippen reden Unheil.*

Sprüche 24,2

»Sire, ich wünsche zu erfahren, weshalb Pater Faelan sich noch nicht im Ordenshaus *Arx Fidei* eingestellt hat«, plärrte Paulin, indem er ohne Säumen zur Sache kam. Er hatte sich nicht einmal dazu Zeit genommen, die staubige Reitkleidung abzulegen. »Er wird, wie Euch wohlbekannt ist, an eines jeden Mondes erstem Montag bei uns erwartet. Als er nach zwei Tagen Verzug nicht erschien, befiel mich Besorgnis. Trifft es denn etwa zu, wie mir angedeutet ward, daß Pater Faelan Rhemuth bisher nicht verlassen hat?«

»Das ist richtig, Herr Generalvikar«, versetzte Javan zur Antwort. Er hatte Paulin ohne sonderliches Aufhebens, unter Mitnahme lediglich der Herren Charlan und Robear, im hinter dem Dürnitz gelegenen Audienzsaal empfangen. Zu einem Gewand im Karmesinrot des Haldane-Geschlechts trug er einen kunstvoll aus laufenden Löwen zusammengefügten Kronreif und hielt das Haldane-Schwert in den Fäusten. Mit dem *Custodes*-Generalvikar hatte sich Herr Albertus eingefunden, welcher in seinem schwarzen Leder und dem schwarzen Ordensmantel einen geradezu bedrohlichen Eindruck erweckte. Wie alle übrigen Anwesenden, mit Ausnahme Paulins, führte auch er – am rotfransigen Gehenk der *Custodes*-Ordensritter – ein Schwert an der Hüfte.

»Pater Faelan hat Rhemuth *nicht* verlassen«, wiederholte Paulin regelrecht ungläubig.

»Meines Wissens nicht.«

»Darf ich mich nach dem Grund erkundigen, Sire? Ich war der Meinung, unmißverständlich klargestellt zu haben, daß sein alle Monde fälliges Erscheinen beim Orden als eine der voraussetzungsmäßigen Bedingungen für seine Einreihung ins Königliche Gefolge gilt.«

Bedächtig lehnte sich Javan in den Thronsitz, maß Paulin festen Blicks.

»Es sind kaum drei Wochen verstrichen, Generalvikar, seit Pater Faelan vom *letzten* Besuch der Abtei wiedergekehrt ist«, entgegnete er mit Entschiedenheit, ließ dabei unerwähnt, daß eigentlich das durch ihn betriebene Hinauszögern des ersten Aufenthalts in jenem Ordenshaus zu seines Beichtvaters verspäteter Rückkehr an den Königshof geführt hatte. »Wisset, daß ich seine häufige Abwesenheit inzwischen als unangebracht empfinde. Ich eracht's als angemessen, wenn er sich viermal im Jahr bei Euch einfindet. Schon das letzte Mal war's lästig, daß er sich so bald wieder von Hofe entfernen mußte.«

»Bei aller geziemlichen Hochachtung, Sire, des Hofes Anspruch auf Annehmlichkeit kann unmöglich für Pater Faelan der Maßstab...«

»Des Königshofes Annehmlichkeiten haben unzweifelhaft allerentscheidendste Bedeutung für des Königs Seelenfrieden«, unterbrach Javan den frechen Pfaffen. »Um den Seelenfrieden zu wahren, bedarf der König in schöner Regelmäßigkeit der Dienste seines Beichtvaters. Oder wolltet Ihr dem widersprechen, Generalvikar?«

»Beileibe niemand wird die ernste Notwendigkeit regelmäßigen Beichtens in Abrede stellen, Sire«, knirschte Paulin. »Jedoch kann ein Beichtvater, welcher selbst Not an einem Beichtvater hat, Eurer Majestät schwerlich von Nutzen sein.«

»Es mag sein, daß Pater Faelan sich bei besagtem Bedarf an einen anderen Geistlichen in der Stadt gewandt hat«, äußerte Javan. »Indes behaupte ich, daß ein solcher Mann wohl kaum irgend etwas zu beichten haben kann. Er versieht seine Pflichten fürwahr aufs mustergültigste, mit einer Vorbildlichkeit, die mich allerdings, dieweil ich ihn schon von der Priesterschule kenne, keineswegs überrascht. Seine mildtätige Frömmigkeit erweist sich als Füllhorn der Bereicherung für jedermann, der mit ihm Umgang pflegt. Ein höheres Lob vermag ich mir für einen Priester schwerlich vorzustellen.«

»Ihr mutmaßt, Sire, daß er sich als Beichtiger Priestern außerhalb unseres Ordens anvertraut hat?« fragte Paulin in ungebührlich scharfem Ton, überging Javans lobende Worte. »Wie Ihr selbst wißt, Sire, ist darin ein schroffer Verstoß wider die Ordensregeln zu erblicken. Man kann wohl nicht bezweifeln, Sire, daß bei Hofe die Verlockung, in der rechten Zucht und Ordnung zu erlahmen, weit stärker als hinter eines Klosters Mauern ist, und aufgrund ebendieser Erwägung habe ich's ja, wenn er Eurem Gefolge angeschlossen wird, zur Voraussetzung erhoben, daß er einmal in jedem Mond bei uns vorstellig werden muß.«

Javan zuckte nahezu geringschätzig mit den Schultern, bereute es jedoch insgeheim, etwas über etwaige andere Beichtväter geredet zu haben. »Mir ist nicht geläufig, daß er sich der Pflichtvergessenheit schuldig gemacht hätte, Pater Paulin. Zudem steht's mir, da ich kein Mitglied Eures Ordens mehr bin, nicht zu, über derlei Angelegenheiten ein Urteil zu fällen.«

Die nur knäpplich verschleierte Erinnerung an Javans Abfall von den *Custodes* tat wenig, um Paulins immer stärker ersichtlichen Unmut zu mäßigen.

»Mag er nun außenstehende Beichtväter haben, Sire, oder nicht«, antwortete der Generalvikar in kaltem Tonfall, »allemal bleibt's doch, daß er sich nicht in der Abtei gemeldet hat, ein Verstoß wider seine Gehorsamspflicht. Hättet Ihr ihm zu gehen verboten, wäre es seine Aufgabe gewesen, Pater Ascelin davon zu unterrichten, aber dieweil nichts dergleichen geschehen ist, muß ich von der Annahme ausgehen, daß Pater Faelan uns aus eigenem Mutwillen – wenigstens zum Teil – ferngeblieben ist, wenngleich es mich zutiefst bestürzt, daß ein angeblich so vorbildlicher Geistlicher plötzlich dergestalt alles verwirft, was er sich im Laufe der Jahre in unserem Orden an Errungenschaften erwirkt hat... Sollte es allerdings wahrhaftig seine Verfehlung sein, den Weisungen seiner Vorgesetzten zu trotzen, ist's unverkennbar meine Obliegenheit, ihn zur Belehrung und Züchtigung in den Schoß unserer Ordensgemeinschaft zurückzurufen.«

»Weder habe ich es ihm verboten zu gehen, Pater Paulin«, erklärte Javan ebenso kaltschnäuzig, »noch gedenke ich ihm das Gehen zu befehlen. Ich habe *keinen* Zweifel daran gelassen, daß ich ihm, gleich wie sein Entschluß ausfällt, meinen Rückhalt gewähre.«

»Aha, so also läuft der Hase«, maulte Paulin. »Ihr habt ihn dazu ermutigt, Sire, diese...«

»Was denn, was denn, hütet Eure Zunge!« fuhr Herr Robear, der offenkundig dazu nicht mehr schweigen konnte, den Ordensmann an.

»Es ist mein Begehr, Sire, dieser Tollheit Begründung von Faelans eigenen Lippen zu vernehmen«, sprach Paulin, ohne Robear zu beachten. »Ich befürchte, sein hoher Stand als des Königs Beichtvater mag ihm arge Flausen ins Hirn geblasen haben. Nach meinem Dafürhalten ist er in der Tat noch viel zu jung für ein so bedeutsames Amt. Um so wichtiger ist folglich nun für ihn, damit er die Irrigkeit seines eitlen Treibens erkennt, hilfreiche geistliche Anleitung. Darum werde ich ihn ohne Verzug aufsuchen.«

»Geschähe in der Welt auch noch so viel«, murrte Herr Robear, »ein Mönch will doch mit sein im Spiel.«

»Ohne meine Erlaubnis dürft Ihr Euch nirgendwohin entfernen, Generalvikar«, sagte Javan mit allem Nachdruck. »Ist's Euer Trachten, Euch mit meinem Beichtvater zu besprechen, so erledigt's in meiner Gegenwart, es sei denn, er selbst hätt's lieber anders.«

»Sire, bedenkt doch, damit verstoßt Ihr wider zahlreiche Festlegungen des Kirchenrechts«, beschwerte Paulin sich höchst fuchtig.

»Dennoch ist's so mein Wille. Herr Robear, ich bitte Euch, bestellt Pater Faelan zu mir, doch soll er nur kommen, wenn's auch sein Wunsch ist. Teilt ihm mit, wer unsere Besucher sind, und richtet aus, daß ich sein Erscheinen keineswegs befehle. Aber wenn er auf Pater Paulins Fragen Rede und Antwort stehen will – wie's sich, so glaube ich, letzten Endes nicht vermeiden lassen dürfte –, erläutert ihm, daß es meines Erachtens am ratsamsten ist, es heute hier bei dieser Gelegenheit zu tun.«

»Ihr rafft beileibe zu weitgehende, vermeintliche Befugnisse an Euch, Sire«, nörgelte Paulin von Ramos durch zusammengebissene Zähne, derweil sich Herr Robear markig verbeugte und zum Audienzsaal hinausstapfte. »Wie könnt Ihr Euch dahin vermessen, mir vorzuschreiben, wie ich mit *meinem* Ordensmitglied zu verfahren habe? Faelan muß sich *meinen* Weisungen fügen. Er hat zu kommen und zu gehen, wie *ich* es ihn heiße. Selbst wenn ich anordne, daß er sterben soll, so *hat* er zu sterben.«

»Derartige Willkür spreche ich Euch ab, Generalvikar«, erwiderte Javan unumwunden und mit allen Anzeichen der Ungnädigkeit. »Ihr seid *mein* Untertan, und ich leide weder von Euch noch seitens irgendeines sonstigen Untertanen derlei schamlose Aufsässigkeit. Und nun bezähmt Eure wahrlich über alle Gebühr vorwitzigen Reden, wenn Euch daran gelegen ist, daß ich Eurem Ersuchen um eine unverzügliche Unterhaltung mit Pater Faelan huldvoll stattgebe.«

Sobald Faelan den Saal betrat, erkannte Javan, daß sie beide, er und der junge Pater, jeder einen Fehler gemacht hatten. Wie man es unfehlbar von ihm gewohnt war, erschien Faelan in zur Gänze tadellosem Aufzug, in säuberlich ausgebürsteter Kutte, die Gugel hatte eine untadelige Fältelung, und frisch geschoren glänzte auf seinem geneigten Haupt die Tonsur.

Doch verflogen war der sanfte Gleichmut, welchen er während seiner anfänglichen Wochen bei Hofe, zwischen seiner ursprünglichen Ankunft in Rhemuth – nachdem er widrigen Umständen entronnen war – und seiner ersten Rückkehr in die Abtei *Arx Fidei*, an den Tag gelegt hatte. Jede seiner Bewegungen zeugte von mühsam verhohlenem Zagen, die Verkrampftheit der Schultern bezeugte stummes Bangen, während er sich zunächst vor dem König verbeugte, sodann vor dem Oberen seines Ordens aufs Knie fiel. Paulin erlaubte es seinem Untergebenen, den Ring an seiner Hand zu küssen, aber als Faelan Anstalten zum Aufstehen macht, verwehrte es ihm der Generalvikar.

»Gar ungemein verdutzt es mich, Bruder Faelan, dich hier zu erblicken«, wandte sich Paulin eisigen Tons an Javans Beichtvater. »Nach meiner Kenntnis hättest du dich schon vor Tagen zu dieses Mondes innerer Einkehr in der Abtei zurückmelden müssen.«

»Es... es widerstrebte mir, Euer Gnaden«, gab Faelan leise, den Blick kläglich gesenkt, zur Antwort, »dem Hofe den Rücken zu wenden.«

»Gelten dir des Hofes Angelegenheiten denn etwa als Vorwand, um deines Glaubens Pflichten zu scheuen?« fragte Paulin. »Oder hat's der König dir untersagt, dich zu deinen Ordensbrüdern zu begeben?«

»Nei-nein, Euer Gnaden. Es war ganz allein mein Entschluß.«

»Du hast dich also, wenn ich dich recht verstehe, willentlich dazu entschlossen, deinen Vorgesetzten schnöden Ungehorsam zu erweisen«, schlußfolgerte Paulin. »Das ist eine ernstzunehmende Sünde, Bruder Faelan.«

Indem er die Lider sinken ließ, holte Faelan tief Atem. »Ich vermochte... die Aussicht auf eine mögliche Wiederholung dessen, was sich... zuvor ereignet hat, nicht zu ertragen, Euer Gnaden.«

»Meiner Treu, wovon kannst du denn da nur Rede führen?« meinte Paulin scheinheilig; in seiner Stimme schwang eine unausgesprochene Warnung mit. »Ist dir jemals irgend etwas zugemutet worden, was einem anderen Zweck als dem Heil deiner unsterblichen Seele förderlich gewesen wäre?«

»Ich bin... mir vollauf dessen sicher, Euer Gnaden«, wich Faelan der Frage aus, »daß... *es* in keinerlei andersartiger Absicht geschah.«

»Aber du maßt dir an, dahinter etwas anderes zu vermuten?« unterstellte Paulin dem Geknickten. »Lieber Bruder, aus dir spricht die Sünde des Hochmuts. Mit Schrecken gewahre ich, daß du abgeirrt bist vom rechten Weg. Ungehorsam und Hochmütigkeit sind schwere Sünden. Daher befehle ich dir zum Wohle deiner unsterblichen Seele, dich für eine Zeitspanne des Fastens und der Besinnung ins Kloster *Arx Fidei* zurückzuziehen, auf daß du deines Verhaltens Verwerflichkeit erkennst und in dein Herz Zerknirschung Einzug hält. Schon stets habe ich ja den Standpunkt vertreten, daß Gehorsam für die meisten jungen Priester eine noch schwerere Prüfung denn Keuschheit bedeutet. Zum großen Glück können die beiden genannten Tugenden durch altbewährte, geeignete Maßnahmen zuträglicher Züchtigung in beträchtlichem Umfang in ihrer Entfaltung begünstigt werden, so daß auf diese Weise...«

»Eher wähle ich den Tod«, hauchte Faelan nahezu unhörbar leise.

»Was raunst du da, Bruder?«

»Ich sage, eher wähle ich den Tod, als daß ich in die Abtei zurückkehre«, bekundete Faelan lauter, indem er ruckhaft das Haupt hob, aus seinen dunklen Augen wilden, furchtsamen Blicks zum Generalvikar emporstarrte. »Ich unterwerfe mich jener Züchtigung kein weiteres Mal. Nie und nimmer! Lieber wollte ich…«

»Nach deinem Belieben habe ich wahrlich nicht gefragt«, entgegnete Paulin kaltherzig. »Mein Geheiß an dich lautet, daß du…«

»Alle Wetter, unter meinem Dach habt Ihr niemandem Befehle zu erteilen, Generalvikar«, mischte Javan sich ein, der jetzt das Gefühl hatte, genug der Hoffärtigkeiten mitangehört zu haben. »Pater Faelan hat Euch – ganz unmißverständlich, muß ich sagen – die Erklärung abgegeben, daß er keinesfalls ins Ordenshaus *Arx Fidei* zurückkehren möchte. Es läßt sich nicht jedes Holz zu Bolzen drehen. Infolgedessen erübrigen sich zweifelsfrei, so will's mich fürwahr dünken, in selbiger Streitsache fernere Erörterungen.«

»Kehrt er unter grober Mißachtung meiner Weisung nicht in die Abtei zurück, so entfällt ihm des Ordens Schutz, Sire«, antwortete Paulin. »Zudem gibt die vorsätzliche Auflehnung eines Geistlichen gegen seinen Oberen hinreichenden Grund zur umgehenden Aussetzung seiner priesterlichen Befugnisse. Bleibt er ungeachtet selbiger Maßregelung verstockt, wird er exkommuniziert.« Er wandte sich an den inzwischen auf die Fersen gesunkenen Faelan, der in äußerster Seelenpein vor sich hinbebte. »Ist dein Trotz dir solchen Unglimpf wert, Bruder?« fragte Paulin ihn. »Gehört deine Treue einem weltlichen König, welcher seine frommen Gelübde verworfen hat und nun danach trachtet, auch dich von deinen heiligen Gelöbnissen sowie dem Orden, dem du willig deine unsterbliche Seele zur Fürsorge anvertraut hast, abtrünnig zu machen? Ach weh, des Menschen Herz ist von Natur aus ein Götzenhaus…!«

»Genug des schmählichen Faselns!« Javan erhob sich vom Thronsitz und trat zwischen Paulin und den ins Schlottern verfallenen Faelan, streckte einen Arm aus, um Albertus vor unbesonnenen Übergriffen zu warnen. »Es zeigt sich, wie ich ersehe, immerzu deutlicher, daß Euer Groll in Wahrheit nicht Pater Faelan gilt, sondern Eure Feindschaft sich gegen mich richtet. Schenkt mir getrost Glauben, wenn ich Euch versichere, daß Faelan in keinerlei Hinsicht in meine Entscheidung verwickelt war, Euren Orden zu verlassen. Er war und ist ein vortrefflicher Priester. Ihr selbst habt ihn so weit getrieben. Nur mit äußerstem Widerstreben gestand er mir, was ihm, ehe er sich mit Eurer Einwilligung an meinen Hof begeben durfte, angetan ward. Wahrlich, ich erachte es als gottlose Abscheulichkeit, daß Ihr nicht vor der garstigen Androhung zurückschreckt, einen so vorzüglichen Geistlichen zugrunde zu richten, bloß um Euren Hader mit mir auszutragen.«

Paulin straffte sich zu voller Körpergröße und stierte über seine lange Nase hinweg Javan an. Albertus schob sich, eine Faust am Schwertgriff, näher heran. Auch Charlan und Robear legten die Hand an den Schwertgriff. Schließlich schnaufte Paulin einen schweren Seufzer mühevoller Selbstbezähmung hervor.

»Nun erkenne ich zum bösen Ende, Sire, die Verhältnisse sind schlechterdings weitaus schlimmer, als ich's jemals zu vermuten gewagt hätte«, hechelte er mit mühevoll beherrschter Stimme. »Ganz offenkundig zerfressen Fäulnis und Morschheit dieses Königshofes Grundfesten.« Verächtlich senkte er den Blick auf Faelan, der unverändert geduckt zu seinen Füßen kauerte.

»Ich biete dir eine letzte Gelegenheit an, um deine unsterbliche Seele zu retten, Bruder Faelan«, sprach Paulin. »Unterwirf dich der Obrigkeit, welcher du die Treue geschworen hast, als du gottbegierigen Herzens dem *Ordo Custodum Fidei* die frommen Gelöbnisse ablegen durftest. Ziehe mit mir und laß dich von Bruder Albertus behufs geistlicher Beratung ins Kloster *Arx Fidei* geleiten. Dieweil ich aufs allererschreckendste um dein Seelenheil fürchte, entbinde ich dich von diesem Augenblick an deiner priesterlichen Aufgaben, bis deine Vorgesetzten dich als tauglich befinden, um deinen Priesterpflichten wieder nachzugehen.«

Faelan zuckte am ganzen Leibe zusammen, als hätte er einen Faustschlag erhalten; dennoch traute er sich nicht, das Haupt zu heben.

»Solltest du dieses über alle Maßen großmütige Angebot zurückweisen«, fügte Paulin seinen zuvorigen Äußerungen hinzu, dehnte die Worte auf unheilverkündende Weise, »werde ich ohne Säumen die zu deiner Exkommunikation erforderlichen Schritte veranlassen.« Seine nächsten Drohungen richtete er unverfroren gegen Javan. »Und falls Bruder Faelan sich dazu erdreistet, trotz Amtsentbindung und Exkommunikation irgendwelche geistlichen Aufgaben zu verrichten, gedenke ich den Erzbischof darum zu ersuchen, über den gesamten Königshof Gwynedds ein Interdikt zu verhängen. Er wird meinem Ansinnen willfahren und Euch, Sire, die Schuld zumessen, denn dieweil Faelan Euer Beichtvater war, muß er mit Gewißheit die Verantwortung für des erwähnten Bruders Widerspenstigkeit und Unbotmäßigkeit bei Euch suchen.«

»Lange Nase, spitzes Kinn, da steckt gewiß der Teufel drin«, grummelte halblaut Herr Robear.

»Ich werde mich selbst an den Erzbischof wenden, Generalvikar«, lautete Javans im Ton kaltmütiger Abweisung erteilte Antwort. »Es wird kein Interdikt geben.«

»Kein *Custodes*-Geistlicher wird Euch dienen, Sire«, warnte Paulin den König, »bis Ihr Euren Frieden mit dem Orden gemacht habt.«

»Es gibt noch weitere Orden und andere Priester«,

erwiderte Javan. »Unter denen werde ich mir zeitweilig einen ersatzweisen Beichtvater erwählen.«

»Einen zu suchen, steht Euch frei, Sire, aber Ihr werdet keinen finden.«

»Wer in einen Backofen blasen will, muß ein großes Maul haben, Generalvikar«, entgegnete Javan, obschon er sich seiner Sache weniger sicher fühlte, als seine Stimme, wie er hoffte, nach Gewißheit klang. »Sei's denn, wie's sein mag, ich stelle Pater Faelan unter meinen allerhöchsten Schutz. Er hat kein weltliches Gesetz gebrochen. Wenn Ihr die Auffassung vertretet, daß er wider das Kirchenrecht verstoßen hat, so verlange ich, daß Ihr für Eure Anwürfe Beweise darlegt. Von der Weigerung abgesehen, an eine Stätte zurückzukehren, woselbst man sich grundlos in der fühllosesten Art und Weise an ihm vergangen hat, finde ich an ihm keinen Fehl. Indes wollte ihm kein ehrbarer Mann eine solche Ablehnung zum Vorwurf erheben.«

»Darüber zu urteilen, fällt nicht in Eure Zuständigkeit, Sire«, tadelte Paulin voller ungehobelter Anmaßung seinen Oberherrscher. Er faltete die Hände auf dem Rücken und betrachtete Faelan wütenden Blicks. »Sei dir dessen bewußt, Bruder Faelan, daß dein eigener Hochmut und dein eigener Mutwille dieses Los über dich bringen. Bei Sonnenuntergang wirst du exkommuniziert, allem Schimpf und sämtlicher Schande anheimfallen, welche über einen dermaßen kläglichen Sünder wie dich hereinbrechen können – doch bist ja du selbst es, der sich längst von Gott und der Kirche losgesagt hat. Wenn du dich zu guter Letzt besonnen hast und deine Verfehlungen bereust, wird die Heilige Mutter Kirche dich freudenvoll an ihren Busen wiederkehren lassen, aber bis dahin mußt du als Ausgestoßener bei Heulen und Zähneklappern draußen in der Finsternis hausen. Des weiteren rufe ich dir vorsorglich in Erinnerung, daß du dich, falls du unversöhnt stirbst, dem Himmelsthron als Verfluchter nahen wirst...« Er vollführte vor Javan eine knappe Verneigung. »Einen guten Tag, Sire.«

Kaum hatte er den hämischen Gruß gesprochen, machte er auf dem Absatz kehrt und strebte, auf den Fersen gefolgt von Albertus, zum Saal hinaus. Herrn Robear war sichtlich danach zumute, den beiden unverschämten Pfaffen nachzustürzen – er tat auch wirklich einige Schritte in des Ausgangs Richtung –, und Charlan hatte eine gar bitterböse Miene aufgesetzt; Javans sorgenvolle Aufmerksamkeit jedoch galt ausschließlich Faelan.

»Pater, ich bedauere diese Vorkommnisse aufs bitterlichste«, sprach der König leise zu seinem Beichtvater, indem er sich neben den zutiefst aufgewühlten Mönch kniete und einen Arm um seine Schulter schlang. »Doch hab keine Bange, ich gewähre dir meinen Schutz... Ich hätte dich nicht an den Hof berufen sollen. Wahrhaftig, mir hätte klar sein müssen, daß Paulin sich darauf versteht, zum Knacken zu zwingen, was brechen soll.«

Erschrocken sah er, daß Faelan stumme Tränen vergoß, lautlose Schluchzer ihn schüttelten; zum Zeichen tieftrauriger Verneinung bewegte er das Haupt von einer zur anderen Seite.

»Ihr seid des Elends nicht schuldig, Sire«, vermochte er mit Mühe hervorzupressen. »Ich bin's ja, der an seiner Berufung gescheitert ist. Schlicht schweigen hätte ich sollen, als ich an Euren Hof kam, und Euch still so dienen, wie ich's am tauglichsten vermag. Mir hätt's angestanden, meine Bürde klaglos zu tragen. Und doch...«

»Und doch?« wiederholte Javan im Flüsterton.

Kümmerlich schniefte Faelan und hob das Kinn, brachte es jedoch nicht über sich, Javan in die Augen zu schauen. »Und doch empfand ich Frohlocken, weil ich all unsere herrlichen Glaubenswahrheiten mit keinem geringeren als Euch teilen durfte, Sire. Als wir uns in der Abtei kennenlernten, habe ich Euch geschätzt wie jeden meiner Brüder, aber gleichzeitig verstand ich als Euer Lehrer in Bälde sehr wohl auch den gewitzten Geist, dessen Unterweisung Ihr mir anvertrautet, zu würdigen. Niemals hatte ich einen edelmütigeren oder eifrigeren Schüler denn Euch…«

Die aufrichtigen Gefühlsäußerungen, welche in Gestalt dieser Worte aus Faelan hervorbrachen, rührten beinahe überwältigend stark an Javans Gemüt, so daß er unversehens mit den Tränen rang.

»Damit hätte ich zufrieden sein sollen… das ist mir jetzt deutlich erkennbar«, ergänzte Faelan seine Bekenntnisse mit stockender Stimme. »Mag sein, 's war *wirklich* Hochmut, als ich, nachdem Ihr zu meinem König emporstiegt und mich an den Hof bestellt habt, Eurem Ruf gefolgt bin, Sire… Ich hätte wissen müssen, daß ich, sobald man mein Gewissen prüft…« Er schüttelte das Haupt.

»Aber ich habe versagt. Als Euer Beichtvater war's meine Aufgabe, Euch eine Hilfe und Stütze zu sein. Statt dessen bin ich zum Gegenstand des Zwists zwischen Euch, Sire, und dem Orden geworden, welchem ich mich einst aus ganzem Herzen und mit voller Seele geweiht habe. Daß meine Ordensbrüder sich gegen Euch stellen und von mir verlangen, mich in gleicher Weise wider Euch zu vergehen…« Abermals schüttelte Faelan das Haupt. »Ich weiß nicht, ob ich all das verwinden kann, Sire. Der Priesterwürde verlustig zu gehen, exkommuniziert zu werden, von sämtlicher Sakramente Tröstung ausgeschlossen zu sein…«

»Bewahre Mut, mein Freund«, sprach Javan gedämpft. Bei sich verspürte auch er tiefen Gram. »Bei mir genießt du Zuflucht, solange du sie brauchst, und du bist ja, ungeachtet all des Zürnens Paulins, Priester in Ewigkeit. Wiewohl ich als König dir deines Amtes öffentliche Ausübung fortan nicht mehr gestatten darf, bis diese leidige Streitigkeit geschlichtet ist, stelle ich's dir frei, dich ihnen im verborgenen, will sagen, in deiner Unterkunft, zu widmen. Wenn es dir keinen Kummer verursacht, wollte ich's gerne sehen, tätest du dort für mich und auserlesene Mannen meines Gefolges auch künftig die Messe lesen.«

»Um ein Interdikt heraufzubeschwören, Sire?«

»Zuvor müßten deine ›Brüder‹ erst einmal davon Kunde erhalten, oder?« äußerte Javan mit grimmigem Schmunzeln eine Gegenfrage. »Doch reden wir nicht über ungelegte Eier. Vor dem kommenden Sonntag muß ich keine Messe besuchen. Vielleicht ist die ganze Schererei bis dahin schon durchgestanden… Wie wär's, du ziehst dich nun in deine Unterkunft zurück und legst dich zur Ruhe nieder? Schlaf dürfte deiner verstörten Seele, so wähne ich, ungemein zuträglich sein.«

»Ich könnte nimmer Schlaf finden, Sire«, antwortete Faelan in jammervollem Tonfall, derweil Javan ihm aufzustehen half. »Ich werde keinen Frieden haben, bis dieser Schatten von mir genommen ist… Und Bruder Paulin wird niemals nachgeben.«

»In der Hinsicht, daß der Schatten vertrieben werden muß, stimme ich dir zu«, sprach Javan, tastete mit seinen Magie-Sinnen nach des Paters Gemüt. »Allerdings hege ich die feste Überzeugung, daß du allem zum Trotze doch Schlummer zu finden vermagst.« Er bediente sich der schon seit einiger Zeit in Faelans Innerem vorbereiteten Ansätze zur geistigen Beeinflussung und ließ kurz einen Schwall der Schläfrigkeit durch sein Bewußtsein wallen. Sogleich schwankte der Priester ein wenig, und Javan stützte ihn mit einem um seine Schulter geschlungenen Arm.

»Soll ich dir zu einem derart bekömmlichen Schlummer verhelfen, Faelan? Für ein flüchtiges Weilchen darfst du dich all dessen entsinnen, was du darüber hinaus, mein Beichtvater zu sein, mit mir erlebt hast. Bist du damit einverstanden, daß ich dir Hilfe leiste?«

Der König sah es in Faelans Augen, als dem Pater die Erinnerung wiederkehrte, er zwinkerte, und kurz verschwamm ihm der vom Kummer getrübten Blick. Dann heftete Faelan selbigen Blick auf Javan, zwar voller Furcht – denn er wußte mit einem Mal wieder, was sein Herrscher als Haldane verkörperte und zu vollbringen vermochte –, aber auch voll des Vertrauens, und seine Schultern in des Königs Umarmung sanken gelockert herab.

»Ja, Gebieter«, antwortete er leise. »Der Schlaf bedeutet mir eine Barmherzigkeit. Ich lege mein Schicksal in Eure Hand.«

»Guter Mann«, murmelte Javan, strich mit der freien Hand über Javans Augen, und sofort schlossen sich dem Pater die Lider. »Schlafe tief und fest… Und erinnere dich nicht an dieses Gespräch.«

Nur weniger Herzschläge Dauer währte es, bis Javan das hilfreich-gnädige Werk getan hatte. Danach überantwortete er den Priester in Charlans Obhut, gab ihm den Auftrag, Faelan in seine Unterkunft zu führen. Javan begleitete das ungleiche Paar bis zur Tür. An der Schwelle stand Herr Robear, schäumte in stillem Zorn vor sich hin, während er Paulin und Albertus beobachtete, welche den Burgsaal durchquerten, da und dort verhielten, um mit anderen, gleichfalls in Schwarz gehüllten *Custodes*-Mönchen Worte zu wechseln, bis sie schließlich an des Dürnitz anderem Ende ins Freie entschwanden. Bei Javans Nähern wandte sich Robear um, streifte Faelan mit einem Blick stummer Fragestellung, während Charlan den Pater auf anderem Wege fortbrachte.

»Ist er wohlauf, Sire?« erkundigte sich der getreue Recke.

»Sobald er sich ausgeschlafen hat, wird's gewißlich der Fall sein.«

Robear schüttelte das Haupt und verschränkte die Arme vor der Brust. »Donnerwetter, wie hat Paulin dem Pfäfflein übel mitgespielt...! Was ist ihm denn *angetan* worden, Sire, bevor er zu Euch kam?«

»Man hat ihn im Namen der Frömmigkeit mehrerlei Martern unterworfen«, lautete Javans bündige Auskunft. »Sicherlich möchtet Ihr keine Einzelheiten hören.«

»Wohl lieber nicht, Sire, da habt Ihr recht. Ob Paulin ihn wirklich und wahrhaftig exkommuniziert?«

»Ich erwarte, daß es dahin kommt. Wolltet Ihr wohl ein paar Kundschafter aussenden, damit wir beizeiten davon erfahren?«

Robear nickte. »Sehr wohl, Sire, Euer Wille soll geschehen. Bei Sonnenuntergang, hat er angekündigt. Weilt Ihr, sollte ich etwas zu vermelden haben, am Abend in Euren Gemächern?«

»Ja.«

Ohne ein weiteres Wort zu sprechen, verbeugte sich Robear vor dem König und entfernte sich. Einige Augenblicke lang schaute Javan ihm nach; dann wandte er sich in die Richtung, welchselbige Charlan mit Pater Faelan genommen hatte.

Eine Stunde nach Sonnenuntergang betrat Erzbischof Hubertus die Sakristei des Rhemuther Doms, in welche sich kurz zuvor schon Paulin von Ramos begeben hatte, um sich der Gewandung zu entledigen, die er aus Anlaß der Exkommunikation Pater Faelans hatte tragen müssen. Paulin war es gewesen, welcher sich als Hauptvollzieher des Rituals betätigt hatte; unübersehbar waren aber auch die Erzbischöfe Hubertus und Oriss zugegen gewesen, und zudem hatten mehrere Dutzend *Custodes*-Brüder sowie ein Großteil des Domkapitels teilgenommen. Albertus und ein Ordensritter hatten am Eingang der Sakristei auf Wacht gestanden, denn Paulin war sich keineswegs dessen sicher gewesen, daß der König es ihnen erlaubte, den schaurigen Ritus der Exkommunikation zu vollziehen.

»Meinen Dank für Eure Anwesenheit, Herr Erzbischof«, sprach Paulin förmlich, als Hubertus in die Sakristei kam. Pater Lior streifte Paulin soeben hinterrücks einen schwarzen Chorrock von den Schultern. »Eure und Erzbischof Oriss' Gegenwart geben uns dafür die Gewähr, daß der Exkommunikation die gebührende Achtung widerfährt. Ich muß bekennen, noch immer erstaunt's mich gelinde, daß der König ihr Stattfinden geduldet hat.«

Über der schwarzen *Custodes*-Kutte trug er eine auffällig schlichte Albe, auf deren Schneeweiß sich die schwarze Stola und die ebenfalls schwarze Leibkordel überdeutlich abzeichneten. Auch Hubertus hatte sich anstatt in den gewohnten Purpur in einen einfachen Priesterrock gezwängt, so daß ausschließlich sein Bischofsring und das Brustkreuz noch auf den Rang eines hohen Kirchenfürsten hinwies. In Schwarz wirkte Gwynedds Primas weniger füllig als sonst, allerdings nur in geringfügigem Maße. Träge hob Hubertus, indem er Paulin anblickte, die Schultern.

»Wiewohl der König sich in diesem Einzelfall gegen das Kirchenrecht stellt, ist er mit demselben eingehend genug vertraut«, antwortete Hubertus, während Paulin sich die Stola abnahm und sie Lior überreichte. »Durch sein Verhalten hatte Faelan sich ja gleichsam schon selber exkommuniziert. Es wäre ohne jedweden Sinn geblieben, sich wider der Exkommunikation Verkündigung zu stemmen. Außerdem bin ich des Glaubens, daß der König gegenwärtig keinen offenen Streit mit Eurem Orden wünscht. Er hat bei Hofe genügend Feinde. Ein unverhohlener Zwist mit einer so machtvollen Vereinigung kann schwerlich in seinem Interesse liegen.«

»Mag sein, Exzellenz, aber er *hat* uns den Krieg erklärt«, behauptete Paulin. »Auf alle Fälle ist seinerseits *mir* der Krieg erklärt worden.«

Er hatte sich die schwarze Kordel vom Bauch geschlungen, wickelte nun die Zipfel um beide Fäuste und zog dazwischen die Kordel stramm, als wünschte er sich, er könnte sie um den Hals eines gewissen Königs werfen. »Was für eine Überheblichkeit...!«

»Er ist noch jung«, gab Erzbischof Hubertus zu bedenken, bemächtigte sich aus Paulins Händen gelassen der Kordel und rollte sie zusammen. »Ich werde versuchen, ihn zu einer Haltung durch Vernunft begründeter Gütlichkeit zu überreden. Viele von uns *kann* er schlichtweg nicht von der Macht ausschließen, darum muß er letzten Endes einsehen, daß es zu aller Beteiligten größtem Vorteil ist, eine zweckmäßige Verständigung zu erreichen. Dieser Verdruß Pater Faelans halber ist für ganz und gar niemanden von Nutzen, denn dadurch kann der ganze Hofstaat gespalten werden... Zumal wenn sich allgemein herumspricht, welchen Züchtigungen Ihr Faelan unterworfen habt.«

»Laien verstehen nichts von des Klosterdaseins mannigfaltigen Erfordernissen«, brummte Paulin unter seiner Albe, welche er sich gerade mit Liors Hilfe übers Haupt vom Leib zu heben trachtete.

»Da sprecht Ihr freilich wahr«, stimmte Hubertus ihm zu. »Am wenigsten dürften sie eines Aderlasses Nützlichkeit begreifen, wenn die Umstände bekannt werden, unter welchselbigen Ihr Pater Faelan einer solchen *minution* unterworfen habt... Und sogar den König, obzwar Javan damals nur Thronerbe gewesen ist.«

Mit ausdrucksloser Miene, die hart war wie Stein, schlüpfte Paulin aus den Falten weißen Leinens und drückte das Gewand unwirsch Lior in die Hand. »Sei bedankt, Pater. Du darfst gehen.«

Mit geschmeidiger Unterwürfigkeit verbeugte sich Lior, breitete die Albe über eines Stuhls Rücklehne und eilte zur Sakristei hinaus. Sobald Pater Lior fort war, kehrte Paulin Erzbischof Hubertus mürrisch den Rücken zu und machte sich daran, sich die breite, karmesinrote Schärpe um die Leibesmitte zu binden, welche ihn als *Custodes*-Generalvikar kennzeichnete.

»Beachtet, ich beanstande keinesfalls Eure Verfahren«, stellte Hubertus mit kauziger Miene klar und trat behäbig näher, um Paulin beim Anlegen der Schärpe behilflich zu sein. »Mir ist vollkommen einsichtig, daß der Aderlaß bei jener Gelegenheit bei Faelan unfehlbar den erwünschten Eindruck hinterlassen hat, geradeso wie der König das gleiche Erlebnis gewißlich niemals vergißt. Dennoch müßt Ihr einräumen, daß nach der Laien Maßstäbe jene Befragung, welche Faelan vor seinem Abgang zum Königshof erfuhr, als übertrieben rohe Behandlung angesehen werden könnte. Sollte die Kenntnis dieser Begebenheit an die Öffentlichkeit dringen, möchte dadurch Euer Orden gar wohl in schlechtes Licht gerückt werden.«

»Niemand würde einem gemeinen Klosterbruder Glauben schenken«, meinte Paulin.

»Mag sein, aber der König *hätte* die Möglichkeit, Faelan seine Aussagen in Oriels oder Sitrics Dabeisein machen und von ihnen bestätigen zu lassen, daß er die Wahrheit spricht...«

Paulin schlenderte zu dem kleinen Altar, welcher zum Anlegen geweihter Kirchengewänder diente, und schloß die Knoten der Schärpe mit einem derben Ruck.

»Unser auf den Thron abgeirrtes Prinzlein gerät uns vollends aus der Hand«, äußerte er nach mehreren Augenblicken mit gedämpfter Stimme. »Ich bin mir gar nicht mehr so besonders dessen sicher, daß Ihr ihn noch, wie Ihr wähnt, in unserem Sinne zu beeinflussen vermögt.«

Erzbischof Hubertus spitzte seines Schmollmunds rosige Lippen und musterte den *Custodes*-Ordensherrn nachsichtigen Blicks.

»Bislang beharre ich auf meinem Standpunkt, daß er an die Zügel genommen werden kann«, entgegnete Hubertus. »Ich halte es für verfrüht, an die Art von Vorgehen zu denken, von welchselbiger ich mutmaße, daß sie Euch jetzt durchs Haupt spukt. Sollte dem König etwas zustoßen, könnte ich's mit weitaus ruhigerem Gemüt hinnehmen, wüßte ich, daß wir einer einigermaßen gesicherten Nachfolge entgegenblicken dürfen. Meines Erachtens ließe sich Prinz Rhys Michael viel müheloser führen als sein königlicher Bruder... Eine unschuldige Seele ist ja stets leichter zu lenken.«

Indem er ein Prusten ausstieß, hüllte Paulin sich den *Custodes*-Mantel um die Schultern, neigte das Kinn auf die Brust, um die Fibel aus strahlenumkränzten Löwenhäuptern zu verhaken. »Da wir gerade von Unschuld reden, Exzellenz, wie steht's um die Drummond-Maid?« fragte er. »*Ist* sie noch Jungfer?«

»Darüber habe ich keine genaue Nachricht«, lautete Hubertus' versonnen erteilte Antwort. »Vor einigen Wochen ist sie, wie wir's im voraus wußten, gemeinsam mit Manfreds Gefolge aus Rhemuth fort, aber bisher hatte ich keine Gelegenheit, um mit Rhys Michael zu sprechen. Während der letzten Tage vor ihrer Abreise ist er für einen Jüngling, welcher einem Edelfräulein anverlobt ist, das für mehrerer Monde Zeitspanne in der Ferne weilen soll, in bemerkenswert wohlgemuter Laune gewesen.«

»Weiß der König über die Verlobung Bescheid?«

»Auch das ist mir unbekannt. Doch allemal habe ich längst einen Plan zur Wiedervereinigung unserer jungen Liebenden ersonnen. Gelingt's uns, ihre Liebschaft zu einem anerkannten *fait accompli* zu machen, ehe Seine Majestät sich versieht, um so besser. Aber laßt mir – Eile mit Weile! – zur Verwirklichung unseres Vorhabens eine geziemliche Frist, wie ich sie als angebracht erachte.«

»Selbstverständlich, Eure Exzellenz.«

»Unterdessen haltet mich auf dem laufenden«, gebot der Erzbischof, »was Pater Faelans Betragen im Anschluß an die just vollzogene Exkommunikation anbelangt. Mir wäre es äußerst unlieb, des Königs Hofstaat mit einem Interdikt zu strafen. Es müßte die Mißstimmung, welche ohnedies schon meine Anstrengungen, den König auf den rechten Weg zu leiten, spürbar behindert, in beträchtlichem Maß steigern.«

»Es mag sein, daß Faelan klein beigibt.«

Hubertus nickte. »Ich hoffe, daß es so kommt. Ungehorsam ist bei einem Priester eine überaus widrige Untugend.« Ein schweres Aufseufzen röchelte aus des Erzbischofs Busen. »Höchst lästig, so etwas …«

»Fürwahr, Exzellenz.«

Nachdem Erzbischof Hubertus sich verabschiedet hatte, erwog Paulin mehrerlei mögliche Maßnahmen, um der zunehmend leidigen Angelegenheit um Pater Faelan auf endgültige Weise Herr zu werden. Schließlich gab er nach gründlichem Überlegen seinem Bruder gewisse Weisungen, welche Albertus, sobald die erste Erregung über Faelans Exkommunikation verebbt war, nach eigenem Gutdünken ausführen sollte.

# XXXII. Kapitel

*»Zu schmählichem Tod
wollen wir ihn verurteilen…«*

Buch der Weisheit 2,20

Während der ersten Tage nach Faelans Exkommunikation hatte Javan ein Gefühl, als müßte er gleichsam einen Eiertanz vollführen. Zwar hielt Pater Faelan selbst, nachdem er eine Nacht lang durchgeschlafen hatte, sich recht wacker, doch mußte Javan sich bereits am darauffolgenden Tag im Kronrat mit Paulin, Albertus und Hubertus abgeben. Indessen befleißigte selbiges Dreigestirn sich eines betont höflichen Betragens, und Paulin erkundigte sich sogar – zwar kühlen Tons, aber mit einem beinahe glaubhaften Gehabe ernstlicher Besorgnis um das Seelenheil des Exkommunizierten – nach Faelans Gemütsverfassung.

»Dazu vermag ich Euch keine verläßlichen Angaben zu machen, Generalvikar«, sprach Javan gleichmütig. »Wie Ihr Euch freilich mit Leichtigkeit selbst denken könnt, war er am gestrigen Abend zutiefst bestürzt. Ohne Zweifel ist Euch vermeldet worden, daß er heute morgen nicht zur Meßfeier erschienen ist.«

»Eine Auswirkung, die sicherlich für etliche jener Gläubigen herben Verdruß bedeutete«, bemerkte Paulin, »welche es gewohnt sind, die Morgenmesse zu besuchen und sich auf seine geistliche Führung zu verlassen.«

Mit knappem Neigen des Hauptes deutete Javan Zustimmung an. »Mit aller Gewißheit. Ich wünschte, die Verhältnisse wären anders geartet. Dennoch müßt Ihr einsehen, Generalvikar, daß mir gar keine andere Wahl blieb, als Pater Faelans Entscheidung zu billigen. Einerseits ist's meine geschworene Pflicht, meines Gefolges Mitglieder zu beschützen, andererseits steht's mir überhaupt nicht an, Faelan zum Verwerfen jener Beschlüsse zu nötigen, welche ihm sein Gewissen eingibt.«

Paulin beschränkte sich auf ein Nicken, und Erzbischof Oriss lenkte redegewandt des Kronrats Gespräch auf Herrn Jerowens Verzeichnis gwyneddischer Gesetze, hielt Anfrage hinsichtlich der bislang erarbeiteten Fortschritte und fragte insbesonders nach den fehlenden Urkunden aus jener Zeit, als Alroys Regenten über das Reich herrschten.

»Soviel mir beteuert ward, Sire«, meinte Oriss, »sind unterdessen in dieser Hinsicht mancherlei Lücken geschlossen worden. Ist's nicht so, Herr Reichskanzler?«

»Das ist in der Tat der Fall«, bestätigte Tammaron. »Eine große Anzahl von Aufzeichnungen sind inzwischen gefunden worden, und ich hoffe zuversichtlich, sie in Herrn Jerowens Gewahrsam übergeben zu können, sobald wir sie in übersichtlicher Weise nach Sachgebieten unterteilt und geordnet haben... Will sagen, vielleicht schon am morgigen Tag.«

»Wie wir ersehen mußten, stammt ein beachtlich großer Anteil selbiger Schriftstücke aus jener Zeit, als Herzog Ewan im Kronrat mitwirken durfte«, brummelte Rhun von Horthness mißgelaunt, während Graf Tammaron an seinem Platz nach beiden Seiten Belege für seine Aussagen weiterreichte. »Es ist beklagenswert, aber Männer wie Ewan, welche vom Lande kommen und zu hohen Ämtern gelangen, ermangeln des öfteren der Befähigung zum regelgerechten Verwalten.«

Ob diese wenig vorteilhafte Nachrede zutraf, oder ob Rhun schlicht und einfach die Gelegenheit nutzte, um Ewans Leumund zu schädigen, wußte Javan nicht zu beurteilen. Immerhin empfand er es als auffällig, daß Rhun solche Worte wählte, die auch bei einer insgeheimen Wahrheitsprüfung niemals als eindeutige Lüge entlarvt werden könnten. Daher fragte er sich, ob Rhun gegen ihn einen ernsthaften Verdacht hegte, oder ob er sich derlei Verhalten ganz einfach aufgrund seines Umgangs mit seinem Deryni-Helfer angewöhnt hatte – als Schutz wider Mittel der Ausforschung, welche er indessen ohne Zögern und ohne Bedenken gern an anderen Zeitgenossen zur Anwendung bringen ließ.

Javan wußte allerdings genau, daß Tammaron und die Untergebenen seiner Kanzlei während der zwei Monde, seit er erstmals allerhöchstes Interesse an den Aufzeichnungen der in der Regentschaftszeit verabschiedeten Gesetze zum Ausdruck brachte, weitaus mehr Stunden als gewöhnlich, häufig gar bis spät in die Nacht hinein, mit der Verrichtung dieser und jener Aufgaben zu tun gehabt hatten; doch ob sie nach vermißten Urkunden suchten oder sie nachträglich anfertigten, um die Lücken zu füllen, das blieb ihm unersichtlich. Gleich welchen Ursprungs sie sein mochten, noch am Abend überstellte Graf Tammaron Herrn Jerowen die zuvor fehlenden Schriftstücke.

Für den Rest der Woche sagte Javan alle Sitzungen des Kronrats ab; ein so langer Aufschub war erforderlich, um die Urkunden zu sichten und sich davon einen Eindruck zu verschaffen, wie eigentlich sie mit der Gesamtheit aller gwyneddischen Gesetze, von welcher man sich nun allmählich ein Bild machen konnte, in Einklang standen. Allerdings bereitete es dem König Schwierigkeiten, sich mit derlei verwaltungsmäßigen Angelegenheiten zu befassen, während ihn große Sorge um Faelan plagte; dennoch nahm er sich Zeit, um sich mit Herrn Jerowen zu beraten und neue Erkenntnisse zu erlangen.

Unterdessen übernahm ohne viel Federlesens ein *Custodes*-Priester namens Pater Daíthi die täglichen

Pflichten in der Königlichen Kapelle, damit trotz Pater Faelans Fernbleiben die gewohnten Andachten und Messen stattfinden konnten. Javan besuchte Faelan jeden Tag in seiner Unterkunft und versuchte ihn davon zu überzeugen, daß nachzugeben wahrscheinlich der Tapferkeit klügerer Teil sei – es stand nicht zu erwarten, daß Paulin einlenkte, bevor sein Mönch mit dem Orden wieder Frieden geschlossen hatte –, aber Faelan ließ sich, wenngleich unter bitteren Tränen, nicht beirren. Ebenso erschien im Auftrag des Ordens täglich Pater Daíthi bei Faelan, um ihn im Namen seiner unsterblichen Seele zur Unterwerfung zu überreden; Tag für Tag hörte Faelan sich das Zureden an, blieb aber, wiewohl er bisweilen vor Grausen erzitterte, gänzlich unnachgiebig.

Seit Faelans Exkommunikation war nahezu eine Woche verstrichen, da gelangte Herr Albertus zu dem Befund, es sei nun an der Zeit, jene ihm von Paulin erteilten Weisungen in die Tat umzusetzen. Gegen Mitternacht schlichen der Großmeister der *Equites Custodum Fidei* und drei seiner Ordenritter über eine Hintertreppe hinauf zur Unterkunft, welche des Königs ehemaliger Beichtvater noch immer bewohnte, nahten sich nicht an den Königlichen Gemächern vorüber, sondern betraten den Korridor am entgegengesetzten Ende. Auf Albertus' gedämpftes Anpochen erschien Pater Faelan beinahe unverzüglich an der Tür, riß erschrocken die Augen auf, sobald er den späten Besucher erkannte.

Seine Bänglichkeit erwies sich als durchaus berechtigt, denn zwei der Ordensritter drängten ihn wortlos in die Kammer, einer von ihnen preßte ihm, ehe er einen Aufschrei ausstoßen konnte, eine Hand auf den Mund, während der dritte Ritter ihm rasch und kunstfertig die Hände auf den Rücken band. Auch Albertus bewahrte Schweigen, während seine Mannen den

Pater überwältigten, schloß lediglich leise die Tür und ließ dann in vollkommener Gleichgültigkeit den Blick durch den Raum schweifen.

Die angetroffenen Umstände behagten ihm vollauf, erfüllten zur Gänze seine Erwartungen. Faelan hatte sich Andachtsübungen gewidmet, im kleinen Oratorium lag das Brevier aufgeschlagen auf der Armlehne des *prie-dieu.* Daneben brannte in einem Halter aus Schmiedeeisen eine dicke gelbe Kerze, deren Schein das dunklere Hell des Ewigen Lichts, welches im Hintergrund des Oratoriums hinter rotem Glas glomm, nachgerade überstrahlte. Zwischen dem Betstuhl und dem schmalen Fenster standen ein bescheidenes Schreibpult und ein Stuhl. Einer der Ordensritter ergriff selbigen Stuhl und stellte ihn in die Mitte der Kammer, und seine zwei Ordensbrüder drückten den Gefangenen ohne Umschweife auf den Sitz nieder.

Nun endlich schenkte Albertus seine Beachtung dem Mann, welchem der späte Besuch galt. Ein Ordensritter stellte sich mit dem Rücken an der Tür auf, während die beiden anderen Ritter auf den Gefesselten achtgaben. Albertus tat ein paar Schritte auf Faelan zu, der ihm beklommen entgegenschaute, sprach aber noch immer kein Wort, sondern musterte ihn nur mit einem Blick tiefster Verachtung. Inzwischen hatte man Faelan mit einem Ballen Stoff den Mund gestopft und ihm einen breiten Tuchstreifen um die Backen gebunden.

»Guten Abend, Pater«, wandte sich Albertus endlich an den Gefangenen.

Faelans Miene widerspiegelte Schaudern, und er war dermaßen bleich geworden, daß seine Haut im Vergleich zur schwarzen, am Hals geöffneten Kutte fahl wie Teig wirkte. Offenkundig hatte er so spät mit keinem Besuch mehr gerechnet. Wie es seine Gewohnheit war, hatte er, bevor er sich zum Zwecke seiner Abendgebete in den Betstuhl kniete, sowohl seine

Gugel wie auch die in den Haldane-Farben gehaltene Kordel ab- und ordentlich zur Seite getan. Die Gugel mit ihrem karmesinroten Saum und dem Löwenhaupt-Wappen des Ordens auf der linken Brustseite lag vorschriftsmäßig zusammengefaltet auf der Truhe, welche am Fußende der Bettstatt stand, und auf der Gugel sah man ordentlich eingerollt die Kordel. Albertus verzog die Miene zu einem Schmunzeln, als er den Blick wieder auf Faelan heftete, doch blieb es ein herzloses Grienen.

»Wie ich sehe, ist von der guten Erziehung, welche du in unserem Orden genossen hast, noch ein wenig vorhanden geblieben, lieber Bruder«, sprach er, beschränkte sich auf eine Lautstärke knapp oberhalb eines Flüsterns. »Vielleicht läßt sich daraus ableiten, daß es für dich noch Hoffnung gibt… Ich bin damit beauftragt worden, dir ein paar Fragen zu stellen. Es käme uns fürwahr schlecht zupaß, sollte unsere Aussprache unerwünschte Aufmerksamkeit erregen, und dieweil ich nicht weiß, ob ich darauf bauen kann, daß du nicht Zeter und Mordio schreist, soll dir der Schnabel verschlossen bleiben, und ich kleide meine Fragen in solche Worte, daß du mit ja oder nein vermittelst der jeweilig angebrachten Bewegung deines Hauptes zu antworten vermagst. Hast du mich verstanden?«

Vor Grauen röchelte Faelan in den Knebel; dennoch brachte er ein Nicken zustande.

»Vortrefflich«, lobte Albertus. »Nun denn, es hat, will's mich deuchen, den Anschein, daß dir die Züchtigungen, welchen man dich unterzog, ehe du des Königs Kaplan werden durftest, gar sehr zuwider gewesen sind. Doch frage ich mich, war's die Geißelung, was du am stärksten verabscheut hast, oder der Aderlaß?«

Indem Pater Faelan erneut die Augen aufsperrte, unternahm er einen aussichtslosen Versuch, um sich seinen Bewachern zu entwinden; er scheiterte jedoch daran, daß einer der beiden Ordensritter ihm eine kräftige Maulschelle versetzte.

»Ei was denn, lieber Bruder, deine Widerborstigkeit ist schwerlich geziemend, dieweil diese guten Brüder dich ausschließlich zu deinem eigenen Heil unter Aufsicht behalten«, säuselte Albertus. »Sie haben dich ja keineswegs bis aufs Blut gepeinigt. Ich glaube, Bruder, wenn dein Blut fließt, das nämlich ist's, wovor du dich am meisten fürchtest, nicht wahr?«

Während Faelan unter den Fäusten seiner Bewacher erschlaffte, aus Furcht im Angesicht weiß ward wie Kalk, lächelte Großmeister Albertus.

»In der Tat, dachte ich's mir doch«, sagte er. »Es mag sein, daß eine kurze Belehrung für dich ihren Nutzen hat.« Er faltete die Hände auf dem Rücken.

»Der Aderlaß hat einen zweifachen Sinn. Erstens wird er Klosterbrüdern als Gunst gewährt, um ihnen dabei zu helfen, in ihrem Dasein der Keuschheit die heiter-gelassene Gemütsruhe zu bewahren. Von dir, Bruder Faelan, habe ich, um ganz ehrlich zu sprechen, niemals vernommen, daß des Zölibats Befolgung dich vor Schwierigkeiten gestellt hätte, deshalb wird's wohl die Anwendung der zweiten Art sein, aufgrund welchselbiger du in solche Zaghaftigkeit verfällst. Als ein Mittel zur Aufrechterhaltung von Zucht und Ordnung wird der Aderlaß des weiteren als Probe auf den geleisteten Eid zum uneingeschränkten Gehorsam sowie zu desselben anschaulicher Bestärkung benutzt. Darum verlangen wir ihn wenigstens einmal von sämtlichen Ordensmitgliedern, mögen sie Geistliche wie du oder Laien wie ich und diese teuren Brüder sein.« Mit einer Schwenkgebärde der Hand deutete er auf die drei Ordensritter, senkte dann selbige Faust auf den Griff des Dolches, welchen er an der Hüfte trug.

»Bisweilen fordern wir von einem Bruder einen

zweiten Aderlaß«, fügte er seinen vorherigen Ausführungen leise hinzu, »insbesonders wenn der Verdacht sich regt, er könnte die beim erstenmal vermittelte Lehre vergessen haben. Erweist der Betreffende sich gar als außergewöhnlich vergeßlich, so kann es durchaus vonnöten sein, die Maßnahme zu wiederholen, auch mehrere Male zu wiederholen, bis er entweder seine Lektion lernt oder…«

Mit vielsagender Miene ließ Herr Albertus den Satz unvollendet. Voll des Schreckens schüttelte Faelan das Haupt. Ungerührt durch seines Opfers Entsetzen blickte Albertus einen von Faelans Bewachern an und nickte dem Ordenritter zu. Der Mann stieß den Oberkörper des Paters vornüber, so daß sein Ordensbruder erst Faelans einen, dann den anderen Ärmel hochschieben und die Arme nach den Spuren des Aderlasses untersuchen konnte. Aber er fand keine Narbe, dieweil Oriel die Wunde geheilt hatte. Während der Nachschau schloß Faelan kurz die Lider, wimmerte unterdrückt und wandte den Blick zur Seite; doch Albertus packte ihn, sobald die Ordensritter ihn grob aufrichteten, am Kinn und drehte sein Gesicht zu sich hin.

»Nanu, Bruder Faelan, wir sehen gar keine Narbe, kein Zeugnis, daß du jemals einem Aderlaß unterzogen worden bist«, stellte der *Custodes*-Großmeister mit verhaltener Stimme fest. »Du hast Meister Oriel gestattet, sie zu heilen, richtig?« Er schüttelte das Haupt. »Vermochtest du nicht einmal eine kleine Narbe zu ertragen, welche dich an die Gehorsamspflicht gegenüber deinem Orden erinnerte? Oder hast du vielleicht, als du dich bei Hofe einnisten durftest, deinen dem Orden geschworenen Eid gebrochen, es vorgezogen, deine Dienste weit über jenes Maß hinaus, in welchem es deinerseits als sein Beichtvater geschehen mußte, dem König anzutragen? Ja, ich befürchte, da sind wir endlich auf den wahren Kern der ganzen Misere gestoßen, Bruder Faelan. Du scheust des Ordens Zucht, geradeso wie der König sie scheute. Nicht allein bist du mit den Sünden des Hochmuts und des Ungehorsams besudelt, ebenso hast du die dem Orden geleisteten Gelübde schnöde verworfen und dich, anstatt ein Gottesmann zu bleiben, zum Mann des Königs gemacht. Heiliger Himmel, hast du wirklich vermeint, ein solcher Verrat könnte dir unentdeckt durchgehen?«

Inzwischen schluchzte Faelan vor sich hin; verzweifelt schüttelte er zur Verneinung den Kopf, derweil Albertus seelenruhig die im Karmesinrot und Gold der Halcanes geflochtene *Custodes*-Kordel von der ans Fußende des Betts geschobenen Truhe nahm.

»Du hast dies Wahrzeichen unserer Bruderschaft entehrt, Faelan«, behauptete der Großmeister leise, entrollte das zweifache, umeinander verschlungene, verknotete Seidengeflecht. »Lieber hast du deine Treue den Farben des Hauses Haldane geschenkt als jener Einheit des weltlichen und kirchlichen Rechts, an welche diese Kordel gemahnt. So muß es denn sein... Nun wirst du niemals wieder darum ersucht, selbige Farben als Mitglied des *Ordo Custodum Fidei* zu tragen.«

Er wand sich der Kordel Enden mehrmals um jede Hand und beließ dazwischen einen Strang, dessen Länge um ein weniges die Breite seiner Schultern unterschritt; sodann sah er die zwei Ordensritter an, die den Pater beaufsichtigten, und nickte ihnen zu. Sie drückten Faelan nieder, so daß er wehrlos blieb; er schloß die Augen und bemühte sich trotz des Knebels, welcher ihm die Luft raubte, um ein letztes Stoßgebet, hatte er doch jetzt begriffen, daß kein Aderlaß seines Todes Ursache sein sollte.

Als Pater Faelan am nachfolgenden Morgen auf das Klopfen und Rufen seines *Custodes*-Bruders, welcher vor seiner Unterkunft erschien, um ihn abermals zur

Rückkehr in den Schoß der Herde anzuflehen, keinerlei Antwort entbot, versuchte der Geistliche die Tür zu öffnen, fand sie jedoch verriegelt vor; diesen Sachverhalt meldete er der Wache vor den Königlichen Gemächern. Ein Wächter wiederum gab davon Herrn Guiscard Kenntnis, welcher an diesem Morgen den Dienst als des Herrschers Adlatus verrichtete.

In seinen Gemächern kleidete sich der König gerade zum Zwecke gewisser Waffenübungen an, Charlan schloß ihm soeben die Schnallen eines ledernen Kollers; sowohl Charlan wie auch Guiscard hatten sich schon entsprechend gewappnet. Die Meldung des Königlichen Leibwächters erregte bei allen drei Mannen augenblicklich Beunruhigung, denn man kannte es nicht von Faelan, daß er so fest oder so lange schlummerte.

Indem er mit seinen Adlaten sorgenvolle Blicke wechselte, befahl Javan dem Leibwächter, darauf zu achten, daß der *Custodes*-Geistliche sich nicht entfernte, gürtete sich hurtig das Haldane-Schwert um, derweil Guiscard für wenige Augenblicke in seine auf der anderen Seite des Korridors gelegenen Gemächer eilte, von wo er mit einem dünnen, an einem Ende rechtwinklig abgeknickten Stück Messingstange wiederkehrte. Wortlos strebte Charlan zu Faelans Unterkunft voraus. Mit großen Augen folgte unter der Obhut des Leibwächters Pater Daíthi. Ein kräftiges Klopfen an Faelans Tür zeitigte kein Ergebnis.

»Pater Faelan?« rief Javan, pochte nochmals an. »Pater Faelan, bist du da?«

Niemand antwortete dem König. Erwartungsgemäß führte auch ein weiteres Rütteln am Türknauf zu nichts, darum trat Javan beiseite, um Guiscard mit seiner Messingstange ans Werk gehen zu lassen; der Deryni-Edle beugte sich ans Türschloß hinab.

»Glaubt Ihr, er könnte fort sein?« fragte Javan

halblaut, während Guiscard im Türschloß stocherte. Seine Haldane-Sinne vermochten hinter der Tür nichts Lebendiges zu erspüren. »Seit der Exkommunikation ist er stets in seiner Kammer geblieben, aber es mag ja sein, er hat sich fürs Nachgeben entschieden. Vielleicht hat er die Kapelle aufgesucht, um zu beten.«

Mit einem kaum vernehmlichen Knacken öffnete sich das vorzüglich geölte Schloß – unter Umständen allerdings hatte Herr Guiscard mit seinen Deryni-Kräften ein wenig nachgeholfen –, und der Deryni legte, indem er sich aufrichtete und das Stück Messing in seiner Gürteltasche verstaute, die Hand an den Türknauf.

»Gewährt mir's, Sire, als erster einzutreten«, meinte er in gedämpftem Ton, stieß die Tür zunächst nur einen Spalt weit auf und stellte sich zum Schutz des Königs zwischen Javan und den Eingang.

Unwillkürlich faßte Javans Faust den Schwertgriff. Er spürte keinerlei Gefahr, überließ aber Guiscard dennoch den Vortritt; wiewohl er nichts für sich selbst fürchtete, befiel ihn jetzt ein Bangen, das seine angespannte Erregung merklich steigerte.

Als Guiscard achtsam die Tür vollends aufschwang, blendete zuerst der grelle Sonnenschein Javans Augen, welcher durchs Fenster, dessen Läden Faelan offenbar unverschlossen gelassen hatte, in die Kammer strömte. Indem er die Augen mit der freien Hand überschattete, schlüpfte Javan hinter Guiscard in das Gemach, wandte sich nach links, hielt den Rücken der Mauer zugekehrt, versuchte trotz der Helligkeit etwas zu erkennen, während als nächster Charlan hereingesprungen kam. Guiscard hatte sich sofort zur rechten Seite begeben und seine Aufmerksamkeit dem Bett gewidmet – es war leer –, forderte nun mit einem Wink Charlan auf, die Tür von innen zu schließen. Der Leibwächter und der Mönch verblieben im Korridor.

Allem Anschein zufolge befand sich niemand in

dem Gemach. Faelans Brevier lag, wie gewohnt, ordentlich zugeklappt auf der Armlehne des Betstuhls, jedoch steckte daneben im Kerzenhalter keine Kerze. Sobald Javans Blick auf das kleine Schreibpult fiel, bemerkte er neben mehreren, nahezu übers ganze Pult verteilten Bogen Pergament, was von der fehlenden Kerze übrig war, nämlich einen Tümpel aus zerlaufenem, erhärtetem Wachs, aus dem der Rest des abgebrannten Dochts herausragte und dessen Rand bis dicht an eines der Pergamente heranreichte.

»Das ist ja absonderlich«, merkte Javan an und näherte sich dem Pult. »Niemals würde er fortgehen und auf blankem Holz eine Kerze brennen lassen. Ein Feuer hätte ausbrechen können. Heißt es, er ward mit solch hocheiliger Dringlichkeit fortgerufen, daß er sie zu löschen vergaß, oder…«

»Es bedeutet, Sire«, äußerte Herr Guiscard mit halblauter, gepreßter Stimme, »daß er sie nicht mehr löschen *konnte.*«

Langsamen Schritts nahte er sich dem schweren Vorhang, welcher den dem Fußende der Bettstatt gegenüber befindlichen Zugang zum Aborterker abteilte. Ratlos blickte auch Javan in dessen Richtung. An Holzringen hing der dunkelgrüne Lodenstoff unter einer an beiden Enden in dicke Eisenzwingen eingefügten, starken Eisenstange. Anfangs gewahrte Javan nicht, was Guiscards Aufmerksamkeit angezogen hatte; dann aber sah er, daß an einer Stelle gar kein Holzring saß, sondern sich eine derartigen Ringen zum Verwechseln ähnliche Schlinge aus geflochtener, rot-goldener Kordel befand. Der König durchschaute die schaurige Bedeutung dieses Anblicks just im selben Augenblick, als Guiscard den Vorhang packte und ihn mit einem Ruck zur Seite zog.

»O Gott!« entfuhr es Javan, als die Bewegung Pater Faelans Gestalt, die dort, die Kordel, welche die *Custo-*

*des* sich um der Kutte Leibesmitte zu binden pflegten, um den Hals, an der Eisenstange baumelte, in langsame Drehung versetzte.

»Barmherziges Jesulein«, raunte neben Javan sein Adlatus Charlan und schlug das Kreuzzeichen. »Man hat ihn in den Selbstmord getrieben…«

»Schneidet ihn ab!« befahl Javan, hastete ohne Säumen vorwärts, um es notfalls selbst zu tun.

Doch Charlan ergriff ihn an der Schulter, um eine weitere Annäherung zu verhüten.

»Dafür ist's zu spät, Sire«, rief Guiscard. »Er ist seit Stunden tot. Die allerwichtigste Frage ist, hat er's selber getan, oder ist von irgendwem nachgeholfen worden? Wenn Ihr voreilig handelt und etwaige Beweise zerstört, finden wir's vielleicht niemals heraus.«

Unverzüglich fügte sich Javan den Einwänden, rang mit heißen Tränen; Charlan ließ von ihm ab.

»Unsere Feinde haben ihn feige *gemeuchelt*, habe ich recht?« flüsterte der König und schaute dabei Guiscard an. »Als guter Christ hätte Faelan sich nie und nimmer das Leben genommen.«

»Meine Neigung geht dahin, Euch vollauf zuzustimmen, Sire«, pflichtete Guiscard ihm bei. »Aber laßt uns untersuchen, was wir sehen, ehe wir übereilt diese oder jene Rückschlüsse ziehen. Herr Charlan, seid so hilfreich und sperrt die Tür ab.«

Während der junge Ritter den Wunsch nachkam, ging Guiscard hin und betrachtete den Leichnam, welcher gemächlich unter der Stange kreiselte, mit größter Genauigkeit, wich um ein Schrittchen beiseite, als auch Javan nähertrat.

Das Ende hatte Faelan weder leidensfrei noch schnell ereilt. Sein vertrautes, sonst so ernstmütig gewesenes Gesicht war dunkel und aufgedunsen, schwärzlich ragte ihm die Zunge aus dem Rachen, die Augen waren aus den Höhlen gequollen. Dem äußeren Anschein nach stand es völlig unanzweifelbar außer Frage, daß er den Tod durch Erdrosselung gefunden hatte; ob selbiges jedoch geschehen war, bevor man ihn aufgeknüpft hatte, blieb unklar. Der umgekippte Stuhl am Fußende der Bettstatt, welcher eigentlich am Schreibpult hätte stehen müssen, legte die Schlußfolgerung nahe, daß Pater Faelan ihn mit den Füßen unter sich fortgestoßen hatte; genausogut konnte selbiger Stuhl allerdings durch jemand anderes dort hingelegt worden sein, um den Eindruck des Freitods zu erwecken.

Javan versuchte die schauderhafte Vorstellung aus seinen Gedanken zu verdrängen, wie man Faelan zum Verrecken am Hals aufgehangen hatte, mag sein, mit gefesselten Händen, so daß es ihm verwehrt blieb, nach der Vorhangstange zu grabschen und zu verhindern, daß des eigenen Körpers Gewicht ihn erstickte. Gewiß war zur Stunde lediglich, daß die in der *Custodes*-Ordensgemeinschaft gebräuchliche Kordel zu seinem Tode das Werkzeug abgegeben hatte – die zweifach verschlungene Seidenkordel im Karmesinrot und Goldgelb des Haldane-Geschlechts.

Dieweil er den schaurigen Anblick nicht mehr zu ertragen vermochte, wandte Javan sich ab, wankte nahezu blind von Tränen zu dem kleinen Schreibpult und besah sich den obersten Bogen Pergament. Falls die Tat durch Faelan selbst vollbracht worden war, hatte er möglicherweise einen Abschiedsbrief hinterlassen.

Und wirklich las er sogleich in zittriger Handschrift, welcher man gar nicht ansehen konnte, ob sie tatsächlich von Faelans Hand stammte, niedergeschriebene Worte der Verzweiflung über die Aussetzung seiner Priesterwürde, über seine Exkommunikation, die Seelenqual und wachsende innere Zerrüttung. Als Javan, dem die Finger bebten – er vermochte, was er da las, überhaupt nicht zu glauben –, den Bogen zur Hand nahm, entrang sich seiner Kehle ein Aufkeuchen, als er auf dem Schreibpult – auf dem nächsten Bogen – etliche Silbermünzen glänzen sah. Mit einem Schlag wußte er, ohne sie gezählt zu haben, es waren nicht mehr und nicht weniger als dreißig Silberlinge.

»Die *Custodes* haben's verbrochen«, flüsterte er; seine Stimme klang rauh wie das Rascheln trockenen Laubs. »Sie brandmarken ihn als einen Judas.«

Bei seinen Worten drehten die Herren Charlan und Guiscard sich beide um; Charlan kam zum König, starrte in höchster Betroffenheit die Münzen an.

»Dreißig Silbermünzen sind's, darauf wette ich«, sprach Javan leise. »Aber in Wahrheit hat er den Orden keineswegs verraten. Nur konnte er's nicht mehr verkraften, dort gemartert zu werden.«

Inzwischen hatte sich Guiscard zum König und seinem zweiten Adlatus gesellt, zählte äußerlich gefaßt die Münzen, indem er sie paarweise vom einen an den anderen Rand des Pergaments schob.

»Es bleibt keine andere Wahl, Sire, als vorzuspiegeln, wir glaubten an einen Freitod«, meinte er in beherrschtem Tonfall. »Freilich war's das Gegenteil, aber durch jedwedes andersartige Verhalten zögen wir noch mehr unliebsame Aufmerksamkeit auf uns, welche wir klugerweise lieber vermeiden sollten. Es ist möglich, daß irgendein Verdacht Eure Gegner umtreibt... Oder vielleicht ist ihnen Faelan schlicht und einfach zu lästig geworden, haben sie ihn als zu großes Ärgernis empfunden. Indes könnte ich mir denken, sie wollen eine Nagelprobe machen, nun sehen, wie wir uns nach diesem Vorfall aufführen...«

»Daß die Kerle die Pest kriegen«, schalt Javan. »Es hat einen guten Mann das liebe Leben gekostet...!«

»Ja, Sire, gewiß, so ist's«, bestätigte der Deryni-Adelige. »Und es möchte gar wohl *noch mehr* tüchtige Mannen das Leben kosten – neben anderen durchaus auch einen guten König –, wenn Ihr nun übertriebene Maßnahmen ergreift. Ihr könnt unmöglich die *Custodes* dessen zeihen, Sire, einen ihrer eigenen Ordensbrüder hingemordet zu haben, mag derselbe auch zuvor exkommuniziert worden sein. Aus hintersinniger Schläue müßt Ihr vorgeben, Pater Faelan hätte, dieweil die allbekannten Umstände seine Seele zu beschwerlich bedrückten, den Freitod gewählt.«

»Wahrlich eine herzerquickende Darstellung«, murrte Javan. »In des Königs Gefolge zu dienen, treibt vormals gänzlich von Seelenfrieden erfüllte Menschen in den Selbstmord…« Er neigte das Haupt, rang erneut gegen Tränen an, diesmal jedoch mit weniger Erfolg. »Ein vortrefflicher Priester war er, Herr Guiscard, ein getreuer und wackerer Untertan seines Königs. Und nun… darf er nicht einmal in geweihter Erde begraben werden.«

»Wenn's das ist, was Euch Kummer bereitet, Sire, werde ich veranlassen, daß das Erdreich seiner Grabstatt nachträglich geweiht wird«, antwortete Guiscard. »Ich bitte Pater Joram, so es sein muß, dafür sein Leben zu wagen. Aber Ihr vermeint doch nicht wirklich, daß dergleichen Vordergründigkeiten von irgendeinem höheren Belang sind, oder? Der Herrgott wird's Faelan nicht zum Vorwurf machen, daß er von Menschen gemeuchelt ward, welche dabei vorzutäuschen verstanden, er wäre wirklich freien Willens aus dem Leben geschieden.«

Indem er tief Atem holte, um seine Fassung und über seine Gefühle die Oberhand wiederzuerlangen, bemühte sich Javan um nüchterne Selbstbeherrschung. Guiscard hatte recht. Die tückische Arglist anderer Sterblicher konnte unmöglich Faelans Verdammung zum Ergebnis haben. Die Umstände seines Ablebens blieben Gott nicht verborgen, und Faelan durfte seinen Frieden am Himmelsthron finden. Zwar war er als Exkommunizierter gestorben, doch auch die Exkommunikation war ja letztlich unverdient gewesen.

Trotz dieser tröstlichen Erwägungen rannen Javan, ohne daß er sich dessen schämte, Tränen über die Wangen, derweil er und Charlan den schlaffen Leichnam des Paters anhoben und Guiscard die Kordel durchtrennte, mit welcher man Faelan an die Eisenstange gehangen hatte. Gemeinsam streckten sie die Leiche auf dem Bett aus; anschließend begab sich Herr Guiscard fort, um Vertreter der *Custodes Fidei* zu suchen und herbeizuholen, damit sie sich ihres toten Bruders annahmen; unterdessen hielten Javan und Charlan bei dem Entseelten eine vorläufige Totenwache.

Noch bei derselben trafen eine halbe Stunde später Hubertus und Paulin sie an, als Herr Guiscard, begleitet von zwei Königlichen Leibwächtern, den Erzbischof sowie des Ordens Generalvikar an die grause Stätte führte; Charlan stand Wacht an der Tür, während Javan, dessen Tränen inzwischen getrocknet waren, still neben dem Leichnam auf der Bettkante saß.

»Sire, was hat sich ereignet?« fragte Hubertus.

»Das dürfte ja wohl allzu offenkundig sein«, lärmte Paulin, ehe Javan eine Antwort geben konnte. »Sire, Ihr habt ihn in dies elendige Los getrieben.«

»Paulin, ich bitte Euch, bewahrt Mäßigung!« schnauzte Hubertus, bevor Paulin die Gelegenheit zu weiteren Ausfällen zu nutzen vermochte.

Javan lenkte den Blick hinüber zum Vorhang, war froh über diesen Vorwand, welcher es ihm ermöglichte, sich von den beiden frommen Heuchlern abzuwenden.

»Er hing, als wir ihn vorfanden, mit der Kordel um den Hals an jener Vorhangstange«, erklärte der König mit ruhiger Stimme. »Unweit lag der umgekippte Stuhl. Mit den Füßen… muß er ihn unter sich fortgestoßen haben. Er hat ein Abschiedsschreiben hinterlassen, welches wenig Sinnvolles enthält, aber…«

Er verzichtete darauf, den Satz zu beenden, weil er befürchtete, daß, falls er weiterredete, sein Zorn den

Kummer verdrängen, vor allem jedoch seine Vernunft sich trüben könnte. Allem Anschein nach schrieb Hubertus das Verstummen des Königs dem Gram zu, denn er trat näher und legte ihm, wenngleich zögerlich, eine Hand auf die Schulter, derweil Paulin fuchsig zum Schreibpult stapfte, um das Geschriebene zu lesen. Als er den Bogen Pergament zur Hand nahm, brachte er ein paar Münzen zum Klirren, die er augenblicklich mit einem Blick grenzenloser Verachtung streifte.

»Ihr entlohnt Euren Kaplan vorzüglich, Sire«, sprach er hämisch. »Es mag sein, auch darin ist ein Grund dafür zu erblicken, weshalb er sein Leben der Hölle in den Rachen geworfen hat. Ich brauche Euch wohl kaum daran zu erinnern, daß die Ordensregeln den Brüdern die Pflicht auferlegen, sämtliche Gelder, welche ihnen zufallen – gleich aus welcher Quelle –, ihren Oberen abzuliefern.«

»Ich habe ihm in Abständen gewisse Spenden übergeben, welche er in meinem Namen für mildtätige Werke verwenden sollte«, entgegnete Javan im Tonfall äußerster Beherrschung, dieweil er ganz und gar nicht – um keinen Preis – dulden mochte, daß man Faelans Ruf zusätzlich mit dem Vorwurf der Käuflichkeit besudelte. »Wie ich mit berechtigtem Grund annehmen darf, hat er das Geld sicherlich für einen besonderen Zweck angespart.«

»Dann gehört das Geld Euch, Sire«, antwortete Generalvikar Paulin, fegte sich die Münzen vom Schreibpult in die Hand und streckte sie Javan entgegen. »Vielleicht solltet Ihr Euch selbst darum kümmern, es einem wohltätigen Zweck zuzuführen. Kommt, Sire, nehmt es an Euch. Es ist ein erkleckliches Sümmchen, mit welchselbigem sich, will's mich deuchen, recht beträchtliche Taten der Nächstenliebe verrichten lassen.«

Indem er seinen insgeheimen Abscheu meisterte,

hielt Javan die Hände auf, und Paulin füllte ihm die dreißig Silberlinge hinein. Charlan wirkte wie vom Donner gerührt, und Guiscard löste rasch einen Beutel vom Leibgurt, um dem König des Geldregens zu entledigen.

»Hier, Sire, gestattet mir, Euch abzuhelfen. Ich bin ebenso der zuversichtlichen Überzeugung, daß sich damit erheblicher Nutzen stiften läßt.«

Während die Münzen aus Javans Fingern in Guiscards Beutel klimperten, konnte der König sich ohne weiteres selbst mehrerlei nutzreiche Verwendung ausmalen, welche in allen Fällen ein hartes Strafgericht für Paulin und sämtliche seiner Spießgesellen zeitigten, welche sich an dieser schandbaren Schurkerei beteiligt hatten. Doch vermittelst einer willentlichen Anstrengung verscheuchte er seine Racheträume und widmete sich, indem er aufstand und den Blick ein letztes Mal auf Faelans Leichnam senkte, näherliegenden Überlegungen.

»Ihm dürfen der Kirche Riten nicht zuteil werden, nicht wahr?« meinte Javan halblaut. »Ich bedaure diese Folgen. Er war ein guter Priester.«

»*Gute* Priester nehmen sich auf gar keinen Fall das Leben, Sire«, merkte Erzbischof Hubertus dazu mit scharfer Betonung an.

Javan verkniff sich die Widerrede, welche ihm auf der Zunge lag. »*Requiescat in pace*«, sprach er dennoch leise und neigte vor dem Toten zum Abschied das Haupt.

Nachdem er dies Wort geäußert hatte, wandte er sich ab und schritt, dieweil er wußte, daß er sonst nichts mehr für Pater Faelan zu tun vermochte, mit Guiscard und Charlan aus dem Gemach.

# XXXIII. Kapitel

*Meine Bekannten hast du mir entfremdet…*

Psalm 88,9

Noch am selben Nachmittag verscharrte man Pater Faelans Leiche ohne kirchliche Riten oder sonstige Umstände auf dem Schindanger außerhalb der Stadtmauer, denn Selbstmörder und Exkommunizierte durften nicht in der geweihten Erde des Gottesackers bestattet werden. Zum zusätzlichen Zeichen seiner angeblichen Ehrlosigkeit entfernten jene Scharfrichter-Büttel, welche das Begräbnis vorbereiteten, ihm die Ordenskutte und schoren sein Haupt, um alle Eigenheiten seiner Ordensmitgliedschaft, selbst die Tonsur, gänzlich zu beseitigen. Auch gestand man ihm keinen hölzernen Sarg zu, sondern wickelte ihn, bevor man ihn dem Erdreich übergab, nur in grobes Leinentuch. Zu selbigen Verrichtungen ergingen sämtliche Weisungen von *Custodes Fidei,* aber während des eigentlichen Verscharrens fand sich kein einziger Angehöriger des Ordens ein.

Javan mußte sich, obzwar er gerne zugegen gewesen wäre, gleichfalls fernhalten, denn als König durfte er sich beim Begräbnis eines Exkommunizierten, wiewohl Faelan sein Kaplan gewesen war, schlichtweg nicht blicken lassen. Gegen Abend jedoch ritt er mit Charlan und Guiscard sowie einem Dutzend Königlicher Lanzenreiter zum Geleit am Fluß entlang und machte auf dem Rückweg, derweil sich die Abenddämmerung über die Reichshauptstadt breitete, einen Umweg, welcher am Schindanger vorüberführte.

Der König ließ, derweil er mit Guiscard die grause Örtlichkeit beschritt und den aller Kennzeichnung baren, allerdings an seiner Frische erkennbaren Erdhügel aufsuchte, Charlan die Rösser beaufsichtigen und mit den Lanzenreitern an der Landstraße warten. Javan wagte es nicht, zum Beweis seiner Achtung vor dem Toten niederzuknien, dieweil er sich in Sichtweite der Lanzenreiter befand; aber er neigte das Haupt und sandte zu Gunsten von Pater Faelans Seele ein stilles Gebet gen Himmel, während vom Fluß kühler Wind herüberwehte und ihm den Schopf zauste. Indessen mußte er baldigst den Blick heben, da er sich allein auf diese Weise neuer Tränen erwehren konnte.

»Ich hätte ihn nicht zum Bleiben drängen sollen«, sprach er zu Guiscard, starrte in den Sonnenuntergang, ohne daß sein Blick für irgend etwas besondere Aufmerksamkeit erübrigte. »Es wäre klüger gewesen, ihn ins Kloster heimzuschicken. Er hätte nicht zu wissen brauchen, daß nicht er die Entscheidung gefällt hat.«

»Und *hättet* Ihr ihn fortgeschickt, Sire, und dort wäre beschlossen worden, ihn durch Aderlaß ins Jenseits zu befördern, wäre er just so mausetot wie er's jetzt ist, und Ihr würdet Euch ebenfalls mit Vorwürfen abplagen«, hielt Herr Guiscard ihm entgegen. »Sein Tod geht nicht auf Eure Beschlüsse zurück. Vielmehr erklärt er sich durch den Willen Paulins – auch Faelans eigene Entschlüsse sowie die Gesinnung derjenigen, welche am Ende in der Tat Hand an Faelan gelegt haben.«

»Aber für *nichts* ist er gestorben…! Wäre er in die Abtei heimgekehrt, man hätte ihm kein Wissen entpressen können. Er kannte ursprünglich keine eigene Bestrebung, in all diese verborgenen, gefahrvollen Machenschaften verwickelt zu werden. Nie wünschte er etwas anderes, denn ein tüchtiger Priester zu sein.«

»Und war er's etwa nicht?« entgegnete Guiscard leise. »Steht nicht irgendwo in der Heiligen Schrift etwas über den guten Hirten, welcher sogar sein Leben für die Herde hingibt, zu lesen?«

»Bedenkt doch, Herr Guiscard, man hat ihn aufgeknüpft wie einen gemeinen Verbrecher… Elendig baumeln wie Judas mußte er, und dreißig Silberlinge sind ihm untergeschoben worden.«

»Fürwahr, so ist's geschehen, Sire«, bestätigte Guiscard. »Doch keineswegs aus belangloser Verursachung ist Pater Faelan zu einem gewaltsamen Tode gekommen.«

»Nicht? Was wollt Ihr damit zum Ausdruck bringen?«

»Meine Überzeugung ist's, daß er die Gefahr zu meiden beabsichtigte, womöglich stark genug eingeschüchtert zu werden, um an Euch, Sire, Verrat zu verüben. *Darum* lehnte er's ab, sich nochmals in die Gewalt der *Custodes* zu begeben. Um sein Leben hat er niemals gefürchtet. Versteht Ihr mich, Sire? Sein Dasein war ja längst in Gottes Hand überantwortet, bevor Ihr und er Euch in jener Priesterschule kennengelernt habt. Glaubt Ihr nicht, daß darüber auch seine Meuchler Klarheit hatten? Und sobald sie ersahen, daß sie ihn keinesfalls, nicht einmal durch Furcht, auf ihre Seite ziehen konnten, er sich allem widersetzte, was ihn zum Verräter an *Euch* hätte erniedrigen mögen, da haben sich seine Peiniger dafür entschieden, sich wenigstens für den vermeintlichen Verrat an *ihnen* zu rächen.«

»Nichtsdestoweniger ist er tot«, äußerte Javan mit gesenkter Stimme. »Und er ruht, lediglich gehüllt, als wäre er ein Ärmster der Armen, in ein Leichentuch, in ungeweihtem Erdboden. Ich weiß, Guiscard, er weilt nicht *hier* an dieser Greuelstätte, aber es ist ein böses Unrecht, welchselbiges wahrlich zum Himmel schreit, daß jemand einem Unschuldigen dergleichen Schmach antun kann. Wer mag denn wohl das nächste Opfer werden? Haben meine Widersacher vielleicht gar vor, all jene hinzumorden, welche mir in irgendeiner Beziehung nahestehen und mir getreu bleiben…?«

Selbige Fragen richtete Javan am späteren Abend auch an Pater Joram, nachdem er ihm sämtliche Ereignisse der vergangenen Tage erzählt hatte. Dieses Mal hatte Herr Guiscard den König begleitet und saß voll des Mitgefühls an seiner Seite, derweil Joram, Niallan und Jesse zunächst einmal über die vermeldete Kunde nachsannen.

»Gewißlich teile ich Eure Trauer um Pater Faelan, Sire«, sprach schließlich Joram nach langem Schweigen. »Desgleichen erachte ich Eure Sorge, darin könnte lediglich ein Anfang gesehen werden, als durchaus begründet. Wenn Eure Gegner sich dahin versteigen, einen Geistlichen zu meucheln und einen Freitod vorzutäuschen, dürften sie wohl schwerlich zaudern, sobald's darum geht, in Eurem Umkreis weitere Königstreue zu ermorden. An erster Stelle wird man um Herrn Oriel fürchten müssen. Da sie wieder einen eigenen, zudem willigen Deryni-Gehilfen haben, ist's als wahrscheinlich anzunehmen, daß sie bei Hofe keinen Rivalen dulden möchten, welcher ihm in die Quere kommen könnte.«

Javan stieß ein abgehacktes, bitteres Auflachen aus. »Soll ich ihn einsperren, geradeso wie's seiner Familie ergangen ist, oder was schlagt Ihr mir zu seinem Schutz vor? Ich habe ihm Wohnung in meiner Gemächer engster Nachbarschaft zugewiesen, wo Hubertus und die anderen Schufte ihn nicht ohne weiteres zu behelligen vermögen, und ihm einen meiner schneidigsten Ritter als in jedweder Hinsicht voll für ihn verantwortlichen Leibwächter zugeteilt. Solange nicht ich höchstselbst jemanden um ihn sende, verbleibt er unverbrüchlich in seiner Kammer, und er verläßt sie nur in Herrn Gavins Begleitung.«

Joram nickte. »So will's mich denn dünken, Ihr habt zu seiner Sicherheit alles veranlaßt, was in Eurer Macht steht, Sire. Sollte indes Rhun seinen Handlanger Sitric mit an den Hof zurückbringen, stellt die Lage sich wieder zur Gänze verändert dar. Dank des Rückhalts der *Custodes* vermöchte wohl sogar der im Grunde genommen bloß mittelmäßig begabte Sitric einiges Bemerkenswerte zu leisten.«

»Nun denn, was soll ich tun?« erkundigte Javan sich verdrossen ein zweites Mal. »Oriel vom Hofe entfernen? Er dürfte sich zu gehen weigern, solange seine engsten Anverwandten als Geiseln festgehalten werden, und's ist wohl kaum zu hoffen, daß Paulins Schergen ihnen die Freiheit wiederschenken.«

»Freilich, da habt Ihr recht, Sire«, stimmte Joram zu. »Doch möglicherweise läßt sich diese Schwierigkeit auf anderem Wege lösen. Herr Guiscard, wie viele Geiseln befinden sich insgesamt noch in Rhemuth?«

Der junge Edle wölbte die Brauen. »Mag sein, Oriels Weib und Tochter mitgezählt, ein Halbdutzend.«

»Wer sind die anderen?« wünschte Bischof Niallan zu erfahren.

»Hmm... Da sind Sitrics Angehörige – eine Schwester und seine Mutter, so ich mich recht entsinne –, sowie natürlich Ursin O'Carroll, dessen Gemahlin und sein Sohn. Das sind, will ich meinen, tatsächlich sieben an der Zahl.«

»Nur sieben?« wunderte sich Niallan. Er schüttelte das Haupt. »Ich kann mich noch an eine Zeit erinnern, da zählten die Geiseln mehrere Dutzend... Mögen ihre Seelen in Frieden ruhen.« Mit schwerfälliger Hand bekreuzigte er sich, und die übrigen Anwesenden ahmten sein frommes Beispiel nach. »Doch will ich nicht verschweigen, daß es weitaus schlimmer stehen könnte. Gehe ich richtig in der Annahme, daß auch die anderen Überlebenden, nicht Herr Ursin allein, allesamt Deryni sind?«

Herr Guiscard verzog, derweil er angestrengt überlegte, das Angesicht. »Das ist, soviel ich weiß, nicht der Fall. Ich glaube, Ursins Gemahlin ist menschlicher Abkunft, ein Umstand, welcher uns über den Sohn des Paares im unklaren läßt. Derselbe muß noch sehr jung gewesen sein, als man die Familie zu Geiseln machte, vielleicht gar erst im Säuglingsalter, also hat man ihn wohl nicht der *Merascha*-Prüfung unterworfen. Ursin hingegen, so habe ich vernommen, muß in regelmäßigen zeitlichen Abständen stets aufs neue die Prüfung durchs *Merascha* erdulden, dieweil man vollauf unanzweifelbar dessen sicher sein will, daß seine Deryni-Kräfte sich nicht etwa wiedereinstellen.«

»Guter Gott, wie sie uns doch fürchten...!« seufzte Niallan. »Indes ist darin nichts Neues zu erblicken, doch ist mir soeben ein Einfall durchs Haupt geschwirrt, welcher sich in dieser Angelegenheit, wie's sich ergeben mag, durchaus bewähren könnte. Ihr wißt, Sire, wie Ursin seiner Deryni-Kräfte verlustig ging, und habt Kenntnis von Meister Revans Wirken im Umkreis Valorets.«

Javan hob das Haupt und maß den Bischof erwartungsvollen Blicks. »Selbstverständlich weiß ich Bescheid, Pater Niallan. Ich bin *selbst* schon dort bei ihm gewesen.«

»Ach ja, richtig, Sire«, äußerte Niallan, indem er verhalten schmunzelte. »Nun wohl, so vernehmt denn diesen meinen Vorschlag...«

Über vierzehn Tage und etliche weitere Besuche Javans in der Michaeliten-Fluchtburg beanspruchte es, bis der durch Bischof Niallan unterbreitete Plan endgültige Gestalt annahm, denn gewisse Bestandteile des Vorhabens mußten von dort nicht wohnhaften Leuten zuvor gebilligt werden. Ein überaus verwegenes Vorhaben war es, was Niallan anregte, doch bei Gelingen sollte es in der Tat zum Ergebnis haben, daß man im nächsten Frühjahr die Geiseln aus Rhemuth fortschaffte. Um dafür den Weg zu ebnen, überwand Javan sogar seinen Stolz und gab vor, in Sachen Faelan mit Paulin seinen Frieden zu schließen, so daß ein neuer Kaplan ernannt ward und des Königs Gefolge sich wieder mit schönster Regelmäßigkeit der Frömmigkeit widmen konnte.

Unglückseligerweise jedoch erhielt Javan gar keine Gelegenheit, um die Ausführung des gefaßten Plans auch bloß in den grundlegenden Zügen in Angriff zu nehmen, denn am selben Tag, da er damit den Anbeginn zu machen gedachte – an einem der ersten Novembertage –, traf zu Rhemuth ein völlig erschöpfter Sendbote ein und verlangte, vor den König geleitet zu werden.

Zu jener Stunde, als ein Königlicher Leibwächter den Boten hereinbrachte, saß Javan im Burgsaal auf der linken Hälfte der Empore und wohnte einer der von alters her eingebürgerten Verhandlungen des Rhemuther städtischen Schwurgerichts bei; seine Adlaten, die Herren Charlan und Guiscard, hatten ihre Sitzplätze – ein Stückchen weit hinter ihm – zu seinen Seiten, derweil Herr Jerowen als einer der unangefochten herausragendsten Rechtsgelehrten des Reiches zeitweilig den Vorsitz übernommen hatte. Die Überzahl der mehreren Dutzend übrigen Anwesenden umfaßte entweder die bei derlei Anlässen unentbehrlichen Höflinge oder allerlei Antragsteller und Kläger.

In Erwartung der für den Nachmittag angesagten Zusammenkunft des Kronrats hatten sich die Herren Albertus, Rhun und Udaut in einem Fenstererker um ein Kohlenbecken geschart, dessen Glut wohlige Wärme verbreitete, denn im Verlauf der vergangenen Woche hatte sich das Wetter in der übelsten Art und Weise verschlechtert. Von diesen Edlen abgesehen, war jedoch kein weiteres Mitglied des Kronrats anwesend; bei der heutigen Gerichtssitzung standen nämlich eher herkömmliche Allerweltsstreitigkeiten und Alltäglichkeiten auf der Tagesordnung, so daß nur wenige Hohe des Reiches sich zur Teilnahme bemüßigt fühlten.

Herr Jerowen verstummte mitten im Satz, während Charlan und Guiscard aufsprangen, als der Bote, schwer gestützt auf den Arm des besorgten Leibwächters, in den Saal getorkelt kam. Mit einem dumpfen Ächzen sank er vor dem König auf die Knie, zog aus dem Gewand ein zerknittertes, vom Ritt verschmutztes, eingefaltetes Pergament, streckte es mit zittriger Hand empor. An dem zinnoberroten Siegel erkannte man als den Absender Herrn Ainslie, welcher sich ja zur Zeit unter Rhys Michaels Mitwirkung in Grecotha mit Grundbuchangelegenheiten befaßte.

»Reicht dem Mann etwas zu trinken«, gebot Javan und zerbrach das Siegel, als es sich nicht von der Seite absprengen ließ, mit den Fingern in der Mitte. »Sprich, bringst du dies Sendschreiben aus Grecotha?«

»Ja, Sire…«, vermochte der Mann hervorzukeuchen, wobei er auf den Knien wankte. »Vor vier Tagen… auf der Jagd… ward Prinz Rhys Michael entführt… Herr Jason ist gefallen, Herr Ainslie schwer verwundet… Räuber… Ich bin so geschwind geritten, wie ich's konnte.«

Damit sackte er nach vorn, doch Guiscard beugte sich bereits über ihn, fing ihn unter einem Arm ab und senkte ihn achtsam auf den Fußboden, schnippte mit den Fingern in die Richtung einiger Pagen, welche sich sputeten, um Wein und einen Becher herbeizuschaffen. Javan hatte sich, sobald er die Kunde vernahm, vom Thronsitz erhoben; alle Farbe war aus seinem Antlitz gewichen.

»Meister Oriel soll kommen«, sprach er zu Charlan, entfaltete eilends das Sendschreiben, um nach Möglichkeit über diese außerordentlich schlechte Nachricht Einzelheiten zu erfahren.

Derweil Charlan zum Burgsaal hinaushastete und Herr Jerowen sich zum König gesellte, verließen Albertus und Rhun den Fenstererker, um zu sehen, was sich da Sonderliches zutrug, denn sie hatten wohl des Boten verhängnisvolle Zeitung nicht vernommen.

Javan las das Schreiben mit stets wachsender Bestürzung. Das Wesentliche war bereits aus den Worten des Sendboten ersichtlich gewesen, doch die schriftliche Botschaft enthüllte dem König schonungslos das volle Ausmaß des Unheils. Er erkannte die Handschrift Ritter Tomais', der vor knapp sechs Wochen Rhys Michael sowie die Herren Ainslie und Jason nach Grecotha begleitet hatte.

*Grecotha, am Fest-Tage Allerheiligen*
*Gepriesen sey GOTT der All-Mächtige!*

*In Namen unsres liepen Herrn Jesu Christi an Seine Majestät den Allerchristlichsten König Javan von Gwynedd unterthänigst entsandt von Ritter Tomais d'Edergoll im Geleith Herrn Ainslies zu Grecotha.*

*Voll der allerförchtbarsten Zerknirschung musz ich Eurer Majestät, wiewohl mir im Schreipen die Händt erstarren wollen, schrifftlich in gantzem Umpfang bestätgen, was der Sendt-Bote Euch mit Gewiszheit schon kurtzen Wortes vermeldet hat. Euer Herr Bruder, S. Kgl. Hoheit Printz Rhys Michael, ist von Unbekanndten zum Gefangnen genommen worden. Derweilen ich Euch itzo, in allertiefster Grämnis, einem Thal der Thränen wahrlich gleich, diese traurichten Zeilen schreipe, wissen wir bisz* dato *rein gar nichts über des Printzen Verbleib oder Zustande. Indessen bekunden etl. Augen-Zeugen, er hätte bey jenem Scharmützel gelinde Schrammen erlitten. Bey dem höchlichst tapfren Bemühen, mit GOTTes Hülffe den Printzen zu beschirmen, fandt Herr Jason den unstreitig wackersten Helden-Todt und hat dergestalts unsterplichen Ruhm erworben;* item *ward in dem Gefechte Herr Ainslie auffs ernstlichste verwundet. Desweitren seynd ihrer vier Mannen erschlagen sowie etl. mehr arglich zerschrunden worden. Ob Herr Ainslie lebet oder seine Seel gen Himmel fahren musz, lieget nunmehro in GOTTes Handt. Kranken-Statt hat S. Edeln erlanget im Palast S. Ex. des allergnädigsten Herrn Bischoff Edward MacInnis.*

*Vorbeschriepner fluchwürdger Schurken-Streich ereignete sich am gestrigen Tage um die Mittag-Stunde, darob wir den gantzen verbliepnen Tag, sowie seither auch zur Gäntze den heutgen Tag, unter Auffgeboth aller mir fügbaren Mannen, verstärcket durch eine treffliche Schar Reisige S. Ex. des Herrn Bischoff Edward, auf flinken Rossen allhie den Landt-Strich absucheten, jedoch leyder!, wiewohl wir auff des Höchsten Beystand hoffeten, fanden wir mitnichten den klitzekleinsten Verweis auff S. Kgl. Hoheit* Fatum. *Herrn Ainslies und etwelcher andrer Augen-Zeugen Vermeldtung zufolge hatte aber jene Rotte verrätherischer Schandt-Buben GOTTlob nimmer des Printzen Hinmeuchlung, sondern eintzig dessen Fortschleppung im Sinne.*

*Ich wage Eurer Majestät kein Empfehlen anzutragen, dasz Ihr ohn alles Säumen gen Grecotha eilen mögt, dieweilen die Verschwöhrung in ihrer Gesammetheit gegenwärtigs noch unerkanndt ist, so dasz ich Eurer Majestät Sicher-Sein nicht mit genüglicher Fehllosigkeit zu verbürgen vermag. Überdies wird Euch, sollte jene allerschandtbarste Räuber-Bande – ich speye aus, Eure Majestät, gegen diese Unholde! – für des Printzen Frylassung schmachvoll ein Löse-Geldt erheischen, wie allerley Hiesige es vermuthen, nach aller Voraus-Sicht des Forderns halber ein Sendt-Schreipen zu Rhemuth erreichen. Indessen ergeht an Euch unterwürffigst mein erflehentliches Bitten, behufs hinforter Fahndung weitre Hauffen Reisige zu entsenden, da mit jedem Tage, welcher ins Landt zie-*

*het, die Entfernung wachest, wohin besagte GOTTlose Raub-Strolche S. Kgl. Hoheit verbringen mögen.*

*In schaudernsvollem Schmertze, Eurer Majestät keine erbaulichere Kunde übermitteln zu dürffen, verbleibet als Euer demüthiger, aber unthrösztlich verzweiffelter Knecht Euer*

*Ritter Tomais d'Edergoll*

Vollkommen entgeistert übergab Javan das Schreiben Großmeister Albertus, welcher sich inzwischen, ebenso wie die Herren Rhun und Udaut, aus der Fensternische herbeibemüht hatte und gerade den Konnetabel bat, den Burgsaal räumen zu lassen. Guiscard hielt dem zusammengebrochenen Boten einen Becher Wein an die Lippen, versuchte ihn zum Trinken zu bewegen, aber selbst zu einem labsamen Trunke war der Mann unverkennbar viel zu erschöpft. Als Charlan mit Oriel wiederkehrte, war es Herrn Udauts Untergebenen gelungen, die übrige Versammlung zur Halle hinauszutreiben; Udaut und Herr Jerowen stießen jetzt laute Rufe der Entrüstung über den in dem Sendschreiben, welches Albertus und Rhun unterdessen gelesen hatten, mit solcher Genauigkeit berichteten Frevel des Prinzenraubs aus.

»Mein Bruder ist in Gefangenschaft verschleppt worden«, sprach Javan zu Oriel, sobald er und Charlan sich ihm nahten. »Findet mir heraus, Meister Oriel, ob dieser Mann bei dem Vorfall zugegen war und ob er mehr als das Wenige weiß, was er schon mündlich vermeldet hat.«

Bei diesem Geheiß des Königs konnte man mehreren Umstehenden Unbehagen anmerken, doch Oriel gehorchte ohne mit der Wimper zu zucken, kniete sich neben den mittlerweile in einen tiefen Schlaf der Ermattung versunkenen Boten, der laut schnarchte, und legte ihm sachte beide Hände auf die Stirn. Er schloß die

Lider und bewahrte für ein kurzes Weilchen Schweigen; schließlich hob er mit ernster, sorgenschwerer Miene den Blick zum König.

»Weder hat er an dem erwähnten Jagdausritt teilgenommen, Sire, noch Herr Tomais, aber er hörte Tomais anschließend Herrn Ainslie befragen. Die Angreifer sind vorzüglich bewaffnet gewesen und bewiesen bei dem Überfall beachtenswerte Umsicht. Es kann keinen Zweifel daran geben, daß sie die Absicht verfolgten, den Prinzen in ihre Gewalt zu bringen. Es wurden aus dem Hinterhalt Pfeile verschossen, doch niemals in des Prinzen Nähe. Ein Pfeil war's, der Herrn Jason das Leben raubte, ein Geschoß traf ihn in den Rücken. Auch Herr Ainslie ward von einem Pfeil in den Oberschenkel sowie von einem zweiten solchen Geschoß in den Arm getroffen, sank aber zuletzt durch einen Schwerthieb nieder. Derweil Tomais ihn ausfragte, befaßten sich Wundärzte mit Ainslie und hatten ihm schon ein Mittel wider die Pein eingeflößt, so daß seine Schilderung nach und nach immer undeutlichere Züge annahm.«

»Was ist mit meinem Bruder geschehen?« fragte Javan ungeduldig.

»Nach Herrn Ainslies Aussagen, Sire, hat der Prinz sich mit dem Schwert in der Faust weidlich gewehrt, er ward allerdings außer Gefecht gesetzt, bevor man Seine Hoheit überwältigte, so daß er Eures Bruders eigentliche Gefangennahme nicht mehr zu beobachten vermochte. Ein anderer Mann soll mitangesehen haben, wie man den Prinzen ergriff, und hat behauptet, derselbe sei zu jenem Zeitpunkt unversehrt gewesen, war aber selbst übel zugerichtet und konnte sich der Entführung nicht entgegenstemmen…«

Am selbigen Morgen, da die Nachricht von der Verschleppung des Prinzen am Königshof eintraf, mühte sich Rhys Michael mit einer Willenstärke ums Wachbleiben ab, welche eines so Hochgestellten gewißlich würdig war, dennoch aber weitgehend der Wirkung entbehrte; nach mehreren Tagen der Gefangenschaft wußte er kaum mehr über seine Entführer als in der Stunde des Anschlags. Allerdings hatte es niemals irgendeinen Zweifel daran gegeben, daß der Überfall ihm galt, und genausowenig hatte er jemals irgendeine Aussicht gehabt, ihnen entweichen zu können.

Durch einen Pfeilhagel hatten die Angreifer sogleich ein volles Drittel seiner Begleitung niedergemacht, darunter auch den getreuen Herrn Jason; sodann waren etliche, leicht gewappnete Reiter herangesprengt, gut und gern ein ganzes Schock, ein Halbdutzend hatte ohne Verzug Rhys Michael umzingelt, derweil alle anderen sich seinen Begleitern entgegenwarfen, welche ihm todesmutig zu Hilfe eilen wollten, von denen dann in der Tat auch mehrere im Gefecht das Leben ließen. Er zog blank und setzte sich zur Wehr, doch obzwar er zumindest einigen Bedrängern Wunden zufügte, welche sie noch lange an ihn erinnern sollten, ward er schließlich durch ihre schiere Übermacht niedergerungen. Einer der Halunken entwand ihm die Zügel seines Rosses, ein zweiter Schuft hieb ihm einen Schwertknauf gegen die Schläfe, andere Reiter warfen ihm einen großen, weiten Umhang übers Haupt, um ihm die Sicht zu rauben und ihn am Schwertschwingen zu hindern.

Obschon infolgedessen ohne Sicht und halb betäubt, versuchte er ungeachtet aller Benommenheit, indem er trotz des schweren, dicken Umhangs fahrig um sich schlug, aus dem Sattel zu springen, dieweil er unterstellte, daß es seinen Mannen – befand er sich auf dem Boden – eher gelingen könnte, ihn aus den Fäusten der Häscher zu befreien, als wenn die Berittenen es schafften, ihn zu Roß fortzubringen. Aber bevor er die Steigbügel von den Füßen zu schütteln vermochte, umschlang der bärenhaft starke Arm eines Kerls seinen Oberkörper, während jemand anderes ihm das Schwert entriß und ihm dabei ums Haar die Finger brach.

Rhys Michael gab den Widerstand nicht auf, jedoch wanden die Schurken ihm Seil um Schultern und Leibesmitte, fesselten ihm dergestalt die Oberarme an den Körper, und sobald dies bewerkstelligt war, banden sie ihm auch die Hände. Zwar zappelte er noch und trat, ward aber von einem Haderlump, welcher spürbar weit bulligeren Wuchses war als er, auf eines Reittiers Rücken geschwungen; der Hüne umschlang ihn rücklings mit kraftvollen, in Leder gekleideten Armen und trieb mit den Sporen das Roß zum Galopp an.

Derartig verschnürt wie ein für den Markt bestimmtes Schwein, blieb dem Prinzen gar keine andere Wahl, als das Haupt zu ducken und sich ums liebe Leben an die Mähne des Tiers zu krallen, während es, immer wieder schonungslos vorwärtsgetrieben durch des Reiters Sporen, wie der Wind über Stock und Stein dahinsauste. Noch wiederholte Male schrie Rhys Michael um Hilfe, rief nach seinen Begleitern – denn den Mund hatten die Angreifer, ehe sie den Mantel über ihn stülpten, ihm nicht zu stopfen vermocht –, schließlich jedoch empfing er eine dermaßen deftige Maulschelle, daß er im muffigen Dunkeln Sternlein gaukeln sah und ihm das Blut aus der Nase schoß.

Darum hatte sich der Prinz, aus Schmerz und Furcht halb ohnmächtig, im nachfolgenden darauf beschränkt, an des Reittiers Hals Halt zu bewahren und *nicht* hinabzustürzen, denn eine Zeitlang ward das Roß viel zu schnell einen recht zerklüfteten Abhang hinuntergehetzt, so daß es schlingerte und stolperte und Rhys Michael befürchtete, er möchte sich durchaus, falls er, ohne etwas zu sehen oder den Sturz abfangen zu können, vom Tier geschleudert ward, das Genick brechen.

Nach einer scheinbar ewig langen Frist mehrmaligen, auf irrwitzig-leichtfertige Weise gefahrvollen Durchpreschens unwegsamen Geländes sowie einigen Strecken im geschwindesten Galopp durchquerter, flacherer Landschaft hielten seine Entführer lange genug, um ihm unter des Reittiers Bauch die Füße aneinanderzubinden, mit Lederriemen die gefesselten Hände vorn an den Leib zu schnüren sowie den über ihn geworfenen Mantel gegen eine Augenbinde und einen Knebel auszutauschen, welche man ihm sehr sachkundig anlegte. Zu keiner Zeit bekam er die Reiter zu sehen. Nicht lange, und sie sprengten weiter, ohne daß er irgendeinen Hinweis darauf ergründet hatte, wer diese Männer waren oder was sie eigentlich von ihm wollten.

Die Umstände hatten sich noch grausiger gestaltet, indem der Nachmittag dem Abend wich und zuletzt die Nacht herabdämmerte. Während der ersten, in ihrer Gesamtdauer unbestimmbaren Stunden machten die Entführer des Prinzen mehrere Male halt und verharrten still, derweil unweit Rotten anderer Reiter vorüberdonnerten. Beim erstenmal schlang Rhys Michaels Bewacher ihm einen in Leder gehüllten Arm um die Gurgel, als wollte er ihm die Luft abdrücken. »Keinen Laut und keine Possen, Haldane«, hatte er den Prinzen im Flüsterton gewarnt, »oder der Odem wird Euch abgedrosselt.«

Infolge des Stoffballens in seinem Mund schmerzten Rhys Michael die Kiefer, und er konnte ohnehin nur mühsam atmen, geschweige denn irgendwelche Rufe ausstoßen. In der gegenwärtigen Lage fehlte jeglichem Aufbegehren völlig der Sinn. Während der Hufschlag immer näher erklang, schwindelte es dem Prinzen im undurchdringlichen Schwarz hinter der Augenbinde, bis ihm schließlich fast die Besinnung schwand. Als der Ritt fortgesetzt ward, verspürte er noch für ein Weilchen beklemmende Mulmigkeit.

Er vermutete, daß es lange nach Mitternacht war, als die Reiter zu guter Letzt eine Rast einlegten, um die Rösser zu tränken. Noch immer verschwiegen ihm die Männer, welche Absichten sie – abgesehen davon freilich, daß sie ihn sich offenkundig nicht wieder abjagen zu lassen gedachten – mit ihm hegten. Als man ihn fragte, ob er zu schwören bereit wäre, Ruhe zu bewahren, falls man ihm den Knebel entfernte, willigte er mit zittrigem Nicken ein, denn weitere Unannehmlichkeiten zu leiden diente wahrlich keinem vernünftigen Zweck. Bloßes Geschrei verhülfe ihm beileibe nicht zur Freiheit.

Daraufhin hatte man ihn des Knebels entledigt; daß man hingegen die Augenbinde an ihrem Platz beließ, empfand der Prinz keineswegs als erstaunlich. Seine Kehle war greulich trocken, nachgerade ausgedörrt gewesen, sowohl aus Furcht wie auch aufgrund schieren Dursts; daher erbat er zaghaft, sobald man ihn auf einen flachen Felsen gesetzt hatte, um trinkbare Labsal.

Zu seiner Erleichterung und Überraschung hob jemand ihm ohne Säumen eine Reiseflasche an die Lippen. Selbige enthielt zwar nur Wasser, aber nach dem scheußlichen Tag, welchen er durchzustehen gehabt hatte, mundete es ihm wie himmlischer Nektar. Etwas später drückte man ihm auch Essen in die Hand, hartes Brot und scharfwürzigen Käse. Der Verzehr erwies sich der gefesselten Händen wegen als etwas umständlich, und infolge seiner insgeheimen Beklommenheit fiel ihm zudem das Schlucken schwer; sein Magen jedoch hieß das schlichte Mahl willkommen. Zum Abschluß reichte man dem Prinzen sogar Wein, den er dankbar schlürfte.

Kurz darauf, während Rhys Michael hörte, wie man die Rösser an ein Gewässer führte, faßte sein Bewacher ihn am Ellbogen und brachte ihn ein paar Schritte weit vom Rastplatz fort.

»Solltet Ihr die Notdurft verspüren, Haldane, Euch des Wassers zu entledigen«, meinte der Mann unverblümt, »so habt Ihr nun dazu die Gelegenheit. Bedenkt, rate ich Euch, sobald wir wieder aufsitzen, bleiben wir für etliche Stunden im Sattel.«

Der Hüne nahm die Faust vom Arm des Prinzen, blieb jedoch, wie deutlich zu merken gewesen war, neben ihm stehen. Mißmutig begriff Rhys Michael, daß er den Rat sofort befolgen sollte. Er vermochte sich nicht daran zu entsinnen, wann er sich schon einmal so täppisch und erniedrigt gefühlt hatte, doch konnte zweifellos, wie er einsah, seine Blase, wenn er in dieser Hinsicht keine Abhilfe schuf, nicht leerer werden. Nachdem er sein Wasser abgeschlagen hatte, packte der rauhe Eisenbeiß ihn wortlos wieder am Arm und geleitete ihn zurück zu den Rössern.

Unterwegs hatte Rhys Michael den Eindruck gehabt, daß er ungewöhnlich häufig strauchelte. Als man ihm erneut in den Sattel half, befiel ihn ein sonderlicher Schwindel, so daß er unwillkürlich krampfhaft nach dem Sattelknauf haschte, und selbst das vollständige Schwarz hinter der Augenbinde schien nun um ihn zu kreiseln. Schon als man den Ritt wiederaufnahm, war das Schwindelgefühl Anwandlungen starker Schläfrigkeit gewichen, infolge welcher er jedesmal, wenn sie langsamer ritten oder flüchtig anhielten, in tiefen Schlummer zu versinken drohte. Allmählich schwante es ihm, daß man ihm etwas Betäubende verabreicht hatte, wahrscheinlich im Wein; gleichzeitig war er sich jedoch, trotz aller Duseligkeit, zur Gänze darüber im klaren, daß er sich dagegen nicht im mindesten wehren konnte.

Er vermochte sich nicht daran zu entsinnen, ob sie in jener Nacht zum Schlafen rasteten; daß er im Sattel ein ungemütliches Nickerchen gehalten hatte, wußte er später noch, aber nicht, für welche Dauer. Als die nächste Rast stattfand, um ein Mahl zu verzehren, versuchte er den Wein zurückzuweisen, aber sein Bewacher verdeutlichte dem Prinzen – ganz wie er es erwartet gehabt hatte –, daß man ihm in dieser Beziehung keine Wahl ließ. Rhys Michael beschloß, den Wein lieber zu trinken, als ihn gewaltsam in den Schlund gegossen zu bekommen.

Danach merkte er nicht einmal mehr, wie man ihn von neuem aufs Roß lud. Irgendwann nahm man ihm seinen Siegelring und ebenso den Ohrring ab. Dieweil er ununterbrochen hinter der Augenbinde im Finstern belassen ward, verlor er am Ende vollends das Gefühl fürs Verstreichen jeglicher Zeit, und das Mittel, welches er wiederholt zu sich nehmen mußte, hatte schlechterdings zur Folge gehabt, daß er stets döste, selbst wenn er bei Bewußtsein blieb, und ihm immer mehr der Überblick übers Geschehen schwand.

Mehrere Male hatte er vernommen, wie man den Namen Ansel erwähnte, und endlich fiel ihm ein, daß möglicherweise von dem Geächteten Ansel MacRorie die Rede sein möchte. Durch die Vorstellung, seine Entführer könnten – wie selbiger MacRorie – Deryni sein, war ihm zusätzlicher Schrecken in die Glieder gefahren, doch sollte es sich, hatte er einsehen müssen, tatsächlich so verhalten, konnte er auch daran nichts ändern. Ganz überwiegend bestand am Schluß des Prinzen Dasein daraus, daß man ihn vom Roß hob und später zurück in den Sattel, er zwischendurch in den mit Leder bedeckten Armen seines Bewachers teils halb wachte, teils schlief und häßliche Träume ihn heimsuchten.

Letztendlich hatte Prinz Rhys Michael keinerlei Ahnung mehr gehabt, welche Frist seit dem Überfall verstrichen sein mochte – wie lange er dieses erbärmliche Umherreiten schon erleiden mußte –, als dann doch Rettung kam. Immerhin vermutete er, daß eine Zeitspanne von mehreren Tagen ins Land gegangen sein konnte.

Just war abermals angehalten worden, um wieder die Rösser zu tränken und sich eine Mahlzeit zu vergönnen, da erscholl ein Warnruf, und plötzlich herrschte ringsum Unruhe. Der Prinz hörte geschwinden Hufschlag herandröhnen, unterdrückte Verwünschungen aus den Mäulern seiner Entführer, das Rasseln von Rüstungen und Waffenwehr, nahebei auch das Geräusch scharfer Schwertklingen, welche aus ihren Scheiden glitten. Mit einem Mal war rundherum ein wildes Getümmel ausgebrochen.

Als Rhys Michaels Aufseher ihn wieder mit dem linken Arm an seinen Brustkorb drückte, versteifte der Prinz seine Haltung, warf sich gebeugten Haupts hin und her, während der Mann mit der freien Faust hinter sich griff, um einen Dolch, den er dort außer Reichweite des Gefangenen trug, zu zücken. Überall rundum ertönten Waffengeklirr und die Schreie Verwundeter; Rösser wieherten.

Unter Rhys Michael bäumte sich das Roß empor, der Prinz klammerte sich, derweil sein Bewacher das Tier zu bändigen versuchte, an den Sattelknauf, um nicht abgeworfen zu werden und sich dabei nicht sämtliche Knochen zu brechen – aber gleichzeitig ritt der Tod ja hinter seinem Rücken!

»Haltet still, Haldane, widerstrebt mir nicht!« forderte erbost der Eisenbeiß.

Der Prinz spürte, wie der rechte Arm des Hünen nach vorn zurückschwang, schreckte mit einem heftigen Ruck auf, als er seitlich am Hals die Kälte einer Klinge fühlte. Indem er einen erstickten Schrei ausstieß, beugte er sich in die Gegenrichtung, duckte sich nieder, bemühte sich darum, mit den Fingern die Augenbinde abzustreifen, damit er dem Tod wenigstens ins Auge blicken könnte. Er vernahm Stimmen – nun noch näher –, die seinen Namen riefen, vermochte aber nicht zu beurteilen, ob die Königstreuen eine echte Aussicht hatten, sich noch rechtzeitig zu ihm durchzukämpfen. Sein Bedränger wollte ihn zu sich herüber zurückzerren, mußte sich allerdings sowohl mit ihm wie auch dem Roß abplagen, welches sich unter Geschnaube immer wieder aufbäumte. Rhys Michael hatte versucht, sich mit den gebundenen Händen die bewaffnete Faust des Gegners vom Leibe zu halten, dem Dolch auszuweichen, den er in des Halunken Faust wußte.

»Zum Prinzen!« brüllte irgend jemand. »Er soll gemeuchelt werden!«

Um darüber Klarheit zu haben, hätte der Prinz wahrlich keiner weiteren Hinweise bedurft. Er rang ums liebe Leben, wand sich umher wie ein Aal, stets darauf bedacht zu erraten, wo des Bedrängers Faust mit dem mörderischen Stahl wohl gerade sein mochte – bis ein wuchtiger Hieb in den Nacken seinen Widerstand beendete.

Als er später endlich die Besinnung wiedererlangte, erfuhr er, daß er fast zwei Tage hindurch in Ohnmacht gelegen hatte; indessen versicherte ihm der in Schwarz gekleidete Feldscher, welcher ihm gerade einen Verband am linken Knie wechselte, die Mattigkeit und Dumpfheit, die er empfand, sei lediglich auf ein Beruhigungsmittel zurückzuführen, das man ihm eingeflößt habe, um ihn schonungsvoller vom Kampfplatz fortbefördern zu können.

»Ihr hattet großes Glück, Hoheit«, erklärte der Mann, indem er den Verband mit einem fein säuberlichen Knoten festknüpfte. »Diese Wunde mußte nur ein wenig genäht werden. Aber jener Bärenhäuter, welcher Euch im Sattel zusetzte, hat's in der Tat bloß *so* knapp verfehlt, Euch zu Eurem Schöpfer heimzusenden.«

Zwischen Daumen und Zeigefinger deutete er einen kaum fingerbreiten Abstand an, dann berührte er dicht neben der Schlagader des Prinzen rechte Halsseite. Die Stelle tat weh, so daß Rhys Michael zusammenzuckte. Zudem brummte ihm der Schädel, und als er vorsichtig den Hals reckte, entlockte ein Schmerz im Nacken ihm ein Ächzen.

»Wo bin ich?« flüsterte er.

Anstatt ihm Auskunft zu erteilen, winkte der Feldscher einen anderen Mann heran. Rhys Michael versuchte sein Angesicht zu erkennen, doch schon der Versuch überforderte seine Kräfte bei weitem.

»Wie ist Euch zumute, mein Prinz?« fragte halblaut eine ihm entfernt vertraute Stimme.

»Um mein Haupt steht's übel«, raunte Rhys Michael. »Wer…?«

»Manfred MacInnis bin ich, Hoheit. Ihr weilt in Culdi. Ihr werdet unzweifelhaft genesen.«

Diese Angaben genügten, um Rhys Michaels getrübte Sicht zu klären. Nach den Anfechtungen der vergangenen Tage war ihm ein bekanntes Gesicht willkommener, als er es in Worte zu fassen vermocht hätte.

»Herr Manfred…«, murmelte er. »Aber wie…?«

»Entsinnt Ihr Euch an Eure Entführung?« fragte Graf Manfred leiser Stimme.

Schwach nickte Rhys Michael, doch von selbiger Bewegung ward ihm augenblicklich wieder schwindlig. »Ich glaube«, antwortete er gedämpft, »sie könnte im Auftrag Ansel MacRories geschehen sein. Während der meisten Zeit allerdings stand ich unter dem Einfluß eines Betäubungsmittels. An den Großteil aller Ereignisse erinnere ich mich nur reichlich undeutlich…«

Manfred gab sich erbost. »Ich glaub's Euch gerne, doch zermürbt Euch nicht mit Grübeln. Wir haben einige jener Kerle lebendig ergriffen. Keiner von ihnen ist MacRorie, dessen bin ich weitestgehend sicher, aber ohne jedweden Zweifel werden sie uns alles erzählen, was sie wissen, haben meine für derlei Befragungen zuständigen Leute erst einmal dazu Gelegenheit erhalten, sich ein, zwei Tage lang mit ihnen zu beschäftigen... Ich bin höchst darüber froh, daß Ihr nicht ernster verletzt worden seid. Über eine Woche hindurch haben Streifen Reisiger unablässig nach Euch gefahndet.«

»So viel Zeit ist verstrichen?« vergewisserte sich Rhys Michael.

»Leider ja, Eure Hoheit. Und es hat nahezu einen vollen Tag in Anspruch genommen – den gestrigen Tag –, Euch nach Culdi zu schaffen. Morgen ist Sankt Martin.«

Indem er für ein kurzes Weilchen die Lider schloß, versuchte Rhys Michael zu überlegen. Sein Leib schien gegen Schmerzen gefeit zu sein; sein Haupt erregte ihm den Eindruck, als wäre es mit Stroh gefüllt.

»Mir ist, als vermöchte ich nicht klar zu denken. Haltet auch Ihr mich unter irgendwelcher Mittelchen Bann?«

»Ausschließlich zur Linderung der körperlichen Beschwerden, Hoheit«, antwortete der Feldscher, »jedoch geht von dem Medikament auch eine beruhigende Wirkung aus. Ihr habt eine arge Platzwunde am Hinterkopf erlitten. Aber nachdem Ihr jetzt erwacht seid, können wir nach und nach die Dosis verringern.«

Bei sich mußte der Prinz eingestehen, daß die abgegebene Begründung vollständig glaubhaft klang. Er konnte sich daran entsinnen, in den Nacken geschlagen worden zu sein, und sein Schädel fühlte sich, wo er auf den Kissen ruhte, recht empfindsam an.

Er gähnte und widmete seine Aufmerksamkeit wieder Graf Manfred. »Mag sein, mir geht's wohler, wenn ich mich gründlich ausgeschlafen habe«, meinte er dösig. »Weiß der König über meine Errettung Bescheid?«

»Ja, Hoheit – will sagen, er wird's, sobald unser Bote bei ihm eintrifft, was voraussichtlich am heutigen Abend oder morgen in aller Frühe der Fall sein dürfte. Bleibt unbesorgt, Hoheit. Meister Stefanus wird Euch wieder auf die Beine stellen, ehe Ihr Euch verseht. Wahrscheinlich wird's zum Beschleunigen Eurer Genesung tatsächlich am vorteilhaftsten sein, Ihr gönnt Euch Schlummer in reichem Maße…«

Währenddessen erörterten zu Rhemuth der König und mehrere seiner Kronräte, wie man sich nach dem Empfang eines am frühen Morgen überbrachten Sendschreibens verhalten sollte. Ein Bäuerlein, das offenbar über den Inhalt, selbst wenn es denselben zu lesen imstande gewesen wäre, nichts wußte, hatte es in der Burg abgeliefert. Im Laufe der vorherigen Woche war täglich Kunde von Herrn Tomais angelangt; zwar hatte er dem Herrscher versichern können, daß man inzwischen zuversichtlich Herrn Ainslies Gesundung erwartete, dagegen keine Neuigkeiten über Prinz Rhys Michaels Schicksal zu übermitteln vermocht. Bis zum Eintreffen dieser ersten Mitteilung seitens der Entführer wäre es geradesogut möglich gewesen zu glauben, der Prinz hätte sich in Luft aufgelöst.

Unter anderem stand in dem Schreiben zu lesen: *Zu dem Behufe unsren Fordrungen Erfüllnis zu verschaffen, haben wir Euren Bruder, S. Kgl. Hoheit Prins Rhys Michael, zur Geysel genommen und gedenken wir denselbigen Prinssen in unsrer Hafft zu halten, bisz Ihr, Eure Majestät, den erwähneten Fordrungen Genüge gethan habet. Zum Beweisz, dasz der Genannte als Gefangner in unsrer Macht weilet, füge ich Euch einen gewissen, Euch ohn Zweiffel bekanndten Gegenstandt bey, welcher aus S. Kgl. Hoheit Habe stammet, und versäume nicht anzumercken, es könnte in diesem Sendt-Schreiben gar wohl auch zu finden seyn das gantze Ohr…*

Der beigelegte Gegenstand war nämlich nichts anderes – und zwar vollkommen untrüglich – als der aus Golddraht angefertigte Ohrring, welchen Rhys Michael stets zu tragen pflegte. Für des Prinzen Wohlergehen und Freilassung verlangte man die sofortige Aufhebung sämtlicher Beschlüsse des Konzils von Ramos sowie die Wiedereinsetzung der Deryni in ihre Rechte und einstigen Titel. Besiegelt und unterzeichnet hatte das Schriftstück: *Ansel MacRorie Graff von Culdi* in exilium.

Der Kronrat, die Kleriker ebenso wie die Laien, nahm diese Erpressung mit vorhersehbar gewesener Empörung auf; begründete Besorgnis um seinen Bruder mäßigte Javans Zorn, denn der Ohrring in seiner Hand sprach von einer deutlichen Drohung. Ernstlich eine Erfüllung der Wünsche derynischer Erpresser zu erwägen, kam überhaupt nicht in Frage; ein gleiches galt jedoch, dieweil des Thronerben Leben auf dem Spiel stand, für eine Ablehnung.

»Wär's nicht erwägenswert, wenigstens zum Zeichen des guten Willens ein paar Zugeständnisse zu machen, derweil wir die Suche nach ihm fortsetzen?« schlug Javan vor, indem er seines Bruders Ohrring betrachtete. »Vielleicht sollte man den Deryni wieder Landbesitz zugestehen, eine meines Erachtens harmlose Maßnahme.«

»Gegen Aufrührer und Deryni darf man auf gar keinen Fall Schwäche zeigen, Sire«, polterte Erzbischof Hubertus; selbst die Laien des Kronrats nickten dazu mit allem Nachdruck. »Wir lassen uns durch Verräter nicht einschüchtern.«

»Aber es geht, Herr Erzbischof, um meines Bruders Leben...!«

»Falls es dem Prinzen widerfährt, eines Märtyrers Krone tragen zu dürfen, Sire, soll er sich geehrt fühlen und dem Himmel in aller Demut seine Dankbarkeit entbieten«, meinte Paulin. »Gott selbst befiehlt zum Heile seines Volkes und zum höheren Ruhme seiner weltlichen Kirche die Zermalmung der Deryni. Den Feinden Gottes erweisen wir keinerlei Nachsicht.«

Angesichts solcher starken Worte konnte Javan unmöglich auf Anregungen zum Einlenken bestehen. Am Abend sann er in der Abgeschiedenheit seiner Gemächer, zur alleinigen Gesellschaft nur die Herren Charlan und Guiscard, mit der nötigen Gründlichkeit über die unerhört schwierige Lage nach. Zu dritt harrten sie der Rückkehr von Guiscards Vater, welcher sich zu Joram begeben hatte, um dort wegen der Entführung Erkundigungen einzuholen. Zwar wußte Javan, daß seine Deryni-Bundesgenossen den Gesetzen, die ihren Volksstamm aufs engste einschränkten und niederdrückten, immer harscheren Mißmut entgegenbrachten, vermochte sich allerdings dennoch ganz und gar nicht vorzustellen, daß sie, um dagegen aufzubegehren, des Königs Bruder irgendwelchen Fährnissen aussetzten.

»Ich vermag mir für Ansel keinen einleuchtenden Beweggrund auszumalen, Sire, um sich zu einer derartigen Tat zu versteigen«, meinte Guiscard, nachdem die Wartefrist eine Stunde überschritten hatte und Etienne ferner ausblieb. »Der Haß wider uns Deryni muß sich dadurch erhöhen, zumal wenn dem Prinzen tatsächlich irgend etwas Nachteiliges zustoßen sollte. Ob ihm unklar ist, daß man unzweifelhaft alle abgepreßten Gesetzesänderungen, sobald der Prinz sich in Sicherheit befindet, rückgängig macht?«

»Vielleicht haben wir's mit der unüberlegten Handlung eines Verzweifelten zu tun«, mutmaßte Herr Charlan. »Es kann sein, es ergab sich irgendwie die plötzliche Gelegenheit zu des Prinzen Verschleppung, und er sah zu jener Stunde darin einen glänzenden Einfall, wußte aber anschließend selbst keinen vernünftigen Rat mehr, was er Sinnvolles beginnen könnte.«

Javan schüttelte das Haupt. »Einen solchen Eindruck hat Herr Tomais' erstes Sendschreiben mir nicht vermittelt. Der Überfall muß aufs allervorzüglichste vorausgeplant worden sein. Die Angreifer wußten genau, was…«

Von der Eingangstür ertönte ein Pochen; Herr Guiscard sprang auf und ließ seinen Vater ein. Baron Etienne schüttelte wiederholte Male das Haupt, während er die Empfangsstube betrat, einen Stuhl ergriff und mit des Königs Erlaubnis an dem Tisch Platz nahm, an welchselbigem schon die übrigen Anwesenden saßen.

»Ihr werdet's kaum glauben, Sire«, sprach er; danach schweifte sein Blick durch die Runde. »Joram weiß nichts von der Sache – *und ebensowenig Ansel.*«

»Was?!«

»Nun, daß der Prinz verschleppt worden ist, weiß Ansel inzwischen freilich – Joram ließ es ihm mitteilen, kaum daß *er* davon erfahren hatte –, aber von mehr als der bloßen Nachricht hat Ansel keine Kenntnis. Als die Entführung stattfand, weilte er fernab Grecothas, sucht aber seither die dortige Gegend ab, um möglicherweise eine Spur zu entdecken. Er ist noch unterwegs, alle anderen hatten sich, als ich anlangte, zur Beratung versammelt: Joram, Jesse und Bischof Niallan sowie dessen Heiler, Dom Rickart. Als ich Joram das Sendschreiben vorlegte, ward er ein wenig bleich, dann reichte er ihn an der Ratstafel herum und ließ ihn von den Gefährten genau besehen. Und siehe da, alle waren sich darin einig, daß das Schreiben weder Ansels wahre Unterschrift trägt noch sein echtes Siegel.«

»Und das bedeutet…«

»Es bedeutet, Sire«, zog Guiscard, bevor der König den angefangenen Satz beenden konnte, seine Schlußfolgerung, »daß *irgendwer* versucht, uns Deryni noch stärker als bisher anzuschwärzen und sich, um unsereins zu schädigen, nicht einmal scheut, Euren Herrn

Bruder zu bedrohen. Fürwahr, ich habe diesen und jenen schlauen Verdacht, wer sich dahinter verbergen möchte. Was für eine Hinterlist…! Eine tückische Spitzbüberei, just wie ich sie unseren Widersachern zutraue. Was tätet Ihr wetten, daß Paulin bei dieser Niederträchtigkeit mitmischt?«

»Aber bei dem Überfall sind Herr Jason und mehrere Mannen gemeuchelt worden«, gab Javan zu bedenken, »und Herr Ainslie ward übel verwundet. Bestimmt würde doch nicht einmal Paulin es…«

»Was denn, Sire, Paulin sollte zaudern, Eure Getreuen morden zu lassen?« sprach Etienne. »Weshalb denn? Am wenigsten wird er zögern, wenn's so eingerichtet werden kann, daß der trügerische Anschein entsteht, Deryni seien die Täter gewesen. Auf alle Fälle wird er dadurch in seiner Ablehnung wider jegliche Abmilderung der Beschlüsse des Konzils von Ramos bedeutsam bestärkt. Und an Pater Faelans Los brauche ich Euch wohl nicht erst zu erinnern.«

»Aber das… ist doch unmöglich«, murmelte Javan. »Gütiger Himmel, Ihr befürchtet doch nicht, man könnte sogar meinem Bruder ein Leid antun, oder?«

Niemand gab eine Antwort. Ruckartig erhob sich Javan und trat ans Fenster. Draußen fiel schwerer Regen; der König stützte die flache Hand gegen eine dicke Fensterscheibe, starrte hinaus in die Finsternis.

»Wir haben keine Gewißheit darüber, daß Paulin der Anstifter ist«, stellte er nach einer ausgedehnten Weile des Schweigens fest. »*Nicht* hingegen kann man leugnen, daß Rhysem in Gefangenschaft schmachtet. Wir wissen, daß es wahr ist, uns ist sein Ohrring, den er niemals ablegt, geschickt worden… Daher lautet die Frage: *Wer* hält ihn gefangen? Und was wird mit ihm getrieben?«

# XXXIV. Kapitel

*Er kennt sich aus in Rat und Wissenschaft,*
*und tief erforscht er das Verborgene.*

Jesus Sirach 39,7

Derweil Javan sich mit solchen Fragen abmarterte, durchquerte ein Bote, der zumindest auf einige von ihnen die Antwort bei sich trug, Rhemuths Straßen; jedoch war seine Kunde nicht für den König bestimmt. Selbiger Mann hatte am Morgen seines Auftrags ersten Teil erledigt, als er einem Bauern ein versiegeltes Schreiben mit dem Geheiß aushändigte, es in der Königsburg abzugeben – ebenjenen Brief, welcher dem König seither soviel Bestürzung und Sorge verursachte. Zuvor war der Bote im unauffälligen, schmucklosen Rock eines gemeinen Waffenknechts umgegangen, doch ehe er die Herberge verließ, darin er den ganzen Nachmittag und Abend verbrachte, hatte er die schwarze Tracht mit dem roten Ankerkreuz sowie dem strahlenumkränzten Löwenhaupt-Wappen und die weiße Schärpe mit den roten Fransen angelegt, an welcher man einen *Custodes*-Ordensritter erkannte.

Starker Regen prasselte vom Himmel herab. Dieweil der Mann zum Schutz gegen das häßliche Wetter einen schlichten schwarzen Mantel übergeworfen hatte, erregte er kaum Beachtung, während er durch die mit Kopfsteinpflaster befestigten Straßen der Reichshauptstadt zum Dom und zu dem benachbarten Erzbischofpalast ritt. Kaum hatte er ans Portal des letzteren Gebäudes gepocht, führte man ihn ohne Verzug zu seinem Oberen, Paulin von Ramos, welchem man daselbst auf Dauer eigene Gemächer zugebilligt hatte. Die Unterkunft des Generalvikars lag unmittelbar neben der Wohnung, die seinerseits der Erzbischof von Valoret während seiner Aufenthalte in Rhemuth bezog. Diese beiden Kleriker saßen in Paulins Stube bei einer Flasche köstlichen Fianna-Weins und hatten Erwägungen über die Frage angestellt, wie der König wohl letzten Endes die Erpressung handhaben mochte, als man ihnen den Sendboten vorführte.

»Ach, Herr Vantry, Ihr seid's?« empfing Paulin den nähergetretenen Ordensritter, der aufs Knie fiel und ihm den Ring küßte.

»Jawohl, Generalvikar.« Der *Custodes*-Ritter erhob sich und beugte achtungsvoll das Haupt auch vor Erzbischof Hubertus, der es sich zusammen mit Paulin nahe am Kaminfeuer behaglich gemacht hatte.

»Ich hoffe, Ihr bringt Nachrichten von Herrn Albertus«, äußerte der Erzbischof, derweil der Ankömmling unterm Wappenrock ein versiegeltes Päckchen hervorzog und es Paulin reichte.

»Ja, Herr Generalvikar, jedoch fürchte ich, 's gibt wenig Neues zu vermelden. Bislang ist der Prinz nicht gefunden worden. Auch für den König habe ich ein Schreiben dabei, aber mir ist durch Herrn Albertus aufs deutlichste eingeschärft worden, diesen für Euch bestimmten Brief zuerst abzuliefern.«

»So wartet, während ich ihn lese«, wies Paulin ihn an, zeigte auf einen Stuhl, indem er Albertus' Siegel erbrach und den steifen Bogen Pergament entfaltete. »Es mag sein, daß ich Euch, sobald ich den Inhalt kenne, eine zusätzliche Mitteilung an den König anvertraue.«

»Sehr wohl, Herr.«

»Setzt Euch, setzt Euch…«

Trotz Paulins Drängen blieb der Sendbote stehen, bis Paulin wieder Platz genommen hatte; danach erst hockte er sich ruhelos auf die Kante des angebotenen Stuhls. Ihn sorgte nicht etwa, was sein Vorgesetzter nun lesen mochte; vielmehr trieb ihn offenkundig der Eifer an, den erhaltenen Auftrag alsbald zu einem erfolgreichen Abschluß zu bringen.

Das Schreiben entbehrte einer Einleitung, doch war die Handschrift Paulin zur Genüge bekannt.

*Erachtet jenen Ritther, welcher Euch diese Zeylen zuträgt, aber des Inhalts nicht gegenwärtig ist, als Eures vollen Vertrauens wyrdig. Ich habe zuverlässichte Auskunfft, dasz des Prinssen Erretthung einen wohlgelungnen Lauf nahm. Der Prins hat nur Wundten nichtigen Gradtes erlitten und geneset von denselben auf einem Kranken-Lager zu Culdi. Dortselbst liegt er ohn allen Argwohn, und seyn hoher Wirth thut was er kann, um zu bewerckstellgen, dasz unsre Vorhabung gantz gemäsz der Festlegung verläufft. Unterdessen wollen wir drauff bauen, dasz den König jener am heutgen Morgen erhaltne Brieff genyglicht ablencket. Die weitre Kunde, so in Kürtze bey Hofe anlangen soll, wird S.M. Sorge um so mehr anfachen. Bey ungebrochner Hoch-Achtung vermesse ich mich Euch den Rath zu geben, mit dieser Zuschrifft nach Lesung die Flammen zu nähren. A.*

Paulin verkniff sich ein Schmunzeln, als er das Schreiben Hubertus zum Lesen reichte. Für Herrn Vantry hatten die Äußerungen der beiden hochgestellten Kleriker nichts als durch die Ereignisse hervorgerufene, ernstliche Besorgnis zum Ausdruck gebracht.

»Habt meinen Dank, Herr Vantry. Nun dürft Ihr gehen. Richtet dem König aus, daß Herrn Albertus' Bemühungen bisher ohne Erfolg geblieben sind, aber sichert Seiner Majestät zu, daß der Orden auch forthin alles unternimmt, was ihm an Möglichkeiten offensteht, um seinen Bruder ausfindig zu machen und aus den Klauen der Entführer zu befreien. Gott hilft den Seinen.«

»Ich werde Eure Weisung getreulich ausführen, Herr«, beteuerte Vantry, stand vom Stuhl auf und küßte ein zweites Mal inbrünstig seines Oberen Ring.

Nachdem sich der Ordensritter hinausbeeilt hatte, nahm Paulin das Schreiben wieder von Hubertus in Empfang, las es noch einmal und ließ es anschließend in des Kaminfeuers Glut segeln, worin es sofort schwelte und sich kräuselte, bis nur noch Asche verblieb.

»Solange der König jemanden zur Verfügung hat, der zur Wahrheitsprüfung imstande ist«, meinte Erzbischof Hubertus mit leiser Stimme, »war's ungemein klug von Albertus, einen Boten zu entsenden, welcher allein erzählen kann, was er weiß, und es als wahr ansieht. Doch laßt uns die Lage mit aller Vernunft und Besonnenheit beurteilen. Was wähnt Ihr, wie lang eigentlich man dem König die Tatsachen vorzuenthalten vermag?«

»Nachgerade ohne Einschränkung, wenn es Manfred nur gelingt, sämtliche Briefe abzufangen, welche der Prinz womöglich nach Rhemuth zu schicken gedenkt«, lautete Paulins Auffassung. »Aber ehrlich gesprochen, Exzellenz, ich bezweifle gar sehr, daß der Prinz nach baldiger Rückkehr eifert, sobald er erkennt, welche verbotenen Reize ihm Culdi zu bieten hat…«

Selbige ›verbotene Reize‹ entdeckte Prinz Rhys Michael schon in der darauffolgenden Morgenfrühe. Er erwachte, als jemand beiderseits seines Betts die Vorhänge beiseite zog und durch das einzige Fenster der Kammer heller Sonnenschein hereingleißte. Irgendwer schritt durch das Sonnenlicht, warf einen flüchtigen Schatten auf des Prinzen Antlitz; Rhys Michael blinzelte in die Helligkeit und hob eine Hand, um damit die Augen zu beschirmen.

»Wer ist da?« raunte er aus einer Kehle, die trocken war wie Pergament.

»Meister Stefanus und eine neue Pflegerin, Eure Hoheit«, antwortete eine Stimme von der anderen Seite der Bettstatt, wohin derjenige, welcher just den Schatten in des Prinzen Miene geworfen hatte, sich nun begab, um neben dem Bett auf dem Tisch ein Tablett abzustellen. »Es möchte durchaus ratsamer sein, edles Fräulein«, fügte der *Custodes*-Feldscher seiner Auskunft hinzu, indem er sich an jemand anderes wandte, »Ihr schließt da den Vorhang wieder ein Stück weit. Er sollte helles Licht noch ein, zwei Tage lang meiden.«

Schwerfällig drehte Rhys Michael das müde Haupt von der einen zur anderen Seite, um zu beobachten, was geschah. Er hatte das Empfinden, heute morgen in verbessertem Zustand zu sein, fühlte sich aber noch sehr schwach. Indem er in die Sonnenstrahlen zwinkerte, versuchte er das von Stefanus erwähnte ›gnädige Fräulein‹ zu erkennen, welches sich soeben anschickte, den einen Bettvorhang, wie durch Stefanus anempfohlen, wieder um ein weniges zu schließen. Als die Helligkeit ihm nicht mehr in die Augen leuchtete, vermochten seine von der Sonne geblendeten Augen eine gertenschlanke, vornehme Erscheinung in einem blauen Kleid aus Damast zu unterscheiden. Doch sobald die ›neue Pflegerin‹ sich umkehrte und der Prinz wieder deutlicher zu sehen vermochte, befielen ihn bei ihrem Anblick unverzüglich Entzücken und Frohlocken.

»Michaela?!«

Michaela Drummond lächelte, ergriff seine Hand und drückte sie an die Lippen, nahm sodann selbige Hand in beide Hände. Ihr lohbraunes Haar war zu einem dicken Zopf geflochten, welcher ihr an einer Schulter bis fast zur Hüfte hinabhing, und über den zarten, rosaroten Lippen standen ihr Tränen in den blauen Augen.

»Vor dem heutigen Morgen wollte man mich nicht zu dir lassen«, sprach sie in gedämpftem Ton. »Rhysem, mein Herz war ja so voller Kümmernis…!«

»Mir erging's ebenso«, vermochte Rhys Michael mit Mühe zu antworten.

Stefanus stieß ein Räuspern aus, und Michaela hob das Haupt.

»Nichts liegt mir ferner, Hoheiten, als dieses offensichtlich glückliche Wiedersehen zu stören«, versicherte der Feldscher mit nachsichtigem Schmunzeln, »jedoch erflehe ich, daß dabei auch noch Gelegenheit zu *meiner* Pflichten Erfüllung verbleibt. Wie ist Euch heute früh zumute, mein Prinz?«

»Ich fühle mich recht schwächlich«, gestand Rhys Michael, während er Michaela zärtlichen Blicks betrachtete. »Dennoch ist's mir, als wäre ich schon stärker erquickt als vorhin beim Aufwachen.«

»Ja, es ist Euch anzusehen, Eure Hoheit«, bemerkte Stefanus halblaut, faßte mit einer Faust des Prinzen freies Handgelenk, schüttelte sodann allerdings das Haupt. »Ach was, 's will mich dünken, es hat wohl schwerlich einen Sinn, nach Eurem Puls zu fühlen, während eine liebliche junge Dame in Eurer Kammer weilt. Wie steht's um Euren Schädel?« Der Feldscher schob die Hände unter Rhys Michaels Haupt und betastete im Nacken jene Stelle, wo ein Hieb den Prinzen ins Genick getroffen hatte.

Rhys Michael verkrampfte sich, während Stefanus die Untersuchung durchführte; erst als der Feldscher die Hände fortnahm, lockerten sich des Prinzen Gliedmaßen wieder.

»Es fühlt sich geradeso übel wie gestern an«, sprach er. »Ich muß fürwahr eine beachtliche Prellung davongetragen haben.«

»Das ist in der Tat der Fall, mein Prinz«, stimmte Bruder Stefanus zu. »Indessen ist die Verletzung Eures Beins schlimmerer Natur. Zudem habt Ihr eine beträchtliche Menge Blut verloren. Ihr könnt Euch die Wunde später anschauen, sobald Ihr ein Morgenmahl verzehrt habt. Wenn Ihr mir das Versprechen ablegt, Euch in keine übermäßige Erregung hineinzusteigern, darf das junge Fräulein bleiben und Euch beim Speisen behilflich sein. Glaubt Ihr, Hoheit, Ihr vermögt Euch hinzusetzen?«

Mit ein wenig Hilfe Michaelas und Meister Stefanus' sowie der Stützung durch ein Halbdutzend Kissen konnte Rhys Michael zu guter Letzt im Bett eine nahezu lotrechte Sitzhaltung einnehmen. Ihm schwindelte, was jedoch geradesogut eine Folge seines angeschlagenen Schädels wie auch die Wirkung der Nähe Michaelas sein mochte, die sich auf die Bettkante schwang, ihn mit Suppe, etlichen Brocken Brot sowie mancherlei Bissen Käse fütterte. Worte sprachen sie kaum, dieweil der Prinz zu schwach war, um gleichzeitig zu kauen und zu reden, doch mit den Augen teilte sich das Paar mit, was die Lippen verschwiegen. Sobald sich draußen der Himmel mit Wolken überzog, ward es in der Kammer kühl, aber Michaelas Gegenwart genügte Rhys Michael, um ihn inwendige Wärme spüren zu lassen – wiewohl es sein mochte, daß auch der Krug heißen Biers, welchen sie ihm zum Abschluß der Mahlzeit reichte, dazu beitrug, um ihm am Ende schläfriges Wohlbefinden zu bescheren.

Danach bewog Stefanus die Lady zum Gehen, damit er und ein gräflicher Knappe den Kronprinzen einer Waschung unterziehen und an seinem Bein den Verband auswechseln konnten. Unterdessen fand sich Herr Manfred selbst ein, begrüßte den Prinzen, schaute dann den Verrichtungen des Feldschers und seines Gehilfen stumm zu. Der einzige Blick, den Rhys Michael, indem sie ihn während des Waschens da und dort hindrehten, auf die Beinwunde zu werfen vermochte, reichte allerdings aus, um ihn mit Sorge zu erfüllen – denn zwar hatte man sie mittels eines Dutzends Stiche durchaus säuberlich mit schwarzem Seidenfaden genäht, doch war sie umgeben von bläulich-gelb verfärbtem Fleisch. Aber Stefanus versicherte ihm hoch und heilig, daß es sich lediglich um einen Bluterguß handelte, keine Entzündung. Dergestalt beruhigt, schlummerte Rhys Michael, noch ehe man mit ihm fertig ward, von neuem ein.

Nachdem der Prinz eingeschlafen war, winkte Graf Manfred den Feldscher in ein Nachbargemach.

»Kannst du auch wirklich mit aller Gewißheit sagen, Bruder, daß kein Wundbrand vorhanden ist?« erkundigte sich Manfred in verhaltenem Ton.

Stefanus lächelte und nickte, derweil er sich an einem rauhen Leinentuch die Hände abtrocknete. »Seine ›Retter‹ wußten wahrlich ganz genau, was sie taten, Herr. Bei einem Besinnungslosen läßt sich das Beibringen von Blutergüssen mit großer Zielgerichtetheit durchführen. Außerdem stammt die Wunde nicht von einem Schwert, sondern eines Wundarztes Messer. Die Naht dient allein der Täuschung.«

Ein verschlagenes Schmunzeln der Einsichtigkeit verzog Manfreds Miene.

»Aha, so verstehe ich denn endlich die Sachlage«, sprach er mit leiser Stimme. »Und wie steht's mit der Verwundung am Haupt?«

»O ja, er hat einen Hieb in den Nacken erhalten, gewiß. Freilich wär's von ungünstigem Nachteil gewesen, hätte er von seiner ›Befreiung‹ mehr mitangesehen, als uns lieb sein kann. So ein Schlag ans Haupt ist stets ein Wagnis, aber auch in diesem Fall sind seine ›Retter‹ überaus sachkundig vorgegangen. Des weiteren hat man ihn ohne Säumen einem Aderlaß unterzogen – Ihr erblickt da am Hals die leichte Verletzung, von welchselbiger ich ihm gestern weisgemacht habe, sie erkläre sich durch einen Dolchstich, durch den er um ein Haar ins Jenseits befördert worden wäre. Der Blutverlust wird das seine tun, um ihn noch für einige Tage in geschwächtem Zustand zu halten, und wider die Beschwerden des Schädels verabreiche ich ihm Medizin, welche auch andauernde Schläfrigkeit bewirkt. Aber ich bin der Auffassung, daß wir all diese Maßnahmen – es sei denn, er begänne binnen der nächsten Tage lästige Fragen zu stellen – in kurzer Frist einstellen und von da an gänzlich auf die Erquickung durch kräftigendes Essen und die Wiederaufrichtung durch seiner hochholden Pflegerin wohltuende Anwesenheit und Wohltätigkeit bauen dürfen, ohne daß er irgendeinen Verdacht schöpft.«

Aus Graf Manfreds Kehle drang ein unterdrücktes Auflachen der Belustigung. »Dann unterstelle ich, es gibt keinerlei Hemmnisse, welche verhindern könnten, daß beim Prinzen in bezug auf jenes junge Edelfräulein die Natur ihren Lauf fordert und nimmt.«

»Ganz im Gegenteil, Herr, dieweil beide lange Stunden gemeinsam verbringen und einer schon nackt im Bett liegt, bieten die Umstände dafür eine geradezu großartige Gelegenheit«, antwortete der Feldscher mit deutlicher Betonung. »In der Tat sollt's mich wundern, wenn sie sich nicht zu zweit im Pfuhle wälzen, lange bevor das Aufgebot verkündet wird.«

»Ei was denn, Bruder Stefanus«, äußerte Manfred, indem er sinnig griente, »ich wähnte alleweil, ihr *Custodes*-Mönche schenktet derlei schnöden Weltlichkeiten keinerlei Beachtung.«

Stefanus zuckte mit den Schultern und lächelte. »Nicht immer bin ich frommen Gelübden verpflichtet gewesen, Herr Graf. Ich habe erst spät im Leben zu meiner Berufung gefunden.«

»Ach, das also ist die Erklärung«, sprach Manfred. »Nun wohl, sei meines Danks gewiß, Meister Stefanus. Ich werde die weiteren Ereignisse wahrlich mit dem höchsten Interesse verfolgen…«

Zu Rhemuth wuchsen während der folgenden Tage Javans Sorgen um so stärker an. Unerschütterlich beharrte der Kronrat darauf, daß eine Lockerung der Beschlüsse des Konzils von Ramos auch nicht im mindesten in Frage kam; daher vermochte der König nur die Anstrengungen zu vermehren, deren Zwecke die Hatz auf seines Bruders Entführer und Rhys Michaels Befreiung sein sollten, durfte sich jedoch nicht nach Grecotha begeben, um die Fahndung selbst zu leiten, denn sein höchstpersönliches Eingreifen konnte für den gefangenen Prinzen die Fährnisse erhöhen – und mochte auch ihn, Gwynedds Herrscher, unwägbaren Bedrohungen aussetzen.

Gegen Ende der ersten Woche nach der Verschleppung des Thronerben traf Herrn Jasons Leichnam zur Bestattung in Rhemuth ein; zur gleichen Zeit erreichte Javan die Nachricht, daß Herr Ainslie in hinlänglichem Umfang genesen war, um vom Krankenlager aus dei Überwachung der Suche zu übernehmen. Allerdings hatten bisher weder seine Mannen eine Spur von Rhys Michael entdeckt, noch Albertus Untergebene. Rhun von Horthness ließ den Kronrat wissen, er habe unter schwerer Bewachung Sitric gen Norden entsandt – wo Albertus' Streifen umherzogen –, weil er hoffte, ein Deryni möchte dabei von Nutzen sein, des Kronprinzen derynische Entführer aufzuspüren.

Ohnedies zeitigten all diese aufwendigen Mühen – davon abgesehen, daß sie des Königs Kummer nur noch vergrößerten – allem Anschein nach nichts anderes, als daß sie selbige Entführer reizten. Ungefähr eine Woche später langte ihrerseits ein zweites Sendschreiben am Königshof an, und dieses Mal lagen des Prinzen Siegelring und ein kleiner Zeh bei; dem Brief ließ sich entnehmen, daß die Übeltäter vorerst keinen Wunsch verspürten, Rhys Michael gar durch eines Fingers Abtrennung zu verstümmeln, aber das nächste Mal, sollte der König sich nicht endlich ihren Forderungen beugen, nicht mehr davor zurückschrecken wollten.

Der abgetrennte Zeh rief bei Javan Schmerz und Entsetzen hervor, das an Panik grenzte. Er wußte, daß andere Leute, nicht Ansel MacRorie und sonstige Deryni, seinen Bruder in Gefangenschaft verschleppt hatten, durfte aber sein Wissen nicht in Worte fassen. Indessen hatte er auch keinerlei Kenntnis, wer sie wirklich waren, wiewohl sein Vorstellungsvermögen, derweil sich die Tage hindehnten, stets fürchterlichere Bilder heraufbeschwor. Wer die Täter auch sein mochten, anscheinend folterten sie den Prinzen, und Javan sah keine Aussicht, wie er ihnen in den Arm fallen könnte, und genausowenig vermochte er ihren Forderungen nachzugeben.

Des Königs derynische Bundesgenossen versuchten den allgemeinen Unmut zu beschwichtigen, indem sie die Öffentlichkeit auf die offensichtlichen Ungereimtheiten aufmerksam machte. Innerhalb weniger Tage nach dem Eintreffen des zweiten Erpresserschreibens sandte der echte Ansel MacRorie dem Königshof zu den Vorkommnissen eine Stellungnahme, in welcher er beschwor, mit den Entführern des Prinzen und Absendern der Drohbriefe nichts gemein zu haben, vielmehr das Haus Haldane, wenngleich er in Acht und Bann leben mußte, seiner unverbrüchlichen Treue versicherte. Ebenso schwor er dem König, daß er am Tag der Entführung weitab von Grecotha geweilt, mittlerweile aber ihm ergebene Leute dorthin entsandt hätte, um nach den wahren Schandtätern suchen zu lassen.

Freilich verstand es sich von selbst, daß Erzbischof Hubertus die Mitteilungen Ansel MacRories als Lügen und Schutzbehauptungen brandmarkte, die er angeblich nur in die Welt gesetzt hätte, weil seine erpresserischen Drohungen nicht den begehrten Erfolg zeitigten. Hubertus' Schlußfolgerungen klangen geradeso glaubhaft wie jede andere Beurteilung – jedenfalls mußte die überwiegende Mehrheit des Kronrats diesen Eindruck haben –, bereitete Javan allerdings nichts als Verdruß. Nach Erhalt des vom wahren Ansel MacRorie verschickten, zur Erklärung bestimmten Sendschreibens steigerte sich sogar – wohl gänzlich wider das Erwarten des Absenders – die gegen ihn gerichtete Feindseligkeit; mehrere Mitglieder des Kronrats regten mit außerordentlichem Nachdruck an, man solle die Beschlüsse des Konzils von Ramos verschärfen und gestrenger fassen, und setzten sich dafür ein, dem gottlosen Deryni-Rebellen Ansel MacRorie Fallstricke auszuwerfen, wo es nur ging, und ihm ein für allemal das Handwerk zu legen.

Während des Verstreichens weiterer Tage festigte sich bei Javan die Überzeugung, daß Paulin und Hubertus mehr wußten, als sie zugaben. Beide Kleriker sagten sich tiefste Sorge und den inbrünstigen Wunsch nach, ihm bei der Behebung der gegenwärtigen Krisis Beistand zu leisten, und er ertappte keinen von ihnen jemals bei einer unmißverständlichen Lüge; aber beide befleißigten sich oftmals, stellte er ihnen Fragen, einer reichlich verdächtigen Umständlichkeit und Weitschweifigkeit, um einer klaren Antwort Erteilung zu vermeiden.

Sie verschwiegen ihm etwas, doch konnte er es nicht wagen, sie dessen offen zu zeihen. Der König sah ein, daß es sich nicht empfahl, Paulin vermittelst der Haldane-Magie Wissen entlocken zu wollen, das der Generalvikar unbedingt für sich zu behalten beabsichtigte, solange man Art und Umfang seiner Verbindungen zu jenem geheimnisvollen ›Meister Dimitri‹ nicht kannte. Es mochte sein, daß er Paulin wider derlei Befragungen mit geistigem Schutz ausgestattet hatte. Im Vergleich dazu verkörperte Erzbischof Hubertus, obzwar es nicht zur Gänze ungefährlich war, sich ihm dergestalt zu nahen, einen vorteilhafteren Ansatz; auf ihn hatte Javan ja schon früher Einfluß genommen. In der Hauptsache kam es nun darauf an, den Erzbischof allein und zudem in einer Gemütsverfassung anzutreffen, in welcher er jedwedem Argwohn abgeneigt blieb.

Es dauerte nahezu eine Woche und beanspruchte während mehrerer Tage eine behutsame Vorbereitung, bis Javan eine entsprechende Gelegenheit fand. Solange von den Entführern seines Bruders keine neuen Forderungen eintrafen, vermochte er ohnehin wenig anderes zu tun. An einem Sonntag gegen Ende November suchte der König, als er wußte, daß an selbigem Tag Hubertus, nicht Oriss, die Messe feierte, nach gründlicher Einübung flehentlichen Mienenspiels den Rhemuther Dom auf – wie üblich in der Begleitung seiner Adlaten, der Herren Charlan und Guiscard –, um dort, wider die Kälte und die Blicke Neugieriger durch einen Kapuzenmantel geschützt, dem Gottesdienst beizuwohnen.

Es hatte sich aus der Gemeinde eine nur kleine Anzahl Gläubiger versammelt, denn der Winter nahte mit Riesenschritten. Am Anfang der Woche war eine mittelmäßige Menge Schnee gefallen, aber danach hatte es wieder geregnet, so daß nun verharschter Schlick und gefrorene Pfützen die Straßen bedeckten. Derweil Javan und seine Begleiter vom Burgberg zum Dom hinabritten, war es so kalt geworden, daß neues Schneegestöber die Luft durchwirbelt hatte.

Zur Erleichterung des Herrschers ließ Generalvikar Paulin sich weder vor noch nach der Meßfeier blicken, und nachdem die für die Messe zuständig gewesenen Geistlichen sich in die Sakristei des Doms zurückgezogen hatten, kannten auch die wenigen übrigen Teilnehmer kein Säumen, sondern sputeten sich heimwärts.

In dem großen Dom ward es, sobald der dafür verantwortliche Meßdiener auch die letzten Altarkerzen gelöscht und sich entfernt hatte, sehr still; Hubertus befand sich noch in der Sakristei. Von seinem Platz im Hintergrund des Gestühls aus, darin er kniete, vermochte nämlich Javan, die Kapuze auf dem Haupt, die einzige Tür im Augenmerk zu behalten. Zu guter Letzt kam der Erzbischof zum Vorschein, erteilte auf der Schwelle jemandem, der sich in der Sakristei aufhielt, abschließende Anweisungen.

Javan nahm, indem er tief Atem holte, alle Entschlossenheit und sämtlichen Mut zusammen, erhob sich und strebte, in gebührlichem Abstand gefolgt von Charlan und Guiscard, auf den Erzbischof zu. Gwynedds Primas schaute dem König entgegen, beließ die Hand auf dem Türgriff und schloß die Tür erst, nachdem Javan die Kapuze in den Nacken geschoben und sich dadurch für ihn erkennbar gemacht hatte.

»Darf ich ein Wort mit Euch wechseln, Eure Exzellenz?« fragte der König.

»Ach, Ihr seid's, Sire«, äußerte Hubertus ohne sonderliche Freundlichkeit. »Wenn's des Reiches Angelegenheiten anbelangt…«

Javan schüttelte den Kopf und sank aufs Knie.

»Es geht um meine eigenen Belange, Exzellenz«, antwortete er leise, hoffte darauf, daß Hubertus ihm den Bischofsring zum Kuß herabstreckte. »Ich brauche… geistlichen Ratschluß.«

»Meines Wissens ist ein neuer Königlicher Kaplan und Beichtvater ernannt worden, Sire«, lautete Hubertus' Entgegnung. »Sind Eure Majestät denn etwa mit ihm unzufrieden?«

Javan verwarf die Absicht, den Bischofsring als Vorwand zu benutzen, um Hubertus anrühren zu können, und stand auf, ließ jedoch das Haupt ein wenig über die gefalteten Hände gebeugt.

»Er bewährt sich in seiner Stellung, das glaubt mir, in der bewundernswertesten Art und Weise«, beteuerte Javan. »Aber die Sache, über welchselbige mit Euch sprechen möchte, betrifft… ältere Kümmernisse, die Euch schon seit langem geläufig sind.« Aus scheinbarer Beklommenheit schluckte er schwer, bevor er den nächsten Köder auswarf. »Ihr habt mir damals mit vorzüglichem Rat geholfen, Herr Erzbischof, doch war ich zu töricht, um seiner zu achten. Seit einer gewissen Frist allerdings betreibe ich von neuem eifrige Gewissenserforschung… Wäre es wohl möglich, Eure Exzellenz, daß wir uns an einer abgeschiedeneren Örtlichkeit zusammensetzen? Vielleicht in Euren Gemächern? Unmöglich vermag ich mein Anliegen hier im Stehen mit Euch zu erörtern.«

Der Erzbischof nickte – die Augen in seinem engelsgleichen Mondgesicht blieben in ihrem Ausdruck undeutbar – und deutete auf einen Seitenausgang.

»Nun wohl, Eure Majestät, es sei. Meine Gemächer sind bescheiden, dienen aber meinen Zwecken zur Genüge. Sie sind der Ort, wo ich des Nachts mein Haupt zur Ruhe legen darf – eine Heimstatt, welcher vor Zeiten selbst der Menschensohn entbehrte…«

Javan verstand die Bemerkung und knüpfte daran unverzüglich an. »Ich ersehe, Ihr nehmt Bezug aufs Lukas-Evangelium, Exzellenz«, sprach er und schmunzelte verstohlen, dieweil er wußte, der Erzbischof hatte nicht erwartet, daß er auf die Anspielung einging. »Soll ich Euch die Quelle mit größerer Genauigkeit nennen?«

Es erleichterte den König ungemein, als Hubertus daraufhin, wiewohl mit einer gewissen Zurückhaltung, erheitert auflachte, sodann durch den Ausgang in einen mit Holz getäfelten Flur vorauswatschelte. Stumm schritten Charlan und Guiscard ihm und dem König nach.

»Hört, hört«, scherzte Erzbischof Hubertus. »Ist das, Sire, ein Gaukelwort von jemandem, der mich glauben machen will, er wisse selbige Stelle der Heiligen Schrift im vollen Wortlaut, so daß ich gar nicht erst danach frage, oder kennt Ihr sie in der Tat?«

»Sie steht in Kapitel neun des Lukas-Evangeliums, will ich meinen, Exzellenz«, versetzte Javan zur Antwort. In früheren Zeiten, derweil Javan vor seiner Entsendung an die Priesterschule alle geistliche Bildung seitens des Erzbischofs höchstpersönlich genossen hatte, waren derlei Frage-und-Antwort-Spiele eine von beiden Beteiligten gerne betriebene geistige Übung gewesen. »›*Die Füchse haben Höhlen und die Vögel des Himmels Nester*‹«, nannte Javan die bewußte Stelle, »›*der Menschensohn aber hat nichts, wo er sein Haupt hinlege.*‹«

Sie näherten sich einer Holztür, welcher man das Bischofswappen, das Javan schon aus Valoret kannte, aufgemalt hatte. »Nicht, daß in meinem Reich ein Erzbischof sich wahrlich jemals darum sorgen müßte, wohin er sein müdes Haupt legen soll«, bemerkte der König sinnig. »Wisset, Eure Exzellenz, Euer Wappen erregte weit mehr Eindruck, wäre es eine geschnitzte Anfertigung, so wie's sich in Valoret verhält.«

Hubertus lächelte und öffnete die Tür, ohne sie anzuschauen. »Weshalb legt Ihr's so darauf an, mich an einstige Zeiten zu erinnern, Sire? Ich hatte damals in Euch große Hoffnungen gesetzt. Leider bin ich tief enttäuscht worden.«

Sobald der Erzbischof und Javan die Schwelle überschritten hatten, stellten Charlan und Guiscard sich im Flur mit dem Rücken zur Mauer beiderseits des Eingangs auf, wechselten Blicke einmütigen Mißtrauens.

Durch einen kleinen Vorraum führte Hubertus den König in eine zwar etwas beengte, aber durchaus behagliche Stube, darin in einem bescheidenen Kamin ein munteres Feuerchen knisterte. Ein älterer Geistlicher hatte auf dem Kaminsims in einem irdenen Topf Wein erwärmt, beeilte sich nun, da er den Erzbischof in Begleitung erscheinen sah, unverzüglich ums Herbeischaffen eines zweiten Bechers.

Wortlos senkte Erzbischof Hubertus seine beleibte Gestalt in den größten der drei am Kamin verteilten Lehnstühle und schob sich den mit Pelz gesäumten Umhang von den Schultern, bat mit einer Gebärde Javan, neben ihm Platz zu nehmen. Javan breitete den Schultermantel über die Rücklehne des dritten Stuhls und schob, bevor er sich setzte, den angebotenen Sitz näher zu Hubertus. Mehr durfte er sich, ehe der dienstbare Geistliche endgültig fort war, nicht herausnehmen.

»Meinen Dank, Eure Exzellenz«, sagte der König mit gedämpfter Stimme, rückte sich in dem Lehnstuhl zurecht. »Es flößt mir, dessen seid gewiß, trübstes Bedauern ein, daß ich Euch vormals solchen Kummer verursachen mußte. Darf ich, was ich mit Euch besprechen möchte... mit dem Siegel der Verschwiegenheit versehen wissen, ganz als unterläg's dem Beichtgeheimnis?«

»*Habt* Ihr etwas zu beichten, Majestät?« fragte Hubertus in ruhigem Ton.

»In bestimmter Hinsicht möchte ich diese Frage bejahen«, antwortete Javan. »Allemal will's mir deuchen, 's könnte dahin kommen, daß daraus eine Beichte wird...« Er verstummte und schwieg, weil der Geistliche mit einem zweiten Becher zurückkehrte und sogleich mittels einer Kelle erwärmten Wein in beide Becher füllte.

»Danke, Pater Sixtus, du kannst dich nunmehr zu Bette begeben«, sprach Hubertus, sobald der Geistliche ihm und dem König die dampfenden Trinkgefäße gereicht hatte. »Heute bedarf ich deiner Dienste nicht mehr.«

Der Geistliche vollführte eine Verbeugung und ging durch eine andere Tür hinaus, welche er hinter sich schloß. Hubertus schlürfte vom Wein und bewahrte Schweigen; zerstreut starrte er in die Flammen, bis aus größerem Abstand, aus einem benachbarten Flur, das Geräusch ertönte, mit welchem eine weitere Tür zufiel.

»Nun dann, Sire«, äußerte daraufhin der Erzbischof. »Pater Sixtus wird uns fortan nicht stören. Tut ganz so, als hätte ich die lila Stola um die Schultern geschlungen, und geht getrost von der Annahme aus, daß unser Gespräch gleichsam dem Beichtgeheimnis unterliegt. Was zu bereden ist Euer Begehr?«

Indem er ein schwermütiges Aufseufzen ausstieß, stellte Javan den Becher beiseite, beugte sich im Lehnstuhl vor, stützte die Ellbogen auf die Knie und ließ die gefalteten Hände hängen. Um über Hubertus' Verwicklung in Rhys Michaels Entführung einigermaßen ausreichenden Aufschluß zu erhalten, mußte er eine gründliche Einsichtnahme in das Gedächtnis des Kirchenfürsten vollziehen, eine Aufgabe, die ihm weit mehr abverlangte als die vergleichsweise leicht vollbringbare Beeinflussung seines Willens sowie Abwandlung der Erinnerungen, welche er an jenem Morgen beim Erzbischof vorgenommen hatte, da Alroy starb. Überdies erhöhte es die Schwierigkeit des Unterfangens, daß Hubertus ihm jetzt volle Aufmerksamkeit entgegenbrachte, wiewohl inzwischen weniger aus Argwohn denn aus Neugierde hinsichtlich der Gründe, weshalb Javan ihn aufgesucht hatte.

Zudem erforderte die Willensbeeinflussung, deren es zu einer geistigen Einblicknahme bedurfte, die körperliche Berührung – und daraus mochte große Gefahr erwachsen, falls den Erzbischof etwa ein Verdacht packte und er Gegenwehr entbot. Javan wußte nicht, ob ein Hilferuf weiter als bis zu seinen zwei vor der Tür auf Wacht stehenden Getreuen dringen mochte, aber ihm war völlig klar, daß er Hubertus, kam es zu Handgreiflichkeiten, schon wegen dessen gewaltigen Körpergewichts unterlegen bliebe.

»Der Verlauf der vergangenen paar Wochen haben mich dazu genötigt, sehr viel darüber nachzusinnen, was es eigentlich bedeutet, König zu sein«, sprach er leise, begann dergestalt die Unterredung mit verschwommenen Wendungen, von denen er zuverlässig erwartete, daß sie ihm des Erzbischofs fortgesetzte Beachtung sicherten. »Ich hatte mir eingebildet, der Herausforderung ebenbürtig zu sein, aber als man mir meines Bruders Zeh schickte…«

Er mimte ein Erbeben aus tiefer Erschütterung und bedeckte sein Gesicht mit der Hubertus abgewandten Hand, ließ jedoch zwischen den Fingern Ritzen, durch die er lugen und beobachten konnte.

»Ich fürchte um ihn, Exzellenz«, fügte er seinen zuvorigen Worten in unterdrücktem Ton hinzu. »Bestimmt wird man ihn beizeiten ermorden. Die feigen Schurken erheben Forderungen, welche ich nicht erfüllen kann, aber gebe ich ihnen nicht nach, dann…«

»Eure Majestät«, sprach Hubertus leise, indem er sich nach vorn neigte, »Ihr dürft nimmer den Mut verlieren. Der Prinz wird rechtzeitig gefunden und befreit, Ihr werdet's erleben.«

Indem er das gebeugte Haupt schüttelte, täuschte Javan einen Schluchzlaut vor, von welchem ihm die Schultern erzitterten, übte zur gleichen Zeit insgeheime geistige Lenkung auf den Erzbischof aus, stiftete ihn zu einer Berührung an.

»Ach, ich weiß, was sollt Ihr anderes sagen«, raunte Javan trübseligen Gebarens. »Trost möchtet Ihr mir spenden, und's ist, daran zweifle ich nicht, gar überaus wohlgemeint, aber...«

In diesem Augenblick streckte Hubertus die Hand aus, um Javan zum Ausdruck des Mitgefühls die Schulter zu tätscheln. Sofort ergriff der König selbige Hand, benutzte das fleischliche Band, um des Erzbischofs Geist vollständig unter seine Gewalt zu bringen.

Verdutzt zwinkerte Hubertus, als Javan, indem er seine Hand ergriff, das Haupt hob und ihm in die Augen schaute, der grauen Haldane-Augen Blick ihn bannte. Ganz flüchtig widerspiegelte sich Verstörung in Hubertus' Engelsantlitz, verflog jedoch unverzüglich, sobald Javan die andere Hand auf die Stirn des Erzbischofs legte, dem die Lider sanken.

»Danke, Erzbischof, ich will mich sputen«, murmelte der König und kniete – für den Fall, daß Pater Sixtus wider Erwarten doch wiederkehrte – zu Hubertus' Füßen nieder. Er nahm beide Hände des Klerikers, senkte sie auf seine von Purpur umhüllten Knie, kauerte sich anschließend hin und neigte das Haupt auf ihre vereinten Hände.

In dieser Haltung forschte er in Hubertus' Gedächtnis nach verschwiegenem Wissen um Rhys Michaels Los – und ihm entrang sich ein Ächzen, als er das gesamte Ausmaß der arglistigen Verschwörung ersah, welche in überwiegendem Umfang durch Paulin und Albertus ausgeheckt worden war, welche aber auch Hubertus' uneingeschränkte Beihilfe genoß.

Rhys Michael war durch verkleidete *Custodes*-Ordensritter verschleppt worden, die so getan hatten, als wären sie Anhänger des derynischen Geächteten Ansel MacRorie. Und längst schon war die ›Rettung‹ des Prinzen durch weitere Mitverschwörer erfolgt – Graf Manfred MacInnis und seine Mannen, die den daher mittlerweile wieder freien, aber immerhin verletzten Prinzen zum Zwecke der Genesung nach Culdi befördert hatten.

Des Ränkespiels eigentlicher, wahrer Sinn bestand jedoch beileibe nicht aus dem Ziel, den Deryni neue Verbrechen anzudichten oder Ansel MacRories Leumund ferner zu besudeln, obzwar man darin willkommene Begleiterscheinungen erblickte. In Wirklichkeit lag dem Vorhaben die Absicht zugrunde, eine Vermählung zwischen Rhys Michael und Michaela Drummond zustande zu bringen. Allem Anschein nach strebten die einstigen Regenten es tatsächlich an, sich auf diesem Wege, sollten sich Javan und Rhys Michael letzten Endes doch als zu eigensinnig herausstellen, erneut zu Regenten eines unmündigen Thronerben emporzuschwingen. Insofern hatten sie einen sehr langfristigen Plan; doch wie könnten sie anders verfahren, wollten sie nicht die Gefahr eines offenen Bürgerkriegs eingehen?

Und Rhys Michael war die ganze Zeit hindurch ein ahnungsloser Tropf geblieben. Seit mehreren Wochen bereits weilte der Kronprinz zu Culdi in Sicherheit, erholte sich von seiner »Heimsuchung«, ohne darüber Klarheit zu haben, daß keines seiner Sendschreiben – so wenig wie die vorgeblich von seinem Gastgeber verschickten Briefe –, welche den König über seines Bruders ›Befreiung‹ in Kenntnis setzen sollten, jemals Rhemuth erreicht hatten. Es mochte sein, daß es ihn gelegentlich wunderte, überhaupt keine Antwort zu erhalten, kein königlicher Brandbrief bei ihm eintraf, um ihm – obschon Rhys Michael es sorgsam unterließ, in seinen wenigen Schreiben die Liebste zu erwähnen – die Erneuerung des vor zwei Monden bei Hofe so plötzlich geendigten Werbens um Lady Michaela zu untersagen.

Allerdings fiel um diese Jahreszeit stets häufiger Schnee, das Reisen über Land ging langsamer vonstatten, und in Culdi fiel es dem Prinzen gewiß recht leicht, sämtliche unangenehmen Erwägungen aus seinen Gedanken zu verdrängen und sich in der Hauptsache voller Entschlossenheit dem Umwerben der begehrten Angebeteten zu widmen. Seitens seines gutmütigen und wohlwollenden Gastherrn, Graf Manfred, erfuhr Rhys Michael dabei eine an Erpichtheit grenzende Ermunterung. Als ›trunken‹ hatte Albertus in seinem letzten Sendschreiben den Zustand des Prinzen bezeichnet – und dabei keineswegs auf Weingenuß Bezug genommen.

Diese Erkenntnisse raubten Javan schier den Atem. Wenngleich es ihn erfreute, daß sein Bruder sich in Sicherheit befand und keinen ernsteren Harm erlitten hatte, drohte ihm nun ganz und gar der Mut zu schwinden; es bestand für ihn keinerlei Aussicht, gemäß der soeben gewonnenen Erkenntnisse zum nötigen Handeln schreiten zu können, selbst wenn es noch früh genug sein sollte, um die Eheschließung, die indessen, falls man sie nicht schon vollzogen hatte, jederzeit stattfinden mochte, zu vereiteln.

Man verübte den allerheimtückischsten Verrat an Javan, und er vermochte es nicht zu verhindern. Sobald die Verschwörer entschieden, daß es an der Zeit war, um Rhys Michaels ›Errettung‹ der Allgemeinheit kund und zu wissen zu geben, durfte der Kronprinz, inzwischen vermählt mit seiner Jugendliebe, welche ihn nach all den herben Anfechtungen treusorgend gesundgepflegt hatte, im Triumph an den Königshof heimkehren – eine rührselige Aventüre, die jedem, welcher davon vernahm, nachgerade das Herz brechen mußte. Im Anschluß daran stünde Javan durch jegliche fernere Ablehnung der geschlossenen Ehe wie ein wahres Ungeheuer da.

Im rückwärtigen Flur warnten Schritte Javan vor jemandes Ankunft; anscheinend kam Pater Sixtus tatsächlich noch einmal zurück. Erschrocken erhob sich der König auf die Knie, schob seine Finger nun zwischen Hubertus' Hände. Blitzartig tilgte er in Hubertus' Gedächtnis die Erinnerung an das just Geschehene aus, gab statt dessen eine falsche Erinnerung ein, die eine kurze Plauderei am Kaminfeuer und seitens Javans ein mit schamroten Wangen stockend vorgetragenes Bekenntnis ›unkeuscher Gedanken‹ hinsichtlich einiger junger Hofdamen umfaßte. Etwas anderes, das die letztendliche Tragweite der Ereignisse um den Kronprinzen möglicherweise nachhaltiger aufwiegen mochte, kam Javan binnen so kurzer Frist nicht in den Sinn.

Insbesondere sollte Hubertus eine gewisse Juliana von Horthness, Graf Rhuns Tochter, in Erinnerung behalten; der Gedanke an diese junge Adelige sollte beim Erzbischof die feste Hoffnung begründen, man könne auch Javan zu einer Vermählung bewegen, welche sich mit den Interessen des Kronrats deckte. Diese Einflüsterung verursachte Javan Abscheu, weil ihm in Wahrheit nichts ferner lag, als sein königliches Blut mit Rhuns verhaßtem Geschlecht zu vermischen; jedoch hoffte er, es schien schon dank der bloßen Verwegenheit des Einfalls dem Erzbischof um so glaubhafter, daß der König ihm solche Gelüste tatsächlich gebeichtet hätte.

Ursprünglich hatte sich Javan mit der Absicht getragen, in des Erzbischofs Verstand wirksamere als die gegenwärtig vorhandenen Einflußmöglichkeiten einzurichten, so daß hinfort keine körperliche Berührung mehr erforderlich gewesen wäre, um den Kirchenfürsten seiner geistigen Gewalt zu unterwerfen, doch für eine derartige, etwas langwierigere Maßnahme näherten sich die Schritte zu hurtig. Vermochte Pater Sixtus wirklich dermaßen schnell auszuschreiten?

Just als die Tür geöffnet ward, schlüpfte er nach Erteilung eines letzten Befehls, nämlich ihm die Absolution zu gewähren, aus Hubertus' Geist, beließ anschließend den Kopf über die fest gefalteten Hände gebeugt, bis der Erzbischof die Freisprechung im vorgeschriebenen Wortlaut ausgesprochen hatte. Als Javan aufschaute, sah er zu seinem insgeheimen Entsetzen, daß nicht Pater Sixtus es war, der das Gemach betreten hatte, sondern wahrlich kein anderer als Generalvikar Paulin.

»Sire, Eure Exzellenz, ich erflehe nachsichtige Vergebung«, stammelte Paulin halblaut. »Ich hatte ja keine Ahnung, daß...«

»Es ist kein Unheil entstanden«, versicherte ihm Hubertus, gab Javan durch einen Wink zu verstehen, daß er aufstehen dürfe. »Seine Majestät und ich haben die Beichte soeben zu Ende gebracht. Ich stelle es Euch anheim, Sire, Eure Buße in der Königlichen Kapelle zu tun. Es wird ein kalter Ritt zurück zur Königsburg sein. Gedenkt unterwegs Eurer Sünde und entbietet das Frieren dem Herrgott als Euer Opfer. Aber Ihr habt Euch nur einer harmlosen Sünde schuldig gemacht, welchselbige mit Leichtigkeit in eine Tugend umgemünzt werden kann. Dessen erinnert Euch.«

»Eure Worte sollen mir eine Lehre und Richtschnur sein, Exzellenz«, versetzte Javan in verhaltenem Tonfall zur Antwort. Förmlich vollführte er vor dem Erzbischof eine Verbeugung, dann nickte er Paulin zu. »Ich wünsche eine gute Nacht, Herr Generalvikar.«

Damit floh er aus den Gemächern des Erzbischofs, schlotterte nachträglich, sobald er sich wieder unter Charlans und Guiscards Schutz befand, vor sich hin; gemeinsam verließ das Dreigespann eilends das Gebäude, in welchem die hohen Kleriker ihren Wohnsitz hatten.

»Zum Schluß ist mir Paulin in die Quere gekommen«, murrte Javan, während sie den Domhof betraten, um die Rösser zu besteigen. »Fast hätte er mich auf frischer Tat ertappt, aber ich glaube, er kann keinen Verdacht geschöpft haben. Ihr erfahrt Näheres, sobald wir wieder droben auf der Burg weilen. Und danach sollten wir, will ich meinen, Herr Guiscard, Eurem Vater einen Besuch abstatten.«

Im Gegensatz zur Einschätzung des Königs war jedoch Paulin durchaus nicht frei von Argwohn geblieben.

»Was wollte er von Euch?« erkundigte er sich, indem er sich an Hubertus' Seite in den Lehnstuhl setzte.

»Absolution«, lautete des Erzbischofs mit leisem Schmunzeln erteilte Auskunft. »Wie's den Anschein hat, ist des Königs Bruder nicht der einzige Haldane, welcher nach einer Dame Huld und Gunst schmachtet.«

»Was, wer?« fragte Paulin voller Ungläubigkeit und Verblüffung. »Wie denn, sprecht Ihr etwa von unserem König Javan?«

»O ja. Was uns fürwahr manches über die Wirksamkeit der bei den *Custodes* gebräuchlichen Bezähmung des Fleisches sagt...« Hubertus lächelte. »Offensichtlich ist er der Versuchung – über unzüchtige Vorstellungen hinaus – noch nicht erlegen, aber man darf gewisse frohe Hoffnungen hegen. Würdet Ihr gerne wissen, wer ihn zu so sündhaften Lustträumen verlockt?«

»Wahrhaftig, ich vermag mir niemanden zu denken«, brummelte Paulin ratlos; zwar war seine Anteilnahme geweckt worden, doch hatten sich seine Vorbehalte keineswegs zerstreut.

»Wäre der Name Juliana von Horthness für Euch eine Überraschung?« meinte Hubertus. »Zwar hat er noch mehrere andere Damen erwähnt, doch wie's den Anschein haben will, bringt Herrn Rhuns glutäugiges Töchterlein sein Blut am stärksten ins Wallen.«

»Ja freilich, 's ist *vorstellbar,* daß sie ihn verlockt – sie ist ja ein zauberhaftes Geschöpf –, allerdings muß man sich unwillkürlich die Frage stellen, will's mich deuchen, ob in Javans Fall dabei weniger fleischliche Gelüste den Ausschlag geben, sondern viel eher staatskluge Berechnung im Vordergrund steht.« Aufmerksam las der Generalvikar in Hubertus' Miene. »Seid Ihr Euch gänzlich dessen sicher, Exzellenz, daß er zu Euch die Wahrheit gesprochen hat? Könnt's nicht sein, daß er Euch Ersponnenes erzählt hat, um Euch nach Eurer Meinung auszuhorchen?«

»Ihr würdet wähnen, er löge in der Beichte und entweihte selbiges Sakrament?« vergewisserte sich Hubertus. »Nicht Javan. Er mag seine einstigen Gelübde verworfen haben, aber etwas Derartiges vermag ich mir niemals, nicht einmal im allerentferntesten, von ihm auszumalen. Nein, ich bin des festen Glaubens, er ist schlicht und einfach ein Jüngling gesunden Gemächts, welcher allmählich die Minne in all ihren Spielarten entdeckt. Es muß bei einem König so sein. In der Tat wage ich von neuem hohe Hoffnungen in ihn zu setzen, Paulin.«

In derselben Nacht ruhte zu Culdi ein anderer gesunder Jüngling, welcher dort die Obhut und den Schutz seines beflissenen Gastgebers genoß, auf dem Fußboden in einem Bündel Felle, welche vor behaglicher Kaminglut ausgebreitet lagen, und an seiner Schulter lehnte ein zerzauster, lohbrauner Schopf. In der fast vollständigen Dunkelheit vermochte des Königs Bruder die dünne, rote Narbe der inzwischen weitgehend verheilten Wunde überm linken Knie kaum noch zu unterscheiden. Vor fast einer Woche hatte Meister Stefanus ihm die Fäden gezogen, und der Bluterguß war nahezu völlig verschwunden. Das rasche Ausheilen der Verletzung erfreute Rhys Michael.

Als verstünde sie seine Gedanken, schmiegte seine

entzückende Gefährtin sich dichter an ihn, strich mit schlanker Hand sachte über die vorerwähnte Narbe und machte sich sodann daran, mit den Fingern seine Männlichkeit zu reizen. Gedämpft lachte der Kronprinz, räkelte sich mit genüßlicher Trägheit, bevor er sich herumwälzte und die Liebste abermals in die Arme schloß. Für ihn zählte es kaum noch, daß die Kirche am morgigen Tag über sie beide den Segen sprechen und die Inniggeliebte zu seiner Prinzessin machen sollte, denn sie war bereits vor Tagen zu ihm gekommen, um seine Braut zu werden. Was Rhys Michael anbelangte, so waren er und Michaela Drummond längst Ehegemahl und Ehegattin.

# XXXV. Kapitel

*Im Kreis der Großen darf er Dienst tun*
*und darf erscheinen vor den Fürsten.*
*Er wandert durch die Lande fremder Völker…*

Jesus Sirach 39,4

Am folgenden Morgen, während Rhys Michael und seine künftige Prinzessin die Vorbereitungen für ihre Vermählung trafen, las der Vormund der Braut ein letztes Mal ein schon seit längerem verfaßtes Sendschreiben durch, welches nun endlich überbracht werden sollte; der Wortlaut täuschte vor, an einen vorherigen Brief anzuschließen, der vorgeblich des Prinzen Rettung aus den Klauen der Entführer vermeldet und seine alsbaldige Rückkehr nach Rhemuth angekündigt hätte. Aber dieweil ein solches Schreiben in Wahrheit nie geschickt worden war, konnte es mit Gewißheit auch niemals in Rhemuth eingetroffen sein.

Graf Manfred hatte das Sendschreiben in Abstimmung mit Herrn Albertus und mehreren seiner Ordensritter abgefaßt, welche sich kurze Frist nach Rhys Michaels Ankunft unerkannt in Culdi eingefunden hatten.

*Sire, in Ergäntzung meiner vor dry Tagen entsandten Nachricht über Eures Herrn Bruders Errettung vermag ich Euch heute – GOtt dem Allmächtigen sey Lob u. Danck! – davon Kunde zu geben, dasz des Prinzen Verwundungen blosz harmloser Natur seynd. S. Kgl. Hoheit erholet sich bei erquicklichter Ruh von der durch die*

*Gräuel-That erlittnen Erschöpffung. Indes räth mein Wundt-Arzt, dasz der Prinz noch für einer Woche Frist hie zu Culdi sich Schonung vergönnet, bevor er heim gen Rhemuth wallet.*

*Die gestrenge Befragung jener bey S. Kgl. Hoheit Befryung gemachten Gefangnen gehet täglich ihren Gang u. wird derselben durch Meister Sitric auffs vortrefflichste nachgeholffen. Von Vorgenanntem haben wir verläszlichten Auffschlusz, dasz der Räuber Hauptmann wircklich kein andrer war denn jener verfallne Geächtete Ansel MacRorie. Derowegen bekümmeret es mich fürwahr auffs verdrieszlichste, dasz der verruchte Deryni-Auffrührer sich der Ergreiffung zu entziehen vermocht hat. Ein Gefangner war Deryni u. ist derselbe an seinen Wunden verrecket. Ein zweyter Deryni-Häfftling gab den teufflischen Geyst auff, derweilen Meister Sitric ihm vermittelst der* arte magica *Wissen zu entreiszen trachtete. Alle andren Gefangnen seynd gemeine Sterblichte, jedoch hat unterdessen deren einer versuchet, sich selbst zu entseelen;* ergo *lassen wir hinfort grosze Obacht walten.*

*Meine Wenigkeit gedencket S. Kgl. Hoheit Prinz Rhys Michael nach Rhemuth zu geleiten, sobald die Umstände es fügen, u. S. Kgl. Hoheit anzuflehen, Euch abermals, sofern des Prinzen Befindtlichkeit es zulasset, zu schreiben. Auffgrundt zu häuffigen Malen wiederkehrender Schmertzen des Hauptes, verursachet durch einen Hieb gegen Eures Herrn Bruders Hirnschale, ermüdet der Feder Führung S. Kgl. Hoheit noch allzu rasch.*

*Dieweil sich die hl. Zeit des Weinachtsfestes nahet, hege ich die Absicht, mitsammet meiner gantzen Gefolgschafft auffs neue an Eurer Majestät Hof zu erscheinen u. Auffwartung zu machen, u. werde ich bey selbiger Gelegenheit, da ich unzweifelhafft weisz, dasz Eure Majestät sich in aller Bälde höchstpersönlich von Eures Herrn Bruders Wohlergehen zu überzeugen begehren, S. Kgl. Hoheit, wann die Ärzte dero Reise-Fähigkeit erklären, heimwärtz das Geleit geben.*

*Unterthänigst verbleibet als Eurer Majestät demüthigst-gehorsamer Diener*

*Manfred MacInnis, Graf von Culdi*

Indem er vor sich hinschmunzelte, faltete Manfred das Sendschreiben zusammen und versah es mit seinem Siegel; anschließend reichte er diesen Brief sowie ein zweites, bereits versiegeltes Schreiben einem Waffenknecht im Wappenrock der Grafschaft Culdi, welcher nahebei auf die Aushändigung der Schriftstücke wartete.

»Das zweite Sendschreiben ist bestimmt für Herrn Albertus«, sprach der Graf, erhob sich und strebte gemeinsam mit dem Waffenknecht zur Tür. »Der Bote findet ihn zu Grecotha in des Bischofs Palast. Er soll meinem Sohn, Bischof Edward, von mir Grüße ausrichten und ihm mitteilen, daß es mein Wunsch ist, ihm nach Weihnachten einen Besuch abzustatten.«

Der Mann verbeugte sich und eilte fort. Zufrieden lächelte Manfred, verließ das Gemach und stieg die Treppe hinab, begab sich auf den Weg zu seiner Gemahlin, die sich gegenwärtig der Aufgabe widmete, sein Mündel für die Hochzeit mit dem Prinzen anzukleiden. Lange hatte er auf diesen Tag harren müssen.

In Rhemuth versiegelte unterdessen auch Generalvikar Paulin von Ramos ein Sendschreiben; dieser Brief sollte allerdings zu keinem königlichen oder bischöflichen Hause befördert werden, sondern zum Hauptsitz seines Ordens, der Abtei *Arx Fidei.*

»Bestellt Pater Lior von mir, daß er bei der Ausführung meiner Weisungen mit höchster Hurtigkeit, gleichzeitig jedoch mit äußerster Umsicht vorgehen soll«, sprach er zu dem *Custodes*-Ordensritter, welchem er das Schreiben zwecks Überbringung anvertraute. »Wir betreten nunmehr gar sehr dünnes Eis. Gott mit Euch.«

Der Ordensritter machte eine Verbeugung und entschwand. Paulin sann ein weiteres Mal über die Maßnahmen nach, welche er getroffen hatte; er hoffte, daß sie auf einem Irrtum fußten, doch für den Fall, daß sich seine Befürchtungen als begründet erwiesen, gedachte er aufs trefflichste vorbereitet zu sein.

Javan erhielt Graf Manfreds Sendschreiben vier Tage später, während er gerade im kleineren Audienzsaal hinter des Dürnitz' Empore mit seinen Kronräten beim Mittagsmahl saß. Um seine Traurigkeit über des Bruders fortgesetzte Gefangenschaft öffentlich zu bekunden, hatte er von neuem graue Gewandung angelegt, welche nur die Silberscheiben des Gürtels aufhellten, an denen das Haldane-Schwert hing. Auf dem Haupt trug er den Löwen-Kronreif, der jetzt nicht mehr nur ein Zeichen seines hochherrlichen Standes und der Königswürde abgab, sondern zudem einen sinnvollen Zweck erfüllte, indem er verhinderte, daß Javan Strähnen ins Gesicht fielen, denn sein Haar war ihm inzwischen zu beträchtlicher Länge ausgewachsen.

Er hob eine Hand, um Schweigen zu erheischen, als er das Wappen auf des Mannes Brust erkannte, welchen ein Königlicher Leibwächter soeben hereinführte. Seit er dank der heimlichen Einblicknahme in Hubertus' Gedächtnis über Art und Verzweigung der Verschwörung Bescheid wußte, bereitete ein Brief Graf Manfreds ihm wahrlich keine besondere Überraschung; dennoch spiegelte er, während er das Schreiben las, unwillkürlich vor, er ersähe aus dem Inhalt Neuigkeiten, derweil er insgeheim der Gerissenheit, mit welcher seine Feinde ihre Pläne verwirklichten, widerwillige Anerkennung zollte.

Im allerersten Satz sorgte Manfred gegen Fragen und etwaigen Tadel vor, indem er vorgab, schon vor Tagen ein erstes Sendschreiben nach Rhemuth geschickt zu haben. Angesichts dieses Kunstgriffs mußte Javan beinahe lachen, vermochte diese Anwandlung nur zu meistern, indem er das Gesicht mit der Hand bedeckte und einen schweren, lauten Seufzer ausstieß, von dem er hoffte, daß die Anwesenden ihn als Anzeichen der Erleichterung verstanden.

»Mein Bruder ist gerettet und in Sicherheit«, sprach er, reichte das Schreiben Tammaron, um es von ihm verlesen zu lassen. »Anscheinend hat ein vorheriger Brief den Hof verfehlt. Herr Tammaron, ich bitte Euch…«

Derweil Graf Tammaron die Zuschrift sämtlichen Anwesenden vorlas, denen man unterdessen teils echtes, teilweise vorgetäuschtes Staunen und Erleichtertsein anmerken konnte, erwog Javan die veränderte, neue Lage. Weder war ein Schreiben Manfreds verloren gegangen – daran kannte der König keinen Zweifel –, noch traf dergleichen für irgendwelche Briefe Rhys Michaels zu; mit Gewißheit waren derartige Sendschreiben niemals geschickt worden. Der Hinweis auf einen angeblichen früheren Brief enthob Manfred vorerst der Verlegenheit, über die ›Errettung‹ Einzelheiten berichten zu müssen, dieweil er sie ja, wie er andeutete, schon geschildert hätte. Sollte Javan ihn indessen später danach befragen, vermochte er sich allemal damit herauszureden, seine Erinnerung wäre infolge der verstrichenen Zeit getrübt – und überdies anzuführen, der wohlbehaltenen Heimkehr des Kronprinzen wäre letzten Endes doch wohl erheblich höhere Bedeutsamkeit beizumessen als den besonderen Umstände seiner ›Befreiung‹.

Offen blieb somit lediglich die Frage, welche Michaela Drummond verkörperte. Manfred erwähnte sein Mündel nicht in dem Sendschreiben, doch war Javan sich vollkommen dessen gewiß, daß man des Edelfräuleins verliebten Umgang mit dem in Genesung befindlichen, nicht minder liebenden Prinzen tüchtig förderte – und sich irgendwo ein verständnisvoller Priester auftreiben ließ, welcher die jungen Liebenden ohne die vorhergehenden Langwierigkeiten der Bekanntgabe eines Aufgebots miteinander vermählte. Falls das Paar nicht schon getraut war, stand die Eheschließung zweifelsfrei kurz bevor; mit Gewißheit fand die Trauung statt, bevor Manfred mit den beiden nach Rhemuth reiste.

*O weh, Rhysem,* dachte Javan bei sich. *Ersiehst du denn nicht, wie sie dich wider mich mißbrauchen?*

Auch den angeblich gemachten Gefangenen galten seine Gedanken. Er hegte die Überzeugung, daß alles, was Sitric »entdecken mochte«, die erfundene »Deryni-Verschwörung«, deren Vortäuschung von Anfang an beschlossene Sache gewesen war, in vollem Umfang bestätigte. Mit Gewißheit bekam Javan niemals einen der Gefangene lebendig zu sehen, so daß er ihn selbst hätte befragen können. Dergleichen durften die wahren Verschwörer, solange der König jederzeit auf Oriels Dienste zurückgreifen konnte, schlicht und einfach nicht zulassen.

»›... werde ich bei selbiger Gelegenheit‹«, las Tammaron vor, »›da ich unzweifelhaft weiß, daß Eure Majestät sich in aller Bälde höchstpersönlich von Eures Bruders Wohlergehen zu überzeugen begehren, Seine Königliche Hoheit, wann die Ärzte dero Reisefähigkeit erklären, heimwärts das Geleit geben. Untertänigst verbleibet als Eurer Majestät demütigst-gehorsamer Diener Manfred MacInnis, Graf von...‹ Sire, das ist eine von Herzen willkommene Nachricht! Ich bekenne, nach so langer Frist schwand mir allmählich die Hoffnung. Aber durch Gottes Gnade ist Euer Bruder gerettet und hat nur geringen Harm davongetragen.«

»Durch Gottes Gnade, ja fürwahr«, antwortete Javan matt. »Es wird… interessant sein zu erfahren, welche Aufschlüsse Graf Manfred den ergriffenen Schandtätern zu entringen vermag.«

Diese Floskel lief wohl mit großer Sicherheit auf das hinaus, was man im Augenblick aus seinem Mund erwartete; allerdings interessierte es ihn *wirklich* zu sehen, wie der Betrug sich nun im weiteren entfalten sollte. Indessen hätte er nicht zu sagen vermocht, wie lange er den Schein, gleichermaßen überrascht wie erleichtert zu sein, noch aufrechterhalten konnte.

»Ihr Herren, ich hoffe, Ihr vergebt mir, wenn ich mich heute zu früher Stunde zurückziehe«, ergänzte er seine zuvorige Bemerkung. »Ich… wünsche Sendschreiben nach Culdi zu schicken, um mich nach Einzelheiten über meines Bruders Zustand sowie dem voraussichtlichen Zeitpunkt seiner Rückkunft zu erkundigen. Wahrlich, ich vermag meine Erleichterung nicht in Worte zu kleiden… Herr Erzbischof, ich wollt's Eurerseits als große Gunst anrechnen, tätet Ihr veranlassen, daß morgen in der Frühe zum Dank für die Rettung des Kronprinzen im Dom ein feierliches *TeDeum* gesungen wird.«

Er rang mit echten Tränen, als er sich schließlich, halb blind von der Nässe in den Augen, von seinem Platz erhob; doch dräuten ihm die Tränen ebenso aus Erbitterung wie aus Erleichtertsein. Charlan und Etienne schlossen sich ihm an, wogegen Guiscard noch blieb, vorgeblich um einige Worte mit Herrn Jerowen zu wechseln, in Wahrheit jedoch, um nach Javans Abgang die allgemeine Stimmung des Kronrats zu erspüren.

»Buchstäblich alle Anwesenden erweckten den Anschein, von der Kunde überrascht worden und erleichtert zu sein, Sire«, vermeldete Herr Guiscard eine Halbstunde später. »Bei Paulin und Hubertus zeigte sich freilich eine weitaus geringere, wenig überzeugende ›Überraschung‹, doch darin können wir ja nun wahrhaftig keinerlei Grund zur Verwunderung erblicken.«

»Und wenn schon, was nutzt uns das bessere Wissen…?« murmelte Javan. Er hatte den Kronreif abgesetzt und sich mit einem Becher Wein vorm Kamin in einen Lehnstuhl geworfen; die Hände, mit welchen er sich zuvor die Haare gerauft hatte, bewegten sich, während sie des Bechers Wandung umstrichen, mit einer Fahrigkeit, die merklich tiefes inneres Unbehagen bezeugte. »Wir müssen versuchen zu erraten, was sie nun als nächstes anstellen werden.«

»Nun, wir müssen wohl, deucht's mich ernstlich, einer ›Bestätigung‹ harren, Sire, daß Deryni den Prinzen verschleppt hätten, um Euch zu erpressen, und diese Verleumdung wird der derynischen Sache gewißlich weiteren Abbruch tun«, meinte Guiscard. »Näher liegt allerdings die besorgniserregende Aussicht, daß Euer Bruder im Verlauf der kommenden beiden Wochen mit einer Braut heimkehrt«, fügte er in seiner unverblümten Art hinzu. »Sobald er sie geschwängert hat, erhöht sich die Wahrscheinlichkeit ›unglücklicher Unfälle‹, denen ein bis zwei Haldanes zum Opfer fallen, in ganz beträchtlichem Maße.« Befremdet schaute er rundum. »Wo ist mein Herr Vater, Sire?«

»Zu Joram hat er sich gesputet, um ihm Bericht zu erstatten«, gab Javan halblaut zur Antwort. »Nach dem heutigen Geschehen mochte ich's nicht wagen, den Pater selbst aufzusuchen. Man weiß nicht, wer alles mich noch sprechen will, befindet man erst einmal, ich hätte zur Genüge verschnauft.«

»Man gönnt Euch niemals Ruhe, ist dem nicht so, Sire?« äußerte Charlan und schüttelte das Haupt. »Warum können sie Euch nimmer in Ruhe lassen?«

»Mein getreuer Charlan«, antwortete Javan trostlos,

»was brechen soll, muß vorher knacken. Sie können mir keine Ruhe vergönnen, weil mein bloßes Dasein sie stets daran gemahnt, daß ich nicht ihre Gliederpuppe bin und es niemals sein werde. Es gibt keinen Weg zur Schlichtung ihrer Erzfeindschaft. Sollte sich Rhysem tatsächlich mit Michaela Drummond vermählt haben, so bleibt uns keine Wahl, wir müssen zusehen, wie wir uns fortan zurechtfinden. Doch kampflos, das glaubt mir, mag ich nicht stürzen. Ich habe den unerschütterlichsten Vorsatz, meine ursprünglichen Bestrebungen, wenn sich die allgemeine Aufregung des letzten Mondes gelegt hat – dahin kommen wird's wahrscheinlich ja erst nach meines Bruders Rückkehr –, mit allem Nachdruck voranzutreiben. Vielleicht gelingt's mir doch, ungeachtet meines Versagens, aus der großen Wirrnis, welches ich durch meine Thronbesteigung geschaffen habe, am Ende noch ein wenig Gutes zu bewerkstelligen.«

»Sire, von einem ›Versagen‹ kann nicht im entferntesten die Rede sein«, beteuerte Herr Guiscard, indem er sich entrüstet vorbeugte.

»Auf gar keinen Fall, Sire«, bekräftigte Charlan den Einspruch des Deryni-Edlen. »Niemand könnte sich einen besseren oder mutigeren Oberherrn als Euch wünschen.«

»Ach, aber wird Mut hinreichen?« entgegnete Javan. Kläglich lächelte er, nahm einen tiefen Zug aus dem Becher und stützte das Haupt an die Rücklehne. »Es stünde anders, könnte ich mich trauen, jene Kräfte anzuwenden, welche mir, wie ich glaube, verfügbar sind, und erst recht günstiger, dürfte ich's wagen, des Königshauses alte Bundesgenossen zurück an den Hof zu rufen. Heute weiß ich ja, die Mehrzahl jener Deryni, die meinem Vater dienten, waren gänzlich ehrbare, redliche Männer und Frauen... Aber davon unsere Gegner zu überzeugen, das wird niemals möglich sein. Manchmal jedoch wünsche ich mir...«

Er schloß die Lider, seine Stimme verstummte. Des Königs zwei Adlaten, einer Deryni, einer Mensch, beide einander verbunden durch die gemeinsame Liebe und Treue zum Dritten im Gemach, welcher vielleicht in sich die vorzüglichsten Tugenden beider Volksstämme vereinte, wechselten von Sorge schwere Blicke. Längst noch war nicht entschieden, ob die Widersacher eines solchen Mannes es dulden konnten, daß des Reiches Krone auf seinem Haupt verblieb.

Ein anderer Mann, welcher zur gleichen Zeit ein ernstes Gespräch mit dem Erzbischof von Valoret und Primas von Groß-Gwynedd führte, hatte den Beschluß gefaßt, daß es nicht sein sollte. Generalvikar Paulin von Ramos hatte schon viele Ränke geschmiedet, um jene Höhen der Macht zu erklimmen, auf welchselbigen er sich tummeln durfte, und er war, falls sein bereitstehender Begleiter sich am heutigen Abend bewährte, voll und ganz willens zu einem neuen, gar überaus verwegenen Schachzug.

»Es ist jemand angelangt, den Ihr kennenlernen solltet, Eure Exzellenz«, sprach er zu Erzbischof Hubertus. »Am gestrigen Abend schon ist er eingetroffen, aber ich wollte damit warten, ihn Euch vorzustellen, bis des heutigen Tages Neuigkeit den König erreicht hat.«

Hubertus schlürfte in der recht schlichten Stube, welche zwischen seinen Gemächern und Paulins Unterkunft lag, einen Becher erwärmten Apfelweins; hier hatte er sich nach dem Nachtmahl in der Königsburg auf Paulins Ersuchen hinbegeben. Auf dem ganzen Weg zum Dom hatte hatte man dem *Custodes*-Generalvikar stille Genugtuung anzumerken vermocht. Seine Augen glänzten beinahe wie im Fieber, derweil er nun in der Miene seines Vorgesetzten nach warnenden Anzeichen der Ablehnung forschte.

»Ei, was macht Ihr mir so ein Aufhebens?« brummelte Hubertus und trank einen weiteren Schluck vom Apfelwein. »Wer ist es denn, den Ihr mir vorzustellen wünscht?«

Anstatt einer Antwort ging Paulin zur Tür seiner Schlafkammer und öffnete sie. Dahinter wartete Pater Lior, er stand neben einem Fremdling mittleren Alters, welcher angegrautes, mausbraunes, dicht über den Ohren gekapptes Haupthaar hatte. In einem Ohr steckte ein goldener Ring. Er hielt die Augen gesenkt. Kinn- und Schnauzbart, beide sorgsam beschnitten, umgaben einen sinnlichen Mund. Unter einem völlig schmucklosen, schwarzen Kapuzenmantel trug er ein Gewand, das bis an die Fußknöchel reichte und entfernt an eine Mönchskutte gemahnte, doch fehlten dem Mann Gugel und Kordel, welche zur Tracht der *Custodes*-Geistlichen zählten.

»Ihr kennt Pater Lior, Exzellenz«, sagte Paulin, während das Paar die Stube betrat und Lior zu Hubertus eilte, um dessen Bischofsring zu küssen. »Hingegen seid Ihr Meister Dimitri noch nicht begegnet.«

Der Fremde hob den Blick, als sein Name fiel, ungemein scharfe, schwarze Augen erwiderten, als er sich dem Erzbischof nahte, Hubertus' Blick. Ein Aufkeuchen entrang sich des Erzbischofs Kehle, vor Schreck entriß er Lior regelrecht seine Hand; er starrte Dimitri an, derweil der Fremdling geschmeidig vor ihm auf die Knie sank und mit der Stirn den Fußboden berührte. Danach richtete Dimitri den Oberkörper auf und kauerte sich auf die Fersen, legte die zierlichen Hände auf die Oberschenkel und schaute Hubertus wieder ins Antlitz.

»Mich befiel der heftigste Argwohn, Exzellenz, als ich in der vergangenen Woche bei Euch erschien und den König, Hand in Hand mit Euch, zu Euren Füßen antraf«, meinte Paulin und nahm neben Hubertus in einem anderen Lehnstuhl Platz. »Der geschilderte Anblick verursachte mir die allertiefste Beunruhigung. Ich weiß« – er hob die Hand, als Hubertus zu einer Widerrede ansetzte – »dieweil ich's ja mit eigenen Ohren gehört habe, daß ihm durch Euch die Absolution gespendet ward. Doch als Ihr anschließend den Gegenstand seiner vorgeblichen Beichte erwähntet, verstärkte sich bei mir das Empfinden, daß die Sache unmöglich mit rechten Dingen zugegangen sein kann.«

»Was wollt Ihr damit andeuten?« fragte Erzbischof Hubertus, ohne daß er den Blick von Meister Dimitris Augen zu wenden vermochte.

»Laßt mich's erklären, Exzellenz. König Javan hat es mit aller Sorgfalt vermieden, sich bei Hofe den süßen Krallen irgendeines der mannbaren Edelfräulein auszuliefern. Es mag durchaus zutreffend sein, daß ihn bisweilen hinsichtlich dieser oder jener solchen Dame wollüstige Wallungen heimsuchen, denn er ist ja ein von Lebenskraft sprühender Jüngling wie just jeder sonstige Jungmanne seines Alters. Bedenkt man jedoch das nicht mehr allzu herzliche Verhältnis, welches er seit seiner Rückkunft bei Hofe zu Euch gepflegt hat, ist's dann wirklich als wahrscheinlich anzusehen, daß er derlei insgeheime Anwandlungen ausgerechnet Euch beichtet? Und obendrein bezüglich Julianas von Horthness, wider deren Vater er unverhohlenen Widerwillen an den Tag legt! Und selbst wenn das genannte junge Edelfräulein derartige Lüsternheit bei ihm erweckt und er den unwiderstehlichen Drang verspürt *hätte*, seine Schwäche zu beichten, wären doch in seinem Umkreis etliche andere Priester abkömmlich gewesen, bei denen er ohne Aufsehen – und ohne der bewußten Jungfer Namen zu nennen – die Beichte hätte ablegen können. In der Beichte Namen zu verraten, ist nicht vonnöten, im Gegenteil, wir raten ja im allgemeinen davon ab.«

»Aber er hat ihn mir nun einmal genannt.«

»Ja, ich bin mir gänzlich dessen sicher, daß Ihr glaubt, ihn von ihm vernommen zu haben«, antwortete Paulin unbeeindruckt und behielt wachsam Dimitri im Auge, welcher sich unterdessen nicht von der Stelle bewegt hatte. »Ich habe davon keinerlei Begriff, *wie* er Euch diese Überzeugung eingegeben hat«, sprach der Generalvikar des weiteren, »jedoch geht mein Verdacht in die Richtung, daß es durch keine herkömmliche Weise des Einflüsterns geschehen sein mag. Wer aber ist zu Lug und Trug der heimtückischsten Art fähig? Natürlich ein Deryni. Man denkt unwillkürlich an Meister Oriel, allerdings erachte ich in diesem Fall – schon weil er von vorneherein verdächtig wäre – seine Beteiligung als wenig wahrscheinlich. Außerdem ist seine Freizügigkeit, seit er dem Gefolge des Königs angehört, beträchtlich beschnitten worden. Folglich bleiben mehrere andere, recht unerfreuliche Möglichkeiten zu erwägen. Ist vielleicht im geheimen ein weiterer Deryni für den König tätig? Oder kann man sich vorstellen, daß etwa der König selbst auf irgendeinem Wege die Fähigkeit erworben hat, Euch falsche Erinnerungen einzublasen?«

»Aber so etwas ist doch vollständig ausgeschlossen«, raunte Erzbischof Hubertus, vermochte endlich seinen Blick Dimitri zu entziehen; in merklichem Entsetzen schaute er Paulin an. »Er ist ein Mensch. Ich weiß, daß es sich so verhält.«

»Ist er's?« wagte Paulin leise zu fragen. »Seit langem wird seinem Vater nachgesagt, jeder Magie widerstanden zu haben, die Imre gegen ihn aufbot. Und ungeklärt ist bis auf den heutigen Tag auch geblieben, wie er, ohne ihn anzurühren, einen Deryni-Michaeliten namens Pater Humphrey zermalmen konnte, welcher das Taufsalz, das bei seinem allerersten Sohn Verwendung fand, vergiftet hatte. Ist Euch überhaupt geläufig, daß einst bereits vor Alroy und Javan einmal ein Prinz geboren ward?«

Hubertus schüttelte das Haupt.

»Dachte ich's mir doch«, äußerte Generalvikar Paulin. »Die Geschichte um seinen magischen Zweikampf mit Imre habe ich nicht zu überprüfen vermocht, aber es ist mir gelungen, Erzbischofs Anscoms Geburten- und auch die Sterbelisten einzusehen. Anscom war es, welcher des kleinen Prinzen Taufe beiwohnte und anschließend nachträglich die Sterbesakramente spendete. Nach dem Vermerk über den toten Prinzen betrifft der nächste Eintrag im Sterbeverzeichnis – ein Umstand, der mir immerhin als recht aufschlußreich gilt – einen gewissen Humphrey von Gallareaux, Priester im Orden des Heiligen Michael, der am selben Tag gleichfalls im nachhinein die Sterbesakramente erhielt. Meines Erachtens ist das ein überzeugender Beweis für die Darstellung, daß Cinhil damals aus irgendeinem Quell gar fürchterliche Kräfte heraufbeschwor, um den Mann, der gerade seinen Sohn gemeuchelt hatte, zu zerschmettern...«

»*Gütiger* Himmel«, murmelte Hubertus nach angemessenem Schweigen. »Doch selbst wenn's die Wahrheit sein sollte, ergibt sich daraus nicht notgedrungen, daß seine weiteren Söhne derlei verwerfliche Kräfte ererbt haben. König Alroy hatte zweifellos keine magischen Fähigkeiten, und man sollte meinen, daß König Javan, wären ihm welche zugeeignet, sie mittlerweile auch zu seinem Vorteil genutzt hätte.«

»Ich glaube, daß dergleichen tatsächlich geschehen ist«, sprach Paulin gedämpft, aber mit Nachdruck. »Deshalb habe ich Meister Dimitri darum gebeten, sich am heutigen Abend zu uns zu gesellen.« Der Generalvikar bemerkte Hubertus' Miene des Grausens. »Das bedeutet nicht zwangsläufig, daß ich der Ansicht wäre, König Javan verfügte gleichfalls über Magie-Kräfte jener furchtbaren Art, wie anscheinend sein Vater sie bei Gelegenheit einzusetzen vermochte, jedoch vertrete ich die Auffassung, daß er sehr wohl feingeistigere, hinterhältige Magie-Werke zu vollbringen versteht. Von allen drei Söhnen König Cinhils, Exzellenz, ist's ja bei ihm am wahrscheinlichsten, daß derynischer Einfluß ihn verderbt hat. Mehrere Jahre hindurch war nämlich der Heiler Tavis O'Neill, bevor er vom Königshofe verbannt ward, des damaligen Prinzen ständiger Gefährte.«

»Ich bitte Euch, all das ist vollkommen lachhaft«, behauptete nichtsdestoweniger Hubertus. »Es ist ganz unmöglich, daß er…«

»Aber wenn er nun wirklich zur sogenannten Wahrheitsfindung imstande ist?« beharrte Paulin auf seinen Bedenken. »Wenn er Menschen dazu zwingen kann, die Wahrheit zu sagen? Er könnt's von Tavis O'Neill erlernt haben, Exzellenz. Vielleicht hat er sogar zu bewirken gelernt, daß die Opfer seiner teuflischen Anschläge danach vergessen, was er getan hat. Worüber mögt Ihr und König Javan wohl Rede geführt haben, *bevor* er Euch vorgebliche Gelüste nach einer Jungfer gestanden hat, welcher er eigentlich doch Tag um Tag vorsätzlich aus dem Wege geht? Entsinnt Ihr Euch an irgend etwas? Welche Fragen könnte er Euch darüber gestellt haben, was Ihr *tatsächlich* über Prinz Rhys Michaels Entführung wißt?«

Derweil Paulin dergestalt Vermutung auf Mutmaßung häufte, waren Hubertus' Augen immerzu größer geworden; er preßte, just als Paulin die letzte Frage aufwarf, die geballten Fäuste an den rosigen Schmollmund, in seinen kindlich-blauen Augen stand Furcht.

»Guter Gott, wie verschaffen wir uns nur Klarheit?« schnaufte der Erzbischof. »Wie könnte man…?«

Hubertus verstummte, sobald sein Blick beim Umherhuschen erneut Dimitris Augen traf und er schlichtweg nicht mehr weiterzusprechen vermochte; seine

Haltung erstarrte, als er begriff, auf was hinaus Paulin wollte. Indem er andeutungsweise lächelte, erhob sich Dimitri wieder auf die Knie und legte die Hände mit nach oben gekehrten Handflächen auf die Knie Hubertus', sein Blick, aus dem inzwischen jedoch alles Zwingende gewichen war, lud den Erzbischof zur Vereinigung ihrer beider Hände ein.

»Kommt Euch diese Gebärde bekannt vor, Exzellenz?« säuselte an Hubertus' Seite Paulins Stimme. »Was hat König Javan in Wirklichkeit getan, als er Euch an jenem Abend aufsuchte? Wie viele Male ist es schon zuvor geschehen? Ist vielleicht darin der Grund zu erblicken, weswegen Ihr's ihm vor Jahren geglaubt habt, er verspüre eine Berufung zum Geistlichen und wünsche die Priesterschule zu besuchen? Mich hat's ja stets gewundert, daß er Euch so leicht für sich einzunehmen vermochte. Im allgemeinen legt Ihr, wenn Ihr die Bemerkung gestattet, Herr Erzbischof, entschieden gestrengere Maßstäbe an.«

»So war's nicht«, trotzte Hubertus unwillkürlich. »Es kann gar nicht so gewesen sein. Unzweifelhaft hätte ich's doch gemerkt.«

»Ich bin des Glaubens, Exzellenz, Meister Dimitri vermag Euch aufzuzeigen, wie gewiß es ist, daß Ihr's gemerkt hättet«, entgegnete Paulin von Ramos. »Um die Wahrheit zu ergründen, läßt sich nur ein einziger Weg beschreiten. Ihr braucht lediglich Eure Hände auf Meister Dimitris Hände zu senken.«

Hubertus hämmerte das Herz, aus Furchtsamkeit fühlte er sich geradezu wie gelähmt; langsam jedoch verdrängte Zorn die Bangigkeit, erfüllte ihn die Möglichkeit, er könnte betrogen worden sein, mit Wut. Zwar entsann er sich deutlich an des Königs Beichte; aber sollte sie, wie der Generalvikar argwöhnte, in der Tat niemals stattgefunden haben…

Der Erzbischof zitterte, stierte auf Dimitris aufwärtsgedrehte Handteller, während er sich dazu zwang, als erstes die Fäuste in den Schoß zu legen. Dann schöpfte er zaghaft Atem, streckte die Finger und breitete die Hände, jeden Muskel im Körper zusammengekrampft, über des Deryni Handflächen.

Nichts geschah. In den ersten Augenblicken nachgerade besinnungslosen Schreckens vermochte Hubertus es kaum zu glauben. Nach einem Halbdutzend Herzschläge wagte er auszuatmen. Während er langsam erneut einatmete, sah er, daß Dimitri treuherzigen Blicks ihrer beider vereinte Hände betrachtete, danach gemächlich die Daumen einwärtsdrehte, nicht um Hubertus' Hände zu umfassen, sondern sachte über die Handrücken zu streichen.

»Ihr werdet keinen Schaden nehmen, Herr«, sprach Dimitri, indem er zum erstenmal das Wort ergriff, mit leiser Stimme. Sie hatte einen ganz eigentümlichen Klang, welcher auf des Erdkreises östliche Gefilde verwies. Seine Augen, so schien es, zeichneten sich durch eine abgründige Tiefe aus, von welcher an Hubertus eine fast unwiderstehliche Anziehungskraft ausging, die ihn dazu verführen wollte, sich in wonniges Nichts hinsinken zu lassen.

»Seid ganz gemach, Herr«, verlockte Dimitris Stimme, derweil Wogen der Schläfrigkeit Hubertus' Gemüt durchströmten. »Schlummert getrost, denn der Vorgang braucht keinem von uns zweien irgendwelche Mühsal zu bereiten. Lockert Euch, gebt nach…«

Als nächstes gewahrte Erzbischof Hubertus, daß er im Lehnstuhl aufschrak und erwachte, verdutzt sah er zu seinen Füßen, die Hände fromm vorm Bauch gefaltet, einen bärtigen Fremdling knien. Neben Hubertus saß in einem Lehnstuhl Paulin von Ramos. Aus irgendeinem Grund hockte hinter dem Fremden Pater Lior auf der aus Granit errichteter Einfassung des Kamins, hatte die Arme um die angezogenen Beine geschlungen. Alle drei Männer musterten Gwynedds Primas mit erwartungsvoller Miene.

»Entsinnt Ihr Euch, Eure Exzellenz, an die Ereignisse der vergangenen halben Stunde?« wünschte von der Seite Paulin in ruhigem Tonfall zu erfahren.

Hubertus' Haupt ruckte herum; er starrte dem *Custodes*-Generalvikar ins Angesicht. »Wovon redet Ihr da?« fragte er. »Wer ist dieser Mann?«

Anstatt zu antworten, nickte Paulin dem Bärtigen zu, der daraufhin gelassen einen Arm ausstreckte und mit den Fingerspitzen über einen Handrücken Hubertus' strich. Die Erinnerung kehrte dem Erzbischof so schlagartig wieder, daß er laut aufächzte. Er spürte, wie er, indem er erst Meister Dimitri, der die Maßnahme ausgeführt, dann Paulin anblickte, der sie befohlen hatte, vor Grauen das Blut aus den Wangen wich.

»Also *hat* König Javan in meinem Geist herumgepfuscht«, flüsterte der Erzbischof. »Wie konnte mir dergleichen Frevel nur entgehen?«

»Eure Exzellenz können insofern von Glück reden, als der Haldane in der vergangenen Woche der Zeit ermangelte, um das, wessen er sich unterfangen hatte, in vollem Umfang zu vollenden«, sprach Dimitri, erhob sich und setzte sich neben Pater Lior auf die Einfassung des Kamins. »Ich vermag nicht mit Genauigkeit festzustellen, was Gegenstand seiner Nachforschung war, dieweil darauf kein Hinweis verblieben ist, aber ich bin der Auffassung, daß er Euch nicht gebeichtet hat.«

»Aber ich entsinne mich doch daran, daß er…«

»Weil er Euch geistig den Befehl gegeben hat, Euch an derlei zu erinnern, Exzellenz«, fiel Dimitri ihm ins Wort. »Ich kann Euch nicht erklären, dank welcher ungemein ungewöhnlichen Voraussetzungen er zu solchen Leistungen imstande ist, bin aber der Meinung,

Ihr müßt allermindestens davon ausgehen, er weiß, daß seines Bruders Entführung eine Posse war, und für dieselbe auch die Beweggründe kennt. Nach aller Wahrscheinlichkeit hat er auch herausgefunden, daß Ihr und mein Gebieter, Generalvikar Paulin, Mitwisser und Beteiligte jener Angelegenheit seid. Indes darf er Euch nicht zur Rede stellen, dieweil er sonst enthüllen müßte, wie er an seine Erkenntnisse gelangen konnte. Wäre sein Treiben nicht durch den Generalvikar gestört worden, möchte es ihm sehr wohl gelungen sein, in Eurem Geist, Herr Erzbischof, alle Spuren seines Einwirkens zu verwischen.«

»Hat er… schon zu früherer Zeit meine Seele besudelt?« fragte der Erzbischof. »Hat er mich auf diese Weise dahin verleitet, ihm zu glauben, er hätte eine echte Berufung zum Klosterleben?«

Dimitri hob die Schultern – eine bei ihm ebenso vielsagend-ausdrucksvolle wie anmutige Geste. »Auch darauf weiß ich keine Antwort, Exzellenz. Für jemanden, der über solche Befähigungen verfügt, ist er, selbst wenn er Deryni wäre, noch jung, und er war ja sogar jünger, als er ins Kloster ging. Falls er damals, wie's Euch zu nennen beliebt, Eure Seele ›besudelt‹ hat, dürfte er dabei sehr rücksichtsvolle Vorsicht walten lassen und sich auf vergleichsweise einfache Verrichtungen beschränkt haben. Sicherlich hat er nichts so Auffälliges wie in der vergangenen Woche unternommen, wiewohl er auch dabei beachtenswerte Geschicklichkeit bewies. Wären ihm dafür nur ein, zwei Augenblicke länger geblieben, gewißlich hätte ich heute keine Aussicht gehabt, irgendwelche Anzeichen für sein Tun zu entdecken.«

»Das ist ja wahrhaft unglaublich«, röchelte Erzbischof Hubertus schweren Atems. »So etwas traue ich König Javan einfach nicht zu… Seid Ihr Euch dessen ganz sicher, daß Meister Oriel nicht die Finger im Spiel hatte? Ab und an habe ich ja seine Dienste beansprucht. Mag sein, *er* ist der Schuldige.«

»Meister Oriel? Jener Heiler, Eure Exzellenz? Ich glaub's nicht. Bestimmt habt Ihr alleweil dagegen Vorsorge getroffen, daß er ohne die Anwesenheit verläßlicher Augenzeugen Hand an Euch legt. Unter solchen Umständen wäre Eure insgeheime Beeinflussung für ihn beispiellos schwierig durchführbar gewesen. Nein, es war der König, der in der letzten Woche in Eurem Gedächtnis gestöbert hat, daran hegt keinen Zweifel.«

»Ist er denn etwa ein Deryni?«

»Nein, Eure Exzellenz, aber einem Deryni ähnlich – und daher, so Ihr nicht wider ihn einschreitet, genauso gefährlich.«

Diese Äußerung blieb unwidersprochen; weder Hubertus noch Lior wagten zu atmen, bis sich Paulin schließlich seelenruhig erhob und den beiden Männern am Kamin durch einen Wink die Erlaubnis zum Aufstehen gab. »Pater Lior, du darfst dich nun mit Meister Dimitri entfernen. Bitte verbleibt in der Unterkunft. Ich zöge es vor, würde deine und Meister Dimitris Gegenwart in Rhemuth vorerst nicht bekannt.«

Nachdem das Paar sich entfernt hatte, wandte Paulin sich ab, legte den ausgestreckten Arm aufs Kaminsims und schaute über die Schulter Hubertus an.

»Was nun, Herr Erzbischof?« fragte er in gedämpftem Ton. »Oder ist's Euer Begehren, zunächst einmal darüber zu schlafen, bevor Ihr eine Entscheidung fällt? Durch die Klarheit, welche wir heute erlangt haben, hat sich die Gefahr für uns nicht erhöht. Wir wissen nur mehr als zuvor. Dagegen bleibt dem König verhehlt, was wir wissen – und hätte er davon Kenntnis, vermöchte er nichts zu unternehmen, ohne sein geheimes Wissen preiszugeben. Wahrlich, ich tät's zu gerne sehen, wie weit er's seines Erachtens auf diese Art und

Weise noch treiben kann, nachdem es ihm mißlungen ist, seines Bruders Hochzeit zu verhindern.«

»Nun wohl, aber wir dürfen keine einschneidenden Veränderungen planen, ehe ein weiterer Erbe da ist«, erwiderte Hubertus halblaut. »Kaltes Grausen packt mich, denke ich daran, was hätte werden mögen, wäre der Prinz von einem Eurer Mannen zu heftig geschlagen oder durch einen der Bogenschützen zu nachlässig gezielt worden…!«

»Vergeudet doch Eure Kräfte nicht mit Gegrübel über Nichtgeschehenes, Exzellenz«, empfahl Paulin. »Fortan brauchen wir lediglich bei der Stange zu bleiben, bis Michaela Drummond den königlichen Welpen wirft, und das wird vielleicht, wenn der Prinz die Ackerfurche tüchtig bestellt hat, schon im Spätsommer der Fall sein.«

»›Lediglich bei der Stange zu bleiben‹, ha«, wiederholte der Erzbischof mit einem Aufprusten. »Und wenn der König während der langen Winter-Monde, welche noch vor uns liegen, den Beschluß trifft, seines Bruders Entführung ein zweites Mal gründlich untersuchen zu lassen?«

»Wir liefern ihm ein paar Leichen ab, um unsere Darstellung des Vorfalls dem Anschein nach zu untermauern«, meinte Paulin. »Ein Leichnam ist wie der andere, wenn der Tote vor ein, zwei Wochen gestorben ist.«

»Aber sind Deryni nicht zu etwas fähig, das sie ›Toten-Sichtung‹ nennen?« fragte Hubertus. »Wenn er die Leichen nun durch Oriel beschauen läßt?«

»Meister Dimitri hat mich dessen versichert, daß aus einem vor so langer Frist verstorbenen Toten nichts mehr ersehen werden kann«, lautete Paulins Antwort. »Unterdessen habe ich dafür gesorgt, daß jene Mannen, welche eigentlich die Tat ausgeführt haben, sich während der kommenden Monde Verlauf fernab vom

Königshof aufhalten. Außer uns zweien hat hier in Rhemuth niemand über sämtliche Einzelheiten der Angelegenheit Kenntnis.«

»Und wenn er also uns ertappt?« brummte der Erzbischof. »Um jedes Wagnis zu vermeiden, muß er's ja nicht selbst tun, er kann Oriel darauf ansetzen, uns zu entlarven.«

»Dann müssen wir eben darauf hinwirken, uns Oriel vom Hals zu schaffen, oder?« lautete Paulins Schlußfolgerung. »Und was den König angeht, so sind wir zwei völlig sicher, solange keiner von uns eine Zusammenkunft unter vier Augen duldet. Um uns zu beeinflussen, muß er uns anfassen. Außerdem ist's meine Absicht, Meister Dimitri alsbald einiges zu unserem Vorteil tun zu lassen. Habt Geduld, Hubertus. Die nächsten Wochen und Monde könnten gar wohl überaus interessant verlaufen…«

# XXXVI. Kapitel

*Ehrbar sei die Ehe in*
*allem und das Ehebett unbefleckt …*

Der Brief an die Hebräer 13,4

›Interessant‹ war mitnichten das Wort, welches Javan zur Beschreibung der nachfolgenden Tage gewählt hätte. Schon am Morgen darauf, noch ehe er sich mitsamt seinem Gefolge in den Dom begab, um das *Te Deum* zu hören, entsandte er Herrn Robert mit den am Vorabend geschriebenen Briefen gen Culdi – einem von Besorgnis geprägten Sendschreiben an seinen Bruder, in dem der König um Bestätigung der Nachricht bat, der Kronprinz mache bei der Genesung zügige Fortschritte, ein zweites, deutlich gestrenger gehaltenes Schreiben an Graf Manfred, worin er klarstellte, *keinen* früheren Brief bekommen zu haben und Einzelheiten über die ›Rettung‹ sowie die ›Gefangenen‹ zu erfahren erheischte.

Am Nachmittag kam der Kronrat zusammen. Herr Udaut warf die Frage auf, wie es Ansel MacRorie denn wohl nur gelingen mochte, immer wieder der Ergreifung zu entrinnen. Erzbischof Hubertus äußerte die Erwägung, ob es sinnvoll sein könnte, Meister Oriel nach Culdi zu schicken, damit er in seiner Eigenschaft als Heiler dem Prinzen Beistand leistete, ein Vorschlag, bei dem Javan sich unwillkürlich fragte, ob sein Bruder vielleicht doch an ärgeren Verletzungen litt, als man ihm vermeldet hatte. Javan selbst bewegte der Wunsch, gen Norden zu reiten, Manfreds Reisegesellschaft zumindest eine Strecke weit entgegenzuziehen, doch

Graf Tammaron verwies darauf – und ihm zu widersprechen, blieb unmöglich –, daß sich der König dadurch, dieweil Ansel MacRorie und seine Aufrührerrotte noch das Land verunsicherte, unnötig in Gefahr brächte.

Wäre Ansel MacRorie tatsächlich für Rhys Michaels Verschleppung verantwortlich gewesen – was indessen überhaupt nicht zutraf –, konnte des Reichskanzlers Warnung nur als angemessen gelten. Der Umstand, daß Graf Tammaron vollständig von der Richtigkeit seines Ratschlags überzeugt war, legte den Rückschluß nahe, daß zumindest er sich nicht an dem Anschlag beteiligt hatte. Seinen Rat zu mißachten und ins Land hinauszureiten, müßte allerdings den Eindruck erregen, daß der König leichtfertigen Sinns wäre und die Neigung hätte, überflüssige Wagnisse einzugehen. Außerdem ward das Wetter zusehends schlechter.

Infolgedessen gab sich Javan, derweil die Tage verstrichen, wohl oder übel damit zufrieden, Zeit zu erschinden; jedoch verursachte die Verzögerung Unruhe in ihm, und er verhielt sich vorsätzlich so, daß der Kronrat ihm die Beunruhigung anmerkte. Fast täglich trafen neue Sendschreiben ein – von Graf Manfred, von den Herren Tomais und Robear, Herrn Ainslie und zu guter Letzt auch ein paar kurze Briefe von Rhys Michael selbst –, die allesamt dem König zusicherten, daß sein Bruder in Sicherheit weilte und der gänzlichen Gesundung entgegensähe. Geradeso wie Manfreds Schreiben deuteten auch des Prinzen Briefe an, es seien von ihm schon vorher Briefe entsandt worden, die Rhemuth nicht erreicht hätten. Nach rund einer Woche langte eine Mitteilung an, der zufolge Herr Manfred nun jeden Tag aufzubrechen beabsichtigte.

Selbiges Schreiben ward durch eine Schar *Custodes*-Ordensritter überbracht, von denen mehrere Graf Manfreds Ritter bei Rhys Michaels vorgeblicher Befreiung unterstützt haben sollten; mit sich beförderten sie die Leichen fünf angeblicher Aufrührer, von denen es hieß, sie wären bei des Prinzen angeblicher Errettung ergriffen worden, aber später an ihren Wunden oder unter der Folter gestorben. Ein zweiter Brief von Herrn Albertus heuchelte darüber Bedauern, daß man den Gefangenen – über ihr Verschworensein mit dem Geächteten Ansel MacRorie hinaus – so wenig Erkenntnisse hätte entringen können, beteuerte jedoch dem König, daß der Orden und Herr Rhun ihre Anstrengungen verzweifachten, um in aller Bälde weiterer Rebellen habhaft zu werden.

Wie sich zeigte, waren die toten ›Entführer‹ bei Hofe jedermann unbekannt – so wie Javan es nahezu mit Gewißheit erwartet hatte. Am Nachmittag nach der Ankunft ließ Generalvikar Paulin die Leichen im Burghof aufbahren und bat den gesamten Hofstaat, sie sich anzuschauen. Auch Meister Oriel besah sich die Toten, verharrte kurz bei jedem von ihnen, um ihn vermittelst seiner Deryni-Kräfte zu untersuchen; doch auch dieser Aufwand erwies sich, wie er und Javan vorher gewußt hatten, als vergebliche Mühe.

Vorüber war der schaurige Unfug damit allerdings noch nicht. Am nächsten Morgen befahl Gwynedds Konnetabel, Herr Udaut – ungeachtet des Abscheus, mit welchem Javan derlei Maßnahmen begegnete –, die Leichen zu enthaupten und zu vierteilen, bestand dergestalt auf einer Abwandlung des ansonsten lebenden Verrätern vorbehaltenen Hängens, Streckens und Vierteilens, welche immerhin wenigstens zum Teil eine ähnliche Abschreckung bewirken mochte. Gegen Mittag befanden sich Boten mit Stücken der Toten sowie der Weisung, sie zur Warnung anderer Deryni, welche etwa auf Verrat an Gwynedds Krone sinnen mochten, an Kreuzungen und über Stadttoren zur Schau zu stellen, unterwegs zu den meisten größeren Städten Gwynedds.

Die Annahme, daß vermutlich keiner der Toten überhaupt dem Deryni-Volksstamm angehörte, ließ sich nicht mehr beweisen. Im Grunde genommen war nicht einmal die Unterstellung, daß sie tatsächlich an der Verschleppung des Kronprinzen mitgewirkt hatten, wirklich gerechtfertigt. Eine Beobachtung immerhin hatte Meister Oriel bei seiner kurzen Untersuchung der Leichen machen können – daß nämlich einige der Männer an solchen Stellen des Körpers Schwielen hatten, wo man sie gemeinhin eher bei Bauernsleuten als bei Kriegern fand.

»Verzeiht mir dies freimütige Wort, Sire, doch sollt's mich keineswegs verwundern, hätte man schlichtweg eine Handvoll Bauern zusammengetrieben und schlechterdings erschlagen, just um Euch ein paar Leichen vorlegen zu können«, vertraute der Heiler dem König an. »Indes brauche ich wohl nicht eigens zu erwähnen, daß dafür keinerlei Beweise ersichtlich sind.«

Ungeachtet seines Widerwillens schrieb das Gesetz Javan vor, Enthauptungen durch seine Anwesenheit zu beehren; vor der anschließenden Zerstückelung jedoch entschuldigte er sich und ging. Die ganze Veranstaltung weckte bei ihm nur allzu lebhafte Erinnerungen an ein früheres, ebenfalls durchs Gesetz gedeckte Zerstückeln eines Toten, namentlich Ansel MacRories Bruder Davin; und während der Regentschaftszeit hatte Javan gezwungenermaßen mehr als einmal mitanschauen müssen, wie man lebende Verurteilte dieser Art der Hinrichtung unterwarf. Schon der pure Gedanke an derlei Scheußlichkeiten verursachte ihm Ekel.

Zum Glück durfte niemand den König, nachdem die Enthauptungen, um des Gesetzes Buchstaben Genüge zu tun, vollzogen worden waren, zu weiterem Bleiben und Zuschauen nötigen. Aber allein die Tatsache, daß sich so etwas ereignet hatte, erzeugte dank Javans Mißbilligung an den nächsten Tagen spürbare Mißstimmung, bis endlich die Nachricht eintraf, daß Graf Manfreds Reisegesellschaft sich nur noch einen halben Tagesritt weit von Rhemuth entfernt befand und im Laufe des kommenden Vormittags mit ihrer Ankunft gerechnet werden konnte.

Javan beschloß, dem Grafen nicht entgegenzureiten. Es fiel Schnee, die Reisegesellschaft war groß an Zahl, und sie um den König sowie ein ansehnliches Geleit zu vergrößern, mochte lediglich, wenn sie zuletzt die Stadt erreichte, Verwirrung stiften. Zudem galt es die Verlegenheit zu berücksichtigen, daß Michaela Drummond den Kronprinzen begleitete. Javan fragte sich, auf welche Weise sein Bruder ihn wohl über die ganz und gar unkluge Vermählung zu unterrichten gedachte.

Am folgenden Tag traf kurz vor der Mittagsstunde ein Bote ein, um des Grafen bevorstehende Ankunft zu vermelden. Selbiger Tag war der Dienstag nach dem ersten Advent. Javan versammelte den Hofstaat, um die Ankömmlinge willkommen zu heißen, auf der Freitreppe des Hauptgebäudes.

Er hatte beim Ankleiden größte Sorgfalt walten lassen, um zu gewährleisten, daß er sowohl auf seinen Bruder wie auch auf den Kronrat den wünschenswerten Eindruck machte, ein starker Herrscher zu sein. Schwarzer Fuchspelz säumte den prachtvollen Umhang im Karmesinrot des Haldane-Geschlechts, der ihn wider die Kälte schützte. Der gleichfalls karmesinrot Rock, welchen er darunter trug, prunkte auf der Brust mit dem Löwenwappen der Haldanes, und um die Leibesmitte hatte er das Haldane-Schwert gegürtet. Eine farblich auf die übrige Kleidung abgestimmte Kappe zierte sein Haupt, und ein Kronreif aus gehämmerten Gold, gefertigt in Greiftier-Machart und besetzt mit rundgeschliffenen Rubinen, umgab seine Stirn – nicht der allbekannte, aus laufenden Löwen zusammengefügte Kronreif, aber ebensowenig die Königskrone. Von des Königs Erscheinung ging eine erlauchte und gleichzeitig gebieterische Wirkung aus. Bei Rhys Michael durften hinsichtlich der Frage, wer hier die Obergewalt ausübte, keinerlei Zweifel keimen.

Der Zug, welcher sich den gepflasterten Weg zur Königsburg heraufwand, war der Heimkehr eines Kronprinzen zur Gänze würdig. Einer Vorhut von fast dreimal zwanzig *Custodes*-Rittern, an ihrer Spitze Großmeister Albertus, folgten mehrere Dutzend Reisige Graf Manfreds, danach kamen – Seite an Seite – die Herren Robear und Tomais, und hinter ihnen sah man neben dem Grafen den Prinzen auf einen herrlichen Schimmel reiten; dahinter hatten sich die Damen des gräflichen Haushalts und Gefolges eingereiht, und die Nachhut bildeten zwanzig Reisige, diesmal in den Wappenröcken Rhuns von Horthness.

Vor dem Burgtor verteilten sich die *Custodes*-Ordensritter beiderseits des Zugangs, ließen durch ihre Mitte Manfreds Reisige sowie danach den Grafen mit seinem hochherrschaftlichen Begleiter in die Feste einziehen. Rhys Michael war zwar sichtlich bleich und wirkte etwas mitgenommen, saß aber anscheinend fest im Sattel. Schneeflocken sprenkelten sein rabenschwarzes Haar und die Schultern des weiten königsblauen, mit grauem Eichhörnchenfell gesäumten Mantels, welchen er sich umgeworfen hatte.

Der König lächelte und hob zum Gruß die in einen Handschuh gehüllte Hand, sobald sein Bruder in Sichtweite gelangte, raffte den Umhang, indem er die Außentreppe des Hauptgebäudes hinabstieg, um seine Gestalt.

»Endlich, Bruder«, rief er voller Freude, sobald Graf Manfred und der Prinz die Freitreppe erreichten, ihre Rösser zügelten.

»Javan!«

Als Javan zu ihm trat, war Rhys Michael schon abgesessen, die beiden Brüder fielen sich in die Arme, und der Prinz lehnte seinen Kopf an Javans Schulter.

»Mein Gott, Rhysem, ich fürchtete gar, ich sähe dich niemals wieder«, gestand Javan, als sie sich aus der gegenseitigen Umarmung lösten. »Bist du wirklich und wahrhaftig wohlauf? Niemand mochte mir genaue Auskünfte über deine Verletzungen erteilen.«

Rhys Michael rang sich ein mattes Lächeln ab und schüttelte das Haupt, aus Verblüffung und Erleichterung schwallten die Worte nur so aus ihm hervor. »Ich wollte Euch keine unnötigen Sorgen verursachen, Sire. Alles in allem besehen, bin ich ganz gut gefahren. Ich kann Euch an meinem Bein eine neue Narbe zeigen.« Fahrig deutete er auf seinen Oberschenkel. »Und wie mir erzählt ward, ist mir bei der Befreiung ums Haar die Gurgel durchgeschnitten worden. Aber inzwischen fühle ich mich wieder recht wohl. Mehrmals hat man mich auf den Hirnkasten geschlagen, so daß ich bisweilen noch Beschwerden verspüre, aber längst nicht mehr so stark wie anfangs. Ei fürwahr, ich wähne, 's war von mir über die Maßen töricht, mich so mir nichts, dir nichts fortschleppen zu lassen.«

Javan prustete ein Auflachen hinaus. »Wäre ich der Ansicht, du hättest dir zu deinem Vergnügen einen Scherz erlaubt, ich wollte dir gar wohl eigenhändig den Garaus machen. Ohne jedweden Zweifel trifft dich an deiner Entführung keine Mitschuld.«

»So ist denn, betrachtet man's im großen und ganzen, wohl alles zum Guten geraten«, betonte Rhys Michael, Verlegenheit in der Miene, ein zweites Mal. »Nach meiner Befreiung durch Herrn Manfreds Mannen wähnte ich, tot und ins Himmelreich aufgenommen worden zu sein.« Er schenkte Javan ein gequältes Lächeln und senkte den Blick. »Geduldet Euch ein Augenblickchen lang, Sire. Ich muß Euch ein Geständnis ablegen.« Hastig wandte er sich ab.

Javan bereitete es keine Schwierigkeiten, den Sinn der durch Rhys Michael geäußerten Bemerkungen zu erraten. Derweil der Prinz an den Reitern entlangstrebte, welche nun gleichfalls absaßen, beobachtete der König, daß Manfred einer anderen, gleichfalls in Blau gekleideten Gestalt vom Rücken eines niedrigen, grauen Zelters half.

Das Gemüt erfüllt von Schicksalsergebenheit, kehrte Javan aus dem Schlick des Burghofs auf die Stufen zurück, stellte sich zwischen Charlan und Guiscard, während Rhys Michael die Dame in Blau zur Freitreppe geleitete. Im Schatten der Kapuze vermochte Javan ihr Antlitz nicht zu erkennen, aber es lag ohne weiteres auf der Hand, daß es sich um Michaela Drummond handeln mußte. Die Erzbischöfe Hubertus und Oriss, angetan mit Bischofsmantel und Mitra, waren einige Stufen herabgeschritten, um den Kronprinzen zu begrüßen. Dicht hinter Hubertus stand wie ein kleiner, düsterer Raubvogel Generalvikar Paulin. Javan bezweifelte nicht im geringsten, daß die beiden hinterhältigen Pfaffen sich insgeheim ins Fäustchen lachten.

Gefaßt blickte er seinem Bruder entgegen. Unmittelbar bevor das Paar zur untersten Stufe gelangte, kehrte sich Rhys Michael zur Seite und streifte seiner Begleiterin die Kapuze vom Haupt. Die enge, weiße Haube eines Eheweibs bedeckte Michaelas prächtiges, lohbraunes Haar, ein mit Edelsteinen geschmückter Stirnreif hielt den Schleier an seinem Platz. Diese von Ernstmut bestimmte Ausstattung sollte wohl den Eindruck gewachsener Reife erregen, ließ aber lediglich die Sommersprossen auf ihren zarten Wangen und die großen Augen eines sehr furchtsamen jungen Weibes um so deutlicher kenntlich werden.

»Ich hoffe, Ihr zürnt mir nicht, Bruder«, sprach

Rhys Michael, drehte sich um und erwiderte, indem er seine Gemahlin, ihre Hand fest in der seinen, vollends an die Freitreppe führte, endlich offen Javans Blick. »Michaela hat mich gesundgepflegt, und während selbiger Zeitspanne haben wir begriffen, unsere wechselseitige Liebe ist zu stark, als daß wir ihrer entsagen könnten. Ich habe sie zur Gemahlin genommen, Sire, und wir flehen Euch darum an, uns Euren Segen zu gewähren.«

Kaum hatte er zu Ende gesprochen, sanken er und Michaela auf die Knie – auf der Freitreppe untersten Stufe – und neigten in Erwartung eines königlichen Donnerwetters das Haupt. Auch Javan hegte die Überzeugung, daß sie es sehr wohl verdienten, nun Schimpf und Schelte zu vernehmen; aber genauso war er sich darüber im klaren, man täte ihm – seitens Freund und Feind gleicherweise – jegliche Bekundung des Erbittertseins nur als Zeichen der Mißgunst auslegen. Und ungeschehen machen, was sich zugetragen hatte, konnte er mittels irgendwelcher Vorwürfe ebensowenig.

»Natürlich habt ihr meinen Segen«, antwortete er gedämpft im Tonfall tröstlicher Versöhnlichkeit, stieg wieder die Stufen hinab, senkte die Hand auf des Paars vereinte Hände und veranlaßte die jungen Eheleute zum Aufstehen. »Michaela, ich heiße dich als Schwester willkommen und erhoffe, daß du im Schoß unserer Sippe nichts als Glück findest.« Er gab ihr auf jede Wange einen züchtigen Kuß, wandte sich danach seinem Bruder zu, um ihn noch einmal in die Arme zu schließen.

»Und dir, Rhysem, spreche ich von Herzen meine Glückwünsche aus«, sagte er halblaut. »Wir werden uns später« – nun redete er noch leiser – »über alles unterhalten. Aber du verstehst indessen, so will ich hoffen, daß meine Einwände beileibe nicht der Vermählung gelten, sondern ausschließlich ihrem Zeitpunkt.«

Im Anschluß an die Umarmung ergriff Javan seines Bruders und Michaelas Hand, kehrte das Paar Erzbischof Hubertus zu. »Herr Erzbischof, mein Bruder hat mir die frohe Kunde mitgeteilt, daß er und Lady Michaela sich vermählt haben. Wolltet Ihr wohl so gütig sein, ihnen Euren Segen zu spenden? Des weiteren gilt's eine Dankmesse anzusagen, bei deren Anlaß die Lady vor aller Öffentlichkeit in ihrem neuen Rang bestätigt werden kann.«

Indem er die Hände des Paars zusammenlegte, trat er beiseite und verbeugte sich vor Hubertus; Rhys Michael und seine Gattin knieten vor Hubertus nieder, und er sprach über die beiden huldvoll seinen Segen. Sogleich brachen die umstehenden Höflinge in Beifall und Jubel aus. Es forderte Javan alle Selbstbeherrschung ab, die nötige Miene brüderlich-nachsichtigen Wohlwollens beizubehalten, aber irgendwie vermochte er sie zu bewahren.

Doch eine Stunde später, als er sich in den Schutz seiner Königlichen Gemächer zurückgezogen hatte, konnte er einen Anfall heftigen Zitterns nicht mehr unterdrücken.

»Ich habe gewußt, daß diese Hochzeit beschlossene Sache ist«, meinte er zu Guiscard, sobald er eine gewisse innere Ruhe wiedergefunden hatte. »Dennoch fühle ich mich ungenügend darauf vorbereitet. Ich vermag nicht zu sagen, ob ich Manfred oder Rhun als unerträglicher empfinde. Mir liegt's zu glauben fern, Rhys Michael könnte sich im geheimen mit ihnen verschworen haben, aber ich wage diese schaurige Möglichkeit nicht gänzlich zu leugnen. Darum muß ich erfahren, wieviel er eigentlich über all das weiß, was ihm im Verlauf des vergangenen Mondes zugestoßen ist. Es ist mein Wunsch, Herr Guiscard, daß Ihr später, wenn das abendliche Festmahl fortgeschritten ist, Meister Oriel in den Audienzsaal bringt. Ich denke mir einen Vorwand aus, um Rhysem für ein Weilchen allein dort hineinzulocken…«

Als das Festmahl schon ein paar Stunden lang gedauert hatte, bot sich dem König, während Sänger zu der Frischvermählten Ehren im Chor einen Reigen Madrigale vortrugen, endlich die gesuchte Gelegenheit. Es flößte niemandem Erstaunen ein, daß Rhys Michael im Laufe des Abends gehörig dem aufgetischten Wein zusprach. Just als er sich ein weiteres Mal entschuldigt und zum Abort entfernt hatte, erschien Juliana von Horthness an der Königlichen Tafel, um mit Michaela zu schwatzen, eine Ablenkung, die Javan zum Anlaß nahm, um sich zur Seite zu schleichen.

Nachdem Rhys Michael hinter der Empore verschwunden war, schlenderte Javan mit Herrn Charlan in die gleiche Richtung, und sie mußten etliche Augenblicke lang warten. Schließlich kam der Kronprinz aus dem Abort wieder zum Vorschein, hatte wegen der Kühle des Abends den Mantel enger um die Schultern geschlungen.

»Rhysem, auf ein Wort«, wandte sich Javan an seinen Bruder, faßte ihn am Arm und führte ihn zum Eingang des Audienzsaals. »Es währt, ich versprech's dir, nur ein Weilchen. Aber entweder reden wir nun miteinander, oder ich muß dich später von deiner lieblichen Gemahlin fernhalten. Entscheide du selbst.«

Indem er die Augen verdrehte, fügte sich Rhys Michael dem Willen des königlichen Bruders; der genossene Wein beließ ihn in guter Stimmung.

»Wahrlich, ich habe keineswegs gehofft, Sire«, äußerte er launig, »so ungeschoren davonzukommen.«

Doch als sie den kleinen Audienzsaal betreten hatten, stutzte und stockte er erst einmal, denn Charlan schloß und verriegelte von innen die Tür, und am Kamin harrten Guiscard und Oriel der beiden Brüder.

»Als erstes wünsche ich Gewißheit hinsichtlich deiner Verletzungen zu haben«, erklärte Javan und packte den Arm des Prinzen fester, als Rhys Michael, plötzlich erstaunlich nüchtern, Anstalten machte zum Sträuben. »Ich möchte, daß du Meister Oriel Aufschluß über jede einzelne Verwundung gibst, an welche du dich zu entsinnen vermagst.«

»Gütiger Herrgott, Sire, Ihr glaubt, will's mich deuchen, ich könnte fürwahr die Entführung vorgetäuscht haben«, murrte der Prinz halblaut, während Javan ihn vor Oriel auf einen Stuhl niederdrückte. »Ich hab's Euch doch erzählt, mehrmals hat man mir aufs Haupt geschlagen, und überm Knie ist mir eine scheußliche Schnittwunde zugefügt worden. Ah, es tut noch weh, verflucht noch mal!« Oriels Finger tasteten sich bereits durch Rhys Michaels schwarze Haare, und Guiscard hatte sich vorgebeugt, um ihm zwecks Untersuchung des Beins den linken Stiefel vom Fuß zu ziehen. »Das ist doch lächerlich…«

»Ich erkenne da zwei deutlich unterscheidbare Beeinträchtigungen des Schädels«, murmelte Meister Oriel verschleierten Blicks, derweil seine Finger den Nacken des Kronprinzen befühlten. »Der einen Wunde, welche unterdessen einigermaßen zufriedenstellend ausgeheilt ist, verdankt Ihr im Haupt jene von Euch erwähnten, wiederkehrenden Schmerzen, die allerdings alsbald ausbleiben dürften. Die andere Beule« – des Heilers Finger strichen über die rechte Schläfe, glitten sodann an des Prinzen Hals hinab zu dem fast verheilten Einschnitt – »ist ohne ernstlichen Belang. Aber woher stammt dieser Schnitt? Er hat die Halsschlagader nur ganz knapp verfehlt.«

Rhys Michael wand sich, während Oriel die Verletzung abtastete, streckte sein inzwischen des Stiefels entledigtes Bein, so daß Guiscard ihm das Beinkleid emporstreifen und die dortige Wunde betrachten konnte.

»Meine Vermutung ist... daß es ernster um mich stand, als man's mir kundtun mochte«, meinte der Prinz und wich vor des Heilers Hand zurück. »Als meine Retter aufkreuzten, saß ich, die Augen verbunden, die Hände gefesselt, vor einem der Entführer auf dem Roß. Mein Bewacher wollte mir die Gurgel durchschneiden, man vermochte ihm gerade noch in den Arm zu fallen... Graf Manfreds Feldscher hat mir gesagt, um ein Haar wär's um mich geschehen gewesen.«

»Dem kann ich mich nur anschließen, Eure Hoheit«, bestätigte Oriel die Beurteilung, breitete die Hand über die Narbe. »Ihr habt infolge dieser Verletzung eine beachtliche Menge Blut verloren. Bewahrt getrost Ruhe, ich werde sie nun zur Gänze heilen.«

»Nein, nicht...!« begehrte der Prinz auf, in seinen Augen leuchtete Erschrecken. »Es wird auch so...«

Aber schon umklammerte Javan des Bruders Handgelenke und übermittelte auf geistiger Ebene Oriel die Weisung, das Erforderliche zu verrichten, schaute gelassen zu, derweil der Heiler mit einer Hand Rhys Michael am Hals die Adern abdrückte, gleichzeitig die andere Hand auf seine Stirn legte. Unter der zusammengefaßten Zwangswirkung körperlicher Gewalt und des geistigen Befehls zum Einschlummern blieb des Prinzen Geisteswehr lange genug untätig, um Oriel die Durchführung der heilkräftigen Magie zu ermöglichen. Der Heiler hatte soeben die Begutachtung der Beinwunde aufgenommen, als Rhys Michael die Besinnung zurückerlangte; mittlerweile stand Guiscard hinter dem Prinzen, hatte die Fäuste auf desselben Schultern gesenkt.

»Ei schau an, *das* sollte uns nun aber wirklich zu

denken geben«, äußerte der Heiler, indem seine Fingerkuppen über die schwachen roten Flecken tasteten, welche die Stelle kennzeichneten, an der man die Verletzung genäht hatte. »Die Wunde ist genäht worden, obschon dazu gar kein Erfordernis bestand. Der Schnitt war gänzlich oberflächlicher Natur. Allerdings kam's da zu einem größeren Bluterguß. Seither ist er im wesentlichen geheilt, doch ersehe ich noch Anzeichen fürs Einwirken einer weit stärkeren Gewalt, als sie sich durch die Verwundung erklären läßt.« Er blickte Rhys Michael in die Augen. »Was hat man Euch über diese Wunde erzählt, Hoheit?«

Rhys Michael lehnte das Haupt an Guiscards Brustkorb und holte tief Atem. »Was wollt Ihr damit andeuten? Soll's etwa heißen, ich sei gar nicht verwundet worden? Schenkt mir Glauben, es ist wahrhaftig geschehen.«

»Niemand behauptet, du hättest keine Verletzungen davongetragen«, sprach Javan, der seinen Bruder höchst aufmerksam beobachtete. »Aber wir hegen den begründeten Verdacht, daß jemand aus betrügerischem Vorsatz den von dir erlittenen Harm zur Täuschung in bestimmtem Umfang wohlüberlegt vorherbestimmt und ihm gewisse Gestalt verliehen hat, so wie ganz offensichtlich deine Entführung insgesamt lediglich eine Posse war, die einem gänzlich andersartigen Zweck diente.«

Vor lauter Entgeisterung erstarrte der Prinz; dann beugte er sich ungläubig vor. »Was gedenkt Ihr damit zu sagen, Sire?« erkundigte er sich mit leiser Stimme. »Wer sollte sich denn wohl solcherlei Humbugs befleißigen? *Freilich* war ich verschleppt worden.«

Ohne den Quell seiner Kenntnisse preiszugeben, weihte Javan seinen Bruder mit kurzgefaßten Worten darin ein, daß die *Custodes* hinter der Entführung steckten, daß somit das zweifache Ziel verfolgt worden war, ein Wiedersehen Rhys Michaels mit Michaela Drummond zustande zu bringen und das Ansehen Ansel MacRories sowie des gesamten derynischen Volksstamms weiter zu schädigen.

»Und es ist ihnen alles auf vorzüglichste nach ihren Wünschen gelungen, nicht wahr?« fragte der König zum Schluß. »Offenbar hast du nach deiner ›Befreiung‹ nicht die allergeringste Veranlassung zum Argwohn empfunden – mag sein, zum Teil deshalb, dieweil dir gar nicht mehr danach zumute war, lieber Bruder. Du hast dich nicht einmal der Mühe unterzogen, mir zu schreiben, daß du in Sicherheit bist. Erst aus einem Brief Graf Manfreds, welcher Bezug auf ein zuvoriges, aber niemals bei mir eingetroffenes Sendschreiben nahm, habe ich davon erfahren.«

»Potzdonner, ich habe Euch geschrieben, Sire, sobald ich mich dazu fähig fühlte«, erwiderte Rhys Michael. Nun machte er große Augen. »Und Herr Manfred hat mir beteuert, Euch gleichfalls Nachricht geschickt zu haben. Von Michaela habe ich Euch nichts mitgeteilt, weil ich Euch das Eingeständnis unserer Wiedervereinigung von Angesicht zu Angesicht abzulegen gedachte. Dennoch habe ich an Euch wenigstens ein Halbdutzend Schreiben entsandt.«

»Wie dem auch sei, mich hat ausschließlich der eine Brief erreicht, welcher zusammen mit Manfreds einzigem Brief, der bei mir eintraf, angekommen ist«, antwortete Javan, der inzwischen wußte, daß sein Bruder – aus seiner Sicht – nichts als die reine Wahrheit sprach. »Darin solltest auch du höchst bedenkliche Umstände erblicken. Indes ermangelt's uns gegenwärtig an hinlänglicher Zeit, um alle diese Ungereimtheiten aufzuklären. Auf eine hochwichtige Frage will ich jedoch sofort Auskunft haben: Welche Absichten verfolgst du im Hinblick auf Michaela?«

»Wie darf ich diese Frage verstehen, Sire?« trachtete

Rhys Michael sich in unversehens überdeutlicher Zurückhaltung zu vergewissern.

Indem er Meister Oriel und Guiscard vermittelst eines Winks zur Tür fortschickte, wo sie sich zu Charlan gesellten, kauerte Javan sich zu des Bruders Füßen, stützte eine Hand auf sein Knie.

»Entsinne dich des Beweggrunds, warum ich mich gegen die Vermählung ausgesprochen habe, Rhysem«, raunte Javan dem Prinzen zu. »Zur jetzigen Zeit könnte ein neuer Haldane-Erbe meinen Gegnern genügend Auftrieb bieten, um sie zu überaus einschneidenden Handlungen zu verleiten. Verkehrst du geschlechtlich mit Michaela?«

»Natürlich, Sire. Wir sind ja erst seit vierzehn Tagen Ehemann und Eheweib.«

»Hieltest du's nicht für ratsam«, fragte Javan geduldig, »lieber für eine Weile davon Abstand zu nehmen, bis wir diese so ungemein schwierigen Verhältnisse endgültig bereinigt haben?«

Sichtlich lag Rhys Michael eine scharfe Erwiderung auf der Zunge; doch er beherrschte sich und neigte das Haupt, besah sich seine Hände.

»Ihr glaubt doch nicht *tatsächlich,* Sire, daß die Kronräte nur auf so etwas lauern, oder?« flüsterte der Kronprinz.

»Erwäge du selbst die Beweise und sage mir deine Schlußfolgerung.«

Bedeutungsvolles Schweigen lastete zwischen den beiden Brüdern; schließlich hob Rhys Michael voll des Mißbehagens den Blick.

»Laßt mich darüber eingehender nachsinnen, Sire«, bat er. »Ich fühle mich ganz und gar verwirrt. Ich habe zuviel Wein getrunken und vermag zur Stunde nicht mit der erforderlichen Klarheit zu denken. Außerdem müssen wir in den Festsaal zurückkehren.«

Javan nickte und stand auf. »Ich gebe dir in jeder

einzelnen Hinsicht recht. Aber nimm deinen Vorsatz ernst und durchdenke alles auf allergründlichste. Ich werde tun, was in meiner Macht steht, um dir Schutz zu gewähren, um uns alle zu schützen. Aber glaube nichts, was dir weisgemacht werden soll, bevor du's nachgeprüft und als wahr befunden hast.«

Er hoffte, daß Rhys Michael beide Bedeutungen seiner Empfehlung verstand und es lernte, sich der Fähigkeit zur Wahrheitsfindung zu bedienen, welche sich – davon war der König zuversichtlich überzeugt – gemeinsam mit seinen geistigen Schilden entwickelt haben mußte.

Auf alle Fälle traf eines zu – sie mußten sich nun *in der Tat* in den Festsaal zurückbegeben, bevor irgendwer auf den Einfall kam, auf lästige Weise nach ihnen Umschau zu halten.

»Gehen wir gemeinsam zurück in den Saal«, sprach Javan, streckte dem Prinzen eine Hand entgegen, um ihm beim Aufstehen behilflich zu sein. »Dadurch erregen wir den Eindruck, uns während unserer Abwesenheit aufs erquicklichste ausgesprochen zu haben. Meister Oriel, seid meiner Dankbarkeit gewiß. Herr Guiscard, geleitet Meister Oriel in seine Unterkunft. Herr Charlan, wir wollen zu Gunsten zweier Haldane-Brüder, denen eigentlich gar nicht so recht danach zumute ist, den Anschein angemessener Fröhlichkeit erwecken, gewährt uns dabei, ich bitte Euch, Euren frohen Rückhalt. Also, Rhysem, ist's ein ausgemachtes Spiel?«

Als das Dreigestirn wieder den Burgsaal betrat, lachten und scherzten die zwei Brüder, stützten sich gegenseitig mit um die Schultern geschlungenen Armen. Der Sängerchor hatte seine Darbietung beendet, statt dessen betrieben Akrobaten ihre Schaustellung, und die inzwischen gleichfalls weinselige Michaela begrüßte den König und ihren Gemahl, als sie erneut zu ihren Seiten Platz nahmen, mit Küssen.

Javan spiegelte sogar Verlegenheit und ein gewisses Geschmeicheltsein vor, als Juliana von Horthness sich verwegen mit der Frage an ihn wandte, ob sie, sobald das allgemeine Tanzen anhob, das Tanzbein im Verein mit dem König schwingen dürfe. Zur Linken Javans saßen die Erzbischöfe Hubertus und Oriss; ersterer schenkte Javan unverzüglich Wein nach. Neben Rhys Michael und seiner Gemahlin schwelgten Graf Manfred und seine Gräfin in der für sie offenbar überaus befriedigenden Genugtuung, anstatt der Brauteltern an der Königlichen Tafel zu sitzen.

Das kurze Verschwinden des königlichen Brüderpaars hatte allem Anschein nach keine sonderliche Beachtung gefunden, zumal sie sich bei ihrer Wiederkehr in so außerordentlich wohlgelaunter Stimmung zeigten. Als der vorletzte Gang des Festmahls aufgetragen ward – kleine, mit Quitten und Nüssen gefüllte Törtchen sowie köstliche Käse mit gerösteten, warmen Brotscheiben –, erlebte Javan allmählich eine echte Lockerung seiner Gemütsverfassung. Später tanzte er mit Michaela und anschließend mit mehreren Hofdamen, unter ihnen auch die glutäugige Juliana.

Erst zu sehr fortgeschrittener Stunde, derweil das Tanzen aussetzte und er ein wenig Atem schöpfte – Spielleute überbrückten die Verschnaufpause der Tänzer mit getrageneren Melodeien – und sein Blick über die Reihen der Gäste schweifte, von denen ein beträchtlicher Teil des Festsaals Mauern säumten, bemerkte er ein neues Gesicht. Er hatte diesen Anblick durchaus zu vergegenwärtigen gehabt; nichtsdestoweniger packte ihn nun gelinder Schrecken. Der kleine, wieselhafte Mann, welcher sich als Rhun von Horthness' Mundschenk betätigte, des genannten Grafen Tracht und Wappen trug, war bei Hofe seit kurzer Frist nach Javans Krönung nicht mehr gesehen worden, doch insbesondere dank seiner Pockennarbigkeit konnte er schwerlich mit irgend jemandem verwechselt werden.

Die Tatsache, daß Rhun den Deryni Sitric wieder an den Königshof mitgebracht hatte, bedeutete für Javan, daß er von nun an noch sorgsamere Vorsicht walten lassen mußte, wollte er auch fortan die gefahrvolle Gratwanderung zwischen seinem Überdauern und dem Untergang erfolgreich meistern.

# XXXVII. Kapitel

*Genieße das Leben mit dem Weibe, das du liebst, alle Tage deines eitlen Lebens, die Gott dir gibt unter der Sonne! Denn das ist dein Anteil am Leben und an deiner Mühe, mit der du dich plagst unter der Sonne.*

Prediger 9,9

Aufgrund der Rückkehr Sitrics mußte Javan in erhöhtem Maß auf der Hut sein, wiewohl er den Deryni in den nachfolgenden Tagen und Wochen selten zu sehen bekam; jedoch widerstrebte es dem König, sich bei Rhun nach ihm zu erkundigen. Er schärfte seinen wichtigsten Höflingen ein – auch jenen, die nicht das allermindeste von seinen Geheimnissen ahnten –, auf jedes Erscheinen Sitrics in seinem Umkreis zu achten, und warnte sie, ihre Gemächer niemals allein zu verlassen, denn jede Schnüffelei Sitrics war um so unwahrscheinlicher, je unmißverständlicher er Augenzeugen zu fürchten hatte. Mit diesen Weisungen schürte Javan zwar das Mißtrauen wider die Deryni im allgemeinen, doch war Sitric eindeutig ein Deryni, welcher solchen Argwohn verdiente. Der König mochte gar nicht erst daran denken, was unterdessen Paulins derynischer Gehilfe treiben mochte, hielt aber auch nach ihm die Augen offen.

Javan sorgte dafür, daß vor allem Charlan ständig an seiner Seite blieb, denn insbesonders ihm durfte Sitric auf gar keinen Fall auf den Pelz rücken. Schon seit etlichen Wochen zeigte sich mit aller Offensichtlichkeit, daß der junge Ritter seine Aufgaben am tüchtigsten erfüllen konnte, wenn er fortgesetzt Kenntnis von seines Herrn verborgenen Bestrebungen hatte; das allerdings bedeutete – sollte Sitric irgendwann einmal nur die Hand an ihn legen – eine ernsthafte Gefahr. Um sie so weit wie möglich zu verringern, verstärkte er die bereits getroffenen Sicherheitsvorkehrungen, um Charlan vor einer Aushorchung durch Sitric oder seinesgleichen zu beschirmen; allzu verdächtige Maßnahmen müßten allerdings um so neugierigere Aufmerksamkeit auf ihn ziehen.

Währenddessen ging bei Hofe alles seinen Lauf; in den zwei Wochen vor dem Weihnachtsfest traf der Kronrat täglich zusammen, um alles zu erörtern, was man über den Anschlag auf Rhys Michael wußte. Viel Zeit verwandte man auf Lobreden über jene, die seine Rettung bewerkstelligt haben wollten. An den letzten Tagen vor Weihnachten jedoch kam die Ratstätigkeit allmählich zum Erliegen.

Gleichsam ein Eiland der Stille bildete inmitten festlicherer Veranstaltungen die feierliche Andacht, die in den letzten Stunden des Heiligen Abends im von ungezählten Kerzen erhellten Rhemuther Dom stattfand und zu welcher sich buchstäblich der gesamte Hofstaat einstellte. Ehrfürchtig kniete Javan mit seinem Bruder und der Schwägerin, nahebei bewacht durch seine Adlaten, die Herren Charlan und Guiscard, im Königlichen Gestühl und kostete, während die Mitternacht näherrückte, das Erhabene und die Stille in vollen Zügen aus.

Derweil Erzbischof Oriss unter Erzbischof Hubertus' Mitwirkung die Christmette feierte, vermochte Javan beinahe zu glauben, daß selbst jemand wie Hubertus nicht gänzlich vom Heil ausgeschlossen sein mochte, denn allein die heiligen Handlungen, welche er im Laufe der Messe zu verrichten hatte, mußten ihn ja kraft der himmlischen Gnade mit einer Erlauchtheit auszeichnen, die seine menschlichen Schwächen bei weitem ausglich. Als Javan aus Hubertus' Hand die Heilige Kommunion empfing, trübte ihm dabei zum erstenmal seit etlichen Monden kein Mißmut das Sakrament, ein freudiges Erlebnis, das er – wenigstens zum Teil – dem Wunder des Weihnachtsfestes zuschrieb.

Das Hauptereignis des Weihnachtsfeiertags war eine zum Ergötzen der jüngeren Höflinge angesagte Jagd. Zur Mittagsstunde scharte Javan die Jagdgesellschaft um sich und sprengte mit ihr in festlich guter Laune durch den frischen Schnee, gewährte seinem Bruder, sobald die großen Jagdhunde die Fährte des Wildes aufgenommen hatten, die Ehre, die Führung zu übernehmen. Michaela ritt an der Seite ihres Gemahls, ihre Fülle lohbraunen Haars wehte im Wind, so daß sie eher einer wilden Walküre als einer sittsamen Prinzessin ähnelte, zu welcher sie doch morgen, im Rahmen der ersten Festlichkeit mehrerer bedeutsamer, förmlicher Anlässe in dieser Jahreszeit, erhoben werden sollte. Auch ihre Brüder begleiteten sie auf die Jagd, ebenso wie sämtliche Edelknappen und jungen Edlen teilnahmen, die ihres Ritterschlags am Dreikönigsfest harrten – und geradeso die Töchter der Höflinge, mitgeschickt durch ihre wohlmeinenden Eltern in der Hoffnung, die Jungfern möchten eines Freiers Gefallen erregen.

Zwar hegte Javan keinerlei Neigung, sich in nächster Zeit zu einer Vermählung verlocken zu lassen, aber nachdem er von Rhys Michaels Hochzeit erfuhr, hatte er sich überlegt, die Drohung, welche sich damit verband, ließe sich vielleicht zumindest teilweise dadurch vermindern, daß er vorspiegelte, ganz ähnliche Absichten zu verfolgen. Die Grundlage dafür hatte er, ohne schon so weit vorausgedacht zu haben, bereits gelegt, als er Hubertus die Einflüsterung eingab, er hätte wollüstige Anwandlungen in bezug auf Juliana von Horthness verspürt. Daher beschloß er, nun diesen Eindruck zu untermauern, indem er für ein Weilchen Seite an Seite mit Juliana ritt, jenes durch Unsicherheit verwässerte Interesse vortäuschte, das er dem Erzbischof ›gebeichtet‹ hatte. Als das Hunderudel die Fährte verlor und die Jagdgesellschaft sich aufs neue sammelte, schmollte Juliana in entzückendster Manier, vertraute dem König an, die Hatz auf Wildbret bedeute ihr wenig, lediglich das verwegene Umherpreschen hoch zu Roß verursache ihr Vergnügen. Derweil sie mit dem Zipfel eines glänzend-schwarzen Zopfs spielte und Javan glühende Blicke zuwarf, gab sich der König heiter – oder wirkte er, fragte er sich insgeheim, bloß belustigt? Doch am Abend zog er sich früh und zudem allein in seine Gemächer zurück.

Am nächsten Morgen bot sich ein dermaßen prunkvolles Schauspiel, daß es beinahe den Vergleich mit Javans Krönung aushalten konnte. An diesem Tag, dem Festtag des Heiligen Stephanus, führte der König seinen Bruder und dessen Gemahlin in einer feierlichen Prozession in den Dom, damit sie dort noch einmal, gewissermaßen vor aller Welt, ihre Ehegelübde ablegten. Auf jeden Fall hatte Javan volles Verständnis für Rhys Michaels Leidenschaft. Das braune Haar im Nacken zu einem üppigen Zopfkranz geflochten, ihr Haupt gekrönt mit einem Gebinde aus Stechpalme und Efeu, so gab Michaela unübersehbar einen Anblick ab, der jedem lebensfrohen Mann in die Lenden fahren mußte, während sie an Graf Manfreds Arm, gekleidet ins gleiche Königsblau wie ihr Gatte, durch den Mittelgang zum Kronprinzen schritt.

Sie hielt das Haupt hocherhoben wie eine Königin, derweil sie neben Rhys Michael kniete und beide jene Eheschwüre wiederholten, welche sie schon zu Culdi geleistet hatten. Sobald das Paar nochmals, dieses Mal von Erzbischof Hubertus, zu Ehemann und Eheweib erklärt worden waren, er seiner Stola Enden um ihre vereinten Hände geschlungen und den Ehebund gesegnet hatte, blieb sie auf den Knien, während Rhys Michael sich erhob und ihr zukehrte, das Stechpalme-und-Efeu-Gebinde von ihrem Schopf entfernte, es ihr zum Halten überreichte, ihr sodann die Haarnadeln herauszog – denn es war eine seit alters her überkommene Sitte, Königinnen und Prinzessinnen, ungeachtet des Umstands, ob sie vermählt waren oder unverehelicht, offenen Haars zu krönen.

Ihr Bruder brachte auf einem königsblauen Kissen die silberne Prinzessinnenkrone nach vorn, sank vor Hubertus aufs Knie, so daß der Erzbischof die Krone durch Beweihräucherung und Besprengen mit Weihwasser segnen konnte. Dann reichte Hubertus selbige Krone, indem er sich verneigte, Rhys Michael; voller Freude und Stolz setzte der Prinz sie Michaela auf den Scheitel, richtete sie auf, gab ihr einen feierlichen Kuß auf jede Wange und drückte ihr zum Abschluß einen erheblich liebevolleren Kuß auf die Lippen.

Danach durfte das Paar die Ehrenplätze eines weiteren, diesmal zu ihrem Ruhm veranstalteten Festmahls einnehmen, bei dem Javan seinen Sitz an der Königlichen Tafel Michaela überließ. Man tanzte den ganzen Nachmittag lang und bis in den späten Abend hinein, und Javan achtete darauf, mit fast jeder anwesenden Hofdame zu tanzen. Wenngleich er sich im geheimen dafür schämte, spiegelte er vor, besondere Beachtung Juliana von Horthness zu schenken – die mit zwar verhaltener, aber unmißverständlicher Billigung ihres ehrgeizigen Vaters nachgerade schamlos mit dem König schäkerte.

Dieweil ihm zusehends deutlicher bewußt ward, welch gefährlichen Seiltanz er vollführte, entschied Javan, ein wenig zurückzustecken. Am folgenden Tag suchte er schon des Morgens den neuen Beichtvater auf, den Generalvikar Paulin für die Königlichen Kapelle ernannt hatte, und bekannte abermals, Julianas lüsternen Vorstellungen erlegen zu sein. Eine flüchtige Einflußnahme auf des nichtsahnenden Priesters Geist gewährleistete, daß sein ›Geständnis‹ den Weg in jene Ohren fand, für die es bestimmt sein sollte. Und tatsächlich merkte er Rhun binnen weniger Tage eine deutlich umgänglichere Haltung an, und Erzbischof Hubertus zeigte sich nachsichtiger denn je zuvor; nur Paulin, so hatte es den Anschein, blieb alles einerlei, was der König tat oder ließ.

Der Taumel festlichen Treibens setzte sich noch zwei Wochen lang fort, an denen man des Tags zur Jagd ausritt, abends Gastmahl hielt und Javan zwischendurch zwanglose Audienzen gewährte. Immerzu trafen neue Gäste bei Hofe ein, dieweil jetzt auch jene Edelleute anlangten, welche ihre Heimstatt in weiterer Entfernung hatten, und alle sich auf das Dreikönigsfest vorbereiteten, den am Königshof hochbedeutsamsten Tag des Jahres.

Am Dreikönigsfest-Morgen dämmerte es kalt, aber bei klarem Himmel, frischer Schnee bedeckte den Erdboden. Für den förmlichen Empfang zur Mittagsstunde kleidete sich Javan in das sahneweiße Wollgewand mit den dicken Goldstickereien sowie den scharlachroten, mit Hermelin gesäumten Königsmantel und setzte die gwyneddische Krone mit der Verzierung aus ineinander verschlungenen Kreuzen und Laubblättern aufs Haupt. Zu seiner Linken saßen, beide in Königsblau gewandet, auf dem Schopf die Adelskronen, Rhys Michael und Michaela, und rechts standen in ihren Prunkmänteln, die Mitra auf dem Haupt, die beiden Erzbischöfe, während ihm der Hofstaat die gebührlichen Huldigungen erwies.

Als eine der ihm willkommeneren Vorbringungen

betrachtete er die schriftliche Bekräftigung anhaltender Treue aus dem fernen Cassan, welche einem förmlichen Grußschreiben Fane Fitz-Arthurs und Prinzessin Annes entnommen werden konnte, aber auch einem in schiefen Buchstaben gekritzelten Lebenszeichen des vier Lenze jungen Herzogs Tambert, das besagte: *Tambert unde Javan seynd gut Frynd.* Des Knaben Verehrung und Zuneigung rief im Burgsaal, als Javan die Mitteilung verlas, leutseliges Lachen hervor, denn viele Anwesende waren auch zugegen gewesen, als Javan vor seiner Krönung, also noch als Prinz, den kleinen Herzog bei Hofe empfangen hatte. Selbige Sendschreiben trugen dazu bei, daß Javan einigermaßen wohlgemute Laune bewahrte, als die Stunde anbrach, da Cashel Murdoch sowie mehrere andere Edelknappen des Hofstaats, vorwiegend Sprößlinge der Kronräte, zu Rittern geschlagen werden sollten. Viel lieber hätte er den diesjährigen Ritterschlag vollständig abgesagt; jene jungen Herren waren nämlich weder Erkorene seiner Wahl, noch genossen sie überhaupt sein Vertrauen, aber er wußte, er durfte es sich keinesfalls gestatten, ihre hochgestellten Anverwandten zu verärgern. Doch zumindest umfaßte außer seiner Hand auch Herrn Robears Faust den Schwertgriff, während die Jungmannen zum Ritter geschlagen wurden, denn der König befand sich ja streng genommen selbst noch nicht in jenem Alter, in dem er in eines Ritters Stand erhoben zu werden vermochte, so daß er nach dem Gesetz dieses Zeremoniell nicht allein vollziehen konnte; und nur eine Handvoll der Beteiligten hatte Kenntnis von dem geheimen Ritterschlag, welchen er an jenem Tag erhalten hatte, da er nach Rhemuth zurückgekehrt war, um Thron und Krone für sich zu beanspruchen.

»Im nächsten Jahr werdet Ihr an allervorzüglichster Stelle an der Reihe sein, Sire«, flüsterte Herr Robear dem König zu, derweil der erste Anwärter auf die Ritterschaft sich dem Thron nahte und man ihn seinem Lehnsherrn vorführte. »Ihr habt Euch die Sporen weiß Gott längst mehr als verdient.«

Sogar aus dem entlegenen Kheldour hörte man an diesem prächtig gestalteten Dreikönigstag. Herzog Graham und seine Oheime übermittelten dem Herrscher in Sendschreiben ihre achtungsvollen Grüße und die vorteilhaftesten Wünsche fürs neue Jahr; doch darüber hinaus traf ein paar Tage später ein Brief Graf Hroriks ein, darin er dem König mitteilte, daß man, wie abzusehen gewesen war, Schreiben des Königs von Torenth erhalten hatte. Selbige Schreiben lagen der Nachricht ebenso bei wie Abschriften der Antworten Lady Sudreys; auch hatte der Graf dazu seine Ansicht niedergeschrieben und gleichfalls beigefügt.

*Mancher mag beschreyen, dasz Liepe mich blendet, Sire, jedoch selbst jene allerargwöhnischsten Gemüthes kunnten nimmer ein Fehl entdecken an meiner Frau Gräfin Anhanglichkeit unde Getreulichkeit zu ihrem Gemahl unde dem Könnig, dessen Macht unde Gnad auch in unsren nördlichen Gefilden waltet. Unerschütterlich steh ich zu dem Glaupen, dasz Eure Majestät jedweder Besorgnis um meine Frau Gräfin enthoben ist; denn es ermangelt an aller Aussicht, dasz dieselbe jemalen nach Torenth zurückkehren oder der torenthschen Sippschafft zum Schadten ihrer kheldourschen Familia oder unsres rechtmäszigen Lehns-Herrn verbotne Kunde enthüllen thäte.*

*Ich lepe als Eurer Majestät unterwürffigster Gefolgsmanne unde erflehe die Huldt, alleweil Euer gehorsamster Unthertan bleiben zu dürffen.*

*Graf Hrorik von der Ostmark*

Immerhin sollte also Kheldour wohl dem Reiche erhalten bleiben. Javan hätte sich von den Adeligen, welche Gwynedds Stammlande bewohnten, ein gleiches

Maß an Treue gewünscht. Noch immer war er sich nicht darüber im klaren, wie er den Hochverrat, den Generalvikar Paulin und Erzbischof Hubertus mit seines Bruders Verschleppung verübt hatten, denn nun ahnden könnte.

Und der Verrat trug schon Frucht. Bei den ersten Malen, als Michaela es ablehnte, ihn und Rhys Michael auf die Jagd zu begleiten, gab sich Javan noch alle Mühe, um sein Vorstellungsvermögen nicht über die Stränge schlagen zu lassen; aber gegen Ende Januar betraute er Herrn Guiscard damit, in aller Stille unter dem Gesinde, welches sich um des Kronprinzen und seiner Gemahlin Belange kümmerte, Umfrage zu halten – an die sich allerdings keiner der Befragten jemals erinnern sollte.

»Leider erweist Euer Verdacht sich als begründet, Sire«, vermeldete Guiscard einige Abende später, während er dem König vor dem Zubettgehen beim Auskleiden half. »Eine der Wäscherinnen hat aufschlußreiche Einblicke in Einzelheiten der kronprinzlichen Häuslichkeit. Offenbar ist bei der Prinzessin die Regel schon seit zwei Monden ausgeblieben, und in den letzten Wochen hat sie sich des Morgens stets unwohler gefühlt. Im Falle Ihr Euren Bruder darauf ansprecht, dürfte sich zeigen, daß er Bescheid weiß.«

»Pest und Galle!« fluchte Javan gedämpft. »Ich hatte gehofft, daß er sich Zurückhaltung auferlegt.«

»Um dem Prinzen Gerechtigkeit widerfahren zu lassen, Sire, ich wähne, es war längst zu spät, als Ihr mit ihm über diese Angelegenheit geredet habt«, lautete Guiscards Antwort. »Und sobald er von der Schwangerschaft Kenntnis hatte, gab's keinen sinnvollen Grund zur Kasteiung mehr, seht Ihr's nicht auch so, Gebieter?«

»Aber droht dadurch keine Gefahr?« fragte Javan.

»Ach, wär's so, müßte ich darüber wohl froh sein. Kann's zu keiner Fehlgeburt kommen?« Flüchtig schloß er die Augen und schüttelte das Haupt. »Nein, ich wünsch's ihr nicht. Und Oriel darum zu ersuchen, dagegen einzuschreiten, verbietet sich ganz von selbst.«

»Gleich wie wir darüber denken, just so verhält's sich, Sire«, bestätigte Guiscard. »Aber solltet Ihr euch nicht seitens Prinz Rhys Michaels vollständige Gewißheit verschaffen?«

Und wirklich sprach Javan, als er und Rhys Michael von einem gemeinsamen Ausritt heimkehrten – welcher erneut ohne Michaela stattgefunden hatte –, seinen Bruder auf die mutmaßliche Schwangerschaft an. Sie rieben die Rösser ab, eine Aufgabe, die beide Haldane-Brüder gerne, wenn keine anderen Pflichten es ihnen versagten, eigenhändig erledigten. Baron Hildred, welcher in ihrer frühen Jugend ihr Reitlehrer gewesen war, hatte einmal angemerkt, das Äußere eines Rosses hätte die allervorteilhaftesten Einwirkungen auf eines Mannes Inneres.

»Nun denn, darf ich fragen, wann die Niederkunft fällig ist?« erkundigte sich Javan, behielt seinen Bruder im Augenmerk, während er mit einer Handvoll Stroh Schlammspritzer von des Reittiers Flanke wischte.

Beide Brüder standen zwischen den Rössern; Rhys Michael verhielt inmitten der Bewegung, heftete einen Blick der Verblüffung auf den König.

»Wer hat's Euch erzählt, Sire?« fragte der Prinz mit leiser Stimme.

»Tut nichts zur Sache. Also ist's wahr?«

Rhys Michael seufzte und breitete einen Arm über den Rücken seines Tiers, nestelte versonnen an einem Zipfel der Mähne. »Ich kann's nicht leugnen, Sire. Aber es lag so nicht in unserer Absicht, ich schwör's, daß es nicht so war... Ich vermute, sie war schon Anfang Dezember schwanger, als wir in Rhemuth eintrafen. Es könnte… hm… schon Mitte November soweit gewesen sein.«

»Aha. Das heißt, die Geburt ist im August oder September zu erwarten.« Javan stieß ein Aufstöhnen aus. »Du läßt mir wenig Zeit, was?«

»Ich halte unvermindert an der Überzeugung fest, daß Ihr die Gefahr überschätzt, Sire«, meinte Rhys Michael halblaut und warf einen Strohwisch beiseite. »Außerdem ist's jetzt, da Ihr Lady Juliana umwerbt…«

»Es ist nur ein Gaukelstück, und du weißt's«, unterbrach Javan den Bruder. »Und sollte Rhun mir auf die Schliche kommen, dann ist mein Ende *wahrlich* unabwendbar.«

»Dennoch hat sich dadurch die Aufmerksamkeit von mir auf Euch verschoben, Sire«, antwortete Rhys Michael. »Selbst wenn Ihr recht haben solltet, hätte man gewißlich lieber als von mir von Euch einen Erben.«

»Welchen Mut du mir einflößt, teurer Bruder«, bemerkte dazu Javan ohne jede echte Belustigung.

Der Prinz erklärte sich damit einverstanden, seines Eheweibs Schwangerschaft geheimzuhalten, solange es sich nur einrichten ließ.

Die scheinbar zuwendungsvolle Beachtung, welche Javan auch weiterhin für Juliana von Horthness erübrigte, bewirkte das ihre, um die allgemeine Stimmung im Kronrat angenehmer zu gestalten. Obschon man Rhuns Einstellung zum König zu keiner Zeit als freundschaftlich bezeichnen konnte, schenkte er fortan doch Javans Worten in zugänglicherem Maße Gehör und zeigte sogar ein gewisses Interesse an den Erhebungen, welche die Bevollmächtigten des Königs in des Reiches Gauen hinsichtlich der Ländereien und Güter vornahmen.

Nach ungefähr einem Mond recht gedeihlichen Zusammenwirkens im Kronrat, welcher unterdessen durch die winterliche Abwesenheit einiger Ratsmitglieder allerdings zahlenmäßig ein wenig schrumpfte, beschloß Javan, sich nun endlich wieder jenem Vorhaben zuzuwenden, das er, sobald ihn die Nachricht von seines Bruders Entführung erreichte, vertagt hatte. Seither war ihm immer deutlicher einsichtig geworden, daß er die Deryni-Frage, wollte er sie irgendwann ernstlich lösen können, auf Umwegen anpacken mußte, es sich vielleicht empfahl, sich anfangs auf die Behandlung von Einzelfällen zu beschränken. Als naheliegenden Ansatz für selbigen Zweck erachtete er das Los, welches die Angehörigen der zu zwangsweisem Dienst verpflichteten Deryni – solcher Männer wie Meister Oriel – zu tragen hatten.

»Ihr Herren«, sprach Javan, sobald an einem besonders trüben Tag im März die nachmittägliche Sitzung des Kronrats eröffnet worden war, »im Lichte des Umstands, daß sich hinter dem Anschlag auf meinen über alles geliebten Bruder Deryni verbargen, habe ich von neuem aufs gründlichste und sorgsamste über die leidige Angelegenheit unseres Deryni-Volksstamms nachgesonnen. Ich gestehe, ich war auf einen Irrweg geraten, als ich dem Kronrat den Vorschlag unterbreitete, die Beschlüsse des Konzils von Ramos zu lokkern. Ganz offensichtlich sind mit einer Regelung der Deryni-Frage weitaus mannigfaltigere und tückischere Schwierigkeiten verbunden, als ich mir zuvor davon einen Begriff zu machen vermochte.«

Die Zuhörer wechselten allerlei Blicke, blieben sich anscheinend darin unsicher, ob sie erfreut sein oder Mißtrauen empfinden sollten. Zwar rief es einerseits ein gewisses Unbehagen hervor, daß Deryni überhaupt im Kronrat Erwähnung fanden, doch hatte Javan solche Worte gewählt, die andererseits den Rückschluß erlaubten, er hätte mittlerweile wider die Anwesenheit von Deryni bei Hofe eine gewisse Abneigung gefaßt.

»Jenes schandbare Vorkommnis eines Deryni-Überfalls auf Seine Hoheit, meinen Bruder, hat mich daran erinnert, daß sich außer Eurem Meister Sitric, Herr Rhun, sowie Meister Oriel noch weitere Deryni als Geiseln bei uns aufhalten.« Er wandte sich an Hubertus. »Vergebt mir meine Torheit, Herr Erzbischof, aufgrund welchselbiger ich, als ich Oriel gestattete, Weib und Tochter aufzusuchen, die Lage verzwickter als nötig gemacht habe.«

Hubertus neigte das Haupt. »Eure Majestät sind mit einem gütigen Herzen gesegnet. Aber zu unser aller Bedauern ist gegenüber Deryni jegliche Milde unangebracht.«

»Darin vermöchte ich Euch zu meinem Kummer nicht zuzustimmen, Eure Exzellenz«, widersprach Javan mit äußerlicher Verlegenheit. »Ich zeige mich freundlich zu meinen Rössern und Hunden, und ich täte es genauso, lehrte uns die Heilige Schrift nicht, unserem Gesinde und allem Anhang Güte zu erweisen, denn das Ergebnis ist, daß alles, was mir untertan ist, mir um so verläßlicher zu Gebote bleibt. Nichtsdestoweniger bin ich mir der Gefahren, welche mit der fortgesetzten Gegenwart von Deryni zu Rhemuth einhergehen, voll und ganz bewußt. Es versteht sich von selbst, daß wir jene Geiseln in Gewahrsam behalten müssen, deren es bedarf, um uns die Folgsamkeit Oriels und Sitrics zu sichern, solange wir ihre Dienst zu nutzen wünschen, aber was ist mit denjenigen, deren Nutzen sich erschöpft hat? Zum Beispiel nenne ich da Ursin O'Carroll. Seiner Deryni-Kräfte Verlust mag zweifelsfrei von allergrößtem Vorteil für seine Seele sein, doch ist's ja seitdem aus mit seiner einstigen Nützlichkeit. Nach dreier Jahre Frist will's mich höchst unwahrscheinlich dünken, daß ihm die erwähnten Kräfte jemals wiederkehren.«

»›Höchst unwahrscheinlich‹ ist indes ein Befund, der

uns unmöglich befriedigen kann, Sire«, antwortete Erzbischof Hubertus mit dermaßen heftigem Nachdruck, daß er Javan nachgerade erschreckte. »Ja gewiß, ich habe veranlaßt, daß er wiederholte Male überprüft wird, und sein Weib ebenso, und ich weiß mit *Gewißheit,* das angewandte Mittel war wirksam. Aber was sollte werden, kehrten ihm die Magie-Kräfte eines Tages *doch* zurück?«

In der Versammlung griffen Gemurmel und Getuschel um sich; währenddessen ließ Javan den Blick durch die Runde schweifen. Die Anwesenden verkörperten den Kern des Kronrats, sie mußte er, wollte er etwas erreichen, für sein Anliegen gewinnen. Auf den Rückhalt seiner wackeren Getreuen konnte er zählen, aber Erzbischof Hubertus, Generalvikar Paulin, Großmeister Albertus, die Grafen Rhun und Manfred sowie Reichskanzler Graf Tammaron gehörten allesamt zu den alteingefleischten Derynihassern und trauten ihm ohnedies nicht über den Weg.

»Ihr Herren, mich deucht's, es könnte sehr wohl dafür an der Zeit sein, den Fall von Grund auf neu zu prüfen«, sprach Javan, nachdem er, indem er mit den Fingerknöcheln auf die Ratstafel pochte, die Aufmerksamkeit der gesamten Versammlung zurückgewonnen hatte. Die Herren Guiscard und Jerowen saßen beiderseits Prinz Rhys Michaels am anderen Ende der Tafel; ihre Aufzeichnungen hatte Javan vor sich liegen. »Stimmt es denn, was mir berichtet wird, daß nämlich Ursin *und* seine Gemahlin noch heute regelmäßig der *Merascha*-Probe unterzogen werden und sich bislang stets herausstellt, daß sie beide Menschen sind?«

»Sein Weib *ist* ein Mensch, Sire«, gab Tammaron mißgestimmt zu. »Daran bestand niemals ein Zweifel.«

»Und dennoch – und obwohl Ursin seiner Deryni-Kräfte seit langem ledig ist – wird sie fortgesetzt in Gefangenschaft belassen?«

»Weil sie sich einem Deryni anvermählt hat, Sire«, führte Paulin zur Begründung an. »Und ihm ein Balg gebar, das möglicherweise auch ein Deryni ist.«

»›*Möglicherweise* auch ein Deryni ist?‹« wiederholte Javan. »Soll das heißen, Ihr wißt's gar nicht mit Genauigkeit?«

»Das Kind befand sich, als die Eltern in Haft kamen, noch im Säuglingsalter, Sire«, erteilte Hubertus ungeduldig Auskunft. »Da nur ein Elternteil Deryni ist, mag's sein, daß dem Sprößling des Derynitums Fluch erspart blieb. Zudem ist mir glaubhaft erläutert worden, daß die Wirkung des *Merascha* auf die Jüngsten, ob Mensch oder Deryni, unerfreuliche Folgen zeitigen kann. Man sollte es als Barmherzigkeit ansehen, ein Kind, welches durchaus ein Mensch sein mag, vor etwaigen verhängnisvollen Weiterungen zu bewahren. Gegenwärtig ist der Knabe bei seiner Mutter, einem Menschen, am günstigsten aufgehoben, selbst wenn's bedeutet, daß beide in Gefangenschaft leben müssen.«

Verdrossen furchte Javan die Stirn. Beharrte er auf seinem Anliegen, mochte das Ergebnis sein, daß man den Knaben ungeachtet einer möglichen Gefährdung mittels *Merascha* auf die Probe stellte. Jedoch wußte der König von Oriel, daß eine regelmäßige Gabe der Droge – übrigens auch bei Menschen – mit der Zeit immer stärkere Auswirkungen hatte. Ihm war unklar, was Hubertus unter Regelmäßigkeit verstand, aber nach Oriels Aussagen sollte unwiedergutmachbarer Harm eintreten – allerdings unter Abhängigkeit von der Stärke der Dosis –, geschah die Verabreichung häufiger denn alle acht bis zehn Wochen. Freilich widerstrebte es ihm, auf eine allzu frühe *Merascha*-Probe bei Ursins jungem Sproß zu drängen, aber wollte er berechtigte Hoffnung darauf hegen dürfen, seiner Eltern Schicksal zu wenden, mochte eine solche Maßnahme sich als notwendig erweisen.

»Ich möchte mit Ursin sprechen«, sprach er. »Seit damals habe ich ihn nicht mehr gesehen.«

Javans Getreue hatten seine Äußerung erwartet; bei den anwesenden Klerikern hingegen führte sie zu merklicher Unruhe.

»Sire«, meinte Hubertus, »bei aller geziemlichen Hochachtung, wenn Ihr glaubt, daß Ursin damals vom Unrat des Derynitums geläutert ward, so müßt Ihr unterstellen, bei jener Gelegenheit gleichfalls von der Besudelung durch die Deryni gereinigt worden zu sein. Ihr schwebt schon durch den Umgang mit Oriel in der Gefahr, daß der derynische Unflat erneut auf Euch übergreift. Wollt Ihr leichten Sinns diese Gefährdung noch steigern?«

»Ursin ist ja gar kein Deryni mehr«, erwiderte Javan, überhörte zwar vorsätzlich die Bemerkung bezüglich Oriels, hätte dem Erzbischof jedoch zu gern entgegengehalten, in welchem Maß eigentlich ›der derynische Unflat‹ inzwischen auf *ihn* abgefärbt haben müßte. »Eben erst habt Ihr mir beteuert, er werde des öfteren der *Merascha*-Probe unterworfen und offenbare keine Anzeichen derynischer Eigenschaften mehr. Sicherlich hätte ihm doch, wäre er nach wie vor ein Deryni, längst die Flucht gelingen müssen.«

»Ob Deryni oder nicht«, entgegnete Albertus, »ihm ist bekannt, Sire, was im Falle eines Entweichens mit seinem Weib und dem Kind geschieht.«

»Mir will's nachgerade schwanen«, antwortete Javan, »Ihr zöget so oder so eine solche Verfahrensweise vor.«

»In der Tat, Sire, das ist wahr«, gestand zu Javans Entsetzen der *Custodes*-Großmeister. »Wenn's denn Euer Begehr ist, kann der Zahn ein für allemal gezogen werden. Weder Ursin noch seine Angehörigen brauchen fernerhin in Gefangenschaft zu schmachten, sobald sie friedlich im Grabe liegen.«

»Ich dulde an ihm keinen Meuchelmord!« brauste

Javan empört auf. »Er hat nichts getan, wodurch er dergleichen verdiente.«

»Er ist ein Deryni, Sire«, äußerte Paulin.

»Er *war* ein Deryni«, widersprach Javan. »Er trägt keine Schuld daran, daß er einst als Deryni das Licht der Welt erblickte. Als sein rechtmäßiges Oberhaupt ihm befahl, sich einem Ritual zu unterziehen, welches glaubwürdig im Rufe steht, zumindest den Reuigen und Bußfertigen voraussichtlich vom Deryni-Fluch zu befreien« – vielsagend schaute er Hubertus an – »da hat er gehorcht. Ihr selbst, Herr Erzbischof, habt ihn an jenem Tag vermittelst *Merascha* überprüft, und seit ebendiesem Tag ist und bleibt er offenkundig ein Mensch. Welche sonstigen Beweise wolltet Ihr verlangen?

»Die von Euch angeführten ›Beweise‹ beruhen auf den Handlungen eines selbsternannten Propheten und Wundertäters, über dessen wahre Beweggründe wir nicht das geringste wissen, Sire«, hielt Hubertus dem König entgegen. »Ihr seid höchstpersönlich dort dabei gewesen. Auch Ihr habt sein ›Ritual‹, was immer es denn nun bewirken mag, über Euch ergehen lassen.«

»Ja, aber ich bin kein Deryni«, gab Javan zur Antwort. »Dagegen war Ursin ein Deryni und ist es nach der Wiedertaufe durch Meister Revan nicht mehr gewesen. Pater Lior hat's nachgeprüft. So Ihr ihm und dem *Merascha* traut, müßt Ihr glauben, der Beweis dafür, daß Ursin kein Deryni mehr ist, ward erbracht.«

»Ich tät's als außerordentlich unklug betrachten, ihn in die Freiheit zu entlassen, Eure Majestät«, murrte Hubertus. »Dem *Merascha* zum Trotz kann man, was Deryni anbelangt, niemals volle Gewißheit haben.«

Bedächtig nickte Javan. In seiner Vorstellung zeichnete sich ein Plan ab; dessen Verwirklichung jedoch mußte langsam und mit größter Umsicht vorangetrieben werden.

»Ich hege den Wunsch, mit Ursin O'Carroll zu reden«, sprach er und erhob sich von seinem Platz. »Des weiteren wünsche ich, daß er in meiner Gegenwart ein weiteres Mal der *Merascha*-Probe unterworfen wird.«

Derweil auch die übrigen Anwesenden aufstanden, wechselten Paulin und Hubertus verstohlene Blicke.

»Eure Majestät«, sagte Hubertus, »ich rate Euch fürwahr aufs ernsthafteste davon ab. Was hofft Ihr dadurch zu beweisen oder zu gewinnen?«

»Mein Trachten richtet sich dahin, angesichts der Verzwicktheit und Unüberschaubarkeit der Deryni-Frage als erstes wenigstens diesen einen Fall zu erhellen«, stellte Javan klar. »Wohlan denn, will jemand mich zu Ursins Unterkunft geleiten, oder muß ich mir womöglich den Weg allein suchen?«

# XXXVIII. Kapitel

*Führt jetzt das Tun auch zu Ende…*

2. Korinther 8,11

Nach diesem deutlichen Aufruf, den sie so verstehen mußten, daß der König den Gefangenen auf jeden Fall, auch ohne ihr Geleit, aufzusuchen beabsichtigte, sputeten sich die hohen Kleriker, ihm ihre Einwilligung zu bekunden. Paulin und Hubertus schritten an seinen Seiten aus, als er den Ratssaal verließ, Pater Lior und Herr Albertus schlossen sich gemeinsam mit seinen beiden allgegenwärtigen Adlaten an. Zusammen stiegen sie die Haupttreppe hinab, durchmaßen Rittersaal und Burggarten, betraten einen überdachten Verbindungsgang und anschließend einen kleinen, von niedrigeren Nebengebäuden umgebenen Innenhof.

Hubertus führte den König und die übrigen Beteiligten durch selbigen Innenhof und sodann eine Turmstiege hinauf; des beleibten Erzbischofs Atemzüge rasselten, als sie einen durch zwei *Custodes*-Ordensritter bewachten Treppenabsatz erreichten. Sofort nahmen die Ordensritter, als sie den Bischofspurpur sowie Generalvikar und Großmeister ihrer Ordensgemeinschaft nebst Pater Lior erblickten, markig Haltung an. Während Hubertus' Begleiter sich teils auf dem Treppenabsatz verteilten, teils auf den Stufen verharren mußten, winkte er einen Wärter in der Knechtstracht der *Custodes* heran, der am Leibgurt einen großen Schlüsselring trug.

»Wir wollen den Häftling Ursin O'Carroll sehen«, wandte sich Erzbischof Hubertus an den Mann, deutete auf eine sichtlich sehr starke Tür am Zugang des Korridors, welcher vom Treppenabsatz abzweigte; diesen Flur bewachte eigens ein weiterer *Custodes*-Ritter.

Paulin nickte dem Wärter zu, welcher sich pflichtgemäß verbeugte und zu der Tür stapfte, wählte einen langen Schlüssel aus. Derselbe drehte sich im Schloß fast lautlos, an aufs beste geölten Angeln ließ die Tür sich einwärts aufschwingen. Paulin und Lior strebten Hubertus und Javan beim Hineingehen voraus, Lior hielt die Fackel, die ihm einer der Wächter ausgehändigt hatte. Alle anderen verblieben im Flur.

Die vergangenen drei Jahre hatten Ursin O'Carroll verändert. Er konnte noch keine dreißig Lenze zählen, doch sah man reichlich graue Strähnen sein mausbraunes, lang gewordenes, im Nacken zusammengebundenes Haupthaar durchziehen, und auch sein Bart war, seit Javan ihn das letzte Mal erblickt hatte, erheblich länger gewachsen. Einigermaßen sauber und ordentlich war er in ein weites Gewand aus braunschwarzer Wolle gekleidet und hatte Streifen des gleichen Stoffs um Waden und Füße gewickelt; doch angesichts der Hoffnungslosigkeit seiner Lage waren ihm die einst so stolzen Schultern herabgesunken. Früher hatte er zwar Bitternis und Schicksalsfügsamkeit, gleichzeitig jedoch – um des Überlebens willen – die Bereitschaft zur Unterwerfung an den Tag gelegt; inzwischen war allerdings, so hatte es den Anschein, auch diese Einstellung aus seinem Gemüt gewichen.

Indessen hatte sich, überlegte Javan, während der letzten drei Jahre in Ursin O'Carrolls Leben nichts ereignet, was ihm eine andere Aussicht als eine schier endlose Folge von Tagen und Nächten in Gefangenschaft, vorwiegend gar in Einzelhaft, geboten hätte – mit der einzigen Abwechslung, ohne vernünftigen Grund in regelmäßigen Abständen mittels einer widerwärtigen Droge bis zur Bewußtlosigkeit betäubt zu werden –, keine andere Zukunft als die anhand gnadenloser, unbarmherziger Gesetze verfügte Verurteilung, ja Verdammung zum Dasein eines lebenden Toten.

Ursin O'Carroll hatte auf dem einzigen Stuhl der Zelle gesessen – an einem Kohlebecken, dessen Glut nicht im entferntesten hinreichte, um die Kammer ganz zu erwärmen –, als die Tür geöffnet ward, gehüllt in einen dicken Mantel, welcher eher einem Teppich denn einem Bekleidungsstück glich. Die Räumlichkeit ähnelte in Größe und Beschaffenheit dem Gemach, welches Pater Faelan bewohnt hatte, jedoch fehlte hier ein Oratorium.

Die schwache Helligkeit, welche um diese Stunde noch durchs vergitterte Fenster hereindrang, wies mit ihrer trostlosen Grauheit bemerkenswerte Übereinstimmung mit Ursins Miene auf, derweil er aufstand und sodann gebeugten Hauptes eilends aufs Knie fiel, sobald er die Schar hochgestellter Kleriker sah. Aufgrund seines Verhaltens schlußfolgerte Javan, daß Ursin ihn nicht erkannte, dieweil er heute über dem Karmesinrot der Haldanes einen grauen Schultermantel trug. Unwillkürlich fragte sich Javan, ob Ursin überhaupt wußte, daß Alroy tot war und man längst einen neuen König gekrönt hatte.

»Ursin«, sprach Hubertus den Häftling an, »der König wünscht mit Euch zu reden.«

Langsam hob Ursin das Haupt, seine nußbraunen Augen huschten ängstlich zwischen den Klerikern hin und her, während diese nach den Seiten auswichen, um den König vortreten zu lassen. Lior hatte die Fakkel Albertus übergeben, hielt statt dessen ein dünnes, stabähnliches Metallbehältnis in der Länge etwa seiner Hand bereit, um dem Gefangenen, sobald er dazu die Weisung bekam, unverzüglich eine Dosis *Merascha* verabreichen zu können. Ursins Blick streifte den Geistlichen voll des kaum verhohlenen Grauens, doch heftete er den Blick pflichtgetreu auf Javans Gestalt, und sofort machte er, als er das königliche Karmesinrot schaute, aus Verblüffung ungemein große Augen.

»Prinz Javan…?« raunte er verdutzt.

»Schweigt, bis Ihr etwas gefragt werdet!« schnauzte Hubertus ihn an, drohte Ursin eine Maulschelle mit dem Handrücken an.

Augenblicklich duckte der Mann sich auf den Fußboden nieder, bedeckte unwillkürlich das Haupt mit den Armen. Sein Betragen legte die Schlußfolgerung nahe, daß offenbar im Umgang mit den unglückseligen Deryni-Geiseln Mißhandlungen zum Alltag gehörten.

»Genug, Herr Erzbischof!« gebot Javan in scharfem Ton und trat zwischen Ursin und Hubertus. »Ursin, seht mich an. Ihr habt kein Verbrechen verübt, daher dulde ich nicht, daß man Euch schindet. Erhebt Euch, Mann, und schaut mir in die Augen.«

Zögerlich gehorchte Ursin, blieb allerdings auf den Knien und faltete vor sich mit ineinander verschlungenen Fingern die Hände, ehe er den Blick zu heben wagte. Flugs tastete Javan mit seinen Magie-Kräften nach etwaigen Geistesschilden, es waren jedoch keine vorhanden; auch sonst deutete darauf, daß dieser Mann einmal ein Deryni gewesen war, nichts mehr hin.

»So gefällt's mir besser«, sprach Javan mit ruhiger Stimme. »Wie lange ist's her, Ursin, daß wir unweit Valorets in einen Ufertümpel stiegen und durch Meister Revan die Läuterung empfingen?«

»Über drei Jahre, Sire«, flüsterte Ursin.

»Und ist des Derynitums Makel seitdem jemals wiedergekehrt?« fragte der König.

Ernst schüttelte Ursin das Haupt; sein Angesicht widerspiegelte ein Gemisch aus Ergebenheit in sein Geschick und düstere Trauer. »Nein, Sire.«

Javan stieß einen dumpfen Laut der Gereiztheit aus; dann warf er Lior einen ausdruckslosen Blick zu. »Es ist mein Begehr, Pater, daß er nun abermals auf die Probe gestellt wird.«

Da plötzlich ruckte Ursins Haupt aufwärts, in seinen sonst stumpfen Augen glommen flüchtig Enttäuschung und Betroffenheit. Hinter Javan entstand Gemurmel. Liors Miene bezeugte selbstgefällige Genugtuung, als er aus lauter Eifer nachgerade zu Ursin sprang, der trotz seiner Bestürzung auf den Knien verharrte, des Deryni-Prüfers Nadeln aus dem *Merascha*-Behältnis zückte. An den beiden Eisenzinken glitzerte die Droge, bildete zwischen ihnen einen schimmernd-hellen Tropfen.

Auf dem bärtigen Gesicht einen Ausdruck fast grenzenloser Leidenswilligkeit, kauerte sich Ursin auf die Fersen und krempelte einen der weiten Ärmel seines Gewands empor, streckte den entblößten Arm Lior entgegen und kehrte das Gesicht zur Seite. Die Nadeln waren dünn und nicht sonderlich lang; dennoch unterdrückte Ursin ein Ächzen, als Lior sie ins weiche Fleisch an der Innenseite seines Unterarms bohrte. Indessen schreckte der Gefangene nicht zurück; es mochte sein, daß er dank der Erfahrung dreier Jahre gelernt hatte, wie er unnötige zusätzliche Unannehmlichkeiten vermeiden konnte.

Sobald Pater Lior die Nadeln herausgezogen hatte, ließ Ursin den Arm sinken und rollte sich gleichgültig den Ärmel herab, meisterte jede inwendige Gefühlsregung, bevor er erneut den Blick hob. Obwohl Javan selbstverständlich im wesentlichen vorausgesehen hatte, was aufgrund seines Befehls geschehen mußte, war er nicht auf ein derart rücksichtsloses Vorgehen gefaßt gewesen; nun ersah er aus Ursins kriecherischem Gehorsam, daß derlei würdelose Zumutungen in allen drei zuletzt verstrichenen Jahren ein regelmäßiger Bestandteil seines ohnedies elenden Daseins gewesen sein mußten.

»Was fühlt Ihr?« fragte Javan, behielt Ursin, derweil sie auf die Wirkung des Mittels warteten, genau im Augenmerk. Der König dankte Gott dafür, daß während seines Aufenthalts im Kloster *Arx Fidei* niemand auf den Gedanken verfallen war, das *Merascha* so bei ihm zu benutzen, wie man es bei dem bedauernswerten Pater Faelan getan hatte. Gleichzeitig ward ihm bewußt, in welcher Gefahr er schwebte, sollte Pater Lior jetzt plötzlich etwa den Einfall haben, den ›Deryni-Zähmer‹ bei ihm anzuwenden.

Ursins Augäpfel weiteten sich, die Lider sanken ihm herab, die Verkrampfung wich aus seinen Schultern, das Haupt neigte sich vornüber; dann durchfuhr ihn ein Ruck, ein wenig straffte er seine Haltung wieder. Er zeigte in der Tat lediglich die bekannte Beruhigungswirkung des *Merascha* auf Menschen, keines der Anzeichen, welche man ansonsten unweigerlich bei Deryni beobachten konnte.

»Ursin?« fragte Javan noch einmal. »Was empfindet Ihr?«

»Mir ist… benommen zumute, Sire«, beantwortete Ursin mit stockender Stimme Javans Frage. »Ich bin… so müde…« Die nächste Äußerung stieß er, hätte man meinen können, beinahe gegen seinen Willen hervor. »O lieber Herrgott, wie oft denn noch…?«

Als er das Angesicht mit der Hand bedeckte, drückte Javan ihm zur Tröstung kurz die Schulter. Nach einigen Augenblicken des Schweigens musterte der König die übrigen Anwesenden; anschließend widmete er seine Aufmerksamkeit von neuem Ursin.

»Ja, das Ergebnis ist ganz so«, stellte Javan fest, »wie ich's erwartet habe. Nun ist die Zeit reif, deucht's mich, um sich mit seinen Familienangehörigen zu befassen. Ursin, Eure Gemahlin ist ein Mensch, richtig?«

Zuerst hob der Gefragte nur in stumpfsinnigem Unverständnis das Haupt; dann nickte er zum Zeichen der Bejahung.

»Und was ist mit Eurem Sohn?«

Javan beobachtete Ursin mit aller Genauigkeit, dieweil er sich daran entsann, daß Tavis O'Neill ihn als ›gescheiterten Heiler‹ bezeichnet hatte. Was eigentlich darunter zu verstehen war, wußte Javan nicht, doch besagte es allemal, daß Ursin zumindest die Grundlagen einer Heiler-Schulung genossen hatte und daher zu erkennen imstande sein sollte, ob sein Sohn Deryni war oder nicht. Es verursachte Javan Verdruß, ihn so rundheraus zur Rede stellen zu müssen, doch konnte nicht im entferntesten davon ausgegangen werden, daß Hubertus und Paulin sich auf das einließen, was er im Sinn hatte, ohne daß in bezug auf Ursins Sohn Gewißheit bestand.

»Welchen Namens ist Euer Sohn, Ursin?« drängte Javan den halb Betäubten zur Fortsetzung des Gesprächs.

Trotz der Auswirkungen des *Merascha* vermochte Ursin anscheinend noch im groben zu durchschauen, um was sich die Unterhaltung drehte – und daß er, auf was sie hinauslief, nicht abwenden konnte.

»Sein Name lautet… Ca-Carrollan, Sire«, brachte er im Flüsterton hervor. »Wir haben ihn… nach seinem Großvater getauft.«

»Und wißt Ihr zu sagen, ob Euer Sohn ein Deryni ist?« fragte Javan unumwunden. »Ursin, mir ist bekannt, Euch ist eine gewisse Ausbildung zuteil geworden. Ich vermute, Ihr seid bislang, um ihn zu schützen, dieser Frage ausgewichen, aber nun muß ich es erfahren. Wenn Pater Lior ihn mit *Merascha* auf die Probe stellt, wird sich dann erweisen, er ist ein Deryni?«

Ursin neigte das Haupt, aus Niedergeschlagenheit sanken ihm die Schultern herab; dann nickte er langsam. Die scheinbare Feindschaft des neuen Königs – denn als solche mußte er Javans hartnäckiges Aushorchen wohl empfinden – trieb ihm selbst noch den allerletzten, kleinsten Rest an Widersetzlichkeit aus, den er sonst in diesen Augenblicken vielleicht gezeigt haben mochte.

»Als ich ihn… das letzte Mal sah, Sire… war er noch ein Säugling. Aber die Anzeichen waren erkennbar. Ich sollte einst Heiler werden, aber… die Begabung hat sich nicht in der erforderlichen Weise entfaltet. Mir ermangelte das Vermögen, sie… zweckmäßig zur Anwendung zu bringen. Ich hatte gehofft… die Gabe möchte sich bei meinem Sohn in aller Vollkommenheit entwickeln. Aber heute wünsche ich… es wäre ihm gar nichts von meinen Deryni-Anlagen vererbt worden.«

In seinem Aufschluchzen, bei welchem ihm das Kinn vollends auf die Brust niedersank, schwangen sowohl Trauer wie auch Furcht mit; Javan mußte gehörig die Ohren spitzen, um seine nächsten Worte verstehen zu können.

»Aber er wäre kein sonderlich starker Deryni geworden«, murmelte Ursin. »Und nun…« Er seufzte, wirkte ganz so, als sollte er noch tiefer in sich zusammensinken. »Nun wird's immer unwahrscheinlicher, daß er bloß zum Mann heranwächst…«

Während Ursins grämliche Stimme verklang, wandte sich der König an Charlan, der sich an der Tür in Bereitschaft hielt.

»Holt Meister Oriel«, befahl Javan. »Er soll seine Sachen mitbringen.«

Während Charlan sich verbeugte und forteilte, warf Erzbischof Hubertus dem König einen Blick offenen Mißtrauens zu; Generalvikar Paulin schnitt sogar eine Fratze unverhohlener Entrüstung.

»Ich bin davon ausgegangen, Sire«, äußerte Paulin,

»daß unser dafür zuständiger Pater Lior das Kind der *Merascha*-Probe unterzieht.«

»Oriel vermag dem Knaben vom *Merascha* eine schwächere Dosis zu geben, als Pater Lior sie mit dem Deryni-Zähmer verabreicht«, entgegnete Javan. »Das Bübchen zählt ja höchstens vier Lenze. Eine derartige Dosis, welche man bei einem Erwachsenen anwendet, könnte ihn leicht das Leben kosten.«

»Und wenn infolgedessen die Wirkung ausbleibt?« meinte Paulin. »Oriel könnte uns, sobald er Eure Absicht erfährt, etwas anderes unterschieben. Er ist ein Deryni. Gewißlich scheut er keine Arglist, um seinesgleichen einen Vorteil zu verschaffen.«

Javan warf dem Generalvikar einen nachgerade vernichtenden Blick allerhöchster Ungnade zu. »Des Knaben Vater hat bereits gestanden, daß sein Kind ein Deryni ist. Daraus folgt, die Wirkung wird eintreten. Sollte es anders kommen, lasse ich Oriel aus demselben Becher wie den Knaben trinken, um nachzuprüfen, ob der Trank *Merascha* enthält. Seid Ihr *damit* zufrieden?«

Widerwillig und voller Mißmut erteilten Erzbischof Hubertus und Generalvikar Paulin ihr Einverständnis. Stumm und verbiestert stand Pater Lior dabei, traute sich aber nicht, seinen Vorgesetzten zu widersprechen. Nachdem Meister Oriel erschienen war und Javan ihm dargelegt hatte, was er verrichten sollte, konnte man dem Heiler sogar noch stärkeres Widerstreben anmerken. Ursin O'Carroll, von der Droge umnebelt, lauschte des Königs Weisungen voll der Verzweiflung; ungeachtet seines Zustands begriff er, daß die eigene Fügsamkeit seinem Sohn eine häßliche Art gestrenger Überprüfung eingehandelt hatte, welche unbedingt mit seiner Verfemung enden mußte, und er dagegen nicht das geringste zu unternehmen vermochte.

Willenlos streckte er die Hände den Schellen der Ketten entgegen, die ihm angelegt werden sollten, dieweil Paulin es verlangte und darauf beharrte. Zwar vervollständigte sich dadurch seine Wehrlosigkeit, aber zumindest durfte er dabei sein, wenn man über seines Sprößlings Schicksal entschied. Anscheinend fand er darin einen gewissen Trost.

In bestimmter Hinsicht jedoch war ein Sieg errungen worden. Länger als drei Jahre hindurch war Ursin, außer wenn man an ihm die *Merascha*-Probe vollzog, verwehrt worden, seine Zelle zu verlassen. Bei diesen Gelegenheiten war er gleichfalls in Ketten gelegt und nicht weiter als in eine nur wenige Schritte entfernte Kammer gebracht worden, welche mit seiner Unterkunft vollkommene Ähnlichkeit aufwies, um ihn dort unter die betäubende Wirkung der Droge zu setzen.

Javan gewahrte diese Erinnerung in Ursins Gedächtnis, als er vorgab, des Gefangenen Ketten, nachdem der Wärter ihn damit gefesselt hatte, auf ihren sicheren Sitz zu prüfen. Während dreier langer Jahre hatte Ursin diese Behandlung in regelmäßigen zeitlichen Abständen durchzustehen gehabt, Kraft allein aus der Hoffnung geschöpft, seinem Sohn möge – obzwar er nie unanzweifelbar gewußt hatte, daß der Knabe nach wie vor unter den Lebenden weilte – das gleiche Schicksal noch für eine gewisse Frist erspart bleiben. Bei jedem Mal hatte er nach Ablauf mehrerer Stunden eine zweite Dosis *Merascha* erhalten, ehe man ihn in seine Zelle zurückbrachte; jedesmal hatte man seine Abwesenheit auch zu deren Säuberung genutzt. Meistens war es ihm gelungen – aber nicht immer –, selbst ins Bett zu kriechen, bevor ihm infolge der stärkeren Wirkung der ersten und zweiten Dosis die Besinnung schwand.

Javans Blick streifte die Tür zu jener Kammer, während sie daran vorüberstrebten; sie bogen um eine Ecke des Flurs, und der Wärter beugte sich mit seinem großen Schlüsselring vor eine andere Tür. Unterdessen entdeckte der König in Ursin O'Carrolls Geist eine weitere Erinnerung an die Kammer, an welcher sie soeben vorbeigegangen waren; vorsichtiges Fragestellen während der drei Jahre seiner Haft hatten Ursin bestätigt, daß selbige Räumlichkeit zuvor als Unterkunft für Declan Carmodys Ehegemahlin und jungen Sohn diente, deren Erdrosselung Ursin – geradeso wie Javan und der ganze Hofstaat – am selben Tag, als man auch Carmody selbst aufs allergrausamste marterte und ermordete, hatte mitanschauen müssen.

Ein Erinnerungsfetzen an jenen Tag wallte aus Ursins Gemüt in Javans Geist herüber und weckte bei ihm unwillkommene, weit deutlichere Erinnerungen an die damaligen Ereignisse, beschwor vor dem König aufs neue den Anblick des auf Geheiß der Regenten mit gespreizten Gliedmaßen vor dem Thron ausgestreckten, vormals stolzen Declan Carmody herauf; Javan glaubte, abermals des Gemarterten Schreie zu hören, welche nur nach und nach schwächer geworden waren, derweil ihm die Henkersknechte die Eingeweide aus der Bauchhöhle gezerrt, sein Sterben in unerträglichem Maß in die Länge gezogen hatten.

Das leise Knacken des Türschlosses schreckte den König aus dem abscheulichen Rückblick; er richtete sich zu voller höhe auf, indem die Tür einwärtsschwang, lenkte an Hubertus und Paulin vorüber den Blick ins Innere der Kammer.

Das Weib, welches am Gitterfenster saß, hätte noch schön sein müssen – es konnte unmöglich die fünfundzwanzig Lenze überschritten haben –, aber drei Jahre der Gefangenschaft hatten alle ihre früher sicherlich vorhanden gewesenen äußerlichen Vorzüge durch vorzeitiges Altern zunichte gemacht. Sie stand auf, als die Tür geöffnet ward, ihre leicht gebeugte Gestalt hob sich gegen das Grau des Nachmittags ab. Ein grobes weites Kleid rostbrauner Färbung hing an ihrer schmalen Erscheinung. Ein Tuch aus dem gleichen bräunlich-schwarzen Stoff, aus dem Ursins Gewand beschaffen war, verhüllte ihr Haar, so daß Javan dessen Farbe verborgen blieb, aber der mit einem Kinderkittel bekleidete Knirps, welcher hinter ihr in der Fensternische kniete und nach einem Paar graugestreifter Tauben auf einem nahen Hügel ausschaute, hatte einen verwuschelten dunklen Haarschopf, der das im trüben Abendlicht rötlich glänzte.

In diesem Augenblick sah das Weib Ursin, der hinter Hubertus und Paulin stand. Sie riß die Augen auf, die Hand fuhr empor an ihre Kehle. Um die Gelegenheit nicht zu versäumen, trat Javan hurtig an Paulins Seite und ergriff als erster das Wort.

»Ich glaube, wir lassen Ursin seiner Gemahlin erläutern, was unsere Absicht ist«, sprach er mit ruhiger Stimme, deren Tonfall dennoch keinen Widerspruch duldete, packte Ursin am Oberarm und schob ihn auf sein Eheweib zu, bevor der Generalvikar irgendwelche Einwände vortragen konnte. »Keiner von ihnen kann gegenwärtig irgendein Unheil anrichten. Aber nehmt euch nicht zu lange Zeit, Ursin. Wir wollen vermeiden, daß hier noch mehr sinnlose Bangigkeit um sich greift, als ohnehin schon herrscht. Oriel, bereitet vor, was es nun zu tun gilt.«

Während Oriel rasch in die Kammer kam und seine Heilertasche auf dem einzigen Tisch abstellte, wichen Paulin und Hubertus mürrisch beiseite. Ursin bewegte sich, als befände er sich im Trance-Zustand, er starrte seiner Gemahlin in die Augen, und sie erwiderte seinen Blick, beiden rannen Tränen über die Wangen. Inzwischen verfolgte das Knäblein die Vorgänge, sein Blick huschte verunsichert zwischen seiner Mutter, den Männern auf der Schwelle sowie dem mit Ketten gefesselten Bärtigen, der die Mutter zum Weinen brachte, hin und zurück.

Javans scharfe Aufmerksamkeit blieb ungebrochen, als sich das Wiedersehen des Ehepaars vollzog, sorgsam achtete er auf irgendwelche Beweise derynischer Magie, vermochte aber nichts Derartiges zu entdekken. Bei dem Knaben hingegen bemerkte er eine ganz schwache, unentwickelte Geisteswehr. Ursin schlang trotz der Ketten die Arme um seine von Tränen überströmte Gemahlin, begab sich mit ihr in die Fensternische, erklärte ihr in eindringlichem Flüsterton, was geschehen sollte. Javan ging zu dem Tisch, wo Oriel in einen zuvor aus einem rauh glasierten Krug halb mit Wasser gefüllten Becher tauklare Tröpfchen *Merascha* träufelte.

»Ist's möglich, daß Ihr etwas bereithaltet, um anschließend die Nachwirkungen zu lindern?« erkundigte der König sich mit leiser Stimme, indem er mit dem Kinn auf den Becher wies. »Wir wissen bereits, daß er aufs *Merascha* ansprechen wird.«

Oriel deutete auf einen zweiten Becher, dessen Boden eine Schicht feinen, weißen Pulvers bedeckte. »Mit Verlaub, Sire, ich bin Euch um einen Schritt voraus«, antwortete er ebenso verhalten. »Wolltet Ihr wohl so gütig sein und auch in jenen Becher zur Hälfte Wasser schenken?«

»Was macht Ihr da?« fragte Pater Lior, drängte sich zwischen den Heiler und Javan. »Was ist das?«

»Ein Mittel gegen Krämpfe, welches gleichzeitig eine starke Beruhigungswirkung ausübt«, lautete Oriels Auskunft. »Der Bub ist ja bereits als Deryni erkannt. Sein eigener Vater hat sich dahingehend geäußert. Ich habe noch nie einem so kleinen Kind *Merascha* gegeben, doch ist aus den Lehrschriften ersichtlich, daß es bei Kindern, dieweil noch keinerlei Gewöhnung vorliegt, überaus starke Folgen zeitigt. Sobald sich jedermann davon überzeugt hat, daß die Droge gemäß der Erwartung wirkt, gedenke ich ihn in tiefen Schlummer zu versetzten – es sei denn, Pater, Ihr verspürtet das überwältigende Verlangen, hier vor Euren Augen ein Kind sich in Zuckungen winden und womöglich sterben zu sehen.«

Lior nahm das Tütchen zur Hand, welchem das Pulver entstammte, las des Pergaments Beschriftung; sodann warf er es neben dem Becher auf den Tisch. Auch ihm war völlig klar, daß Oriel vor seiner Herbeirufung überhaupt keinerlei Gelegenheit dazu gehabt hatte, irgendeine Hinterlist auszuklügeln.

»Nun wohl. Also beendet die Vorbereitungen und vollbringt die befohlene Aufgabe.«

# XXXIX. Kapitel

*Auflauern wollen wir dem Gerechten,*
*weil er uns unbequem*
*ist und unseren Werken entgegensteht…*

Buch der Weisheit 2,12

Ursins Gemahlin stutzte, als Oriel sich ihrem Sohn zuwandte, durchschaute wohl erst in diesem Augenblick die volle Trageweite des Vorhabens.

»Bitte tut's nicht«, bat sie mit leiser, scheuer Stimme, entzog sich der Umarmung ihres Gatten und drückte den Knaben an den Busen. »Ursin, mein Gemahl, dulde es nicht…«

Ursin O'Carroll konnte nur verzweifelt die Augen schließen; langsam schüttelte er das Haupt. Ungeachtet der starken Wirkung des Betäubungsmittels hatte er offenbar weitgehende Klarheit über das Geschehen und den damit verfolgten Zweck, und er wußte, daß sie allein auf dem Wege der Unterwerfung den unabwendbaren Unsegen so gering wie möglich zu halten vermochten. Unterdessen übertrug sich die Furcht der Eltern auf den Knaben, welcher sich hinter der Mutter Kleid versteckte und ängstlich und unter Tränen den Blick von jenem Fremden, der sein Vater war, auf die Unbekannten richtete, die sich ihm nun nahten.

»Ach weh, meine Liebste, wir sind's zu verhindern außerstande, wie du sehr wohl selbst weißt«, antwortete Ursin halblaut seiner Gemahlin. »Laß Meister Oriel vollziehen, was er zu verrichten hat. Schenke meiner Versicherung Glauben, daß es so am vorteilhaftesten sein wird. Die Dosis ist schwach. Ein Beruhigungstrank steht bereit, so bleibt die Gefahr gering, daß unserem Söhnchen ernste Gefahr oder schlimmes Ungemach droht. Wäre ich davon nicht fest überzeugt, wollte ich meines eigenen Sohnes Leben und Wohlergehen aufs Spiel setzen?«

Sie gewährte seinen Worten kein Gehör. Ursin ersah es – und kannte inzwischen auch Oriels Vorschlag, wie dem abgeholfen werden könnte. Sobald der Heiler vor dem Paar stand, ergriff Ursin seiner Gattin Handgelenke und drehte sie mit dem Rücken Oriel zu, nickte zum Zeichen der Einwilligung stumm; hinterrücks hob der Heiler beide Hände an des Weibes Schläfen. Sofort schwand jeglicher Widerstandswille, ihre Lider flatterten und sanken herab.

»Es dürfte am günstigsten sein«, meinte Oriel, indem er Ursin anschaute, »wenn sie das ihre dazu beiträgt, den Knaben zu beschwichtigen.«

Düster nickte Ursin O'Carroll ein zweites Mal, streichelte die Hände seiner Gemahlin, während Oriel ihr auf geistiger Ebene einen Befehl gab. Als der Heiler die Arme senkte, öffnete sie langsam die Augen, wandte sich ihrem Sohn zu, welcher sich bang in den hintersten Winkel der Fensternische geflüchtet hatte. Ursin verharrte, wo er stand, schwankte leicht, lehnte sich mit der Schulter an die Mauer, um Stütze und Halt zu haben.

»Ei was denn, Carrollan, mein Lieber, warum verhältst du dich gar so närrisch?« schalt seine Gemahlin den Knaben in allerdings sanftmütig-nachsichtigem Tonfall. »Weswegen läufst du fort und weinst, wenn dein Herr Vater zu Besuch erscheint?«

Der Knabe zwinkerte ihr zu, als sie neben ihm Platz nahm; unterdessen nahm Oriel von Lior den ersten Becher entgegen, empfahl mit einem vielsagenden Blick Javan, sich fernzuhalten.

»Und da ist Meister Oriel, deines Vaters Freund, er

reicht dir einen köstlichen Trank«, sprach Ursins Gemahlin weiter zu dem Knäblein, streckte Oriel, ohne ihn anzublicken, die Hand entgegen. »Er schmeckt wirklich erlesen, schau her.« Sie trank ein Schlückchen aus dem Becher, bot ihn sodann ihrem Sohn an. »Nun sei ein gutes Kind und trink alles aus, auf daß dein Vater sieht, wie groß und tüchtig du geworden bist.«

Zwar vertrauensvoll, aber noch ängstlich, kostete der Knabe zunächst vorsichtig vom Inhalt des Bechers, ehe er ihn austrank. In der Stille der Zelle konnte man jeden Schluck deutlich vernehmen. Mittlerweile war Ursin bei der Fensternische niedergesunken und hatte das Gesicht abgewandt.

»So ist's wacker, mein Sohn«, lobte sein Eheweib das Kind, sobald Carrollan das Trinkgefäß bis auf den Grund geleert hatte und es ihr mit einem Lächeln zurückreichte. »Gemahl, bist du nicht auch stolz auf deinen Sohn, der die Medizin so tapfer getrunken hat?«

Auf diese Frage hin hob Ursin erneut den Blick; Mattigkeit und Verzweiflung verlieh ihm ein Aussehen, als wäre er zweimal so alt, wie er tatsächlich an Jahren zählte. Klein Carrollan forschte in seiner Eltern Mienen, offenbar gaben seiner Mutter unmißverständliche Gelassenheit und des Vaters gleichzeitige, unübersehbare Traurigkeit ihm Rätsel auf; plötzlich jedoch nahm sein Gesichtchen einen Ausdruck des Erschreckens an.

»Mutter...?« flüsterte er, die Augen aus Furcht weit aufgesperrt; schon im nächsten Augenblick torkelte er, sank nieder in seiner Mutter Schoß.

Im Handumdrehen wandelte sich seine Atmung zu unregelmäßigen Keuchlauten, er schnappte so heftig nach Luft, daß die Mühsal ihm den ganzen Körper schüttelte, und ohne daß diese Krämpfe verebbten, verfiel er zudem vom Scheitel bis zu den Zehen ins Schlottern.

»Nun seht, da habt Ihr die Antwort«, sprach Oriel,

hielt Ursin, der Anstalten machte, um zu seinem Sohn zu stürzen, mit erhobener Hand zurück und schüttelte das Haupt. Carrollans Mutter lehnte sich ans Gemäuer und schloß die Lider. »Darf ich ihm nun den anderen Trank einflößen?«

»Noch nicht.« Lior schob Oriel beiseite und drehte des Knaben Antlitz ins Licht. Seine Augäpfel stierten geweitet geradeaus, die Haut war feuchtklamm, abgehackt röchelten die Atemzüge. Selbst für den Uneingeweihten mußte ohne ernstlichen Zweifel ersichtlich sein, daß Klein Carrollan alle wohlbekannten Anzeichen für die Wirkung des *Merascha* auf einen Deryni zeigte.

»Ich *bitte* Euch, Pater«, drängte Oriel den Geistlichen, »gestattet mir, ihm den Beruhigungstrank zu geben.«

»Ich bin mir der Sache nicht sicher«, erwiderte Lior, obschon man dem Knaben nun die Zuckungen ansehen konnte und er regelrecht nach Atem japste.

»Pater Lior, er gerät in einen Starrkrampf!« fuhr Oriel ihn an. »Um Gottes Barmherzigkeit willen, laßt mich ihm das andere Mittel verabreichen! Er ist noch ein Kind.«

Während sich der Heiler umdrehte, um seine Bittstellung auch an die übrigen Anwesenden zu richten – unterdessen wuchs offenkundig Ursin O'Carrolls Beunruhigung –, beschloß Javan, ein Ende zu machen, nahm den zweiten Becher zur Hand und näherte sich der Fensternische. Unverzüglich folgte ihm Oriel.

»Hier, Oriel, flößt's ihm ein. Nach meiner Ansicht haben alle zuständigen Herren den Beweis zur Genüge gesehen. Und ich wähne, mir ist, da wir jetzt ersehen, woran wir sind, eine mögliche Lösung der leidigen Angelegenheit eingefallen. Lior, kommt mit, auf daß wir sie erörtern.«

Javan packte den Geistlichen am Arm und führte ihn

von der Fensternische zu Erzbischof Hubertus und Generalvikar Paulin. »Sire«, beklagte sich der Pater, »es deucht mich gar höchlichst ungewöhnlich, daß…«

»Und es ist fürwahr höchst ungewöhnlich, harmlose Leute ohne jedweden berechtigten Grund als Gefangene in Haft zu halten!« schnauzte Javan und ließ von Lior ab. »Doch freilich wissen wir jetzt, daß der kleine Carrollan nicht harmlos ist – will sagen, mit seiner Ungefährlichkeit möcht's vorüber sein, sobald er zum Erwachsenen wird. Aber da wir inzwischen über ihn Bescheid wissen, glaube ich einen Ausweg zu erblicken, welcher nach meiner Ansicht auch bei Euch, Ihr Herren, die allergrößten Bedenken und tiefernstesten Sorgen ausräumen dürfte.«

Am Fenster hatten sich Oriel und Ursin gemeinsam darum bemüht, Jung Carrollan den zweiten Trank einzuflößen; inzwischen lag der Knabe ohne Besinnung erschlafft in den Armen des Heilers, sein Vater streichelte ihm zärtlich das erlahmte Händchen. Pater Lior, dem der Argwohn offenkundig keinen Frieden ließ, gaffte über die Schulter in die Fensternische, doch nun lenkte Erzbischof Hubertus mit einem Hüsteln die Aufmerksamkeit des Paters zurück auf des Königs Wunsch, über das künftige Schicksal der Gefangenen zu beraten und eine Entscheidung zu fällen.

»Genug, Pater.«

»Aber die Deryni, Eure Exzellenz, sind über die Maßen heimtückisch«, murrte Lior.

»Ja wahrhaftig, vier Lenze alte Knirpse strotzen just vor Heimtücke«, höhnte Javan. »Indessen nicht so sehr, möchte ich meinen, daß sie ausgewachsenen Männern Furcht einjagen müßten… Oriel, behaltet mir den Kleinen unter Obacht.« Er entfernte sich noch weiter vom Fenster; notgedrungen taten Hubertus und Paulin desgleichen. »Es ist mein Begehr, Ihr Herren, Euch einen

Vorschlag zu unterbreiten. Hört mich an, darum bitte ich Euch, und verwerft mein Anliegen nicht, bevor ich's Euch zur Gänze dargelegt habe.«

Er spürte das Mißtrauen der Kleriker, als er in ihre Mitte trat, aber ebenso den Rückhalt seiner Getreuen, welche auf der Schwelle die Ereignisse beobachteten.

»Was habt Ihr im Sinn, Sire?« erkundigte sich Erzbischof Hubertus.

»Schlichtweg eine Fortsetzung des Versuchs, welchen Ihr mit Ursin O'Carroll durchgeführt habt, der früher ein Deryni war, aber seit nunmehr über drei Jahren vom Sudel des Deryni-Makels gereinigt ist. Ein Versuch war's doch, als Ihr ihn zu Meister Revan geschickt habt, nicht wahr?«

»Ja, Eure Majestät.«

»Ich möchte es wiederaufnehmen, aber unter bestimmten Bedingungen.«

»Ich bitte darum, Sire«, antwortete Hubertus in eindeutig unvermindertem Argwohn, »uns diese Absicht doch gründlicher zu erklären.«

»Ich stelle mir vor, Ursins Eheweib und Sohn nach Valoret zu verbringen, damit sie auf gleiche Weise wie zuvor Ursin vor Meister Revan treten und um ihre Wiedertaufe flehen. Der Knabe ist Deryni, ja gewiß, aber er weiß nicht, was er ist, hat keinerlei derynische Unterweisung erhalten, und niemals wird ihm dergleichen zuteil werden. Soll Meister Revan ihn läutern. Falls selbiges bei ihm geradeso gut gelingt wie bei seinem Vater, ist er danach kein Deryni mehr. Und dieweil Ihr's Ursins Gemahlin zu ihrem Nachteil verübelt, daß sie einen Deryni geehelicht und ihm einen Sprößling geboren hat, so mag auch sie die Läuterung durch Meister Revans Hand erstreben.«

»Und was soll im Anschluß daran werden?« wollte Paulin wissen. »Gewißlich gedenkt Ihr doch nicht vorzuschlagen, Sire, daß man sie sodann einfach des

Weges ziehen läßt. Am wenigsten kann so etwas für den Bengel in Frage kommen.«

»Ei nun, man könnte seine Mutter, obschon's eigentlich gar keinen Grund gibt, weshalb man *sie* nicht in die Freiheit entlassen dürfte, in ein Stift schicken«, gab Javan zur Antwort. »Und auch das Kind, so Ihr es denn nicht aus dem Auge verlieren wollt, mag Laienbruder in einem Kloster werden. Zumindest schmachten dann beide nicht mehr in Gefangenschaft. Sie werden ja nicht mehr gebraucht, um Ursins Gehorsam zu gewährleisten. Überdies wäre in einem Kloster vielleicht auch für ihn selbst der rechte Platz. Er ist, glaube ich, des Lesens und Schreibens kundig. Haben Abteien nicht stets Bedarf an fähigen Schreibern?«

Für die volle Dauer von zehn Herzschlägen störte in der beengten Zelle kein Laut die Stille. Javan bemerkte bei Ursin O'Carroll Betroffenheit, hoffte aber, daß der Mann ihm nun keinen Strich durch die Rechnung machte.

»Eine interessante Anregung, Sire«, gestand Hubertus nach tiefsinnigem Nachdenken dem König widerwillig zu. »In der Tat beschäftigt mich noch heute die Frage, wie's sich denn wohl eigentlich mit diesem ›Meister Revan‹ verhalten mag. Damals fanden wir keine hinlängliche Frist zur Vorbereitung. Auch ich eracht's jedoch als richtig, daß ein solcher Versuch unter sorgsam erklügelten Voraussetzungen gewagt werden kann. Zur gleichen Zeit böte sich uns eine Gelegenheit zu ergründen, was es mit Revan und seinen Jüngern wirklich auf sich hat, ein für allemal hieb- und stichfest herauszufinden, ob das, was sie betreiben, ein Ausfluß göttlicher Gnade ist. Noch nämlich bin ich keineswegs zur Gänze davon überzeugt, daß wir uns dort keinem derynischen Blendwerk gegenübersehen.«

»So etwas hieltet Ihr immer noch für möglich, Erzbischof?« vergewisserte sich Javan mit einem leichten

Unterton der Geringschätzung. Er stieß einen Seufzer aus und schüttelte das Haupt; dann schaute er dem Erzbischof festen Blicks in die Augen.

»Nun denn, Eure Exzellenz, sei's drum, ich habe dagegen keine Einwände, daß Ihr auch Meister Revan und seine Genossen zur Überprüfung einer aufschlußreichen Probe unterzieht. Meine Sorge gilt vornehmlich dem Knaben und seiner Mutter. Seid Ihr damit einverstanden, daß sie Meister Revan aufsuchen dürfen?«

Hubertus sah Paulin an, dann neigte er das Haupt. »Ich will's in Erwägung ziehen, Sire. Für Euren Vorschlag… spricht so manches.«

»Und Ursin?«

Hubertus richtete den Blick auf den Gefangenen, der bislang so zu tun versucht hatte, als hätte er dem Gespräch kein Gehör geschenkt. »Seid Ihr *tatsächlich* des Schreibens und Lesens kundig, Ursin?«

Unsicher bejahte Ursin mit einem von Zurückhaltung geprägten Nicken.

»Nun wohl…« Hubertus faltete die feisten Hände auf dem Rücken und schlenderte zu der Fensternische, auf deren Stufe Ursin hockte. »Ich stelle Euch meine Frage nur dieses einzige Mal. Ist's in Kenntnis dessen, welches Los Euch und Eurer Familie nun angedeihen soll – ein weit günstigeres Los, als es Euch ohne Seiner Majestät huldvolle Fürsprache beschieden wäre –, Euer Wunsch, Euch von der schnöden Welt abzukehren und ein gottgefälliges Klosterleben als Laienbruder anzutreten, so daß es Euch gewährt wird, fürderhin während Eures irdischen Wandelns eine nützliche Betätigung auszuüben und für das, was Ihr gewesen seid, vielleicht Gottes Vergebung zu erlangen?«

Trübselig schaute Ursin O'Carroll zum Erzbischof empor. Dieweil er keinerlei echte Berufung zu eines Geistlichen Lebensführung verspürte, konnte er die ihm gebotene Aussicht, allgemein betrachtet, schwerlich als Verlockung empfinden; aber nach über drei Jahren, welchselbige er im wesentlichen in Einzelhaft zugebracht hatte, blieb selbst ein keusches Dasein im Kloster nicht ohne eine gewisse Anziehungskraft. Javan wußte, daß er mit Ursins Leben spielte, denn fernab der unmittelbaren Obhut und Aufsicht des Königs mochten einen ehemaligen Deryni allerlei verhängnisvolle Mißgeschicke treffen; indessen war es keineswegs Javans Absicht, Ursin auf Dauer hinter Klostermauern zu belassen. Weit wahrscheinlicher war es, daß es irgendwann gelang, ihm die Flucht aus einem Kloster zu ermöglichen, als daß es gegenwärtig möglich sein könnte, ihn aus der Königsburg fortzuschaffen – vorausgesetzt allerdings, er behielt lange genug das liebe Leben. Schließlich hatten entschlossene Befreier auch schon Javans Vater hinter Klosterwällen hervorgeholt.

»Ich… ich glaube, Eure Exzellenz, ich vermöchte im Kloster großen Trost zu finden«, gab Ursin schließlich, während Javan nachgerade der Atem stockte, zur Antwort. »Im Verlauf der letzten Jahre habe ich mich, so wie ich's verstand, ein Leben der reuigen Besinnung und inwendigen Einkehr zu führen bemüht, jedoch wäre es für mich eine große Gnade, wieder nutzreich tätig sein zu dürfen.«

Er beließ den Blick abgewandt, wie es einem Deryni-Gefangenen geziemte. Erzbischof Hubertus, die rosigen Lippen zu einem gezierten Lächeln verzogen, nickte voller Herablassung.

»Ich baue darauf, daß Eure Dankbarkeit sich sodann auch auf vorbildliches Betragen erstrecken wird«, mahnte er Ursin. »Wohlan, um Seiner Majestät gefällig zu sein, werde ich eine geeignete kirchliche Einrichtung ausfindig machen und dem dortigen Abt empfehlen, Euch als Laienbruder in seinem Haus aufzunehmen, woselbst Ihr die Euch verbleibende Frist des irdischen Lebensweges in Buße, Andacht und ersprießlichem Wirken verbringen sollt. Ich wage zu hoffen, daß aus Euch mit der Zeit ein anerkanntes, nutzreiches Mitglied jener mönchischen Gemeinschaft wird. Doch will ich an diese Gunst gewisse Bedingungen knüpfen.«

Bei sich versuchte Javan, nicht gleich das Schlimmste zu befürchten. »Ihr habt Euch allen in dem Kloster üblichen Verfügungen zu unterwerfen, welche der Abt, die Vollversammlung des Ordens sowie die Ordensregeln bestimmen«, zählte Hubertus unverzüglich auf, welche Bedingungen ihm vorschwebten. »Aufgrund Eures sonderlichen, einzigartigen Standes erhält Euer Abt über Euch die unumschränkte Macht über Leben und Tod, aber beweist Ihr Folgsamkeit und Demut, soll Euch gerechte Behandlung widerfahren. Und Ihr werdet, wie's sich freilich von selbst versteht, auch künftig der *Merascha*-Probe unterzogen. Seid Ihr dazu bereit, Euch in diese Bedingungen zu fügen?

Dumpf streifte Ursin O'Carrolls Blick seinen bewußtlosen Sohn und seine Gemahlin; dann ließ er das Haupt sinken. Bei seinen Bewegungen klirrten leise die Ketten, unterstrichen dadurch gleichsam sein gänzliches Unvermögen, das Anerbieten abzulehnen.

»Ich unterwerfe mich den genannten Bedingungen, Eure Exzellenz«, antwortete er im Flüsterton. »Es gibt für mich keinen anderen Weg. Und möge der Herrgott meiner Gemahlin und meinem Sohn gnädig gesonnen sein, dieweil ich ihnen hinfort in keiner Weise mehr behilflich zu sein vermag. Gottes Wille geschehe.«

»Amen«, tönte Generalvikar Paulin.

»Amen«, sagte leichthin auch Hubertus. »Schwerlich mag ich in Anbetracht der Umstände erwarten, daß Ihr eine wahre Berufung zu mönchischem Frommsein verspürt, denn es verstärkt sich unsererseits stetig die Annahme, daß Angehörige des verfluchten Deryni-Stammes keine echte Frömmigkeit zu empfinden fähig sind, doch erhaltet Ihr dazu Gelegenheit, Euch nützlich zu betätigen und für Eure Sündhaftigkeit Abbuße zu leisten.«

Indessen verweigerten trotz aller salbungsvollen Worte sowohl der Erzbischof wie auch Paulin es Ursin, seiner Familie ein abschließendes Lebewohl zu sagen. Mit einem ungeduldigen Rucken des Kinns wies Hubertus sogleich Pater Lior an, den Unglückseligen emporzuzerren und zur Tür hinauszudrängen.

Nur einen letzten Blick über die Schulter vermochte Ursin seinen Lieben noch zuzuwerfen, bevor Lior und der Wärter ihn durch den Flur zu seiner Zelle zurückführten; doch zumindest ward ihm diesmal, anders als bisher üblich, keine zweite Dosis *Merascha* zugemutet. Sobald er fort war, widmete Oriel seine Aufmerksamkeit Ursins Anverwandten; den besinnungslosen Knaben legte er in sein Bettchen an der einen Mauer, bat danach seine Mutter, sich in ihrer Bettstatt an der anderen Wand auszustrecken, und versetzte sie vermittelst seiner Deryni-Kräfte rasch in barmherzigen Schlummer. Im Korridor verschwand er, nachdem man beide Zellen wieder von außen verriegelt hatte, gemeinsam mit den Herren Charlan und Guiscard im Hintergrund, während Javan sich von neuem an Hubertus und Paulin wandte.

»Es ist mein Vorsatz, Ihr Herren, diese Sache so bald wie überhaupt nur möglich bis zum schlußendlichen Ergebnis weiterzubetreiben«, sprach Javan. »Wie's heißt, überwintert Meister Revan in den Hügeln bei Valoret und wird zu Ostern erneut unterm Volk erscheinen. Wenn das Tauwetter einsetzt, entsende ich Boten gen Norden, die seine Aufenthaltsstätte ermitteln sollen.«

»Gewiß, Sire, aber es ist ratsam, eines nach dem anderen zu erledigen«, entgegnete Hubertus in gedämpftem Ton. »Ursin O'Carroll hat seine Einwilligung zum Eintritt ins Kloster gegeben. Haben Eure Majestät in diesem Zusammenhang an eine bestimmte Einrichtung gedacht?«

»Ich erachťs als sinnvoll, diese Entscheidung einem so überaus fähigen Mann wie Euch zu überlassen, Herr Erzbischof«, erteilte Javan in nichtssagendem Tonfall Antwort. »Ohne jeglichen Zweifel wißt ja Ihr am allerbesten, Exzellenz, wo sich für eines zusätzlichen Schreibers Können am zweckmäßigsten Verwendung finden ließe.«

»Hmmm, ja, sicherlich… Aber dieweil er bisher nicht als Schreiber tätig war, wird er wohl, nehme ich durchaus begründet an, in dieser Hinsicht einer zuvorigen Einweisung bedürfen. Zudem erhebt sich die Frage, Sire, wie eigentlich man denn einem Deryni eine geeignete geistliche Anleitung gewähren kann…« Der Erzbischof blickte Paulin an, dann wieder den König.

»Ich glaube, daß vielleicht… Ja fürwahr, ich bin der Meinung, die Abtei zu Ramos ist die richtige Wahl. Ich hoffe, Eure Majestät, derselben Erwähnung erweckt bei Euch freudige Erinnerungen. Dort hält man's gestrenge mit den Regeln, das gebe ich ohne weiteres zu, jedoch vertrete ich die ganz und gar unaufweichliche Überzeugung, daß scharfe Zucht eine unentbehrliche Voraussetzung ist für den rechten Weg zu erbaulicher geistlicher Aufrichtung. Ursin O'Carroll kann hingebracht werden, wenn man seine Anverwandten nach Norden schafft, zu jenem ›Meister Revan‹ – es sei denn, Sire, Ihr begehrt seine Aufnahme ins Kloster schon zu einem früheren Zeitpunkt.«

»Nein, mir ist's recht so«, beteuerte Javan. »Eure Exzellenz, empfangt meinen Dank für diesen huldvollen Gnadenbeweis oberhirtlicher Fürsorge, deren gütige Hinwendung selbst ein schwarzes Deryni-Schaf nicht ausnimmt. Ich gebe mich der Hoffnung hin, daß Ursin sich der ihm gewährten Möglichkeit, sich mit Gott und der Kirche auszusöhnen, wert und würdig zeigt…«

Die Wahl, welche der Erzbischof bezüglich des Klosters getroffen hatte, in das Ursin O'Carroll eintreten sollte, verursachte Javan, derweil er in Charlans und Guiscards Geleit zu seinen Gemächern strebte, nagende Sorge; ihn peinigte die Frage, ob er Ursin möglicherweise nur einem um so früheren Tod ausgeliefert haben mochte. In der Abtei zu Ramos herrschte *wahrhaft* strenge Zucht, und einem Beichtvater, der einen Deryni – also einen gänzlich Entrechteten – zum Beichtiger hatte, fiel eine nahezu unbegrenzte Vollmacht zu, aufgrund welcher er alle Strafen verhängen durfte, die er als notwendig ansah, um eines Büßers Seele zu retten.

Schonungsloses Fasten und regelmäßige Geißelung zählten voraussichtlich zu den mildesten Maßnahmen, die Ursin über sich ergehen lassen mußte. Und als Mittel zur Einschüchterung – um so schauriger und wirksamer, als es stets unter dem Vorwand geistlicher Seelsorge verordnet werden konnte –, blieb der Aderlaß ohnegleichen. Zwar glaubte Javan sich an die Vorschrift zu entsinnen, daß Laienbrüder davon ausgenommen sein sollten; doch hätte man nun Pater Faelan fragen mögen, wie sorgsam bei ihm die Maßgabe befolgt worden war, daß Ordenspriester der *minution* nur einmal unterzogen werden durften. Aber falls Ursin lange genug das Leben behielt, um eines Tages befreit werden zu können, mochte sich das Wagnis lohnen.

In seinen Gemächern erläuterte Javan, nachdem sich außer Guiscard und Charlan auch Baron Etienne zu ihm gesellt hatte, welches Vorgehen er sich bezüglich Ursins sowie seiner engsten Angehörigen – seines Eheweibs und des Sohns – nun vorstellte. Guiscard war von der Umfänglichkeit und vom Weitblick des Vorhabens zutiefst beeindruckt; sein Vater hingegen nickte nur beifällig.

»Ein kühner, ja verwegener Plan, Sire, aber er könnte

sich bewähren, falls Ursin, wie Ihr's ganz richtig bemerkt habt, ausreichend lang am Leben bleibt. Allemal jedoch wird die Sache in der waghalsigsten Art und Weise auf des Messers Schneide stehen, denn es kommt darauf an, ihn für eine hinlängliche Zeitspanne dort zu belassen, bis man in ihm keine Bedrohung mehr sieht und die Wachsamkeit nachläßt, und sogar so lange, daß niemand mehr auf den Gedanken verfällt, die Urheberschaft seines Entweichens bei Euch, Sire, zu suchen – und doch mit seiner Befreiung nicht so lange zu warten, daß man zu der Schlußfolgerung kommt, nun sei's an der Zeit, sich endlich eines eigentlich reichlich lästigen ehemaligen Deryni zu entledigen…«

»Just das ist etwas, Sire, das auch mir ein wenig Beunruhigung bereitet«, bekannte Guiscard. »Erzbischof Hubertus hat angekündigt, Ursins zuständiger Abt solle über ihn unbeschränkte Macht über Tod und Leben erhalten. Indes muß ein Meuchelmord keineswegs in jedem Fall offen und eindeutig erkennbar sein. Man könnte ihn einschließen und die Speise nach und nach immer stärker kürzen, bis er Hungers stirbt, denn Fasten ist ja ein altehrwürdiger Bestandteil der Klosterzucht, und wer will's im nachhinein beweisen, wenn sie für den Betroffenen Verkümmerung bedeutete? Oder es wäre möglich, über längere Zeit hinweg jedesmal ein wenig zu ›übertreiben‹, wenn man ihn zur Ader läßt, so daß er sich nach keinem Mal so recht davon erholt, bis die Entkräftung ihn schließlich umbringt.«

»Ich wähnte, auch bei den *Custodes* wäre nach dem ersten, als Pflicht vorgeschriebenen Mal der Aderlaß eine Maßnahme, welcher man sich freiwillig unterwirft«, sprach Baron Etienne. »Als Handhabe zur Erleichterung des seelischen Drucks, welchen das enge Zusammenleben erzeugt, und um unerwünschten Gemütswallungen vorzubeugen.«

»Laienbrüdern soll sie kein einziges Mal abverlangt werden«, klärte Javan den Baron auf. »Aber was Deryni angeht, so scheut man sich nicht, die Regeln und Bräuche nach Gutdünken zu beugen.«

»Hm, dachte ich's mir doch«, brummte Etienne. »Und das alles wäre machbar, ohne zuvor falsche Anklagen auszuhecken, ja selbst ohne jede *Custodes*-Willkür, die ihn ansonsten auf den Scheiterhaufen bringen möchte...« Er schüttelte das Haupt. »O je, es könnte sich herausstellen, Sire, daß Ihr ihm keine große Gefälligkeit getan habt.«

»In Anbetracht seines bisherigen Schicksals bilde ich mir ein, auch die ungewisse Aussicht auf Freiheit wäre ihm, hätte er denn nur von meinen Absichten Kenntnis, weitaus willkommener«, antwortete Javan durchaus gelassen. »Er soll ja nicht für alle Zeit im Kloster bleiben. Sobald sein Eheweib und der Sohn sich in Sicherheit befinden, will ich...«

»Mit Verlaub, es möchte gar wohl klüger sein, Sire«, meinte Etienne, »Eure Pläne nicht von *seiner* Anverwandten Sicherheit abhängig zu machen. Hier zu Rhemuth weilen noch andere Deryni als Geiseln in Gefangenschaft, die man, sollte irgendein Verdacht keimen, über die Klinge springen lassen könnte. Anders als in Ursins Fall, in dem sich ein Deryni eine Menschenfrau anvermählte, sind Oriels Gemahlin und Tochter Deryni, und desgleichen gilt für Sitrics Mutter und Schwester.«

Javan nickte. »Darüber bin ich mir sehr wohl im klaren. Seid unbesorgt, ich gedenke nichts zu überstürzen.« Er verzog das Gesicht zu einem Ausdruck der Versonnenheit. »Doch es wird wohl gescheiter sein, Ihr und Guiscard brecht nunmehr auf, denn je früher Pater Joram erfährt, was ich getan habe, um so baldiger vermögen wir die ferneren Vorkehrungen voranzutreiben...«

Zur gleichen Zeit befaßten sich auch andere Leute mit Überlegungen zu der Frage, was König Javan da eigentlich im Sinn hatte.

»Weshalb bloß, zum Henker, wünscht er Ursin aus Rhemuth fortzuschaffen?« grübelte Erzbischof Hubertus mit halblauter Stimme, stützte an dem Tisch, an welchem er Paulin und Albertus gegenübersaß, die mehrfachen Kinnwülste in beide Hände. »Ohne Zweifel weiß er doch, daß er den Mann damit unserer uneingeschränkten Macht ausliefert, Gefahr läuft, daß wir uns seiner entledigen, wann's uns beliebt... Es sei denn, Ursin ist beileibe nicht so hilflos, wie er den Eindruck vermittelt. Und das Aufhebens, was er um das Weib und den Sprößling betreibt...«

»Zum Glück verbleibt uns noch ein Aufschub von mehrerer Monde Frist, ehe wir unsererseits das Vorgehen in der einen oder anderen Hinsicht festlegen müssen«, sprach Paulin, trommelte mit den Fingerkuppen auf die Armlehne. »Gegenwärtig beunruhigt mich weit mehr dieser Oriel. Ich weiß nicht, ob er vorher wußte, welches Anliegen der König verfolgte, aber dessen ungeachtet ist's meine Auffassung, unser teurer Heiler wächst sich zusehends von einem Allerweltsärgernis zu einem ausgesprochenen Störenfried aus.«

Scharfen Blicks sah Erzbischof Hubertus den Generalvikar an, ohne das schwabbelige Kinn von den Händen zu heben. »Er ist der einzige Heiler, der uns noch zur Verfügung steht«, rief er in Erinnerung. »Wägt sorgsam ab, bevor Ihr Euch allen Ernstes dafür einsetzt, ihn vom Erdkreis zu tilgen. Wahrlich sattsam kennt auch Ihr die nutzlosen, unfähigen Pfuscher und Schmeißfliegen, welche sich selbst voller schamloser Anmaßung beschreien und loben, Ärzte zu sein, ja gar Hofärzte.«

»Freilich, Eure Exzellenz, allmählich jedoch frage ich mich, ob wir nicht besser beraten sind, auf die althergebrachte, herkömmliche heilkundliche Kunst zu vertrauen, als wenn wir uns den Launen irgendwelcher Deryni unterordnen. Ich habe Euch dahingehend vorgewarnt, Erzbischof, daß sich die Nützlichkeit unserer dienstverpflichteten Deryni irgendwann erschöpft. Wie ich leider befürchte, ist mir Eurerseits kein Glauben geschenkt worden. Oriels Botmäßigkeit gewährt dem König einen Vorteil, dessen ich ihn lieber ledig sähe, zumal im Lichte jenes Verdachts, welchen wir ja mittlerweile wider ihn hegen. Wenn die *Merascha*-Probe vorgenommen wird, dann soll unweigerlich einer *meiner* Untergebenen sie vornehmen, und geschehen am Königshofe Wahrheitsfindungen, so will ich, daß allemal niemand anderer als ein *mir* untertaner Deryni sie vollzieht.«

»Ihr wißt, Generalvikar, uns ist anerbötig gemacht worden, für unsere Zwecke Sitrics Dienste einzuspannen. Rhun ist in selbiger Beziehung außergewöhnlich großzügig. Überdies haben wir Euren Meister Dimitri zu Gebote.«

»Ja, aber auch Rhun hat ganz offenherzig zugegeben, daß der Tag kommen mag, da sein Deryni mehr Verdruß bedeutet, als er's wert ist«, entgegnete Paulin, ohne auf die Erwähnung Dimitris einzugehen. »Nein…« Er verschränkte die Hände im Nacken, lehnte sich zurück und richtete den Blick empor zur Stubendecke. »Ich glaube, daß es jetzt mit Oriels Nützlichkeit im großen und ganzen ein Ende hat. Und ich denke mir, daß Sitric just der rechte Mann sein dürfte, um uns dieser Unerfreulichkeit zu entheben…«

Mehrere Wochen verstrichen, bevor Sitric ebenjene Gelegenheit fand, die zu suchen man ihm befohlen hatte. Inzwischen war Prinzessin Michaelas Schwangerschaft bei Hofe eine allgemein bekannte Tatsache geworden, und Meister Oriel kehrte soeben von dem Besuch, den er ihr einmal wöchentlich abstattete, um ihren Zustand und die Entwicklung des Ungeborenen zu begutachten, zu seiner Unterkunft zurück, ward wie üblich begleitet von jenem Ritter, welcher ihn als sein Schutzwächter begleitete.

Auch Sitric hatte sich unterdessen mit einer Schutzwache umgeben, denn er wußte, er allein wäre nimmer dazu fähig, Herrn Gavin zu überwältigen, Oriel zu bezwingen und ihm, wie sein Befehl es vorsah, den Geist zugrunde zu richten, ohne daß er die Unterstützung rein körperlicher Gewalt genoß. Die Aufgabe, Oriels Geist zu zerstören, mußte er notgedrungen selbst erledigen, aber die Beihilfe gewöhnlicher Sterblicher konnte ihm durchaus die erste und möglicherweise auch die zweite Voraussetzung gewährleisten.

Seine Helfer, die alle die Tracht des Hauses Haldane trugen, lauerten auf dem Weg, welchen Oriel und Gavin, wie Sitric wußte, bei der Rückkehr zu ihren Gemächern zu gehen pflegten; drei Männer erwarteten sie auf dem ersten Treppenabsatz, zwei harrten im Hinterhalt, um ihnen die Umkehr zu verwehren. Sitric hatte sie mit großer Sorgfalt aus der Besatzung der Königsburg ausgewählt und alle fünf unentrinnbar seinem Willen untergeordnet, ihnen die unerschütterlich feste Überzeugung eingeflüstert, daß es gälte, einen Anschlag Herrn Gavins auf des Königs Deryni zu vereiteln. Einer von ihnen hatte dank Sitrics Einwirkung die falsche Erinnerung im Gedächtnis, er hätte gehört, wie Gavin zu einem anderen Ritter – dessen Namen der Waffenknecht vorteilhafterweise nicht kannte – die Äußerung von sich gab, noch immer übten Deryni bei Hofe zuviel Einfluß aus, und er, Gavin, gedächte dagegen etwas zu unternehmen; falls der Mann überlebte, stand seinerseits eine dementsprechende Aussage in Aussicht.

Keiner der fünf Waffenknechte entsann sich jedoch

daran, daß Sitric ihnen befohlen hatte, ihre Schwertklingen mit *Merascha* zu bestreichen, so daß schon die allergeringfügigste Schnittverletzung Oriel jegliche Möglichkeit rauben mußte, mittels seiner Deryni-Kräfte sich selbst zu verteidigen oder dem Ritter an seiner Seite Beistand zu erweisen. Mehrere Wunden hätten, auch wenn es leichte Schnitte wären, zur Folge, daß Oriel eine *Merascha*-Dosis von tödlicher Stärke erhielt. Zusätzlich führte Sitric für alle Fälle ebenso einen gleichermaßen vorbereiteten Dolch mit, der in einer Scheide an seinem Leibgurt hing.

Auf der Treppe lauschte er auf das Näherkommen seines vorgesehenen Opfers. Schon vernahm er die Stimmen der beiden Königstreuen, welche sich in unverfänglichem Geplauder ergingen; offenkundig argwöhnten sie nicht im mindesten, daß sie Stufe um Stufe einer Falle entgegenstiegen.

Sitric seinerseits ahnte indessen nicht, daß der König am heutigen Morgen seine Absichten über den Haufen geworfen und beschlossen hatte, anstatt an diesem stürmischen März-Morgen, wie sonst gewohnt, früh auszureiten, einen just aus einem der Gauen eingetroffenen neuen Bericht mit Erhebungen in seine Gemächer mitzunehmen, um ihn vor dem Mittagsmahl zu lesen. Die Herren Charlan und Guiscard – Charlan voran – geleiteten ihn die Treppe hinauf, als plötzlich von oben die Geräusche eines Handgemenges sowie ein entsetzlicher Aufschrei alle drei Männer aufschreckte, so daß sie den Aufstieg beschleunigt fortsetzten, die Stufen in jäher Eile erklommen.

Herr Gavin hatte sich, ehe er unterlag, wacker geschlagen. Ein Toter lag verkrümmt, als der König und seine Adlaten den Schauplatz des Geschehens erreichten, gleich unterhalb des Treppenabsatzes, auf welchem der Zusammenprall erfolgt war und wo jetzt die

Klingen klirrten, ein zweiter Mann lehnte im Sitzen an der Mauer – ein Schmierstreifen Blut zeigte die Stelle an, daselbst er an der Wand hinabgerutscht war – und röchelte, schaumiges Blut rann ihm über die Lippen, sickerte zwischen den Fingern der Hände hervor, die er auf seine Brust preßte. Zu Javans Bestürzung kleidete beide Männer der Haldane-Wappenrock.

Gavin war mit gespreizten Gliedmaßen aufs Gesicht gesunken, unter ihm breitete sich eine Blutlache aus, seine Faust zuckte noch am Griff seines zerbrochenen Schwerts, während nahebei ein weiterer Mann in Haldane-Tracht, wie Gavins zwei gefällte Widersacher ein Waffenknecht, gegen zwei Gegner focht, deren einer mit einem Schwert, der andere mit einem Dolch bewaffnet war, mit dessen Schneide letzterer soeben die zur Abwehr emporgestreckten Hände eines Mannes in grünem Rock und gleichfarbenem Schultermantel aufgeschlitzt hatte. Dahinter maß ein weiterer Waffenknecht der Länge nach den Fußboden.

Dem Grüngewandeten entfuhr ein Aufheulen. In der trüben Helligkeit, welche den Treppenabsatz nur unzulänglich erhellte, erkannte Javan mit Müh und Not Meister Oriel, dessen Deryni-Aura flackerte und knisterte, dann jedoch verflimmerte, derweil sein Bedränger nun die Dolchspitze auf ihn richtete und ihm einen Strahl orangeroten Lichts stracks zwischen die Augen lenkte. Und der Angreifer war…

»Nicht, Sitric, haltet ein!« brüllte Javan.

Die Schwerter gezückt, sprangen die Herren Charlan und Guiscard die Treppe hoch, schlitterten durch Ritter Gavins Blut. Javan folgte ihnen auf den Fersen, hatte das Haldane-Schwert blankgezogen, bot verzweifelte Hast auf, um noch rechtzeitig zu Meister Oriel zu gelangen. Indem er ein wütendes Knurren ausstieß, ließ daraufhin Sitric von Oriel ab und schleuderte Charlan eine feurige Kugel purer Magie-Gewalt entgegen.

Ohne auch nur im allergeringsten der späteren Auswirkungen eingedenk zu sein, stieß Herr Guiscard augenblicklich Charlan beiseite und bediente sich eines Wehrzaubers, weißliches Gleißen sprühte aus seiner Hand wie Garben silbrigen Morgenlichts, umhüllte die Feuerkugel und verschlang sie. In dem Wirrwarr hatte Sitric jedoch, zumal Javan gleichzeitig mit Guiscard vor ihm erschien, offenbar den Eindruck, der König selbst hätte seinen Angriff abgeschlagen.

»Ha!« schrie Sitric. »Ihr!« Er wandte den Dolch in Javans Richtung und verschleuderte eine zweite Ballung feuriger Magie-Kraft.

# XL. Kapitel

*...die stolzen Augen, eine falsche Zunge und Hände, und Hände, die unschuldiges Blut vergießen...*

Sprüche 6,17

Unwillkürlich duckte sich Javan, schwang die freie Hand empor und hob zur Gegenwehr das Haldane-Schwert, errichtete so mittels der Haldane-Magie blitzartig einen mit einem glitzrigen Schleier vergleichbaren Schutzwall, an dem die Feuerkugel in einem karmesinroten Aufleuchten verglühte. Offensichtlich wenig dazu geneigt, am eigenen Leibe zu erfahren, was Javan darüber hinaus an magischen Werken zu leisten vermochte, wirbelte Sitric nun auf dem Absatz herum und entfleuchte in den benachbarten Flur. Zur gleichen Zeit stieß Herr Guiscard die beiden Mannen, welche noch neben Gavin mit den Schwertern aufeinander einhieben, zur Seite, ging von der Verteidigung über zum Angriff, ballte seine Magie-Kräfte, um den fliehenden Sitric aufzuhalten. Javan erkannte, welche Absicht Guiscard hegte, vereinte sofort seine Haldane-Magie mit des Adlatus' magischen Gewalten.

Infolge dieser Zusammenfassung nahm der Zauber, dessen Wirkung Sitric erfaßte, ehe er ein Dutzend Schritte weit geflohen war, eine unvorhergesehene Gestalt an. Von Flammen umlodert, brach er mit einem Aufkreischen zusammen, auf die Bodenfliesen prallte nur ein noch von letzten Zuckungen geschüttelter, verkohlter Leichnam.

In dem Schweigen, das sich den Ereignissen unversehens anschloß, hörte Javan vom anderen Ende des Korridors Füße eilends herantrampeln. Mit der Schwertspitze wies er, während sein Blick Meister Oriel suchte, auf die Mannen, welche rings um Ritter Gavin lagen oder kauerten.

*Sorgt dafür, daß niemand sich an etwas erinnert!* übermittelte er Herrn Guiscard auf geistiger Ebene einen Befehl und sprang flugs zu Oriel, um sich Klarheit über dessen Befinden zu verschaffen.

Der Heiler war auf die Knie niedergesackt, hatte die aufgeschlitzten Hände zu Fäusten geballt und hielt sie kreuzweise gegen die Brust gedrückt. Aus einer weiteren Schnittwunde an seiner Wange floß ein schmales Rinnsal Blut hinab auf den Hals, ansonsten jedoch wirkte er unbeeinträchtigt – hätte man die Wirrnis außer acht lassen wollen, welche Javan in seinem Geist erspähte.

»*Merascha!*« erklang Javans Warnruf, derweil er wild in die Runde blickte. »Es muß an den Schwertern der Angreifer kleben. Herr Charlan, kommt mir her, stellt Oriel auf die Beine! Bringt ihn zum Laufen! Er darf um keinen Preis die Besinnung verlieren.« Er erspähte die Wappenröcke der Königlichen Leibwache. »*Wachen!*« brüllte er. »Holt Ärzte, Feldschere! Und... Barmherziger Gott, *Gavin...!*«

Hurtig begab sich der König an die Seite des niedergestreckten Getreuen, kniete sich ohne jegliches Zaudern in die Blutlache, legte das Schwert beiseite, wälzte den jungen Ritter herum, umschlang seine Schultern und schloß ihn in die Arme. Gleich darauf drängte sich etliches Volk auf dem Treppenabsatz – Leibwächter, Waffenknechte und Bedienstete, von denen mehrere sich Oriels annahmen –, aber Javan erübrigte für sie, wiewohl er bemerkte, daß Charlan hinter ihn trat und ihm seinen Schutz gewährte, nur beiläufige Beachtung.

»Gavin, es wird ein Wundarzt geholt«, sprach Javan halblaut zu dem übel Zugerichteten. »Bloß haltet mir aus! Was ist geschehen?« Er preßte die vom Handschuh umhüllte Rechte auf eine besonders gräßlich Wunde in des jungen Ritters Brust, als vermöchte er so, obschon noch mindestens drei ähnlich schwere Verletzungen vorhanden waren, das Leben am Entrinnen hindern.

Als er seines Herrschers vertraute Stimme vernahm, raffte Gavin sich ein wenig empor und schlug die Augen auf; anscheinend flößte die Gegenwart seines Lehnsherrn ihm noch einmal Kraft ein.

»Ich… versteh's nicht, Sire…«, vermochte Gavin zu raunen. »Unsere eigenen Mannen waren's… Wir stiegen von Eures Herrn Bruders Gemächern… die Treppe hinauf… da fielen sie… gänzlich unvermutet über uns her…« Schwächlich hustete er und würgte Blut hervor. Hilflos huschte Javans Blick umher. Er bezweifelte ernstlich, daß selbst ein Heiler, wäre Meister Oriel nicht ohnedies handlungsunfähig – aber war zuviel *Merascha* in seinen Körper gelangt, starb vielleicht auch *er* –, den Mann in seinen Armen noch zu retten vermochte.

»Ich habe versucht… ihn zu schützen, Sire«, flüsterte Gavin mit schon schwächerer Stimme. »Zwei habe ich… gefällt, glaube ich… eh's mich traf…«

»Drei«, berichtigte Javan ihn halblaut. »Ihr habt alles getan, was ein Herrscher fordern könnte.«

Ritter Gavin erbebte und schloß flüchtig die Lider; dann richtete er den getrübten Blick wieder auf seinen König. »Wird's dunkler, Sire…? Ich kann nicht mehr so recht sehen…«

»O Gott, Gavin, es bricht mir das Herz«, stöhnte Javan, neigte das Haupt, barg das Gesicht an des Sterbenden Schulter.

»Es erfüllt mich… mit Stolz, meinem König gedient zu haben«, beteuerte Gavin kaum vernehmlich leise. Er krampfte sich zusammen, rang tief, indem es in seiner

Kehle gurgelte, um Atem. »Ein Schwert, mein Lehnsherr … Reicht meiner Faust ein Kreuz.«

Während ihm Tränen des Grams übers Angesicht rannen, tastete Javan blindlings nach dem Haldane-Schwert, das er beim Niederknien neben sich abgelegt hatte. Die Waffe war schlüpfrig von Gavins Blut; am eigenen Gewand wischte der König den Kreuzgriff sauber, bevor er ihn Gavin in die Hand drückte.

»Ein Haldane-Schwert für einen Haldane-Kämpen«, sprach er mit gedämpfter Stimme, half Gavin dabei, den Griff an die Lippen zu heben und die darin eingeschreinte Reliquie zu küssen. »Ein Kreuz des Ruhms für einen Krieger, welcher treu und bewährt vor den Thron jenes Königs treten darf, dem wir beide dienen. Möge er Euch in sein Reich aufnehmen. Findet Frieden im Dienst an einem höheren Herrn.«

Herr Gavin hatte noch genügend Kraft, um ein letztes ›Amen‹ zu wispern; dann jedoch spürte Javan, wie der Ritter den Geist aufgab. Für ein Weilchen behielt er den Toten fest umschlungen, wiegte ihn in den Armen, schüttelte das gebeugte Haupt.

Nur allmählich drangen die Geräusche und Laute der Umgebung durch die Betäubung, welche ihm die Trauer verursachte, wieder in seine Wahrnehmung vor; er hob den Blick, sah schwarze und karmesinrote Mäntel, eine Vielzahl gestiefelter Füße. Herr Charlan hielt noch neben ihm Wacht; auf der anderen Seite harrte Herr Guiscard, matt aufs Schwert gestützt, des Weiteren. Ein Feldscher in Herrn Robears Wappenrock kauerte neben Meister Oriel, der nachgerade umnachtet benommen wirkte und vor sich hinächzte, untersuchte seine Hände. Ein zweiter Feldscher in *Custodes*-Tracht, beide Fäuste um seine Tasche geklammert, stand zu Ritter Gavins Füßen und betrachtete den Toten mit einer Miene ehrlicher Ratlosigkeit.

»Erklärt Herrn Robears Feldscher, er soll Oriel auf die Beine stellen und ihn umhergehen lassen«, befahl Javan und streckte Gavins Leichnam auf dem Fußboden aus; Charlan half dem Herrscher beim Aufstehen. »Er darf nicht die Besinnung verlieren. Wahrscheinlich beeinträchtigt ihn eine übermäßig hohe Dosis *Merascha*. Es war *Merascha* an Sitrics Klinge. Und habt acht beim Aufsammeln der Schwerter, es mag sein, daß man auch sie mit *Merascha* vergiftet hat.«

Entgeistert ließ der König, der nahezu so sehr in Blut getränkt war wie Gavin, den Blick rundumschweifen. Im Flur besah sich Baron Rhun von Horthness mit mehreren seiner Untergebenen Sitrics Leiche. Den zwei überlebenden, recht benommenen Waffenknechten hatte man unterdessen die Hände gebunden; Königliche Leibwächter sowie ein paar *Custodes*-Ordensritter unter Herrn Albertus' Führung bewachten die beiden Gefangenen. Ein *Custodes*-Geistlicher spendete soeben dem an der Mauer niedergesunkenen Mann, welcher inzwischen gleichfalls das Zeitliche gesegnet hatte, die Sterbesakramente.

»Alle Wetter, was für ein gar zu putziger Zufall«, maulte Rhun, als er auf den Treppenabsatz und zum König kam. Er warf Oriel einen Blick böser Erbitterung zu. »Den einzigen anderen Deryni bei Hofe hat er umgebracht. *Meinen* Deryni. Das verschafft Euch einen beneidenswerten Vorteil, Sire, stimmt's?«

Javan maß Rhun scharfen Blicks, wiewohl es ihn in äußerstem Maß erleichterte, daß der Graf offenbar ohne weiteres unterstellte, Sitric wäre durch Oriel getötet worden.

»In der Tat will's ganz im Gegenteil den Anschein haben«, erwiderte Javan, »als wär's Eures Deryni Vorsatz gewesen, *meinen* Deryni zu meucheln. Habt etwa Ihr ihn dazu angestiftet?«

»Nein, wie sich von selbst versteht, Sire, *nicht*«, lautete Rhuns Antwort. Und wirklich sprach er die volle Wahrheit.

Diese sonderbare Tatsache tauchte den Anschlag in ein interessantes Licht. Javan vermochte zur Gänze nachzuvollziehen, warum seinen Gegnern an Meister Oriels Tod – und Oriels Ermordung war eindeutig Sitrics Ziel gewesen – gelegen sein mußte. Aber wer hatte es sich herausgenommen, ohne Graf Rhuns zuvorige Einwilligung Sitric einen derartigen Befehl zu erteilen?

»Wie dem auch sei, ich gedenke mir Meister Oriels Darstellung anzuhören, ehe ich mir ein Urteil bilde«, sprach Javan, schaute hinüber zu dem Heiler, dem Herr Robears Feldscher gerade einen Trank einflößte. »Was ist das da, Feldscher?«

»Ein Anregungsmittel, Sire, um der einschläfernden Wirkung des *Merascha* entgegenzuwirken. Das Ergebnis wird sein, daß er der Sinne Trübung und Störung vornehmlich ungelindert ertragen muß, selbiges ist aber als vorteilhafter zu bewerten denn gewisse andere Folgen.«

»Es liegt ganz offenkundig auf der Hand, daß er erst morgen oder übermorgen wieder in einem Zustand sein dürfte, welcher es ihm gestattet, Aussagen zu machen, darum bleibt uns keine andere Wahl, Herr Rhun, als unsere Erörterungen bis dahin zu verschieben.« Er senkte den Blick auf Ritter Gavins Leichnam.

»Jemand soll Herrn Gavins Anverwandte benachrichtigen«, gab der König mit kummervoller Stimme Weisung. »Es ist mein Wunsch, daß er in der Königlichen Kapelle aufgebahrt und in der Gruft des Rhemuther Doms beigesetzt wird. Und diese beiden Männer dort...« Er deutete auf die zwei Festgenommenen, denen man gehörige Verwirrung anmerkte. »Herr Robear, laßt sie abführen und unter Bewachung stellen. Meister Oriel wird sie befragen, sobald er dazu fähig ist. Ich wage die Vermutung auszusprechen, daß sie unter Sitrics geistiger Gewalt standen. Aber es mag sein, da einer wider den anderen focht, es war Oriel gelungen, einen von ihnen davon zu befreien. Die allerwichtigste Frage jedoch heißt: Wer hat Sitric den Auftrag gegeben? Weshalb sollte ein Deryni einen anderen Deryni töten?«

Er überließ es den Umstehenden, über diese Frage nachzudenken, während er sich in Begleitung der Herren Guiscard und Charlan zu den Königlichen Gemächern entfernte, um die blutbefleckten Kleider gegen frische Gewänder auszuwechseln.

Gemeinsam mit einem seiner *Custodes*-Ordensritter und dem Feldscher begleitete Großmeister Albertus Graf Rhun zu seinen Gemächern. Vor der Tür warteten bereits Generalvikar Paulin und Erzbischof Hubertus.

»Tragt Ihr dafür die Verantwortung?« erheischte Rhun harsch Auskunft, nachdem er sie eingelassen und die Tür von innen verschlossen hatte. Der *Custodes*-Ordensritter war im Flur verblieben, um Wache zu halten, doch der Feldscher stand, den Blick gesenkt, unterm schwarzen Mantel die mit Leder umhüllten Arme auf dem Rücken verschränkt, an Albertus' Elle.

»Ich bitte Euch, nehmt Platz, Herr Graf«, antwortete Paulin in ruhigem Ton. »Ich bedaure Eures Leib-Deryni Verlust. Doch zum Glück haben wir noch einen anderen Deryni zu unserer Verfügung.«

Rhun stutzte und starrte Paulin an, ließ sodann den Blick über die anderen Anwesenden schweifen, musterte zuletzt den Feldscher, dessen Angesicht er als einziges nicht kannte. Auch Erzbischof Hubertus betrachtete den Mann mit erhöhter Aufmerksamkeit; der Feldscher hatte ein säuberlich barbiertes Kinn, auch das braune Haupthaar war nach Art der *Custodes*-

Knechte kurzgeschoren und durch eine andeutungsweise Tonsur etwas gelichtet.

»Wer ist der Kerl?« erkundigte Rhun sich mit unterdrückter Stimme.

»Herr Rhun, Graf von Sheele, erlaubt mir, Euch Meister Dimitri vorzustellen«, sprach Paulin unbekümmert und verzog die Miene zu einem Schmunzeln, als Rhun vor dem dunklen Blick zurückprallte, welchen Dimitri nun in sein Gesicht richtete. »Zwar ist er kein Heiler, hat jedoch in Grundzügen eine Unterweisung zum Feldscher erhalten. Seine für uns wertvolleren Befähigungen betreffen allerdings die Kunst der Befragung und Aushorchung. Bisher hat er zum Schein bei mir als Schreiber gedient, aber wir erwägen nutzbringende Veränderungen. Laßt mich die Tatsache hervorkehren, daß Meister Dimitri sich aus freien Stücken in meine Dienste begeben hat und sich fürwahr aufs allerbereitwilligste für unsere gemeinsame Sache verwendet. Wären heute die Umstände günstiger gewesen, befände sich Sitric noch am Leben, und außer dem unglückseligen Herrn Gavin, Gott hab ihn selig, würde man nun auch den verwünschten Oriel zur alsbaldigen Bestattung aufbahren.«

»Ihr wollt sagen, Ihr habt Sitric zu Oriels Ermordung angestiftet?« vergewisserte Rhun sich in gedämpftem Ton. »Weshalb bin ich über diese Absicht nicht in Kenntnis gesetzt worden?«

»Es deuchte uns klüger, Herr Graf, nur die unmittelbar daran Beteiligten einzuweihen«, gab ihm Großmeister Albertus zur Antwort. »So konnt's dahin kommen, daß Eure Entrüstung echt, also glaubhaft war und der König Euch nicht der Urheberschaft zu verdächtigen vermag. Wie Ihr selbst, ganz von Euch aus, zum Ausdruck gebracht habt, kann der Vorfall so gedeutet werden, daß Sitrics durch Oriel bewirkte Tötung ein durch Neid und Mißgunst begründeter Anschlag eines Deryni auf den einzigen anderen Deryni am Königshof gewesen sein mag. Infolgedessen wird Oriel mehr denn je zuvor zu einer fragwürdigen Erscheinung. Der König wird eine derart zweifelhafte Gestalt nicht mehr lange bei Hofe halten können. Und ist Oriel erst einmal fort, ob tot oder lebendig, haben wir dank Meister Dimitris Beistand einen ganz ungemein herausragenden Vorteil.«

Vernehmlich ließ Rhun den angestauten Atem aus der Brust entweichen, bezähmte offensichtlich seinen nur allzu gerechtfertigten Unmut. Schließlich griff er sich einen Stuhl und nahm Platz.

»Mich will's dünken, Ihr Herren, Ihr seid mir ein paar Erklärungen schuldig«, sprach er. »Jedoch möchte ich sie ohne *seine* Gegenwart vernehmen. Meister Dimitri, tätet Ihr uns wohl den Gefallen, solange draußen zu warten?«

Nachdem Dimitri sich zu dem *Custodes*-Ordensritter gesellt hatte, welcher vor der Tür Wache hielt, erläuterte Generalvikar Paulin kurzgefaßt den wider den König gehegten Verdacht und erzählte Rhun die Neuigkeiten hinsichtlich der noch in der Königsburg in Gefangenschaft befindlichen Deryni-Geiseln.

»Der König ist willens, Ursin und seine Verwandten fortzubringen?« fragte Rhun, sobald man ihn von mehrerlei Seite über die verschiedenen Eigentümlichkeiten der Sachlage aufgeklärt hatte.

Erzbischof Hubertus nickte. »Sein Wunsch ergab sich aus der Frage, ob Ursin noch ein Deryni sei, sowie der Unklarheit über seinen Sohn, zum Schluß allerdings ward daraus eine eher kirchliche Angelegenheit. Auch aus Rücksicht darauf haben wir Euch keine Mitteilung gemacht. Hinzu kam die Überlegung, daß Ihr schlechterdings nichts verraten könnt, was Ihr gar nicht wißt. Nun jedoch, da's Euch Euren Leib-Deryni gekostet hat, habt Ihr ein Recht auf Einweihung. Wahrscheinlich wird er über kurz oder lang noch mit dem Ansinnen herausrücken, auch Sitrics Angehörige fortzuschaffen.«

»Ich sollte sie«, murmelte Rhun, »still und heimlich erdrosseln lassen.«

»Mich deucht's ratsam, ein klügeres Vorgehen zu erwägen«, entgegnete Paulin. »Ich bin der Meinung, wir *sollten* dulden, daß sie mit Ursins Weib und Kind hinziehen. Mag sein, bis dahin ist's soweit, daß wir auch Oriels Sippschaft mitschicken können.«

»Falls Euch etwa das Mütchen danach steht, nochmals einen Anschlag auf Oriel zu verüben, überlegt's Euch wahrlich lieber zweimal«, empfahl Rhun von Horthness. »Was wird er entdecken, so er am Leben bleibt, wenn er jene beiden übriggebliebenen Waffenknechte vernimmt…?«

Oriel kam mit dem Leben davon, doch verstrichen zwei Tage, bis er sich zur Genüge erholt hatte, um die zwei Waffenknechte der Burgbesatzung einer Befragung zu unterziehen. Auf Beharren Paulins mußte er sie in Anwesenheit des gesamten Kronrats durchführen, welchselbiger sich im Audienzsaal hinterm Dürnitz versammelte, um der Verrichtung genaues Augenmerk zu schenken. Bevor er sich an die Erledigung der Aufgabe machte, erklärte er, jedweden Anschlags auf Sitric – welcher den Zweck gehabt haben könnte, einen Deryni-Rivalen zu beseitigen – schuldlos zu sein, und gab an, sich nicht daran zu erinnern, Sitric vermittelst seiner Magie-Kräfte ins Jenseits befördert zu haben.

»Dennoch hat es ganz den Anschein, daß meinerseits selbige Zauberkräfte, ohne es zu beabsichtigen und mir dessen bewußt zu sein, zu meiner Selbstverteidigung aufgeboten worden sind«, räumte er allerdings zum Schluß ein, spreizte die verbundenen Hände zu einer Gebärde aus, deren Ausdruck stillschweigend Nachsicht erbat. »Heilern obliegt die Verpflichtung, Leben niemals auszulöschen, doch kann sich unter gewissen Voraussetzungen der Drang zur Selbsterhaltung als stärker erweisen. Ich schwöre Euch, Ihr Herren, daß Sitric und jene Waffenknechte uns ohne die geringste Warnung auf der Treppe überfallen haben. Mit aller Offensichtlichkeit war es ihr Zweck, uns beide zu töten, und was Herrn Gavin anbelangt, so ist es ihnen auch gelungen...«

Nachdem er sich wieder im Vollbesitz seiner Deryni-Kräfte befand, hatte er die Verletzungen seiner Fäuste und ebenso die Schnittwunde an der Wange geheilt; trotzdem trug er um die Hände gewickelt leichte Verbände, weil die frisch verheilten Wunden noch empfindlich waren – und um es vermeiden, daß er die Aufmerksamkeit der Zuhörer auf seine magischen Heilerfähigkeiten lenkte.

Dimitri allerdings, welcher hinter Großmeister Albertus an der Mauer stand und von dort aus das Geschehen aufs vorzüglichste beobachten konnte, bemerkte des Heilers Kunstgriff. Wie allen, die das blutige Vorkommnis auf jenem Treppenabsatz ganz oder teilweise miterlebt hatten, war auch Dimtri befohlen worden, sich zu der Untersuchungsversammlung einzufinden. Bislang hatte er in Oriels Angaben keine Lüge entdecken können; aber irgend etwas hatte für ihn den unterschwelligen Anklang unvollständiger Wahrheit. Er beugte sich vor und flüsterte Albertus seine Wahrnehmung ins Ohr, just als Herr Udaut anordnete, den ersten Mann hereinzuführen. Albertus nickte und gab die Mitteilung weiter an Paulin.

Herrn Jerowen als dem Rechtsvertreter der Krone fiel es zu, die Fragen an die Männer zu richten, während zur gleichen Zeit Oriel sie der Wahrheitsfindung zu unterziehen hatte. Der erste Waffenknecht, dessen Name Baldwin lautete, tischte der Versammlung eine Geschichte auf, welche sich durch unerhörte Wirrheit auszeichnete. Ihm wäre zugetragen worden – von wem, dessen vermochte er sich seltsamerweise nicht zu entsinnen –, Herr Gavin plante Meister Oriels Ermeuchelung. Er und seine Gefährten hätten sich auf die Treppe begeben, wo der Mordanschlag erfolgen sollte, um Oriel dort abzufangen und ihm ihren Schutz zu gewähren. Nein, Sitric gesehen zu haben, vermochte er sich nicht zu erinnern. Doch hätte Gavin sich als erheblich tüchtigerer Schwertfechter denn vermutet erwiesen.

Trotzdem war es ihnen gelungen, wiewohl um den Preis mehrerer eigener Verluste, Gavin niederzumachen – und dann wäre ›seitens des Hauptmanns‹ befohlen worden, die Waffen auch wider Oriel zu erheben. Aber just als Baldwin und seine noch kampffähigen Genossen Oriel den Garaus machen wollten, hätte der Deryni ihn gepackt, ein gewaltiger Schmerz wäre ihm hinter den Augen durchs Haupt gezuckt, und mit einem Mal wäre ihm, Baldwin, völlig klar gewesen, daß er und die beiden anderen Männer, einer davon ein Gefährte, Meister Oriel *keineswegs* umbringen durften, er vielmehr – ganz dazu im Gegensatz – den Deryni beschützen mußte.

Danach war alles noch unübersichtlicher geworden, grelle Helligkeit hatte gegleißt, noch einmal spürte er Schmerz, dann war seinen tauben Fingern das Schwert entwunden, er selbst gefesselt worden, ohne daß er durchschaut hätte, was eigentlich geschah. Noch heute blieb ihm unklar, was sich ereignet hatte.

Dem Kronrat ließen sich, nachdem Baldwin seine Darstellung beendet hatte, Regungen des Unbehagens anmerken. Eindeutig hielt er seine Aussage für wahr – Oriel bestätigte es, sobald er erneut vor die Versammlung trat, und gab freimütig zu, den Waffenknecht, um sich zu retten, seiner geistigen Gewalt unterworfen zu haben –, aber genauso offenkundig stimmte es, daß man noch längst nicht die ganze Wahrheit wußte. Baldwin bekannte, daß sein Gedächtnis Lücken aufwies, welche er nicht zu erklären verstand, schwor jedoch dem König auf den Knien, sein Lebtag lang auf keinen Verrat gesonnen zu haben.

Er bebte, als er sich wieder auf den Stuhl setzte, welchen man ihm hingestellt hatte, und reckte den Hals, um Oriel entgegenzustarren, der nun hinter ihn trat. Als der Heiler die verbundenen Hände locker auf seine Schultern senkte, zuckte der Waffenknecht zusammen.

»Dir wird kein Harm widerfahren«, besänftigte Oriel ihn mit halblauter Stimme, indem er ihm die Daumen in den Nacken und die übrigen Finger um die Schläfen legte. »Bewahre Ruhe. Wenn du unter Zwang gehandelt hast, wirst du straffrei ausgehen.«

Bei Oriels Berührung schlossen sich dem Mann die Lider, und der Heiler neigte das Haupt. Nach einer Weile hob Oriel den Blick und atmete gründlich durch, wogegen sich der Waffenknecht vorerst nicht regte.

»Sire, ich sehe keine Möglichkeit, wie ich dafür Beweise zu erbringen vermöchte, aber offenbar hat Sitric jedem der Beteiligten einzeln gewisse irrige Annahmen sowie betrügerische Befehle eingeflüstert, welchen die Betroffenen nicht widerstehen konnten. Im wesentlichen ward ihnen der Lug eingeblasen, Herr Gavin hätte den Vorsatz zu meiner Ermordung gefaßt, und es wäre ihre Pflicht, ihm in den Arm zu fallen. Ein zweiter, nachrangiger Befehl jedoch erlegte es ihnen auf, nach Herrn Gavins Niederringung mich vom Leben zum Tode zu befördern. Ich glaube, Ihr werdet von dem anderen Gefangenen die Aussage vernehmen, er hätte Herrn Gavin den Anschlag ankünden, ihn reden gehört, er sei des derynischen Einflusses bei Hofe, der derynischen Eingriffe in das eigenständige Herrschen und weise Walten des Königs, vollends überdrüssig. Um Vergebung, Sire, aber das ist's, was er vernommen zu haben wähnt. Ihr solltet Euch bei dem zweiten Mann Gewißheit verschaffen, bevor ich in sein Gedächtnis Einblick nehme. Wenn's Euer Begehr ist, verlasse ich währenddessen den Saal.«

Der Hinweis auf einen möglichen Verrat Sitrics richtete zeitweilig die allgemeine Aufmerksamkeit auf Rhun von Horthness, welcher Sitrics Dienstherr gewesen war, aber Rhun leugnete jegliche Verwicklung in irgendwelche Ränke und blieb beharrlich bei der Feststellung, daß er Sitric niemals entsprechende Weisungen erteilt habe. Da Oriel die Wahrhaftigkeit dieser Aussage bestätigte, geriet nun von neuem er selbst in den Mittelpunkt der Verdächtigungen, rief gedämpftes Gemurmel bei den Zuhörern hervor, von denen etliche eindeutig der derynifeindlichen Auffassung zuneigten, die angeblich der tote Ritter Gavin geäußert haben sollte.

»Wie verhält es sich mit der Magie, welche Sitric getötet hat?« wünschte Paulin zu erfahren, nachdem man fruchtlos über Gavins vorgebliche Beweggründe hin- und hergestritten hatte.

»Auf was richtet sich Eure Frage, Herr?« wollte Oriel wissen.

»An was erinnert der Mann sich denn in dieser Beziehung?«

»An helles Erstrahlen, Herr, an Flammengarben, die Sitric umzüngelten. Ich... äh... hatte ihn in jenen Augenblicken fest in meiner geistigen Gewalt, dieweil ich zu verhindern versuchte, während mir das *Merascha* die Sinne vernebelte, daß er mich seine Klinge schmekken ließ. Ich glaube... viel mehr hat er nicht gesehen.«

Dimitri ersah, daß Oriel auch in dieser Hinsicht die Wahrheit sprach, aber wieder fehlte irgendein Sachverhalt. Erneut setzte Dimitri davon – derweil im Audienzsaal Stimmengewirr herrschte, Herr Udaut den Mann hinausführte und Nevell, den anderen Waffenknecht, vor die Versammlung brachte – Großmeister Albertus in Kenntnis.

Nevells Einlassungen stimmten im großen und ganzen mit den Angaben seines Gefährten überein; darüber hinaus jedoch machte er tatsächlich die Aussage, er hätte Gavin schwören gehört, er wollte Oriel wegen seines ungebührlichen Einflusses auf den König töten. Oriels geistige Einsichtnahme zeigte klar an, daß die falschen Erinnerungen auf Sitrics Machenschaften zurückgingen, aber da Gavin und Sitric beide nicht mehr unter den Lebenden weilten, vermochte der Heiler es nicht zu beweisen. Eines stand, dieweil Rhun von Horthness offenbar nicht log, jedoch fest: Sitric hatte, wenn der Anschlag von ihm ausgeheckt worden war, aus eigenem Antrieb, nicht auf Rhuns Anstiftung hin gehandelt.

»Auf keinen Fall haben wir irgendeine Veranlassung, um an Herrn Rhuns Wort Zweifel zu hegen«, erklärte Graf Tammaron, nachdem Nevell von Herrn Udaut hinausgebracht worden war und Herr Sorle Meister Oriel fortgeleitet hatte. »Indes sehe mich zu der Feststellung gehalten, Sire, daß irgend etwas an der ganzen Sache auch Oriels Unschuld beweist. Weil er jetzt bei Hofe der einzige Deryni ist, ermangeln wir zu meinem Bedauern jedweder Möglichkeit zur Überprüfung seiner Behauptungen. Am wenigsten dürfen wir naturgemäß dem Wahrheitsgehalt seiner Äußerungen trauen, soweit sie ihn selbst betreffen.«

»Ich bin der Auffassung, daß Meister Oriel die Wahrheit spricht, Herr Reichskanzler«, erwiderte Javan. »Welchen Vorschlag unterbreitet Ihr, um diese Frage zu klären? Was könnte Euch davon überzeugen, daß es Sitric war, nicht Oriel, der den Vorfall herbeigeführt hat?«

Die mehrheitliche Meinung des Kronrats lautete, daß überhaupt nichts selbige Überzeugung zeitigen könnte, und Javan machte seinerseits zum Schluß lediglich das Zugeständnis, Oriel in Zukunft unter noch strengere Aufsicht zu stellen. Herr Sorle sollte des Heilers neuer Leibwächter werden.

»Und auch die beiden Waffenknechte bleiben bis auf weiteres in mildem Gewahrsam«, verkündete Javan. »Meines Erachtens sind sie keiner vorsätzlichen Mittäterschaft schuldig, doch kann ich ihnen kein Vertrauen mehr schenken. Sobald das nächste Mal eine Versetzung zu einem entlegenen Kastell stattfindet, sollen sie aus Rhemuth dorthin verschwinden. Herr Robear, tragt mir verläßlich dafür Sorge, daß mein Wille geschieht.«

»Jawohl, mein Lehnsherr.«

Danach beendete Javan die Versammlung, suchte ermüdet seine Gemächer auf und sandte Etienne mit dem Auftrag zu Joram, ihm über den Verlauf der Sitzung zu berichten und ihn um Ratschlag zu bitten. Oriel, der trotz aller Unschuld unverkennbar als Schuldiger galt, erhielt eine Unterkunft gleich gegenüber den Königlichen Gemächern zugewiesen; die Herren Sorle und Guiscard bezogen die beiderseits benachbarten Räumlichkeiten.

Spät in der Nacht, derweil die überwiegende Mehrzahl aller Bewohner der Königsburg schliefen, schlich lautlos wie ein Gespenst Meister Dimitri durch die Korridore, um vor der Tür jener zwei in Ungnade gefallenen Waffenknechte die Wache abzulösen.

Am darauffolgenden Morgen strebte Javan in Begleitung seines Bruders, Herrn Tomais' sowie seiner beiden Adlaten durch den Burgsaal, streifte gerade zur Vorbereitung auf einen munteren Morgenritt die Reithandschuhe über, da kam, gefolgt von Herrn Udaut, Herr Robear die Treppe herabgepoltert, fing den König, seine Gefolgsmannen und den Prinzen am Fuß der Treppe ab.

»Sire, Ihr werdet, wage ich zu mutmaßen, heute früh nicht ausreiten wollen«, rief Robear, deutete auf den Zugang des Säulengangs, welcher den Burggarten säumte; er stapfte hinüber, schaute gar nicht über die Schulter, um sich dessen zu vergewissern, daß Javan sich ihm anschloß.

»Folgt Herrn Robear, Sire«, drängte Udaut den verdutzten König. »Ein schöner Anblick wird's nicht sein. Um so besser, daß Ihr noch kein Morgenmahl eingenommen habt.«

Trotz der Vorwarnung ereilte Javan in der Magengegend eine gewisse Flauheit, als er Robear an der anderen Seite des Gartens einholte und sein Blick auf eine nackte Männergestalt fiel, die in einem Blumenbeet auf dem Bauch lag. Rhys Michael sowie die Herren Tomais und Guiscard waren vor ihm angelangt, wogegen Charlan sich aus Rücksicht auf die geringere Behendigkeit Javans knapp hinter ihm gehalten hatte.

»Wer ist's?« fragte Javan, während sein Bruder nach einem Fingerzeig Udauts den Blick zu einem offenen Fenster im vierten Obergeschoß hob, aus dem etliche Gesichter herabstarrten.

Herr Robear kniete sich neben den Toten und drehte sein Gesicht herum, betrachtete es, seufzte auf und schüttelte das Haupt.

»Entsinnt Ihr Euch des Namens Baldwin, Sire?« meinte der Recke.

»Gütiger Himmel«, raunte Javan, »ist er in die *Tiefe* gesprungen?«

»Gesprungen oder gestoßen worden, Sire.« Robear packte die Schultern des Leichnams und machte Anstalten, ihn umzudrehen, ließ jedoch davon ab und schüttelte noch einmal das Haupt. Unter dem Toten sah man Blut, denn der glücklose Baldwin hatte sich auf einige Stecken gespießt, welche junge Pflanzen stützen sollten.

»Nun, falls der Aufprall ihn nicht das Leben gekostet hat, dann doch allemal diese mehrfache Durchbohrung des Leibes«, sprach Robear, richtete sich auf, wischte seine Hände am Beinkleid ab und lenkte den Blick erneut hinauf zu dem Fenster. »Ich vermute, er nahm kein ärgeres Ende als der andere arme Hund.«

»Was denn, er ist auch tot?« fragte Javan in äußerster Betroffenheit.

Droben in der Kammer, welche Baldwin auf so buchstäblich überstürzte Weise verlassen hatte, war Nevell auf einen langsameren, aber keineswegs scheußlicheren Weg verfallen, um aus dem Leben zu scheiden. Dieweil er und sein Gefährte eingesperrt worden waren und deshalb des Zugriffs zu Waffen ermangelten, hatte er eine leere Weinflasche zerschlagen und sich mit einer messerscharfen Scherbe erst bis auf die Knochen beide Handgelenke und anschließend die Gurgel aufgeschlitzt. Auch er war splitternackt vorgefunden worden. Während über Baldwins Absichten Zweifel begründet sein mochten, konnte es bezüglich Nevells Freitod keine Mißverständnisse geben. Die im Tode versteiften Finger umklammerten noch fest die Glasscherbe. Sein Blut bedeckte nicht nur den weißlichen Leichnam, sondern war ins ganze Gemach gespritzt. Die stieren Augen starrten zu dem offenen Fenster hinaus, durch das sein Gefährte in den Abgrund gesprungen war, der Mund hatte einen verzerrten Ausdruck wahnwitzigen Triumphs beibehalten.

»Guter Gott, warum haben sie *das* denn bloß getan?« meinte Javan halblaut, kauerte sich neben Herrn Guiscard, der inzwischen auf die Knie gesunken war und sich die Leiche besah.

»Mag sein, aus Verzweiflung, dieweil sie ihres Königs Vertrauen verlustig gegangen waren«, ließ Rhun sich vernehmen; er und Herr Albertus zählten zu den Leuten, welche sich – unterstützt durch einen *Custodes-*

Feldscher –, als der König die Kammer betrat, bereits mit der Räumlichkeit und der Besichtigung des Leichnams beschäftigten. »Diese Mannen hatten keine Zukunft mehr, Sire, denn ihr Herrscher hatte ganz ungerechtfertigt beschlossen, sie aus seiner Nähe zu verbannen.«

»Schwatzt mir keinen lachhaften Unfug daher!« entgegnete Javan barsch, wenngleich er fühlte, daß ihm plötzlich die Wangen brannten. »Darin ist keine hinlängliche Begründung zu sehen, um das liebe Leben fortzuwerfen, und schon gar nicht auf derlei ausgesprochen greuliche Weise. Herr Robear, glaubt Ihr, Sitric könnte, als er sie seinem Willen unterjochte, entsprechend vorgesorgt haben?«

»Warum befaßt Ihr Euch nicht mit der Frage, ob's vielleicht Oriels Werk ist, Sire?« äußerte Rhun mit unerbittlicher Hartnäckigkeit. »Hätte Sitric ihnen den Befehl zum Selbstmord eingegeben, wäre er doch sicherlich befolgt worden, bevor sie eine Gelegenheit erhielten, zu seinen Ungunsten auszusagen. Hingegen hat Oriel ja erst am gestrigen Tag in der Ärmsten Geist herumgepfuscht.«

»Donnerwetter, was für ein wahrhaft lächerlicher Gedankengang«, entfuhr es voller Empörung Herrn Charlan. »Wenn sie gestern kein übles Zeugnis wider Oriel abgelegt haben, stand wohl schwerlich zu erwarten, daß sie's irgendwann nachholen. Weshalb sollte Oriel so etwas Törichtes verüben? Es erfüllt ja fürwahr keinen anderen Zweck, als böse Zungen wie die Eure zum Plappern zu bringen.«

»Sire, ich empfehle Euch, diesen unverschämt dreisten Welpen an die Leine zu nehmen, sonst sehe ich mich dazu gezwungen, ihn für seine Frechheit durchzuprügeln«, knirschte Rhun. »Vermeßt Ihr Euch etwa, den Deryni zu verteidigen, Ihr Lümmel?!«

»Ihr geht zu weit, Baron«, rügte Javan, indem er sich

aufrichtete. »Herr Charlan, zu mir! Ich dulde kein Gezänk unter meinem Hofstaat. Herr Guiscard, auch Ihr kommt mit, ich bitte Euch.«

Guiscard hatte, ohne sich stören zu lassen, den Leichnam einer Untersuchung unterzogen, scheinbar lediglich, um sich die Wunden anzusehen und den Grad der Leichenstarre festzustellen; nach dem Zuruf stand er nun ohne Verzug auf und kam zu Javan.

»Nevells eigener Einfall war's nicht, Sire«, teilte Guiscard dem König leise mit, derweil sie zu dritt in den Rittersaal zurückstrebten, um doch noch ein morgendliches Mahl zu sich zu nehmen, obgleich keiner von ihnen mehr sonderliches Verlangen verspürte. Rhys Michael hatte sich wieder in seine Gemächer begeben und dazu angemerkt, er gedächte sich später ein wenig Essen heraufbringen zu lassen. »Ich wünschte, es wäre möglich, daß Meister Oriel eine gründliche Toten-Sichtung durchführt, aber nach Herrn Rhuns Äußerungen könnt ihr's Euch überhaupt nicht leisten, dazu die Anweisung zu geben.«

»Warum nicht?« knurrte Javan.

»Weil er, sollte sich herausstellen, daß sie vermittelst geistigen Zwangs zum Selbstmord genötigt wurden, der einzige Verdächtige wäre – und selbst diese Schlußfolgerung, Sire, müßte Euch noch freuen. Ist nämlich er nicht der Urheber – so wenig wie Ihr, Sire, wie ich oder mein Vater –, muß daraus abgeleitet werden, daß sich in Eurem Umkreis insgeheim ein zweiter Deryni aufhält. Wenn's nicht Sitrics Geist ist, vermag ich einen naheliegenden Rückschluß zu ziehen, und ich wähne, Ihr versteht, wovon ich spreche.«

Ruckartig blieb Javan stehen und schaute Guiscard an. »Dimitri? *Hier?*«

»Ei nun, ich will meinen, er dürfte eine solche Einflußnahme nicht von der Abtei *Arx Fidei* aus vornehmen können«, antwortete Guiscard. »Zudem kommt mir soeben in den Sinn, daß man wohl kaum Sitric einer Gefahr ausgesetzt hätte, wäre nicht zum Ersatz ein anderer Mann vorhanden.«

»Er muß einer jener *Custodes* sein, welche im Verlauf des vergangenen Mondes bei Hofe aufgekreuzt sind«, murmelte Javan versonnen. »Aber keiner hat so ein Angesicht, wie wir's in Serafins Geist erblickt haben.«

»Er hatte einen Bart«, rief Guiscard in Erinnerung, indem er sich unversehens an seinem Platz vorbeugte. »Und er trug weltliche Gewandung. Aber denkt Euch den Bart fort, stellt Euch den Mann in *Custodes*-Tracht vor... Wer fällt Euch da ein, Sire?«

In plötzlicher Verblüffung lehnte sich Javan in den Stuhl, entsann sich mit einem Mal darauf, wo er ein derartiges Antlitz gesehen hatte.

»Der Feldscher, welcher mit Albertus gekommen ist«, sprach er im Flüsterton. »Gestern war er bei der Vernehmung zugegen, und auch heute hat er ihn begleitet...« Er schloß die Lider, malte sich das bewußte Angesicht aus – das angegraute, mausbraune Haar, jetzt kurzgeschoren und mit Tonsur, die dunklen Augen mit dem stets sorgsam verschleierten Blick, den sinnlichen Mund, die winzige Vertiefung im rechten Ohrläppchen, an dem zuvor ein goldener Ohrring gehangen hatte...

»Gütiger Herrgott, was sollen wir nur tun...?«

Während der König diese Frage stellte, teilte Dimitri seinen Auftraggebern weitere Ergebnisse seiner Anstrengungen mit, erstattete Großmeister Albertus, Baron Rhun, Erzbischof Hubertus und Generalvikar Paulin in des letzteren Stube drunten in den Nebengebäuden des Doms Bericht.

»Am heutigen Morgen war's mir vergönnt, überaus aufschlußreiche Beobachtungen zu machen, Ihr Herren«, erklärte Dimitri; er stand vor den Verschwörern, die am Kamin saßen. »Unter Berücksichtigung dessen, was Ihr mir über den König erzählt habt, kann ich nicht beschwören, daß es Deryni-Kräfte waren, welche ich gespürt habe, aber allemal Magie-Kräfte, welche den derynischen Gaben vergleichbar sind. Und sie gingen entweder vom König oder jenem Edlen namens Guiscard aus.«

»De Courcy?« vergewisserte sich Rhun.

»Meine Neigung geht dahin, sie dem König zuzumessen«, sagte Dimitri, »doch will ich keineswegs die Möglichkeit ausschließen, daß das Vorhandensein jener eigenartigen Kräfte bei beiden zutrifft. Dafür spräche auch der Eindruck, welchen ich bei der Einblicknahme in den Geist Baldwins und Nevells gewinnen konnte, ehe ich ihnen den Befehl gab, aus dieser irdischen Welt den Abschied zu nehmen. Dieweil sie keinen Anlaß zu irgendeinem Verdacht hinsichtlich des Königs hatten, *unterstellten* sie beide, daß Meister Oriel der Urheber der gegen Sitric aufgebotenen Zaubergewalt gewesen sein mußte. Tatsächlich hatte jedoch keiner von ihnen an den fraglichen Augenblick eine genaue Erinnerung. Zudem hatte Oriel zu jenem Zeitpunkt eine gehörige Menge *Merascha* im Blut. Ich erachte es als unwahrscheinlich, daß er unter solchen Umständen ausreichende Macht zu entfalten vermochte.«

»Dann muß es der König sein«, brummte Generalvikar Paulin. »Also sind die Gerüchte wahr, die Haldanes verfügen über Zauberkräfte. Es mag sein, daß sie keine Deryni sind, aber ihre Macht stammt von den Deryni. Und das allein ist ein hinlänglicher Grund, um des Königs Sturz und Untergang zu betreiben…!«

In den nachfolgenden Wochen gewann Javan von diesen Absichten nicht einmal andeutungsweise Kenntnis. Der ›Feldscher‹, den er und seine Getreuen für Meister Dimitri hielten, ward bei Hofe nicht mehr gesehen –

was durchaus die Schlußfolgerung erlaubte, daß er für zumindest eine der jüngsten Unerfreulichkeiten die Verantwortung trug –, und Javan wagte über ihn keine Fragen zu stellen. Er konnte über Dimitris Abwesenheit nur froh sein und hoffen, daß weder er noch Guiscard sich in seiner Gegenwart irgendwie verdächtig gemacht hatten.

Herrn Gavin ward das prachtvolle Begräbnis zuteil, auf welches er durch seinen Heldentod in des Königs Diensten ein Anrecht erworben hatte, und er ward mit allem zeremoniellem Pomp im Rhemuther Dom beigesetzt. Die Selbstmörder Baldwin und Nevell hingegen verscharrte man, wie zuvor Pater Faelan, auf dem Schindanger am Fluß. Rhun bekam die Erlaubnis, Sitric auf dem Totenacker der Sankt-Hilary-Basilika zu bestatten – ein *Custodes*-Priester wohnte der Beerdigung bei – und gab seinerseits, wiewohl widerwillig, sein Einverständnis dafür, daß des Umgekommenen Mutter und Schwester Ursins Anverwandte, wenn Javan sie gen Norden sandte, zu Revan, begleiten durften.

Da Oriel dem allgemeinen Blickfeld fernblieb, sich hauptsächlich in seinem Gemach aufhielt, verebbte allmählich auch um ihn das Aufsehen. Nun war es Javan verwehrt, den Deryni weiterhin offen für Zwecke der Wahrheitsfindung zu verwenden, aber wenigstens stand er ihm noch als Heiler zur Verfügung. Und als man eines Tages gegen Ende des Mondes April, am Morgen nach einer der regelmäßigen *Merascha*-Proben, Ursin tot im Bett vorfand, setzte Javan den Heiler für eine Toten-Sichtung ein.

»Es ist an ihm keine Wunde ungewöhnlicher Art zu entdecken, Sire«, vermeldete der Hofarzt, den man als erstes gerufen hatte, als Ursin sich nicht erhob, um das Morgenmahl zu verzehren. »Ihr habt mein Wort darauf, Sire, daß er gestern in keiner schlechten Verfassung war, als ich ihn verließ. Freilich war er noch benommen vom *Merascha*, aber er hatte, im Gegensatz zu früher, keine zweite Dosis erhalten. Da seitens Eurer Majestät beschlossen ward, ihn in der *Custodes* Obhut zu übergeben, dünkte die Wärter eine solche Vorkehrung, nur um ihn von der einen in die andere Kammer zu schaffen, nunmehr als überflüssig. Vielleicht hat im Schlafe sein Herz versagt. Er kann hier schwerlich ein leichtes Leben genossen haben.«

Wie Javan und Oriel erkannten, sprach der Mann die reine Wahrheit, aber nachdem er sich entfernt hatte, ließ Javan den Heiler die Leiche einer gründlicheren Untersuchung unterziehen. Charlan verblieb in der Zelle; im Flur befragten Guiscard und Sorle die Wachen In der Tat gab es an dem Toten außer den Einstichnarben an Ursins Unterarm, wo man regelmäßig die in *Merascha* getauchten Nadeln des Deryni-Zähmers hineingebohrt hatte, keine Verletzungen zu sehen. Doch sobald Oriel sich an die Toten-Sichtung machte, durchfuhr ihn schon nach wenigen Augenblicken ein heftiges Erschrecken.

»Du lieber Gott…«, murmelte er, griff sich in fassungsloser Ungläubigkeit ans Haupt.

»Was gibt's?« fragte Javan sofort.

Indem Oriel den Kopf schüttelte und damit die Beantwortung der Frage aufschob, bis er die Toten-Sichtung vollendet hatte, beugte er sich erneut über den Leichnam, senkte die zittrigen Hände auf die kalte Stirn, unterbrach aber den Vorgang zum wiederholten Male; er streckte Javan eine Hand entgegen und begann ein drittes Mal.

Verstohlene Schritte in der Nacht… Ursin erwacht aus dem durchs *Merascha* bleischweren Schlummer, just als drei schemenhafte Schattengestalten sich auf ihn stürzen… Zwei drücken ihn nieder, während die dritte ihm ein Kissen aufs Angesicht preßt.

Sich darüber im klaren, daß die Bedränger auf seinen Tod sinnen, versucht Ursin Gegenwehr zu leisten, ringt vergeblich um Atem, bis Zuckungen ihn packen, ihm die Kräfte aus den Gliedmaßen schwinden… Und dann, gerade als sein Bewußtsein endgültig ins Dunkel zu entgleiten droht, wird das Kissen entfernt, doch unverzüglich reißt man ihm die Kiefer auseinander, schüttet ihm aus einer Flasche eine ätzende Flüssigkeit in den Rachen, die seine Zunge betäubt, und sogleich greift Lähmung über auf seine Glieder und das Gehirn…

Javan bebte, als er Hand und Geist von Oriel trennte. Der Heiler öffnete den Mund des Toten, lugte ihm in die Kehle, prallte vor den noch erkennbaren, beträchtlichen Resten von *Merascha* geradezu zurück – Ursin war weit mehr von dem Mittel zu schlucken gezwungen worden, als genügt hätte, um ihn zu töten.

»Wer kann denn eine solche Übeltat verbrochen haben?« raunte Javan Herrn Guiscard zu, nachdem man die Leiche fortgebracht hatte und Oriel sich unter Bewachung auf dem Rückweg in seine Unterkunft befand. »Und warum? Er gab doch für niemanden eine Gefahr ab. Und beharrten die *Custodes* auf seinem Tod, hätten sie lediglich ein paar Wochen lang abwarten müssen, bis er in Ramos gewesen wäre.«

Außerhalb des kleinen Kreises seiner Vertrauten erhielt niemand Kenntnis von Oriels Feststellungen, denn alle Äußerungen des Heilers müßten abermals ihm und seinen Deryni-Fähigkeiten, welche man, so wenig wie ihn selbst, lieber nicht in den Vordergrund rückte, unliebsame Aufmerksamkeit verschaffen. Außerdem ergab Herrn Guiscards Vernehmung der Wachen, daß es vermutlich eines Deryni bedurft hatte, um in Ursins Zelle vorzudringen. Guiscard konnte nur die Wahrhaftigkeit ihrer Aussagen nachprüfen und ersah dabei vollständige Ehrlichkeit – sie erzählten ihm, was sie über die vergangene Nacht an Erinnerungen im Gedächtnis hatten, und alles lief darauf hinaus, es wäre niemand in Ursins Kammer eingedrungen.

»Meine Mutmaßung lautet, daß Dimitri wieder da ist, Sire«, meinte Herr Guiscard zum König. »Aber wir können uns unmöglich bei Paulin nach ihm erkundigen, ohne Verdacht zu erregen. Da Meister Oriel ohnehin schon gar mancherlei Anwürfen und Anfeindungen ausgesetzt ist, bleibt's ausgeschlossen, daß wir zu erkennen geben, über Dimitri Bescheid zu wissen.«

Der Deryni-Ritter überprüfte während der nächsten Tage so viele *Custodes*-Mitglieder, wie es ihm möglich ward, ging dabei, wäre er wirklich auf einen anderen, den *Custodes* hörigen Deryni gestoßen, die Gefahr der eigenen Entlarvung ein; doch als er erfuhr, daß am selbigen Morgen, da man Ursins Tod entdeckte, eine Anzahl *Custodes*-Ordensbrüder Rhemuth verlassen hatte, beendete er diese waghalsigen Bemühungen. Nun sah es erst recht so aus, als wäre der Verdacht neuer Umtriebe Dimitris begründet, aber es ließ sich nichts beweisen, und es konnte niemand nach irgend etwas mit ihm Zusammenhängendem gefragt werden.

Unterdessen ward Ursin auf dem Gottesacker der Sankt-Hilary-Basilika beerdigt – unweit von Sitrics Grabstätte –, und Erzbischof Hubertus drückte sein Bedauern über Ursins Ableben aus, gestattete sogar der Witwe, dem Begräbnis beizuwohnen, wiewohl er es ihrem Deryni-Sohn verweigerte. Abgesehen von den *Custodes*-Wächtern, die in der bewußten Nacht Dienst gehabt hatten, sowie dem zuständigen Hofarzt nahm sonst niemand an der Beisetzung teil. Generalvikar Paulin ließ es sich wahrhaftig nicht nehmen, die durch Javan angeordnete Totenmesse zu Gunsten der Seele Ursins höchstpersönlich zu lesen, und in der Predigt sprach er beinahe kummervoll über die durch Ursins vorzeitiges Hinscheiden vereitelte Zukunft eines frommen Klosterlebens, welche er ins Auge gefaßt gehabt hatte, um für seine derynische Verworfenheit Abbitte zu leisten.

Während der Messe stand Javan mit seinem Bruder sowie den Herren Charlan und Guiscard im Hintergrund der Basilika, mußte feststellen, daß Paulin sich – zumindest vordergründig – an die Wahrheit hielt, so daß er Anlaß zu der Annahme hatte, möglicherweise trage der Generalvikar keine Schuld an Ursins Tod; dennoch brachte er es nicht über sich, hinzugehen und aus Paulins Hand die Heilige Kommunion zu empfangen. Auch seine beiden Adlaten und Rhys Michael verzichteten auf das Sakrament. Er merkte, daß Paulin diese Ablehnung ungehalten aufnahm, doch scherte es ihn nicht. Anschließend fand eine Sitzung des Kronrats statt – Paulin blieb fern, hingegen war Großmeister Albertus zugegen –, in der eine reichlich angespannte Stimmung herrschte; besonders durch alles, was Erzbischof Hubertus daherredete, fühlte Javan sich an diesem Tag über die Maßen gereizt.

Allerdings schien es, als ob in der Zeit nach Ursins Tod im Kronrat die offene Feindschaft wider die Vorstellungen des Königs sich ein wenig verlief. Anscheinend hatte der Einfall, einen ehemaligen Deryni auch nur zum Laienbruder einer Klostergemeinschaft zu machen, einige der hohen Herren ärger gewurmt, als Javan es für möglich gehalten hätte. Im nachhinein jedoch freundete man sich allmählich mit dem Gedanken an, die inzwischen überflüssig gewordenen Anverwandten Ursins und Sitrics abzuschieben. Sogar Hubertus' Bedenken gegen den Vorschlag, sie durch Meister Revan läutern zu lassen, schmolzen langsam dahin, so daß Javan nach und nach zu der Hoffnung neigte, den beharrlichsten Widerstand überwunden zu haben.

Derweil der Winter dem Frühling wich, sandte er, sobald Gwynedds Landstraßen wieder allgemein genutzt werden konnten, Herrn Bertrand de Ville nach Norden, um Erkundigungen nach Meister Revan einzuholen. Währenddessen beschäftigte sich zu Rhemuth der Kronrat mit den Nachrichten, welche nun, da sich die Verhältnisse auf den Landstraßen besserten, wieder aus den Gauen des Reiches eintrafen. Gleichzeitig ließ er Pater Joram durch Etienne de Courcy auf dem laufenden halten und den Michaeliten Vorbereitungen zur Aufnahme jener drei Frauen und des Knaben durchführen, welche er binnen kurzem in den Norden zu schicken beabsichtigte.

Gegen Ende des Mondes April kehrte Herr Bertrand mit der Kunde zurück, daß Meister Revan sein Wirken an der Flußbiegung des Eirials endlich wiederaufgenommen hatte, dem Volke erneut die Läuterung vom Makel des Derynitums vermittelst der Wiedertaufe anbot. Er hatte sich mit Meister Revan besprochen, ihm des Königs Vorhaben mitgeteilt und sich gemeinsam mit einem seiner Reisigen-Hauptleute im eisigen Flußwasser der Wiedertaufe unterworfen, um die Reinigung von aller Befleckung zu erlangen, die ihnen, ob wissentlich oder unwissentlich, durch den Umgang mit Deryni widerfahren sein mochte. Sie bekamen vom Meister einen Segen gespendet – »Nicht meinen Segen«, hatte Revan versichert, »sondern den Segen des Herrn der Heerscharen« –, und Herr Bertrand zog sich zudem das Rotzen zu. Sowohl der Ritter wie auch seine Untergebenen fanden sich am Königshof mit der Überzeugung wieder ein, daß Meister Revans Betreibungen gleichermaßen wohltätig wie auch heilsam seien, und verliehen nach der Rückkunft in Rhemuth dieser Einschätzung vor dem Kronrat vorbehaltlos Ausdruck.

»Ich gehe keinesfalls so weit zu behaupten, Meister Revan sei ein Heiliger«, legte Herr Bertrand seinen Standpunkt dar, wischte sich wiederholte Male die

Triefnase mit einem längst feuchten Sacktuch, »aber es ist mein fester Glaube, daß der Weg, jene vom Bösen zu reinigen, die von Deryni besudelt wurden, und die Deryni selbst von ihrer Schlechtigkeit zu läutern, allemal jenem Vorgehen vorzuziehen ist, sie ohne Unterschied zu verfolgen und zu vernichten. Ist es nicht angebrachter, diesen Unglücklichen ein Mittel zur Erlösung zu zeigen? Wenn Mitleid und Barmherzigkeit den gleichen Zweck erreichen können wie rücksichtslose Strenge, geben dann nicht erstere, wenn wir uns nachsagen, auf den Fußspuren des Heilands zu wandeln, fürwahr einen besseren Leitstern ab?«

Grundsätzlich wiederholte Herr Bertrand damit die Überlegungen, welche seinem Geist durch Javan unbemerkt eingeflüstert worden waren, bevor der König seinen Ritter gen Norden entsandte, aber dank der Begeisterung, welche er noch empfand, nachdem er Revans Wiedertaufe am eigenen Leib erlebt hatte, brachte er seine Worte nun den hochgestellten Zuhörern mit um so leidenschaftlicherem Nachdruck vor. Dennoch verursachte es Javan eine gewisse Überraschung, daß der Kronrat Herrn Bertrands Berichterstattung recht günstig aufzunehmen schien.

Vielleicht zu günstig. Nichts an den Äußerungen, welche anschließend im Kronrat fielen, klang in irgendeiner Beziehung nach Lug und Trug, doch Javan spürte unterschwellige Schwingungen einer Angespanntheit, auf welche er sich keinen Reim zu machen vermochte. Er wußte, daß Paulin in Hubertus' Auftrag Revan weiteren Überprüfungen zu unterziehen gedachte, aber nicht einmal der *Custodes*-Generalvikar erhob irgendwelche der von Javan erwarteten Einwände wider Bertrands begeisterte Darstellung. An mehreren Tagen versuchte Javan den Erzbischof allein anzutreffen, um aus des Kirchenfürsten Geist neue Erkenntnisse zu gewinnen, jedoch hatte Hubertus stets jemanden um sich, so daß der König keine geeignete Gelegenheit fand.

Nach einer Weile entschied Javan, daß seine königliche Teilnahme die Entsendung der nicht mehr nötigen Geiseln zu Meister Revan mit deutlich höherer Bedeutsamkeit ausstatten könnte. Er weihte den Kronrat in seine Beurteilung ein und begegnete unklarem Unbehagen – das er indessen schlichtweg als Bestätigung dafür einstufte, daß es ein ausgezeichneter Einfall sein mochte, Ursins und Sitrics Hinterbliebene zu begleiten. Außerdem besserte sich mit jedem Tag das Wetter, und die Königliche Leibwache sowie die getreue Besatzung der Königsburg genügten seines Erachtens vollauf, um es Rhys Michael zu ermöglichen, die Lage zur Gänze in der Hand zu behalten. Ferner verlockte ihn sehr die Aussicht, nach dem langen Winter in der Burg wieder durchs Land zu streifen. Auch konnte es keinen Schaden zeitigen, den Bewohnern des Nordens königliche Gegenwart zu zeigen. Bis in die Gegend, wo Revan sein Wirken betrieb, brauchte man zu Roß lediglich eine Woche – selbst wenn man, um die Frauen und den Knaben zu schonen, die Strecke in kürzere Abschnitte einteilte –, und der Weg stellte an Reisende keine schlimmeren Anforderungen, ließ sich vielmehr ohne ärgere Mühsal bewältigen.

Das letztendliche Einverständnis des Kronrats stand an jenem Tag noch aus, als Javan die Versammlung schloß, um den Ratsmitgliedern eine gewisse Frist zum Nachdenken zu gewähren, doch war den ganzen Nachmittag hindurch der Widerstand gegen seine Absicht merklich immer geringer geworden. Am Abend nahm er das Nachtmahl zusammen mit Rhys Michael und seiner Gattin Michaela ein und erläuterte ihnen sein Vorhaben.

»Voraussichtlich bleibe ich nicht länger als vierzehn Tage fort«, sprach Javan, »und die Mehrheit etwaiger

Friedensstörer wird mich begleiten. Natürlich lasse ich dir Herrn Tomais hier, und inzwischen halte ich es für ausgemacht, daß Herr Udaut unser Mann ist, darum darfst du getrost der Verläßlichkeit unserer Burgbesatzung gewiß sein. Überdies stehen dir die Herren Etienne, Jerowen und Hildred zur Seite.«

»Ich komme mit allem zurecht, Sire«, beteuerte Prinz Rhys Michael. »Für für den Fall, daß Michaela Beistand benötigt, habe ich Meister Oriel.« Er streckte den Arm aus und drückte die Hand seiner Gemahlin. »Aber bis es ernst wird, ziehen ja wohl noch einige Monde ins Land. Ihr werdet mit Gewißheit lange vorher zurück sein. Wer soll Euch die Begleitung abgeben?«

»Nun, wie sich von selbst versteht, meine Adlaten Charlan und Guiscard. Paulin wird Pater Lior mitnehmen, damit er sich davon überzeugen kann, daß Meister Revan wirklich Deryni zu ›läutern‹ vermag. Wahrscheinlich sind also auch Großmeister Albertus und eine Schar *Custodes*-Ordensritter als Geleitschutz dabei, doch gedenke ich mich mit einer stattlichen Söldnerschar der Königlichen Leibwache unter Herrn Robears Befehl zu umschirmen. Daher werden die *Custodes,* will's mich deuchen, schwerlich auf törichte Gedanken verfallen.«

»Und wie, Sire, verhält es sich mit Baron Rhun?«

»Ihn lasse ich auch mitkommen, so daß du dieser Sorge ledig bist. Er kann mit Albertus' Horde reiten und möchte ohnehin, das solltest du wissen, gerne Gwynedds nächster Großzeremonienmeister werden.«

Rhys Michael prustete und verzog die Miene zu einem Schmunzeln. »Ei wahrlich, Ehrgeiz und Flöhe springen gern in die Höhe. Mich dünkt's, Eure Vorgehensweise ist vorzüglich durchdacht, Sire. Aber glaubt Ihr, man wird Euch tatsächlich ziehen lassen?«

Javan warf seinem Bruder einen Blick gelinden Mißmuts zu. »Wähnst du denn wahrlich, lieber Bruder, ich ließe es mir *verbieten…?*«

Drunten in Erzbischof Hubertus' Gemächern in den Anbauten des Rhemuther Doms richtete Gwynedds Primas eine ähnliche Frage an Generalvikar Paulin.

»Nein, ich bin des Glaubens, sein Entschluß steht längst fest«, antwortete Paulin. »Binnen siebzehn Jahren seines Lebenswegs ist unser junger König schon ein sehr durchtriebener Schalk geworden. Ihr werdet ihn, davon gehe ich aus, nicht umstimmen können. Zum Glück haben wir jedoch unterdessen einen Plan ersonnen, welchselbiger auch unter gewandelten Voraussetzungen aufs gründlichste und allerwirksamste anwendbar ist.«

Hubertus schaute Großmeister Albertus an, der stumm, ein Lächeln der Verschlagenheit in der Miene, neben seinem Bruder saß; dann heftete der Erzbischof den Blick wieder auf Generalvikar Paulin.

»Was habt Ihr im Sinn, Paulin?« erkundigte sich Hubertus im Flüsterton.

»Es ist klüger, Eure Exzellenz, Ihr habt davon keine Kenntnis«, entgegnete Paulin.

»Aber die Geiseln sind Deryni...«

»Wir werden uns ihrer zu erwehren wissen, dessen seid versichert, Exzellenz.«

»Und der König?«

Paulin schmunzelte. »Soll er doch getrost zu ›Meister Revan‹ reiten...«

# XLI. Kapitel

*»Da muß ihr König in die Gefangenschaft ziehen, er selbst mitsamt seinen Fürsten«, spricht der Herr.*

Amos 1,15

Die Abreise der vormaligen Geiseln ward für die erste Woche im Mai festgelegt. Am dritten Maitag, dem Kreuz-Christi-Fest, besuchte Javan mit seinen Anverwandten – will sagen, Prinz Rhys Michael und Prinzessin Michaela – sowie dem Hofstaat in der Königlichen Kapelle die Messe, übergab auf der Freitreppe des Hauptgebäudes feierlich den Oberbefehl über die Königsburg seinem Bruder und gesellte sich anschließend zu seinem Gefolge, das sich inzwischen im Burghof auf die Rösser schwang.

Herr Robear und seine Haldane-Ritter, fünfzig Königliche Lanzenreiter nebst mehreren Hauptleuten, hatten sich bereits in Viererreihen zu einem Reiterzug bereitgestellt, dessen hinteres Ende sich bis in den Übungshof erstreckte; das Goldgelb und Karmesinrot der Wappenröcke gleißte im morgendlichen Sonnenschein. Großmeister Albertus hatte seinen Geleitschutz von zwanzig *Custodes*-Ordensrittern vor dem Torgebäude in zwei Reihen verteilt, beiderseits des Tors, eine Ehrenaufstellung, durch deren Mitte der König und sein Anhang beim Auszug aus der Feste reiten sollten; ganz wie erwartet, hatte Generalvikar Paulin nämlich erklärt, es sei ihm ›in diesen Zeiten‹ zuwider, zumal in Begleitung mehrerer Deryni, ohne starke Bedeckung durchs Land zu reisen.

Weitere *Custodes*-Ordensritter saßen unterdessen im Zwinger auf, zwei für jede der geschlossenen Pferdesänften, welche an der Spitze des kurzen Troßzugs befördert werden sollten. Soeben beugte ein *Custodes*-Feldscher sich in eine selbiger Sänften, um nach dem Befinden der Insassen zu schauen – doch zumindest war der Mann, wie Javan, als er seinem weißen Hengst aufsaß, zu seiner insgeheimen Erleichterung sah, sobald der *Custodes* das Haupt aus der Sänfte hob, nicht der geheimnisvolle Meister Dimitri. Im Kronrat war man dahingehend übereingekommen, daß man alle vier Gefangenen während der Reise unter der Wirkung eines Betäubungsmittels halten wollte, nicht allerdings des *Merascha,* dessen wiederholte Anwendung während der fünf oder sechs Tagesritte, welche die Reise in Anspruch nehmen mochte, zu gefährlich hätte sein können.

In gewisser Hinsicht bedeutete dieser Beschluß sogar einen Gunsterweis, denn die Beförderung in einer Sänfte, die es immerzu schaukelte und stieß, war im allgemeinen trotz tiefer Aufhängung und weicher Auspolsterung mit Kissen niemals eine sonderlich behagliche Fortbewegungsweise. Javan erspähte, just bevor der Feldscher den Vorhang der Sänfte schloß, Klein Carrollan, der in seiner Mutter Armbeuge eingeschlafen war. In den beiden anderen Sänften befanden sich Sitrics ältliche Mutter sowie seine Schwester, ein durchaus reizendes junges Weib, welches wohl knapp über zwanzig Lenze zählte. Zur zusätzlichen Sicherheit, um wider die indessen reichlich unwahrscheinliche Möglichkeit vorzubeugen, daß die Gefangenen sich trotz der Schläfrigkeit, in welche das verabreichte Medikament sie versetzte, irgendwelcher Fluchtversuche unterfingen, hatte man sie mit einem Handgelenk an der jeweiligen Sänfte Rahmen gekettet.

Kurz vor Anbruch der Mittagsstunde erfolgte schließlich der Abritt. Javan nahm vor Herrn Robear einen Platz an der Spitze der Königlichen Lanzenreiter ein, an einer Seite Herrn Charlan mit dem Königlichen Banner neben sich, an seiner anderen Seite Herrn Guiscard. Hinter des Königs Bannerzug ritten Generalvikar Paulin und Pater Lior, geleitet durch Baron Rhun von Horthness und vier Reisige in Rhuns Wappenrock. Sämtliche hohen Herren, auch der König, trugen über der ledernen Reitkleidung Kettenhemden oder anderes leichtes Panzerzeug. Großmeister Albertus' *Custodes*-Ordensritter bildeten zum einen Teil die Vorhut und deckten zum anderen Teil die Sänften und den Troß.

Derweil der Zug den gepflasterten Weg vom Burgberg hinabtrabte und die Straßen der Reichshauptstadt durchquerte, kamen die Stadtbewohner herbeigelaufen, um ihm während des Vorüberziehens zuzujubeln, bis die Reiterschar die Stadt durchs Nordtor verließ und auf den altbewährten, nordwärtigen Hellweg längs des Flusses ritt; denn der König hatte sich den Untertanen seit längerem nicht mehr gezeigt, geschweige denn einen solchen Anlaß zum Gaffen geboten.

Zumindest wußte Javan, daß er, als er an diesem Vormittag aufbrach, den Anblick eines echten, stattlichen Oberherrschers abgab. Sein weißer Hengst tänzelte und hüpfte, sprang bisweilen, wenn das leuchtende Haldane-Banner, welches Herr Charlan in seiner Obhut hatte, ihn anwehte, spielerisch ein wenig beiseite. Auf dem Überrock, den Javan überm Panzerhemd trug, prunkte in prächtiger Goldstickerei, so daß es sich hell vom Karmesinrot abhob, der Haldane-Löwe, und des Haldane-Schwerts Griff in Höhe seines Knies widerspiegelte das Sonnenlicht gleich einem Karfunkelstein. Der Kronreif aus laufenden Löwen zierte des Königs Haupt, herrlich umstrahlte der goldene Reif sein rabenschwarzes, im Nacken zu einem kurzen Zopf geflochtenes Haar. Die ins Leder eingenähten Eisenplatten des Jazerans verliehen dem Bekleidungsstück ein spürbares Gewicht, doch herrschte sehr wohl noch kühles Wetter. Selbst in der Mittagssonne erwies sich der karmesinrote, mit einem Kragen aus Blaufuchsfell versehene Schultermantel als keineswegs zu warm.

Es tat Javan wohl, sich wieder unter freiem Himmel aufzuhalten, zu einem edelmütigen Zweck auszureiten. Tief atmete er die frische Frühlingsluft ein. Er lächelte schelmisch, während er erst Charlan, dann Guiscard anblickte, sich anschließend nach Robear und Bertrand umwandte und sie hinsichtlich seiner Absicht vorwarnte; sodann gab er dem Hengst die Sporen und trieb ihn aus puren Übermut zu einem Galopp an. Wie ein Mann sprengten Guiscard und Charlan ihm hinterdrein, und zu seinem Schutz schlossen sich sechs Königliche Lanzenreiter an. Mit erhobener Hand hielt Herr Robear gutmütig die übrigen Reisigen zurück und ließ den Zug seinen Weg mit der gleichen behäbigen Langsamkeit wie zuvor fortsetzen.

Nach einer halben Meile schnellen Dahinpreschens kehrte der König um, zügelte das Roß an seinem vorherigen Platz in der Marschsäule, schenkte Robear ein Lächeln des Danks und fügte sich fortan in das Gehabe der Erlauchtheit, welches man auch auf Reisen von einem Monarchen erwartete.

In den Abendstunden machten sie Rast in einer nur wenige Meilen von einem *Custodes*-Ordenshaus entfernt gelegenen Priorei des *Ordo Verbi Dei*. Zwar hatte Generalvikar Paulin die Gastfreundschaft seines Ordens angeboten, war aber von Javan höflich abschlägig beschieden worden. Der König, sein Gefolge und die Gefangenen bezogen Unterkunft in den Herbergsräumlichkeiten der Priorei, deren fromme Brüder sich durch den hohen Besuch ungemein geehrt fühlten; die

Kriegsleute waren wegen des milden Wetters durchaus damit zufrieden, zwecks Übernachtung ein Lager vor den Klostermauern aufzuschlagen.

Im Laufe der ganzen Woche wiederholte sich nunmehr jeden Tag ein gleiches; man beschränkte sich aus Rücksicht auf die Sänften und den Troß aufs tägliche Zurücklegen mehrerer kürzerer Abschnitte, anstatt den ganzen Tag hindurch zu reiten, und kehrte des Abends zur Nächtigung in klösterliche Einrichtungen ein, und statt den kürzeren Weg quer durchs Land zu nehmen, blieb man auf der längeren, aber weniger mühevollen Strecke, die am Fluß entlangverlief. Jeden Morgen galoppierte der König im Geleit seiner Adlaten sowie einiger Ritter und Lanzenreiter, also in Begleitung etwa eines Dutzends Berittener, dem Zug, um sich im schnellen Reiten zu üben und den Tieren eine Gelegenheit zum Auslauf zu gewähren, etliche Meilen weit voraus, fand sich aber jedesmal wieder bei der gemächlichen Marschsäule aus Reitern, Sänften und Troßpferden ein, kaum daß sie von neuem aufgebrochen war; auf diese Weise vollführt, ward die Reise alsbald zu einer langwierigen Sache, doch tröstete sich Javan mit der Aussicht, auf dem Rückritt die Landschaft, nachdem man die Gefangenen an ihren Bestimmungsorten abgeliefert hatte, mit hurtigerer Geschwindigkeit durchqueren zu können.

Am letzten Abend vor der absehbaren Ankunft an Meister Revans Wirkungsstätte am Flußufer trank Javan in der Stube, welche der Abt des Klosters Sankt Markus den hohen Gästen zur Verfügung gestellt hatte, mit seinen Adlaten, den Herren Charlan und Guiscard, eine Flasche Wein. Auf die unfernen Bequemlichkeiten des Erzbischöflichen Palais' zu Valoret hatten sie willig verzichtet – obwohl Erzbischof Hubertus dort gegenwärtig gar nicht weilte –, um näher am Ziel der Reise zu bleiben.

»Morgen treffen wir ein«, verkündete Javan und goß den beiden Adlaten, die überdies seine engsten Freunde geworden waren, Wein in die Becher. »Was ist indes Euer Eindruck von der Lage?«

Herr Guiscard drehte das Trinkgefäß in den Händen und betrachtete voller Versonnenheit den Inhalt, ehe er den Blick auf Javan richtete.

»Ich wünschte, es ergäbe sich eine Möglichkeit, um sich Paulin oder Albertus allein vorzunehmen und ihnen neue Erkenntnisse abzugewinnen, Sire«, antwortete er mit leiser, ruhiger Stimme. »Ich kann Euch nichts Greifbares nennen, aber sie haben nichts Gutes im Sinn. Ab und zu habe ich mit diesen und jenen *Custodes*-Ordensleuten geplaudert, aber ich glaube, sie haben den Befehl erhalten, sich nicht mit uns zu verbrüdern. Man hat eindeutig das Empfinden, daß es auf dieser Reise zwei Lager gibt, und wir sind offenkundig nicht im selben Lager wie sie.«

»Ratet Ihr zur Umkehr? Wir könnten uns in Valoret verschanzen.«

Guiscard schüttelte das Haupt. »Ich wüßte nicht, was dadurch erreicht würde, Sire, außer daß Ihr die Verwirklichung der eigenen Pläne verzögert. Jedenfalls wär's keine Lösung für die Frage der Geiseln. Zumindest wissen wir, daß Revan auf unserer Seite steht. Und wir befinden uns im Vergleich zu den *Custodes* in der Übermacht.«

»Was meint Ihr, Charlan?« fragte Javan und heftete den Blick auf den jungen Rittersmann.

Auch Charlan schüttelte den Schopf. »Zu meinem Bedauern kann ich nichts Weiterführendes hinzufügen, Sire. Allerdings habe ich gleichartige böse Vorahnungen wie Ihr und Herr Guiscard.« Er stieß ein Aufstöhnen aus. »Ich denke mir, wir dürften am morgigen Tag herausfinden, ob unsere Vorstellungskraft uns gänzlich nichtige Gespenster vorgaukelt...«

Der Wiederaufbruch geschah beim ersten Strahl des Morgenlichts, denn voraussichtlich ließ sich der Bestimmungsort trotzdem erst gegen Mitte des Nachmittags erreichen. Ein heller, kristallklarer Tag dämmerte herauf, zwar recht kühl in den frühen Morgenstunden, aber bis zur Mittagszeit ward es angenehm warm. Javan schob sich den Mantel von den Schultern und betrachtete die vor ihnen liegende Landschaft mit verstärktem Interesse.

Tatsächlich langten sie jedoch schon kurze Frist nach der Mittagsstunde an. Als Javan und seine Adlaten ihre Reittiere auf der Kuppe einer niedrigen Anhöhe zügelten, von der aus man über die Flußbiegung Ausblick genoß – heute trug Herr Guiscard das Königliche Banner –, bot sich dem König ein ganz ähnlicher Anblick, wie er ihn bei seinem zuvorigen Besuch bei Revan hatte genießen können. Die versammelte Volksmenge war weniger groß denn damals, als Revans Wiedertaufe noch als aufsehenerregende Neuigkeit galt; doch immerhin hatten sich – außer dem Halbdutzend Jünger, welche Revans Seite niemals verließen – dreißig oder vierzig Leute um den stillen Ufertümpel geschart. Einigen von ihnen sah man an, daß sie erst kurz zuvor im Wasser untergetaucht worden waren; andere lauschten lediglich der Predigt des Meisters. In der Mehrheit handelte es sich bei den Zusammengelaufenen um Weiber und Kinder.

Auch Revan sah im wesentlichen noch so aus, wie Javan ihn in Erinnerung hatte – eine hagere, leicht gebeugte Gestalt in einem Gewand aus ungebleichter Wolle. Bis an die Fußknöchel stand er im Naß, das hellbraune Haar fiel ihm auf die Schultern, sein himmelwärts gekehrtes Angesicht schmückten ein Schnauz- und ein Kinnbart, welche binnen fast vier Jahren in keinem ersichtlichen Umfang an Dichte des Wuchses hatten gewinnen können. Die Hände hielt er ebenfalls – in anmutiger Gebärde der Anbetung – gen Himmel erhoben. Seine wohlklingende Stimme tönte den Hügel herauf, derweil Javan sein Roß um ein paar Schritte näher in des Predigers Richtung lenkte.

Auf dem trockenen Sand der Landzunge, wo die Zuhörer knieten oder saßen, lagen ein rostbrauner Umhang und eine haarige Tasche aus Ziegenfell neben jemandem, in dem Javan den Heiler Sylvan O'Sullivan zu erkennen glaubte. Neben ihm war Revans altbekannter Olivenholz-Wanderstab in den Sand gerammt worden. Noch weitere Gesichter in der ersten Reihe der Versammelten – unter Revans vertrautesten Jüngern – kamen Javan aus vergangener Zeit geläufig vor; dazu zählten auch Tavis O'Neill und Queron Kinevan.

»Zuwenig ist es, nur geläutert zu werden«, erklärte Revan seinen höchst aufmerksamen, ja nachgerade hingerissenen Zuhörern. »Man muß die Reinheit bewahren und sich einer mustergültigen Lebensführung befleißigen. Wer einst im Finstern wandelte, muß es meiden und zum Licht streben. Gottes Gnade kann jene reinwaschen, welche wahrhaft reuig sind und sich seiner Barmherzigkeit anvertrauen. Ja, auch Deryni vermögen seiner Huld teilhaftig zu werden. Gewißlich, das Tor zum Himmelreich ist schmal, aber allen, die aufrichtige Bußfertigkeit beweisen, schenkt der Allmächtige seine Vergebung…«

Just bei diesen Worten beobachtete er Javans Kommen, ließ sich jedoch nichts anmerken; hingegen konnte man unter der Zuhörerschaft, welche sogleich, derweil erst Generalvikar Paulin, danach Großmeister Albertus ihre Rösser neben dem König und seinen Getreuen zum Stehen brachten, auf die Ankömmlinge aufmerksam ward, eine gewisse Unruhe feststellen. Albertus mochte als irgendein in Schwarz gehüllter Ritter durchgehen, zumal er einen Helm trug, während die anderen zwei Edlen an des Königs Seiten, bekleidet mit

Haldane-Wappenröcken, barhäuptig erschienen – einer mit helleren, der andere mit nachtschwarzem Haar –, dagegen war Paulin mit dem ganzen, prunkvollen Ornat seines Amtes als der *Custodes Fidei* Generalvikar angetan, stemmte den Amtsstab mit dem von einem Strahlenkranz umgebenen Löwenhaupt stolz in den Steigbügel wie eine Lanze. Die Ankunft etlicher gewappneter Reisiger hinter des Königs Rücken gab Veranlassung zu gesteigerter Beunruhigung, so daß ein Stimmengewirr sorgenvollen Gedankenaustauschs die Leute durchraunte, vorübergehend Revans Äußerungen übertönte.

Ehe Paulin oder Albertus irgend etwas tun oder reden konnten, was den weiteren Ereignissen eine unliebsame Wendung geben mochte, schwang sich Javan aus dem Sattel seines großen Reittiers, befahl vermittelst eines Winks, die Pferdesänfte, in welcher Birgit O'Carroll und ihr Söhnchen saßen, nach vorn zu bringen. Pater Lior folgte selbiger Sänfte hoch zu Roß, den Deryni-Zähmer in der Hand. Neben der Sänfte schritt der *Custodes*-Feldscher aus, zog den Vorhang beiseite, sobald der Roßknecht das vordere Tier anhielt.

Heute morgen war den Gefangenen eine schwächere Dosis des Betäubungsmittels verabreicht worden; Birgit hatte man, dieweil sie Mensch war, sogar davon verschont. Sie wirkte im Vergleich zum erstenmal, als Javan sie gesehen hatte, geradezu verjüngt, vielleicht ein Ergebnis des schwachen Hoffnungsschimmers, den sie jetzt wieder vor Augen hatte; die Gefangenen waren nämlich in der Morgenfrühe, vor dem Aufbruch von der Abtei, durch Javan darüber unterrichtet worden, was sie erwarten durften.

»Steige heraus, Weib«, sprach Javan, streckte ihr die Hand entgegen. »Nun bist du dem Heil ganz nah.«

Angstvoll erzitterte Birgit, drückte den kleinen Sohn an ihren Busen. Erst als Javan ihr zur Ermutigung zunickte, schob sie zaghaft einen Fuß aus der Sänfte. Inzwischen stand Charlan bereit, um sie herabzuheben, und Bertrand ergriff unverzüglich den Knaben, bevor er oder seine Mutter einen Einspruch äußern konnten und setzte ihn in des Königs roten Ledersattel.

Des Knäbleins nußbraune Augen wurden groß, während er sich an den Sattelknauf klammerte und nach allen Seiten umschaute, seine dickliche Kinderhand packte eine Faustvoll Haar in der Mähne des Hengstes. Die Mutter erschrak, als Charlan den Arm um ihre Leibesmitte schlang, aber sobald der junge Ritter sie hinter ihrem Sohn auf des Reittiers Rücken gesetzt hatte – freilich nach Art der Damen –, da merkte man ihr eine solche Erleichterung an, als müßten ihr nachgerade die Sinne schwinden. Währenddessen streichelte Javan dem Hengst die Nase, beschwichtigte das große Tier, ohne den Blick von seinen Schutzbefohlenen zu wenden, bis er sich davon überzeugt hatte, daß sie einen sicheren Platz eingenommen hatten.

»Es ist doch wohl nicht Euer Begehr, sie höchstpersönlich hinzuführen, Sire«, beanstandete Paulin in sichtlicher Empörung das Verhalten des Königs.

Gereizt zeigte Javan ihm ein gequältes Lächeln. »Wer käme besser dafür in Frage, Herr Generalvikar? Wenn's Euer Wunsch ist, soll Herr Bertrand mich begleiten. Von unserer Schar hat bislang keiner außer mir Meister Revans Heilsamkeit gespürt. Falls also einer Eurer Ordensbrüder mit mir hinabgehen möchte, um sich der Wiedertaufe zu unterziehen, hege ich dagegen keine Einwände.«

In solche Worte gefaßt, fand das Angebot keinen Anklang. Einigen unter Paulins Mannen ließ sich Mißbehagen anmerken, aber ein strenger Blick des Generalvikars bewirkte, daß sie Ruhe bewahrten. Indem er Bertrand durch ein Zeichen zu verstehen gab, daß er ihn nicht zu begleiten brauchte, packte Javan die Zügel des Hengstes; langsam führte er ihn den Abhang hinunter zum Ufertümpel. Klein Carrollan lächelte fröhlich – obschon ein wenig dösig –, seine Mutter klammerte sich, als gälte es ihr Leben, an den Sattel. Zu Füßen der Erhebung trat Queron Kinevan vor, um dem König die Zügel abzunehmen, übermittelte Javan, als ihrer beider Hände sich flüchtig streiften, eine geistige Mitteilung, um ihn über die Verhältnisse in genauere Kenntnis zu setzen.

*Tavis O'Neill weilt unter uns, Sire, doch ist er – für den Fall, daß Paulin darauf beharrt, ihn mit* Merascha *zu überprüfen – seiner Deryni-Kräfte zeitweilig enthoben worden. Im hiesigen Landstrich weiß man über ihn, daß er sich der Wiedertaufe unterworfen hat und seither einer von Revans vertrautesten Jüngern geworden ist. Nunmehr liegt es an Euch, Paulin und den übrigen hohen Herren zu der Überzeugung zu verhelfen, daß Revans Wiedertaufe wirklich vom Derynitum ›läutert‹.*

Queron Kinevan verbeugte sich tief, um sein Mienenspiel zu verhehlen, gab Javan hinlänglich Zeit, um sich Revans restliche Jünger anzuschauen. Unweit von Revan stand Tavis O'Neill an der Böschung des Flußtümpels, sein dunkelrotes Haar schimmerte im noch schwachen Sonnenschein, die wasserhellen Augen glichen zwei in sein Haupt gebohrten Löchern, durch welche man des Tümpels Oberfläche sah.

Javan spiegelte, sobald er ihn erblickte, Mißvergnügen vor, denn der ganze Hofstaat glaubte, er und Tavis hätten sich vier Jahre zuvor im Zwist getrennt. Auch der Heiler mimte den Betroffenen, sank aufs Knie, faßte den handlosen linken Arm mit der Rechten und preßte beide Arme in frommer Geste an die Brust. Ohne den Blick von dem Kniefälligen zu wenden, nahte sich Javan mit sichtbaren Anzeichen des Unmuts dem Ufer und Revan.

»Also ist der Prinz, seit wir uns das letzte Mal sahen,

König geworden, Sire«, sprach Revan mit leiser Stimme, ohne sich von der Stelle zu rühren.

Einen Ausdruck herrischer Härte in den grauen Augen, wies Javan, indem er nun seine Rolle spielte, mit dem Daumen auf O'Neill.

»Hält sich dieser Mann schon lange in deinem Umkreis auf, Meister Revan?« fragte der König.

Zur Bejahung neigte Revan das Haupt. »Bruder Tavis ist bereits vor mehreren Jahren zu uns gekommen, Sire. Wie Eurer Majestät durchaus bekannt ist, war er einst ein Deryni, doch er hat voller Bußfertigkeit vor dem Herrn der Heerscharen seine Demut bekundet und sich von seiner Vergangenheit losgesagt. Das Wasser des Heils hat ihm ein neues Leben geschenkt. In ihm wohnt kein Makel mehr, Majestät, so wenig wie Euch noch ein Makel anhaftet.«

Javan lenkte den Blick zur Seite. »Er hat unsere Freundschaft verworfen«, wandte er halblaut ein. »Im Stich hat er mich gelassen.«

»Und doch hat er recht gehandelt, Sire, denn wäre er in Eurer Nähe verblieben, hätte er Eurer Läuterung nachträglichen Abbruch getan. Und nun bringt Ihr mir, wie ich sehe, neue Anwärter auf die Läuterung. Finden sie sich denn aus freiem Willen ein?«

Matt nickte Javan. »So ist es. Des Weibes Gemahl war der Deryni Ursin, welchem gleichfalls, als wir uns das letzte Mal an hiesiger Stätte sahen, die Läuterung zuteil ward. Sie ist keine Deryni, ihr Sohn hingegen sehr wohl. Ursin hegte den inständigen Wunsch, daß ihr auch seinem Weib und Sohn die Wiedertaufe gewährt.«

»Ich entsinne mich Bruder Ursins«, antwortete Revan, neigte nochmals das Haupt. »Doch spricht Eure Majestät in der Vergangenheit. Weilt Bruder Ursin nicht mehr unter den Lebenden?«

»Er ist tot«, bestätigte Javan in gedämpftem Ton.

»Es betrübt mich, das zu vernehmen«, beteuerte Revan. »Ich werde für ihn beten. Sagt an, Sire, hat er seine Reinheit bewahrt?«

Javan nickte ein zweites Mal. »Er sollte als Laienbruder Schreiber in einem Kloster werden, um sich dort zum Ausgleich für seine einstige Sündhaftigkeit einer gottgefälligen Nützlichkeit zu befleißigen. Ich hoffe... er hat seinen Frieden gefunden.«

»Dahin richtet sich auch mein Hoffen, Sire. Des weiteren werde ich für seine Anverwandten beten. Bruder Aaron, laß uns ans Werk gehen.«

Auf ein Zeichen Revans hob Queron Kinevan zuerst Birgit, danach ihren Sohn vom Rücken des Reittiers und sandte sie, derweil er den Hengst, um ihn zu beruhigen, sachte tätschelte, hinab zu Revan. Unterwegs umklammerte der Knabe fest die Hand seiner Mutter, denn er fühlte sich anscheinend vom Anblick des bärtigen Fremdlings, der da in wunderlicher Gewandung im Wasser stand, ein wenig eingeschüchtert. Birgit verharrte einige Schritte vor Revan und vollführte einen scheuen Knicks, erwiderte seinen Blick nur furchtsam, derweil das Knäblein sich an ihre Beine schmiegte und das Gesichtchen am Knie der Mutter verbarg.

»Ist es wahr, Meister?« erkundigte Birgit sich im Flüsterton. »Stimmt's, was man über dich erzählt – daß du das Heil bringst?«

»Ich allein vermag nichts zu bewirken«, lautete Revans Entgegnung. »Aber der Herr der Heerscharen ist ein starker Gott und verrichtet große Wunder.«

»Kann er meinen Sohn vom Fluch des Derynitums erlösen?« fragte Birgit, welcher dabei Tränen in die Augen quollen. »Vermag er uns denn wahrlich gar von selbigem Makel zu befreien?«

»Der Glaube an den Allmächtigen ist fürwahr das rechte Mittel, um von jedweder Besudelung geläutert zu werden, Schwester«, versicherte ihr Revan und streckte ihr die Hand entgegen. »Wohlan, willst du im Wasser der Gnade gewaschen werden?«

Birgit starrte ihn an, trat unentschlossen von einem auf den anderen Fuß, war wohl schon unter seinen Bann geraten, aber noch nicht kühn genug, um seine Hand zu ergreifen; so wie an jenem Tag, da Javan ihn zum erstenmal aufgesucht hatte, hob Revan nun die Arme und den Blick himmelwärts, sprach ein Anrufungsgebet.

»O Herrgott, blicke voller Huld herab auf diese deine Tochter, die es, wiewohl es ihr noch an Beherztheit gebricht, sich dir zu nahen, vor dein göttliches Antlitz drängt. Sie ist in der Finsternis gewandelt, doch verlockt sie dein Licht. Verleihe ihr dazu den Mut, sich dir demütig zu zeigen, o Herr, und gewähre mir, deinem unwürdigen Diener, die Gnade, deren es bedarf, um ihr in deinem Namen das Heil zu vermitteln, nach dem sie schmachtet…«

Wie alle Gebete Revans, so zielte auch diese Anrufung darauf ab, das Gemüt der Zuhörer zu erweichen. Willig ließ Javan die Worte auf sich wirken, fiel gleich darauf im Ufersand auf die Knie und beugte das Haupt, um jenen ein allerhöchstes Vorbild zu geben, für deren Ohren Revan seine Stoßgebete eigentlich äußerte.

Unterdessen war Birgit endlich vollends in Inbrunst hineingesteigert worden, voll der Verzückung ruhte ihr Blick auf Revans Angesicht, stumm bewegte sie im Gebet die Lippen. Revan wich weiter ins Wasser zurück, hielt ihr derweil unausgesetzt die Hände entgegengestreckt; nun folgte sie ihm gleichsam blindlings, zog den Knaben mit sich zur Böschung. Dort gesellten sich wortlos der Deryni Sylvan O'Sullivan und ein anderer Jünger Revans zu ihr; O'Sullivan hob das Kind auf die Arme, während der andere Mann die Mutter des Knaben stützte, sobald sie ins Wasser schritt.

In diesem Augenblick erkannte Javan, daß das ›Werk‹ soeben schon vollbracht worden war; unter halb geschlossenen Lidern beobachtete er, daß Birgit nun Revan erreichte, der mittlerweile bis zur Hüfte im Wasser stand, und Sylvan O'Sullivan ihr den Knaben wieder in die Arme gab. Letzterer schlang die Arme um ihren Hals und die Beinchen um ihre Leibesmitte; jetzt zeigte seine Miene, während er über die Schulter der Mutter hinweg Revan anlinste, keine Bangigkeit mehr. Auch aus ihren Augen, so hatte es deutlich den Anschein, war jede Furcht gewichen.

»So ist's recht, Schwester«, sprach Revan leise, senkte ihr eine Hand auf die Schulter und strich mit der anderen Hand dem Kind Strähnen aus der Stirn. »Hege Vertrauen zum Herrn der Heerscharen, denn er wird dich erretten. Wie lautet dein Name?«

»Bi-Birgit, Meister«, stammelte sie.

»Birgit«, wiederholte Revan. »Ein schöner Name für eine wackere, schöne Seele. »Und der Bub?«

»Er ist nach seinem Großvater auf den Namen Carrollan getauft worden«, erteilte Birgit ihm mit ehrfürchtig gedämpfter Stimme Auskunft.

»Carrollan«, wiederholte Revan auch diesen Namen; sein sanftmütiges Lächeln bewog den Knaben zu einem lautlosen Lachen. »Das Wasser ist kalt, nicht wahr, Carrollan?«

Ernst nickte das Kind.

»Wisse, Carrollan, mein Lieber, es dauert nicht lange. Du und deine Mutter, ihr werdet gleich ins Wasser getaucht. Ich weiß, du hältst's wohl gar für närrisch, mit allen Kleidern am Leib unters Wasser zu tauchen, aber glaubst du, du kannst dich, wenn du dich kräftig anstrengst, an deiner Mutter festhalten? Und du, Schwester, laß dich schlicht und einfach, sobald ich dir's sage, nach hinten sinken. Alles übrige erledigen der Heilige Geist und meine Wenigkeit.«

Der Knabe und seine Mutter nickten; Carrollan sperrte aus Staunen weit die Augen auf, derweil Revan nun den Arm um Birgits Schulter breitete, mit einem Wink seine Jünger dazu veranlaßte, um ein paar Schritte zurückzuweichen, ehe er die freie Hand in die Höhe hob.

»O Heiliger Geist, steige herab auf diese deine Diener, und erlöse sie von jeglichem Übel, welches sie beflecken mag«, rief er und legte die Hand um Carrollans Nacken. »Schenke diesem Weib jenen Frieden des Gemüts, welcher allein das Ergebnis einer vor Gott reinen Seele sein kann, und gewähre auch diesem Kind die Fülle deiner Gnade, auf daß es wiedereingesetzt werde in den Stand der Unschuld…«

Während er diese Worte sprach, beugte er Birgit mitsamt ihrem Sohn rückwärts nieder, und sobald beide mit dem Haupt unter Wasser verschwanden, beschwor er die Heilige Dreifaltigkeit.

»Von allem Makel seid geläutert im Namen des Vaters, des Sohnes und des Heiligen Geistes, auf daß euch das göttliche Licht leuchte, welches letztendlich alle Seelen zu Gott dem Herrn leitet.«

Derweil ringsum von etlichen Stimmen ein herzhaftzuversichtliches ›Amen‹ gemurmelt ward, richtete er Mutter und Sohn auf; Javan erhob sich, während Revan die zwei zurück ans Ufer führte, wo ein Weib sie mit einem Tuch zum Abtrocknen erwartete. Als die beiden triefnaß das Wasser verließen, warf er Birgit seinen Mantel um die Schultern, dann ging er in die Hocke, tupfte dem Knaben das Angesicht ab. Die schwachen Ansätze zu Deryni-Kräften, welche Javan zuvor bei ihm festgestellt hatte, waren nicht mehr erkennbar, und Javan bezweifelte nicht im geringsten, daß das *Merascha* auf Carrollan O'Carroll künftig bloß noch die für Menschen eigentümliche Wirkung zeitigte

Der König kehrte zu Queron Kinevan und dem Hengst um, stützte mit einer Hand Birgit an der Elle, führte mit der anderen Faust den Knaben an der kleinen Hand. Javans Blick schweifte hinauf zu Paulin und seinen übrigen Begleitern, die auf der Hügelkuppe warteten. Zur Rechten sah er Herrn Robear zu Roß neben Großmeister Albertus, beide Männer schauten voller augenfälliger Aufmerksamkeit hinab zur Flußbiegung. Plötzlich stemmte sich Robear mit unmißverständlichen Anzeichen der Bestürzung in den Steigbügeln zu voller Körpergröße empor, deutete auf eine Reihe Berittener, welche just in diesem Augenblick auf dem Kamm einer benachbarten Anhöhe erschienen – Panzerreiter, die auf ihren Waffenröcken im Blau der Michaeliten das von Flammen umzüngelte, weiße Ankerkreuz des verfemten Ordens vom Heiligen Michael zur Schau trugen.

»Eure Majestät!« hörte Javan jemanden aus der Mitte seines Gefolges schreien.

Zu seiner Verblüffung erkannte er als den Rufer Großmeister Albertus, der soeben auf seinem Roß hinter den *Custodes*-Ordensrittern hervorsprengte, durch einen herrischen Wink die Lanzenreiter des Königs anwies, sich zum Kampf aufzustellen.

»Sire, zu uns! Eine Falle ist's! Das sind Ansel MacRories Spitzbuben. Ebenjene, die Euren Herrn Bruder in Gefangenschaft verschleppt hatten!«

Zur selben Stunde nahm in Rhemuth die Verwirklichung eines anderen Teils der seit längerem ausgeheckten Verschwörung ihren Lauf.

Rhys Michael hatte gar nicht der Sinn danach gestanden, am Nachmittag den Kronrat einzuberufen, denn am Vortag war durch Erzbischof Hubertus an der Weise, wie er ein vorgestern erhaltenes Gesuch, eingereicht durch einen Gutsverwalter im Dienste von Hubertus' zu Culdi ansässigem Bruder Manfred, behandelt hatte, aufs gröbste Anstoß genommen worden. Der Prinz grollte dem Erzbischof noch wegen der Art, wie Hubertus ihn vor dem gesamten Kronrat gescholten hatte, als wäre er ein ungezogener Schulbub.

Zwar hatte Herr Etienne ihm im Anschluß an die Streitigkeit versichert, nicht er, sondern Hubertus hätte sich geirrt, aber die Vorstellung, dem Erzbischof so bald erneut gegenüberzutreten, bereitete Rhys Michael beträchtliche Unlust. Allerdings war es vorgesehen, daß der Kronrat mit verläßlicher Regelmäßigkeit zusammentrat, um sich mit den Berichten zu befassen, welche inzwischen beinahe täglich von den durch den König mit Erhebungen betrauten Bevollmächtigten eintrafen.

Daher erfüllte Rhys Michael schicksalsergeben seine Pflicht, ließ den Kronräten ausrichten, daß die Sitzung wie anberaumt am Nachmittag stattfinden sollte und widmete sich sodann den gewohnten morgendlichen Schwertübungen mit Herrn Tomais sowie – zwecks weiterer Verbesserung der Geschicklichkeit im Reiten – dem Reitunterricht mit Baron Hildred. Zur Mittagsstunde verzehrte er in seinen Gemächern gemeinsam mit seiner Prinzessin, deren Schwangerschaft sich mittlerweile nicht mehr übersehen ließ, und Herrn Tomais eine Mahlzeit, bei welcher Cathan, des Prinzen Edelknappe, die Herrschaft bediente.

Gleich nach Beendigung der Mittagsmahlzeit fanden sich auch Herr Sorle und Meister Oriel in den Gemächern des Kronprinzen ein, dieweil Sorle und Jung Cathan sich an der Darbietung mehrerer neuer Lautenlieder zu Ehren der Prinzessin versucht hatten. Kurz vor Javans Abreise waren Sorle und sein Schützling in Räumlichkeiten neben den Königlichen Gemächern umgezogen, damit Oriel, da die Schwangerschaft immerzu Fortschritte machte, näher bei der Prinzessin wohnte. Rhys Michael hatte nichts dagegen, daß sie sich – nur Herr Tomais blieb wegen anderer Aufgaben davon ausgenommen – den Nachmittag mit häuslicher Geselligkeit vertrieben; Michaela nähte in glücklicher Stimmung an einem Taufgewand für das zu erwartende Kind, derweil Sorle die Laute schlug und er sowie Cathan und Oriel zu deren Klängen dreistimmige Lieder sangen.

Der Kronrat erhob sich von den Sitzen, als Rhys Michael und sein Adlatus die von Sonnenschein erhellte Beratungskammer betraten; der Prinz nahm Javans Platz am Oberende der Ratstafel ein, benutzte jedoch nicht den mit prunkreichen Schnitzwerken verzierten Lehnstuhl, in den sich für gewöhnlich der König setzte, sondern eine schlichtere Sitzgelegenheit. Gekleidet hatte er sich ins Königsblau des Thronerben, das Gewand zeigte auf der linken Brustseite das Wappen des Haldane-Geschlechts, wie üblich in Karmesinrot und Goldgelb, jedoch nicht mehr gekennzeichnet durch des Drittgeborenen Querbalken, der seinem Wappen zu Alroys Lebzeiten stets hinzugefügt gewesen war, sondern ergänzt durch eine silberne Umrandung.

Ein Stirnreif aus Silber bändigte seinen pechschwarzen Schopf, ein Merkmal aller Haldanes, an der rechten Schläfe schimmerte der Ohrring aus geflochtenem Golddraht durchs Haar. Sobald er sich hingesetzt hatte, ließ er, derweil er mit dem Siegelring an seinem Finger spielte – der Ring wies noch das alte Wappen auf –, den Blick über die Runde schweifen, um festzustellen, wer sich heute eingefunden hatte, um ihm Verdruß zu verursachen. Dieweil Großmeister Albertus, Rhun von Horthness und Generalvikar Paulin mit Javan gen Norden geritten waren, hatten die Zusammenkünfte des Kronrats seit einer Woche weniger Teilnehmer und verliefen nicht mehr ganz so förmlich.

Wie stets hatte Tomais den Platz gleich zur Rechten seines Herrn belegt, schräg hinter dem Kronprinzen. Auch an Rhys Michaels rechter Seite, jedoch dicht neben ihm, hatte sich Hubertus niedergelassen; gegenüber des Erzbischofs, zur Linken des Prinzen, saß Reichskanzler Graf Tammaron, daneben Herr Udaut, der Konnetabel, sowie als nächster Herr Jerowen. Erzbischof Oriss' Lehnstuhl – er stand zwischen Udaut und Tammaron – war leer.

Müßig blickte Rhys Michael, derweil Tomais vor ihm eine Tagesordnung auf die Ratstafel legte, in Hubertus' Richtung, fragte sich nach Oriss' Verbleib. Seltsamerweise betätigte sich heute ein blondlockiger *Custodes*-Ordensritter als Hubertus' Sekretarius, hatte auf einem Stuhl unmittelbar hinter dem Erzbischof das Haupt über mehrere, auf den Knieen ausgebreitete Bogen Pergament geneigt.

Neben Hubertus hatte Richard Murdoch seinen Sitz; er schaute überheblich und übellaunig drein. Erst gestern war er von seinem Stammsitz zu Nyford an den Königshof zurückgekehrt. Auch mit ihm hatte Rhys Michael am gestrigen Abend einen Zank gehabt, denn der junge Graf von Carthane hatte seinen Burgvogt nach Rhemuth mitgebracht – einen hünenhaften, stämmigen Mann namens Herr Gideon, der in Nyford schon Richards Vater als Kastellan gedient hatte und heute unter dem neuen Grafen weiter seine Tätigkeit versah –, und Gideon führte entschieden mehr Reisige mit, als es dem Geschmack des Prinzen behagte. Schließlich war die Meinungsverschiedenheit durch Herrn Udaut geschlichtet worden, der Rhys Michaels Bedenken abwiegelte und Richards Mannen befahl, vorübergehend die Unterkunft zu beziehen, darin sonst jene Königlichen Lanzenreiter hausten, die mit Javan gen Norden gezogen waren; dennoch hoffte der Prinz, daß Herr Gideon keine Absicht hegte, mit seinen Reisigen längere Zeit in der Königsburg zu verweilen.

An Richards anderer Seite sah Rhys Michael nebeneinander die Herren Hildred und Etienne de Courcy. Zuletzt heftete er den Blick wieder auf Oriss' leeren Lehnstuhl.

»Wie ich gewahre, Ihr Herren, ist Erzbischof Oriss abwesend«, stellte er fest. »Ist jemandem bekannt, ob er an der Beratungssitzung des heutigen Nachmittags teilzunehmen gedenkt?«

»Erzbischof Oriss ersucht darum, ihn von der Sitzung zu entschuldigen, Eure Hoheit«, antwortete Hubertus mit völliger Unbefangenheit. »Ich glaube, er hat in der vergangenen Nacht ungemein schlecht geschlafen.«

Rhys Michael gab sich mit der Auskunft zufrieden und schob unter der Ratstafel die Füße zurecht, um sich zu erheben. Das Haldane-Schwert hatte der König mitgenommen, darum konnte es nicht zum Zeichen der königlichen Oberherrschaft auf die Tafel gelegt werden, aber Graf Tammaron setzte statt dessen – zum Zeichen, daß man auch während des Herrschers Fortsein seine höchste Gewalt achtete und der Kronprinz dieselbe vertrat – jedesmal die aufs prächtigste mit Kreuzen und Laub verzierte Königskrone in die Mitte der Versammelten. Kurz stand der Prinz auf, berührte mit den Fingerspitzen, um seine Lehnstreue zu bekunden, erst die Lippen, dann selbige Krone; danach ließ er sich wieder in den Lehnstuhl sinken und warf Herrn Udaut einen erwartungsvollen Blick zu.

»Aufgrund der Abwesenheit des Herrn Großzeremonienmeisters mag, darum bitte ich, der Herr Konnetabel die Sitzung des Kronrats eröffnen«, sprach Rhys Michael.

Mit leicht gelangweilter Miene erhob sich der Kronfeldherr, zog langsam, wie er es seit einer Woche vor jeder Zusammenkunft des Kronrats tat, sein Schwert aus der Scheide, ein Ersatz für Großzeremonienmeister Albertus' Amtszepter. Doch anstatt es zum Gruß in die Höhe zu strecken und die althergebrachten Redewendungen von sich zu geben, mit denen man seit eh und je die Beratungen des Kronrats einleitete, vollführte er einen behenden Schritt nach links, krallte eine Faust in Herrn Jerowens Gewand und zerrte ihn aus dem Lehnstuhl empor.

So blitzartig, daß Prinz Rhys Michael kaum eine Gelegenheit erhielt, um mit der Wimper zu zucken, sausten weitere Schwerter aus ihren Scheiden, kippte Richard Murdoch seinen Lehnstuhl um, hieb Baron Hildred mit dem Schwertknauf besinnungslos und richtete dann die Waffe wider Etienne de Courcy, welcher gleichfalls aufgesprungen war, aber sofort zum Zeichen des Verzichts auf Widerstand die Arme aufwärtsreckte, auch wirklich keine Gegenwehr entbot, als Richard ihn entwaffnete. Im selben Augenblick machte der blondschopfige *Custodes*-Ordensritter, der hinter Erzbischof Hubertus' Sitz Platz genommen hatte, einen hurtigen Satz zur Seite, so daß die Schriftstücke von seinem Schoß in die Luft stoben, und bohrte sein Schwert in des verdutzten Herrn Tomais' Bauch, ehe der junge Ritter die eigene Klinge zu zücken vermochte.

Tomais' erstickter Aufschrei schreckte Rhys Michael aus dem Zustand der Gelähmtheit, mit dem das Entsetzen über den offensichtlichen Verrat ihn geschlagen, in den Lehnstuhl gebannt hatte. Sein innewohnender Drang zum Überleben scheuchte ihn nun zum Handeln, er schnellte sich auf der Tomais abgewandten Seite aus dem Lehnstuhl, haschte eilends nach dem Dolch an seiner Hüfte. Das konnte doch unmöglich wahr sein!

Doch da schlang ihm schon Graf Tammaron mit

einer Gewandtheit und Flinkheit, welche der Prinz ihm nie zugetraut hätte, einen Arm hinterrücks um den Oberkörper, zog ihn rückwärts, so daß er nach hinten taumelte, drückte ihm spürbar eines Dolchmessers flache Klinge unterm rechten Ohr an den Hals. Rhys Michael versuchte sich dem Griff zu entwinden, riß die Arme hoch, um sich zu befreien, aber daraufhin klammerte der Graf ihm den Arm um die Kehle. »O nein, Prinz!« raunte Tammaron ihm ins Ohr. Gleichzeitig bemerkte Rhys Michael, daß der ungemein hochgewachsene *Custodes*-Ordensritter mit der von einem Handschuh umhüllten Faust zupackte und ihm den Dolch aus der Gürtelscheide entfernte.

Kaum war das geschehen, ließ Tammaron unversehens vom Prinzen ab und trat beiseite, beließ allerdings eine Hand locker an Rhys Michaels Elle und drehte zur Warnung den Dolch sichtbar in der anderen Faust. Indem er um Atem rang, suchte Rhys Michael, diesen ungeheuerlichen Hochverrat noch immer nicht so ganz zu begreifen fähig, mit heftiger Gebärde vom Grafen Abstand – und wandte im nächsten Augenblick ruckartig das Haupt, als er ein gequältes Röcheln vernahm. Er sah, daß der *Custodes*-Ordensritter sich über Herrn Tomais gebeugt hatte, daß vom gleichen Blut, welches aus Tomais' Gurgel sprudelte, auch welches an dem ihm soeben fortgenommenen Dolch klebte.

Indem er einen Aufschrei des Grauens ausstieß, wollte Rhys Michael zu dem Todgeweihten springen, doch hielt ihn Graf Tammaron mit unerbittlicher Faust zurück. Derweil schleuderte des jungen Adeligen Mörder den blutbesudelten Dolch mit einer abfälligen Geste der Endgültigkeit auf den Fußboden, zog schonungslos das Schwert aus des Sterbenden Leib, wischte die Klinge an einem Zipfel von Tomais' Umhang sauber, schaute dabei dem Prinzen kalt in die Augen. Während sein Adlatus unter schwächlichen Todeszukkungen seine edle Seele aushauchte, barg Rhys Michael, der inzwischen die Überzeugung hegte, daß man auch ihn zu meucheln beabsichtigte, das Antlitz mit einem Aufschluchzen in den Händen.

»Mein Ratschlag geht dahin«, sprach Hubertus in das Schweigen, welches sich des Prinzen Schluchzlaut anschloß, »daß ein jeder, welcher Herrn Tomais' Los nicht zu teilen wünscht, jeglichen weiteren Widerstands entsagt. Zutiefst bedauere ich, Eure Hoheit, die Notwendigkeit, Euren Adlatus, welcher Euch ja, wie ich wähne, auch ein Freund war, auf so rohe Weise aus dem Weg zu räumen, doch möchte ich Euch ohne jedweden Anschein eines Zweifels wissen lassen, daß wir mit unserem Vorgehen im wahrsten Sinne des Wortes todernste Absichten verfolgen. Und nun werdet Ihr mir, dessen bin ich zur Gänze gewiß, die Gefälligkeit erweisen, von diesem Trank zu kosten.«

Während er diese Worte sprach, brachte er aus den üppigen Falten seines Bischofsrocks ein kleines Silberfläschchen zum Vorschein, stellte es auf die Ratstafel und schob es dem Prinzen zu. Rhys Michael starrte wechselweise ihn und das Fläschchen an, ohne im entferntesten nachvollziehen zu können, was Hubertus im Sinn haben mochte – bis er es urplötzlich, trotz aller Furcht, doch verstand, gleichzeitig ersah, daß niemand ihm Beistand zu leisten vermochte. Der Verräter Richard Murdoch hatte die Tür von innen verriegelt, anschließend Etienne de Coury und den noch benommenen Herrn Hildred zu einer der Sitzbänke an der Ratskammer Längwand getrieben, wo schon Herr Jerowen hockte; der ebenso verräterische Udaut hielt nun alle drei Königstreuen mit blanker Klinge in Schach.

»Was ist's für ein Gesöff?« erkundigte sich Rhys Michael mit gedämpfter Stimme.

»Euer Herr Bruder, der selige König Alroy, war aufs innigste damit vertraut«, antwortete Hubertus mit einem Lächeln, das jedweder Fröhlichkeit ermangelte. »Es hat uns im Laufe einer ganzen Reihe von Jahren in der Tat vortreffliche Ergebnisse gezeitigt, wenn's galt, verstockten Prinzen und eigensinnigen jungen Königen eine friedvolle, umgängliche Gemütsverfassung einzuflößen.«

»Nein«, entgegnete Rhys Michael. »Kommt mir gar nicht in Frage.«

»Derartige Widerworte wünsche ich niemals wieder von Euch zu hören, Hoheit«, versetzte Hubertus kaltschnäuzig zur Antwort, nahm das Silberfläschchen zur Hand, entstöpselte es, stellte es zurück auf die Ratstafel und schob es dem Kronprinzen ein zweites Mal zu. »So Ihr's denn etwa vorziehen solltet, kann Herr Tammaron Euch noch einmal packen und festhalten, derweil dieser tüchtige *Custodes*-Ritter an Euch wirksamere Mittel der Überzeugung anwendet, indes zweifle ich an, daß seine etwas rauhbeinige Art bei Euch Gefallen finden dürfte. Darum seid klug und trinkt.«

Inzwischen stand der blonde *Custodes*-Ordensritter anzüglich an Rhys Michaels rechter Seite, das Schwert zwar nun in der Scheide, die Fäuste jedoch locker auf den Schwertgurt gestützt, und der Prinz glaubte ohne weiteres, daß der Mann, ein wahrer Hüne, ihn zum Trinken zwingen konnte, falls er nicht von sich aus Hubertus' Wille erfüllte. Rhys Michael beschloß, Hubertus' Drohung keiner unmittelbaren Antwort zu würdigen, hob voller Trotz das Kinn und widmete dem Erzbischof einen gleichsam vernichtenden Blick; dann ergriff er mit zittriger Hand das Fläschchen und trank den Inhalt mit einem Zug aus. Sobald er es auf den Tisch zurückgestellt hatte, fuhr er sich mit einem Ausdruck des Abscheus und der höchsten Verachtung mit dem Handrücken über den Mund, verschränkte zu guter Letzt in streitbarer Abweisung die Arme vor dem Brustkorb.

»Meinen Dank, Hoheit«, sprach Erzbischof Hubertus, verzog erneut den Mund zu einem gefühlskalten Lächeln. »Nun wollen wir hier ein Weilchen lang beisammensitzen und der Nachricht harren, daß auch unsere sonstigen Maßnahmen verwirklicht worden sind.«

So verstrich einige Zeit. Rhys Michael spürte, wie ihn ungeachtet des Grauens allmählich Mattigkeit überwältigte, die dumpfe Erschlaffung, welche der mit irgendeinem Betäubungsmittel vermischt gewesene Wein hervorrief, ihm langsam Körper und Geist zum Erlahmen brachte. Richard und Udaut holten sich Lehnstühle von der Ratstafel und nahmen vor den drei Königstreuen, die sie zu bewachen hatten, darauf Platz. Hubertus raffte seinen Wanst empor, kniete sich schwerfällig neben den toten Tomais und spendete ihm in einer der heuchlerischsten Darbietungen, welche Rhys Michael jemals gesehen hatte, die Sterbesakramente.

Schon nach kurzem drang aus dem Korridor der Lärm vereinzelter Gefechte in die angespannte Stille der Ratskammer. Erneut erhob sich Hubertus, das Rasseln seiner beschleunigten Atemzüge bezeugte inwendige Unruhe; er trat hinter Rhys Michaels Sitz und stützte die Hände auf die Rücklehne. Der *Custodes*-Ordensritter bezog am Eingang Aufstellung und lauschte mit ans Holz eines Türflügels gepreßtem Ohr, in der Faust das Schwert, mit dem er Herrn Tomais getötet hatte. Tammaron saß wieder zur Linken des Prinzen, das Dolchmesser vor sich auf der Ratstafel.

Rhys Michael erwog, ob er versuchen sollte, es zu packen, sah jedoch nicht ab, was er damit erreichen könnte, außer daß er ebenfalls das Leben verlor – oder vielmehr noch jemand unter den anwesenden Königstreuen, denn mittlerweile war er zu der Schlußfolgerung gelangt, daß die Verräter keineswegs den Vorsatz hegten, ihn zu ermorden. Davon abgesehen, hatte Erzbischof Hubertus' Trank ihn längst in einen dermaßen nachhaltigen Zustand der Duseligkeit gesenkt, daß er vermutete, nicht einmal ohne fremde Hilfe aufstehen zu können. Irgendwann stützte er einfach das Haupt an die Rücklehne und ließ die Lider sinken, obgleich er somit den Schopf dicht an Hubertus' durch Hochverrat entweihte Hände rückte.

Er vermeinte, es müßte fast eine Stunde vergangen sein, ehe ihn aus dem ruhelosen Halbschlaf, in den sein Geist immer wieder abtrieb, ein Pochen an die Tür aufscheuchte. Gwynedds Primas, der sich unterdessen wieder in seinen Sitz hatte sacken lassen, sprang abermals auf, und auch der hünenhafte *Custodes*-Ordensritter, welcher sich, das Schwert in der Faust, auf einen unmittelbar hinter die Tür gestellten Stuhl gesetzt hatte, um fortwährend, sein Ohr am Holz, hinaus in den Flur zu lauschen, fuhr beim Klang des Klopfens sofort empor. Derweil Rhys Michael blinzelte, sich darum bemühte, seine Umgebung zu erkennen, schob der Ordensritter mit grimmigem Lächeln den Türriegel beiseite, wich jedoch, als die Türflügel einwärtsschwangen, mit aus Argwohn kampfbereit erhobener Waffe einige Schritte weit zurück.

Aber der stämmige Zeitgenosse, welcher sich sogleich, in der Faust ein blutverschmiertes Schwert, auf der Schwelle zeigte, war auch Rhys Michael vom Vortag noch allzu wohl erinnerlich – nämlich kein anderer als Richard Murdochs Burgvogt, jener Herr Gideon, dem ein breites Grinsen den Bart teilte, während er nun an dem *Custodes*-Ordensritter vorüberstapfte, sich schwungvoll zuerst vor Graf Richard, anschließend vor Erzbischof Hubertus verbeugte.

»Eure Exzellenz, Herr Graf, mit Ausnahme der Gemächer Seiner Königlichen Hoheit befindet sich die gesamte Feste in unserer Gewalt«, vermeldete der Mann. »Wir sind der Meinung, daß sich der Heiler Oriel und Ritter Sorle bei der Prinzessin aufhalten.«

»Michaela…?« raunte der Kronprinz, sperrte weit die Augen auf; nur unter beträchtlicher Mühe gelang es ihm, sich hochzustemmen und auf den Beinen zu bleiben, obwohl Tammaron ihn unverzüglich am Arm faßte, ihn sowohl stützte wie auch auf der Stelle festhielt.

»Was denn, Eure Hoheit, was denn«, säuselte Hubertus. »Der Mutter eines künftigen Königs von Gwynedd irgendeinen Harm zuzufügen ist wahrhaftig das allerletzte, was jemandem von uns in den Sinn käme. Jedoch verursacht mir die Befleckung Sorge, welche von der fortwährenden Anwesenheit eines Deryni in Eurem Gefolge auf sie abfärben könnte. Vielleicht beliebt's Euch, uns zu begleiten, mein Prinz, dieweil's nunmehr unser Begehr ist, hinzugehen und sie dieser Gefahr zu entheben…«

# XLII. Kapitel

*Verderben über sie,*
*denn sie werden mir untreu!*

Hosea 7,13

Indem er das Weib und ihren Sprößling mit sich zog, verfiel Javan in gemäßigten Laufschritt. Großmeister Albertus und die *Custodes*-Ordensritter wendeten die Rösser und trieben sie hangabwärts, ins weniger steile Gelände, hatten offenbar vor, die angeblichen Michaeliten vor Erreichen des Ufertümpels abzufangen.

Denn echte Michaeliten konnten es keinesfalls sein, obwohl der blondhaarige Reiter, der an ihrer Spitze heransprengte, offenbar vortäuschen sollte, ihr Anführer wäre entweder Joram oder Ansel MacRorie.

»Sankt Michael und MacRorie!« schrien die Reiter, schwangen Schwerter und Spieße, spornten ihre Reittiere zum Galopp an. Auf ihren Waffenröcken leuchtete das weiße Kreuz des in Acht und Bann geschlagenen Ordens.

Während die falschen Michaeliten in den Fluß ritten, ihre Rösser, bis zur Brust in den Fluten, die Furt überquerten, schob der König Birgit und Klein Carrollan Revans nächstbestem Jünger in die Arme und eilte zu seinem Roß. Wer die Berittenen wirklich waren, darüber bestand Ungewißheit, aber Freunde, so viel begriff Javan, konnten sie auf gar keinen Fall sein. Und den wehrlosen Leuten, die sich hier friedlichen Sinns versammelt hatten, um Revan predigen zu hören, unter ihnen viele Weiber und Kinder, drohte nun das Schicksal, zwischen den verschiedenen Reiterhaufen zermalmt zu werden – auch Javan selbst mußte das gleiche befürchten, gelang es ihm nicht, sich ohne Verzug in die Mitte seines Geleits zu retten.

»Wer *sind* jene Reiter?« zischelte er Queron Kinevan zu, derweil er sich abmühte, um sich vom Gefälle des Abhangs aus in den Sattel zu schwingen, der Heiler ihm Hilfe leistete. »Warnt Pater Joram! Bringt diese Schutzlosen fort! Wir sind allesamt gefoppt worden.«

Er lenkte sein Roß die Erhebung hinauf, seinem Banner entgegen, denn inzwischen preschten die Herren Guiscard und Charlan sowie ein Dutzend Königliche Lanzenreiter, um die Fahne geschart, den Hang herab auf ihn zu. Die *Custodes*-Ordensritter hatten fast die Furt erreicht. Herr Robear und die übrigen Lanzenreiter hielten sich in einigem Abstand hinter ihnen, entweder um sie im Kampf zu unterstützen oder vom König fernzuhalten – je nachdem, was geschehen mochte, sobald die unbekannten Reiter in Blau den Fluß überquert hatten.

Wie sich sogleich zeigte, war es offenbar niemals die Absicht der *Custodes*-Ordensritter gewesen, sich mit den Blauen anzulegen. Unmittelbar bevor ihre Haufen aufeinanderzuprallen drohten, rissen sie ihre Reittiere herum und wandten sich statt dessen gegen die Lanzenreiter, ihre schweren Schlachtrösser stießen mit gewaltiger Wucht in die Reihen der mit leichteren Tieren ausgestatteten Königlichen. Herr Robear überstand den anfänglichen Zusammenstoß, Herrn Bertrand hingegen sah Javan im Gewirr des plötzlichen, arglistigen Angriffs der *Custodes* aus dem Sattel stürzen.

»Es ist eine Falle«, rief Javan, sobald er zu seinem von Herrn Guiscard getragenen Banner gelangte.

Auf der Hügelkuppe erblickte er Generalvikar Paulin, der neben Baron Rhun seelenruhig auf seinem Roß saß, zu ihm herabschaute, an jeder Seite geschützt durch zwei von Rhuns Reisigen. Nun erkannte Javan mit einem Mal in vollem Umfang den Sinn und Zweck des verräterischen Anschlags. Man wollte sich mit einem Schlag eines unliebsamen Königs sowie Revans und seiner lästigen, des Betrugs verdächtigten Wiedertäuferbewegung entledigen – und überdies die Schuld auf die Deryni sowie die Michaeliten abwälzen.

Derweil er sich darum bemühte, sein jetzt aus schierer Kampfeslust merklich aufsässiges Schlachtroß im Zaum zu halten, erwog Javan nicht nur die allgemeinen Absichten seiner Widersacher, sondern ebenso die augenblickliche Lage. Nachdem die Königlichen Lanzenreiter die erste Überraschung verwunden hatten, hielten sie sich, wie er beobachtete, hervorragend gegen die *Custodes,* aber unterdessen galoppierten die vorgeblichen Michaeliten zu dem Ufertümpel, auf Revans Jünger und das übrige unbewaffnete Volk zu.

»Bleibt dort unten fort, Sire«, rief nahebei ein Lanzenreiter-Hauptmann. »Wir dürfen unsere Streitmacht nicht spalten.«

Der Hauptmann hatte fürwahr recht. Javan konnte es unmöglich wagen, den Bedrohten zu Hilfe zu eilen. Er schnitt eine Leidensmiene des Unmuts und Bedauerns, zückte das Schwert, riß den Hengst mit einem Ruck herum, so daß sich das Tier aufbäumte, schwang die Waffe überm Scheitel einmal im Kreis und deutete sodann mit der Schwertspitze in die Richtung der abtrünnigen *Custodes.*

»Keine Schonung den Verrätern!« erscholl laut sein Befehl. »Zu Herrn Robear! Aber haltet unsere Rückseite gedeckt!«

Doch während der Hengst sich in Bewegung setzte, grämte Kummer um die jeglicher Schirm entblößten Untertanen, die er der Tücke des Geschicks überlassen mußte, Javans Herz. Drunten am Flußufer, wo Revan für eine Versöhnung zwischen Menschen und Deryni gepredigt hatte, jagten bereits die ersten falschen Michaeliten durch das flache Gewässer des Tümpels, Schwerter und Spieße bereit zum Gemetzel.

Ein ehrwürdiger Alter mit weißem Bart ward zu einem der ersten Opfer, ein Spieß durchbohrte den Greis, dann trampelten die Hufe nahezu eines Dutzends Rösser über ihn hinweg, derweil die Freischärler über die restlichen Pilger herfielen, um auch sie abzuschlachten. Javan hatte vermeint, Revan hätte mit seinem Anhang das Weite gesucht, doch als er sich über die Schulter umblickte, sah er unvermutet den Prediger und mehrere seiner Jünger am Rande des Ufertümpels, wo er mit dem aus Olivenholz geschnitzten Stab um sich drosch, sogar einen Angreifer aus dem Sattel stieß. Hinter ihm hastete Sylvan O'Sullivan durchs Wasser, versuchte ein Kind in Sicherheit zu bringen.

Entsetzt zügelte Javan sein Roß, lenkte es ein Stück weit zur Seite und ließ den Großteil der Lanzenreiter an sich vorübergaloppieren. Guiscard und Charlan blieben mit ihm zurück, drängten ihn jedoch inständig zum Weiterreiten. Das Volk zerstreute sich, schrille Schreckensschreie gellten, wo die Blauen Unschuldige niedermachten. Queron Kinevan oder Ursins Anverwandte erspähte Javan nicht, aber plötzlich bemerkte er Tavis O'Neill, der auf das Gewässer zurannte, an dessen Böschung Sylvan noch immer versuchte, Kinder und Alte der Gefahr zu entziehen.

Da gewann Javan mit einem Schlag darüber Klarheit, daß der Heiler nach wie vor seiner Deryni-Kräfte ledig war und nun versuchte, den einzigen Anwesenden zu erreichen, der sie ihm wiederzugeben vermochte. Jetzt hielt der König sein Roß erst recht zurück, richtete sich in den Steigbügeln auf – denn sollte Tavis etwa die Absicht haben, sich vermittelst seiner Deryni-Magie zur Wehr zu setzen…

Sylvan befand sich, ein Kind auf den Armen, bis zu den Knien im Wasser, floh vor einem Reiter, welcher mit angelegten Spieß auf ihn Hatz machte. Tavis gelangte zu O'Sullivan, wollte ihn zur Seite werfen, doch da trieb der Reiter sein Roß zwischen die beiden Männer, rammte den Spieß in Sylvans Brust und zerschlitzte mit ein und demselben Stoß dem Kind den Arm. Der Schuft bezahlte die feige Übeltat augenblicklich mit dem Leben, ein Blitz grünlichen Gleißens, welcher aus Tavis' Hand schoß, schleuderte ihn in hohem Bogen vom Rücken seines Reittiers, er war tot, ehe er ins Wasser klatschte, doch Sylvans Blut breitete sich rings um ihrer beider Leichen, indem sie versanken, wie eine abstoßend greuliche Blume aus.

»Nein!« brüllte am Ufer Revan, schwang seinen Stab wider einen anderen Blauen. »Nicht!« So wie Dutzende anderer Leute hatte auch er das grünliche Aufflammen gesehen. Doch anstatt neue Magie-Gewalten aufzubieten, suchte Tavis nun mit äußerster Entschlossenheit seine unmittelbare Umgebung nach dem aus Sylvan O'Sullivans Armen in den Tümpel gestürzten Kind ab, wühlte im blutigen Wasser, bis es ihm gelang, das Mädchen, das abwechselnd von Weinkrämpfen und Schluckauf geschüttelt wurde, endlich an seinem lockigen, schwarzen Haarschopf aus der Brühe zu ziehen.

Blut rann aus der Wunde, die im Arm der Kleinen klaffte. Tavis hob den Armstumpf an ihre Schläfe, versetzte sie in barmherzigen Schlaf, kaum daß er sie an seine Brust gehoben hatte. Mit dem handlosen Arm hielt er das Kind fest, breitete die Heiler-Hand über die Verletzung, übte eine heilerische Wirkung aus, noch während er aus dem Wasser die Böschung hinaufwankte.

Rings um ihn schreckten die falschen Michaeliten zurück, wimmelten verunsichert durcheinander; anscheinend hatte niemand sie davor gewarnt, daß Revans seit langem nur mißfällig und argwöhnisch geduldete, aber als vermutlich harmlos eingestufte Possenreißerei am Fluß *wirklich* eine derynische Betrügerei sein könnte.

Unterdessen jedoch wichen bei Revans Bewunderern Furcht und Grausen schon heller Empörung. Offensichtlich entsagten keineswegs *alle* Deryni, die sich in seinem Umkreis aufhielten, ihrer magischen Kräfte. Was mochte, mußten sie sich zwangsläufig fragen, außerdem Lüge sein? Der weithin geschätzte Tavis, dessen Bekehrung und Läuterung so vielen Gläubigen wie eine Erleuchtung gedeucht hatte, war noch immer ein Deryni.

Lug und Trug! Hinterlist! Die Deryni waren *tatsächlich* die Geißel der Menschheit, darum mußte dieser Deryni büßen – und ebenso Revan, der das Volk genarrt hatte.

Fast alle Gefallenen, die in den Gängen der Königsburg lagen, trugen die Haldane-Tracht. Halb schleppte sich Rhys Michael, nachgerade außer sich vor Bangen und Schrecken, die Treppe empor, halb schob man ihn; so schnell er es überhaupt vermochte, eilte er durch den Korridor zu seinen Gemächern; jegliche Gegenwehr blieb ausgeschlossen. Reichskanzler Tammaron und Graf Richard hielten sich, jeder eine Faust um einen Oberarm des Prinzen geklammert, an seinen Seiten. Dichtauf folgte ihnen der hünenhafte *Custodes*-Ordensritter, der Herrn Tomais ermordet hatte; er flößte Rhys Michael zusätzliche Beklommenheit ein. Der hinterhältige, ränkesüchtige Kirchenfürst Hubertus und Herr Gideon strebten voraus.

Dem Kronprinzen schwirrte noch das Haupt aufgrund dessen, was sich ereignet hatte, bevor sie die Ratskammer verließen. Auch der sanftmütige, stets freundlich gewesene Herr Jerowen Reynolds hatte den Tod gefunden. Udaut und ein Halbdutzend Bewaffneter hatten die drei Gefangenen abführen wollen – angeblich, um sie in den Kerker zu sperren –, da unternahm das Dreigespann einen allzu verwegenen Fluchtversuch.

Im Handgemenge war Jerowen fast unverzüglich zu Tode gekommen, rücksichtslos von einem Krieger erschlagen worden. Warum hatte Jerowen, wiewohl er doch kein Kriegsmann war, bloß dergleichen gewagt?! Baron Hildred hatte eine schwere Verletzung erlitten. Es glich fast einem Wunder – oder ließ sich vielleicht durch pures Glück erklären –, daß Etienne de Courcy es schaffte, zu einer Hintertreppe zu entspringen und, allerdings verfolgt von Udaut und seinen Häschern, die Flucht zu ergreifen. Die Geschwindigkeit, mit welcher das alles geschah, hatte dem Prinzen die Fassung geraubt, ihm trotz des Beruhigungsmittels, das seine Wahrnehmung und auch die Empfindungen dämpfte, allerstärkste Bestürzung verursacht, zumal er sehr anzweifelte, daß es Baron Etienne, welcher eher als Büchergelehrter galt, lange die Freiheit bewahren konnte, und ebensowenig glaubte, daß seine Verfolger, wenn sie ihn ergriffen, sein Leben schonten.

Rhys Michael strauchelte wiederholte Male, während die Verräter ihn mehr oder weniger mitschleiften, bis sie um die letzte Ecke des Korridors bogen. Voraus vermochte er – hinter Hubertus' feister Erscheinung – *Custodes*-Ordensritter zu erkennen, wo Königliche Leibwächter hätten auf Wache stehen müssen, vier von ihnen waren mit Krummbogen bewaffnet, hatten schon mit Widerhaken versehene Pfeile an die Sehne gelegt, lehnten und warteten an der Wand, harrten neuer Befehle. Vor der Tür zu des Kronprinzen Gemächer standen ein Feldweibel und sechs Reisige in Graf Richards Wappenröcken.

Diese sämtlichen zusammengelaufenen Halunken nahmen Haltung an, als Gideon erschien. Der Burgvogt lief dem Erzbischof voraus, zog den Feldwebel beiseite, besprach sich mit ihm im Flüsterton. Währenddessen gesellte sich Richard zu ihnen, und an seiner Stelle nahm der blonde *Custodes*-Ordensritter den Platz an Rhys Michaels Seite ein, legte dem Prinzen eine schwere Hand auf die Schulter.

Aus Abscheu erstarrte Rhys Michael unwillkürlich – ungeachtet des Tranks, durch den er fügsam bleiben sollte –, aber ihm war vollkommen klar, daß er weder den Willen noch die Kraft aufbringen konnte, um sich ernstlicher Gegenwehr zu befleißigen. Er vermochte diesen Männern nicht in den Arm zu fallen, er war ja kaum dazu imstande, sich auf den Beinen zu halten. Flüchtig dachte er daran, Michaela und die Getreuen, welche in seinen Gemächern weilten, durch Schreie zu warnen, jedoch selbst derartig bescheidene Bemühungen, so sah er ein, forderten ihm viel zu gewaltige Anstrengungen ab. Aber schon sein schwächliches Aufstöhnen willenloser Schicksalsergebenheit veranlaßte den *Custodes* dazu, sich behende hinter ihn zu stellen, ihm den linken Arm um den Hals zu schlingen und ihm mit der durch einen Handschuh geschützten Rechten locker, aber merklich entschieden den Mund zu verschließen.

»Keinen Laut, Haldane«, riet der Hüne ihm leise, »oder Euch wird der Odem abgedrosselt.«

Obgleich der Ordensritter die Warnung in recht ruhigem Ton sprach, rieselte mit einem Mal ein Schauder wie von eisiger Kälte dem Kronprinzen den Rücken hinab, denn er hatte ähnliche Worte schon einmal vernommen, und zwar mit gänzlicher Gewißheit, so erkannte er jetzt, von ein und demselben Mann. Nun schließlich überwältigte vollkommene Verzweiflung Prinz Rhys Michael, zum bösen Ende erkannte er nun das Zutreffende all jener Anschuldigungen, über die er sich, als sein Bruder, König Javan, sie äußerte, belustigt hatte – vor allem den Verdacht, seine Entführer wären

*Custodes*-Mitglieder gewesen –, denn ebendieser Ordensritter, von welchem ihm soeben abermals gedroht worden war, hatte sich während seiner Gefangenschaft als sein ständiger Bewacher betätigt. Gleichzeitig ergab sich aus dieser Einsicht schlechterdings die Schlußfolgerung, daß die damalige Verschleppung lediglich Bestandteil einer viel umfassenderen, weitergehenden, durch und durch hochverräterischen Verschwörung gewesen war, deren gesamte Tragweite sich erst am heutigen Tage zeigte.

Erzbischof Hubertus und Reichskanzler Tammaron stellten sich links von der Tür zu Rhys Michaels Gemächern auf, Burgvogt Gideon an der rechten Seite, während die Bogenschützen sich genau gegenüber sammelten, zwei im Stehen verblieben, zwei in die Knie gingen. Graf Richards Männer verteilten sich mit blanken Schwertern beiderseits des Eingangs, wiewohl Meister Oriel oder Ritter Sorle ohnehin gar keine Aussicht hatten, an den Schützen vorbeigelangen zu können.

Prinz Rhys Michael mochte beileibe gar nicht mitanschauen, was nunmehr, wie er voraussah, zu erwarten stand; aber er wußte, er hatte keine Wahl, ganz offenkundig wünschten ja die Verschwörer, daß alles vor seinen Augen geschah – folglich faßte er den Vorsatz, es sich mit aller Sorgfalt einzuprägen und auch künftig, gleich wie sehr man ihn fortan noch einschüchterte, beharrlich zu merken, bis er zu guter Letzt Mittel und Wege fand, um ihnen den Verrat heimzuzahlen.

»Königliche Hoheit?« rief Graf Tammaron, pochte an die Tür. »Ich bin's, Eure Hoheit, Tammaron. Befindet sich Meister Oriel bei Euch? Es hat einen Unfall gegeben.«

Damit trug er ein Anliegen vor, dem ein Heiler sich nie und nimmer verschließen durfte; zur gleichen Zeit verhielt Tammaron sich zweifach heimtückisch, dieweil man ihn bislang niemals mit den Betreibungen der Haupt- und Erzverschwörer in Zusammenhang gebracht hatte.

»Meister Oriel, wir bedürfen Eurer Dienste«, fügte Tammaron hinzu, indem er ein zweites Mal anklopfte. »Dem Kronprinzen ist ein übler Sturz widerfahren. Man wähnt, er hat sich das Bein gebrochen.«

Die Lüge zeitigte, wie Rhys Michael es absah, das gewünschte Ergebnis: Michaela öffnete die Tür. Vergeblich versuchte Herr Sorle, der schon das Schwert in der Faust hatte – denn Meister Oriel hatte die Gefahr gewißlich längst gespürt –, sie daran zu hindern und zur gleichen Zeit den Heiler mit seinem Leib zu schützen. Graf Richards Burgvogt Gideon stieß die Tür vollends auf und sprang über die Schwelle, umfing die Prinzessin, wie laut sie auch schrie, mit seinen Bärenarmen und riß sie beiseite, just bevor die Bogenschützen die mörderischen Pfeile von den Sehnen schnellen ließen.

Wahrscheinlich war Sorle tot, bevor er der Länge nach auf den Fußboden schlug, denn ihn trafen drei der ersten vier Geschosse, ein Pfeil bohrte sich geradewegs durchs Auge in seinen Schädel. Das vierte Geschoß sowie drei der nächsten vier Pfeile fanden ihr Ziel in Oriel, der im zwecklosen Bemühen, sie abzuwehren, die Arme in die Höhe warf. Einer der Pfeile durchschlug seine Handfläche, zwei blieben im Oberarm und der Schulter stecken – bis dahin also erlitt er nur Fleischwunden, aber ein Geschoß traf ihn tief in die Brust, hatte wohl – wenngleich vielleicht nicht umgehend – eine tödliche Wirkung.

Der Heiler unterdrückte, indem er auf die Knie sank, einen Schmerzensschrei, betastete mit der unverwundeten Hand den Pfeil, welcher aus seinem Busen ragte. Zu Rhys Michaels Grauen – inzwischen war es den Verschwörern offenbar einerlei, daß er vor Zorn und

Entsetzen schrie – legten die Bogenschützen in aller Ruhe neue Pfeile an die Sehnen, zielten mit großer Sorgsamkeit, jagten Oriel ein Geschoß nach dem anderen in den Körper, ausschließlich an Stellen, wo sie ihn zwar verletzten, nicht jedoch unverzüglich töteten. Bei jedem Treffer entrang sich dem Heiler ein Aufschrei. Pfeile bohrten sich in die Oberschenkel, auch in die bereits getroffene Hand, welche er in flehentlicher, indessen unzweifelhaft sinnloser Gebärde emporstreckte, und in den Unterleib, die Gegend des Gemächts.

Infolge der Wucht all der Treffer sackte der Heiler rückwärts nieder, zerbrach die durch seine Hand geschossenen Pfeile, als er sich vom Fußboden aufzuraffen versuchte, doch ihm gaben die Knie nach, so daß er sich vor Pein krümmte. Angesichts einer Bewegung schräg hinter Oriel sprangen zwei Bogenschützen mit angelegten Pfeilen ins Gemach, derweil die beiden anderen Schützen ihnen Deckung gewährten, aber es war nur Cathan Drummond, Michaelas jüngerer Bruder, der ihre Aufmerksamkeit erregt hatte. »Nein!« heulte er, kauerte geduckt hinter einem umgekippten Lehnstuhl, raufte sich unter Tränen die Haare. »Nein…!«

Die zwei eingedrungenen Schützen lockerten die Sehnen ihrer Bogen, faßten den Jüngling an den Armen, zerrten ihn roh auf die Füße und danach zu seiner Schwester, deren gar fürchterliches Schluchzen aus dem Schlafgemach ertönte. Derweil sie mit Cathan in selbige Schlafkammer entschwanden, umrundeten die beiden übrigen Bogenschützen vorsichtig den aufs schwerste verwundeten Oriel und wandten sich dann nach rechts, um auch die restlichen Gemächer des Kronprinzen zu durchsuchen; dadurch machten sie den Zugang frei für Graf Richard, welcher nun mit einem seiner Reisigen gleichfalls eintrat.

Oriel hatte, dessen konnte man gewiß sein, scheußliche Leiden durchzustehen. Obschon er sich noch im

Flur befand, vermochte Rhys Michael den Anblick kaum zu ertragen. Mehr blieb er dank der Stützung durch den kraftvollen, ihm um die Schultern geschlungenen Arm seines Bewachers denn aus eigener Kraft auf den Beinen, so sehr schwächte ihn das Schaudern, welches sein Gemüt zerrüttete. Während Richard vor seinem Opfer verharrte, den Heiler, dessen Blut einen kostbaren kheldischen Teppich besudelte, gehässigen Blicks musterte, langte der Reisige mit der Hand nach einem Stoßdolch, den er an der Hüfte trug, und schaute seinen Herrn in stummer Fragestellung an.

»O nein«, beschied Richard den Mann mit zwar leiser, immerhin jedoch so vernehmlicher Stimme, daß seine Worte weder Oriel noch Rhys Michael entgehen konnten. »Meister Oriel mißbilligt den *coup de grâce.* Einst hörte ich's ihn meinem Vater gegenüber erwähnen.«

Rhys Michael biß sich auf die Lippe, denn nun verstand er zur Gänze, weshalb Richard die Aufgabe übernommen hatte, in den Gemächern des Kronprinzen den Widerstand zu brechen. Des Heilers von Qual verschleierte Augen, von denen man fast nur noch die Augäpfel sah, hefteten den Blick mit großer Mühe in des Grafen Miene, und eindeutig merkte man dem Todgeweihten an, daß auch er durchschaute, welche Rache an ihm verübt ward.

»Nur beklage ich, du Deryni-Hundsfott«, ergänzte Graf Richard kaltherzigen Sinnes seine hämischen Worte, »daß das *Merascha,* darin die Pfeilspitzen getaucht worden sind, dich früher als die Schußwunden töten wird, dieweil meine Bogenschützen ja ganz beträchtliche Vorsicht walten ließen... Aber ich konnte nicht dulden, daß du deine gottlosen Deryni-Zauberei aufbietest, um der gerechten Vergeltung zu entgehen. Ich hoffe, du hast noch aufs allerärgste zu leiden, ehe du verreckst, Deryni.«

Mit vorsätzlich übertriebener Verachtung spie er dem Heiler ins Antlitz, dann kehrte er sich, während sich Oriel auf dem Fußboden wand, zur linken Seite und verschwand aus Rhys Michaels Blickfeld. Kurz ward, wie der Prinz hörte, eine Tür geöffnet, und herzzerreißendes Weinen nährte bei ihm die Vermutung, daß auch Michaela mehr gesehen und vernommen hatte, als ihr verträglich sein mochte.

»Es dürfte ratsam sein«, durchdrang Erzbischof Hubertus' Stimme der Prinzessin Geschluchze, bevor die Tür zufiel, »eiligst einen Arzt herbeizuschaffen.«

»Michaela...?« lallte Rhys Michael halb umnachtet.

Aber man ließ Rhys Michael nicht zu seiner Gemahlin – nicht jedenfalls, ehe er bis zum bitteren Ende gesehen hatte, wie sich Richards Rache vollzog. Aus Trauer und Grausen jeglicher Fassung beraubt, entbot der Prinz keinerlei Gegenwehr, derweil sein Bewacher ihn ins Gemach führte, dort zwischen dem toten Ritter Sorle und dem sterbenden Deryni auf die Knie niederstieß. Trotz des *Merascha* schien es sehr lange zu dauern, bis Oriel starb, und kurz bevor er in eine Besinnungslosigkeit entglitt, aus welchselbiger er niemals mehr erwachen sollte, ergriff Rhys Michael des Heilers blutige Hand und drückte sie an seine Brust.

»Vergebt mir meine Torheit, Oriel«, flüsterte er, ehe sein Bewacher ihn zurückzerren konnte. »Ich wollt's nicht glauben. Gott schenke Euch Frieden...«

Der Kronprinz vergoß heiße Tränen, während er das Haupt auf die Knie neigte. Berühren durfte er den Sterbenden nicht, doch ebensowenig ließ man ihn fort. Er weinte noch, als Meister Oriel schließlich den letzten Atemzug tat, und vermochte auch dann schier nicht aufzuhören, als irgendwann ein Königlicher Leibarzt erschien und ihn in eine benachbarte Kammer brachte, nun beinahe so ernstlich ums Wohlergehen des Prinzen besorgt wie um das Schicksal seiner jungen Gemahlin im Schlafgemach, bei welcher inzwischen vorzeitige Wehen eingesetzt hatten…

Voll des Grams entzog Javan wider Willen Revan und Tavis seine Beachtung, während er, so wie Charlan und Guiscard, dem Roß die Sporen gab und zu den Königlichen Lanzenreitern sprengte, welche die *Custodes* bereits mit gutem Erfolg zurückdrängten. Revans Anhänger waren, sobald sie die Irreführung durchschauten, wie wilde Bestien sowohl über den Prediger wie auch seinen falschen Jünger hergefallen, und die vermeintlichen Michaeliten hatten, weiterer Mühewaltung enthoben, getrost zusehen können, wie das Volk die beiden Männer buchstäblich in Stücke riß. Das Gräßliche war nachgerade schneller geschehen, als Javan es zu begreifen vermocht hatte.

Er sah, daß man Revan überwältigte, danach jedoch nichts mehr von ihm; doch niemals könnte er, wähnte der König, den Anblick des abgetrennten, blutigen, zudem der Hand beraubten Arms vergessen, den jemand aus dem Getümmel steil in die Höhe hielt – und dann jenes mit Blut besprenkelten Mannes, welcher voll des Frohlockens selbigen Arm, ein Flackern des Wahnsinns in den Augen, wie eine Keule schwang, sich geradeso wie etliche seiner Gefährten anschließend gegen die in Blau gehüllten Reiter wandte, um die Blutgier an ihnen vollends auszutoben.

Dadurch brachten diese Enttäuschten, indem sie einen zusätzlichen Vorwand boten, endgültig das Verderben über sich, welches die vorgeblichen Michaeliten sicherlich ohnehin von Anfang an im Sinn gehabt hatten, eine wüste Schlächterei, bei welcher man Männer, Weiber und Kinder ohne Unterschied niedermetzelte – denn ihre Herren gedachten gewiß nicht, jemals wieder Umgang mit Untertanen zu haben, die in eine solche, wahrhaft irrsinnige Raserei geraten waren, mochte es auch aus Eifer für eine, wie sie es verstanden, gerechte Sache gewesen sein.

Und Javan konnte keine Mannen entbehren, um das greuliche Blutvergießen zu endigen, denn es galt, die *Custodes*-Ordensritter niederzuringen. Ein vielstimmiger Aufschrei der Begeisterung erscholl aus den Kehlen seiner Lanzenreiter, als er sich in den Kampf stürzte, sie verzweifachten ihre Anstrengungen, um die verräterischen Widersacher zu überwinden, hieben denn auch, obwohl sie weniger schwere Rösser und leichtere Panzer hatten, ernste Breschen in die Reihen der Aufständischen.

Fast ohne Verzug fand Javan Gegner, stellte zu seiner Genugtuung fest, daß die Waffen- und Reitübungen vieler vergangener Monde es ihm ermöglichten, im Reiterkampf aufs vortrefflichste zu bestehen. Es bereitete ihm beinahe Entzücken, sich nun in des Hengstes Sattel behende und hurtig erproben zu können, eigenhändig das Haldane-Schwert gegen seine Feinde zu schwingen. Als freudiger, tüchtiger Kämpe deckte Charlan ihm den Rücken, war stets zur Stelle, wenn sein Herrscher ihn brauchte. Unweit von ihnen erschlug Herr Guiscard grimmig jeden *Custodes*-Krieger, welcher sich dem König oder seinem Banner bedrohlich zu nahen wagte.

Langsam, aber sicher obsiegten die Königlichen, ganz unverkennbar zeichnete sich die Niederlage der *Custodes*-Streitmacht ab, sobald sie um über die Hälfte verringert worden war, so daß endlich Großmeister Albertus selbst in Gefahr schwebte, umzingelt zu werden – da erschienen auf dem Hügel, von welchem herab Generalvikar Paulin und Graf Rhun das Gefecht unverwandt beobachteten, plötzlich neue Reiter, fünfzig bis sechzig Mann. Viele dieser Krieger führten als Bewaffnung gefährliche kleine Krummbogen; sie ritten unter dem Banner Manfred MacInnis', des Grafen von

Culdi. Der Reiter, welchselbiger am Rande der Flußaue sein Reittier zügelte, sich in den Steigbügeln aufrichtete und zum Gruß den Arm in Albertus' Richtung hob, war zu weit entfernt, als daß Javan ihn zu erkennen vermocht hätte; aber Albertus antwortete in sichtlicher Begeisterung mit einer ähnlichen Geste.

»Barmherziger Herrgott, nun sind wir *wahrlich* vertan!« rief Javan seinem Adlatus Charlan zu, derweil der Ritter ein halbes Dutzend Lanzenreiter um den König sammelte und dessen Mannen sich darauf einstellten, sich den neuen Gegnern entgegenzuwerfen. Während die Ankömmlinge, schwer gewappnet und auf frischen Rössern, ohne jegliches Säumen ins Gefecht sprengten, mischten sich nun auch Rhun und seine Söldner ins Getümmel.

Das Blatt wendete sich. Die Königlichen Lanzenreiter waren jetzt weit in der Minderzahl, fortan mußte Javan ernstlich um sein Leben kämpfen, und allmählich schwante ihm, daß seine Aussichten gering waren, der Falle noch einmal zu entrinnen. Manfreds Reisige, noch voll bei Kräften, bildeten eine tüchtige, im Angriff starke Stoßschar, die Bogenschützen wechselten sich ab und schossen, jeweils acht bis zehn gleichzeitig, ganze Garben von Pfeilen in die Reihen der Lanzenreiter. Schon beim ersten Ansturm von Manfreds Mannen erlagen vor Javans Augen ein Halbdutzend Königliche dem Pfeilhagel, und mehrere Geschosse streiften des Königs Streitroß. Fünf oder sechs Pfeile im Leib, stürzte Herr Robear aus dem Sattel, riß noch einen Culdier mit sich hinab, Stahl glänzte in seiner Faust, ehe der aufgewirbelte Staub der Walstatt ihn Javans Blick entzog.

Überall rings um Javan forderte der arglistige Verrat der Aufständischen einen blutigen Zoll. In des Königs Nähe, unter dem Haldane-Banner, bedrängten mindestens acht Kriegsleute in Graf Manfreds Wappenrock

Herrn Guiscard, der wahrlich gleich einem Wahnsinnigen focht, obgleich ihm schon ein Pfeil hinten aus der Schulter ragte. Auch sein Reittier war inzwischen von mehreren Geschossen getroffen worden. Das Haldane-Banner schwankte, doch sank es nicht. Die Culdier erschlugen Herrn Guiscards Roß, so daß er zu Boden sank, er aber hieb und stach auf die Widersacher ein, hielt sich mit dem längst von Blut triefenden Schwert wenigstens einige Gegner vom Leib, so daß es ihm gelang, das Haldane-Banner an einen anderen Königlichen weiterzureichen, bevor er inmitten des Wirbelns einer Vielzahl von Klingen zusammenbrach. Doch fast unverzüglich überwältigten Culdier auch den anderen Mann, und von da an wehte das Haldane-Banner nicht mehr.

Javan unterdrückte ein Aufschluchzen, das seiner Kehle entfliehen wollte, denn er wußte, der Deryni-Ritter war tot – aber Guiscard zu betrauern galt es auf später zu verschieben. Er hatte ums eigene Leben zu ringen. Erneut verschossen die culdischen Bogenschützen einen Pfeilhagel, und unter dem König sank der Hengst, als sich vier oder fünf Geschosse in seine seidenweiche Flanke bohrten, mit einem gedämpften Aufächzen nieder. Javan blieb auf den Beinen, behielt ebenso das Schwert in der Faust, aber nun behinderte ihn sein Klumpfuß, er vermochte sich nicht mehr so flink zu bewegen wie zuvor im Sattel. Charlan trieb sein Roß zum König, um ihn hinter seinen Sattel heraufzuziehen, jedoch fällten die Angreifer auch dessen Tier.

Rundum sausten unablässig Pfeile durch die Luft. Javan entrang sich ein Schrei, als ein Geschoß ihn in die Schulter, ein zweites ins lahme Bein traf. Auch Charlan ward getroffen, aber nur einmal, in den Oberschenkel. Er stieß ein Gelächter ingrimmiger Verzweiflung aus – das Lachen jemandes, der sich im Kampf unterliegen sieht –, als er den Pfeil unmittelbar am Bein abbrach, sodann das Ringen fortsetzte, um seinem Herrscher den Rücken zu decken.

Aber es half alles nichts mehr. Javan kreuzte mit seinen Feinden unablässig die Klingen, doch der Andrang immer neuer Gegner schien gar kein Ende zu nehmen, und allein dank purer Willenskraft konnte er sich überhaupt noch auf den Beinen halten. Bald allerdings ward es unmöglich, die Mattigkeit zu leugnen, die sich immer schlimmer in seinen Gliedmaßen bemerkbar machte, die unverkennbaren Schübe des Schwindels und der Flauheit. Den Pfeilen von Hochverrätern zu erliegen war übel genug, aber zudem durch *Merascha* an den Pfeilspitzen…

Ein drittes Geschoß bohrte sich durch seine Wade, ein weiterer Pfeil in die Brust. Er merkte, daß er niederfiel, das Haldane-Schwert entglitt seinen taub gewordenen Fingern, und in einem flüchtigen, grellen Augenblick völliger geistiger Klarheit begriff er, daß es eine müßige Überlegung war, ob ihn am Ende seine Wunden oder das *Merascha* das Leben kosteten. Irgendwann hatte er den aus laufenden Löwen zusammengefügten Kronreif verloren.

Charlan warf das Schwert beiseite und fing Javan auf, schloß ihn unter Tränen in die Arme. Es schien, als stünde die Zeit still, Javan hörte nicht mehr richtig. Neben Charlan fuhren Pfeile ins Erdreich, Staub stob empor. Es hatte den Anschein, als ob im unmittelbaren Umkreis des Königs und seines Adlatus das Gefecht zum Erliegen käme, wenngleich Javan aus der übrigen Umgebung nach wie vor Kampflärm vernahm.

»Mein Lehnsherr…«, raunte Charlan, schaukelte Javan an seiner Brust, versuchte nun gar nicht mehr, seine Tränen zurückzuhalten. »O Gott, Sire, was hat man an Euch verbrochen…?«

Javans Gesichtsfeld hatte sich verengt, er vermochte

nur noch Charlans Antlitz zu sehen. Dahinter nahten sich die dunklen Umrisse gestiefelter Beine, ringsherum rauschten die Mäntel etlicher *Custodes*-Ordensritter, umringten den König mit Düsternis. Vor sich sah er Albertus stehen, ein blutiges Schwert in der Faust, voller kaltherziger Genugtuung blickte der Großmeister auf ihn herab. Eine andere Gestalt in dunkler Gewandung trat hinter Charlan, erhob ein an den Querstangen gehaltenes, großes Schwert, von der nach unten gerichteten Spitze troff Blut auf Charlans Rücken.

Javan wußte, was bevorstand. Er bemerkte, daß auch Charlan es gewahrte, doch der tapfere junge Ritter zog es vor, dessen nicht zu achten. Es gelang dem König, die Finger in Charlans Wappenrock zu krallen, er wollte ihm sagen, wie leid ihm alles tat…

Der *Custodes*-Großmeister lächelte kalt und nickte dem Mann zu, der hinter Charlans Rücken stand. Es abzuwenden unfähig, sah Javan, wie die gepanzerten Fäuste das Schwert noch höher emporhoben – und es dann zu einem fürchterlichen Stoß lotrecht herabstachen. Er spürte Charlans Todesröcheln, als die Klinge dem Adlatus durch den Rücken bis in die Eingeweide fuhr.

»Treuer Charlan«, flüsterte Javan, Tränen füllten ihm die Augen, während ihm die Lider sanken und er den jungen Ritter sterben fühlte.

Und mit demselben Atemzug empfahl er seine Seele Gott an, betete zum Himmel, daß ihn, wenn er vor den Himmelsthron trat, keinen anderen Gefährten als diesen wackeren Ritter, in dessen Armen er lehnte, begleiten sollte – und jenen anderen jungen Edlen, welcher so kurze Frist vor ihnen die irdische Welt hatte verlassen müssen, sie beide, wie Javan den Eindruck hatte, jenseits der Finsternis schon in einem Gleißen herrlichen Lichts willkommen hieß.

# Epilog

*Unser Erbteil fiel Fremden zu,*
*unsere Häuser kamen an Ausländer.*

Klagelieder 5,2

Prinz Rhys Michael ahnte, daß sein Bruder tot war, lange bevor die ersten *Custodes*-Boten zu Rhemuth hereingaloppierten und verworrene Kunde eines neuen Hinterhalts Ansel MacRories und verfemter Michaeliten vermeldeten. Wegen der tiefen Zerrüttung, in welche nicht allein die grausame Ermordung der Herren Tomais und Sorle sowie Meister Oriels ihn stürzte, sondern auch der unerwartete Verlust seines Sohnes, der viel zu früh geboren worden war, um zum Leben imstande zu sein, und niemals bloß einen einzigen Atemzug getan hatte, drang die Tatsache, daß er Javan nie mehr lebend wiedersehen sollte, ihm nur ganz allmählich ins Bewußtsein. In einem entfernten, ihm bis dahin unvertraut gewesenen Winkel seiner von Trauer übervollen Seele nahm er es zur Kenntnis; doch die Beruhigungsmittel der Königlichen Leibärzte hielten ihn während allzu vieler Tage in einer Verfassung starker inwendiger Betäubung.

An jenem Tag, da man seinen Bruder nach Rhemuth brachte, hätte Javan seinen siebzehnten Geburtstag feiern können. Bleich und gramgebeugt durfte Rhys Michael des Bruders Leichnam auf der Freitreppe des Rhemuther Doms in Empfang nehmen und ein paar Tage später im Trauerzug mitziehen – bei beiden Gelegenheiten begleitet und betreut durch zwei fürsorgliche, freundliche *Custodes*-Geistliche –, aber zahlreiche

Untertanen wechselten Worte über die unübersehbare Beobachtung, daß sich der Kronprinz offenbar in ärgster Zermürbung befand. Insofern wunderte es niemanden, daß der Kronrat die Bekanntmachung verkünden ließ, der Thronerbe und seine künftige junge Königin wären durch die erlittenen Schicksalsschläge in allerstärkstem Maße beeinträchtigt worden und müßten für eine Frist mehrerer Wochen stille Einkehr halten, bevor an eine Festlegung des Krönungstages überhaupt gedacht werden könnte. Unterdessen sollte das Reich von dem so überaus bewährten Kronrat verwaltet werden.

Selbst im nachhinein entsann sich Rhys Michael nur an Bruchstücke jener Tage, die ihn ein für allemal der Jugend beraubten. Den ganzen Sommer hindurch lebte er in der eigenen Burg als Gefangener, blieb stets unter dem Einfluß leichter Beruhigungsmittel; in Abständen, wenn man ihn zu irgendeiner Veranstaltung führte – solche Anlässe gab es jedoch selten –, versetzte man ihn durch wirksamere derartige Mittel in nachhaltigere Willenlosigkeit. In den Zeitspannen vergleichsweiser geistiger Klarheit stellten die Kronräte ihm unmißverständlich klar, was sie von ihm verlangten, und erklärten ebenso, welche Folgen es haben mußte, falls er sich ihren Forderungen nicht beugte. In diesem Abgrund eines durch Medikamente verursachten Handlungsunvermögens fiel ihm bisweilen unwillkürlich die Frage ein, ob er wohl das gleiche Los erduldete, welches man Alroy während der vier Jahre, die er König gewesen war, zugemutet hatte. Am schlimmsten trieb man es mit ihm, derweil der Tag der Krönung näherrückte.

Man krönte ihn am Michaelstag, an seinem sechzehnten Geburtstag, und auch bei selbiger Gelegenheit stand er unter der Wirkung starker Medikamente, so daß ein zuvorkommender junger *Custodes*-Priester, auf den er sich häufig stützen mußte, damit er nicht zusammensank, ihn zu betreuen und auf die richtigen Verhaltensweisen hinzuweisen hatte. Sein Zustand rief bei den meisten Augenzeugen Erschrecken hervor. Von allen Haldane-Prinzen war Rhys Michael immer am gesündesten und kräftigsten gewesen, seine Frische und Rotbackigkeit hatte stets als außerordentlicher Gegensatz zu seinem pechschwarzen Haldane-Haar gegolten. Aber am Tage seiner Krönung hatte er dunkle Ringe unter den Augen; in der Woche vor der Krönung hatten die Leibärzte ihn mehrmaligem Aderlaß unterzogen.

Seine geschwächte Erscheinung und allgemeine Ermattung bestätigten lediglich, was man schon den gesamten Sommer lang erzählte – daß der schwere Schlag, der ihm durch den Tod seines Bruders vom Schicksal zugefügt worden war, des neuen Königs Gesundheit ernstlich geschädigt hatte und er voraussichtlich geraume Zeit brauchte, um davon zu genesen. Ganz offensichtlich vermochte er sich noch für geraume Frist nicht ans Herrschen zu begeben, würde vielleicht erst im nächsten Frühjahr dazu fähig sein. Bis dahin lenkte in Stellvertretung des Königs der Kronrat des Reiches Geschicke.

Kurze Zeit nach der Krönung beendete man die Verabreichung der Medikamente. Außerdem gestattete man es ihm, zu guter Letzt die neuen Königlichen Gemächer zu beziehen – welche Michaela schon seit mehreren Monden bewohnte –, die weitab von den Räumlichkeiten lagen, in denen man Ritter Sorle und Meister Oriel so unbarmherzig gemeuchelt hatte. Innerhalb von Tagen merkte Rhys Michael, daß in sein Haupt wieder Klarheit Einzug hielt, er verspürte erneuertes Verlangen nach bekömmlichem Essen, gewann neue Kräfte. Es flößte ihm Ermutigung ein, von neuem klar denken zu können, jedoch erkannte er auch, welchen Herausforderungen er nun begegnen mußte.

Zunächst blieb sein Verhältnis zu Michaela gespannt. Im Laufe des Sommers hatten sie einander nur selten gesehen, erst aufgrund der Notwendigkeit, daß sie sich von der Fehlgeburt erholen mußte, und anschließend infolge des Umstands, daß er in seiner durch die Medikamente hervorgerufenen Verfassung blödester Dösigkeit keinen zumutbaren Gefährten abgab. Ihm war indessen keineswegs entgangen, daß sowohl die Lage wie auch sein Zustand ihr Bangen einjagten, und er war sich dessen sicher, sie hatte ihre Furcht noch nicht überwunden.

Aber weil Rhys Michael ganz genau wußte, *warum* die Kronräte ihm wieder das Zusammenleben erlaubten – ihnen wenigstens die äußeren Umstände gewährten –, versagte er sich aufs strengste sämtliche Handlungen, die eine Fortsetzung ihrer einstigen ehelichen Innigkeit begünstigt hätten. Die Gemeinsamkeit, welche man ihnen im Sommer verweigert hatte, erfuhr nun geradezu auffällige Förderung; doch er rührte Michaela nicht an. Selbst wenn sie im selben Gemach saßen, verbrachte jeder die Stunden des Beisammenseins mit eigenen Beschäftigungen, Michaela nähte, während der König zu lesen versuchte oder – und das war weitaus öfter der Fall – schlichtweg zum Fenster hinausstarrte oder niedergedrückt den Ring aus Feuer betrachtete. Beide redeten sie wenig und ausschließlich über Belangloses. Und spät des Nachts, während sie auf verschiedenen Seiten des Königlichen Prunkbetts ruhten, welches vor ihnen Javan, Alroy und der Vater der Brüder benutzt hatte, hörte Rhys Michael seine junge Königin, wenn sie ihn in festen Schlummer versunken wähnte, leise in die Kissen schluchzen.

Mehrere Wochen verstrichen, bis sie genügend Mut gesammelt hatte, um ihn auf ihr so sonderbar gewordenes Verhältnis anzusprechen. Schweigsam hatten sie in der weichen Dämmerung, die Herbstabenden Sanftheit und Milde verleihen, ihr Abendmahl verzehrt und saßen nun in Lehnstühlen am Kamin, tranken einen köstlichen alten Süßwein aus Vezaire, von dem Michaela wußte, daß er dem König ungemein mundete. Allerdings zechte Rhys Michael längst nicht mehr so maßlos wie in früheren Zeiten.

»Mein Herr und Gemahl«, fragte sie, »was ist es, das zwischen uns steht gleich einer Mauer?«

Indem er traurig lächelte, seufzte Rhys Michael, neigte die Stirn auf seinen Becher, schloß die Lider. Seit einigen Tagen schon hatte er die Frage erwartet.

»Ich bin, obschon ich mich König nennen darf, nur ein lumpiger Strohmann, Michaela«, gab er leise zur Antwort, wiewohl er sich dessen bewußt war, daß ihre Fragestellung in eine andere Richtung ging. Seit jenem schrecklichen Tag, an dem die Feinde des Haldane-Geschlechts die Ordnung umgestürzt hatten, stand ja unübersehbar fest, wer wahrhaftig die Gewalt im Reiche ausübte.

Als Michaela dazu nichts sagte, hob er das Haupt und faßte den Becher mit beiden Händen. »Jemand hat mir einmal erzählt – irgendwer war's, ich vermag mich nicht an ihn zu erinnern, ganz ehrlich –, daß mein Vater, ehe meine Eltern sich vermählten, zu meiner Mutter die Äußerung tat, ihr wäre nichts anderes bestimmt, als eine königliche Zuchtstute zu sein. Später soll er, ward mir gleichfalls anvertraut, zu ihr liebevolle Zuneigung gefaßt haben, aber ich glaube, im wesentlichen ist sie in der Tat nur die Zuchtstute eines Königshauses gewesen. Binnen vier Jahren hat sie meinem Vater fünf Söhne geboren – gewiß, zwei waren der Einfachheit halber Zwillinge – und verstarb zum Schluß mir nichts, dir nichts wenige Monde nach der letzten Entbindung...«

»Was hat das alles mit uns beiden zu schaffen, Sire?« begehrte Michaela zu erfahren. »Von Herzen gerne möchte ich Euch Söhne schenken, aber ich hatte niemals den Eindruck, daß auch *Ihr* mich als eine ›königliche Zuchtstute‹ mißversteht. Ich war mir nicht einmal so recht sicher, daß Ihr der bevorstehenden Vaterschaft mit Vorfreude entgegengeblickt, obzwar ich der Überzeugung bin, Ihr hättet unseren kleinen Sohn geliebt, wäre er nur…«

Michaela verstummte und schniefte gedämpft, wischte sich tapfer mit dem Handrücken Tränen aus den Augen. »Verzeiht mir, Sire«, flüsterte sie sodann.

»Ich wünschte, ich könnte dir begreiflich machen, wie sehr das Vorgefallene *mich* mit Trauer erfüllt«, sprach der König halblaut. Tief holte er Atem. »Keiner von uns zweien hat's durchschaut, aber man *hat* von dir erwartet, eine Zuchtstute zu sein… Und von mir, als Zuchthengst zu dienen. Ich bin's, auf den man's eigentlich abgesehen hat, du bist bloß ein unschuldiges Opfer.«

»Wovon führt Ihr da Rede, Sire?«

»Von den Kronräten«, antwortete Rhys Michael und schaute trübsinnig in den Becher. »Über zwei Jahre lang waren sie Alroys Regenten, und auch danach behielten sie ihn unter ihrer Fuchtel, teils durch Einschüchterung, teilweise durch den Mißbrauch dieser und jener Medikamente. Mir hat man die Mittelchen lediglich abgesetzt, um nicht die Leistungen des königlichen Zuchthengstes zu schmälern. Ich hätt's fürwahr lieber, müßte ich dir derlei greuliche Sachen nicht auftischen, aber du hast darauf ein Recht, es zu wissen.«

»Sire, Eure Worte entsetzen mich«, sagte Michaela mit leiser Stimme.

»Und wahrlich *aus berechtigtem Grund*. Ich bin weiß Gott selbst zutiefst entsetzt.« Der König machte Anstalten, zur Stärkung seines Gemüts einen langen Zug aus dem Becher zu schlürfen, dann jedoch schüttelte er das Haupt und stellte das Trinkgefäß beiseite.

»In den vergangenen Monden habe ich, wage ich zu behaupten, bedeutend an Reife gewonnen«, fügte er seinen Bemerkungen hinzu, indem er sich aufrecht in den Stuhl lehnte. »Es fällt mir schwer, es auszusprechen, aber jedes Wort ist wahr, darum schenke mir Gehör. Javan hat meine Aufmerksamkeit darauf gelenkt, aber ich mochte es nicht einsehen, und inzwischen ist er tot. Sie haben ihn ermordet, weil sie ihn nicht nach ihrem Gutdünken ausnutzen konnten. Und sollten sie zu der Einschätzung gelangen, auch über mich keine Macht zu haben, werden sie mich ebenso meucheln – allerdings erst, nachdem sie von mir erhalten haben, wonach ihnen das Gelüst steht…«

»Was meint Ihr damit, Sire?«

»Die Kronräte streben eine neue Regenschaftszeit an. Sobald die Thronfolge gesichert ist – dank eines Thronerben und sicherheitshalber eines Nachfolgers –, wird den jetzigen König, will sagen, meine Wenigkeit, mit nachgerade vollkommener Gewißheit ein tödliches Mißgeschick ereilen.« Bitterlich schmunzelte Rhys Michael. »Denk's dir nur, abermals zwölf oder vierzehn Jahre unumschränkter Macht für Leute wie Erzbischof Hubertus, Baron Rhun sowie die neuen Räte, welche seit der letzten Regentschaft in den Kronrat aufgenommen wurden. Wähnst du denn etwa, unsere Söhne hätten, sind ihnen erst einmal ihr Lebtag lang durch Männer wie Generalvikar Paulin und Großmeister Albertus allerlei Torheiten eingeblasen worden, irgendeine Aussicht, eigenständig übers Reich zu herrschen? Javan ist nicht auf sie hereingefallen, ich hingegen habe mich narren lassen – und wir mußten uns nur einige wenige Jahre lang ihre Lügen und Verdrehungen anhören.«

»Sire, das kann doch ganz unmöglich Euer Ernst sein«, flüsterte Michaela, kauerte sich im Feuerschein zu Rhys Michaels Füßen und schaute ihn ungläubig an. Als sie die Hände auf seine Knie legte, spürte sie, daß er bebte. »Sagt mir, ich flehe Euch an, Ihr denkt Euch aus übergroßer Sorge ums Reich all das nur aus…!«

»Gütiger Gott, wäre es bloß so«, entgegnete der König und schüttelte müde das Haupt.

»Nun, dann werden wir eben für eine Weile, wenn es so sein muß, keine Kinder haben«, antwortete Michaela entrüstet, indem ihr schönes Gesicht einen Ausdruck leidenschaftlicher Entschlossenheit annahm. »Ich liebe Euch, Rhys Michael Haldane. Euch liebe ich und alles an Euch. Ich liebe Euren Körper und bin glücklich dank der Gefühle, welche Ihr in mir erweckt, wenn wir beisammen sind, und voller Liebe trage ich in meinem Leib Eure Kinder. Aber so es letzten Endes Euren Tod bedeutet…«

Nochmals schüttelte der König das Haupt, stieß ein leises, schonungslos grimmiges Auflachen aus. »Noch begreifst du etwas anderes nicht, Liebes. Sollte ich mich gar in gänzlicher Verstocktheit weigern, ihnen die erwünschte Gefälligkeit zu tun, können sie mich nicht durch Zwang zum Gegenteil nötigen. Aber *dich* vermögen sie sehr wohl zu zwingen.«

»Wie soll ich Euch verstehen, Sire?«

»Nun, das soll heißen, um's in gänzlich unverblümte Worte zu kleiden, meine süße Königin, daß in dem Fall, deine Schwängerung durch mich bleibt aus, jemand anderes selbige Aufgabe verrichtet. Wer außerhalb dieser Mauern sollte jemals davon erfahren? Soviel ich vernommen habe, gibt's mehrere höchst begierige Anwärter.«

»Trägt dieses Vieh Namen, Sire?« wollte Michaela von ihm wissen.

»Unter anderem nennt's sich Baron Rhun und Graf Richard.«

»Lieber möchte ich sterben.«

»Ich zweifle an, daß man dich diesen Weg beschreiten läßt. Und hättest du Erfolg, bekäme ich abermals Medikamente und würde einer fügsameren Braut anvermählt, wahrscheinlich Rhuns Tochter Juliana. Und machte ich auch ihr kein Kind, so fände sich wohl für sie ebenso ein williger ersatzweiser Kindszeuger, um ein neues Königsgeschlecht zu gründen. Damit wäre, obgleich der Name ferneren Bestand hätte, der Untergang des Hauses Haldane besiegelt.«

»Was für ein ungeheuerliches Bild Ihr da zeichnet, Sire«, sprach Michaela in verhaltenem Tonfall. »Was vermögen wir denn nur zu tun?«

»Wie ich's sehe, stehen uns drei Möglichkeiten frei. Erstens könnten wir uns den Kronräten offen widersetzen und uns dadurch – nach aller Voraussichtlichkeit – einem baldigen Tod ausliefern. Sterbe ich ohne männlichen Erben, ist die Geschlechterfolge der Haldanes unterbrochen, und der Rückkehr jenes Thronanwärters aus dem Hause Festil, welcher schon seit Jahren im Hintergrund auf seinen großen Tag lauert, wird der Weg geebnet. Darauf legen die Kronräte natürlich gar keinen Wert, also dürften sie keinerlei Mühe scheuen, um mich so lange am Leben zu halten, bis ich Ihren Zwecken zur vollen Zufriedenheit gedient habe. Im übelsten Fall möchte es, was die Zeugung neuer Thronerben anbelangt, durchaus so kommen wie vorhin beschrieben. Für uns wär's unerquicklich, für Gwynedd ein Unheil.«

»Und welche weitere Möglichkeit gäbe es, Sire?«

»Wir trotzen den Kronräten auf verborgene Weise, indem wir keinen Erben in die Welt setzen, aber fortwährend vortäuschen, wir wendeten in dieser Hinsicht die fleißigste Mühe auf, so daß sie darauf verzichten, mir wieder Medikamente zu verabreichen und wir dadurch Zeit erschinden, in deren Verlauf wir, wie's sein mag, einen Ausweg ersinnen. Zu ausgedehnt können wir's dergestalt nicht treiben, dieweil sie wissen, du bist ein fruchtbares, gebärfähiges Weib, aber es wäre *denkbar,* daß der Verlust des ersten Kindes es dir für ein Weilchen erschwert, von neuem schwanger zu werden. Aber auch in diesem Fall dräut die Gefahr, daß schließlich die Ehre der Erbenzeugung jemand anderem zuteil wird, und ist derjenige einer der Kronräte selbst, so wird dank seines hohen Standes die Grundlage eines neuen Herrschergeschlechts gelegt, welches nicht allein des Kronrats Macht unterstünde, sondern ihm zudem verbunden wäre durch das Blut. Ich freilich werde, hast du erst einige gesunde, muntere Sprößlinge zur Welt gebracht – ungeachtet der wahren Vaterschaft –, recht bald ›der selige König Rhys Michael‹, und du wirst eine junge, schöne Königinwitwe sein. Ja, ich glaube, wenn ich's mir recht überlege, man wird dich am Leben lassen, damit du dich um die Kindlein kümmerst.«

»Wie vermögt Ihr nur über derlei gräßliche Erwägungen mit solcher Ruhe zu reden, Sire?« stieß Michaela mit unterdrückter, gepreßter Stimme hervor; in ihren Augen glitzerten Tränen, während sie das Haupt schüttelte. »Nichts davon bietet uns einen gangbaren Weg.«

»Ich weiß…« Rhys Michael spürte, wie auch ihm Tränen die Wangen hinabrannen, derweil er seiner Gemahlin sachte übers Haar strich; er schloß die Augen, als sie das Angesicht auf seine Knie senkte, und von da an streichelte seine Hand zärtlich ihre glänzenden Locken.

»Ihr habt erwähnt, Sire, daß Ihr drei Möglichkeiten seht«, rief sie ihm nach einer Weile in Erinnerung. »Was soll die dritte Wahl sein?«

Der König stützte das Haupt an die Rücklehne des Stuhls und stieß ein schwermütiges Seufzen aus.

»Wir können tun, was sie verlangen, nämlich ihnen

die gewünschten Erben zeugen«, gab er zur Antwort. »Damit sichern wir den Fortbestand des Haldane-Geschlechts.«

»Aber wenn das geschehen ist, Sire... wird man Euch doch ermorden.«

»Wahrscheinlich. Während der letzten Tage jedoch habe ich viel darüber nachgesonnen. Betrachtet man's im großen Zusammenhang, ist mein Leben nicht allzu wichtig, hingegen ist's hochbedeutsam, das Fortgedeihen des Haldane-Geschlechts zu gewährleisten. Ungeachtet des schändlichen Treibens der Kronräte sind die Haldane-Könige stets ein Segen für Gwynedd gewesen, ganz im Gegensatz zu den Festils. Muß ich also sterben, um sicherzustellen, daß auch künftig wieder Haldanes übers Reich herrschen... Nun, so's denn jung zu sterben gilt, darf ich wenigstens für eine lohnendere Sache das Leben hingeben, als es vielen Jungen vergönnt ist. Außerdem...« Rhys Michael warf seiner Königin ein Lächeln der Tapferkeit zu. »Es mag sein, wir bekommen als erstes Töchter. Und allemal können wir alles so lange hinauszögern, wie wir's wagen. Und danach... Nun je, es braucht seine Zeit, um Kinder aufzuziehen, sind sie erst einmal da. Unter Umständen bleibt uns eine Frist von zwei, drei Jahren. Vielleicht genügt uns dieser Aufschub, um einen Weg zu ergrübeln, wie wir uns der Gefahr zu entwinden vermögen.«

»Ach, Sire...«, seufzte Michaela leise und brach vollends in Tränen aus.

Der König ließ sie an seinen Knien weinen, streichelte ihr fortgesetzt auf zärtliche Weise das Haar, bis sie ihre Verzweiflung verwunden hatte. Zum Schluß trocknete sie sich die Augen mit dem Saum ihres Kleides und hob den Blick von neuem ins Antlitz ihres Gemahls. Noch nie hatte er sie, der das Weinen die Nase gerötet und die Augen zum Schwellen gebracht hatte, so unschön gesehen – und gleichzeitig hatte er sie noch nie so stark begehrt.

»Also, was ist deine Meinung?« fragte er, tupfte ihr mit dem Daumen eine letzte Träne von den Wangen. »Ich kann diese Entscheidung unmöglich allein fällen. In mancher Hinsicht wird der Entschluß, auf welchen wir uns letzten Endes einigen, für dich weit umfassendere Auswirkungen als auf mich zeitigen.«

Bevor Michaela antwortete, ergriff sie seine Hand, drückte sie an die Lippen und sodann an die Wange.

»Rhys Michael Haldane, Sire, Ihr seid mein Herr und Gemahl, meine große Liebe und mein König, Ihr bedeutet mir das ganze Leben. Wenn es Euer Wunsch ist, werde ich Euch, das hoffe ich, eines Tages mit jenen Haldane-Söhnen beglücken, deren Ihr bedürft – selbst wenn es nach sich zieht, daß ich Euch verlieren muß.«

Ein zweites Mal küßte sie seine Hand; dann schenkte sie ihm frischen Mutes ein strahlendes Lächeln. »Aber ich gebe mich ebenso der Hoffnung hin, Sire, Euch zuvor mehrere Töchter zu gebären. Und vielleicht gelingt's uns ja in der Tat, ehe es zu spät wird, gemeinsam Mittel und Wege zu erschließen, um Eurer Haldane-Krone die Freiheit wiederzuerringen…«

# ANHANG I

## Verzeichnis der Personen

AARON Bruder – Queron Kinevans falscher Name unter den Willimiten.

AINSLIE Herr – von König Javan zu Landerhebungen bevollmächtigter Edelmann.

AIRSIDEN – uralter Deryni-Bund, dessen Ursprünge wahrscheinlich auf die Epoche vor dem Jahre 500 zurückgehen.

ALBERTUS Herr – Großmeister der *Equites Custodum Fidei;* mit weltlichem Namen Peter Sinclair, vormals Graf von Tarleton; Bruder Paulins von Ramos und Vater Bonner Sinclairs, des jetzigen Grafen von T.; war zugegen bei der Zerstörung der Abtei St. Neot durch Rhun von Horthness.

ALCARA Herr Jebedias von – erschlagener derynischer Großmeister des Michaeliten-Ordens; Gründungsmitglied des Camberischen Rates.

ALOYSIUS Pater – Geistlicher am Valoreter Dom.

AURELIAN Dom – junger gabrielitischer Heiler, der Zuflucht bei Graf Gregorius von Ebor in Trevalga suchte.

ARLISS Herr Guaire von – ehemaliger Adjutant Alister Cullens; Gründer des Ordens St. Cambers Knechte.

ASCELIN Pater – *Custodes*-Geistlicher an der Rhemuther Sankt-Hilary-Basilika; dort Nachfolger Pater Bonifatius' als Rektor.

BALDWIN – Waffenknecht der Rhemuther Königsburg; nimmt unter magischem Zwang an einem Anschlag auf den Heiler Oriel teil.

BONIFATIUS Pater – verstorbener Rektor der Sankt-Hilary-Basilika in Rhemuth; Schönschreibkundiger und Buchbildmaler; war gelegentlich Prinz Javans Beichtvater.

BORGOS Herr William de – Eigentümer des erlesensten Rennpferde-Gestüts der Elf Königreiche.

BURTON Pater – Geistlicher des Ordens *Custodes Fidei.*

CARMODY Declan – Deryni im Dienst der Regenten; mußte in Ketten der Zerstörung St. Neots durch Rhun von Horthness beiwohnen; seine Gattin und die zwei kleinen Söhne wurden von den Regenten als Geiseln festgehalten, um seinen Gehorsam zu gewährleisten, aber später, wie auch Carmody selbst, alle hingerichtet.

CARMODY Honoria – Gattin des Heilers Declan Carmody; auf Befehl der Regenten mit ihrem Ehemann und ihren Söhnen ermordet.

CARNEDD Jodotha von – derynische Adeptin und Schülerin des Mystikers Orin.

CASHEL Jorevin von – derynischer Adept und Dichter.

CHARLAN Herr Kai Morgan – neunzehnjähriger Ritter; früher Prinz Javans Königlicher Edelknappe, jetzt König Javans Adlatus.

COLLOS – angeblicher Bruder des Deryni Meister Dimitri.

CONCANNON Pater Markus – Vorsteher des Ordens *Custodes Fidei;* betraut mit der Beaufsichtigung der Priesterseminare und aller sonstigen Bildungsstätten Gwynedds.

CONNOR – zur Besatzung der Valoreter Burg gehörender Waffenknecht.

CORUND Herr – verstorbener Ritter des Königlichen Gefolges.

COURCY Herr Etienne de – Baron aus dem Süden des Reiches, insgeheim Deryni; von Joram an den Haldaneschen Königshof entsandt, um Prinz Javan Beistand zu leisten; Rechtsgelehrter.

COURCY Herr Guiscard de – neunundzwanzigjähriger Sohn des Barons Etienne de C., insgeheim Deryni; von Joram an den Haldaneschen Königshof entsandt, um Prinz Javan Beistand zu leisten; später König Javans Adlatus.

CRONIN Bruder – Abt des Klosters Unserer Heiligen Jungfrau von den Matten.

CULLEN Bischof Alister – Deryni und ehemaliger Generalvikar des Ordens vom Heiligen Michael; Bischof von Grecotha und unter König Cinhil Reichskanzler von Gwynedd; für kurze Zeit Erzbischof von Valoret und Primas von Groß-Gwynedd; *Alter ego* Cambers und Gründungsmitglied des Camberischen Rates.

CUSTODES FIDEI – ›Wächter des Glaubens‹, durch Paulin von Ramos gegründeter Mönchsorden mit dem Zweck, die geistliche und weltliche Bildung in Gwynedd unter Ausschluß sämtlicher Deryni und alles Derynischen umzugestalten. Erhielten später auch den Auftrag, auf jede erdenkliche Weise Deryni aufzuspüren und zu vernichten.

DAÍTHI Pater – Rhemuther *Custodes*-Geistlicher; nach Pater Faelan offizieller Beichtvater des Königs.

DERYNI – mit übernatürlichen bzw. paranormalen Fähigkeiten begabter und von vielen Menschen gefürchteter Volksstamm.

DESCANTOR Bischof Kai – derynischer Weihbischof, der bei der Demontage der Porta Itineris in der Valoreter Dom-Sakristei den Tod fand.

DESSE William van – Burgbaumeister der Rhemuther Königsburg.

DHASSA Ruadan von – derynischer Verfasser der *Liber Sancti Ruadan.*

DIMITRI Meister – Deryni in Großmeister Albertus' Diensten; (s. auch Meister Stefanus).

DRUMMOND Cathan – zwölfjähriger Bruder Michaela Drummonds; Sohn Elinor und James Drummonds.

DRUMMOND Herr James – Großneffe Cambers und zweiter Gatte der verwitweten Elinor MacRorie; Vater von Cathan und Michaela D.

DRUMMOND Michaela – Tochter Elinor und James Drummonds, Schwester des Cathan D.; später Ehefrau von Prinz Rhys Michael Haldane und nach dessen Königskrönung Königin von Gwynedd.

DUALTA Herr Jarriot – Ordensritter der Michaeliten.

EBOR Herr Gregorius von – entrechteter und verfemter derynischer Graf von Ebor und Gründungsmitglied des Camberischen Rates (Grafentitel vakant); Vater des Jesse von E.

EDERGOLL Herr Tomais de – zwanzigjähriger Ritter, ehemals Edelknappe Prinz Rhys Michaels.

EDUARD Dom – derynischer Verfasser des Werkes *Haut Arcanum.*

EMRYS Dom – berühmter gabrielitischer Adept und Heiler,

Abt des Klosters St. Neot; fand dort den Tod beim Zerstören der Porta Itineris.

EQUITES CUSTODUM FIDEI – Ritter vom Orden der Glaubenswächter; den *Custodes Fidei* angeschlossener Bund von Ordensrittern; erhielten den infamen ›Schwertsegen‹, der das Töten ermöglicht, ohne sich der Sünde schuldig zu machen; vorgesehen als Nachfolger der Michaeliten.

ERCON Heiliger – älterer Bruder St. Willims, wurde auf der Suche nach den Mördern seines Bruders ebenfalls zum Märtyrer; Patron des durch Paulin von Ramos gegründeten Ordens Kleine Brüder des Hl. Ercon.

ERENA – Willimiten-Anhänger, dessen krankes Kind Revan und Queron ›heilten‹.

EWAN Herzog – Herzog von Claibourne und Reichsverweser von Kheldour, Sohn des Herzogs Sighere; Bruder der Grafen Sighere und Hrorik, Vater Graham MacEwans; einer der fünf Regenten des jungen Königs Alroy; von den übrigen Regenten aus dem Regentschaftsrat ausgeschlosen und ermordet.

FAELAN Pater – junger *Custodes*-Priester aus der Abtei *Arx Fidei;* wird König Javans erster Königlicher Beichtvater.

FESTIL Prinzessin Ariella von – erschlagene ältere Schwester des gestürzten, umgekommenen Königs Imre und Mutter seines Sohnes Mark.

FESTIL König Imre von – fünfter und letzter festilischer König von Gwynedd (Regierungszeit: 900–904); Vater des mit seiner Schwester Ariella gezeugten Mark von Festil.

FESTIL Prinz Mark von – sechzehnjähriger derynischer Sohn der Geschwister Imre und Ariella von F.; nach dem Tod seiner Eltern letzter Vertreter des Fürstenhauses F.; auch bekannt unter dem Namen Prinz Marek, der torenthischen Form seines Namens.

FINTAN Lady Elaine de – Graf Murdochs Ehefrau, Gräfin von Carthane.

FITZ-ARTHUR Herr Fane – ältester Sohn des Grafen Tammaron und Gatte der Erbin von Cassan, Prinzessin Anne Quinnell.

FITZ-ARTHUR Fulk – dreizehnjähriger Sohn Graf Tammarons und Edelknappe am Königshof.

FITZ-ARTHUR Lady Nieve – Graf Tammarons Gattin und Mutter seiner vier Söhne; Witwe des verstorbenen Grafen von Tarleton, Mutter von dessen Söhnen Peter (dem späteren Herrn Albertus) und Paulin (P. von Ramos).

FITZ-ARTHUR Quiric – elfjähriger Sohn Graf Tammarons; Edelknappe am Königshof.

FITZ-ARTHUR Graf Tammaron – ehemals Truchseß König Cinhils; Reichskanzler von Gwynedd; einer der fünf Regenten des jungen Königs Alroy; Vater des Fane F.-A. und Großvater Herzog Tamberts.

FITZ-ARTHUR-QUINNELL Herzog Tambert – dreijähriger erster Herzog von Cassan; Sohn Fane Fitz-Arthurs und Prinzessin Annas.

FLANN – willimitischer Jünger Revans.

FURSTAN – Familienname des Herrscherhauses von Torenth.

FURSTAN Arion von – zweiundzwanzigjähriger derynischer König von Torenth und älterer Bruder Prinz Miklos' von F.

FURSTAN Prinz Miklos von – siebzehnjähriger, jüngerer Bruder des Königs Arion von Torenth (Deryni).

GABRIELITEN – Priester und Heiler im Orden des Heiligen Gabriel, einer rein derynischen, esoterischen, im Jahr 745 gegründeten Bruderschaft mit Sitz in der Abtei St. Neot; 917 wurde der Orden zerschlagen, viele Mitglieder ermordet; besonders bekannt für die Heiler-Ausbildung.

GALLAREAUX Pater Humphrey von – derynischer Michaelitengeistlicher; durch König Cinhil getötet, nachdem er (unter Zwang) Cinhils allerersten Sohn bei der Taufe ermordet.

GAVIN Herr – neunzehn Jahre, ehemaliger Knappe Prinz Alroys.

GEORDIE – zum Willimiten gewordener Deryni und Jünger Revans.

GEORGIUS Bruder – in der Abtei *Arx Fidei* verstorbener Mönch.

GIDEON Herr – Graf Richard Murdochs Nyforder Burgvogt.

GILLEBERT – zum Willimiten gewordener Deryni.

HALDANE – Familienname des Königsgeschlechts von Gwynedd.

HALDANE – Prinz Aidan Alroy Camber – bei der Taufe ermordeter Sohn König Cinhil Haldanes.

HALDANE Prinz Alister Rhys Michael – fünfzehnjähriger, jüngster überlebender Sohn König Cinhils; folgt seinem Bruder Javan auf den Thron (Regierungszeit: 922–928); verheiratet mit Michaela Drummond.

HALDANE König Alroy Briand Brion – unmündiger König von Gwynedd (Regierungszeit: 917–921); älterer, im Jahre 921 verstorbener Zwillingsbruder Javan Haldanes.

HALDANE König Cinhil Donal Ifor – verstorbener König von Gwynedd (Regierungszeit: 904–917); Vater von Aidan, Alroy, Javan und Rhys Michael H.

HALDANE Prinz Javan Jashan Urien – jüngerer, sechzehnjähriger Zwillingsbruder König Alroys, dem er auf den Thron folgte (Regierungszeit: 921–922); geboren mit Klumpfuß; als Nachfolger bestieg sein jüngerer Bruder, Prinz Rhys Michael, den Thron.

HALEX Pater – *Custodes*-Abt der Abtei *Arx Fidei.*

HILDRED Baron – den Haldanes treu ergebener Reitlehrer König Javans.

HORTHNESS Adelica von – achtjährige Tochter des Grafen Rhun von Horthness.

HORTHNESS Juliana von – siebzehnjährige, ältere Tochter Rhun von Horthness'; ursprünglich vorgesehen zur Verheiratung mit König Alroy, danach für die Ehe mit König Javan.

HORTHNESS Baron Rhun von – Graf von Sheele und einer der fünf Regenten des jungen Königs Alroy; gen. ›Rhun der Hunn‹, auch ›Rhun der Ruchlose‹; verheiratet mit Agnes Murdoch.

HOWICCAN Pargan – klassischer derynischer Dichter.

HRORIK Graf – Graf der Ostmark (›Hrorik von der Ostmark‹); jüngerer Bruder des Regenten Ewan, älterer Bruder Graf Sigheres und Onkel von Herzog Graham MacEwan.

JAFFRAY Erzbischof – erschlagener derynischer Erzbischof von Valoret.

JAMES Meister – Hofarzt am Haldaneschen Königshof.

JASON Herr – älterer, König Javan treu ergebener Ritter.

JOACHIM – Revans willimitischer Lieblingsjünger.

JOHN Bruder – Tarnexistenz Evaine MacRorie-Thuryns.

JOSHUA Herr – Hauptmann der *Custodes*-Ordensritter in der Abtei *Arx Fidei.*

JURIS Dom – flüchtiger Gabrieliten-Heiler; zeitweilig Gast in Bischof Niallans Haus.

KENRIC Dom – flüchtiger Gabrielit; zeitweilig Gast in Bischof Niallans Haus.

KINEVAN Dom Queron – ehemaliger gabrielitischer Heiler und Priester, Gründer des Ordens St. Cambers Knechte; später Mitglied des Camberischen Rates; wirkt gemeinsam mit dem ›Wiedertäufer‹ Meister Revan.

KITRON – derynischer Verfasser der *Principia Magica.*

KYRIELL Pater – Cambers geistlicher Name.

LEUTIERN – derynischer Adept und Dichter.

LIOR Pater – Geistlicher des Ordens *Custodes Fidei;* engster Mitarbeiter des Großinquisitors.

MACDARA Eamonn – derynischer Dichter aus Meara, Verfasser des Werks *Die Vergeistigung des Ardal 'Estrange.*

MACEWAN Herr Graham – vierzehnjähriger Dritter Herzog von Claibourne; Sohn Herzogs Ewan von C., Neffe der Grafen Sighere und Hrorik.

MACGREGOR Bischof Ailin – Erzbischof Hubertus MacInnis' Weihbischof in Valoret.

MACGREGOR Herr Jesse – zwanzigjähriger Deryni-Adept; ältester Sohn des Grafen Gregorius von Ebor; Mitglied des Camberischen Rates.

MACINNIS Lady Estellan – Gräfin von Culdi, Gattin Manfred MacInnis'.

MACINNIS Erzbischof Hubertus – Primas von Groß-Gwynedd, Erzbischof von Valoret und einer der fünf Regenten des jungen Königs Alroy; jüngerer Bruder des Grafen Manfred M. und Onkel des Bischofs Edward M.

MACINNIS Iver – fünfundzwanzigjähriger Sohn Graf Manfreds; eingeheirateter Graf von Kierney, Gatte Lady Richeldis MacLean.

MACINNIS Herr Manfred – neuer Graf von Culdi und später Regent von Gwynedd: älterer Bruder Erzbischof Hubertus', Vater des Iver M. sowie Bischof Edwards.

MACINNIS VON ARNHAM Bischof Edward – vierundzwanzigjähriger Sohn des Grafen Manfred M. und Neffe Erzbischof Hubertus'; als Nachfolger Alister Cullens Bischof von Grecotha.

MACLEAN Herr Adrian von – Enkel von Cambers Schwester Aislinn und Vater von Camber Allin; zusammen mit Rhys' und Evaines Sohn Aidan und anderen Opfern zu Trurill durch Schergen der Regenten ermordet.

MACLEAN Herr Camlin (eigentlich Camber Allin) – Sohn des ermordeten Adrian MacLean, des Herrn von Kierney (dessen rechtmäßiger Erbe er ist); überlebte zu Trurill die Kreuzigung durch die Schergen der Regenten.

MACLEAN Fiona – jüngere Schwester des erschlagenen Adrian MacLean und Urenkelin von Cambers Schwester Aislinn.

MACLEAN Herr Geoffrey – verstorbener Bruder Iain M. und Vater von Richeldis und Giesele M.

MACLEAN Giesele – Nichte des Grafen Iain von Kierney; auf Geheiß der Regenten im Alter von zwölf Jahren ermordet.

MACLEAN Herr Iain – Graf von Kierney, Vater des erschlagenen Adrian MacLean und Neffe Cambers.

MACLEAN Lady Mairi – Witwe Adrian Macleans und Mutter Camlin MacLeans.

MACLEAN Lady Richeldis – siebzehnjährige Nichte des Grafen Iain von Kierney, Erbin des Grafentitels; wird verheiratet mit Iver MacInnis.

MACRORIE Herr Ansel Irial – zweiundzwanzigjähriger Enkel Cambers und einer der Hauptführer des Widerstandes gegen die ehemaligen Kronregenten.

MACRORIE Cathan – ermordeter ältester Sohn Cambers, Vater Ansel M. und des gleichfalls gemeuchelten Davin M.

MACRORIE Herr Davin – ermordeter älterer Bruder des Ansel M.

MACRORIE Herr Irial – jüngerer Sohn des ermordeten Cathan MacRorie; Enkel Cambers.

MACRORIE Pater Joram – jüngster Sohn Cambers und Bruder Evaines; Geistlicher und Ritter des Michaeliten-Ordens; Gründungsmitglied des Camberischen Rates; unterstützt Javan Haldane bei der Erringung des Throns, beim Erlernen des Umgangs mit der Haldane-Magie und im Kampf gegen die Feinde des Hauses Haldane.

MACRORIE Kyriell Camber – ehemaliger Graf von Culdi, Vater Jorams und Evaines; im Jahre 906 als Sankt Camber heiliggesprochen, Heiligsprechung 917 durch das Konzil von Ramos widerrufen.

MACRORIE-DRUMMOND Lady Elinor – Witwe Cathan MacRories und Mutter seiner Söhne Ansel und Davin; Gattin von James Drummond und seiner Kinder Michaela und Cathan.

MACRORIE-MACLEAN Lady Aislinn – Schwester Cambers, die zu Trurill den Tod fand; verwitwete Gräfin von Kierney und Mutter des jetzigen Grafen Iain.

MACRORIE-THURYN Lady Evaine – derynische Adeptin und Tochter Cambers; Schwester Joram MacRories, Witwe Rhys Thuryns und Gründungsmitglied des Camberischen Rates; starb 918 bei dem Versuch, ihren Vater von den Toten zurückzuholen.

MARCHE Herr Torcuill de la – von den Regenten aus dem Königlichen Rat ausgeschlossener Deryni-Baron.

MICHAELITEN – Priester, Ritter und Laienbrüder im Orden des Heiligen Michael, eines überwiegend derynischen Lehr- und Kampfordens, der unter König Bearand Haldane (Regierungszeit: 736–794) gegründet wurde, um die Wüstenei mit dem Namen Amboß Gottes sowie Gwynedds Seeverbindungen gegen die Vorstöße der Mohren zu sichern; die Regenten König Alroys unterdrückten und verfolgten den Orden.

MURDOCH Herr – Graf von Carthane und einer der fünf Regenten des jungen Königs Alroy; Vater von Agnes, Cashel und Richard M.; verantwortlich für den Tod Herzog Ewans von Claibourne und seines Gefolges sowie für die Ermordung Declan Carmodys und seiner Familie.

MURDOCH Lady Agnes – einundzwanzigjährige Tochter Murdochs von Carthane, verheiratet mit dem Baron und Grafen Rhun von Horthness.

MURDOCH Cashel – siebzehnjähriger Sohn Graf Murdochs von Carthane.

MURDOCH Richard – neunzehnjähriger Sohn Graf Murdochs; wird nach Murdochs Tod Graf von Carthane.

NED – Hufschmied der Michaeliten-Fluchtburg.

NEVAN Bischof Davet – verstorbener Weihbischof.

NEVELL – Waffenknecht der Rhemuther Königsburg; nimmt

unter magischem Zwang an einem Anschlag auf den Heiler Oriel teil.

NICARET – derynische Witwe, Amme für Evaines Tochter Jerusha.

NORRIS – Waffenknecht der Valoreter Königsburg; Handlanger des Rhun von Horthness.

O'BEIRNE Bischof Dermot – in Acht und Bann geschlagener, menschlicher Bischof von Cashien.

O'CARROLL Carrollan – vierjähriger Sohn Ursin O'Carrolls (Deryni).

O'CARROLL Birgit – Ursin O'Carrolls nichtderynische Ehefrau und Mutter seines Sohnes Carrollan.

O'CARROLL Ursin – vormals Deryni im zwangsweisen Dienst des Grafen Manfred MacInnis; wird durch Meister Revans ›Wiedertaufe‹ von seinen Deryni-Kräften ›befreit‹; einstiger Heiler-Mitschüler Tavis O'Neills, aber als Heiler gescheitert.

O'NEILL Herr Tavis – ehemaliger Heiler Prinz Javans, einer von drei bekannten Deryni mit der Fähigkeit, durch eine geistige Methode die Deryni-Kräfte zu blockieren; später Mitglied des Camberischen Rates.

ORDO CUSTODUM FIDEI – s. *Custodes Fidei.*

ORDO VERBI DEI – Orden vom Wort Gottes.

ORDO VOX DEI – Orden der Stimme Gottes.

ORIEL Alana – Gattin des Heiler-Magisters Oriel.

ORIEL Karis – vierjährige Tochter Meister Oriels und seiner Ehefrau Alana O.

ORIEL Meister – Heiler im zwangsweisen Dienst des Kronrats, vornehmlich Erzbischof Hubertus' und Graf Tammarons; seine Gattin und kleine Tochter werden als Geiseln gefangengehalten.

ORIN – derynischer Adept und Mystiker; Verfasser der *Werke Orins,* einer Sammlung von Schriften, die außerordentlich wirksame Zauberformeln zur Nutzung der Deryni-Magie enthalten.

ORISS Erzbischof Robert – Erzbischof von Rhemuth, vormals Generalvikar des *Ordo Verbi Dei.*

O'SULLIVAN Sylvan – ursprünglich Feldscher und Wundarzt im Gefolge Graf Gregorius', später ein ›Jünger‹ Meister Revans;

einer von drei bekannten Deryni mit der Fähigkeit, durch eine geistige Methode die Deryni-Kräfte zu blockieren.

PATRICK Bruder – Deryni, einer von Revans willimitischen Jüngern.

PIEDUR Herr – verstorbener Ritter des königlichen Gefolges.

QUINNELL Fürst Ambert – Vasallenfürst im nordwestlich Gwynedds gelegenen Cassan; Vater von Prinzessin Anne von C. und Schwiegervater Fane Fitz-Arthurs, dem Erben des Grafen Tammaron; Großvater Herzog Tamberts.

QUINNELL Prinzessin Anne – Tochter des Fürsten Ambert von Cassan und Ehefrau Fane Fitz-Arthurs; Mutter Herzog Tamberts, des ersten Herzogs von Cassan.

RADAN Herr – Waffenmeister der Rhemuther Burg.

RAMOS Bischof Paulin von – (weltlicher Name: Sinclair) jüngerer Sohn des Grafen von Tarleton und Stiefsohn Graf Tammarons; Gründer des Prediger-Ordens der Kleinen Brüder des Hl. Ercon; Weihbischof, dann erster Bischof der neuen Diözese Stavenham; gibt das Bischofsamt auf, um den Orden *Custodes Fidei* zu gründen; Bruder Herrn Albertus' (weltlicher Name: Peter Sinclair), des ersten *Custodes*-Großmeisters.

RAMSAY Hauptmann – ein von Revan der ›Wiedertaufe‹ unterzogener Reiter-Hauptmann in Erzbischof Hubertus' Diensten.

REYNOLDS Herr Jerowen – Rechtsgelehrter und Mitglied in König Javans Kronrat.

REVAN – ehemaliger Lehrmeister der Kinder Rhys Thuryns und seiner Gattin Evaine; Schlüsselfigur beim Versuch des Camberischen Rates, Deryni durch Blockierung ihrer Deryni-Kräfte vor Verfolgung zu retten (›Wiedertaufe‹).

RHORAU Herr Kennis von – Neffe Termod von Rhoraus und Bruder Sudrey von R.; 918 zusammen mit Herzog Ewan und weiteren Begleitern des Herzogs am Königshof erschlagen.

RHORAU Lady Sudrey von – Nichte Termod von Rhoraus und daher eine entfernte Verwandte Mark von Festils; als Gemahlin Graf Hroriks Gräfin der Ostmark.

RICKART Dom – gabrielitischer Heiler im Dienst Bischof Niallans; Mitarbeiter Joram MacRories.

R'KASSI Sulien von – derynischer Adept der Vergangenheit, Verfasser der *Annalen.*

ROBEAR Herr – älterer, König Javan treu ergebener Ritter.

RONDEL Herr – Reisiger im Dienst des Grafen Manfred MacInnis.

SEANNA – jüngere Schwester Jesse MacGregors.

SECORIM Pater – Abt des Valoreter Kapitels der *Custodes Fidei.*

SERAFIN Bruder – Großinquisitor der *Custodes Fidei.*

SIGHERE Herr – Graf von Marley; Bruder Graf Hroriks von der Ostmark und Onkel des Graham MacEwan.

SINCLAIR – Familienname der Grafen von Tarleton.

SINCLAIR Herr Bonner – dreiundzwanzigjähriger Graf von Tarleton; Sohn Peter Sinclairs, des vorherigen Grafen von Tarleton (jetzt Herr Albertus, Großmeister der *Equites Custodum Fidei);* Neffe des Abtbischofs Paulin.

SINCLAIR Duvessa – Fürstwitwe von Cassan, Mutter Anne Quinnells.

SITRIC – Deryni im zwangsweisen Dienst Baron Rhuns von Horthness.

SIXTUS Pater – älterer Priester im Dienst Erzbischof Hubertus'.

SORLE Herr Dalriada – fünfundzwanzigjähjriger Ritter; früher Königlicher Edelknappe König Cinhils.

STACIA Lady – zwölfjährige Tochter Graf Hroriks und seiner Ehefrau Sudrey; Erbin der Grafschaft Ostmark.

STEFANUS Meister – *Custodes*-Feldscher zu Culdi (Tarnexistenz Meister Dimitris).

STEPHEN Pater – Priester des Doms zu Valoret.

THURYN Aidan – ältester Sohn Evaine und Rhys Thuryns; zu Trurill mit Camber Allin MacLean verwechselt und im Alter von zehn Jahren durch die Häscher der Regenten ermordet.

THURYN Jerusha Evaine – Tochter Evaine und Rhys Thuryns; zukünftige Heilerin.

THURYN Rhysel Jocelyn – Tochter Evaine und Rhys Thuryns.

THURYN Herr Rhys Malachias – umgekommener derynischer Arzt und Heiler; Gatte Evaines und Vater ihrer Kinder

Aidan, Rhysel, Tieg und Jerusha T.; Gründungsmitglied des Camberischen Rates.

THURYN Tieg – Sohn Evaine und Rhys Thuryns; zukünftiger Heiler; einer von drei bekannten Deryni mit der Fähigkeit, durch eine geistige Methode die Deryni-Kräfte zu blokkieren.

TIERNAN Bruder – Mönch des Klosters Unserer Heiligen Jungfrau von den Matten.

TREVAS Anscom von – verstorbener derynischer Erzbischof und Primas von Groß-Gwynedd.

TREY Bischof Niallan – geächteter derynischer Bischof von Dhassa, später Mitglied des Camberischen Rates; Vertrauter Pater Joram Macrories.

TYNDOUR Jokal von – derynischer Heiler und Dichter.

UDAUT Herr – Konnetabel von Gwynedd; Vater der Lirin U.

UDAUT Lady Lirin – sechzehnjährige Tochter des Konnetabels von Gwynedd und Gemahlin Richard Murdochs; Gräfin von Carthane.

VARNARITEN – Orden derynischer Adepten und Gelehrter, die zwischen dem Ende des siebten und dem Anfang des achten Jahrhunderts die Grundlagen der Hochschule von Grecotha schufen; vor 745 spaltete sich von ihnen der Gabrieliten-Orden ab.

VILLE Bertrand de – zwanzigjähriger Ritter; war Charlans Vorgänger als Prinz Javans Knappe.

WILLIAM Sankt – von Deryni ermordeter, deshalb als Märtyrer heiliggesprochener Knabe, jüngerer Bruder St. Ercons; Schutzpatron der Willimiten-Bewegung.

WILLIMITEN – derynifeindliche Bewegung mit dem Ziel, an Deryni Vergeltung zu üben, die trotz begangener Verbrechen der Gerechtigkeit entgehen; unter König Imre weitgehend unterdrückt, aber unter König Cinhil als zelotische Sekte wiedererstanden, die den Zweck verfolgt, Deryni zum Abschwören von ihren ›teuflischen‹ Zauberkräften und zur Aufnahme eines Büßerlebens zu zwingen.

WOODBOURNE Alfred von – Weihbischof von Rhemuth; früher Beichtvater König Cinhils.

# Anhang II

## Verzeichnis der Ortsnamen und Örtlichkeiten

ALLERHEILIGENDOM – Kathedrale des Erzbischofs von Valoret und Primas von Groß-Gwynedd.

ARANALSCHLUCHT – Nordpaß durch die Berge zwischen der Grafschaft Marley und dem Königreich Torenth.

ARNHAM – Geburtsort des Bischofs Edward MacInnis.

ARX FIDEI – Abtei und Priesterschule im Umkreis Valorets; Kaderschmiede der *Custodes Fidei*.

BELDOUR – Hauptstadt des Königreichs Torenth.

BREMAGNE – Königreich im Osten.

CANDOR RHEA – Landstrich in der Umgebung Rhemuths; Stätte einer heiligen Quelle.

CARBURY – Hafenstadt nördlich Valorets.

CAERRORIE – Grafensitz der Grafen von Culdi nordöstlich Valorets; nach Camber von C. wurde Manfred MacInnis neuer Graf von C.

CARTHANE – Grafschaft des Grafen Murdoch.

CASHIEN – Bischofssitz westlich von Rhemuth.

CASSAN – kleines Fürstentum unter der Herrschaft Fürst Ambert Quinnells.

CLAIBOURNE – ehemalige Hauptstadt des alten kheldischen Fürstentums; gegenwärtig unter der Herrschaft des Herzogs Graham von C., des dritten Herzogs von C.

CONNAIT – barbarisches Königreich im Westen; Herkunftsland zahlreicher Söldner.

COR CULDI – Festung der Grafen von Culdi an der gwyneddisch-mearischen Grenze, in der Nähe der Stadt Culdi gelegen.

DESSE – Hafenstadt im Süden Rhemuths.

DHASSA – heilige Freistadt in den Lendourischen Bergen, Sitz des Bischofs von Dhassa, der aus alter Tradition politische Neutralität wahrt.

DOLBAN – Stammhaus des Ordens Sankt Cambers Knechte; Ende 917 zerstört.

EBOR – nördlich Valorets gelegene Grafschaft des Grafen Gregorius.

ELF KÖNIGREICHE – ältere Bezeichnung für sämtliche Gebiete in und um Gwynedd.

FATHANE – Hafenstadt im Königreich Torenth.

FIANNA – Küstenstadt und Weinregion jenseits des Südmeers, gegenüber von Carthmoor.

GRECOTHA – Sitz einer vom Varnariten-Orden gegründeten Hochschule und Bischofssitz.

GEORGSDOM (Dom des Heiligen Georg) – Rhemuther Dom und Sitz des Erzbischofs von R.

GWYNEDD – Mittelpunkt der Elf Königreiche und seit 645, als der erste Haldane-Großkönig die Vereinigung der dortigen Gebiete in die Wege leitete, Machtzentrum der Königsfamilie Haldane; 822–904 Machtbereich der Festil-Dynastie; fiel 904 mit der Thronbesteigung Cinhil Haldanes an die Haldanes zurück.

HORTHNESS – Baronie des Barons und Grafen Rhun von H.

HOWICCE – Königreich im Südwesten Gwynedds; befindet sich in loser Allianz mit Llannedd.

JASHAN – See im Süden von Dhassa.

JENAS – Grafschaft im Königreich Gwynedd.

KHELDISCHE PFALZ – nach der Annexion durch König Cinhil und Herzog Sighere 906 vom Königreich Kheldour abgetrenntes Protektorat.

KHELDOUR – kleines Königreich im Norden Gwynedds, bekannt wg. der dort heimischen Webkunst (Textilien und Teppiche); setzt sich jetzt aus dem Herzogtum Claibourne sowie den Grafschaften Marley und Ostmark zusammen.

KIERNEY – Grafschaft nördlich von Culdi.

KILSHANE – Grafschaft an der gwyneddischen Küste.

KILTUIN – Hafenstadt an der gwyneddisch-torenthischen Grenze.

KLOSTER UNSERER HEIILIGEN JUNGFRAU VON DEN MATTEN – im Hochland bei Culdi gelegenes, einsames Kloster, in dem Joram MacRorie und Evaine MacRorie-Thuryn zeitweilige Zuflucht fanden.

LAAS – einstige Hauptstadt des Fürstentums Meara.

LLANNEDD – Königreich im Südwesten Gwynedds; befindet sich in loser Allianz mit Howicce.

MARBURY – Bischofssitz in der Grafschaft Marley.

MARLEY – kleine, von der Ostmark abgetrennte Grafschaft des Grafen Sighere (jüngster Sohn des Herzogs Sighere).

MARLOR – Baronie des Manfred MacInnis.

MEARA – im Nordwesten Gwynedds gelegenes, ehemaliges Königreich; Vasallen-Fürstentum Gwynedds.

MOORYN – Provinz im äußersten Süden Gwynedds; umfaßt die Herzogtümer Carthmoor und Corwyn.

NYFORD – Flußstadt und Bischofssitz in der gwyneddischen Zentralebene.

OSTMARK – Grafschaft des Grafen Hrorik, dem zweitältesten Sohn des Herzogs Sighere von Kheldour.

PORTEE – einstiger Sitz einer schon vor langer Zeit untergegangenen Heiler-Schule.

RAMOS – südwestlich von Valoret gelegene Stadt, Sitz einer Abtei; Geburtsort Paulin Sinclairs (Paulin von Ramos) und Peter S. (des *Custodes*-Großmeisters Herrn Albertus); im Winter 917/918 tagte dort das berüchtigte Konzil von Ramos.

RENGARTH – Grenzstadt im Dreieck Gwynedd-Ostmark-Torenth.

RHELJANER BERGE – Gebirgskette längs der gwyneddisch-torenthischen Grenze.

RHEMUTH – unter den Haldanes Hauptstadt von Gwynedd;

während des Festilischen Interregnums ging der Hauptstadt-Status verloren; unter Cinhil und Alroy Haldane wieder zur Hauptstadt erhoben.

RHENDALL – Grafschaft im Norden Gwynedds, bekannt für die Naturschönheit ihrer Seenplatte; Besitz des Herzogs von Claibourne.

R'KASSI – östliches Königreich, bekannt für seine rassigen Pferde und meisterhaften Bogenschützen.

SANKT MARKUS – Abtei in der Nähe Valorets.

SANKT NEOT – Abtei des Ordens vom Heiligen Erzengel Gabriel, eines rein derynischen, esoterischen, auf die Heiler-Ausbildung spezialisierten Ordens; gelegen in den Lendourischen Bergen; Heiligabend 917 von einer durch den Regenten Rhun von Horthness befehligten Truppe zerstört.

SANKT-SENAN-KATHEDRALE – Dom zu Dhassa.

SHEELE – Herrenhaus Rhys Thuryns und seiner Gattin Evaine; später Herrensitz des Grafen von Sheele.

STAVENHAM – Bischofssitz; Paulin von Ramos war für kurze Zeit Bischof von Stavenham, bevor er den Orden *Custodes Fidei* gründete.

TARLEVILLE – nördlich von Rhemuth am Eirian gelegener Besitz des Grafen Tammaron.

TEMPLUM ARCHANGELORUM – vor langer Zeit zerstörte Abtei unbekannten Standorts; einstige Wirkungsstätte esoterischer Deryni-Vorfahren.

TORENTH – Königreich im Osten Gwynedds; Ursprung des Festilischen Geschlechts (das von 822–904 auch über das Königreich Gwynedd herrschte), einer Seitenlinie des torenthischen Königshauses; gegenwärtig regiert von König Arion.

TREVALGA – im Connait gelegener Besitz des geächteten Grafen Gregorius von Ebor (Grafentitel gegenwärtig vakant).

TRURILL – Burg Adrian MacLeans, des Herrn von Kierney; im Winter 917/918 durch Truppen der Regenten zerstört.

VALORET – unter der Festil-Herrschaft (822–904) Hauptstadt von Gwynedd; Sitz des Erzbischofs von V. und Primas von Groß-Gwynedd.

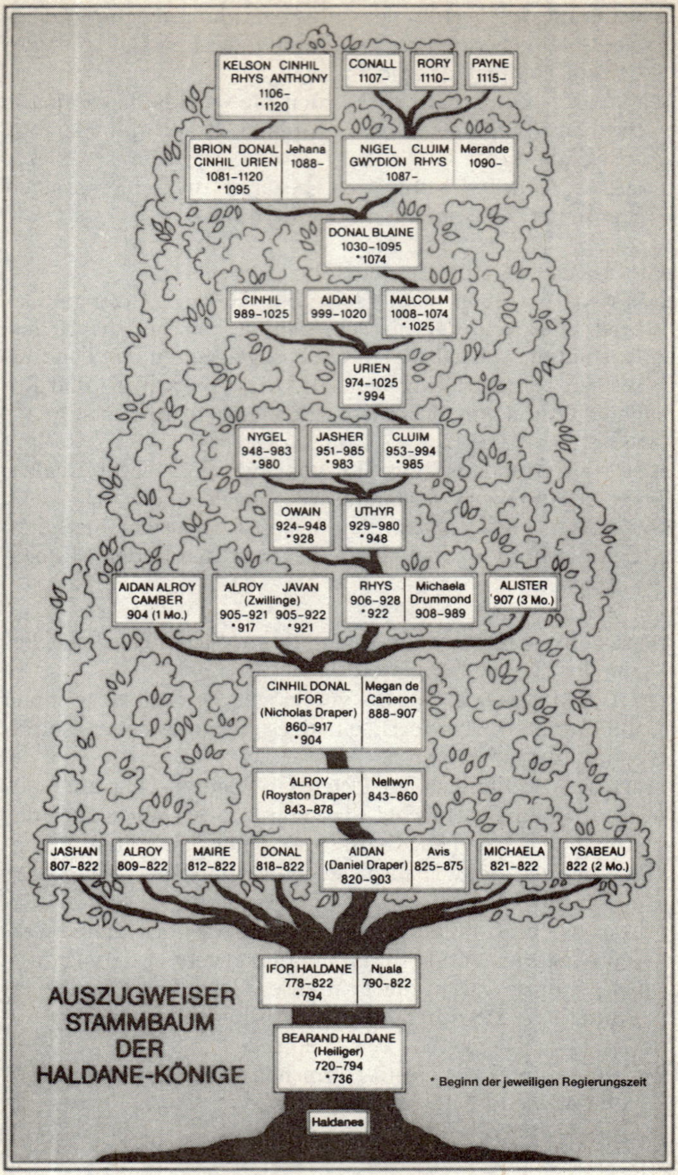
KELSON CINHIL RHYS ANTHONY 1106– *1120
CONALL 1107–
RORY 1110–
PAYNE 1115–
BRION DONAL CINHIL URIEN 1081–1120 *1095
Jehana 1088–
NIGEL CLUIM GWYDION RHYS 1087–
Merande 1090–
DONAL BLAINE 1030–1095 *1074
CINHIL 989–1025
AIDAN 999–1020
MALCOLM 1008–1074 *1025
URIEN 974–1025 *994
NYGEL 948–983 *980
JASHER 951–985 *983
CLUIM 953–994 *985
OWAIN 924–948 *928
UTHYR 929–980 *948
AIDAN ALROY CAMBER 904 (1 Mo.)
ALROY JAVAN (Zwillinge) 905–921 905–922 *917 *921
RHYS 906–928 *922
Michaela Drummond 908–989
ALISTER 907 (3 Mo.)
CINHIL DONAL IFOR (Nicholas Draper) 860–917 *904
Megan de Cameron 888–907
ALROY (Royston Draper) 843–878
Nellwyn 843–860
JASHAN 807–822
ALROY 809–822
MAIRE 812–822
DONAL 818–822
AIDAN (Daniel Draper) 820–903
Avis 825–875
MICHAELA 821–822
YSABEAU 822 (2 Mo.)
IFOR HALDANE 778–822 *794
Nuala 790–822
BEARAND HALDANE (Heiliger) 720–794 *736
Haldanes
AUSZUGWEISER STAMMBAUM DER HALDANE-KÖNIGE
* Beginn der jeweiligen Regierungszeit

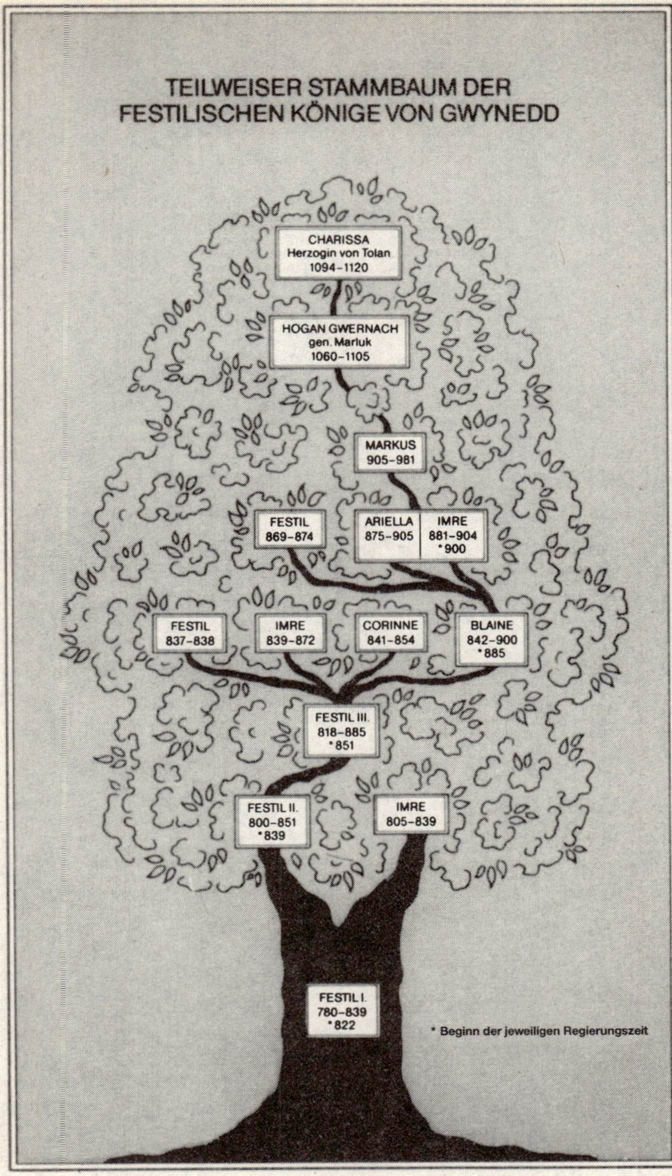
TEILWEISER STAMMBAUM DER
FESTILISCHEN KÖNIGE VON GWYNEDD
CHARISSA
Herzogin von Tolan
1094–1120
HOGAN GWERNACH
gen. Marluk
1060–1105
MARKUS
905–981
FESTIL
869–874
ARIELLA
875–905
IMRE
881–904
*900
FESTIL
837–838
IMRE
839–872
CORINNE
841–854
BLAINE
842–900
*885
FESTIL III.
818–885
*851
FESTIL II.
800–851
*839
IMRE
805–839
FESTIL I.
780–839
*822
* Beginn der jeweiligen Regierungszeit

# TEILWEISER STAMMBAUM DER MacRORIES

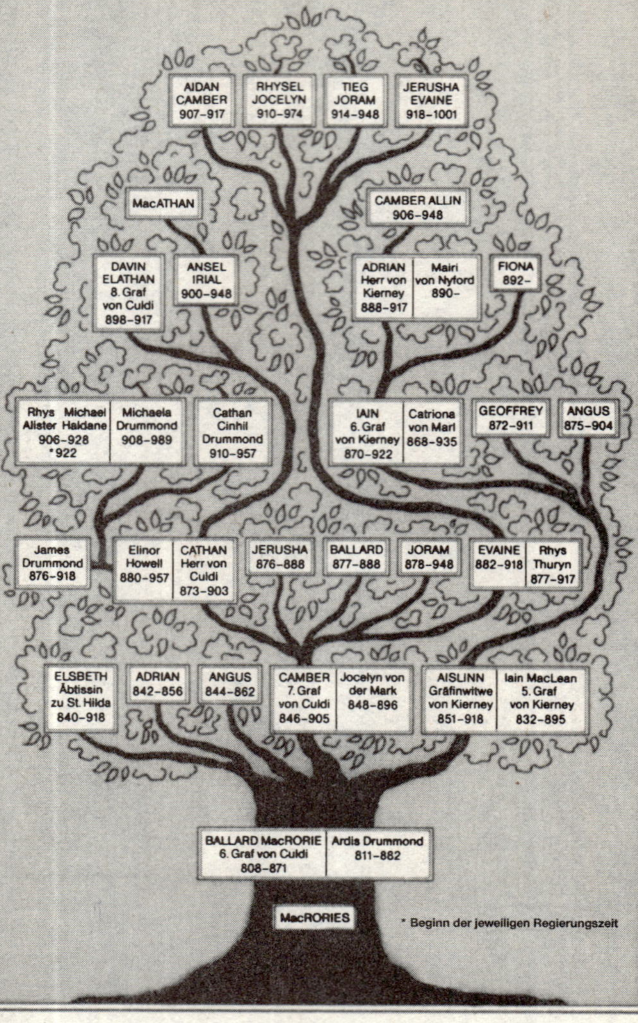


* Beginn der jeweiligen Regierungszeit

HEYNE BÜCHER

# L. E. Modesitt jr.

## Der Recluce-Zyklus

»Der Bilderbogen einer hinreißenden Welt.«
*Robert Jordan*

Das große Fantasy-Erlebnis in der Tradition von Robert Jordans ›Das Rad der Zeit‹

**Magische Inseln**
1. Roman
06/9050

**Türme der Dämmerung**
2. Roman
06/9051

**Magische Maschinen**
3. Roman
06/9052

Weitere Bände in Vorbereitung

06/9050

06/9051

HEYNE-TASCHENBÜCHER